BASTEI
LÜBBE

Die WOLFGANG HOHLBEIN
EDITION im BASTEI LÜBBE
Taschenbuch-Programm

25 260 GEISTERSTUNDE
25 261 DIE TÖCHTER DES DRACHEN
25 262 DER THRON DER LIBELLE
25 263 DER HEXER VON SALEM Buch 1
25 264 NEUES VOM HEXER VON SALEM Buch 2
25 265 DER HEXER VON SALEM Der Dagon-Zyklus Buch 3
25 266 DER SOHN DES HEXERS
25 267 DIE HELDENMUTTER
25 268 DIE MOORHEXE
25 269 DAS GROSSE WOLFGANG-HOHLBEIN-BUCH
25 270 DAS JAHR DES GREIFEN (mit Bernhard Hennen)
Der Sturm
Die Entdeckung
Die Amazone
25 271 SPACELORDS (mit Johan Kerk)
Hadrians Mond
St. Petersburg Zwei
Sandaras Sternenstadt

Weitere
Taschenbücher von
Wolfgang Hohlbein

13 228 Auf der Spur des Hexers
13 406 Die Sieben Siegel der Macht
13 453 Die Hand an der Wiege
13 539 Giganten (mit F. Rehfeld)
13 627 Der Inquisitor
20 172 Die Schatten des Bösen

EL MERCENARIO
(mit Vicente Segrelles)
20 187 Der Söldner
20 191 Die Formel des Todes
20 199 Die vier Prüfungen

SPACELORDS
23 162 Operation Mayflower (mit Ingo Martin)

CHARITY
23 096 Die beste Frau der Space Force
23 098 Dunkel ist die Zukunft
23 100 Die Königin der Rebellen
23 102 In den Ruinen von Paris
23 104 Die schlafende Armee
23 106 Hölle aus Feuer und Eis
23 110 Die schwarze Festung
23 115 Der Spinnenkrieg
23 117 Das Sternen-Inferno
23 121 Die dunkle Seite des Mondes

WOLFGANG

HOHLBEIN

DAS GROSSE WOLFGANG-HOHLBEIN-BUCH

BASTEI
LÜBBE

BASTEI-LÜBBE-TASCHENBUCH
Band 25 269

Erste Auflage:
April 1995

Titelbild: Arndt Drechsler
Umschlaggestaltung:
Klaus Blumenberg
Satz: KCS GmbH,
Buchholz/Hamburg
Druck und Verarbeitung:
Cox & Wyman
Printed in Great Britain

ISBN 3-404-25269-1

Inhalt

Hamlet 2007

Valerian hatte noch eine gute Viertelstunde Zeit, bevor sein Auftritt begann. Normalerweise half er in solchen Momenten Harris, die Dekorationen und Kostüme für die nächsten Szenen vorzubereiten. Aber sie spielten heute eines dieser modernen Stücke, die mit einem Minimum an Requisiten auskamen. Er hatte die nächsten fünfzehn Minuten für sich.

Er war auf die Beleuchterbühne hinaufgestiegen, ein langer, schmaler Metallsteg, der sich durch das Dunkel über der Bühne zog. Das Theater war alt, und die Beleuchterbühne war ein Relikt aus einer Zeit, als Arbeiten wie das Ausleuchten der Bühne noch Menschen vorbehalten waren anstelle der heutzutage allgegenwärtigen Computer. Natürlich wurde der Steg schon lange nicht mehr benutzt. Eine zolldicke Staubschicht lag auf dem rostigen Metall, und Valerian mußte aufpassen, um nicht im Halbdunkel über die Kabel der Strom- und Elektronikverbindungen zu stolpern.

Es war seltsam still hier oben. Die Dialoge, die unten auf der Bühne gesprochen wurden, erreichten ihn kaum. Er konnte die Bühne und den Zuschauerraum völlig überblicken. Die Welt unter ihm war zu Spielzeuggröße zusammengeschrumpft und wirkte seltsam fremd und verzerrt durch die ungewohnte Perspektive.

Valerian stützte sich am Geländer ab und beugte sich so weit vor, wie er konnte. Thia begann gerade mit ihrem großen Monolog – soweit man bei diesem Stück von *Größe* reden konnte. Valerian mochte diese modernen Stücke nicht besonders, deren Handlung zu zwei Dritteln aus Gewalt und Sex bestand. Aber sie brachten die Zuschauer, und Harris war eine volle Kasse lieber als eine gute Aufführung. Einen kurzen Moment lang dachte Valerian fast wehmütig an die

Zeit zurück, in der sie wirklich Theater gespielt hatten: Hamlet, Macbeth. Shakespeare mochte er von allen Stücken am liebsten. Damals – wie lange war das her? Zehn Jahre? Fünfzehn? Valerian wußte es nicht. Sein Leben bestand aus Auftritten. Die Zeit dazwischen hatte keine Bedeutung. Ja, damals hatten sie den Leuten wirkliches Theater geboten, und Harris hatte ihn all die großen Rollen spielen lassen.

Aber diese Zeit war unwiederbringlich vorbei.

Auf der Bühne unter ihm hatte Thia ihren Part beendet, und Valerian wußte, daß es Zeit wurde. Automatisch überprüfte er den Sitz seines Kostümes (Kostüm! Es bestand aus einem winzigen Lendenschurz, hüfthohen Lackstiefeln und einer roten Pappnase!), ehe er mit geschmeidigen Bewegungen die eiserne Leiter hinunterstieg.

Harris wartete auf ihn.

»Wo warst du?«

Valerian zuckte mit den Schultern und versuchte ein möglichst unbeteiligtes Gesicht zu machen. »Dort oben, Mr. Harris.« Er deutete mit dem Daumen nach oben.

Harris Blick wanderte die schmale Eisenleiter hinauf. Er schnaubte erregt. »Wie oft habe ich dir schon gesagt«, begann er »daß ich nicht will, daß du an solch gefährlichen Stellen herumturnst?« Er trat einen Schritt auf Valerian zu und fuchtelte aufgeregt mit den Händen. »Wenn du dir jetzt beim Heruntersteigen einen Knöchel brichst«, fauchte er. »Was dann? Du kannst mir die ganze Vorstellung schmeißen!«

Valerian antwortete nicht. Er konnte sich nichts brechen, selbst wenn er von ganz oben heruntergestürzt wäre, und Harris wußte das genau. Aber Valerian wußte, daß Widerspruch sinnlos war. Und Harris erwartete auch gar keine Antwort. Schließlich war er, Harris, der Boß, und Valerian war nur Schauspieler.

»Komm jetzt!« schnauzte Harris. »Du bist gleich dran.«

Sie gingen zur Kulissentür. Harris spähte durch einen Spalt in den Pappmachéwänden und nickte zufrieden. »Volles Haus heute«, murmelte er. »Wie viele sind da?« er drehte sich halb herum und warf Valerian einen auffordernden Blick zu. »Du warst doch dort oben? Wie viele sind gekommen?«

Valerian hatte nicht in den Zuschauerraum gesehen. Aber er wußte, was er Harris schuldig war. »Wir sind beinahe ausverkauft, Mr. Harris«, sagte er. Natürlich waren sie ausverkauft. Seit sie das Theaterspielen aufgegeben hatten und den Leuten diesen Schmutz boten, waren sie jeden Abend ausverkauft.

Harris nickte, und ein zufriedenes Lächeln überzog sein pausbäckiges Weihnachtsmanngesicht. »Gut.«

Das Lächeln verschwand so übergangslos, wie es gekommen war, und er deutete mit einer unwirschen Kopfbewegung auf die Tür. »Du bist dran. Geh jetzt.«

Valerian ging an Harris vorbei und streckte die Hand nach dem Türgriff aus.

»Moment noch!«

Er blieb stehen und drehte den Kopf. »Ja, Mr. Harris?«

»Nach der Vorstellung«, sagte Harris, »kommt ihr alle in mein Büro. Wir müssen das neue Stück besprechen.«

Valerian nickte wortlos und öffnete die Tür. Grelles Licht tauchte die Bühne in gleißende Helligkeit. Er trat auf die Bühne hinaus und wartete auf sein Stichwort. Der Zuschauerraum war in wattige, samtene Schwärze gehüllt, und Valerian war froh, daß er die Gesichter der Menschen dort draußen nicht zu sehen brauchte.

Er spielte, als die Schlüsselszene kam. Er spielte perfekt, wie immer. Er konnte keine Fehler machen. Jedes Wort, jede Betonung, jede Bewegung war richtig. Und trotzdem befriedigte es ihn nicht. Er war nicht mehr so wie früher, schon lange nicht mehr. Als sie noch wirklich gespielt hatten, da war er dabei gewesen, da war er wirklich der Charakter gewesen, den er auf der Bühne darzustellen hatte. Da hatte er nicht gespielt, da hatte er gelebt. Tausend verschiedene Leben im Jahr, hunderttausend Charaktere, keine Rollen, sondern wirkliches Leben. Wenn er gelacht hatte, dann war er wirklich glücklich gewesen, echte Trauer hatte ihn erfüllt, wenn er weinte, und bei einer romantischen Szene hatte er wirklich geliebt, gefühlt. Jetzt leierte er bloß noch stumpfsinnig seinen Text herunter, ohne wirklich zu wissen, was er da sagte.

Aber er wußte, daß da noch etwas war, eine unbestimmte, kaum in Worte zu fassende Angst, die irgendwo tief in seinem Inneren saß und ihn mehr und mehr in ihren Bann zog. Irgendwann, das spürte er, würde sie übermächtig werden.

Bei der Szene im zweiten Akt, als er Thaliot getötet und Camilla seine wahre Identität enthüllt hatte, erntete er sogar spärlichen Applaus. Es berührte ihn kaum. Er wurde den grausigen Gedanken nicht los, daß dieser Applaus in Wirklichkeit nicht seiner schauspielerischen Leistung galt, sondern eher dem Blut an seinen Händen und dem zerfetzten Körper seines Widersachers zu seinen Füßen.

Er war froh, als die Vorstellung zu Ende war.

Der Vorhang hob sich nicht noch einmal, nachdem der letzte Dialog verklungen war. Auch das war vorbei. Die Leute applaudierten nicht mehr, es gab kein endloses Klatschen und Beifallrufen mehr, kein immer wiederholtes Verbeugen, sondern nur die zerschlissene Rückseite des roten Samtvorhanges und das Raunen und Lärmen der aufstehenden Besucher auf der anderen Seite.

Auf dem Weg zum Duschraum traf er Camilla.

»Du warst gut heute«, sagte sie. Er war immer gut, genau wie sie und alle anderen. Trotzdem lächelte er und sagte: »Danke.«

»Das war die letzte Vorstellung in dieser Stadt.«

»Ich weiß«, antwortete Valerian. »Harris will uns nachher sprechen. Wahrscheinlich reisen wir morgen schon weiter.«

»Weißt du, wohin?«

Er schüttelte mit dem Kopf und hielt ihr die Tür auf.

Sie war in der Schlußszene übel verletzt worden, ihr rechter Arm hing schlaff herunter, und aus dem klaffenden

Schnitt tropfte noch Blut. Valerian half ihr beim Ausziehen und schaltete die Dusche ein.

»Ich bin froh, daß wir ein neues Stück spielen«, sagte Camilla, während sie sich unter den dampfenden Wasserstrahlen drehte. »Meine Rolle gefiel mir nicht besonders.«

Valerian lächelte gequält. Selbst ihr war es also schon aufgefallen, obwohl sie nur eine elf/a war. Valerian entledigte sich selbst seiner Kleider und stellte sich neben sie. Die Wasserstrahlen prickelten angenehm auf seiner Haut, und er schloß für einen Augenblick die Augen und lauschte auf das gedämpfte Rauschen des Wassers und die geraunten Unterhaltungen der anderen.

»Wird eine hübsche Packerei werden, wenn wir weiterziehen«, sagte Camilla. »Wahrscheinlich werden wir wieder die ganze Nacht arbeiten müssen.« Sie kicherte. »Vielleicht sollte ich versuchen, einmal besonders nett zu Harris zu sein. Vielleicht stellt er dann endlich zwei Arbeiter ein.« Sie drehte sich wohlig unter der Dusche und ließ das Wasser über ihren Rücken laufen.

Valerian beobachtete sie aufmerksam. Seltsam – er kannte Camilla jetzt seit neun Jahren, seit Harris sie gekauft hatte, aber ihm war nie aufgefallen, wie schön sie war. Camilla hatte den Körper eines fünfzehnjährigen Mädchens, und ihr Benehmen war auch jetzt, fernab der Bühne, so natürlich, daß sie draußen kaum aufgefallen wäre.

»Trocknest du mir den Rücken?« fragte Camilla. Sie hielt den verletzten Arm in die Höhe und lächelte entschuldigend. »Es geht noch nicht so recht.«

Valerian nickte. »Natürlich.« Er drehte die Dusche ab und ging und den Nebenraum, um ein Handtuch zu holen. Auf dem Rückweg blieb er einen Moment stehen. In der Rückwand des Raumes war ein Fenster, und jemand hatte vergessen, die Jalousien herunterzulassen. Valerian trat neugierig näher und stellte sich auf die Zehenspitzen, um hinaussehen zu können. Draußen lag Schnee. Dickvermummte Menschen hasteten vorbei, hoch oben am Himmel zogen Helikopter und Turbogleiter ihre leuchtende Bahn, und von weither drangen die Geräusche der Stadt zu ihm.

Valerian trat dichter an die Scheibe heran und berührte mit den Fingerspitzen das Glas. Es fühlte sich kühl und glatt an, und er glaubte beinahe, das pulsierende Leben dort draußen zu spüren.

Jemand ging dicht unter dem Fenster vorbei, blieb einen Moment stehen. Ein Streichholz flammte auf, und für einen Sekundenbruchteil konnte Valerian das Gesicht des Mannes deutlich sehen. Buschige Augenbrauen über dunklen Augen, eine schmale, gerade Nase, dünner Mund. Valerian spürte plötzlich eine seltsame Sehnsucht in sich aufsteigen, als er daran dachte, daß dieser Mann jetzt nach Hause gehen würde, mit seiner Familie reden, essen, lieben, schlafen. Daß diese dunklen Augen die Stadt sehen würden, die Menschen, die dort lebten, daß dieser Mund über irgendwelche Belanglosigkeiten reden würde, über das Essen vielleicht. Daß er streiten konnte, schreien, Liebkosungen aussprechen.

Das Streichholz ging aus. Der Mann nahm einen tiefen Zug aus seiner Zigarette und ging weiter. Valerian sah ihm nach, bis er in den langsam niederschwebenden Schneeflocken verschwunden war.

»Valerian – was ist los?«

Valerian fuhr überrascht herum. Camilla stand nackt in der Tür; das nasse Haar hing in Strähnen über Schultern und Brüsten. »Wo bleibt mein Handtuch?« fragte sie in spöttischem Ton. Ihre Füße hinterließen feuchte Abdrücke auf dem gekachelten Boden, als sie auf ihn zukam. »Was ist mit dir?« fragte sie erneut.

Valerian schüttelte irritiert mit dem Kopf und lächelte zaghaft. Er wußte, daß es keinen Sinn haben würde, wenn er ihr erzählte, was er empfand. Sie würde es nicht verstehen.

»Komm schon«, drängte sie. »Die anderen sind alle schon gegangen. Du weißt, daß Harris nicht gerne wartet.«

Valerian nickte hastig und begann sie abzutrocknen. Ihr Arm heilte gut, und als sie fertig waren und er ihr beim

Anziehen half, war nur noch eine dünne, rötliche Narbe zu sehen.

Sie beeilten sich, zu Harris zu kommen. Trotzdem waren sie die letzten, aber Harris schien keine Notiz davon zu nehmen. Außer Thaliot und Lennan, die beide zu schlimm verletzt waren und noch in den Regenerierungstanks lagen, waren alle anwesend.

Harris stöberte in irgendwelchen Papieren. Ab und zu griff er nach der neben ihm stehenden Flasche und nahm einen tiefen Schluck daraus. In den letzten Monaten hatte er zu trinken angefangen, aber er vertrug eine Menge, und kaum einer der Schauspieler hatte ihn je wirklich betrunken erlebt.

»Ihr wißt ja schon, daß es morgen früh weiter geht«, begann er. Niemand antwortete. »Wenn wir mit unserer kurzen Besprechung fertig sind, könnt ihr anfangen, alles einzupacken«, fuhr er fort. »Wir fahren nach Seattle. Ich habe das dortige Theater für vier Wochen mieten können. Zu guten Konditionen, aber ich muß den Leuten dafür etwas bieten. Etwas Besonderes. Nicht so ein belangloses Zeug, was wir hier gespielt haben.« Er lachte gehässig. »Damit kann man höchstens diese Provinztrottel hier einseifen. Nein, in einem großen Theater müssen wir auch etwas Großes bieten.«

Er machte eine kleine Pause und griff zu seinem Aktenkoffer. Valerian spürte eine kaum zu beherrschende Freude in sich aufsteigen. Etwas Besonderes, hatte Harris gesagt. Natürlich, in einer Weltstadt wie Seattle konnten sie nicht mit einem solchen Pornostück auftreten.

Sie würden wieder Theater spielen, richtiges Theater! Endlich!

Harris förderte eine Handvoll glitzender Ampullen aus seinem Aktenkoffer zutage und knallte sie mit triumphierendem Lachen auf die Tischplatte. »Diesmal habe ich mich in echte Unkosten gestürzt und etwas ganz Neues gekauft«, sagte er. »Valerian, du spielst die Hauptrolle.« Er nahm eine der Ampullen und warf sie Valerian zu. »Hier. Ich glaube, ich kann mich auf dich verlassen.«

Valerian fing die Ampulle geschickt auf und steckte sie in die Tasche. Er konnte sich kaum noch beherrschen. Am liebsten wäre er sofort aufgesprungen und in seine Kabine geeilt, um sich die Injektion zu setzen.

»Das Stück wird die Leute von den Stühlen reißen«, versprach Harris. »Thia, du spielst die weibliche Hauptrolle. Hier.« Eine weitere Ampulle segelte durch die Luft.

Valerian beobachtete Thia gespannt, aber auf ihrem Gesicht war keinerlei Reaktion zu erkennen.

»Jordan, deine Rolle, Marten. Camilla.«

Harris verteilte die Ampullen mit den Rollen. Schließlich blieben nur zwei der kleinen Glasröhrchen auf dem Tisch vor ihm zurück.

»Lennan und Thaliot bekommen ihre Rolle morgen«, sagte Harris. »Die beiden werden diesmal nicht viel zu tun haben.« Er lächelte humorlos. »Ich will ihre Regenerationsfähigkeit nicht überstrapazieren. Sie haben in diesem Stück genug mitgemacht.«

Valerian konnte sich nicht mehr beherrschen. »Welches Stück spielen wir?« rief er.

Harris schien einen Moment lang irritiert, aber dann lächelte er. »Ach ja, Valerian. Ich dachte mir, daß du es nicht mehr aushalten würdest. Aber schließlich seid ihr ja dafür bekannt, daß ihr aufgeweckte Burschen seid.« Er lächelte wieder sein humorloses Lächeln. »Ihr seid ja auch teuer genug«, fügte er hinzu. »Aber du wirst zufrieden sein. Deine Rolle gibt eine Menge her. Das Stück ist überhaupt ein Hammer. Der Autor hat mir versprochen, etwas noch nie Dagewesenes zu liefern. Und ich muß sagen, er hat sein Versprechen gehalten. Du spielst einen jungen Revolutionär, der gegen das bestehende System anrennt. Natürlich umsonst. Du wirst zum Schluß sterben. Lennan verbrennt dich zusammen mit Thia mit einem Flammenwerfer. Kannst du dir vorstellen, was das für einen Eindruck auf die Zuschauer machen wird? Phantastisch.«

Er stand auf und klatschte in die Hände. »Genug jetzt. Ihr

könnt euch die Injektionen machen, wenn wir mit Packen fertig sind. An die Arbeit.«

Irgend etwas zerbrach in Valerian. Für einen kurzen, triumphalen Moment hatte er geglaubt, daß sich seine geheimen Hoffnungen und Wünsche erfüllen würden, daß er all diesen Schmutz, den er sich seit fünfzehn Jahren injiziert hatte, endlich aus seinem Denken verbannen könnte und wieder zu dem wurde, was er eigentlich war: ein Schauspieler.

Um so niederschmetternder war die Erkenntnis, daß es nicht so war. Er hätte damit rechnen müssen. Harris würde nie wieder Theater machen. Er würde immer nur das spielen, was die Menge sehen wollte. Das, wofür er das meiste Geld bekam. Sie wollten Dreck, und sie bekamen ihn. Sie wollten Sex, Gewalt, Sadismus – und Harris würde sie nicht enttäuschen. Und von ihnen, seiner Truppe, erwartete er es ebenfalls.

Sie standen auf und verließen in geordneten Reihen den Saal. Valerian folgte ihnen mit schleppenden Schritten.

Es war aus, hämmerte es hinter seiner Stirn. Aus-aus-aus-aus! Endgültig.

Er hätte es schon lange erkennen müssen. Schon damals, als Harris mit diesen Stücken begann. Er hatte Blut geleckt, und er würde weitermachen. Egal, was sie sehen wollten, Harris würde es ihnen bieten. Harris würde alles arrangieren. Alles.

Zweieinhalb Stunden Mord, Vergewaltigung, Folter? Bei Harris wurde es geboten.

Halbblind taumelte Valerian aus dem Raum. Sie begannen sofort mit der Arbeit, und Valerian stürzte sich mit einer geradezu besessenen Wut auf die Kisten und Kartons, riß die Dekorationen und Requisiten auseinander und arbeitete, bis sein Herz wie rasend schlug und er taumelte. Für einen Augenblick stieg der irrsinnige Wunsch in ihm auf, zu arbeiten, bis sein Herz aussetzte und er einfach tot umfiel.

Aber das war unmöglich.

Er war Schauspieler, und Schauspieler sterben nicht.

Sie fuhren vor Sonnenaufgang los. Sie hatten einen weiten Weg vor sich, fast sechshundert Meilen, und der alte Truck, der ihre gesamten Requisiten und die Sarkophage mit der Truppe transportierte, war nicht mehr besonders schnell.

Valerian saß am Steuer. Er hatte in dieser Nacht nicht geschlafen. Stundenlang hatte er mit offenen Augen auf dem aufgeklappten Sarkophag gelegen und im Dunkeln gegen die Decke gestarrt. In seinen Gedanken herrschte ein heilloses Chaos. Irgend etwas geschah mit ihm, etwas, das er sich nicht erklären konnte und das ihm Angst bereitete.

»Du siehst müde aus, Valerian«, sagte Harris. Er sprach langsam und schleppend. Eine halbgeleerte Schnapsflasche hüpfte auf dem Armaturenbrett vor ihm, und in seinen Augen flackerte ein seltsamer Glanz. Er war betrunken.

Valerian schüttelte langsam mit dem Kopf. »Es ist nichts, Mr. Harris«, sagte er tonlos.

»Nichts?« Harris kicherte albern und griff nach der Flasche. »Nichts«, wiederholte er langsam. Er nahm einen tiefen Zug und rülpste ungeniert. Valerian starrte auf die Straße und versuchte sich auf die Lenkung zu konzentrieren. Der Autopilot war schon vor Jahren ausgefallen, und Harris war zu geizig gewesen, einen neuen einzubauen. Aber im Moment war Valerian ganz froh darüber. Die Aufgabe lenkte ihn wenigstens etwas ab.

»Sag mir, Valerian«, sagte Harris mit schwerer Zunge, »wie hat dir unser letztes Stück gefallen?«

»Gut, Mr. Harris«, antwortete Valerian, ohne den Blick von der Straße zu nehmen.

»Gut?« Harris kicherte. »Wirklich gut? Ach ja. Valerian fand unser letztes Stück gut.« Er nahm einen neuen Schluck und ließ sich schwer in die Polster des Beifahrersitzes fallen. »Hast du die neue Rolle schon gelernt?« fragte er.

Valerian dachte an die glitzernde Ampulle in seiner rechten Jackentasche. Er dachte an prasselnde Flammen, den Gestank von brennendem Fleisch, an schlitzende Messer und spritzendes Blut, an Schreie und an Shakespeare. Er nickte. »Ja.«

»Und-du-du f-findest es gut?« lallte Harris.

»Es ist gut«, erwiderte Valerian. »Besser als das vorige.«

»Es ist gut«, sagte Harris. »Es muß gut sein. Schließlich seid ihr gute Schauspieler. Und es kommt immer nur auf die Schauspieler an, nicht wahr, Valerian? Ein guter Schauspieler kann auch aus einem schlechten Stück etwas machen, Valerian. Und ihr seid doch gute Schauspieler. Seid ihr gute Schauspieler, Valerian?« Harris kicherte wieder und setzte die Flasche an. Als er fertig war, war sie leer.

»Seid ihr-gute-Schauspieler?« beharrte er.

»Wir sind die letzten Schauspieler, die es gibt«, entgegnete Valerian nach einer Pause.

»Eben!« triumphierte Harris. »Ergo seid ihr auch die besten Schauspieler!« Er kurbelte das Seitenfenster herunter und warf die leere Flasche hinaus.

Valerian starrte angestrengt nach vorne. Der nasse Asphalt glänzte, auf der linken Spur brausten in dichter Folge kleinere Fahrzeuge vorbei, verwischte Schemen im Halbdunkel der Dämmerung. Irgendwo weit vor ihnen tobte ein Gewitter, und im Widerschein der bläulichen Blitze konnte Valerian den dunklen Schatten des Gebirges erkennen, das zwischen ihnen und der Wetterfront lag.

Es begann zu schneien. Glitzernde Schneeflocken leuchteten im Licht der Scheinwerfer auf, am oberen Rand der Windschutzscheibe begann sich eine dünne Eiskruste zu bilden.

»Weißt du, wieviel wir an dem Gastspiel verdient haben?« fragte Harris. »Siebentausendsechshundert, Valerian.« Er beugte sich vor und begann mit ungeschickten Bewegungen im Handschuhfach herumzusuchen. »Lumpige siebentausendsechshundert. Und wieviel, Valerian, glaubst du, bleibt mir davon nach Abzug unserer Unkosten? Wieviel Val-Valerian?« Er zog eine neue Schnapsflasche aus dem Fach und lehnte sich zurück. »Ich will es dir sagen, Valerian. Dreitausend! Lumpige dreitausend, Valerian! Für drei Wochen Arbeit. Und davon gehen noch die Benzinkosten für diesen Truck ab. Und die tausend, die ich dem Autor für die Rollen bezahlen mußte. Unterm Strich bleiben mir nicht einmal tausendfünfhundert. Verdammte tausendfünfhundert, Valerian. Tausendfünfhundert!« Er schraubte die Flasche auf und setzte sie an. Schnaps und Speichel rannen aus seinen Mundwinkeln und tropften auf den Sitz. Durchdringender Alkoholgeruch begann die Fahrerkabine zu erfüllen.

»Was macht ein Mann wie ich mit tausendfünfhundert, Valerian?« fragte er langsam! »Tausendfünfhundert, Valerian. Für drei Wochen Arbeit.«

Valerian schwieg noch immer. Er wußte, daß Harris im Grunde nicht auf eine Antwort wartete. Er wollte nur reden, und es war ihm gleich, ob Valerian ihm zuhörte oder nicht.

»Tausendfünfhundert, Valerian. Tausendfünf . . .« Harris Kopf sackte nach vorne, die Flasche rutschte aus seinen kraftlosen Fingern und zerschellte am Boden. Er war eingeschlafen.

Valerian kuppelte aus und ließ den Wagen langsam an den Straßenrand rollen. Er öffnete die Tür und stieg aus. Es war kalt, selbst er spürte die beißende Kälte an seinen ungeschützten Händen, und er beeilte sich, um die Fahrerkabine herumzulaufen und die Beifahrertür zu öffnen. Harris wachte nicht einmal auf, als er ihn aus dem Wagen hob und vorsichtig nach hinten trug. Harris auf einem Arm balancierend, öffnete er die Hecktür und schaltete die Beleuchtung ein. Er legte Harris behutsam zu Boden und ging zum Vorderteil des Laderaums, wo die Sarkophage standen.

Valerian hob vorsichtig den Deckel seines eigenen Sarkophages ab und stellte ihn beiseite. Er lächelte flüchtig, als er daran dachte, wie Harris sich fühlen würde, wenn er seinen Rausch ausgeschlafen hatte und in dem gläsernen Sarg erwachte. Aber bis dahin waren sie wahrscheinlich längst in Seattle, und er würde Harris wieder nach vorne schaffen, ehe er aufwachte. Er ging zurück, hob Harris auf und trug ihn nach vorne. Er war überraschend leicht, fast wie ein Kind oder eine Stoffpuppe. Valerian bettete ihn behutsam in den engen Behälter und deckte ihn mit ein paar unachtsam liegengelassenen Kleidungsstücken zu. Der Container hatte keine Heizung, und wenn sie in einen Schneesturm oder in ein Gewitter gerieten, konnte es empfindlich kalt werden. Und ein gesunder Harris war schon unerträglich genug.

Er drehte sich um und wollte den Laderaum verlassen. Sein Blick streifte Camillas Sarkophag, und er blieb eine Sekunde stehen, um sie zu betrachten.

Sie war wach. Ihre Augen waren weit geöffnet, und auf ihren Zügen lag ein nachdenklicher Ausdruck.

Valerian beugte sich herab und nahm vorsichtig den Deckel ab. »Du schläfst nicht?« fragte er verwundert.

Sie schüttelte mit dem Kopf. »Ich er – tot?« fragte sie.

»Wer?«

»Er.« Camilla deutete mit einer Kopfbewegung auf den bewegungslosen Harris. »Harris. Ist er tot?«

Valerian schüttelte verwirrt mit dem Kopf. »Tot? Wieso? ICH . . .« Plötzlich lachte er, laut und ausdauernd.

»Er ist nicht tot«, sagte er, als er Camillas verständnislosen Blick bemerkte. »Er ist betrunken. Sinnlos betrunken.«

Sie richtete sich langsam auf. »Betrunken? Aber wieso . . .«

»Mach dir keine Sorgen um ihn«, entgegnete Valerian und lachte immer noch. »In ein paar Stunden kommt er zu sich. Er wird furchtbare Kopfschmerzen haben, mehr nicht. Wieso schläfst du nicht?«

»Ich weiß nicht. Ich liege schon eine ganze Zeitlang wach. Vielleicht ein Defekt am Sarkophag. Siehst du mal nach?«

Valerian nickte. »Sicher. Komm, ich helfe dir raus.« Er hob sie aus dem gläsernen Sarg und stellte sie vorsichtig zu Boden. »Wahrscheinlich ist die Automatik ausgefallen«, murmelte er. »Die Dinger sind genauso alt wie der ganze Ramsch hier. Laß mich nachsehen.« Er kniete neben dem Sarkophag nieder und untersuchte die Schalttafel am Kopfende des Behälters. Nach wenigen Augenblicken hatte er den Fehler gefunden. »Das war's«, sagte er und stand auf. »Ein Kabel war lose.«

Camilla nickte und lächelte dankbar. »Dann kann ich ja weiterschlafen.«

»Bist du denn müde?« fragte Valerian.

»Müde?« Camilla wirkte verwirrt. »Wieso?«

»Wenn du schon mal wach bist«, schlug Valerian vor, »kannst du eigentlich mit nach vorne kommen und mir Gesellschaft leisten. Es ist ziemlich langweilig allein dort vorne.« Er beobachtete angespannt ihr Gesicht. Sie wirkte unentschlossen.

»Keine Angst«, sagte Valerian beruhigend. »Harris wird nichts merken. Der schläft durch bis Seattle.«

Sie nickte zögernd. »Wenn du willst . . .«

»Gut. Komm, wir suchen dir etwas zum Anziehen.« Er zog sie am Arm mit sich zu einem Kleiderstapel und begann darin zu suchen.

»Du siehst gut aus«, lobte er, als sie fertig war. Camilla trug jetzt einen schwarzen Pullover und enge Hosen, dazu einen bestickten Seidenschal und hochhackige Schuhe. Sie wirkte wie eine ganz normale Fünfzehnjährige.

»Komm«, sagte er »gehen wir.«

Er zog sie mit sich. Sie folgte ihm widerspruchslos. An der Tür blieb sie stehen und warf einen fast ängstlichen Blick ins Wageninnere zurück.

»Komm schon«, drängte er. »Niemand wird etwas merken.«

Camilla nickte zögernd.

»Angst?« fragte er spöttisch.

»Nein. Ja-ich-ich weiß nicht.« Sie lächelte unsicher. Sie wirkte jetzt noch jünger. Valerian spürte, wie sein Herz schneller zu schlagen begann. »Komm schon«, drängte er,

»wir können hier nicht stundenlang am Straßenrand stehen.«

Der Schneefall hatte sich unterdessen zu einem mittleren Schneesturm ausgeweitet. Valerian hatte die Türen des Trucks offengelassen, um den Alkoholgestank aus der Kabine zu vertreiben. Auf den Sitzen lag eine zentimeterdicke Schneeschicht. Es war kalt.

Valerian half Camilla beim Einsteigen, ehe er selbst hinter das Steuer kletterte und den Motor anließ.

»Was-was ist das?« fragte Camilla. Sie raffte eine Handvoll Schnee zusammen und hob sie staunend vors Gesicht.

»Schnee«, erklärte Valerian.

»Schnee?«

»Gefrorenes Wasser. Regentropfen, die auf ihrem Weg zur Erde durch kalte Luftschichten gefallen und gefroren sind.«

Camilla betrachtete staunend die weiße, kalte Masse zwischen ihren Fingern. »Schnee«, wiederholte sie leise.

Valerian spürte einen schmerzhaften Stich in seinem Inneren. Er hatte vergessen, daß Camilla nur eine elf/a war und daß ihr Leben bisher nur aus den Auftritten und den Schlafperioden dazwischen bestanden hatte.

»Warst du noch nie draußen?« fragte er nach einer Weile.

Camilla legte den Schnee vorsichtig zurück auf den Sitz und schüttelte mit dem Kopf. »Noch nie. Ist es nicht verboten?«

Valerian zuckte mit den Schultern. »Ich glaube schon. Aber niemand wird etwas dagegen haben, wenn du mir ein wenig Gesellschaft leistest.«

»Und Harris?«

»Harris wird nichts merken«, versprach Valerian. »In sechs oder sieben Stunden sind wir am Ziel.«

»Sechs oder sieben Stunden«, flüsterte Camilla. »Eine lange Zeit. Drei Auftritte.«

»Was verwundert dich daran?«

»Dieser Wagen ist sehr schnell«, erwiderte Camilla.

»Es gibt schnellere.«

»Trotzdem.« Sie beugte sich vor und starrte fasziniert auf die vorüberhuschende Landschaft.

»Es ist noch sehr weit. Fast fünfhundert Meilen.«

»Wieviel ist eine Meile?«

»Wieviel eine . . .« Valerian verstummte betroffen. Plötzlich wurde ihm klar, was Camilla wirklich war oder bisher gewesen war: eine Puppe. Ein Automat, den man vor dem Auftritt aus seiner Verpackung nahm und aufzog, ihn spielen ließ und hinterher wieder sorgsam verpackte. Er sah Camilla nachdenklich an, und so etwas wie Mitleid regte sich in ihm. Nicht ganz Mitleid. Nicht nur. Da war noch etwas anderes, etwas, das er vorher nicht gekannt hatte und das er nicht einordnen konnte.

»Komm«, sagte er. »Ich zeige dir etwas.« Er zog den Truck auf die Standspur herüber und drosselte die Geschwindigkeit. Vor ihnen glitzerte die Leuchtreklame eines Autobahnrestaurants im Schneetreiben. Valerian lenkte den Wagen in die Einfahrt und hielt dicht vor dem Gebäude.

»Was hast du vor?« fragte Camilla.

Valerian lächelte aufmunternd. »Ich will dir etwas zeigen«, sagte er. Er stieg aus, ging um den Wagen herum und öffnete die Beifahrertür. »Steig aus.«

»Aber . . .«

»Steig aus!«

Sie war viel zu verwirrt, um zu widersprechen. Er ergriff ihre Hand und führte sie durch den knöcheltiefen Schnee auf die hellerleuchtete Fassade des Gebäudes zu.

»Was hast du vor?« fragte Camilla. In ihrer Stimme schwang Angst.

Valerian antwortete nicht.

Die automatischen Türen glitten lautlos vor ihnen auf, als sie in den Bereich der Sensoren kamen. Warme Luft schlug ihnen entgegen, der Geruch von frischem Essen, das Lärmen der Gäste.

»Valerian . . .«

»Still!« zischte er. »Wir dürfen nicht auffallen.«

Er steuerte einen freien Tisch an, und sie setzten sich. Camilla zitterte. Sie wirkte blaß und verstört, und in ihren Augen flackerte Angst.

»Beruhige dich«, flüsterte Valerian. »Es passiert schon nichts.«

»Aber – was wir tun, ist verboten.«

»Stimmt«, sagte Valerian fröhlich. »Und?«

Er war nicht halb so optimistisch, wie er sich gab. Er hatte selbst Angst, und am liebsten wäre er aufgesprungen und davongestürzt, so schnell er konnte. Er war noch nie wirklich draußen gewesen. Nicht so wie jetzt. Allein und unter Dutzenden fremder Menschen. Aber er wußte, daß er sich der Situation anpassen konnte. Er mußte es können.

Ein Kellner kam und fragte nach ihren Wünschen. »Einen Kaffee für mich«, sagte Valerian. »Und du, Schatz?«

Camilla zuckte wie unter einem Hieb zusammen und spielte nervös mit dem Saum ihres Schals.

»Ist der jungen Dame nicht gut?« fragte der Kellner.

Valerian versuchte, ein unbekümmertes Gesicht zu machen.

»Wir hatten einen Beinahe-Unfall«, log er. »Sie hat einen leichten Schock.« Er tätschelte beruhigend ihre Hände. »Am besten bringen Sie ihr auch einen Kaffee«, sagte er. Der Kellner nickte und ging.

»Siehst du«, lächelte Valerian, »er hat nichts gemerkt.«

»Valerian, ich habe Angst.«

Er schüttelte geduldig den Kopf. »Dazu besteht überhaupt kein Anlaß«, sagte er mit gespielter Zuversicht. »Niemand wird etwas merken.«

Sie nickte zaghaft, aber er spürte, daß sie ihm nicht glaubte.

Valerian ließ ihre Hand los und sah sich aufmerksam im Lokal um. Trotz der noch relativ frühen Stunde war schon eine Menge Gäste anwesend. Die meisten schienen Fernfahrer zu sein, große, breitschultrige Männer, die sich lautstark unterhielten oder mit halbgeschlossenen Augen über ihren

Kaffeetassen brüteten. Draußen auf dem Parkplatz waren ihm die großen Lastzüge schon aufgefallen, aber irgendwie hatte er sie nicht mit diesen Männern in Zusammenhang gebracht.

Seltsam – da bildete er sich ein, diesem Kind das Leben zeigen zu können. Dabei wußte er selbst nicht viel mehr davon als sie. Der Gedanke an diese Fernfahrer war typisch. Sicher – er hatte die Trucks gesehen. Aber er hatte sie nicht mit Menschen in Zusammenhang gebracht. Für ihn waren sie nichts als Maschinen gewesen, große, silberne Maschinen, die auf unbegreifliche Weise funktionierten.

Daß dafür Menschen nötig waren, war ihm gar nicht in den Sinn gekommen. Menschen – Menschen waren für ihn bisher Zuschauer gewesen. Körperlose Gesichter, die ihn aus dem Dunkel jenseits der Bühne anstarrten und die mit dem Senken des Vorhanges aufhörten zu existieren.

Aber da war noch mehr. Menschsein bedeutete viel, viel mehr, als in einem Theater zu sitzen und den Schauspielern zuzusehen.

Menschsein – das mußte etwas Gewaltiges sein. Er versuchte sich vorzustellen, wie es sein mußte, nach der Vorstellung nicht in den Sarkophag zurückzukriechen, sondern sich umzuziehen und nach Hause zu gehen, in eine kleine Wohnung und zu einer Frau und Kindern, die auf ihn warteten. Er konnte es nicht.

Zum ersten Mal in seinem zwanzigjährigen Etappen-Leben begriff er die wahre Bedeutung des Wortes Schauspieler. Spiel. Spiel – ja, das war es. Er hatte nie wirklich gelebt. Selbst damals, als sie noch gute Stücke gespielt hatten. Er hatte nur für wenige Augenblicke existiert. Er war in die Hüllen der Wesen gekrochen, die er darzustellen hatte, hatte ihre Gefühle gefühlt und ihre Schmerzen ertragen, hatte ihre Gedanken gedacht, geliehene Gedanken, vorprogrammierte Handlungsabläufe. Gedanken, die irgendwelche Autoren für ihn vorfabriziert hatten, ihre Gedanken, übertragen auf seine Person.

»Valerian, ich möchte hier weg«, sagte Camilla.

Er schrak aus seinen Gedanken auf. »Wie?«

»Ich möchte gehen.«

»Einen Augenblick noch, Schatz«, sagte er. »Wir müssen unsere Bestellung abwarten. Oder willst du, daß jemand Verdacht schöpft?«

»Warum tust du das, Valerian?« fragte Camilla mit zitternder Stimme. In ihren Augen glitzerten Tränen.

»Was?«

»Warum quälst du mich so?«

»Ich quäle dich?« fragte er verwundert. »Aber – ich versuche bloß, dir zu zeigen, daß es außerhalb deiner gläsernen Gefängnisse noch etwas anderes gibt.«

»Valerian – ich – ich habe Angst.«

»Das ist ganz natürlich«, erwiderte er. »Alles, was neu ist, macht uns Angst. Aber du wirst dich daran gewöhnen.« Er lächelte aufmunternd. »Es ist ganz menschlich, Angst zu haben.«

»Aber wir sind keine Menschen, Valerian.«

»Was – was hast du gesagt?« fragte er stockend.

»Wir sind keine Menschen«, wiederholte sie stockend. »Wir sind Schauspieler. Cyborgs, Maschinen, mehr nicht. Wir dürfen das nicht tun.«

»Was?«

»Uns als Menschen ausgeben. Ich habe Angst, Valerian. Laß uns gehen. Bitte.«

– keine Menschen – hämmerte es in seinem Schädel. – wir sind keine Menschen –

Herrgott, für einen Augenblick hatte er vergessen, was er wirklich war, was *sie* waren. Camilla hatte recht. Sie waren Automaten. Perfekte Maschinen, wie die großen Lastzüge draußen auf dem Parkplatz, nur daß sie keinen Menschen brauchten, um zu funktionieren.

Er stand auf. »Komm«, sagte er gepreßt. »Laß uns gehen.«

Er legte eine Handvoll Münzen auf den Tisch und nahm Camilla bei der Hand. – keine Menschen. Maschinen, Cyborgs –

Sie gingen langsam zum Ausgang. Ein paar Männer sahen von ihren Gesprächen auf, als sie an ihnen vorübergingen, jemand pfiff bewundernd hinter Camilla her.

Angst packte ihn. Gott, sie mußten es sehen! Jedermann mußte ihnen ihre wahre Herkunft ansehen. Während er mit erzwungener Ruhe auf die gläserne Eingangstür zuging, hatte er plötzlich den absurden Gedanken, daß sie vor und neben ihnen das Klirren seiner stählernen Gelenke hören mußten, daß ihre Blicke wie Röntgenstrahlen durch seine Kleider und seinen Körper hindurchgehen konnten, daß sie seine künstlichen Organe sahen. Er kämpfte verzweifelt gegen den Impuls an, einfach loszurennen.

Du bist verrückt, versuchte er sich einzureden. Niemand konnte sie erkennen. Sie waren perfekt, nicht einmal ein Arzt hätte so ohne weiteres erkannt, daß sie künstliche Gebilde waren. Und trotzdem glaubte er die Blicke der Menschen wie scharfe Messer in seinem Rücken zu spüren.

Eine Unendlichkeit schien zu vergehen, bis sie schließlich draußen waren. Als sich die gläsernen Doppeltüren hinter ihnen geschlossen hatten und Valerian sicher war, daß man sie von drinnen nicht mehr sehen konnte, rannten sie los.

Camilla lief geradewegs zur Hecktür des Trucks, und Valerian hinderte sie nicht daran.

Er half ihr, sich der Kleider zu entledigen und sich wieder in den Sarkophag zu legen. »Valerian«, flehte sie mit zitternder Stimme. »Bitte, tu das nie wieder mit mir. Bitte.«

Er nickte. »Keine Sorge. Willst du schlafen?«

»Ja.«

Er stemmte den Deckel des Sarkophags hoch und legte ihn in die Fassung. Camilla schloß die Augen. Sie zitterte immer noch, und unter ihren Lidern rannen Tränen hervor.

Valerian bückte sich und schaltete den Minicomputer des Behälters ein. Ein leises Summen klang auf. Camillas Atem beruhigte sich fast augenblicklich. Sie war eingeschlafen.

Valerian schlich vorsichtig zu dem Sarkophag mit dem bewußtlosen Harris hinüber. Er lag noch genauso da, wie er ihn verlassen hatte. Niemand würde etwas von ihrem Ausflug merken.

Er verließ den Laderaum und kämpfte sich durch die treibenden Schneeflocken zum Führerhaus vor. Seine Gedanken jagten sich immer noch, und in seinem Kopf war ein heilloses Chaos. Er verursachte fast einen Unfall, als er sich wieder in den fließenden Verkehr einfädelte. Der Fahrer des Wagens, den er um ein Haar abgedrängt hätte, fuhr ein Stück weit neben ihm, hupte unaufhörlich und drohte mit der Faust. Wahrscheinlich würde er eine Anzeige machen, aber das störte Valerian in diesem Moment nicht. Harris würde nie zugeben, daß er einen Cyborg ans Steuer gelassen hatte.

Er fuhr langsam und konzentriert. Camillas Worte gingen ihm nicht aus dem Kopf.

– wir sind keine Menschen –

– keine Menschen –

Keine Menschen?

Aber wieso hat sie geweint, als sie das sagte?

Tja, und nach meiner allerersten Geschichte hier nun meine erste Geschichte – nein, ich habe noch nicht die Übersicht verloren, die Sache hat schon ihre Richtigkeit. *Hamlet 2007* war meine erste veröffentlichte Geschichte, während es sich bei *Frankenstein & Co* um meine erste professionell veröffentlichte Short-Story handelt – alles klar? Möglicherweise irrt noch die eine oder andere Story von mir in irgendeinem uralten Fanzine herum, die früher datiert, aber solcherlei Ausrutscher (sie sind allesamt verschollen – Gott sei dank!) buche ich unter dem Begriff ›Jugendsünden‹ ab – ich kann nicht einmal mehr genau sagen, ob es nun zwei, drei oder mehr waren. Zum Glück ist darüber eine Menge Gras gewachsen.

Was, sollte es unter den Lesern dieses Buches jemanden geben, der noch im Besitz einer solchen ist, ihn nicht daran hindern soll, mir eine Fotokopie zukommen zu lassen ...

Aber noch einmal zu *Frankenstein & Co.* Ich habe die Geschichte damals gar nicht ernst gemeint und hätte mir nie träumen lassen, daß sie gar gut genug für eine professionelle Veröffentlichung sein könnte. Außerdem habe ich sie in einer Form eingereicht, die Friedel Wahren, der Lektorin des Heyne-Verlages, wahrscheinlich zu einigen grauen Haaren verholfen haben dürfte. Um so größer meine Überraschung, als ich dann nach einigen Wochen eine Zusage erhielt – tatsächlich meine erste ›richtige‹ Veröffentlichung. Ich glaube, ich habe mich damals mehr darüber gefreut als heute, wenn ich den ersten Beleg eines neuen, schön gebundenen Buches in Händen halte.

So ist das nun mal mit dem berühmten ›ersten Mal‹. Ganz gleich, was danach kommt, man vergißt es nie ...

Vielen Dank, Frau Wahren.

Frankenstein & Co

Hätte ich an diesem Morgen auch nur im entferntesten geahnt, was der Tag bringen würde, hätte ich mich wahrscheinlich in meinem Apartment verbarrikadiert oder einen Flugschein zum Pluto gelöst, anstatt wie jeden Tag ins Institut zu gehen. So aber . . .

Sie haben sicher damals das ganze Fiasko über TRIVI verfolgt und wahrscheinlich genauso darüber gelacht wie alle anderen – warum auch nicht? Aber immerhin war ich damals derjenige, der den Großteil der Prügel einstecken mußte. Und ich meine, selbst – oder vielleicht gerade – nach einer so langen Zeit haben Sie das Recht, einmal über die Hintergründe der ganzen Affäre aufgeklärt zu werden.

Es begann ganz harmlos, so wie fast alle wirklichen großen Ereignisse ganz harmlos anfangen.

Als ich die weitläufige, altmodisch eingerichtete Empfangshalle des Instituts betrat, sah ich, daß ich bereits erwartet wurde. CI IV, unser Kybernaut, stand neben dem Fahrstuhlschacht und unterhielt sich mit dem Liftboy (unser Institut war nach außen hin schon immer etwas altmodisch). Als er mich sah, warf er alle acht Arme in die Luft, ließ den Fahrstuhlführer mit verdutztem Gesicht stehen und raste auf mich los. »Endlich«, kreischte er. »Wir dachten schon, du kommst überhaupt nicht mehr!«

Ich blieb stehen, machte ein ratloses Gesicht und sah demonstrativ auf die Uhr. Ich hatte mich um knapp drei Minuten verspätet.

Aber CI IV ließ mir keine Zeit, meiner Verwunderung in irgendeiner Form Ausdruck zu verleihen. Er packte mich am Handgelenk, wirbelte auf der Stelle herum und zog mich hinter sich her, ohne auf meinen Protest zu achten. Einen

Moment lang sah es fast so aus, als wolle er mich die ganzen zweiundneunzig Etagen die Treppe hinaufschleifen, aber er begnügte sich damit, mich in die Liftkabine zu stoßen.

»Was – was ist denn los?« fragte ich, nachdem ich wieder zu Atem gekommen war.

»Wir haben ihn! Wir haben ihn!« kreischte er, wobei seine dünnen Metalltentakel durch die Luft zischten. Ich zog vorsorglich den Kopf ein und wartete darauf, daß sie sich verknoteten. »Wir haben ihn!« Außer diesen drei Worten und unverständlichem elektronischen Gekreisch war aus ihm nichts herauszubekommen.

Der Lift hielt an. CI IV packte mich erneut und spurtete los, in Richtung auf mein Büro.

Der Anblick, der sich mir bot, ließ mich den Ärger über den wildgewordenen Kybernauten augenblicklich vergessen.

Der Raum glich einem Hexenkessel. Sämtliche Computerterminals waren zu hektisch blinkendem Leben erwacht. Techniker in weißen Kitteln und Kybernauten hasteten durch den Raum, wedelten mit Papierstreifen oder hämmerten auf den Eingabe-Tastaturen herum, als gelte es, den Weltrekord im Programmieren zu brechen.

Renn, Boyd und Dawlin saßen am Konferenztisch. Papiere und überquellende Aschenbecher bedeckten die Platte in chaotischer Unordnung; eine Sektflasche kreiste.

Ich runzelte demonstrativ die Stirn. Ich habe nichts gegen Alkohol, im Gegenteil. Aber im Dienst ...

Dawlin entdeckte mich als erster. Er sprang auf, stieß dabei den Stuhl um und schrie irgend etwas, das ich über dem allgemeinen Getöse nicht verstehen konnte.

Augenblicke später stürzte sich die ganze Meute auf mich. Natürlich versuchte jeder gleichzeitig, mir etwas zu erzählen. Und natürlich verstand ich kein Wort. Bis dahin war ich immer stolz auf meine Abteilung gewesen – sie war die einzige im ganzen Institut, die noch nie durch Disziplinlosigkeit aufgefallen war – und jetzt das!

Ich setzte meine Aktentasche mit bewußt langsamen

Bewegungen auf den Boden, holte tief Luft und schrie aus vollen Lungen:

»Ruhe!«

Die Wirkung war erstaunlich – Renn, Boyd und Dawlin verstummten augenblicklich, CI IV einen Sekundenbruchteil später. Dafür sahen mich alle plötzlich mit einem derart verständnislosen Ausdruck an, als hätte ich chinesisch gesprochen oder sonst etwas.

»Vielleicht«, fragte ich mit erzwungener Ruhe, »ist jemand so gütig, mir zu erklären, was hier überhaupt vorgeht?«

Boyd schluckte. »A-aber, wissen S-sie d-denn nicht . . .«

»Nein«, sagte ich leise. »Ich weiß nicht.«

»Sie-Sie haben keine Nachrichten gehört?«

Ich schüttelte den Kopf. »Nein. Heute nicht und auch gestern abend nicht. Warum? Kommen die Marsmenschen?«

Niemand lachte.

»Äh . . . wir . . . wir haben ihn . . .«, sagte CI IV zaghaft. Ich bedachte ihn mit einem Blick, der einem Voodoopriester Ehre gemacht hätte. »Wen? Den Kaiser von Mesopotamien?«

CI IV wich einen Schritt zurück und verknotete jetzt doch noch seine Arme. Die Kybernauten der CI-Serie gehören zu den am höchsten entwickelten Robomaten, und CI IV war mit einem Gefühlssektor ausgestattet, der es ihm sogar gestattete, so komplizierte Gefühle wie Angst zu verspüren. Im Moment schien er ihn zu gebrauchen . . .

»Also?« fragte ich. »Wen oder was habt ihr?«

»F-Franken-Frankenstein«, stotterte CI IV.

Für eine endlose Sekunde herrschte Schweigen. Dann griff ich nach dem Glas, das Renn in der Hand hielt, setzte es an und leerte es in einem Zug.

Und dann lag ich plötzlich in CI IVs Metallarmen, lachte und schrie und stimmte in den allgemeinen Jubel ein.

Ich Idiot.

»Setzen Sie sich, Walt.« Ciser deutete auf einen freien Stuhl und wartete, bis ich der Aufforderung nachgekommen war. »Sie wissen, warum ich Sie habe kommen lassen?«

»Sicher. Schließlich höre ich ja auch Nachrichten.«

Ciser lächelte zufrieden. Sein fettes Gesicht glänzte. Er fuhr sich mit einer affektierten Geste durchs Haar, lehnte sich zurück und begann mit den Fingerspitzen gegen seine Schneidezähne zu trommeln. Eine ekelhafte Angewohnheit.

»Sie wissen, welche Auszeichnung es für unser Institut bedeutet, daß ausgerechnet wir den Auftrag bekommen haben?« fragte er nach einer Weile. Ich nickte pflichtschuldig. Ciser war der Boß, und er konnte verdammt unangenehm werden, wenn man ihn spüren ließ, daß man nicht so dumm war, wie er glaubte.

»Ich habe Sie und Ihre Gruppe ausgewählt«, fuhr er fort, »trotz der Bedenken meiner Vorgesetzten. Ich hoffe, Sie werden das Vertrauen rechtfertigen, das ich Ihnen entgegenbringe, Walt.« Er beugte sich vor, setzte eine Verschwörermiene auf und sagte im Flüsterton: »Die anderen Institute warten nur auf einen Fehlschlag. Und den können wir uns auf keinen Fall leisten. Nicht bei dieser Sache. Sie wissen, wie lange wir auf die Freigabe gerade dieses Projektes gewartet haben.«

Ich nickte abermals. Und ob! Seit beinahe zwanzig Jahren, seit DEM FUND, warteten wir – und mit uns alle anderen Universitäten des Sonnensystems – darauf, daß Frankenstein endlich freigegeben wurde. Aber wahrscheinlich war es ganz gut, daß der Zentralcomputer sich dieses Buch bis zum Schluß aufgehoben hatte.

Eigentlich war es nur ein Experiment gewesen; zu Anfang. Eines unserer Tiefseeboote hatte vor zwanzig Jahren das Wrack eines Schiffes gefunden – eines Schiffes aus der Zeit VOR DER KATASTROPHE! Selbst heute erinnerte ich mich noch lebhaft an die Aufregung, die dieser Fund damals unter den Fachleuten hervorrief. Vieles von dem, was wir als gesicherte Tatsache angesehen hatten, mußte revidiert werden.

Unser Weltbild aus der Zeit vor dem Zusammenbruch wurde auf den Kopf gestellt. Aber das war eigentlich nicht weiter verwunderlich. Es war nach dem Zusammenbruch nicht viel übriggeblieben. Und das wenige, das die Katastrophe überstanden hatte, war in den folgenden fünftausend Jahren verlorengegangen, ehe die Zivilisation langsam wieder auferstanden war. Das erstaunlichste – und wertvollste – war DER FUND gewesen; eine kleine, harmlose Metallkiste, einer von den Behältern, in denen die Seefahrer des ersten Zeitalters ihre persönlichen Habseligkeiten aufbewahrt hatten.

Die Kiste war bis zum Rand mit Büchern gefüllt. Man stelle sich vor: echte, zum Teil sogar illustrierte Bücher, mehr als siebentausend Jahre alt! Die ersten realen Zeugen der alten Zeit.

In Fachkreisen war eine Revolution ausgebrochen.

Die meisten Bücher waren beschädigt, trotz Vakuum und absoluter Abgeschlossenheit zu Staub zerfallen, aber einige wenige waren erhalten geblieben und zum Großteil restauriert worden.

Wir begannen den Inhalt der Bücher zu analysieren und Teile des Geschehens nachzuvollziehen. Zuerst natürlich nur so für uns, aber dann kam jemand auf die Idee, das Ganze der Öffentlichkeit zugänglich zu machen, und in kurzer Zeit entwickelte sich die Sache zur beliebtesten TRIVI-Serie der letzten fünfhundert Jahre. Und beinahe zwangläufig wurde ein Wettbewerb zwischen den verschiedenen Universitäten daraus.

Ich mußte mir ein siegesbewußtes Grinsen verbeißen, als ich an unseren letzten Auftrag dachte. Die Sache war schwer gewesen – schwerer als alles zuvor –, aber wir hatten es geschafft. Der Einfallsreichtum unserer Vorfahren versetzte uns dabei immer wieder in Erstaunen. Ihre technologische Entwicklung muß viel weiter gewesen sein, als wir immer geglaubt hatten. Selbst uns und unseren beinahe allwissenden Computern hatte es monatelanges Kopfzerbrechen bereitet, eine Methode zu finden, mit der man ein Unterseeboot mittels einer Dampfmaschine antreiben konnte – und dabei so erstaunliche Leistungen vollbrachte wie der legendäre Kapitän Nemo. Aber es hatte geklappt. Zwanzigtausend Meilen unter dem Meer war ein voller Erfolg geworden. Für die Wissenschaft und für uns.

»Also!« Cisers Stimme riß mich aus meinen Gedanken. »Ich verlasse mich auf Sie, Walt. Wann fangen Sie an?«

Ich stand auf. »So schnell es geht.«

»Also morgen.« Er nickte zufrieden. »Sie können jetzt gehen. Sicher haben Sie noch vieles mit Ihren Leuten zu besprechen.«

Es war gar nicht so einfach, einen geeigneten Ort zu finden. Sully oder Shelley oder wie der Verfasser der Frankenstein-Dokumentation hieß (der Einband war zerfallen und konnte nicht mehr rekonstruiert werden, so daß wir bei dem genauen Namen auf Vermutungen und Hinweise aus anderen Büchern angewiesen waren), schrieb ausdrücklich einen alten, von Spinnen und Fledermäusen bewohnten Turm vor. Renn, der Perfektionist, bestand natürlich auf einer möglichst getreuen Kopie. Aber ich konnte ihn mit viel Mühe überzeugen, daß ein Turm allein ausreichen würde. Fledermäuse und Spinnen dienten wohl nur zur Auflockerung der Atmosphäre, so daß wir getrost darauf verzichten konnten. Ganz davon abgesehen, daß niemand wußte, was eine Fledermaus war.

Es gab keine mehr.

Aber es gab auch keine alten Türme mehr. Wir durchforschten sämtliche Register der Computerbibliothek, ohne auch nur ein annähernd geeignetes Gebäude zu finden. Schließlich machte Renn den Vorschlag, einen Turm zu bauen. Er drängte sich immer in den Vordergrund, wenn es darum ging, sich Arbeit aufzuhalsen. Vielleicht konnte ich ihn deswegen nicht leiden – aber das gehört nicht hierher ... Wir machten also einen geeigneten Berg ausfindig, ließen das darauf stehende Observatorium abreißen und einen Turm errichten.

Ich muß sagen – er war uns gelungen. Selbst ich konnte ein Schaudern nicht unterdrücken, als ich eine Woche später das Gebäude besichtigte – einen riesigen, finsteren Steinturm, aus groben Blöcken zusammengefügt und absolut schwarz. Irgendwie war es den Technos gelungen, dem Gebäude das Flair von etwas Fremdem, Unheimlichem zu geben – ohne dabei zu dick aufzutragen. Eine breite, morsche Holztreppe führte hinauf ins Labor unter dem Dach. Wir gingen hinauf, begleitet von einem feierlichen Gefühl und den lautlosen Aufnahmekugeln der TRIVI – und dem Wissen, daß von nun an die Blicke von achthundert Milliarden Menschen im gesamten Sonnensystem jede unserer Handlungen verfolgen würden. Ein unangenehmes, aber gleichzeitig prickelndes Gefühl.

Das Labor war vorbereitet. Leider hatte Sully – oder Sally – uns nicht viele Hinweise über die genaue Funktion der Apparaturen hinterlassen, so daß die gesamte Anlage mehr oder weniger neu erfunden werden mußte. Aber wir hatten ja die leistungsfähigsten Computer der Menschheitsgeschichte zur Verfügung – und wir wußten genau, wonach wir suchten.

Diese Vorteile hatten unsere Altvorderen nicht. Ich konnte nicht anders – beim Anblick der komplizierten Geräte, des sinnverwirrenden Durcheinanders von Drähten und Schläuchen und Kabelverbindungen und Glasbehältern, der mächtigen Kupfersäulen, die von der Decke hingen, packte mich Ehrfurcht. Unter den primitiven Verhältnissen, die damals herrschten, mußte es eine ungeheure Leistung gewesen sein, eine solche Anlage zu ersinnen und zu bauen. Die Kühnheit des Gedankens erschreckte mich fast. Leben aus der Retorte – das war nichts Neues. Aber Tote wieder aufzuwecken, einen einmal Gestorbenen nach Jahren wieder ins Leben zu rufen – statt nach ein paar lächerlichen Wochen, wie bei uns –, den Tod endgültig zu besiegen ... das ewige Leben ... Sie hatten etwas geschafft, wovon selbst unsere kühnsten Wissenschaftler vor ein paar Jahren nur geträumt hatten. Warum hatten sie nach einem einzigen Fehlschlag aufgegeben?

Ich schüttelte den Gedanken ab und machte mich an die Arbeit. Bald würden wir wissen, wie sich unsere Vorfahren gefühlt hatten, was es bedeuten mußte, den Schlüssel zur Ewigkeit in Händen zu halten.

»Walt?» Cisers Stimme wisperte in meinem Kopf. »Alles in Ordnung?«

Ich nickte unwillkürlich. ›Ja‹, telepathierte ich zurück. ›Sobald es dunkel ist, können wir anfangen. Wann kommen die Leichenteile?‹

›Die Organbank liefert in einer halben Stunde – jedenfalls haben sie das versprochen. Das Gehirn bereitet noch Schwierigkeiten.‹

›Wieso?‹

›Sie haben so etwas noch nie hergestellt‹, gab Ciser zurück. ›So etwas wurde noch nie benötigt. Aber ich denke, sie werden es schaffen.‹

›Okay – Ende.‹

Ich setzte mich in eine Ecke, lehnte mich gegen die Wand und genoß für einen Moment die kühle Glätte des nackten Gesteins. Sowie es dunkel wurde, würde es losgehen.

Die Sonne versank mit einem letzten Aufflackern von Rot und Orange hinter dem Horizont. Gleichzeitig schob sich eine schwere dunkle Wolkenbank über die Gipfel der nahen Berge.

»Die Gewitterfront«, murmelte Renn.

Ich nickte. »Die Jungs von der Wetterkontrolle sind pünktlich.«

Renn lacht leise. »Wahrscheinlich hätten sie auch die Planetendrehung angehalten, wenn es nötig gewesen wäre«, meinte er. Er trat an die brusthohe Mauer, die die Plattform auf der Turmspitze abgrenzte, stützte sich darauf und sah in die Tiefe.

»Ich bin selbst ganz aufgeregt. Ob es klappt?«

»Keine Ahnung«, murmelte ich. »Die Computer sagen

zwar ja – aber du weißt, was ich von den Vorhersagen dieser Blechidioten halte . . .«

»Blechidioten?« echote eine Stimme hinter mir.

Ich drehte mich um. CI IV war uns unbemerkt gefolgt, und natürlich hatte er unsere Unterhaltung belauscht. Seine Antennen zitterten empört, und in seinen trüb-roten Kristallaugen flackerte elektronische Wut. »Ein Computer besteht aus hochwertigen Materialien«, deklamierte er. »In jahrelanger, sorgfältiger Arbeit zusammengesetzt, programmiert von Hochleistungsmaschinen und . . .«

»Schon gut, CI IV«, unterbrach ihn Renn. »Wir wissen, wie zuverlässig deine großen Brüder sind. Walt hat es nicht so gemeint.«

Ich grinste still in mich hinein. CI IV war ein hervorragender Arbeitskybernaut, der beste, mit dem ich je zusammengearbeitet habe. Aber wenn es um seine oder die Ehre seiner Kollegen ging, konnte er empfindlich reagieren. Und das artete dann oft in stundenlange Streitgespräche aus.

Renn deutete auf die wuchtigen Gebilde, die am Südrand der Plattform aufgebaut worden waren. »Wir haben keine Zeit für lange Streitereien. Der Sturm wird jeden Augenblick losbrechen. Wir müssen die Drachen starten.«

Ich nickte und folgte ihm. Die beiden Drachen waren große eckige Gebilde aus Kunstseide und Draht, die an langen, unzerreißbaren Kupferdrähten aufgelassen wurden. Zusammen mit CI IV wuchteten wir die sperrigen Gebilde in die Startposition.

Als wir fertig waren, stand uns beiden der Schweiß auf der Stirn. Renn trat zurück und begutachtete unser Werk.

»Ein Glück, daß Shelley uns so genau beschrieben hat, wie das funktioniert.« Er deutete auf die dicken Drahtrollen, von denen armdicke Stromleitungen ausgingen. »Von selbst wäre ich niemals auf die Idee gekommen, elektrische Energie durch das Steigenlassen von Drachen zu gewinnen.«

Ich nickte wortlos. Renn hatte genau das ausgedrückt, was ich beim Anblick der zugleich primitiven und genialen

Apparatur empfand. Natürlich hätten wir es einfacher haben können. Ein einziger transportabler Generator konnte leicht das Zehnfache an Energie liefern. Aber uns kam es auf eine möglichst getreue Rekonstruktion des Frankenstein-Experiments an; jede noch so kleine Veränderung konnte katastrophale Folgen haben.

»Du kommst allein zurecht?«

Renn machte ein zuversichtliches Gesicht. »Klar. Sobald der Wind einsetzt, lasse ich die Dinger hoch.«

CI IV und ich verließen das Dach. Boyd und Dawlin erwarteten uns bereits ungeduldig.

»Kann es losgehen?« fragte Boyd.

»Ja. Sowie der Sturm losbricht, läßt Renn die Drachen steigen – seid ihr soweit?«

»Immer«, entgegnete Dawlin aufgeräumt. Er deutete auf die schmale Metallpritsche, auf der unser Monster lag. Vom eigentlichen Körper war nichts zu erkennen, nur vage Umrisse unter einer dicken Schicht aus Tüchern und Binden, die das Konglomerat aus Körperteilen zusammenhielt.

»Prima«, flötete CI IV an meiner Seite. »Laß ihn hoch.«

Dawlin sah den Kybernauten verdutzt an, ehe er sich zögernd umdrehte und dem Befehl nachkam.

»CI IV«, begann er wütend. »Vielleicht hast du vergessen, wer hier der Boß ist . . .«

Cisers telepathische Meldung unterbrach mich.

›Walt?‹

›Ja?‹

›Wie weit seid ihr?‹

›Fertig. Sobald die Drachen oben sind, geht es los.‹

Die gedankliche Stimme schwieg einen Augenblick. Dann fuhr Ciser fort: ›Okay. Ihr seid ab jetzt auf Sendung. Viel Glück.‹

Ich nickte unwillkürlich und bemühte mich, meinem Gesicht einen möglichst würdevollen Ausdruck zu verleihen. Immerhin verfolgten jetzt Milliarden Menschen auf neun Planeten jeden meiner Handgriffe.

Die TRIVI-Kameras, die bis jetzt untätig unter der Decke gehangen hatten, bewegten sich tiefer. Eine der faustgroßen Kugeln schwebte direkt auf Boyd los, der sich schwitzend und fluchend mit der quietschenden Winde abmühte, welche die Pritsche mit dem Monster in die Höhe wuchtete, wo die beiden Pole der Blitzfänger wie die Fühler skurriler Rieseninsekten aus der Decke ragten.

Wind kam auf. Ich hörte das Heulen und Winseln des Sturmes durch die dicken Mauern des Turms. Oben würde Renn jetzt die Drachen starten. Erregung packte mich. Es war soweit. Wenn weiterhin alles gutging wie bis jetzt, würden wir in wenigen Stunden die Antwort auf die älteste Frage der Menschheitsgeschichte haben – die Frage, ob der Tod wirklich unvermeidlich war.

Von oben ertönte ein grauenhafter Schrei. Boyd, Dawlin und ich standen eine Sekunde lang starr vor Überraschung und Entsetzen. Dann brach der Schrei ab, und eine Stille trat ein, die auf sonderbare Weise noch grauenvoller war als der Schrei.

CI IV reagierte zuerst. Er wirbelte herum und raste die Treppe hinauf. Ich folgte ihm, so rasch ich konnte.

Eine Windböe packte mich, als ich das Innere des Turms verließ. Ich stolperte, taumelte einen Schritt zurück und prallte gegen Boyd, der hinter mir auf das Dach drängte. Dawlin rannte von hinten in Boyd hinein und rettete uns so davor, die Treppe hinunterzufallen.

Aber wir verschwendeten keinen Gedanken daran. Der Anblick, der sich uns bot, war zu gräßlich, als daß wir außer Entsetzen überhaupt noch etwas anderes empfinden konnten.

Das weite Rund des Daches glänzte im schwachen Sternenlicht. Wind heulte um die Brüstung, fing sich in den Zacken der Mauerkrone und sang ein seltsames, melancholisches Lied. Und bis auf die schlanke Gestalt des Kybernauten, der reglos in der Mitte der Plattform stand und die Arme in verlegenen Gesten hin und her bewegte, war das Dach leer.

Renn war fort.

Wieder dauerte es Sekunden, bis einer von uns zu vernünftigem Handeln fähig war. Schließlich rappelte sich Boyd vom Boden auf und ging langsam zur Brüstung hinüber. Wir folgten ihm schweigend. Jeder von uns ahnte, was passiert sein mußte, aber keiner brachte den Mut auf, die Wahrheit auszusprechen.

Ich trat neben Boyd, stützte mich auf die glitschige Brüstung und lehnte mich vor, bis ich hinuntersehen konnte. Die wuchtigen Mauern des Turms fielen mehr als hundert Meter weit senkrecht in die Tiefe. Regen peitschte gegen die Flanken, ließ den Stein feucht aufglänzten und durchnäßte uns bis auf die Haut. Aber ich spürte nichts davon. Ich sah nur in die Tiefe, diese schreckliche, leere Weite, die hinter der Brüstung gähnte, ein schweigendes Ungeheuer, das geduldig auf seine Opfer lauerte. Was passiert war, war klar. Renn mußte zu dicht an die Brüstung getreten sein. Ein plötzlicher Windstoß, ein unglücklicher Schritt auf dem schlüpfrigen Boden . . .

Grauenhaft.

Ich schloß für einen Moment die Augen und kämpfte mit den Tränen. Ich hatte mir immer eingebildet, Renn eigentlich nicht leiden zu können – aber man arbeitet kaum zweihundertfünfzig Jahre mit einem Mann zusammen, ohne auch die guten Seiten an ihm kennenzulernen.

Und nun war er tot.

»Walt!«

»?«

»Walt! Hilfe!«

Die Stimme wurde fast vom Heulen des Windes verschluckt, und sie hörte sich an, als käme sie von . . .

»Waaaalt! Verdammt noch mal, Boyd! CI IV, Dawlin! Hilfe! Hiiilfee!«

Der Schrei kam von OBEN!

Unsere Köpfe flogen in den Nacken. Und da sahen wir es.

Die Drachen schwebten fast dreißig Meter über dem Dach, zwei kleine, im Toben des Orkans kaum auszumachende Farbtupfer, die am Ende ihrer Halteleinen sprangen und hüpften.

Und an einem von ihnen, mit den Beinen zappelnd und verzweifelt um Hilfe schreiend, hing Renn.

Wir mußten bis zum nächsten Abend warten, ehe wir den zweiten Versuch starten konnten. Zum einen, weil Renn sich von dem unfreiwilligen Abenteuer erholen mußte, zum anderen, weil Cisers Wutausbruch den Rest der Nacht in Anspruch nahm.

Im nachhinein konnte ich Renn nicht einmal böse sein. So wie er die Geschichte erzählte, hatte der Wind den Drachen gepackt und in die Luft gerissen, ehe er ihn loslassen konnte. Und als ihm klar wurde, was passiert war, befand er sich bereits über dem Rand des Dachs, hundert Meter über dem Boden.

Trotzdem war er jetzt hier unten im Labor, um mir zu helfen, und CI IV stand auf dem Dach, um den Drachen zu starten.

Es war alles bereit. Die Pritsche mit dem Monster hing unter der Decke, das Gewitter hatte auf die Minute genau eingesetzt, und die TRIVI-Kameras umschwirrten uns wie ein Schwarm aufgeregter Chrominsekten. Wie mir Ciser anschließend erzählte, hatten wir eine Rekordsehbeteiligung.

Wir waren alle bis aufs äußerste gespannt. Nach dem Fiasko vom Vortage durfte nichts mehr passieren, wenn wir unseren guten Ruf nicht ganz verlieren wollten.

»Bereit?« fragte ich.

Renn nickte wortlos und beugte sich noch ein Stück weiter über die Schalttafel. Seit der vergangenen Nacht war er seltsam still geworden.

›Es kann losgehen‹, dachte ich.

›In Ordnung‹, antwortete Ciser. ›Ich gebe der Wetterkontrolle Bescheid, damit die Blitze anfangen.‹

Wir warteten. Zwei, drei Minuten lang geschah gar nichts,

dann rollte der erste Donnerschlag durch die Luft. Wir starrten wie gebannt auf die Liege mit dem Monster, die zwischen den Elektroden unter der Decke pendelte. Ich spürte die gleiche Spannung wie am Vortage in mir aufsteigen. Selbst Renn, der den Blick den ganzen Tag lang nicht vom Boden erhoben hatte, starrte nach oben.

Und dann war es soweit.

Ein helles, metallisches Reißen peinigte unsere Ohren, ließ uns zusammenzucken und zauberte blaues Elmsfeuer unter die Decke.

»Gleich muß es pass . . .«

Die schwere Holztür, die den Durchgang zum Dach verschloß, wurde mit einem ohrenbetäubenden Krach aus den Angeln gerissen und fiel polternd zu Boden. In der Tür erschien ein dunkelrot glühendes Etwas. Und dann polterte CI IV kreischend und scheppernd die Treppe herunter. Funken stoben. Es stank durchdringend nach Ozon.

Der Kybernaut blieb am Fuß der Treppe liegen. Sein Körper glühte an verschiedenen Stellen hellrot und strahlte eine mörderische Hitze aus. Zwei seiner Metallhände waren zu schwarzen Stümpfen verkohlt. Er wimmerte leise und versuchte mir etwas zu sagen, aber alles, was er herausbrachte, war ein gurgelndes, helles Klappern, als hätten sich in seinem Innern verschiedene Zahnräder gelöst und klirrten durcheinander.

»Bäng!« machte Renn schadenfroh. »Der Junge hat eine gewischt gekriegt.«

Cisers Kommentar war nicht druckreif.

Aber wir hatten wenigstens die Lacher auf unserer Seite.

Diesmal mußten wir drei Tage warten, ehe es wieder soweit war. CI IVs Reparatur nahm die meiste Zeit davon in Anspruch. Wir hätten natürlich einen anderen Kybernauten einsetzen können, aber wir waren nun mal ein eingespieltes Team (Ciser meinte, wir könnten ganz gut als Komiker auftreten, aber niemand von uns konnte darüber lachen), und wir wollten bei diesem entscheidenden Experiment keinen Neuling dabeihaben. Außerdem wäre es CI IV gegenüber unfair gewesen. Und uns kam die Pause ganz recht – nach den beiden Katastrophen brauchte jeder eine Zeit der Ruhe.

Es war alles so wie die beiden Male zuvor. CI IV stand auf dem Dach – diesmal würde er die Drachenschnüre bestimmt loslassen –, das Monster hing unter der Decke, und wir warteten gespannt.

Auf die Minuten genau heulte der Sturm los. Dann kam der Donner, dann die Blitze. Das bekannte blaue Leuchten brach aus den Elektroden.

Renn sah nachdenklich nach der Tür zum Dach.

Ich schenkte ihm einen bösen Blick, und er schluckte die Bemerkung hinunter, die ihm auf den Lippen gelegen hatte.

›Walt.‹

›Wir sind soweit, Chef‹, antwortete ich.

›Gut. Diesmal muß alles gutgehen.‹

›Keine Sorge‹, beruhigte ich ihn. ›Es kann nichts mehr passieren, CI IV hat seine Lektion gelernt, die Geräte sind in Ordnung – es wird klappen.‹

›Es muß klappen, Walt. Im Vertrauen gesagt, wir sind dabei, uns lächerlich zu machen.‹

Ich konnte Cisers Besorgnis verstehen, aber ich hoffte, daß er meine Gedankenströme nicht so deutlich empfing, um zu merken, wie nervös ich in Wirklichkeit war. ›Es wird alles klappen, Chef. Diesmal klappt es. Es muß klappen. Es hängt zuviel davon ab‹, telepathierte ich in gespieltem Optimismus. ›Gut. Dann ... dann wünsche ich euch viel Glück.‹

›Danke, Chef.‹

Das Experiment begann.

Ich gab Boyd das Zeichen. Er schaltete die Dämpfer aus, die die furchtbare elektrische Gewalt der Blitze bisher in den Elektroden gefangen hatten.

Ein berstender Schlag ließ den Turm in den Grundfesten erzittern. Kalk und Staub rieselten von der Decke.

Ein zweiter Schlag traf den Turm. Unter der Decke glühten

die Elektroden gelb auf, dann weiß. Grelle Lichtbogen spannten sich mit einemmal zu der Liege mit dem eingewickelten Monster, verteilten Funken, die wie grellweiße Leuchtkäfer zu Boden sanken und erloschen. Es stank nach verbrannter Isolation und Gummi.

»Es – es klappt«, stammelte Dawlin hinter mir. »Walt – es – es klappt! Es funktioniert!«

Ich antwortete nicht. Meine Augen hingen wie gebannt an der Unterseite der Metallpritsche, die an schweren Ketten unter der Decke hing und immer wieder von weißglühenden Lichtfingern getroffen wurde. Ein helles, rosagelbes Leuchten umgab das Metallgebilde.

Ein dritter Blitz schlug in die Drachen über dem Turm, tobte in Form von elektrischer Energie durch die Kupferdrähte und schmetterte in die Liege.

»Das genügt«, sagte ich. Boyd griff nach dem Hebel, zog ihn herunter und schaltete den Strom ab.

»Es ist vollbracht«, flüsterte CI IV neben mir. Selbst seine Plastikseele schien die Größe des Augenblickes zu erfassen, die Bedeutung, die dieses Experiment für die Zukunft der Menschheit und der Welt haben konnte.

»Laß ihn runter«, sagte ich leise. »Aber vorsichtig.«

Dawlin machte sich daran, die Pritsche mit Hilfe des Flaschenzugs herunterzulassen.

Ich starrte gebannt auf die langsam tiefer sinkende Konstruktion. Wie viele Meter waren es? Neun? Oder zehn? Mir erschien es, als hinge die Liege Lichtjahre weit weg und bewege sich im Schneckentempo auf uns herab. Ich fieberte vor Ungeduld. Es hatte geklappt! Wir hatten endlich Erfolg gehabt! Und wenn Sullis Beschreibung richtig war, wenn der Bericht, den er uns hinterlassen hatte, nicht durch Fehlinterpretation oder Unwissenheit verfälscht worden war, mußten wir in wenigen Augenblicken das Wunder des Lebens an sich sehen, die ultimate Waffe, mit der wir selbst den Tod besiegen konnten, anstatt ihn wie bisher um ein paar lächerliche Jahrhunderte hinauszuschieben.

Die Pritsche bewegte sich mit quälender Langsamkeit. Während der letzten Sekunden schloß ich die Augen, weil ich meinte, die Spannung nicht länger ertragen zu können.

Das Geheimnis lag vor uns, vor mir. Jetzt, in wenigen Sekunden, würde das Geschenk unserer Ahnen in unseren Händen liegen, dieses siebentausend Jahre alte Vermächtnis einer von uns lange unterschätzten Rasse.

Ich lauschte auf das leise Quietschen der Ketten, die kaum merklichen Geräusche der anderen und wartete ungeduldig auf den Moment, in dem ich die Augen öffnen und das Wunder schauen konnte.

Ich hörte Renn scharf die Luft einsaugen; Boyd stieß ein überraschtes Keuchen aus.

Dann öffnete ich die Augen.

Die Liege schwebte dicht vor mir, vielleicht einen halben Meter über dem Boden.

Das Metallgestell glühte dunkelrot und war an verschiedenen Stellen auseinandergebrochen und verbogen. Der Stoffbelag war weggebrannt, und dort, wo das Monster gelegen hatte, befand sich ein rauchender, stinkender Aschehaufen von den ungefähren Umrissen einer menschlichen Gestalt.

Diesmal lachte sogar Ciser.

»Ich kündige!« schrie ich. Während der letzten fünfzehn Minuten, seit dem Augenblick, als ich Cisers Büro betreten hatte, hatte ich es ungefähr dreißigmal geschrien. Aber Ciser schien davon nicht sehr beeindruckt.

»Ich verstehe ja Ihre Erregung – und Ihre Enttäuschung«, sagte er sanft. »Aber – gewisse Schwierigkeiten sind bei einem wissenschaftlichen Experiment nun einmal nicht zu umgehen.«

Er beugte sich vor und lächelte aufmunternd. »Sie wissen so gut wie ich«, sagte er, »daß Shelly kein wissenschaftlich ausgebildeter Mensch war und das Ganze in Romanform beschrieben hat. Wahrscheinlich hat er viele Einzelheiten vergessen.«

Ich starrte ihn böse an. »Vor allem konnte er nicht damit rechnen, daß sein Experiment von einem Haufen Vollidioten und einer schrottreifen Konservenbüchse wiederholt wird«, sagte ich giftig.

Ciser atmete tief ein und begann nervös auf der Tischplatte zu trommeln. »Wir können jetzt nicht aufgeben«, sagte er bestimmt. »Wir machen uns vor dem Rest der Welt unmöglich – und wir brauchen die Ergebnisse.« Er sah mich ernst an. »Wenn Sie aufgeben, Walt, wird ein anderer weitermachen. Möchten Sie das? Wollen Sie wirklich, daß ein anderer Ihnen den Erfolg wegnimmt? Jetzt? So kurz vor dem Ziel?«

Ich schwieg beharrlich.

Ciser, der mein Verhalten wohl falsch auslegte, lächelte zufrieden. »Sehen Sie – wir verstehen uns. Sie können sich Zeit lassen – einen Monat – zwei. Egal. Die Computer stehen kurz davor, die restlichen Bücher zu entschlüsseln. Vielleicht findet sich darin noch der eine oder andere Hinweis, der Ihnen hilft.«

»Hmmm . . .«

»Also?« fragte er nach einer Weile. »Machen Sie weiter?«

Ich überlegte lange, ehe ich antwortete. »Ja. Ich – ich mache weiter. Aber nur noch ein Versuch. Dann«, fügte ich drohend hinzu, »kündige ich wirklich.«

Ciser grinste zufrieden. »Ich hoffe, das wird nicht nötig sein.«

Er konnte ja nicht wissen, wie wahr seine Worte werden sollten.

Wenn Sie Besitzer eines TRIVI-Gerätes sind, kennen Sie den Rest. Ich weiß es mit Bestimmtheit, weil Ciser uns kurz vor Beginn des Versuchs mitteilte, daß wir eine Sehbeteiligung von einhundert Prozent hatten – etwas, das noch nie vorgekommen war.

Und ich wußte noch nicht einmal, ob ich stolz darauf sein sollte.

Seit dem letzten Akt des Dramas waren drei Wochen verstrichen, in denen wir die Schäden reparierten, einen neuen Körper für unser Monster besorgten und die ganze Anlage ein letztesmal überprüften. Boyd hatte einen Spannungsregler eingebaut, der die Energie der Blitze soweit dämpfte, daß uns nicht noch einmal das gleiche passieren konnte wie beim letztenmal. Bei genauer Betrachtung waren wir ziemliche Idioten gewesen. Jedem Kind mußte klar sein, daß die ungeheure Energie eines Blitzes einen menschlichen Körper in Sekundenschnelle atomisieren mußte. Aber manchmal sieht man eben den Wald vor lauter Bäumen nicht. Außerdem hatte es seit Jahrhunderten keine Gewitter mehr gegeben, und niemand hatte noch so eine rechte Ahnung von den Gewalten gehabt, die in einem Blitz schlummerten.

»Okay«, sagte Dawlin. »Fang an.«

Ich warf einen letzten nachdenklichen Blick zur Decke, wo die Liege mit dem Monster hing.

Dann griff ich mit einer entschlossenen Bewegung nach dem Hebel, der die Energie freigeben würde, und schob ihn nach vorne. Ich rechnete fast damit, daß er abbrechen würde, aber er tat es nicht.

Es war wie die Male zuvor. Krachende Donnerschläge erschütterten den Turm, blendendes Licht brach aus der Decke, ergoß sich über die Pritsche und tauchte das Labor in schattenlose Helligkeit.

Wir hatten einen Bildschirm installieren lassen, auf dem wir jede noch so kleine Bewegung des Monsters verfolgen konnten.

Renn zählte die Einschläge mit. »Drei . . . vier . . . fünf . . . Ich glaube, das reicht jetzt.«

Ich schüttelte den Kopf. »Noch einen Augenblick.«

Das Monster lag ruhig auf der Bahre. Blaues, geisterhaftes Licht umspielte den riesigen, verhüllten Körper. Da – bewegte sich etwas? Ich konnte es in der schmerzhaften Helligkeit nicht genau ausmachen, aber ich war beinahe sicher, daß sich der massige Körper bewegt hatte.

»Das reicht«, murmelte ich. Ich griff nach dem Hebel, um die Anlange abzuschalten.

Er klemmte und brach ab.

Für ein, zwei endlose Sekunden war ich unfähig, irgend etwas anderes zu tun als auf den abgebrochenen Hebel zu starren. Dann legte ich ihn langsam, ganz langsam zur Seite und schloß die Augen.

Ein ungeheurer Schlag traf den Turm. Der Boden schwankte, Kalk und Steinbrocken rieselten von der Decke. Irgendwo zerbrach ein Glasbehälter.

»Walt!« Renns Stimme überschlug sich. »Schalt ab! Schalt doch ab!«

Er starrte mit vor Entsetzen geweiteten Augen nach oben.

Die Liege glühte hellrot. Flammen schlugen aus ihrer Oberseite, leckten nach den Elektroden und züngelten gegen die Decke. Auf dem Bildschirm tobte ein Chaos aus Feuer und Helligkeit.

»Schalt ab!« wimmerte Boyd. »Schalt doch endlich ab! Die Energie wird zu . . .« Der Rest des Satzes ging in einem ohrenbetäubenden Dröhnen unter, das durch den Turm fuhr und schmerzhaft in unseren Köpfen explodierte. Der Boden schien plötzlich emporzusteigen und sich gleich darauf wieder zu senken. Ich strauchelte und fiel lang hin. Neben mir krachte eine schwere Steinplatte zu Boden und zerbrach in kleine Stücke.

Ich wälzte mich keuchend auf den Rücken.

Die Liege war zu einem glühenden Etwas zusammengeschmolzen.

Die ganze Decke schien zu brennen. Flüssiges Metall tropfte auf den Boden, in den Wänden erschienen lange, gezackte Risse. Wieder erbebte der Turm unter einem Einschlag, noch härter und vernichtender als zuvor. Ein Teil der Südwand brach zusammen und stürzte nach draußen. Blaue Entladungsblitze zuckten von der Decke, fuhren zischend und kreischend unter die Laboratoriumseinrichtung und ließen die Geräte und Glaskolben funkensprühend explodieren.

Ich rappelte mich mühsam hoch und schrie: »Raus hier!«

Es wäre nicht nötig gewesen – ich war sowieso der letzte, der sich noch im Labor aufhielt. Renn und Dawlin waren bereits verschwunden, und Boyd stand händeringend unter der Tür und wartete auf mich. »Los!« schrie er. »Beeil dich!«

Ich rannte los, so schnell ich konnte. Der Turm dröhnte jetzt wie eine riesige Glocke. Flammen schlugen nach mir, etwas explodierte hinter meinem Rücken und schickte mir eine Salve kleiner, scharfkantiger Splitter hinterher.

Es war mörderisch heiß.

Die Treppe brach hinter uns zusammen, als wir das Erdgeschoß erreicht hatten. Der Turm schwankte, es regnete Steine und Feuer.

»Nichts wie weg!« schrie Dawlin, der mit schmerzverzerrtem Gesicht im Freien auf uns wartete. »Der Turm kann jeden Augenblick einstürzen.«

Wir hetzten los, hinter uns der schwankende Turm, das Krachen der Blitze und das Prasseln der Flammen. »Wo ist CI IV?« keuchte ich.

»Schon in Deckung«, antwortete Dawlin. »Er war als erster draußen.«

Wir erreichten die Felsen und warfen uns in Deckung.

Niemand sagte ein Wort. Das Entsetzen saß zu tief, die Wut, die Enttäuschung. Wir waren der Lösung so nahe gewesen, so nahe!

Und dann . . .

Der Turm erzitterte unter einem letzten, gewaltigen Einschlag. Ich sah, wie die beiden Drachen zu funkensprühenden Metalltropfen zusammenschmolzen und in die Tiefe taumelten. Dann brach der Turm zusammen. Er neigte sich ganz langsam zur Seite, zitterte wie ein waidwundes Tier und sank in einer Wolke aus Staub und Feuer in sich zusammen.

Ciser kam eine halbe Stunde später. Natürlich hatte er das

Geschehen über TRIVI verfolgt – genau wie Milliarden anderer –, aber er hatte wohl auch gesehen, daß wir bis auf ein paar Schrammen unversehrt davongekommen waren. Und wahrscheinlich hatte er die Zeit bis jetzt gebraucht, um sich soweit zu erholen, daß er wieder die Kraft besaß, um in einen Fluggleiter zu steigen.

Ich beobachtete die kleine, eiförmige Maschine aus der Deckung der Felsgruppe heraus. Sie kam in einer steilen Kurve herangeschossen, näherte sich den immer noch qualmenden Trümmern, die von unserem Turm übriggeblieben waren, und kreiste eine Zeitlang darüber. Dann wendete sie und kam schnurstracks auf unsere Deckung zugerast.

Ich sah mich nach einem passenden Versteck für den Fall um, daß Ciser damit beginnen würde, uns zu bombardieren. Aber meine Befürchtungen waren übertrieben. Er tat nichts dergleichen. Die Maschine setzte wenige Meter neben unserer Deckung auf, und Ciser kletterte ins Freie.

Aber was für ein Ciser! Ich hatte ihn noch nie in einem solchen Zustand gesehen. Deprimiert wäre untertrieben. Er wirkte... zermalmt, ist wohl das richtige Wort. Von allen Reaktionen, die ich erwartet hatte, war sie die unwahrscheinlichste. Wut, ja. Hohn – Zorn – Herablassung... aber das? Wie er so vor uns stand, mit gesenktem Kopf, traurig dreinblickenden Augen und hängenden Schultern, hätte man glauben können, er wäre es gewesen, der alles vermasselt hätte, und nicht wir.

»Walt«, sagte er leise. »Ich, ich...«

»Ja?«

In seinen Augen lag ein unglücklicher Ausdruck. Er schien kurz davor zu stehen, in Tränen auszubrechen. »Idioten«, sagte er leise. »Kurzsichtige, gutgläubige Narren.«

Ich schluckte. Aus Cisers Mund waren diese Worte die reine Schmeichelei. Aber vielleicht war dies nur die Ruhe vor dem Sturm. Ich trat vorsichtshalber einen Schritt zurück und sah mich nach einem Fluchtweg um.

»Wer?« fragte CI IV aus seinem Versteck heraus.

»Wir«, antwortete Ciser ruhig. »Wir alle. Du, ich, Renn, Walt.« Er machte eine weitausholende Geste mit beiden Armen. »Die ganze Welt. Wir haben uns für alle Zeiten blamiert, Walt.«

Ich nickte zerknirscht. »Sicher, Chef. Es tut mir ja auch . . .«

Ciser hörte gar nicht zu. »Die Rechner haben die restlichen Bücher entschlüsselt«, sagte er leise. »Wir haben richtig vermutet – es waren wissenschaftliche Fachbücher, Berichte, Reportagen. Und wir sind auf eine erstaunliche Tatsache gestoßen – unsere Vorfahren hatten noch etwas, das wir nicht mehr kennen.« Er sah mir einen Moment lang tief in die Augen. »Science-fiction«, sagte er schließlich.

»Science was?« echote ich.

»Science-fiction«, wiederholte Ciser. »SF . . . Phantastische Romane . . . eine . . . eine Form der Unterhaltung, die irgendwann während oder nach dem Zusammenbruch verlorenging. Erfundene Geschichten, Stories, die sich dafür geschulte und hochbezahlte Leute ausdachten, um ihre Zeitgenossen damit zu unterhalten.«

»Aber . . .« Ich verstummte. Allmählich machte sich in meinem Gehirn eine schreckliche Ahnung breit. »Du – du – du – meinst . . . Frankenstein . . . zwanzigtausend Meilen unter dem Meer . . . die Reise zum Mond . . . das alles ist . . .«

Ciser nickte. »Erlogen«, sagte er einfach. »Alles nicht wahr. Es hat nie einen Doktor Frankenstein gegeben und erst recht kein Monster. Alles nur eine erdachte Geschichte, ohne jeden realen Hintergrund. Und wir Idioten sind darauf hereingefallen.«

Seit dieser Geschichte sind über dreißig Jahre vergangen. Ciser hat sich kurz darauf pensionieren lassen. Er war sowieso alt, und ich glaube, die Frankenstein-Geschichte hat ihm den Rest gegeben.

Dawlin und Renn haben eine neue Anstellung gefunden,

irgendwo hinter der Grenze des Sonnensystems, wo es noch Orte ohne TRIVI gibt, kleine, autarke Welten, wo niemand etwas von unserer Blamage wußte.

CI IV arbeitete jetzt im Museum für Altertumsforschung, und was Boyd macht – keine Ahnung. Ich habe ihn seit damals nicht mehr gesehen.

Und auch ich habe eine neue Beschäftigung gefunden, nachdem das Institut aufgelöst wurde. Ich habe mir eine Schreibmaschine gekauft und lebe seither davon, mir Geschichten auszudenken.

Die Leute amüsieren sich darüber.

Und ich mich über sie.

›*Der letzte Funkspruch*‹ ist eine von den Geschichten, die vielleicht nicht nur den Leser, sondern am allermeisten mich selbst überrascht haben. Verglichen mit der Gesamtzahl der Seiten, die ich in den zurückliegenden anderthalb Jahrzehnten vollgekritzelt habe, habe ich relativ wenige Kurzgeschichten geschrieben – wie einer meiner geschätzten Kritiker es einmal ausdrückte, scheint es mir nicht möglich zu sein, eine Geschichte unter zweihundert Seiten zu Ende zu bringen (vielleicht sollte ich größere Blätter nehmen?). Aber Spaß beiseite – manchmal empfinde ich es tatsächlich als ein Manko, daß es mir so schwer fällt, Short-Storys zu schreiben. Ich mag sie nämlich, und ich lese sie sehr gerne. Aber ich tue mich damit reichlich schwer – an einer Story von zehn Seiten sitze ich unter Umständen ebensolange wie an hundert Seiten für einen längeren Text. Um so mehr freut es mich dann, wenn sie so richtig rundum gelungen ist. Ob das bei der folgenden Story geklappt hat, überlasse ich Ihrem Urteil, aber ich bin recht zufrieden, außer ...

Ja, außer daß es nicht die Story ist, die ich schreiben wollte.

Schon lange bevor Charity Laird, die Frau der tausend Gesichter und Haarfarben, dazu aufbrach, wieder einmal die Welt zu retten, entstand die Idee zu einer anderen Space-Opera in den Abgründen meiner actionlüsternen Seele: Der ›Dhworkin‹-Zyklus. Sollte er jemals geschrieben werden, wird er natürlich mindestens zweiunddreißig Trilogien à sechs Bände umfassen, aber bis jetzt existieren nur sehr viele Ideen, ein angefangener Roman (erzählen Sie das bloß nicht meinem Redakteur – er will ihn sofort haben, wie ich ihn kenne!) und Pläne und einige Kurzgeschichten, die ich sozusagen als Fingerübung betrachtet habe. Ich liebe Space-Operas, ich liebe Action-Storys, und – ich gebe es zu – ich mag es manchmal, wenn es so richtig schön kracht und rummst. Was also liegt da näher, als eine Geschichte zu erzählen, in der Menschen und Aliens sich einen verzweifelten Kampf um die Vorherrschaft im Kosmos liefern, nebst gewaltigen Raumschlachten, heroischen Einzelkämpfen, tapferen Helden, die mutig gegen eine erdrückende Übermacht böser, fieser, widerwärtiger, steuereintreibender, schleimiger Außerirdischer antreten und so weiter?

Aber manchmal kommt es anders, als man will.

Und so werden Sie vielleicht am Ende dieser Geschichte nachvollziehen können, warum ich mich, nachdem ich die letzte Zeile getippt hatte, so ähnlich fühlte wie Strauss, als er Randolphs letzten Funkspruch entgegennahm …

Der letzte Funkspruch

Jemand hatte die Welt auf dem Namen *Mordor* getauft, nach dem Reich des Bösen in Tolkiens *Herr der Ringe*, und er war der Wahrheit damit wahrscheinlich nähergekommen, als er sich jemals hätte träumen lassen. Er würde es auch niemals erfahren, denn in all den ungezählten Milliarden Jahren, die der Planet namenlos gewesen war, war ihm niemals ein Mensch nahe genug gewesen, um ihn deutlicher als riesenhafte graue Kugel mit zerfurchter Oberfläche zu sehen, und wahrscheinlich würde Randolph auch für die nächsten ungezählten Milliarden Jahre der letzte Mensch sein, der dies sah.

Der Planet war ein Ungeheuer; ein Monster von der Größe und Masse einer kleinen Sonne, das sich in einem vergessenen Winkel der Galaxis um sein rotes Muttergestirn drehte und auf etwas wartete, das es verschlingen konnte. Es war nicht wählerisch. Mordor verschlang alles: Licht- und Scannerwellen, Meteore und Asteroiden, kleine Monde und Raumschiffe. Er war eine galaktische Einbahnstraße, und eine Sackgasse dazu, denn es gab auf diesem Planeten nur eine Richtung: nach unten. Wenn das, was in seiner grauschwarzen Teer-Atmosphäre tobte, ein Sturm war, dachte Randolph, dann mußte man das Wort *Sturm* neu definieren.

Selbst auf eine Entfernung von acht Lichtsekunden – siebenmal so weit entfernt wie der Mond Terras von seinem Heimatplaneten – weigerten sich die Meßinstrumente seines Spurjägers, konkrete Daten anzugeben. Die Nadeln klebten wie festgeschweißt auf dem Maximum-Punkt. Und er war noch nicht einmal in die Atmosphäre eingedrungen! Der Jäger würde plattgequetscht werden wie eine Konservendose in einer Schrottpresse, dachte er, noch ehe er die Oberfläche Mordors auch nur sah!

Captain Randolph Scott, vierunddreißig Jahre alt und mit so vielen Orden dekoriert, daß er einfach das Gleichgewicht verloren und aufs Gesicht gefallen wäre, hätte er jemals den Fehler begangen, sie alle auf einmal anzulegen, einhundertzweiundachtzig Zentimeter groß und gutaussehend und der unumstritten beste Jägerpilot der Konföderierten Humanoiden Tiefenraumstreitkräfte, verscheuchte diesen Gedanken, lehnte sich zurück, soweit dies in der winzigen Kabine des Spurjägers überhaupt möglich war, und schloß für eine Sekunde die Augen.

Er war ganz ruhig, obwohl er allen Grund gehabt hätte, nervös zu sein, angesichts des planetaren Molochs, auf den sich sein Spurjäger mit einer Geschwindigkeit von gut fünfzigtausend Meilen in der Sekunde zubewegte. Aber er wäre nicht er gewesen, und er hätte ganz bestimmt nicht neunzehn Gefechte mit Dhworkin-Jägern gewonnen und ungefähr fünfmal so viele überlebt, wenn er nicht in der Lage gewesen wäre, seine Gefühle einfach abzuschalten; so mühelos, wie ein anderer ein Band abschaltete, dessen Musikprogramm ihm nicht gefiel.

Wieder sah er auf seine Instrumente. Sie rührten sich nicht; der größte Teil, weil er einfach überlastet war, der kleinere und nachträglich eingebaute Teil, weil die Geräte noch nicht ansprachen. Er versuchte, sich die Gewalten vorzustellen, die dort unten tobten, noch fast zwei Millionen Kilometer von ihm entfernt und doch schon heftig genug, um neunzig Prozent seiner Bordinstrumente durcheinanderzubringen, aber seine Phantasie kapitulierte vor dieser Aufgabe. Vielleicht war es auch ganz gut so.

Auf dem schmalen Instrumentenbord vor ihm begann ein Lämpchen zu flackern: Rot-Grün-Rot-Grün-Rot-Grün, und eine Sekunde später ging ein sanfter Ruck durch den Jäger. Die Maschine schwenkte auf einen neuen Kurs ein, gelenkt von den Bordcomputern, die ihrerseits von ihren größeren Brüdern an Bord der *Destroyer* programmiert worden waren. An dem Bild vor der kleinen Sichtscheibe des Spurjägers änderte sich nichts; Mordor war einfach zu groß, als daß eine Kurskorrektur um lächerliche zehn oder fünfzehntausend Meilen sichtbar gewesen wäre. Aber Randolph wußte, daß er für die nächsten fünfzehn Minuten völlig in der Hand des Elektronengehirns war; er hätte nicht einmal eingreifen können, wenn er es gewollt hätte, denn seine Steuerinstrumente waren abgeschaltet.

Der Gedanke machte ihn nervös, auch wenn er wußte, daß es der einzige Weg war. Es gab nur einen schmalen, unglaublich komplizierten Korridor durch die fast unberechenbaren, einander überlappenden Gravitationswirbel und -stürme, in die sich diese Mißgeburt von Planet gehüllt hatte, und selbst ein Pilot wie er wäre hoffnungslos überfordert gewesen, diesen Kurs zu fliegen. Es war nicht einmal sicher, daß es die Computer schaffen würden. Becker hatte ihm da nichts vorgemacht. Als einziges war bei diesem Wahnsinnsunternehmen überhaupt sicher, daß er bis hierher gekommen war. Alles andere war pure Spekulation. Seine Chancen, lebend zurückzukommen, standen beängstigend nahe bei Null. Hatte er Angst?

Er wußte es nicht. Vermutlich ja, aber um sich darüber klarzuwerden, hätte er den Pferch öffnen müssen, in den er alle seine Emotionen eingesperrt hatte, und das wagte er nicht. Die relative Entfernung zu *Mordor* und die ganz und gar nicht relative Untätigkeit, zu der er im Moment verurteilt war, durften ihn nicht dazu verleiten, unvorsichtig oder gar leichtsinning zu werden. Er war diesem Planetenmonster schon näher als je ein Mensch vor ihm, dem Planeten mit den Meßinstrumenten und elektronischen Lauschposten der Dhworkin. Die Chancen, vom Blitz eines Mega-Lasers pulverisiert zu werden, standen ungefähr genauso günstig wie die, daß *Mordor* ihn umbrachte.

Eines der Zusatzinstrumente auf seinem Bord begann sich zu rühren. Er näherte sich dem eigentlichen Gravitationsfeld des Planeten. Der Jäger begann ganz sanft zu ruckeln. Instinktiv hob Randolph die Hand, aber der Computer war schneller. Hinter seinem Rücken, wo eigentlich der Sitz des Copiloten sein sollte und wo sich jetzt ein Gewirr von Zusatzinstrumenten und Batterien und Schildgeneratoren erhob, begann etwas zu summen, und über das unsichtbare Prallfeld des Jäger schob sich eine zweite, ebenfalls unsichtbare, aber zehnmal so widerstandsfähige Energiehülle, so daß aus dem Flug wieder ein ruhiges Dahingleiten wurde.

Randolph ließ sich wieder zurücksinken und sah auf die Uhr. Noch vier Minuten, bis das Programm abgelaufen war und er die Kontrolle über das Schiff zurückbekam. Ganz flüchtig dachte er an die Aufgabe, die ihn dann erwartete, aber die Vorstellung war so absurd, daß er den Gedanken hastig verscheuchte.

Wieder schloß er die Augen, versuchte seine Umgebung, den Planeten und diesen ganzen computerberechneten und computergesteuerten Wahnwitz zu vergessen und dachte an Ho.

Es war sehr still in der Kabine. Zu still für einen Raum, der im Herzen eines Schiffes wie der *Destroyer* lag, eines Giganten von unvorstellbaren Ausmaßen, drei Meilen lang, eine gewaltige stählerne Speerspitze, die groß genug schien, einen Planten zu durchbohren. Ho sollte den Lärm der Maschinen hören, das sanfte, aber aufdringliche Summen der Nukleargeneratoren, kaum zwanzig Meter unter ihren Füßen, das elektronische Wispern des Schiffes, das diesen von Menschenhand erschaffenen Riesen vom Augenblick seiner Geburt an erfüllt hatte wie ein metallener Pulsschlag.

Sie hörte nichts. In der Kabine war es still wie in einem Sarg; das Schiff war so ruhig wie ein Grab, gefüllt mit Tausenden gleichartiger, verchromter Särge, deren Insassen sich nur noch einbildeten, am Leben zu sein. Selbst ihre Gedanken schienen zu flüstern.

Natürlich gab es eine Erklärung für die unnatürliche Stille, die sie umgab. Das Schiff befand sich auf Schleichfahrt, ebenso wie das Dutzend Schwesternschiffe, das die *Destroyer* auf dieser Mission begleitete. Jedes noch so winzige Gerät an Bord, das nicht zum Überleben gebraucht wurde, war abgeschaltet worden, bis zu der Kabinenbeleuchtung; unter der Decke ihres Quartiers glomm eine blaue, winzige Notlampe, die die Umrisse der Dinge hier nur noch ahnen ließ.

Trotzdem erschien Ho der Vergleich mit einem Sarg passend. Vielleicht würde sie diesen Sarg lebendig wieder verlassen, aber alles, was ihr Leben ausgemacht hatte, würde darin zurückbleiben, zerstört für immer. Es war bereits zerstört.

Von der Tür her erscholl ein leises Kratzen und Schaben, und als sie aufblickte, sah sie, wie die Tür geöffnet wurde: nicht lautlos, gleitend wie gewohnt, sondern quietschend und mit kleinen mühsamen Rucken, von einer Handkurbel bewegt. Ho stand auf und wischte sich die Tränen aus dem Gesicht. Das hatte sie in den letzten beiden Tagen so oft getan, daß die Bewegung fast mechanisch erfolgte, ohne daß es ihr bewußt war.

Es war Becker. Im schwachen Licht der Notbeleuchtung sah er älter aus, als er war, das blaue Glimmen ließ seine Admiralsuniform schwarz und schäbig erscheinen.

»Darf ich hereinkommen?« fragte er.

»Es ist Ihr Schiff.«

Becker wollte antworten, zuckte aber nur mit den Schultern und kam näher. Er bewegte sich vorsichtig wie sie alle. Auch die künstliche Gravitation war abgeschaltet worden, das sanfte Rotieren des Schiffes vermochte die Erdanziehung nicht völlig nachzuahmen. Ein unvorsichtiger Schritt, und er würde unangenehme Bekanntschaft mit der Kabinendecke machen.

Ho wartete darauf, daß er etwas sagte, aber er blieb stumm. Wortlos setzte er sich und sah sie an. Schließlich begann sie zu reden. »Ich nehme an, Sie haben meine Nachricht erhalten. Admiral«, sagte sie.

»Ihre Nachricht.« Becker nickte, griff in die Jackentasche und förderte ein kleines Blatt Papier zutage. »Wenn Sie Ihr Rücktrittsgesuch meinen, ja. Ich lehne es ab, Leutnant. Die *Destroyer* befindet sich in einem Kampfeinsatz. Niemand quittiert in einem solchen Moment den Dienst.« Er zerriß demonstrativ das Blatt und ließ die Fetzen zu Boden fallen. Einen Moment lang schienen sie in der Luft hängen zu bleiben, so als wollten sie sich seiner Entscheidung widersetzen, dann sanken sie wie fallende Schneeflocken nach unten.

»Ich werde ein neues Gesuch einreichen«, sagte Ho ruhig. »Sobald das alles hier vorbei ist. Natürlich werde ich meine Pflicht tun, falls es nötig ist. Admiral.«

»Gestern waren wir noch bei Frank«, sagte Becker leise. Seine Stimme war bedrückt. »Wir sind unter uns, Ho, und . . .«

»Das war gestern«, unterbrach ihn Ho rasch und in einer Tonart, die fast eine Beleidigung war. Aber Becker wurde nicht zornig. Er schüttelte nur den Kopf und verfolgte für einige Momente das zeitlupenhafte Sinken der Papierschnipsel.

»Ich hätte Ihr Gesuch auch abgelehnt, wenn wir uns nur auf einem Routineflug befinden würden«, sagte er nach einer Weile. »Bitte, Ho, seien Sie vernünftig. Werfen Sie nicht alles weg, einfach so.«

»Einfach so?« wiederholte Ho. »O nein, Admiral, nicht einfach so, Ich . . .«

Becker unterbrach sie, indem er die Hand hob. »Bitte«, sagte er. »Hören Sie mir einfach zu.«

»Wenn Sie es wünschen.«

»Es ist kein Befehl«, sagte er rasch. »Nur eine Bitte, Ho. Um unserer Freundschaft willen.«

Freundschaft? dachte Ho. Sie war nicht mehr sicher, ob er überhaupt wußte, was dieses Wort bedeutete. Aber das sprach sie nicht aus.

»Glauben Sie nicht, ich wüßte, was Sie jetzt empfinden, Ho?« fuhr Becker nach einer Weile fort. »Glauben Sie nicht, es wäre mir genauso schwergefallen, Randolph dort hinunter zu schicken, wie Ihnen, ihn gehenzulassen?« Sein Blick war flehend, aber Hos Gesicht blieb starr. Da war etwas, das er wußte, aber anscheinend nicht begreifen wollte: Sie hatte ihn nicht gehenlassen. *Wenn du dort hinausgehst,* hatte sie gesagt, *dann ist es aus, Randolph. Ich werde nicht mehr dasein, wenn du zurückkommst.* Etwas war bei diesen Worten in ihr zerbrochen. Sie wollte nicht mehr. Sie konnte nicht mehr. Sie hatte alles ertragen, die Angst, die immer aufs neue wiederkam, wenn er sich in seinen Jäger setzte und zu einem Kampfeinsatz flog, und die unbeschreibliche Erleichterung, die ihr jedesmal ein Stück ihrer Lebenskraft nahm, wenn er zurückkam, die endlosen, quälenden Augenblicke, bis die Jäger heimkehrten. Es waren zahllose Schiffe, die kamen, ehe Randolphs Schiff endlich auf den Schirmen auftauchte. Sie konnte nicht mehr. Es war zu viel gewesen. *Wenn du dort hinausgehst, dann ist es aus. Ich werde nicht mehr dasein, wenn du zurückkommst.*

»Sie wollen nicht mit mir reden«, sagte Becker nach einer Weile. »Sie geben mir die Schuld.«

Ho antwortete auch jetzt nicht, und er deutete ihr Schweigen als das, was es war: Zustimmung.

»Ich hatte keine andere Wahl«, sagte er. »Randolph ist der einzige, der es schaffen kann.«

Sie wollte nicht antworten, aber plötzlich hielt sie das Schweigen nicht mehr aus. Sie mußte einfach mit jemandem reden; irgend jemandem die Schuld geben, ob es nun richtig war oder nicht. »Der einzige?« fragte sie bitter. »Ja, Admiral, der einzige, der es schaffen kann, dort hinunter zu kommen. Aber nicht mehr zurück.«

»Vielleicht«, antwortete Becker leise. »Aber er hat eine Chance.«

»Wie hoch ist sie?« fragte Ho.

»Er hat das beste Schiff, das wir jemals gebaut haben«, sagte Becker. »Und er ist der beste Pilot, den wir jemals hatten. Der beste Mann der ganzen verdammten Flotte, Ho!«

»Warum jagen Sie ihn dann in den sicheren Tod?« fragte Ho. Sie hatte es schreien wollen, aber sie konnte nicht. Ihre Worte waren kaum mehr als ein Flüstern. Sie spürte, wie sich ihre Augen mit Tränen füllten.

»Das tue ich nicht, Ho«, sagte Becker. »Es ist ein kalkuliertes Risiko. Ein ungeheures Risiko, aber er kann es schaffen. Wenn es jemand schafft, dann er.«

»Und wenn nicht, dann ist es ja nur ein Mann, nicht?« fragte Ho bitter.

»Wenn nicht«, antwortete Becker ernst, »dann werden Milliarden von Menschen sterben, Ho. Nicht Millionen, sondern Milliarden. Wir können die Hauptmacht der Dhworkin nicht aufhalten, wenn sie unseren Verteidigungsring erst einmal durchbrochen haben. Und das werden sie, wenn sie die Relaisstation Mordor benutzen.«

Ho schloß die Augen. Da war es wieder, dieses verdammte Argument, die Rechtfertigung, Randolphs Leben gegen das Leben der Bevölkerung von drei oder fünf oder auch fünfzig Planeten zu setzen. Mit welchem Recht maßte sie sich an, diese Entscheidung anzuzweifeln? Randolph hatte sich freiwillig zu diesem wahnsinnigen Unternehmen gemeldet, und jeder hätte das getan an seiner Seite.

Und doch: Da war etwas, das Becker nicht wußte und niemals begreifen würde, der Umstand nämlich, daß es nicht nur ein Universum gab. Auf der einen Seite die Galaxis und der seit dreihundert Jahren tobende Krieg gegen die Dhworkin, von dem niemand mehr wußte, warum er eigentlich begonnen worden war; die zweihundertsechzehn konföderierten Planeten, die sich in einem verzweifelten Rückzugskampf gegen die Invasoren aus dem Andromedanebel befanden; die *Destroyer* und ihre zwölf Schwesternschiffe, die praktisch alles waren, was von ihrer Flotte geblieben war; und die endlose Armada der Dhworkin, die in wenigen Monaten über die Energielinien *Mordors* in die Galaxis einbrechen würden. Und auf der anderen Seite war ein Universum, in dem nur sie und Randolph existierten, ihre kleine, private Welt, in der kein Platz für Dhworkin oder Männer wie Becker war, für das dieses andere, reale Universum nur Beiwerk war. Was bedeutete ihr die Welt, wenn ihr Leben zerstört wurde?

Becker deutete ihr Schweigen falsch, er stand langsam auf. »Ich bin nur gekommen, um Ihnen zu sagen, daß er Mordor jetzt erreicht hat, Ho«, sagte er, während er sich zur Tür wandte. »Wir erwarten seine Nachricht in den nächsten sechs Stunden. Sie . . . können in die Zentrale hinaufkommen, wenn Sie wollen. Jederzeit.«

Ich werde nicht mehr dasein, wenn du zurückkommst. Randolph hatte auch diese Erinnerung in den unsichtbaren Pferch in seinem Kopf gesperrt, aber irgendwie hatten die Worte einen Weg hinaus gefunden und hatten sich wieder in seine Gedanken eingenistet.

Ich werde nicht mehr dasein, wenn du zurückkommst. Das waren ihre letzten Worte gewesen, und er wußte, daß sie sie ernst gemeint hatte. Er war sich bewußt, daß er kaum eine Chance hatte, den Einsatz zu überleben; im Grunde genommen hatte er sein Leben nicht *riskiert*, sondern *geopfert*. Er wünschte nur, daß sie das verstand. Er hatte gehofft, daß sie sich mit Liebe an ihn erinnern würde und nicht mit Bitterkeit.

Der Spurjäger begann zu bocken, und für die nächsten Minuten hatte Randolph zu tun, das Schiff auf halbwegs geradem Kurs zu halten. Vor den kleinen Kabinenfenstern tobte das Chaos, ein Inferno von düsteren Farben, die die Atmosphäre dieses Monsterplaneten bildeten; Gewalten, die das Schiff zermalmt hätten, wäre es nicht in eine vierfache Hülle aus hochenergetischen Schutzfeldern gekrochen.

Vier, dachte er besorgt. Vier der fünf zusätzlichen Schutzschildgeneratoren liefen bereits mit maximaler Leistung, und es würde nicht mehr lange dauern, bis er auch den letzten einschalten mußte, den letzten und stärksten Schild, der ihn vor Mordors tödlichem Atem schützte. Und er hatte die Oberfläche diese Ungeheuers von einer Welt immer noch nicht erreicht. Vielleicht hatte sie keine feste Oberfläche, sondern war einfach nur ein Planet aus Sturmwirbeln.

Er korrigierte den Kurs des Jägers um eine Winzigkeit und drückte das Schiff tiefer. Es verbrauchte zu viel Energie. Die Schutzschilde würden halten; sie waren stark genug, das Schiff unbeschadet durch die Corona einer Sonne zu führen. Aber die Batterien ließen bereits nach. *Mordor* verzehrte mehr Energie, als sie berechnet hatten.

Er war nicht mehr sicher, daß er den Rückweg schaffen würde, selbst wenn er den Stürmen und den Dhworkin entkam. Und noch immer keine Spur der Relaisstation!

Randolph verstand einfach nicht, wie es die Dhworkin geschafft hatten, in dieser Hölle eine Basis zu errichten; aber damit befand er sich in guter Gesellschaft: Niemand verstand das. Es schien unmöglich. Die Technik der Dhworkin war der der Menschheit überlegen; ihr unaufhaltsamer Siegeszug in den letzten dreihundert Jahren basierte auf brutaler materieller Überlegenheit. In den ersten Jahrzehnten hatten sie die Angreifer aus dem Andromedanebel wie die Tontauben abgeschossen, aber die Dhworkin hatten der Konföderation eine Materialschlacht aufgezwungen, die diese einfach nicht gewinnen konnte. Und jetzt standen anderthalb Millionen Lichtjahre und doch nur Augenblicke entfernt Tausende von gewaltigen Kampfschiffen bereit, um wie ein riesiges Geschoß in die Galaxis der Menschen zu fahren und die *Konföderation* zu zerstören. Und sie würden kommen, sobald *Mordor* die richtige galaktische Position erreicht hatte. Wie übergroße Surfbretter auf der Brandung eines intergalaktischen Ozeans würden sie auf den Hyperspace-Wellen heranreiten, geleitet von einer Relaisstation, die irgendwo dort unten in dieser Hölle aus Gravitation und Sturm verborgen war, und über die von Menschen besiedelten Welten hereinbrechen.

Und er sollte sie aufhalten? Lächerlich.

Trotzdem konzentrierte er sich wieder auf seine Anzeigeninstrumente. *Mordors* natürlicher Schutzschild machte es unmöglich, die Station aus größerer Entfernung zu orten, aber einmal innerhalb der Atmosphäre, würde er sie entdecken, sobald sie über dem Funkhorizont auftauchte. Das Schlimmste, was ihm passieren konnte, war also, daß er diesen Wahnsinnsplaneten einmal ganz umkreisen mußte.

Soweit die Theorie, dachte er bitter.

Die Praxis sah so aus, daß seine Energiereserven schon jetzt zur Hälfte verbraucht waren.

Vorsichtig drückte er den Jäger noch ein wenig tiefer. Das Fahrzeug stöhnte unter der ungeheuren Belastung, reagierte aber noch auf jeden seiner Befehle. Noch.

Randolph konzentrierte sich weiter auf seine Meßinstrumente. Seine Gedanken und seine Hände arbeiteten präzise wie eine Maschine. Und trotzdem gelang es ihm nicht. Hos letzten Satz aus seinem Kopf zu verdrängen.

Ich werde nicht mehr dasein, wenn du zurückkommst.

Sie war schließlich doch in die Zentrale hinaufgegangen. Eine knappe Stunde nachdem Becker gegangen war, hatte sie plötzlich das Gefühl gehabt, in der Kabine ersticken zu müssen. Der winzige Raum war ihr mehr denn je wie ein Sarg erschienen, und sie war beinahe daraus geflohen.

Aber der Weg zur Zentrale hinauf war fast ebenso schlimm gewesen. Sie tat seit vier Jahren Dienst auf der *Destroyer,* aber sie hatte niemals eine solche Stille erlebt wie jetzt. Das Schiff hing mit abgeschalteten Aggregaten im Raum, und selbst die Lebenserhaltungssysteme arbeiteten nurmehr mit Minimalkraft. Sie kam sich vor wie auf einem Geisterschiff, und die vier Etagen bis zur Zentrale des Schlachtkreuzers hinauf wurden zu einem Spießrutenlaufen zwischen Schatten und geschlossenen Türen; Szenen aus einem Alptraum, wie er nicht schlimmer sein konnte.

Um so krasser fiel ihr der Unterschied zur Kabine auf, als

sie die Zentrale betrat. Der große, halbrunde Raum war wie eine Enklave aus Leben und Licht in dem riesigen Stahlsarg, in den sich die *Destroyer* verwandelt hatte. Auch hier war die Beleuchtung auf ein Minimum heruntergeschaltet worden, so daß statt des gewohnten gelben Kunstlichts ein blaßblauer Schimmer in der Luft war, der allen Gegenständen eine doppelte, unheimliche Silhouette und allen Bewegungen etwas Unwirkliches zu verleihen schien. Aber zwei der riesigen Holografieschirme waren noch in Betrieb, und auf einem Teil der halbrunden Pulte, die in nur scheinbarem Chaos überall im Raum verteilt waren, blinkten und flackerten die Betriebsanzeigen der Rechner. Das Schiff schlief, aber ein winziger Teil seines Gehirns war noch eingeschaltet, kaum genug, um es am Leben zu erhalten, aber ausreichend, um die *Destroyer* im Notfall blitzartig wieder zu dem werden zu lassen, was sie war: der mächtigsten Kampfmaschine, die Menschen jemals ersonnen und gebaut hatten.

Es war seltsam – Ho schämte sich ihrer Gefühle fast, aber sie vermochte sich selbst in diesem Moment der morbiden Faszination der Gewalt nicht zu entziehen. Dieses Schiff mit seinen meilenlangen Flanken und seiner unüberwindlichen Bewaffnung symbolisierte schiere Macht. Für einen Moment konnte sie Männer wie Becker und Strauss beinahe verstehen.

Doch dann rief jemand ihren Namen, und sie hörte den gleichermaßen scharfen wie überraschten Unterton und wußte, daß es Strauss war, noch bevor sie sich herumdrehte und ihm entgegensah, und plötzlich war alles, was sie empfand, Verachtung.

Der Erste Offizier der *Destroyer* kam mit weit ausgreifenden Schritten auf sie zu. Sein Gesicht war so beherrscht wie immer, aber in seinen Augen flammte Zorn. »Was tun Sie hier, Leutnant?« fragte er scharf, aber leise, fast als hätte er Angst, daß die Dhworkin auf der anderen Seite der Sonne seine Worte hören konnten.

Ho blickte ihn kalt an und ging an ihm vorüber, ohne zu

antworten. Aus den Augenwinkeln sah sie, wie Strauss blaß wurde und Atem holte, um sie zur Ordnung zu rufen, aber in diesem Augenblick kam ihr Becker zu Hilfe.

»Es ist in Ordnung, Strauss«, sagte er. »Ich habe ihr erlaubt, heraufzukommen.«

Strauss nickte; Ho konnte sehen, daß sich seine Lippen für einen kurzen Moment wütend zusammenpreßten. Aber er sagte kein Wort, sondern ging mit steifen Schritten davon, um irgend etwas zu tun, was sie nicht einmal mehr interessierte.

Langsam näherte sie sich Becker und blieb so vor ihm stehen, daß sie ihn und den riesigen Holografie-Schirm am anderen Ende der Raumes gleichzeitig sehen konnte. Sie wußte, daß die Frage überflüssig war, aber sie stellte sie trotzdem: »Haben Sie schon irgend etwas gehört?«

»Ich hätte Sie benachrichtigt, wenn es so wäre.« In Becker Stimme war keine Spur von Tadel. Er lächelte nachsichtig. »Aber keine Nachrichten sind in diesem Fall gute Nachrichten. Er kann noch nicht zurück sein. Nicht einmal, wenn er die Basis auf Anhieb gefunden hätte.«

Sein Blick sagte ihr, daß er eine Antwort erwartete, irgendeine Platitüde wie *Ich verstehe*, aber sie schwieg, denn weder verstand sie, noch wollte sie warten – und worauf auch? Auf seinen Tod? Großer Gott, wäre der Gedanke nicht zu entsetzlich gewesen, dann hätte sie sich fast gewünscht, das alles wäre schon vorbei.

Ihr Blick suchte die braungraue Riesenkugel auf dem Bildschirm, und sie schauderte. Irgendwo dort unten war Randolph. Ein Stäubchen in einem Ozean aus Sturm und kochenden Gewalten. Doch wenn es nach Becker ging, war er das entscheidende Stäubchen, das das Getriebe der dhworkanischen Kriegsmaschine durcheinanderbringen sollte. Ob er eigentlich wußte, wie gleichgültig ihr dieser Krieg mittlerweile geworden war?

»Er hat noch für mehr als sechs Stunden Sauerstoff und Energie«, sagte Becker, fast als hätte er ihre Gedanken erraten. Wahrscheinlich war es nicht sehr schwer, sie auf ihrem Gesicht abzulesen.

Ho antwortete nicht. Sie sah, wie Strauss in ihre Richtung blickte und die Stirn runzelte, aber sie ignorierte ihn. Sie hatte ihn nie gemocht, ebensowenig wie er sie.

»Er wird es schaffen«, sagte Becker. »Ich habe ein gutes Gefühl.«

Sie starrte Mordor an, diese schmutzigbraune Kugel, die zum Greifen nahe auf den Schirmen hing und Randolph verschlungen hatte. Plötzlich haßte sie diese Welt.

»Warum haben Sie sie nicht einfach zerstört?« fragte sie, obwohl sie den Grund so gut kannte wie Becker.

Trotzdem antwortete er: »Weil wir es nicht können, Ho, Mordor ist einfach zu groß. Nicht einmal unsere Planetenbrecher können diesen Koloß vollständig zerstören. Jede andere Welt, aber nicht diese. Herrgott, das Ding ist fast so groß wie unsere Sonne!«

»Und da gibt es noch so etwas wie Ethik, nicht wahr?« mischte sich Strauss ein. Becker sah ihn tadelnd an, aber er übersah das und kam näher. »Dieser Planet existiert seit Milliarden Jahren, Leutnant. Etwas hat ihn erschaffen, die gleiche Macht, die alle Planeten und alle Galaxien erschaffen hat. Uns mag er sinnlos und sogar gefährlich erscheinen, aber er ist Teil der Schöpfung. Woher nehmen Sie die Anmaßung, zu glauben, daß wir das Recht hätten, ihn einfach zu zerstören?«

Ho blickte ihn an, lächelte. »Glauben Sie diesen Unsinn eigentlich wirklich, oder finden Sie nur, daß er gut klingt?« fragte sie in fast freundlichem Ton.

Strauss wurde blaß, aber wieder war es Becker, der ihr zu Hilfe kam. Diesmal mußte er eine befehlende Geste machen, um Strauss zum Schweigen zu bringen.

»Bitte nicht, Ho«, sagte er. »Machen Sie es nicht noch schlimmer für uns, als es ohnehin schon ist.«

»Schlimmer?« Plötzlich füllten sich ihre Augen mit Tränen, aber sie wußte nicht einmal, ob es Schmerz oder Wut oder beides war.

»Schlimmer, Admiral? Für wen? Für mich, weil ich ihn verloren habe, oder für Sie, weil Sie den Gedanken nicht ertragen, daß Sie ihn in den sicheren Tod geschickt haben?«

»Leutnant!« rief Strauss scharf. »Was fällt Ihnen ein? Sie reden mit Ihrem Admiral!«

Ho machte sich nicht einmal die Mühe, ihn anzusehen. »Er ist nicht mehr mein Admiral«, sagte sie. »Ich habe den Dienst quittiert.«

»Trotzdem . . .«

»Trotzdem«, unterbrach ihn Becker, und er schrie nun fast, »werden Sie jetzt den Mund halten, Strauss, oder Sie dürfen in Ihre Kabine gehen und warten, bis ich Sie rufen lasse. Haben Sie verstanden?«

Für einen Moment sah es so aus, als wolle Strauss ihm Widerstand leisten. Dann senkte er den Blick und ging mit steifen Schritten zu dem Computerpult zurück, an dem er gearbeitet hatte, als Ho den Raum betrat.

»Verzeihen Sie, Ho«, sagte Becker leise. »Er weiß es nicht besser.«

Sie antwortete nicht. Sie starrte die Planetenkugel auf dem Riesenbildschirm an und spürte, wie die Tränen wieder über ihr Gesicht liefen. Noch sechs Stunden, hatte Becker gesagt. Sechs Ewigkeiten.

Der letzte Einschlag war furchtbar nahe erfolgt; für Randolphs Geschmack entschieden zu nahe. Obwohl der unablässig tobende Superorkan der Mordor-Atmosphäre selbst die Detonationen eines Mega-Lasers zu einem Nichts degradierte, hatte der Spurjäger wie unter einem Faustschlag gestöhnt. Ein Teil der Bergspitze, die rechts über dem Fahrzeug aufragte, war pulverisiert worden, und die Leistungsanzeigen der Schirmgeneratoren waren für einen Moment in den roten Bereich gesprungen.

Zufall, dachte Randolph. Nichts als Zufall. Behalte die Nerven!

Aber das war leichter gedacht als getan. Natürlich war es Zufall, wäre es anders gewesen, dann wäre er jetzt schon tot. Die Dhworkin wußten, wo er sich etwa befand, und deckten das Gelände wahllos mit Schüssen ein. Aber ›etwa‹ bedeutete bei einer Entfernung von zweihundert Meilen und auf einem Planeten wie Mordor noch immer ein ungeheuer großes Gebiet; es konnte noch Wochen dauern, ehe sie ihn mit einem ihrer Blindschüsse trafen.

Oder auch nur Sekunden.

Randolph verscheuchte diesen Gedanken und konzentrierte sich wieder auf seine Aufgabe. Aller Wahrscheinlichkeit zum Trotz hatte er die Basis gefunden, beinahe sofort. Leider hatte die Basis auch ihn gefunden; die Horchgeräte der Dhworkin schienen noch weiter entwickelt zu sein, als sie angenommen hatten. Es war pures Glück gewesen, daß er dem ersten Laserschuß hatte ausweichen können; mit viel Glück und großem fliegerischem Können war es ihm gelungen, das Schiff in dieses Labyrinth aus Felsnadeln und Bergen hineinzumanövrieren und ein Versteck zu finden. Blieb bloß noch das lächerliche Problem, wieder von hier wegzukommen, dachte er grimmig.

Wieder durchbrach ein gleißender Blitz das graue Toben, das sich auf diesem Planeten Atmosphäre nannte, aber diesmal schlug der Laserschuß Meilen von ihm entfernt ein. Er spürte nicht einmal eine Erschütterung.

Randolph konzentrierte sich auf seine Meßinstrumente. Die Relaisstation lag unter ihm, zweihundert Meilen entfernt und war nur ein silbernes Funkeln auf dem Grund des Felsentales. Auf einem seiner vergrößerten Schirme erkannte er die Station als Ansammlung silbriger Kuppeln und Türme, eingefaßt von einem Labyrinth gigantischer Antennenkonstruktionen. Sie war sehr viel größer, als sie alle erwartet hatten; also auch leistungsfähiger. Beckers schlimmste Befürchtungen hatten sich als richtig erwiesen, dachte er. Dies war keine kleine Basis, die einer Handvoll Schiffe den Sprung über den intergalaktischen Abgrund ermöglichen sollte. Wenn diese Basis erst einmal arbeitete, würde sie nicht weniger als die gesamte Dhworkin-Flotte hierherbringen.

Ich hatte recht, Ho, dachte er. *Es war richtig, daß ich hierhergeflogen bin. Du mußt das verstehen.*

Und er wußte auch, daß sie es verstehen würde. Wenn er zurückkam – er machte sich über das *Wie* noch keine Gedanken, aber er war überzeugt, daß es ihm gelingen würde – dann würde sie es begreifen.

Wenn sie noch da war.

Randolph blickte wieder auf seine Instrumente. Die Daten waren fast komplett; der Computer arbeitete bereits, um sie zusammenzufassen, so lange zu komprimieren und zu stauchen, bis sie in einem einzigen, kaum eine Zehntelsekunde dauernden Funkimpuls abgestrahlt werden konnten. Nicht, daß er das plante: Eine weitere Zehntelsekunde danach würde er tot sein, denn die Kriegscomputer der Dhworkin warteten nur darauf, daß er sich verriet und sie ihre Mega-Laser genau justieren konnten, aber es war ein letzter Ausweg; nur für den Fall, daß er nicht mehr von hier wegkam.

Aber er würde wegkommen.

Er blickte auf die Batterieanzeigen. Er hatte noch Energie für vier Stunden. Das war mehr als genug.

Durch das Schiff gellte das schrille Heulen der Alarmsirenen. Die *Destroyer* war erwacht, und mit dem ersten Ton der Sirene, Sekunden nach dem Beginn des Alarms, spürte Ho das dumpfe Grollen, mit dem die Fusionsreaktoren im Herzen des Schiffes anliefen, um all ihre gierigen Maschinen mit der notwendigen Energie zu versorgen. Drei Minuten. Sie kannte den Alarmplan auswendig. In etwas weniger als drei Minuten würde dieses Schiff einsatz- und kampfbereit sein, und überall unter ihr in den zahllosen Gängen und Kabinen brach hektische Aktivität aus. Selbst die Zentrale begann sich jetzt, nach Sekunden schon, in einen wahren Hexenkessel zu verwandeln: Die Türen flogen auf, die ersten

Männer und Frauen stürzten an ihre Plätze. Das blaue Notlicht hatte wieder dem gelben Schein der künstlichen Sonne Platz gemacht.

Für Ho hatte dieses hektische Treiben etwas Unwirkliches. Sie stand reglos in der Zentrale, nicht weit von Beckers Kommandopult entfernt, und starrte den Planeten an. Rechts und links der Holografiewand begannen zahllose andere Bildschirme zu arbeiten, aber ihr Blick hing wie gebannt an Mordor, an Randolphs Grab. Nach einer Weile – die drei Minuten waren noch nicht verstrichen, der Alarm heulte weiter – wandte sie sich um und ging auf Becker zu. Er war nicht mehr allein, Strauss stand neben ihm, tief über eines der Instrumente über Beckers Master-Pult gebeugt, und ein halbes Dutzend Offiziere umgab die beiden. Beckers Gesicht war grau vor Sorge. Und trotzdem sah er auf, als er Ho bemerkte, und wandte sich zu ihr um. Sie begriff mit einem Male, wie ungerecht sie gewesen war.

»Es hat nichts mit ihm zu tun«, sagte er hastig, ehe sie Gelegenheit hatte, eine Frage zu stellen.

»Was ist passiert?« fragte sie.

»Die *Minnessota* meldet Feindkontakt«, antwortete Strauss an Beckers Stelle. »Ein Schlachtkreuzer der Dhworkin. Unsere Tarnung ist aufgeflogen.«

»Ja, Ho«, sagte Becker. Es klang traurig, und Ho verstand diese Trauer, als er weitersprach. »Sie wissen, daß wir hier sind!«

»Und warum wir hier sind!«

»Ja«, bestätigte Becker. »Sie sind nicht dumm. Aber wir haben noch eine Chance.

Sie lächelte mutlos und wollte gehen, aber Becker streckte die Hand aus und hielt sie zurück.

»Ich sage das nicht nur, um Sie zu beruhigen, Ho«, erklärte er. »Es ist mein Ernst. Sie haben nur acht Schiffe in diesem System. Wir werden mit ihnen fertig. Die *Minnessota* ist zwar ausgefallen, aber es steht immer noch elf zu acht. Wir holen ihn raus.«

Ho hätte am liebsten geschrien. Aber sie tat es nicht. Ihre Stimme wurde so leise, daß sie nicht einmal sicher war, ob er ihre Worte überhaupt verstand. »Ja, Admiral. Sie setzen die gesamte Flotte aufs Spiel, um das Leben eines Mannes zu retten, da bin ich sicher.«

»Nicht das Leben eines Mannes«, antwortete Becker. »Seine Daten. Das, was er dort unten gefunden hat. Wir . . .«

»Admiral!«

Becker brach mitten im Satz ab und drehte sich zu Strauss um. »Was gibt es?«

»Einer der Dhworkin dreht ab. Kurs Mordor.«

Und das war das Todesurteil. Ho wurde es schwindelig. Alles wurde unwirklich, schemenhaft. Ein dünner, glühender Dolch bohrte sich in ihr Herz.

Sie wissen es, dachte sie. *Natürlich wissen sie es. Sie haben unsere Flotte entdeckt, und sie wissen, daß Randolph dort unten ist, weil es keinen anderen Grund für die Anwesenheit dieser Schiffe geben kann.*

Zeit verging. Becker redete mit Strauss, Strauss mit einigen der anderen Offiziere und dann wieder mit Becker. Ho hörte nicht zu. Randolph war tot. Es war zu Ende. Er hatte keine Chance mehr. Nach einer Weile berührte sie Becker am Arm, durch den Schleier aus Tränen sah sie sein blasses, entsetztes Gesicht.

»Sie wissen, was das bedeutet«, sagte er.

»Sie haben ihn geortet.«

Becker schüttelte nach kurzem Zögern den Kopf. »Ich glaube nicht«, erwiderte er. »Noch nicht. Aber dieses Schiff . . . wird auf ihn warten. Sie wissen, daß wir einen Mann dort unten haben.«

»Können Sie nicht . . .«

»Nein«, unterbrach er sie schnell. »Wir . . . können nichts mehr für ihn tun. Ich habe Strauss Befehl gegeben, ihm eine Funknachricht zu schicken, damit er wenigstens weiß, was passiert ist. Aber das ist alles, fürchte ich. Es tut mir leid.«

Ja, dachte Ho. *Mir auch, Admiral. Unendlich leid.*

Sie dachte dabei nicht nur an das, was jetzt auf Mordor geschah, nicht nur an Randolph, der schon gestorben war, ohne es zu wissen, sondern auch an die letzten Worte, die sie zu ihm gesagt hatte.

Vor dem winzigen Sichtfenster des Spürjägers tobte das Chaos. Der Sturm war schlimmer geworden, obwohl Randolph das noch vor einer Stunde nicht für möglich gehalten hätte. Die Dhworkin hatten aufgehört zu schießen; über die Ansammlung silberner Kuppeln hatte sich eine größere, mattgrün leuchtende Halbkugel gestülpt, mit der sich die Basis vor dem Superorkan schützte, der über die Oberfläche Mordors tobte. Ein Schutz, der es ihnen gleichzeitig unmöglich machte, ihre Waffen einzusetzen.

Er war trotzdem verloren.

Beckers Funkspruch hatte alles zunichte gemacht. Wenn er die Triebwerkskontrollen auch nur *berührte,* würde er sterben. Die Tachyonenrechner an Bord des dhworkinschen Superschlachtschiffes würden seine Position erfassen, bevor er die Hand von den Instrumenten zurückgezogen hatte.

Und auch wenn es dieses Schiff nicht gegeben hätte ... es war aus.

Randolph dachte diesen Gedanken ohne Zorn, ohne Furcht, ohne Bitterkeit. Er würde sterben, hier und jetzt, in den nächsten Sekunden, vielleicht Minuten. Die Ladeanzeigen seiner Batterien standen seit neunzig Sekunden auf Null. Drei der fünf Schutzschirme waren bereits zusammengebrochen. Noch eine Minute, vielleicht zwei, und auch die anderen würden brechen; den Bruchteil einer Sekunde, bevor das Schiff selbst zermalmt wurde, zerquetscht von der ungeheuerlichen Gravitation Mordors, zerdrückt von dem Wahnsinnsorkan, der über die Berge tobte.

Randolph wußte: Es würde schnell gehen. Sehr schnell. Vielleicht würde er noch einen kurzen Schmerz fühlen, aber wahrscheinlich nicht einmal mehr das.

Er hatte keine Angst.

Aber er fühlte Trauer. Er dachte an Ho, an ihr letztes Zusammensein, das so häßlich geendet hatte, und an ihre Worte: *Ich werde nicht mehr dasein, wenn du zurückkommst.*

Und er würde nicht zurückkommen. Er würde nicht wiederkommen, und sie würde für den Rest ihres Lebens mit dieser Erinnerung leben müssen, der Erinnerung an ihre eigenen letzten Worte, und mit dem Gedanken daran, wie sehr er gelitten haben mußte. Mordor oder das Dhworkin-Schiff über seinem Kopf oder auch beides würden nicht nur sein Leben zerstören, sondern auch ihres. Großer Gott, er hatte ihr zum Abschied nicht einmal gesagt, daß er sie liebte.

Das Schiff stöhnte, als auch der dritte Schutzschirm nachgab. Ein kurzes, grünes Flackern, dann erlosch die unsichtbare Mauer, und plötzlich spürte Randolph wieder die fürchterliche Gravitation dieser Welt: Unsichtbare Zentnerlasten schienen auf seinen Körper zu drücken. Er konnte kaum noch atmen.

Sie hatten auch für diesen Fall vorgesorgt. Das Funkgerät war programmiert, der Schalter so konstruiert, daß die Gravitation allein ihn herunterdrücken würde, bevor das Schiff und sein Pilot und auch das Funkgerät zermalmt wurden. Alle Daten waren gesichert: die genaue Position der Relaisstation, ihre Größe, die Kapazität ihrer Schutzschirme ... Nicht einmal das Dhworkin-Schiff über seinem Kopf konnte Beckers Flotte jetzt noch daran hindern, die Station in einem nuklearen Inferno zu verbrennen. Nicht, wenn sie diese Daten hatten.

Er hob die Hand, zögerte, zog die Finger dann wieder zurück, während er mühsam gegen den immer stärker werdenden Druck der Gravitation ankämpfte. Sein Blick glitt über das Armaturenbrett des Jägers. Es gab ein zweites Funkgerät, so wie es an Bord dieses Schiffes alles zweifach gab, und auch in ihm lag ein programmierter Chip. Eine Zehntelsekunde, dachte er. Höchstens. Vielleicht würde sie reichen, beide Impulse auszulösen, wahrscheinlich aber nicht.

Das Schiff erzitterte wie unter einem Faustschlag, als auch der vorletzte Schirm brach. Die Gravitation traf Randolph mit voller Kraft. Er bekam keine Luft mehr, sein Herz geriet aus dem Takt, Arme und Beine schienen Tonnen zu wiegen. Er dachte an Ho.

Mühsam und mit einer Kraft, von der er selbst nicht wußte, daß er sie hatte, hob er die Hand und streckte sie nach dem Armaturenbrett aus. Seine Finger tasteten über das polierte Metall, jetzt von Tonnenlasten heruntergedrückt, die seine Knochen zu brechen suchten. Das Schiff stöhnte und senkte sich nach vorn. Irgendwo hinter seinem Rücken zerbrach etwas mit einem peitschenden Knall. Randolphs Blick verschleierte sich. Aber er mußte es schaffen. Er mußte diesen Funkspruch absetzen. Es war das letzte, was er in seinem Leben tun würde, aber auch das wichtigste. Er *mußte* es schaffen.

Das Schiff stöhnte abermals wie ein verwundetes Tier. Er spürte, wie irgendein wichtiger Impuls in seinem Inneren unter dem ungeheuerlichen Druck nachzugeben begann, wie sich die Kabine um ihn verformte.

Er starb. Doch im letzten Augenblick seines Lebens legte sich seine Hand auf den roten Knopf des Funksenders.

Rings um das Schiff schien das Weltall zu brennen. Es war ein Kampf der Titanen – die mächtigsten Kriegsschiffe, die die Umlaufbahn der Erde jemals verlassen hatten, gegen eine Flotte kaum weniger gefährlicher Gegner.

Sie würden den Kampf gewinnen. Drei der Dhworkin waren bereits zerstört oder kampfunfähig, und die *Destroyer* und ihre Schwesterschiffe rückten unaufhaltsam auf Mordor vor; vielleicht würde es einer der ersten wirklichen *Siege* werden, den die Konföderation in diesem Krieg errang.

Aber das interessierte Ho nicht. Sie hatte kaum einen Blick auf die Bildschirme geworfen, die die verschiedenen Phasen eines Kampfes zeigten, dessen Schauplätze mehrere hunderttausend Meilen voneinander entfernt lagen, ein Kampf, der in gespenstischer Lautlosigkeit ausgefochten wurde. Sie stand noch immer reglos vor Beckers Pult, so wie vor einer Stunde, als diese entsetzliche Schlacht begonnen hatte, und sie starrte immer noch die riesige braungraue Kugel Mordor an. Der Planet war näher gekommen. Er füllte jetzt fast den gesamten Bildschirm aus. Und manchmal, wenn sich ein Sonnenstrahl auf seinen Flanken brach, dann konnte sie sogar das silberne Funkeln des einzigen Dhworkin-Schiffes sehen, des einzigen Schiffes im Universum, das sie interessierte, des gigantischen Schlachtkreuzers, der unmittelbar über dem Planeten schwebte und darauf wartete, daß sich ein Spurjäger zeigte. Becker hatte gesagt, daß sie eine Stunde brauchen würden, um auf Schußweite heranzukommen, aber sie wußte, daß sie es nicht schaffen würden. Er war tot. Seine Batterien mußten längst erschöpft sein. Energie und Sauerstoff verbraucht, das Schiff zermalmt von den ungeheuren Gewalten, die er herausgefordert hatte.

Hos Tränen waren versiegt. Sie weinte nicht mehr. Sie spürte kaum den Schmerz, nur diese entsetzliche Leere, in der sich ihre Seele zu verlieren schien.

Irgendwo auf einem der anderen Schirme leuchtete plötzlich eine grelle Miniatursonne auf, und ein vielstimmiger Aufschrei ging durch die Zentrale. Dann, nach bangen Momenten, verkündete Strauss: »Ein Dhworkin! Volltreffer! Totalverlust, würde ich sagen. Wir schaffen es!«

Jemand lachte, andere atmeten erleichtert auf. Aber die meisten blieben stumm, bedrückt und voller mühsam beherrschter Angst.

Ho wandte sich langsam zu Strauss um. Ganz kurz hielt er ihrem Blick stand, dann drehte er sich ab und trat auf Becker zu.

»Wir sind jetzt in Reichweite seines Funkgerätes«, sagte er. »Wenn er noch lebt, kann er uns die Position dieser verdammten Basis durchgeben.«

»Er ist tot«, sagte Ho leise.

Strauss schien protestieren zu wollen, aber ein warnender Blick Beckers hielt ihn zurück. Er zuckte mit den Schultern und ging wieder an seinen Platz.

»Er ist tot«, sagte Ho noch einmal, nicht zu Becker oder Strauss oder irgendeinem anderen, sondern zu sich selbst und sehr leise.

Und dann ging alles so schnell, daß sie erst sehr viel später begriff, was geschehen war.

Auf dem Bildschirm, dicht über der Atmosphärenoberfläche des Planeten, blitzte es grellweiß und blau auf, als der Dhworkin-Kreuzer eine Salve abfeuerte, der vernichtende Blitz eines Mega-Lasers, der eine blutige Spur in die Wolkenhülle des Planeten fraß und irgendwo tief darunter auf sein Ziel traf. Im gleichen Moment begann auf Strauss' Pult eine Lampe zu flackern, eine dünne, wimmernde Sirene erklang, und dann schrie Strauss: »Funkkontakt! Scott! Es ist Scotts Frequenz! Großer Gott, er hat es noch geschafft! Er ist ...«

Er verstummte, und irgend etwas war an diesem Schweigen, das Ho aus ihrer Betäubung riß und sich zu ihm umdrehen ließ. Becker hatte sich halb aus seinem Sitz erhoben. Strauss starrte aus ungläubig aufgerissenen Augen auf das kleine Blatt Papier, das sich aus dem Computer vor ihm schob. Er beugte sich vor und riß den Papierstreifen ab. Es gab einen Laut wie ein Messer, das in Fleisch schnitt.

Becker wollte nach dem Blatt greifen, aber Strauss schüttelte den Kopf. Ganz langsam ging er auf Ho zu und hielt ihr den Streifen hin.

»Es ist für Sie«, sagte er.

Ho nahm das Blatt. Sie blickte Strauss an, der sie noch immer ansah, mitleidig, erschüttert, dann Becker, dessen Blick zwischen ihr und Strauss und dem Planeten auf dem

Bildschirm hin und her ging. Dann erst sah sie auf das Blatt Papier mit Randolphs letztem Funkspruch, der einzigen Nachricht, die abzusenden er noch Zeit gehabt hatte.

Sie bestand aus einem einzigen Satz:

Sagt Ho, daß ich sie liebe.

Die Superwaffe

Das Schiff ging sanft wie ein fallendes Blatt auf der Ebene nieder. Das Heulen der Triebwerke, das wie ein Laut aus einer fremden, längst vergessenen Zeit in das Jahrmillionen währende Schweigen gedrungen war, verklang, und die brodelnde Wolke aus grauem, staubfeinem Sand, den die Düsen hochgewirbelt hatten, begann langsam wieder zu Boden zu sinken. Der Rumpf des Schiffes, vom rasenden Flug durch die Atmosphäre an manchen Stellen bis zur Rotglut erhitzt, knackte und knisterte noch eine Weile. Der ehemals silbern schimmernde Diskus war zerschrammt und von dunklen Rußspuren wie von einem Muster gefrorener Flammen überzogen, und durch die angeblich unzerstörbare Sichtkanzel zog sich ein dünner, vielfach verästelter Riß. Aus einem kleinen, sternförmigen Loch an der Unterseite des Schiffes tropfte Öl, aber all diese Geräusche und Bewegungen vergingen nach einiger Zeit, als hätten Schweigen und Ruhe auf diesem Planeten Substanz gewonnen und löschten nun jeden Einfluß aus, der von außen in ihr ewiges Domizil eindrang.

Thorrens blieb noch eine Weile reglos und mit geschlossenen Augen sitzen, nachdem die Erschütterungen des Aufpralls abgeklungen und das Wimmern der Triebwerke verstummt waren. In seinem Nacken nistete ein dünner, quälender Schmerz, und als er behutsam die Lider hob und in das sanfte, gelbe Licht blinzelte, das von außen in das Schiff eindrang, schossen ihm die Tränen in die Augen. Die Landung war hart gewesen, sehr hart; eigentlich eher ein Absturz, den die Notautomatik im letzten – im allerletzten – Moment abgefangen hatte. Trotzdem hatten sie Glück gehabt. Mehr Glück – dachte er mit einem Gefühl, bei dem er sich selbst nicht ganz sicher war, ob er es nun als Erleichterung oder das erste, noch zaghafte Anklopfen von Furcht einstufen sollte – als die drei anderen Teams, die vor ihnen versucht hatten, auf diesem Planeten zu landen.

Er setzte sich auf, löste den Verschluß der altmodischen Sicherheitsgurte und ließ seinen Blick über die Reihe der erloschenen Kontrollinstrumente vor sich gleiten. Mit dem Durchbrechen des Schildes war jedes Gerät an Bord, das auch nur annähernd mit Elektronik zu tun hatte, ausgefallen. Nicht nur ausgefallen, sondern zerstört, unwiderruflich. Selbst die Triebwerke und der Steuercomputer, nicht nur drei-, sondern fünfzehnfach abgesichert, funktionierten nur noch bedingt. Ob sie mit diesem Schiff überhaupt noch einmal würden starten können, wußte in diesem Moment wohl niemand an Bord.

Aber das würde sich erweisen; später. Sie hatten alles an Bord, was für eine Reparatur notwendig war, Lebensmittel für Monate, und Behnn war wahrscheinlich einer der fähigsten Ingenieure der Flotte. Wenn er die Jet nicht wieder flugfähig machen konnte, dann konnte es niemand.

Thorrens schob den Gedanken mit einem lautlosen Seufzer zur Seite. Mit den umständlichen, nervösen Bewegungen eines Mannes, der an Antigravfelder und überlichtschnell reagierende Schockabsorber gewöhnt war, befreite er sich aus den Gurten, stand auf und ging steifbeinig zu den anderen hinüber. Behnn und Enkawyhn schienen das Bewußtsein verloren zu haben; Corman hockte in seltsam steifer Haltung in seinem Sitz und preßte die Hand auf den Mund. Ein dünner, glitzernder Blutstropfen sickerte zwischen seinen Fingern hindurch und malte eine rote Spur auf seinen Handrücken.

»Alles in Ordnung?« fragte Thorrens.

Corman schenkte ihm einen finsteren Blick, fuhr sich mit dem Handrücken über die Lippen und wischte sich die Hand anschließend an der Uniformjacke ab. »Nichts ist in Ordnung«, knurrte er. »Das war die mit Abstand miserabelste Landung, die ich jemals erlebt habe.«

Thorrens grinste, beugte sich über die beiden anderen und überzeugte sich rasch davon, daß ihnen nichts zugestoßen war. Ein paar blaue Flecken und Kratzer, das war alles. »Sei froh, daß wir überhaupt heil 'runtergekommen sind«, antwortete er mit einiger Verspätung. »Die erste Expedition ist in der Atmosphäre verglüht, und die beiden anderen haben zwei saubere Löcher in den Boden geschlagen – mit ihren Schiffen.«

»Ich weiß«, sagte Corman. »Aber das ändert nichts daran, daß ich mir auf die Unterlippe gebissen habe. Es tut verdammt weh.« Er löste seine Gurte, stand umständlich auf und ging zur Sichtkanzel. Draußen auf der Ebene dämmerte es; die Schatten wurden länger, und zwei der drei blutigroten Sonnen waren bereits hinter dem Horizont verschwunden. Der Staub, den die Jet aufgewirbelt hatte, hatte sich wieder gelegt, und draußen war nicht die geringste Bewegung, nicht das geringste Zeichen von Leben zu erkennen.

Nach einer Weile trat Thorrens neben dem Exologiker und starrte ebenso wie er hinaus, schweigend und mit einem schwer zu bestimmenden Gefühl von mit Angst gemischter Ehrfurcht. Die Pyramide hob sich als schwarzer, mit messerscharf gezogenen Linien gezeichneter Schatten gegen den rotglühenden Hintergrund des Sonnenuntergangs ab.

»Volltreffer«, sagte er nach einer Weile. »Genauer hätten wir nicht landen können.« Die Worte erschienen ihm seltsam respektlos vor dem Bild, das sich ihnen bot, aber es waren wenigstens menschliche Laute, Worte, die – obwohl beinahe sinnlos – wenigstens die Illusion von Leben in dieses planetengroße Grab zauberten.

»Genauer?« Corman zog eine Grimasse und tastete mit spitzen Fingern über seine aufgesprungene Unterlippe. »Das sind mindestens zehn Meilen.«

»Unter den gegebenen Umständen haben wir praktisch mitten ins Schwarze getroffen«, widersprach Thorrens, ohne den Blick von der Pyramide zu wenden. »Außerdem sind es nicht zehn, sondern wahrscheinlich fünfzig Meilen. Du hast anscheinend vergessen, *wie* groß das *H'en-cahn* ist.«

Corman antwortete nicht. Thorrens kannte den Exologiker seit drei Jahren, seit sie begonnen hatten, sich auf diese Expedition vorzubereiten und die Teams zusammenzustellen. Corman war der fähigste Mann, den die Vereinigten Welten auf seinem Fachgebiet vorweisen konnten. Aber er war auch die größte Nervensäge, der Thorrens jemals begegnet war. Für einen Mann, der die *Logik* zu seinem Beruf gemacht hatte, redete er manchmal einen erstaunlichen Blödsinn. Aber im Moment schien selbst er von so etwas wie Ehrfurcht gepackt zu werden. Wahrscheinlich konnte sich niemand dem Atem der Zeit entziehen, der auf dieser Welt so deutlich wie sonst nirgends zu spüren war.

Thorrens schloß für einen Moment die Augen, aber das Bild der Pyramiden blieb, als hätte es sich für alle Zeiten in seine Netzhäute eingebrannt. *Ehrfurcht . . .* dachte er. Ja, das war es wohl, was er empfand, oder wenigstens empfinden sollte, Ehrfurcht angesichts des Erbes einer Rasse, die die Galaxis beherrscht hatte, bevor sich auf der Erde auch nur die ersten Primaten entwickelten, Ehrfurcht vor einem Volk, das mit Sonnen und Planeten gespielt hatte wie Kinder mit Bausteinen und das alt und weise geworden war, als auf der Erde die großen Dinosaurier herrschten. Aber in dem Wort Ehrfurcht war auch das Wort *Furcht* enthalten, und das war es wohl eher, was er im Moment verspürte. Furcht vor dem, was sie vielleicht dort drüben finden würden, aber noch mehr Furcht davor, mit leeren Händen zurückzukehren, nichts als eine gewaltige Enttäuschung zu der wartenden Flotte zu bringen. Auf seinen und den Schultern der drei anderen ruhte eine ungeheure Last; die letzte Hoffnung nicht nur der Menschen, sondern der Bewohner von mehr als sechshundert Welten. Wenn sie versagten, hatte die Galaxis verloren. Die *Shcresh* hatten schon jetzt fast ein Drittel der Vereinigten Welten erobert, und ihr Vormarsch ging weiter, gewaltig und unaufhaltsam. Vielleicht fiel auch jetzt, in gerade diesem Augenblick, in dem er hier stand und dem Sonnenuntergang zusah, wieder eine Welt unter den Hammerschlägen ihrer Invasionsflotte, und vielleicht starben gerade in dieser Sekunde Menschen unter der grauen Woge, die aus den Tiefen des Raumes heranflutete und Planet um Planet verschlang.

»Wann brechen wir auf?« fragte Corman plötzlich.

»Morgen früh«, antwortete Thorrens. »Wir müssen die Ausrüstung noch durchchecken. Außerdem brauchen wir alle dringend ein paar Stunden Schlaf.«

Corman sah ihn nachdenklich an. »Haben wir soviel Zeit?«

»Wir haben drei Jahre gebraucht, um hierher zu kommen, Lon«, antwortete Thorrens mit einem leisen, verzeihenden Lächeln. »Da kommt es auf zwölf Stunden nicht mehr an.«

Corman schien noch etwas sagen zu wollen, beließ es aber dann bei einem stummen Nicken und sah weg. Thorrens verstand nur zu gut, was in dem Exologiker vorging. Er hatte sich – wie sie alle – freiwillig gemeldet, obwohl er gewußt hatte, daß sich ihre Überlebenschancen unangenehm nahe an der Zahl Null bewegten. Sein Heimatplanet war eine der ersten Welten gewesen, die die Fremden erobert hatten. Er hatte nicht nur seine Familie, sondern seine Welt verloren; ein Mann, der seitdem ständig unterwegs war und kein Zuhause mehr hatte, zu dem er zurückkehren konnte. Er haßte die *Shcresh*. Aber das taten sie alle. Nur kam bei Corman noch hinzu, daß er sich nie verziehen hatte, den Angriff auf seine Heimatwelt überlebt zu haben. Er war nicht da gewesen, als seine Familie starb, und irgendwie schien er sich dafür verantwortlich zu fühlen. Es war unlogisch, und Corman war Logiker. Trotzdem verstand ihn Thorrens. Und deshalb war er hier.

Das Licht der drei roten Sonnen und die flirrende Luft hatten ihnen Wärme vorgegaukelt, aber es war kalt, bitterkalt. Es gab keinen Wind, aber die Kälte kroch beharrlich durch ihre Kleidung und schien irgend etwas in ihnen zum Erstarren zu bringen.

Thorrens rückte – zum wahrscheinlich zwanzigstenmal, seit sie das Schiff verlassen hatten – seine Sauerstoffmaske zurecht und blinzelte aus zusammengekniffenen Augen zum Schatten des *H'en-cahn* hinüber. Sie hatten die Entfernung gemessen, mit den rein optisch-mechanischen Instrumenten, die noch funktionierten. Es waren sechsundvierzig Meilen; zwei Tagesmärsche, wenn Behnn die Motorräder nicht zum Funktionieren bekam. Aber darauf kam es nun auch nicht mehr an.

Langsam drehte er sich wieder um und ging zum Schiff zurück. Die Jet stand ein wenig schräg auf ihren Spinnenbeinen. Sie hatten Glück gehabt, daß die Ausfahrautomatik überhaupt noch funktionierte. Trotz aller modernster Abschirmungen und monatelanger Entwicklungsarbeit war es ihnen noch immer nicht gelungen, mit dem Super-EMP, der jede Annäherung an diesen Planeten fast unmöglich machte, fertig zu werden. Die ersten Schiffe, die sich *Vechan-Ro* näherten, hatten diesen Effekt schmerzhaft zu spüren bekommen. Herkömmliche Abschirmungen und Felder halfen überhaupt nichts – was immer in den Bereich des EMP-Schildes geriet und elektronischer Natur war, gab unwiderruflich seinen Geist auf. Der Schild war die letzte von einstmals sicher unzähligen Abwehr- und Sicherheitsmaßnahmen, mit denen die *Großen Alten* ihre letzte Bastion sicherten. Sie hatte zwei Millionen Jahre überstanden und bildete noch immer eine tödliche Falle für jeden, der sich dem Planeten näherte. Nicht einmal die gewaltigen Sternenkreuzer der Vereinigten Flotte vermochten sich *Vechan-Ro* auf mehr als zweihunderttausend Meilen zu nähern. Die Flotte hatte einen hohen Preis dafür bezahlt, das Geheimnis dieser Welt wenigstens teilweise zu lüften.

Behnn sah unwillig auf, als Thorrens neben ihm stehenblieb und neugierig zusah, was er tat. Das Gesicht des Ingenieurs war fast völlig hinter der schwarzen Atemmaske verborgen, und das, was noch zu sehen war, war öl- und staubverschmiert. Dieser Staub lag hier überall: ein gewaltiges, graugelbes Leichentuch, das den Planeten einhüllte und beharrlich in jede Öffnung und jede noch so kleine Ritze drang. Selbst drinnen im Schiff lag das Zeug schon als dünner, knirschender Film.

»Kommst du weiter?«

»Weiter?« Behnn keuchte in komisch gespielter Verzweiflung. Er stand auf, wischte sich seine öligen Finger an der Hose ab und bedachte das zweisitzige Motorrad mit einem feindseligen Blick. »Die Zündanlage ist hin«, sagte er.

Thorrens nickte. »Das wußte ich. Ich wollte eigentlich wissen, ob du sie reparieren kannst.«

»Womit denn?« schnappte Behnn. »Jedes einzelne elektronische Bauteil in diesem verdammten Schiff ist hin.« Der Sarkasmus in Thorrens Worten schien ihm völlig entgangen zu sein. »Aber ich werd's schon schaffen. Wir haben die Dinger aus dem Museum ausgegraben und hingekriegt, da schaff ich's jetzt auch. Keine Sorge, großer Meister. Ihr braucht nicht zu Fuß zu gehen.«

Thorrens unterdrückte ein Lächeln. Behnns Gereiztheit war nur Ausdruck seiner Nervosität. Letztlich hing das Gelingen der Aktion von ihm ab. Die Vereinigten Welten hatten nicht viel davon, wenn sie erfolgreich waren und dann nicht mehr starten konnten.

Wieder kroch so etwas wie Furcht in seine Gedanken, und diesmal fiel es ihm schwerer, sie zurückzudrängen. Vielleicht fanden sie dort drüben nichts als eine leere, seit zwei Millionen Jahren verlassene Ruine. Aber vielleicht öffneten sie auch die Büchse der Pandora. Was immer die *Großen Alten* dort drüben im *H'en-cahn* geschaffen hatten – es mußte gewaltig sein. Und irgend etwas sagte ihm, daß es noch existierte. Trotz oder vielleicht gerade *wegen* der zwei Millionen Jahre, die seit seiner Erschaffung vergangen waren.

Er sah Behnn noch eine Weile zu, wandte sich dann schulterzuckend um und ging über die heruntergelassene Rampe ins Schiff zurück. Es war merklich wärmer hier drinnen, aber auch die Heizung war ausgefallen, und die Kälte kroch beharrlich ins Schiff hinein. Wenn sie zurückkamen, würde es hier genauso kalt sein wie draußen.

Er verriegelte die Tür hinter sich, streifte die Sauerstoffmaske ab und nahm einen tiefen Atemzug, ehe er über die schmale Metalleiter nach oben stieg. Die Jet stammte – wie die beiden Motorräder und der allergrößte Teil ihrer übrigen Ausrüstung – aus dem Museum und war mehrere tausend Jahre alt, befand sich aber noch in hervorragendem Zustand. Mit Schiffen wie diesen waren die Menschen zwischen den Planeten ihres heimatlichen Sonnensystems geflogen, bevor sie die Lichtmauer durchbrochen und den anderen raumfahrenden Rassen gegenübergetreten waren. Es war absurd – wäre ihre Lage nicht so verzweifelt gewesen, hätte er herzhaft darüber gelacht. Bis vor drei Jahren hatte er einen Sternenzerstörer kommandiert; ein drei Meilen langes Ungetüm mit viertausend Mann Besatzung und einer Flotte von Beibooten, jedes einzelne fünfmal so groß wie diese Jet. Aber auch fünfmal weniger wert, sobald sie in den Bereich des EMP-Schildes kamen ...

Thorrens erreichte die Zentrale und sah sich rasch um. Er war allein. Die beiden anderen waren irgendwo im Schiff und bereiteten sich, jeder auf seine Art, auf die Expedition vor, aber er war fast dankbar, noch einmal für wenige Minuten allein sein zu können.

Er setzte sich hinter die jetzt nutzlos gewordene Computerkonsole, schloß die Augen und versuchte an gar nichts zu denken. Drei Jahre hatte er sich auf diese Landung vorbereitet, aber das Hochgefühl, das sich jetzt eigentlich einstellen sollte, blieb aus. Im Gegenteil; er begann sich mehr und mehr wie ein Leichenfledderer zu fühlen. Grabräuber. Ja, das waren sie. Was sie taten, hatte nichts mit Forschung und wissenschaftlicher Arbeit zu tun, und es war irgendwie nicht richtig. Die *Großen Alten* hatten gelebt, bevor sich auf irgendeinem der Planten, die heute die Vereinigten Welten bildeten, auch nur das erste halbwegs intelligente Leben regte. Sie wußten nicht viel über sie. Nicht einmal ihr wirklicher Name war erhalten geblieben; die Beziehung *Große Alte* stammte aus der Mythologie der Erde, aber sie symbolisierte alles, was sie gewesen sein mußten: Groß. Alt. Mächtig. Vielleicht – das wußte er nicht, aber er nahm es an – weise. Äonenlang hatten sie die Galaxis beherrscht, und sie waren so gestorben, wie sie gelebt hatten: grandios. Es war ein Krieg gewesen, der die Geschichte dieses Volkes beendet hatte, so viel hatten sie aus dem Wenigen, was von ihnen erhalten geblieben war, herauslesen können. Gegen wen sie gekämpft hatten und warum, wußte niemand. Aber es war ein Krieg gewesen, gegen den das verzweifelte Ringen der Vereinigten Welten wie ein belangloser Bürgerkrieg erscheinen mußte. Seine Spuren waren noch heute zu sehen: Ein breiter, mehrere hundert Lichtjahre messender Korridor quer durch die Galaxis, ein toter Graben voller zerstörter Welten und ausgeglühter Sonnen; Planeten, die für alle Zeiten verbrannt und sterilisiert waren. Sie wußten nicht, wer die *Großen Alten* angegriffen hatte, aber es mußte ein Volk gewesen sein, das ebenso mächtig oder mächtiger gewesen war. Hunderttausend Jahre hatte der Krieg getobt, und die *Großen Alten* waren Schritt für Schritt, Lichtjahr um Lichtjahr zurückgedrängt worden.

Trotzdem hatten sie gesiegt. Sie hatten eine Waffe entwickelt, der ihre Feinde nichts entgegenzusetzen hatten, eine Waffe, die die Aggressoren aus der Galaxis gefegt und in die Tiefen des intergalaktischen Raumes zurückgejagt hatte. Und hier, auf *Vechna-Ro,* sollte diese Waffe der Legende nach liegen, zwei Millionen Jahre alt, aber noch immer funktionstüchtig, bereit, erneut aktiviert zu werden und Tod und Vernichtung hinaus in die Galaxis zu tragen.

Thorrens öffnete die Augen und blickte in die flimmernde rote Luft hinaus. *Der Legende nach* . . . Sie waren hier, um eine Legende – ein Märchen – auf seinen Wahrheitsgehalt zu prüfen. Ein Akt, aus Verzweiflung geboren, und doch die letzte Hoffnung für Milliarden und Abermilliarden intelligenter Wesen. Sie mußten die Superwaffe der *Großen Alten* finden, oder die *Shcrecsh* würden die Galaxis innerhalb der nächsten fünf Jahre überrennen. Und es gab nichts, was sie noch aufhalten könnte.

Wieder sah er zu der Ruine am Horizont hinüber. Die letzte Bastion der *Großen Alten*. Bis hierher waren die Angreifer nie gekommen, und hier war schließlich der Grundstein für ihre Vernichtung gelegt worden, die Waffe, die dem Krieg die entscheidende Wende gegeben hatte. Und trotzdem war sie zu spät gekommen. Die *Großen Alten* hatten gesiegt, aber es war ein Sieg, von dem sie sich nie wieder erholt hatten. Wahrscheinlich hatte sie der Krieg schlicht und einfach ausgeblutet. Sie hatten noch ein paar tausend Jahre gelebt, aber nie wieder ihre alte Größe erreicht, und eines Tages waren sie einfach verschwunden. Ja, so mußte es gewesen sein. Aber vielleicht, wisperte eine leise, kaum hörbare Stimme irgendwo hinter seinen Gedanken, war es auch ganz anders gewesen.

Die Pyramide ragte als steinerner Koloß vor ihnen auf, ein Ungeheuer aus Fels und erstarrter Zeit, fast eine Meile hoch und an seiner Basis beinahe doppelt so breit. Und trotzdem kam sie ihm noch größer vor, als sie ohnehin war. Der grelle, flammenfarbene Himmel ließ sie schwarz erscheinen, obwohl das Gestein eher grau war, grau mit einem sanften, nur bei einer bestimmten Beleuchtung überhaupt sichtbaren Schimmer von Gelb. Die Farbe des Staubes, der den gesamten Planeten einhüllte.

Thorrens lockerte den Griff seiner Rechten ein wenig und ließ den Gashebel des Motorrades langsam zurückgleiten. Sein Rücken schmerzte, und seine Schultermuskeln begannen sich allmählich zu verkrampfen. Sie hatten lange mit den Motorrädern geübt, aber er würde sich wohl niemals an diese antiquierten Fahrzeuge gewöhnen. Zu Hause auf der Erde leisteten die Maschinen beinahe hundertfünfzig Meilen in der Stunde, aber hier, auf einer Welt mit einer viel kühleren Atmosphäre, auf *Vechan-Ro* mit seinen endlosen Staub- und Sandwüsten, hatten sie fast fünf Stunden gebraucht, um die siebenundvierzig Meilen zurückzulegen; den Rest des Tages. Die letzte der drei Sonnen würde in wenigen Augenblicken den Horizont berühren und dann wie ein gewaltiger rotglühender Ball langsam mit ihm verschmelzen. Aber zu dieser Zeit würden sie längst im Inneren des *H'en-cahn* sein.

Und vielleicht schon tot. Nach dem Gürtel aus Abwehr- und Sperranlagen, die die Raumflotte auf ihrem Weg hierher passiert hatte, erschien es Thorrens fast unglaublich, daß die Schöpfer dieser Anlage nicht auch den Planeten mit Fallen gespickt haben sollten. Aber vielleicht hatten sie es ja auch, und sie hatten den Umstand, noch am Leben zu sein, allein der Tatsache zu verdanken, daß sie zwei Millionen Jahre zu spät kamen. Auch der Ring von Raumfestungen, der *Vechan-Ro* umgab, war ein Opfer der Zeit geworden. Aber vielleicht hatten sie es auch nicht für nötig gehalten. Das System der drei Sonnen war eine uneinnehmbare Festung gewesen. Wer immer es fertig gebracht hätte, sie zu stürmen, hätte sich auch von planetaren Abwehrmaßnahmen nicht mehr aufhalten lassen.

Thorrens lenkte das Motorrad neben eine der gewaltigen steinernen Säulen, die das offenstehende Portal wie zwei Reihen stummer Wächter flankierten, schaltete die Zündung aus und blieb noch einen Moment reglos und mit geschlossenen Augen sitzen. Das Summen der Maschine schien noch eine Weile in seinen Ohren nachzuklingen.

Hinter ihm lenkten Corman und Enkawyhn ihre Motorräder in den Schatten. Unter normalen Umständen bot der Bellonier mit seinen beinahe acht Fuß Körpergröße und seiner gepanzerten, schuppigen Haut einen eindrucksvollen Anblick. Im Sattel des Motorrades wirkte er schlichtweg albern. Bellonier waren lebende Kampfmaschinen; Giganten mit der doppelten Schulterbreite eines Menschen und einem Körpergewicht von fast einer halben Tonne. Enkawyhn war so etwas wie ihre Lebensversicherung – einer der besten Einzelkämpfer der Flotte und dazu Überlebensspezialist. Wenn einer von ihnen eine Chance hatte, diese Mission lebend zu überstehen, dann er.

Thorrens setzte seinen Helm ab, rückte mit einem automatischen Griff seine Atemmaske zurecht und stieg umständlich aus dem Sattel. Sein Blick streifte das gewaltige, rechteckige Portal des *H'en-cahn*. Obwohl die Sonne noch schien, reichte ihr rotes Licht nur wenige Schritte ins Innere des Gebäudes hinein, fast, als würde es dicht hinter dem Portal von irgend etwas Unsichtbarem, Dunklem aufgesogen. Thorrens schauderte und wandte sich rasch ab. Das *H'en-cahn* war nicht das erste Artefakt der *Großen Alten*, das er sah. Aber es war das erste Mal, daß ihn die jahrmillionenalten Ruinen mit Furcht erfüllten.

»Gehen wir hinein?« fragte Corman, nachdem er abgestiegen und sich ebenfalls seines Helmes und der schweren, wärmenden Steppjacke entledigt hatte.

Thorrens schrak sichtlich zusammen. »So rasch?« fragte er stockend.

Corman grinste. »Warum nicht? Dort drinnen sind wir wenigstens sicher vor dem Wind.« Natürlich war das nur ein Vorwand. Corman hatte drei Jahre auf diesen Augenblick gewartet, und er war ungeduldig. Begierig darauf, all die Wunder zu sehen, die er bisher nur in seiner Phantasie erblickt hatte, all die Rätsel zu lösen, von deren Entzifferung er bis jetzt nur hatte träumen können.

Thorrens tauschte einen raschen Blick mit Enkawyhn. Der Bellonier schwieg – wie immer –, wandte sich aber mit einem flüchtigen Lächeln um und ging, langsam, aber mit weit ausgreifenden Schritten, auf das Portal zu. Corman wollte ihm folgen, aber Enkawyhn hielt ihn mit einer raschen, befehlenden Geste zurück und verschwand in den wogenden Schatten jenseits des Durchganges. Nur das hallende Echo seiner Schritte zeugte noch davon, daß es ihn jemals gegeben hatte.

Zwischen Cormans dünnen, wie mit einer Tuschfeder

gezogenen Brauen entstand eine tiefe Falte. »Wichtigtuer«, murmelte er.

Thorrens lächelte verzeihend. Corman hatte sich diesen Moment wohl so oft im Geist ausgemalt, daß er es nicht ertrug, wenn ein anderer vor ihm dieses Gebäude betrat.

Enkawyhns Schritte entfernten sich allmählich. Dem Echo nach zu urteilen, das sie hervorriefen, mußte die Halle geradezu gigantische Ausmaße haben. Corman sagte irgend etwas, aber Thorrens hörte nur mit halbem Ohr hin. Obwohl er sich dagegen wehrte, zog ihn die Ruine schon wieder in ihren Bann. Er spürte eine seltsame, dumpfe Beklemmung in sich aufsteigen, ein Gefühl, als hindere ihn irgend etwas daran zu atmen.

Das gewaltige Portal kam ihm mit einem Mal wie ein ungeheures, aufgerissenes Maul vor, ein Schlund, aus dem nichts wieder hervorkommen konnte, was einmal hineingegangen war. Er hörte die Schritte des Belloniers noch immer, aber das Geräusch erschien ihm seltsam irreal, ein Laut aus einer fremden Welt, der nicht hierher gehörte, hier nicht sein durfte. Ein Frevel.

»Nervös?« fragte Corman, als hätte er seine Gedanken erraten.

Thorrens drehte sich um, sah den Exologiker sekundenlang schweigend an und versuchte zu lächeln. Es mißlang.

»Ich frage mich«, sagte er leise, und selbst der Klang seiner eigenen Stimme kam ihm fremd und bizarr vor, »was eine Rasse ausgelöscht haben kann, die fähig war, *so* etwas zu erschaffen.«

Corman nickte stumm. Auch er mußte spüren, was Thorrens mit seinen Worten gemeint hatte. Es war nicht die Größe des Gebäudes. Es gab auf einem Dutzend Planeten innerhalb der Vereinigten Welten Bauwerke, die größer und gewaltiger waren. Es war seine . . . ja, vielleicht zum ersten Mal in seinem Leben konnte er das Wort so benutzen, wie es gedacht war – seine *Erhabenheit*. Es hatte zwei Millionen Jahre lang der Zeit getrotzt, und es würde vermutlich noch hier stehen, wenn die drei roten Sonnen dort oben am Himmel längst zu schwarzen Schlackeklumpen verbrannt waren. Der Gedanke, daß dieses gewaltige Bauwerk erschaffen worden war, um eine Waffe zu beherbergen, erschien ihm für einen Moment fast absurd.

Und doch war es so. Es *mußte* so sein, wenn die Galaxis noch eine Zukunft haben wollte.

Eine hünenhafte, sechsarmige Gestalt erschien unter den Schatten des Portals, blieb stehen und winkte.

Nebeneinander betraten sie das Gebäude. Einen Moment lang spürte Thorrens noch den kalten Wind und das rote, kraftlose Licht der Sonne auf dem Gesicht. Dann wurden sie von Dunkelheit und Schweigen verschluckt.

Der Lichtkreis des Scheinwerfers tastete wie ein winziges, zitterndes Leuchtinsekt über den Boden, glitt mit einer huschenden schnellen Bewegung die Wand hinauf, streifte die Tür und kam, ruckartig und fast rascher, als ihm das Auge folgen konnte, zurück. Sekundenlang richtete er sich starr auf das gewaltige steinerne Portal, dann kroch er, wieder langsamer, über den graugelben Felsen und ließ die Reliefschrift mit schweren, langgezogenen Schatten hervortreten.

»Das ist es!« flüsterte Corman. Seine Stimme bebte vor Erregung, und Thorrens konnte trotz des schlechten Lichtes sehen, daß sein Gesicht vor Schweiß glänzte.

»Bist du sicher?«

Corman nickte, ohne den Blick von der Tür zu nehmen. »Absolut. Das *muß* es sein. Es ist der einzig logische Ort. Wir haben es geschafft.« Er schaltete die Lampe aus, fuhr sich mit einer hektischen, nervösen Bewegung über das Gesicht und sagte noch einmal: »Wir haben es geschafft, Ronney! Hinter dieser Tür liegt der zentrale Raum!«

Thorrens wußte längst nicht mehr, wie lange sie bereits durch das zyklopische Gebäude irrten. Sieben, acht, vielleicht zehn Stunden. Jeder von ihnen war zum Umfallen müde, aber keiner dachte daran, aufzugeben. Nicht jetzt. Nicht *jetzt*.

Es war fast zu einfach gewesen. Enkawyhn war zu Anfang immer zwanzig, fünfundzwanzig Schritte vorausgegangen, um den Weg zu sichern, aber diese Maßnahme hatte sich bald als überflüssig erwiesen. Die Pyramide war leer. Es gab Spuren von technischen Einrichtungen: Dünne, in die Wände gemeißelte Linien, an denen sich früher sicher einmal Rohrleitungen und Kabel dahingezogen hatten, Gänge, die im Nichts oder vor bodenlosen schwarzen Schächten endeten, wo irgendwann einmal Treppen und Liftschächte gewesen sein mochten. Aber die Zeit hatte nichts davon übrig gelassen; nicht einmal Staub. Einzig der Fels, aus dem die Pyramide errichtet worden war, war geblieben. Er und die Zeichen, die in ihn hineingemeißelt waren.

Es waren diese Zeichen gewesen, die Corman den Weg gewiesen hatten, den Weg tiefer hinein ins Innere der Pyramide, hinein in Schweigen und Dunkelheit, zum Herz des *H'en-cahn.* Corman war einer der wenigen lebenden Menschen auf den Vereinigten Welten, die die Schrift der *Großen Alten* wenigstens bruchstückhaft lesen konnten.

Und jetzt waren sie hier, standen vor einer Tür, hinter der vielleicht die Lösung des größten Rätsels der Milchstraße lag. Aber vielleicht fanden sie auch nur einen leeren Raum und ein Häufchen braunen Staub . . .

Corman ließ seine Lampe wieder aufflammen und bewegte sich fast andächtig auf die Tür zu. Zwei Schritte vor der gewaltigen Steinplatte blieb er stehen, ließ den Lichtstrahl über die verschlungenen Runen und Symbole gleiten und las schweigend. Dann hob er die Hände, berührte einen bestimmten Punkt auf der Tür und trat zurück.

Sekundenlang geschah nichts. Dann ertönte ein leises, eher zu spürendes als wirklich hörbares Summen, und die Tür glitt ein Stückweit zur Seite. Thorrens hatte das Gefühl, plötzlich von einer eiskalten, unsichtbaren Hand berührt zu werden. Die Anlage funktionierte noch. Sie war *zwei Millionen Jahre* alt, aber sie funktionierte noch!

Enkawyhn löste sich mit einem überraschten Knurren von

seinem Platz und eilte auf die Tür zu. Corman fuhr herum. Auf seinen Zügen lag ein beinahe verzweifelter Ausdruck.

»Nicht!« keuchte er. »Bitte nicht!«

Der Bellonier blieb stehen. Sein Blick suchte den Thorrens'.

Zwei, drei endlose Sekunden lang starrte Thorrens in Cormans Gesicht. Er begriff nur zu gut, was in dem anderen vorging. Er war im Begriff, etwas zu tun, was noch kein Mensch vor ihm getan hatte und niemand mehr nach ihn tun würde. So ähnlich, dachte Thorrens, mußten sich die ersten Menschen gefühlt haben, die ihren Fuß auf einen fremden Planeten gesetzt hatten.

Er konnte es ihm nicht nehmen.

»Geh«, sagte er leise.

Der Bellonier zuckte überrascht zusammen, drehte sich aber gehorsam um und trat wieder zur Seite. Sein geschupptes Gesicht blieb ausdruckslos.

Corman lächelte dankbar und trat, jeden Schritt sichtlich genießend, auf den jetzt offenstehenden Durchgang zu. »Wartet hier«, sagte er. »Ich rufe euch.«

Thorrens sah ihm nach, bis ihn die Finsternis hinter der Tür verschluckt hatte. Er fühlte sich ... betäubt. Vielleicht war der Augenblick zu groß, die Entscheidung, die in wenigen Minuten fallen würde – nein, eigentlich schon gefallen war, verbesserte sich in Gedanken –, *zu* gewaltig, als daß er sie wirklich schon begreifen und verarbeiten konnte.

Vor ihnen lag die Zukunft der Galaxis.

Wenn es eine Zukunft gab.

Vielleicht fanden sie die Superwaffe der *Großen Alten,* und vielleicht half sie ihnen, die *Shcresh* ins Nichts zurückzuwerfen, woher sie gekommen waren. Vielleicht fanden sie auch nichts und brachten nur das Wissen mit zurück in die Milchstraße, daß die Zeit der Menschen und ihrer Verbündeten abgelaufen war.

Und vielleicht, dachte er schaudernd, gab es auch noch eine dritte Lösung ...

Corman blieb länger als eine halbe Stunde. Sie warteten draußen, aber das Geräusch seiner Schritte und der Lichtschein seiner Lampe zeigten ihnen deutlich, daß er noch am Leben war und nichts von all den Schrecknissen und Fallen, die sie sich in ihrer Phantasie ausgemalt hatten, dort drüben auf sie wartete.

Thorrens wußte hinterher nicht mehr, was er in jener halben Stunde gedacht oder gefühlt hatte. Seine Gedanken wirbelten durcheinander, schlugen Purzelbäume, und er glaubte, alles zugleich zu empfinden – Spannung, Furcht, Neugier, Erleichterung, Schrecken –, und es kostete ihn mehr Kraft, als er eigentlich aufbringen konnte, reglos stehenzubleiben und Corman die Zeit zu gewähren, die ihm zustand.

Schließlich kam der Exologiker zurück. Und etwas, irgend etwas war an ihm, das Thorrens mit einem Mal frösteln ließ.

Er wollte an ihm vorbeigehen und die Kammer betreten, aber Corman hielt ihn mit einer raschen Bewegung zurück. »Nicht«, sagte er.

Thorrens blieb verwirrt stehen. »Was ist los?«

»Noch nicht.« Cormans Stimme klang beinahe flehend. »Bitte. Ich ... muß euch etwas sagen ...« In seinen Worten klang ein seltsamer Unterton mit, etwas, das Thorrens aufhorchen ließ. Er besah sich Corman genauer. Der Exologiker war blaß. Sein Gesicht wirkte grau, und der Ausdruck in seinen Augen ... was war das? Furcht? Nein. Nicht nur. Da war noch etwas anderes. Etwas, das weit über normale Angst hinausging.

»Was ... hast du gefunden?« fragte er stockend.

Corman lachte, ein leises, rauhes Geräusch, das an den unsichtbaren Wänden seltsame keckernde Echos hervorrief.

»Gefunden?« wiederholte er. »Was ich gefunden habe? Alles, Rod. Alles, weswegen wir hierher gekommen sind.«

»Du hast ...« Thorrens brach ab und fuhr nach Sekunden mit zitternder, mühsam beherrschter Stimme fort: »Sie ist da? Die Waffe existiert noch?« Corman nickte. »Ja. Sie existiert noch. Und sie ist auch noch einsatzbereit. Aber ... ich ... ich weiß jetzt, woran sie zugrunde gegangen sind. Die Lösung ist dort drinnen.«

»Du ...«

»Dort«, fuhr Corman unbeeindruckt fort, »ist alles, was wir jemals wissen wollten. Die Antworten auf alle Fragen, die wir je gestellt haben. Die ... Geschichte ihres Volkes. Die Geschichte ihres Aufstieges und des Krieges.« Er stockte, und als er weitersprach, klang seine Stimme brüchig wie die eines alten Mannes. »Es ... war nicht der Krieg, der sie vernichtet hat, Rod. Sie ... wurden zurückgedrängt, aber sie schufen im letzten Moment eine Waffe, die den Feind vernichtete. Der ... eigentliche Untergang kam später. Willst du wissen, woran sie zugrunde gegangen sind?« Thorrens nickte.

»Dann komm mit«, sagte Corman.

Die Kammer war würfelförmig. An den Wänden reihten sich flache, von der Zeit unberührt gebliebene Schränke und Regale, gefüllt mit verwirrenden Dingen und Instrumenten, die die Erbauer dieser Anlage hier für die Ewigkeit aufbewahrt hatten. Darüber, an den Wänden, hingen Bilder, die ihre Geschichte zeigten.

Aber Thorrens hatte wenig mehr als einen flüchtigen Blick dafür übrig. Wie gebannt starrte er auf das schwarze, mattschimmernde Podest, das sich in der Mitte des Raumes erhob. Und darauf, was auf ihm stand.

»Die *Großen Alten* hatten alles, was du dir an technischen Errungenschaften nur vorstellen kannst«, sagte Corman. »Und noch ein bißchen mehr. Waffen und Instrumente, die unser Begriffsvermögen übersteigen. Aber all das nutzte ihnen nichts gegen die Invasoren. Ich weiß nicht, welches Volk sie angegriffen hat, oder warum. Aber es muß ihnen ebenbürtig gewesen sein, vielleicht sogar überlegen.

Aber es gab einen Weg, eine allerletzte, ultimate Waffe. Sie schufen das da – Androiden. Künstliche Lebewesen mit einem eigenen Bewußtsein und der Fähigkeit, sich fortzupflanzen und weiter zu entwickeln. Ein Volk von Dienern. Lebende Kampfmaschinen, die sich dem Feind entgegenwarfen und ihn schließlich besiegten.« Er stockte wieder und lachte leise, aber es klang eher wie ein verzweifeltes Schluchzen. »Das da ist der Grund für ihren Untergang, Ron«, sagte er. Seine Stimme klang brüchig. »Sie haben die Invasoren zurückgeschlagen, aber die *Großen Alten* haben ein bißchen zu gut gearbeitet, Ron. Sie konnten sie erschaffen, aber ihre Geschöpfe wurden mächtiger, als sie selbst ahnten. Am Ende wandten sie sich gegen ihre eigenen Schöpfer und vernichteten sie, so, wie sie die Invasoren vernichtet haben.« Der Strahl seiner Lampe löste sich von den großen, zottigen Körpern und richtete sich auf die Schriftzeichen, die in den Fuß des Granitblockes eingraviert waren. »Ich weiß nicht, was diese Worte in ihrer Sprache bedeutet haben«, sagte er, nun wieder ruhig. »Aber ich weiß, wie man diese Wesen auf der Erde genannt hat.«

Er sprach nicht weiter, aber das war auch nicht nötig.

Irgend etwas schien in Thorrens zu zerbrechen. Sein Blick saugte sich an den verschlungenen Linien einer seit zwei Millionen Jahren gestorbenen Sprache fest. Auch er konnte die Runen nicht lesen, so wenig wie Corman oder irgendein anderer. Aber auch er wußte, was sie bedeuteten:

Cro-Magnon-Mensch

Aus dem gleichen Band stammt die nachfolgende Geschichte; die wiederum eine eigene Geschichte hat – wie die meisten Geschichten. Nachdem ich *Die Superwaffe* schon längst abgeliefert hatte, saß ich eines Abends am Fenster, blickte in einen trüben Herbstnachmittag hinaus und sah dem Wind zu, der leider nicht mit weinrotem Laub, sondern ganz profan mit aufgeweichtem Zeitungspapier spielte, und dachte gleichzeitig über weitere Geschichten des geplanten Dhworkin-Zyklus nach. Und irgendwie fragte ich mich, wer eigentlich gesagt hat, daß fremdes Leben tatsächlich immer wie bekanntes Leben aussehen muß – oder ob es überhaupt aussehen muß. Und die Story war da. Möglicherweise lag es an der herbstlichen Stimmung draußen, wahrscheinlicher aber auch an der aufgeweichten BILD-Zeitung unten auf dem Hof – gleichwie, da behaupte noch einmal jemand, daß dieses Blatt zu nichts nutze sei…

Ich bin der Sturm!

Die Meßstation ragte wie ein nachlässig geworfener Speer aus der Düne, ein wenig schräg und – bei genauerem Hinsehen – zusammengestaucht; deformiert. Ihr Schatten wanderte wie die Zeiger einer Sonnenuhr über den ausgedörrten Boden, folgte beharrlich den Konturen der Sanddüne, die der Wind alle paar Minuten neu schuf und wieder zerstörte, und deutete jetzt, gegen Mittag, nach Westen. Das letzte Beben hatte die Station nach oben und zur Seite gedrückt, so daß ein Teil des Betonsockels sichtbar geworden war. Eine Unzahl von Sensoren und schwarzglänzenden Fotozellen wuchs wie surrealistische Blüten aus dem schlanken Stab, viele von ihnen blind und zerstört; Opfer der Hitze und des geduldig mahlenden Windes.

Soylent hatte die Sandkatze auf dem Hügelkamm geparkt und war die letzten Meter zu Fuß gegangen. Der gepanzerte Anzug verlieh ihm das Aussehen eines mittelalterlichen Ritters und machte mit seinem Gewicht aus jedem Schritt eine Qual; er war den Hang mehr hinuntergefallen als gegangen. Der Rückweg, das wußte er jetzt schon, würde zu einer Tortur werden. Aber er hatte vor ein paar Monaten selbst mitangesehen, wie eine Sandkatze ins Rutschen gekommen war und die Station, die ihr Pilot eigentlich hatte warten sollen, unter sich zermalmt hatte. Nicht einmal die meterbreiten Ketten der Spezialfahrzeuge fanden auf dem lockeren Boden immer Halt, und Soylent war nicht sehr erpicht darauf, die Verlustliste um einen weiteren Posten zu verlängern.

Er kauerte vor dem Stab nieder und stöpselte das Verbindungskabel ein. Ein trübes, rotes Licht glomm auf der Kopfleiste im Inneren seines Helmes auf. Die Datenübertragung hatte begonnen.

Soylent setzte sich bequemer hin; ein Vorhaben, das in dem starren Anzug gar nicht so leicht zu bewerkstelligen war. Er hatte Zeit – fünf, vielleicht auch zehn Minuten, ehe der kleine Speicher seines Anzuges die Daten vom Computer der Meßstation übernommen und verarbeitet hatte.

Nachdenklich betrachtete er den schlanken Stab. Seine Oberfläche war zerschrammt und narbig, übersät mit Tausenden von winzigen Kratern und Rissen – Spuren des Sandes, den der Wind geduldig dagegengeschleudert hatte. Soylent hatte die Station eigenhändig errichtet, vor nicht einmal vier Jahren. Damals hatte er geglaubt, daß keine Macht des Universums dem schlanken Gebilde aus VV4A-Stahl etwas anhaben konnte. Aber damals hatte er auch die Venus noch nicht gekannt ...

Vier Jahre ... Es kam ihm länger vor, viel länger. Tatsächlich hatte er in der letzten Zeit immer öfter das Gefühl, hier geboren und aufgewachsen zu sein. Die Zeit davor erschien ihm unwirklich, und die Erinnerungen daran waren wie Erinnerungen an einen Film oder ein Theaterstück, das er einmal gesehen und schon wieder halbwegs vergessen hatte. Damals hatte er Angst vor der Venus gehabt.

Die endlosen, zerklüfteten Ebenen, die Seen aus geschmolzenem Zinn, die schroffen, himmelstürmenden Gebirgsketten – alles hatte ihm Angst eingeflößt. Nicht die Art von flüchtigem Schrecken, die er vorher gekannt und fälschlicherweise für Angst gehalten hatte, sondern eine vollkommen neue, tiefergehende Furcht, ausgelöst durch das Gefühl vollkommener Hilflosigkeit, mit dem ihn diese Welt erfüllte und die sich wie ein schleichendes Gift in seine Seele gefressen hatte.

Da war der Himmel.

Kein Himmel, wie er ihn von der Erde oder vom Mond her kannte. Es gibt keinen Sonnenauf- oder -untergang, nicht einmal eine Sonne, sondern nur einen hellen, verwaschenen Fleck mit zerfaserten Rändern, der beinahe schon ein Viertel des Firmaments einnimmt. Keine Wolken, kein klar erkennbarer Horizont. Die Venusoberfläche hört einfach irgendwo auf und wird zu einer eintönigen, grauweiß brodelnden Suppe, die von einem Ende der Unendlichkeit bis zum anderen reicht.

Dann die Leere.

Vielleicht das Schlimmste von allem.

Es war nicht die kalte, schwarze Sterilität des Weltraumes, sondern etwas anderes, etwas für das er bis heute keinen passenden Begriff gefunden hatte. Vielleicht das Gefühl, betrogen worden zu sein. Es war nicht die Fremdartigkeit der Venus, sondern ihre Ähnlichkeit mit der Erde.

Eine Welt, fast so groß wie sein Heimatplanet, mit Atmosphäre, Kontinenten, Seen und Gebirgen, alles so wie dort, wo er herkam. Mit einem Unterschied – diese Welt hatte niemals die Chance bekommen, eigenes Leben zu entwickeln. Es war alles da, nur eine Winzigkeit fehlte; der letzte, entscheidende Anstoß, der die Erde von einem trostlosen Steinklumpen in einen grünen, lebendigen Planeten verwandelt hatte, war hier niemals erfolgt. Die Venus war ihm damals wie eine boshafte Karikatur der Erde vorgekommen; ein gigantisches Mahnmal des Lebensverneinenden, Sterilen, Toten.

Dazu kam die Einsamkeit.

Aber auch sie war anders. Die Venus ist nicht einfach ein anderes Land, in das die Menschen gehen wie die ersten Siedler nach Amerika oder Australien – sie ist eine neue Welt, ein neues Universum, und die Sprache der alten Welt reicht nicht aus, sie zu beschreiben. Die Einsamkeit ist hier direkter und erbarmungsloser. In den endlosen Staubwüsten der Venus gibt es nichts, wo man sich verstecken kann, keinen Ort, dieser Welt und ihrer Leere zu entgehen. Niemand, der noch nicht hiergewesen war, konnte wissen, was das Wort Einsamkeit in seiner letzten Konsequenz bedeutet. Nicht wirklich. Nicht so wie hier, wo ein Mensch nichts hat als sich selbst. Wo einfach zuviel Platz zum Davonlaufen ist.

Es hatte lange gedauert, bis Soylent begriff, daß die Venus nicht böse ist. Gefährlich, mörderisch, tödlich – all diese Worte trafen zu, und noch mehr, die erst noch erfunden werden müssen, aber nicht böse. Sie ist ein gewaltiger Gegner, vielleicht der gewaltigste, dem sich der Mensch je gestellt hat, ein menschenfressender Moloch, der Jahr für Jahr tausend Männer und Frauen verschlang, – aber sie kämpfte offen. Erst die Menschen hatte die Worte Heimtücke und Verrat hierher gebracht.

Aber das war damals gewesen, vor vier Jahren. Damals hatte er noch Angst vor diesem Planeten gehabt; später, als er wirklich begriff, daß er nie wieder zurück konnte, hatte er ihn gehaßt.

Heute liebte er die Venus ...

Ein aufdringliches Summen unterbrach seine Gedanken. Er öffnete die Augen, schob die Erinnerungen mit einem lautlosen Seufzer beiseite und zog den Stecker aus der Buchse, ehe er sich an die mühevolle Aufgabe machte, mit dem zentnerschweren Anzug aufzustehen. Mit plumpen, schwerfällig wirkenden Bewegungen drehte er sich herum und begann mit dem Aufstieg. Der lockere Boden gab unter seinen Füßen immer wieder nach, und er rutschte mehr als einmal den ganzen Weg wieder zurück. Irgendwann, dachte er, während er sich Zentimeter für Zentimeter den Hang hinaufkämpfte, würde eine Zeit kommen, in der sich Menschen ohne gepanzerte Druckanzüge auf dieser Welt würden bewegen können. In der es hier Blumen statt Sand und kühle Meeresbrisen statt vierhundert Grad heiße Stürme geben würde. Irgendwann ...

Für die zwanzig Meter bis zur Sandkatze hinauf brauchte er fast eine halbe Stunde. Er war am Ende seiner Kräfte, als er das Fahrzeug erreichte.

Die Station war die neunundachtzigste auf seiner Liste gewesen; und die letzte. Zweiundzwanzig Tage war er jetzt hier draußen, allein mit seinen Erinnerungen, dem gefühllosen Summen der Klimaanlage und vierunddreißig Musikkassetten, die er nach vier Tagen auswendig gekannt und nach zehn Tagen zu verfluchen begonnen hatte.

Er klappte die Sichtkanzel herunter und flutete die winzige Kabine mit Sauerstoff. Sein Helm öffnete sich automatisch, als der Innendruck hoch genug war. Eine Zeitlang saß er einfach da, atmete die kühle Luft aus den Sauerstofftanks und genoß das Gefühl vollkommener körperlicher Erschöpfung. Dann startete er die Motoren und fuhr los. Den Anzug ließ er an. Er war jetzt nur noch eine halbe Stunde von der Basis entfernt; es lohnte sich nicht mehr, den schweren Panzer umständlich aus- und nach wenigen Minuten genauso umständlich wieder anzuziehen. Das Winseln des Sturmes, der wie ein unsichtbares wütendes Tier an der Sandkatze zerrte und rüttelte, ging im Brüllen der Turbinen unter, während das Fahrzeug langsam herumschwenkte und auf seinem Kurscomputer das Symbol der Basis aufleuchtete. Noch zwanzig Meilen, schätzte er. Selbst für die Venus eine lächerliche Entfernung – solange man in einer Sandkatze saß und alle Systeme ordnungsgemäß funktionierten. Wenn nicht ...

Soylent hatte sich in dieser Beziehung niemals etwas vorgemacht. Wenn nicht, konnten es genausogut zwanzig Lichtjahre sein. Theoretisch konnte er die zwanzig Meilen zu Fuß zurücklegen. Sein Anzug schützte ihn vor der Hitze und dem Sturm. Aber das war die Theorie. In der Praxis war er verloren, wenn die Sandkatze beschädigt wurde. Es konnte Monate dauern, ehe er in dieser Einöde aus Hitze und Leere gefunden wurde. Er lehnte sich zurück und schaltete den Autopiloten ein und schloß die Augen. Müdigkeit ergriff wie eine warme streichelnde Hand von seinem Körper Besitz, aber er drängte sie zurück. Er hatte jetzt nichts mehr zu tun, bis die flachen Druckkuppeln der Basis vor ihm auftauchten, aber er hatte schon immer etwas dagegen gehabt, sich ganz dem Autopiloten zu überlassen. Nicht daß er dem Gerät mißtraute – der winzige Rechner steuerte das Fahrzeug viel sicherer und zuverlässiger, als es ein Mensch je gekonnt hätte. Es war vielmehr das Gefühl, vollkommen nutzlos und überflüssig zu sein, wenn die Katze fuhr, ohne daß er sie wenigstens überwachte – oder sich einbildete, es zu tun. Nun, zumindest in diesem Punkt hatte die Venus den Menschen wieder wichtig gemacht. Selbst die perfekteste Maschine funktionierte hier nur bedingt. Es hatte einmal einen Plan gegeben, das gesamte Siedlungsprojekt von Robotern durchführen zu lassen, aber den hatte man sehr schnell wieder aufgegeben. Die Venus ist eine Welt für Menschen, nicht für Maschinen.

Das Zirpen des Funkgerätes drängte sich in seine Gedanken. Soylent beugte sich vor, schaltete den Empfänger ein und drehte so lange am Suchrad, bis das Knistern der Störungen auf ein Minimum herabgesunken war.

»Expeditionsfahrzeug acht, Soylent hier«, meldete er sich. »Wer spricht?«

»Basis neunzehn.« Die Stimme war undeutlich und trotz der vorgeschalteten Entzerrer und Filter von einer Vielzahl piepsender, pfeifender und quietschender Geräusche überlagert. »Borowski. Verstehst du mich, Dirk?«

Soylent nickte impulsiv. »Klar und deutlich«, antwortete er. »Wie gehts und was ist los? Gibt der Alte einen aus?«

Borowski lachte meckernd und wurde übergangslos wieder ernst. »Paß auf, Dirk, wo bist du genau?«

Soylent sah auf seinen Kompaß. »Achtzehn Meilen westlich von euch«, antwortete er. »Warum?«

»Sturmwarnung«, sagte Borowski trocken. »Kommt gerade rein. Tut mir ja leid, Dirk, aber du wirst dich irgendwo verkriechen müssen.«

»Keine Chance, nach Hause zu kommen?«

Er konnte Borowskis Kopfschütteln beinahe hören. »Keine. In einer halben Stunde geht der Tanz hier bei uns los. Bei dir vielleicht ein paar Minuten später. Aber ich stelle dir dein Abendessen warm, wenn es dich beruhigt.«

Soylent schluckte im letzten Moment einen Fluch herunter. Sturmwarnung – das bedeutete, daß er stundenlang hier draußen festsitzen konnte.

Oder auch Tage.

Er kuppelte aus und brachte das Fahrzeug mit einem harten Tritt auf das Bremspedal zum Stehen.

»Sind noch viele draußen?«

»Du bist der letzte, abgesehen von Tanakura. Aber der ist erst in vier Tagen fällig. Bis dahin ist der Sturm vorbei.«

»Hoffentlich«, knurrte Soylent. Die Frühjahrsstürme sind besonders schlimm. Manchmal fallen sie mit der Gewalt eines apokalyptischen Reiterheeres über das Land herein, um sich zwei oder drei Stunden lang auszutoben und dann weiterzuziehen, aber er hatte schon von Stürmen gehört, die wochenlang mit ungebändigter Kraft tobten.

Auch das Wort Sturm bedeutete hier auf der Venus etwas anderes als auf der Erde. In einem der Telebriefe, die er nach Hause schickte, hatte er einmal versucht, einen Venus-Orkan zu beschreiben, aber das war unmöglich. Er konnte mit Zahlen und Superlativen um sich werfen, aber er konnte den Menschen auf der Erde niemals wirklich beschreiben, was es hieß, sich im Zentrum eines Orkanes zu befinden, der mit dreifacher Schallgeschwindigkeit über das Land tobt, in dem selbst die zweiundachtzig Tonnen Stahl und Kunststoff der Sandkatze keine Sicherheit mehr bieten und der ungeschütztes Metall zur Rotglut erhitzen kann. Statistisch gesehen verlor jede der vierundzwanzig Basen auf der Venus im Jahr zweidreiviertel Sandkatzen. Neunzig Prozent dieser Verluste gingen auf das Konto der Stürme.

»Wo bist du genau?« fragte Borowski.

Soylent sah abermals auf seinen Kurscomputer und sagte es ihm.

»Am besten«, riet Borowski nach einer sekundenlangen Pause, in der er wahrscheinlich auf seine Karte gesehen hatte, »fährst du zurück und gräbst dich ein. »Aber gib mir vorher noch einmal deine genaue Position durch. Ich komme dich dann ausbuddeln.«

Soylent grinste, startete das Fahrzeug erneut und wendete.

»Wie geht es Phil?« fragte er, während der Horizont vor der Sichtkuppel zu kreisen begann.

Borowskis Stimme ging im Knistern und Rauschen neuer Störungen unter. Soylent drehte fluchend am Empfänger, aber das einzige, was lauter wurde, waren die Störgeräusche. Die Hitze und die ungeheure Druckwelle, die der Orkan vor sich herschob, ionisierten die Luft in weitem Umkreis. Manchmal war der Funkverkehr hinterher tagelang gestört.

»Okay, Ivor«, sagte er. »Ich weiß nicht, ob du mich noch verstehst, aber meine Position ist jetzt siebenunddreißig West neunzehn Minuten. Ich fahre zurück und grabe mich bei der ersten passenden Gelegenheit ein. Soylent Ende und Aus.« Er lauschte noch einen Moment angespannt. Aber die Basis meldete sich nicht mehr.

Mit einer wütenden Drehung schaltete er den Empfänger aus. Wenn der Funkverkehr jetzt schon gestört war, dann konnte es dafür eigentlich nur zwei Gründe geben – entweder der Orkan bewegte sich mit viel größerer Geschwindigkeit, als Borowski glaubte, oder es würde überhaupt der schlimmste Sturm werden, den sie je erlebt hatten.

Soylent wußte nicht, welcher Möglichkeit er den Vorzug geben sollte – sie waren beide gleich unangenehm.

Sein Blick wanderte nervös über den Horizont. Es war noch keine Veränderung zu bemerken. Alles schien normal; eine verwaschene, kaum erkennbare Linie aus Schatten und unappetitlichem Grau, die dem Auge die Illusion von Bewegung vorgaukelte. Aber das besagte nichts. Wenn der Sturm kam, dann kam er schnell. Sehr schnell.

Er ärgerte sich plötzlich darüber, daß er ausgestiegen war und die letzte Station zu Fuß abgelesen hatte. Die halbe Stunde, die ihn diese Vorsichtsmaßnahme gekostet hatte, war genau die Zeit, die ihm jetzt fehlte, um zur Basis zurückkehren. Einen Moment lang spielte er mit dem Gedanken, das Risiko einzugehen und einfach weiterzufahren. Aber er verwarf die Idee schnell wieder. In der Wüste hatte er eine gute Chance, den Sturm unbeschadet zu überstehen. Wenn er ihn nicht überfiel, ehe er sich eingraben konnte...

Als die Sandkatze den nächsten Hügelkamm erklomm, wurde der Himmel hinter ihm erst gelb, dann braun und schließlich schwarz. Das Fahrzeug holperte über Felsen und Sand, hüpfte über Bodenwellen und brach als stählernes Ungeheuer durch Anhäufungen von lockerem staubfeinem Sand. Ein harter Stoß ließ Soylents Kiefer schmerzhaft aufeinanderschlagen, aber er achtete nicht darauf. Eine schwarze, verblüffend gerade Linie kroch hinter ihm über den Himmel, und sie kam schnell näher, sehr schnell. Fahlgelbe Blitze wetterleuchteten durch die Sturmfront, aber er wußte, daß sie nicht wirklich, sondern nur optische Täuschungen waren. Hinter ihm war nichts, nur dieses lichtlose, nachtschwarze Etwas, das wie ein großes Ungeheuer über die Ebene kroch und in dem nicht einmal Raum für Blitze und Donner war, sondern nur für Sturm.

Er hatte recht gehabt mit seinen Befürchtungen, sogar in beiden Punkten. Es war der fürchterlichste Sturm, den er je erlebt hatte, und er bewegte sich mit einer Geschwindigkeit, die alles in den Schatten stellte. Die scheinbare Behäbigkeit, mit der die schwarze Linie das Grau des Himmels verschlang, täuschte. Die Apokalypse würde in wenigen Augenblicken hereinbrechen.

Soylent trat das Gaspedal bis zum Anschlag durch. Die Sandkatze machte einen Satz, fegte Erde und kleinere Felsbrocken zur Seite und raste in einem irren Zickzack-Kurs auf eine Formation niedriger Felsbrocken zu. Das Fahrzeug konnte sich im Notfall selbst eingraben; die beste Möglichkeit, einen Sturm unbeschadet zu überstehen. Aber ein Blick nach hinten sagte ihm, daß dafür keine Zeit mehr sei. Das Schwarz war jetzt fast über ihm, brodelnd und doch beinahe von morbider Schönheit, und darunter wuchs irgend etwas Formloses, Wirbelndes heran. Es war, als wäre das Gebirge selbst zum Leben erwacht und zu einem bizarren Marsch über die Ebene auferstanden. Eine ungeheure, senkrecht bis zu den Sternen aufstrebende Wand wuchs hinter ihm empor, ein wirbelndes, rotierendes, sprudelndes Etwas, in dem nichts Bestand hatte als reine Bewegung.

Dann traf der erste Stoß die Sandkatze. Hart, erbarmungslos und mit der Gewalt eines titanischen Schmiedehammers. Soylent riß es in den Gurten nach vorne. Von einer Sekunde zur anderen wurde es dunkel. Die Welt vor der Sichtkuppel verschwand im wütenden Zerren wabernder Bewegung. Auf dem Instrumentenpult flammte eine ganze Batterie roter Warnlampen auf. Ein zweiter, noch härterer Schlag traf das Fahrzeug, hob es an einer Seite an und ließ es mit vernichtender Wucht auf den Boden zurückfallen. Soylent wurde erneut nach vorne gerissen. Ein schmerzhafter Hieb traf seine Schläfe, dann lief etwas Warmes und Klebriges über sein Gesicht. Die Motoren erstarben mit einem klagenden Geräusch, das sich irgendwie durch das Heulen des Sturmes gemogelt hatte. Soylent stöhnte, hob die Hand und klappte seinen Helm nach vorne. Das Dröhnen in seinen Ohren sank auf ein erträgliches Maß herab.

Er versuchte, sich den Anblick der Felsen in Erinnerung zu rufen, die er gesehen hatte, bevor die Welt draußen verschwunden war: eine Anzahl flacher, schildkrötenähnlicher Buckel, zwanzig Meter hoch und von einer Million Jahre Wind und Erosion glattpoliert. Er mußte dorthin, egal wie.

Soylent versuchte probehalber, die Motoren zu starten, aber das einzige Ergebnis war ein weiteres nervöses Flackern auf seinem Pult. Er hatte schon Sandkatzen gesehen, die vom Sturm überrascht worden waren, ehe ihre Piloten Gelegenheit gefunden hatten, die Blenden vor den Turbinen zu schließen. In den keilförmigen Ansaugöffnungen hatten betonharte Sandpfropfen gesessen, die mühsam herausgeschliffen werden mußten. Die Innenbeleuchtung flackerte und wurde vom trüben blauen Schein der Notlampen abgelöst. Soylent schaltete sie entschlossen aus. Vielleicht würde er die Energie der Batterien noch dringender benötigen.

Der Sturm schien für einen Moment nachzulassen. Das

Fahrzeug schlingerte nicht mehr wie ein Schiff auf stürmischer See. Alles, was jetzt noch zu spüren war, war ein sanftes, beinahe wohltuendes Vibrieren.

Soylent reagierte sofort. Seine Hand schoß vor und krachte auf den Anlasser der Elektroturbinen. Und das Wunder geschah – die Motoren sprangen an, stotterten einen Moment und liefen dann frei. Er gab Gas, krampfte die Hände um den Steuerknüppel und betete, daß die Sturmböen das Fahrzeug nicht zu weit vom Kurs abgetrieben hatten. Er wußte nicht, wieviel Zeit ihm blieb, ehe der Sturm – der eigentliche Sturm – über ihm war. Ein paar Sekunden. Allerhöchstens eine Minute.

»Eine Minute«, flüsterte er. »Bitte, laß es eine Minute sein . . .« Wenn ihm der Sturm Zeit genug ließ, dann hatte er eine Chance. Wenn sein Kurs stimmte. Wenn das wütende Trommelfeuer aus Sand und Steinen das Fahrzeug nicht zu stark beschädigt hatte. Wenn . . .

Zu viele Wenns . . .

Wütend auf den Sturm und sich selbst trat er das Gaspedal bis zum Boden durch und starrte in das schwarze Brodeln hinaus. Er wußte nicht, ob sich die Sandkatze überhaupt bewegte – vielleicht saß er längst fest, und die Ketten mahlten nutzlos im lockeren Sand. Oder –

Irgend etwas blitzte vor ihm auf, rötlich, gleißend, und verglomm, schmerzhafte Nachbilder auf seinen Netzhäuten hinterlassend. Ein gelber, an Schwefel und Hitze erinnernder Streifen erschien über ihm am Himmel, verbreitete sich und wuchs mit phantastischer Geschwindigkeit. Eine fahle Helligkeit breitete sich aus, kroch wie eine zähflüssige Masse in die Sandkatze und zeichnete die Konturen der Inneneinrichtung mit flackernden Elmsfeuern nach. Dann, von einer Sekunde zur nächsten, schlug die Dunkelheit wieder über ihm zusammen.

Aber der Augenblick hatte genügt. Soylent korrigierte den Kurs der Sandkatze um ein paar Grad und jagte los. Die Felsen befanden sich nur noch wenige Meter vor ihm.

Und er hatte den schmalen, keilförmigen Einschnitt darin genau gesehen. Es war ein Wettlauf mit dem Tod. Soylent hörte ein dumpfes, rumpelndes Grollen, das den eigentlichen Sturm ankündigte, ein Laut, als schrie irgendwo hinter ihm ein Ungeheuer seine Wut hinaus. Der Boden bockte, vibrierte, stöhnte wie ein gewaltiges Tier und schien unter der Last der Sandkatze aufzuschreien. Etwas Schwarzes und Formloses griff wie eine gigantische Hand nach dem Spezialfahrzeug, preßte es gleichzeitig nach vorne und unten und ließ die Panzerplatten des Rumpfes knistern. Die Innentemperatur stieg so rasch, daß sie die blinkenden Zahlen des Digitalthermometers zu überschlagen schienen.

Das Sitzpolster hinter Soylent begann zu schwelen, und wieder erfüllte flackernder rötlicher Schein die Kabine: Feuer diesmal. Der Sturm hatte den schützenden Kunststoffüberzug der Sandkatze abgeschmirgelt und brachte die Rumpfplatten zum Glühen.

Soylent stöhnte. Selbst in seinem geschlossenen Panzer wurde es jetzt unerträglich heiß. Er fühlte, wie der Steuerknüppel unter seinen Fingern weich wurde, sich verformte und plötzlich als zähflüssige schwarze Masse zu Boden tropfte. Die Elektromotoren liefen längst nicht mehr. Einer der unzähligen Schläge, die auf die Sandkatze heruntergeprasselt waren, hatte ihnen endgültig den Garaus gemacht. Aber das Fahrzeug bewegte sich trotzdem noch, rutschte, von der Gewalt eines dreifach schallschnellen Orkans getrieben, weiter.

Soylent schrie, aber der Laut ging im Brüllen des Sturmes unter. Er wußte nicht, wie lange er schon hier saß und auf das Ende wartete – Sekunden, Minuten, vielleicht Jahre. Zeit war Illusion, aufgelöst in einem kochenden Hexenkessel aus Sand, Hitze und Bewegung. Er hatte längst die Orientierung verloren. Es gab kein Oben oder Unten, kein Vorne oder Hinten, Rechts oder Links mehr, kein Irgendwo, kein Gestern und kein Heute.

Es gab nur noch den Sturm.

Irgendwann riß das schwarze Leichentuch noch einmal auf, und mit plötzlicher Klarheit erkannte er, wo er sich befand. Er sah die schrägen, nach oben gegeneinandergeneigten Wände der Felsspalte, den Boden, der so glatt war, als wäre er glasiert – und die senkrechte, schimmernde Felswand, auf die die Sandkatze zuschoß.

Für einen Moment hatte er das Gefühl, sich in einer langsam schließenden Falle zu befinden, im Maul eines gewaltigen steinernen Ungeheuers, das sich unbarmherzig um das winzige Fahrzeug schloß. Von vorne raste die Wand auf ihn zu, von der anderen Seite tobte der Sturm heran; zwei Urgewalten, zwischen denen die Sandkatze wie ein hilfloses Insekt zermalmt werden mußte.

Dann schloß sich der Spalt. In der Dunkelheit vor Soylent erschien ein Spinnennetz aus Millionen und Abermillionen fein verästelten Sprüngen und Rissen. Ein ungeheurer Schlag ließ das Fahrzeug erbeben, zittern und auseinanderbrechen.

Soylent wurde nach vorne gerissen.

Dann ...

... Stille.

Er erwachte mit dem salzigen Geschmack von Blut und noch etwas anderem, Undefinierbarem im Mund. Die Rückkehr ins Bewußtsein fiel ihm schwer; schwerer als normal. Es war, als gäbe es da irgend etwas, das ihn zurückhielt, seine Gedanken umklammerte und ihm den Weg hinaus ins Wachsein verwehren wollte. Er war nicht lange bewußtlos gewesen. Er wußte nicht woher, aber er wußte einfach, daß es nur wenige Augenblicke gedauert hatte.

Und er erinnerte sich an einen Alptraum.

Es war ein sinnloser, vollkommen unlogischer und doch auf seine Weise völlig realer Traum gewesen. Keiner jener normalen Alpträume, in denen man rennt und rennt und rennt und doch nicht von der Stelle kommt oder sich irgendwelchen Gefahren ausgesetzt sieht und spürt, daß alles nur ein Traum ist, ohne daß die Vision dadurch etwas von ihrer Bedrohlichkeit einbüßen würde. Selbst jetzt, als er wach war, fiel es ihm schwer, sich an den Gedanken zu gewöhnen, daß alles nur ein Traum gewesen sein sollte. Es war nicht die normale Erinnerung an einen Traum. Eher – wäre ihm der Gedanke nicht so absurd vorgekommen – wie die Erinnerung an etwas, das er nie erlebt hatte. Er war draußen gewesen, auf der Oberfläche der Venus, nackt und nur durch seine Haut vor der dreihundert Grad heißen Atmosphäre geschützt. Er war nackt durch den Sturm getaumelt, und irgendwoher hatte er gewußt, daß es kein Sturm, sondern die Venus selbst war, die körperlose Faust dieser Welt, die ihn und alle, die ihre Existenz bedrohten, zermalmen würde. Er hatte das Bewußtsein gespürt, das ihn umgab.

Und er hatte eine Stimme gehört.

Sie hatte zu ihm gesprochen, mit Worten einer Sprache, die noch kein Mensch vor ihm gehört hatte, Worte, die er nicht verstand und deren Bedeutung ihm doch klar war. Aber er hatte sie vergessen.

Soylent stöhnte, blinzelte ein paarmal und versuchte die Erinnerung abzuschütteln. Es war seltsam still. Klares, weißes Licht sickerte durch seine halb geöffneten Lider, und das Rauschen in seinen Ohren war nicht mehr das Brüllen des Sturmes, sondern das Geräusch seines eigenen, hämmernden Pulsschlages.

Er öffnete vollends die Augen und blickte durch die zersplitterte Frontscheibe nach draußen. Die stumpfe Schnauze der Sandkatze hatte sich in den Felsen gebohrt. Der gepanzerte Bug war eingedrückt und auf ein Drittel seiner normalen Länge zusammengestaucht worden; ein wirres Chaos aus zermalmtem Metall, hervorquellenden elektronischen Eingeweiden und ölig schimmernder Flüssigkeit. Es war ein Wunder, daß die Druckkabine unbeschädigt geblieben war ... und daß er noch lebte.

Soylent versuchte, sich zu bewegen. Ein scharfer Schmerz schoß durch seinen Rücken. Er biß die Zähne zusammen, stemmte sich mit beiden Händen ab und versuchte es noch einmal.

Mit einem schmerzhaften Ruck kam er frei.

Er klappte seinen Helm hoch, hob die Hand ans Gesicht und fühlte klebriges, halb geronnenes Blut. Behutsam tastete er über seine aufgesprungenen Lippen. In seinem Mund war Blut; er hatte einen Zahn verloren, vielleicht auch mehr, und allmählich, als erwachten bestimmte Nervenleitungen in seinem Körper erst jetzt richtig, meldete sich der Schmerz. Zuerst in seinem Rücken, wo er ihn schon einmal gespürt hatte, dann übergangslos und so brutal wie ein Hammerschlag in seinem Kiefer; eine feurige Woge, die sich in seinem ganzen Körper ausbreitete. Soylent hatte das Gefühl, stundenlang mit Hämmern bearbeitet worden zu sein. Jeder einzelne Muskel schmerzte, und in seinem rechten Auge war ein verwaschener trüber Fleck, der mitwanderte, wenn er den Augapfel bewegte. Er stöhnte, befreite sich mit einem neuerlichen Ruck von dem Chaos aus zertrümmerten Geräten und überdehnten Gurten und tastete mit zitternden Fingern nach dem Erste-Hilfe-Kasten.

Zweimal ließ er die Spritze beinahe fallen. Der Schmerz wurde immer unerträglicher, und die klobigen Handschuhe konnten die winzige Kunststoffspritze kaum halten. Als er den Schmerzblocker in seine Halsschlagader injizierte, schrie er bereits vor Schmerz.

Soylent versank in einen Dämmerzustand, in dem er nur noch blitzende Lichter, Laute und Schmerzen wahrnahm. Er wußte, daß der Schmerzblocker in wenigen Augenblicken wirken würde, aber die wenigen Sekunden wurden zu Ewigkeiten.

Als der Schmerz endlich nachließ, sah er ein flackerndes rotes Licht vor sich. Die Kontrolleuchte des Notsenders, der den Aufprall wie durch ein Wunder unbeschadet überstanden hatte.

Soylent wartete noch ein paar Sekunden, ehe er endgültig aufstand. Das Medikament erfüllte ihn mit einem Gefühl trügerischer Stärke, aber er wußte nur zu gut, daß er sich in einem Zustand völliger Erschöpfung befand und daß die Wirkung des Schmerzblockers in allerhöchstens drei oder vier Stunden wieder abklingen würde.

Er blinzelte, fuhr sich mit Daumen und Zeigefinger der Rechten über die Augen und machte sich an eine genaue Inspektion der Sandkatze.

Es gab nicht mehr viel, was er hätte inspizieren können. Der Notsender schien von allen Instrumenten das einzige zu sein, das noch funktionierte – Soylent versuchte erst gar nicht, sich die Wahrscheinlichkeit für einen solchen Zufall auszurechnen. Die Kontrollen aller anderen Instrumente waren entweder bis zur Unkenntlichkeit zertrümmert oder erloschen. Und die unnatürliche Stille im Inneren des Fahrzeuges bewies ihm, daß nicht nur die Kontrollen ausgefallen waren. Das vertraute Zischen der Lufterneuerungsanlage fehlte. Das dumpfe Grollen des Minireaktors im Heck war verstummt; all die winzigen Geräusche, die ihn in den letzten Wochen wie ein unsichtbarer Schutzschild umgeben und gegen das Schweigen der Venus abgeschirmt hatten, waren fort.

Die Sandkatze war tot.

Für einen Moment stieg so etwas wie Panik in ihm auf, aber sein kühler, in vier Jahren unbarmherzigen Trainings geschulter Wissenschaftlerverstand behielt die Oberhand. Die Druckzelle war unbeschädigt, und die Luft in den Tanks könnte gute vierundzwanzig Stunden reichen, auch wenn sie nicht wiederaufbereitet würde. Und selbst dann konnte er, wenn er flach atmete und sich nicht bewegte, noch weitere drei oder vier Stunden durchhalten. Hinzu kam die Luft in seinem Anzug. Noch drei Stunden.

Die Hitze konnte zu einem Problem werden. Die Sandkatze war gut isoliert, aber bei direkter Sonneneinstrahlung und ohne Kühlaggregate würde er nach spätestens zwölf Stunden gegrillt werden.

Soylent überlegte einen Moment, ob er den Versuch unternehmen sollte, die Kühlanlage zu reparieren. Er hatte das nötige Werkzeug und auch das technische Wissen, aber was er nicht mehr hatte, war eine funktionierende Luftabsauganlage. Wenn er die Sichtkanzel öffnete, würde seine kostbare Atemluft entweichen, und ihm blieb nur noch der Sauerstoffvorrat in seinem Anzug. Nein – diesen letzten Ausweg mußte er sich aufsparen, bis ihm keine andere Wahl mehr blieb.

Er drehte sich unschlüssig um, stieß sich abermals den Kopf an der Decke und ließ sich wieder in den Pilotensessel fallen. Der Himmel war noch immer bedeckt, aber der Sturm war längst weitergezogen. Überall war Sand, feinkörniger, weißer Sand, über Tausende von Meilen herangeweht oder gerade erst entstanden, als der Sturm Felsen und Steine zu Staub zermahlen hatte. Wahrscheinlich enthielt dieser Sand auch einen Teil der Katze, mikroskopisch fein zermahlen und so Bestandteil der Venus geworden.

Soylent lächelte. Wenn er starb, dann war dies wenigstens eine würdige Grabstätte. Konnte sich ein Mann einen großartigeren Grabstein wünschen als einen Planeten?

Sicher, dachte er, plötzlich wieder ganz kühl: Gar keinen. Noch war er nicht tot.

Er seufzte, blickte auf das flackernde rote Licht des Notsenders und schüttelte den Kopf. Daß der Sender noch funktionierte, besagte nichts. Er hatte seine eigene Energieversorgung und würde noch senden, wenn er längst zu einer vertrockneten Mumie geworden war. Aber es gab keine Garantie, daß das Signal auch aufgefangen wurde. Der Sturm konnte die Ionosphäre über diesem Teil des Planeten so gründlich durcheinandergewirbelt haben, daß ein Funkverkehr für Tage unmöglich war. Er konnte das Signal auch so verändern, daß sie ihn auf der anderen Seite der Venus suchten. Und er konnte die Antennen der Basis zu Metallstaub zerschmirgelt haben. Und ... und ... und ...

Soylent seufzte. Wahrscheinlich würde er sterben, aber er verspürte keine sonderliche Lust, sich die verschiedenen

Arten und Gründe jetzt schon auszumalen. Es würde ein sehr schmerzhafter Tod werden, wenn sein Vorrat an Schmerzblockern erst einmal aufgebraucht war, aber schließlich konnte er als letzten Ausweg noch immer den Helm abnehmen und die Sichtkanzel öffnen . . .

Kopfschüttelnd ließ er sich in den halb verbrannten Sessel zurücksinken. Die zersplitterte Sichtkanzel überzog den fahlgelben Himmel mit einem seltsam regelmäßigen Muster und verstärkte den Eindruck von Bewegung noch. Der Sturm war weitergezogen und tobte jetzt irgendwo über den Bergen im Westen. Es war wirklich der gewaltigste Orkan, den Soylent bisher erlebt hatte – aber auch der schnellste. Und das hatte ihm wahrscheinlich das Leben gerettet.

Soylents Gedanken glitten wieder ab in die Vergangenheit, zurück zu seiner Zeit auf der Erde. Er hatte eigentlich nie wirklich darüber nachgedacht, warum er zur Venus gegangen war. Logisch betrachtet, gab es keinen triftigen Grund dafür. Er war allein gewesen, aber nicht einsam. Er hatte einen guten Job, eine hübsche Wohnung und Freunde gehabt – alles, was sich ein Mann in seinem Alter wünschen konnte und mehr, als die meisten jemals erreichen würden.

Angst?

Er gehörte zu einer Generation, die mit der Furcht vor der Bombe geboren worden war, aber er betrachtete sie nicht wirklich als Gefahr. Sie war da und würde vielleicht irgendwann einmal fallen, aber es war jene Art von vielleicht, mit der man auch über ein Erdbeben oder einen Autounfall redete. Er war nicht zur Venus geflohen. Sicher gab es Probleme auf der Erde, genug sogar – Umweltverschmutzung, Kriege, die immer wieder aufflackerten, Krankheiten und Hunger und soziale Ungerechtigkeiten –, aber damit hatte die Menschheit fünftausend Jahre lang gelebt, ohne deshalb gleich auf einen anderen Planeten flüchten zu müssen. Vielleicht war es ein wenig – aber nur ein wenig – der Gedanke, zu denen zu gehören, von denen man sagen würde, daß sie diese neue Welt für die Menschen erobert hatten. Das große

Abenteuer. Der amerikanische Pioniergeist, der so oft beschworen wurde und den es niemals gegeben hatte. Etwas von allem.

Er bewegte sich unruhig, fand aber keine bequemere Position. In einem Venuspanzer bequem sitzen zu sollen war ein Ding der Unmöglichkeit. Aber er wagte es nicht, den Anzug abzulegen. Der Sturm konnte jederzeit zurückkommen, viel schneller, als er den schweren Panzer wieder anlegen konnte. Erst hier, erst als er das erste Mal einen Venus-Orkan miterlebt hatte, hatte Soylent begriffen, was das Wort ›unberechenbar‹ wirklich bedeutete. Mehr als nur ein Meteorologe war schon verzweifelt, wenn er versucht hatte, ein System hinter diesen Tornados zu entdecken, wie er es von der Erde her kannte. Sie tauchten auf und verschwanden, wie es ihnen paßte, wechselten manchmal zu der Kraft eines antiken Titanen, um plötzlich zu einem lauen Wind zu werden.

Und sie waren auch der Grund, warum er, Soylent, jetzt hier draußen war. Die Meßstationen, die – einem unregelmäßigen, aber sinnreichen System folgend – über die Oberfläche des gesamten Planeten verteilt waren, hätten ihre Daten genausogut per Funk an die Basen weitergeben können – wenn es die Stürme und ihre ionisierende Wirkung auf die Venusatmosphäre nicht gegeben hätte. So mußten Männer wie er tage-, manchmal wochenlang in einem winzigen Stahlsarg eingesperrt bleiben, um die unzähligen Sensoren und Antennen abzulesen.

Und wozu?

Er erinnerte sich an die Worte, die ihm einer seiner Ausbilder mit auf den Weg gegeben hatte: »Wissen Sie, was es bedeutet, an einem Projekt mitzuarbeiten, dessen Erfolg Sie nicht einmal erahnen können, Soylent?«

O ja, er wußte es. Tag für Tag die gleiche, lebensgefährliche Arbeit, Tag für Tag mit dem Bewußtsein aufzustehen, weiter an einem Projekt zu arbeiten, dessen Ende vielleicht dreihundert, vielleicht aber auch dreitausend Jahre in der Zukunft liegen würde?

Es war ein Vabanquespiel, auf das sie sich eingelassen hatten. Sie spekulierten mit einer Technik, die sie nicht hatten, rechneten mit dem Genie von Forschern, die erst in fünfzig oder hundert Jahren geboren werden würden und bauten auf einen Stand der Wissenschaft, der heute noch in den Bereich der Science-fiction gehörte.

Macht die Venus zu einer zweiten Erde.

Das hatten sie gesagt. Und sie hatten es so gemeint. Die Planer. Die Wissenschaftler. Die Politiker. Die unzähligen gelehrten Köpfe, in denen dieses Vorhaben entstanden und beschlossen worden war. Macht sie zu einer zweiten Erde, dem Paradies, von dem die Menschen seit jeher träumten. Es war alles da – eine Atmosphäre, die Ursubstanzen der Schöpfung ... ein gewaltiges, ungeheuerliches Labor, so groß wie ein Planet und frei für jeden, der damit herumexperimentieren wollte.

Während der ersten zwanzig Jahre des Projektes hatte kein Mensch die Oberfläche dieser Welt betreten. Sie hatten Raketen hinaufgeschossen, Dutzende, Hunderte von Raketen, in deren Laderäumen Bakterien waren. Bakterien, die in einem anderen, kleineren Labor entstanden waren; mikroskopische Lebewesen, nicht von der Natur, sondern von Menschen erschaffen und nur dazu bestimmt zu sterben. Aber ihr Tod brachte den Keim des Lebens auf diese Welt.

Heute waren sie weiter. Rings um die Basis wuchsen bereits die ersten Pflanzen; blaues, zähblättriges Venus-Gras, das nur wenige Wochen in dieser höllischen Atmosphäre überleben konnte und dann zerfiel. Aber sie säten es neu, und irgendwann würde es eine Grassorte geben, die Monate überlebte, dann eine Saison ...

Vielleicht, überlegte Soylent, würde er noch den Tag miterleben, an dem der erste blaue Halm aus dem Wüstenboden brach, ohne daß er vorher mühsam angepflanzt worden war. Schon jetzt war eine Veränderung in der Zusammensetzung der Atmosphäre zu bemerken. Eine winzige Veränderung nur, Werte, die sich irgendwo drei oder vier Stellen hinter dem Komma bewegten. Aber es war eine Veränderung, und es würde weitergehen. Der Stein war ins Rollen gekommen, und irgendwann . . .

. . . würde diese Welt nicht mehr die Welt sein, die er angetroffen hatte, damals, als er vor vier Jahren aus dem Shuttle gestiegen war. Der schwefelgelbe Himmel würde grau sein. Auf den Sanddünen würden blaues Gras und Blumen wachsen, die erst noch in den Labors der Gen-Ingenieure entstehen würden, und die gigantischen Staubbecken würden sich mit Wasser füllen.

Und die Stürme würden aufhören. Der Atem dieser Welt würde versiegen, und die gewaltige Stimme der Venus würde nie wieder zu hören sein. Was waren das für Gedanken? dachte Soylent erschrocken. Waren das wirklich seine Gedanken, oder . . .

Er setzte sich mit einem harten Ruck auf, preßte die Kiefer so fest aufeinander, daß es schmerzte, und versuchte die Gedanken dorthin zurückzutreiben, wo sie hergekommen waren. Fieberphantasien, dachte er. Der Schmerzblocker, Schock . . . Er war im Moment nicht ganz zurechnungsfähig, und es wurde Zeit, daß er sich selbst daran erinnerte. Die Venus-Stürme waren Stürme, mehr nicht.

Trotzdem wagte er es nicht mehr, sich wieder zurückzulehnen und zu entspannen. Er hatte Angst davor, daß die Gedanken wiederkehren würden, sie und der Wahnsinn, der dahinter lauerte.

Er stand auf, beugte sich über das eingedrückte Instrumentenpult und untersuchte die verschiedenen Schäden. Nicht daß es einen Sinn gehabt hätte; aber er mußte einfach irgend etwas zu tun haben, seine Hände und vor allem seine Gedanken beschäftigen. Selbst unter günstigsten Bedingungen würde die Rettungsmannschaft in frühestens einer Stunde eintreffen, und eine Stunde konnte zu einer Ewigkeit werden. Sein Blick wanderte über das zermalmte Pult, tastete weiter, fiel auf die gesplitterte Plexostahl-Fläche der Sichtkuppel und . . .

Ein Schlag ins Gesicht hätte ihn nicht härter treffen können. Neben der Sandkatze türmte sich Staub; pulverfeiner weißer Sand, versetzt mit kleinen Felstrümmern und Steinen. Eine Miniatur-Düne, die das Fahrzeug bis über die Ketten einschloß.

Und in dieser Düne waren Spuren.

Die Spuren nackter, menschlicher Füße . . .

Soylent schloß die Augen, zählte in Gedanken bis zwanzig und hob dann langsam und mit klopfenden Herzen die Lider.

Aber die Spuren waren da. Es war keine Täuschung, keine Laune der Natur oder des Windes. Es waren Spuren. Fußspuren. Menschliche Fußspuren. Sie begannen dicht neben der Sandkatze, liefen die Düne herab und verschwanden im hinteren Teil der Felsspalte.

Plötzlich fiel ihm sein Traum wieder ein. Er war über eine Düne gelaufen, nackt und schutzlos, eine Düne aus weißem Sand, in dem seine Füße bis über die Knöchel versunken waren, und er hatte die Hitze des Sturmes auf der Haut gefühlt . . .

Soylent richtete sich langsam auf, hob die behandschuhten Hände vor das Gesicht und starrte sie an. Sein Herz begann zu hämmern.

Unsinn, dachte er, es war ein Traum, und das, was er dort draußen sah, war eine boshafte Laune des Windes, mehr nicht. Und die Stimme? Die Stimme des Sturmes?

Lange, vielleicht zwanzig, vielleicht dreißig Minuten, stand er so reglos da, starrte die zersplitterte Kuppel an, die fingerbreiten Risse, die sorgsam mit Sand verschlossen waren, die ausgefransten Löcher in dem transparenten Material, luftdicht abgeschlossen durch Venus-Staub, den der Sturm hineingepreßt hatte.

Dann begann er ganz langsam die Verschlüsse seiner Handschuhe zu lösen.

Er war nicht einmal überrascht. Plötzlich fiel ihm ein, wie unerträglich der Schmerz gewesen war; ein Gefühl, als wäre seine Haut am ganzen Körper verbrannt.

So wie an seinen Händen.

Sie waren rot, fleischig und verquollen. Die Haut war verschmort und hing in Fetzen von seinen Fingern, und aus dem bloßgelegten Fleisch sickerten noch kleine Tröpfchen hellroten Blutes. Als er die Arme sinken ließ, rieselte feiner weißer Sand aus seinem Anzug.

»Warum hast du mich nicht getötet?« flüsterte er. Aber er wußte die Antwort im gleichen Moment, in dem er die Frage aussprach. Die Antwort auf diese und auf tausend andere Fragen, die noch nie gestellt worden waren.

Soylent ließ sich wieder in seinen Sitz sinken, preßte die Hände gegen sein verbranntes Gesicht und begann lautlos zu schluchzen.

Zweieinhalb Stunden später fanden ihn die Männer der Rettungsmannschaft.

Rings um ihn war Wärme. Ein Gefühl von körperlosem Schweben, angenehm und unangenehm zugleich. Er hatte Schmerzen, aber es war ein vager, unbestimmter Schmerz, der nicht bis in sein Bewußtsein vordrang. Später berührten ihn Hände und taten irgend etwas an seinem Körper, und noch später – viel später – erschien ein Gesicht in dem weißen Wabern über ihm.

Phil. Ihr dunkles Haar war strähnig, und in ihren Augen stand eine Angst, die neu war. Angst um ihn.

Er versank wieder in Bewußtlosigkeit, wachte auf und schlief wieder ein, zwei-, drei-, vielleicht viermal. Aber irgendwann taten die Medikamente ihre Wirkung, und er wußte, daß sein Körper den Kampf gewonnen hatte und daß er leben würde. Er mußte leben, um ihnen zu sagen, was er erfahren hatte. Die Venus hatte ihn am Leben gelassen, nicht aus Mitleid oder Menschlichkeit, sondern weil sie ihn brauchte.

Aber es dauerte noch Tage, ehe er kräftig genug war zu sprechen.

Als er dieses Mal erwachte, lag er in einem Bett, nicht mehr in einem Flüssigtank. Ein unbestimmter Druck lag auf seinem Körper, und als er versuchte, sich zu bewegen, stellte er fest, daß sie ihn angeschnallt hatten.

Er drehte mühsam den Kopf – den einzigen Teil seines Körpers, den er bewegen konnte –, blinzelte ein paarmal und erkannte Phils schmales, sorgenzerfurchtes Gesicht.

Er wollte etwas sagen, aber es ging nicht. Auch sein Gesicht war bandagiert; nur über den Augen hatten sie einen schmalen Streifen freigelassen, so daß er sehen konnte.

Phil beugte sich über ihn, als wolle sie ihn umarmen, schreckte im letzten Moment zurück und biß sich nervös auf die Lippen. Ihr Gesicht wirkte übernächtigt. Tiefe, dunkle Ringe lagen unter ihren Augen, und ihre Haut war grau. Sie mußte mehr als eine Nacht neben seinem Bett gesessen und gewacht haben.

»Ich hole Doktor Bergstieg«, sagte sie plötzlich. »Warte einen Moment.« Soylent wollte sie zurückhalten, aber es ging nicht. Sie hatten ihn bandagiert wie eine Mumie, und alles, was er hervorbrachte, war ein würgendes, unartikuliertes Stöhnen. Phil zögerte, wandte sich noch einmal zu ihm um und schüttelte den Kopf. »Ich ... beeile mich, Liebling«, flüsterte sie. Ihre Stimme bebte, und Soylent begriff mit plötzlichem Schrecken, daß sie mit letzter Kraft die Tränen zurückhielt.

Mit einer schnellen, abrupten Bewegung wandte sie sich um und stürmte davon. Ihre Schritte hallten noch eine Weile auf dem nackten Metallboden nach und wurden schließlich vom Zischen der aufgleitenden Tür abgeschnitten.

Soylent bäumte sich verzweifelt gegen seine Fesseln, aber in seinem Körper war keine Kraft mehr. Er war tot, hatte kein Recht mehr zu leben, und alles, was er hatte, war ein wenig Zeit, das ihm die Venus geliehen hatte. Seine Haut war verbrannt, zu hundert Prozent, aber er lebte. Er lebte, weil er eine Botschaft überbringen mußte. Vielleicht würde er sterben, wenn er es getan hatte, vielleicht würde ihm die

Venus auch weiteres Leben schenken, seinen Tod annullieren, als Bezahlung für den Dienst, den er ihr erwiesen hatte.

Es spielte keine Rolle.

Phil kam nach überraschend kurzer Zeit wieder. Der Arzt mußte irgendwo im Nebenzimmer gewartet haben. Er wechselte ein paar Worte mit Phil, schüttelte den Kopf und bedeutete ihr mit eindeutigen Gesten, zurückzubleiben. Dann trat er neben Soylents Bett und beugte sich über ihn. Er lächelte, aber es war nicht echt, das normale, berufsmäßige Lächeln eines Arztes, das so zu ihm gehörte wie der weiße Kittel und der Piepser in seiner Brusttasche. Sein Blick suchte den Soylents und erforschte ihn sekundenlang. Sein Lächeln wurde breiter.

Soylent wollte nicken, aber selbst dazu fehlte ihm die Kraft.

»Verstehen Sie mich, Dirk?« fragte er mit seiner leisen, ausdruckslosen Arztstimme. »Phil sagte mir, daß Sie wach sind. Sie müssen nicht antworten. Es reicht, wenn Sie die Augen schließen, wenn Sie ja meinen.«

Soylent senkte die Lider und öffnete sie wieder.

Bergstieg lächelte noch breiter. »Gut«, sagte er. »Jetzt hören Sie mir zu, Dirk. Sie waren zwei Wochen bewußtlos, und ich will Ihnen nichts vormachen – Sie dürften gar nicht mehr leben. Deshalb ist es wichtig, daß Sie sich so wenig wie möglich bewegen. Die kleinste Anstrengung kann Sie umbringen. Ich werde Ihnen jetzt eine Injektion geben, und –«

»Ran . . . dom«, keuchte Soylent. Sein Kehlkopf schien in einer Woge von Schmerz zu explodieren, und er spürte, wie seine kaum verheilten Lippen unter dem Verband wieder aufrissen. Aber er ignorierte den Schmerz und würgte die Worte weiter hervor. »Random . . . sprechen . . . wich . . . tig . . .«

»Um Gottes willen, Dirk!« keuchte Phil. »Du darfst nicht reden.«

»Ran . . . dom«, keuchte Soylent. »Muß ihn . . . sprechen. Es geht um . . . Leben . . .« Er stockte, stieß einen wimmernden Schmerzlaut aus und stemmte sich mit dem bißchen Kraft, das er noch hatte, gegen die Schwärze, die aus ihm herausdrängte. »Um unser ... aller ... Le ...«

Er konnte direkt sehen, wie es hinter Bergstiegs Stirn zu arbeiten begann. Wahrscheinlich dachte er an Worte wie Koma und Fieberphantasie, aber vielleicht dachte er auch daran, daß sie ihn in einer zermalmten Sandkatze gefunden hatten, daß die Haut von seinem Körper gebrannt war und er gegen alle Logik und gegen alles medizinische Wissen noch lebte.

»Gut«, sagte er schließlich. »Ich hole ihn. Aber reden Sie nicht mehr, Dirk. Sie bringen sich um, glauben Sie mir.«

Ihre Augen waren unnatürlich geweitet, und ihre Hände zuckten ununterbrochen, wie kleine, selbstständige Wesen. »O Dirk«, schluchzte sie. »Was ist bloß geschehen? Was hast du erlebt, dort draußen?« Sie schluchzte erneut, fuhr sich mit dem Handrücken über die Augen und schüttelte den Kopf, dann fuhr sie fort, »Der Doktor hat recht, weißt du? Du ... du warst so gut wie tot, als sie dich gefunden haben.«

Zwei Wochen, dachte Soylent. Wahrscheinlich hatte sie den größten Teil dieser zwei Wochen neben seinem Bett zugebracht. Er hatte nie begriffen, wie sehr ihn dieses zartgliedrige, verletzliche Wesen liebte.

Aber was spielte das jetzt noch für eine Rolle?

»Was ist mit dir passiert?« fragte Phil noch einmal, aber die Frage galt nicht ihm, war gar keine Frage, sondern ein verzweifelter Aufschrei. »Du ...« Ihre Stimme versagte, und dann begann sie zu weinen; krampfhaft, voller Schmerzen und Verzweiflung, die sie zwei Wochen lang mit aller Kraft unterdrückt hatte.

Schließlich kam der Arzt zurück, und hinter ihm, eulenäugig und in der zerschlissenen graubraunen Uniform des Venus-Corps, die er trug, seit Soylent ihn kannte, kam Random.

Soylent versuchte sich aufzurichten, aber Bergstieg drückte ihn mit sanfter Gewalt zurück, obwohl die breiten

Lederriemen, mit denen er angeschnallt war, die Bewegung ohnehin verhindert hätten.

»Ich bin da, Dirk«, sagte Random. Seine Stimme war leise, und Soylent bemerkte die Blicke, die er mit dem Arzt tauschte.

»Re . . . den«, keuchte er. Blut floß aus seinem Mund. Sein eigenes Blut. Er würgte, hustete qualvoll und sah Bergstieg an. »Geben Sie mir . . . eine Spritze«, keuchte er. »Zum . . . reden . . .«

Bergstieg erschrak sichtlich, aber Random fiel ihm ins Wort, bevor er überhaupt etwas sagen konnte. »Sie wissen, daß Sie sich damit vielleicht umbringen, Dirk«, sagte er, leise und sehr eindringlich, die einzelnen Worte übermäßig betonend: Die Art, in der man mit einem sehr kleinen Kind sprach oder mit einem Sterbenden. »Der Doc kann Ihnen etwas geben, damit Sie mit mir reden können, aber ich will Ihnen nichts vormachen. Sie sind sehr schwach. Es kann sein, daß Sie es nicht überleben. Aber wir werden es tun. Wenn Sie es wirklich wollen. Wenn es wichtig ist. Haben Sie das verstanden, Dirk?«

Soylent sah, wie Phil grau vor Schrecken wurde. Aber sie schwieg.

»Re . . . den«, flüsterte er.

Random zögerte wieder sekundenlang. Dann drehte er sich um und sah den Arzt an. »Geben Sie ihm die Spritze, Doc.«

»Das ist –« begehrte Bergstieg auf, wurde aber sofort still, als er Randoms hartes Gesicht sah.

»Ich weiß, was es ist«, sagte der Kommandant ruhig. »Und ich bin sicher, Soylent weiß es auch. Wenn er bereit ist, das Risiko einzugehen, dann hat er seine Gründe!«

»Nichts hat er!« sagte Bergstieg wütend. »Der Mann war zwei Wochen lang bewußtlos. Er liegt im Koma und phantasiert. Ich . . .«

»Sie werden tun, was ich sage, und ihm die Spritze geben«, beharrte Random. »Das ist ein Befehl, Doktor.«

Bergstieg schluckte, starrte den Kommandanten einen Herzschlag lang wortlos an und fuhr dann mit einer abgehackten Bewegung herum. Eine Zeitlang hantierte er lautstark irgendwo auf der anderen Seite des Bettes, dann beugte er sich über Soylent und stieß eine lange, dünne Nadel durch den Verband hindurch in seine Vene.

»Bitte, Kommandant«, sagte er betont. »Aber ich lehne jede Verantwortung ab. Wenn der Mann stirbt, dann geht das auf Ihr Konto.«

Soylent wartete. Irgend etwas geschah in seinem Körper: der Schmerz, den er die ganze Zeit über gespürt hatte, verschwand, aber er fühlte, daß er einen hohen Preis dafür würde zahlen müssen.

Nach einer Weile spürte er ein neues Gefühl der Stärke. Kraft, die aus der glitzernden Spritze des Arztes in seine Vene geströmt war und jetzt durch seinen Körper floß. Aber es war geliehene Kraft, und sie würde nur kurze Zeit anhalten.

Bergstieg nickte. »Drei Minuten«, sagte er, ohne Random anzublicken. »Mehr kann ich nicht verantworten.«

»Gut.« Random kam näher, ließ sich auf der Bettkante nieder und stand nach einem strafenden Blick des Arztes wieder auf.

»Ich hoffe, Sie wissen, was Sie getan haben, mein Junge«, sagte er leise. »Reden Sie – uns bleibt nicht viel Zeit. Was haben Sie dort draußen erlebt?«

»Wir müssen ... aufhören«, flüsterte Soylent. Das Sprechen bereitete immer noch Schwierigkeiten. Aber es ging.

»Aufhören?« Über Randoms Nasenwurzel erschien eine steile Falte. »Womit aufhören, Dirk?«

»Mit ... allem«, keuchte Soylent. Er hatte so wenig Zeit; drei Minuten, um etwas zu erklären, wozu er drei Wochen gebraucht hätte. »Wir dürfen nicht ... weitermachen. Wir bringen ... sie ... um.«

»Wen bringen wir um, Dirk?« fragte Random. Er beugte sich wieder vor. In seinen Augen glomm ein mißtrauischer Funke auf.

»Die ... Venus«, sagte Soylent. »Sie ist kein ... kein toter Planet. Sie ... lebt. Aber anders als ... als ... Ihr müßt aufhören. Wir müssen zurück. Zurück zur ... Erde ...«

Random sagte nichts, aber der Ausdruck in seinen Augen sprach Bände. Sein Blick und der des Arztes trafen sich, und Soylent wußte, was ihre Blicke sagten. Venuskoller.

»Bitte, Kommandant«, stöhnte er verzweifelt. »Sie müssen ... mir ... glauben. Ich bin nicht verrückt. Ihr müßt aufhören. Wir müssen zurückfliegen. Wir dürfen nicht ... sie ... sie wird uns alle umbringen, wenn ...«

Random schloß die Augen, seufzte und stand auf. Irgendwo auf der anderen Seite des Bettes begann Phil leise und krampfhaft zu schluchzen.

»Schlafen Sie, Dirk«, sagte er. »Schlafen Sie sich aus, und wenn Sie wieder auf dem Damm sind, unterhalten wir uns noch einmal darüber. In aller Ruhe.«

Aber ich bin nicht verrückt! schrien seine Gedanken. Er erinnerte sich jetzt. Er wußte jetzt wieder, was die Stimme in seinem Traum gesagt hatte, die Stimme in seinem Traum, der kein Traum, sondern Wirklichkeit gewesen war.

Es war ein Satz gewesen, ein einziger Satz nur, aber er erklärte alles:

Ich bin der Sturm!

Aber sie glaubten ihm nicht. Random blieb noch einen Moment stehen, wandte sich dann um und ging. Der Arzt beugte sich wieder über ihn und gab ihm eine neue Spritze. Sinnlos. Sie hatten ihre Chance gehabt und vertan. Sie würden sterben.

Irgendwann ging auch der Arzt, und nur Phil blieb zurück. Sie saß neben seinem Bett und weinte, aber Soylent hörte es kaum.

Während das Betäubungsmittel langsam zu wirken begann und seinen Geist umnebelte, glitt sein Blick zum

Fenster. Die Jalousien waren halb heruntergelassen, aber er konnte durch die schmalen Schlitze nach draußen sehen.

Über der Wüste ballte sich der Sturm zusammen.

Zombie-Fieber

Norton hörte den Lärm der Motoren, noch bevor er die Maschinen sah. Es begann als ein feines, dünnes Summen, fast wie das Geräusch eines Bienenschwarmes, und steigerte sich innerhalb weniger Augenblicke in das infernalische Brüllen eines halben Dutzends schwerer Motorräder.

Er blieb stehen. Die Straße hinter ihm war noch leer, aber Norton wußte nur zu genau, was das näher kommende Geräusch bedeutete. Er las regelmäßig den Lokalteil der Zeitung, und seine Phantasie war lebhaft genug, um das, was ihm passieren konnte, in den düstersten Farben auszumalen. Er spürte, wie sein Herz schnell und schmerzhaft hart zu pochen begann. Die Dunkelheit um ihn herum schien mit einem Mal intensiver zu werden, auch drohender. Seine Handflächen wurden feucht.

Norton sah sich hastig nach einer Deckung oder einem Versteck um, aber da war nichts. Die Straße lag leer und verlassen vor ihm, ein mattschimmerndes Band Asphalt, nur hier und da unterbrochen vom trüben Lichtkreis einer Straßenlaterne. Bei den meisten Gebäuden in dieser Gegend handelte es sich um Fabrik- oder Lagerhallen, in denen zu dieser Zeit niemand mehr war. Auf der gegenüberliegenden Straßenseite, vielleicht hundert Schritt entfernt, entdeckte Norton ein Wohnhaus, ein altes, dreistöckiges Gebäude mit geschwärzten Mauern und buckeligen Fenstern. Hinter den Fenstern der Parterrewohnung schimmerte Licht, und für einen Sekundenbruchteil spielte Norton mit dem Gedanken, hinüberzulaufen und um Hilfe zu bitten. Aber er wußte, daß das sinnlos sein würde. Niemand würde ihm aufmachen. Nicht in dieser Gegend, nicht zu dieser Zeit und mit dem Gebrüll der Maschinen auf der Straße.

Es war Wahnsinn, allein und nach Dunkelwerden durch das Hafenviertel zu gehen. Der Portier hatte ihn gewarnt, aber er hatte ja nicht hören können, verdammter Narr, der er war! Der Abend im Club war länger geworden, als es ursprünglich geplant gewesen war, und Norton hatte entschieden zu viel getrunken, um eine Begegnung mit der Polizei zu riskieren. In dieser Beziehung war er konsequent: Er fuhr nie, wenn er mehr als drei oder vier Drinks zu sich genommen hatte. Normalerweise wäre er mit dem Taxi nach Hause gefahren, aber bei dem seit Tagen anhaltenden schlechten Wetter und dem überraschenden Kälteeinbruch war es zu einem reinen Glücksspiel geworden, einen Wagen zu bekommen. Und Norton hatte angesichts der fortgeschrittenen Stunde keine Lust mehr gehabt, ewig auf ein Taxi zu warten. So war er zu Fuß gegangen, trotz der Warnungen und des unbehaglichen Gefühls, das der Anblick der düsteren Häuserreihen bei ihm ausgelöst hatte.

Norton verfluchte nachträglich seinen Leichtsinn. Der Weg durch das Hafenviertel war vielleicht eine halbe Stunde kürzer als der sichere Nachhauseweg über die belebten Hauptstraßen; aber dort wäre ihm eine Begegnung wie diese erspart geblieben.

Die Maschinen bogen um die Straßenecke; eine schnurgerade Reihe kleiner greller Lichtpunkte, die Fahrer dunkle Schatten gegen den nebelverhangenen Hintergrund der Stadt. Für einen Augenblick wurde Norton vom grellen Lichtbündel eines Scheinwerfers erfaßt. Er blinzelte und hob die Hände schützend vors Gesicht. Dann wanderte der Scheinwerfer weiter. Aber Norton wußte, daß sie ihn gesehen hatten.

Er drehte sich um und ging mit steifen, mühsam beherrschten Schritten weiter. Vielleicht, versuchte er sich einzureden, beachteten sie ihn gar nicht. Vielleicht hatten sie keine Zeit, sich mit ihm zu befassen. Vielleicht waren sie auf dem Weg zu einem Treffen, einer Party, oder sonst irgend etwas Wichtigem.

Zu viele Vielleichts.

Sie hatten ihn gesehen, und er konnte von Glück sagen, wenn er die nächsten Minuten lebend überstand. Allein seine Anwesenheit in dieser Gegend zu dieser Stunde war eine Provokation, die nicht ungesühnt bleiben würde. Er spürte den fast unbezwingbaren Wunsch, loszurennen, aber er wußte, daß er damit alles höchstens noch schlimmer machen würde. Es gab in erreichbarer Nähe nichts, wohin er hätte flüchten können.

Das Geräusch der Maschinen kam jetzt schneller näher, wurde dunkler, tiefer, als die Männer auskuppelten und die Räder auslaufen ließen.

Das erste Motorrad tauchte neben Norton auf. Es war eine schwere Harley-Davidson, über und über verchromt und mit einer Unzahl von Zusatzscheinwerfern und Spiegeln ausgerüstet. Als sie an ihm vorbeifuhr, sah Norton auf dem Rücken des Fahrers einen aufgemalten Totenkopf und darunter, in grellen Leuchtfarben, die Worte CRAZY HOMICIDES.

Der Mann riß die Maschine in einem waghalsigen Manöver herum, ließ das Vorderrad über die Bordsteinkante hüpfen und brachte die Harley dicht vor der Hauswand zum Stehen, eine unüberwindliche Barriere, die den Weg vor Norton blockierte.

Er blieb stehen. Hinter ihm hielt eine zweite Maschine, verwehrte ihm den Rückweg auf die gleiche Weise wie die Harley vor ihm. Die restlichen Motorräder bildeten einen weiten Halbkreis auf der Straße. Norton blinzelte, als sich die grellen Lichtbündel von sieben oder acht aufgeblendeten Halogenscheinwerfern auf ihn konzentrierten.

»Na, Mister«, fragte der Fahrer der Harley, »spazieren?«

Norton schluckte und versuchte zu antworten, aber er brachte keinen Ton heraus. In seiner Kehle saß ein bitterer, harter Kloß. Angst wallte in ihm auf, begleitet von zitternden Knien und einem würgenden Gefühl im Magen. Langsam wich er bis an die Hauswand zurück und preßte sich gegen den kalten, glitschigen Stein.

»Spazieren?« wiederholte der Mann.

Er war fast zwei Köpfe größer als Norton und schien über zwei Zentner zu wiegen. Seine Beine steckten in zerschlissenen Jeans und groben Motorradstiefeln, und unter der schwarzen Lederjacke konnte Norton eine nackte, haarige Brust erkennen. Er grinste, aber der Ausdruck in seinem Gesicht erinnerte Norton eher an den Blick einer Schlange, die ihr Opfer mustert, bevor sie zustößt.

Er nickte. »Ich . . . ich habe keinen . . . keinen Wagen bekommen«, würgte er mühsam hervor.

Der Dicke lachte, als habe Norton soeben einen Witz erzählt. »Du hast keinen Wagen bekommen!« prustete er. »Hört ihr das, Jungs? Er hat keinen Wagen bekommen!«

Die anderen stimmten in das Gelächter ein und übertönten mit ihrem Johlen für einen Augenblick sogar das Geräusch der im Leerlauf grollenden Maschinen.

»Bist ein feiner Pinkel, was?« fragte eine Stimme.

Norton wandte den Kopf und sah den Sprecher angstvoll an. Der Mann schien das genaue Gegenteil des Dicken zu sein. Er war groß, unglaublich dünn und hatte dunkles, kurzgeschnittenes Haar. In seinen Ohrläppchen steckten goldene Ringe. Im Sattel der schweren Sechszylinder-Kawasaki, die Norton den Rückweg abschnitt, wirkte er unglaublich verloren und hilflos. Aber ein Blick in seine kalten, stechenden Augen sagte Norton, daß er mindestens genauso gefährlich war wie der Dicke.

»Ist einsam hier, um diese Zeit«, fuhr der Dicke fort. Er beugte sich im Sattel vor und befühlte prüfend den Stoff von Nortons Jacke. »Teures Zeug, eh?«

Norton nickte. Er spürte, wie das Zittern seiner Hände allmählich seinen ganzen Körper ergriff, und er war plötzlich dankbar für die kalte Wand in seinem Rücken, an die er sich anlehnen konnte. Mit bebenden Händen griff er in die Innentasche seiner Jacke und zog seine Brieftasche heraus. »Wenn Sie . . .«

Der Dicke grabschte nach der Brieftasche und steckte sie achtlos in den Gürtel.

»He«, sagte er, »wie find' ich 'n das? Mister Feiner Pinkel gibt einen aus. Is' das nich' nett?« Er musterte Norton mit einem langen, undeutbaren Blick und grinste breit. »Sie zittern ja, Mister. Angst? Doch nich' etwa vor uns?« Er sah sich beifallheischend um. »Habt ihr das gehört? Mister Feiner Pinkel hat Angst vor uns! Dabei tun wir keiner Fliege was zuleide.« Er lachte hart. »Sag Mister Feiner Pinkel, daß wir keiner Fliege was zuleide tun, Dick.«

Der Dürre nickte ernsthaft. »Ehrlich, Mister, Lefty würde keiner Fliege was tun. Er is' nämlich viel zu schwerfällig, um eine zu erwischen.«

Der Dicke lachte glucksend. »Wir woll'n uns bloß 'n bißchen unterhalten, Mister. Vielleicht 'n bißchen Spaß haben.«

Norton schluckte trocken. Diese Männer waren nicht auf Geld oder Wertsachen aus. Er war in ihr Gebiet eingedrungen, und er war jemand aus einer anderen Gesellschaftsschicht, ein Bewohner einer anderen Welt, der hier nichts zu suchen hatte. Sie würden ihn quälen, mit ihm spielen, wie eine Katze mit einer Maus spielt, und vielleicht, mit viel Glück, würde er es überleben.

Vielleicht ...

Er mußte weg, egal wie.

Norton sprang mit einem überraschenden Satz vor und trat dem Dicken in den Magen. Der Rocker stürzte mitsamt seiner Maschine zu Boden. Die anderen waren für einen Moment viel zu überrascht, um begreifen zu können, was Norton vorhatte. Er wirbelte auf der Stelle herum, wich einem halbherzig ausgeführten Faustschlag des Dürren aus und flankte über das Hinterrad der Kawa in das Dunkel der Straße, nur fort, fort von hier.

Aber er kam nur wenige Meter weit.

Eine der Maschinen brüllte auf, ein kurzes, zorniges Dröhnen, dann erschien irgend etwas Schweres, Massiges neben Norton, ein furchtbarer Schlag traf seine Seite und schleuderte ihn zu Boden. Er schlug schwer auf das Kopfsteinpflaster auf und blieb benommen liegen. Er wußte, daß er verloren hatte. Wenn er jemals eine Chance gehabt hatte, lebend hier herauszukommen, dann hatte er sie soeben verspielt.

Jemand riß ihn vom Boden hoch und schlug ihm ins Gesicht. Norton schrie auf und hob in einer schwachen Abwehr die Arme, aber die Schläge trafen weiter. Er fühlte sich gepackt und gegen die Wand geschleudert. Sein Kopf schlug gegen den Stein, und für einen Sekundenbruchteil verschwamm die Welt vor seinen Augen.

Als er wieder klar sehen konnte, stand Lefty vor ihm. Sein Gesicht war verzerrt.

»Du Schwein«, zischte er. »Du verdammtes Schwein! Ich bring dich um!« Er sprang vor und packte Norton an den Rockaufschlägen.

»Ich bring dich um! Ich – bring dich – um!« Bei jedem Wort traf Norton ein Schlag, schickte Wellen von Schmerz durch seinen Körper. Er wollte schreien, aber alles, was er hervorbrachte, war ein ersticktes Gurgeln.

Der Dicke ließ von ihm ab, schleuderte ihn gegen die Wand und trat ihn in die Seite, als er zu Boden sank.

»Macht ihn fertig«, kreischte er. »Macht ihn fertig! Gebt's ihm!«

Norton wand sich verzweifelt unter den Schlägen und Tritten. Schmerzen hüllten ihn ein wie ein feuriger Mantel, durchdrangen sein Bewußtsein.

Und er wußte, daß er sterben würde, jetzt und hier.

Norton war nie ein Feigling gewesen, aber er wollte nicht sterben, nicht auf diese Weise.

Nach einiger Zeit spürte er die Schmerzen kaum noch. Sein Bewußtsein umwölkte sich, und er hatte das Gefühl, langsam auf eine große, dunkle Klippe zuzugleiten.

Ist das der Tod? dachte er.

In Nortons Gehirn baute sich ein letzter, verzweifelter Schrei auf, der gedankliche Hilferuf eines gequälten Menschen, der sich hilflos seinem Schicksal ausgeliefert sieht.

Seine Gedanken schrien all seine Pein hinaus in die Welt, die Qual, den Schmerz, der viel tiefer ging als die bloße körperliche Folter.

Und er bekam Antwort ...

»Norton!« Die Stimme schien von überallher zu kommen, war um ihn, in ihm, überall zugleich und nirgends.

»Norton! Ich kann dir helfen!«

»Dann tu es!« wimmerten seine Gedanken. »Tu es!«

»Ich kann dir helfen. Aber ich verlange etwas dafür!«

»Egal! Ich gebe dir alles. Alles! Hilf mir ...«

»Nein, Norton. So nicht. Ich kann dir helfen, aber danach mußt du mir dienen. Vollkommen und uneingeschränkt.«

»Ja! Ich ... bitte ... bitte hilf mir ...«

»Wenn ich dir helfe, Norton, dann gehörst du mir! Du wirst mein Diener sein. Du wirst alles tun, was ich von dir verlange. Du wirst dich nicht weigern, nicht fragen. Du wirst mein Sklave sein, Norton. Und du wirst mich nie wieder fortschicken können, Norton. Nie!«

»Ich ... bitte ... bitte hilf mir ...« flüsterten seine Gedanken. »Bitte!«

»Aber du mußt es freiwillig tun, Norton«, fuhr die Stimme ungerührt fort. »Es muß ganz und gar dein freier Wille sein, daß ich zu dir komme. Nur so kann ich die Herrschaft über deinen Körper erlangen. Bedenke das.«

Norton krümmte sich wimmernd zusammen. »Bitte ...«

»Es ist dein freier Wille?«

»Ja! Ja! Komm! Bitte ... bitte ... hilf mir ...«

Für einen Sekundenbruchteil geschah nichts. Und dann spürte Norton eine Berührung, das Gefühl, mit etwas unsagbar Fremdem, Unmenschlichem in Kontakt zu stehen. Neue Kraft durchfloß ihn, ein Gefühl übermenschlicher Stärke, wie er es nie zuvor gekannt hatte. Die Nebel um sein Bewußtsein lichteten sich, die Schleier vor seinen Augen vergingen.

Die Rocker waren immer noch da; schlugen noch auf ihn

ein. Aber er spürte die Schläge nicht mehr. Jetzt nicht mehr.

Langsam stand er auf.

»Irgendwie hatte ich mir unser gemeinsames Wochenende anders vorgestellt«, sagte Nicole Duval mürrisch. Sie stand am Fenster ihrer Suite des Londoner Palace-Hotels und blickte auf die regenverschleierte Straße hinunter. Winzige Tröpfchen benetzten die Scheibe und zeichneten ein kompliziertes Muster auf das beschlagene Glas. Die ganze Stadt schien unter einem rauen, treibenden Schleier zu liegen, und die Bewegungen der wenigen Passanten unten auf der Straße wirkten irgendwie abgehackt, gehetzt, wie in einem alten Stummfilm.

Nicole runzelte die Stirn. Sie mochte den Regen nicht, und sie mochte London nicht. »Seit zwei Tagen sitze ich in diesem Hotelzimmer herum und langweile mich«, fuhr sie leise fort. »Dabei hatte ich mich so auf dieses Wochenende gefreut.«

Professor Zamorra lachte leise. Er saß in einem der gemütlichen Louis-seize-Sessel, blätterte in einer zwei Wochen alten Illustrierten und vertrieb sich die Zeit damit, Nicoles Körper zu bewundern, dessen Konturen sich unter dem hauchdünnen Morgenmantel deutlich abzeichneten.

Sie drehte sich um und sah ihn vorwurfsvoll an. »Mußt du heute abend schon wieder auf diesen schrecklichen Kongreß?«

»Leider.« Zamorra legte die Illustrierte zur Seite und verschränkte die Arme hinter dem Kopf. »Ich finde es genauso langweilig wie du. Aber ich habe es Tom versprochen. Und ich halte immer, was ich versprochen habe.«

Nicole zog eine Grimasse. »Ich verstehe nicht, daß sich dein Freund mit diesem Haufen Irrer abgibt.«

Zamorra grinste. »Wie sprichst du von der Altehrwürdigen Loge?« fragte er in tadelndem Tonfall.

»Pah!« machte Nicole. »Alt bestimmt. Aber ganz bestimmt nicht ehrwürdig ...« Sie spielte auf die Tagung an, die Zamorra an den letzten beiden Abenden besucht hatte. Zamorra, Bill Jenkins und sie waren auf die Einladung Tom Haskells, eines Studienfreundes von Zamorra, nach London gekommen, um als Ehrengäste an der Jahrestagung der Altehrwürdigen Loge teilzunehmen, einer Vereinigung von Okkultisten, die sich regelmäßig zu spiritistischen Sitzungen und Geisterbeschwörungen zusammenfanden. Unter normalen Umständen hatte Zamorra mit dieser Art von Leuten nichts im Sinn. Bei Okkultisten dieser Art handelte es sich fast immer um an sich harmlose Spinner, die sich mit vordergründigem Hokuspokus zufriedengaben und kaum in die Geheimnisse der wirklichen Magie eindrangen. Aber Tom Haskell hatte darauf gedrängt, Zamorra dabeizuhaben, und Zamorra hatte die Gelegenheit mit dem Hintergedanken erfaßt, vielleicht das eine oder andere Mitglied der Loge von etwas abhalten zu können, was wirklich gefährlich war. Es war mehr als nur einmal vorgekommen, daß bei solchen an sich harmlosen Sitzungen wirkliche Dämonen erschienen waren, Wesen, die viel gefährlicher sein konnten, als sich ihre Beschwörer träumen ließen.

»Heute abend haben wir es überstanden«, sagte er beschwichtigend.

»Und?«

»Wir reisen morgen ab.«

Nicole schürzte die Lippen. »Na, das war ja ein erfreuliches Wochenende.«

Zamorra betrachtete seine Privatsekretärin amüsiert. Es war ein offenes Geheimnis, daß Nicole Duval mehr war als eine Angestellte, und meistens, wenn Zamorras überfüllter Terminkalender es zuließ, nutzten sie Gelegenheiten wie diese, um ein paar Stunden allein zu sein oder die Stadt zu erforschen. Er konnte Nicoles Mißmut verstehen. Seit der Stunde ihrer Ankunft regnete es fast ununterbrochen, es war für die Jahreszeit viel zu kalt, und die Tagungen dauerten fast immer bis spät in die Nacht, so daß sie erschöpft und müde in ihre Zimmer wankten und bis zum nächsten Mittag durchschliefen.

Es klopfte.

»Herein!«, rief Nicole.

Die Tür wurde geöffnet, und Bill Fleming betrat die Suite. Er grinste übers ganze Gesicht, als er den mißmutigen Ausdruck auf Nicoles Zügen entdeckte, schob die Tür hinter sich zu und ließ sich in einen Sessel fallen.

»Na«, fragte er aufgeräumt, »wie geht's?«

Nicole zog die Brauen zusammen. »Ich hoffe, diese Frage ist nur rhetorisch gemeint«, sagte sie leise.

Bill Fleming hob in gespielter Angst die Arme. »Aber ... aber sicher«, stotterte er.

Nicole schenkte ihm einen Blick, der mehr ausdrückte als tausend Worte, drehte sich um und verschwand im Nebenzimmer.

Bill grinste Zamorra an. »Was hast du ihr getan?« fragte er.

Zamorra zuckte mit den Achseln. »Nichts«, sagte er.

»Ihr geht der ganze Zirkus auf die Nerven, nicht?«

»Wahrscheinlich.«

»Ginge er mir auch«, versetzte Bill. Er hatte Zamorra und Nicole am ersten Abend begleitet, war aber nach einer knappen halben Stunde wieder gegangen, um die Stadt auf eigene Faust zu erforschen.

»Hast du dich wenigstens amüsiert?« fragte Zamorra und griff wieder nach seiner Illustrierten.

Fleming nickte, verschränkte die Hände hinter dem Kopf und legte die Füße auf den niedrigen Couchtisch. »Sicher. London ist eine faszinierende Stadt. Jede Stadt ist faszinierend, wenn man sie von der richtigen Seite kennenlernt.«

»Was du natürlich tust ...«

»Natürlich.«

Zamorra nickte. Es kam selten vor, daß er und Nicole nicht einer Meinung waren, aber letztendlich war sie mehr als eine Angestellte, die er nach Belieben herumkommandieren konnte. Und die altehrwürdige Loge konnte einem wirklich den letzten Rest von Geduld abverlangen.

»Vielleicht würde es Nicole freuen, wenn sie heute abend mit dir ausgehen könnte, statt mich zu begleiten«, sagte er.

Fleming nickte. »Klar doch. Ich verstehe sowieso nicht, wie du den Zirkus zwei Abende ausgehalten hast.« Er schwang die Beine vom Tisch, griff in die Innentasche seiner Smokingtasche und zog eine zusammengefaltete Zeitung hervor.

»Hier«, sagte er. »Deshalb bin ich überhaupt gekommen. Ich dachte mir, daß dich das interessieren könnte.«

Er schlug die Zeitung auf, blätterte darin und legte sie auseinandergefaltet auf den Tisch.

Zamorra sah sofort, was der Freund meinte. Die Überschrift war in auffallenden, roten Lettern gehalten, das Bild darunter mindestens zwanzig mal zwanzig Zentimeter groß. Für die sonst so dezenten Londoner Tageszeitungen eine erstaunlich reißerische Aufmachung.

DRAMA IN DER CARRINGTON LANE, las Zamorra. Er warf einen flüchtigen Blick auf das Bild, runzelte die Stirn und begann zu lesen:

In der Carrington Lane, in der Nähe des Hafens, ist es in der vergangenen Nacht zu einem bisher unerklärlichen Zwischenfall gekommen. Anwohner alarmierten die Polizei, nachdem sie gegen zwei Uhr früh von Kampfgeräuschen geweckt worden waren. Am Tatort angekommen, bot sich den Beamten ein grausiges Bild. Offensichtlich hatte eine Straßenschlacht zwischen zwei verfeindeten Rockerbanden stattgefunden, die weit über das hinausgeht, was wir bisher von solchen Zwischenfällen gewohnt sind. Die Polizei fand nicht weniger als sieben Leichen. Wie Samuel R. Perkins, der mit den Ermittlungen betraute Chiefinspektor von Scotland Yard unserem Reporter mitteilte, müssen die Rocker von einer zahlenmäßig weit überlegenen Gruppe angegriffen und getötet worden sein. Die Spuren deuten darauf hin, daß die Getöteten, die alle der berüchtigten CRAZY HOMICIDE-

Bande angehörten, die seit Monaten das Hafengebiet unsicher macht, keine Gelegenheit gefunden haben, sich zu wehren. Hinzu kommt, daß die Leichen in einem Zustand aufgefunden wurden, für den es bisher noch keine zufriedenstellende Erklärung gibt.

So sehr uns dieser Zwischenfall erschreckt, kommen wir doch nicht umhin, die naheliegende Frage zu stellen, was die Polizei in Zukunft zu unternehmen gedenkt, um die Straßen unserer Stadt auch nach Dunkelwerden sicher zu halten. Dieses Mal waren es die Kriminellen, die Opfer ihrer eigenen Gewalttätigkeit geworden sind. Morgen aber können es schon unschuldige . . .

Zamorra blickte von der Zeitung auf. Der Artikel ging noch weiter, aber er beschäftigte sich eher mit Fragen der allgemeinen Sicherheit und dem Ruf nach einer stärkeren Polizei, der nach solchen Vorfällen immer laut wird.

Was Zamorra erschreckte, war weniger der Artikel, es war das Bild. Ein unscharfes Schwarzweißfoto, offenbar aus einem vorüberfahrenden Wagen aufgenommen, bevor die Polizei die Straße vollkommen gesperrt hatte, aber selbst darauf konnte man die grausige Szene noch gut überblicken. Die Motorräder lagen in einem wirren Trümmerhaufen übereinander, ein Knäuel ineinander verstrickter Wrackteile, die offensichtlich mit großer Kraft zu Boden geworfen worden waren, daneben die Leichen der Rocker.

Aber hätten sie nicht die schwarzen Lederjacken mit den aufgemalten Totenköpfen angehabt und wäre der Tenor des Artikels nicht so ernst gewesen, hätte man glauben können, daß sich hier jemand einen üblen Scherz erlaubt hätte. Die Leichen sahen aus wie die Leichen uralter Männer, beinahe mumifiziert. Ihre Gesichter waren eingefallen und farblos und die Kleider, die sie trugen, schienen um mehrere Nummern zu groß zu sein, als wären die Körper eingeschrumpft.

»Na«, fragte Bill, »hatte ich recht? Es interessiert dich.«

Zamorra nickte wortlos, faltete die Zeitung zusammen und stand auf.

Es war nicht nur der Bericht und das Photo, was ihn beunruhigte. Schon während er die ersten Zeilen gelesen hatte, hatte er es gespürt: Sein Amulett war zum Leben erwacht.

Zamorra trug das kleine, silberne Amulett an einer Kette um den Hals, wo es normalerweise wie ein x-beliebiges Schmuckstück hing. Ohne das Amulett wäre Zamorra aus vielen seiner gefährlichen Abenteuer nicht so unversehrt herausgekommen. Und trotzdem kannte er sein Geheimnis immer noch nicht.

Aber es waren Augenblicke wie diese, wo er spürte, daß es sich bei dem Amulett um mehr als ein gewöhnliches Schmuckstück handelte. Es hatte sich erwärmt, kaum daß er die Zeitschrift aufgeschlagen hatte, und jetzt brannte es wie Feuer auf seiner Brust.

Er ging zum Telefon, wählte eine Nummer und wartete.

»Wen rufst du an?«

Zamorra winkte ab. Seine Gedanken waren woanders, er hatte Mühe, sich auf das Freizeichen im Telefonhörer zu konzentrieren. Er spürte das Pulsieren des Amuletts auf der Brust, spürte das Gefühl der Unruhe, der Erregung, das von dem silbernen Schmuckstück ausging – und die Warnung.

Es war nicht in Worte zu fassen, nicht einmal in Gedanken, aber Zamorra wußte plötzlich, daß das, was die Männer getötet hatte, gefährlicher war als alles, gegen das er bis jetzt gekämpft hatte. Er schloß die Augen und lauschte in sich hinein. Unter normalen Umständen verfügte er über ein gewisses Maß an außersinnlichen Wahrnehmungfähigkeiten, aber jetzt schien es, als stürmten von überall her bedrohliche Gefahren und Empfindungen auf ihn ein. Er versuchte, die Richtung zu analysieren, aus der die Ausstrahlung kam, aber das erwies sich als unmöglich. Das Gefühl schien von überall her zu kommen, etwas Großes, Fremdes, unsagbar Böses.

In der Leitung knackte es.

»Scotland Yard. Sie wünschen?«

»Geben Sie mir Chiefinspektor Perkins«, verlangte Zamorra.

Norton erwachte mit gräßlichen Kopfschmerzen. Durch die halbgeschlossenen Jalousien sickerte helles Sonnenlicht. Der Radiowecker neben seinem Bett dudelte leise, und von der Straße drang der Lärm vorüberfahrender Autos herauf.

Er richtete sich langsam auf die Ellenbogen auf, tastete nach seinem dröhnenden Schädel und stöhnte unterdrückt.

Er hatte verschlafen.

Normalerweise hätte er längst im Büro sein müssen, aber das war ihm egal. Mit müden, unsicheren Bewegungen tastete er nach dem Telefon auf dem Nachtschränkchen, wählte die ersten beiden Zahlen und legte den Hörer wieder auf die Gabel.

Nein – er würde heute nicht ins Büro gehen. Er würde noch einen Augenblick liegenbleiben, dann aufstehen und sich einen starken Kaffee machen, um sich anschließend krank zu melden.

Norton schwang die Beine aus dem Bett und blieb einen Moment lang benommen sitzen. Seine Gedanken wirbelten durcheinander. Irgend etwas war geschehen, gestern abend. Aber er konnte sich nicht erinnern.

Norton runzelte die Stirn. Er hatte schon oft viel getrunken, aber so schlimm, daß er am nächsten Morgen nicht mehr wußte, was er am Abend zuvor getan hatte, war es noch nie gewesen.

Er stand auf, wankte in die Küche und begann ungeschickt, Wasser in den Kessel zu füllen. Rasieren, Waschen und Kämmen würden heute ausfallen.

Er brach drei Streichhölzer bei dem vergeblichen Versuch ab, die Gasflamme zu entzünden, und schaltete schließlich resignierend den Kaffeeautomaten ein. Normalerweise legte er Wert darauf, den Kaffee auf die altmodische Weise aufzubrühen, aber an diesem Morgen erschien ihm dies viel zu mühsam. Eine Zeitlang stand er da und starrte aus blicklosen Augen auf die leise blubbernde Maschine, dann schlurfte er zurück ins Wohnzimmer und rief im Büro an.

Jede Bewegung kostete ihn große Überwindung. Norton fühlte sich, als wären seine Glieder mit schweren Bleigewichten versehen, und seine Schritte waren so mühsam, als kämpfe er sich durch einen zähen, klebrigen Sirup. Verzweifelt versuchte er sich zu erinnern, was gestern abend geschehen war, aber seine Erinnerungen schienen hinter einem dichten, wallenden Nebel verloren zu sein. Seinem Zustand nach zu urteilen, mußte er gestern abend unglaublich viel getrunken haben. Wie er nach Hause gekommen war, war ihm ein Rätsel.

Er ging zum Fenster, zog die Jalousien vollends hoch und suchte die Straße ab. Aber der Wagen war nicht da. Norton nickte erleichtert. Wenigstens hatte er noch so viel Verstand besessen, nicht mit dem Wagen nach Hause zu fahren.

Der Gedanke löste eine ganze Kette von Empfindungen in ihm aus. Für Sekundenbruchteile erschien in seiner Erinnerung das Bild einer dunklen, regennassen Straße, aufblitzende Lichter, der Geruch von schwarzem Leder.

Er schüttelte verwundert den Kopf. Was war nur mit ihm los? Am besten, überlegte er, trank er erst einmal eine Tasse starken Kaffee und gönnte sich anschließend eine eiskalte Dusche.

Er schlurfte zurück in die winzige Küche, schenkte sich Kaffee ein und nippte vorsichtig an dem brühheißen Getränk.

Es schmeckte ekelhaft.

Norton verzog angewidert das Gesicht, stellte die Tasse ab und spie den Schluck, den er bereits im Mund hatte, in die Spüle.

Stirnrunzelnd betrachtete er die Glaskanne des Kaffeeautomaten. Was Kaffee anging, war Norton verwöhnt. In dem schmalen Regal über dem Herd standen Dutzende von kleinen Blechbüchsen mit teilweise ausgefallenen und teuren

Kaffeesorten. Aber das ... Norton schüttelte sich und kippte den Rest Kaffee aus. Selbst der Automatenkaffee, den er von Zeit zu Zeit im Büro trank, war gegen dieses Gebräu eine Köstlichkeit. Aber wahrscheinlich, überlegte er, lag der Grund bei ihm.

Er ging zurück ins Badezimmer, schälte sich aus dem Morgenmantel und drehte an den Knöpfen der Duschbatterie. Das Wasser rauschte hinter dem Plastikvorhang nieder, aber Norton konnte sich nicht überwinden, unter den Strahl zu treten. Ohne ersichtlichen Grund erfüllte ihn das eiskalte Wasser mit einem unüberwindlichen Widerwillen. Er trat einen Schritt zurück, schüttelte den Kopf und angelte erneut nach seinem Morgenmantel.

Mochte der Teufel wissen, was mit ihm los war! Er würde jetzt ein paar Tabletten nehmen und sich wieder ins Bett legen, um bis zum nächsten Morgen durchzuschlafen.

Als er das Bad verließ, fiel sein Blick auf den Spiegelschrank.

Norton blieb entsetzt stehen.

Das Gesicht, das ihm da aus dem Spiegel entgegenblickte, war nicht seines. Es war aufgequollen und verfärbt, als hätte jemand stundenlang mit Fäusten darauf eingeschlagen. Er trat dicht an den Spiegel heran, drehte den Kopf und hob vorsichtig die Hand, um über seine aufgeplatzten Lippen zu tasten.

Er fühlte nichts. Er konnte deutlich sehen, daß seine Oberlippe gespalten und blutverkrustet war, und eigentlich hätte die Berührung höllisch weh tun müssen. Aber er spürte sie nicht einmal. Mehr verwundert als erschreckt ließ er seine Finger weitergleiten, tastete über den geschwollenen Kiefer, die blau angelaufenen Wangenknochen, das halb geschlossene Auge. Er spürte die Haut unter den Fingern, aber sein Gesicht schien vollkommen taub zu sein. Langsam, mit zitternden Händen, trat er einen Schritt zurück und öffnete den Morgenmantel. Sein Körper sah kaum weniger schlimm aus als sein Gesicht. Überall waren blaue und rote Flecke, Platzwunden und Prellungen, und als er den Morgenmantel ganz abstreifte, sah er, daß sein linker Arm seltsam verrenkt war, als wäre er gebrochen und nicht fachmännisch gerichtet worden.

Er mußte in eine Schlägerei geraten sein.

Ja. Das war die Lösung. Er mußte gestern abend auf dem Heimweg überfallen worden sein, und wahrscheinlich konnte er sich deshalb an nichts mehr erinnern. Er hatte von Fällen gehört, in denen sich der Mensch nach einem Schock oder einem heftigen Schlag auf den Kopf an nichts mehr erinnern konnte.

Mit neu aufkeimender Angst betrachtete er seinen zerschundenen Körper. Er mußte zu einem Arzt, sofort!

»Nein!«

Die Stimme hämmerte mit solcher Wucht in seine Gedanken, daß er stehenblieb, als wäre er vor eine Wand gelaufen.

»Du wirst keinen Arzt rufen!«

»Aber ...«

»Du wirst nichts tun, was ich dir nicht erlaube oder befehle.«

»Aber ...« Norton schluckte. »Wer – wer bist du?«

»Erinnerst du dich nicht?« fragte die Stimme. Sie klang amüsiert. »Erinnerst du dich wirklich nicht an gestern abend?«

Norton schüttelte verwirrt den Kopf. Was war nur mit ihm los? Hatte er jetzt schon Halluzinationen? Wahrscheinlich hatte er gestern abend doch mehr mitbekommen als ein paar oberflächliche Beulen und Kratzer.

»Du erinnerst dich nicht?« wiederholte die Stimme. »Warte, ich helfe dir.«

Und plötzlich waren sie da, die Erinnerungen. Mit fast körperlicher Wucht fielen sie über ihn her, tauchten wie gräßliche Alptraumbilder vor seinem inneren Augen auf und ließen ihn aufstöhnen. Die Straße ... die Rocker ... Schläge ... Angst, das Wissen, zu sterben. Und dann die Stimme ...

»Siehst du – jetzt erinnerst du dich«, flüsterte die Stimme in seinem Kopf. »Und du erinnerst dich auch an das Abkommen, das wir getroffen haben.«

Norton nickte zögernd. »Ja . . . ich . . .«

»Du hast es freiwillig getan, vergiß das nicht!« Die Wucht des Gedankens war so groß, daß er sich zusammenkrümmte und gequält aufstöhnte. Auf seiner Stirn erschien ein Netz feiner, glitzernder Schweißperlen. Wimmernd saß er auf den kalten Fliesen und wartete darauf, daß die Stimme weitersprach.

Aber sie schwieg.

Nach ein paar Augenblicken stand Norton auf und taumelte in den Wohnraum. Seine Gedanken überschlugen sich. Er erinnerte sich jetzt, erinnerte sich an jede grauenhafte Einzelheit des vergangenen Abends.

Gott – was hatte er getan? Worauf hatte er sich da eingelassen? Norton war Realist, ein Mensch, der Wert auf die Feststellung legte, mit beiden Beinen fest auf dem Boden zu stehen. Noch vor wenigen Stunden hätte er jeden ausgelacht, der ihm erzählte, daß es außer der Welt, die die Menschen sehen und begreifen können, noch andere Dinge, andere Wesen gibt. Und jetzt – jetzt war er selbst mit einem solchen Wesen konfrontiert worden, schlimmer noch, er hatte sich auf einen Pakt mit ihm eingelassen, ein Pakt, von dem er nicht wußte, welchen Preis er dafür zu zahlen hatte. Aber was es auch war – Norton war sicher, daß er viel zu hoch war und daß das Fremde etwas unsagbar Schreckliches, Grauenhaftes von ihm verlangen würde.

Und irgendwie, ohne daß er selbst sagen konnte, warum, war er der Überzeugung, daß er es würde tun müssen.

»Wie recht du hast.«

Ein Lachen klang in seinem Kopf auf, ein hartes, grausames Lachen, das Norton das Blut in den Adern gefrieren ließ.

»Wer bist du?« fragte er mit halberstickter Stimme.

Das Lachen wiederholte sich.

»Ich glaube nicht, daß du es verstehen würdest«, sagte die Stimme, »aber ich kann versuchen, es dir zu erklären. Mein Name ist Altuun. Und ich lebte auf dieser Welt, als es euch Menschen noch nicht gab.« Die Stimme stockte für einen Moment, und als sie weitersprach, schwang ein seltsamer, beinahe melancholischer Ton darin. »Einstmals gehörte diese Welt mir, Wesen wie mir, und noch anderen. Wesen mit noch größerer Macht.«

»Macht?«

»Ja, Macht!« donnerte Altuun. »Wir hatten sie. Diese Welt gehörte und gehorchte uns. Aber eines Tages begegneten wir anderen Wesen, Wesen, die uns feindlich gesonnen waren, und sie bekämpften und besiegten uns. Versuche nicht, es zu verstehen, Norton. Ich berichte von einer Welt, die viel zu weit zurück liegt, als daß ihr Menschen sie verstehen könntet.«

»Aber du . . .«

»Ich bin der letzte meiner Art, Norton. Ich habe die Zeit und die feindlichen Mächte besiegt, und ich werde diese Welt wieder ihren rechtmäßigen Besitzern zurückgeben.«

»Du willst . . .« Norton brach entsetzt ab. Langsam, ganz allmählich nur, begann er zu begreifen, mit was für einer Macht er sich da eingelassen hatte. »Durch mich wird diese Welt wieder das werden, was sie einmal war«, sagte Altuun. »Ich werde diese Welt beherrschen. Nicht nur dich, Norton. Du bist nur ein Werkzeug, das Tor, durch das ich endlich aus dem Schattenreich herüberkommen konnte. Meine Macht wird wachsen, mit jedem Tag, jeder Stunde, die vergeht. Bald, bald wird die Welt wieder ihren rechtmäßigen Beherrschern gehören, und ihr Menschen werdet nur noch unsere Diener sein. Aber noch ist es nicht so weit. Noch bin ich nicht stark genug, Norton. Aber ich werde es sein, bald. Und du, Norton, wirst mir helfen!«

»Nein«, schrie Norton. Er wollte aufspringen, davonlaufen, aber er konnte sich nicht rühren. Eine unsichtbare Gewalt schien ihn gepackt zu haben und festzuhalten. Er versuchte mit aller Kraft, zur Tür zu kommen, aber je mehr er sich anstrengte, desto stärker schien die unsichtbare Fessel zu werden, die ihn gefangen hielt.

Es kostete Zamorra vier Anrufe und eine halbe Stunde, bis er die Erlaubnis bekam, die Leichen zu besichtigen.

Nicole Duval und Bill Fleming begleiteten ihn, obwohl Inspektor Perkins Bedenken geäußert hatte. Aber Zamorra hatte ihn beruhigen können. Nicole hatte zusammen mit ihm und Bill Dinge erlebt, bei denen Perkins wahrscheinlich schreiend davongelaufen wäre. Der Anblick einer Leiche würde sie kaum aus der Fassung bringen.

»Es ist mir ein Rätsel«, sagte Perkins, während sie die steile Treppe hinunterstiegen, »wie Sie die Erlaubnis bekommen haben, sich in meine Untersuchungen einzuschalten.«

»Wir schalten uns nicht ein«, korrigierte Zamorra den Chiefinspektor. »Ich möchte lediglich ein paar Informationen von Ihnen, das ist alles.«

»Das ist alles!« Perkins schnaubte abfällig. »Informationen! Alles, was ich Ihnen sagen kann, ist, daß dort unten die Reste einer Rockerbande liegen, Männer, die vor ein paar Stunden noch kerngesund waren. Und daß ich keine Ahnung habe, wer sie umgebracht hat, und erst recht nicht, wie.«

Sie betraten den großen, klinisch sauberen Raum. Perkins machte Licht und eilte zur gegenüberliegenden Seite, wo die Kühlfächer in die Wand eingelassen waren.

»Lefty«, sagte er, »der Anführer der Bande. Eigentlich hieß er Robert Masterson, aber sein Spitzname war Lefty. Ein übler Bursche, hat sein halbes Leben hinter Gittern verbracht, meistens wegen Schlägereien, Körperverletzung und kleinerer Diebstähle. Ich kenne eine Menge Leute, die nicht gerade in Tränen ausbrechen, wenn sie hören, daß er tot ist.«

Er öffnete die Verriegelung und zog die Schublade heraus.

Selbst Zamorra, der in seinem abenteuerlichen Leben

schon vieles gesehen hatte, erschrak, als Perkins zur Seite trat und den Blick auf die Leiche freigab.

Perkins hatte ihm oben im Büro ein Bild des Rockers gezeigt. Und wenn Zamorra nicht das Namensschildchen auf der Schublade gelesen hätte, hätte er nicht geglaubt, den gleichen Mann vor sich zu haben. Masterson war nach den Unterlagen der Polizei achtundzwanzig Jahre alt, gesund und über zwei Zentner schwer, aber das, was da in der Schublade lag, schien eher die Leiche eines Hundertjährigen zu sein.

Zamorra trat dicht an die Schublade heran und musterte das, was von Masterson übrig geblieben war. Der Körper war bis auf die Knochen abgemagert. Unter der papierdünnen Pergamenthaut konnte man die Rippen hervorstehen sehen. Haare, Zähne und Fingernägel schienen sich aufgelöst zu haben, und dort, wo einmal das Gesicht gewesen war, grinste Zamorra ein mumifizierter Totenschädel entgegen.

»Weiß man, woran er gestorben ist?«

Perkins schüttelte den Kopf. »Nein, der Gerichtsmediziner steht vor einem Rätsel. Er ... er sagt ...«

»Ja?«

»Das einzige, war er feststellen kann«, berichtete Perkins mit unglücklichem Lächeln, »ist Altersschwäche.«

»Altersschwäche?« echote Bill Fleming.

»Sind Sie sicher, daß das überhaupt Masterson ist?« fragte Nicole.

»Natürlich. Wir haben seine Fingerabdrücke. Seine und die der anderen«, entgegnete Perkins unwirsch. »Wir sind keine Anfänger.«

Zamorra griff mit nachdenklichen Bewegungen unter sein Hemd und löste das Amulett von der Kette. Das Metall fühlte sich seltsam warm in seiner Hand an und schien zu pulsieren. Unter Perkins erstaunten Blicken legte er das Schmuckstück auf die Stirn des Toten.

Die Veränderung war erstaunlich. Da, wo das Metall die vertrocknete Haut der Leiche berührte, schien sie aufzublühen. Das kränkliche, unnatürliche Grau der Haut veränderte sich zu einem hellen Rosa. Gleichzeitig schien sich die Haut zu straffen.

»Was machen Sie da?« frage Perkins mißtrauisch.

Zamorra nahm das Amulett wieder an sich und beobachtete, was geschah. Wie bei einem Film, den man rückwärts laufen läßt, wiederholte sich die Veränderung in umgekehrter Reihenfolge. Nach wenigen Augenblicken sah die Leiche wieder genauso aus wie zuvor.

Zamorra befühlte nachdenklich das Amulett. Das Metall schien dort, wo es die Haut des Leichnams berührt hatte, zu glühen.

Er befestigte es wieder an der Kette unter seinem Hemd. Selbst jetzt spürte er die Hitze noch deutlich.

»Ich wiederhole meine Frage«, sagte Perkins, nun in energischem Tonfall. »Was haben Sie da getan? Was ist das für ein Ding?« Er wies mit einer Kopfbewegung auf die Kette um Zamorras Hals.

Zamorra lächelte sanft. »Diese Männer sind nicht auf natürliche Weise gestorben«, sagte er leise.

»Nicht auf . . .« Perkins Gesicht verdüsterte sich. »Wissen Sie, Professor, ich habe keine Ahnung, wer oder was Sie eigentlich sind. Aber ich werde den Fall lösen, ohne auf irgendwelchen Hokuspokus zurückgreifen zu müssen.«

»Sie mißverstehen mich«, sagte Zamorra. »Ich will Ihnen nicht ins Handwerk pfuschen. Ich will Ihnen helfen, Perkins. Ich weiß, daß es sich hier nicht um einen gewöhnlichen Mord handelt. Diese Männer sind keinem normalen Bandenkrieg zum Opfer gefallen.«

»Und woran sind sie gestorben – Ihrer Meinung nach?« fragte Perkins gepreßt.

»Das weiß ich nicht«, antwortete Zamorra. »Noch nicht. Aber ich werde es herausfinden. Ich hoffe, ich kann dabei auf Ihre Hilfe zählen, Chiefinspektor.«

Perkins war bleich geworden. Seine Stimme zitterte, als er antwortete: »Ich . . . ich finde es richtig nett, daß Sie mich um Hilfe bitten«, sagte er mühsam beherrscht.

»Perkins«, sagte Zamorra eindringlich. »Sie verstehen immer noch nicht. Ich treibe hier keinen Hokuspokus, wie Sie es nennen. Das, was diese Männer getötet hat, ist noch in dieser Stadt, und es wird weiter töten, wenn wir es nicht aufhalten. Gibt es schon irgendwelche Spuren?«

Perkins schüttelte den Kopf. »Nein, bisher nicht.«

»Aber irgend jemand muß doch etwas gesehen haben«, protestierte Bill Fleming.

Perkins schürzte geringschätzig die Lippen. »Meinen Sie?«

»Sicher. Bei solchem Lärm . . .«

Perkins lachte und kramte eine zerknitterte Zigarettenpackung aus der Jackentasche. »Sie sind nicht aus London«, stellte er fest, »sonst würden Sie diese Frage nicht stellen.«

»Und wieso?« wollte Bill wissen.

Perkins nahm einen tiefen Zug, blies eine Wolke aromatischen Rauches in die Luft und sah Bill an. »Die Gegend dort unten«, erklärte er, »ist nicht gerade das, was man mit einem feinen Wohnviertel bezeichnen würde.« Er lachte hart, schnippte seine Asche auf den Fußboden und schlug mit der Handfläche gegen das Kühlfach, in dem Leftys Leiche lag. »Die Menschen dort unten haben Angst«, sagte er. »Angst vor Lefty und seinesgleichen. Sie dürfen dieses Wohnviertel nicht mit der Gegend vergleichen, in der Sie vermutlich aufgewachsen sind. Dort unten herrschen Gewalt und Angst. Niemand würde uns freiwillig Informationen geben, wenn er noch ein bißchen an seinem Leben hängt.«

»Aber Sie sind angerufen worden«, sagte Nicole. »In der Zeitung stand . . .«

Perkins unterbrach sie mit einer wegwerfenden Handbewegung. »Ein anonymer Anruf. Wir wissen nicht, wer es war, und er würde es selbst dann noch ableugnen, wenn wir ihn mit dem Hörer in der Hand erwischt hätten. Sicher gibt es Zeugen, die genau gesehen haben, wie es passiert ist, und wahrscheinlich gibt es ein Dutzend Menschen oder mehr, die die Täter ganz genau kennen. Aber wenn sie uns gegenüber den Mund aufmachen würden, könnten sie sich genausogut gleich aufhängen, Miss. Lefty und seine Bande waren die unumschränkten Herrscher in diesem Viertel. Aber daß sie tot sind, bedeutet nicht, daß es keine Nachfolger gibt. Wer immer sie umgebracht hat, hat damit bewiesen, daß er stärker ist als sie – und er hat den Menschen dort unten damit gleichzeitig demonstriert, was sie erwartet, wenn sie zur Polizei gehen. Die Gegend dort unten ist ein Sumpf, Miss, und die Leute leben in einem Teufelskreis, den kaum einer je durchbrechen kann.« Er stieß sich von der Wand mit den Kühlfächern ab und ging zum Ausgang. »Kommen Sie. Alles andere können wir genausogut oben in meinem Büro besprechen. Dort ist es gemütlicher.« Er wartete, bis Zamorra, Nicole Duval und Bill den Raum verlassen hatten, dann löschte er das Licht und verschloß die Tür sorgfältig.

»Sie sind ziemlich pessimistisch für einen Polizeiinspektor«, sagte Zamorra, als sie hintereinander die Treppe hinaufstiegen.

Perkins sah über die Schulter zurück. »Nicht pessimistisch – realistisch. Ich habe als Streifenpolizist angefangen. Ich kenne diese Stadt, Mister, und ich kenne die Leute, die in ihr leben.«

»Trotzdem glaube ich, daß Sie sich irren«, beharrte Zamorra. »Zumindest in diesem Fall.«

Perkins blieb stehen und funkelte Zamorra mit neu erwachtem Ärger an. »Ich glaube, ich habe schon einmal gesagt, daß ich mich lieber auf meinen gesunden Menschenverstand verlasse als auf irgendwelchen Hokuspokus«, sagte er. Sein normalerweise blasses Gesicht rötete sich vor Zorn, und seine Stimme zitterte hörbar, als er weitersprach. »Ich habe von meinem Vorgesetzten die Anweisung erhalten, Sie in jeder Beziehung zu unterstützen und Ihnen alle Informationen, die ich erhalte, unverzüglich auszuhändigen. Ich weiß nicht, wer oder was Sie sind, daß man Ihnen solche Privilegien einräumt, aber eines weiß ich genau: Ich bin seit dreißig Jahren Polizist, und ich habe bisher noch jeden Fall gelöst – auf meine Weise. Ich werde auch diesen lösen. Und wenn Sie mir dabei in die Quere kommen, werde ich Sie kaltstellen lassen, Mister, egal, was für eine heilige Kuh Sie sind.« Er funkelte Zamorra noch einen Herzschlag lang wütend an, dann drehte er sich herum und lief mit schnellen Schritten die Stufen empor, ohne auf seine Begleiter zu achten.

Zamorra starrte ihm nachdenklich hinterher.

»Der hat dir's aber gegeben«, sagte Bill Fleming spöttisch.

Zamorra nickte zögernd. »Ja«, murmelte er besorgt. »Perkins gehört zu den Menschen, die einfach nicht begreifen wollen, daß es außer dem Kosmos, den wir sehen und begreifen können, noch andere Dinge gibt.«

»Ich glaube«, sagte Nicole, »daß er uns noch eine Menge Schwierigkeiten machen wird.«

»Bestimmt«, nickte Zamorra. »Ich hoffe nur, ich kann ihn überzeugen, ehe es zu spät ist.«

Die Zeiger der großen, altmodischen Standuhr, die die Südwand von Nortons Wohnzimmer beherrschte, hatten sich der Zwölf genähert, aber die Stimme in seinem Kopf hatte sich bisher nicht mehr gemeldet.

Norton atmete hörbar ein. Er zitterte am ganzen Körper, obwohl er seit Stunden hier im Sessel saß und sich nicht rührte. Die geistige Fessel war längst von ihm abgefallen, aber er war trotzdem nicht dazu fähig, auch nur einen Muskel zu rühren. Zuerst war es die Angst gewesen, die ihn gelähmt hatte, aber das Gefühl war schnell verflogen. Angst, wirkliche, panische Angst, hält nie sehr lange an. Aber danach war die Verzweiflung gekommen, das Wissen, etwas Schreckliches getan zu haben, das Wissen, daß er sich auf etwas eingelassen hatte, mit dem er nicht fertig werden würde. Er hatte ein Geschäft mit einem Wesen gemacht, das ihn jetzt völlig beherrschte.

Seine Gedanken irrten zurück zu dem Zeitpunkt am vergangenen Abend, an dem er zum ersten Mal Altuuns

Stimme gehört hatte. Wie Erinnerungen an einen grauenhaften Alptraum tauchten noch einmal bruchstückhaft Szenen vor seinem geistigen Auge auf: Die Gesichter der Rocker, ihre entsetzten, gurgelnden Schreie, das Grauen in ihren Augen . . .

Norton stöhnte.

War das seine Zukunft? Altuun hatte gesagt, daß er die Herrschaft über die Welt anstrebte; und Norton zweifelte keinen Augenblick daran, daß das Wesen mächtig genug war, um sein Vorhaben wahrzumachen.

Norton ballte in hilfloser Wut die Fäuste. Das Gefühl, nicht mehr Herr seines eigenen Körpers zu sein, nicht mehr Beherrscher, sondern nur noch geduldet, ließ ihn aufstöhnen. Er hatte während der Jahre, die er in der Fremdenlegion zugebracht hatte, alle Spielarten menschlicher Grausamkeit kennengelernt, und irgendwie war er immer der Überzeugung gewesen, daß es nichts mehr gebe, was ihm wirklich Angst einjagen könne. Er hatte sich geirrt.

Ein Klopfen an der Haustür unterbrach seine Gedanken.

Sekundenlang saß Norton stocksteif da und betete, daß es sich nicht wiederholen würde, daß, wer immer auch vor der Tür stand, weggehen und ihn in Ruhe lassen würde.

Aber das Klopfen wiederholte sich.

»Warum öffnest du nicht?« fragte die Stimme in seinem Kopf.

»Ich – ich erwarte niemand . . .« wisperte Norton.

Es klopfte ein drittes Mal.

»Öffne!«

»Nein, ich . . .«

»Öffne!«

Diesmal hämmerte der Befehl mit solcher Wucht in sein Gehirn, daß ihm gar keine andere Wahl blieb, als zu gehorchen. Langsam, mit ungelenken Bewegungen, stand er auf und schlurfte zur Tür. Seine Beine bewegten sich gegen seinen Willen; er war nicht mehr als eine Puppe, die an unsichtbaren Fäden hing und das tat, was ihr Herr erwartete.

Gerade als der Besucher ein viertes Mal anklopfte, öffnete Norton.

»Norton!« sagte Jim Burnes. »Ich dachte schon, du wärst wirklich krank!« Er grinste und schob sich an Norton vorbei in die Wohnung, ohne eine Aufforderung abzuwarten.

Norton sah Burnes gequält an. Er und Jim hatten am gleichen Tag in der gleichen Firma angefangen, und im Laufe der letzten drei Jahre waren sie gute Freunde geworden.

Ich muß ihn warnen! dachte Norton. Er darf nicht bleiben!

Aber er konnte keinen Ton hervorbringen. Seine Stimmbänder schienen gelähmt zu sein, und zu seinem grenzenlosen Entsetzen hob sich seine rechte Hand und machte eine einladende Geste! Norton stöhnte innerlich auf, als ihm nun endgültig zu Bewußtsein kam, wie vollkommen hilflos und ausgeliefert er war.

Irgendwo in seinen Gedanken schien ein leises, böses Lachen zu ertönen.

»Nach deinem Anruf«, sagte Burnes aufgeräumt, »habe ich Smithers gleich gesagt, daß ich dich in der Mittagspause besuche.« Er warf sich in einen der hochlehnigen, gemütlichen Sessel, schlug die Beine übereinander und zündete sich eine Zigarette an. »Ich soll dich grüßen und dir gute Besserung wünschen. Außerdem läßt Smithers fragen, ob du morgen wieder kommst. Du weißt ja, wie knapp wir im Moment . . .« Er brach ab, als Norton in den hell erleuchteten Wohnraum trat. Der Flur war schattig und dunkel gewesen, aber hier, im hellen Sonnenlicht, das durch die weit geöffneten Fenster hereinströmte, konnte Burnes Nortons zerschlagenes Gesicht genau erkennen.

»He!« sagte er erschrocken. »Was ist denn mit dir passiert? Du siehst aus, als wärst du von einer Dampfwalze überfahren worden!« Er legte die Zigarette in den Aschenbecher, stand auf und kam auf Norton zu.

»Mann«, sagte er, »dich hat's aber ganz schön erwischt. Bist du in eine Schlägerei geraten?«

»Nein . . . das heißt . . .« Norton raffte das bißchen Willenskraft, das er noch besaß, zusammen. »Verschwinde, Jim!« schrie er. »Lauf weg, schnell. Ich . . .« Der Rest des Satzes ging in einem unartikulierten Schrei unter. Er spürte, wie die Kraft Altuuns wie eine gigantische Flutwelle durch sein Gehirn raste und seinen Willen beiseitefegte. Seine Hände schossen vor und packten Jim mit übermenschlicher Kraft.

»Norton! Was soll . . .«

Jim war viel zu überrascht, um an eine ernsthafte Gegenwehr zu denken. Einen Augenblick lang vollführten seine Hände schwache Abwehrbewegungen, aber Nortons Griff war von einer Stärke, gegen die kein Mensch angekommen wäre.

Burnes Bewegungen erlahmten rasch. Norton spürte, wie die Haut unter seinen Fingern trocken und brüchig wurde, ihren geschmeidigen Charakter verlor und sich anfühlte wie altes, rissiges Leder. Dort, wo seine Finger und die Handfläche das Gesicht des Freundes berührten, wurde die Haut zuerst braun, dann grau.

Norton spürte, wie das Wesen in ihm die Lebenskraft des Freundes in sich aufsaugte. Er fühlte wieder die gleiche übermenschliche Stärke in sich wie gestern abend.

»Schaff ihn ins Bad!« befahl Altuun.

Norton gehorchte. Jims Körper schien ihm seltsam leicht, und als er ihn ins Bad hinübertrug, bemerkte er, daß er irgendwie eingeschrumpft wirkte, wie der Körper eines Hundertjährigen, der an Unterernährung gestorben war.

»Sieh ihn dir gut an«, sagte Altuun. »Das steht dir bevor, wenn du noch einmal versuchst, mich zu hintergehen!«

Norton starrte lange auf die winzige, verkrümmte Gestalt in der Badewanne. Jim und er waren gute Freunde gewesen, aber selbst wenn es ein vollkommen Fremder gewesen wäre, den er da gerade umgebracht hätte, hätte seine Verzweiflung nicht größer sein können.

»Töte mich«, flüsterte er. »Töte mich!«

Altuun lachte. »Nein, Norton. Gestern abend hättest du

sterben können, aber du wolltest nicht. Du wolltest leben, und ich habe dir dabei geholfen, zu überleben. Jetzt gehörst du mir. Ich brauche dich, Norton. Ich brauche deinen Körper. Und ich werde dir etwas dafür geben, daß ich deinen Körper benutze. Zusammen mit mir wirst du unsterblich werden. Du wirst ewig leben, genau wie ich. In deinem Körper werde ich die Herrschaft über diese Welt antreten. Du wirst es sein, den sie verehren werden, vor dem die Menschen im Staub kriechen und ihm die Füße küssen. Lockt dich dieser Gedanke nicht?«

Norton dachte lange über diese Frage nach, aber er kam zu keiner Antwort.

Ein Gebäude wie das von Scotland Yard schläft nie. Selbst während der Nachtstunden herrscht auf den Fluren und Korridoren eine Atmosphäre von gespannter Aktivität. Das Schrillen der Telefone ist vielleicht nicht ganz so hektisch und aufgeregt wie tagsüber, aber wirkliche Ruhe kehrt niemals ein.

Jeff Benders drückte eine Zigarette im Aschenbecher aus und stand auf. Eigentlich hatte seine Arbeitszeit bereits vor zehn Minuten begonnen, aber er hatte diese erste – und einzige – Zigarette des Abends während der letzten Jahre zu einer Art Zeremoniell entwickelt, und niemand hatte etwas dagegen. Er saß gerne hier, betrachtete das hektische Auf und Ab der Nachtschicht und philosophierte. Manchmal, wenn er auf der Bank saß, rauchte und die verschlossene Feuertür zum Keller anstarrte, ließ einer der Beamten eine spöttische Bemerkung fallen, aber Benders ärgerte sich nicht darüber. Er wußte, daß der Spott nicht böse gemeint war, und daß man ihn, wenn überhaupt, dann als eine Art Kuriosum ansah, fast so etwas wie ein Maskottchen.

Und in gewisser Hinsicht war er auch etwas Besonderes. Er war seit fünfunddreißig Jahren beim Yard angestellt, und damals, als er hier angefangen hatte, war er etwas Besonderes gewesen, die einzige männliche Putzfrau im Gebäude, wahrscheinlich sogar in ganz London. Heutzutage war das natürlich ganz normal. Die überall vordringenden Putzkolonnen beschäftigten oft Männer, aber damals hatte seine Einstellung für so etwas wie eine kleine Sensation im Yard gesorgt. Es war sogar ein kleiner Artikel über ihn in der Zeitung erschienen. Benders hatte ihn ausgeschnitten und all die Jahre aufgehoben, als eine Art sentimentaler Erinnerung. Er erinnerte sich noch gut an das Gespräch vor fünfunddreißig Jahren. Es war ein Zweistundenjob, nicht einmal sonderlich schwer, aber es war damals einfach unmöglich gewesen, eine Frau für diesen Job zu bekommen. Benders lachte leise, als er an den ersten Tag dachte. Er war sich im ersten Moment albern vorgekommen, als er – mit Putzeimer und Schrubber bewaffnet – die Treppe hinuntergestiegen war. Aber selbst er hatte so etwas wie Beklemmung verspürt, als er die Leichenhalle betreten hatte. Wahrscheinlich würde es heutzutage kein Problem mehr sein, eine Frau für diesen Job zu bekommen, aber damals hatte sich niemand bereit gefunden, in der dunklen, einsamen Halle im Keller des Yard für Ordnung zu sorgen.

Er ergriff seinen Eimer, schwang sich den Schrubber über die Schulter und nahm die Treppe in Angriff. In letzter Zeit machte ihm das Treppensteigen merklich Schwierigkeiten, aber so lange er es noch konnte, würde er die Arbeit beibehalten. Seine Rente war nicht gerade berauschend, und er konnte die zehn Pfund in der Woche gut gebrauchen. Außerdem war die Arbeit ein Teil seines Lebens geworden. Wenn er nicht mehr fähig war, sie auszuführen, würde er endgültig zum alten Eisen gehören.

Unten angekommen, stellte er Eimer und Schrubber ab und nestelte umständlich an der Kette mit dem Schlüssel herum. Die Leichenhalle wurde immer abgeschlossen, obwohl es dort drinnen wirklich nichts zu stehlen gab. Und den Witz, daß der Yard wahrscheinlich Angst hatte, die Leichen könnten davonlaufen, hatte Benders in seinem Leben schon so oft gehört, daß er ihn schon gar nicht mehr zur Kenntnis nahm.

Er öffnete die Tür, schaltete das Licht ein und sah sich prüfend um. Manchmal kam es vor, daß Kleidungsstücke herumlagen; Dinge, die die Toten bei sich gehabt hatten, und die Krankenwagenfahrer, die manchmal die Zinksärge hereintrugen, schleppten Straßenschmutz oder Matsch mit herunter. An solchen Tagen hatte er mehr zu tun. Aber heute schien der Raum kaum benützt zu sein. Der Boden spiegelte noch genauso wie gestern. Es würde genügen, wenn er einmal kurz mit dem feuchten Aufnehmer durch den Raum lief.

Er stellte den Eimer ab, tauchte den Lappen hinein und begann mit der Arbeit.

Er war etwa mit der Hälfte des Raumes fertig, als er das Geräusch hörte. Es war ein leises, kaum vernehmbares Schaben, so, als schleife Metall über Holz oder Stoff, und im ersten Moment glaubte er, sich verhört zu haben.

Aber das Geräusch wiederholte sich.

Benders runzelte die Stirn, lehnte den Schrubber gegen die Wand und sah sich aufmerksam um. Der Raum lag unter dem Bodenniveau, tiefer sogar noch als die übrigen Keller des Yards, und hinter den weißgekachelten Wänden des Kühlraumes befand sich nichts außer Erdreich und dem Gewirr der Kanalisation. Benders kannte die vier Wände seit fünfunddreißig Jahren, aber er hatte hier unter noch nie Ungeziefer getroffen. Es gab nichts, wovon Ratten oder Mäuse hätten leben können, ganz davon abgesehen, daß sie absolut keine Möglichkeit gehabt hätten, hereinzukommen.

Das Schaben schien aus einer der Schubladen zu kommen. Benders spürte, wie ihm ein kalter Schauer über den Rücken lief. Sein Gehör war trotz seines Alters noch gut, und er war viel zu lange hier unten, um die Möglichkeit, daß ihm seine Nerven in Anbetracht der unheimlichen Umgebung einen Streich spielten, auszuschalten.

Nein – das Geräusch war da, ganz deutlich jetzt. Und es kam unzweifelhaft aus einer der Laden.

Benders überlegte einen Moment, ob er oben anrufen und Hilfe anfordern sollte. Immerhin hatte es schon Fälle von Scheintod gegeben, und es war zwar unwahrscheinlich, aber immerhin möglich, daß eine vermeintliche Leiche selbst hier unten noch aufwachte.

Er gab sich einen Ruck. Es mußte kein sehr angenehmes Gefühl sein, in einem der engen, dunklen Fächer aufzuwachen.

Er wartete, bis sich das Scharren wiederholte und er genau wußte, aus welcher Lade das Geräusch kam, dann packte er den Griff und zog das Fach aus der Wand.

Irgend etwas traf ihn mit ungeheurer Wucht am Schädel und ließ ihn aufschreiend zurücktaumeln. Vor seinen Augen tanzten bunte Kreise, Schmerzen tobten durch seinen Kopf und drohten ihm die Besinnung zu rauben. Er taumelte gegen die Wand und blieb einen Moment lang benommen stehen.

Die Schmerzen ließen allmählich nach, aber vor seinen Augen wogte ein blutiger Schleier, und irgend etwas lief warm und klebrig über sein Gesicht. Seine Gedanken überschlugen sich, aber er war noch viel zu benommen, um Angst oder Schrecken zu empfinden.

Eine Gestalt kam auf ihn zu, nur undeutlich zu erkennen durch den Nebel, der immer noch vor seinen Augen trieb. Benders schüttelte stöhnend den Kopf und zwinkerte.

Was er sah, konnte nicht wahr sein.

Der Mann war kleiner als er, und er wirkte unglaublich alt und zerbrechlich. Er war nackt. Seine Haut sah aus wie altes Leder, und die Finger, die in Benders Richtung ausgestreckt waren, erinnerten ihn an die gierigen Klauen eines Gespenstes.

So alt die Gestalt aussah, waren ihre Bewegungen doch geschmeidig und schnell, und irgendwie wußte Benders, daß in diesen dünnen Ärmchen eine übermenschliche Kraft lauerte.

Das schrecklichste an der Erscheinung waren die Augen. Es waren schmale, gelbe Augen ohne Pupillen und Wimpern, hinter denen ein unmenschliches Feuer zu lodern schien.

Mit einer Behendigkeit, die man einem Mann in seinem Alter kaum mehr zugetraut hatte, wich Benders den zupackenden Klauen aus und sprang zur Seite.

Die Erscheinung stieß ein wütendes Zischen aus und setzte ihm nach.

Benders griff in panischer Angst nach dem Schrubber, den er gegen die Wand gelehnt hatte, schwang ihn über den Kopf und ließ ihn mit voller Kraft auf die Schulter des Angreifers krachen.

Der Stiel zersplitterte, ohne den Ansturm der Gestalt aufhalten zu können. Ein Schlag streifte Benders, warf ihn abermals gegen die Wand. Er wich dem nächsten Angriff aus, stolperte über den Eimer mit Putzwasser und entging so einem wütenden Faustschlag der Kreatur, die ihn kreischend und fauchend verfolgte.

Benders versuchte verzweifelt, die Tür zu erreichen, aber das Ding ließ ihm keine Chance. Es war viel schneller als er, und nach ein paar Augenblicken hatte er die Überzeugung gewonnen, daß die Kreatur ihn längst hätte überwältigen können, wenn sie gewollt hätte. Aber sie spielte nur mit ihm; ein grausames Spiel, bei dem er über kurz oder lang sein Leben verlieren würde. Sein Atem ging jetzt schon schnell und unregelmäßig, und sein Herz klopfte hart und protestierend. Er war ein alter Mann und längst nicht mehr kräftig genug für einen solchen Kampf.

Die Gestalt kam jetzt mit langsamen, wiegenden Schritten auf ihn zu.

Benders bückte sich und hob den abgebrochenen Besenstiel auf. Mit einer Kaltblütigkeit, die ihn selbst überraschte, wartete er ab, bis sich das Ding ganz dicht vor ihm befand, ehe er zuschlug.

Die Kreatur stieß ein Schmerzgeheul aus und schlug um sich, aber Benders war im gleichen Moment zur Seite gesprungen und hastete zur Tür.

Aber er kam nur ein paar Schritte weit. Vor ihm tauchte plötzlich eine zweite Alptraumgestalt auf, dann eine dritte, vierte. Benders wich aufschreiend zurück. Dünne, ledrige Finger griffen von hinten um seinen Hals und erstickten seinen Schrei. Er fühlte sich gepackt und hochgehoben, als wäre er völlig gewichtslos.

Dann traf ein Schlag seine Schläfe, und er wurde bewußtlos.

Er merkte nicht mehr, wie sich die Gestalten um seinen leblosen Körper scharten.

Das, was von Benders übriggeblieben war, sah jetzt genauso aus wie die grausamen Dämonen, die ihn getötet hatten.

Eine der Gestalten krächzte etwas und ging zur Tür.

Die anderen folgten ihm.

Die Stadt wartete auf sie, und sie spürten das Leben, das dort draußen pulsierte, spürten es mit der gleichen Gier, mit der ein Verdurstender das Wasser eine nahen Sees riecht.

Und sie spürten die Stimme, die sie rief.

Die Stimme ihres Herrn.

»Ich verspreche mir nicht allzuviel davon«, sagte Chiefinspektor Perkins übellaunig. »Zeitvergeudung. Mehr nicht.«

Zamorra winkte ab. »Es ist einen Versuch wert, meinen Sie nicht?« Er sah neugierig aus dem Fenster des Wagens, der sich im Fußgängertempo durch den Berufsverkehr des morgendlichen Londons bewegte. Sie hatten die besseren Wohn- und Geschäftsviertel der Stadt verlassen und näherten sich jetzt Gegenden, in die Ausländer und Touristen normalerweise nicht vordrangen. Die Häuser wirkten hier älter und ungepflegt, kleiner, fast, als schämten sie sich ihrer Häßlichkeit und duckten sich unter dem wolkenverhangenen Himmel, um nicht entdeckt zu werden.

»Wir haben jeden einzelnen Bewohner der Straße verhört«, sagte Perkins. »Ich habe Ihnen gesagt, mit welchem

Erfolg. Ich weiß wirklich nicht, was Sie sich davon versprechen.«

Zamorra lächelte. »Vielleicht nichts«, sagte er. »Aber vielleicht erfahren wir doch noch etwas, was von Nutzen sein kann.«

Bill Fleming, der neben Zamorra im Fond des Streifenwagens saß und dem Gespräch bisher mit unbewegtem Gesicht gefolgt war, grinste. »Unser Professorchen hat da seine eigenen Verhörmethoden.«

Perkins kommentierte die Bemerkung mit einem Stirnrunzeln, sagte aber nichts. Sie fuhren eine Zeitlang schweigend durch den unablässig fallenden Regen. Die Verkehrsdichte nahm im gleichen Maße ab, wie die Häuser rechts und links der Straße schäbiger wurden, und nach wenigen Minuten hatten sie kaum mehr das Gefühl, sich in einer der größten Städte der Welt zu bewegen, sondern glaubten fast, sich durch ein besonders verfallenes Viertel eines irischen Bergarbeiterdorfes zu bewegen.

»Besonders fein ist die Gegend wirklich nicht«, sagte Bill nach einer Weile.

Perkins nickte. »Ich habe es Ihnen ja gesagt. Und«, er drehte sich um und sah Bill eindringlich an, »genauso wie die Häuser sind auch die Menschen. Alt, verschlossen und stumm. Wir vergeuden nur unsere Zeit.«

Zamorra schwieg dazu. Er war ungewöhnlich schweigsam an diesem Morgen, wie immer, wenn er nervös war. Er hatte in der vergangenen Nacht kaum geschlafen. Dabei konnte er sich den Grund für seine Unruhe selbst kaum erklären. Irgend etwas Gräßliches, Gefährliches ging in dieser Stadt vor, und Zamorra hatte das bestimmte Gefühl, daß sie erst am Anfang einer Entwicklung standen, die sie alle, nicht nur Bill und Perkins und ihn, sondern alle Menschen in dieser Stadt, vielleicht im ganzen Land, in Gefahr bringen konnte.

»Ich frage mich schon seit gestern«, sagte Perkins, an Zamorra gewandt, »warum Sie sich überhaupt so sehr für diesen Fall interessieren. Kannten Sie einen der Toten, oder hatten Sie mit ihm zu tun?«

Zamorra schüttelte den Kopf. Er hatte sich Perkins gegenüber nur mit seinem Namen vorgestellt, und er hatte auch bei Perkins Vorgesetzten darauf gedrungen, daß niemand erfuhr, wer er wirklich war. Natürlich gab es eine Menge Leute – eigentlich, wie Zamorra meinte, viel zu viele –, die beim Klang seines Namens sofort wußten, wen sie vor sich hatten, aber Perkins gehörte offensichtlich nicht zu dem Menschenschlag, der sich für Parapsychologie interessierte.

»Ich interessiere mich aus rein berufsmäßigen Gründen dafür«, sagte er ausweichend. »Ich bin Wissenschaftler.« Er drehte den Kopf und sah demonstrativ aus dem Fenster.

Perkins runzelte abermals die Stirn, zündete sich eine neue Zigarette an und schwieg für den Rest der Fahrt. Er schien begriffen zu haben, daß Zamorra ihm keine weiteren Informationen geben wollte. Allerdings gab er sich kaum Mühe, seinen Ärger über diese Tatsachen zu verbergen.

Der Streifenwagen hielt schließlich vor einem dreistöckigen Wohngebäude. »Wir sind da«, sagte Perkins.

»Hier war es?«

Perkins schüttelte den Kopf. »Nicht genau hier. Dort drüben – sehen Sie die Markierungen auf der Straße? Dort wurden die Leichen gefunden. Aber das hier ist das einzige Wohnhaus in der näheren Umgebung. Wenn jemand etwas gesehen hat, dann von hier aus.«

Sie stiegen aus. Die kalte, regendurchsetzte Luft sprang sie an wie ein wütendes Raubtier, und Zamorra, Bill und Perkins beeilten sich, die wenigen Schritte bis zur Haustür im Laufschritt zu überwinden.

Die Tür war verschlossen.

Perkins drückte erfolglos auf die beiden unteren Klingelknöpfe, schlug anschließend wütend gegen die geschlossenen Fensterläden der Parterrewohnung und fluchte ungehemmt.

»Scheint keiner zu Hause zu sein«, sagte Bill.

Perkins knurrte. »Natürlich sind sie da«, sagte er dumpf. »Sie machen bloß nicht auf. Wahrscheinlich haben sie den Streifenwagen gesehen.«

Er hämmerte erneut gegen den Fensterladen, ging dann zur Tür zurück und preßte den Daumen auf den Klingelknopf. »Mal sehen, wer die besseren Nerven hat«, knurrte er.

Es dauerte fast eine Minute, bis seine Taktik Erfolg hatte. Die Tür wurde zaghaft spaltbreit geöffnet, und ein altes ängstliches Gesicht musterte sie durch den Schlitz.

»Ja?«

»Polizei«, schnauzte Perkins.

»Was wollen Sie? Ich habe . . .«

»Machen Sie auf!«

Die Tür wurde wieder zugeschoben. Sie hörten den Mann drinnen mit der Kette hantieren, dann öffnete er die Tür und trat beiseite, um Perkins vorbeizulassen.

»Was wollen Sie?« fragte er erneut.

»Nur ein paar Auskünfte«, antwortete Perkins. »Dürfen wir reinkommen?«

»Ich habe schon alles gesagt. Ihre Kollegen waren schon hier. Ich weiß nichts.«

Perkins musterte ihn feindselig.

»Ich habe Ihren Kollegen doch schon alles erzählt«, sagte der Alte. Zamorra musterte ihn eindringlich. Es war ein altes, dünnes Männchen, kaum einen Meter fünfzig groß und so dünn, daß er sich hinter dem nicht gerade breitschultrig gebauten Perkins hätte verstecken können. Sein Gesicht wirkte schlaff und blutleer, und in seinen Augen flackerte Angst.

Zamorra war Menschenkenner genug, um sofort zu spüren, daß dieser Mann log.

Perkins deutete auf Zamorra und Bill Fleming. »Diese Gentlemen möchten Ihnen ein paar Fragen stellen.«

»Ich weiß nichts!«

Perkins lächelte humorlos. »Vielleicht erzählen Sie das

den beiden Herren«, sagte er. »Obwohl ich nicht glaube, daß sie sich damit zufriedengeben werden.«

Über das Gesicht des Alten huschte ein Anflug von Panik, und für einen Moment sah er so aus, als wolle er jeden Augenblick in Tränen ausbrechen.

»Sie brauchen wirklich keine Angst zu haben«, sagte Zamorra beruhigend. »Ich werde Ihnen nur ein paar Fragen stellen. Weiter nichts. Können wir uns irgendwo unterhalten?«

Der Alte zögerte einen Moment, dann nickte er. »Gehen wir in meine Wohnung.«

»Ist sonst noch jemand im Haus?« wollte Perkins wissen.

»Nein. Die anderen sind alle zur Arbeit gegangen.« Der Alte drehte sich um und schlurfte mit gebückten Schultern zu seiner Wohnungstür.

Perkins, Zamorra und Bill folgten ihm.

Die Wohnung war klein und einfach eingerichtet, aber sauber. Der Alte deutete auf den wackeligen Tisch, der unter dem Fenster stand. »Setzen Sie sich.«

»Wie heißen Sie?« fragte Zamorra, als sie um den Tisch herum Platz genommen hatten.

»Clive«, sagte der Alte. »Clive Smallbread.«

»Sie wohnen schon lange hier?«

»Zwanzig Jahre.«

»Sie kennen alle Menschen hier, nicht?«

Smallbread spielte nervös mit den Fingern. »Ja. Ich ... aber ich habe den Polizisten schon gesagt, daß ich nichts gesehen habe. Ich habe geschlafen ...«

Zamorra lächelte beruhigend und zog einen vergoldeten Kugelschreiber aus seinem Jackett.

»Tun Sie mir einen Gefallen, Mr. Smallbread. Schauen Sie auf diesen Stift.«

»Ich ...« Smallbread fuhr sich nervös mit der Hand übers Gesicht, tat aber, was Zamorra verlangte.

Zamorra bewegte den Stift langsam hin und her. »Folgen Sie meinen Bewegungen, Smallbread«, sagte er leise. »Sie sind müde. Ihre Augen werden schwer ...« Seine Stimme nahm einen tiefen, einschläfernden Ton an, während er leise und eindringlich weitersprach. Eigentlich hätte es dieser Vorbereitungen nicht bedurft. Zamorras parapsychologische Fähigkeiten reichten aus, einen so schwachen Willen wie den des Alten auch ohne äußere Hilfsmittel zu übernehmen, aber er führte das ganze Theater hauptsächlich auf, um Perkins zu beruhigen. Vorgänge wie Hypnose mochten gerade noch im Begriffsvermögen des Inspektors liegen. Hätte Zamorra den Geist des Alten ohne Vorbereitungen übernommen, hätte er Perkins Mißtrauen noch weiter geschürt.

Nach einer Weile wurden Smallbreads Blicke stumpf. Seine Hände, die sich vorher nervös bewegt hatten, lagen jetzt ruhig auf der Tischplatte.

»Hören Sie mich?« fragte Zamorra.

»Ja.«

»Sie werden jede meiner Fragen genau beantworten.«

»Ich werde jede Ihrer Fragen genau beantworten.

Zamorra nickte zufrieden. »Vielleicht erfahren wir jetzt, was wirklich passiert ist.« Er sah Perkins einen Augenblick nachdenklich an, dann lächelte er flüchtig und wandte sich erneut an Smallbread.

»Was geschah in der vorletzten Nacht?«

»Sie ... Sie haben ihn überfallen«, sagte Smallbread.

»Sie?«

Smallbread nickte. »Die Rocker. Sie haben ihn angehalten und überfallen.«

»Wen?« fragte Perkins aufgeregt.

»Den Mann.«

»Den Mann? Einen einzelnen Mann?«

»Ja. Ich – ich habe es genau gesehen. Es – es war schrecklich. Ich wollte ihm helfen, aber ich konnte doch nicht. Sie ... Sie müssen mir glauben, daß ich es nicht konnte. Sie waren so viele, und ich bin nur ein alter Mann. Ich ...«

»Beruhigen Sie sich«, sagte Zamorra. »Niemand macht

Ihnen einen Vorwurf. Wir wollen nur wissen, was passiert ist. Erzählen Sie alles der Reihe nach.«

Smallbread nickte. Sein Gesicht bedeckte sich mit Schweiß, er atmete schwer. Selbst in Trance schien es ihm schwerzufallen, das Gesehene wiederzugeben.

»Sie hatten ihn eingekreist, drüben an der Wand. Ich konnte nicht verstehen, was sie sagten, aber sie lachten, laut und böse. Ich sah, wie er einen zu Boden stieß und wegrannte, aber er kam nicht weit. Sie holten ihn ein und schlugen und traten ihn ...«

»Wer war er?« mischte sich Perkins ein. »Wie sah er aus?«

»Ein Mann ...« sagte Smallbread. »Er war groß und kräftig. Trug einen teuren Anzug, einen Smoking, glaube ich. Nicht aus dieser Gegend.«

»Was geschah weiter?« fragte Perkins.

»Sie schlugen ihn zu Boden und traten ihn. Lange. Ich glaube, fünf Minuten oder länger. Ich dachte, er wäre tot. Er mußte tot sein, so, wie sie ihn geschlagen hatten. Aber dann ... dann stand er wieder auf ... und ... griff sie an.«

»Was?« rief Perkins.

Smallbread schluckte. »Er ... er stand einfach auf und brachte sie um. Einfach so. Er griff sich einen nach dem anderen und tötete ihn. Sie haben sich gewehrt und ihn wieder geschlagen, aber es schien ihm nichts auszumachen. Einer ... einer wollte fliehen, aber er holte ihn ein, riß ihn von der Maschine ...« Smallbread stockte. Sein Atem ging röchelnd und schnell, und in seine Augen war ein fiebriger Glanz getreten.

»Beschreiben Sie den Mann!« verlangte Perkins.

»Ich konnte sein Gesicht nicht sehen. Es war dunkel, und er war zu weit weg. Aber er war so stark ... so unmenschlich stark ... ich dachte noch, so stark kann kein Mensch sein, aber ...«

Er brach erneut ab.

Zamorra machte eine abwehrende Handbewegung, als Perkins weitere Fragen stellen wollte. »Es reicht. Sehen Sie nicht, daß er am Ende seiner Kräfte ist?« Er wandte sich wieder an Smallbread. »Sie werden jetzt aufwachen. Wenn wir gegangen sind, werden Sie plötzlich furchtbar müde werden und sich hinlegen. Sie werden bis zum nächsten Morgen durchschlafen, und danach werden Sie sich frisch und ausgeruht fühlen und sich an nichts mehr erinnern.«

Smallbread nickte.

»Wachen Sie auf!« befahl Zamorra.

Smallbread schüttelte benommen den Kopf und sah Zamorra verwirrt an. »Ich . . . ich habe wirklich nichts gesehen«, stammelte er. »Ich . . .«

»Schon gut«, sagte Zamorra. »Es ist in Ordnung. Wir glauben Ihnen, Clive.« Er stand auf und bedeutete Bill und Perkins mit Blicken, ihm zu folgen. »Haben Sie vielen Dank. Sie haben uns sehr geholfen.«

»Warum haben Sie mir nicht erlaubt, weitere Fragen zu stellen?« fauchte Perkins, als sie die Wohnung verlassen hatten und zum Streifenwagen gingen.

»Sie haben doch gesehen, in was für einem Zustand er sich befunden hat.«

»Na und?« Perkins riß die Beifahrertür auf und ließ sich wütend in den Sitz fallen. »Er hätte uns wertvolle Informationen liefern können. Ich glaube zwar kein Wort von dem, was er uns gesagt hat, aber wenn einer erst einmal anfängt zu reden, dann bringe ich ihn schon dazu, allmählich mit der Wahrheit herauszurücken.«

»Der Mann stand unter Hypnose«, sagte Zamorra ernst. »Und unter Hypnose kann man nicht lügen. Es ist völlig ausgeschlossen.«

Perkins zog eine Grimasse. »Soll das heißen, daß Sie den Unsinn glauben, den er uns da aufgetischt hat?«

Zamorra nickte. »Natürlich.«

»Aber das ist doch Quatsch!« begehrte Perkins auf. »Ein einzelner Mann! Sie . . .«

»Geben Sie mir eine bessere Erklärung«, unterbrach ihn Zamorra sanft.

Perkins stockte. In seinem Gesicht spiegelte sich Ärger.

»Sie sollten der Spur wenigstens nachgehen. Ein einzelner Mann, der um zwei Uhr nachts im Smoking durch dieses Viertel spaziert, dürfte noch anderen Leuten aufgefallen sein.«

»Wahrscheinlich kam er aus einem Club oder einer Bar hier in der Gegend«, vermutete Bill. »Oder von einem Boot. Es dürfte nicht allzu schwierig sein, herauszubekommen, wo er hergekommen ist.«

»Vielen Dank«, knurrte Perkins, »daß Sie mir sagen, wie ich meine Arbeit zu tun habe. Ich . . .«

Das Summen des Autotelefons unterbrach ihn. Er fuhr auf dem Sitz herum, griff nach dem Hörer und riß ihn wütend von der Gabel.

»Wagen zweihundertvierundzwanzig, Perkins, kommen.«

Zamorra konnte nicht verstehen, was der Gesprächspartner am anderen Ende der Leitung sagte, aber er sah an Perkins Gesichtsausdruck, daß es sich um etwas Ernstes handeln mußte.

Als Perkins den Hörer wieder einhängte, spiegelte sich Bestürzung auf seinem Gesicht.

»Ist etwas passiert?« fragte Bill.

Perkins nickte zögernd.

»Und ob«, sagte er nach einer Weile. »Jemand ist heute nacht in den Yard eingebrochen und hat die Leichen der Rocker gestohlen.«

Bills Unterkiefer sackte herab. »Jemand hat was?« echote er dumm.

»Die Leichen gestohlen«, wiederholte Perkins. »Alle. Und er hat eine andere dafür zurückgelassen.«

Auch Norton hatte in dieser Nacht kaum Schlaf gefunden. Nach dem Zwischenfall mit Jim Burnes hatte sich der Dämon in seinem Schädel nicht mehr gemeldet, aber Norton wußte, daß er noch da war. Er spürte seine Gegenwart, spürte das Böse, das irgendwo hinter seiner Stirn lauerte und darauf wartete, daß ein neues Opfer in seine Falle lief.

Stundenlang hatte Norton mit offenen Augen dagelegen und die Decke angestarrt. Hundertmal hatte er sich in dieser Nacht überlegt, daß es am besten wäre, wenn er Selbstmord beginge. Aber er hatte sich auch genausooft gesagt, daß ihm Altuun keine Möglichkeit dazu geben würde. So übermächtig wie das Wesen war, schien es doch auf seinen Körper angewiesen zu sein. Er konnte seine dämonische Macht nur ausüben, wenn er einen Körper besaß. Und offensichtlich konnte er diesen Körper nur dann übernehmen, wenn sein Opfer damit einverstanden war.

Norton wußte nicht, wie lange er dieses Martyrium noch würde aushalten müssen. Er hatte seit vorgestern abend weder etwas gegessen noch etwas getrunken. Selbst der Gedanke daran bereitete ihm Übelkeit. Aber seltsamerweise spürte er weder Hunger noch Durst. Auf irgendeine Weise schien sein Körper von den Energien zu leben, die Altuun seinen Opfern stahl.

Als Norton an diesem Punkt seiner Überlegungen angelangt war, packte ihn ein unbeschreiblicher Widerwille gegen seinen eigenen Körper. Er war aufgestanden, hatte sich ausgezogen und seinen Körper kritisch im Spiegel betrachtet. Ohne daß er selbst einen Grund dafür angeben konnte, war er zu der Überzeugung gelangt, daß sein Körper sich verändert haben müsse, daß man das Gräßliche, von dem er sich jetzt ernährte, sehen müsse. Aber da war nichts. Im Gegenteil. Die Spuren der Schläge begannen bereits wieder zu verschwinden, und auch seine gebrochenen Rippen schienen bereits wieder geheilt zu sein. Gleichzeitig schien er muskulöser geworden zu sein, massiger. Aber natürlich. Altuun hatte von Unsterblichkeit geredet. Und er würde sicherlich keine Lust haben, in einem kranken Körper zu wohnen.

Er war wieder ins Bett gegangen und hatte versucht, Schlaf zu finden. Es war ihm nicht gelungen. Er fühlte sich zum Bersten voll mit Energie und Tatendrang. So, wie er offensichtlich keine Nahrung mehr benötigte, schien er auch keinen Schlaf mehr zu brauchen.

Er dachte an den nächsten Tag, und der Gedanke erfüllte ihn mit Furcht. Jims Verschwinden würde nicht unbemerkt bleiben. Er hatte in der Firma erzählt, wo er hinging. Daß er nach der Mittagspause nicht wieder im Büro erschienen war, würde noch akzeptiert werden. Smithers war ein großzügiger Chef, und wahrscheinlich würde er glauben, daß Jim und Norton sich gemeinsam betrunken hatten, wie schon so oft. Aber am nächsten Tag würde er Verdacht schöpfen. Er würde anrufen oder vielleicht gleich jemanden schicken oder sogar selbst kommen, ein neues Opfer für Altuun. Und nach ihm würden andere kommen. Und dann wieder andere.

Norton überlegte, wie lange er unentdeckt bleiben konnte. Sicher nicht lange. In einer Wohnung konnten nicht unbegrenzt viele Menschen verschwinden, ohne daß jemand Verdacht schöpfte und die Polizei auf den Plan rief. Aber bis dahin würde das Monster, von dem er beherrscht war, schon genug Opfer gefunden haben.

Vor Sonnenaufgang stand er auf und zog sich an. Er wusch sich an diesem Tag nicht. Der Gedanke, ins Bad zu gehen und Jims Leichnam in der Wanne liegen zu sehen, war ihm unerträglich.

Er ging in die Küche, schaltete das Radio ein und begann, den stehengebliebenen Abwasch von drei Tagen zu erledigen, weniger aus Ordnungsliebe, als aus dem Bedürfnis heraus, irgend etwas zu tun, seine Hände zu beschäftigen.

Aus dem Badezimmer erklang ein Geräusch.

Norton erstarrte. Einen Moment lang glaubte er, seine überreizten Nerven spielten ihm einen Streich, aber dann hörte er es wieder: Ein tapsendes, mühsames Schlurfen, so, als schleppe sich jemand mit letzter Kraft voran, dann das leise Quietschen der Tür. Dann Schritte.

Norton drehte sich langsam herum und starrte aus entsetzt aufgerissenen Augen zur Tür. Die Schritte kamen näher, langsam, mühevoll.

Aber er war allein in der Wohnung! Außer ihm hielt sich niemand hier auf. Außer ihm . . . und Jims Leiche!

Dann erschien eine Gestalt in der Tür, eine Kreatur, die direkt aus einem Horrorfilm entsprungen zu sein schien.

Norton stöhnte entsetzt, als ihm klar wurde, daß er Jim vor sich hatte.

Oder das, was einmal Jim gewesen war.

Sein Gesicht war eingefallen und grau, eine Karikatur der Züge seines alten Freundes. Das einzig Lebendige daran schienen die Augen zu ein, kleine, gelbe, pupillenlose Augen, hinter denen ein grausames Flackern lauerte.

Der Zombie näherte sich ihm bis auf Armeslänge und blieb dann stehen. Sein Mund öffnete sich. Norton sah, daß er keine Zähne mehr hatte, und ihm fiel jetzt erst auf, daß Jims Schädel völlig kahl geworden war.

»Ihr habt gerufen, Herr«, krächzte die Kreatur. Ihre Stimme klang hoch und schrill.

»Ich habe dich gerufen«, sagte Altuun aus Nortons Mund. »Komm!«

Norton setzte sich ohne sein Zutun in Bewegung. Er wußte, daß Widerstand sinnlos war, und so beschränkte er sich darauf, die weiteren Geschehnisse wie ein unbeteiligter Zuschauer zu beobachten.

Er ging zur Tür, öffnete sie einen Spaltbreit und starrte vorsichtig hinaus. Der Hausflur war leer. Das Appartementhaus, in dem Norton wohnte, wurde größtenteils von Junggesellen bewohnt, die tagsüber zur Arbeit waren, und es konnte gut sein, daß er jetzt der einzige Mensch im Haus war.

»Komm.« Er schlürfte mit raschen Bewegungen aus der Tür und hastete zum Fahrstuhl. Der Zombie folgte ihm.

Sie fuhren in den Keller.

Norton stand im Aufzug dicht neben dem Wesen, in das sich Jim verwandelt hatte. Er nahm erst jetzt den süßlichen Gestank wahr, der von der Gestalt ausging. Leichengestank, dachte er angewidert. Der Körper mußte während der Nacht bereits in Verwesung übergegangen sein, obwohl dies in so kurzer Zeit eigentlich nicht möglich war.

Der Aufzug hielt im Keller an, und sie verließen die Kabine. Norton ging mit zielsicheren Schritten durch den trüb beleuchteten Korridor. Altuun schien genau zu wissen, wohin er wollte. Wahrscheinlich hatte er Nortons gesamtes Wissen übernommen, und so war es kein Wunder, daß er sich hier im Hause bestens auskannte.

Sie erreichten die Waschküche, einen großen, kahlen Raum, der außer einer billigen Waschmaschine und ein paar achtlos gespannten Leinen nichts enthielt und so gut wie nie benutzt wurde.

Im Augenblick allerdings hatte er Bewohner.

Norton erkannte im unsicheren Widerschein der Gangbeleuchtung sieben oder acht kleine, schlanke Gestalten, die regungslos an den Wänden lehnten. Bei seinem Eintreten schienen sie plötzlich zum Leben zu erwachen.

Er wußte, was er vor sich hatte, noch bevor sie nahe genug heran waren, um sie deutlich zu sehen.

Die flinken, hektischen Bewegungen hatte er schon an Jim beobachtet, und der Leichengestank war geradezu unerträglich.

»Du hast uns gerufen, Meister«, sagten die Gestalten im Chor. »Und wir sind gekommen.«

»Vielleicht mißt du dem einfach zu viel Bedeutung bei«, sagte Nicole Duval. Aber der Klang ihrer Stimme verriet deutlich, daß sie selbst nicht so recht von dem überzeugt war, was sie sagte.

Zamorra schnaufte. »Ich habe das Gefühl, daß ich der Sache eher zu wenig Bedeutung zumesse«, murmelte er undeutlich. Er stand auf und begann unruhig im Zimmer auf und ab zu gehen. Das Gefühl der Bedrohung, der Gefahr, das ihn im ersten Moment, als er von der Sache erfuhr, überfallen hatte, war noch stärker geworden. Und gleichzeitig fühlte er sich hilflos. Er spürte das Böse, wußte, daß es ganz in seiner Nähe lauerte, aber er hatte absolut keinen Anhaltspunkt. Er kam sich vor wie ein Mann, der ein Brecheisen in der Hand hält und die dazu passende Tür nicht finden konnte. Und er wußte, daß das Böse in jeder Sekunde, die er untätig hier in seinem Hotelzimmer saß, erneut zuschlagen konnte.

Zum hundertsten Mal an diesem Tag schielte er zum Telefon und spielte mit dem Gedanken, beim Yard anzurufen. Aber das wäre sinnlos. Perkins würde sofort über Funk verständigt werden, wenn sich auch nur die kleinste Spur ergab.

»Vielleicht gibt es für alles ja doch noch eine natürliche Erklärung«, sagte Bill.

Zamorra sah ihn an. »Du hast Smallbreads Worte gehört – oder?«

Bill zuckte mit den Schultern.

»Sicher. Aber der Alte hat selbst gesagt, daß er nicht viel erkennen konnte. Du bist selbst ein ziemlich guter Karate-Mann. Du weißt, was ein wirklicher Könner mit acht Figuren wie diesen Crazy Monicides machen kann . . .«

»Ja«, nickte Zamorra mit säuerlichem Gesicht. »Besonders, wenn sie vorher fünf Minuten lang auf ihn eingeschlagen haben. Nein!« Er schüttelte den Kopf und griff nachdenklich nach dem Amulett unter seinem Hemd. »Das war kein Mensch. Kein normaler Mensch. Wir müssen irgend etwas unternehmen.«

»Und was?« fragte Perkins.

»Ja – was . . .« Zamorra zuckte mit den Schultern. »Vielleicht kommen wir weiter, wenn wir den Namen des Mannes herausgefunden haben.«

»Wir finden ihn«, sagte Perkins. Er griff nach seinem Feuerzeug und zündete sich die fünfzigste Zigarette an diesem Tag an. Er wirkte blaß und nervös. Die Ereignisse der letzten beiden Tage hatten sein Weltbild gründlich durcheinandergebracht. Er sah sich plötzlich mit Dingen konfrontiert, die vollkommen von dem abwichen, was er bis jetzt geglaubt hatte.

»Ich kann es immer noch nicht glauben«, murmelte er.

Zamorra lächelte.

»Sie werden es müssen, Perkins.«

Perkins nickte.

»Benders Tod geht mir nahe«, sagte er leise.

»Sie trifft keine Schuld.«

»Wirklich nicht?« Er lächelte unglücklich. »Wenn ich Ihnen geglaubt hätte . . .«

»Wäre Benders jetzt genauso tot«, fiel Bill ihm ins Wort.

»Das stimmt«, sagte Zamorra. »Es war mein Fehler. Ich hätte erkennen müssen, daß es Zombies sind.«

»Zombies!« Perkins schnaufte. »Noch vor drei Stunden hätte ich jeden ausgelacht, der mir erzählt, daß ein Toter wieder zum Leben erwacht.«

»Sie haben die Schlösser an den Kühlfächern gesehen«, sagte Zamorra.

Perkins nickte erneut. »Ja. Ich habe gesehen, daß sie von innen aufgebrochen waren. Und ich habe Benders Leiche gesehen.«

»Ist sie in Sicherheit?«

»Und ob!« Perkins nickte heftig, drückte seine Zigarre aus und ging zum Fenster. »Sie wird besser bewacht als die Kronjuwelen. Glauben Sie, daß mit ihr . . . das gleiche geschehen kann?«

Zamorra wiegte unschlüssig den Kopf. »Kann sein. Sie sieht genauso aus wie die Körper der Rocker. Mit ihr scheint die gleiche Veränderung vorgegangen zu sein.«

»Veränderung . . .« Perkins kratzte sich am Schädel. »Sie scheinen eine Menge Erfahrung auf diesem Gebiet zu haben – können Sie mir erklären, was . . .«

»Nein«, Zamorra schüttelte den Kopf. »Wenn ich das könnte, wäre ich nicht mehr hier.« Er schlug sich mit der Faust in die geöffnete Linke. »Wir müssen etwas unternehmen, bevor es zu spät ist.« Er gab sich einen Ruck und sah

Perkins an. »Würden Sie mir bei einem Experiment behilflich sein?«

Perkins nickte.

»Selbstverständlich.«

»Es kann . . . gefährlich werden«, sagte Zamorra.

Perkins schürzte die Lippen. »Sicher nicht gefährlicher als eine Begegnung mit diesen . . . Zombies, oder wie immer Sie sie nennen. Und es gibt im Moment nichts, was ich mir dringender wünsche.«

»Gut.« Zamorra nickte und begann, die Couch beiseite zu schieben und statt dessen vier Stühle um den niedrigen Tisch zu gruppieren.

»Was hast du vor?« frage Nicole. »Eine Seance?«

Zamorra setzte sich und forderte die anderen mit einer Geste auf, es ihm gleichzutun. »Etwas Ähnliches. Ich will versuchen, den Aufenthaltsort dieses Wesens auf geistiger Ebene herauszufinden. Aber dazu brauche ich eure Unterstützung. Ich schaffe es nicht allein.«

Sie gaben sich die Hände.

»Konzentriert euch«, sagte Zamorra. »Konzentriert euch darauf, mich zu unterstützen. Ich brauche eure Kraft. Unbedingt.«

Eine Zeitlang saßen sie schweigend da, während Zamorra versuchte, sein Denken auszuschalten und seinen Geist vollkommen für den Einfluß jenes fremden Dinges zu öffnen, das da irgendwo in der Stadt lauerte. Er fühlte es, spürte es jetzt so nahe, als säße es direkt neben ihm. Aber es war ihm unmöglich, die genaue Richtung zu lokalisieren. Er spürte nur seinen Einfluß, ein böses, abgrundtief verdorbenes Etwas, das sich wie ein Pesthauch über das Zimmer auszubreiten schien, je stärker er sich konzentrierte.

Langsam, unendlich langsam, tastete sich Zamorras Geist an das fremde Wesen heran. Es schien nichts von seiner Annäherung zu bemerken, aber Zamorra spürte die ungeheure geistige Kraft, die dieser Dämon besaß. Obwohl er keine Ahnung von Zamorras Annäherung hatte, reichte allein seine Ausstrahlung aus, um Zamorra Übelkeit und Schmerzen zu bereiten. Schweiß trat auf seine Stirn. Das Amulett unter seinem Hemd begann sich zu erwärmen, pulsierte, schien eine Warnung hinauszuschreien.

Er tastete noch etwas weiter und prallte entsetzt zurück. Mit einem unterdrückten Aufschrei ließ er Nicoles und Perkins Hände los und unterbrach so den Kreis.

»Was hast du?« fragte Nicole ängstlich.

Zamorra zitterte, sein Gesicht war aschfahl, und seine Augen waren unnatürlich geweitet. Es kam selten vor, daß er vor irgend etwas Angst hatte.

Jetzt hatte er Angst.

»Ich . . . ich habe es gespürt«, sagte er leise.

»Und?«

Zamorra antwortete nicht. Er hatte die Kraft gespürt, die hinter diesem Denken lauerte, die alles vernichtende Bosheit.

Und er wußte, daß niemand, kein lebender Mensch, gegen dieses Ding ankommen konnte.

»Was ist los mit dir?« fragte Bill.

Zamorra antwortete immer noch nicht. Was hätte er sagen sollen? Daß sie nichts tun konnten? Daß es gegen dieses Wesen keine Gegenwehr gab? Er hatte gespürt, daß es sich noch zurückhielt, daß es seine wahre Macht noch nicht gezeigt hatte.

Selbst er würde in einem Kampf gegen das Fremde nur für Sekunden bestehen können.

Aber das konnte er unmöglich sagen.

Der Regen klatschte in gleichmäßigem Rhythmus gegen die Scheiben. Selbst über das unablässige Wispern des Radios konnte man das Heulen des Windes draußen deutlich hören, und obwohl es noch nicht einmal sieben Uhr war, hatten die meisten Wagen bereits die Scheinwerfer eingeschaltet.

Jason Calhoun streifte den Ärmel seiner Uniformjacke hoch und sah auf die Uhr. Seine Schicht ging noch bis acht, und er hatte während der letzten zwei Stunden vielleicht dreißigmal auf die Uhr geschaut.

Pendergast, der neben ihm hinter dem Steuer des Streifenwagens saß und gelangweilt auf einer Zigarette herumkaute, grinste. »Du kannst es nicht abwarten, was?«

Calhoun zuckte mit den Achseln. »Manchmal«, sagte er nachdenklich, »scheint die Zeit wirklich nicht umzugehen.«

»Besonders dann, wenn man darauf wartet«, gab Pendergast zurück. »Hast du heute abend irgend etwas Besonderes vor?«

»Meine Schwester kommt zu Besuch«, antwortete Calhaun.

»Deine Schwester? Die aus Amerika?«

Calhoun nickte. »Ja. Wir haben uns seit über zehn Jahren nicht mehr gesehen, und ... He! Was ist das?« Er richtete sich plötzlich im Sitz auf und deutete auf eine Gruppe schwerer Motorräder, die ihnen auf der gegenüberliegenden Straßenseite entgegenkamen.

Pendergast runzelte die Stirn. »Die glauben wohl, die Geschwindigkeitsbeschränkung gilt nur für Fußgänger, wie?« Er schnippte seine Zigarette aus dem Seitenfenster und drehte den Zündschlüssel. »Los. Die schnappen wir uns.«

Er startete den Wagen, wartete eine Lücke im fließenden Verkehr ab und wendete mit quietschenden Reifen, während Calhoun über Funk die Wache benachrichtigte.

Die Maschinen hatten schon einen ziemlichen Vorsprung, und bei dem Tempo, das die Fahrer vorlegten, würden sie sie in wenigen Minuten aus den Augen verloren haben.

»Die kriegen wir nie«, sagte Pendergast. »Vielleicht rufst du Verstärkung. Sie scheinen in Richtung Themse zu wollen.«

Calhoun nickte wortlos und griff abermals nach dem Mikrofon. Ihm war nicht sehr wohl bei dem Gedanken, allein mit Pendergast die sieben oder acht Figuren auf den schweren Maschinen zu stoppen – ganz davon abgesehen, daß sie in den winkligen Gassen des Hafenviertels kaum eine Chance hatten, die wendigen Maschinen zu stellen.

»Sie biegen in die Alberling-Road ein« sagte Pendergast. Er runzelte verwundert die Stirn. »Komisch. Das ist eine Sackgasse.«

»Stimmt.«

Pendergast zuckte die Schultern. »Um so besser.«

Der Streifenwagen bog mit heulender Sirene und protestierend quietschenden Reifen hinter den Rädern in die Straße ein. Pendergast schaltete die Sirene ab.

Die Motorräder hatten etwa hundert Meter vor dem Ende der Straße angehalten, die Fahrer waren abgestiegen und standen offenbar angeregt diskutierend mitten auf der Straße.

»Fein«, sagte Pendergast. »Das gibt gleich noch ein Protokoll.«

Calhoun sah seinen Kollegen mit gemischten Gefühlen an. Er war seit fünfzehn Jahren Streifenpolizist und ganz gewiß kein Feigling, aber er wußte aus eigener trüber Erfahrung, daß mit Männern wie diesen im allgemeinen nicht zu spaßen war. Natürlich setzte Calhoun den Begriff Motorradfahrer nicht automatisch mit Rocker gleich. Aber er wußte sofort, daß sie da keinen harmlosen Motorradclub vor sich hatten. Die Männer waren in dunkle Lederanzüge gekleidet, die über und über mit Nieten und glitzernden Schnallen verziert waren. Und sie trugen keine Helme. Jeder normale Mensch, der sich auf ein Motorrad setzt, trägt einen Helm, aber es gehörte zum ungeschriebenen Gesetz dieser meist jugendlichen Banden, niemals einen Helm zu tragen. Irgendwie behagte ihm der Gedanke nicht, auszusteigen und die Männer dort vorne nach ihren Papieren zu fragen.

»Vielleicht sollten wir auf Verstärkung warten«, sagte er zögernd.

Pendergast grinste. »Angst?«

»Warte ab, bis du in mein Alter kommst, Junge«, gab Calhoun zurück. »Vielleicht stellst du dann nicht mehr solche dämlichen Fragen.«

Pendergast verzichtete auf eine Antwort.

Sie hatten die Gruppe jetzt fast erreicht. Pendergast lenkte den Streifenwagen an den linken Straßenrand und schaltete den Motor ab. Einige der Männer vor ihnen wandten ihre Gesichter und blinzelten in den grellen Schein der aufgeblendeten Lampen. Calhoun fand, daß sie seltsam aussahen, irgendwie ... beunruhigend. Aber wahrscheinlich lag das nur an der grellen Beleuchtung und seiner Nervosität.

Pendergast öffnete die Wagentür und stieg aus.

Einer der Männer ging ihm entgegen. Er sagte irgend etwas zu Pendergast, aber Calhoun konnte die Worte nicht verstehen. Dafür sah er, wie Pendergast plötzlich stehenblieb, als wäre er gegen eine unsichtbare Wand gelaufen.

Und dann überschlugen sich die Ereignisse.

Die Männer setzten sich wie auf ein unsichtbares Zeichen hin in Bewegung. Pendergast schrie auf und taumelte gegen die Hauswand, als ihn ein blitzschnell geführter Schlag am Kopf traf. Er versuchte, dem nächsten Angriff auszuweichen, aber der Mann in dem schwarzen Lederanzug bewegte sich unglaublich schnell. Er packte Pendergast mit der Linken am Hals und riß ihn herum. Zwei, drei Schläge trafen den jungen Polizeibeamten am Kopf und am Hals.

Calhoun verschwendete keine Sekunde mehr damit, dem ungleichen Kampf zuzusehen. Er wußte, daß er Pendergast nicht helfen konnte. Er war nicht bewaffnet, und selbst wenn er es gewesen wäre, hätte ihm eine Pistole gegen die heranstürmende Meute nicht sehr viel geholfen. Mit einer blitzschnellen Bewegung schwang er sich hinter das Steuer des Wagens und startete den Motor.

Eine schwarzgekleidete Gestalt tauchte neben dem Wagen auf, zerschmetterte die Seitenscheibe und griff nach ihm.

Calhoun warf den ersten Gang hinein und raste los. Für Sekundenbruchteile tauchte eine dunkle Gestalt vor dem Kühler des Wagens auf. Calhoun versuchte noch, das Steuer herumzureißen, aber es war zu spät. Der Wagen erwischte den Mann an der Hüfte, schleuderte ihn mit einem ekelhaften Geräusch, das Calhoun selbst über das Kreischen des

Motors noch hören konnte, auf das Straßenpflaster krachen.
Calhoun trat automatisch auf die Bremse und brachte den Wagen zum Stehen. Einen Moment lang starrte er wie betäubt auf die reglose Gestalt. Das hatte er nicht gewollt! Er hatte niemanden töten wollen, er hatte nur fort gewollt, weg von hier, um Hilfe für Pendergast zu holen.
Undeutlich registrierte er, wie sich jemand an der Wagentür zu schaffen machte. Kräftige Hände griffen nach ihm, rissen ihn aus dem Wagen und stießen ihn vorwärts, auf die liegende Gestalt zu.
Irgendwo weit entfernt, über dem undeutlichen Verkehrslärm noch kaum auszumachen, erklang das Wimmern einer Polizeisirene.
Aber Calhoun hörte das Geräusch nicht.
Er starrte mit ungläubig aufgerissenen Augen auf die Gestalt des Mannes, den er gerade angefahren hatte.
Er bewegte sich!
Langsam, mit mühevollen, trägen Bewegungen, richtete er sich vom Boden auf und kam auf Calhoun zu.
Calhoun schrie entsetzt auf, als er das Gesicht des Mannes sah. Es war kein Gesicht, sondern eine Teufelsfratze.
Calhoun wollte zurückweichen, aber die anderen hinderten ihn daran. Er schlug wild um sich. Seine Hände trafen auf etwas Weiches, Nachgiebiges, aber die Männer schienen die Schläge gar nicht zu spüren. Calhoun nahm plötzlich den widerwärtigen Verwesungsgestank wahr, der von den Gestalten ausging. Voller Entsetzen erkannte er, daß die übrigen Männer genaue Ebenbilder der Alptraumgestalt zu sein schienen.
Klauen legten sich um seine Arme. Eine Hand preßte sich auf seinen Mund und erstickte seinen Schrei.

»Es hat keinen Sinn«, sagte Chiefinspektor Perkins. Sein Schreibtisch schien unter der Last der darauf aufgehäuften Mappen und Schriftstücke fast zusammenbrechen. Der überquellende Aschenbecher und eine ganze Batterie geleerte Mineralwasserflaschen machten deutlich, wo er die vergangene Nacht verbracht hatte.

»Es ist einfach zuviel«, sagte er leise. Er sah blaß und übernächtigt aus. Sein Gesicht war eingefallen, und unter den Augen waren tiefe, dunkle Ringe.

»Wir haben versucht, den Mann ausfindig zu machen, von dem Smallbread berichtet hat«, erklärte er. »Aber ich glaube kaum, daß wir auf diese Weise weiterkommen.« Er griff nach seinem Zigarettenpäckchen, stellte fest, daß es leer war, und warf es mit einem unterdrückten Fluch in den Papierkorb.

»Eigentlich hätte ich gedacht, daß es keine große Schwierigkeit darstellt, einen einzelnen Mann ausfindig zu machen, der sich an einem so unpassenden Ort so auffällig verhält«, sagte Bill Fleming.

Perkins lächelte sarkastisch. »Etwas umständlich ausgedrückt, aber . . . ja, ich dachte im ersten Moment das gleiche. Haben Sie eine Zigarette für mich?«

Bill nickte und warf ihm seine Packung auf den Tisch. »Bedienen Sie sich.«

»Danke.« Perkins nahm einen tiefen Zug und lehnte sich zurück. »Wir sind davon ausgegangen, daß niemand länger als eine halbe Stunde zu Fuß gehen würde, bei dem Wetter, das an diesem Abend geherrscht hat«, erklärte er. »Aber Sie haben ja keine Ahnung, wie viele Restaurants, Clubs und Pubs es dort unten gibt. Außerdem liegt der Yachthafen ganz in der Nähe. Natürlich habe ich Leute losgeschickt, aber es kann Tage dauern, bis wir eine brauchbare Spur gefunden haben. Und selbst das ist nicht sicher. Es gibt eine Menge Leute dort unten, die uns nicht gerade gerne sehen. Und außerdem besteht auch noch die Möglichkeit, daß der Mann von einem Boot gekommen ist, das mittlerweile längst wieder abgelegt hat. Nein«, er schüttelte den Kopf und blies eine dicke blaue Wolke in die Luft. »Es geht einfach nicht schnell genug. Die Presse sitzt mir jetzt schon im Nacken. Ich weiß nicht, wie lange ich sie noch hinhalten kann.«

»Die Öffentlichkeit darf auf keinen Fall irgend etwas erfahren«, sagte Zamorra eindringlich. »Es könnte zu einer Panik kommen.«

»Glauben Sie?« Perkins lächelte. »Ich erinnere mich noch, wie wenig ich Ihnen geglaubt habe.«

»Sie sind ein intelligenter Mann«, antwortete Zamorra, »aber es gibt eine Menge Leute, die sofort in Panik geraten würden. Und ich möchte nicht in Ihrer Haut stecken, wenn das passiert. Außerdem«, fügte er leiser hinzu, »arbeitet die Zeit für unseren Gegner.«

»Unseren Gegner«, sagte Perkins nachdenklich. »Sie sprechen von ihm, als wüßten Sie, wer er ist.«

»Ich weiß vielleicht nicht, wer er ist«, sagte Zamorra. »Ich weiß noch nicht einmal, was er ist, aber ich weiß, daß er gefährlich ist. Und daß er wahrscheinlich mit jeder Stunde, die wir hier untätig herumsitzen, stärker und gefährlicher wird. Was ist mit Benders' Leichnam?«

»Er wird noch bewacht. Obwohl ich es nach wie vor für sinnlos halte.«

»Was versprichst du dir eigentlich davon?« fragte Bill.

Zamorra zuckte mit den Schultern. »Eigentlich nichts. Aber er ist im Augenblick der einzige Anhaltspunkt, den wir haben.«

»Du glaubst, daß er auch zu einem . . . Zombie wird?«

»Ich weiß es nicht. Aber wir dürfen die Möglichkeit dazu nicht außer acht lassen. Wenn es dazu kommt, haben wir vielleicht eine Chance.«

»Sie hoffen, daß er uns zu dem Ort führt, an dem der Unbekannte sich aufhält?« fragte Perkins.

»Vielleicht. Ich . . .«

Das Schrillen des Telefons unterbrach ihn. Perkins griff nach dem Hörer und lauschte einen Moment lang mit gespanntem Gesicht.

»Warum erfahre ich das erst jetzt?« fragte er nach einer Weile. Sein Gesicht spiegelte Ärger wider. »Gut«, sagte er schließlich. »Wir kommen.«

Er warf den Hörer mit einer wütenden Bewegung auf die Gabel und stand auf.

»Schlechte Nachrichten?« fragte Zamorra.

»Ja. Zwei Streifenpolizisten wurden überfallen.«

»Und?« fragte Bill. »Was hat das mit unserem Fall zu tun?«

Perkins griff nach seiner Jacke. »Sie verfolgten eine Gruppe Motorradfahrer, die mit überhöhter Geschwindigkeit in Richtung Hafen fuhren. Was dann geschah, wissen wir nicht. Aber als die Verstärkung eintraf, die sie angefordert hatten, fanden sie die beiden – tot. Sie sind in dem gleichen Zustand wie Benders und die anderen.«

»Motorradfahrer . . .«, murmelte Zamorra.

Perkins warf ihm einen nachdenklichen Blick zu. »Wenn Sie das denken, was ich denke, daß Sie es denken . . .«

»Genau das denke ich.«

»Hm.« Perkins verzichtete auf eine Antwort. »Begleiten Sie mich? Ich möchte mir die Leichen ansehen.«

»Natürlich.«

Der Wagen wartete bereits. Die Männer waren in ein nahegelegenes Krankenhaus geschafft worden, und Perkins trieb den Fahrer unbarmherzig zu schnellerem Tempo an. Seine Müdigkeit war verflogen und hatte einer hektischen Aktivität Platz gemacht.

»Wenn der Zwischenfall wirklich das bedeutet, was ich befürchte«, sagte Zamorra unterwegs, »dann ist die Gefahr, in der wir schweben, noch viel größer, als ich annahm.«

Perkins schenkte ihm einen schiefen Blick. »Sie sehen zu schwarz, Professor«, sagte er ohne rechte Überzeugung. »Früher oder später werden wir ihren Schlupfwinkel ausfindig machen. Und dann ist der ganze Spuk zu Ende.«

»Ihren Optimismus in Ehren«, sagte Zamorra, »aber ich glaube kaum, daß man diesen Wesen mit herkömmlichen Mitteln beikommen kann.«

»Vielleicht haben Sie recht. Aber wir werden sehen, was sie gegen eine gutgezielte Kugel ausrichten.«

Zamorra schwieg. Er hoffte, daß Perkins recht hatte, aber

er konnte dessen Optimismus nicht teilen. Diese Wesen waren Zombies, und einen Toten konnte man nicht noch einmal töten. Zumindest nicht mit herkömmlichen Mitteln.

»Wir sind da«, sagte Perkins nach einiger Zeit.

Der Wagen hielt vor der Klinik, einem großen, modernen Bauwerk, das ganz aus Glas und Beton zu bestehen schien.

Ein Mann in einem weißen Kittel erwartete sie.

»Sie sind Inspektor Perkins?«

Perkins nickte. »Ja. Die Herren da begleiten mich.«

Der Mann musterte Zamorra und Bill eindringlich, dann nickte er. »In Ordnung. Folgen Sie mir.«

Sie betraten das Gebäude und gingen durch die hohe, klinisch saubere Empfangshalle auf die Aufzüge zu. »Die beiden Toten liegen in einem leeren Zimmer in der Isolierstation«, erklärte der Mann, während sie dichtgedrängt in der winzigen Liftkabine standen. »Wir wollten verhindern, daß sie jemand sieht.« Er sah Perkins nachdenklich an.

»Vielleicht ist es verrückt, wenn ich Sie danach frage: Aber wissen Sie, was den Männern zugestoßen ist?«

Perkins schüttelte den Kopf. »Die gleiche Frage wollte ich Ihnen gerade stellen. Sie sind Arzt?«

»Ja. Ich habe die beiden zwar nicht selbst untersucht, aber das, was ich gesehen und gehört habe, reicht aus, um mich an allem zweifeln zu lassen, was ich gelernt habe.«

Der Aufzug hielt an, und sie verließen die Kabine.

»Wieso wurden sie überhaupt hierher gebracht?« fragte Bill, während sie dem Arzt über den schmalen, stillen Korridor zur Isolierstation folgten. »Ich denke, der Yard hat eine eigene Klinik?«

»Hat er«, antwortete Perkins. »Aber dies war das nächste Krankenhaus, das die Krankenwagenfahrer erreichen konnten. In Notfällen fragt man da nicht lange. Allerdings hätte man die Toten längst überführen müssen.«

»Ich glaube«, sagte der junge Arzt lächelnd, »daran sind meine Kollegen schuld.«

»Wieso?«

»Nun – Sie müssen verstehen, Inspektor, daß wir noch nie zwei solch interessante Fälle hier gehabt haben, und . . .«

»Ihren wissenschaftlichen Forschungsdrang in Ehren, Doktor, aber ich muß Sie bitten, alles, was Sie gesehen und gehört haben, streng vertraulich zu behandeln«, unterbrach ihn Perkins rüde.

»Natürlich«, sagte der Arzt. »Niemand von uns wird darüber reden, bevor Sie es uns gestatten.«

»Wir müssen noch daran denken, die Krankenwagenfahrer zu verhören«, meinte Bill.

»Sie werden nichts sagen«, beruhigte ihn der Arzt. »Ganz davon abgesehen, daß sie es gewöhnt sind, nicht über ihre Arbeit zu sprechen, würde ihnen sowieso niemand glauben. Kommen Sie, meine Herren, wir sind da.« Er zog einen Schlüssel aus der Kitteltasche, öffnete die Tür und trat beiseite.

Perkins betrat das Zimmer, gefolgt von Zamorra, Bill und dem Arzt. Der Raum war abgedunkelt und bis auf die beiden Liegen, auf denen die Toten lagen, vollkommen leer.

Perkins ging zum Fenster und zog die Jalousien hoch. Ein muffiger, süßlicher Geruch hing im Raum.

Bill rümpfte die Nase.

»Es stinkt«, stellte er in seiner direkten Art fest.

Der Arzt nickte. »Ja. Ich weiß.« Er deutete auf die beiden Liegen. »Ein weiteres Rätsel. Die Körper sind bereits in Verwesung übergegangen, obwohl die Zeit dafür viel zu kurz war.« Er trat an die rechte Liege und zog das Laken, unter dem die Leiche lag, mit einem Ruck zurück.

»Sehen Sie selbst.«

Zamorra trat neben den Arzt und betrachtete die liegende Gestalt. Sie hatte sich auf die gleiche, schreckliche Art verändert wie die Leichen der Rocker, die sie wenige Stunden zuvor noch in der Leichenhalle des Yard gesehen hatten.

Und doch schien etwas an ihnen anders zu sein . . .

Zamorra beugte sich über den Toten und horchte in sich hinein. Er spürte, wie sein Amulett sich wieder regte, wie jedesmal, wenn er sich einem der Zombies näherte. Das Schmuckstück schien unter seinem Hemd zum Leben zu erwachen, und er spürte die Drohung, die von der schweigenden Gestalt auf der Liege ausging, fast körperlich.

Er legte die Hand auf die Stirn des Toten. Die Haut fühlte sich kalt und hart an. Nachdenklich trat er einen Schritt zurück, zog das Laken von der zweiten Leiche und betrachtete sie eingehend.

»Auf jeden Fall«, sagte Perkins, »müssen die beiden Toten so schnell wie möglich . . . Vorsicht!«

Zamorra wirbelte herum, durch Perkins Warnung aufgeschreckt.

Die Gestalt rechts neben ihm bewegte sich. Selbst Zamorra, der in seinem Leben schon mit vielem Ungewöhnlichen konfrontiert worden war, brauchte eine gewisse Zeit, um die Überraschung zu überwinden.

Diese Schrecksekunde hätte ihn fast das Leben gekostet.

Der Zombie schwang mit einer überraschend geschmeidigen Bewegung die Beine von der Liege, stand auf und griff nach Zamorra.

Es gibt eine Menge Menschen, die automatisch an einen alten, grauhaarigen, schwächlichen Mann denken, wenn sie das Wort Professor hören. Auf Zamorra trafen diese Begriffe ganz gewiß nicht zu. Er war zwar schlank, aber unter seiner Haut waren eisenharte Muskeln, und er hatte im Laufe der Jahre gelernt, sich zu verteidigen. Es gab in den verschiedenen Kampftechniken, die Zamorra beherrschte, einige wirklich wirkungsvolle Arten, um sich aus dem Griff eines Gegners zu befreien, und Zamorra reagierte automatisch.

Aber das Wesen taumelte nur einen halben Schritt zurück, stieß ein wütendes Fauchen aus und griff erneut an.

Hinter sich gewahrte Zamorra eine undeutliche Bewegung, und er wußte, daß der zweite Zombie ebenfalls zum Leben erwacht war. Aber er hatte keine Zeit, sich mit ihm zu befassen. Dafür würde Bill sorgen müssen. Er stand Zamorra in Karate kaum nach, und sein größeres Körpergewicht machte den geringen Vorsprung an Technik, den Zamorra hatte, mehr als wett.

Der Zombie griff mit weit gespreizten Armen an.

Zamorra wartete, bis er ganz dicht heran war, dann steppte er zur Seite und trieb der Gestalt den Ellenbogen in die Rippen.

Das Wesen taumelte zurück, fiel gegen die Wand und blieb einen Moment lang scheinbar benommen stehen. Zamorra nutzte die Atempause, um nachzusetzen. Aber er hatte seinen Gegner unterschätzt. Der Zombie blockte seinen Hieb ab. Schmerz zuckte durch Zamorras Arm. Er hatte das Gefühl, gegen eine massive Wand geschlagen zu haben. Er taumelte ein paar Schritte zurück und wehrte seinerseits einen Schlag des Zombies ab.

»Zur Seite!«

Zamorra ließ sich instinktiv fallen und rollte weg.

Ein Schuß krachte.

Der Zombie schrie auf. Für einen winzigen Augenblick sah es fast so aus, als hätte die Kugel das Wesen endgültig gestoppt, aber dann erwachten die gelben Augen erneut zum Leben, und der Zombie setzte sich erneut in Bewegung. Zamorra sprang auf die Füße, packte den ausgestreckten Arm des Zombies mit einem Judogriff und schleuderte ihn quer durchs Zimmer.

Niemand, der nicht wirklich gut trainiert ist, hält einen Kampf länger als ein paar Sekunden lang durch, und selbst Zamorras Atem ging schon merklich schneller. Er wußte, daß sie den Kampf verlieren würden. Ihre Gegner waren offensichtlich unverwundbar, und ihre Kraftreserven schienen unerschöpflich zu sein.

Der Zombie kam wieder auf die Füße, fegte Perkins, der sich todesmutig in seinen Weg stellte, mit einer fast beiläufigen Handbewegung beiseite und stürzte sich auf Zamorra.

Zamorra wußte, daß er jetzt nur noch eine einzige Chance hatte. Seine rechte Hand versteifte sich. Die Finger waren gerade ausgestreckt, und für einen Herzschlag konzentrierte sich Zamorra mit all seiner geistigen Kraft nur auf die bevorstehende Technik. Sein Arm versteifte sich, wurde schwer. Er vergaß alles um sich herum, war nur noch Konzentration, nur noch Wille.

Dann schlug er zu.

Der Zombie stieß einen Schrei aus. Seine Hände lösten sich von Zamorras Hals. Er taumelte rückwärts.

Langsam, wie in Zeitlupe, sank er an der Wand zu Boden.

Zamorra wirbelte herum und sprang Bill zu Hilfe, der sich verzweifelt gegen den Griff der zweiten Bestie wehrte.

Zamorra griff nach dem Handgelenk des Zombies und brachte ihn zu Fall. Gemeinsam mit Bill kniete er auf dem tobenden und kreischenden Ungeheuer und versuchte verzweifelt, seinen Arm festzuhalten.

»Perkins!«

Der Chiefinspektor erschien mit einem Satz neben ihm.

»Handschellen! Schnell!«

Gemeinsam mit Perkins, Bill und dem Arzt schafften sie es, die Handgelenke des Zombie mit den stählernen Handschellen aneinanderzuketten. Selbst die unglaubliche Kraft dieses Wesens schien nicht auszureichen, um die Fessel zu sprengen.

Sie standen auf und entfernten sich vorsichtig ein paar Schritte von der liegenden Gestalt.

Der Zombie warf sich noch eine Weile auf dem Boden hin und her, aber nach einer Weile schien er die Sinnlosigkeit seiner Bemühungen einzusehen und gab auf.

Zamorra deutete auf den zweiten Zombie, der noch immer reglos in einer Ecke lag.

»Besser, wir fesseln ihn auch«, sagte er.

»Glauben Sie, er erholt sich wieder?«

Zamorra nickte. »Ganz bestimmt. Haben Sie vergessen, wie er auf Ihre Kugel reagiert hat?«

Auf Perkins Gesicht zeichnete sich Bestürzung ab. Er griff in seinen Mantel und förderte ein zweites Paar Handschellen zutage, mit dem er den reglosen Zombie fesselte.

»Bestellen Sie einen ausbruchsicheren Wagen«, sagte Zamorra. »Wie müssen die beiden an einen Ort bringen, wo sie keinen Schaden mehr anrichten können.«

Er lief über eine dunkle, leere Straße. Der Himmel war von einer unnatürlichen Schwärze, so, als hätte eine unfaßbare Macht hinaufgegriffen und mit einer Handbewegung alle Sterne zum Verlöschen gebracht. Er hatte Angst, ohne daß er sagen konnte, wovor. Irgendwo hinter seinem Rücken war eine Gefahr, eine unfaßbare, grauenhafte Gefahr, die schlimmer war als alles, was er je zuvor erlebt hatte. Er rannte. Seine Lungen brannten, und sein Herz klopfte zum Zerspringen. Aber er wußte, daß er nicht anhalten konnte, daß er verloren war, wenn er auch nur einen Herzschlag lang zögerte.

Norton wußte, daß er träumte. Aber das Wissen nützte ihm gar nichts. Er hatte versucht, aufzuwachen, aber es ging nicht. Der Alptraum hielt ihn mit eisernem Griff fest, und das Wissen, daß alles nur Illusion und die Gefahr nicht real war, ließ es fast noch schlimmer erscheinen.

»Wach auf, Norton!«

In seinem Traum hämmerte die Stimme mit fast körperlicher Wucht auf ihn hinunter, ließ ihn taumeln und aufschreien. Aber seine Beine bewegten sich weiter, schienen eine Art Eigenleben entwickelt zu haben, das ihn vorwärtstrug, immer weiter, weiter, weiter.

»Wach auf!«

Er stöhnte. Die dünne Bettdecke, unter der er sich wie ein Embryo zusammengerollt hatte, war schweißnaß, und die Luft in dem winzigen Schlafraum schien zum Schneiden dick, gesättigt mit dem Geruch seiner Angst.

»Wach auf!«

Der Traum wich langsam zurück. Das Bild wurde unscharf, dann durchsichtig, bis sich die vertrauten Konturen seines Schlafzimmers hinter der Szene abzeichneten.

Aber die Wirklichkeit war beinahe noch schlimmer als die Welt des Alptraumes.

Er war nicht allein.

Zwei, drei dieser schrecklichen Gestalten waren bei ihm im Zimmer. Ihre schmalen Körper zeichneten sich als dunkle Schatten gegen das helle Rechteck des Fensters ab, aber er hätte ihre Anwesenheit auch so gespürt. Der Gestank, der von ihnen ausging, war unerträglich. Aber das war nicht das schlimmste. Norton hätte sich an den Leichengestank und das grauenhafte Äußere der Zombies gewöhnen können, aber ihre Körper strahlten noch etwas anderes aus, etwas Unbegreifliches, etwas, das er nicht mit Worten ausdrücken konnte. Ein Hauch des Bösen schien von den verkrümmten Gestalten auszugehen, der fast körperlich spürbare Wille zum Töten.

Norton schwang die Beine aus dem Bett und griff nach seinen Kleidern, die er am Abend zuvor achtlos auf den Boden geworfen hatte. Er wußte, daß es sinnlos war, sich gegen die unsichtbare Stimme aufzulehnen. Jeder Versuch, Widerstand zu leisten, würde ihm nur neue Schmerzen einbringen.

»Du bist klüger, als ich dachte«, wisperte die Stimme in seinem Kopf.

Norton stöhnte. »Bestie«, flüsterte er leise. »Verdammte Bestie.«

Altuun lachte. Es war ein hartes, metallisches Geräusch, dem jede Ähnlichkeit mit einem menschlichen Lachen fehlte.

»Du hast Mut, Norton«, sagte er. »Viel Mut. Jeder andere Sterbliche würde eine solche Beleidigung mit tausendfachen Qualen büßen – und mit dem Tod.«

»Warum bringst du mich nicht um?« fuhr Norton auf. »Töte mich endlich. Besser tot als . . .«

»Mein Sklave?« half Altuun aus. Erneut lachte er. »Warum sollte ich dich töten? Ich brauche dich.«

»Du brauchst mich nicht«, widersprach Norton heftig. »Du kannst meinen Körper auch ganz gut ohne mich beherrschen. Warum quälst du mich?«

»Vielleicht – weil es mir Freude bereitet«, entgegnete die Geisterstimme. »Aber du hast recht. Im Grunde brauche ich dich nicht. Ich brauche deinen Körper. Aber es ist einfacher für mich, ihn nur dann zu lenken, wenn ich ihn benötige. Du solltest froh sein, daß ich dir so viel Freiheit lasse, Norton. Ich könnte deinen Geist auslöschen wie eine Kerzenflamme – aber warum sollte ich mich mit den alltäglichen Handhabungen belasten, wenn ich dich habe?«

Norton schwieg. Er wußte, daß es sinnlos war, mit dem unsichtbaren Dämon zu diskutieren. Er hatte es versucht, immer und immer wieder, aber Altuun schien direkt Freude an seiner Hilflosigkeit zu haben.

»Genug geredet«, fuhr Altuuns Stimme in seine Gedanken. »Es wird Zeit, mit der Aufgabe zu beginnen.«

»Die Aufgabe?«

»Ja. Heute abend fangen wir mit der Eroberung dieser Stadt an, Norton. Bist du dir der Ehre bewußt, daß du der erste Mensch bist, der den Beginn einer neuen Zeit miterlebt?«

Norton stand auf und ging zum Fenster. Es war zwei Uhr nachts, und selbst die Millionenstadt London schien in eine Art Schlummer gefallen zu sein, selbst, wenn noch vereinzelte Autos über die Straßen fuhren. Im Westen lag eine dunstige Lichtglocke über den Gebäuden der City. Dort, in den Vierteln, die den Reichen und den Touristen vorbehalten waren, begann das Leben jetzt erst.

Norton spürte, wie Altuuns Gier in ihm erwachte. Aber noch war es nicht so weit. Noch mußten sie im Verborgenen bleiben, um kein unnötiges Aufsehen zu erregen.

Norton schauderte, als er auf die schlafende Stadt hinuntersah. Die Menschen dort unten hatten keine Ahnung von der ungeheuren Gefahr, die sich über ihren Köpfen zusammenbraute. Wenn er sie nur warnen könnte. Wenn es nur eine Möglichkeit gegeben hätte, sie wachzurütteln.

Aber es gab keine.

Er drehte sich um und ging zur Tür, ohne Licht zu

machen. Norton wollte automatisch nach dem Lichtschalter greifen, aber eine unsichtbare Kraft schien seinen Arm beiseite zu schleudern, als sich seine Finger dem Schalter näherten. Einer der Zombies ging an ihm vorbei und führte die Gruppe. Die schrecklichen Wesen schienen auch im Dunkeln sehen zu können.

Norton begann sich zu fragen, was diese Wesen nicht konnten.

»Denken«, sagte Altuun abfällig. »Es sind hirnlose Kreaturen, die nicht fähig sind, zu denken. Aus diesem Grunde werden wir sie heute begleiten.«

Norton dachte flüchtig an den vergangenen Abend. Altuun hatte seine Kreaturen bereits gestern abend ausgeschickt, aber sie waren mit leeren Händen zurückgekehrt.

»Ja«, wisperte die Stimme. »Sie haben ihre Gier befriedigt und sind mit leeren Händen zurückgekehrt. Aber heute werden wir sie lenken. Wo finden wir um diese Zeit die meisten Leute, ohne dabei zuviel Aufsehen zu erregen?«

Vor Nortons geistigem Auge tauchte das Bild eines kleinen, abgeschiedenen Spielclubs auf, den er manchmal besuchte. An Tagen wie heute hielten sich dort manchmal bis zu fünfzig Personen auf, ohne daß man dem Haus von außen ansah, daß es mehr war als ein ganz normales Wohnhaus in der Hafengegend. Er versuchte verzweifelt, den Gedanken zu verdrängen, aber Altuun hatte das Bild im gleichen Augenblick wahrgenommen, in dem es in Nortons Geist entstanden war.

»Vorzüglich«, sagte er. »Das ist genau das, was wir brauchen. Du wirst uns führen.«

»Heute ist der dritte Tag«, sagte Zamorra leise. »Und wir sind noch keinen Schritt weitergekommen.«

»Das würde ich nicht sagen«, entgegnete Perkins, aber seine Stimme klang nicht sehr überzeugt. »Immerhin wissen wir jetzt, mit wem wir es zu tun haben. Zumindest ungefähr.«

Zamorra wandte sich vom Fenster ab und musterte den Chiefinspektor kritisch. »Glauben Sie?«

Perkins zuckte mit den Achseln. »Die Fahndung läuft auf Hochtouren. Die Computer laufen allmählich heiß. Über kurz oder lang werden wir eine Spur finden.«

»Ich hoffe nur, daß es dann nicht bereits zu spät ist«, murmelte Zamorra.

Perkins machte eine wegwerfende Handbewegung. »Was mir viel mehr Sorgen macht, ist die Presse«, sagte er. »Ich kann sie nicht mehr lange hinhalten. Es kursieren jetzt bereits die unglaublichsten Gerüchte.«

»Aber dagegen kann man doch sicher etwas tun«, sagte Bill Fleming.

Perkins lächelte süffisant. »Wir sind ein freies Land, Mr. Fleming«, sagte er gedehnt. »Und wenn hier jemand jemandem etwas verbietet, dann höchstens die Presse der Polizei – und nicht umgekehrt. Um es einmal etwas überspitzt auszudrücken.« Er stand auf, ging zu einem niedrigen Aktenschrank und kramte einen dicken Aktenordner hervor. »Die vorläufigen Berichte der zuständigen Gerichtsmediziner«, sagte er mit einem säuerlichen Blick auf das mindestens hundert Seiten starke Schriftstück. »Im Endeffekt läuft es darauf hinaus, daß wir nur eines mit Sicherheit wissen – nämlich, daß wir nichts wissen.« Er grinste flüchtig über den Kalauer und ließ sich wieder in seinen Sessel fallen. »Die beiden ... Untoten, um sie einmal so zu nennen, sind übrigens kurz nach ihrer Einlieferung hier wieder in die gleiche totenähnliche Starre verfallen, in der wir sie aufgefunden haben. Das einzige, was die Mediziner sagen können, ist, daß ihre Körper sich in einem fortgeschrittenen Stadium der Verwesung befinden. Normalerweise würde es Wochen dauern, bis sich eine Leiche derart verändert.«

»Das bedeutet, daß es nicht allzu lange dauern kann, bis sie vollkommen zerfallen sind«, murmelte Bill nachdenklich.

Perkins nickte. »Ja. Fünf, sechs Tage, vielleicht. Aber mittlerweile bin ich mir gar nicht mehr so sicher, daß nichts

Unvorhergesehenes mehr passiert. Um ehrlich zu sein«, er lächelte schwermütig, »weiß ich mittlerweile gar nicht mehr, was ich noch glauben soll.«

Zamorra erwiderte Perkins Lächeln flüchtig und wurde übergangslos wieder ernst. »Wo wurden die beiden untergebracht?«

»Im Kühlraum«, antwortete Perkins. »Zusammen mit Benders' Leiche. Aber der Raum wurde verschlossen. Außerdem habe ich eine Wache vor der Tür postiert.«

»Und Sie glauben, sie sind dort sicher?«

Perkins nickte. »Absolut. Der Raum hat eine Feuerschutztür, die höchstens ein Panzer aufsprengen könnte. Ich habe außerdem noch eine weitere Sicherheitsmaßnahme getroffen und eine Abhöranlage installieren lassen. Sollte sich dort drinnen irgend etwas rühren, merken wir es sofort.«

Zamorra sah nachdenklich aus dem Fenster. Die Sonne war vor ein paar Minuten untergegangen, und lediglich ein sanft leuchtender roter Streifen am Horizont erinnerte noch an den vergangenen Tag.

»Ich möchte hinunter«, sagte er plötzlich.

Perkins sah überrascht auf. »Wie bitte?«

»Hinunter«, wiederholte Zamorra. »In den Kühlraum.«

»Sie rechnen damit, daß sie erneut aktiv werden?«

Zamorra wiegte nachdenklich den Kopf. »Vielleicht. Bisher wurden sie immer nach Sonnenuntergang aktiv, oder?«

»Sicher, aber . . .«

»Unser Gegner hat alle Vorteile auf seiner Seite«, fuhr Zamorra unbeeindruckt fort. »Aber er steht unter Zeitdruck. Wer immer diese Monster aussendet, will damit irgend etwas bezwecken. Und bei dem Tempo, in dem sie zerfallen, kann er es sich nicht leisten, lange untätig zu warten. Ich bin überzeugt, daß er heute noch etwas unternimmt.«

»Und was wird das Ihrer Meinung nach sein?«

Zamorra schüttelte den Kopf. »Wenn ich das wüßte, Inspektor, wäre ich nicht hier. Aber ich habe das sichere Gefühl, daß heute noch etwas passiert.«

»Und was haben Sie vor, wenn ich fragen darf?« erkundigte sich Perkins neugierig.

Zamorra zögerte.

»Es – es kann gefährlich werden«, sagte er ausweichend.

Perkins lächelte kalt. »Machen Sie sich darüber keine Sorgen.«

»Gut.« Zamorra drehte sich vom Fenster weg und sah Perkins fest in die Augen. »Ich habe vor, einen von ihnen entkommen zu lassen.«

Im ersten Moment war Perkins viel zu überrascht, um zu antworten. Er starrte Zamorra fassungslos an und suchte sichtlich nach Worten.

»Sie ... Sie haben ...«

»Ich will einen von ihnen entkommen lassen«, wiederholte Zamorra ruhig. »Ich glaube, daß er uns zu dem geheimnisvollen Drahtzieher führen wird. Oder wissen Sie eine bessere Möglichkeit?«

Perkins schüttelte langsam den Kopf. »Nein ... aber ... wissen Sie eigentlich, was Sie da verlangen?«

Zamorra nickte. »Natürlich.«

»Ich kann unmöglich eines dieser Ungeheuer auf die Stadt loslassen«, protestierte Perkins schwach. »Diese Verantwortung kann ich nicht übernehmen. Niemand kann sie übernehmen.«

»Wir haben gar keine andere Wahl«, sagte Zamorra ruhig. »Irgendwo dort draußen treibt sich noch ein halbes Dutzend dieser Ungeheuer herum. Und es kann sein, daß sie gerade jetzt wieder neue Opfer gefunden haben. Wir müssen den Unbekannten finden. Und die Zombies dort unten stellen im Moment die einzige Möglichkeit dar, zu ihm zu gelangen.«

»Aber das Risiko ...«

»Ich weiß, wie hoch das Risiko ist«, sagte Zamorra eindringlich. »Aber wir müssen es eingehen. Wir können nicht hier herumsitzen und auf ein Wunder warten, während dort draußen Ungeheuer durch die Stadt streifen. Wir – wir wissen mittlerweile, wie sie sich vermehren, Perkins. Heute sind es noch ein paar. Morgen können es schon Dutzende sein, oder Hunderte. Es muß etwas geschehen.«

Perkins starrte mit blicklosen Augen auf seine Schreibtischplatte. »Und – wie wollen Sie sie vernichten?« fragte er nach einer Ewigkeit.

Zamorra atmete auf. Er wußte, daß er gewonnen hatte.

»Wir haben doch mit eigenen Augen gesehen, daß sie praktisch unverwundbar sind.«

Zamorra nickte grimmig. »Mit normalen Mitteln, ja«, sagte er. »Aber Sie vergessen, daß ich einige Erfahrung im Umgang mit solchen Bestien habe. Ich glaube, es gibt eine Möglichkeit, um sie zu töten.«

»Sie glauben?« Perkins kaute nervös auf seiner Unterlippe. »Und wenn Sie sich irren?«

»Ich habe gesagt, daß es gefährlich werden kann.«

Perkins überlegte lange.

Schließlich stand er auf. »Sie haben recht«, sagte er. Er öffnete seine Schreibtischschublade, nahm seinen Dienstrevolver in die Hand und starrte ihn einen Herzschlag lang an. »Gut. Gehen wir.«

Das Gebäude unterschied sich äußerlich nicht von den ärmlichen Mietshäusern, die das Straßenbild in diesem Viertel von London bestimmten. Norton hatte den Club mehr durch einen Zufall entdeckt, als er einmal mit einem alten Studienfreund einen Kneipenbummel gemacht hatte, aber seitdem kam er in unregelmäßigen Abständen immer wieder einmal hierher. Der Club war während einer Zeit gegründet worden, in der in London Glücksspiele allgemein verboten gewesen waren, und die Tarnung hatte damals tatsächlich mehrere Jahre gehalten, ehe die Polizei das Spiel aufdeckte und den Laden schloß. Später, als die Spielclubs allgemein legalisiert worden waren, hatte ein neuer Besitzer den Club übernommen und ihn in der gleichen Weise weitergeführt. Der Erfolg gab dem Rezept recht: Die Leute mochten die Atmosphäre, das Gefühl des Abenteuerlichen, Verbotenen, das die unscheinbare Aufmachung und die bewußt ›illegal‹ gehaltene Atmosphäre des Clubs ihnen vermittelte. Selbst Norton kam eigentlich eher wegen der Atmosphäre hierher als um des Spieles willen; er war kein Spieler, und wenn er sich doch einmal an einen der Tische setzte, spielte er vorsichtig und mit niedrigen Einsätzen.

Er klopfte. Eine Zeitlang blieb es ruhig hinter der altmodischen Holztür, dann wurde eine winzige Klappe geöffnet, und ein Paar mißtrauischer Augen musterte Norton eingehend.

Norton spürte, wie seine Hände in den Manteltaschen zu zittern begannen. Der Mann dort drinnen kannte ihn. Er würde ihm öffnen, ohne zu ahnen, daß er damit dem Tod die Tür aufhielt. Die anderen hatten sich rechts und links der Tür aufgestellt, so daß sie von drinnen nicht gesehen werden konnten. Und selbst wenn der Türsteher die Männer gesehen hätte, hätte er sie für Nortons Begleitung gehalten und ihnen arglos aufgemacht.

Norton hörte das Klirren des altmodischen Schlüssels, dann schwang die Tür langsam nach innen. Leise Musik und ein Schwall warmer Luft, die nach Alkohol und Zigarettenrauch roch, schlug ihm entgegen.

Über das Gesicht des Portiers huschte ein breites Lächeln.

»Sir! Wie schön, daß Sie uns wieder einmal beehren. Sie waren lange nicht mehr hier.«

Er trat einen Schritt beiseite, um Norton vorbeizulassen.

Norton zögerte, aber eine unsichtbare Gewalt befahl seinen Gliedern, sich in Bewegung zu setzen. Er ging an dem Portier vorbei und hielt dessen Arm fest, als er die Tür wieder schließen wollte. »Ich bin nicht allein«, sagte er. Seine Gedanken überschlugen sich. Flieh! wollte er schreien. Lauf weg! Aber er sagte: »Ich bringe noch ein paar Freunde mit. Das geht doch in Ordnung, oder?«

Der Portier lächelte. »Selbstverständlich, Sir. Ich . . .«

Das Lächeln auf seinem Gesicht gefror, als die Gestalten

in der Tür auftauchten. Sie hatten sich nicht die Mühe gemacht, sich zu tarnen. Die Dunkelheit und die schwarzen Motorradanzüge waren Tarnung genug, und niemand, der ihnen nahe genug kam, um ihre wahre Identität zu erkennen, würde Gelegenheit haben, davon zu erzählen.

»Aber ... ich ...« Der Rest des Satzes ging in einem erstickten Röcheln unter, als sich eine Hand um seinen Hals legte. Er taumelte einen Schritt zurück und versuchte sich aus der Umklammerung zu befreien, aber seine Bewegungen erlahmten rasch. Nach wenigen Sekunden begann sich seine Haut grau zu färben, dann sank er bewegungslos zu Boden.

»In Ordnung«, sagte Norton. Er drehte sich um, wartete, bis der letzte Zombie das Lokal betreten hatte, und schloß die Tür. »Ihr wißt, was ihr zu tun habt«, sagte er.

Eine der Gestalten nickte. Mit geschmeidigen, lautlosen Bewegungen verteilten sich die Zombies entlang den Wänden. Von dem kleinen Vorraum aus führte ein schmaler, schummrig beleuchteter Gang zum eigentlichen Lokal. Norton kannte sich hier bestens aus. Er wußte, was hinter den beiden Türen lag, die von dem Gang abzweigten: Das Büro des Managers und eine kleine Kammer, in der die Putzkolonne ihr Arbeitszeug verstaute. Normalerweise war um diese Zeit niemand in den Räumen, aber er öffnete trotzdem die Türen und spähte vorsichtig hinein. Erst als er sich überzeugt hatte, daß wirklich niemand etwas von ihrem Eindringen bemerkt hatte, war er zufrieden. Er drehte sich um und ging zu der reglosen Gestalt des Portiers zurück. Selbst auf dem entstellten, mumienhaften Gesicht des Toten war noch das Grauen zu erkennen, das er in den letzten Augenblicken seines Lebens empfunden haben mußte.

Norton bückte sich und legte dem Toten die Hand auf die Stirn.

Der Körper begann sich zu regen. In den gebrochenen Augen flackerte ein gelbes, unheimliches Feuer auf, dann richtete sich das Wesen mit mühsamen Bewegungen auf. »Folge mir«, befahl Norton.

Er ging langsam durch den Gang. Hinter dem schweren Samtvorhang, der das eigentliche Lokal von dem Vorraum trennte, konnte er jetzt deutlich Musik hören: die Stimmen der Gäste, Gelächter, das Klirren von Glas.

Mit einem Ruck schlug er den Vorhang beiseite und blieb unter dem Eingang stehen.

Das Lokal war gut besucht. An den Spieltischen hielten sich mindestens zwei Dutzend Personen auf, und noch einmal die gleiche Anzahl belagerte die lange Bar, die die gesamte Südseite des Raumes einnahm.

Norton spürte das pulsierende, übersprudelnde Leben vor sich, und er fühlte, wie Altuuns Gier mit größerer Wut als jemals erwachte. Seine Hände begannen zu zittern, aber diesmal nicht vor Angst. Altuuns Erregung übertrug sich auf ihn, und für einen winzigen Augenblick war die Gier des Wesens so groß, daß es die Kontrolle über seinen Körper aufgab. Für einen Sekundenbruchteil war Norton frei, frei, sich zu bewegen, wie er wollte, frei, zu sagen, was er wollte. Aber das schreckliche Wesen in ihm bemerkte seinen Fehler sofort, und Norton spürte, wie sich die unsichtbare Fessel wieder um seinen Geist legte.

Er hatte die Gelegenheit verpaßt. Und wahrscheinlich würde ihm Altuun nie wieder eine solche Chance geben.

»Los!« schrie er mit krächzender, überschnappender Stimme.

Ein paar Köpfe ruckten herum, fragende Gesichter wandten sich ihm zu. Ein Kellner eilte dienstbeflissen durch den Raum auf Norton zu, um ihm die Garderobe abzunehmen.

Was dann kam, war Chaos.

Hinter Norton brachen die Zombies aus dem Gang, eine lautlose Horde leibhaftig gewordener Alptraumkreaturen, die über die vollkommen überraschten Gäste herfielen. Noch bevor die meisten überhaupt begriffen, was los war, waren die Bestien unter ihnen.

Norton beobachtete mit hilflosem Entsetzen, wie die Zombies unter den Gästen wüteten. Es ging unglaublich schnell.

Die Ungeheuer verzichteten darauf, ihren Opfern die Lebenskraft auszusaugen, sondern schienen damit zufrieden zu sein, sie zu Boden zu schlagen. In den dünnen, schwächlich wirkenden Gestalten mußte eine übermächtige Kraft stecken. Ein fürchterliches Handgemenge entspannte sich, aber die Menschen hatten von vornherein keine Chance, obwohl sie den Zombies an Zahl zehnfach überlegen waren. Ein ungeheurer Lärm erhob sich. Frauen kreischten, Glas splitterte. Jemand zog eine Pistole und feuerte zwei, dreimal auf die heranstürmenden Gestalten, ehe er selbst zu Boden gerissen wurde.

»Geh«, befahl Altuun.

Langsam, als ginge ihn das alles nichts an, setzte sich Norton in Bewegung. Ein Mann stürzte sich auf ihn, ein Stuhlbein zum Schlag erhoben, das Gesicht vor Angst verzerrt. Norton stieß ihn mit einer fast beiläufigen Handbewegung beiseite.

Er sah, wie einer der Kellner hinter der Bar nach dem Telefon griff und mit fahrigen Bewegungen eine Nummer wählte. Eine dunkle, kleine Gestalt flankte mit einem olympiareifen Sprung über die Theke und riß dem Mann das Telefon aus der Hand.

Wieder peitschte ein Schuß auf. Die Kugel klatschte dicht neben Nortons Kopf in die Holztäfelung der Wand. Norton wirbelte herum und suchte nach dem Schützen. Aber in dem Handgemenge dort vor ihm war nichts auszumachen, nur eine scheinbar unentwirrbar ineinander verstrickte Ansammlung menschlicher Körper und Glieder.

Mit ruhigen, gelassenen Schritten näherte sich Norton einem der Bewußtlosen. Seine Hände berührten die Haut des Mannes, und gleichzeitig spürte er, wie das Wesen in ihm gierig nach der Lebenskraft des Mannes griff, ihn aussaugte, bis sein Körper nichts mehr war als eine leere, graue Hülle.

Seine Hände öffneten sich. Der Körper blieb einen Herzschlag lang reglos liegen. Dann öffneten sich seine Augen. Aber es waren nicht mehr die Augen eines Menschen. Es waren die gelben Raubtieraugen eines Zombies.

»Geh!« befahl Norton.

Die Kreatur stand auf, schüttelte einen Moment lang benommen den Kopf und stürzte sich dann in das wilde Handgemenge.

Ein paar der Gäste versuchten, durch den Hinterausgang zu entkommen. Aber die Zombies waren schneller. Zwei, drei schattenhafte Gestalten durchbrachen die Mauer aus Leibern, die sich ihnen in den Weg stellten, holten die Fliehenden ein und trieben sie in den Raum zurück.

Hinter der Bar entspannte sich für wenige Minuten ein zähes Handgemenge, als sich ein paar beherzte Männer dort verschanzt hatten und versuchten, sich die Ungeheuer mit Stuhlbeinen und Flaschen vom Leib zu halten. Aber ihr Widerstand erlahmte rasch. Die Bestien schienen keine Erschöpfung zu kennen, und die verzweifelten Schläge, mit denen sich die Männer und Frauen wehrten, schienen sie nur zu noch größerer Wut anzustacheln.

Norton sah sich siegessicher im Raum um. Der Kampf tobte jetzt seit vielleicht zwei Minuten, aber die Zombies hatten schon mehr als die Hälfte der Gäste überwältigt.

Altuun triumphierte.

Bald, bald würde er mit der Eroberung der Welt beginnen. Vor seinem inneren Augen entstand eine schreckliche Vision. Er sah entvölkerte Städte, beherrscht von schattenhaften Wesen, Menschen, die vor den heranrückenden Horden des Grauens flohen.

»Wie recht du hast, Norton«, kicherte die Stimme in ihm. »Sie werden es nicht begreifen. Nicht, bevor es zu spät ist. Sie werden versuchen, uns mit ihren albernen Waffen aufzuhalten, ohne zu begreifen, daß nichts mich aufhalten kann. Nichts!«

Norton wimmerte leise.

»Nun, Lloyd, alles in Ordnung?« Chiefinspektor Perkins nickte dem Wachposten, der auf einem Stuhl vor der verschlossenen Eisentür des Kühlraumes saß und gelangweilt in einer Illustrierten blätterte, freundlich zu.

Der Mann erwiderte das Nicken und faltete seine Zeitung hastig zusammen. »Alles . . . alles ruhig«, stotterte er.

»Keine verdächtigen Geräusche?« Perkins deutete mit einer Kopfbewegung auf den Lautsprecher, der, an zwei Drähten provisorisch befestigt, von der Decke hing.

»Nein, es ist alles ruhig, seit ich hier bin.« In der Stimme des Mannes war deutlich die Verwunderung zu hören, die er bei der Frage empfand. Wahrscheinlich überlegte er schon den ganzen Abend, warum er einen Raum bewachen mußte, in dem lediglich ein paar halbverweste Leichen lagen.

»Gut. Öffnen Sie die Tür.«

Der Polizist stand auf, löste umständlich einen Schlüssel von der Kette, die an seinem Gürtel baumelte, und steckte ihn ins Schlüsselloch.

»Sie werden sehen«, sagte Perkins zu Zamorra, »daß sich nichts verändert hat. Um ehrlich zu sein – ich kann mir nicht vorstellen, daß heute noch etwas passiert.«

Zamorra zuckte mit den Schultern. »Wir werden warten«, sagte er. »Wenn es sein muß, die ganze Nacht. Ich – Vorsicht!«

Die Tür wurde mit ungeheurer Kraft aufgestoßen. Eine dunkle Gestalt erschien im Durchgang, stieß den Polizeibeamten, der erschrocken zurückgetaumelt war, mit einem Ruck beiseite und stürzte sich auf Zamorra. Hinter ihr erschien eine zweite, dann eine dritte Gestalt.

Zamorra duckte sich blitzschnell. Er spürte die Berührung des gräßlichen Körpers der Bestie. Mit einem kraftvollen Ruck richtete er sich auf, packte den Zombie in der Bewegung und schleuderte ihn den beiden anderen Ungeheuern entgegen.

Die Bestien kamen mit phantastischer Schnelligkeit wieder auf die Beine. Zamorra taumelte zurück, als ein Schlag seine Abwehr durchbrach. Vor seinen Augen tanzten feurige Nebel. Er sah, wie Bill Fleming zu einem Karatesprung ansetzte, aber das Monster taumelte bloß zurück, schüttelte benommen den Kopf und setzte sofort zu einem neuen Angriff an.

Zamorra griff in sein Jackett und förderte eine großkalibrige Waffe zutage. In der Enge des Ganges war es praktisch unmöglich, ein so großes Ziel zu verfehlen.

Er drückte ab. Der Schuß peitschte geisterhaft laut durch den Gang.

Die Wirkung des Treffers war verblüffend. Das Wesen taumelte vier, fünf Schritte zurück. Sein Gesicht verzerrte sich.

Flammen schienen den Zombie einzuhüllen, blaue, kalte Flammen, die sich mit unglaublicher Geschwindigkeit ausbreiteten. Es ging unglaublich schnell. Vor Zamorras Augen verwandelte sich der Zombie innerhalb weniger Augenblicke in einen rauchenden, schwelenden Aschehügel. Zamorra drehte sich um, visierte den zweiten Zombie an und drückte ab.

Zamorra feuerte einen Warnschuß über den Kopf des dritten Zombies, der in einen wilden Kampf mit Bill Fleming verstrickt war. Das Wesen ließ von seinem Gegner ab, stieß ein zorniges Fauchen aus und wich langsam vor Zamorra zurück. Für einen Sekundenbruchteil trafen sich ihre Blicke, und Zamorra spürte die Wut, die das Wesen ausstrahlte.

Aber auch seine Angst.

Unter der Maske der Bestie war immer noch ein Rest seiner früheren Menschlichkeit geblieben, ein winziges Bruchstückchen menschlichen Denkens und Fühlens, das dem Toben des entstellten Körpers voller Entsetzen zusehen mußte.

Für einen Moment spürte Zamorra beinahe Mitleid mit der Bestie, die Schritt für Schritt vor ihm zurückwich.

»Schnell«, stieß er hervor, »ich versuche, ihn in den Kühlraum zurückzudrängen. Schließen Sie die Tür!«

Er feuerte einen zweiten Warnschuß ab. Der Zombie duckte sich, schlug wütend nach Zamorra und wich langsam in den abgedunkelten Kühlraum zurück.

»Jetzt!« schrie Zamorra.

Perkins war mit einem Riesensatz bei der Tür und schlug sie zu. Sein Gesicht glänzte vor Schweiß, als er den Schlüssel aus dem Schloß zog und sich aufatmend gegen die schwere Eisentür fallen ließ.

»Das war knapp«, keuchte er.

Er zuckte zusammen, als von der anderen Seite wütend gegen die Tür geschlagen wurde. Dann lächelte er nervös. »Also – für heute ist mein Bedarf an Abenteuern gedeckt.«

Zamorra steckte seine Waffe in die Schulterhalfter zurück. Es war ein unbehagliches Gefühl, die Pistole unter der Achselhöhle zu tragen. Zamorra trug ungern Waffen, insbesondere Schußwaffen. Aber die Erfahrung der letzten Tage hatte ihn gelehrt, daß mit bloßen Händen gegen diese Ungeheuer nichts auszurichten war.

»Ich fürchte, ein kleines Abenteuer werde ich Ihnen noch zumuten müssen«, sagte er.

Perkins erbleichte sichtlich. »Sie – Sie wollen dieses Ungeheuer doch nicht wirklich laufenlassen«, stammelte er.

Zamorra nickte. »Wissen Sie eine bessere Lösung?«

»Nein«, fauchte Perkins. »Aber ich lehne es ab, diese Bestie noch einmal herauszulassen. Sie hätten sie gleich erschießen sollen, wie die beiden anderen. Wie haben Sie das überhaupt gemacht? Als ich gestern auf einen von ihnen geschossen habe, schien es ihm nicht viel auszumachen. Im Gegenteil, ich glaube fast, es hat ihm Spaß gemacht.«

Zamorra ging zu dem Aschehaufen, der von einem der Zombies übrig geblieben war, und wühlte mit den Fingern in der trockenen, heißen Masse.

»Hier«, sagte er, während er Perkins die deformierten Reste einer Pistolenkugel hinhielt.

Perkins griff mit spitzen Fingern nach der Kugel. »Was ist das?«

»Silber«, sagte Zamorra. »Reines Silber.« Er lächelte flüchtig. »Haben Sie niemals Dracula gelesen?«

»Doch«, entgegnete Perkins automatisch. »Ich ...« Er

brach ab, starrte Zamorra einen Augenblick lang verwirrt an und betrachtete dann wieder die Kugel in seinen Händen. »Sie wollen mir doch nicht im Ernst erzählen, daß Sie an diese Ammenmärchen glauben!« schnaubte er.

»Natürlich nicht«, antwortete Bill an Zamorras Stelle. »Genausowenig, wie wir daran glauben, daß Leichen wieder aufstehen, daß es Wesen gibt, die man nicht töten kann, die gegen Pistolenkugeln gefeit sind und verbrennen, wenn man sie mit Silberkugeln beschießt.« Er grinste humorlos und sah Perkins abschätzend an.

»Wie viele Beweise brauchen Sie eigentlich noch?« fragte Zamorra verärgert. »Wir vergeuden hier nur wertvolle Zeit, Inspektor. In jedem Augenblick, in dem wir hier herumstehen und reden, können die Bestien dort draußen neue Opfer finden.«

»Aber . . .«

»Kein Aber«, sagte Zamorra hart. »Lassen Sie einen Wagen bereitstellen. Und danach werde ich diese Tür öffnen. Und falls Sie mich daran hindern sollten, liegt die Verantwortung für alles, was geschieht, bei Ihnen.«

Perkins antwortete nicht. Er starrte lange auf die zusammengedrückte Silberkugel auf seiner Handfläche.

Dann, nach einer Ewigkeit, nickte er.

»Wir hätten doch Verstärkung mitnehmen sollen«, maulte Perkins. »Ich fühle mich überhaupt nicht wohl bei dem Gedanken, allein hinter diesem Ding herzujagen.« Er schaltete, ließ den Motor des Streifenwagens für einen Moment aufheulen und preschte mit eingeschaltetem Blaulicht über eine Kreuzung. Hinter ihnen wurde das Kreischen von Reifen und zorniges Hupen laut.

Bill Fleming drehte sich auf dem Rücksitz herum. »Wenn Sie so weiterfahren«, sagte er spöttisch, »brauchen Sie sich darüber keine Sorgen mehr zu machen.«

»Hmpf«, machte Perkins.

»Im Ernst«, fuhr Bill ungerührt fort. »Wo haben Sie fahren gelernt? Ein Verkehrsunfall kann genauso tödlich sein wie die Umarmung eines Zombie.«

Zamorra lächelte schwach. Er kannte Bill jetzt lange genug, um über dessen Kaltschnäuzigkeit in gefährlichen Situationen nicht mehr erstaunt zu sein. Es war eben seine Art, mit der Nervosität fertig zu werden.

Vor ihnen, im Scheinwerferlicht der vorüberhuschenden Autos nur manchmal undeutlich sichtbar, lief eine dunkle, kleine Gestalt. Obwohl Perkins sich keine Mühe gab, ihn unauffällig zu verfolgen, schien das Wesen noch nichts von ihrer Anwesenheit gemerkt zu haben. Aber wahrscheinlich konnten diese Zombies nicht denken. Ihre ganze Existenz mußte auf die Gier nach Leben ausgerichtet sein.

Zamorra hoffte es jedenfalls. Es gab keine andere Möglichkeit, den Zombie zu verfolgen. Perkins hatte vorgeschlagen, einen Sender an seinem Körper zu befestigen, aber der Gedanke hatte sich als undurchführbar erwiesen. Es gab keine Möglichkeit, das Ungeheuer solange festzuhalten, wie es nötig gewesen wäre, um ein solches Gerät anzubringen. Jede Berührung konnte tödlich sein. Selbst die Sekundenbruchteile, in denen die Fäuste des Ungeheuers Zamorras Haut berührt hatten, hatten ausgereicht, um ihm einen Teil seiner Lebensenergie zu rauben. Er fühlte sich immer noch ermattet, aber das Wissen, daß er die Stadt – und vielleicht die Welt – vor einer ungeheuren Gefahr bewahren mußte, gab ihm Kraft. Und da war noch das Amulett. Seit dem Kampf im Keller des Yard war das geheimnisvolle Schmuckstück nicht mehr zur Ruhe gekommen. Zamorra spürte die warnenden, beunruhigenden Impulse, die von dem Amulett ausgingen. Sie wurden mit jeder Sekunde stärker. Nein – es gab keinen Zweifel. Sie waren auf dem richtigen Weg.

Der Zombie bog plötzlich nach rechts ab, und Perkins hatte Mühe, den Streifenwagen herumzureißen und dem Ding zu folgen.

»Wir nähern uns dem Hafen«, murmelte er.

Zamorra nickte. »Ja. Wir scheinen auf dem richtigen Weg zu sein.«

»Glauben Sie?«

»Ich spüre es.«

Perkins schenkte ihm einen schrägen Blick, schwieg aber. Seine Hände, die das Steuer umklammerten, zitterten merklich. In beinahe regelmäßigen Abständen tastete er nach dem Schulterhalfter mit seiner Pistole, als wolle er sich davon überzeugen, daß die Waffe noch da war. Zamorra hatte Bill mit Silbermunition ausgerüstet und dem Inspektor seine eigene Waffe gegeben, da das Kaliber der Spezialmunition nicht in Perkins Dienstwaffe paßte. Er selbst hatte sich zur Sicherheit mit einem silbernen Dolch ausgestattet, aber er hatte das Gefühl, daß er die Waffe dort nicht brauchen würde. Was immer dort vorne auf ihn wartete, würde nicht so leicht zu besiegen sein.

Sie fuhren eine Zeitlang schweigend durch die Straßen des Hafenviertels, jeder mit seinen eigenen Ängsten und Sorgen beschäftigt. Zamorra beobachtete Perkins verstohlen. Der Inspektor war nervös, aber trotzdem gefaßt. Insgeheim bewunderte Zamorra den Mann. Für ihn mußte die Situation noch viel bedrohlicher und fremder sein als für Bill und Zamorra. Er war hier mit etwas konfrontiert, das überhaupt nicht in sein Weltbild paßte und das deshalb um so bedrohlicher war.

Und trotzdem hatte er darauf bestanden, Zamorra zu begleiten.

»Haben Sie eigentlich Kinder?« fragte Zamorra plötzlich.

Perkins sah verwirrt auf. »Ich? Kinder? Ja, zwei ... wieso?«

Zamorra lächelte. »Nur so. Sie sind ein sehr mutiger Mann, nicht?«

Perkins lächelte nervös. »Im Grunde bin ich ein Feigling«, gestand er.

»Aber trotzdem sind Sie mitgekommen.«

»Oh, das«, Perkins zuckte mit den Achseln. »Das sieht nur

so aus. Wissen Sie, Professor, ich glaube das Ganze sowieso nicht. Wenn Sie mich fragen, dann liege ich jetzt im Bett und habe einen vollkommen verrückten Traum. Und das Schlimmste, was mir passieren kann, ist, daß ich aufwache.«

Zamorra lachte. »Trotzdem bewundere ich Ihren Mut.«

Perkins schwieg eine Weile. Dann schüttelte er den Kopf. »Das hat nichts mit Mut zu tun«, sagte er so leise, daß Zamorra Mühe hatte, seine Worte zu verstehen. »Sie haben mich nach meinen Kindern gefragt. Sehen Sie, ich komme ihretwegen mit. Ich habe diese Bestien gesehen. Und ich habe gesehen, was sie anrichten können. Und ich kann mir ausrechnen, was mit dieser Stadt passiert, wenn wir nicht sofort etwas unternehmen. Sie kennen die Geschichte mit den Samenkörnern und dem Schachbrett?«

»Ja.«

»Sehen Sie. Ich habe Ihnen bis heute nicht geglaubt, aber ich habe es ja mit eigenen Augen gesehen. Heute ist es vielleicht nur einer, aber morgen werden es schon zwei sein, dann vier, acht, sechzehn . . .« Er schluckte trocken. »Nein, wir werden diese Bestien vernichten. Und wenn es das letzte ist, was ich tue.« In seiner Stimme lag ein entschlossener Tonfall.

»Ja«, sagte Zamorra. »Wir werden sie vernichten.«

»Ich glaube, wir sind da«, sagte Perkins eine Weile später. Er ließ den Wagen ausrollen und schaltete die Scheinwerfer aus. Der Zombie hatte vor einem hohen, rußgeschwärzten Ziegelsteingebäude angehalten. Zamorra beobachtete, wie das Wesen offenbar vergeblich am Türgriff rüttelte.

»Scheint keiner aufzumachen«, sagte Bill spöttisch.

»Aber sie sind da. Ich glaube, wir sind am Ziel.«

»Woher weißt du das?«

»Dort.« Zamorra deutete durch die Frontscheibe auf eine Gruppe schwerer Motorräder, die am Straßenrand geparkt waren. »Erinnerst du dich? Die beiden Streifenpolizisten verfolgten eine Motorradbande, kurz bevor sie verschwanden.«

Perkins nickte versonnen. »Es könnte stimmen.« Er sah Zamorra an. »Gehen wir hin?«

Zamorra schüttelte den Kopf. »Nein. Noch nicht. Wenn wir ihn jetzt verscheuchen, verlieren wir vielleicht die einzige Chance, die wir je gehabt haben.«

Der Zombie rüttelte weiter an der Tür, ohne daß eine Reaktion erfolgte. Schließlich schlug er mit den Fäusten dagegen. Die Schläge hallten dumpf über die nächtliche Straße, und Zamorra fragte sich unwillkürlich, wie lange der Lärm noch anhalten mußte, ehe Nachbarn oder Passanten aufmerksam wurden.

»Los«, sagte er, »riskieren wir es.«

Sie stiegen aus dem Wagen und rannten auf die dunkle Gestalt zu. Der Kopf des Wesens ruckte herum, und über seine dämonenhaften Züge huschte ein schwaches Erkennen. Er wich einen Schritt zurück, krümmte die Finger und stieß ein wütendes Fauchen aus.

Perkins zog seine Pistole, aber Zamorra hielt seinen Arm zurück.

»Nicht!«

Er zog seinen Dolch und drang auf den Zombie ein.

Das Wesen schien die Gefahr, die von der schmalen Klinge ausging, genau zu spüren. Rückwärtsgehend wich es vor Zamorra zurück, bis sein Rücken gegen die rauhe Ziegelmauer des Hauses stieß.

Zamorra zögerte.

Es wäre ein leichtes gewesen, den Zombie niederzustechen, aber Zamorra würde niemals einen Wehrlosen umbringen. Und unter all dem Grauen war das Ding da vor ihm noch immer ein Mensch, oder zumindest das, was von ihm übrig geblieben war.

Der Zombie schien solche Skrupel nicht zu kennen. Er wich blitzschnell zur Seite und trat mit dem Fuß nach Zamorras Hand. Die Waffe flog klirrend davon und landete irgendwo in der Dunkelheit.

Zamorra reagierte blitzschnell. Als der Arm des Wesens herabsauste, duckte er sich weg und stellte dem Zombie ein Bein.

Hinter ihm waren plötzlich Geräusche. Perkins aufgeregte Stimme, das Krachen von etwas Schwerem, Hartem.

Zamorra fühlte sich gepackt und hochgerissen. Ein Arm legte sich von hinten um seinen Hals. Zamorra taumelte hoch. Mit einer verzweifelten Anstrengung versuchte er, den Griff des Angreifers zu sprengen, aber genausogut hätte er versuchen können, sich aus einem Schraubstock zu befreien.

Vor seinen Augen tanzten bunte Sterne. Seine Lungen schienen zu bersten.

Er spürte, wie der Angreifer ihn hochhob und schüttelte und wie gleichzeitig die Lebenskraft aus ihm wich.

Ein Schuß peitschte über die Straße.

Zamorra spürte eine ungeheure Hitzewelle, dann flammte blaues Feuer um ihn herum auf, und der Arm, der ihn gefangenhielt, löste sich auf, verschwand vor seinen Augen wie ein Spuk. Wieder krachte ein Schuß, und noch einer. Dann war Stille.

Zamorra taumelte gegen die Wand und blieb schweratmend stehen. Sein ganzer Körper schien ein einziger Schmerz zu sein.

»Bist du in Ordnung?« keuchte Bill.

Zamorra nickte mühsam. »Es – es geht«, würgte er hervor. »Wie viele waren es?«

»Zwei«, antwortete Bill. »Zwei, und der, der uns freundlicherweise hierhergeführt hat. Aber ich glaube, da drinnen sind noch mehr.«

Er deutete mit einer Kopfbewegung auf die halb offenstehende Tür des Hauses. Schummriges, rotes Licht drang von drinnen auf die Straße.

Und Kampflärm.

Zamorra hörte das entsetzte Kreischen von Menschen, das Bersten von Glas und Möbeln.

Mit einem Satz war er bei der Tür. Sie trafen auf keinen weiteren Angreifer, bis sie durch den Gang und im eigentlichen Lokal waren.

Zamorras Blicken bot sich ein Bild des Grauens.

Er prallte zurück, und spürte, wie Perkins von hinten gegen ihn stieß.

Im Raum tobte ein fürchterlicher Kampf.

Die zertrümmerte Einrichtung des Lokals zeigte deutlich, mit welcher Verbissenheit der Kampf geführt worden war.

Aber das war es nicht, was Zamorras Aufmerksamkeit auf sich lenkte.

In der Mitte des Saales, scheinbar unberührt von dem Grauen, das ringsum ihn tobte, stand ein Mann.

Äußerlich unterschied er sich in nichts von einem normalen Menschen, aber Zamorra wußte, daß er hier seinen Gegner vor sich hatte. Er spürte das Böse, das die Erscheinung umgab. Es war eine Aura des Schlechten, des abgrundtief Un-Menschlichen, Fremden, so intensiv, daß Zamorra unwillkürlich aufstöhnte.

Das dort vorne war kein Mensch, nicht einmal ein Wesen aus dem normalen Dämonenreich, das neben der Welt der Menschen existierte. Es war etwas unsagbar Fremdes, ein Ding, das in diesem Universum keinerlei Existenzberechtigung hatte und für das ein Menschenleben wahrscheinlich nicht einmal soviel wert war wie der Schmutz unter seinen Füßen.

Neben ihm stürmte Perkins vor und stürzte sich, gefolgt von Bill, in den Kampf.

Einer der Zombies sah ihn kommen. Er ließ von seinem Opfer ab, übersprang mit einem Satz einen zertrümmerten Tisch und stürmte Perkins mit weit aufgerissenen Armen entgegen, bereit für die tödliche Umarmung.

Perkins hob die Waffe und schoß.

Die Wirkung war unglaublich.

Die Zombies erstarrten in ihren Bewegungen. Einen Herzschlag lang konzentrierten sich ihre Blicke auf die kleine, schmale Gestalt des Chiefinspektors, der mit wehenden Haaren und hochrotem Gesicht auf den nächsten Zombie zurannte.

Der Mann in der Mitte des Saales wirbelte herum. Sein Gesicht zeigte die unglaubliche Verblüffung, die er empfand.

Dann verschwand der Ausdruck, und Haß trat in seine Züge. Er stieß einen dumpfen, kehligen Laut aus und ging langsam auf Perkins zu.

Perkins blieb ebenfalls stehen. Mit erstaunlicher Kaltblütigkeit visierte er den Mann an und drückte ab.

Aber die Wirkung war gleich Null. Die Erscheinung verhielt nicht einmal im Schritt.

Perkins Augen weiteten sich entsetzt. Er drückte ein zweites Mal ab, und diesmal zielte er auf den Kopf des Mannes.

»Wurm!« krächzte die Gestalt. Ihre Stimme klang verzerrt und hatte nichts Menschliches. »Elender Wurm! Du wagst es, mich anzugreifen? Du wagst es, meine Pläne zu stören!« Er streckte die Hände aus und griff nach Perkins.

Zamorra sprang.

Seine Rechte hielt den Dolch, den er wieder aufgenommen hatte, bevor sie das Gebäude betreten hatten. Er erreichte den Mann im gleichen Augenblick, als dessen Hände sich um Perkins' Hals legten. Er spürte, wie der Mann unter der Wucht des Aufpralls zur Seite taumelte. Die Waffe wurde ihm aus den Fingern gerissen.

Im Gesicht des Mannes flammte Wut auf.

»Kreatur!« kreischte er. »Noch einer, der es wagt, Hand an mich zu legen? Ihr sollt es tausendmal büßen, die Hand gegen Altuun erhoben zu haben!«

Er duckte sich zum Sprung, aber Zamorra konnte dem Angriff ausweichen und den Gegner zu Fall bringen.

Und noch bevor der Mann sich wieder aufrichten konnte, schlug er mit aller geistiger Macht zu.

Er spürte, wie das Wesen unter seinem gedanklichen Angriff aufschrie. Überraschung mischte sich mit Schreck, und in die Augen des Mannes, der zur Bewegungslosigkeit erstarrt war, trat ein ungläubiger Ausdruck.

Die beiden ungleichen Gegner standen sich bewegungslos gegenüber. Für einen Außenstehenden mußte es aussehen, als starrten sie sich nur verbissen an, aber auf gedanklicher Ebene tobte ein fürchterlicher Kampf zwischen ihnen.

Zamorra spürte vom ersten Augenblick an, daß er gegen dieses Wesen nicht gewinnen konnte.

Er hatte einen anfänglichen Erfolg erzielt, aber das war einzig der Tatsache zuzuschreiben, daß das Wesen nicht mit einem Angriff aus dieser Richtung gerechnet hatte. Noch hielt die geistige Fessel, in der Zamorra den Dämon gefangen hatte, er spürte, wie die Kraft des Wesens mit jedem Atemzug stieg.

Schweiß trat auf seine Stirn. Er stöhnte und ging langsam in die Knie. Aber je mehr er sich anstrengte, desto stärker schien der Gegner zu werden, je heftiger er seine gedanklichen Angriffe vortrug, desto leichter schien es dem Unheimlichen zu fallen, die Schläge zu parieren.

Langsam richtete der Mann sich auf. Die Überraschung in seinen Augen machte einem spöttischen Glitzern Platz, während er sich Zamorra näherte.

»Du bist stark, Mensch«, sagte er leise. »Stärker, als jeder Feind, mit dem ich je zu tun hatte. Aber nicht stark genug.«

Zamorra krümmte sich stöhnend auf dem Boden zusammen. Der fremde Geist schien ihn auszuhöhlen, sein Denken zusammenzupressen. Gleichzeitig tobte eine ungeheure Schmerzwelle durch seinen Körper.

»Ich könnte jemanden wie dich gebrauchen«, fuhr der Mann fort. »Überleg es dir. Fändest du es nicht besser, mit mir zusammenzuarbeiten, als zu sterben?«

»Geh . . . geh zum Teufel . . .« stöhnte Zamorra.

Das Gesicht des Mannes verhärtete sich. »Wie du willst«, zischte er. Mit einer wütenden Bewegung bückte er sich und riß Zamorra vom Boden hoch. Seine Hände legten sich um Zamorras Hals.

Zamorras Hände fuhren in unkontrollierten Bewegungen durch die Luft, als er den Druck auf seinem Hals spürte. Er schlug kraftlos auf den Fremden ein, kratzte über sein Gesicht, seine Augen.

Der Mann lachte hart. »Du bist wirklich stark, Mensch«, sagte er. »Aber nicht stark genug!« Er ließ Zamorras Hals los, umklammerte ihn und preßte ihm die Luft aus den Lungen.

Im gleichen Moment geschah etwas Unglaubliches.

Eine grelle Stichflamme schien zwischen ihren Körpern in die Höhe zu rasen.

Der Mann schrie auf. Eine unsichtbare Gewalt packte ihn, schleuderte seinen Körper wie ein welkes Blatt durch die Luft und ließ ihn schwer auf dem Boden aufschlagen. Auf seinem Mantel war ein rauchender, schwelender Fleck.

Zamorra sank langsam in die Knie. Feurige Schmerzen hüllten ihn ein, krochen wie flüssige Lava durch seine Adern. Jeder einzelne Nerv in seinem Körper schien zu schreien. Aber er durfte nicht aufgeben. Nicht jetzt. Die Bewußtlosigkeit war da, lockend, dunkel, sanft. Aber er durfte nicht nachgeben. Später, später vielleicht. Aber nicht in diesem Moment.

Er taumelte auf die Füße, griff mit ungeschickten Bewegungen an seine Brust und löste das Amulett von der Kette. Sein Hemd war dort, wo das Schmuckstück hing, verkohlt, und seine Brust schien eine einzige Brandwunde zu sein. Er verbrannte sich die Finger an dem glühendheißen Metall, aber er spürte es kaum. Taumelnd, die Hand mit dem Amulett vorgestreckt, näherte er sich dem Mann, der sich mit mühsamen Bewegungen vom Boden erhob.

Der Fremde kreischte entsetzt auf, als Zamorra vor ihm erschien. Er taumelte auf die Füße und schlug die Hände vors Gesicht. Sein Körper wand sich, und seine Stimme wurde zu einem schrillen, sich überschlagenden Kreischen. Langsam wich er bis an die Wand zurück. In seinen Augen flackerte Angst.

»Wer – wer bist du?« wimmerte er.

Zamorra antwortete nicht. Er hatte keine Kraft mehr zum Sprechen. Er war müde, er wollte nur noch schlafen, sich fallenlassen, alles vergessen. Es war nur noch ein Schritt bis zu diesem Ding, nur ein Schritt noch, bis der Alptraum ein für allemal vorbei war, aber es war so weit, so unendlich weit. Warum ließ er sich nicht fallen? Die Bewußtlosigkeit war so nah, der Schlaf, der wohltuende Schlaf, der alles vergessen ließ.

»Vorsicht!«

Bills Schrei ließ den hypnotischen Schleier zerreißen. Zamorra erwachte wie aus einem tiefen Schlaf, und er begriff, daß er um ein Haar ein Opfer eines heimtückischen geistigen Angriffs Altuuns geworden wäre.

Er sprang mit einem Satz vor und preßte dem Dämon das Amulett gegen die Brust. Eine grelle, heiße Flamme hüllte die Gestalt ein, leckte gierig nach ihren Kleidern und Zamorras Arm. Unter der Berührung des Amuletts zerfiel das Fleisch der Erscheinung zu feiner, heißer Asche, aber in der Gestalt war immer noch Leben.

Hände von übermenschlicher Stärke griffen nach Zamorra, rissen ihn von seinem Opfer fort und schleuderten ihn zu Boden.

Er schlug schwer auf, wehrte mit einer kraftlosen Bewegung den Angriff des Zombies ab und wälzte sich herum. Ein Schuß peitschte auf, und der Zombie zerfiel vor seinen Augen zu grauem Staub.

Aber die Atempause hatte Altuun gereicht.

Trotz seiner grauenhaften Verletzung hatte er sich wieder erhoben und wankte dem Eingang entgegen. Zamorra wollte ihm nachstürmen, aber plötzlich waren überall um ihn herum dunkle Gestalten. Gräßlicher Verwesungsgestank hüllte ihn ein. Hinter ihm begannen Bill und Perkins zu schießen, aber für jeden Getöteten kam ein neuer. Wie eine lebende Mauer warfen sie sich zwischen Zamorra und ihren Herrn, ungeachtet der Tatsache, daß sie ins Verderben rannten.

Und dann war der Spuk vorbei.

Zamorra registrierte wie durch einen dichten Nebel, wie der letzte Zombie sich zuerst in blaues Feuer und dann in nichts auflöste.

Und noch während er das Bewußtsein verlor, hörte er draußen ein Motorrad aufbrüllen.

Altuun tobte.

Norton bekam den geistigen Wutanfall des Wesens, das Besitz von seinem Körper ergriffen hatte, mit voller Wucht zu spüren. Schmerzen rasten durch seinen Körper, peinigten ihn. Er wollte schreien, aber seine Kehle war zugeschnürt.

Norton spürte die Wut, die Altuun bei dem Gedanken erfaßte, daß es auf dieser Welt ein Wesen, einen ganz gewöhnlichen Menschen gab, der ihm gewachsen war, ja, der ihn sogar vernichten konnte.

Von der grausigen Armee des Zombieherrschers waren nur zwei entkommen. Alle anderen Zombies waren unter den Schüssen der beiden Männer gefallen.

Norton krümmte sich unter Qualen zusammen, aber trotz allem regte sich in ihm ein Hoffnungsfunke. Es gab noch eine Chance. Altuun war nicht ganz so allmächtig, wie er bis jetzt geglaubt hatte. Es gab eine Möglichkeit, ihn zu vernichten. Irgendwo in dieser Stadt gab es einen Mann, der eine Waffe gegen das Wesen aus der Vorzeit gefunden hatte, und Norton hoffte inbrünstig, daß er eine Möglichkeit finden würde, sie anzuwenden.

Die Sonne war aufgegangen, als Altuuns Toben langsam nachließ. Aber seine Wut war nicht verraucht, sie hatte nur einem kalten, berechnenden Haß Platz gemacht.

»Du triumphierst, Norton?« fragte Altuun.

»Ich . . .«

»Lüg nicht!« Eine Schmerzwelle rollte über Nortons Körper, ließ ihn gequält aufschreien.

»Du triumphierst. Du glaubst, ich bin geschlagen. Aber das ist nicht so. Niemand kann mich besiegen. Niemand. Hörst du, Norton, niemand!« Bei jedem Wort rasten Wellen feuriger Agonie durch Nortons Körper, bis er am Rand der Bewußtlosigkeit war und schweratmend auf dem Bett lag.

»Dieser Mensch hat es gewagt, mich herauszufordern«, zischte Altuun. »Nun gut – ich nehme den Fehdehandschuh auf.«

Norton erholte sich langsam von dem Anfall. Er starrte auf das Muster der Tapete, versuchte, sich auf nichts anderes zu konzentrieren als darauf, an nichts anderes zu denken. Altuun würde jeden seiner Gedanken lesen und bestrafen.

Wie zur Bestätigung fuhr eine neue Schmerzwelle durch seinen Körper.

»Ja. Du hast recht. Aber freu dich nicht zu früh, Norton. Ich werde dich nicht töten. Ich brauche dich. Dieser Wurm hat es gewagt, den Zorn der Götter herauszufordern. Er soll ihn spüren. Noch bevor der Tag zu Ende ist, werde ich ihn in meiner Gewalt haben. Und dann soll er alle Qualen der Hölle durchleiden. Niemand stellt sich gegen mich, ohne dafür bestraft zu werden. Steh auf, Norton, du brauchst neue Kleider. Du kannst so nicht hinausgehen, ohne Aufsehen zu erregen.«

»Du willst – hinaus.«

»Natürlich. Wir werden den Kampf aufnehmen, Norton. Wir werden herausfinden, wer dieser Mensch ist. Und dann werden wir ihn töten.«

Er trieb durch ein Meer von Schmerzen. Er hörte Geräusch, aber sie schienen weit entfernt, schienen wie durch einen dichten, wallenden Nebel aus einer anderen Welt zu ihm herüberzuwehen.

Einen Herzschlag lang dachte er über die Frage nach, was Nebel war, was Geräusche.

Wer er war.

»Ich glaube, du bist wach«, sagte die Stimme. Sie klang vertraut, und sie schien besorgt zu sein.

Er versuchte, die Augen zu öffnen, aber das Licht tat weh.

»Verstehst du mich?« Jemand berührte ihn sanft an der Schulter. Er nahm den Duft eines teuren Parfums wahr.

Er versuchte noch einmal, die Augen zu öffnen, und diesmal ging es.

»Wie fühlst du dich?« fragte Nicole. Ihr Gesicht hing groß und irgendwie tröstend über ihm. Sorge stand in ihren Augen.

Er nickte schwach. »Ich könnte Bäume ausreißen«, sagte er mit zitternder Stimme. »Aber nur Setzlinge.«

Nicoles Gesicht verdüsterte sich. »Es ist immer dasselbe mit dir«, sagte sie tadelnd. »Kaum läßt man dich ein paar Stunden aus den Augen, passiert irgend etwas.«

Der Klang ihrer Stimme strafte ihre Worte Lügen. Sie fuhr ihm mit einer zärtlichen Bewegung über die Stirn, beugte sich über ihn und küßte seine spröden aufgesprungenen Lippen.

»Wo bin ich?« fragte er leise. »Ich weiß, daß es eine abgedroschene Frage ist, aber . . .«

»Im Krankenhaus«, sagte Nicole streng. »Und dort wirst du auch erst einmal bleiben.«

Zamorra schüttelte den Kopf und versuchte, sich aufzurichten. Nicole stieß ihn mit sanfter Gewalt aufs Bett zurück.

»Ich kann nicht hierbleiben, ich . . .«

»Was du kannst, bestimmen die Ärzte«, fuhr ihm Nicole ins Wort. »Und ich. Und ich habe ihnen gesagt, daß sie dich nötigenfalls bis zum Hals mit Schlafmitteln vollpumpen sollen, wenn du nicht vernünftig bist.«

»Aber . . .«

»Kein Aber. Ich glaube, du weißt gar nicht, wie knapp es diesmal war. Eigentlich dürftest du gar nicht mehr leben. Das meint jedenfalls der Arzt.«

Zamorras Hand tastete nach seiner Brust. »Wo – wo ist mein Amulett?«

»Im Nachtschrank«, antwortete Nicole. »Und da bleibt es auch. Hast du dir mal deine Brust angesehen? Wird eine hübsche Narbe geben.« Sie starrte kopfschüttelnd auf ihn hinunter. »Womit hast du dich diesmal angelegt. Mit Luzifer persönlich?«

Zamorra schüttelte den Kopf. »Nein. Ich glaube, vor diesem Altuun hätte sogar der Teufel Angst.«

»Altuun?«

»So nannte er sich. Hat Perkins dir nichts erzählt?«

Nicole zuckte die Achseln. »Nicht viel. Ich weiß natürlich in groben Zügen Bescheid, aber . . . er scheint selbst nicht zu wissen, was eigentlich passiert ist. Der arme, kleine Mann ist total verstört.«

Zamorra lächelte. »Du solltest ihn nicht unterschätzen«, sagte er. »Ich habe selten jemanden gesehen, der so tapfer ist.«

Nicole machte eine abfällige Geste. »Erzähl mir das später, wenn du dich erholt hast. In einem Monat oder so.«

»Einen Monat!« Zamorra lächelte wehmütig. »Ich werde nicht einmal einen Tag hierbleiben.«

»Oh doch, du wirst.«

»Aber es . . .«

»Es nützt Perkins überhaupt nichts, wenn du nach Minuten zusammenbrichst, meinst du nicht auch? Ruh dich ein paar Tage aus, ehe du wieder auf Gespensterjagd gehst.«

Zamorra richtete sich mühsam im Bett auf, seine Brust schmerzte, und in seinem Hinterkopf schien ein böser kleiner Zwerg zu sitzen und unentwegt auf einen gigantischen Gong einzuschlagen.

»Du verstehst anscheinend nicht, wie ernst die Lage ist«, sagte er mühsam.

»Sie hat aber trotzdem recht«, sagte eine Stimme von der Tür her.

Zamorra drehte den Kopf und sah Perkins, der, mit einem riesigen Blumenstrauß bewaffnet, unter der Tür erschienen war. Hinter ihm wurde Bill Fleming sichtbar, der offensichtlich in eine erregte Auseinandersetzung mit einer Krankenschwester vertieft war. »Ist ja in Ordnung, Schwester, sagte er. »Wir bleiben nur drei Minuten, höchstens, ich . . .«

Zamorra lächelte. »Perkins! Wie geht es Ihnen?«

»Besser als Ihnen«, gab der Inspektor zurück. Er trat ins

Zimmer, sah sich vergeblich nach einer Blumenvase um und deponierte den Strauß schließlich achselzuckend im Waschbecken. »Haben Sie eigentlich Katzen unter Ihren Vorfahren gehabt?« fragte er.

»Wieso?«

Perkins grinste. »Sie sind genauso schwer umzubringen. Habe ich richtig gehört? Sie wollen schon wieder entlassen werden?«

»Sicher.« Zamorra nickte.

»Kommt überhaupt nicht in Frage«, sagte Perkins bestimmt. »Sie bleiben mindestens eine Woche hier.«

»Mindestens«, fügte Bill hinzu, der die Krankenschwester mittlerweile besänftigt hatte und ebenfalls an Zamorras Bett getreten war. »Du hast gehört, was das Auge des Gesetzes gesagt hat. Das Urteil ist sofort zu vollstrecken, und zwar ohne Bewährung.«

»Habe ich irgend etwas Wichtiges verpaßt?« fragte Zamorra.

Perkins schüttelte den Kopf. Sein Grinsen verschwand schlagartig. »Er ist uns entwischt, wenn Sie das meinen. Aber wir haben zumindest die meisten dieser Zombies erwischt. Ich glaube nicht, daß mehr als zwei oder drei von ihnen entkommen sind.«

»Und – die anderen?«

»Die Gäste im Lokal, meinen Sie. Die Sache ist ziemlich übel, fürchte ich. Vier oder fünf sind verschwunden, und es hat eine Menge Verletzte gegeben. Aber ich denke, wir waren früh genug da, um das Schlimmste zu verhindern.«

»Ich hoffe nur, es kommt zu keiner Panik«, murmelte Zamorra.

»Wegen der Presse?« Perkins schüttelte den Kopf. »Kaum.«

»Aber Sie können den Vorfall unmöglich geheimhalten.«

»Natürlich nicht. Sie sollten einmal die Morgenzeitungen lesen, Professor. Die ganze Stadt spricht darüber. Allerdings steht nirgends eine Zeile von Zombies oder etwas Ähnlichem.«

»Wie haben Sie das geschafft?« erkundigte sich Nicole neugierig.

»Überhaupt nicht«, entgegnete Perkins. »Natürlich haben die Reporter alles erfahren – aber sie haben es nicht geglaubt, so einfach ist das. Sie dürfen die Leute nicht überschätzen. Sie denken an eine Massenhalluzination, an Drogen, an was-weiß-ich. Wir haben noch eine Galgenfrist.«

»Und Altuun?«

»Der Mann, mit dem Sie gekämpft haben? Ich sagte schon, er ist uns entwischt. Aber ich glaube nicht, daß er uns so schnell wieder Ärger machen wird. Sie haben ihn ziemlich übel zugerichtet. Ein Wunder, daß er noch fliehen konnte. Wahrscheinlich wird er sich erst einmal in irgendein Loch verkriechen und seine Wunden lecken. Und wenn er wieder zuschlagen sollte, bin ich vorbereitet.«

»Vorbereitet?«

Perkins nickte. »Ja. Ich hatte vergangene Nacht ein ziemlich langes Gespräch mit meinen Vorgesetzten, und dank der Hilfe von Mr. Fleming und der Aussagen verschiedener Zeugen konnte ich ihn wenigstens teilweise überzeugen. Wir stellen eine Spezialeinheit auf. Scharfschützen, Spürhunde – alles, was dazugehört. Und Silbermunition.« Er lächelte wehleidig. »Es wird eine Menge Ärger geben, wenn die Rechnungen dafür gegengezeichnet werden sollen.« Er senkte die Stimme und sah Zamorra nachdenklich an. »Sagen Sie, Professor – was war das überhaupt für ein Wesen?«

Zamorra machte ein unglückliches Gesicht.

»Ich habe keine Ahnung, Perkins. Ich weiß nur, daß wir nicht vorsichtig genug sein können. Gestern abend konnte ich ihn überraschen. Das nächste Mal wird er vorbereitet sein.« Er brach ab und preßte die Hand gegen die Stirn. Ihm schwindelte. Übelkeit wallte in ihm auf.

»Ich glaube, wir lassen Sie jetzt besser allein«, murmelte Perkins, dem die Veränderung nicht entgangen war. »Wenn Sie erst einmal vierundzwanzig Stunden lang durchgeschlafen haben, unterhalten wir uns über unsere nächsten

Schritte. Machen Sie sich keine Sorgen. Wir haben ihn einmal gefunden, wir werden ihn auch wieder finden.«

Aber Zamorra hörte seine Worte schon gar nicht mehr. Er war in einen tiefen, festen Schlaf gesunken.

Nicole warf der schlafenden Gestalt einen letzten, besorgten Blick zu, dann drehte sie sich um und verließ hinter Perkins und Bill das Krankenzimmer.

»Sie müssen mich entschuldigen, sagte Perkins, als sie am Fahrstuhl angekommen waren und auf das Eintreffen der Kabine warteten, »wenn ich Sie nicht begleite. Ich möchte die Sicherheitsvorkehrungen noch einmal überprüfen.«

»Sicherheitsmaßnahmen?« wiederholte Nicole verwirrt.

»Natürlich«, Perkins nickte. »Glauben Sie, ich lasse unsere einzige Waffe im Kampf gegen dieses Ungeheuer unbewacht?«

Er verabschiedete sich mit einem flüchtigen Kopfnicken und ging mit schnellen, energischen Schritten davon.

Der Lift kam. Sie bestiegen die Kabine und fuhren in die große, sonnendurchflutete Eingangshalle hinunter.

»Ich mache mir wirklich Sorgen um ihn«, murmelte Nicole, als sie auf das wartenden Taxi zugingen.

Bill lächelte beruhigend. »Das brauchst du nicht. Wie ich Perkins kenne, hat er die Klinik in einer halben Stunde in eine uneinnehmbare Festung verwandelt.«

Keiner von ihnen ahnte, daß die Gefahr aus einer ganz anderen Richtung kommen würde.

Und keiner von ihnen bemerkte die kleine, dunkel gekleidete Gestalt, die in einer Nische neben dem Eingang stand und ihnen aus brennenden Augen nachsah.

Das Hotelzimmer war seltsam still, nachdem Bill gegangen war. Nicole hatte ihn unter einem fadenscheinigen Vorwand fortgeschickt, und der Amerikaner schien begriffen zu haben, daß sie allein sein wollte. Ihre Fröhlichkeit, die sie im Krankenhaus und anschließend im Taxi zur Schau getragen hatte, war verflogen. In Wirklichkeit war sie jetzt nur noch eine Frau, die Angst um den Menschen hatte, den sie liebte. Es war schon lange kein Geheimnis mehr, daß sie für Zamorra mehr war als eine Sekretärin und er für sie mehr als ein Vorgesetzter. Sie hatten gemeinsam schon die haarsträubendsten Abenteuer erlebt, aber Zamorra war noch nie so sehr in Gefahr gewesen wie heute.

Nicole sorgte sich nicht um das, was geschehen war. Sie wußte, daß Zamorra einen überdurchschnittlich kräftigen Körper hatte, und die Verletzungen, die er während des Kampfes davongetragen hatte, würden verheilen, ohne Folgen zu hinterlassen.

Nein; sie hatte Angst vor dem, was noch kam. Bill hatte sie auf dem Weg zum Hotel kurz über das unterrichtet, was vorgefallen war, und Nicole hatte sehr wohl begriffen, daß sie vielleicht erst am Anfang des Kampfes standen. Das Wesen würde sich von seiner Niederlage erholen, und Zamorra würde sich unweigerlich erneut zum Kampf stellen. Er mußte es einfach. Es hätte seiner Natur widersprochen, ein solches Ungetüm ungestraft davonkommen zu lassen.

Sie stand auf, ging zur Stereoanlage und schaltete leise Musik ein. Aber das half auch nicht viel. Ihre Gedanken kehrten immer wieder an den gleichen Punkt zurück, und je länger sie über das nachdachte, was Perkins und Bill ihr erzählt hatten, desto besorgter wurde sie.

Ein Klopfen an der Tür unterbrach ihre Gedanken.

»Ja?«

»Miss Duval? Miss Nicole Duval?« fragte eine Stimme durch die geschlossene Tür.

»Ja. Was gibt es?«

»Ich habe ein Telegramm für Sie.«

Nicole runzelte die Stirn. Ein Telegramm?

»Schieben Sie es unter der Tür durch«, rief sie. Die Stimme schwieg einen Moment. Dann: »Sie müssen den Empfang quittieren. Wenn Sie bitte öffnen würden. Es dauert nur einen Augenblick.«

Nicole griff verärgert nach dem Morgenrock, der über der Sessellehne hing, und streifte ihn über das durchsichtige Negligé. Wahrscheinlich wollte der Mann nur ein Trinkgeld. Hotelpagen waren in dieser Hinsicht von manchmal bewunderungswürdiger Hartnäckigkeit.

Sie ging zur Tür, drehte den Schlüssel herum und öffnete.

Der Mann war kein Page.

Er war klein, schmal, und trug einen Trenchcoat, dessen Kragen hochgeschlagen war, dazu einen breitkrempigen Hut und Handschuhe.

Es war überhaupt kein Mann.

Es war nicht einmal ein Mensch.

Nicoles entsetzter Aufschrei erstickte unter der Hand, die sich über ihren Mund legte. Der Mann stieß sie ins Zimmer zurück und warf die Tür hinter sich ins Schloß.

Nicole wehrte sich verzweifelt, aber der Zombie war viel zu stark, als daß sie eine Chance gehabt hätte. Sie fühlte sich hochgehoben und zum Bett getragen. Die Augen des Zombies leuchteten gierig.

Irgend etwas geschah mit ihr. Sie spürte, wie irgend etwas wie ein Ventil in ihr geöffnet wurde, durch das ihre Kraft, ihre Lebensenergie, zu dem schrecklichen Wesen dort hinüberfloß. Ihre Abwehrbewegungen wurden schnell schwächer, und nach wenigen Augenblicken erfaßte sie eine Art wohltuende Mattigkeit.

Aber dann packte eine unsichtbare Gewalt den Zombie und riß ihn zurück. Er fuhr hoch, ließ sie los und stieß ein zorniges Fauchen aus, wie ein Raubtier, das sich um sein Futter betrogen sieht. Der unsichtbare Wirbel, der ihre Lebenskraft aufgesaugt hatte, verebbte. Aber die Müdigkeit blieb.

Das Wesen näherte sich erneut dem Bett. Nicole fühlte sich hochgehoben und davongetragen. Irgendwo auf dem Weg nach unten verlor sie das Bewußtsein.

»Diesmal werde ich ihn vernichten«, flüsterte Norton. Der Dämon hatte jetzt ganz von seinem Körper Besitz ergriffen. Das, was einmal die Persönlichkeit des Mannes ausgemacht hatte, dieses immaterielle, nicht mit Worten zu beschreibende Etwas, das den Unterschied zwischen toter und belebter Materie ausmachte, dämmerte irgendwo am Rande des Bewußtseins des Körpers dahin, nur noch ein schwacher Lebensfunke, der kaum noch Notiz von den Vorgängen nahm. Mühsam versuchte er, wenigstens in Gedanken zu antworten; Altuun wachte eifersüchtig darüber, daß er am Leben und bei Bewußtsein blieb. Auf eine geheimnisvolle Weise schien sein Schicksal von der Existenz Nortons abzuhängen; so, als könne er die Herrschaft über diesen Körper nur ausüben, wenn der Geist, der ihn einstmals bewohnt hatte, noch anwesend war. Norton war in diesem Augenblick der Lösung des Rätsels näher als jemals ein anderer Mensch zuvor, wenngleich ihm dieses Wissen nichts nützte.

»Ja«, wisperte er leise. Das winzige Wort schien ihn alle Kraft zu kosten, die er noch hatte.

Altuun lachte grausam. »Ich wußte nicht, wer dieser Mensch ist«, sagte er leise. »Aber das spielt auch keine Rolle mehr. Noch bevor der Tag zu Ende ist, wird er sterben – und dann hindert mich nichts mehr daran, die Macht über diese Welt zu ergreifen.« Er sah sich nachdenklich in dem kleinen, schäbigen Hotelzimmer um, in dem er Zuflucht gesucht hatte.

In einer Ecke saßen stumm zwei kleine, schmale Gestalten mit lederartiger Haut und brennenden Augen; die kümmerlichen Reste seiner zerschlagenen Schreckensarmee. Aber der Zorn, der bei der Erinnerung an den vergangenen Abend in ihm aufflammte, erlosch sofort wieder, als sein Blick weiterwanderte und bei der schlafenden Gestalt auf dem Bett verharrte. Es war überraschend leicht gewesen, die Frau zu entführen. Mit unglaublicher Zielsicherheit hatte er erkannt, daß sich hier die beste Chance bot, Zamorra zu treffen. Die Menschen, diese seltsame, schwächliche Rasse, die jetzt die

Welt bewohnte, die einst seinem Volk gehört hatte, verfügten über eine Fähigkeit, die Altuun vollkommen fremd war. Zuerst hatte er nicht verstanden, was dieses Wort bedeutete: Liebe. Aber dann hatte er in den Gedanken der Menschen darüber gelesen. Diese Liebe – was immer das sein mochte – schien sie zu außerordentlichen Taten und Handlungen zu befähigen. Aber sie stellte auch gleichzeitig eine ihrer größten Schwächen dar.

Und Altuun gedachte diese Schwäche auszunützen. Die Gestalt auf dem Bett rührte sich.

Altuun stand auf und ging zu Nicole hinüber. Nach menschlichen Maßstäben mußte sie eine hübsche Frau sein, wenngleich Begriffe wie Schönheit oder Anmut keinen Platz in Altuuns Begreifen hatten.

Sie öffnete die Augen. Einen Atemzug lang irrte ihr Blick unsicher durch den Raum, dann flackerte langsames Erkennen in ihren Augen. Sie richtete sich ruckartig auf, registrierte mit einem Blick die fremde Umgebung, den hochgewachsenen Mann vor ihrem Bett, die beiden Alptraumgestalten im Zimmer. Jede andere Frau in ihrer Lage wäre wahrscheinlich hysterisch geworden oder hätte zumindest aufgeschrien, aber Nicole hatte schon zu viele unerklärliche Dinge erlebt, um sich so leicht aus der Fassung bringen zu lassen.

Sie musterte Altuun kalt.

»Wer sind Sie?«

Altuun lachte. Ein Geräusch, das Nicole einen kalten Schauer über den Rücken trieb.

»Sie wissen es nicht?«

Nicole schüttelte den Kopf.

»Mein Name«, sagte Altuun nach einer wirkungsvollen Pause, »ist Altuun. Ich vermute, Sie wissen jetzt, mit wem Sie es zu tun haben.«

Nicole nickte. Sie hatte Angst, aber das sah man ihr nicht an.

»Und – warum haben Sie mich hierhergebracht? Wollen Sie mich umbringen?«

Altuun lachte erneut. »Sie enttäuschen mich, Miss Duval«, sagte er. »Ich hielt Sie für einen intelligenten Menschen. Meinen Sie, ich ließe Sie hierherbringen, um Sie zu töten?« Er schüttelte den Kopf. »Nein – ich werde Sie nicht anrühren. Jetzt noch nicht. Mit Ihnen habe ich etwas Besseres vor.«

»Und – was?« fragte Nicole nach einer Weile.

Altuun lachte ein drittes Mal. »Sie werden mir ihren Freund ausliefern.«

»Ich soll – was ...?«

Der Ausdruck in Altuuns Augen verhärtete sich. »Stellen Sie sich nicht dumm!« fauchte er. »Sie werden jetzt diesen Zamorra anrufen, und Sie werden ihm genau das ausrichten, was ich Ihnen sage. Dort steht das Telefon.«

»Das werde ich nicht tun«, sagte Nicole bestimmt.

Zur ihrer Überraschung blieb Altuun ganz ruhig. Nur in seine Augen trat ein seltsamer Ausdruck.

»Wirklich nicht?« fragte er sanft.

Nicoles Blick irrte unsicher zwischen Altuun und dem Telefon hin und her. Sie wollte es nicht tun. Sie würde sich weigern.

Aber in ihrem Magen war ein seltsames Gefühl bei diesem Gedanken.

Inspektor Perkins sah besorgt aus. Er hatte in der vergangenen vier Nächten nicht viel Schlaf gefunden, und die Erschöpfung hatte sein Gesicht deutlich gezeichnet: Tiefe Ringe lagen unter seinen Augen, die Haut war unnatürlich blaß und wirkte wächsern, und seine Bewegungen waren schnell und fahrig. Zusammen mit seinem grauen Haarschopf, der seit drei Tagen keinem Kamm mehr begegnet war, und dem zerknitterten Anzug, der ganz so aussah, als ob sein Besitzer drei Wochen lang darin geschlafen hätte, gaben ihm all diese Kleinigkeiten eher das Aussehen eines unausgeschlafenen Landstreichers als das des Chefs der Mordkommission von Scotland Yard.

»Sie haben immer noch keine Nachricht«, sagte Zamorra zur Begrüßung.

Perkins schüttelte stumm den Kopf.

Sie hatten Nicoles Verschwinden ziemlich rasch bemerkt. Bill war noch einmal zu ihrem Zimmer zurückgegangen, um sie um Zigaretten zu bitten, und als er sie nicht vorgefunden hatte, hatte er sofort Verdacht geschöpft. Es war nicht Nicoles Art, spätabends allein wegzugehen, ohne vorher Bescheid zu sagen. Mißtrauisch geworden, hatte Bill Nicoles Gepäck durchsucht. Er hatte eine ziemlich genaue Vorstellung von dem, was sie eingepackt hatte, und als er schließlich merkte, daß alle ihre Kleider im Zimmer waren, hatte er Perkins alarmiert. Freiwillig wäre Nicole bestimmt nicht im Morgenrock aus dem Hotel gelaufen.

Seitdem lief die Fahndung auf Hochtouren. Perkins hatte seine besten Männer auf die Spur der jungen Frau gesetzt, aber die Ermittlungen hatten bis zur Stunde außer einer Unzahl falscher Spuren nichts eingebracht.

»Wissen Sie irgend jemanden hier in der Stadt, der etwas davon hätte, Miss Duval zu entführen?« fragte Perkins. Er hatte die Frage während der letzten vier Stunden wahrscheinlich schon zwanzigmal gestellt, und er hatte jedesmal das gleiche stereotype Kopfschütteln zur Antwort bekommen. Aber er hätte es einfach nicht ertragen, wortlos hier im Zimmer zu stehen und Zamorra in die Augen zu blicken.

»Meines Wissens habe ich hier keine Feinde. Weder ich, noch Nicole.« Er starrte eine Zeitlang gegen die Decke, setzte sich im Bett auf und fragte: »Irgend etwas Neues von Altuun?«

»Nein. Anscheinend braucht er eine Zeit, um die Niederlage zu verkraften. Falls wir überhaupt noch einmal etwas von ihm hören – es würde mich wundern, wenn er seine Verletzungen überlebt hätte.

»Vielleicht«, sagte Zamorra nachdenklich, »haben wir schon von ihm gehört.«

»Wie meinen Sie das?«

Zamorra sah Perkins nachdenklich an. »Ich überlege nur«, sagte er langsam, »ob es ein reiner Zufall ist, daß Nicole ausgerechnet jetzt verschwunden ist.«

»Sie meinen ... dieses – dieses Ding könnte etwas mit dem Verschwinden Ihrer Sekretärin zu tun haben?«

Zamorra zuckte mit den Achseln. »Ich meine gar nichts. Aber zuzutrauen wäre es ihm.

Perkins wiegte zweifelnd den Kopf. »Ich weiß nicht ...«, sagte er. »Das ist eine ziemlich gewagte Theorie, die Sie da aufstellen. Immerhin kann er nicht wissen, daß Sie und Miss Duval ... befreundet sind.«

Zamorra lächelte unglücklich. »Sie unterschätzen unseren Gegner, Inspektor. Altuun ist kein Mensch wie Sie und ich. Er ist überhaupt kein Mensch. Vielleicht ist er nicht einmal ein Lebewesen, nicht in der Art, wie wir Leben verstehen. Sicher ist, daß er über eine Reihe von Fähigkeiten verfügt, die wir nicht kennen. Es sollte mich nicht wundern, wenn der kurze geistige Kontakt, den ich mit ihm hatte, ausreichte, damit er all meine Gedanken erfassen konnte.«

»Sie meinen ...«

Zamorra zuckte erneut mit den Achseln. »Ich weiß es einfach nicht, Perkins. Aber diese Berührung war ... grauenhaft. Ich – ich hatte das Gefühl, ausgesaugt zu werden. Es war, als gäbe es da eine Kraft, die all meine Lebensenergie, meine Gedanken und Erinnerungen, alles, aus mir heraussaugen wollte. Ohne dies«, er berührte das Amulett, das über dem Verband auf seiner Brust hing, »wäre ich jetzt nicht mehr am Leben. Wahrscheinlich wäre ich jetzt ein Zombie wie die anderen.«

Das Schrillen des Telefons unterbrach ihre Unterhaltung. Perkins, der direkt neben der Konsole mit dem Apparat stand, nahm den Hörer ab.

»Ja?«

»Ich möchte Zamorra sprechen«, sagte eine Stimme.

Perkins runzelte die Stirn.

»Wer spricht denn dort?«

»Geben Sie mir Zamorra«, fauchte der andere ungeduldig. »Ich habe keine Zeit für dumme Spielchen.«

Perkins zog verärgert die Brauen hoch, reichte dann aber den Hörer an Zamorra weiter, der dem kurzen Disput mit fragendem Gesichtsausdruck gefolgt war.

»Ja? Wer spricht dort?«

Perkins konnte von der Unterhaltung nichts verstehen, aber Zamorras Gesichtsausdruck veränderte sich in erschreckender Weise. Nach fast fünf Minuten, in denen Zamorra sich außer einem gelegentlichen ›Ja‹, nur aufs Zuhören beschränkt hatte, legte er den Hörer auf die Gabel zurück.

»Wer war das?« fragte Perkins neugierig.

»Altuun«, antwortete Zamorra leise. Seine Stimme klang besorgt.

»Al . . .?«

Zamorra sah auf. »Ja. Er hat Nicole.«

»Und was will er?«

Zamorra lachte humorlos und stand auf. »Mich«, antwortete er einfach. »Er bringt Nicole um, wenn ich mich nicht heute abend mit ihm treffe. Allein und unbewaffnet, versteht sich.«

»Aber Sie – Sie gehen doch nicht hin?«

Zamorra lächelte unglücklich. »Wissen Sie eine bessere Lösung?«

Der Regen hatte aufgehört, aber es schien eher noch kälter geworden zu sein. Die Scheiben des Streifenwagens waren beschlagen. Von Zeit zu Zeit wischte Perkins mit einem Taschentuch winzige Gucklöcher in den undurchsichtigen Film, aber dahinter war auch nicht viel mehr zu erkennen. Die Straße vor ihnen lag im Dunkel. Rechts erkannten sie die riesige schwarze Silhouette einer ehemaligen Lagerhalle, in der jetzt nur noch Landstreicher und Ratten hausten. Über dem unablässigen Wispern des Funkgerätes vernahm man von Zeit zu Zeit die Geräusche der Lastkähne, die auf der nahen Themse vorüberfuhren. Nebelschwaden krochen die Böschung herauf.

»Ich bleibe dabei«, sagte Bill Fleming dumpf, »daß es Wahnsinn ist, was du vorhast.«

Zamorra antwortete nicht, und Bill wußte insgeheim, daß es nichts auf der Welt gab, was den hochgewachsenen Mann von seinem Entschluß abbringen konnte. Bill verstand ihn, gut sogar. Er liebte Nicole, und Bill hätte an seiner Stelle wohl das gleiche getan. Und doch gab es einen Unterschied: Zamorra würde dies für jeden Menschen tun, er würde sich dem Ungeheuer auch zum Kampf stellen, wenn es einen vollkommen Fremden in seiner Gewalt gehabt hätte. Nur wäre es dann für ihn vielleicht etwas leichter gewesen.

»Du hast überhaupt keine Chance gegen diese Bestie«, sagte er halbherzig.

Zamorra lächelte dünn. »Ich weiß. Aber ich muß dieses Ungeheuer vernichten.« Er fuhr plötzlich im Sitz herum. »Du verstehst offenbar immer noch nicht, Bill. Es geht nicht um mich. Es geht auch nicht um Nicole. Dieses Monstrum wird sich nicht damit zufriedengeben, ein paar Menschen in seinen Bann zu zwingen. Es wird diese Stadt erobern, dieses Land, vielleicht . . . vielleicht die ganze Welt. Ich muß es aufhalten, irgendwie. Wenn man ihn nicht daran hindert, loszurollen, wird er schließlich eine Lawine auslösen, die niemand mehr aufhalten kann.«

»Es kommt jemand«, sagte Perkins leise. Er zog nervös an einer Zigarette und deutete mit der Glut hinaus in das Dunkel.

Ein schweres Motorrad näherte sich dem Wagen.

Zamorra atmete tief ein, griff unter sein Hemd und zog das Amulett hervor. »Hier«, sagte er. »Paß gut darauf auf, Bill. Wenn . . . wenn ich nicht zurückkomme, ist dies vielleicht die einzige Waffe, die dir noch bleibt.«

Bill Fleming griff zögernd nach dem Amulett. »Aber – es ist deine einzige Waffe.«

»Ich weiß«, nickte Zamorra. »Aber Altuun weiß das auch. Er hat ausdrücklich verlangt, daß ich ohne das Amulett komme. Er würde es spüren, bevor ich eine Gelegenheit hätte, es anzuwenden.« Er ließ das Amulett in Bills geöffnete Hand fallen und sprang aus dem Wagen, ehe Bill oder Perkins noch einen Versuch unternehmen konnten, ihn aufzuhalten.

Das Motorrad hatte in einiger Entfernung angehalten. Der Fahrer, ein kleiner, schmächtig wirkender Mann mit dunklem Vollvisierhelm und schwarzer Lederkombi, starrte ihm schweigend entgegen.

»Altuun schickt dich?« fragte Zamorra.

Der Zombie nickte.

Zamorra brauchte nicht unter das getönte Visier zu blicken, um zu wissen, was er da vor sich hatte. Die schnellen, abgehackten Bewegungen und der bestialische Verwesungsgeruch sagten ihm überdeutlich, daß es kein lebender Mensch war.

Der Zombie deutete mit einer herrischen Bewegung auf den Soziussitz der Honda und preschte los, kaum daß Zamorra hinter ihm Platz genommen hatte.

Sie rasten mit ausgeschalteten Scheinwerfern durch die verlassenen Straßen des Industrieviertels. Der Fahrtwind schnitt eisig durch Zamorras dünne Kleidung, und der Fahrer legte sich mit unmenschlichem Wahnwitz in die Kurven, so daß Zamorras Knie fast den vorüberhuschenden Asphalt berührten.

Er mußte sich an der schmalen Brust des Fahrers festhalten, um nicht abgeworfen zu werden.

In seinem Kopf war ein eigenartiges Dröhnen und Brausen. Die Ärzte hatten die Hände über dem Kopf zusammengeschlagen, als sie gesehen hatten, daß Zamorra das Spital verließ. Er war noch lange nicht kräftig genug, um sich auf einen Kampf mit dem Monstrum einzulassen, weder in geistiger noch in körperlicher Hinsicht. Aber es mußte sein.

Und er hatte noch einen Trumpf, von dem Altuun nichts

wußte. Verstohlen tastete seine Hand nach der winzigen Ampulle in seiner Rocktasche. Es hatte den Chemiker des Yard allerhand Mühe gekostet, die Substanz nach seinen Angaben zusammenzumixen, aber Zamorra hatte keine Zeit mehr gehabt, die Tinktur zu überprüfen. Er mußte sich einfach darauf verlassen, daß sie wirkte.

Die Fahrt endete nach einer guten Viertelstunde in einer aufgelassenen Kiesgrube. Das Stahlskelett eines verrosteten Schaufelbaggers ragte wie ein vorzeitliches Ungeheuer gegen den sternenübersäten Himmel, von der Glut einer nahen Eisenhütte gerötet. Das dumpfe Wummern mächtiger Maschinen wehte durch die Nacht zu ihnen herüber.

Das Motorrad hielt. Der Fahrer stieg ab und bedeutete Zamorra mit Gesten, ihm zu folgen.

Auf dem Grund der Kiesgrube stand ein zweites Motorrad, daneben ein uralter Ford, der offensichtlich nur noch von Rost und Farbe zusammengehalten wurde. Im Hintergrund erkannte Zamorra undeutlich eine Anzahl dunkler Gestalten. Fünf, sechs Zombies standen in weitem Kreis um den Wagen herum und warteten offenbar auf weitere Befehle.

Zamorra griff in die Jackentasche und nahm die Ampulle heraus. Der dünne Hals zerbrach unter seinen Fingern. Er täuschte ein Husten vor und schluckte die bittere Flüssigkeit herunter.

Dicht vor dem Ford hielt sein Führer an.

Die Tür des Wagens wurde geöffnet. Ein schlanker, hochgewachsener Mann stieg ins Freie.

Zamorra hatte jetzt zum ersten Mal Gelegenheit, sich seinen Feind näher zu betrachten. Er sah aus wie ein ganz normaler Mensch. Schlank, kräftig, mit einem Gesicht, das eine Spur von Brutalität zeigte, und klugen, dunklen Augen.

»Sie sind also gekommen«, sagte er leise.

»Du hast daran gezweifelt?« fragte Zamorra spöttisch.

Altuuns Gesicht verzog sich zu einer Grimasse. »Narr«, sagte er abfällig. »Ihr seid Narren, ihr Menschen.« Er sah Zamorra einen Atemzug lang nachdenklich an. »Du weißt genau, daß ich dich töten werde, und kommst trotzdem. Dein Verhalten gibt mir Rätsel auf, Zamorra.«

Zamorra erwiderte Altuuns Blick gelassen. Er spürte, wie die Substanz zu wirken begann. Wie sich in seinem Hinterkopf ein seltsames, taubes Gefühl breitmachte.

»Gestern abend«, fuhr Altuun fort, als klar war, daß Zamorra nicht antworten würde, »hätte ich dich getötet, wenn ich gekonnt hätte.«

»Und jetzt nicht mehr?« fragte Zamorra kalt.

Altuun zuckte mit den Achseln. »Das liegt bei dir«, gab er zurück. »Ich habe aus den Gedanken deiner Gefährtin eine Menge über dich gelernt. Wärst du nicht ein Mensch, würde ich dich bewundern. Ich wiederhole mein Angebot – komm zu mir. Ich verspreche dir, daß ich dir nichts antun werde. Weder dir noch deinen Freunden. Im Gegenteil. Ich werde euch zu meinen Statthaltern machen. Ihr werdet unsterblich sein, und ihr werdet mehr Macht in Händen halten als jemals ein Mensch zuvor.«

»Und der Preis?« fragte Zamorra kalt.

»Ihr dient mir. Ihr werdet meine Befehle an die Menschen weitergeben und dafür sorgen, daß sie ausgeführt werden. Das ist alles.«

»Oh, das ist alles«, spottete Zamorra. Er sah Altuun kalt an. »Danke, aber ich fürchte, ich kann dein Angebot nicht annehmen.«

»Überleg es dir genau.«

»Da gibt es nichts zu überlegen«, zischte Zamorra. »Ich bin gekommen, wie du es verlangt hast. Jetzt halte deinen Teil der Abmachung, gib Nicole frei.«

Altuun lachte. »Warum sollte ich?«

»Es war abgemacht.«

»Abgemacht!« Altuun machte eine abfällige Geste. »Sag mir jemanden, der mich daran hindern sollte, die Abmachung zu brechen.« Er machte eine beiläufige Geste mit der Hand. Dutzende von dunklen, kleinen Gestalten traten aus dem Dunkel und umringten Altuun und Zamorra.

Der Dämon lächelte dünn. »Du siehst, euer Kampf war ganz und gar sinnlos. Ich habe meine Armee wieder aufgebaut, größer noch als zuvor.«

Zamorra schauderte. Wieviel unschuldige Menschen hatten sterben müssen, um dem Ungeheuer als Zombies zu dienen? Zehn? Zwanzig? Im Dunkeln konnte er die Gestalten nicht zählen, aber es waren viele.

»Also gut«, sagte Altuun plötzlich. »Es war abgemacht. Ich lasse die Frau frei. Und dann, Zamorra, wirst du sterben.«

Zamorra schüttelte den Kopf. »Ich bin bereit, mich dir zu stellen, Altuun«, sagte er, »aber erst, wenn Nicole in Sicherheit ist. Gib ihr einen Vorsprung.«

Altuun lachte. »Wie du willst.« Er winkte mit der Hand. Ein Zombie trat an den Wagen und öffnete die Beifahrertür. Nicole stieg aus. Sie wirkte blaß und geistesabwesend. Ihre Schritte waren unsicher.

Ihre Blicke trafen sich. In Nicoles Augen trat ein flehender Ausdruck.

»Geh«, sagte Zamorra ruhig.

»Aber ich . . .«

»Mach dir keine Sorgen um mich«, sagte Zamorra. »Geh, du bist frei.«

Für einen Sekundenbruchteil kreuzten sich ihre Blicke, dann senkte Nicole den Kopf und verschwand mit schnellen Schritten in der Dunkelheit.

»Du bist ein Narr«, zischte Altuun, als Nicole verschwunden war. »Sie wird sterben, früher oder später. Genau wie du sterben wirst. Dein Opfer ist umsonst. Hast du dir mein Angebot überlegt?«

»Ja« sagte Zamorra. »Meine Antwort ist – dies!« Seine Hand fuhr unter die Jacke und kam mit einer winzigen Pistole wieder zum Vorschein. Die Waffe ruckte kurz in Zamorras Hand. Altuun taumelte zurück, mehr erstaunt als wütend, als ihn der winzige Pfeil aus der Luftdruckpistole traf. Einen Moment lang taumelte er, als das Curare seine tödliche Wirkung entfaltete. Aber seine Dämonenkräfte neutralisierten das Gift rasch.

Aber mehr hatte Zamorra auch nicht gewollt. Er wußte, daß eine menschliche Waffe einem Wesen wie Altuun nichts anhaben konnte. Was er brauchte, war ein winziger Vorsprung.

Er warf sich zur Seite, tauchte unter den zupackenden Klauen der Zombies durch und rannte in das Dunkel hinein. Hinter ihm schrie Altuun wutentbrannt auf.

Zamorra spürte, wie die geistigen Kräfte des Dämons nach ihm griffen. Aber die Substanz wirkte. Zamorra wußte selbst nicht genau, wie die geheimnisvolle Tinktur, deren Zusammensetzung ihm ein südamerikanischer Medizinmann vor vielen Jahren einmal verraten hatte, auf den menschlichen Geist einwirkte. Aber der, der sie einnahm, war für mehrere Stunden geistig taub und blind. Irgendwie wirkte die Substanz aus Kräutern und Wurzeln auf das PSI-Zentrum des Menschen im Gehirn, und genauso, wie sie alle außersinnlichen Fähigkeiten des Betroffenen blockierte, schuf sie gleichermaßen eine unsichtbare Wand gegen Einflüsse von außen. Er spürte, wie Altuuns geistiger Angriff abglitt, als wäre er gegen eine spiegelnde Eiswand geprallt. Das Wesen griff erneut an, und wieder vergingen Sekunden, in denen Zamorra kostbare Meter gewann.

Ein Zombie tauchte vor ihm auf, schlug nach ihm und verfehlte ihn knapp.

Zamorra lief, so schnell er konnte. Er war nie dafür gewesen, wegzulaufen, aber er mußte eine einigermaßen vernünftige Chance haben, wenn er sich dem Kampf stellte. Und allein und waffenlos hatte er gegen Altuun keinerlei Aussichten.

»Packt ihn!« kreischte Altuun mit überschnappender Stimme, als ihm endgültig klar wurde, daß er Zamorra mit geistigen Mitteln nicht aufhalten konnte.

Er hörte, wie die Zombies zur Verfolgung ansetzten.

Zamorra war ein guter und ausdauernder Läufer, aber

diese Wesen waren keine Menschen. Sie kannten keine Erschöpfung, und über kurz oder lang würden sie ihn eingeholt haben.

»Hinlegen!« Die Stimme kam irgendwo aus dem Dunkel vor ihm, und Zamorra reagierte augenblicklich.

Er warf sich mit einem Hechtsprung zu Boden.

Im gleichen Moment wurde die Nacht zum Tag.

Gigantische Flutlichtscheinwerfer flammten auf den Sandhügeln rings der Kiesgrube auf, schickten Ströme blendenden Lichts in die Senke und ließen die Zombies entsetzt aufschreien.

Und dann brach die Hölle los.

Irgendwo begann ein Maschinengewehr zu rattern, dann ein zweites, drittes. Die vordersten Zombies taumelten und stürzten zu Boden. Rings um Zamorra explodierten kleine Sandfontänen, als Gewehrkugeln dicht an ihm vorbeipfiffen und einen angreifenden Zombie trafen. Das Wesen kreischte auf, fiel zu Boden und verging in blauem Feuer.

Zamorra runzelte die Stirn.

Wer immer die unsichtbaren Schützen waren, sie mußten in ihren Patronengurten eine Anzahl Silbergeschosse haben.

»Perkins«, murmelte Zamorra halblaut.

Wie auf ein Stichwort erschien der dickleibige Inspektor auf dem Hang, gefolgt von einer Gruppe uniformierter Männer, die aus kurzläufigen Maschinenpistolen auf die Schreckensgestalten schossen.

Die Zombies hatten keine Chance.

Eine knappe Minute nachdem der Spuk begonnen hatte, war keiner der Zombies mehr am Leben.

Und in der Mitte der Grube, neben dem rauchenden, brennenden Wrack des Ford, stand Altuun, hochaufgerichtet und in gleißendes Licht gebadet.

Langsam, mit starren, mechanischen Bewegungen, setzte er sich auf Zamorra zu in Bewegung.

»Hund!« zischte er. »Du hast es gewagt! Du hast es gewagt, mich ein zweites Mal anzugreifen!«

Plötzlich schrie er.

»Ich werde dich vernichten! Du wirst Millionen qualvoller Tode sterben!« Er warf die Arme hoch und rannte mit einem hallenden Wutschrei los.

Auf dem Hügel gab Perkins den Soldaten ein Zeichen.

Das helle Peitschen von Schüssen zerriß die Stille. Die Mündungsflammen stachen hell durch die Dunkelheit, und rings um Altuun/Norton spritzten winzige Sandfontänen auf.

Der Dämon war gegen die tödliche Wirkung der Kugeln gefeit, aber allein die Wucht, mit der die Geschosse gegen seinen Körper prallten, warf ihn zu Boden.

»Schießt weiter!« rief Zamorra. Er sprang auf die Füße, ging ein paar Schritte rückwärts und sah sich gehetzt um. In seinem Gehirn begann ein verwegener Plan Gestalt anzunehmen.

Die Ladestreifen der Maschinenpistolen waren schnell erschöpft, aber andere Schützen fielen ein, und Altuun wurde erneut herumgewirbelt, während Zamorra mit langen, federnden Schritten den Hang hinaufstürmte. Der Sand war locker und gab immer wieder nach, aber Zamorra erreichte den Kamm der Halde, bevor Altuun sich wieder aufgerichtet hatte.

Verzweifelt rannte er los. Er wußte, daß die Soldaten das Monster nur noch wenige Augenblicke lang daran hindern konnten, die Verfolgung aufzunehmen.

Vor ihm tauchte der Maschendrahtzaun der Eisenhütte auf. Mit einem federnden Satz sprang Zamorra an dem Drahtgeflecht empor, hangelte sich hoch und sprang auf der anderen Seite wieder zu Boden. Er lief weiter, in Richtung auf die eigentliche Fabrikhalle.

Sein Vorhaben war selbstmörderisch, aber er wußte, daß er nur noch diese einzige Chance hatte. Ein drittes Mal würde sich Altuun nicht übertölpeln lassen.

Er warf einen Blick über die Schulter zurück. Hinter ihm tauchte Altuun auf dem Hügel auf, eine rennende Gestalt, deren Kleider in Fetzen hingen. Als er Zamorra sah, stieß er ein triumphierendes Geheul aus und beschleunigte seine Schritte.

Der Zaun hielt ihn nicht auf. Er rannte darauf zu und durchbrach das Drahtgeflecht, ohne sein Tempo zu vermindern.

Zamorra rannte schneller. Seine Lungen brannten, und seine Herz hämmerte zum Zerspringen. Aber er durfte nicht aufgeben. Jetzt nicht!

Vor ihm war der Eingang zur Fabrikhalle. Ein Arbeiter im blauen Overall und gelbem Plastikschutzhelm wollte ihm den Eintritt verwehren, aber Zamorra stieß den Mann beiseite und hetzte weiter.

Die Hitze der Halle schlug ihm wie eine kompakte Wand entgegen. Gigantische Schmelzöfen strahlten eine starke Glut aus, der Geruch von heißem Metall vermischte sich mit Schweiß und den aufgeregten Rufen der Männer, die den Eindringling entdeckten und Warnungen schrien.

Zamorra konnte Altuun jetzt hinter sich hören, nur noch wenige Schritte entfernt. Er hetzte direkt auf einen der riesigen Schlackebehälter zu, übersprang die Absperrung und griff nach den rostigen Sprossen einer Leiter, die an der narbigen Außenwand des Behälters emporführte.

Das Metall war noch so heiß, daß er sich die Finger verbrannte, aber er achtete nicht darauf. Mit katzenhaften Bewegungen kletterte er an der geschwärzten Metallwand empor, ohne auf die erschrockenen und entsetzten Rufe der Männer unter sich zu achten.

Der Behälter war knapp vier Meter hoch, ein mächtiger, quadratischer Block aus Gußeisen, in dem die noch halbflüssige Stahlschlacke aufgefangen und in eine Unzahl von Abflußleitungen kanalisiert wurde. Zamorra erreichte den Rand, blieb einen Herzschlag lang schwankend stehen und ging dann vorsichtig, mit ausgebreiteten Armen, wie ein Seiltänzer weiter. Links neben ihm gähnte ein vier Meter tiefer Abgrund, zu seiner Rechten loderte eine fünfhundert

Grad heiße Hölle, ein künstlicher Vulkankrater, in dem zähflüssige Schlacke zischte und brodelte.

Und hinter ihm war Altuun.

Zamorra blieb stehen und drehte sich um. Für einen Moment drohte er die Balance zu verlieren, und für einen kurzen, schrecklichen Augenblick neigte er sich bedrohlich weit über die flammende Eisenlava, ehe er die Balance wiederfand.

»Jetzt habe ich dich!« zischte Altuun, außer sich vor Wut. Seine Hände griffen gierig nach Zamorras Hals.

Zamorra trat zu.

Er legte alle Kraft in diesen einen Angriff, und die Wucht seines eigenen Trittes schleuderte ihn weit über den Rand des Behälters hinaus auf den harten Betonboden hinunter.

Das Wesen schrie auf, wankte, aus dem Gleichgewicht geworfen, und kämpfte verzweifelt darum, die Balance wiederzufinden.

Langsam, wie in Zeitlupe, neigte sich der Körper über den Rand des kochenden Vulkans und fiel hinein. Die abgekühlte Schlackenschicht, die wie eine dünne Eisscholle auf dem flüssigen Eisen schwamm, riß auf, und für wenige Sekunden wurde das hellorange glühende geschmolzene Metall sichtbar.

Altuuns Körper verschwand langsam in der zähflüssigen Masse.

Nach wenigen Augenblicken schloß sich die dunkle Schlackenschicht wieder.

Altuun/Norton war verschwunden.

»Das ist jetzt innerhalb weniger Stunden das zweite Mal, daß ich dich erlebe, wie du im Krankenhaus aufwachst«, sagte Nicole. »Ich muß sagen, du machst dich. Was hältst du davon, eine eigene Klinik zu bauen und gleich dorthin umzuziehen?« Ihre Stimme klang streng, aber auf ihrem Gesicht war deutlich Erleichterung zu lesen.

Zamorra schmunzelte und hielt die eingegipste Linke hoch. »Dir wird das Lachen vergehen«, sagte er scherzhaft. »Du wirst in Zukunft mehr arbeiten müssen. Damit kann ich nicht schreiben.«

Nicole verdrehte die Augen. »Wenn du wenigstens beim Schreiben bleiben würdest«, sagte sie in gespieltem Zorn. »Aber was tust du, statt dich wie ein braver Wissenschaftler zu benehmen und mir gelehrte Bücher zu diktieren? Schlägst dich mit Dämonen herum!«

Perkins lachte. Er hockte wie die Karikatur eines pausbäckigen Weihnachtsmannes auf dem einzigen Besucherstuhl, spielte nervös mit einem Knopf seines Jacketts und versuchte offensichtlich, einige passende Worte für die Situation zu finden.

»Ich glaube«, sagte er schließlich, »damit wäre die Sache endgültig erledigt.«

Zamorra nickte. »Ja.«

»Woher wußten Sie, daß Altuun nicht auch gegen flüssiges Eisen immun ist?« fragte Perkins.

Zamorra zuckte mit den Achseln und grinste wie ein Schuljunge, dem ein Streich gelungen ist. »Ich wußte es überhaupt nicht, Perkins. Aber es gab keine andere Chance. Und außerdem – sehen Sie, er hat sich an diesen Norton geklammert, obwohl er sicherlich leicht hätte untertauchen können, wenn er so einfach zu einem Körperwechsel fähig wäre. Wahrscheinlich ist es selbst für ihn sehr schwer, einen Menschen geistig zu übernehmen. Und wahrscheinlich braucht er einen menschlichen Wirt, wenn er nicht dahin zurückkehren wollte, wo er herkam.«

»Und . . . wo war das?«

»Ich weiß es nicht«, sagte Zamorra. »Aber eines ist klar: Selbst mit Altuuns ungeheuerlichen Kräften dürfte es unmöglich sein, einen vollkommen zerstörten Körper wieder zu regenerieren. Wäre er dazu in der Lage, hätte er sich einen passenden Körper . . . hergestellt, wenn Sie so wollen.«

Perkins nickte. »Ich verstehe«, sagte er leise. »Sie brauchen also nur den Körper wirklich gründlich zu zerstören.« Sein Gesicht hellte sich auf. »Aber jetzt sind wir die Bestie ja los.«

Über Zamorras Gesicht huschte ein Schatten. »Ja. Aber vergessen Sie nicht, daß mit Altuun auch ein Mensch gestorben ist.«

»Wahrscheinlich«, murmelte Perkins, »war es besser für ihn. Er muß Unsägliches durchgemacht haben.«

»Wenn ihr nicht gleich aufhört«, mischte sich Nicole ein, »machst du etwas Unsägliches durch.«

Sie funkelte Zamorra in gespieltem Zorn an und griff nach ihrer Handtasche.

»Sie werden jetzt schlafen, Professor Zamorra«, sagte sie bestimmt. »Sechsunddreißig Stunden schlafen. Und in einer Woche werde ich die Ärzte befragen, wann mit Ihrer Entlassung zu rechnen ist.«

»Eine Woche!« protestierte Zamorra.

»Richtig«, sagte Nicole schadenfroh. »Eine Woche Bettruhe, mindestens. Und versuche nicht, durchzubrennen. Das Fenster ist abgeschlossen, und vor der Tür stehen die beiden kräftigsten Krankenpfleger, die ich finden konnte, Wache.« Sie drehte sich um und ging zur Tür.

Perkins und Bill folgten ihr.

»Übrigens«, sagte Bill zum Abschied, »läßt die Altehrwürdige Loge anfragen, warum du nicht zur letzten Sitzung gekommen bist.«

Zamorra überlegte eine Sekunde.

»Richte ihnen aus«, sagte er dann, »daß es meiner Sekretärin zu langweilig war, und ich deshalb wunschgemäß für etwas Zerstreuung sorgen mußte.«

Nicoles empörter Aufschrei ging in Perkins Gelächter unter.

Vela, die Hexe

Sie erwarteten sie vor dem Dorf: eine Doppelreihe schwerer, knochiger Gestalten mit verhärmten Gesichtern, auf denen sich eine Mischung aus Mißtrauen, Angst und einer Art widerstrebender Hoffnung spiegelte.

Vela zügelte ihre Rechse und blieb einen Herzschlag lang stehen, um die Versammlung genauer in Augenschein zu nehmen. Die Männer waren ausnahmslos groß und kräftig gebaut; einheitlich gekleidet in schmierige graue Lendenschurze und grob gearbeitete Sandalen, die mit dünnen Lederriemen an den Waden geschnürt waren.

Von der Hüfte aufwärts waren sie nackt. Einige trugen Ketten aus bunten Kieselsteinen oder durchstoßenen Muscheln und Tierzähnen, manche Schwerter, Messer oder Äxte, die meisten einfache Holzknüppel. Aber alle waren bewaffnet. Die Gesichter der Männer schienen sich zu ähneln, weniger in den Zügen als vielmehr auf eine seltsame, schwer zu bestimmende Art, die nicht die Mitglieder einer bestimmten Familie, sondern Angehörige desselben Menschenschlages kennzeichnete. Sie waren hart, abweisend und verwittert wie das Land, in dem sie lebten. Selbst die Gesichter der Jäger schienen bereits von der Vorahnung kommender Runzeln und Furchen durchzogen, als hätte ein gnadenloses Geschick schon in die Seelen der Ungeborenen die Narben eingegraben, die das Leben ihren Körpern noch zufügen würde. Sie hatte Menschen wie diese schon oft gesehen. Es war der einzige Schlag, der in dieser Umgebung überleben konnte; Menschen, die ihre Seelen wie einen Panzer nach außen trugen. Hart, aber offen, manchmal beinahe verletzend offen. Auch diese hier. Sie gaben sich nicht einmal die Mühe, ihre Abneigung zu verhehlen.

Vela lächelte unter ihrem Schleier. Es war überall das gleiche; egal wo sie hinkam, in jeder Stadt, durch die sie gezogen war, in jedem Land, auf jedem Kontinent. Die Menschen hatten Angst. Angst vor ihrem grauen Kleid, vor dem Köcher mit heiligen Instrumenten auf ihrem Rücken, dem Schatz von altem Wissen und Zaubersprüchen, den sie in dem ledergebundenen Buch an ihrer Seite mit sich trug. Aber es gab Mittel und Wege, diese Angst zu überwinden, wenigstens zeitweise.

Sie drückte der Rechse die Sporen in die Seite und ließ das Tier langsam auf die wartenden Männer zutraben. Es war so heiß, daß die Luft zwischen ihnen flimmerte, trotz der wenigen Schritte Entfernung. Die Hufe des Tieres erzeugten ein dumpfes widerhallendes Geräusch auf dem rissigen Boden.

Hinter den Männern, traditionsgemäß vier, fünf Schritte Abstand wahrend, standen die Frauen, verschleiert bis an die Nasenspitze, einige von ihnen mit Kindern auf den Schultern, den Blick angstvoll zu Boden gerichtet. Nur ab und zu blitzte ein neugieriges Augenpaar zu ihr hinüber.

»Es sieht ja fast so aus, als hätten sie Angst vor uns«, flüsterte Gord. Vela brachte ihn mit einer unwilligen Handbewegung zum Schweigen. Gord war noch nicht lange bei ihr. Er kannte die Sitten und Gebräuche dieses Landes nicht, noch nicht.

Ein gedämpftes Murren erhob sich in der Menge, als sie sich der Gruppe bis auf wenige Schritte genähert hatte. Einer der Männer hob den Arm und machte eine herrische Bewegung. Der Lärm verstummte sofort.

Vela zog die Zügel an und schwang sich mit einer flüssigen Bewegung aus dem Sattel. Ihr Rücken schmerzte von dem überstandenen Tagesritt. Sie schwankte und hielt sich mit einer Hand am Sattelgurt fest, während sie mit der Linken die traditionelle Begrüßungsgeste machte.

Einer der Männer – der, der vor wenigen Augenblicken für Ruhe gesorgt hatte – trat einen Schritt vor und verbeugte sich tief.

»Ich grüße Euch, Ehrwürdige Frau«, murmelte er. Seine Stimme klang tief und ungeübt; wahrscheinlich sprachen die Menschen hier nicht sehr viel.

Sie erwiderte die Verbeugung und antwortete pflichtschuldig: »Ich grüße Euch, Behüter dieser Stadt. Mögen die Götter Eurem Land immer wohlgesonnen sein.«

In den Augen des Mannes blitzte verhaltener Spott auf.

»Sie sind es nicht, Ehrwürdige Frau«, sagte er, ganz und gar nicht traditionsgemäß. »Sie sind es nicht.« Er trat einen Schritt zurück, scheuchte ein Kind beiseite, das sich neugierig nach vorne gedrängt hatte, um einen Blick auf Vela werfen zu können, und bahnte eine Gasse für sie.

»Verzeiht meine Ungeduld, Ehrwürdige Frau«, fuhr er fort, während er eine einladende Geste zum Dorf hin machte. »Ihr werdet erschöpft und müde sein. Unser Dorf ist Euer Dorf. Kommt näher, ruht, eßt und trinkt. Danach können wir reden.«

Vela reichte die Zügel der Rechse an Gord weiter und folgte der Einladung. Sie konnte die Blicke der Männer und Frauen beinahe körperlich auf sich spüren, während sie durch die schmale Gasse schritt, die sich hinter ihr sofort wieder schloß. Und sie konnte die Angst und Ehrfurcht dieser Leute fast riechen. Aber sie wußte auch, wie schnell sich diese Gefühle ins Gegenteil verkehren konnten.

Und sie wußte auch jetzt schon, wie ihre Abreise aus diesem Dorf aussehen würde; egal, ob sie Erfolg gehabt hatte oder nicht.

»Ich bin Ceshan«, sagte der Mann.

»Ihr seid der Herr dieses Dorfes?«

Er zuckte mit den Achseln. »Eigentlich nicht. Es gibt kein Oberhaupt. Seht mich als eine Art . . . Sprecher an, wenn Ihr wollt.« Sie waren vor einer niedrigen, weißgetünchten Hütte angekommen, deren ordentlich anmutendes Äußeres sich wohltuend vom Rest der Ortschaft abhob. »Meine Hütte«, sagte er mit einladender Geste. »Tretet ein. Solange Ihr bei uns wohnt, gehört sie Euch.«

Vela nickte unmerklich und betrat das Gebäude. Eigentlich hätte sie sich jetzt sträuben müssen, um dem komplizierten Ritual dieser Menschen Genüge zu tun, aber sie war viel zu müde, um sich noch lange mit überalterten Zeremonien und Gebräuchen aufzuhalten. Ihr Rücken schmerzte stärker, und ihre Hand begann zu zittern.

Drinnen war es kühl und schattig. Sie sah sich mit einem raschen Blick um und ließ sich dann auf ein Fellbündel sinken, das im hinteren Teil des Raumes aufgehäuft war.

»Meine Leute kümmern sich um Euren Gehilfen und Euer Tier«, sagte Ceshan. Er war unter der Tür stehengeblieben, ein riesiger, dunkler Schatten gegen das kochende Rot des hereinbrechenden Abends.

»Wenn Ihr noch Wünsche habt . . .«

Vela schüttelte schwach den Kopf und begann, an ihrem Schleier zu nesteln.

Ceshan schien die Geste zu verstehen. »Ich verlasse Euch jetzt, Ehrwürdige Frau«, murmelte er. »Mögen die Dämonen der Nacht Euren Schlaf verschonen.« Er drehte sich um, zögerte einen Moment und fügte hinzu: »Morgen reden wir über Eure Aufgabe.«

Vela nickte erneut und ließ sich erschöpft hintenüber sinken, ohne von Ceshans Anwesenheit weiter Notiz zu nehmen. Jetzt, da sie endlich – endlich – aus dem Sattel und auf einem bequemen Lager war, spürte sie die Erschöpfung erst richtig. Nachdem der Reiter sie erreicht und hierher eingeladen hatte, waren sie seit drei Wochen beinahe ohne Unterbrechung unterwegs. Und die letzten Tage waren die Hölle gewesen. Selbst die beide Rechsen schienen unter der mörderischen Hitze gelitten zu haben, obwohl sie als Wüstenbewohner an extreme Temperaturen gewöhnt waren.

Sie schloß die Augen und registrierte uninteressiert, wie Ceshan endgültig die Hütte verließ und die Tür hinter sich schloß. Durch die dünnen Wände konnte sie deutlich die Stimmen der anderen hören, die offenbar draußen gewartet hatten und Ceshan nun mit neugierigen Fragen bestürmten.

Dieser Ceshan schien ein ungewöhnlicher Mann zu sein. Er behauptete von sich, nicht der Herr dieser Dorfgemeinschaft zu sein, aber offenbar gehorchten ihm die anderen. Und er schien wenigstens über ein Mindestmaß an Bildung zu verfügen, etwas, das in diesen einsamen Berggemeinden seltener anzutreffen war als ein kopfgroßer Diamant.

Sie würde auf ihn achtgeben müssen, morgen.

Mit diesem Gedanken glitt sie hinüber in einen tiefen, traumlosen Schlaf. Sie erwachte vor Sonnenaufgang. Auf dem Dach der Hütte zwitscherte ein Vogel, ein anderer antwortete ihm von irgendwoher aus dem Dorf, dazwischen das Klappern von Hufen, gedämpfte Stimmen, unterbrochen vom unwilligen Grunzen der Rechsen und dem Klirren ihrer Ketten.

Jemand war bei ihr im Raum.

Sie öffnete die Augen und drehte vorsichtig den Kopf. Eine dickvermummte Gestalt kauerte am Fußende ihres Lagers und hantierte vorsichtig mit Töpfen und Schalen.

Vela richtete sich auf die Ellenbogen auf und schüttelte den Kopf. Die kleinen Glöckchen in ihrem Haar klingelten leise.

Die Gestalt fuhr herum und starrte sie einen Sekundenbruchteil lang aus schreckgeweiteten Augen an. Es war ein Mädchen, vielleicht dreizehn, vierzehn Jahre alt. Einen Herzschlag lang trafen sich ihre Blicke, und Vela meinte in den Augen des Mädchens die gleiche Mischung aus wacher Intelligenz und Spott wie in denen Ceshans zu lesen; wenngleich im Augenblick auch die Angst die Oberhand zu haben schien.

Dann war der Moment des Schreckens vorbei, das Mädchen befestigte mit einer raschen Handbewegung den Schleier wieder vor seinem Gesicht und sprang auf die Füße.

»Bleib«, sagte Vela rasch, als es davonlaufen wollte.

Es zögerte, warf einen sehnsüchtigen Blick zum Ausgang und begann nervös mit den Händen zu ringen. »Verzeiht, wenn ich Euren Schlaf gestört habe, Ehrwürdige Frau«, begann es mit zitternder Stimme.

Vela lächelte, setzte sich vollends auf und winkte das Mädchen zu sich heran. »Du hast mich nicht gestört«, sagte sie so sanft wie möglich. »Komm, setz dich zu mir.«

Das Mädchen gehorchte zögernd.

Vela deutete mit einer Kopfbewegung auf die Schalen zu ihren Füßen. »Mein . . . Morgenmahl?«

Das Mädchen nickte.

»Ceshan . . .« sie zögerte fast unmerklich und sprach dann rasch und nervös weiter, »trug mir auf, es Euch zu bereiten. Aber ich . . . ich wollte Euch nicht stören . . .«

»Du hast mich nicht gestört«, wiederholte Vela lächelnd. Sie warf einen prüfenden Blick durch die Ritzen im Dach. »Es ist schon hell«, stellte sie fest. »Sowieso Zeit aufzustehen. Die anderen warten sicher schon auf mich.«

Das Mädchen nickte. »Ja. Sie . . . sie haben sich bereits im Dorfhaus versammelt. Mein Vater spricht zu ihnen.«

»Ceshan ist dein Vater?« fragte Vela. Sie stand auf, angelte nach ihrem Umhang und streifte ihn mit flüssigen Bewegungen über. Aus den Augenwinkeln sah sie, wie sich die Blicke des Mädchens an ihrem jugendlichen, straffen Körper festsaugte. Sie lachte innerlich. Es gab wenige Menschen, die die Vorstellung einer Hexe mit der eines jugendlichen Körpers verbanden.

»Du siehst erstaunt aus«, sagte sie. »Es wundert dich, daß ich jung bin?«

Das Mädchen errötete und senkte den Kopf. »Ja, ich . . . verzeiht, Ehrwürdige Frau, wenn meine Blicke Euren Körper ge . . .«

Vela unterbrach sie mit einer unwilligen Handbewegung. »Wer hat dir gesagt, daß du solchen Unsinn reden sollst?« fragte sie scharf.

Das Mädchen zuckte zusammen. »Niemand.«

»Also«, Vela nickte und griff nach ihrem Schleier. »Du hast gedacht, ich wäre alt und häßlich?« Sie lachte. »Ich bin weder alt noch häßlich, noch eine Hexe«, sagte sie.

»Aber Ihr seid . . .«

»Eine Ehrwürdige Frau, ich weiß.« Vela nickte bekümmert. »Wahrscheinlich hat man dir erzählt, daß alle ehrwürdigen Frauen alt und verschrumpelt sind, mit geheimnisvollen Kräutern und Zaubersprüchen hantieren und über dämonische Kräfte verfügen.« Sie richtete sich vollends auf und glättete ihr Gewand. Jetzt, als sie sich gegenüberstanden, sah sie, daß das Mädchen ihr allerhöchstens bis zu den Schultern reichte. Sie war schlank; schon beinahe dürr. Und sie würde wahrscheinlich niemals Gelegenheit haben, ihren hübschen jungen Körper so zu pflegen, wie es ihm gebührte, ihr kindliches Antlitz in das schöne Gesicht einer Frau zu verwandeln. Das harte Leben hier draußen und die untergeordnete Stellung, die die Frau in diesem Teil der Welt innehatte, würde sie schnell erwachsen werden lassen, dann alt, gebeugt, und schließlich häßlich und verbraucht.

Arme Kleine, dachte Vela. Laut sagte sie: »Ich bin ein Mensch wie jeder andere. Eine Frau wie du, wenn du so willst.« Sie deutete mit einer Kopfbewegung auf die Schalen mit Obst und Wein. »Bist du so gut und reichst mir das Wasser?«

Das Mädchen gehorchte schweigend. Seine Hände zitterten, und es zuckte unwillkürlich zusammen, als es Vela die Schale reichte und sich ihre Finger darin für einen flüchtigen Moment berührten. Vela seufzte lautlos. Warum redete sie eigentlich mit diesem Mädchen? Sie wußte, daß ihre Worte verschwendet waren. Sie konnte nicht mit ein paar Sätzen umstoßen, was man diesem Kind seit zehn oder zwölf Jahren eingebleut hatte. In weiteren drei, vier Jahren würde sie in die Herde gesichtsloser, schleiertragender Sklavinnen aufgenommen werden, würde einen Mann heiraten, den ihre Eltern für sie ausgesucht hatten, und sie würde mit der gleichen Verachtung auf alle Andersartigen herabschauen, wie es ihre Eltern taten.

Und auch sie würde mit Steinen werfen, wenn es an der Zeit war, fügte Vela in Gedanken hinzu. Seltsamerweise empfand sie bei dem Gedanken nicht die gewohnte Bitterkeit. Dieses Mädchen hatte irgend etwas an sich, das es Vela unmöglich machte, ihm mit der Mischung aus Hochmut und berechnendem Stolz gegenüberzutreten, die die Ehrwürdigen Frauen sonst auszeichnete. Eine seltsame Art von (sie sträubte sich gegen das Wort, weil es ihr albern und pathetisch erschien, aber es war das einzig passende) Reinheit und Unschuld. Die freundliche Naivität eines wenige Wochen alten Kindes, verborgen hinter den Erfahrungen eines Lebens, das mit seinem Dutzend Jahren wahrscheinlich schon mehr Härten und Grausamkeiten bereitgehalten hatte, als für einen Erwachsenen gut sein mochte, aber immer noch spürbar.

Sie wurde sich plötzlich bewußt, daß sie das Mädchen schon eine geraume Zeit anstarrte und es sich unter ihrem Blick merklich unwohl fühlte.

»Ich danke dir«, sagte sie und gab ihm die Schale zurück. »Geh jetzt. Sag deinem Vater, daß ich gleich komme.«

Das Mädchen stellte die Schüssel hastig zu Boden und entfernte sich rückwärts gehend und mit gesenktem Blick.

Vela starrte die Tür noch eine Zeitlang an, nachdem die Kleine gegangen war. Ceshans Tochter ... ja, sie würde auf ihn achten müssen.

Sie kleidete sich hastig an und trat dann ins Freie. Die Sonne ging gerade auf: ein ungeheurer, rotglühender Bogenausschnitt, der die gesamte westliche Hälfte des Himmels beherrschen würde, wenn er den höchsten Punkt seiner Bahn erreicht hatte. In alten Liedern hieß es, es hätte eine Zeit gegeben, in der die Sonne nichts als ein winziger münzengroßer Ball am Himmel gewesen wäre, viel kleiner als heute, aber so hell, daß ein Mensch erblindete, wenn er länger als wenige Herzschläge lang mit ungeschulten Augen hineinstarrte. Die Lieder mußten sehr alt sein, Vela konnte sich nicht erinnern, die Sonne jemals anders als eine gigantische, rotglühende Scheibe erlebt zu haben, so gewaltig, daß sie mehr als die Hälfte des Himmels einnahm und sich wie eine riesige Halbkugel von Horizont zu Horizont spannte.

Die Kühle der Nacht nistete noch im Boden und in den Wänden der Hütte. Von Osten her wehte ein sanfter, warmer Wind, der den Geruch von heißem Staub, Einsamkeit und das entfernte Krächzen einer wilden Daktyle mit sich brachte.

Vela blieb einen Moment lang stehen und atmete mit geschlossenen Augen tief ein. In wenigen Augenblicken würde es ganz hell werden. Die Hitze des Tages würde die wenigen feuchten Augenblicke des Erwachens vertreiben und die Menschen aufstöhnen lassen, so wie sie es seit Wochen taten.

Sie öffnete die Augen und sah sich aufmerksam um. Gestern abend war sie viel zu erschöpft gewesen, um sich alle Einzelheiten einprägen zu können; ein Fehler, den sie schnellstmöglich korrigieren mußte.

Das Dorf schien im großen und ganzen aus einer einzige Straße zu bestehen, ein breiter, festgetretener Weg, an beiden Seiten von niedrigen grauen und braunen Häusern flankiert, die sich unter dem dräuenden, hitzeschwangeren Himmel zu ducken schienen, als fürchteten sie bereits die kommende Glut des Tages. Trotz der Weite der Landschaft drängten sich die Gebäude schutzsuchend zusammen, ein kleiner, an einer Seite kaum merklich geöffneter Kreis, der an die Grundmauern einer Trutzburg erinnerte und mehr, als tausend Worte und Erklärungen das vermochten, die abweisende Haltung seiner Bewohner symbolisierte. Sie entdeckte nirgends etwas, das auf Tierhaltung hinwies. Offenbar lebten diese Menschen einzig von dem, was ihre Felder erbrachten. Oder sie hatten ihre Ställe und Scheunen an einem anderen Ort, vielleicht aus Furcht vor Banditen oder Söldnern. Sie beschloß, Ceshan danach zu fragen.

Sie fand das Dorfhaus sofort. Es war das größte Gebäude, ein zweigeschossiges, graues Haus mit überhängendem Dach, wuchtigen Steinquaderwänden und kleinen, an Schießscharten erinnernden Fenstern. Ein Gebäude, das mehr einer Burg als einem Wohnhaus glich; Versammlungsort, Gebetshaus und Zuflucht zugleich. Durch die Ritzen der geschlossenen Läden schimmerte trübes Kerzenlicht. Als sie näher kam, hörte sie gedämpfte Stimmen aus seinem Inneren. Die Tür war angelehnt. Sie schob sie auf und trat ein.

Etwa die Hälfte der Männer, die sie gestern abend im Dorfeingang empfangen hatten, war in dem großen Innenraum versammelt. Auf dem Tisch standen Kerzen und Krüge voll Wein oder Bier. Erloschene Fackeln hingen in Haltern an den Wänden, ihr Rauch schwebte noch in der Luft, vermengte sich mit dem Geruch von einem Dutzend schwitzender Männerkörper.

Ceshan stand am Kopfende des Tisches und gestikulierte eifrig mit den Händen. Bei ihrem Eintreten unterbrach er seine Rede und sah sie einen Moment lang mit eindeutiger Mißbilligung an. Dann hatte er sich wieder in der Gewalt. Auf seinem Gesicht erschien ein Ausdruck nichtssagender Höflichkeit.

»Ehrwürdige Frau«, sagte er. »Ihr seid schon auf. Ihr habt gut geruht?«

Vela nickte. »Ja. Ich hoffe, ich störe nicht.«

Ceshan schüttelte den Kopf. »Wir rechneten noch nicht mit Euch, Ehrwürdige Frau«, erwiderte er, »aber es freut uns, daß Ihr die Gastfreundschaft unseres Dorfes zu schätzen wißt. Einen Krug Wein?«

Er griff nach einem Becher und hielt ihn ihr auffordernd hin.

Vela lehnte ab. »Ihr habt mich gerufen, damit ich eine Aufgabe erfülle. Eure Gastfreundschaft kann ich später genießen.«

Ceshan zuckte mit den Achseln und deutete auf einen freien Stuhl. »Nehmt Platz, Ehrwürdige Frau«, sagte er steif.

Vela gehorchte schweigend. Während sie zu dem angebotenen Platz an der Schmalseite des Tisches ging, musterte sie unauffällig die Gesichter der anderen. Sie wirkten übernächtigt und verschwitzt. Nach den Rändern unter ihren Augen und der Anzahl der geleerten Krüge unter dem Tisch zu schließen, mußten sie die halbe Nacht hier gesessen und geredet haben.

Die Männer wichen ihrem Blick aus, und als sie sich gesetzt hatte, spürte sie, wie die beiden zu ihren Seiten unwillkürlich von ihr abrückten. In Momenten wie diesen war sie froh, daß sie einen Schleier vor dem Gesicht trug, daß man ihre Augen nicht sehen konnte.

Daß man nicht sehen konnte, wie sehr sie litt.

»Ihr wißt, warum wir Euch gerufen haben«, eröffnete Ceshan das Gespräch.

Vela nickte knapp.

»Ihr habt unser Land gesehen«, fuhr Ceshan fort. »Die vertrockneten Felder. Den verbrannten Boden. Den trockenen Staub, wo einst fruchtbares Ackerland war. Seit Monaten zürnen uns die Götter. Unser Land verbrennt. Unsere Quellen versiegen.«

»Und ich soll Euch helfen?«

Ceshan nickte.

»Ihr seid unsere letzte Hoffnung«, sagte er geradeheraus. »Wenn die Dürre noch wenige Wochen anhält, werden wir von hier fortgehen müssen, wenn wir nicht verdursten wollen. Die Ernten sind schon jetzt verdorben.«

»Was ihr verlangt«, sagte Vela vorsichtig, »ist schwer. Wenn nicht unmöglich.«

»Wir bezahlen Euch«, warf einer der Männer zu ihrer Linken ein.

Vela bedachte ihn mit einem abfälligen Blick. »Was habt Ihr schon, das mich interessieren könnte«, sagte sie geringschätzig. »Wenn ich Euch helfe, dann nicht für Geld.«

Sie sah, wie sich der Ausdruck im Gesicht des Mannes verhärtete. Und sie spürte, wie dünn der Grat war, auf dem sie wandelte. Diese Menschen hatten ihre ganze Hoffnung auf sie gesetzt. Nicht auf sie, Vela, aber auf das, was sie verkörperte, auf ihr graues Gewand, den Ruf, der ihr vorausgeeilt war. Den Fluch.

Ceshan räusperte sich. »Wir – wir wissen, wie schwierig die Aufgabe ist, die zu lösen wir Euch gerufen haben«, sagte er. »Aber wir vertrauen Euch – und wir hoffen auf Euch. Ihr seid unsere letzte Hoffnung.«

Vela schwieg einen Moment. Die Hitzewelle hielt nun schon seit mehreren Wochen an, und wie es schien, litt dieser Teil des Landes ganz besonders unter der erbarmungslosen Glut, die die Sonne auf die Erde herabsenkte. Sie stand auf. »Ich werde darüber nachdenken«, sagte sie.

»Wann erfahren wir Eure Antwort?« fragte Ceshan.

Vela ging bis zur Tür, stieß sie auf und blieb auf der Schwelle stehen. Ceshans Art irritierte sie. Sie war es nicht gewohnt, gedrängt zu werden. »Heute mittag«, antwortete sie, ohne sich umzudrehen. Bevor Ceshan Gelegenheit zu weiteren Fragen bekam, verließ sie das Gebäude.

Die Kühle der Morgendämmerung war verflogen und hatte einer stickigen, trockenen Hitze Platz gemacht, die wie eine unsichtbare Glocke über der Straße lag. Vela wandte sich nach links und steuerte den Pferch an, an dem ihre Rechsen angekettet waren.

Die Tiere hoben bei ihrem Näherkommen die Köpfe und grunzten. Vela öffnete das Gatter und zwängte sich zwischen die massigen, grüngeschuppten Leiber. Meltrans mächtiger Kopf stupste sie spielerisch in den Rücken; sie strauchelte, hielt sich an Gomors Flanke fest und tätschelte Meltrans Nüstern. Die Tiere bewegten sich unruhig. Jeder der beiden Giganten hätte sie mit einer einzigen, unbedachten Bewegung zermalmen können, aber Vela fühlte sich zwischen ihnen so sicher, als spiele sie mit zwei niedlichen Hauskatzen und nicht mit zwei sechs Meter langen, tonnenschweren Ungeheuern. Sie war mit den Tieren aufgewachsen. Schon ihre Ziehmutter war auf Gomors breitem Rücken durch das Land geritten, und deren Mutter, und wohl auch deren Mutter. Manchmal fragte sich Vela, wie alt die Tiere überhaupt werden konnten. Aber es war eine rein philosophische Frage – noch niemand hatte eine Rechse eines natürlichen Todes sterben gesehen. Es ging das Gerücht, daß sie unsterblich waren, und Vela neigte fast dazu, ihm zu glauben.

Sie schwang sich mit einem eleganten Satz auf Meltrans Rücken, fand die Stelle hinter dem Halsansatz und begann ihre Fingernägel zwischen die hornigen Panzerplatten zu krallen – für die riesigen Tiere die zärtlichste Liebkosung, zu der ein Mensch fähig war. Meltran knurrte wohlig; ein vibrierendes, grummelndes Geräusch, das irgendwo tief aus seiner Kehle kam und wohl bis ans andere Ende des Dorfes zu hören war. Vela lächelte. Der Ruf, der Ehrwürdigen Frauen vorausging, beruhte zu einem nicht geringen Teil auf ihrem Verhältnis zu den gigantischen Raubechsen. Kein normaler Mensch würde jemals den Versuch machen, sich einem der Tiere auf mehr als zehn Schritte zu nähern. Selbst ihr flößten die titanischen Echsen nach all den Jahren noch Respekt ein, und sie konnte gut verstehen, daß ein normaler Mensch beim Anblick der schuppigen Kolosse in Panik ausbrach. Schon so, wie er jetzt auf allen vieren stand, überragte Meltran einen großgewachsenen Mann um das Doppelte. Wenn er sich auf die Hinterläufe aufrichtete, erreichte er eine Höhe von fast acht Metern. Der muskulöse Sprungschwanz konnte selbst das massive Dorfhaus mit einem Hieb zertrümmern. Es gab auf dem ganzen Planeten kein Lebewesen, das es an Kraft und Wildheit mit einer Rechse aufnehmen konnte. Im Grunde waren sie die Herrscher dieser Welt. Gigantische, starke und sanftmütige Herrscher, die den Menschen gewähren ließen, solange er sie nicht störte. Die Drachen der Vorzeit, neu zum Leben erweckt durch die Magie der Alten. Der Zauberer war zusammen mit diesem Volk untergegangen, aber die Rechsen waren geblieben. Vielleicht, überlegte Vela, waren sie niemals richtig fort gewesen. Vielleicht war der Mensch nur geschaffen worden, um sie erneut zum Leben zu erwecken, ein kleines, dummes und zerbrechliches Werkzeug, das sich einbildete, seine Welt zu beherrschen, und in Wirklichkeit nur den wahren Herren diente. Zumindest von sich wußte sie, daß sie Meltran und

Gomor nicht beherrschte. Ihr Verhältnis war das einer Partnerschaft, vielleicht fast einer Symbiose, in der sie der bestimmende, aber nicht der beherrschende Teil war. Die Rechsen gehorchten ihr, aber sie taten es auf freiwillige Art, mit der stillen, amüsierten Gelassenheit eines Menschen, der sich den Launen einer tyrannischen Hauskatze unterordnete, um seinen Spaß zu haben. Auch die Ehrwürdigen Frauen hatten das Geheimnis der Rechsen nie vollständig gelöst. Und wahrscheinlich würden sie es auch nie lösen. Die Rechsen gehorchte ihnen, solange sie es für richtig hielten, länger nicht.

Etwas kribbelte in ihrem Nacken. Sie ließ sich vornübersinken, bettete den Kopf auf Meltrans Hals und öffnete ihren Geist. Für einen außenstehenden Beobachter mußte es so aussehen, als schliefe sie. Gefühle strömten in ihr Inneres: pulsende Emotionen, Freude, Wohlbefinden, gemischt mit einer Spur von Ungeduld und Neugier.

Sie erwiderte sie, so gut sie konnte, versuchte ihr aufgewühltes Inneres zu beruhigen, damit sich ihre Unruhe nicht auf die großen Tiere übertrug.

War es Meltran oder Gomor, der Kontakt zu ihr aufgenommen hatte? Sie wußte es nicht. Sie konnte nie feststellen, welches der beiden Tiere gerade in emphatischem Kontakt zu ihr stand. Es schien keinen Unterschied zwischen ihnen zu geben. So unähnlich sie sich äußerlich waren – Meltran ein gigantisches, stolzes Männchen mit muskulösen Laufbeinen und kurzem, stämmigem Schwanz, Gomor kleiner, eleganter, und auf ihre seltsame, reptilienhafte Art weiblicher –, so gleich waren sich ihre Gefühlswelten, so sehr schienen ihre Gefühle und Gedanken in den gleichen Bahnen zu verlaufen.

So sehr, daß Vela sich manchmal allen Ernstes fragte, ob sie nicht ein gedankliches Ganzes bildeten, zwei körperlich verschiedene Ausdrucksformen eines einzigen, harmonischen Geistes.

Vielleicht hatten diese plump aussehenden Bestien schon vor Jahrmillionen erreicht, wonach der Mensch immer noch vergeblich trachtete: die vollkommene Verschmelzung zweier Seelen, Harmonie bis zum absoluten Gleichklang.

Sie richtete sich auf und unterbrach behutsam den Kontakt. Später war Zeit genug, sich den Tieren zu widmen.

Eine hochgewachsene Gestalt beobachtete sie, als sie zu Boden sprang und Meltran zum Abschied die Seite tätschelte.

»Ceshan. Ihr seid mir gefolgt?«

Ceshan nickte. Auf seinem nackten Oberkörper perlten glitzernde Schweißtröpfchen. Vela merkte plötzlich, wie heiß es in den wenigen Minuten, seit sie das Gemeindehaus verlassen hatte, geworden war.

»Ich habe mit Euch zu reden«, sagte er.

Der ehrfürchtige Ton war aus seiner Stimme gewichen und hatte einer fordernden, fast aggressiven Art Platz gemacht.

Vela schloß das Gatter hinter sich und deutete auf Ceshans Haus. »Gehen wir hinein«, sagte sie. »Es ist draußen zu heiß zum Reden.«

Ceshan schüttelte den Kopf. »Nein. Ich möchte Euch zuerst etwas zeigen.« Er trat einen halben Schritt zurück, machte eine auffordernde Geste und starrte sie mit fast beleidigender Intensität an.

Vela hielt seinem Blick gelassen stand. Ceshans Ablehnung entsprang seiner Angst, das spürte sie deutlich, er empfand die gleiche Furcht vor ihr wie die anderen. Aber er war zu stolz, es zuzugeben. Und seine aggressive Offenheit entsprang den gleichen Gründen. Wie alle anderen spürte er instinktiv die Aura der Macht, die sie umgab, und wahrscheinlich fühlte auch er gegen seinen Willen die Hoffnung, daß sie helfen konnte. Sein Verhalten war nichts als Maske, um seine Unsicherheit zu überspielen; ein Teufelskreis, aus dem er aus eigener Kraft nicht ausbrechen konnte.

Aber da war noch etwas. Etwas, das sich ihrem analysierenden Blick entzog, ein vages Gefühl, das Ceshans Anblick in ihr auslöste. Er irritierte sie, aber auf eine Art, die sie nicht zu denken imstande war. Auf den ersten Blick schien es leicht, ihn zu durchschauen. Aber es war, als blicke sie in einen magischen Spiegel, der ihr nur das zeigte, was sie zu sehen erwartete, und die Wirklichkeit immer wieder geschickt verbarg. Die verborgene Unruhe, die sie bereits am vergangenen Abend gespürt hatte, ergriff wieder Besitz von ihr. Ceshan schien sich ihr gegenüber zu verhalten wie ein gegenpoliger Magnet. Seine Anwesenheit störte ihre innere Ruhe, brachte ihre Gefühlswelt durcheinander, ohne daß sie in der Lage gewesen wäre, den Grund der Störung zu erfassen.

Ceshan begann unruhig auf der Stelle zu treten und senkte schließlich den Blick. Vela lächelte. Er hatte sich auf einen Kampf mit Waffen eingelassen, die sie besser beherrschte als er. Besser, als er es jemals können würde. Sie war darin geschult worden. Ein halbes Leben lang.

»Gehen wir«, sagte sie.

Er wandte sich mit deutlicher Erleichterung um und ging mit raschen Schritten vor ihr her zum gegenüberliegenden Dorfende. Die Straße – eigentlich nur eine schmale, tiefe Doppelspur, die von einem Jahrhundert geduldig dahinziehender Ochsenkarren in den Boden gegraben worden war – endete hier, aber es gab einen kaum sichtbaren Trampelpfad, der zwischen den Häusern hindurch um den anschließenden Berghang herumführte. Ceshan übersprang einen flachen Felsbrocken und streckte ihr die Hand entgegen, um ihr über das Hindernis hinwegzuhelfen.

Vela ignorierte die Geste und ging betont langsam um den Felsen herum. Der Weg setzte sich auf der anderen Seite fort, verschwand unter den Geröllspuren eines alten Bergrutsches und schlängelte sich zwischen den steil aufragenden Felswänden hindurch, manchmal scheinbar sinnlose Kehren und Windungen vollziehend.

»Ein alter Bachlauf«, sagte Ceshan, der ihren fragenden Blick richtig deutete. »Er ist ausgetrocknet – schon vor Jahren.«

»Woher bekommt Ihr jetzt Euer Wasser?«

»Wir haben einen Brunnen gegraben, als die Quelle versiegte«, antwortete Ceshan. Seine Wangenmuskeln spannten sich. »Aber auch er versiegt. Das Wasser reicht kaum noch, die Menschen am Leben zu erhalten. Die Felder vertrocknen.«

Er starrte sie einen Augenblick lang feindselig an und wandte sich dann ruckartig um. Vela hatte fast den Eindruck, als ob er ihr die Verantwortung für die Katastrophe zuschrieb, die das Land heimsuchte.

Sie gingen schweigend weiter. Ceshan versuchte jetzt nicht mehr, ihr behilflich zu sein, sondern stürmte in stummem Trotz vor ihr her, die Kiefer zusammengepreßt und die Hände zu Fäusten geballt.

Sie betrachtete das Spiel seiner Muskeln, während er vor ihr her über den unebenen Boden schritt. Bedachte man die groben Werkzeuge, mit denen dieses Land seine Bewohner formte, war Ceshan sogar ein gutaussehender Mann. Er war groß, selbst für einen Nordländer breitschultrig und ungeheuer muskulös. Der Hunger und die Entbehrungen der letzten Monate hatten auch an seinem Körper ihre Spuren hinterlassen, aber seine Kraft war noch immer da. Vela mußte plötzlich wieder an seine Tochter denken – bei ihr, wie bei ihrem Vater, war ein winziges bißchen ihres wahren Selbst sichtbar geworden. Vielleicht stellten Ceshan und sein Kind die Menschen in diesem Teil der Welt dar, wie sie wirklich waren, oder wie sie sein würden, wenn das Leben sie ließe.

Sie hatten den Berg umrundet. Auf beiden Seiten des Weges wuchsen jetzt Büsche; oder vielmehr die Skelette von Büschen. Schwarze, verkohlte Strünke, deren blattlose Äste sich wie dürre Finger anklagend in den Himmel zu recken schienen. Vor ihnen lagen die Felder. Oder das, was einmal Felder gewesen waren: große, langgestreckte Rechtecke voller vertrockneter Pflanzenreste und feinem, gelbem Sand. Die sorgsam gezogenen Furchen wirkten wie schwärende Narben. Wunden, die die Bauern dem sterbenden Feld zugefügt hatten, in der vergeblichen Hoffnung, dem Boden das zu entreißen, was er selbst nicht mehr hatte: Leben. Ein muffiger, süßlicher Geruch hing in der Luft. Und überall Staub. Die Natur hatte bereits begonnen, ein Leichentuch zu weben.

Ceshan blieb fünf Minuten lang wortlos stehen und starrte auf die von dunklen Linien durchzogene Ebene hinaus. In einiger Entfernung bewegten sich ein paar Gestalten. Männer, Frauen und Kinder, die auf den Knien durch den Staub krochen und sich die Finger nach einem grünen Blatt, einer noch nicht ganz verdorrten Wurzel blutig gruben.

Schließlich wandte sich Ceshan wortlos ab und ging den Weg zurück, den sie gekommen waren. Vela folgte ihm wortlos. Sie hatte nicht gewußt, wie schlimm es wirklich war.

Ceshan blieb abermals stehen und deutete mit einer knappen Geste auf ein metergroßes Loch, das abseits des Weges lag. »Der Brunnen.«

Vela trat neugierig näher. Der Brunnen war ein senkrechter, quadratischer Schacht ohne sichtbare Umzäunung oder Schutz, der zum Teil durch massiven Fels getrieben war. Sie beugte sich über den Rand und spähte in die Tiefe. Irgendwo, Dutzende von Metern unter ihr, schimmerte etwas. Der Geruch von fauligem Wasser und ein leises Plätschern drangen zu ihr empor.

Ihre Achtung vor Ceshans Leuten wuchs. Es mußte eine ungeheure Arbeit gewesen sein, diesen Schacht in die Erde zu treiben.

»Wie lange habt Ihr daran gegraben?« fragte sie.

»Zwei Jahre«, antwortete Ceshan. »Zwei Jahre und neun Menschenleben lang. Die Arbeit hat Opfer gefordert.«

Und nun ist alles umsonst, fügte Vela in Gedanken hinzu. Auch dieser würde austrocknen, vielleicht schon in ein paar Tagen, und dann ...

»Warum geht Ihr nicht fort?« fragte sie leise.

Sie merkte sofort, daß sie etwas Falsches gesagt hatte. In Ceshans Augen blitzte Zorn auf, und seine Lippen begannen zu zittern. Aber der erwartete Ausbruch blieb aus.

»Wohin?« fragte er nur.

Vela antwortete nicht. Ihre Frage war dumm gewesen. Dumm und überflüssig. Diese Menschen würden nicht fortgehen, selbst wenn es einen Ort gäbe, an den sie ziehen könnten. Dieser winzige, karge Fleck Boden war ihre Heimat. Sie hatten generationenlang darum gekämpft und jeden Quadratfuß mit Blut bezahlt. Sie würden hierbleiben und siegen oder sterben. Sie verfluchte sich innerlich für die Frage. Aber Ceshans Gegenwart irritierte sie mit jedem Augenblick mehr. Er verleitete sie auf seine wortlose Art, Dinge zu sagen, die sie nicht sagen wollte.

Sie trat vom Brunnenrand weg und deutete zum Dorf. »Gehen wir. Es ist heiß.«

Sie gingen zum Ort zurück. Unterwegs begegnete ihnen eine Gruppe von Frauen, die große, grobgeflochtene Körbe auf den Köpfen trugen. Vela versuchte einen Blick in ihre Augen zu erhaschen, aber die Frauen gingen rasch und mit gesenktem Kopf vorüber.

Mit einemmal fühlte sie sich unbeschreiblich einsam. Obwohl diese in Lumpen gekleideten Gestalten Frauen wie sie waren, gab es nichts Gemeinsames zwischen ihnen. Sie waren fremd. Wesen, deren äußere Ähnlichkeit mit ihr nichts als ein unglücklicher Zufall war. Selbst die Rechsen mit ihren monströsen Köpfen erschienen ihr mit einemmal verwandter und ähnlicher als diese Menschen.

Sie ging schneller und rannte fast, um das Haus zu erreichen. Drinnen angekommen, atmete sie erleichtert auf. Nach der drückenden Hitze erschien ihr selbst die stickige Schwüle hier drinnen wie eine Labsal. Aber es war nicht nur das. Sie war plötzlich froh, Mauern um sich zu haben. Mauern, deren Zerbrechlichkeit sie sehen konnte, die eher zu überwinden waren als die unsichtbaren Wände zwischen ihr und den Menschen dort draußen.

Vela ließ sich seufzend auf die Felle sinken und bedeutete Ceshan mit einer Geste, ebenfalls Platz zu nehmen.

»Ihr wollt mit mir reden?« fragte sie.

Ceshan nickte. »Ja.« Einen Moment lang starrte er unsicher zu Boden, dann sah er mit einem Ruck auf, und seine Blicke bohrten sich in den undurchdringlichen Schleier vor Velas Gesicht. »Warum habt Ihr nicht geantwortet?« fragte er.

»Worauf?«

»Auf die Frage, ob Ihr uns helfen wollt.«

»Weil ich es nicht konnte«, antwortete Vela.

»Ihr konntet es nicht? Wie darf ich das verstehen?«

»Es war die falsche Frage«, entgegnete Vela einfach. »Die Frage ist nicht, ob ich Euch helfen will. Die Frage ist, ob ich es kann.«

Ceshan runzelte die Stirn. »Ihr könnt nicht?«

»Vielleicht kann ich es«, entgegnete Vela ausweichend. »Vielleicht auch nicht. Es liegt nicht nur an mir.«

Ceshan nickte und starrte wieder zu Boden. »Ihr wißt, warum ich Euch all dies gezeigt habe?«

Vela nickte. »Ich weiß es. Ihr kamt aus einem ganz anderen Grund.«

»Woher – woher wißt Ihr das?« Seine Selbstsicherheit war für einen Moment deutlich erschüttert, aber er fing sich rasch wieder. »Ja«, sagte er dann. »Es stimmt. Ich kam aus einem anderen Grund. Erlaubt Ihr mir, frei zu sprechen?«

Vela nickte.

»Ihr habt das Stichwort bereits gegeben«, fuhr er mit fester Stimme fort. »Was ich von Euch wissen will, ist ganz einfach: Könnt Ihr uns helfen, oder könnt Ihr es nicht?«

»Eine mutige Frage.«

Ceshan lächelte unsicher. »Es gehört nicht viel Mut dazu, einer Frau eine einfache Frage zu stellen«, sagte er.

»Auch nicht, wenn es sich bei dieser Frau um eine Ehrwürdige Frau handelt?« fragte Vela amüsiert.

Ceshan lachte, ein harter, kehliger Laut. »Ein Mensch wie jeder andere. Eine Frau wie du und ich«, sagte er. »Das waren doch die Worte, die Ihr Kiina gegenüber gebrauchtet, oder?«

»Kiina?«

»Meine Tochter. Sie war heute morgen bei Euch.«

Vela nickte. Die Erwähnung des Kindes gab ihr einen spürbaren Stich. »Ein hübsches Kind. Ihr könnt stolz auf sie sein. Was hat sie Euch noch erzählt?«

»Alles«, sagte Ceshan ungerührt. »Alles und viel zuviel. Das ist der zweite Grund meines Hierseins – ich möchte nicht, daß Ihr dem Kind den Kopf verdreht. Laßt sie in Ruhe.«

»Warum bist du so feindselig?« fragte Vela sanft. Der Wechsel vom förmlichen Ihr zum vertrauten Du ging ihr glatt und ohne zu zögern über die Lippen; einer der winzigen psychologischen Tricks, die in ihrer Summe das Geheimnis ihrer Macht darstellten.

»Seht, Ehrwürdige Frau...«

»Vela«, unterbrach ihn Vela. »Es genügt, wenn du mich Vela nennst – solange wir allein sind.«

Ceshan nickte ungerührt. »Sieh, Vela«, begann er erneut, »die Menschen hier sind einfache Menschen. Sie arbeiten hart, um zu leben, aber sie sind glücklich dabei.«

»So glücklich, daß sie im nächsten Winter verhungern werden, wenn die Ernte verdirbt«, warf Vela ein.

Ceshan nickte traurig. »Ja. Aber – ich will ehrlich sein: Ich sagte dir gestern, daß ich nicht das Oberhaupt dieses Dorfes bin, und ich bin es wirklich nicht. Nicht so, wie du vielleicht geglaubt hast. Wenn ich es wäre, hätte ich verhindert, daß man dich ruft.«

»So?«

»Ja.« Ceshan nickte ernsthaft. »Ich glaube nicht an Hexen, Dämonen und Zauberei. Ich glaube nicht, daß du mit irgendwelchem Firlefanz das Wetter ändern kannst.«

»Aber du hast mich gerufen.«

»Nicht ich«, verbesserte Ceshan. »Ein Reisender, der vor Tagen durch unser Dorf kam, erzählte von der Ehrwürdigen Frau, die in den Bergen im Westen gesehen worden war. Ich war dagegen, aber die Mehrheit der Dorfbewohner stimmte dafür, dich zu holen – und so sandten sie den Boten.«

Und nun willst du, daß ich wieder gehe.«

Ceshan wirkte unglücklich. »Nein«, sagte er leise. »Ich will nur nicht, daß du den Menschen hier falsche Hoffnungen machst. Ich möchte nicht, daß du Versprechen gibst, die du nicht halten kannst.«

»Und?« fragte Vela. »Was erwartest du nun von mir?«

Ceshan sah sie eindringlich an. »Ehrlichkeit«, sagte er schließlich.

»Ehrlichkeit?«

Er nickte. »Ja. Du hast gesagt, du würdest bis Mittag deine Antwort verkünden. Ich bitte dich, sag die Wahrheit. Hilf uns, wenn du kannst – aber geh, wenn du es nicht kannst. Nenne deinen Preis. Ich werde ihn bezahlen. Auch, wenn du danach gehst, ohne etwas zu tun.«

»Du meinst«, fragte sie gedehnt, »du würdest mir Geld geben, damit ich – gehe?«

»Das meine ich. Diese Menschen hier haben genügend Leid erfahren. Sie brauchen keine zusätzlichen Enttäuschung mehr.«

Vela stand mit einem Ruck auf. »Ihr beleidigt mich«, sagte sie. Ihre Stimme war plötzlich schneidend wie Glas. »Ihr beleidigt mich und mein Gewand.« Sie ging zur Tür, stieß sie auf und deutete hinaus. »Geht. Ich werde Euch meine Antwort mitteilen, wenn die Stunde gekommen ist.«

Ceshan stand umständlich auf. In seinen Augen stand ein seltsamer Ausdruck. Offensichtlich nahmen die Dinge einen anderen Verlauf, als er geglaubt hatte.

Er ging mit steifen Schritten an ihr vorbei. Unter der Tür blieb er noch einmal stehen. Er war ihr jetzt so nah, daß sie seinen Schweiß riechen konnte. Auf eine irritierende Art begann seine Nähe sie zu erregen. Sie wich einen Schritt zurück, bemüht, ihre Unsicherheit zu verbergen.

»Bitte«, sagte er leise. »Sei ehrlich.«

Dann wandte er sich um und ging mit raschen Schritten davon, noch bevor Vela zu einer Antwort ansetzen konnte.

Sie blieb mit widerstrebenden Gefühlen zurück, gleichermaßen erbost wie verwirrt.

Die Vorbereitungen für die Zeremonie nahmen den Rest des Vormittags in Anspruch. Gord erwies sich dabei als wertvolle Hilfe. Vela hatte ihn erst vor wenigen Wochen aufgenommen, und seine manuelle Geschicklichkeit verblüffte sie immer wieder. Außerdem gehörte er zu den wenigen Männern, die sie kannte, zu dem die Rechsen eine Art vorsichtiges Vertrauensverhältnis zu entwickeln schienen – er konnte sie füttern, ohne dabei einen Arm oder mehr zu verlieren.

Vela wischte sich den Schweiß von der Stirn und starrte unzufrieden auf das vor ihr ausgebreitete Muster aus Knochen, zurechtgeschnittenen Hölzern und heiligen Instrumenten hinunter. Irgend etwas stimmte nicht, das Muster war nicht symmetrisch, nicht perfekt. Irgend etwas störte die Ordnung, irritierte sie. Sie runzelte die Stirn und sah sich aufmerksam um. Der Platz war leer bis auf Gord und sie. Die wenigen Dorfbewohner, die sich trotz ihrer Anwesenheit noch auf die Straße gewagt hatten, waren von Ceshan verscheucht worden, als sie mit den Vorbereitungen begonnen hatte.

»Können wir beginnen?« fragte Gord.

Vela schüttelte den Kopf und atmete hörbar ein. »Noch nicht«, sagte sie. »Es ist . . . noch nicht richtig.«

Gord nickte. Auf seinem jugendlichen Gesicht stand Schweiß. Die Anstrengung der letzten Wochen hatten tiefe Spuren in seine Haut gegraben, und irgendwie erschien es Vela, als hätte er selbst sich in den wenigen Wochen, die er sie begleitete, verändert. War er . . . erwachsener geworden?

Sie beschloß, die Frage auf später zu verschieben. Im Moment gab es Wichtigeres zu klären. Sie deutete mit einer knappen Handbewegung auf das Muster. »Leg es neu«, befahl sie.

»Ganz neu?«

»Ja.« Zur Bekräftigung ihrer Worte fuhr sie mit dem Fuß durch die komplizierte Anordnung. Holz, Knochen und Metallstücke wirbelten durcheinander, fielen in unordentlichen Haufen zu Boden.

»Beeil dich«, sagte Vela. Sie deutete nach oben. »Zur Mittagsstunde müssen wir beginnen.«

Sie wußte jetzt, daß sie diesen Menschen würde helfen können. Sicher konnte sie das Wetter nicht beeinflussen – niemand konnte das. Zumindest nicht mit Hilfsmitteln wie Knochen, versilbertem Blech und zugespitzten Holz. Aber sie konnte ihnen etwas geben, das sehr viel mehr wert war als ein paar Tropfen Regen: Mut. Und absurderweise hatte gerade Ceshan mit seiner eindringlichen Bitte, den Menschen keine falschen Hoffnungen zu machen, ihr diesen Weg gezeigt.

Sie wartete, bis Gord mit der Arbeit begonnen hatte, dann drehte sie sich herum und ging zum Gatter mit den Rechsen hinüber. Meltran bewegte sich unruhig, als er ihre Nähe spürte. Diesmal verzichtete sie auf die umständliche Einstimmung. Schnell, fast brutal, eröffnete sie den geistigen Kontakt, tastete nach den Gefühlen des großen Wesens und konzentrierte sich auf die schwierige Aufgabe, eine klar in Worte gefaßte Frage einem Wesen begreiflich zu machen, dessen Gedankeninhalt nur aus Gefühlen und Emotionen bestand.

Eine Welle der Wärme schlug über ihr zusammen. Die Konturen des Dorfes verschwammen, machten einem warmen, weichen Etwas Platz.

Warm. Trocken.

Die Rechsen waren Wüstenbewohner.

Sie versuchte das Gedankenbild zu beeinflussen, lenkte die Gefühle des riesigen Tieres behutsam in die Richtung, die sie haben wollte.

Warm. Feucht. Das leise Plätschern von warmem Wüstenregen auf den hornigen Panzerplatten, das Gefühl, in weichen, feuchten Sand einzusinken.

Widerwillen.

Sie unterdrückte ein Lachen, um die Konzentration nicht zu stören, den Kontakt nicht abreißen zu lassen. Die Rechsen waren wasserscheu. Selbst so notwendige Berührungen, wie sie beim Trinken stattfanden, erfüllten sie mit Widerwillen.

Feucht. Warm. Sanfter Nieselregen, dazwischen das Plätschern von größeren Tropfen. Das Säuseln des Windes, der immer neue Schwaden von Regen mit sich brachte, bis sie wie Nebel über das Land trieben, die Konturen verschwimmen ließen und den trockenen Boden in weiches, fruchtbares Ackerland zurückverwandelten.

Widerwillen. Abscheu.

Abwehr.

Sie spürte, wie die emphatische Verbindung schwankte, wie Meltran sich verschreckt zurückziehen wollte, aber sie ließ nicht locker.

Bald.

Feucht. Naß. Widerwärtig. Der Wunsch, sich unterzustellen, dem quälenden Regen zu entkommen, zu fliehen.

Diesmal gingen die Ströme von der Rechse aus, begleitet von dem resignierenden Gefühl des bald Bevorstehenden. Unausweichlich.

Vela lächelte.

»Nur einen Moment noch, mein Liebling«, sagte sie. »Nur einen Moment.« Manchmal konnten gesprochene Worte die Verbindung stärken, auch wenn das Tier sie sicher nicht verstand.

Wann?

Ein Gefühl der Nähe. Bald. In wenigen Tagen, vielleicht Stunden. Bald.

Vela unterbrach die Verbindung. Sie wußte, was sie hatte wissen wollen. Es war eine letzte Sicherheit gewesen, eine letzte Bestärkung des Wissens.

Ja, jetzt konnte sie Ceshan gegenübertreten. Und jetzt konnte sie ihren Preis nennen.

Sie bedankte sich mit einem zärtlichen Streicheln bei Meltran, ehe sie sich umdrehte und zu Gord zurückging. Jedem Außenstehenden wäre das, was sie soeben getan hatte, wie Zauberei erschienen. Aber die Ehrwürdigen Frauen hatten in den ungezählten Jahrhunderten, in denen sie mit den Rechsen zusammenlebten, gelernt, jede Eigenheit der großen Raubtiere zu kennen.

Und eine von ihnen war, daß die Rechsen schlicht und einfach wetterfühlig waren.

Und wasserscheu.

Vela mußte unwillkürlich lächeln, als sie daran dachte, wie einfach doch manchmal die geheimnisvollsten Dinge waren.

Gord war mit dem Muster beinahe fertig. Sie begutachtete seine Arbeit kritisch und nickte zufrieden. »In Ordnung«, sagte sie. »Mach weiter so.«

Sie ging weiter über den Platz und steuerte das Gemeindehaus an, in dem Ceshan zusammen mit den Dorfältesten wartete.

Seltsamerweise verspürte sie plötzlich so etwas wie ein schlechtes Gewissen.

War es Betrug, was sie tat?

Vielleicht.

Ceshan würde es sicher so nennen, wenn er die volle Wahrheit wissen würde.

Seit Wochen beobachtete sie den Himmel, registrierte genau jede Veränderung der Natur, die unzähligen winzigen Zeichen und Hinweise, die ein normaler Mensch nicht einmal bemerkte. Sie achtete auf die Stärke des Windes, die Zahl der Stunden, die zwischen seinen Richtungswechseln verging, die Form der Wolken.

Ja, aus Ceshans Sicht war es Betrug. In wenigen Tagen, vielleicht noch heute, würde es sowieso regnen. Daß die Dörfler sie gerade jetzt hierhergerufen hatten, war reiner Zufall. Aber es konnte auch noch Tage dauern, eine Woche, zwei. Und sie wußte, daß diese Menschen kurz vor dem geistigen und körperlichen Zusammenbruch standen, daß sie nichts so dringend benötigten wie Zuspruch, die Hilfe ihrer Götter.

Im Grunde waren sie es, die Ehrwürdigen Frauen, die den Glauben an Geister und Dämonen in der Bevölkerung immer aufs neue schürten, ihn am Leben erhielten – welcher Sarkasmus, daß sie es auch waren, die von allen Bewohnern dieser Welt wahrscheinlich am wenigsten an die Existenz übernatürlicher Kräfte glaubten. Aber die Menschen brauchten diesen Glauben. Die Welt war in ein finsteres Zeitalter getreten, irgendwann vor Tausenden und Abertausenden von Jahren. Die Götter gaben ihnen Halt, etwas, an das sie sich klammerten, das sie anbeten und verfluchen konnten. Es würde eine Zeit kommen, irgendwann einmal, zu der die Götter ihren Dienst getan hatten, zu der die Menschen gelernt hatten, allein mit ihrem Schicksal fertig zu werden, die Naturgewalten in den Griff zu bekommen. Aber bis es soweit war, lag es an Männern und Frauen wie ihr, den Glauben aufrechtzuerhalten, einzige Konstante in einer Welt des Chaos.

Nein, es war kein Betrug. Sie würde für das, was sie erhielt, bezahlen, so, wie sie bisher immer bezahlt hatte, auch ohne etwas dafür zu bekommen.

Sie betrat das Haus und blinzelte einen Moment, bis sich ihre Augen an das Halbdunkel gewöhnt hatten. Sie hatte den Preis schon im voraus entrichtet, den höchsten Preis, den ein Mensch überhaupt zahlen konnte.

»Ehrwürdige Frau«, hörte sie Ceshans Stimme. »Ihr seid zu einer Entscheidung gekommen?«

»Ja.« Sie nickte unmerklich. In Ceshans Augen lag ein stummes Flehen, eine unaussprechliche Bitte, die mehr sagte als tausend Worte.

»Ja«, wiederholte sie mit fester, ruhiger Stimme. »Ich bin zu einer Entscheidung gekommen. Ich werde Euch helfen.«

Ein hörbares Aufatmen ging durch die Reihen der Männer.

»Ich werde Euch helfen«, wiederholte sie, »wenn Ihr bereit seid, meinen Preis zu zahlen.«

Fragende Augen blickten sie an, neu erwachtes Mißtrauen spiegelte sich auf den Zügen der Alten.

»Nennt ihn«, verlangte Ceshan.

Vela starrte ihn durchdringend an. Warum fiel es ihr plötzlich so schwer, ihre Forderung vorzubringen?

»Nennt Euren Preis«, wiederholte Ceshan. »Wir werden ihn zahlen, wenn es im Rahmen unserer Möglichkeiten liegt.«

Sie lächelte wehmütig. Dann deutete sie mit einer fordernden Geste auf die zusammengekauerte Gestalt neben Ceshan und sagte: »Kiina.«

Für einen endlosen Augenblick herrschte Stille. Niemand sagte etwas, fast schien es, als hätten ihre Worte einen seltsamen Zauber über den Raum ausgebreitet, der jedes Geräusch erstickte, selbst das Atmen der Männer zur Lautlosigkeit herabdämpfte.

»Du ... Ihr ... Ihr seid verrückt!« sagte Ceshan schließlich. In seinem Gesicht lag eine undeutbare Mischung aus ungläubigem Staunen, Angst und langsam aufkeimender Wut.

»Kiina« wiederholte Vela mit fester Stimme. »Ihr wolltet meinen Preis hören. Nehmt ihn an oder lehnt ab. Es ist Eure Entscheidung.«

Es kostete Ceshan sichtliche Überwindung, sich nicht auf sie zu stürzen. Mit erzwungener Ruhe sagte er: »Euer Wunsch ist sehr ungewöhnlich, Ehrwürdige Frau. Gibt es nichts, was wir Euch als Ersatz anbieten können?«

»Was hättet Ihr schon zu bieten?« fragte sie mit Hochmut in der Stimme. Sie wußte, daß sie jetzt keine Schwäche zeigen durfte. Dies war nicht mehr die Sache des Dorfes. Es war eine Sache zwischen Ceshan und ihr.

Ceshan nickte mit steinernem Gesicht. »Ich ...« begann er, brach ab und griff mit zitternden Fingern nach dem Becher, der vor ihm auf der Tischplatte stand. »Ihr ... Ihr wißt, was Ihr da verlangt?« fragte er mit zitternder Stimme.

»Was verlange ich schon.«

»Sie ist meine Tochter!« begehrte Ceshan auf.

»Ein Mädchen«, wehrte Vela ab. »Was ist schon das Leben eines Mädchens gegen das Leben des Dorfes?« Ihre Stimme klang kalt und unbeteiligt, so, als rede sie über ein unbedeutendes Nichts, einen schönen Teller, über den man beiläufig ein paar Worte verliert. »Ich biete Euch das Bestehen Eures Dorfes«, fuhr sie fort. »Und als Preis verlange ich nichts als dieses Mädchen. Es ist nicht zuviel verlangt. Verglichen mit dem Preis, den Ihr für sie auf dem Sklavenmarkt erzielen würdet, macht Ihr ein gutes Geschäft.«

Ceshan zuckte unter jedem Wort wie unter einem Peitschenhieb zusammen. Er war bleich geworden, seine Hände zitterten, und seine Stimme klang um eine Spur schriller als sonst, als er antwortete:

»Gebt . . . gebt mir eine Stunde Bedenkzeit.«

»Eine halbe Stunde«, sagte Vela. »Mein Gehilfe braucht eine halbe Stunde, um mit den Vorbereitungen zur Zeremonie fertig zu werden. So lange kann ich warten. Keinen Augenblick länger.« Sie wandte sich brüsk um, verließ das Gebäude und steuerte ihre Unterkunft an. In ihrem Inneren kochte es. Sie hatte das Gefühl, soeben einen der schwersten Kämpfe ihres Lebens überstanden zu haben.

Kiina . . . das kleine, dünne Mädchen mit den großen Augen. Konnte es sein, daß Ceshan wirklich ganz anders war als die Menschen, die hier lebten? Daß er seine Tochter liebte?

Aber selbst wenn es so war, würde das nichts ändern. Es würde Kiina im Gegenteil eher noch wertvoller für sie machen.

Sie setzte sich, griff nach der Schale mit dem Obst und begann appetitlos zu kauen. Sie war nicht hungrig, aber der Tanz würde all ihre Kraft aufbrauchen. Und sie hatte die Sache zu weit getrieben, um sich auch nur den geringsten Fehler leisten zu können.

Jemand betrat hinter ihr die Hütte und schloß die Tür. »Ceshan«, sagte sie, ohne sich umzudrehen, »du bist gekommen.«

»Woher . . .«

Sie lachte, stand auf und ging ihm einen Schritt entgegen.

»Ich wußte, daß du kommst«, sagte sie. »Ich habe es gehofft.«

»Gehofft?« würgte er hervor. »Du . . .«

Sie unterbrach ihn mit einer sanften Handbewegung und trat noch einen Schritt näher an ihn heran. »Sag es nicht, Ceshan«, bat sie. »Ich weiß, was in dir vorgeht.«

»Warum . . . warum tust du das?« fragte er. Seine Augen loderten, und seine Hände öffneten und schlossen sich in einer unbewußten Bewegung.

»Sagte ich es nicht?« fragte sie lachend. »Es gibt nichts, was ihr mir bieten könntet.«

»Aber Kiina . . . meine Tochter.« Auf seinem Gesicht erschien ein gequälter Ausdruck. »Ich würde Euch alles geben, was Ihr verlangt. Meinen rechten Arm – mein Leben, wenn es sein müßte.«

»Ihr liebt Eure Tochter?«

»Ja.« Er sagte es ohne Scham, ohne falschen Pathos.

Sie stand ihm ganz nah gegenüber, spürte wieder die gleiche Erregung wie am Morgen, das gleiche Gefühl, zu ihm hingezogen zu werden.

»Das macht sie nur um so wertvoller für mich«, flüsterte sie.

»Aber was wollt Ihr mit ihr?« begehrte Ceshan auf. »Sie ist ein Kind, ein schwächliches, kränkliches Kind. Sie wird Euch nur hinderlich sein.«

Vela lächelte. Zögernd hob sie die Hand, griff nach der goldenen Spange, die ihren Schleier hielt, und löste sie.

Ceshans Augen weiteten sich verblüfft, als er ihr Gesicht sah.

Sie lächelte erneut, nahm den Schleier ganz herunter und streifte auch das Kopftuch ab. Eine Flut ungebändigter, rotgoldener Haare kam darunter zum Vorschein, wallte über ihre Schultern, als sie den Umhang ebenfalls abstreifte und auffordernd die Hände ausstreckte.

»Komm«, flüsterte sie. »Komm.«

»Die halbe Stunde ist um«, sagte Ceshan.

Vela nickte. Sie wußte, daß die anderen draußen warteten, daß sich die Menge jetzt bereits auf dem Dorfplatz versammelt hatte und ihrem Erscheinen entgegenfieberte. Sie stand auf, griff nach ihrem Umhang und streifte ihn über.

Ceshan begann sich ebenfalls anzukleiden. Ihre Blicke trafen sich für einen Augenblick, aber er wich ihr aus.

»Ist es dir . . . unangenehm?« fragte sie.

Ceshan knurrte etwas Unverständliches und bückte sich, um sein Schwert vom Boden aufzuheben.

»Wahrscheinlich schockiert dich der Gedanke, mit einer Hexe geschlafen zu haben«, sagte sie spöttisch. »Aber du kannst dich ja damit trösten, daß ich dich behext habe.«

Er blickte wild auf. »Hast du das?«

Sie lachte laut auf. »Vielleicht. Aber wenn, dann nur mit der Art von Hexenkunst, die jede Frau beherrscht. Komm.« Sie befestigte den Schleier wieder vor ihrem Gesicht und strich mit den Händen glättend über ihre Gewand. »Es wird Zeit. Gehen wir.«

Sie traten in die Hitze des Mittags hinaus. Der Sonnenglast hüllte sie ein wie ein heißer, erstickender Mantel, schien sich wie eine zähe Masse um ihre Glieder zu legen und ihre Bewegungen zu hemmen.

»Ich bin bereit«, sagte sie feierlich.

Aus der Menge trat ein Mann auf sie zu. »Und Ceshan?« fragte er.

Hinter ihrem Rücken setzte Ceshan zu einer Antwort an. Sie machte eine rasche Bewegung mit der Hand, eine kleine, kaum zu erkennende Geste, auslösendes Moment für den suggestiven Befehl, den sie ihm während der letzten dreißig Minuten unbemerkt erteilt hatte.

Irgendwie kam sie sich dabei schmutzig und verlogen vor.

»Ja«, sagte Ceshan mit seltsam unbeteiligter Stimme. »Sie ist bereit. Und ich bin es auch. Es sei so, wie sie verlangt.«

Ungläubiges Gemurmel erhob sich aus der Menge. Irgendwo begann eine Frau zu schluchzen – wahrscheinlich

Kiinas Mutter. Jemand nahm sie beiseite und redete beruhigend auf sie ein.

Vela starrte aus brennenden Augen hinterher. Verdammt, was war nur los mit ihr? Hatte sie nicht gelernt, ihre Gefühle unter Kontrolle zu halten, ihr Denken der kalten, berechnenden Logik einer Maschine anzupassen? Hatte sie nicht die meisten Jahre ihres Lebens damit verbracht, alle Skrupel und Hemmungen, Mitleid, Liebe wie lästigen Ballast über Bord zu werfen?

»Entzündet das Feuer!« befahl sie.

Gestalten huschten davon, um ihrem Befehl Folge zu leisten. Sie drehte sich langsam um und starrte Ceshan an. Auf seinem Gesicht war deutlich der Kampf zu lesen, der in seinem Inneren tobte, das Grauen, das ihn gepackt hatte, als er begriff, daß er Worte sprach, die er nicht sprechen wollte, Dinge tat, die er nicht tun wollte. Daß er wehrlos war, nicht mehr Herr seines Körpers.

Sie trat dicht an ihn heran und sagte so leise, daß keiner der Umstehenden ihre Worte verstehen konnte. »Verzeih mir, Ceshan.« Dann wandte sie sich abrupt ab und ging hinüber zum Feuerplatz, weil sie den Blick aus seinen Augen nicht mehr ertrug.

Der Tanz dauerte bis zum Abend. Es begann mit einer Folge leichter, rhythmischer Bewegungen, zu denen Gord den Takt auf der Trommel schlug, und steigerte sich im Laufe des Nachmittags zu einem wilden, ekstatischen Tanz, einer komplizierten Folge von Bewegungsabläufen, uralt wie das Zeremoniell selbst, dessen Ursprünge selbst für Vela nicht mehr zu ergründen waren. Irgendwann, nach Stunden, in denen sie das Letzte von ihrem Körper verlangt hatte, nachdem sie den Punkt, an dem sie glaubte, nicht weiterzukönnen, einfach aufgeben zu müssen und sich in die wohltuenden dunklen Arme der Bewußtlosigkeit sinken lassen zu müssen, überwunden hatte, gelangte sie in einen Trancezustand. Ihr Körper war nicht länger Last, sie fühlte sich leicht, schwerelos. Die Umgebung verschwamm vor ihren Augen,

Häuser und Menschen wurden zu nebelartigen, formlosen Dingen, und sie spürte, wie ihr Geist langsam eins wurde mit einem viel höheren, mächtigeren Etwas, einem gigantischen Bewußtseinsstrom, der die ganze Welt einzuhüllen schien und sie mit sich emportrug auf Wegen höchster Sinnlichkeit, einer Ekstase, wie sie normalen Menschen für immer verwehrt bleiben mußte.

Aber heute war es anders als sonst.

Irgend etwas war da, irgendwo am Rande ihres fast erloschenen Bewußtseins, lauernd, abwartend . . . böse. Sie spürte es, wie manche Tiere vielleicht ein Erdbeben oder ein Unwetter vorausahnen, nicht greifbar, mit den normalen menschlichen Sinnen weder zu erfassen noch zu beschreiben, und doch anwesend.

Viel zu früh fiel sie aus der Trance heraus und beendete den Tanz. Gords starke Arme fingen sie auf, als sie zu Boden sank.

Sie erwachte von einem Gefühl erstickender Wärme. Helles Sonnenlicht sickerte durch die Ritzen des Strohdaches über ihr, kitzelte sie in der Nase und zauberte ein filigranartiges Muster aus Hell und Dunkel auf den Lehmboden und die Decke, die über ihr ausgebreitet war.

Sie blinzelte, öffnete die Augen und versuchte das Schwindelgefühl in ihrem Kopf zu verdrängen.

»Du bist wach«, sagte eine Stimme.

Gords breitschultrige Gestalt ragte wie ein Berg über ihr auf. Seine Stimme klang gleichermaßen besorgt und erleichtert.

»Ist es . . . Morgen?« fragte sie schwach.

Gord schüttelte den Kopf.

»Abend«, sagte er lächelnd. »Schon wieder Abend. Du hast die ganze Nacht und den ganzen Tag geschlafen. War es so schlimm, diesmal?«

Sie versuchte sich zu erinnern. Der Tanz . . . Irgendwie war das Gefühl diesmal anders, waren die Erinnerungen getrübt, von irgend etwas . . . Unangenehmem, Bösem. Es war das erste Mal, soweit sie sich erinnern konnte, daß sie hinterher ein schlechtes Gefühl hatte.

»Es war ... anders«, flüsterte sie. Die Worte kamen schwer über die Lippen. Sie versuchte sich aufzurichten, aber ihre Kraft genügte nicht.

Gord reichte ihr eine Schale mit einer farblosen Flüssigkeit. »Trink«, sagte er leise. »Du mußt schnell zu Kräften kommen.«

Sie hob den Kopf und nippte an der Flüssigkeit. Sie schmeckte bitter, aber sie wußte, daß die Essenz ihre verbrauchten Kräfte schnell wieder ersetzen würde. »Schlaf jetzt«, murmelte Gord. »Du bist erschöpft.«

Vela lächelte kraftlos. »Meinst du nicht, daß ich lange genug geschlafen habe?«

»Kaum«, Gord richtete sich auf, stellte die Schale behutsam auf den Boden und ging zur Tür. »Schlaf«, wiederholte er. »Ich glaube wir müssen morgen in aller Frühe aufbrechen.«

»Ist es so schlimm?«

Gord zuckte mit den Schultern. »Ich weiß nicht. Sie haben nichts gesagt ... aber ich habe so ein Gefühl ...« Er brach ab, verschränkte die Arme vor der Brust und lehnte sich gegen die Hüttenwand. »Niemand sagt etwas, aber ... sie weichen mir aus ... und ...«

Von draußen war plötzlich Lärm zu hören, die Stimme einer Frau, die in einer unbekannten Sprache schnell und schrill Worte hervorstieß.

Gord verzog das Gesicht.

»Was ist los?« fragte Vela.

»Schon wieder diese Frau«, murmelte Gord. Er machte dabei ein Gesicht, als hätte er Zahnschmerzen.

»Welche Frau? Was will sie?«

Gord hob die Schultern. »Ich weiß es nicht. Sie wollte mit dir reden. Ich habe ihr gesagt, daß du erschöpft bist und schläfst, aber sie kommt immer wieder.«

»Wer ist sie?«

»Ich weiß es nicht genau. Ich glaube . . .« er zögerte. »Kiinas Mutter.«

Vela seufzte, Kiinas Mutter. Natürlich. Sie hätte es sich denken können.

»Willst du sie sehen?« fragte Gord.

Sie schüttelte den Kopf. »Nein. Schick sie fort. Und bereite alles für unseren Aufbruch vor. Wir gehen bei Sonnenaufgang.«

Gord nickte stumm und verließ die Hütte.

Vela schloß die Augen und versuchte einzuschlafen. Aber trotz ihrer Müdigkeit, trotz der totalen Erschöpfung, dauerte es bis lange nach Sonnenuntergang, bis sie in einen unruhigen Schlaf fiel, geplagt von Alpträumen und üblen Visionen.

»Ihr geht.« Es war eine Feststellung, keine Frage. Der alte Mann reichte ihr mit zitternden Fingern ein in schmutzige Tücher eingeschlagenes Paket. »Nehmt dies«, sagte er. »Wegzehrung für Euch und Euren Gehilfen. Es – es ist nicht viel, aber . . .«

Vela hob abwehrend die Hände. »Ich danke Euch, Alter«, sagte sie bestimmt. »Aber wir brauchen nichts.« Sie drehte sich langsam um, ließ den Blick über das weite Rund des Dorfplatzes gleiten. Sie waren alle gekommen, um ihrem Gehen beizuwohnen. Vier Reihen gebräunter, großer Gestalten, die den Platz wie eine lebende Mauer einsäumten. Die Szene erinnerte sie an den Augenblick vor zwei Tagen, als sie gekommen war. Und doch war es anders. Der Ausdruck auf den Gesichtern der Männer hatte sich verändert, war von Hoffnung und Mißtrauen in blanke Abneigung umgeschlagen. Da und dort glaubte sie Haß in den Augen der Männer zu lesen. Und – Verachtung.

Ja. Verachtung.

Es war immer das gleiche. Hoffnung und Dankbarkeit, wenn sie kam. Verachtung und Erleichterung, wenn sie ging. Es hatte Städte gegeben, in denen man sie angespuckt hatte, in denen man sie mit einem Steinhagel aus dem Dorf gejagt hatte. Sie hatte geglaubt, mittlerweile immun gegen die Verachtung der Menschen geworden zu sein. Aber das stimmte nicht.

Es gab Dinge, an die man sich nie gewöhnen konnte.

Sie verscheuchte die lästigen Gedanken mit einer unwilligen Kopfbewegung und winkte Gord zu sich. »Sind die Tiere bereit?«

»Gefüttert und bereit.«

»Kiina?«

»Sie wartet auf dich.« Gord deutete mit der Hand zum Ortsausgang, wo das Mädchen inmitten einer Gruppe verhüllter Frauen und ernst dreinblickender Männer wartete. »Sie wird uns ohne Widerspruch begleiten«, murmelte Gord.

»Gut.« Vela nickte, schwang sich mit einem Satz in Meltrans Sattel und ließ die Rechse langsam auf die Gruppe zutraben.

»Komm«, sagte sie einfach. Sie streckte fordernd die Hand aus und wartete, bis das Mädchen – zitternd vor Angst, aber folgsam – an die Seite des mächtigen Raubtieres getreten war.

Sie ergriff ihr Handgelenk und zog sie mit einer kräftigen Handbewegung zu sich herauf. Meltran grunzte leise, als er die emotionalen Ausstrahlungen einer fremden Person so ungewohnt nahe spürte, aber Vela beruhigte ihn rasch. Kiina stieß einen unterdrückten Schreckensruf aus.

In der Menge erhob sich unwilliges Gemurmel.

Sie konnte die Feindseligkeit jetzt beinahe anfassen, so dicht schien die Welle des Hasses und der Wut, die ihr aus der menschlichen Mauer vor ihr entgegenzuströmen schien.

»Gebt den Weg frei«, sagte sie.

Die Menschen bewegten sich widerwillig. Vela wußte, daß nur die Anwesenheit der beiden gigantischen Raubtiere sie jetzt noch vor dem Zorn dieser Menschen schützte, wie schon oft.

Langsam setzten sich die Tiere in Bewegung.

Das Dorf blieb zurück. Kiina, die hinter ihr im Sattel Platz genommen hatte, preßte sich angstvoll an sie. Sie hörte ein leises schlecht unterdrücktes Schluchzen und spürte das Zittern des kindlichen Körpers. Sie wußte, daß die Aufgabe, die vor ihr lag, schwer war. Es würde lange dauern, Kiinas Vertrauen zu gewinnen, ihren Schmerz über die plötzliche Trennung zu mildern und langsam zu ihrer Freundin zu werden.

Wenn es ihr überhaupt gelang.

Sie waren etwa eine halbe Stunde geritten, als sie die Gestalt entdeckte. Sie stand auf einem Felsblock rechts des Weges, ein hoch aufgerichteter Mann, bärtig, ein schimmerndes Schwert in der rechten Hand. Ceshan.

Es fiel ihr auf, daß sie ihn während des Abschieds im Dorf nicht gesehen hatte. Offenbar hatte er vor ihr den Ort verlassen und sich eine Stelle ausgesucht, an der er ihr auflauern konnte.

Mit vorsichtigen Bewegungen löste sie den Scanner von ihrem Gürtel und legte ihn vor sich auf den Sattel. Irgend etwas in ihr sträubte sich gegen die Vorstellung, daß Ceshan ihr Gewalt antun könnte, aber jahrelanges Training und ein Leben voller schlechter Erfahrungen hatten sie vorsichtig werden lassen.

Sie lenkte Meltran an den rechten Wegrand und hielt dicht vor Ceshan an.

Er stand auf gleicher Höhe mit ihr, dicht genug, um sie mit einem überraschenden Schwertstreich aus dem Sattel zu fegen. »Ceshan«, sagte sie. »Du hast auf mich gewartet?«

Er nickte. »Ja. Ich wollte mit dir reden.«

»Reden?«

Auf seinem Gesicht erschien ein grimmiger Ausdruck. »Ja. Nur reden.«

»Dann tu es. Wir haben nicht viel Zeit. Sag, was du zu sagen hast, und laß uns unserer Wege ziehen.« Ihre Stimme klang fest und hochmütig, aber sie hatte das Gefühl, als ob die Worte sich wie flüssige Lava durch ihre Kehle wälzten.

»Es ist nicht viel, was ich dir zu sagen habe«, begann

Ceshan. Sein Blick irrte über die Leiber der Tiere, verweilte einen Herzschlag lang auf der zusammengesunkenen Gestalt Kiinas und schien sich dann in dem Schleier vor Velas Gesicht festzusaugen.

»Warum?« fragte er leise. »Warum Kiina?«

Einen Moment lang war sie versucht, ihm die Wahrheit ins Gesicht zu schreien, eine der beiden Wahrheiten, die sie bereit hatte: die, daß das Mädchen alle Anlagen zu einer Ehrwürdigen Frau hatte, daß es begabt, intelligent und viel zu schade für ein Leben in diesem schmutzigen Dorf war. Die Wahrheit, die sie als Ausrede für ihn, für die Ehrwürdige Mutter und alle anderen bereit hatte. Oder auch die Wahrheit, die tief innen in ihr war, die sie bisher selbst nicht zuzugeben bereit gewesen war, daß sie Kiina statt seiner mitgenommen hatte, daß das Mädchen ein Teil von ihm war, etwas, das sie mitnehmen und behalten konnte, wenn er ihr schon nicht gehörte.

Aber dann sagte sie gar nichts und beließ es bei einem hochmütigen Achselzucken.

Ceshan verstand. »Zwei Wochen«, sagte er. »Ich gebe Euch genau zwei Wochen Vorsprung.«

»Und dann?« fragte Vela spöttisch.

»Wenn du uns belogen hast«, sagte er leise, »wenn es in diesen zwei Wochen nicht regnet, werde ich dir folgen. Ich habe deinen Preis bezahlt, obwohl ich lieber mein Leben hergegeben hätte als mein Kind und obwohl du mich mit Hexenwerk bezaubert hast. Ich habe es für mein Volk getan, für die winzige Hoffnung, daß du meinen Leuten helfen kannst. Aber wenn du uns belogen, wenn du mich belogen hast, werde ich dir folgen. Ich werde dich jagen, und wenn es bis ans Ende der Welt sein sollte, wenn ich den Rest meines Lebens nichts anderes mehr täte, und ich werde dich finden.«

»Und dann?« fragte Vela. »Was willst du dann tun? Mich umbringen?«

Er nickte.

»Narr«, sagte Vela abfällig. »Hat man dir nicht gesagt, daß man eine Ehrwürdige Frau nicht töten kann?«

Einen Moment lang kreuzten sich ihre Blicke, dann schob Ceshan das Schwert mit einer zornigen Bewegung in den Gürtel zurück. »Denk an meine Worte«, sagte er drohend. Er trat einen Schritt zurück, starrte sie voller Haß an und spuckte aus. »Hexe!«

Er drehte sich um, sprang von dem Felsen und lief mit weit ausholenden Schritten ins Dorf zurück.

Vela starrte ihm lange nach. Sie war froh, daß der Schleier ihre Tränen verbarg.

Am Abend lagerten sie im Schutz einer überhängenden Felswand.

Die Landschaft wurde mit jeder Meile, die sie tiefer ins Gebirge eindrangen, unwirtlicher. Fruchtbares Ackerland wechselte mit hartem, steinigem Boden, die sanft gewellten Hügel der Ebene gingen allmählich in die schroffen Felsgrate des Hochgebirges über, und selbst der Himmel schien oben eine andere, drohendere Farbe zu haben.

Sie luden das Gepäck von den Tieren und ließen sie für die Nacht frei laufen. Sie würden sich irgendwo Nahrung suchen und am nächsten Morgen wieder zur Stelle sein.

Gord entzündete ein flackerndes Lagerfeuer und bereitete eine einfache Mahlzeit. Sie aßen schweigend, jeder in seine Gedanken vertieft und mit seinen eigenen Sorgen und Nöten beschäftigt.

Nach dem Essen rief Vela Kiina zu sich.

»Setz dich«, sagte sie. Hier draußen, in der Einsamkeit der Wildnis, hatte sie das graue Gewand ihres Standes mit einem leichten Reisekleid vertauscht und den Schleier abgelegt. Und auch Kiina hatte ihr dickes wollenes Gewand gegen einen leichten Umhang aus Velas Reisegepäck gewechselt.

»Du hast Angst vor mir«, sagte Vela leise. »Du brauchst keine Angst zu haben.«

»Ich – ich habe keine Angst«, sagte Kiina stockend, aber der Ausdruck in ihren Augen strafte ihre Worte Lügen.

Vela fuhr ihr mit einer zärtlichen Handbewegung durch das Haar. »Wir werden Freundinnen werden«, sagte sie leise. »Es wird lange dauern, mein Kind, aber du wirst deine Angst vor mir verlieren. Irgendwann wirst du verstehen, weshalb ich dich mit mir nahm.« Ihre Worte wurden zu einem eintönigen Singsang, zu einem monotonen, einlullenden Geräusch, während sie immer und immer wieder die gleichen Sätze wiederholte.

Schließlich wich der angstvolle Ausdruck in Kiinas Augen einer abgrundtiefen Leere, während ihre Gesichtszüge sich entspannten und ihre Schultern nach vorne sanken.

»Du wirst deine Angst verlieren«, sagte Vela eindringlich.

»Ich werde meine Angst verlieren«, wiederholte Kiina monoton.

»Du wirst deine Angst verlieren und wirst begreifen, daß ich nur dein Bestes will, daß ich deine Freundin sein will, deine Behüterin, deine Ziehmutter.«

»Ich werde meine Angst verlieren, ich werde begreifen, daß du nur mein Bestes willst, daß du meine Freundin sein willst, meine Behüterin, meine Ziehmutter.«

So ging es weiter, Minute um Minute, Satz um Satz. Kiinas weitgeöffnetes Bewußtsein saugte die Worte auf, füllte sich allmählich mit Vertrauen und Ruhe. Vela wußte, daß der suggestive Befehl nicht allzu lange vorhalten würde, aber sie hoffte, daß das Vertrauen zwischen ihnen bis dahin weit genug gediehen war, daß das Mädchen auch aus freien Stücken bei ihr blieb.

Der Abend kam mit der überraschenden Plötzlichkeit dieses Landstriches, und mit ihm kam die Kälte. Vela fröstelte plötzlich, aber sie unterbrach die Suggestion nicht. Nicht jetzt. Fehler, die sie jetzt machte, konnten vielleicht nicht wieder gutgemacht werden.

Schließlich sank sie erschöpft und frierend zurück und

schloß die Augen, während Kiina sich dicht am Feuer zusammenrollte und schlief.

Morgen früh, wenn sie erwachte, würde aller Schmerz von ihr gewichen sein.

Von ihr.

Nicht von Vela.

Sie waren wieder da, die Gefühle, dieser bohrende, quälende Schmerz in ihrem Inneren, dieses ... Gewissen?

Welches Recht hatte sie, diesem Kind seine Zukunft zu rauben? Wußte sie nicht aus eigener Erfahrung, wie hart und entbehrungsreich das Leben einer Ehrwürdigen Frau war? Wäre Kiina nicht, trotz allem, als einfaches Bauernmädchen glücklicher geworden, auch wenn ihr Leben nur aus Arbeit und Entbehrung bestand, auch wenn sie vielleicht mit einem ungeliebten Mann zusammenleben mußte, ihm jedes Jahr ein Kind gebar und viel zu früh alt und verbraucht war, wenn sie nicht vorher im Kindbett starb?

Gab es etwas Schlimmeres als das Leben einer Ehrwürdigen Frau, diese unendliche, ruhelose Wanderung, immer von einem Ort zum anderen, immer die gleichen Szenen, die gleichen, bohrenden Schmerzen, wenn die Leute hinter ihrem Rücken das Kreuzzeichen schlugen, froh, sie gehen zu sehen? Was halfen ihr all der Luxus, die Bequemlichkeit, die Reichtümer, mit denen sie sich umgeben konnte, wenn sie wollte, gegen die schlimmste Folter, der ein Mensch unterworfen werden konnte? Einsamkeit?

Gords aufgeregte Stimme unterbrach ihre Gedanken. »Herrin ... Vela ... es – es kommt jemand!«

Vela richtete sich abrupt auf und versuchte in der undurchdringlichen Dunkelheit, die den Lagerplatz umgab, etwas zu erkennen.

»Es sind ...«

»Still!« Sie legte den Kopf schräg und lauschte. Ja, da waren Geräusche. Das Klappern von Pferdehufen, gedämpfte Stimmen, ein rauhes, noch weit entferntes Lachen.

Sie sprang auf die Füße und eilte zu der Felsennische, in

der sie ihr Gepäck abgelegt hatten. Die Gegend hier war einsam, selten kam ein Reisender hier entlang, und mit den wenigen, die sich hierher trauten, war meistens nicht gut Kirschen essen.

Die Gruppe traf ein, noch während sie dabei war, ihr Gewand überzustreifen.

Es waren Quorrl.

Der vorderste ritt auf einer häßlichen, beschnittenen Daktyle, deren Flügel künstlich verkrüppelt worden waren, damit sie nicht mehr fliegen konnte.

Diese Tatsache allein reichte schon fast aus, um Vela gegen den Quorrl einzunehmen. In ihrer Art waren die Daktylen genauso schön und majestätisch wie die Rechsen. Sie hatte die großen, stolzen Tiere oft im Flug bewundert und sich an der eleganten Haltung erfreut. Sie waren die ungekrönten Herren der Lüfte, eine stolze, wilde Rasse, deren Lebensraum die kargen Gebirgszüge und Eiswüsten des Westens war. Auf dem Boden, ihrer mächtigen Schwingen beraubt, waren sie zu bloßen häßlichen Vögeln degradiert, plumpe Ungeheuer mit mörderischen Krallen und einem Übelkeit erregenden Hammerkopf, der einen Menschen in Sekundenschnelle zermalmen konnte.

Die anderen fünf ritten auf kleinen struppigen Steppenponys, die unter der Last der graugeschuppten Körper beinahe zusammenzubrechen schienen. Sie alle waren bis an die Zähne bewaffnet, und ihre Kleidung bestand aus einem bunten Sammelsurium verschiedenfarbiger Hosen, Umhänge oder einfach bunter Fetzen.

Räuber, dachte Vela. Eine der vielen, kleinen Räuberbanden, die ziellos durch das Gebirge streiften und von kleinen Überfällen und Diebereien lebten.

Aber es mußten noch mehr sein. Velas scharfes Gehör nahm die Laute von mindestens noch einem Dutzend weiterer Reiter wahr, die sich in der Dunkelheit jenseits des Lichtkreises verbargen. Sie befestigte den Schleier vor ihrem Gesicht, zog den Scanner aus dem Gürtelhalfter und blieb abwartend im Schatten stehen. Ihr Gewand gab ihr Schutz, aber bei Quorrl konnte man sich manchmal nicht einmal darauf verlassen.

Gord trat dem Anführer mutig entgegen.

»Willkommen, Fremder«, sagte er. Seine Stimme klang fest und ohne Angst, aber seine Hände spielten nervös in der Nähe des Schwertgriffes.

»Nehmt Platz an unserem Feuer«, sagte Gord feierlich. »Wärmt Euch, eßt und trinkt.«

Der Anführer der Quorrl lachte rauh. »Sehr freundlich von dir Bürschchen«, sagte er hämisch. »Du lädst uns ein?«

»Unser Wein ist Euer Wein, unser Brot ist Euer Brot«, sagte Gord steif. Sein Blick irrte unstet über die Gruppe, suchte verzweifelt nach einem Ausweg, einer Lücke in der lebenden Mauer, die sich vor ihm aufgebaut hatte. Gleichzeitig trat er, wie unabsichtlich, zwischen die Reitergruppe und Kiina, die neben dem Feuer lag und schlief.

»Er lädt uns ein«, sagte der Quorrl spöttisch. »Er lädt uns tatsächlich ein.«

Ein paar seiner Männer begannen zu lachen, als hätte er einen guten Witz gemacht. Einer der Reiter gab seinem Pferd die Sporen und trabte auf Gord zu. Seine Hand lag auf dem Griff des Krummschwertes, das in seinem Gürtel steckte.

»Ich gewähre Euch Gastfreundschaft, wie es das Gastrecht gebietet«, sagte Gord.

»Er gewährt uns ...« Der Anführer begann lauthals zu lachen und krümmte sich im Sattel zusammen. »Er gewährt ...« kicherte er. »Ist er nicht reizend, das Bürschchen?« Das Lachen verschwand so plötzlich aus seinem Gesicht, wie es erschienen war. »Haut ihn nieder!« befahl er.

Der Quorrl riß sein Schwert aus dem Gürtel und holte zu einem Schlag aus, der Gord glatt den Kopf von den Schultern getrennt hätte. Aber Gord war schneller. Mit einer fließenden Bewegung sprang er zur Seite, zückte sein Schwert und schlug die herabsausende Waffe des Quorrl wuchtig beiseite. Der Quorrl starrte verblüfft auf seine geprellte Hand, dann auf das Schwert, das in hohem Bogen davongesegelt war und irgendwo klirrend auf den Felsen aufschlug. Auf seinem Gesicht spiegelte sich Überraschung, die unversehens in Wut umschlug. Er riß sein Pferd herum und griff nach seiner Stachelkeule, die am Sattelgurt befestigt war.

Aber er kam nie dazu, den Angriff fortzuführen.

Aus der Felsnische, in der Vela stand, schnitt ein greller, weißer Lichtfaden durch die Dunkelheit, traf den Brustpanzer des Quorrl und ließ ihn als aufflammende Lohe aus dem Sattel fallen. Das Pferd ging wiehernd auf die Hinterbeine und verschwand mit brennendem Sattelzeug in der Dunkelheit. Selten hatte Vela auf dem Gesicht eines Quorrl eine solch maßlose Verblüffung gesehen wie jetzt.

Hochaufgerichtet, die Hand mit dem Scanner lose an der Seite pendelnd, trat sie in den Lichtschein des Feuers hinaus.

»Ist dies Eure Art, Gastfreundschaft zu danken?« fragte sie kalt.

Der Quorrl schluckte. Der Anblick ihres grauen Gewandes mußte ihn fast noch mehr getroffen haben als der plötzliche Lichtblitz, der einen seiner Männer getötet hatte.

»Ich ... wir ...« stotterte er.

Vela unterbrach ihn mit einer herrischen Handbewegung. »Ich könnte Euch töten«, sagte sie hochmütig. »Ich hätte das Recht dazu und die Mittel. Sagt mir einen Grund, Quorrl, weshalb ich es nicht tun sollte?«

»Ich, wir ... wir hatten keine Ahnung, daß ... daß wir hier auf eine Ehrwürdige Frau ...«

»Schweig!« donnerte Vela. Sie hatte nur diese eine Chance. Sie mußte die Quorrl einschüchtern, solange sie noch unter der Wirkung des Schocks standen. Und es mußte schnell gehen.

»Wären wir einfache Reisende, hättet Ihr uns niedergemacht«, stellte sie fest. »Was sollte mich hindern, das gleiche mit Euch zu tun?« Sie zielte beiläufig mit dem Scanner auf den häßlichen Kopf der Daktyle und ließ die Sicherung hörbar ausrasten.

Aus der Dunkelheit hinter der Gruppe schälten sich weitere Reiter. Drei . . . fünf . . . zehn . . . wie viele mochten es sein? Zwanzig mindestens, eher fünfundzwanzig. Und in der Dunkelheit dahinter konnten sich noch mehr verbergen.

Viel zu viele, um sie allein mit dem Scanner in Schach zu halten.

Vela schätzte in Gedanken die Zahl derer ab, die sie erschießen konnte, ehe sie überwältigt wurde.

Der Anführer der Banditen schien den gleichen Gedanken nachzugehen. Und das Ergebnis, zu dem er kam, schien ihm nicht sonderlich zu behagen.

»Verzeiht uns«, sagte er mit einer tiefen Verbeugung. »Wir haben gefehlt, wir haben gebüßt.« Er wies mit einer Kopfbewegung auf die verkohlte Leiche des Erschossenen. »Verzeiht, wenn wir Eure Nachtruhe störten.« Er gab seinen Männern ein Zeichen und wendete sein Tier. Die Gruppe begann sich langsam zu entfernen. »Das ist . . . sie sind wirklich gegangen?« flüsterte Gord fassungslos, als der letzte Reiter in der Dunkelheit verschwunden war.

Vela nickte. »Ja. Wir haben noch einmal Glück gehabt.« Sie sah Gord bewundernd an. »Ich wußte gar nicht, daß du so gut mit dem Schwert umgehen kannst.«

Gord machte ein verlegenes Gesicht. »Ich habe gelernt, mich meiner Haut zu wehren«, sagte er bescheiden. »Außerdem sind diese Quorrl keine guten Kämpfer. Sie sind zu schwer und zu plump. Aber – wieso sind sie abgezogen? Glaubst du, daß sie wiederkommen?«

Vela schüttelte den Kopf. »Kaum. Sie haben gesehen, daß bei uns nicht viel zu holen ist. Ein Krug Wein, ein paar Schmuckstücke . . . der Preis wäre zu hoch. Quorrl sind Feiglinge, weißt du. Ich glaube, jeder Quorrl hat im Grund eine Krämerseele. Er wird Nutzen und Risiko immer genau abwägen, ehe er etwas tut.« Sie schob den Scanner in die Gürtelschlaufe zurück und ließ sich neben dem Feuer zu Boden sinken.

»Trotzdem werde ich wachen«, sagte Gord.

Vela lächelte. »Schlaf dich lieber aus. Wir werden unsere Kräfte morgen brauchen. Der Ritt über die Berge wird anstrengend und gefährlich.«

»Aber sie könnten sich in der Dunkelheit anschleichen und . . .«

»Sie werden es nicht tun«, widersprach Vela heftig. »Selbst wenn sie uns im Schlaf töteten, würden die Rechsen sie einholen und zermalmen. Sie wissen das.« Sie streckte sich aus, schloß die Augen und bedeutete Gord damit, daß das Gespräch beendet war.

Sie war sicher, daß die Quorrl nicht wiederkommen würden.

Irgendwo würden sie leichtere Beute finden.

Sie fand keinen Schlaf. Noch lange nachdem das Feuer niedergebrannt war und die Dunkelheit der Nacht über ihr zusammengeschlagen war, lag sie mit offenen Augen da und starrte den Sternenhimmel an.

Etwas war mit ihr geschehen, seit sie das winzige Bergdorf betreten hatte. Sie hatte sich verwandelt. Die alte Vela, die Ehrwürdige Frau im grauen Gewand, war fort, hatte einer . . . anderen Vela Platz gemacht, einem Wesen, das ihr selbst fremd war. Sie dachte an die Worte, die ihre Ziehmutter einmal zu ihr gesagt hatte: *Es gibt nichts und niemanden, das du zu fürchten hättest. Es gibt nur einen Feind, der dir gefährlich werden könnte. Du selbst.*

War es das? Hatte die Begegnung mit Ceshan etwas in ihr erweckt, was sie längst als tot und begraben betrachtet hatte?

Spät in der Nacht stand sie auf und ging in die Dunkelheit hinaus.

Das Schweigen war vollkommen. Hier oben gab es keine Vögel mehr, keine Tiere, die lärmten, nichts. Sie war allein mit sich und dem unbeschreiblichen Etwas, das in ihr tobte.

Sie dachte wieder an den Tanz. Da hatte sie sich geirrt. Es

war nichts Bedrohliches gewesen, dem sie begegnet war. Kein Dämon. Kein böser Zauber. Nein. Es war sie selbst gewesen, die Vela, die sie im Laufe der so vielen Jahre mühsam unter einer Decke aus Selbstbeherrschung begraben hatte, ihre Gefühle und Empfindungen, ihre ...

Sie drehte den Kopf und sah Kiina an. Sie schlief. Auf ihren kindlichen Zügen lag ein sanfter, zufriedener Ausdruck, das Empfinden einer Freiheit, eines kindlichen, ungezwungenen Glücks, das sie selbst nie kennengelernt hatte.

Und dann wußte sie, was es war. Die Räuber. Über all der Erleichterung, entkommen zu sein, hatte sie nicht begriffen, in welche Richtung die Räuber geritten waren.

Nach Osten ...

Zu Ceshans Dorf.

Zu dem Dorf des Mannes, den sie liebte.

Sie wirbelte herum, ging mit raschen Schritten zum Feuer und entfachte es neu. Dann weckte sie Gord.

»Herrin?«

»Schnell«, befahl sie. »Steh auf. Hilf mir.«

Gords Gesicht zeigte Überraschung, aber er gehorchte. In aller Eile packten sie ihre wenigen Habseligkeiten zusammen und weckten Kiina.

»Was ...« machte das Mädchen schlaftrunken, Vela unterbrach es mit einer ungeduldigen Geste. »Still jetzt. Ich habe keine Zeit, dir alles zu erklären.«

Sie konzentrierte sich und sandte einen gedanklichen Ruf aus. Es dauerte eine Weile, ehe sie Antwort erhielt. Die Rechsen waren verwirrt, zu so ungewohnter Stunde gerufen zu werden, aber sie gehorchten sofort. Fast im gleichen Moment, in dem sie die Augen öffnete, schoben sich die Körper der beiden riesigen Tiere heran. »Schnell«, sagte Vela leise. »Steig auf.« Sie half Gord, das Gepäck auf Gomors breitem Rücken zu verstauen und Kiina hinaufzuheben.

»Aber – was – was hast du vor?«

»Geht«, drängte Vela. »Wir trennen uns hier.«

»Aber du bist . . . wohin willst du?«

»Zurück«, antwortete Vela. »Ich muß zurück. Es ist noch etwas zu tun.« Sie schwang sich ihrerseits auf Meltrans Rücken, prüfte automatisch den festen Sitz des Sattelgurtes und wendete das Tier.

»Gib auf das Mädchen acht«, sagte sie.

»Aber kommst du nicht nach?«

Sie schüttelte den Kopf. »Nein«, antwortete sie traurig. »Ich verlasse euch. Für immer.«

»Und wir . . .?«

»Reitet nach K'Taan«, befahl Vela. »Geh zur Ehrwürdigen Mutter und bring ihr das Kind. Sie wird sich um ihre Ausbildung kümmern. Und . . .« sie zögerte, »vergiß mich.«

»Aber du kannst nicht gehen!« protestierte Gord. »Du bist eine Ehrwürdige Frau . . .«

Vela schüttelte sanft den Kopf. »Nein«, flüsterte sie. »Ich war es.«

Mit einem energischen Ruck riß sie Meltran herum und galoppierte in die Dunkelheit hinaus.

Kurz nach Sonnenaufgang erreichte sie das Dorf. Noch bevor sie die Hütten sah, wußte sie, daß ihre schlimmsten Befürchtungen Wahrheit geworden waren.

Quer über dem Weg lagen vier Leichen. Der leblose Körper eines Quorrl, aus dessen Brust der abgebrochene Schaft eines Pfeiles ragte, und die verstümmelten Überreste von drei Männern.

Dann hörte sie Kampflärm.

Sie tastete nach Meltrans Gedanken, spürte die Unsicherheit und Verwirrung des großes Tieres.

»Ja, mein Liebling«, flüsterte sie. »Es geht ans Sterben.«

Sie gab dem Tier die Sporen und fiel in einen langgestreckten Galopp.

Noch wehrten sich die Männer tapfer gegen die Übermacht der besser bewaffneten und kampferprobten Räuber, aber der Sand, in dem sie kämpften, rötete sich mehr und mehr von ihrem Blut.

Irgendwo inmitten des Gemetzels gewahrte sie die riesige Daktyle des Angreifers, deren zahnbewehrter Schnabel grausam unter den Verteidigern wütete.

Sie zog den Scanner, zielte und schoß.

Tier und Reiter verwandelten sich in eine kochende Flamme. »Ehrwürdige Frau . . .« flüsterte Vela.

Nein, sie war es nicht mehr. Das, was sie einmal gewesen war, war vor zwei Tagen gestorben, und das, was sie jetzt war, würde hier sterben. Es gab keinen Ausweg.

Sie schoß noch einmal, dann noch einmal, und noch einmal.

Irgend etwas fraß sich brennend und lähmend in ihre Schulter, eine Woge feurigen Schmerzes raste durch ihren Körper. Sie schrie, ließ sich vornüber sinken und gab Meltran die Sporen.

Die Rechse brüllte gequält auf, als Velas Schmerz in ihr Bewußtsein flutete.

Feurige Schleier tanzten vor ihren Augen. Wie durch einen blutigen Nebel glaubte sie Ceshan zu erkennen, den ungläubigen Ausdruck in seinen Augen, als er sie erblickte.

Die Szenerie verschwamm, ging unter in einem Crescendo von Schmerzen und Übelkeit.

Sie öffnete ihren Geist, ließ ihr Leid, ihre Qual hinüberfließen zu Meltran. Sie spürte, wie der mächtige Körper zwischen ihren Schenkeln bebte, als sich die gigantische Raubechse auf die Hinterbeine aufrichtete, die kleinen, gefährlichen Krallen gierig nach vorne ausstreckte.

Irgendwie waren plötzlich Gestalten um sie herum, unter Meltrans Füßen, in seinen Klauen, zwischen seinen grauenhaften Kiefern. Schreie klangen auf.

Sie spürte, wie das Leben langsam aus ihr herausfloß, mit jedem Schwall dunklen Blutes, der aus ihrer gespaltenen Schulter drang, schwächer wurde, und wie Meltrans Toben im gleichen Maße, wie ihre Gedanken sich abschwächten, wilder wurde.

»Verzeih mir, Liebling«, flüsterte sie mit letzter Kraft. »Verzeih mir.«

Dann glitt sie hinüber in das tiefe, dunkle Nichts.

Der Tag vor Harmageddon

Das Heer lag wie eine kompakte schwarze Masse auf der anderen Seite des Flusses. Der Himmel über dem Feldlager flammte rot und orange im Widerschein ungezählter Lagerfeuer, und ab und zu trug der Wind ein dumpfes, machtvolles Raunen über den Fluß: die Lebensgeräusche der Armee, die – obschon schlafend und seit Tagen reglos wie ein gigantisches lauerndes Untier – dort drüben zu hocken und auf ein Opfer zu warten schien. Es gab Zelte – ein paar, nicht viele, vielleicht sechzig, achtzig; lächerlich wenig im Vergleich zu den unzähligen Kriegern, die während der letzten zehn Tage aus allen Himmelsrichtungen hierhergeströmt waren und das Flußufer in einen brodelnden Hexenkessel verwandelt hatten. Aber die meisten Soldaten schienen unter freiem Himmel zu übernachten, mit nichts als einer dünnen Decke oder ihrem Sattelzeug zwischen sich und dem steinigen Boden; vielleicht noch nicht einmal das. Auf einem Hügel im Osten, eingerahmt von einem Kreis aus lodernden Feuern, vor denen sich die Gestalten der Wächter wie winzige schwarze Scherenschnittfiguren abhoben, stand ein besonders großes und prachtvolles Zelt. Während der hellen Tagesstunden mußte der Blick von dort aus ungehindert über das diesseitige Ufer weit bis in die dahinterliegende Ebene reichen. Ein Platz, dachte Skar mit einem Gefühl widerwilliger Anerkennung, der ebenso klug wie umsichtig gewählt worden war. Die Anführer der Quorrl-Armee konnten von dort aus jede ihrer Bewegungen weit im voraus erkennen, waren aber andererseits sicher und außerhalb der Reichweite von Pfeilen oder Wurfgeschossen.

Er bewegte sich ein wenig, um seine vom langen, reglosen Hocken schmerzenden Muskeln geschmeidig zu halten.

Nicht, daß er ernsthaft mit einem Angriff rechnete. Von der Stelle am Flußufer, an der er sich befand, konnte er das Gelände fast eine Meile weit in jede Richtung einsehen, und auf dem weißen Sand hätte sich nicht einmal eine Maus ungesehen anschleichen können. Aber die Graugeschuppten waren verschlagene und gefährliche Gegner, die immer für eine Überraschung gut waren. Und es wäre nicht das erste Mal, daß er überlebte, nur weil er auch mit dem Unmöglichen rechnete.

Die Wolkendecke über dem Heerlager riß für einen Moment auf und gab den Blick auf den Sternenhimmel frei. Wie schon an den Tagen zuvor waren mit der Dämmerung schwere, tiefhängende Regenwolken heraufgezogen, der Wind war merklich abgekühlt und hatte die Gluthitze des Tages mit feuchten Böen gemildert. Es hatte auch schon länger nicht mehr geregnet, obwohl der Boden seit Wochen nach Wasser schrie. Selbst hier, unmittelbar am Fluß, war die Vegetation braun und kränklich. Der Wasserspiegel war deutlich gesunken. Der weiße Streifen vor Skar markierte die Rückzugslinien des stummen Gefechts, das der Fluß seit Monaten austrug. Er war immer noch breit, zu breit für jeden Steg oder jede Brücke, ein stumm daliegender Gigant, der Kulturen hatte entstehen und wieder verschwinden sehen, ohne darauf mit mehr als Gleichmut und unerschütterlichem Dahinfließen zu reagieren. Aber auch er hatte an Substanz verloren, und die meisten seiner Nebenflüsse und -arme, die das Flußdelta über Jahrhunderte in ein blühendes Paradies verwandelt hatten, waren nun ausgetrocknet und versandet. Die dunklen Regenwolken über dem Fluß erschienen Skar für einen Moment wie ein bitterer Spott, ein grausamer Scherz des Schicksals, eigens dazu ausersehen, ihnen zu zeigen, wie klein und machtlos sie doch in Wirklichkeit waren.

Skar richtete sich behutsam hinter seiner Deckung auf und begann rückwärts kriechend zum Waldrand zurückzuweichen. Ein helles Plätschern durchbrach das weiche Rauschen des Flusses, dann löste sich ein Schatten von der Oberfläche und schoß nahezu senkrecht in die Luft. Skar erstarrte für die Dauer eines Lidzuckens. Aber es war nur ein Fischvogel, der auf der Suche nach Beute das Wasser verlassen und sich auf einen nächtlichen Streifzug begeben hatten. Er würde keine Beute machen. War das Land schon vorher krank gewesen, so war es jetzt tot. Sie hatten die letzten Spuren von Leben vertrieben oder erlegt, und was ihnen entgangen war, hatte die Flucht ergriffen und die Wälder diesseits des Flusses der Armee überlassen.

Skar sah dem Fischvogel nach, bis er mit den Schatten der Nacht verschmolzen war. Morgen würde sich das Wasser des Flusses vom Blut der Erschlagenen röten, und er würde reiche Beute machen...

Er vertrieb den Gedanken mit einem unwilligen Achselzucken, stand auf und huschte mit ein paar schnellen Schritten in den Wald zurück. Unter seinen Stiefeln knisterte das Laub. Er lief etwa hundert Schritte geradeaus, bis er an den ausgetrockneten Bachlauf kam, wandte sich dann nach rechts und stieß einen kurzen, schrillen Pfiff aus. Sekundenlang geschah nichts, dann wurde der Laut erwidert, und eine schwarze Gestalt erschien wie aus dem Boden gewachsen vor ihm.

»Du machst einen Lärm wie eine Herde tollwütiger Feuerechsen«, sagte Rolln vorwurfsvoll. »Warum entzündest du nicht gleich ein Freudenfeuer und lädst den Anführer der Quorrl zu einem Essen ein?«

»Habe ich getan«, erwiderte Skar ernsthaft. »Aber er hat mir sein Bedauern ausdrücken lassen und abgesagt.«

Rolln grinste. Sein ebenholzschwarzes Gesicht war in der Dunkelheit der Nacht fast unsichtbar. Nur seine Zähne blitzten weiß und unnatürlich hell. Rolln war ein Hüne, selbst für einen Südmann. Er überragte Skar um mehr als Haupteslänge. Trotzdem bewegte er sich mit einer Geschmeidigkeit, die den Satai beinahe neidisch werden ließ. Nicht einmal er hatte gemerkt, daß Rolln ihm gefolgt war.

Sie folgten dem Bachlauf etwa fünfhundert Schritt weit und erreichten dann die Lichtung, wo sie ihr Lager aufgeschlagen hatten: ein schmales Oval, das auf einer Seite von einer Ansammlung gewaltiger runder Felsen begrenzt wurde. Ein Lagerfeuer brannte, zur Flußseite hin sorgsam mit schräg aufgestellten Schilden abgeschirmt.

Skar winkte dem Posten oben auf dem Felsen flüchtig zu und ließ sich ächzend am Feuer nieder. Er merkte erst jetzt, wie frisch es geworden war. Wortlos beugte er sich vor, säbelte ein Stück Fleisch von dem Braten, der sich über dem Feuer drehte, und kaute lustlos. Er spülte mit einem Schluck derben roten Weins aus Malab nach – dem einzigen Getränk, das sie außer klarem Wasser seit Wochen bekamen – und fuhr sich mit dem Handrücken über den Mund. Zumindest brauchten sie nicht zu hungern; etwas, das lange nicht bei allen Feldzügen selbstverständlich gewesen war, an denen er teilgenommen hatte.

»Nun?« fragte Geshrec, als nach einer Weile deutlich wurde, daß Skar nicht von sich aus das Wort ergreifen würde. »Was hast du entdeckt?«

»Einen Fischvogel«, gab Skar zurück, ohne sich die Mühe zu machen, Geshrec anzusehen. Die Feindschaft zwischen ihnen war ein offenes Geheimnis. Skar hatte Geshrecs Führungsanspruch niemals anerkannt, und er hatte nicht eine Minute lang versucht, dies zu verbergen. Geshrec gehörte zu dem Menschenschlag, den Skar am allerwenigsten mochte. Er war ein Fanatiker, einer von der schlimmsten Sorte.

»Und außerdem eine ganze Menge Quorrl«, fügte er nach einer Pause hinzu.

Zu seiner Verwunderung reagierte Geshrec nicht auf seinen beleidigenden Ton. In seinem Gesicht arbeitete es, aber seine Stimme klang beinahe gleichmütig, als er fragte: »Wie viele hast du gesehen?«

Skar ließ das Stück Fleisch sinken und lachte leise; ein Laut, der so vollkommen ohne Humor war wie das drohende Funkeln in Geshrecs Augen und einzig dazu diente, dem anderen seine Verachtung klarzumachen. »Mehr, als wir geglaubt haben«, sagte er. »Ich habe sie nicht einzeln gezählt, Hauptmann.« Die Art, in der er das Wort Hauptmann aussprach, grenzte an eine offene Beleidigung.

Aber Geshrec überging auch diese Spitze. Er hatte Skar und Del nicht haben wollen, als er die Patrouille zusammenstellte, aber er war Soldat genug, einen Befehl auszuführen, ohne zu murren, auch wenn er ihm gegen den Strich ging. Skar selbst hielt diese regelmäßigen nächtlichen Patrouillenritte am Fluß für unnötig und gefährlich obendrein. Das Quorrl-Heer lag seit zehn Tagen am jenseitigen Flußufer, ein verlorener, bemitleidenswerter Haufen von wenigen hundert anfangs, zu dem im Laufe der Tage mehr und mehr Krieger hinzugestoßen waren, bis er zu jenem ungeheuren Heer angewachsen war, das sich an Größe und Anzahl der Krieger durchaus mit ihrer eigenen Truppe messen konnte, sie vielleicht sogar übertraf. Aber die Zahl der Krieger allein, das wußte Skar, bedeutete noch nichts. Nicht das größere Heer würde die Schlacht gewinnen, sondern das bessere.

»Auf jeden Fall«, fügte er, etwas milder gestimmt, hinzu, »war alles ruhig. Ich konnte keine größeren Truppenbewegungen ausmachen.«

Geshrec nickte. Sie alle wußten, daß die Schlacht mit dem morgigen Sonnenaufgang beginnen würde. Es gab keine Absprachen oder Vereinbarungen: Dies war kein Kampf der Ritterlichkeit und ehrenvollen Regeln, sondern ein gnadenloses Ringen um das nackte Überleben, das einzig von Sachzwängen diktiert wurde. Aber es gab keinen Grund für eine der beiden Seiten, noch länger zu warten. Die Armeen hatten sich gesammelt und formiert, und jeder weitere Tag in der gnadenlosen Hitze, jede überflüssige Minute des nervenzehrenden Wartens würde sie nur unnötig schwächen.

Skars Gedanken schweiften ab, während er in die flackernden Flammen zu seinen Füßen starrte. Ein halbes Jahr war es her, daß er und Del sich den vereinigten Heeren von Besh-Ikne und Kohon angeschlossen hatten, um nach Norden zu ziehen und der grauen Lawine Einhalt zu gebieten. Und morgen nun sollte die Entscheidung fallen.

Vielleicht, sinnierte er, wie schon oft in den letzten Tagen und Wochen, nicht nur die Entscheidung in einem Krieg, sondern das Schicksal der ganzen Welt, zumindest für die nächsten hundert Jahre. Die vereinigten Heere stellten die letzte Chance dar, die Horden aus den Eiswüsten des Nordens zu stoppen. Unterlagen sie, dann gab es nichts mehr, was die Quorrl noch daran hindern konnte, über die fruchtbaren Ebenen von Besh herzufallen, Kohons Städte zu schleifen und die letzten Enklaven der Zivilisation mit Terror und Barbarei zu überziehen. Was vor Jahresfrist wie ein Raubzug begonnen hatte, war zu einem Erdrutsch geworden, eine unaufhaltsame Lawine aus Mord und Schrecken, die schon jetzt Larn und das Drachenland überrollt hatte und Stadt auf Stadt, Festung auf Festung verschlang.

Skar schauderte, als er an den morgigen Tag dachte. Enwor hatte nie zwei mächtigere Heere aufeinanderprallen sehen. Die Zahl der Krieger, die sich in den letzten Tagen im Tal jenseits des Waldes eingefunden hatten, mochte an die Zehntausende gehen. Sekal, Veden, Steppenreiter und Südmänner, Satai wie Del und er, Berittene aus Kohon – selbst eine Hundertschaft der gefürchteten Schwarzen Reiter als Malab hatte er vor Tagesanbruch ins Lager einziehen sehen. Aber auch am jenseitigen Flußufer waren mehr und mehr Krieger aufmarschiert, als Skar je geglaubt hatte, daß es überhaupt Quorrl gab. Seine Gedankengänge mußten sich auf seinem Gesicht widerspiegeln, denn Geshrec lächelte plötzlich und maß ihn mit einem abfälligen Blick. »Was hast du, Satai?« fragte er. »Angst?«

Skar antwortete nicht gleich. Geshrec war mindestens ebenso nervös wie er selbst, wenn auch vielleicht aus anderen Gründen.

»Ich denke an morgen«, sagte er ruhig. »Und vielleicht habe ich Angst. Nur ein Dummkopf zieht ohne Furcht in eine Schlacht wie diese. Hast du keine Angst?«

Geshrec lächelte. »Sicher. Aber sie macht mir nichts aus. Vielleicht falle ich, doch wenn es so sein sollte, haben die Götter mein Schicksal längst vorherbestimmt. Es liegt nicht in meiner Macht, es zu ändern.«

»Wie bequem«, antwortete Del an Skars Stelle. »Führt man den Gedanken fort, könntest du dich auch ins Gras legen und abwarten, was weiter geschieht. Wir haben keine Götter, denen wir die Verantwortung für unser Los geben können. Wir«, sagte er betont und mit einem bedeutsamen Griff nach seiner Waffe, »müssen uns darauf verlassen.«

In Geshrecs Augen blitzte Zorn auf. »Hüte deine Zunge, Satai«, drohte er. »Niemand beleidigt ungestraft die Götter.«

Skar legte Del hastig die Hand auf den Unterarm und drückte kurz und hart zu. »Vergib ihm seine Worte«, sagte er, an Geshrec gewandt. »Es lag Del fern, deine Religion zu verspotten, Geshrec.«

»Satai«, sagte Geshrec abfällig. »Meiner Meinung nach seid ihr nicht mehr als gedungene Totschläger. Männer, die für Geld alles tun, was man von ihnen verlangt.«

Del sog scharf die Luft ein, aber Skar hielt ihn mit einem warnenden Blick zurück.

»Ihr haltet euch für was Besseres, wie?« fuhr Geshrec fort. »Nur, weil jedermann Angst vor euch hat und ihr zufällig ein bißchen besser kämpfen könnt als die meisten anderen. Und ihr glaubt, ungestraft über den Glauben anderer spotten zu können.«

»Das glauben wir nicht«, sagte Skar ruhig. »Alles, was Del ausdrücken wollte, ist, daß wir nicht daran glauben, daß das Schicksal vorbestimmt ist. Jedermann hält es in der Hand, seinen Lebensweg zu gehen.«

Geshrecs Gesicht verzog sich spöttisch. »So? Und was, wenn du morgen fällst? Wenn dir all dein Können nichts nutzt, wenn du über eine Wurzel stolperst oder in einer Blutlache ausgleitest und getötet wirst?«

Skar zuckte die Achseln. »Es war meine freie Entscheidung, mich dem Heer anzuschließen«, sagte er.

»Das glaubst du«, widersprach Geshrec wütend. »Aber es stimmt nicht. Dort hinter uns im Wald liegen fast dreimal zehntausend Männer, und nicht einer von ihnen möchte gerne sterben. Und doch wissen sie, daß morgen abend nur noch jeder fünfte von ihnen am Leben sein wird.«

»Sie hatten ihre Gründe, jeder für sich«, antwortete Skar. Die Unterhaltung begann eine Wendung zu nehmen, die ihm nicht behagte. Er spürte, wie er langsam den Boden unter den Füßen verlor und sich auf ein Gebiet hinauswagte, in dem Geshrec ihm überlegen war.

»Gründe«, murmelte Geshrec. »Welche Gründe hattet ihr, Satai? Geld? Die fünf Silberbatzen, die jeder Überlebende bekommt, wenn wir die Schlacht gewinnen? Du hast mich einmal gefragt, warum ich euch Satai nicht mag, Skar, und ich werde dir die Frage beantworten. Ich hasse euch nicht, aber ich verachte euch. Ihr kämpft für Geld . . .«

»Das stimmt nicht«, fiel ihm Del gereizt ins Wort. »Wir lassen uns für unsere Dienste entlohnen, aber wir kämpfen nicht nur für Geld.«

Geshrec lachte höhnisch. »O ja, Del, ich weiß. Ihr dient nur Herren, deren Ziele mit eurem sogenannten Ehrenkodex übereinstimmen, nicht? Ihr kämpft nur für das Recht, wie? Und wer entscheidet, was Recht ist und was Unrecht? Ihr! Ihr schwingt euch zu Richtern auf, zu Göttern, denen allein die Entscheidung über das Schicksal anderer vorbehalten bleibt. Wie viele Kriege habt ihr entschieden? Wie viele Unschuldige mußten sterben, weil ihr glaubtet, die Männer, auf deren Seite ihr steht, wären im Recht.« Er lachte wieder, aber diesmal klang es nicht spöttisch, sondern hart und verletzend. »Ich glaube, die Welt wäre besser dran, wenn es so etwas wie euch nie gegeben hätte.« Er brach erschöpft ab, senkte den Blick und starrte wortlos in die prasselnden Flammen.

»Wenn das wirklich deine Meinung über uns ist, dann tust du mir leid, Geshrec«, sagte Skar sanft. »Du hast nichts verstanden.«

»O doch, Skar, ich habe verstanden, besser, als du glaubst. Vielleicht hast du recht – vielleicht gibt es keine Götter, und vielleicht ist dieses ganze verdammte Leben nichts als eine Folge von Zufällen. Aber wenn es so ist, wenn ich mich irre, so irre ich mich gerne.«

»Weil du jemanden hast, dem du die Verantwortung übertragen kannst?« fragte Del. »Weil es dein Gewissen beruhigt, töten und morden zu können, weil es die Götter so wollen?«

Geshrec setzte zu einer scharfen Entgegnung an, aber er kam nicht dazu, etwas zu sagen. Ein heller, an einen Vogelruf erinnernder Schrei hallte aus dem Wald herüber, dann raschelte es im trockenen Unterholz, und eine hochgewachsene Gestalt trat ans Feuer. »Hört auf, euch zu streiten«, sagte Rolln leise. »Es kommt jemand.«

Geshrec fuhr erschrocken zusammen. »Was heißt das?« fragte er scharf. »Es kommt jemand?«

Rolln deutete mit dem Daumen über die Schulter. »Reiter«, sagte er. »Sechs, acht – ich konnte es nicht genau erkennen. Und ein Wagen.«

»Unsere Leute?« wollte Geshrec wissen.

Erneut hob der Südmann die Schultern. »Ich weiß es nicht, Hauptmann. Es war zu dunkel, um mehr als Schatten erkennen zu können. Aber ich glaube kaum, daß sie zu unseren Leuten gehören. Sie schienen bemüht, unentdeckt zu bleiben.«

Geshrec überlegte einen Moment. »Also Quorrl«, murmelte er.

»Quorrl?« Skar runzelte die Brauen und sah dem Hauptmann zweifelnd ins Gesicht. »Auf dieser Seite des Flusses? Und jetzt?«

»Warum nicht? Vielleicht ein Spähtrupp, der unsere Stellungen auskundschaften soll.«

»Und die kommen sechs Mann hoch, zu Pferde und mit einem Wagen im Geleit.« Del gab sich nicht einmal Mühe, den Sarkasmus in seinen Worten zu verbergen.

Geshrec fuhr mit einer wütenden Bewegung herum und

musterte den hünenhaften Satai voller Zorn. Aber er sagte nichts, sondern ballte nur stumm die Fäuste und deutete mit einer Kopfbewegung auf die Pferde, die am Waldrand angebunden waren. »Nehmt eure Waffen«, sagte er grob. »Wir sehen uns mal an, wer da kommt.«

Sie eilten zu ihren Tieren, sprangen in die Sättel und ritten ohne ein weiteres Wort los – Geshrec an der Spitze, dann Rolln, Del, Laresh, der bisher auf dem Felsen über dem Lager Wache gehalten hatte und bei Rollns Erscheinen eilig von seinem Ausguck heruntergesprungen war, und zum Schluß Skar. Eine Weile ritten sie geradeaus und ohne sonderliche Vorsicht in die Richtung, die Rolln angegeben hatte. Dann ließ Geshrec anhalten und wartete, bis sich die anderen um sie herum versammelt hatten. »Wie weit noch?« fragte er, an den Südländer gewandt.

Rolln deutete mit einer Kopfbewegung nach vorne. »Eine halbe Meile bis zu dem Punkt, an dem ich sie traf. Aber sie sind in schnellem Tempo geritten.«

»In welche Richtung?«

»Westen«, erwiderte Rolln. »Wenn sie ihren Weg nicht ändern, stoßen sie geradewegs auf das Heer.«

Geshrec nickte. »Gut. Von jetzt an leise. Es wird kein Wort mehr geredet. Wenn es wirklich Quorrl sind, greifen wir an, sobald wir sie sehen.«

»Es wäre besser, sie zu beobachten und um Verstärkung zu schicken«, wandte Del ein.

Geshrec machte ein abfälliges Geräusch. »Angst, Satai?«

»Nein«, erwiderte Del verärgert. »Aber ein lebender Gefangener nutzt uns mehr als ein Dutzend Tote.«

Geshrec schenkte ihm einen wütenden Blick und drängte sein Pferd herum. »Vorwärts«, befahl er.

Skar seufzte. Er hätte Del sagen können, wie sinnlos seine Worte waren. Geshrec wollte kämpfen. Er tauschte einen entsagungsvollen Blick mit Del, lächelte dünn und preßte seinem Pferd die Schenkel in die Flanken, um es zum Weitergehen zu bewegen. Schon nach wenigen Minuten stießen sie auf die Spur der Reitergruppe. Äste und Unterholz waren in einer breiten, schnurgeraden Bahn geknickt und niedergetrampelt, und in der Mitte der Spur zogen sich zwei tiefe, gerade Linien durch den Boden.

Geshrec sprang aus dem Sattel, kniete nieder und nickte zufrieden. »Es sind Quorrl«, sagte er. »Es gibt keinen Zweifel. Nur sie benutzen Wagen mit Holzrädern. Jedenfalls in dieser Gegend.« Er stand auf, sprang mit einer ungeduldigen Bewegung in den Sattel und winkte. »Weiter.«

»Hauptmann«, begann Rolln, »ich glaube . . .«

»Weiter, habe ich gesagt!« fiel ihm Geshrec ungeduldig ins Wort. »Was du glaubst, kannst du mir hinterher erzählen. Wir müssen sie erwischen, ehe ihr Vorsprung zu groß ist.«

Sie ritten weiter. Auf dem breiten Pfad, den die Quorrl in den Wald gebrochen hatten, kamen sie schneller voran, und nach einer Weile hörten sie über dem Raunen und Wispern des Waldes deutlich das dumpfe Dröhnen von Pferdehufen, gemischt mit den hellen, krächzenden Stimmen von Quorrl.

Geshrec ließ abermals anhalten und wandte sich halb im Sattel um. »Ihr wißt, was ihr zu tun habt«, sagte er im Flüsterton. »Wir machen sie nieder. Keine Gefangenen.«

»Haben dir das deine Götter befohlen, Geshrec?« fragte Del spitz. Geshrec zuckte zusammen, riß mit einer wütenden Bewegung an den Zügeln und sprengte los.

Del blickte ihm kopfschüttelnd nach. »Was ist nur mit ihm los?« fragte er. »Ich mag ihn nicht, aber ich habe ihn bisher immer für einen halbwegs vernünftigen Mann gehalten.«

»Er hat Angst«, sagte Skar ruhig.

»Angst?« wiederholte Del überrascht.

Skar nickte. »Natürlich. Angst vor morgen, vor der Schlacht. Angst zu sterben, verwundet zu werden oder verkrüppelt.«

»Und deshalb benimmt er sich wie toll?«

Skar lachte leise. »Was soll er tun, Del? Er hat sich selbst in eine Lage hineinmanövriert, aus der er aus eigener Kraft nicht mehr herauskommt.«

Del schwieg einen Moment. »Glaubst du wirklich«, fragte er dann, abrupt das Thema wechselnd, »daß das dort vorne Quorrl sind?«

»Alles deutet darauf hin. Unsere eigenen Leute haben strengsten Befehl, das Gebiet um das Flußufer zu meiden. Und die Menschen, die hier früher gelebt haben, sind längst geflohen.«

»Aber Quorrl, hier auf dieser Seite des Flusses?«

»Ich habe auch keine Erklärung dafür«, gab Skar zu. »Komm – es ist besser, wir bleiben in Geshrecs Nähe.« Er gab seinem Pferd die Sporen und galoppierte los, dicht gefolgt von Del. Die anderen hatten während des kurzen Moments, den sie geredet hatten, bereits einen anständigen Vorsprung gewonnen, aber die beiden Satai holten rasch auf, und als der gedrungene Planwagen und die schattenhaft erkennbaren Reiter vor ihnen auftauchten, trennten sie nur mehr wenige Pferdelängen von Geshrec, Rolln und Laresh.

Die Quorrl drängten sich wie eine Herde ängstlicher Schafe um den Wagen, als sie ihre Annäherung bemerkten. Es waren acht – acht Reiter auf kleinen, drahtigen Eisponys, und ein weiterer, der auf dem Kutschbock stand und in seiner schnellen, gutturalen Sprache auf die anderen einredete. Wie viele Krieger der Wagen noch verbergen mochte, war nicht zu erkennen.

Geshrec brachte sein Pferd mit einem brutalen Ruck am Zügel zum Stehen. Das Tier wieherte und stieg auf die Hinterbeine, aber Geshrec war ein erfahrener Reiter, der auch mit dieser Reaktion rasch fertig wurde. Rolln und Laresh zügelten ihre Tiere rechts und links von ihm.

»Neun gegen fünf«, flüsterte Del. »Das Verhältnis gefällt mir nicht.«

Skar nickte grimmig. Er drängte sein Pferd zwischen Rollns und Geshrecs Tiere und riß Geshrecs Arm zurück, als er nach dem Schwert greifen wollte. »Warte«, zischte er. »Irgend etwas stimmt hier nicht.«

Geshrec riß sich mit einer wütenden Bewegung los. »Was

fällt dir ein?!« schrie er. Sein Gesicht verzerrte sich vor Wut. »Du . . .«

»Sie wollen nicht kämpfen!« fiel ihm Skar ebenso laut ins Wort. »Sieh doch selbst!«

Geshrec hielt seinem bohrenden Blick sekundenlang stand und drehte sich dann widerwillig um. Skar schien recht zu haben – die Quorrl machten keinerlei Anstalten, sich auf ihre zahlenmäßig unterlegenen Gegner zu stürzen, sondern drängten sich im Gegenteil noch dichter um den roh zusammengezimmerten Wagen. Ihre Blicke waren starr auf die fünf Reiter gerichtet, aber keiner von ihnen streckte auch nur die Hand nach einer Waffe aus.

»Das sind keine Krieger«, fuhr Skar ruhig fort.

»Es sind Quorrl!« stieß Geshrec hervor, als wäre dies Antwort genug.

Skar nickte. »Ja. Aber sie sind nicht gekommen, um zu kämpfen. Ich glaube, es sind Flüchtlinge.«

»Flüchtlinge?« echote Geshrec. »Du redest irre, Satai.«

Skar schüttelte ruhig den Kopf. »Sieh dir den Wagen an und die Pferde. Sie sind naß und voller Schlamm. Sie müssen den Fluß an einer seichten Stelle durchquert haben, vermutlich weiter im Osten, um nicht von ihren eigenen Leuten entdeckt zu werden.«

»Es sind Spione«, beharrte Geshrec. »Vielleicht ist der Wagen voller Schießpulver, und . . .«

Er brach ab, als Bewegung in die Gruppe der Quorrl kam. Einer der kleinen, graugeschuppten Männer drängte sein Pferd ein paar Schritte vor, löste dann mit umständlichen Bewegungen seinen Waffengurt und warf Schwert, Schild und Lanze ins Gras. Er drehte die Handflächen nach außen, hob die Arme in Schulterhöhe und kam langsam näher.

»Khterena mhede skill!« sagte er laut.

Geshrec hob unwillig die Schultern. »Versteht einer von euch dieses Gegrunze?«

»Er sagt, er komme in Frieden«, übersetzte Del.

»Mokob lerian troy. Vakehna bette«, fuhr der Quorrl fort.

»Er sagt, er wolle nicht kämpfen, und bittet uns, ihn und seine Familie ziehen zu lassen«, übersetzte Del.

Geshrec lachte hart. »Ziehen lassen! Sie sind Quorrl, Del.«

»Es sind Flüchtlinge«, widersprach Skar. »Sie haben nichts mit dem Krieg zu tun. Sie haben ihr Leben riskiert, um vor Ausbruch der Schlacht zu verschwinden. Wenn du sie tötest, wäre es Mord.«

»Und Verrat, wenn ich sie ziehen lasse«, antwortete Geshrec böse. »Es sind neun Krieger, Skar. Laß sie ziehen, und sie überfallen wehrlose Dörfer und ermorden Frauen und Kinder.«

»Dann nimm sie gefangen«, versetzte Del. »Ich bin sicher, sie ziehen ohne Widerstand mit uns. Sie können uns wertvolle Informationen liefern. Ihr Leben gegen das Wissen um die wahre Stärke des Heeres und ihre Taktik. Ein guter Tausch. Du wirst dir einen Orden einhandeln.«

Geshrec schnaubte trotzig. Er gab seinem Pferd die Zügel, ritt langsam auf den Quorrl zu und hielt dicht neben ihm an.

In den geschlitzten Augen des Quorrl glomm so etwas wie bange Hoffnung auf. »*Khterena mhede*«, wiederholte er. »*Ashnik*?«

Geshrec nickte, zog sein Schwert aus der Scheide und schlug dem Quorrl mit einem einzigen Hieb den Kopf von den Schultern.

Für einen winzigen Moment waren sowohl Skar und die anderen als auch die Quorrl starr vor Schrecken und Überraschung. Dann ging ein wütender Aufschrei durch die Reihe der graugeschuppten Krieger. Ein Speer zischte durch die Luft, traf krachend Geshrecs Schild und warf ihn aus dem Sattel.

»Dieser Narr!« brüllte Skar. Neben ihm bäumte sich Rollns Pferd von einem Pfeil getroffen auf, brach zusammen und begrub seinen Reiter unter sich. Skar riß den Bogen vom Sattel, legte einen Pfeil auf die Sehne und schoß den Quorrl vom Kutschbock herunter. Er galoppierte los, jagte einen zweiten Pfeil in die heranstürmende graue Woge und riß sein Schwert aus der Scheide.

Der Boden schien zu erzittern, als die beiden Gruppen aufeinanderprallten. Skar wehrte einen Schwerthieb mit dem Schild ab, ließ seine Klinge auf einen grauen, behelmten Schädel heruntersausen und duckte sich, als ein Speer aus der Dunkelheit herangezischt kam. Jemand hinter ihm schrie gellend und schmerzgepeinigt auf – Rolln, der sich unter seinem Pferd hervorgearbeitet hatte und nun gleich von drei Quorrl attackiert wurde. Skar drängte sein Pferd herum, verschaffte sich mit zwei, drei wütenden Hieben Luft und eilte dem hünenhaften Südländer zu Hilfe. Rolln kämpfte wie ein Berserker; ein Quorrl hatte sich an seinen Beinen festgeklammert und versuchte ihn zu Boden zu zerren, ein zweiter hockte wie eine riesige mißgestaltete Kröte auf seinem Rücken und schlug mit bloßen Fäusten auf ihn ein, der dritte klammerte sich an seinen rechten Arm und versuchte ihm einen Dolch in den Bauch zu rammen. Skar sprengte heran, beugte sich im Sattel vor und schlug den Krötenmann von Rollns Rücken herunter. Der Quorrl schrie auf, fiel zu Boden und blieb mit zuckenden Gliedern liegen. Rolln stolperte nach vorne, verlor das Gleichgewicht und fiel auf die Knie. Ein gurgelnder Laut kam über seine Lippen, gefolgt von einem Schwall zähen Blutes.

Skar schrie wütend auf, sprang aus dem Sattel und ließ sein Schwert mit aller Gewalt niedersausen. Die Klinge zerschmetterte den hölzernen Schild des Quorrl, trennte seinen Arm dicht unterhalb des Gelenkes ab und drang tief in seine Brust. Der Quorrl fiel hintenüber und starb. Skar riß das *Tschekal* hoch, fuhr geduckt herum und schlug machtvoll nach dem Schädel des dritten Quorrl. Die Klinge schrammte funkensprühend am metallgepanzerten Helm des Kriegers entlang und schleuderte das Wesen zurück. Der Quorrl taumelte, riß in einer instinktiven Bewegung seinen Schild hoch und brach unter einem zweiten, wütenden Hieb des Satai zusammen. Ein dumpfes, halb wütendes, halb angstvolles

Knurren entrang sich seiner Brust. Seine Klinge zuckte hoch, traf auf Skars Handschutz und prellte ihm das Schwert aus der Hand. Skar sprang zurück, duckte sich unter einem nachgesetzten geraden Stich durch und schlug mit bloßen Händen zu. Der Quorrl schrie auf, als seine Schuppen unter Skars unbarmherzigen Hieben zerbarsten. Er krümmte sich, ließ Schild und Schwert fallen und wimmerte. Seine Krallenhände tasteten über den Boden und gruben sich tief in die weiche Erde. Sein Körper zuckte.

Skar bückte sich, riß den Quorrl an der Schulter herum und hob die Hand zu einem letzten, tödlichen Schlag.

Aber er führte die Bewegung nicht zu Ende. Der Quorrl wimmerte. Sein graues, zerfurchtes Gesicht zuckte vor Schmerz, und in seinen kalten Fischaugen erschien ein Ausdruck, der mehr als nur Furcht bedeutete. Dieses Wesen war nicht gekommen, um zu töten, begriff Skar plötzlich. Es war ein Quorrl, sicher, einer von unzähligen, die in diesem Augenblick drüben am anderen Flußufer lagen und darauf warteten, daß die Sonne aufging und die letzte, entscheidende Schlacht begann, ein Monster, eines von den Ungeheuern, vor denen ganz Enwor zitterte.

Aber es war auch ein lebendes Wesen. Ein Individuum, das vielleicht ebenso gegen seinen Willen in die Geschehnisse hineingezogen worden war wie Skar. Es war nicht gekommen, um zu töten, sondern um zu leben, und sie hatten ihm diesen Kampf aufgezwungen.

Der Körper in seinen Händen erschlaffte. Der Quorrl war tot. Skar ließ den leblosen Körper beinahe behutsam ins Gras zurücksinken und wandte sich um. Die Schlacht war vorüber. Rolln war tot, ebenso Laresh und sieben der Quorrl. Die beiden Überlebenden hatten sich auf den Wagen gerettet und hielten Del und Geshrec mit ihren langen Spießen auf Distanz. Ihre krächzenden Schreie klangen nicht mehr wütend, sondern nur noch verängstigt.

Skar bückte sich nach seinem Bogen, legte einen Pfeil auf die Sehne und zielte sorgfältig. Das Geschoß zischte eine knappe Handbreit an Geshrecs Gesicht vorbei und fuhr mit dumpfem Klatschen durch den Brustpanzer eines Quorrl. Geshrec schrie triumphierend auf, schwang seinen Krummsäbel und tauchte unter dem Speer des letzten überlebenden Schuppenmannes durch. Seine Klinge beschrieb einen glitzernden Bogen und versank fast bis zum Heft im Leib des Quorrl. Geshrec lachte, schwang sich auf den Kutschbock und stieß den schlaffen Leib des Erschlagenen herunter.

»Skar!« rief er. »Del! Zu mir!« Er zerrte einen Moment lang vergeblich an der zähen, ledernen Plane, riß dann mit einem wütenden Grunzen seinen Dolch aus dem Gürtel und hackte wie in Raserei auf den Wagen ein.

Skar gelangte keuchend beim Wagen an, verständigte sich mit einem raschen Blick mit Del und sprang neben Geshrec auf den Kutschbock. Der Wagen zitterte, als die beiden Zugpferde nervös am Geschirr rissen. Der Lärm und der Blutgeruch machten sie rasend.

Geshrec hatte die Plane endlich soweit zerschnitten, daß er sie mit einem letzten wütenden Ruck beiseite schlagen konnte.

Das Wageninnere war von einer trüben, rauchenden Öllampe erleuchtet. Im ersten Moment erkannte Skar nichts als ein scheinbar vollkommen ungeordnetes Chaos – Kisten und Kartons, Säcke und Stoffballen und große Haufen von Kleidern und Haushaltsgeräten verwandelten das Innere des Wagens in ein wahres Labyrinth. Dann sah er die Quorrl.

Es waren drei – eine Frau und zwei Kinder, das eine vielleicht zehn, elf Jahre alt, das andere noch ein Säugling, der kaum begreifen mochte, was um ihn herum vorging. Sie hockten verschüchtert im hintersten Winkel des Wagens und starrten den drei Eindringlingen aus großen, angstvoll geweiteten Augen entgegen.

Geshrec stieß ein heiseres Krächzen aus und schwang seinen Dolch, aber Skar hielt ihn mit raschem Griff zurück und entwand ihm die Waffe.

»Nein«, sagte er.

Geshrecs Augen flammten auf. »Was soll das heißen!« schnappte er.

»Das soll heißen, daß du sie nicht töten wirst«, entgegnete Skar ruhig. »Du hast schon genug Unschuldige getötet, Geshrec.«

»Du . . . du mußt wahnsinnig geworden sein!« keuchte Geshrec. »Ich lasse dich vierteilen! Du wirst aufgehängt, Kerl! Ich bin dein Hauptmann!«

Skar lachte abfällig. »Ich diene keinem Mörder, Geshrec, das solltest du wissen.«

Geshrec schluckte mühsam. »Das . . . das ist Befehlsverweigerung«, stammelte er.

Skar nickte gleichmütig. »Stimmt. Niemand kann mich zwingen, den Befehlen eines Wahnsinnigen zu folgen.«

Geshrec erbleichte. Seine Unterlippe begann zu zittern. »Du . . . du weigerst dich also«, keuchte er.

»Ich weigere mich, eine Frau und zwei Kinder zu ermorden«, bestätigte Skar ruhig. »Und ich werde darüber hinaus dafür sorgen, daß du für das, was hier geschehen ist, bestraft wirst. Die Quorrl wollten nicht kämpfen. Sie wollten nur leben, Geshrec.«

»Leben!« keuchte Geshrec. »Du weißt nicht, was du sagst, Skar. Diese Frau und der Knabe, die dir so leid tun, würden dir mit Freuden eine Lanze in den Leib rammen, wenn sie dir morgen in der Schlacht gegenüberstehen.«

»Morgen ist morgen«, sagte Skar ruhig. »In der Schlacht mögen Zehntausende ihr Leben lassen, aber das, was du vorhast, ist Mord.«

»Mord!« spie Geshrec aus. »Du redest irre, Skar. Die drei da sind Quorrl!«

Skar ließ Geshrecs Arm los und sah nachdenklich zu den drei Quorrl hinüber. Die Frau war selbst für eine Quorrl ungewöhnlich häßlich – ihre schuppige Haut war mit unzähligen Pusteln und Geschwüren bedeckt, der Mund narbig und voller Schorf, und die Augen waren wäßrig und sonderten eine gelbe, eitrige Flüssigkeit an. Aber es war ein lebendes Wesen, trotz allem. Es hatte geliebt und Kinder geboren, und es empfand Angst und Verzweiflung wie er.

»Es sind Kinder«, wiederholte er.

»Kinder!« ächzte Geshrec. »Diese Kinder, wie du sie nennst, Skar, werden in wenigen Jahren zu Kriegern herangewachsen sein. Und sie werden neue Kinder zeugen, die wiederum zu Kriegern heranwachsen und ihrerseits Kinder zeugen, so lange, bis diese Welt von einer stinkenden grauen Flut überschwemmt wird.«

Skar antwortete nicht. Für einen winzigen Moment glaubte er ein dumpfes, unglaublich machtvollen Raunen und Dröhnen zu hören, einen Kriegsruf, hervorgestoßen aus Zehntausenden von Kehlen. Morgen, dachte er, würde die Welt untergehen. Die beide Armeen würden aufeinanderstoßen und so lange kämpfen, bis die eine oder andere Seite bis zum letzten Mann aufgerieben war.

Morgen.

Und ganz egal, wie die Begegnung endete, welche Seite den Sieg davontrug, die Welt würde hinterher nicht mehr die sein, die sie gewesen war. Nicht für ihn, und auch nicht für Del. Er blickte ins Gesicht der Quorrl-Frau, und alles, was er empfand, war Mitleid und Trauer. Natürlich hatte Geshrec recht, von seinem Standpunkt aus. Es gab auf Enwor keine grausameren Krieger als die Quorrl, und der wimmernde Knabe dort vor ihm würde schon in wenigen Sommern zu einer Kampfmaschine geworden sein, der Begriffe wie Menschlichkeit und Mitleid fremd waren. Die Entscheidung, welche der beiden Rassen für die nächsten hundert Jahre über Enwor herrschen würde, würde morgen fallen, in einer Schlacht, gegen die alle Visionen vom Weltuntergang zu einem Nichts verblassen würden.

Aber konnte er dieses Volk verdammen? Hatte es in einer Welt wie Enwor, in der außer Gewalt nichts zählte, je eine Chance gehabt, anders zu leben?

»Nun gut«, sagte Geshrec plötzlich. Etwas in seiner Stimme ließ Skar aufsehen und ihm ins Gesicht blicken. »Du hinderst mich also daran, diese Quorrl zu töten.« Er lachte leise, schob seinen Dolch in den Gürtel zurück und betrachtete Skar aus heimtückisch glitzernden Augen.

»Dann wirst du es tun«, sagte er. »Morgen kannst du gegen mich vorbringen, was dir beliebt, aber jetzt wirst du meinen Befehl ausführen, oder du wirst vor ein Kriegsgericht gestellt und aufgehängt.«

Skar zögerte endlose Sekunden. Dann hob er seinen Bogen, legte einen Pfeil auf und zog die Sehne langsam bis zum Ohr durch. Wieder glaubte er in der Ferne Kriegsgeschrei zu hören, und in einer blitzartigen Vision sah er die beiden gigantischen Heere aufeinanderprallen und den Lauf der Geschichte verändern. Und plötzlich wußte er auch, daß es nicht sein Kampf war, der da ausgetragen werden würde.

Seine Hände zitterten, und die Bogensehne schnitt plötzlich schmerzhaft in seine Fingerspitzen.

»Tu es!« sagte Geshrec hart. »Ich befehle es dir!«

Skar schloß die Augen, riß den Bogen hoch und schoß.

Geshrec hatte nicht die geringste Chance. Der Pfeil hämmerte in seinen Brustpanzer, durchstach ihn und drang zwischen seinen Schulterblättern wieder hervor. Er war tot, bevor er den Boden berührte.

Skar ließ den Bogen sinken, drehte sich um und sprang vom Wagen herunter. Er wartete, bis Del ihm gefolgt war, deutete mit einer Kopfbewegung auf sein Pferd und ging los. »Komm«, sagte er einfach. »Reiten wir. Es sind noch vier Stunden bis Sonnenaufgang. Wir können noch weit genug kommen.«

»Und wohin?« fragte Del leise.

Skar zuckte die Achseln. »Irgendwohin.« Er schwang sich in den Sattel, drängte sein Pferd herum und gab ihm die Sporen.

Der Tempel der Unsterblichkeit

»Nun?«

Skar drehte den schlanken Stiel seines Weinkelches nachdenklich zwischen den Fingern, nahm einen langen, tiefen Schluck und sah sein Gegenüber über den Rand des Trinkgefäßes hinweg an. Der Wein schmeckte nicht. Er war zu schwer und zu süß und hinterließ ein unangenehmes Kratzen in der Kehle, und der Mann auf der anderen Seite des Tisches gefiel ihm nicht. Er war zu jung und zu gutaussehend und redete so schnell und überheblich, daß es eine Qual war, ihm zuzuhören.

»Nehmt ihr an?«

Skar setzte den Becher auf den Tisch zurück und wartete geduldig, bis der Wirt ihn wieder aufgefüllt hatte.

»Du scheinst uns mit gemeinen Strauchdieben zu verwechseln«, sagte er sanft. Die Wahl seiner Worte und der Klang seiner Stimme hätten manchen anderen aufhorchen lassen, aber Moroweyen war entweder zu hochmütig oder zu dumm, die Warnung zu erkennen.

Seine Augen blitzten ärgerlich auf, und die unzähligen Pailletten auf seiner Jacke klimperten und klirrten leise, als er sich bewegte. »Wäre das, was ihr für mich tun sollt, von Strauchdieben zu erledigen, hätte ich mir welche angeheuert«, sagte er wütend.

»Sie sind leichter zu bekommen, und billiger. Außerdem«, fügte er nach kurzem Zögern hinzu, »müßte ich mich dann nicht mit euch sturen Satai herumärgern. Was ist nun?«

Skar schwieg noch immer, aber auch Schweigen kann sehr beredt sein, und er konnte direkt sehen, wie es hinter der

Stirn des jungen Gecken arbeitete. Die Schweigsamkeit des Satai zerrte sichtlich an seinen Nerven.

»Ich verstehe«, sagte Moroweyen nach einer Weile. »Ihr wollt den Preis in die Höhe treiben, nicht wahr? Ihr glaubt, ich bin auf euch angewiesen, und ihr braucht nur lange genug zu warten, damit ich mehr zahle.« Er machte ein ärgerliches Geräusch und wies mit einer Kopfbewegung auf den Rekrutierungsstand auf der gegenüberliegenden Straßenseite. »Warum geht ihr nicht dorthin?« sagte er abfällig. »Vielleicht zahlen sie euch mehr.«

Moroweyen hatte die beiden Satai tatsächlich vor dem niedrigen Stand mit den beiden aufgeputzten Schau-Soldaten und dem griesgrämig dreinschauenden Rekrutierungsoffizier abgefangen. Skar und Del waren in das Provinznest gekommen, um sich für die Herzöge von Kohon anwerben zu lassen, auf zwei, vielleicht drei Jahre. Aber der geckenhaft gekleidete Herzogssohn hatte sie angesprochen, ehe sie ihre Handabdrücke unter die Patente setzen konnten. »Auf ein Wort, Satai«, hatte er gesagt und sie in diese halboffene Taverne auf der anderen Seite der schlammigen Straße gezerrt. Es war ein heruntergekommenes, schmuddelig wirkendes Lokal, aus dessen Küche es nach ranzigem Fett stank und das ständig von gröhlenden und streitenden Männern erfüllt zu sein schien, wahrscheinlich Söldner oder zukünftige Söldner wie sie, die sich hatten anwerben lassen und nun hier ihr Handgeld vertranken. Aber es bot einen ausgezeichneten Blick über die Straße, und jeder, der zum Stand wollte, um sich einschreiben zu lassen, mußte daran vorbei, egal, aus welcher Richtung er kam. Wie ihnen der Wirt erzählte, als Moroweyen einmal für einen Moment nicht am Tisch gewesen war, hockte er schon seit Tagen hier und beobachtete die Straße. Del und er waren nicht die ersten, die er an seinen Tisch rief und zu Wein und Bier einlud.

»Du verstehst mich offenbar immer noch nicht«, sagte Skar gelassen. »Es geht uns nicht um Geld. Aber wir sind keine Plünderer.«

»Und schon gar nicht Selbstmörder«, warf Del ein. »Ich glaube kaum, daß du jemanden finden wirst, der auf dein Ansinnen eingeht.«

»Dort drüben erwartet euch doch nichts als hartes Kasernenleben und schlechtes Essen«, sagte Moroweyen, als hätte er die Worte gar nicht gehört.

Skar lächelte. »Vielleicht mögen wir das?«

Moroweyen überging auch diesen Einwurf. »Mit etwas Glück überlebt ihr die zwei Jahre Dienst und bekommt dafür eine Handvoll wertloser Silbermünzen. Aber wahrscheinlich werdet ihr in irgendeiner sinnlosen Schlacht die Kehlen durchschnitten bekommen.« Er trank einen Schluck Wein, legte eine genau bemessene Pause ein und fuhr dann in verändertem Tonfall fort: »Ich biete euch zwei Barren Gold, Satai. Das ist mehr, als ihr in zwanzig Jahren Dienst in dieser Armee verdienen könnt, selbst wenn ihr es zu Offiziersstellungen bringt.«

»Zwei Barren Gold«, nickte Del, »und den Tod. Gib dir keine Mühe mehr. Wir danken dir für den Wein, aber wenn du noch einen gutgemeinten Rat von uns annehmen willst: Spare Dir dein Geld. Du wirst keinen finden, der dich durch das Stammesgebiet der Sshrilc führt. Selbst Heereszüge pflegen es auf ihren Wegen zu umgehen.« Er leerte seinen Becher und stand auf, aber Moroweyen hielt ihn mit einer raschen Bewegung zurück.

»Wäret ihr bereit, mich zum Tempel der Prelic zu begleiten«, sagte er, »wenn ich euch garantiere, daß wir unterwegs nicht auf einen einzigen Sshrilc treffen?«

Del grinste. »Sicher. Dummerweise liegt der Tempel aber mitten in ihrem Stammesgebiet und ist auch noch ihr am höchsten verehrtes Heiligtum. Willst du ihn hinaustragen?«

Moroweyen zögerte mit der Antwort. »Ich weiß einen Weg zum Tempel«, sagte er nach sekundenlangem Schweigen. »Einen Weg, auf dem wir nicht auf einen einzigen Sshrilc treffen werden.«

Del tauschte einen verblüfften Blick mit Skar, setzte sich wieder und sah Moroweyen mit neu erwachter Neugierde an. »Einen Weg zum Tempel der Prelic, auf dem es nicht einen einzigen Sshrilc gibt?« fragte er zweifelnd.

Moroweyen nickte, und Skar sah, wie sich auf Stirn und Oberlippe des jungen Edelmannes feiner Schweiß bildete. Es schien ihn unendliche Überwindung zu kosten weiterzusprechen. »Es ist ein . . . ein Gang«, stieß er hervor. »Ein gigantischer Tunnel tief unter der Erde, der vom Gebirge aus direkt zum Tempelinnersten führt. Er endet unmittelbar vor der Gebetskammer.«

»Ein Gang?« wiederholte Del ungläubig.

Moroweyen nickte. »Er ist glatt und breit wie eine Straße«, sprudelte er hervor. »Ein Fluß fließt hindurch, und es gibt . . . seltsame Dinge dort unten. Aber keine Wachen.«

»Hast du nur davon gehört, oder hast du seinen Eingang gesehen?« fragte Skar.

Moroweyen lächelte nervös. »Mehr noch, Satai. Ich war dort. Ich war auf seinem Grund, und ich bin ihm bis zu seinem Ende und wieder zurück gefolgt, ohne daß mir etwas geschehen wäre.«

Skar schwieg einen Moment. »Du willst behaupten, du warst im Tempel der Prelic und bist lebend zurückgekommen?« fragte er dann.

Moroweyen nickte, und als er weitersprach, zitterte seine Stimme. »Ja. Und nicht nur einmal.«

»Du lügst!«

»Nein, ich lüge nicht, Satai«, erwiderte Moroweyen ernst. »Aber ich kann dir nicht verdenken, daß du mir nicht glaubst. Auch ich habe es nicht geglaubt, bevor ich den Gang selbst gesehen hatte. Der Abstieg ist sehr gut versteckt, und es ist kein Wunder, daß bisher niemand von ihm weiß. Aber es gibt diesen Gang.« Er sah auf, trank hastig einen Schluck Wein und blickte Skar ernst in die Augen. »Ich verlange nicht mehr von euch, als daß ihr mir bis zum Beginn dieses Stollens folgt. Erst dann trefft ihr eure Entscheidung. Ist er nicht da, zieht ihr eures Weges, und das Gold gehört trotzdem euch. Ein faires Geschäft.«

»Fair«, murmelte Del. »Ich hoffe, du versuchst nicht, uns in eine Falle zu locken.«

Moroweyen erbleichte sichtlich. »Was hätte ich davon?« fragte er hastig. »Nicht, daß ich euch beleidigen will, aber viel zu holen ist bei euch nicht.«

Skar sah den herausgeputzten Schönling durchdringend an. Moroweyens Kindergesicht wirkte blaß und angespannt; nervös.

Und dies in einer Art, als befürchte er, einen nicht wiedergutzumachenden Fehler begangen zu haben, ein Gefühl, das Skar durchaus nachempfinden konnte. Del und er waren Fremde für Moroweyen. Satai standen zwar allgemein in dem Ruf, ehrlich zu sein, aber sie waren dennoch Fremde. Und wenn er die Wahrheit gesagt hatte – *wenn* er die Wahrheit gesagt hatte, dann ging er damit ein ziemliches Risiko ein.

Er griff stumm nach seinem Becher und setzte ihn an die Lippen, nahm aber nur einen winzigen Schluck, denn der Wein begann bereits seine Wirkung zu zeigen. Nachdenklich starrte er in die dunkelrot schimmernde Flüssigkeit. Moroweyens Geschichte klang phantastisch, zugegeben, aber es gab unzählige Mythen und Legenden um den Tempel der Prelic und die Sshrilc. Und wenn dies im Grunde auch nicht verwunderlich war, so mochte doch in manchen von ihnen ein winziges Körnchen Wahrheit stecken. Enwor war alt, uralt, eine Welt, auf der Hunderte von Kulturen gekommen und gegangen waren, alt genug, daß sich selbst die Legenden ihrerseits wieder in neue Legenden verwandelt hatten, aber mit den Äonen hatten sich auch unzählige Wunder und sonderbare Dinge in den Weiten dieser Welt gesammelt. Der Tempel der Prelic war ein solches Wunder – wenn es ihn gab. Manche behaupteten, er wäre nichts als eine verfallene Ruine. Andere sprachen von ungeheuren Reichtümern und Schätzen, die dort lagen, mißtrauisch bewacht von den grausamsten Folterknechten, die Enwor jemals hervorgebracht hatte, den Sshrilc. Wieder andere behaupteten, der Tempel existiere überhaupt nicht und wäre nichts als ein Phantasieprodukt, das nur Verrückte und Abenteurer anlockte; ein Gerücht, das vielleicht von den Sshrilc selbst in die Welt gesetzt worden war, um Opfer für ihre grausamen Rituale anzulocken. Aber es gab auch Stimmen, die behaupteten, der Tempel der Prelic wäre ein Artefakt aus den Zeiten der Großen Alten Götter, Reste jener letzten Zivilisation, deren gottähnliche Wesen einst diesen Planeten beherrscht hatten, lange bevor der Mensch aufgetaucht war. Nun, welche dieser Versionen auch immer der Wahrheit entsprach – der Gang, den Moroweyen beschrieben hatte, war möglich, sogar wahrscheinlich. Der Tempel der Prelic mochte in früheren Zeiten als Festung gedient haben, und solche Anlagen verfügten beinahe immer über einen geheimen Fluchttunnel.

»Du warst also da?« fragte Del spöttisch.

Moroweyen nickte.

»Wenn du den Weg so genau weißt, wozu brauchst du uns dann?« fuhr der junge Satai lauernd fort. »Wo es doch so ungefährlich ist?«

»Ich habe nicht gesagt, daß wir nicht auf Sshrilc treffen werden«, antwortete Moroweyen ruhig. »Ich habe lediglich behauptet, daß der Weg bis zum Tunnel sicher ist.« Er zögerte unmerklich. »Der Gang«, fuhr er dann fort, »endet unmittelbar in einem Gewölbe unter dem innersten Tempelbezirk. Ich glaube, die Sshrilc wissen nicht einmal von seiner Existenz. Von dort bis zum Gebetsturm sind es nur ein Dutzend Schritte. Aber der Hof ist bewacht.«

Skar seufzte und trank jetzt doch noch einen Schluck Wein. »Wie viele?«

Moroweyen blinzelte verwirrt. »Wie viele was?«

»Wie viele Wachen hast du gezählt?«

Moroweyen druckste herum. »Vier«, sagte er schließlich. »Nur vier. Aber es können mehr da sein.«

»Bestimmt sogar«, sagte Del überzeugt. »Zumindest werden sie den halben Tempel zusammenschreien, wenn wir auftauchen.«

»Ich brauche nicht viel Zeit«, sagte Moroweyen hastig. »Nur wenige Augenblicke. Und ich weiß, daß die Sshrilc den innersten Tempelbezirk meiden. Es gibt sicher Soldaten im Tempel, aber mit etwas Glück sind wir schon wieder verschwunden, wenn sie auftauchen.«

»Mit etwas Glück«, wiederholte Del. »Und mit etwas weniger Glück foltern sie uns drei Monate lang zu Tode.«

Moroweyen sog ärgerlich die Luft zwischen den Zähnen ein. »Es ist auch mein Leben, das ich riskiere«, sagte er. »Vielleicht mehr als eures. Ihr könnt euch den Weg freikämpfen, wenn unser Plan fehlschlägt. Ich aber nicht. Außerdem zahle ich euch kein Vermögen für einen Spaziergang.«

Del lachte leise, Moroweyen schien dies jedoch mißzuverstehen. »Es gibt keinen Grund zur Heiterkeit, Satai. Es kann nicht jeder Vede oder Satai werden. Könnte ich so gut mit dem Schwert umgehen wir du, bräuchte ich dich nicht.«

»Du mißverstehst mich«, sagte Del überraschend sanft. »Ich habe mich nur gefragt, welch ungeheurer Schatz in diesem Tempel liegen muß, wenn ein Feigling wie du Kopf und Kragen riskiert, um ihn an sich zu reißen.«

Moroweyen nahm die Beleidigung hin, ohne mit der Wimper zu zucken. »Es ist kein Schatz«, sagte er ruhig. »Jedenfalls nicht so, wie du glaubst. Der Tempel mag voller Gold und Edelsteine stecken, aber daran bin ich nicht interessiert.«

»Was ist es dann?« fragte Skar.

»Das geht euch nichts an«, gab Moroweyen barsch zurück.

»Dieser Meinung bin ich nicht«, widersprach Skar. »Wir möchten schon wissen, wofür wir unsere Hälse riskieren.«

»Es . . . es ist etwas, das nur für mich von Wert ist«, sagte Moroweyen ausweichend. »Für euch oder irgendeinen anderen wäre es bedeutungslos. Das Gold der Sshrilc interessiert mich nicht. Wenn genug Zeit dazu bleibt und ihr euch damit abschleppen wollt, könnt ihr soviel mitnehmen, wie ihr tragen könnt.«

Skar zog die Augenbrauen zusammen. »Dann muß das, was du zu finden hoffst, von ungeheurem Wert sein?« sagte er.

»Für mich ja. Aber du würdest es nicht einmal erkennen, wenn du es in den Händen hättest«, gab Moroweyen mit einer Ruhe, die Skar überraschte, zurück. »Und jetzt möchte ich nicht mehr darüber reden. Ich habe ohnehin zuviel gesagt. Und ihr habt genug Wein auf meine Kosten getrunken. Schlagt ihr ein?«

Skar lächelte. »Der Tempel der Prelic...« murmelte er leise. »Ich wollte schon immer gerne wissen, ob es ihn wirklich gibt.«

Ein kalter Wind wehte von Norden, als sie aufbrachen, trug trockenen Staub und Blütenpollen mit sich und ließ die drei Männer trotz des wolkenlosen Himmels und der noch nicht sehr weit fortgeschrittenen Jahreszeit frösteln.

Kein gutes Omen, dachte Skar. Er zog den Fellumhang enger um die Schultern, tätschelte seinem Pferd beruhigend den Hals und riß ungeduldig am Zügel des Packesels, dem das scharfe Tempo der kleinen Gruppe offensichtlich mißfiel. Auch Skar schien ihre Geschwindigkeit zu hoch; aber er schwieg. Wäre es nach Moroweyen gegangen, hätten sie die Stadt noch am vergangenen Abend verlassen und sich in nördlicher Richtung auf den Weg gemacht. Nach den Wochen, die der junge Herzogssohn geduldig in der Kaschemme gegenüber dem Rekrutierungsstand gewartet hatte, war er nun von einer kaum zu beherrschenden Ungeduld befallen worden.

Skar lächelte flüchtig, als er daran dachte, wie finster ihnen der Anwerber nachgeblickt hatte, als sie in Moroweyens Begleitung das Lokal verlassen hatten. Wahrscheinlich hätte er für zwei kräftige Burschen wie sie eine fette Extraprämie einstreichen können. Aber die schwarzen Stirnbänder mit den sternförmigen Anhängern hatten ihn und seine Leute davon abgehalten, irgend etwas gegen Moroweyen zu unternehmen. Niemand legte sich gerne mit Satai an; auch ein Mann im Dienste des Herzogs von Kohon nicht.

Aber Skar hatte genug gespürt, was hinter der Stirn des Mannes vorging. Und der Vorfall bewies ein weiteres Mal, wie unerfahren und leichtsinnig Moroweyen war. Söldnerwerber waren nicht wählerisch in der Art ihres Vorgehens. Schon so mancher hatte sich nach einer durchzechten Nacht plötzlich mit dem Brandzeichen eines Heeres, von dem er vielleicht bis dahin nicht einmal gehört hatte, auf dem Arm wiedergefunden. Und schon so mancher Werbetrupp war in einer sternenlosen Nacht verschwunden, um nie wieder aufzutauchen. Die Kohoner waren dafür bekannt, daß ihnen die Messer locker saßen

Skar griff nach seinem Wasserschlauch und nahm einen kräftigen Schluck. Für die nächsten vier, fünf Tage würden sie durch Steppe und Wald reiten; sie brauchten weder mit Wasser noch mit Nahrung sparsam umzugehen. Erst danach, wenn der Weg längs den Ebenen von Tuan und weiter zum Schattengebirge führte, würden die Tage härter werden.

Skar betrachtete Moroweyens Rücken und fragte sich, ob der junge Geck überhaupt ahnte, welche Anstrengungen ihnen noch bevorstanden. Selbst wenn es diesen legendären Gang gab – der Weg dahin war mit Gefahren gepflastert. Ihre Sataikleidung und die langen, beidseitig geschliffenen Schwerter an ihren Sätteln mochten herumstreunende Räuber von einem Überfall abhalten, aber die Dürre hatte das Land arm und damit unsicher werden lassen. Selbst Quorrl sollten im letzte Frühjahr diesseits der Berge gesehen worden sein, obwohl Skar diese Gerüchte nicht glauben mochte. Aber sie würden trotzdem die Augen offenhalten. Quorrl waren nicht die einzige Gefahr, die dieser Teil Enwors zu bieten hatte.

Del ließ sein Pferd ein wenig langsamer traben und wartete, bis Skar neben ihm angelangt war. Seine dunklen Augen glitzerten spöttisch unter dem wulstigen Helm hervor.

»Was hältst du von ihm?« fragte er so leise, daß Moroweyen die Worte nicht hören konnte.

Skar zuckte gleichmütig mit den Achseln. »Wieso?«

»Der Bursche erstaunt mich mit jeder Stunde mehr«, sagte Del nach einer Weile. »Ich beginne mich zu fragen, wie er lebend hierhergekommen ist.«

Skar grinste. »Das Glück ist mit den Dummen. Das müßtest du doch wissen.«

Del überging die Spitze, ganz gegen seine sonstige Art. »Im Ernst, Skar«, sagte er. »Irgend etwas stimmt nicht mit dem Burschen. Entweder«, vermutete er nachdenklich, »ist er der beste Schauspieler, der mir jemals über den Weg gelaufen ist, oder . . .«

»Oder das, was er in Prelic zu finden hofft, ist noch wertvoller, als wir annehmen können«, sagte Skar. Er schwieg einen Moment, zuckte dann abermals mit den Achseln und sagte etwas lauter: »Wir werden es erfahren, sobald wir die Berge erreicht haben. Wenn er nicht vorher vom Pferd fällt und sich den Hals bricht«, fügte er spöttisch hinzu.

Tatsächlich hockte Moroweyen auf seinem Pferd, als säße er das erste Mal in seinem Leben im Sattel. Vermutlich würde er spätestens am nächsten Morgen vor Schmerzen schreien, wenn er aufwachte.

Aber sie hatten Zeit genug, mehr über Moroweyen und seine Beweggründe herauszufinden. Selbst unter günstigen Bedingungen würden sie die Berge nicht vor anderthalb Wochen erreichen; wahrscheinlich benötigten sie eher zwei Wochen. Zeit genug, sich den Kopf über den Mann zu zerbrechen, der auf der einen Seite kaum fähig schien, mehr als einen Tag außerhalb einer Festungsmauer zu überleben, und andererseits dafür bezahlte, daß sie ihn ins Herz des Sshrilc-Gebietes führten, das Land eines Volkes, dessen bloßer Name selbst einen Quorrl zum Erbleichen brachte.

Skars Hand glitt unter sein Wams und umklammerte den ledernen Beutel, der auf seiner Brust hing. Ein Barren Gold . . . mehr, als so mancher seiner Dienstherren besessen hatte. Ein kleines Vermögen. Und das für jeden von ihnen.

Nein – Habgier war nicht der Grund, der Moroweyen

trieb. Schon seine Kleidung zeigte, daß er zum gehobenen Stand gehörte. Vermutlich hatte Skar mit seiner ersten Einschätzung, daß Moroweyen der Sohn eines Herzogs oder Edelmannes war, nicht allzuweit neben dem Ziel gelegen.

Aber was trieb ihn dann?

Was konnte einen Mann, der Geld und Reichtümer besaß und noch dazu jung und gesund war, dazu bewegen, sein Leben wegzuwerfen?

Der Weg bis zum Gebirge verlief ereignislos. Eine Gruppe fahrender Gaukler stieß am zweiten Tag zu ihnen und begleitete sie ein Stück des Weges, trennte sich aber dann rasch wieder von ihnen, als ihr Weg sie in die Nähe Tuans brachte. Die Tage waren wolkenlos und trocken, und trotzdem schien es mit jeder Meile, die sie näher ans Gebirge herankamen, kälter zu werden. Dem heißen, trockenen Sommer folgte offenbar ein viel zu früh hereinbrechender Winter, als hätte sich die Natur vollends gegen die Menschen verschworen. Viele der Wasserstellen, an denen sie vorüberkamen, waren zu kärglichen Rinnsalen geworden oder ganz versiegt, so daß sie graben mußten, um an Wasser zu gelangen. Aber einer wirklichen Gefahr begegneten sie nicht.

Am Abend des fünften Tages erreichten sie das Gebirge. Die sanft gewellte Steppenlandschaft, durch die sie bisher geritten waren, hörte entlang einer wie mit dem Lineal gezogenen Linie auf und wich brüchigem Fels, der auf den ersten paar hundert Fuß noch mit Moos und dürren Büschen bewachsen war, dann jedoch in eine Landschaft überging, wie man sie sich lebensfeindlicher kaum mehr vorstellen konnte. Trotz Moroweyens lautstarkem Protest bestand Skar darauf, die Nacht noch außerhalb des Gebirges zu verbringen. Sie hatten noch drei, vier Stunden Tageslicht, und Skar wußte, daß die ersten Meilen nicht sonderlich schwer sein würden. Aber er zog es vor, ausgeruht und frisch ins Gebirge aufzubrechen. Bisher war ihr Weg wirklich nicht mehr als ein Spaziergang gewesen, aber das würde sich vom folgenden Tag an ändern. Außerdem brauchten die Pferde eine Pause, und auch sie waren allesamt müde und erschöpft.

Moroweyen begann sofort, Steine und Holz für ein Feuer zusammenzutragen, während Del ihre Vorräte auspackte und die Pferde versorgte. Der Wind, der sie die ganze Zeit über begleitet hatte, war hier, am Fuße des Gebirges, kaum noch zu spüren, aber es war noch kälter geworden, so daß Skar trotz des Fellumhanges und der hüfthohen Stiefel fröstelte. Es war kalt genug, daß sein Atem als Folge kleiner, rhythmischer Dampfwölkchen vor seinem Gesicht kondensierte, und die Metallteile des Pferdegeschirrs schienen an seinen nackten Fingern klebenzubleiben.

»Es wird Schnee geben«, murmelte Del, ohne von seiner Arbeit aufzusehen. »Heute nacht. Spätestens morgen.«

Skar nickte wortlos. Del irrte sich selten, wenn es ums Wetter ging. Skar seufzte, stemmte die Fäuste in die Hüften und blickte nach Westen, zu den gezackten Gipfeln der Schattenberge hinüber. Der Himmel darüber war grau: von einem kränklichen, mit hellen und dunklen Streifen durchsetzten Grau. Er schien eigenartig niedrig zu hängen, so daß die Gipfel der Berge schon manchmal in den Wolken zu verschwinden schienen.

Schneewolken, dachte er. Del hatte recht. Es würde Schnee geben. Aber mit etwas Glück waren sie schon wieder auf dem Rückweg, ehe es wirklich kalt wurde. Es war nicht mehr weit bis zur Grenze des Sshrilc-Gebiets – eines langgezogenen, tiefen Tales, das dem eigentlichen Schattengebirge vorgelagert war. In einem Gewaltmarsch hätten sie es sogar in einem einzigen Tag erreichen können.

»Wo ist Moroweyen?« fragte Del plötzlich.

Skar schrak aus seinen Gedanken hoch und deutete mit einer Kopfbewegung auf den Waldrand. Eigentlich war es eher ein Hain – ein unregelmäßig geformtes Oval von vier-, fünfhundert Fuß Durchmesser, wie man es in diesem Teil des Landes öfter fand. »Holz holen«, sagte er leise. »Wird verdammt kalt werden in dieser Nacht. Ohne Feuer könnten wir erfrieren.«

Del richtete sich auf, blickte mißtrauisch zum Waldrand hinüber und wandte sich dann mit raschen Bewegungen zu Moroweyens Pferd.

»Was machst du da?« fragte Skar.

Del grinste. »Ich durchwühle Moroweyens Sachen«, sagte er. »Ich weiß, daß man das nicht tut, aber warte erst mal ab, was ich gefunden habe.«

»Gefunden? Du hast es schon öfter getan?«

Del nickte ungerührt. »Ich bin nun mal ein neugieriger Mensch«, sagte er gleichmütig. Er schien endlich wiedergefunden zu haben, wonach er suchte. Mit einem letzten, sichernden Blick zum Waldrand hinüber wandte er sich um und hielt Skar ein Bündel eng zusammengerollter Pergamente hin. »Sieh!«

Skar zögerte. Natürlich war er neugierig und brannte darauf zu erfahren, was Moroweyen wirklich im Gebirge zu finden hoffte. Aber er respektierte für gewöhnlich die Privatsphäre anderer Menschen. Außerdem wäre es ihm unangenehm gewesen, von Moroweyen dabei ertappt zu werden.

Trotzdem griff er schließlich zu, löste die Schleife und glättete die Blätter auf den Knien. Es war altes, brüchiges und gelb gewordenes Pergament, ein Manuskript, das in einer ihm nicht bekannten Sprache abgefaßt war. Aber es gab eine Menge Zeichnungen und Skizzen, zum Teil primitiv, zum Teil mit großer Sorgfalt ausgeführt, so daß er rasch erkannte, worum es sich handelte.

Was er da in Händen hielt, war ein kompletter Lageplan des Tempels der Prelic und seiner Umgebung. Es gab eine Art Rißzeichnung, auf der man die verschiedenen Ebenen des konisch geformten Gebäudes erkennen konnte, detaillierte Pläne von Treppen und Gängen sowie eine ziemlich ausführliche Beschreibung des Gebetsturmes.

»Daher weiß er also so gut Bescheid«, murmelte er.

Del nickte. »Ja. Weißt du, in welcher Sprache das geschrieben ist?«

Skar verneinte. Nicht nur die Sprache, auch die Art zu schreiben war ihm fremd. Es fiel ihm schwer zu glauben, daß eine menschliche Hand derart präzise Schriftzeichen zu formen in der Lage sein sollte. Die Buchstaben glichen sich einer wie der andere, bis ins letzte Detail. Viele davon kamen ihm bekannt vor, andere wieder waren vollkommen fremd, manchmal bizarr. Und schließlich fand er etwas, das seine besondere Aufmerksamkeit erregte. Es war ein einzelnes Blatt, etwas kleiner als die übrigen und aus einem anderen Material geformt. Seine Oberfläche fühlte sich glatt an und schimmerte im schräg einfallenden Sonnenlicht, und die Zeichnung darauf war derart präzise, daß Skar für einen Moment kaum glaubte, eine Zeichnung in Händen zu halten. Der Künstler, der dieses Blatt geschaffen hatte, mußte monatelang daran gearbeitet haben. Das Bild zeigte einen Becher. Er war niedrig und breit, mit einem eigenartig geformten Stiel und geschwungenen Handgriffen an beiden Seiten, und in seine silbern schimmernde Oberfläche war ein Netzwerk filigraner Linien eingearbeitet, die ein zwar sinnlos erscheinendes, aber doch wunderschönes Muster bildeten. Eine gelbliche Flüssigkeit füllte den Becher bis dicht unter den Rand.

»Hast du so etwas schon jemals gesehen?« fragte Del.

Skar schüttelte stumm den Kopf.

»Ich auch nicht«, murmelte Del. »Aber ich habe das Gefühl, daß dies der Grund für unser kleines Abenteuer ist.«

Skar deutete ungläubig auf die Zeichnung. »Dieser Pokal?«

Del lächelte dünn. »Du weißt wirklich nicht, was das ist?« fragte er noch einmal. »Du weißt doch sonst alles.«

Skars Miene verfinsterte sich. »Diesmal eben nicht.«

Als sie zusammenrückten, nahm die Kälte noch zu. Sie lag nicht nur in der Luft, sondern schien auch aus dem Boden und den Felsen hinter ihnen zu kriechen, und es war eine eigenartige Kälte, die den wärmenden Kreis des Feuers zu unterlaufen und sich einen Weg in ihre Körper zu erschleichen schien. Es begann zu regnen, kurz und heftig. Das Feuer flackerte und begann zu qualmen, aber der Regen hörte auf, ehe die Flammen ganz erlöschen konnten. Ein eigenartiger Geruch hing in der Luft, und als Skar den Kopf hob und nach oben blickte, sah er, daß der Sternenhimmel hinter einer dichten, grauen Wolkendecke verschwunden war.

Er stand auf, ging zu seinem Pferd und nahm sich eine zweite Decke. Fröstelnd kehrte er zum Feuer zurück, legte für einen Moment die halb erstarrten Hände auf die heißen Steine und rollte sich dann in seine Decken ein. Der Boden war durch den kurzen Regenschauer naß und morastig geworden, aber er hatte Übung darin, im Sitzen zu schlafen.

Moroweyen schienen Erfahrungen dieser Art abzugehen. Er rutschte eine Zeitlang unschlüssig hin und her, tastete über den Boden und suchte nach einer einigermaßen trockenen Stelle, an der er sich ausstrecken konnte.

»Schlaf lieber im Sitzen«, sagte Skar sanft.

Moroweyen sah kurz auf und warf ihm einen finstere Blick zu, schwieg aber beharrlich.

»Es ist nicht so schwer, wie du glaubst«, sagte Skar aufmunternd. »Siehst du – so ungefähr.« Er machte es ihm vor. »Du darfst nur nicht zu dicht ans Feuer heranrücken. Es macht keinen Spaß, in einer brennenden Decke aufzuwachen.«

Moroweyen blickte eine Weile starr ins Feuer, zog dann die Decke enger um sich zusammen und versuchte, Skars Stellung nachzuahmen.

»Es ... es tut mir leid, daß ich vorhin so heftig war, Satai«, sagte er mit einemmal.

Skar sah erstaunt auf. »Du brauchst dich nicht zu entschuldigen«, sagte er sanft. »Ich bin es, der um Verzeihung zu bitten hat. Wir hatten kein Recht, deine Sachen zu durchwühlen.«

Moroweyen starrte weiter in die Flammen. Gelbes Feuer spiegelte sich in seinen Augen, und die flackernden Lichter schienen tiefe Linien in sein Gesicht zu graben. Er wirkte plötzlich viel älter und ernster.

»Er ist schön, nicht wahr?« sagte er plötzlich.

»Wer?«

»Der Becher.«

»Chron?«

Moroweyen nickte.

»Es ist ein ... erstaunliches Bild«, sagte Skar zögernd. »Woher hast du es? Ich habe nie ein Bild dieser Art gesehen. Nie so etwas Perfektes.«

»Es ist kein Bild«, sagte Moroweyen.

»Kein Bild?«

»Jedenfalls hat es niemand gezeichnet oder gemalt«, sagte Moroweyen. »Der, der es mir gab, behauptete, es stamme noch aus der Zeit der Großen Alten Götter.«

»Und du glaubst es?«

»Du nicht?« fragte Moroweyen lächelnd. »Jetzt, nachdem du es gesehen hast?«

»Enwor ist voller Wunder«, sagte Skar ausweichend. »Aber ein sonderbares Bild und der Becher Chron sind doch noch zwei verschiedene Dinge.«

Moroweyen lächelte auf eine sonderbare Art und rutschte ein Stückchen näher ans Feuer heran. Sein Blick streifte Del, aber der junge Satai saß vornübergebeugt, das Kinn auf die Brust gestützt, und schien zu schlafen.

»Ich habe noch mehr Beweise als dieses Bild«, sagte er plötzlich. »Du glaubst nicht an den Becher, nicht?«

Skar schüttelte den Kopf. »Ich würde nicht einmal daran glauben, wenn ich ihn in Händen hielte«, sagte er ehrlich.

»Aber ich glaube daran. Ich weiß, daß es ihn gibt.« In Moroweyens Augen glomm ein fanatisches Feuer auf, das den Widerschein der Flammen noch zu überstrahlen schien. »Ich weiß, daß es ihn gibt«, wiederholte er. »Ich weiß es, Skar. Und ich weiß, wo er ist.«

»Im Tempel der Prelic.«

»Ja. Im Gebetsturm. Er steht auf einem Altar in einem kleinen Raum direkt neben dem Eingang, nur bewacht von zwei steinernen Dämonen.«

»Und woher weißt du das alles?«

»Würdest du mir glauben, wenn ich dir erzähle, daß ich mit jemandem sprach, der ihn dorthingestellt hat?« fragte Moroweyen lächelnd. »Bestimmt nicht. Und doch ist es so. Ich . . .« Er stockte, und als er weitersprach, waren seine Worte so leise, daß Skar sich Mühe geben mußte, sie über dem Prasseln und Knacken des Feuers zu verstehen, fast, als wären sie gar nicht für ihn bestimmt. »Ich habe mein Leben lang danach gesucht. Ich hörte davon, als ich noch ein Kind war, und ich habe vom ersten Augenblick an gewußt, daß der Becher Chron existiert.«

»Und woher kam diese Gewißheit?« fragte Skar, als er merkte, daß Moroweyen in Erinnerungen und Gedankenbildern zu versinken drohte.

Der junge Edelmann schrak auf, und für einen winzigen Moment erschien wieder Mißtrauen in seinen Augen. Aber dann hob er die Achseln und lächelte sogar.

»Ich habe dir jetzt so viel erzählt, daß es auf den Rest auch nicht mehr ankommt«, murmelte er. »Es gab . . . einen Mann. Ich ziehe seit fünfzehn Jahren durch die Länder und suche nach Chron, aber das war nicht immer so. Ich war auch nicht immer so ein aufgeputzter Geck, Skar, das mußt du mir glauben.« Er schüttelte hastig den Kopf, als Skar etwas sagen wollte, und fuhr fort: »Ich weiß, wofür du und dein Freund mich halten. Für einen Gecken. Für einen, der vielleicht Geld hat, aber sonst ein bißchen verrückt ist. Ich war nicht immer so. Aber ich habe rasch gelernt, daß man in dieser Rolle am ehesten überlebt. Zu Anfang habe ich sie nur gespielt, aber ich glaube, ich habe mich so sehr daran gewöhnt, daß ich es geworden bin.« Wieder flog dieses melancholische Lächeln über sein Gesicht, aber dann sprach er mit veränderter Stimme weiter: »Aber ich wollte dir von jenem Mann erzählen. Er war ein gern gesehener Gast am Hofe meines Vaters, ein Mann ungefähr in deinem Alter, Skar. Niemand wußte, wer er eigentlich war, wo er herkam und was er tat, aber er war ein Freund unserer Familie, und jedermann mochte ihn. Man erzählte sich die seltsamsten Geschichten über ihn. Eine davon war, daß er schon ein Freund meines Großvaters gewesen sein soll und auch von dessen Großvater. Natürlich lachten alle über diese Geschichte, aber ich glaubte sie. Frag mich nicht, warum, aber ich glaubte daran. Irgendwie habe ich gespürt, daß diesen Mann ein Geheimnis umgab, vielleicht mit dem Gespür für die Wahrheit, wie sie nur Kinder haben.«

»Du redest immer nur von *dem Mann*«, sagte Skar. »Hatte er keinen Namen? Oder verschweigst du ihn absichtlich?«

»Er hatte einen Namen«, sagte Moroweyen. »Aber der spielt keine Rolle mehr. Er ist tot.«

»Tot?« fragte Skar verblüfft. »Aber . . .«

Moroweyen hob abwehrend die Hände. »Ich weiß, was du sagen willst, Skar. Aber laß mich zu Ende berichten. Ich bin froh, daß ich mit jemandem darüber reden kann. Die Last eines Geheimnisses wird immer größer, je länger du es mit dir herumschleppst. Und ich trage es schon lange mit mir. Zu lange.«

Er stockte, sah Skar scharf an und fragte plötzlich: »Für wie alt hältst du mich, Skar?«

Skar überlegte. »Fünfundzwanzig«, sagte er dann. »Eher jünger. Warum?«

Moroweyen lächelte auf eine seltsame Art, die Skar schaudern machte. »Ich bin über vierzig«, sagte er dann.

Skar runzelte ungläubig die Stirn. »Das klingt . . . nicht sehr glaubhaft«, entgegnete er zögernd.

»Ich weiß. Aber vielleicht glaubst du mir, wenn ich zu Ende berichtet habe. Ich war sechzehn, als ich den Fremden das letztemal sah. Er kam auf unsere Burg, schwerverwundet und schon fast tot, und jedermann wußte, daß er sterben würde. Wegelagerer hatten ihn überfallen und ausgeplündert, und als er versucht hatte zu fliehen, hatten sie ihn halbtot geschlagen. Er schleppte sich mit letzter Kraft auf unsere Festung, weil er wußte, daß er dort Freunde hatte. Aber er mußte wohl auch gewußt haben, daß er sterben würde, und je mehr ich darüber nachdenke, desto mehr komme ich zu der Überzeugung, daß er froh darüber war.« Er seufzte, schloß die Augen und schwieg einen Moment. Ein Schatten huschte über sein Gesicht. »Am letzten Abend ließ er mich zu sich rufen. Er lag auf dem Sterbebett, und er schickte alle anderen hinaus, um allein mit mir zu reden. Und er erzählte mir seine Geschichte.«

»Seine Geschichte?«

»Sie ist zu lang, um jetzt wiedergegeben zu werden«, sagte Moroweyen. »Es wurde Morgen, ehe er zu Ende kam, und mit dem letzten Wort versiegte auch sein Leben. Aber er hatte mir erzählt, wer er war. Er war der Mann, der den Becher Chron gefüllt und an seinen Platz gestellt hatte. Er war es auch, der die Sshrilc erschaffen hatte und den Tempel der Prelic. Er war unsterblich, Skar.«

»Unsterblich?« Der Zweifel in Skars Stimme war unüberhörbar.

»Unsterblich, solange seinem Leben kein gewaltsames Ende gesetzt wurde. Weder Alter noch Krankheit konnten ihm etwas anhaben. Ich weiß nicht, wie lange er gelebt hat, aber es müssen Tausende von Jahren gewesen sein. Und er war sehr, sehr einsam.«

»Du mußt zugeben, daß sich deine Geschichte alles andere als glaubhaft anhört«, sagte Skar schwach, obwohl da in ihm eine Stimme war, die ihm zuflüsterte, daß Moroweyen die Wahrheit sprach. »Warum sollte er die Sshrilc erschaffen, den Tempel und . . .«

»Weil er wußte, daß die Unsterblichkeit nicht nur ein Segen, sondern auch ein Fluch ist«, fuhr ihm Moroweyen ins

Wort. »Weil er wußte, daß die Menschen Krieg und Terror entfachen würden, um an den Becher Chron zu gelangen. Er schuf die Sshrilc, die grausamsten Wächter, die sich vorzustellen ein Mensch in der Lage ist, und er war es auch, der dafür sorgte, daß Chron zwar zur Legende, doch niemals gänzlich vergessen wurde. Nur die Besten und Intelligentesten sollten aus dem Becher Chron trinken können.«

»Hat er dir das gesagt?«

Moroweyen zögerte. »Nein«, sagte er schließlich. »Er verriet mir nur sein Geheimnis, wohl in der Hoffnung, daß ich stark genug wäre, den Weg allein zu finden. Aber warum sollte er wohl sonst den Tempel erschaffen und diese Ungeheuer gemacht haben? Nur wer die Unsterblichkeit *verdient*, kann sie auch erlangen. Ich weiß, daß vor mir schon andere den Weg fanden, nicht viele, Skar, vielleicht ein Dutzend oder zwei. Aber es werden mehr, langsam, aber unaufhaltsam. Nur die Allerbesten erhalten die Chance, unsterblich zu werden. Irgendwann wird es genug von uns geben. Und dann«, fügte er leise und nur für sich hinzu, »werden wir diese Welt beherrschen. Der Becher Chron ist mehr als eine Möglichkeit, den Tod zu überlisten. Er ist die letzte Chance, die Enwor noch hat. Irgendwann, vielleicht in tausend, vielleicht in hunderttausend Jahren, wird es genug von uns geben.«

Skar schwieg dazu. Sein anfängliches Interesse war mehr und mehr in Befremden und schließlich in Entsetzen umgeschlagen. Mit einem Male hatte er beinahe Angst vor Moroweyen und seinen wirren Vorstellungen.

»Ich trank von seinem Blut, als er starb«, murmelte Moroweyen. »Es war sein Wunsch: die letzte Hilfe, die er mir geben konnte. Ich wurde nicht unsterblich, aber ich altere langsamer. Und er gab mir das Bild, das du gefunden hast, den Beweis für die Existenz Chrons. Mehr als zehn Jahre vergingen, bis ich auf die erste Spur stieß. Und seither ziehe ich kreuz und quer durch die Lande, um weitere Hinweise zu sammeln. Ich wußte, daß es einen Weg gibt, den Tempel der

Prelic zu erreichen. Aber es dauerte fünfzehn Jahre, ehe ich ihn fand.«

Skar erwachte, als ihn jemand unsanft an der Schulter rüttelte. Er fror erbärmlich, und als er die Augen aufschlug und die Decke von den Schultern streifte, sah er, daß es über Nacht zu schneien begonnen hatte und die Landschaft allmählich unter einer weiße Decke zu verschwinden begann. Das Feuer war bis auf einen winzigen Rest heruntergebrannt, und die Kälte hatte sich tief in seine Knochen und Muskeln gebissen und ließ jede Bewegung zur Qual werden.

Er reckte sich ein paarmal, ging dann steifbeinig zu seinem Pferd hinüber und tätschelte ihm den Hals. Das Tier wieherte unruhig. Sein Fell glitzerte vor Kälte und Rauhreif.

»Wir sollten uns beeilen«, drängte Moroweyen. »Der Schneefall scheint anzuhalten.«

»Schneefall?«

Del zog die linke Augenbraue hoch und deutete mit einer Kopfbewegung zum Gebirge. »Das wird ein ausgewachsener Schneesturm, Moroweyen.«

»Ein Grund mehr, aufzubrechen«, drängte der junge Edelmann. »Wie lange, glaubst du, dauert es noch, ehe er losgeht?« Del zuckte mit den Achseln. »Nicht mehr lange. Noch vor der Mittagsstunde, schätze ich.«

»Dann laßt uns gehen!« Moroweyen begann, seine Decke zusammenzurollen und sich den Schnee aus den Kleidern zu klopfen. Seine Finger waren steif und blaugefroren und mußten geradezu unerträglich schmerzen, aber er arbeitete wie ein Besessener.

»Es wäre besser, wir warten den Sturm hier ab«, sagte Skar. »Das Gebirge ist nicht der rechte Ort dafür.«

Moroweyen fuhr herum. »Es ist nicht mehr weit, Satai«, drängte er. »Der Stollen liegt direkt hinter dem ersten Kamm. In wenigen Stunden können wir ihn erreichen.«

»Wir ihn oder der Sturm uns, oben auf dem Grat«, murmelte Del. »Es kommt nicht auf ein paar Stunden an. Laß uns hier warten. Ich kenne diese Herbststürme. Sie sind heftig, aber selten von langer Dauer.«

Moroweyen schien seine Worte nicht gehört zu haben. Er hatte seine Sachen bereits wieder in den Packtaschen seines Pferdes verstaut und schwang sich nun mit einer energischen Bewegung in den Sattel. »Wir reiten«, befahl er.

»Aber das ist Wahnsinn!« begehrte Del auf. »Wir werden allesamt umkommen!«

»Ich zahle euch kein Vermögen dafür, daß ihr meinen Befehlen nicht gehorcht, Satai!« zischte Moroweyen. »Wir reiten. Wenn du die Berge so gut kennst, wie du behauptest, wirst du uns über den Kamm führen, ehe der Sturm losbricht!«

Del blickte ihn sekundenlang finster an, fuhr dann wütend herum und stapfte durch den schon fast knöcheltiefen Schnee auf sein Pferd zu.

Sie galoppierten sofort los. Die Packesel und den Großteil der Ausrüstung hatten sie im Schutze des Waldes zurückgelassen, so daß sie nun schneller vorankamen. Trotzdem spürte Skar, daß sie es nicht schaffen würden. Es schneite ununterbrochen, nicht heftig, aber gleichmäßig und unerbittlich, und die tiefhängenden grauen Schneewolken am Himmel wichen allmählich den schwarzen Wolkenfäusten eines heraufziehenden Sturmes. Ein fernes, drohendes Grollen schien Dels warnende Worte zu unterstreichen, aber Moroweyen sprengte erbarmungslos vor ihnen über den felsigen Grund. Sein Pferd stolperte ein paarmal, da die dünne Schneedecke Risse und Löcher im Boden verschwinden ließ, aber selbst davon ließ er sich nicht mehr aufhalten. Ein Fieber schien von ihm Besitz ergriffen zu haben, jetzt, da sie dem Ziel so nahe waren, nach dem er all die Jahre gesucht hatte, und es schien außer dem schwarzen geraden Grat vor ihnen nichts mehr zu geben, was er wahrnahm.

Die Landschaft veränderte sich allmählich. Felsen tauchten auf, erst vereinzelt, dann mehr und größer, und schließlich ritten sie durch ein Labyrinth zyklopischer Steintrümmer und Brocken. Del deutete auf einen schmalen, keilförmigen Einschnitt in der senkrecht aufstrebenden Wand neben ihnen und rief irgend etwas. Der Wind riß ihm die Worte von den Lippen und trug sie davon, aber Skar und Moroweyen wußten auch so, was er meinte. Sie lenkten ihre Tiere in die angegebene Richtung und befanden sich wenige Augenblicke später im Schutze eines schmalen, in steilem Winkel aufstrebenden Kamins, an dessen Ende ein dreieckiger Streifen grauer Dämmerung leuchtete.

»Dahinter liegt der Grat!« brüllte Del. Hier drinnen, im Schutze der Felsen, war das Heulen des Sturmes nicht ganz so gewaltig. Trotzdem mußten sie schreien, um sich zu verständigen. »Danach wird es wirklich gefährlich! Wir warten hier, bis das Schlimmste vorüber ist!«

»Wir reiten weiter!« befahl Moroweyen.

Del schüttelte den Kopf. »Ich denke nicht daran. Reite, wenn es dir Spaß macht, aber ich bleibe hier.«

»Du wirst gehorchen, Satai!« schrie Moroweyen. Er riß sein Pferd herum, lenkte es neben das Dels und schlug ihm mit dem Handrücken ins Gesicht.

Del schien für den Bruchteil eines Augenblicks wie erstarrt. Dann riß er den Arm empor und holte zu einem fürchterlichen Fausthieb aus. Skar griff blitzschnell zu, packte Dels Handgelenk und fing den Schlag im letzten Moment auf.

»Laß mich!« keuchte Del. »Niemand schlägt mich ungestraft. Nicht für alles Gold Enwors!«

Ein hochmütiges Lächeln umspielte Moroweyens Lippen. »Wenn es deinen gekränkten Stolz beruhigt«, sagte er herablassend, »gebe ich dir noch einmal soviel Gold, wenn wir zurück sind. Und jetzt kommt.« Ohne ein weiteres Wort zwang er sein scheuendes Tier abermals herum und ritt über den mit Geröll übersäten Hang voran.

Del riß seinen Arm wütend aus Skars Umklammerung los. »Warum hast du mich zurückgehalten!« zischte er. »Dem Kerl hätte eine kleine Lektion nicht geschadet.«

»Später«, sagte Skar sanft. »Er weiß nicht mehr, was er tut. Wir klären die Sache später. Jetzt sollten wir erst einmal dafür sorgen, daß er sich nicht selbst umbringt. Komm!«

Er winkte auffordernd und ritt hinter Moroweyen her. Del folgte ihm in geringem Abstand.

Moroweyen hatte das Ende der Klamm fast erreicht, ehe sie ihn einholten. Sein Pferd scheute und tänzelte nervös auf der Stelle, als er es zwingen wollte, auf den kaum armbreiten, sturmgepeitschten Felsstreifen hinauszutreten. Der Wind hatte an Heftigkeit zugenommen, und der Schnee peitschte ihnen jetzt beinahe waagerecht ins Gesicht; eisige Kälte, durchsetzt mit kleinen spitzen Hagelkörnern, die wie winzige Messer in ihre ungeschützte Haut stachen. Moroweyen schlug wütend auf den Hals seines Tieres ein und rammte ihm rücksichtslos die Sporen in die Flanke. Das Tier schrie vor Schmerz und bäumte sich auf.

Skar sprang fluchend aus dem Sattel, eilte um das stampfende und ausschlagende Tier herum und zerrte Moroweyen rücksichtslos aus dem Sattel. Der junge Edelmann wehrte sich verzweifelt, aber gegen die überlegenen Körperkräfte des Satai hatte er keine Chance. Wie ein Kind nahm ihn Skar auf die Arme und trug ihn ein Stück des Hanges herunter, ehe er ihn ziemlich unsanft wieder auf die Füße stellte.

Dann schmetterte er ihm warnungslos die Handkante gegen den Hals. Moroweyen seufzte, verdrehte die Augen und sackte wie eine Gliederpuppe in sich zusammen.

Der Sturm tobte mit unverminderter Heftigkeit weiter, und die Mittagsstunde war längst vorüber, ehe sich das weiße Gestöber am Ende der Klamm so weit lichtete, daß sie wenigstens manchmal ein Stück Himmel sehen konnten. Sie hatten sich in die Mitte des Spaltes zurückgezogen und waren einigermaßen sicher vor den tobenden Naturgewalten, sah man von der Kälte und dem Brüllen des Sturmes einmal ab.

»Ich weiß noch nicht, ob ich mich bei dir bedanken oder dir den Schädel einschlagen soll.« Moroweyen massierte seinen schmerzenden Hals und blickte Skar aus noch immer leicht verschleierten Augen an. Er war fast zwei Stunden ohne Bewußtsein gewesen, und es schien ihm selbst jetzt noch schwerzufallen, in die Wirklichkeit zurückzufinden.

Skar grinste. »Sei froh, daß ich schneller als Del war. Er wäre sicher nicht so sanft mit dir umgesprungen.«

»Sanft?« kreischte Moroweyen in einer Mischung aus gespieltem und echtem Entsetzen. »Wenn das sanft war, möchte ich dich nicht wirklich wütend erleben.« Er stand auf, schüttelte ein paarmal den Kopf, als könne er seine Benommenheit auf diese Weise eher loswerden, und hielt sich mit der Linken an der rauhen Felswand fest. »Trotzdem danke ich dir, Satai«, sagte er plötzlich. »Ich war wohl einen Moment nicht bei Sinnen. Es war richtig, daß du mich zurückgehalten hast.«

Er lachte, aber es klang unecht. »Manchmal muß man einen Mann wohl vor sich selbst beschützen.«

»Dafür bezahlst du uns«, gab Skar ungerührt zurück.

Moroweyen schwieg einen Moment. »Können wir weiter?« fragte er dann, um ein anderes Thema anzuschneiden.

Del schüttelte den Kopf. »Nein. Eine Stunde oder zwei wirst du dich noch gedulden müssen. Nach fünfzehn Jahren«, fügte er nach einer winzigen Pause hinzu, »keine allzulange Zeit mehr.«

Moroweyen schrak zusammen. »Du ... hast alles gehört?« fragte er stockend.

Del nickte. »Sicher. Aber mach dir keine Sorgen. Ich glaube ebensowenig an deinen verzauberten Becher wie Skar.«

Moroweyen setzte dazu an, etwas zu sagen, blieb aber schließlich stumm und wandte sich mit einer ruckhaften Bewegung ab. Einen Herzschlag lang stand er reglos da und ballte die Fäuste, dann ging er wütend den Hang hinauf und starrte in das Schneegestöber hinaus.

»Was hältst du von ihm?« fragte Del, nachdem Moroweyen außer Hörweite war. »Ich weiß nicht recht«, murmelte Skar. »Bis gestern abend hielt ich ihn für einen naiven Glücksritter. Aber ich glaube, ich habe mich geirrt. Der Mann ist besessen.«

»Du glaubst seine Geschichte?«

»Das spielt keine Rolle«, antwortete Skar. »Er ist besessen von seiner Idee. Wir müssen auf jeden Fall vorsichtig sein. Ob seine Geschichte nun stimmt oder nicht. Er ist gefährlich.«

Del nickte wortlos und begann an seinem Schwertgriff zu spielen, wie er es immer tat, wenn er nervös war.

Skar begann unruhig den Hang hinauf- und wieder herabzugehen, weniger aus Nervosität, sondern um sich in Bewegung zu halten. Seine Ruhe erstaunte ihn selbst. Das Stammesgebiet der Sshrilc begann irgendwo dort oben hinter dem Grat, und er hatte eigentlich jeden Grund, nervös oder ängstlich zu sein. Es gab keinen auf ganz Enwor, der den Namen dieser grausamen Krieger nicht fürchtete, obwohl nur sehr wenige jemals einem Sshrilc begegnet waren. Zumindest hatten nicht viele diese Begegnung überlebt, um hinterher davon zu berichten. Aber vielleicht war es mit den Sshrilc ähnlich wie mit dem Tempel der Prelic – je weniger man über eine Sache wußte, desto größer wurde der Mythos, der sich darum spann.

Aber das würden sie herausfinden, vielleicht eher, als ihnen lieb war.

»Wir können weiter«, sagte Del plötzlich. Skar sah auf und bemerkte, daß der Sturm aufgehört hatte. Der Wind heulte noch immer um Felszacken und Schründe, und es schneite stärker als zuvor, aber die Gewalt des Orkans war gebrochen.

Moroweyen wollte sich in den Sattel schwingen, Del hielt ihn jedoch mit einem stummen Kopfschütteln davon ab. Ihre Pferde am Zügel hinter sich führend, traten sie aus dem Schutz der Felsen heraus. Der Stein war feucht und schlüpfrig, und selbst ihre rauhen Stiefelsohlen fanden kaum Halt. Die Pferde scheuten und tänzelten nervös, und Skar mußte seine ganze Kraft aufbieten, um das Tier am Zügel zu halten und zum Weitergehen zu bewegen. Sein Blick traf Moroweyen. Der junge alte Edelmann erbleichte, und Skar konnte ein schwaches Gefühl der Schadenfreude nicht unterdrücken. Hätte er Dels Rat abermals in den Wind geschlagen und versucht, über den Grat zu reiten, wäre er jetzt vermutlich schon tot.

Zum Glück war der Weg nicht lang. Nach etwas mehr als hundert Schritten erweiterte er sich zu einem langgestreckten, flachen Plateau, das an zwei Seiten von steil emporstrebenden Felswänden eingefaßt wurde. Skar rechnete damit, daß Moroweyen auf das Ende des Plateaus zureiten würde, aber der Edelmann ließ den Zügel seines Pferdes los, näherte sich der Wand auf der rechten Seite und starrte den feuchtschimmernden Felsen an. Ein konzentrierter Ausdruck lag in seinen Augen. Dann näherte er sich dem Stein, streckte die Hände aus und tastete über Vorsprünge und Risse.

Minutenlang geschah nichts. Moroweyen suchte den Fels methodisch Stück für Stück ab, tastete über Risse und Löcher und ließ die Fingerspitzen über glatte Flächen gleiten.

»Ich denke, er kennt den Eingang?« murmelte Del.

Moroweyen sah unwillig auf. »Ich kenne ihn«, zischte er. »Aber es ist nicht so einfach, wie du denkst, Satai. Die Magie der Großen Alten Götter gehorcht ihren eigenen Gesetzen.«

Del zuckte mit den Achseln und gab ein abfälliges Geräusch von sich, aber Moroweyen achtete nicht darauf, sondern suchte geduldig weiter. Schließlich hellte sich sein Gesicht auf. »Hier ist es!« keuchte er. »Kommt her, Satai. Helft mir!«

Skar und Del ließen gehorsam die Zügel ihrer Pferde los und gingen zu Moroweyen hinüber. »Drückt hier drauf!« befahl Moroweyen. »Und hier! Mit aller Kraft!« Er deutete auf zwei vielleicht fünf Meter auseinanderliegende Punkte auf der Felswand, wartete, bis die beiden Satai ihre Positionen eingenommen hatten, und stemmte sich dann mit aller Macht gegen den Fels. »Jetzt!« befahl er.

Skar drückte die Handflächen gegen den Stein und warf sich kraftvoll dagegen. Ein dumpfes Geräusch drang aus dem Fels heraus, und irgendwo tief unter ihren Füßen schien etwas nachzugeben. Dort, wo Moroweyen stand, war plötzlich ein schmaler, schnurgerader Riß im Felsen zu sehen.

»Weiter!« keuchte Moroweyen. »Weiter!«

Skar verdoppelte seine Anstrengungen, und der Riß verbreiterte sich, bis ein niedriges, rechteckig geformtes Tor im Felsen aufgetaucht war.

Moroweyen trat keuchend zurück. »Holt eure Pferde, rasch!« befahl er schwer atmend. Auf seiner Stirn perlte Schweiß. »Das Tor bleibt nur wenige Augenblicke geöffnet.«

Sie eilten durch den gleichmäßig fallenden Schnee zu ihren Tieren hinüber und zogen sie zum Tor. Schwarze, wattige Finsternis nahm sie auf. Das Licht, das durch die rechteckige Öffnung hereinströmte, schien auf seltsame Weise aufgesogen zu werden, und ein muffiger Geruch, der an Alter und Verfall gemahnte, schlug ihnen entgegen.

Wie Moroweyen gesagt hatte, blieb das Tor nur kurze Zeit offen. Das Rumpeln und Knirschen unter ihren Füßen wiederholte sich, und die Öffnung schmolz zu einem schmalen Streifen zusammen und verschwand schließlich ganz.

»Einen Augenblick«, sagte Moroweyen. Sie hörten, wie er sich im Dunkeln an seinen Satteltaschen zu schaffen machte und eine Weile herumhantierte. Dann glomm ein Funke auf, wuchs rasch zu einer prasselnden Flamme heran und setzte eine Fackel in Brand. Unsicheres, rötliches Licht hüllte sie ein.

»Wir haben es geschafft!« keuchte Moroweyen. Sein Gesicht zuckte im Fackelschein und wirkte, als wäre es mit Blut übergossen. »Wir haben es geschafft, Skar! Wir sind am Ziel!«

»Noch nicht ganz«, schränkte Skar ein.

Moroweyen machte eine wegwerfende Handbewegung. »Jedenfalls hält uns nun nichts mehr auf. Der Stollen ist nicht sehr lang. In wenig mehr als zwei Stunden *sind* wir am Ziel!«

Skar sah sich mit gemischten Gefühlen um. Das Licht der Fackel reichte lange nicht aus, die gewaltige Höhle, in der sie standen, vollkommen zu erhellen. Aber es genügte immerhin, um ihm zu beweisen, daß Moroweyen die Wahrheit gesprochen hatte. Die Höhle war künstlichen Ursprungs – ein gewaltiger, halbkreisförmiger Stollen, der sich irgendwo vor ihnen in der Dunkelheit verlor. Ein Teil der Seitenwand war eingebrochen und hatte den Boden mit Geröll und Trümmern übersät. Aber der verbliebene Weg war breit genug für einen Mann mit einem Pferd. Die Wände waren dort, wo sie nicht zusammengestürzt waren, seltsam glatt und mit einer schimmernden Substanz überzogen, die das Licht der Fackel wie Glas brach und zurückwarf.

»Kommt jetzt!« drängte Moroweyen. »Wir haben genug Zeit verloren.« Er schwang sich in den Sattel, entzündete eine zweite Fackel und wartete ungeduldig, bis Skar und Del ebenfalls auf ihre Pferde gestiegen waren. Er drückte Skar die zweite Fackel in die Hand, zwang sein Tier herum und begann, den Stollen hinunterzureiten. Das Licht seiner Fackel eilte ihm voraus und schuf verwirrende und beunruhigende Schatten an den Wänden.

Die beiden Satai folgten ihm. Die Hufe der Pferde erzeugten verzerrte Geräusche auf dem Boden, und die Luft schien mit jedem Meter, den sie tiefer in den Leib des Berges eindrangen, schlechter und stickiger zu werden. Von irgendwoher kam Licht, grünliches, unheimliches Licht, nicht intensiv genug, den Schein ihrer Fackeln zu überstrahlen, und dann ritten sie eine Zeitlang am Ufer eines flachen, ölig schimmernden Sees entlang.

Skars Zeitgefühl ging allmählich verloren. Er wußte nicht mehr, wie lange sie nun schon durch diesen unterirdischen Gang ritten. Vermutlich wirklich nicht mehr als eine Stunde, wie Moroweyen behauptet hatte, aber es kam ihm länger vor, viel länger. Ihr Ritt war gleichsam ein Ausflug in die Vergangenheit, ein kurzer Blick in eine Welt, die vor Äonen versunken war, vielleicht zu Recht. Skar versuchte, sich die Anlage im unzerstörten Zustand vorzustellen, aber es gelang ihm nicht. Vielleicht war es auch gut so. Vielleicht war diese Welt nicht ohne Grund versunken, die Welt und die seltsamen Wesen, die sie bewohnt hatten.

Nach einer Ewigkeit, wie es Skar vorkam, verlangsamte Moroweyen sein Tempo und hielt schließlich an. »Wir sind da«, sagte er.

Skars Blick glitt zweifelnd an den glatten Wänden entlang. Der Stollen setzte sich vor ihnen fort und verschwand in Dunkelheit und Tiefe. »Hier?« sagte er zweifelnd.

Moroweyen deutete mit seiner Fackel auf einen schmalen, dreieckig geformten Durchgang auf der rechten Gangseite. »Steigt ab. Von hier aus geht der Weg zu Fuß weiter. Aber es sind nur noch wenige Schritte.«

Skar gehorchte zögernd. Das ungute Gefühl, das die ganze Zeit über in ihm gewesen war, wurde zur Gewißheit. Er tauschte einen stummen Blick mit Del, tätschelte seinem Pferd beruhigend den Hals und drang hinter Moroweyen in den niedrigen Gang ein. Die Spuren der Zerstörung waren hier nicht so deutlich wie draußen, wenn auch hier die Wände abgeblättert und rissig waren und sie oft über Berge von Trümmern und Schutt klettern mußten.

Moroweyen blieb plötzlich stehen, legte den Zeigefinger über die Lippen und löschte seine Fackel. Skar folgte seinem Beispiel. Seine Augen benötigten nur kurze Zeit, um sich an die Dunkelheit zu gewöhnen. Fahles, graues Licht schimmerte ihnen vom oberen Ende einer schmalen steilen Steintreppe entgegen, die offensichtlich nachträglich angelegt war und hinter einer gezackten Öffnung in der Wand in die Höhe führte.

»Da oben ist es«, flüsterte Moroweyen. Seine Stimme vibrierte vor Erregung. »Ich gehe voraus. Bleibt immer dicht hinter mir. Und keinen Laut mehr!« Ohne eine Antwort abzuwarten, huschte er mit gesenktem Kopf durch die Öffnung und begann, die Stufen emporzulaufen.

Sie gelangten in ein staubiges Gewölbe mit flachen, hoch unter der Decke angebrachten Fenstern, durch die trübes Tageslicht einfiel. Eisige Luft schlug ihnen entgegen, und Skar bemerkte erst jetzt, wie warm es unten im Stollen gewesen war. Moroweyen deutete mit einer stummen Geste auf eine wuchtige Holztür am Ende des Gewölbes.

Skar nickte, tauschte einen Blick mit Del und huschte geduckt durch den Raum. Sie zogen ihre Waffen und nahmen rechts und links der Tür Aufstellung, während Moroweyen sich am Riegel zu schaffen machte. Die Tür schwang mit leisem Quietschen auf. Moroweyen spähte vorsichtig durch den entstandenen Spalt hinaus, nickte dann erleichtert und winkte ihnen, ihm zu folgen.

Sie huschten eine weitere Treppe hinauf und fanden sich in einem schmalen, aus mächtigen quadratischen Blöcken gemauerten Gang wieder. Moroweyen deutete stumm auf dessen Ende.

Skar umklammerte unwillkürlich sein Schwert fester, als er den Sshrilc sah. Er hatte viel über diese Wesen gehört, aber noch nie eines zu Gesicht bekommen.

Sie waren Riesen: Das war das erste, was ihm auffiel. Wenn die quadratische Tür des Gebetsturmes auf der anderen Seite des Hofes ebensogroß war wie die, hinter der sie sich aufhielten, dann mußten sie selbst Del mit seinen beinahe sieben Fuß Körperlänge noch um ein gutes Stück überragen. Ihre Körper wirkten durchaus menschlich, wenn Arme und Beine auch übermäßig lang und dürr zu sein schienen, und die Hände waren groß und knochig und ungemein kräftig. Das sonderbarste aber waren die Köpfe. Im ersten Moment hatte Skar geglaubt, die Sshrilc trügen speziell geformte Helme, aber das stimmte nicht. Ihre Gesichter verbargen sich unter einem wulstigen Knochenkamm, der tatsächlich wie ein Helm gebildet war und in bizarren

Zacken bis auf die Schultern herabreichte, mit denen er verwachsen schien. Nase und Mund waren ungewöhnlich schmal und dünn, die Augen schräggestellt und geschlitzt wie bei einer Katze.

Moroweyen preßte sich eng gegen die Wand und schob sich Schritt für Schritt zum Ausgang. Das Licht stand günstig für sie. Für den Doppelposten dort drüben konnte der Gang nicht mehr als ein finsteres Loch sein – wenn ihre Augen nicht besser waren als die von Menschen.

Moroweyen griff nach dem kurzen Zierschwert, das von seinem Gürtel hing, spannte sich und schien Anstalten zu machen, auf den Hof hinauszustürmen.

»Nicht«, flüsterte Skar hastig.

Moroweyen sah auf. »Warum? Die beiden sind allein, und wir haben den Vorteil der Überraschung auf unserer Seite.«

Skar schüttelte den Kopf. »Du sprachst von zwei Doppelposten«, erinnerte er. »Wo sind die beiden anderen?«

»Sie patrouillieren ständig um den Turm. Wahrscheinlich sind sie gerade auf der anderen Seite. Wir sollten zuschlagen, ehe sie zurück sind.«

»Noch nicht«, beharrte Skar. »Wir warten.«

Moroweyens Gesicht verfinsterte sich.

Aber er nahm die Hand vom Schwertgriff und preßte sich wieder gegen die Wand.

Skar starrte angespannt auf den Hof hinaus. Die beiden Sshrilc rechts und links des Eingangs standen vollkommen reglos, und hätte nicht einer von beiden gelegentlich geblinzelt, hätte man sie mit steinernen Statuen verwechseln können.

Sein Blick begegnete dem Dels, und er entdeckte auf seinen Zügen die gleiche angespannte Nervosität, die er selbst schon die ganze Zeit über verspürte.

Plötzlich, zum ersten Mal, seit sie sich mit Moroweyen eingelassen hatten, begriff er, was der Mann überhaupt von ihnen verlangte. Die beiden Sshrilc dort drüben, sie und ihre beiden Kameraden auf der anderen Seite des Turmes, mochten bizarre und fremdartige Wesen sein. Vielleicht waren sie wirklich die grausamen Folterknechte, als die man sie immer hinstellte, aber das interessierte ihn plötzlich nicht mehr. Er wollte diese beiden nicht töten. Sie hatten ihm nichts getan, sondern verrichteten nur ihre Aufgabe. Es war eine Sache, in eine Festung einzudringen und einen Schatz zu stehlen. Aber was Moroweyen von ihnen verlangte, war Mord.

»Warum zögerst du noch, Satai?« fragte Moroweyen lauter, als ratsam gewesen wäre.

Skar blickte nervös über den Hof. Die beiden Wächter rührten sich noch immer nicht, aber links waren jetzt leise Schritte zu hören. Der andere Posten.

»Es muß einen anderen Weg geben, hineinzugelangen«, sagte er.

Moroweyen schüttelte wütend den Kopf. »Es gibt keinen«, sagte er. »Der Gebetsturm hat nur diesen einen Zugang. Und einen Keller gibt es auch nicht. Wir müssen an ihnen vorbei.«

»An ihren Leichen, meinst du«, sagte Skar.

Moroweyen schluckte. »Du hast Angst«, behauptete er.

»Das habe ich nicht. Aber ich bin kein Mörder.«

»Ich habe dich bezahlt!« zischte Moroweyen.

»Aber nicht für kaltblütigen Mord«, antwortete Del an Skars Stelle. Offensichtlich ging er den gleichen Überlegungen nach wie er. »Laß uns zurück in den Gang gehen und überlegen. Wir müssen einen anderen Weg finden. Du hast doch diese Pläne.«

»Es gibt keinen anderen Weg«, behauptete Moroweyen. In seinen Augen blitzte es tückisch auf. »Es widerstrebt euch, die Sshrilc zu töten, nicht?«

Skar nickte ruhig. »Richtig. Wir sind keine Mörder. Das hättest du wissen sollen.«

»Ich habe es befürchtet«, murmelte Moroweyen. »Aber wenn ihr unbedingt einen Grund zum Töten braucht – bitte!« Ehe Skar oder Del es verhindern konnten, fuhr er herum, riß sein lächerliches Schwert aus der Scheide und stürmte mit einem gellenden Schrei auf den Lippen auf den Hof hinaus.

»Dieser Narr!« schrie Del. »Dieser verdammte Narr!«

Skar sprang auf und wollte hinter Moroweyen her eilen, aber Del hielt ihn mit einer wütenden Bewegung zurück. »Laß ihn doch in sein Verderben rennen«, sagte er. »Er wollte es doch nicht anders!«

Skar schüttelte seinen Arm ab. Er konnte Del verstehen, und am liebsten hätte er auf seinen Rat gehört. Aber er konnte diesen Narren Moroweyen auch nicht in sein Verderben rennen lassen.

Die beiden Sshrilc neben dem Tor erwachten aus ihrer Starre, als sie Moroweyen erblickten.

Einer von ihnen stieß einen eigenartigen Ruf aus und griff nach seinem Krummschwert.

Moroweyen erstarrte für einen Moment. Dann riß er seine lächerliche Waffe hoch und stellte sich dem heranstürmendem Giganten.

»Moroweyen!« brüllte Skar. »Zur Seite!«

Mit zwei, drei Sätzen war er neben dem Edelmann, stieß ihn grob mit der Schulter beiseite und fing den Schwerthieb des Sshrilc mit der Breitseite seiner eigenen Klinge auf.

Der Schlag ließ ihn zurücktaumeln. Ein greller Schmerz lähmte seinen Arm und explodierte in seiner Schulter. Skar wankte zur Seite, wechselte blitzschnell das Schwert von der Rechten in die Linke und tauchte unter einem weiteren, wütenden Hieb des Sshrilc hindurch. Trotz seiner Größe war das Wesen unglaublich schnell und gewandt. Skar wich einem weiteren Hieb aus, trat dem Sshrilc wuchtig gegen das Knie und schlug ihm den Schwertknauf gegen die Schläfe, als er zusammenbrach. Das Wesen stöhnte, neigte sich wie ein gefällter Baum zur Seite und fiel dann hintenüber.

Aber Skar blieb keine Zeit zum Verschnaufen. Neben ihm war Del in ein wütendes Handgemenge mit dem zweiten Wächter verwickelt, und von links näherten sich die trappelnden Schritte des zweiten Doppelpostens, der durch den

Kampflärm angelockt worden war. Skar fuhr geduckt herum, bewegte prüfend die Rechte und stellte sich den beiden Angreifern.

Er hütete sich, ihre Schwerthiebe noch einmal parieren zu wollen. Eine Kostprobe der ungeheuren Kraft dieser Wesen hatte ihm gereicht. Er sprang zur Seite, wechselte sein Schwert ein paarmal von der Linken in die Rechte und wieder zurück und tänzelte nervös auf der Stelle. Die beiden Sshrilc teilten sich und griffen gleichzeitig von rechts und links an, genau wie Skar gehofft hatte.

Er sprang in die Höhe, drehte sich in der Luft und rammte dem einen Ungeheuer beide Füße ins Gesicht. Gleichzeitig bohrte sich die Spitze seines Schwertes tief in die Schulter des zweiten Wächters und ließ ihn mit einem spitzen Schrei zusammenbrechen.

Skar kam mit einem federnden Satz wieder auf dem Boden auf und fuhr herum, um Del zu Hilfe zu eilen. Aber das war nicht mehr nötig. Auch der vierte Sshrilc lag bereits reglos ausgestreckt auf dem Boden, und Del schob keuchend sein Schwert in die Scheide zurück.

»Lebt er?« fragte Skar.

Del nickte, und Skar atmete innerlich auf. Ihm wäre nicht wohl gewesen, wenn sie vier Tote hier zurückgelassen hätten. »Wo ist Moroweyen?«

Del deutete mit einer Kopfbewegung auf den Gebetsturm. »Dort drinnen. Er hat keine Zeit verloren.«

»Das sollten wir auch nicht«, knurrte Skar. Sein Blick tastete mißtrauisch über die Zinnen der gut fünfzig Fuß hohen Mauer, die den Hof umschloß. Noch rührte sich dort oben nichts, aber die Schreie der Sshrilc und der Kampflärm mußten andere Wächter alarmiert haben.

»Komm!«

Hintereinander drangen sie in den Turm ein.

Es war so, wie Moroweyen gesagt hatte. Der Raum lag direkt neben dem Eingang: ein schmaler, aus nackten Steinquadern geformter Würfel, leer bis auf einen niedrigen, steinernen Tisch und zwei gigantische Götzenstatuen rechts und links der Tür.

Und auf dem Tisch, genau in der Mitte und ein perfektes Ebenbild der Zeichnung, die sie bei Moroweyens Sachen gefunden hatten ...

Chron!

Skar stieß ein erstauntes Keuchen aus. Selbst nach allem, was sie erlebt hatten, hatte er nicht an die Existenz des sagenhaften Bechers geglaubt. Aber er war da, real und fest, und er brauchte nur die Hand auszustrecken, um ihn zu berühren.

Er wußte hinterher nicht mehr, was in seinem Kopf vorgegangen war. Die unglaublichsten Gedanken waren ihm durch den Schädel geschossen, Gedanken an Unsterblichkeit, an Macht und Ruhm, aber auch Gedanken an den hohen Preis, den Moroweyen jetzt schon dafür bezahlt hatte.

»Ja, Skar«, sagte eine leise, zitternde Stimme. »Das ist er. Du hast mir nicht geglaubt, nicht? Du hast immer geglaubt, ich wäre verrückt. Aber ich bin es nicht. Ich wußte, daß es Chron gibt, und da ist er. Nimm ihn. Faß ihn an, wenn du willst.«

Skar starrte Moroweyen ungläubig an, aber der Edelmann deutete mit einer einladenden Geste auf den Becher und trat einen halben Schritt zurück. »Ohne euch wäre ich nicht hier«, sagte er. »Ein Barren Gold ist zu wenig Belohnung für die Unsterblichkeit. Nimm ihn. Du kannst daraus trinken und auch dein Freund. Ein winziger Schluck genügt, und er enthält mehr als genug für uns drei. Nehmt. Ihr seid der Unsterblichkeit würdig.«

Skar rührte sich nicht von der Stelle. Aber Del ging langsam an ihm vorbei und griff mit zitternden Fingern nach dem flachen Becher. Und dann geschah etwas Ungeheuerliches: *Die beiden steinernen Götzen neben der Tür erwachten zum Leben!*

Skar stieß einen gellenden Warnruf aus, wirbelte herum und riß gleichzeitig sein Schwert in die Höhe.

Aber seine Bewegungen waren viel zu langsam. Lautlos,

aber mit der Geschwindigkeit zupackender Schlangen sprangen die beiden Ungeheuer von ihren Sockeln herunter und drangen auf ihn und Del ein. Skar schlug verzweifelt zu, aber sein Schwert prallte klirrend von dem steinernen Schädel des Monsters ab. Zu einem zweiten Schlag kam er nicht. Eine gigantische Hand packte sein Schwert, brach es entzwei und fegte ihn in der gleichen Bewegung von den Füßen. Er rollte herum, schlug blind zu und schrie vor Schmerz, als seine Faust auf Stein traf. Eine übermenschlich starke Krallenhand packte ihn, riß ihn wie ein Spielzeug in die Höhe und hielt ihn mit eisernem Griff fest. Der Dämon drehte sich um und ging mit Skar zu seinem Sockel zurück. Skar wehrte sich verzweifelt, aber der tödliche Klammergriff des Dämons lockerte sich um keinen Millimeter. Neben ihm wehrte sich Del verzweifelt gegen den zweiten Dämon, doch auch seine Kräfte versagten gegen diesen übermenschlichen Gegner. Die beiden Monster gingen zu ihren Sockeln zurück, nahmen ihre Plätze wieder ein und erstarrten zu der gleichen Bewegungslosigkeit, in der sie vielleicht schon seit Äonen dagestanden und auf ihre Opfer gelauert hatten. Nur eines hatte sich verändert: Ihre fürchterlichen Hände waren jetzt nicht mehr zu drohenden Krallen ausgestreckt, sondern um die Handgelenke ihrer hilflos strampelnden Opfer geschlossen.

»Verräter!« keuchte Skar. »Verräterischer Hund! Dazu hast du uns also gebraucht! Du wußtest von dieser Falle!«

Moroweyen nickte. Ein dünnes, grausames Lächeln umspielte seine Lippen.

»Ja, Skar, ich wußte davon«, sagte er. »Ich sagte dir ja bereits, daß ich schon einmal hier war. Die Sshrilc allein waren nicht der Grund, weshalb ich euch mitnahm. Mit ihnen wäre ich fertig geworden. Aber ich brauchte zwei Opfer, mindestens zwei, um diese beiden steinernen Wächter zu überlisten.« Er lachte leise, griff nach dem Becher und hob ihn mit einer ehrfurchtsvollen Bewegung an die Lippen. Er trank, stellte den Becher zurück und stand sekundenlang mit geschlossenen Augen da.

»Unsterblich . . .« murmelte er dann. »Die Ewigkeit liegt vor mir. Meint ihr nicht, daß euer Leben ein geringer Preis dafür war?«

»Ich wußte, daß du uns belogen hast!« keuchte Del. »Ich wußte es, als wir am Felsentor waren. Du warst nicht allein, als du das erstemal hier warst.«

»Das stimmt«, gab Moroweyen ungerührt zu. »Ich hätte das Tor nicht allein öffnen können. Es ist unmöglich. Aber wenn du es wußtest, verdienst du den Tod um so mehr, und sei es nur als Strafe für deine Dummheit, trotzdem mitzukommen. Und nun muß ich gehen«, fügte er in verändertem Tonfall hinzu. »Die Sshrilc werden jeden Augenblick hier sein. Und ich möchte nicht stören, wenn sie beginnen, sich mit euch zu amüsieren.«

»Du verdammtes Ungeheuer!« brüllte Del. Erneut warf er sich gegen den Griff seines steinernen Bezwingers. Skar sah, wie sich seine mächtigen Schultermuskeln spannten. Aber es gelang ihm nicht, den mörderischen Griff zu sprengen. Seine Hand schien mit dem Stein des Götzenstandbildes verwachsen. »Ein Menschenleben gilt dir wohl gar nichts!«

Moroweyen blieb noch einmal unter der Tür stehen und maß den Satai mit einem spöttischen Blick.

»Ein Menschenleben?« fragte er. »Nur eines, Del? Ich kann tausend Leben leben, zehntausend, wenn ich vorsichtig bin. Was gilt da ein einziges Leben, auch das eines Satai? Was sind die vierzig oder fünfzig Jahre, die ihr noch zu leben hättet, gegen die tausend, die auf mich warten? Warum sollte ich . . .«

Ein dunkler, riesiger Schatten tauchte in der Tür hinter ihm auf. Moroweyen fuhr mit einem halberstickten Aufschrei herum und riß instinktiv die Arme vor das Gesicht.

Der Sshrilc schlug unbarmherzig zu. Seine Faust durchbrach Moroweyens Deckung, streifte seine Schläfe und ließ ihn zurücktaumeln und gegen den Tisch prallen. Er war bewußtlos, ehe er auf dem Boden aufschlug.

Skar wand sich in dem Griff seines steinernen Wächters,

aber seine Bemühungen blieben ebenso erfolglos wie die Dels. Der Sshrilc betrat vollends den Raum, sah sich lauernd um und beugte sich dann zu Moroweyen hinab. In seinen Klauen wirkte der Körper des Edelmannes wie ein Kind.

Ein zweiter Sshrilc trat in die Kammer, blieb sekundenlang stehen und kam dann mit wiegenden Schritten auf Skar zu.

Skar spannte sich, als der Sshrilc die Hand hob. Dann traf ihn ein fürchterlicher Faustschlag am Kinn und löschte sein Bewußtsein aus.

Er lag auf dem Rücken, als er erwachte. Trockenes Stroh stach in seine nackte Haut, und um ihn herum waren Stimmen und die Geräusche vieler Männer. Er öffnete vorsichtig die Augen. Graues Dämmerlicht kam von irgendwoher und verwandelte die hochgewachsenen Gestalten der Sshrilc in flache Silhouetten. Skar versuchte sich zu bewegen. Es ging. Er war nicht gefesselt, und selbst Dolch und Wurfaxt waren noch an seinem Gürtel, wie er zu seiner Verblüffung feststellte.

Einer der Sshrilc bemerkte, daß er wach war, und machte eine befehlende Geste, die von einem Wort in seiner hohen, schrillen Sprache begleitet wurde. Skar erhob sich mühsam auf Hände und Knie, stand dann ganz auf und ging, flankiert von zwei der knöchernen Giganten, auf eine Tür an der gegenüberliegenden Wand des Gewölbes zu. Del, der offenbar schon vor ihm aus der Bewußtlosigkeit erwacht war, erwartete ihn bereits. Auch er trug alle seine Waffen und war nicht gefesselt, aber wie Skar wurde er von zwei riesenhaften Sshrilc flankiert, so daß an einen Fluchtversuch nicht zu denken war.

Skars Wächter bedeuteten ihm mit Gesten, auf dem harten Steinboden Platz zu nehmen. Skar gehorchte, während sein Blick verzweifelt durch den Raum glitt und nach einem Fluchtweg Ausschau hielt.

»Es ist sinnlos, Skar«, sagte Del leise. »Es gibt nur diesen einen Ausgang, und der Hof wimmelt von Sshrilc. Diesmal haben wir verloren. Nimm es mit der Würde, die einem Satai zukommt«, fügte er spöttisch hinzu.

Skar wollte etwas antworten, aber in diesem Moment wichen ihre Wächter beiseite, und ein fünfter Sshrilc betrat die Kammer. Skar kannte sich in der Physiognomie dieses Volkes nicht aus, aber der Sshrilc schien sehr alt zu sein, und der Art, in der die anderen ihn behandelten, nach zu schließen, mußte er eine hohe Stellung bekleiden.

»Satai«, begann er krächzend, »ich bin Mru-mru, der Oberpriester des Innersten Tempelbezirkes. Ihr wißt, daß ihr euch eines todeswürdigen Verbrechens schuldig gemacht habt.«

Er sprach langsam und legte zwischen den einzelnen Wörtern jeweils eine Pause ein, als hätte er Schwierigkeiten, die fremden Silben und Konsonanten ihrer Sprache zu formen.

»Warum leben wir dann noch?« fragte Skar mit bebender Stimme.

Mru-mru machte eine unwillige Bewegung. »Kein Sterblicher darf den Tempel der Prelic betreten«, sagte er. »Niemand, der nicht aus dem Becher Chron getrunken hat, darf seinen Fuß auf diese heiligen Steine setzen, ohne dafür mit dem Tode bestraft zu werden.«

Skar überlegte, wie man aus dem Becher trinken sollte, wenn es unmöglich war, sich ihm zu nähern, sagte aber nichts.

»Du hast gefragt, warum du noch lebst, Satai«, fuhr Mru-mru fort. »Aber du weißt die Antworten schon. Euer Leben lag in eurer eigenen Hand, und ich bin froh, daß ihr es nicht fortgeworfen habt. Eure Leben und das Leben der vier Wächter.«

»Moment ...« sagte Del, der offensichtlich noch nicht vollkommen erraten hatte, was der Priester meinte. »Soll das heißen, daß die vier Wächter ... unsterblich ...« Er brach verblüfft ab.

»Kein Sterblicher betritt den Tempel«, wiederholte der Priester. »Und nur, wer aus dem Becher Chron getrunken hat, ist würdig, ihn zu bewachen.« Er schwieg sekundenlang und sah erst Del, dann Skar nachdenklich an. Sein Gesicht blieb starr, aber in seinen Katzenaugen loderte ein seltsames Feuer.

»Wir Sshrilc sind für unsere Grausamkeiten bekannt«, fuhr er in seiner langsamen, schleppenden Art fort. »Aber wir sind gerecht, und wir achten die Tapferkeit. Ihr hattet es in der Hand, das Leben von vier Unsterblichen zu beenden. Ihr habt ihr Leben verschont und eures dabei riskiert. Darum geht.« Dels Unterkiefer klappte verblüfft herab. »Wir . . . wir sind frei?« fragte er ungläubig.

Mru-mru nickte. »Ja. Geht. Geht und erzählt allen, wie wachsam wir sind. Man sagt über uns, wir wären grausam, und in euren Augen mag dies stimmen. Aber wir achten die Tapferkeit, und wir zahlen Großmut und Ehrlichkeit nicht mit Heimtücke zurück, wie ihr es tut.«

Skar stand zögernd auf. Mru-mru trat zur Seite, um die beiden Satai durchzulassen, und sie verließen, immer noch flankiert von ihren vier riesigen, stummen Wächtern, das Gewölbe. Mru-mru deutete auf die Treppe, über die sie den Innenhof erreicht hatten. Die Sshrilc wußten also von dem geheimen Gang.

Skar wollte nach Moroweyen fragen, aber ein warnender Blick Dels hielt ihn davon zurück.

Wortlos stiegen sie die Treppe hinab. Sie erreichten den Seitengang, stiegen über Schutt und Geröll und waren wenige Augenblicke später wieder bei ihren Pferden.

Sie fanden Moroweyen jenseits des Grates. Er war blind. Die Sshrilc hatten ihm beide Augen ausgestochen und die Zunge abgeschnitten, und seine Hände und Füße waren auf grausame Weise verstümmelt. Lederne Riemen hielten ihn auf dem Rücken seines Pferdes, und als Skar ihn zögernd an der

Schulter berührte, stieß er ein hohes, klägliches Wimmern aus.

»Ihr Götter«, keuchte Del. »Diese Bestien!«

Skar schwieg. Moroweyen würde die Verletzungen überleben, das sah er deutlich. Die Sshrilc hatten dafür gesorgt, daß keine seiner Wunden tödlich war. Sie würden heilen, langsam und voller Qualen, und Moroweyen würde leben.

Skar wandte sich ab, schloß die Augen und drängte sein Pferd mit sanftem Schenkeldruck den Hang hinunter. Moroweyen würde leben.

Blind, stumm, taub.

Und unsterblich.

Expedition nach Alacantara

»Ich habe sie gewarnt!« brüllte Seldec. »Verdammt, Rob, ich habe jeden einzelnen von diesen Idioten gewarnt! Tausendmal! Jedem einzelnen habe ich es immer und immer wieder eingehämmert! Jedes dritte Wort von mir war: Geht nicht allein aus dem Lager! Unter keinen Umständen! Und wenn es noch so harmlos erscheint! Ihr ...«

Carruthers unterbrach seinen Redefluß mit einer begütigenden Handbewegung. »Hör auf, Reuben. Du brauchst dich nicht zu verteidigen. Ich weiß, daß du deine Pflicht getan hast.« Er deutete auf den dreibeinigen Hocker vor dem Schreibtisch und wartete geduldig, bis Seldec Platz genommen hatte. Sein Gesicht wirkte entspannt und ruhig, aber das hatte nichts zu bedeuten. Carruthers würde selbst dann noch zufrieden aussehen, wenn unter seinem Stuhl eine Zeitbombe tickte. »Ich mache dir keinen Vorwurf, Reuben. Ich nicht.«

Seldec gab ein abfälliges Geräusch von sich. »Tu nicht so harmlos, Rob. Du weißt ebensogut wie ich, daß sie wie ein Rudel Wölfe über mich herfallen werden. Schuld oder nicht – sie werden mich in der Luft zerreißen, ehe ich auch nur ein einziges Wort sagen kann.« Er beugte sich vor, stützte die Ellbogen auf und verbarg das Gesicht in den Händen. Seine Schultern bebten.

»Warum mache ich diesen Job eigentlich noch?« murmelte er. »Seit fünfzehn Jahren warte ich nun darauf, daß so etwas passiert.«

Carruthers schüttelte den Kopf. »Hör auf, Rob.« Er sprach leise, aber seine Worte klangen trotzdem scharf. »Das Kind ist nun einmal in den Brunnen gefallen, und es wird nicht besser, wenn wir jetzt herumstehen und weinen. Selbstmitleid hilft uns nicht weiter.« Er sah Seldec mit einem undeutbaren Blick an und runzelte die Stirn. »Ich hoffe, dir ist klar, was da auf dich zukommt.«

Seldec nickte. »Natürlich. Diese gottverdammten . . .«

Carruthers machte eine unwillige Bewegung. »Nicht so, Reuben. Wenn aus einer Herde ein Schaf wegläuft, dann wird niemand dem Schaf einen Vorwurf machen. Immer dem Hund.«

Reuben nahm die Hände herunter und grinste humorlos. »Ein schmeichelhafter Vergleich. Ich beginne mich zu fragen, auf wessen Seite du eigentlich stehst.«

»Auf deiner«, antwortete Carruthers ernst. »Aber ich spiele nun einmal gerne den Advocatus Diaboli.«

»Ich habe schon immer gewußt, daß du ein getarnter Sadist bist.«

Carruthers ging nicht auf die Worte ein. »Sie werden dir eine ganze Menge unangenehmer Fragen stellen, Reuben«, sagte er.

»Und es wäre besser für dich, die richtigen Antworten parat zu haben. Du scheinst den Ernst der Lage zu verkennen.«

»So?« machte Seldec.

Carruthers nickte. »Wie lange bist du jetzt bei uns? Fünfzehn Jahre?«

»Fünfzehneinhalb, im Mai.«

»Du bist fast so lange bei uns, wie die Firma existiert«, fuhr Carruthers ungerührt fort. »Und in der ganzen Zeit ist noch kein einziger Passagier verlorengegangen, Reuben.«

»Irgendwann passiert alles zum ersten Mal.«

»Es darf kein erstes Mal geben. Du weißt so gut wie ich, daß Spacetours und die anderen Aasgeier nur auf so etwas warten. Wenn der Kleinen etwas passiert, dann kann das das Ende unserer Firma bedeuten. Nicht nur deines, Reuben.«

»Die Kleine, wie du sie nennst«, sagte Seldec betont, »ist neunundzwanzig Jahre alt und so gerissen wie ein merkurianischer Händler. Sie weiß sehr gut, was sie tut.«

»Das weiß ich«, entgegnete Carruthers. »Bebderley und die anderen Direktoren wissen das auch. Aber die Presse wird sich einen Dreck darum kümmern, was wir wissen. Ich sehe die Schlagzeilen schon vor mir.« Er zögerte unmerklich. »Außerdem«, sagte er dann, »sind da noch ein paar Fragen zu klären. Fragen, auf die du mir immer noch keine Antwort gegeben hast.«

»So?«

»Zum Beispiel die, wie sie das Lager überhaupt verlassen konnte, ohne Alarm auszulösen.«

»Sie hat den Radargürtel ausgeschaltet. Ich dachte, du wüßtest das.«

»Natürlich weiß ich das. Was ich nicht weiß, ist, woher sie wußte, wie man das überhaupt macht.«

Seldec zögerte. Seine Finger führten kleine, nervöse Bewegungen aus, und in seinem Gesicht zuckte ein Muskel. »Sie hat es gesehen«, sagte er schließlich.

»Bei dir?«

»Ich war mit ihr draußen. Und? Ich bin dafür da«, sagte Seldec trotzig.

»Du bist Reiseleiter, Reuben. Du wirst nicht dafür bezahlt, daß du mit einem der Passagiere etwas anfängst.«

Reuben lachte leise. »Ich habe nichts mit ihr angefangen.«

»Aber du wolltest.«

»Ist das verboten? Wir sind beide volljährig, weißt du.«

Carruthers seufzte. »Manchmal bezweifle ich das. Ich hätte dich für klüger gehalten, Reuben. Von mir aus kannst du dich in allen Betten der Galaxis herumtreiben. Es geht mich nichts an, und es interessiert mich auch nicht. Aber wenn du schon mit einem weiblichen Passagier eine Extratour machen mußt, dann paß wenigstens auf. Du wirst Ärger kriegen, Reuben. Verdammt viel Ärger.«

Seldec schnaubte. »Ärger? Was kann ich dafür, wenn euer verdammter Teleporter nicht funktioniert?«

Carruthers antwortete nicht sofort. Auf seinem Gesicht lag plötzlich ein angespannter, fast mißtrauischer Ausdruck.

Sein Blick wurde stechend. Reuben begann sich zunehmend unbehaglich zu fühlen.

»Der Teleporter war nicht defekt«, sagte er schließlich. Die Worte kamen nur mühsam über seine Lippen. Seldec hatte plötzlich das Gefühl, daß Carruthers in Wahrheit etwas anderes sagen wollte.

»Wie – meinst du das?«

Statt einer direkten Antwort zog Carruthers eine Schublade auf, griff hinein und legte einen schmalen, silbernen Gegenstand auf den Tisch.

»Sie hat ihn abgelegt, Reuben. Sie hat ihn auf die einzig mögliche Art geöffnet und weggeworfen. Die Chance, durch Zufall darauf zu kommen, steht eins zu hundert Millionen.«

Er sprach nicht weiter. Aber Reuben hätte seine Worte auch gar nicht mehr gehört.

Er saß einfach da, klammerte sich an der Tischkante fest und starrte den schmalen Teleporterreifen an.

Das rote Licht der untergehenden Sonne schien ihr Gesicht mit Blut zu übergießen. Die schmalen Schatten unter den Augen waren noch tiefer geworden, und das schwarze Haar, das ihr Gesicht wie eine enganliegende Kappe umrahmte, war in eine Aura aus kleinen, tanzenden Flammen getaucht.

»Es ist schön hier oben.«

Reuben hatte Mühe, den Blick von ihrem Gesicht zu nehmen. Er wußte, daß er sie anstarrte. Und er wußte auch, daß sie es spürte. Aber es störte ihn nicht.

»Deshalb sind wir hierhergekommen«, sagte er nach einer Weile. Die Worte klangen lahm. »Sie sollten etwas von dieser Welt sehen, und das hier oben ist der schönste Ort, den ich Ihnen bieten kann, Miss . . .«

Sie drehte sich um, lächelte flüchtig und wandte ihre Aufmerksamkeit dann wieder dem Panorama zu. Seldec hatte keineswegs übertrieben, als er ihr einen einmaligen Ausblick versprochen hatte. Alacantara war eine herrliche Welt, vielleicht der schönste Planet in der bekannten Galaxis, aber selbst die ursprüngliche Schönheit dieses Planeten verblaßte vor dem grandiosen Panorama, das sich von hier aus bot. Sie standen auf einem schmalen, sichelförmigen Felsplateau, das an zwei Seiten von den rauschenden Farnwäldern Alacantaras begrenzt wurde. Direkt vor ihnen stürzte die Felswand senkrecht in die Tiefe: fünf-, sechs-, vielleicht siebenhundert Fuß weit. Darunter begann der Dschungel.

Selbst auf Reuben wirkte der Anblick jedesmal wieder berauschend, obwohl er schon Dutzende Male hiergewesen war. Der Wald war nicht einfach ein Wald. Genaugenommen gab es auf dem ganzen Planeten nichts, was einem Baum auch nur ähnelte.

Alacantara wurde von Farnen beherrscht, angefangen von mikroskopisch kleinen Gewächsen bis hin zu den fünfzig Meter hohen Giganten dort unter ihnen. Von hier oben aus hatte man den Eindruck, direkt auf die Oberfläche eines bizarren, grünen Ozeans hinunterzusehen, ein mächtiges, rauschendes Meer, das sich mit der Behäbigkeit eines riesigen Lebewesens bewegte. Es gab keine Unterbrechungen, keine Flüsse, Seen oder Berge, nur dieses ungeheure grüne Etwas, das sich bis zum Horizont und darüber hinaus erstreckte, wogte und lebte. Reuben hatte sich oft gefragt, was ihn an diesem Anblick so faszinierte. Aber er hatte bis heute keine Antwort gefunden. Es gab keinen logischen Grund dafür. An dem Bild war nichts Aufregendes, Fremdartiges. Nur das Grün, die Wellen, die der Wind in seine Oberfläche zauberte. Er hatte diesen Ort vor mehr als zehn Jahren entdeckt, und er kam seither immer wieder hier herauf, manchmal in Begleitung, aber oft auch allein, um einfach dazusitzen, in die Tiefe zu schauen und seine Gedanken wandern zu lassen.

»Mein Name ist Larkin«, sagte sie. »Ann Larkin. Und Sie wissen genau, wie ich heiße.« Sie drehte sich um, kam mit kleinen trippelnden Schritte auf ihn zu und lehnte sich neben ihm gegen den Gleiter. »Wahrscheinlich haben Sie bereits nach fünf Minuten in der Passagierliste nachgesehen und alles, was über mich darin steht, auswendig gelernt, Reuben.«

Er grinste. Die Offenheit, mit der sie redete, irritierte ihn. Er hatte während der anderthalb Jahrzehnte, die er jetzt in diesem Job tätig war, jeden denkbaren Frauentyp kennengelernt. Zumindest jeden, der in der Lage war, dreißigtausend Terradollar für einen zweiwöchigen Urlaub aufzubringen. Das begann bei naiven jungen Dingern, die beim Anblick seiner Phantasieuniform vor Ehrfurcht erstarrten und endete beim eiskalt berechnenden Vamp, bei dem selbst unbewußte Gesten noch genau berechnet waren. Der Bogen spannte sich über die gesamte Palette des menschlichen Charakters: Es gab Dumme, Hübsche, Naive, Leichtsinnige, Abenteuerlustige, Häßliche ... er kannte sie alle.

Jedenfalls hatte er sich das eingebildet, ehe er Ann getroffen hatte. Genauso, wie er sich eingebildet hatte, daß Frauen ihn nicht interessierten. Jedenfalls nicht wirklich. Er nahm mit, was sich ihm bot, aber er war kein Casanova, sondern allenfalls Genießer. Ann änderte alles. Sie schüttelte sein Frauenbild wie eine explodierende K-Bombe durch und hinterließ nichts als Verwirrung. Liebe?

Er war niemals wirklich verliebt gewesen. Er wußte nicht, ob das, was er empfand, Liebe war, aber wenn nicht, dann kam es ihr sehr, sehr nahe.

»Nun?«

Sie lächelte. Selbst dieses Lächeln war anders als alles, was er jemals gekannt hatte. »Ich warte noch auf eine Stellungnahme, Angeklagter.«

»Worauf?«

»Auf den Vorwurf, ein unschuldiges junges Mädchen unter Vorspiegelung falscher Tatsachen hier heraufgelockt zu haben, Sie Wüstling.«

Er wußte nicht einmal, ob sie ihre Worte ernst meinte. Sie lächelte immer noch, aber ihre Augen blieben kalt. Eigentlich hatte er ihre Augen niemals anders als jetzt gesehen.

»Sie haben mich ertappt. Ich gebe es zu.« Reuben grinste verlegen, stieß sich vom Türrahmen ab und schlenderte langsam zur Felskante. Seine Schuhspitzen befanden sich nur wenige Zentimeter vom Abgrund entfernt. Sein Blick wanderte in die Tiefe und verlor sich irgendwo im rauschenden Grün.

Er hörte, wie Ann neben ihn trat. Aber er hörte es nicht nur. Er spürte es. Vielleicht war es der gleiche unerklärliche Sinn, der Blinde spüren läßt, wenn jemand hinter ihnen steht, die gleiche, halb unbewußte Wahrnehmungslust, die einen wissen läßt, wenn man nicht mehr allein in einem dunklen Zimmer ist. Eine seltsame Spannung bemächtigte sich seiner; ein Gefühl, als würde irgendwo in ihm eine unsichtbare Saite strammgezogen, langsam, aber unbarmherzig.

Sanfter Wind kam auf, strich an der Felskante entlang und brachte den fremdartigen Geruch des Farnwaldes mit sich herauf.

Ein herbes, stimulierendes Aroma, das mit nichts vergleichbar gewesen wäre, was er kannte.

»Sind Sie immer so schweigsam?« fragte Ann. Etwas in ihrer Stimme ließ ihn frösteln.

»Eigentlich nicht. Vielleicht liegt es an diesem Ort.«

»Er ist schön.«

»Der Anblick fasziniert mich immer wieder«, sagte er.

Es lag ganz bestimmt nicht daran. Er war schon mit einem Dutzend Frauen hier oben gewesen, und noch nie hatte er sich so albern und linkisch benommen wie heute. Im Gegenteil – die bizarre Märchenatmosphäre Alacantaras stimulierte ihn normalerweise. Es lag nicht an diesem Plateau. Es lag an ihr.

»Er fasziniert Sie?«

»Warum nicht? Ich kenne keinen schöneren Ort.« Seltsam, wie schwer es ihm auf einmal fiel, der Unterhaltung zu folgen, seine Gedanken in einigermaßen klare Bahnen zu lenken. Er kam sich klein und lächerlich vor: ein Primaner, der sich in seine Klassenlehrerin verliebt hatte und nicht wußte, was er tun konnte.

»Aber Sie müssen Hunderte von Welten kennen. Stumpft man da nicht ab?«

Reuben trat von der Felskante zurück und sah sie an. »Es sind ein paar Dutzend, und auch die kenne ich nicht wirklich. Niemand kann auch nur eine einzige Welt wirklich kennen.« Er lächelte. Seine Hände waren ihm plötzlich im Wege. »Aber man stumpft nicht ab. Ich glaube, es gibt da so eine Art Schutzmechanismus. Nach ein paar Jahren hört man einfach auf, über jedes Wunder neu zu staunen, aber das bedeutet nicht, daß man es nicht begreift. Nur manchmal dringt dann doch noch etwas durch. So wie das hier. Es ist . . .« Er zögerte, grinste dümmlich und versuchte vergeblich, ihrem Blick standzuhalten. ». . . wie mit den Frauen. Man denkt irgendwann einmal, daß man alle kennt. Aber man erlebt immer wieder neue Überraschungen.« Die Worte taten ihm im gleichen Augenblick leid, in dem er sie aussprach. Aber Ann schien die Andeutung überhört zu haben. Wahrscheinlich wollte sie sie auch nicht verstehen.

Er drehte sich rasch um, ging zum Gleiter zurück, nahm den Picknickkorb aus der Kabine und setzte ihn ins Farn.

»Sie scheinen an alles gedacht zu haben«, sagte Ann. Dieser Ausdruck in ihrer Stimme? War das Anerkennung oder Spott? »Es fehlen nur noch eine Flasche Champagner und Kerzenlicht.«

Diesmal war es Spott. Er blickte auf und sah ihr in die Augen.

Jetzt hielt er ihrem Blick stand. Und plötzlich wußte er, daß er sie haben wollte.

Oben auf der Orbitalstation war heller Tag gewesen, als er in den Sprungraum getreten war. Hier unten war die Nacht bereits angebrochen. Alacantara besaß keinen Mond. Aber der Planet lag dem galaktischen Zentrum viel näher als die meisten anderen bekannten Welten, und sein Nachthimmel war mit einem gewaltigen glitzernden Diadem aus Millionen und Abermillionen schimmernder Sterne übersät. Ein funkelndes Lichtband, das sich wie eine majestätische Brücke über das Firmament spannte. Es wurde niemals richtig dunkel, nur dämmerig. Und die Nacht brachte eine verwirrende Vielfalt von Schatten. Nicht die einfachen, geradlinigen Schatten des Tages, sondern dünne flackernde Wesen, die in vier, fünf, sechs verschiedene Richtungen wiesen.

Er trat aus der Sprungkabine heraus, blieb einen Moment lang unschlüssig stehen und wandte sich dann nach Norden. Das Lager war groß, schon beinahe zu groß für die vier Dutzend Menschen, aus denen die Reisegruppe bestand. Aber es war gar nicht so einfach, eine perfekte Synthese aus dem Abenteuer zu schaffen, das sie sich wünschten, und dem Luxus, auf den sie auf Grund des horrenden Preises Anspruch hatten. Die Zeltstadt mochte nach außen primitiv aussehen, aber sie barg alle Wunder der modernen Technik, die in eine Sprungkabine paßten, ganz oder in Einzelteile zerlegt.

Trotz der vorgerückten Stunde schlief das Lager noch nicht. Durch die dünnen Zeltwände drang Musik, und von irgendwoher brachte der Wind Lachen und das Klirren von Gläsern mit sich.

Sie haben kein Recht, so fröhlich zu sein, dachte er. Nicht nach allem, was passiert ist.

Er ging bis zur nördlichen Begrenzung des Lagers und blieb dicht vor der unsichtbaren Radarbarriere stehen. Die grazile Gestalt eines Wachroboters tauchte vor ihm auf, blieb einen Augenblick lang stehen und verschmolz dann wieder mit den Schatten der Nacht. Seldec war froh, daß die Maschine ihn nicht angesprochen hatte. Er hätte es nicht ertragen, mit jemandem zu reden. Nicht einmal mit einem Automaten.

Er ballte die Fäuste. Wut stieg in ihm auf, aber nur um gleich wieder von einem anderen, bohrenden Gefühl verdrängt zu werden. Hilflosigkeit? Vielleicht. Vielleicht das Gefühl, auf eine drohende Katastrophe zuzusteuern.

An allem war nur dieses verdammte Weib schuld! dachte er wütend. Dieses verdammte, raffinierte kleine Biest.

Aber er spürte im gleichen Augenblick, daß das nicht stimmte. Schließlich hatte er sich an sie herangemacht, nicht umgekehrt. Und schließlich war er es, der bisher alles getan hatte, um seinen Ruf als Casanova zu untermauern.

Seine Gedanken kehrten wieder zu jenem Nachmittag auf dem Hochplateau zurück. Es war nichts weiter zwischen ihnen geschehen. Sie hatten gegessen, eine Flasche Wein getrunken und sich über Belanglosigkeiten unterhalten. Sie hatten sich nicht einmal berührt. Aber das war auch gar nicht notwendig gewesen. Auf eine wortlose Art war ein Vertrauensverhältnis zwischen ihnen entstanden, das viel tiefer ging als alles, was er vorher kennengelernt hatte. Er versuchte, so etwas wie Haß oder wenigstens Zorn auf Ann in sich zu entdecken, aber da war nichts. Er mochte sie, das war alles. Trotz der Schwierigkeiten, die sie ihm bereits eingebracht hatte, und trotz der Katastrophe, in die er vielleicht hineinschlitterte. In diesem Punkt machte er sich nichts vor. Sie würden die ganze Schuld auf ihn abwälzen, egal, was er zu seiner Verteidigung vorbrachte und was Rob für ihn tat. Er wußte, daß er sich auf Carruthers verlassen konnte. Obwohl fast kein Tag verging, an dem sie sich nicht mindestens dreimal stritten, waren Rob und er sehr gute Freunde – eine seltsame Art von Haßliebe, die vielleicht gerade auf der Gegensätzlichkeit der beiden Männer beruhte.

Aber auch er würde ihm diesmal nicht helfen können. Seldec versuchte sich vorzustellen, was ihm schlimmstenfalls zustoßen konnte. Sie konnten ihn rauswerfen, natürlich. Und sie würden es auch tun, wenn Ann wieder auftauchte. Für sich allein war das nicht schlimm. Die Galaxis war groß, und Männer mit Ideen und Tatkraft wurden überall gesucht. Sie würden ihn nicht einsperren – schließlich hatte er kein Verbrechen begangen –, und sie würden ihn nicht auf Schadenersatz verklagen. Außer dem, was er auf dem Leibe trug, besaß er nichts. Er brauchte auch nicht mehr. Aber Bebderley würde ihn fertigmachen. Er würde eine Hetzkampagne gegen ihn starten, an deren Ende ihn kein Mensch in der Galaxis auch nur noch mit einer Kneifzange anfassen würde. Er würde zu einem Aussätzigen werden, einem Mann, den man mied, als hätte er eine obszöne Krankheit. Irgendwann würde er froh sein, in der Gosse liegen und krepieren zu dürfen. Bebderley besaß die Macht dazu. Und er würde es tun. Er war ein verdammt rachsüchtiger alter Mann.

Seltsamerweise ließ ihn die Vorstellung kalt. Der Gedanke an sein eigenes Schicksal erschien ihm uninteressant – so, als rekapituliere er die Geschichte eines Fremden. Es war Ann, um die er sich Sorgen machte.

Sie waren noch einmal auf dem Plateau gewesen, vier Tage später. Es regnete, aber nicht einmal der graue, wolkenverhangene Himmel und die Regenschleier über dem Wald hatten der Schönheit des Anblicks etwas anhaben können. Im Gegenteil – die Landschaft war in graues, unwirkliches Licht getaucht, Licht, das die Konturen verschwimmen ließ, den Unterschied zwischen Himmel und Erde verwischte und die Schatten mit geheimnisvollem Leben erfüllte.

Ann war trotz des Regens aus dem Gleiter gestiegen und zur Felskante gegangen. Der Regen war kalt, aber das schien ihr nichts auszumachen. Ihr Haar klebte in nassen Strähnen an Stirn und Nacken, und das Wasser hatte ihr Make-up verschmiert. Es sah aus, als hätte sie geweint.

»Der Wald dort unten«, fragte sie, »was ist das?«

Reuben zuckte mit den Schultern. Er fror, und seine Kleider klebten feucht und unangenehm auf seiner Haut. »Ein Farnwald, wie hundert andere auf diesem Planeten«, erklärte er. »Nur größer. Ich glaube, er ist der größte auf Alacantara.«

»Du glaubst?«

»Ich war noch nicht dort. Es ist streng verboten.«

Zwischen Anns Augen erschien eine steile Falte. »Verboten? Von wem?«

»Die Eingeborenen wollen es nicht. Es gibt Verträge, weißt du. Und wir halten uns daran. Meistens jedenfalls«, fügte er mit einem flüchtigen Lächeln hinzu.

»Die Eingeborenen. Du meinst, diese ... diese Spinnen?« fragte Ann. Um ihren Mund lag plötzlich ein angewiderter Zug.

»Arachniden«, verbesserte Reuben geduldig. »Sie selbst nennen sich Ktoshoy – oder so ähnlich. Aber der offizielle Name lautet Arachniden.«

»Ich habe davon gelesen.« Ann schauderte. Der Ausdruck auf ihrem Gesicht war jetzt eindeutig Ekel. »Irgendwo habe ich ein Bild von ihnen gesehen. Es sind gräßliche Dinger.«

»Sie ... sind nicht sehr hübsch«, sagte Reuben nach kurzem Zögern. »Aber sie können schließlich nichts für ihr Aussehen. Vielleicht sehen wir für sie genauso abstoßend aus. Die Ähnlichkeit mit irdischen Spinnen ist reiner Zufall. Die Arachniden sind hochintelligent. Ihre Kultur steht der unseren kaum nach.«

Anns Blick glitt über die graugrüne Einöde unter ihnen. »Davon sieht man jedenfalls nicht viel.«

Reuben lächelte. »Du begehst den gleichen Fehler wie die meisten Menschen. Kultur und Technik sind nicht zwangsläufig das gleiche. Wir wissen nicht sehr viel über die Arachniden. Aber als Rasse sind sie viel älter als die Menschen. Sie haben schon gedichtet und über den Sinn des Lebens nachgedacht, als auf Terra noch die Saurier herrschten.«

»Und sie haben niemals versucht, eine Zivilisation aufzubauen?«

»Warum sollten sie?«

»Warum auch nicht? Schließlich haben wir ...«

Reuben unterbrach sie mit einem geduldigen Kopfschütteln. »Alacantara ist nicht die Erde«, sagte er leise. »Sie hatten niemals natürliche Feinde. Es gibt keine Raubtiere, so gut wie keine Jahreszeiten, keine Krankheiten.«

Ann nickte. »Keinen Konkurrenzkampf.«

»Genau. Die Menschen mußten zu Hilfsmitteln greifen, sie mußten Werkzeuge und Waffen entwickeln, um als Rasse zu überleben. Vielleicht wären wir so geworden wie sie, wenn auf unserem Planeten ähnliche Verhältnisse geherrscht hätten.«

»Aber das ergibt keinen Sinn«, widersprach Ann nach kurzem Überlegen. »Eine Welt, auf der es nur eine einzige hochentwickelte Spezies gibt, ist eine biologische Unmöglichkeit.«

»Ich weiß. Vielleicht sind alle anderen ausgestorben, ehe die Arachniden kamen. Eines der vielen Geheimnisse dieser Welt.« Er zuckte mit den Achseln. »Wahrscheinlich wird es nie gelöst werden.«

»Vielleicht haben sie sie auch ausgerottet«, sinnierte Ann.

Reuben lächelte. »Dazu sind sie nicht in der Lage. Ohne Waffen . . . Nicht einmal wir haben es geschafft, alle anderen Lebensformen auf unserer Welt umzubringen. Erinnerst du dich an die Skreeg-Kriege?«

Ann überlegte. »Dunkel. Das war . . .«

»Vor mehr als dreihundert Jahren«, sagte Reuben. »Der erste und letzte kosmische Krieg. Wir sind mit tausend Schiffen über ihren Planeten hergefallen und haben den größten Vernichtungsfeldzug gestartet, den die Galaxis je erlebt hat. Fünf Jahre lang haben wir ihre Welt bombardiert, mit Giftgas und Bakterien belegt, bestrahlt, beschossen. Aber es gibt immer noch Skreeg. Wir werden sie niemals ganz ausrotten können. Es ist unmöglich, eine ganze Rasse auszulöschen, ohne den Planeten zu zerstören. Wir können es nicht, und die Arachniden können es nicht. Wir haben sie gefragt, wo die anderen geblieben sind, aber sie wissen es nicht. Oder sie wollen es nicht sagen.«

»Und dieser Wald?«

»Geheimnis Nummer zwei«, sagte Reuben ernst. »Wir

können uns überall auf Alacantara frei bewegen, aber dieser Wald ist tabu. Die Arachniden haben ein Abkommen mit uns – wir gehen nicht in den Wald, und sie meiden unsere Nähe. Es gibt eine Menge Menschen, die beim Anblick einer normalen irdischen Spinne in Ohnmacht fallen. Der Anblick einer anderthalb Meter großen Spinne wäre unserem Geschäft nicht gerade zuträglich. Aber sie halten sich an das Abkommen. Und wir auch.«

»Immer?«

Reuben seufzte. Er hatte gewußt, daß diese Frage kommen würde. Sie sprach das aus, was er all die Jahre hindurch gedacht und gefühlt hatte. Es war nicht nur die faszinierende fremdartige Schönheit, die den Reiz dieses Ortes ausmachte. Es war auch das Geheimnis. Die riesige grüne Leinwand, die dieser Wald für das Unterbewußtsein bildete, die Projektionsfläche, in der die menschliche Phantasie alles mögliche entstehen lassen konnte. Spielraum für den Geist. Niemand wußte, was in diesem Wald war. Wahrscheinlich gab es nicht einmal ein Geheimnis, oder wenn, dann war die Lösung banal. Und Reuben wollte es gar nicht wissen. Nicht wirklich. Alles würde seinen Reiz verlieren, wenn das Geheimnis gelüftet war.

»Ein paar Männer haben versucht, hinter das Geheimnis zu kommen«, sagte er. »Abenteurer, Wissenschaftler . . . ich weiß nicht, wie oft. Fünf-, sechsmal vielleicht. Trotz des Verbotes.«

»Und?«

»Sie sind nicht wiedergekommen. Niemand kommt aus diesem Wald zurück.«

»Es ist gefährlich.«

»Vielleicht. Die Arachniden nennen ihn Wald ohne Wiederkehr, sinngemäß jedenfalls. Er hat ein paar gut ausgerüstete Männer verschluckt. Seitdem versucht keiner mehr, sein Geheimnis zu ergründen.«

Fast eine Minute lang standen sie schweigend nebeneinander und starrten auf den Wald herunter. Dann drehte sich

Ann um und ging langsam zum Gleiter zurück. Reuben folgte ihr.

Die Tür schwang automatisch auf, als sie sich dem Fahrzeug näherten. Sie stiegen hintereinander ein. Reuben verschloß die Tür sorgfältig und schaltete die Heizung ein. Ein warmer, trockener Luftstrom summte aus der Klimaanlage.

Ann fröstelte. Jetzt, als sie aus dem Regen heraus in der trockenen und geheizten Kabine war, schien sie die Kälte erst richtig zu spüren. Reuben sah, daß sie eine Gänsehaut bekam. Ihre Finger zitterten.

»Zieh die nassen Kleider aus«, sagte er. »Du wirst dich erkälten.« Er beugte sich vor, schaltete die Heizung noch höher und öffnete das Gepäckfach.

»Es ist nicht so schlimm. Ich . . .«

»Keine Widerrede. Deine Sachen sind in ein paar Minuten trocken.« Er nahm zwei Decken und ein Röhrchen mit Breitbandantibiotikum aus dem Fach und reichte ihr beides.

Sie zog ihre Jacke aus. Der Regen hatte selbst den angeblich wasserdichten Plastikstoff durchdrungen und sie bis auf die Haut durchnäßt. Ihre Bluse klebte in großen, dunklen Flecken auf der Haut. Die Feuchtigkeit hatte den Stoff durchsichtig werden lassen. Sie trug keinen BH; ihre Brüste zeichneten sich deutlich unter dem weißen Seidengewebe ab.

Er merkte, daß er sie anstarrte, und drehte betreten den Kopf weg. Aber das nutzte nichts. Ganz und gar nichts.

»Reuben?«

Irgend etwas in ihrer Stimme warnte ihn. Er wußte, daß es jetzt das klügste wäre, ihr stumm die Decke zu reichen und den Gleiter zu verlassen. Aber er tat es nicht. Sein Herz begann zu hämmern. Es war wie beim ersten Mal. Er hatte mit hundert Frauen geschlafen, und doch hatte er plötzlich das Gefühl, vor einer völlig neuen Erfahrung zu stehen. Eine seltsame, fast angstvolle Erregung packte ihn, etwas, das weniger mit Sex als mit Neugierde zu tun hatte. Fast mühsam drehte er sich wieder um und sah sie an.

Sie lächelte auf eine verwirrende Art. Sie war zwanzig

Jahre jünger als er, und trotzdem kam er sich plötzlich klein, kindisch und unwissend vor. Seine Hände griffen wie von selbst hinüber und berührten fast scheu ihre Schultern.

Sie erschauerte unter der Berührung. Ihre Lippen öffneten sich leicht. »Komm!«

Das Plateau, die Kabine, die feuchte Kälte in seinem Rücken, alles wurde unwirklich. Er beugte sich zu ihr hinüber, preßte sie an sich und versuchte alles zu vergessen, was er noch vor Augenblicken gedacht hatte. Ihre Hände glitten sanft über seinen Nacken, streichelten seinen Hals, seine Schultern.

Reuben stöhnte unter der Berührung auf. Seine Nerven vibrierten, sandten kleine, elektrische Schauer der Lust durch seinen Körper, spülten den letzten Rest von vernünftigem Denken weg. Er tauchte in ein Chaos aus Lust und Verlangen, eine Erregung, die schon beinahe schmerzhaft war und mehr Qual als Vergnügen mit sich brachte. Seine Lippen berührten ihr Gesicht, ihre Stirn, ihre Augen. Er tastete nach dem obersten Knopf ihrer Bluse, öffnete ihn und ließ seine Finger über ihre Haut wandern. Sie war kalt und feucht vom Regen.

Er wußte plötzlich, daß er vor ihr noch keine Frau wirklich besessen hatte. Alles andere war nur Schein gewesen, ein unzulänglicher Ersatz für das, was Ann war. Er ließ sich zurücksinken, schlang die Arme um ihren Oberkörper und preßte sie an sich, als habe er Angst, daß irgend etwas sie ihm wegnehmen würde.

Sie hob den Kopf und küßte flüchtig seine Lippen.

Es war eine Explosion. Ein ungeheurer Schauer von Gefühlen, Verlangen, unbändigem Verlangen. Er mußte sie haben. Jetzt! Er bäumte sich auf, zog sie zu sich herunter und riß mit einer fast brutalen Bewegung ihre Bluse auf. Seine Hände griffen nach ihren Brüsten, berührten sie, zuerst zaghaft, dann fordernder. Sie zuckte unter der Berührung zusammen, schloß die Augen und schmiegte sich dann eng an ihn. Ihre Lippen öffneten sich leicht, gaben den Blick auf eine Doppelreihe kleiner, weißer Zähne frei, die ihm wie eine Anordnung ebenmäßig geformter Perlen erschien. Ihre Hände wanderten unter seine Uniform, tasteten über seine Haut und hinterließen flammende Spuren in seinen Nerven.

»Reuben«, flüsterte sie. »Ich . . .

»Nicht.« Er legte den Finger auf ihren Mund, streichelte ihre Lippen und küßte sie. »Nicht reden.«

»Der Wald, Reuben. Flieg mit mir dort hinunter. Zeig mir den Wald.«

Ein Schlag zwischen die Augen hätte nicht wirksamer sein können. Reuben erstarrte.

Sie mußte spüren, was in ihm vorging. Sie richtete sich auf, strich sich das Haar aus der Stirn und lächelte. Aber ihr Lächeln kam ihm plötzlich kalt und berechnend vor.

»Was . . . hast du gesagt?« fragte er mühsam. Seine eigene Stimme erschien ihm fremd, ein rauhes, verzweifeltes Krächzen.

»Ich möchte den Wald sehen«, sagte Ann. Sie lächelte immer noch. »Nur einmal. Flieg mit mir hinunter.« Ihre Finger tasteten spielerisch über seine Brust, fuhren tiefer, glitten über seinen Magen, die Lenden . . .

Reuben schlug ihre Hand beiseite, stieß sie grob von sich fort und fuhr hoch.

»Bitte, Reuben. Es kann doch nichts passieren. Wir fliegen mit dem Gleiter hinunter und steigen nicht aus. Ich . . .«

»Es geht nicht«, sagte er leise. Er bemühte sich krampfhaft, sie nicht anzusehen. »Du weißt, daß es nicht geht. Es ist verboten.«

»Niemand würde es merken«, sagte Ann hastig. »Wir sind in einer Stunde wieder hier, und niemand erfährt davon.«

Er stand auf, lächelte kalt und schüttelte den Kopf. »Gib dir keine Mühe.«

Der Ausdruck in ihren Augen änderte sich. Plötzlich war sie nichts weiter als eine Frau: schön, kalt, berechnend und egoistisch. Er wußte mit einem Mal, daß alles nur gespielt gewesen war.

Ihre Augen blitzten verächtlich auf. Er las Spott, Verachtung und noch etwas darin, etwas, das er sich nicht erklären konnte. Herablassung?

Sie begann ihre Bluse zuzuknöpfen.

Reuben griff nach den Kontrollen und startete den Gleiter. Die Düsen heulten auf. Er startete mit viel zuviel Schub, brannte eine rauchende Aschespur in das Plateau und jagte den Gleiter mit Höchstgeschwindigkeit nach Westen.

Der Wachroboter hatte seine Runde beendet. Seldec hörte ihn aus der Dunkelheit neben sich auftauchen, ehe er ihn sah. Diesmal blieb die Maschine stehen.

Er konnte das rote Glimmen ihrer Augen in der samtenen Schwärze vor sich sehen, dann das Aufblitzen von Sternenlicht auf dem polierten Stahlkörper, als der Automat seinen Kurs änderte und auf ihn zukam.

»Sie sehen aus, als hätten Sie Sorgen, Sir«, sagte die Maschine. Ihre Stimme klang angenehm. Ein weicher, rauchiger Alt. Eine Frauenstimme. Verdammt, warum geben sie ihnen Frauenstimmen, dachte er. Diese Maschinen sind Killer. Sie sehen aus wie Spielzeuge, aber sie sind Mörder. Programmierte Killer.

Aber sie waren auch darauf programmiert, möglichst menschlich zu wirken. Seldec unterdrückte die scharfe Entgegnung, die ihm auf der Zunge lag. Er hatte schon immer mehr Hemmungen gehabt, einen Roboter zu beleidigen als einen Menschen. »Es ist nichts«, sagte er barsch.

Die Maschine zögerte. »Es ist wegen der Frau, nicht wahr?«

»Woher weißt du davon?«

»Ich war an der Suchaktion beteiligt, Sir.«

»Du warst?« fragte Seldec.

Der Automat deutete ein Nicken an. »Sie wurde abgebrochen. Es ist sinnlos, bei Nacht weiterzusuchen.«

»Glaubst du, daß ihr sie noch findet?« fragte Reuben.

»Nein. Ich glaube nicht. Die Wahrscheinlichkeit spricht dagegen. Wir haben die Spur schon nach wenigen hundert Metern verloren.«

»Das klingt nicht sehr tröstlich.«

Der kahle Metallschädel blitzte auf, als die Maschine ihren Kopf schüttelte. »Sie trifft keine Schuld, Sir. Sie haben alle erdenklichen Sicherheitsvorkehrungen getroffen.«

»Auch das ist kein Trost. Aber du . . .«

»Sie sollten sich ausruhen, Sir«, unterbrach ihn die Maschine. »Sie sehen übermüdet aus.«

»Ausruhen?« Seldec lachte. »Ich werde genug Zeit zum Ausruhen haben, wenn das hier vorbei ist. Mehr als genug. Ihr habt keine Spur von ihr gefunden, sagst du?«

»Sie scheint das Lager in östlicher Richtung verlassen zu haben. Wir haben Lebensspürer angefordert. Aber bevor die Geräte eintreffen, können wir nur warten. Und hoffen, daß es bis dahin nicht zu spät ist.«

Reuben starrte wütend in die Dunkelheit hinter der Maschine. LS-Geräte konnten einen Menschen – einen bestimmten Menschen – auf tausend Kilometer orten. Wenn Ann noch lebte, bis die Geräte eintrafen, dann würden sie sie auch finden. Aber das bedeutete, daß spätestens dann die Öffentlichkeit davon erfuhr. LS-Geräte wurden nur für das Militär hergestellt und nur vom Militär verwaltet und ausgeliehen. Es würden Fragen gestellt werden.

Er wartete, bis der Automat weitergegangen war, dann streifte er seinen Ärmel hoch, tastete eine Zahlenkombination in den Interkom und wartete. Der fingernagelgroße Bildschirm leuchtete nach wenigen Augenblicken auf, und eine miniaturisierte Ausgabe Carruthers blickte ihn fragend an.

»Ihr habt LS-Geräte angefordert?« begann er übergangslos. Carruthers nickte. »Wir müssen alles versuchen, Reuben.«

»Ist die Anforderung schon raus?«

»Nein. Das nächste Hypercom-Fenster ist in vier Stunden.«

»Wie lange ist es offen?«

Carruthers zögerte. »Warum?«

»Wie lange?« drängte Seldec.

»Vier, fünf Stunden. Genau weiß ich es nicht. Darum kümmern sich andere Leute.«

»Okay«, sagte Reuben entschlossen. »Dann gib mir sieben Stunden, ehe du den Hilferuf absetzt.«

»Wozu?«

»Weil ich glaube zu wissen, wo sie ist«, sagte er.

Carruthers sog scharf die Luft ein. Zum ersten Mal, seit Reuben ihn kannte, sah er ihn überrascht. »Du . . .«

»Es ist nur ein Verdacht. Aber ich werde versuchen, sie zu finden.«

»Wo?«

»Frag bitte nicht, Rob. Gib mir die sieben Stunden.«

»Wo ist sie, Reuben?« drängte Carruthers. »Verdammt, zier dich nicht wie eine Jungfrau. Wenn du einen Verdacht hast, dann sag es. Ich stelle dir jeden Mann und jeden Roboter der Station zur Verfügung.«

Reuben schüttelte den Kopf. »Ich versuche es allein. Frag mich bitte nicht. Ich brauche nur diese sieben Stunden. Gib sie mir. Bitte.«

Carruthers antwortete nicht sofort. Aber der Ausdruck auf seinem Gesicht änderte sich erneut. »Sie ist im verbotenen Wald, nicht wahr?«

Seldec nickte störrisch. »Ich nehme es an.«

»Du hast keine Chance, sie dort zu finden, Reuben. Niemand kommt von dort wieder. Ich will dich nicht auch noch auf die Vermißtenliste setzen. Tut mir leid.«

Seldec verzog wütend die Lippen. »Ich bitte dich um eine Chance, und du . . .«

»Tut mir leid, Reuben, aber meine Antwort bleibt nein. Du weißt, wie gefährlich es ist.«

»Du machst dir Sorgen um mich?«

»Auch wenn du es nicht glaubst, ja«, erwiderte Carruthers. »Der Ärger, den du hast, ist so schon groß genug. Tut mir leid. Sowie das Fenster offen ist, geht die Anforderung raus.«

Seldec schüttelte den Kopf. »Wenn ich Ann nicht finde, spielt es keine Rolle mehr, ob ich lebe oder tot bin. Sie werden sowieso meinen Kopf von dir fordern. Vielleicht tue ich dir einen Gefallen.«

Carruthers zog eine Grimasse. »Hör mit dem Selbstmitleid auf, Reuben. Ich bin dein Freund, und ich . . .«

Seldec schaltete wütend ab. Der Bildschirm wurde schwarz, und das Gerät nahm wieder das Aussehen einer normalen Armbanduhr an. Er überlegte einen Moment, löste es dann mit entschlossenen Bewegungen vom Arm und schleuderte es in den Fluß.

Dann löste er den Teleporterring vom Arm und warf ihn hinterher. Er wußte jetzt, was er tun mußte.

Es gab nur einen einzigen Weg, um vom Plateau aus in die Tiefe zu gelangen. Von seinem Rand aus führte ein schmaler Sims in den Wald hinab: ein Felsband, kaum breit genug, um einer Bergziege Halt zu bieten. Sein Beginn war verborgen zwischen Gestrüpp und Farn. Reuben hatte ihn vor Jahren durch einen Zufall entdeckt. Er hatte geglaubt, daß Ann ihn übersehen hatte. Aber schließlich hatte sie auch gesehen, wie man die Radarbarriere ausschaltete, und sie hatte auch beobachtet, wie man den Teleporterring ablegte. Warum sollte ihr der Sims entgangen sein?

Er steuerte den Gleiter über das Plateau, stoppte über der Kante und schaltete die großen Scheinwerfer ein. Die beiden blendenden Lichtkreise huschten über den Felsen, blieben einen Moment lang an der Kante hängen und verloren sich dann in der Tiefe. Das Fahrzeug schwankte leicht. Es war nicht für solche Kunststücke gebaut. Für eine Expedition wie seine hätte er sich kaum ein unpassenderes Fahrzeug aussuchen können.

Aber es war der einzige Gleiter gewesen, der startbereit im

Lager gestanden hatte. Carruthers würde nicht lange überlegen müssen, um darauf zu kommen, was er vorhatte. Wahrscheinlich hatte er längst versucht, ihn mit dem Teleporter zurückzuholen.

Reuben grinste schadenfroh, als er daran dachte, was für ein Gesicht Carruthers machen würde, wenn er nur den leeren Ring und ein paar Eimer Flußwasser in der Sprungkabine vorfand. Er würde toben. Aber das spielte jetzt auch keine Rolle mehr. Wenn er mit Ann zurückkam, war es egal. Wenn nicht . . .

Seldec verscheuchte den Gedanken und konzentrierte sich auf die Felswand. Der Gleiter schaukelte erneut, als ihn ein Windstoß traf, und der feuchte Stein glitzerte unter den grellen Scheinwerferstrahlen wie Kristall. Seldec blinzelte und schaltete die Lichtintensität um mehrere Stufen herunter. Es wurde ein wenig besser, aber selbst jetzt hatte er Schwierigkeiten, den Sims zu finden.

Er ging tiefer. Der Gleiter tastete sich langsam an der Wand entlang, eine große, silberne Träne, die an zwei blitzenden Strahlen erbarmungsloser Helligkeit aufgehängt war. Er wußte nicht, wie lange der Abstieg dauerte. Vermutlich nur wenige Minuten. Aber sie kamen ihm wie eine Ewigkeit vor. Er war in Schweiß gebadet, und seine Hände zitterten so stark, daß er Mühe hatte, das Steuer zu halten, als er endlich unten war. Der Gleiter schwebte eine Handbreit über dem Blätterdach. Direkt vor ihm verschwand die Felswand im Dschungel.

Reuben starrte aus brennenden Augen auf den schmalen Felssims. Sie mußte diesen Weg genommen haben. Sie mußte!

Er griff zögernd nach dem Höhenregler. Seine Finger verkrampften sich um den Griff. Er würde das Geheimnis lösen. Nach all den Jahren würde er erfahren, welche Wunder der Wald barg. Aber er wollte es plötzlich gar nicht mehr wissen. Im Gegenteil – es kam ihm fast wie eine Entweihung vor.

Das Fahrzeug glitt tiefer, berührte die Blätter und sank weiter. Der Riesenfarn ächzte unter der Last des Gleiters, bog sich durch und gab schließlich splitternd nach. Es klang, als zerbrächen die Knochen eines gigantischen Tieres. Er kam sich plötzlich wie ein Frevler vor, jemand, der etwas Kostbares und Einmaliges zerstört. Das Loch, das der Gleiter in den Farnwald riß, erschien ihm wie eine riesige blutende Wunde. Er hatte den Wald verletzt. Das Krachen, Bersten und Splittern um ihn herum war ein gellender Schmerzensschrei. Er hatte den Zauber dieser großen, unberührten Oberfläche zerstört, und irgendwie wußte er plötzlich, daß er dafür bestraft werde würde.

Blödsinn, dachte er. Dieser Wald war ein Wald, nicht mehr und nicht weniger. Und das einzige Geheimnis, das er barg, waren Farne.

Der Gleiter setzte mit einem Ruck auf, federte ein paarmal nach und kam schließlich zur Ruhe. Seldec blinzelte neugierig aus dem Bugfenster. Vor ihm war nichts als wucherndes, schwellendes Grün. Selbst die superstarken Strahlen der Scheinwerfer verloren sich bereits nach wenigen Metern im Dickicht. Reubens Optimismus legte sich schlagartig. Selbst am Tage mußte es fast unmöglich ist, hier eine Spur zu verfolgen.

Aber er hatte keine Zeit, bis zum Morgen zu warten. Er mußte das Ende des Simse wiederfinden, und er mußte versuchen, Anns Spur aufzunehmen.

Er klappte das Handschuhfach auf, nahm den Infrarotspürer hervor und schnallte ihn an seinem Handgelenk fest. Mit etwas Glück hatte der Regen hier unten noch nicht alle Spuren verwischt.

Er verließ die Maschine, wandte sich nach rechts und ging los. Das Vorwärtskommen war schwerer, als er erwartet hatte. Der Gleiter hatte einen riesigen Trichter in den Farnwald gebrannt; der Boden war sumpfig und mit Schlingpflanzen und heimischen Fallgruben durchsetzt, die ihn immer wieder steckenbleiben oder stolpern ließen. Er brauchte fast eine halbe Stunde, um bis zur Felswand zu gelangen. Er ging bis zum Ende des Simses, ließ sich auf die Knie sinken und schaltete den Spürer ein.

Die Kontrolleuchte glomm dunkelrot auf.

Er hatte eine Spur!

Er hatte richtig vermutet! Sie war hier entlanggekommen! Und es konnte noch nicht einmal allzulange her sein. Ein paar Stunden, vielleicht. In diesem undurchdringlichen Dickicht bedeutete das nicht mehr als ein paar Kilometer Vorsprung.

Er sprang auf, sah hastig auf die Anzeige des Gerätes und lief los. Er würde sie finden. Aber nicht nur, um sie zurückzubringen. Mit einemmal wußte er, warum er hierhergekommen war. Er wollte sie immer noch. Jetzt vielleicht mehr als jemals zuvor. Und diesmal würde er bekommen, was er wollte.

Es war kein Zauberwald. Er war nicht schön, und er war nicht geheimnisvoll, und er war erst recht nicht faszinierend. Er war nur häßlich.

Reuben hatte längst jedes Zeitgefühl verloren. Die Sonne war irgendwann vor Stunden über den Horizont gekrochen, und der barmherzige Schleier der Dunkelheit war der brutalen Realität des Tages gewichen. Das Gerät an seinem Arm leuchtete jetzt in einem tiefen, drohenden Rubin, aber er beachtete es kaum. Der Wald. Das große Rätsel seines Lebens. Eine bizarre Verlockung dieses fremdartigen Geheimnisses. Lüge!

Alles war Lüge. Jahrzehntelang, so lange er Alacantara kannte, hatte er dort oben auf dem Plateau gestanden, hatte vor seinem geistigen Auge all die faszinierenden Wunder vorbeiziehen lassen, die sich unter der grünen Oberfläche verbergen mochten. Er hatte alle Wunder der Galaxis hier gesehen, hatte das verlorene Märchenland seiner Kindheit hier angesiedelt, hatte hier den einzigen Ort gewußt, an dem ein Mensch frei und glücklich sein konnte. Garten Eden, Nirwana, Paradies . . .

Nichts von alledem war wahr.

Der Wald war ein Leichnam. Eine leere, tote Hülle, die von einer dünnen grünen Haut überspannt war und dem Beobachter Leben vorgaukelte, wo nur Verfall und Tod war. Die Veränderung hatte schon begonnen, nachdem er wenige hundert Meter tief in den Wald vorgedrungen war. Die Farne wurden dünner und knochiger. Das Unterholz lichtete sich, verschwand schließlich ganz. Und dann gab es nichts mehr. Nur die schmalen, geschuppten Stämme der Farnriesen, trockenen, rissigen Boden, später dann den grauen Schleim. Er wußte nicht, woraus dieser Schleim bestand, woher er kam, was er war. Vielleicht war es eine Krankheit, die Antwort auf die Frage, warum dieser Wald verboten war. Zuerst hatte er geglaubt, es wären Spinnweben: dünne, glitzernde Fäden, die sich zwischen den Bäumen spannten, an den Stämmen emporkrochen und ein Netz heimtückischer Fallstricke auf dem Boden bildeten. Aber dann war das Gewebe dichter geworden. Die Fäden hatten an Eleganz verloren und an Masse gewonnen, bis sie schließlich Vorhänge bildeten, den Boden mit grauen Klumpen und Pfützen bedeckten, bis glitzernde, widerliche Tropfen der stinkenden Substanz von den Bäumen fielen oder aus dem Blätterdach regneten. Er war stehengeblieben und hatte hinaufgestarrt. Die Bäume waren weiter auseinandergetreten, so daß er auf dem Grunde einer riesigen, von einem grünen Kuppeldach überspannten Halle zu stehen schien, deren Decke von bizarren schuppigen Säulen getragen wurde.

Dieser Wald war ein Leichnam. Der gigantische faulende Kadaver seiner Träume und Hoffnungen.

Schließlich hatte er die Lichtung gefunden. Nach allem, was er entdeckt hatte, hatte er geglaubt, daß ihn nichts mehr schockieren könnte. Aber das stimmte nicht. Der Anblick traf ihn wie ein Hammerschlag.

Die Bäume waren verschwunden und hatten dieser

wuchernden, grauen Masse Platz gemacht, die den Boden der Lichtung wie ein ekelhaftes Krebsgeschwür bedeckte. Der Schleim bildete groteske Formen und Umrisse, große, zitternde Klumpen, die mit schleimtriefenden Händen nach ihm griffen, bizarr verzerrte Gesichter und Fratzen, formlose, ekelerregende Umrisse. Und im Zentrum dieser materialisierten Scheußlichkeit lag das Gebäude.

Es ähnelte nichts, was Menschen jemals gesehen hatten, aber es war eindeutig künstlichen Ursprungs. Und es war eindeutig ein Gebäude. Die Wände waren grau, die gleiche, ekelhafte Farbe, die auch der allgegenwärtige Schleim hatte. Ohne einen Grund dafür angeben zu können, wußte Reuben plötzlich, daß dieses Gebäude alt war, uralt. Es hatte bereits hier gestanden, bevor es Menschen auf der Erde gegeben hatte, und es würde auch noch hier stehen, wenn das letzte Sternenschiff längst verschwunden war, wenn der Begriff Mensch längst nur noch in Sagen und Legenden auftauchte.

Er hätte auch ohne Spürer gewußt, daß Ann hier war.

Er atmete mühsam aus, nahm das Gewehr vom Rücken und trat auf die Lichtung hinaus. Er wußte, wie sinnlos und lächerlich diese Waffe war, aber ihr Gewicht gab ihm ein trügerisches Gefühl der Sicherheit.

Er ging langsam auf das Gebäude zu. Seine Beine sanken bis zu den Waden in klebrigem Grau ein, aber das registrierte er kaum. Er sah nur noch das Gebäude: Tempel, Palast, Gruft, Mausoleum – alles in einem und nichts von allem. Das Geheimnis. Er stand vor dem Geheimnis Alacantaras. Aber es war nicht schön. Es war grausam, unmenschlich und tödlich. Trotzdem ging er weiter.

Der Eingang war so niedrig, daß er sich bücken mußte, um hindurchzugehen. Graue, flackernde Dämmerung nahm ihn auf. Ein ungewisses Zwielicht, das in den Augen schmerzte und ihm das Gefühl gab, durch körperlosen Nebel zu schreiten. Aber er sah immer noch genug.

Seine Augen saugten sich an den Bildern fest, die die Wände bedeckten. Bilder! Es waren keine Bilder, wie er sie kannte. Es war . . . irgend etwas, eine universelle Form der Mitteilung, die jede Lebensform erkennen konnte, ganz gleich, ob sie Augen hatte, sehen konnte oder auf dem Grund lichtloser Ozeane lebte. Wer immer diese Fresken geschaffen hatte, mußte eine ungeheure Stufe der Evolution erklommen haben.

Lange, vielleicht Stunden, stand er reglos in der Mitte des kuppelförmigen Raumes und starrte, begriff die Geschichte dieser Welt und ihrer Bewohner und kämpfte verzweifelt darum, nicht wahnsinnig zu werden.

Er hörte das Geräusch hinter sich, ehe er den Schatten sah. Er wußte, was das Schleifen und Schaben zu bedeuten hatte, das sanfte Aufsetzen weicher Füße auf dem Boden, das Kratzen von Chitin und Horn auf Metall. Er brauchte sich nur umzudrehen, die Waffe zu entsichern und abzudrücken. Es war leicht, so leicht. Aber er konnte es nicht.

Ann, dachte er. Ann. Dann stürzte sich der riesige, zehnbeinige Schatten auf ihn, riß ihn zu Boden und grub seine Fänge tief in seinen Körper.

Er trieb durch ein Meer aus Schwärze, einen Ozean aus Qual, Pein und Agonie. Sein Denken war ausgeschaltet, absorbiert von dem Ozean der Folter, durch den er glitt, Teil jenes großen, universellen Schmerzes, der die Schöpfung abgelöst hatte. Der Schmerz schickte dünne, glühende Fäden der Agonie durch sein Bewußtsein, hüllte seinen Leib in einen flammenden Mantel aus Leid, verbrannte seine Gedanken, versengte seine Seele und sein Menschsein. Er trieb durch alle Folterkammern des Universums, tauchte hinab in die tiefsten Tiefen der Hölle. Eine Million Jahre lang schrie er vor Schmerzen, wand sich und wartete auf den Tod, der nicht kam.

Dann erwachte er.

Er lag noch immer dort, wo er gestürzt war, aber der Boden fühlte sich nicht mehr hart und feindlich, sondern weich, vertraut und beschützend an. Er wollte blinzeln, aber sein neuer Körper hatte diesen angelernten Reflex nicht mehr nötig. Seine Augen waren lidlos, große, kristallene Facetten, die ihm Bilder von nie gekannter Schärfe zeigten, Bilder einer Welt, die so schön und faszinierend war, daß er minutenlang einfach dasaß, starrte und staunte.

Er stand auf. Sein Körper glitt mit spielerischer Leichtigkeit in die Höhe, erhob sich auf zehn grazile, kraftvolle Beine und huschte durch den Raum, ein phantastisches Zusammenspiel von Muskeln und einem Wunder koordinierender Nervenimpulse. Er blieb stehen, drehte sich einmal um seine Achse und betrachtete sein eigenes Spiegelbild auf den polierten Wänden. Sein Körper war kräftig, stark – ein muskulöses Energiepaket, auf das er immer stolz gewesen war. Er atmete ein, genoß das Gefühl, mit dem ganzen Körper statt mit Lungen zu atmen. Er bewegte die Beine. Die winzigen Härchen auf seinem Leib stellten sich auf wie Millionen mikroskopisch kleiner Fühler, ertasteten, begriffen seine Umwelt mit neuen Sinnen. Seine Fänge blitzten auf wie kleine gefährliche Messer, als er sie spielerisch vorschnappen ließ. Die Metamorphose war vollendet.

Deshalb also gab es keine anderen Lebensformen auf dieser Welt, dachte er. Der andere Weg. Vielleicht der bessere. Wir haben versucht, die anderen zu unterwerfen, uns zum Herrscher aufzuschwingen, sie auszurotten. Sie sind den anderen Weg gegangen. Wenn du einen Feind nicht vernichten kannst, übernimm ihn. Assimilierung statt Unterwerfung.

Sie . . .?

Nicht sie. Wir.

Ich gehöre dazu. Endgültig.

Die Vorstellung erfüllte ihn nicht mit Schrecken oder Angst. Er empfand ein leichtes Bedauern bei der Erinnerung an seinen früheren Körper, bei dem Gedanken, daß er seine Freunde nie wiedersehen würde. Aber da waren noch mehr Gefühle in ihm. Der Gedanke an die phantastische Schönheit dieser Welt, Erinnerungen an Wunder, die er nie gesehen hatte, Erinnerungen, die er zusammen mit seinem neuen Körper bekommen hatte. Er spürte, daß die Veränderung noch nicht vollständig abgeschlossen war. Auch sein Geist begann sich zu verändern, bewußtes Denken wurde von animalischen Instinkten abgelöst. Denkungsarten des Homo sapiens von einer fremden, faszinierenden Weise zu leben aufgesogen.

Er drehte sich um und huschte zur Tür.

Heller Sonnenschein schlug ihm entgegen. Einen Herzschlag lang hockte er da, bestaunte die unbegreifliche Schönheit des Farnwaldes, die Farbkaskaden, die vom Himmel herabstürzten, die feine, berauschende Musterung der Bäume, all die Wunder, die die Menschen niemals sehen würden.

Und dann sah er sie.

Ann.

Trotz ihres neuen Körpers erkannte er sie sofort. Genauso wie er hatte auch sie sich nicht wirklich verändert. Ihr Körper war anders, aber sie war Ann geblieben, so wie er Reuben geblieben war. Vielleicht hatte sich das, was ihren Reiz ausmachte, noch gesteigert. Ein schlankes, graziles Wesen, bedrückend schön, verlockend – die personifizierte Weiblichkeit.

Wie hatte er jemals glauben können, Spinnen wären häßlich?

Sein Blick wanderte bewundernd über ihren schlanken Körper, tastete wie eine liebkosende Hand über ihre Beine, blieb einen Moment lang an der kristallenen Reinheit ihrer Augen hängen. Trotz ihrer angeborenen Ausdruckslosigkeit schienen sie zu lächeln.

Er machte einen zaghaften Schritt, blieb stehen und ging dann langsam auf sie zu. Diesmal würde er bekommen, was er haben wollte. Sie war bereit. Diesmal würde sie sich ihm nicht verweigern. Es war alles ganz einfach. Sie brauchten keine Worte, keine linkischen vorbereitenden Gesten, keine verlegenen Blicke. Sie saß einfach da, groß, schön, verlockend und bereit, und wartete auf ihn.

Es war ein Rausch. Er schob sich über ihren schweren, von samtweichem Haar bedeckten Leib, klammerte sich fest ...

Sie.

Es gab nur noch sie.

Seine Beine berührten zärtlich ihren Rücken, streichelten, liebkosten. Eine Reise zur Venus. Expedition zum Nullpunkt des Eros. Ein sengender Blitz reiner Lust schien in seinem Körper zu explodieren, seine Nerven entlangzurasen und sein Bewußtsein in ein feuriges Chaos aus Lust zu tauchen. Selbst in seinen kühnsten Phantasien hätte er nicht geglaubt, daß sich der Bogen der Sinne so weit spannen ließ. Nichts, absolut nichts, was Menschen jemals erlebt hatten, kam dem gleich, was er empfand, was sie beide empfanden. Ihre Körper verschmolzen, wurden eins – zwei verschiedene Ausdrucksformen eines einzigen Leibes, reiner Sex, ein Bündel ineinander verkrallter Lust.

Gott, vorher hatte er nicht einmal gewußt, was ein Orgasmus wirklich war!

Irgendwann, nach Stunden, kam der Höhepunkt. Es schleuderte ihn zu den Sternen empor, löschte sein Bewußtsein aus, reduzierte ihn zu einem winzigen Punkt reiner Lust. Er hätte geschrien, wenn er eine Stimme gehabt hätte. Sein Körper bebte, fieberte, zitterte. Das totale Erlebnis. Etwas, das sich von einem normalen Orgasmus unterschied wie eine Supernova von einer Kerzenflamme. Er preßte sich enger an sie, bebte, zitterte und pumpte immer neue Stöße reiner Lust in sie hinein.

Irgendwann während des Nachmittags hörte es auf. Er glitt von ihr herunter, fiel zu Boden und blieb zitternd liegen. Ausgesaugt, leer. Sein Körper besaß nicht einmal mehr die Kraft, sich aufzurichten und in den Schatten der Bäume zu kriechen. Sie hatten sich ein Dutzend Male geliebt, und jedes einzelne Mal war intensiver gewesen als die tausend Male zuvor.

Er fiel auf die Seite, krümmte die Beine unter dem Leib zusammen und versuchte zu schlafen. Er hörte ihre Stimme neben sich, sah ihren Schatten riesig und dunkel vor sich aufragen. Sie war fünfmal so groß wie er, aber auch sie mußte erschöpft sein. Trotzdem näherte sie sich ihm ein weiteres Mal.

Er sah auf. Ihr Schatten verdunkelte die Sonne, spendete Kühle und Verlockung zugleich. In ihren Augen lag ein seltsames Glitzern.

Gier?

Er spürte, wie sich schon wieder Verlangen in ihm regte, aber sein Körper war einfach zu ausgelaugt. Er versuchte aufzustehen. Es ging nicht.

Sie kam näher. Das Glitzern in ihren Augen wurde stärker.

Und dann, von einer Sekunde zur anderen, wußte er, was er vergessen hatte. Plötzlich wußte er, woher das ungute Gefühl in ihm kam, was die drängenden, warnenden Stimmen sagen wollten, er wußte plötzlich wieder alles, was er über Arachniden gelesen hatte, ihr Leben, ihre Sitten, ihre Entwicklung, die verblüffenden Parallelen zu ihren kleinen irdischen Brüdern und Schwestern.

Sie kam näher. Ihre Fänge blitzten wie große, geschliffene Säbel im Sonnenlicht.

Arachniden, dachte er, sahen nicht nur aus wie Spinnen. Es gab noch etwas, das sie mit ihren irdischen Verwandten gemein hatten.

Zumindest mit ihren Schwestern.

Im Namen der Menschlichkeit

Das letzte, woran er sich erinnerte, war ein gewaltiger grüner Blitz, der das Universum vor den runden Bullaugen von einem Ende bis zum anderen spaltete und die Kapsel in ein Chaos aus Feuer und Flammen und berstenden Schlägen stürzte. Dann nichts mehr.

»Zenturio?«

Die Stimme drang wie aus weiter Ferne an sein Bewußtsein, verzerrt und kaum verständlich unter dem Nachhall der Explosion, der noch immer in seinen gequälten Trommelfellen war. Er wollte die Augen öffnen, aber auf seinen Netzhäuten explodierte eine Kaskade greller brennender Lichtpfeile, so daß er es bei einem flüchtigen Blinzeln beließ.

Jemand berührte ihn an der Schulter und schüttelte ihn. »Können Sie mich verstehen?«

Er nickte. Die Stimme hatte jetzt einen seltsamen Nachhall, wie man ihn manchmal in großen leeren Räumen hört, aber sie schien auch näher gekommen zu sein.

»Zenturio!«

Cyrene öffnete widerstrebend die Augen. Licht, grellweißes Licht von nie gekannter Intensität blendete ihn. Er stöhnte, beschattete die Augen mit der Hand und blinzelte zu der massigen schwarzen Gestalt über sich empor.

»Sie sind wach, gut.« Nogubes ebenholzschwarzes Gesicht verzog sich zu einem flüchtigen Lächeln. »Vielleicht ist es eine dumme Frage, Zenturio, aber wie fühlen Sie sich?«

Cyrene stemmte sich auf die Ellbogen hoch. Mit dem Erwachen kamen die Schmerzen. Sein linker Arm brannte, als hätte man ihm die Haut bei lebendigem Leib vom Fleisch gezogen, und in seinem Rücken saß ein dünner, stechender Schmerz, der jede Bewegung zur Qual werden ließ. Und da war die Erinnerung, die auf ihre Art schlimmer war als der körperliche Schmerz: grünes Feuer, das durch die runden Bullaugen des Zeittauchers hereinflutete und die Kabine in schattenlose, bizarre Helligkeit tauchte. Ein Schrei; gellend, spitz, hoch, unmenschlich hoch, der dann mit erschreckender Plötzlichkeit abbrach und trotzdem noch in seinen Ohren zu gellen schien.

Er atmete tief ein, schloß die Augen und versuchte die Bilder aus seinem Bewußtsein zu vertreiben.

»Es . . . es geht«, antwortete er endlich. »Wie lange war ich bewußtlos?«

»Vierzehn Stunden.«

Cyrene erschrak. »So lange?«

»DeKoba hat Ihnen eine Spritze gegeben, damit Sie schlafen. Ihr linker Arm war gebrochen«, antwortete Nogube.

»Sonst nichts?«

Der Legionär schüttelte den Kopf, atmete hörbar ein und ließ sich neben Cyrene in die Hocke sinken. »Ein paar Kleinigkeiten. Jede Menge Hautabschürfungen und blaue Flecken, aber nichts Ernstes.«

Cyrene hob nachdenklich seinen linken Arm und begann den Ärmel des dunkelroten Uniformhemdes aufzukrempeln. Die Haut schimmerte wächsern und hatte einen sanften, grünlichen Schimmer, untrügliche Anzeichen eines Schnellplast-Verbandes, der angelegt und bereits wieder entfernt worden war. Vorsichtig ballte er die Finger zur Faust und bewegte die Hand im Gelenk.

»Und die anderen?«

Nogube antwortete nicht gleich. »Nichts . . . Besonderes«, sagte er nach sekundenlangem Schweigen, aber der Ton seiner Stimme strafte die Worte Lügen. »Sie . . . Sie hatte es am schlimmsten erwischt. Nach Covacz.«

Cyrene sah auf. »Was ist mit ihm?«

»Tot«, antwortete Nogube. Cyrene spürte deutlich, wie

schwer es dem anderen fiel, das Wort auszusprechen. »Er stand direkt am Hauptkontrollpult, als es uns erwischt hat. Ich glaube nicht, daß er überhaupt gemerkt hat, was passiert ist. Er muß sofort tot gewesen sein. Wenigstens«, fügte er nach einer merklichen Pause hinzu, »hat er nichts mehr gespürt.«

Cyrene senkte betreten den Blick. Es war nicht seine Schuld, aber er wußte trotzdem, was der Nubier eigentlich hatte sagen wollen. Covacz hatte direkt vor ihm gestanden, als die Katastrophe geschah. Er hatte die Wucht der Explosion mit seinem Körper aufgefangen. Vielleicht hätte sonst keiner von ihnen überlebt.

Nogube gab einen seltsamen Laut von sich und starrte einen Herzschlag lang gedankenverloren zu Boden. »Können Sie aufstehen, Zenturio?« fragte er dann.

»Versuchen wir es.«

Nogube streckte die Hand aus und half ihm beim Aufstehen. Cyrene schwankte und mußte sich an der Schulter des schwarzen Riesen festhalten, um nicht erneut in die Knie zu gehen, aber er stand. Für Sekunden ergriff ein starkes Schwindelgefühl von ihm Besitz; er unterdrückte es und zwang sich, aus eigener Kraft zu stehen. Eine Welle unangenehmer, trockener Wärme lief über seinen Rücken, als er aus dem Schatten des Felsens heraustrat. Er blinzelte, legte den Kopf in den Nacken und starrte aus zusammengekniffenen Augen in den Himmel. Die Sonne stand als blendender, gelber Ball über ihnen: ein kochender Glutofen, dessen Hitze von keiner Wolke gemildert wurde. Cyrene hatte noch nie einen Himmel von solch kräftiger blauer Farbe gesehen. »Was ist überhaupt passiert?« fragte er.

Nogube zuckte mit den Achseln. Cyrene fiel es erst jetzt auf, daß sein Gesicht vor Schweiß glänzte. Es war sehr warm. »Ich weiß es nicht«, gestand er. »DeKoby glaubt, daß es ein Torpedo war. Eines von diesen neuen Dingern mit intelligentem Suchkopf. Sie müssen ihn schon vor unserem Start abgefeuert haben.«

»Und er ist uns die ganze Zeitstraße gefolgt?« fragte Cyrene zweifelnd.

»Wenn es ein Torpedo war, sicher. Wenn die Dinger einmal eine Spur aufgenommen haben, lassen sie sie nie wieder los.« Er zuckte erneut mit den Achseln und wandte sich halb um. Sein Blick glitt über die flache erdbraune Ebene, die sich tief unter ihnen erstreckte, aber er schien etwas ganz anderes zu sehen. »Das ist nur eine Vermutung«, fuhr er nach einer Pause fort. »Vielleicht war es auch etwas ganz anderes. Ein Kurzschluß, ein Defekt im Computer, ein Materialfehler ... unmöglich, das jetzt noch zu sagen. Der Taucher hat nur noch Schrottwert.«

»So schlimm?« fragte Cyrene erschrocken.

Nogube lächelte, aber es war ein Lächeln, dem jede Spur menschlicher Wärme fehlte. »Schlimmer«, sagte er. »Wir sind gestrandet. Aus. Endgültig.«

Gestrandet ... Simon Cyrene ließ das Wort noch ein paarmal in seinem Geist defilieren, aber erst beim dritten oder vierten Mal glaubte er eine schwache Ahnung von dem zu spüren, was es wirklich bedeutete. Der Gedanke erschreckte ihn so, daß er ihn hastig von sich schob.

»Keine Chance?« fragte er nach einer Weile. Seine Stimme klang belegt.

Nogube schüttelte den Kopf, ohne Cyrene anzusehen. Er hatte vierzehn Stunden mehr gehabt, sich an den Gedanken zu gewöhnen, nie wieder in die Zeit zurückkehren zu können, in der er geboren war, aber auch er schien noch nicht damit fertig geworden zu sein.

Cyrene deutete mit der Hand auf eine dunkle, schnurgerade Linie, die tief unter ihnen durch das monotone Safrangelb der Ebene schnitt. »Was ist das?« fragte er. »Eine Straße?«

»Ich weiß nicht, Zenturio«, antwortete Nogube. »Wir haben unsere Umgebung noch nicht erforscht. Sie wissen doch«, fügte er mit einem leisen, bitteren Lachen hinzu, »Regel Nummer eins.«

Regel Nummer eins ... dachte Cyrene. Rühr dich nicht von der Stelle, bevor du nicht ganz genau weißt, wo und wann du bist. Ob die Leute, die diese Regeln ersonnen hatten, jemals in der Situation gewesen waren, für die diese Regeln zutrafen?

Er verschränkte die Arme, blickte noch einmal zum Himmel hinauf und versuchte dann, mehr von seiner Umgebung zu erkennen. Der Zeittaucher war auf einem sanft geneigten, steinigen Hang aufgeschlagen, der tief unter ihnen in dieser gewellten braungelben Ebene endete und oben, vielleicht eine Meile oder mehr entfernt, von einer nahezu senkrecht emporstrebenden Wand aus grauem, zerfurchtem Fels abgeschlossen wurde. Die Kapsel mußte mit ungeheurer Wucht heruntergekommen sein – der Fels war da, wo sie aufgeschlagen war, zertrümmert und wie von einer gigantischen Faust zu einem Netzwerk von Sprüngen und Rissen zermalmt worden. Eine breite, fast hundert Meter lange Schleifspur führte hinauf zu der Stelle, an der das Gefährt zur Ruhe gekommen war. Sie hatten trotz allem Glück gehabt. Wären auch die Schockabsorber ausgefallen, wären sie zerquetscht worden. Das Fahrzeug selbst hatte kaum mehr Ähnlichkeit mit dem technischen Wunderwerk, das es einmal gewesen war. Der spindelförmige Rumpf war zusammengestaucht und geborsten; Luken und Bullaugen waren aus ihren Halterungen gerissen worden, die zollstarken Panzerplatten wie dünnes Pergament zerfetzt und zerknüllt. Aus dem hinteren Drittel ragten geborstene Rohre und unzählige bunte Kabel und Drähte wie herausgerissene Eingeweide eines phantastischen metallenen Tieres, und da, wo der buckelförmige Aufsatz des Chronoslippers gewesen war, befand sich nur noch ein rußiges Loch mit zerfetzten Rändern.

Cyrene riß sich gewaltsam von der morbiden Faszination des Anblicks los und konzentrierte sich wieder auf ihre unmittelbare Umgebung. Es war so ziemlich die eintönigste Landschaft, die er jemals zu Gesicht bekommen hatte. Die Ebene unter ihnen schien sich bis zum Ende der Welt zu erstrecken, und es gab nichts, an dem das Auge Halt finden konnte. Irgendwo, dicht vor dem Horizont, waberte ein dunkler, amorpher Umriß in der hitzeflimmernden Luft. Eine Stadt, ein Berg, eine Luftspiegelung.

»Es ist eine Stadt«, sagte Nogube leise. Er schien Cyrenes Gedanken erraten zu haben, aber vermutlich war das in dieser Situation auch nicht besonders schwer. Der Nubier löste den Feldstecher von seinem Gürtel. Cyrene setzte das Glas an und drehte einen Moment lang an der Scharfeinstellung.

Die Stadt war nicht sehr groß. Sie schien aus dem gleichen dunkelgelben Material erbaut zu sein, aus dem die gesamte Ebene bestand, und war von einer vielleicht dreißig, fünfunddreißig Meter hohen, sanft nach innen geneigten Mauer umgeben. Wuchtige viereckige Türme markierten ihre Eckpunkte, und das bogenförmige Tor in der Cyrene zugewandten Seite der Stadtmauer blitzte unter den schräg einfallenden Strahlen der Sonne auf, als bestünde es aus geschmolzenem Gold. Bronze, vermutete er. Sie waren weiter in die Vergangenheit geschleudert worden, als er befürchtet hatte. Die Stadt ließ keinerlei Anzeichen einer irgendwie gearteten technischen Zivilisation erkennen. Winzige, ameisengroße Menschenfiguren krochen am Fuße der Mauer entlang und patrouillierten auf ihrer Krone, und noch während er hinsah, wurde die eine Hälfte des Torflügels geöffnet, und ein Zug von vielleicht vierzig Berittenen verließ die Stadt. Cyrene versuchte vergeblich, irgendwelche Einzelheiten zu sehen. Trotz des starken Glases war die Entfernung zu groß, um mehr als dunkle Schatten auszumachen, in deren Reihen es ab und zu metallisch glitzerte. Krieger vermutlich.

Er ließ das Glas sinken und wischte sich mit dem Unterarm den Schweiß von der Stirn. »Zumindest sind wir nicht in die Zeit der Dinosaurier zurückversetzt worden«, sagte er in dem vergeblichen Bemühen, einen Scherz zu machen. »Aber das, was ich da sehe, gefällt mir trotzdem nicht. Sieht aus wie das achte oder neunte Jahrhundert nach Christus. Keinerlei Anzeichen von Elektrizität.«

»Das bedeutet noch nichts«, erwiderte Nogube. »In meiner Heimat gibt es heute noch Städte, die so ähnlich aussehen. Uns wird wohl keine Wahl bleiben, als hinunterzugehen und zu fragen, wo wir sind.«

»Haben wir uns . . . auch im Raum bewegt?« fragte Cyrene zögernd.

Nogube nickte. »Ja. Ziemlich weit, wie ich fürchte. Die Sternbilder am Himmel sind mir vollkommen fremd.«

Cyrene wollte einwenden, daß dies durchaus an der zeitlichen Distanz liegen konnte, die sie überwunden hatten, aber dann fiel ihm ein, daß diese Erklärung noch schrecklicher wäre, und er schwieg lieber. Sternbilder verändern sich in ein paar Jahrhunderten nicht so sehr, daß man sie nicht wiedererkennt.

Er gab Nogube das Glas zurück, fuhr sich noch einmal mit dem Handrücken über die Stirn und deutete mit einer Kopfbewegung auf das Wrack des Tauchers. »Gehen wir. Vielleicht können wir DeKoba helfen.«

Der nubische Legionär wollte noch etwas sagen, nickte dann aber nur und folgte ihm den sanft ansteigenden Hang zum Zeittaucher hinauf. Brandgeruch und der Gestank von verschmortem Gummi und heißem Öl schlugen ihnen entgegen, als sie sich dem Wrack näherten. Cyrenes Blick blieb an einem flachen, aus Sand und losen Steinen aufgetürmten Hügel direkt neben dem Wrack haften. Covacz' Grab. Er blieb stehen, legte die rechte Hand auf das Herz und betete still. Covacz war kein religiöser Mensch gewesen, aber vielleicht mochte sein Gebet helfen. Wenigstens konnte er sich einreden, seine Christenpflicht getan zu haben.

»Du weißt, daß es nicht hierbleiben kann?« fragte er mit einer Geste auf die Symbole Christi – Schwert und Lasergewehr –, die über dem Kopfende des Grabes abgelegt worden waren. »Wenn die Einheimischen das finden . . .«

Nogube deutete auf den Taucher. »DeKoba bereitet schon alles für die Sprengung vor. Von diesem Hang wird nichts übrigbleiben.«

Die Worte des Nubiers gaben Cyrene einen spürbaren Stich. Ihm war noch immer nicht ganz klargeworden, in welcher Lage sie sich befanden. Sie waren Schiffbrüchige, die dazu gezwungen waren, alles, was sie aus ihrer Zeit hinübergerettet hatten, zu vernichten.

»Und die . . . die Bomben?«

Nogube lächelte. »Wir feuern sie ab«, sagte er. »Sie wissen, daß man sie nicht entschärfen kann.«

Natürlich wußte er es. Aber er hatte sich gewünscht, es wäre nicht so. »Und wohin?«

Nogube machte eine Handbewegung, die den Hang, den Berg und die ganze Ebene einschloß. »Irgendwohin. Wir haben die Batterien aus dem Computer ausgebaut und die Chronoslipper der beiden Bomben geladen. Vielleicht rutschen sie weit genug in die Vergangenheit, um keinen Schaden anzurichten. Wenn nicht, werden wir es merken.«

Cyrene fühlte Zorn in sich aufsteigen, als der Nubier so leichtfertig über die beiden Höllenmaschinen redete, aber im Grunde blieb ihnen gar keine Wahl. Die beiden Wasserstoff-Tritium-Bomben würden in genau achtundvierzig Stunden – die vierzehn Stunden, die seit ihrem Aufprall vergangen waren, schon abgerechnet – explodieren und alles Leben im Umkreis von zwanzig Meilen auslöschen. Aber mit etwas Glück würden sie nicht mehr als ein paar Dinosaurier erschrecken.

Er ging weiter, legte die Hand auf den verbogenen Türrahmen der Taucherkabine und sah hindurch. Seine Augen brauchten Sekunden, um sich nach der grellen Helligkeit hier draußen an das Dämmerlicht des Kabineninneren zu gewöhnen, aber auch dann sah er nichts außer Chaos und Trümmern und scharfkantigen Metallscherben. Selbst wenn sie ihren Chronoslipper noch gehabt hätten – sie hätten die Schäden niemals aus eigener Kraft beheben können.

DeKoba sah auf, als Cyrene die Kabine betrat. Er hatte konzentriert über einem kleinen, schwarzen Kasten mit einem halben Dutzend blinkender Lämpchen auf der Oberseite gearbeitet und wirkte erschöpft und müde. Seine Augen waren rotgerändert, und seine Finger zitterten; etwas, das Cyrene noch nie an ihm bemerkt hatte.

»Zenturio.«

Cyrene machte eine wegwerfende Handbewegung. »Vergiß den Zenturio, Juan. Mein Name ist Simon.«

Der dunkelhaarige Spanier nickte. Ein dünnes, müdes Lächeln huschte über sein Gesicht und verschwand wieder. »Gut, daß Sie so denken, Simon. Obute und ich haben bereits darüber gesprochen – es ist besser, wir reden uns nur mit unseren Namen an, bis wir genau wissen, wo wir sind.« Er stöhnte, stand schwankend auf und reckte sich ausgiebig. »Ich bin soweit.«

»Die Sprengung?«

DeKoba verneinte. »Die Bomben. Sie sind programmiert und feuerbereit.«

»Dann schieß sie ab«, sagte Cyrene.

DeKoba nickte, ging erneut in die Hocke und drückte einen Knopf auf seinem Kästchen. Die Lampen begannen für einen Moment wie wild zu flackern und erloschen dann.

Seltsam, dachte Cyrene, wie undramatisch es war. Außer ein paar bunten Lichtern hatte sich nichts gerührt, und doch waren die beiden Ständer in der versiegelten Kammer neben ihm jetzt leer, und irgendwann, vielleicht vor hundert, vielleicht vor zehntausend Jahren waren zwei Bomben explodiert und hatten ein Höllenfeuer vom Himmel regnen lassen, das der Mensch erst Generationen später entdecken sollte.

»Sie haben soeben das erste Zeitparadoxon miterlebt«, sagte DeKoba trocken. Plötzlich grinste er. »Aber wie es aussieht, leben wir noch, und draußen fliegen auch keine kleinen blauen Männer auf Drachen durch die Gegend. Ich bin froh, daß die Dinger weg sind«, fügte er ernst hinzu.

Cyrene nickte, lehnte sich gegen die metallene Wand und schloß die Augen. Sie hatten sie gewarnt, nichts zu verändern und den Taucher wenn möglich gar nicht zu verlassen, und schon nach wenigen Stunden hatten sie drastischer in die Geschichte eingegriffen, als sie es überhaupt tun zu können geglaubt hatten. Plötzlich hatte er das Gefühl, in der winzigen Kammer keine Luft mehr zu bekommen. Er stieß sich von der Wand ab, fuhr herum und stürmte ins Freie.

Die Hitze und die gleißende Helligkeit trafen ihn wie ein Hieb. Er taumelte, hob schützend die Hand vor die Augen und wartete geduldig, bis der Schwindelanfall vorüber war.

Er ging ein paar Schritte und hielt den Blick dabei gesenkt, aber allein die vom Boden reflektierte Helligkeit war so gewaltig, daß ihm nach wenigen Momenten die Augen tränten. Ein Gefühl trügerischer Wärme flutete über seinen Rücken, und die Haut in seinem Nacken fühlte sich rauh und fiebrig an, als er die Hand hob und darübertastete. Sonnenbrand, dachte er. Die Lichtintensität war in dieser Zeit um ein Vielfaches höher als bei ihnen zu Hause. Sie alle würden sich einen gewaltigen Sonnenbrand holen in den ersten Tagen.

Er blieb stehen und betrachtete Nogube eine Zeitlang, und wie stets, wenn er den riesigen Schwarzen sah, empfand er ein leises Neidgefühl. Nogubes mächtige Rückenmuskeln zeichneten sich deutlich unter dem hauteng anliegenden roten Uniformhemd ab, und die schräg einfallenden Sonnenstrahlen schienen sein schwarzes Kraushaar mit flüssigem Pech zu überschütten. Nogube war das Paradebeispiel für einen Bewohner der Kolonien, der in der Hierarchie der römischen Legionen Karriere gemacht hatte. Zwar war die Sklaverei im Römischen Reich schon vor achthundert Jahren abgeschafft worden, aber trotz allem hatten es Nichtrömer immer noch schwerer als Römer, Karriere zu machen. Nicht so Nogube. Er mochte verschlossen und etwas grobschlächtig wirken, aber hinter seinen dunklen Augen lauerte ein messerscharfer Geist, ein Verstand wie ein Computer, der schon so manchen verblüfft hatte. Er war seinen Rangabzeichen nach immer noch einfacher Legionär, doch er war es in einer Spezialeinheit, in die nur einer von hunderttausend Anwärtern aufgenommen wurde, und wenn es sein mußte, verfügte Nogube über genug Macht, selbst einen General vor sich im Staub kriechen zu lassen.

Die Elite, dachte Cyrene, aber er konnte nicht verhindern, daß sich ein deutlicher Unterton von Spott und Sarkasmus in die Worte mischte. Die Chronoforce. Dreißig Jahre Forschungsarbeit, dreihundert Millionen Sesterzen und eine zehnjährige Ausbildung, und all das war durch einen einzigen heimtückischen Torpedo zunichte gemacht worden. Sie hatten den Krieg beenden sollen – sie und die zwei Bomben, die nun vielleicht zwei kilometertiefe Trichter in irgendeinen vorsintflutlichen Wald gebrannt hatten. Es hatte alles so einfach geklungen: Drückt die richtigen Knöpfe und geht zurück ins zehnte Jahrhundert. Dann braucht ihr nur noch die beiden Bomben abzufeuern, den Rest übernimmt die Technik. Ein Sprung in die Vergangenheit, um einen Gegner zu töten, der in dieser Form zu dieser Zeit noch gar nicht existierte. Der Generator würde die tödlichen Geschosse in ein Stasisfeld hüllen, in dem sie zeitlos und unsichtbar den gleichen Weg, den sie in die Vergangenheit genommen hatten, wieder in umgekehrter Folge zurücklegen würden. Nach ihrer Rückkehr würden die Stasisfelder erlöschen, und Tula und Chichen Itza würden aufhören zu existieren. So einfach war das, zumindest in der Theorie. Der Kriegscomputer des Toltekenreiches und seine Hauptstadt in der gleichen Sekunde vernichtet, durch eine Waffe, die sich durch die Hintertür der Zeit unter die undurchdringlichen Energieschirme geschlichen hatte.

Nun dachte er sarkastisch, wie es aussah, würde sich der Heilige Römische Rat etwas Neues einfallen lassen müssen.

»Jetzt!« sagte DeKoba.

Cyrene schmiegte sich unwillkürlich dichter an den mächtigen Findling, hinter dem sie Schutz gesucht hatten. Für eine Sekunde geschah nichts. Dann zerriß ein gewaltiger blaugrüner Blitz das Grau der Dämmerung. Ein dumpfes, hallendes Dröhnen ließ den Boden erzittern, und über dem Felshang wölbte sich ein brodelnder Rauchpilz in die Luft.

Cyrene schloß die Augen und atmete tief und erzwungen ruhig ein. Der Donner der Explosion schien nicht aufzuhören. Der Boden unter ihren Füßen zitterte und bebte. Eine Druckwelle fegte heiß und wütend über ihre Deckung hinweg und überschüttete sie mit Glut und Sand. Cyrene blinzelte. Die Glut der Explosion war erloschen, und der Rauchpilz begann bereits zu verwehen. Er sah zum Himmel hinauf, dann auf die Armbanduhr und noch einmal zur Explosionsstelle. Sie hatten absichtlich bis zum Einbruch der Dämmerung gewartet, ehe sie das Wrack des Tauchers sprengten – während der Nacht hätte man den grellen Explosionsblitz meilenweit gesehen, und am Tage würde sie der schwarze, brodelnde Rauchpilz verraten. Jetzt, während der Dämmerung, würden die Bewohner der Stadt weit hinter ihnen nicht mehr als ein Wetterleuchten und ein leises Grollen wahrnehmen.

Cyrene blickte noch lange zur Absturzstelle des Zeittauchers hinüber, auch als der Rauchpilz längst auseinandergetrieben war. Jetzt, dachte er, waren sie wirklich gestrandet. Bisher hatten sie wenigstens noch das zertrümmerte Wrack ihres Flugzeugs gehabt, ein kleiner Teil jener Welt, aus der sie gekommen waren und die sie nie wiedersehen würden.

Aber sie hatten keine andere Wahl gehabt, als das Fahrzeug zu sprengen. Wenn irgend etwas von der technischen Ausrüstung des Gefährts den Menschen dieser Epoche in die Hände fiel, waren die Folgen nicht abzusehen. Auch die verschiedenen Ausrüstungsgegenstände, die sie noch bei sich trugen, würden zerstört werden müssen. Hätte er sich streng an die Regeln gehalten, hätten sie nichts, was auf ihre Herkunft hinwies, aus dem Wrack retten dürfen – nicht einmal ihre Kleider, ganz zu schweigen von der übrigen Ausrüstung, die DeKoba und Nogube in Rucksäcken auf dem Rücken trugen.

»Kommt«, sagte er. Seine Stimme klang rauh, aber er redete sich ein, daß der Staub, den die Explosion in die Luft geschleudert hatte, daran schuld war. Er stand auf, nahm seinen eigenen Rucksack vom Boden hoch und befestigte die Trageriemen vor der Brust. Nogube und DeKoba warteten schweigend, bis er fertig war. Dann marschierten sie los. Die Ebene war nicht so flach, wie es von oben den Anschein gehabt hatte. Es war keine Wüste, aber der Boden war knöcheltief mit Sand und Staub bedeckt, und die wenigen Pflanzen, auf die sie stießen, wirkten vertrocknet und krank.

Sie marschierten in gleichmäßigem Tempo nach Westen, der Stadt entgegen, die sie am vergangenen Abend entdeckt hatten. Die Sonne kroch rasch höher, und mit der Helligkeit stieg auch die Hitze. Schon bald waren sie in Schweiß gebadet, und der böige, trockene Wind, der ihnen in die Gesichter blies, dörrte ihre Kehlen noch mehr aus. Cyrene ertappte sich einmal dabei, wie seine Hand nach der Wasserflasche an seinem Gürtel tastete. Aber er beherrschte sich. Die Stadt war mindestens dreißig Meilen entfernt, und wenn die Hitze noch mehr anstieg, würde es bald unmöglich sein, weiterzugehen. Sie mußten sich ihren Wasservorrat gründlich einteilen.

Cyrene begann allmählich zu ahnen, wie groß die Probleme wirklich waren, die auf sie zukommen würden. Es war nicht einfach ein fremdes Land mit fremden Menschen und Gebräuchen, in das sie verschlagen worden waren, sondern eine vollkommene fremde Welt, die mit ihrer Heimat nichts gemein hatte. Alltäglichkeiten wie das Beschaffen von Wasser und Nahrung mochten zu unüberwindlichen Problemen werden, und sie hatten keine Ahnung, ob die Menschen in dieser Stadt dort vorn sie als Freunde willkommen heißen oder vorsichtshalber erst einmal umbringen würden, bevor sie sich den Kopf über die Herkunft der drei sonderbaren Fremden zerbrachen.

Sie waren etwa zwei Stunden gegangen, als Nogube plötzlich stehenblieb und den Feldstecher vom Gürtel löste. »Ich glaube, wir bekommen Besuch«, murmelte er. Er setzte das Glas an, drehte einen Moment an der Schärfeeinstellung und starrte dann konzentriert nach Westen.

Auch Cyrene blieb stehen und blinzelte aus zusammengekniffenen Augen über die Ebene. Er sah nicht mehr als ein paar verschwommene Punkte, die in der flimmernden Luft auf und ab zu tanzen schienen, aber vielleicht hatte Nogube bessere Augen als er.

Der Nubier stieß plötzlich ein erschrockenes Keuchen aus. »Aber das . . .« stammelte er. »Das ist doch . . .« Er schluckte, atmete hörbar ein und reichte das Glas an Cyrene weiter. »Sehen Sie selbst, Zenturio«, sagte er verwirrt.

Cyrene griff nach dem Feldstecher und suchte den Horizont ab. Es dauerte eine Weile, bis er die Gestalten durch das eingeengte Sichtfeld des Glases wiederfand, aber dann stand er genau wie Nogube sekundenlang starr vor ungläubigem Erstaunen da und versuchte vergeblich, einen klaren Gedanken zu fassen.

Es waren fünf Berittene, die sich ihnen in scharfem Tempo näherten: Männer auf braunen, struppigen Pferden mit rotgoldenen Röcken, bronzenen Brustpanzern und flachen schmucklosen Helmen.

»Römer!« keuchte er. »Das sind römische Legionäre.« Nogube nickte stumm. Auch er hatte die Uniformen erkannt, wenngleich sie nur vage an ihre eigenen, hauteng geschnittenen Kleider erinnerten. Die Männer dort vorn waren Römer – Mitglieder der gleichen Truppe, der auch sie angehörten. Aber die Uniformen, die sie trugen, waren schon vor anderthalb Jahrtausenden aus der Mode gekommen.

Cyrene benötigte endlose Sekunden, um die Bedeutung dessen, was er gesehen hatte, zu begreifen.

»Aber das ist unmöglich«, sagte er noch einmal. »So groß war die Reichweite des Generators . . .« Er brach ab, warf Nogube einen hilfesuchenden Blick zu und reichte das Glas an DeKoba weiter, der mit verwirrtem Gesichtsausdruck zwischen ihnen stand und offenbar vergeblich versuchte, ihren Gedankengängen zu folgen.

»Zweites Jahrhundert«, murmelte Nogube. »Allerhöchstens. Wir sind mindestens dreizehnhundert Jahre weit in der Vergangenheit.«

DeKoba ließ verblüfft das Fernglas sinken. »Die Explosion«, murmelte er. »Der Generator muß seine gesamte Energie schlagartig freigesetzt haben, als es uns erwischt hat. Deswegen ist von dem ganzen Kram auch nichts übriggeblieben.«

Cyrene starrte den Legionär fassungslos an. Er begriff nicht, wie DeKoba so ruhig über technische Details reden konnte, nicht in diesem Moment. Aber vielleicht war dies seine Art, mit der Situation fertig zu werden.

»Dreizehnhundert Jahre . . .« murmelte er noch einmal, als würde das bloße Wiederholen der Zahl helfen, die unglaubliche Wahrheit zu akzeptieren. Im Sommer des Jahres 1504 nach Christus waren sie gestartet – und die Männer dort vorn trugen Uniformen, die gegen Ende des zweiten Jahrhunderts aus der Mode gekommen waren.

»Mindestens«, murmelte DeKoba. »Es können auch mehr sein. Drei-oder vierhundert Jahre. Aber ich glaube, das bleibt sich gleich.«

»Wir werden es herausfinden«, sagte Nogube. »Zerbrecht euch lieber den Kopf darüber, wie wir uns verhalten. Die da vorn suchen uns.«

Cyrene nickte widerstrebend. Nogube hatte recht, natürlich. Die Männer mußten die Explosion bemerkt haben, und nun kamen sie her, um nachzuschauen, was passiert war.

»Seid vor allem vorsichtig«, sagte er. »Die Jungs waren damals schnell mit dem Schwert bei der Hand. Überlaßt das Reden mir.« Er löste seinen Rucksack, stellte ihn neben sich in den Sand und blickte den näher kommenden Reitern gespannt entgegen. Er erkannte sie jetzt deutlicher. Es waren fünf Legionäre, die von einem Zenturio angeführt wurden.

Sie sprengten in scharfem Tempo heran und zügelten ihre Tiere erst im letzten Augenblick. DeKoba zuckte zusammen und griff an den Gürtel. Cyrene legte rasch die Hand auf den

Arm und schüttelte den Kopf. »Nicht«, flüsterte er. »Mach keine Dummheiten.«

DeKoba entspannte sich, aber Cyrene konnte direkt fühlen, wie nervös sein Gefährte war. Er empfand die gleiche Furcht und Unruhe. Das Römische Imperium war auf Terror und Gewalt gegründet worden. In der Zeit, in die es sie verschlagen hatte, zählte ein Menschenleben nicht viel.

Die Reiter verhielten ihre Tiere wenige Schritte vor ihnen und bildeten einen weit auseinandergezogenen Kordon. Es waren kräftige, braungebrannte Männer in zerschlissenen Uniformen, und der Ausdruck auf ihren Gesichtern verhieß nichts Gutes.

Ihr Anführer schwang sich mit einer entschlossenen Bewegung aus dem Sattel, trat auf Cyrene zu und sagte ein paar Worte in einem holperigen, rauh klingenden Dialekt, der vage an das Italienisch erinnerte, das zu Cyrenes Zeit gesprochen wurde.

»Den Übersetzer«, flüsterte Cyrene.

Nogube nickte, hob langsam die Hand an den Gürtel und drückte einen Knopf auf dem kleinen, rechteckigen Gerät an seiner Seite. Ein leises, metallisches Knacken ertönte. Der Zenturio fuhr herum, musterte Nogube mißtrauisch und wandte sich dann wieder an Cyrene.

»Wer seid Ihr?« fragte er rüde. Diesmal verstanden sie seine Worte ohne Schwierigkeiten. »Wo kommt Ihr her?«

»Mein Name«, antwortete Cyrene, »ist Cyrene. Simon Cyrene. Dies«, er deutete mit der Hand nacheinander auf seine Gefährten, »sind meine Kameraden Nogube und DeKoba. Wir . . . wir haben uns verirrt und wissen nicht, wo wir sind. Wie heißt die Stadt dort vorn, Zenturio?«

Der Römer trat zurück, stemmte die Fäuste in die Hüften und betrachtete sie der Reihe nach, ohne auf Cyrenes Frage zu antworten. »Ihr tragt seltsame Kleider, Simon Cyrene«, sagte er. »Kleider, wie ich sie noch nie gesehen habe. Woher kommt Ihr, habt Ihr gesagt?«

Cyrene lächelte. »Ich sagte es noch gar nicht, Zenturio.

Meine Freunde und ich haben eine Reise ins Land der Nabatäer unternommen, doch verloren wir auf dem Rückweg unsere Pferde und den Großteil unserer Ausrüstung, und ...«

»Schweigt«, unterbrach ihn der Römer.

Cyrene brach verwirrt ab. Plötzlich hatte er das Gefühl, einen schrecklichen Fehler begangen zu haben.

»Simon Cyrene«, fuhr der Zenturio fort, nachdem er ihn eine Zeitlang ernst und durchdringend angesehen hatte. »Ihr seid ein Lügner. Ich will Euch sagen, wofür ich euch halte, Euch und Eure beiden seltsamen Begleiter. Ich glaube, Ihr seid Spione, Spitzel, die unsere Stellungen und die Zahl unserer Truppen auskundschaften sollen und glauben, uns mit ein paar bunten Kleidern und ein wenig Zauberwerk täuschen zu können.« Er lachte leise und humorlos, ging zu seinem Pferd zurück und legte die Hand auf den Sattelknauf. »Betrachtet Euch als unsere Gefangenen, bis wir die Stadt erreichen. Präfekt Pilatus wird über Euer weiteres Schicksal entscheiden.« Er schwang sich in den Sattel und griff nach den Zügeln. »Könnt Ihr gehen, oder wollt Ihr Euch ein Pferd teilen?« fragte er.

Cyrene überging die Frage. »Wie ...« fragte er stockend, »war der Name des Präfekten Eurer Stadt? Pilatus, Pontius ... Pilatus?«

Auf den Zügen des Zenturio erschien ein mißtrauischer Ausdruck. »Ihr kennt ihn?« fragte er.

»Ich ...« Cyrene stockte, suchte einen Moment krampfhaft nach Worten und nickte dann hastig. »Ich kenne ihn«, sagte er. »Aber er kennt mich nicht.«

»So geht es vielen«, erwiderte der Zenturio grob. »Und nun kommt. Wir haben noch einen weiten Weg vor uns.« Er gab einem seiner Legionäre einen Wink. Der Mann stieg aus dem Sattel und kletterte hinter einem seiner Kameraden auf den Pferderücken.

»Ihr und Euer Freund«, fuhr der Zenturio sanfter gestimmt fort, »könnt reiten. Der Sklave mag zu Fuß gehen.«

Nogubes Augen blitzten zornig auf. »Ich bin kein Sklave, Römer«, sagte er gepreßt. »Merkt Euch das.«

Cyrene warf ihm einen raschen, warnenden Blick zu. »Das . . . das stimmt, Zenturio«, sagte er hastig. »Nogube ist unser Freund.«

»Freund?« Der Zenturio lachte leise und wurde übergangslos wieder ernst. »Er ist ein Nubier, oder? Und alle Nubier sind Sklaven.«

»Nogube nicht. Er . . . er hat sich im Kampf bewährt und vielen braven Männern das Leben gerettet, so daß ihm die Freiheit geschenkt wurde.«

Die Hand des römischen Soldaten glitt zum Sattel und löste die zusammengerollte Peitsche vom Knauf. »Euer Freund?« sagte er spöttisch. »Für mich ist er ein Sklave. Ein aufsässiger Sklave. Und aufsässigen Sklaven muß man Betragen beibringen.« Er zwang sein Pferd mit hartem Schenkeldruck herum, schwang seine Peitsche und drang mit einem gellenden Schrei auf Nogube ein.

Cyrene sah, was weiter geschah, aber sein Versuch, das Schlimmste zu verhindern, kam zu spät. Nogube duckte sich unter der niedersausenden Peitsche weg, fiel auf ein Knie herunter und zerrte die Laserwaffe aus dem Gürtel.

»Nein!« brüllte Cyrene. »Nicht! Tu es nicht!«

Doch wenn Nogube seine Worte überhaupt hörte, so reagierte er nicht darauf. Der nadeldünne Lichtblitz durchschlug den bronzenen Brustschild des Römers und explodierte in seinem Körper, ehe er überhaupt begriff, was mit ihm geschah. Er schrie nicht einmal, sondern kippte nur stumm aus dem Sattel und schlug mit dumpfem Geräusch auf dem harten Boden auf.

Für eine endlose bange Sekunde waren die Legionäre starr vor Schreck. In der hitzeflirrenden Luft war der Laserblitz so gut wie unsichtbar. Für sie mußte es ausgesehen haben, als hätte der hünenhafte Nubier ihren Kommandanten durch eine Handbewegung getötet.

Aber die Schrecksekunde hielt nicht lange an. Die Männer

waren harte, kampferprobte Soldaten, und nach dem erstem Moment ungläubigen Erschreckens gewann ihre anerzogene Disziplin die Oberhand. Ein gellender, vielstimmiger Schrei zerriß die Stille, als die vier überlebenden Legionäre gleichzeitig angriffen.

Cyrene ließ sich verzweifelt zur Seite fallen, als einer der Männer direkt auf ihn zugaloppiert kam, das messerscharf geschliffene Breitschwert zum tödlichen Schlag erhoben. Der Hieb verfehlte ihn nur um Zentimeter; dicht genug, daß er das häßliche Zischen hören konnte, mit dem die Klinge durch die Luft schnitt. Er fiel, rollte sich ab und riß noch im Aufspringen seine Waffe aus dem Gürtel.

»Zenturio! Hinter Ihnen!«

Cyrene wirbelte herum, als er den Warnschrei hörte, aber seine instinktive Abwehrbewegung kam zu spät. Ein verzerrter schwarzer Schatten wuchs über ihm empor, dann biß ein grausamer Schmerz in seine Schulter und ließ ihn schreiend zusammenbrechen. Er schoß, rollte zur Seite und feuerte noch einmal. Der Legionär erstarrte. Seine Waffe polterte zu Boden. Blut, dunkelrotes, schäumiges Blut schoß ihm aus Mund, Nase, Ohren und Augen, als sein Körper von der ungeheuren Gewalt des Laserblitzes zerkocht wurde.

Cyrene wälzte sich auf den Bauch, verbarg das Gesicht zwischen den Händen und erbrach sich würgend. Der Schmerz in seiner Schulter steigerte sich ins Unerträgliche, und in seinen Ohren war plötzlich ein dumpfes, rauschendes Pochen, das alle anderen Laute verschlang.

Sekundenlang blieb er reglos liegen und kämpfte gegen die Schmerzen und die in würgenden Schüben heranwogende Übelkeit an. Eine warme, klebrige Flüssigkeit lief an seinem Arm herunter. Er versuchte die linke Hand zu bewegen, aber es ging nicht. Stöhnend wälzte er sich auf die unverletzte rechte Seite, öffnete die Augen und versuchte aufzustehen.

Die Legionäre waren tot. Cyrene starrte schaudernd auf die verkrümmten, schwelenden Leichname der fünf Männer. Seine Glieder begannen haltlos zu zittern. Vor weniger als einer Minute hatten diese fünf Menschen noch gelebt; fünf verschiedene Schicksale, fünf Leben waren ausgelöscht.

Es war das erste Mal, daß er dem Tod so unmittelbar gegenüberstand. Er war Soldat und dazu ausgebildet zu töten, aber trotzdem hatte er bisher nicht gewußt, was das wirklich war – einen Menschen zu ermorden.

Nogube kniete neben ihm nieder, betrachtete seinen verletzten Arm und verzog das Gesicht. »Das sieht übel aus«, murmelte er. Er überlegte einen Moment, bückte sich nach Cyrenes Rucksack und kramte den Medopack hervor. »Halten Sie den Arm ruhig, Zenturio«, sagte er. »Ich mache Ihnen eine Injektion. Die Schmerzen lassen gleich nach.« Er nahm eine Wegwerfspritze zur Hand, schob den blutdurchtränkten Ärmel von Cyrenes Uniformhemd so behutsam wie möglich hoch und setzte die Nadel auf die Vene. Es zischte leise, und ein Gefühl intensiver Hitze durchströmte Cyrenes Arm. Die Schmerzen verschwanden sofort.

Nogube warf die Spritze achtlos neben sich in den Sand, zog sein Messer und begann den Ärmel der Länge nach aufzutrennen.

»Sieht aus, als hätten Sie noch einmal Glück gehabt, Zenturio«, sagte er. »Der Knochen ist nicht verletzt.«

»Warum ... hast du das getan, Nogube?« fragte Cyrene mühsam. »Warum?«

»Weil es sein mußte«, erwiderte Nogube, ohne ihn anzusehen. Er tastete mit spitzen Fingern über die Wunde, öffnete den Medopack und nahm eine kleine, rot beschriftete Sprühflasche hervor. »Halten Sie den Arm still.«

»Warum?« sagte Cyrene noch einmal. »Sie ... sie haben uns nichts getan.«

Nogube lachte hart und sprühte einen Schnellverband über den Schnitt. Ein scharfer, aseptischer Geruch stieg in Cyrenes Nase. »Nichts getan?« fragte er spöttisch. »Sie haben uns gefangengenommen, Zenturio.«

»Aber ... das ... das ist kein Grund gewesen, sie umzubringen, Nogube«, sagte Cyrene hilfos. »Es ... es waren

Menschen!« Nogube seufzte. Er legte die Sprühflasche zurück, bog Cyrenes Arm zur Seite und begann mit geschickten Fingern einen Schnellplast-Verband anzulegen.

»Nogube, du ...«

»Lassen Sie ihn, Simon«, sagte DeKoba sanft. »Er hat recht. Wir mußten sie töten.«

Cyrene sah auf. Seine Augen brannten, und DeKobas Gesicht schien plötzlich vor ihm zu verschwimmen. »Du ... du auch?« flüsterte er. »Begreifst du denn nicht, was wir getan haben?«

DeKoba nickte ernst. »Doch, Simon. Aber wir sind Soldaten, vergessen Sie das nicht. Wir befinden uns im Krieg.«

»Aber das stimmt nicht!« schrie Cyrene plötzlich. »Diese Männer ...«

»Waren römische Legionäre«, fiel ihm Nogube hart ins Wort. »Und sie wollten uns gefangennehmen. Was glauben Sie, wie lange wir noch leben würden, wenn wir als Gefangene vor dem Präfekten erscheinen würden? Sie scheinen zu vergessen, in welcher Zeit wir uns befinden, Zenturio. Wir sind Fremde! Männer, die aus dem Nirgendwo kommen, seltsame Kleider tragen und die Sprache nicht beherrschen. Wir würden alle drei in der Arena enden, wenn man uns mit dieser Geschichte vor den Präfekten führen würde.«

»Und deswegen mußtest du sie ermorden?«

Nogube seufzte. »Uns blieb keine Wahl, Zenturio«, sagte er noch einmal. »Betrachten Sie diese Männer als Gefallene in einem Krieg. Es war kein ... Mord.« Er lächelte, stand auf und half Cyrene ebenfalls auf die Füße. »Wenn Sie den Arm nicht zu heftig bewegen, ist die Wunde in zehn Stunden verheilt«, sagte er.

»Und ... die Regel?« fragte Cyrene schwach. »Wir dürfen uns nicht einmischen.«

Nogube machte eine wegwerfende Handbewegung. »Unsinn«, sagte er überzeugt. »Ich habe lange darüber nachgedacht, Zenturio, seit dem Moment, in dem wir gestrandet sind. Ich glaube nicht, daß es so etwas wie ein

Zeitparadoxon überhaupt geben kann. Ich weiß, was sie uns erzählt haben, aber das ist doch alles nichts als Theorie, die bisher nicht bewiesen wurde und auch niemals bewiesen wird. Sie haben uns immer wieder eingehämmert, daß wir unter keinen Umständen einen Menschen töten dürfen, ganz egal, was geschieht. Ich halte das für ausgemachten Unsinn. Meiner Meinung nach können wir den Verlauf der Geschichte gar nicht ändern, selbst wenn wir es wollten.«

Cyrene wollte widersprechen, aber ein Blick in DeKobas Gesicht ließ ihn verstummen. »Er hat recht, Simon«, sagte er ruhig. »Wir haben heute nacht darüber gesprochen.«

»Ihr scheint oft miteinander zu reden, während ich schlafe«, sagte Cyrene spitz. DeKoba überging den Einwurf. »Die Bomben«, sagte er. »Sie vergessen die Bomben.«

»Ich . . . verstehe nicht.«

DeKoba lächelte milde. »Es ist auch schwer zu verstehen, aber wir glauben, daß alles, was wir tun, genauso getan werden muß. Wir haben mit unseren beiden Bomben die Weltgeschichte nicht verändert, sondern erst geschaffen.«

»Du bist verrückt! Vielleicht hättest du auch die Güte, mir zu erklären, wann es in vorgeschichtlicher Zeit zu einer Nuklearexplosion gekommen ist.«

»Sodom«, sagte DeKoba ruhig. »Sodom und Gomorrha.«

Cyrene schwieg verwirrt.

»Und diese fünf Legionäre«, fuhr DeKoba ruhig fort, »mußten sterben. Sie brachen zu einer Patrouille auf und kehrten niemals zurück. So etwas kam damals oft vor. Ich glaube nicht, daß wir die Geschichte verändert und vielleicht den Ururururgroßvater von Leonardo da Vinci erschossen haben.«

»Wie bequem«, antwortete Cyrene bitter. »Dann könnt ihr ja getrost weiter herumlaufen und Leute über den Haufen schießen. Es muß ja wohl alles so sein, oder?«

DeKoba schüttelte sanft den Kopf. »Bitte, Simon«, sagte er ruhig. »Ich verstehe Ihre Gefühle, aber Sie quälen sich nur selbst. Wir müssen jetzt einen klaren Kopf behalten, das ist die Hauptsache.«

»Vor allem«, fiel Nogube ein, »müssen wir den genauen Zeitpunkt bestimmen. Zumindest wissen wir es jetzt etwas genauer. Wenn der Mann, der über diesen Landstrich herrscht, wirklich Pontius Pilatus ist, dann ist das da vorn ...« Er deutete mit einer Kopfbewegung auf den verschwommenen sandbraunen Fleck am Horizont. »... Jerusalem. Das Jerusalem vor der Revolution, Zenturio.« Er stockte, schwieg und fuhr in verändertem Tonfall fort. »Vielleicht«, sagte er, »war unser Absturz keine Katastrophe, sondern ein Geschenk, Zenturio. Uns wird etwas zuteil werden, von dem Millionen Menschen nur träumen konnten. Wir werden den Herrn sehen.«

Aus der Ferne hatte die Stadt klein ausgesehen, doch jetzt, von den Hügeln wenige hundert Meter vor dem Stadttor betrachtet, wirkte sie gewaltig. Ein dumpfes Summen und Raunen wehte über die Mauerkrone zu ihnen herüber, und durch die weitgeöffneten Tore konnten sie einen Blick in die engen, verwinkelten Gassen tun.

»Also gut«, murmelte Cyrene. »Gehen wir.« Er kroch rückwärts den grasbewachsenen Hang hinunter, richtete sich auf und warf einen letzten bedauernden Blick auf die Pferde. Sie hatten Sattelzeug und Geschirr bei den Toten gelassen, aber sie konnten es trotzdem nicht riskieren, auf den Tieren in die Stadt einzureiten. Die Gefahr, daß irgendein Römer die Pferde seiner vermißten Kameraden wiedererkannte, war zu groß. Sicher würde man die Tiere schon bald hier in den Hügeln finden, aber bei dem ständigen Strom von Menschen, der durch das Stadttor hinein- und herausflutete, war es unwahrscheinlich, daß man den Fund mit den drei Fremdlingen in Zusammenhang brachte.

Cyrene dachte mit einem fast wehmütigen Gefühl an ihre Rucksäcke mit dem Großteil ihrer Ausrüstung, die sie unweit von hier im lockeren Boden vergraben hatten. Die Dinge, die sie aus dem Taucher gerettet hatten, hätten ihnen von großem Nutzen sein können, aber ihre Erscheinung war auch so schon auffällig genug, ohne daß sie eine große Zahl fremdartiger Dinge und Zaubergeräte mit sich herumschleppten. Er griff unter sein Hemd und befühlte die wenigen Gegenstände, die er an seinem Körper verborgen hatte – den Übersetzer, den winzigen Materietransformer, den Laser . . . wenig genug, um in einer vollkommen fremden feindlichen Welt überleben zu können. Und trotzdem vielleicht schon zuviel. Sie würden sich auch von diesen Geräten trennen müssen, sobald sie die Sprache gelernt und einen Platz in der Gesellschaft gefunden hatten.

»Sind Sie sicher, daß es klug ist, dort hineinzugehen, Zenturio?« fragte Nogube.

Cyrene seufzte. »Wenn du eine bessere Idee hast, laß sie mich hören. Und hör endlich damit auf, mich Zenturio zu nennen«, fügte er etwas schärfer hinzu. »So, wie wir aussehen, nimmt uns nicht einmal ein Blinder die Rolle römischer Legionäre ab. Mein Name ist Simon, und du bist mein Leibsklave; jedenfalls für die Zeit, die wir in der Stadt sind.«

Nogube grinste. »Jawohl, Herr. Bitte nicht schlagen, Herr. Armer dummer schwarzer Mann hat vergessen.«

Cyrene grinste zurück und ging langsam in Richtung des Stadttores los. Eines der Pferde schnaubte kläglich und versuchte ihnen zu folgen. Nogube scheuchte es mit einer Handbewegung zurück.

Sie würden sich Pferde besorgen müssen, dachte Cyrene, oder Kamele. Benutzten Reisende zu dieser Zeit eher Pferde oder Kamele? Verdammt – sie befanden sich unmittelbar an der Wiege des Christlich-Römischen Imperiums, und sie hatten nicht die geringste Ahnung, auf welche Art sich einfache Reisende fortbewegten. Es gab noch viel zu lernen.

Sie näherten sich dem Stadttor und reihten sich in den Menschenstrom ein, der sich auf dem schmalen, ausgetretenen Pfad am Fuße der Mauer vorwärts schob. Die große Anzahl der Menschen irritierte Cyrene. Sicher – Jerusalem war eine wichtige und große Stadt gewesen für seine Zeit, aber die Masse der herbeiströmenden Menschen war trotzdem gewaltig. Vielleicht stand ein Fest bevor oder ein Markttag.

Der Menschenstrom kam nur langsam voran, und sie brauchten fast eine halbe Stunde, um das gewaltige steinerne Tor zu erreichen. Posten in den roten Halbröcken römischer Legionäre standen beiderseits der titanischen Stützpfeiler und schienen jeden einzelnen Neuankömmling genauestens zu überprüfen. Cyrene verspürte plötzlich ein starkes Gefühl der Beunruhigung, aber es war bereits zu spät, um umzukehren. Wären sie aus der Reihe ausgeschert und davongegangen, hätten sie sich nur verdächtig gemacht.

Er warf Nogube und DeKoba einen warnenden Blick zu und versuchte möglichst gelassen dreinzuschauen, als die Reihe an sie kam.

»Wer seid Ihr, Fremde?« fragte der Posten. Seine Stimme klang monoton, und auf seinem Gesicht lag ein gelangweilter Ausdruck. Wahrscheinlich hatte er den Spruch heute schon ein paar hundertmal heruntergeleiert.

»Meine Name ist Simon Cyrene«, erwiderte Cyrene. »Und dies ist mein Freund DeKoba. Der Nubier ist unser Sklave.«

Der Legionär verriet ein gewisses Interesse, als sein Blick über die hünenhafte Statur des Schwarzen glitt.

»Simon Cyrene«, murmelte er. »Und was wollt Ihr?«

»Wir sind Reisende aus dem Land der Nabatäer«, erwiderte Cyrene. »Und wir sind müde und suchen ein Quartier für eine Nacht.«

Der Posten runzelte die Stirn. »Nabatäer?« murmelte er. »Wo soll dieses Land liegen? Ich habe nie davon gehört.«

Cyrene machte eine vage Geste in östliche Richtung. »Es ist weit, Soldat. Wir waren lange unterwegs, zu lange, fürchte ich. Mein Freund und ich sind müde.«

Der Legionär musterte Cyrene und seine beiden Begleiter scharf, schien sich aber dann mit der Erklärung zufriedenzugeben. »Wenn Ihr ein Quartier sucht«, murmelte er, »seid Ihr zur falschen Zeit nach Jerusalem gekommen. Alle Gasthäuser sind belegt. Das heißt ...« Er überlegte einen Moment und taxierte Cyrene abschätzend, »ein Vetter von mir betreibt ein Gasthaus im Norden der Stadt. Wenn Ihr ihm ausrichtet, daß Marcus Victimus Euch schickt, wird er sicher noch eine Kammer für Euch und Euren Sklaven finden.«

Cyrene unterdrückte ein Lächeln. »Ich danke Euch, Legionär. Wenn Ihr mir nur sagt, wo wir dieses Gasthaus finden ...«

Der Legionär grinste und verschränkte die Arme vor der Brust. »Jerusalem ist groß, Simon aus dem Nabatäerland«, sagte er. »Ich glaube nicht, daß Ihr das Haus findet.«

Cyrene seufzte. Er überlegte einen Moment, griff dann unter sein Hemd und kramte einen Dime aus der Tasche. Natürlich war die Münze zu dieser Zeit vollkommen wertlos.

Aber sie war schwer, sah aus wie Gold und wirkte fremdartig genug, um den Mann zu täuschen.

»Leider«, sagte er, »sind wir nicht mit Geld Eurer Währung ausgestattet, so daß ich Euch Eure Zuvorkommenheit danken könnte. Doch vielleicht können wir ein Tauschgeschäft machen.«

Der Legionär griff nach der Münze, drehte sie ratlos in den Händen und betrachtete die fremdartigen Schriftzeichen auf Vorder- und Rückseite.

»Es ist Gold«, sagte Cyrene.

»Gold?« Der Mann überlegte einen Moment und schloß dann die Hand um die Münze. »Ich gebe Euch einen Silberling dafür«, sagte er mit listigem Grinsen.

»Sie ist das Zehnfache wert«, widersprach Cyrene.

»Das mag sein – für Euch. Für mich ist sie wertlos. Ich kann nichts dafür kaufen, und ich werde wohl nie in Eure Heimat kommen, um sie eintauschen zu können. Aber sie gefällt mir. Ich kann ein Schmuckstück für meine Frau daraus machen. Ich gebe Euch einen Silberling. Ihr macht ein gutes Geschäft.«

»Geben Sie sie ihm, Simon«, seufzte DeKoba, »bevor die Preise noch weiter fallen.«

Cyrene machte ein Gesicht, als hätte er soeben das schlechteste Geschäft seines Lebens abgeschlossen, und griff mit einem entsagungsvollen Seufzer nach dem Silberling, den ihm der Legionär hinhielt.

»Fragt nach Thassos, dem Griechen«, sagte der Mann. »Und vergeßt nicht zu sagen, daß ich Euch geschickt habe. Vielleicht läßt er Euch ein wenig im Preis nach.«

Cyrene nickte und ging rasch an dem Mann vorbei. »Wenn er das mit jedem so macht«, knurrte er, als sie außer Hörweite waren, »müßte er eigentlich in ein paar Wochen Millionär sein.«

»Wieso?« gab DeKoba gleichmütig zurück. »Die Münze, die Sie ihm gegeben haben, war doch vollkommen wertlos.«

»Das weiß er doch nicht, oder? Wo, hat er gesagt, lebt dieser Thassos? Im Norden der Stadt?«

DeKoba nickte. »Ja. Aber ich bin dafür, daß wir uns erst einmal umsehen. Außerdem brauchen wir ein verschwiegenes Plätzchen, um uns Geld zu beschaffen.« Er deutete mit einer Kopfbewegung auf eine schmale, schattige Seitenstraße, die vom Hauptweg abzweigte. »Was halten Sie davon?«

»Warum nicht?« Cyrene wich mit ein paar schnellen Schritten in die Gasse zurück, sah sich hastig um und zog den kleinen Materietransformator unter dem Hemd hervor. »Gebt mir Deckung«, murmelte er.

Es war Abend, als sie das Gasthaus des Griechen erreichten. Wer die drei Männer bei Betreten der Stadt gesehen hatte, hätte sie nun kaum wiedererkannt. Cyrene hatte mit Hilfe des Materiewandlers Geld hergestellt, und sie hatten sich in einem der unzähligen kleinen Läden, die die Straßen des Händlerviertels säumten, Kleider verschafft, in denen sie nicht auf den ersten Blick als Fremde erkennbar waren: knöchellange, hellbraune Burnusse aus grobem Stoff, dazu Sandalen, die eigentlich nur aus einer Sohle und langen ledernen Riemen bestanden, und sackähnliche, bestickte Umhängetaschen, in denen sie ihre wenigen Habseligkeiten transportierten. Nogube hätte gern noch ein paar Waffen erworben, aber Cyrene war dagegen. Jerusalem stand unter dem Regime der römischen Besatzungstruppen. Niemand, mit Ausnahme der Legionäre, trug in der Öffentlichkeit Waffen, und wenn sie auch nach außen hin als Reisende aus einem fremden Land auftraten und der römischen Gerichtsbarkeit nicht unterstanden, so wollte er doch alles vermeiden, was die Aufmerksamkeit der Herren Jerusalems auf sie lenken würde. Und zur Not hatten sie immer noch ihre Laser; Waffen, die durchaus in der Lage waren, die gesamte Besatzungsmacht in Schach zu halten.

Thassos nahm sie freundlich auf, als sie den Namen des Legionärs nannten und ein paar Münzen auf den Tisch des Hauses legten. Sein Lokal war alles andere als komfortabel – ein finsteres, fensterloses Loch mit ein paar roh zusammengezimmerten Tischen und Stühlen und ein paar Säcken voll Stroh, die den Gästen als Schlafplätze dienten. Ein unbeschreiblicher Gestank hing in der Luft, eine Mischung aus Alkoholdunst, Schweiß, kaltem Rauch und Essensgeruch. Aber sie hatten wenigstens ein Dach über dem Kopf, und für eine weitere Münze bereitete Thassos ihnen ein sättigendes Mahl.

Sie aßen schweigend. Nogube hockte, wie es seiner Rolle als Sklave zukam, in einer Ecke und löffelte mit finsterem Gesicht den geschmacklosen Brei in sich hinein, den Thassos ihm gegeben hatte. Cyrene konnte sich lebhaft vorstellen, was hinter der Stirn des Schwarzen vorging. Aber er würde die Rolle des Sklaven nicht lange spielen müssen. Cyrene hatte nicht vor, länger als ein paar Tage in der Stadt zu bleiben; gerade lange genug, um ein paar Informationen zu bekommen, die sie dringend benötigten. Die Zeit – die genaue Zeit –, die Machtverhältnisse im Lande, ein paar Daten über politische Entwicklungen ... Spätestens in drei, vier Tagen würden sie Jerusalem wieder verlassen und sich irgendwo in einer abgelegenen Gegend niederlassen. Der Materiewandler würde sie mit genug Geld versorgen, um in

Ruhe leben zu können, und ihr Wissen über die geschichtliche Entwicklung würde sie vor Kriegen und Naturkatastrophen schützen.

Cyrene schrak aus seinen Gedanken hoch, als Thassos mit einem hölzernen Tablett vor ihrem Tisch erschien und einen Krug mit Wein und zwei leere Becher vor ihnen absetzte. »Wohl bekomm's, die Herren«, sagte er.

Cyrene griff nach dem Krug, schenkte sich ein und bedeutete Thassos, noch zu bleiben. »Sagt, Wirt«, begann er, »wir sind fremd in diesem Teil des Landes, aber gestattet trotzdem die Frage ... Ist es in dieser Stadt immer so überfüllt?«

Thassos schüttelte den Kopf, stellte das Tablett ab und rieb sich die Hände an seiner ledernen Schürze. »Nein«, antwortete er. »Und das ist auch gut so. Die Fremden sind zwar gut fürs Geschäft, aber man bekommt als ehrlicher Mann kein Auge mehr zu. Überall Lärm und Aufregung, und die Straßen wimmeln von Bettlern und Dieben und allem möglichen Gesindel. Ich bin froh, wenn es vorbei ist.«

»Wenn was vorbei ist?« fragte DeKoba, ohne von seinem Essen aufzusehen.

»Der Markttag«, antwortete Thassos. »Die Leute strömen von überall her. Und viele kommen natürlich, um diesen verrückten Propheten zu sehen.«

DeKoba sah auf. Sein Gesicht zuckte, und der hölzerne Löffel in seiner Hand begann plötzlich zu zittern. »Welcher ... welcher Prophet?« fragte er mit mühsam beherrschter Stimme.

»Dieser verrückte Nazarener«, antwortete Thassos mit einem leisen, gekünstelten Lachen. »Dieser Jesus.«

»Jesus?« wiederholte Cyrene. »Jesus von Nazareth? Er ist hier? Hier in der Stadt?«

Thassos nickte. »Seit ein paar Tagen. Ihr kennt ihn?«

»Wir ... haben von ihm gehört«, antwortete DeKoba hastig. »Wir dachten nur nicht, ihn ausgerechnet hier zu treffen.«

Thassos machte eine wegwerfende Handbewegung und

verzog das Gesicht. »Haltet Euch fern von ihm, wenn Ihr einen guten Rat annehmen wollt«, sagte er. »Die Leute strömen zwar von weit her, um ihn zu sehen, aber es wäre trotzdem besser, ihn zu meiden. Ich glaube nicht, daß die römischen Herren sein Tun noch lange dulden werden. Was er treibt, ist Aufruhr.« Der Grieche lachte, kratzte sich nervös am Kinn und stützte sich mit den Händen auf der Tischkante auf. »Gestern war er im Tempel und hat die Händler und Geldwechsler hinausgeworfen, sagt man. Ich war nicht dabei, aber nach allem, was ich gehört habe, muß er sich wie ein Wilder aufgeführt haben. Er soll geschrien haben: Mein Haus soll Haus des Gebetes heißen, aber ihr macht eine Räuberhöhle daraus!«

»Das ... das finde ich eigentlich nur natürlich«, sagte DeKoba unsicher. »Dort, wo wir herkommen, ist ein Tempel ein Tempel und ein Marktplatz ein Marktplatz.«

»Möglich. Doch wir sind hier in Jerusalem. Das Sagen haben die Herren aus Rom, auch wenn vielen von uns dies nicht behagt. Und die Hohepriester stehen sich gut mit den Rotröcken. Man erzählt sich, dieser Nazarener hätte auch sie beschimpft. Wenn das stimmt, werden sie diese Beleidigung nicht auf sich sitzen lassen. Ich kenne die Menschen hier, und ich kenne die Römer. Wenn dieser Jesus so weitermacht, wird er noch vor dem Osterfest am Kreuz hängen.« Er nickte, wandte sich um und ging mit kleinen, trippelnden Schritten davon.

DeKoba unterdrückte ein Grinsen. »Er würde sich wundern, wenn er wüßte, wer noch vor dem Osterfest am Kreuz hängt«, murmelte er.

Cyrene warf ihm einen warnenden Blick zu. »Still!« zischte er. »Es sind zu viele Ohren hier, die mithören.«

DeKoba zuckte mit den Achseln, griff unter seinen Burnus und schaltete den Übersetzer aus. Das Stimmengewirr im Raum verwandelte sich übergangslos in ein Konglomerat unverständlicher Laute. »Wir müssen verschwinden«, fuhr er fort, »das ist Ihnen doch klar, oder?«

Cyrene antwortete nicht gleich. Thassos' Worte hatten ihn stärker berührt, als er zugeben wollte. Er schob seine Schale von sich, trank einen Schluck Wein und winkte Nogube an den Tisch. Der Nubier erhob sich umständlich und kam in unterwürfiger Haltung näher. »Was befehlt Ihr, Herr?«

»Hör mit dem Quatsch auf.« Cyrene schürzte verärgert die Lippen und deutete auf einen freien Stuhl. »Du hast gehört, was dieser Grieche erzählt hat?«

»Selbstverständlich.«

»Dann weißt du ja auch, was es bedeutet«, fuhr DeKoba an Cyrenes Stelle fort. »Wir müssen weg. So schnell wie möglich.«

»Das stimmt«, sagte Cyrene. »Am besten noch heute.«

»Und warum?« fragte Nogube.

»Warum?« ächzte DeKoba. »Das fragst du doch wohl nicht im Ernst, oder? In wenigen Tagen wird hier die Hölle los sein. Ich habe keine besonders große Lust, in eine Revolution hineingezogen zu werden. Unser kleines Abenteuer heute morgen hat mir gereicht, wenn ich ehrlich sein soll. Du weißt doch, was hier passieren wird.«

»Natürlich weiß ich es«, erwiderte Nogube ruhig. »Pilatus wird versuchen, Jesus und seine Jünger zu verhaften, und das Volk wird ihn lynchen. Und? Glaubst du, wir könnten etwas daran ändern, wenn wir abhauen?«

»Du verstehst mich anscheinend nicht«, entgegnete DeKoba wütend. »Vielleicht macht es dir Spaß, den wilden Mann zu spielen, aber mir nicht. Ich weiß nicht, wie gut du im Geschichtsunterricht aufgepaßt hast, aber es wird ein paar tausend Worte geben. Und nicht nur auf Seiten der Römer.«

Nogube verschränkte die Hände auf der Tischplatte und seufzte gelangweilt. »Du vergißt, daß wir zufällig wissen, wer der Sieger sein wird. Und damit . . . Er klopfte bezeichnend auf die Stelle, an der sich die Laserwaffe unter seinem Burnus befand. ». . . dürfte es uns nicht allzu schwerfallen, zu überleben.«

»Ich kann mich nicht an Berichte erinnern, nach denen die Aufständischen mit Blitzen geschleudert hätten«, konterte DeKoba trocken.

Nogube zuckte mit den Achseln. »Vielleicht nicht. Aber wenn du schon so versessen darauf bist zu fliehen, dann erzählt mir doch bitte auch, wohin.«

DeKoba schwieg betroffen, und Cyrene dachte nach. Es gab keinen Ort, an den sie fliehen konnten. Sie alle kannten die Geschichte zu genau, um nicht zu wissen, daß sich die Revolution binnen weniger Monate über das halbe Römische Imperium ausdehnen würde. Was sie erlebten, war der Beginn eines Weltenbrandes – eine Revolution, auf die ein halbes Jahrhundert eines zermürbenden, gnadenlosen Krieges folgen würde, der das Römische Imperium verschlingen, seine Grenzen überfluten und erst an den Küsten des eurasiatisch-afrikanischen Doppelkontinents haltmachen würde. Die Gewaltigkeit der Ereignisse ließ ihn schaudern. War es wirklich Zufall, daß sie ausgerechnet in diesem Moment der menschlichen Geschichte gestrandet waren? In diesem Moment und an diesem Ort? Die Chancen dafür standen eins zu unendlich, und doch waren sie gerade im rechten Moment gekommen, um die Geburtsstunde des Christlich-Römischen Reiches mitzuerleben, den Moment, in dem aus einem bis dahin kaum beachteten jungen Mann, der durch die Lande zog und Liebe predigte, ein Revolutionär wurde, ein Mann, der die Geschichte der Welt verändern sollte wie kein anderer vor ihm.

War es wirklich Zufall? dachte Cyrene weiter. Oder hatte das Schicksal sie hierhergeführt?

Vor seinem inneren Auge rollte die weitere Entwicklung wie ein phantastisch schnell laufender Film ab. Die Revolution, die endgültige Christianisierung des Römischen Reiches, die Eroberung Afrikas, Europas, der Krieg gegen die mongolischen Horden, der mit der Errichtung der Symbole Christi über den sibirischen Steppenfestungen endete. Thor

Heyerdals historische Überfahrt, die erste Begegnung mit den OtomiRittern Amerikas ... Der Krieg.

Cyrene riß sich mühsam los, aber die Bilder behielten weiter Gewalt über ihn. Plötzlich sah er Visionen des Krieges, Bilder von brennenden Städten, von einem Himmel, der in Flammen stand, von Häusern und Straßenzügen, die von Lasersalven getroffen und zu brauner Schlacke verbrannt wurden. Das Doppelreich der Tolteken war dem Christlich-Römischen Imperium vom ersten Tag an ebenbürtig gewesen; ein Gegner, der zahlenmäßig unterlegen, aber von einem unbezwingbaren Fanatismus erfüllt war, Krieger, die sich unter dem Banner Quetzalcoatls immer und immer wieder in den Kampf warfen, Städte bombardierten, Schiffe versenkten ... Wie viele Menschen waren in diesem Krieg bereits gestorben? Zwei Millionen? Drei? Es gab Schätzungen, aber keine von ihnen war genau. Der Krieg hatte langsam begonnen, wie eine heimtückische, schleichende Krankheit. Ein Überfall hier, ein Bombenangriff da – die Herren Thulas hatten genau gewußt, daß sie eine offene Konfrontation mit dem Christlich-Römischen Reich verlieren würden, als die beiden Völker aufeinandertrafen. Zweihundert Jahre lang hatten sie stillgehalten, hatten sich auf einen zermürbenden Guerillakrieg eingelassen, bis die technische Entwicklung ihre zahlenmäßige Unterlegenheit wettmachte. Allein in diesen ersten zweihundert Jahren mochten Hunderttausende, vielleicht Millionen Menschen getötet worden sein, sicherlich ebenso viele wie in den folgenden achtzig Jahren des offenen Krieges.

Plötzlich schlich sich ein ketzerischer Gedanke in sein Bewußtsein: Was wäre gewesen, wenn das Römische Reich ein Jahrhundert früher auf die Tolteken getroffen wäre? Wenn sie keinem technisch ebenbürtigen Gegner, sondern einem Barbarenstamm begegnet wären? Wenn das Römische Reich nicht durch die Revolution um mehr als ein Jahrhundert zurückgeworfen worden wäre, sondern sich kontinuierlich weiterentwickelt hätte?

Jemand berührte ihn an der Schulter. Er schrak zusammen und zwang sich zu einem verlegenen Lächeln, als er DeKobas vorwurfsvollen Blick bemerkte.

»Was ist mit Ihnen?« fragte DeKoba. »Träumen Sie?«

Cyrene schüttelte den Kopf. »Nein«, antwortete er verwirrt. »Ich mußte nur an etwas denken.«

»Ich kann mir schon denken, woran«, knurrte Nogube. »Ich glaube, es wird allmählich Zeit, daß wir uns einmal offen unterhalten.«

»Und worüber?«

»Worüber?« Nogube lachte hart. »Das wissen Sie genau. Wir hätten es schon gestern besprechen sollen, aber vielleicht ist dieser Moment besser.«

Cyrene blickte dem Schwarzen fest in die Augen. »Also gut«, sagte er. »Fang an. Und keine Scheu vor meinem Rang.«

»Du kannst dir deinen Rat sonstwohin schieben«, sagte Nogube ruhig. »Wir sind keine römischen Offiziere mehr, sondern Schiffbrüchige, Cyrene. Heimatlose Schiffbrüchige. Du willst also, daß wir hier weggehen?«

Cyrene nickte ruhig. Nogubes Stimme war gereizt und voller Aggressivität, aber er konnte den Nubier verstehen. Sie waren in einer Welt gestrandet, in der seine Hautfarbe allein ein Fluch war. Selbst mit seinem überlegenen Wissen und den fast unbeschränkten Geldmitteln, die ihm zur Verfügung standen, würde er immer ein Mensch zweiter Klasse bleiben.

»Worauf willst du hinaus?« fragte er ruhig.

Nogube schwieg einen Moment. »Wir sollten uns trennen«, sagte er dann.

Cyrene war nicht einmal überrascht. Er hatte erwartet, daß einer der anderen früher oder später diesen Vorschlag machen würde. Nur daß es so rasch geschah, hatte er nicht erwartet. »Und?« fragte er. »Weiter?«

»Nichts weiter«, entgegnete Nogube. »Du willst weggehen, also geh. Ich ziehe es vor, hierzubleiben.«

»Du willst dich den Aufständischen anschließen.«

Nogube nickte. »Ja. Ich denke, ich habe eine gute Chance. Lieber ein Kohortenführer bei den Revolutionären als ein rechtloser Sklave in irgendeinem langweiligen Land.«

»Du wärst kein Sklave«, widersprach Cyrene. »Wir suchen uns ein ruhiges Fleckchen Erde und kaufen ein Land . . .«

». . . und stricken bis ans Ende unserer Tage Socken für fußkranke Legionäre, wie?« fiel ihm der Nubier ins Wort. »Nein, danke. So ein Leben wäre nichts für mich. Wir können nie wieder nach Hause – aber wenn wir schon darauf angewiesen sind, in dieser Welt zu leben, dann möchte ich wenigstens auf der Seite der Sieger stehen.«

Cyrene tauschte einen langen Blick mit DeKoba. »Und du?« fragte er nach einer Ewigkeit. »Denkst du auch so?«

DeKoba verzog gequält das Gesicht. »Ich . . . ich weiß überhaupt nicht, was ich denken soll«, gestand er. »Ich weiß nur, daß ich keine Lust habe, umgebracht zu werden. Für mich ist der Krieg aus, und ich denke nicht daran, mich in Dinge zu mischen, die längst entschieden sind. Ich möchte nur weg hier. Wenn . . . du willst, bleiben wir zusammen, wenigstens für eine Weile noch.«

»Und du?« fragte Nogube nach einer Weile. »Was wirst du tun?«

Cyrene zögerte. Er wußte es nicht. Er fühlte, daß er mehr als ein zufällig anwesender Beobachter war. Er, Nogube und DeKoba waren die einzigen Menschen, die die Zukunft kannten. Diese Stadt, die jetzt noch voller pulsierendem Leben war, würde in wenigen Tagen geschleift werden. Die meisten Menschen, die sie auf ihrem Weg hierher getroffen hatten, würden sterben, aber sie waren nur die ersten Opfer eines Krieges, der weitergehen würde, weiter und immer weiter. Und sie, die einzigen, die hätten warnen können, waren machtlos. Es gab nichts, was sie hätten tun können. Die Geschichte war bereits geschehen, alles war festgelegt und vorausbestimmt.

Er stand auf, schob seinen Stuhl zurück und ging langsam um den Tisch herum.

»Wo willst du hin?« fragte DeKoba.

Cyrene zuckte mit den Achseln. »Ich weiß es nicht. Ein wenig frische Luft schnappen. Allein sein und nachdenken. Wartet ihr auf mich?«

»Selbstverständlich«, nickte Nogube. »Auf eine Nacht kommt es nicht mehr an, oder?«

Es war nicht schwer, das Haus zu finden, in dem Jesus wohnte. Aber es war unmöglich hineinzugelangen. Die Straßen waren schon einen Block vorher fast unpassierbar von Menschen, und als es ihm endlich gelungen war, sich zu der niedrigen, schäbigen Hütte am Ende der Straße durchzukämpfen, fand er den Eingang von einer dichten Menschentraube umlagert. Der Eingang war offen, aber darunter standen zwei muskulöse, finster dreinblickende Burschen, die jeden, der auch nur den Versuch machte, das Haus zu betreten, grob zurückstießen. Zumindest in diesem Punkt irrte die Geschichtsschreibung, dachte Cyrene. Jesus war kein kleiner Prophet mehr, dessen Worte allenfalls bei seinen Jüngern und ein paar Bauern Gehör fanden, als er in Jerusalem einzog.

Er schob sich weiter durch die Menge, ohne auf die zornigen Blicke und die Flüche und Beschimpfungen zu achten, die ihm nachgeschickt wurden. Jemand stieß ihm den Ellbogen in die Rippen und packte seinen Arm. Cyrene stieß den Mann beiseite und ging weiter. Jemand trat ihm in die Kniekehlen. Er stolperte, klammerte sich an einer Schulter fest und wankte weiter.

Was mache ich hier überhaupt? dachte er entsetzt. Die werden mich lynchen. Aber er ging, fast gegen seinen Willen, als wäre er plötzlich nicht mehr als ein unbeteiligter Beobachter, der nur rein zufällig in diesem Körper wohnte, Schritt für Schritt weiter, ohne auf die schmerzhaften Tritte und Knüffe zu achten, die ihn trafen. Er blieb erst stehen, als er die Tür erreicht hatte und einer der beiden Männer unter der Tür die Hand hob.

»Wo willst du hin?«

Cyrene versuchte sich zwischen den beiden Männern hindurchzudrängen und taumelte unter einem schmerzhaften Rippenstoß zurück. »Ich ... ich muß den Herrn sprechen«, stotterte er.

»Den Herrn?«

»Jesus«, keuchte Cyrene. »Jesus von Nazareth.«

Einer der beiden packte ihn grob am Arm und drückte zu. Cyrene stöhnte vor Schmerz auf.

»Das wollen viele«, erklärte er. »Aber der Herr darf nicht gestört werden. Warte bis morgen, dann kannst du ihn sehen.«

»Aber so lange kann ich nicht warten!« begehrte Cyrene auf. Er versuchte, seinen Arm loszureißen, aber die riesigen Pranken des Mannes drückten mit gnadenloser Kraft zu.

»Bitte!« keuchte Cyrene. »Ich ... ich muß ihn sehen. Ich habe eine weite Reise unternommen, um mit ihm zu reden, und ...«

Der Mann schüttelte stur den Kopf. »Siehst du die da?« fragte er mit einer Kopfbewegung auf die Menge vor der Tür. »Die meisten von ihnen sind von weit her gekommen, um den Herrn zu sehen. Und sie müssen auch warten. Wenn du etwas vorzubringen hast, dann sage es uns. Vielleicht empfängt er dich, aber du wirst dich gedulden müssen wie die anderen auch.«

Hinter Cyrenes Rücken brandete schadenfrohes Gelächter auf. Jemand warf mit faulem Obst nach ihm, ein anderer zerrte an seinem Burnus, und eine schmale braune Hand glitt in seinen Beutel und zog sich hastig zurück, als er danach schlug.

Cyrene riß sich mit einer verzweifelten Anstrengung los und warf sich nach vorn. Aber genausogut hätte er versuchen können, mit bloßen Händen die Stadtmauer einzureißen. Die beiden Männer packten gleichzeitig zu, verdrehten ihm die Arme und zwangen ihn mit brutaler Kraft in die Knie.

»Mach keinen Ärger, Freundchen!« keuchte der Größere der beiden. »Stell dich hinten an wie die anderen, und ...«

»Simon!«

Der Mann erstarrte. Sein Griff lockerte sich, und auf seinen Zügen erschien ein erschrockener, schuldbewußter Ausdruck. Er ließ Cyrenes Arm los, richtete sich auf und drehte sich nervös um.

Auch Cyrene stand schwankend auf, umklammerte seine schmerzenden Handgelenke und drehte sich in die Richtung, aus der die Stimme gekommen war.

Hinter den beiden Wächtern war ein junger, in ein einfaches weißes Gewand gekleideter Mann aufgetaucht. Das Innere des Hauses war zu dunkel, als daß er sein Gesicht hätte erkennen können, aber er hatte das sichere Gefühl, daß die beiden Burschen gehörigen Respekt vor dem Mann hatten.

»Nichts, Herr«, sagte der mit Simon Angesprochene hastig. »Der da« – er deutete mit einer nervösen Geste auf Cyrene – »wollte Ärger machen. Aber wir werden mit ihm fertig, keine Sorge.«

Der Mann schwieg einen Moment und kam dann mit zwei, drei raschen Schritten näher.

»Nun, Fremder«, fragte er sanft, »was gibt es so Dringendes?«

Cyrene warf den beiden Wächtern einen ängstlichen Blick zu. »Ich ... ich muß mit dem Mann sprechen, der hier wohnt«, sagte er stockend. »Mit Jesus, dem Nazarener.«

»Das wollen viele, Freund«, antwortete der junge Mann ruhig. Ein mildes, beinahe gütiges Lächeln erschien auf seinem asketischen Gesicht. »Und viele kommen von weit her, um ihn zu sehen. Glaubst du nicht, daß er wie jeder von euch manchmal ein wenig Ruhe und Schlaf nötig hat? Auch er ist nur ein Mensch.«

»Ich weiß«, sagte Cyrene gequält. »Aber ... ich bin nicht wie die anderen. Ich ... ich muß ihn sehen. Ihn sprechen. Es ... es ist wichtig. Nicht nur für mich.«

Der Mann überlegte einen Moment. »Nun gut, Freund«, sagte er dann. »So tritt ein und rede.«

Cyrene machte einen Schritt zwischen den beiden Wächtern hindurch und blieb verwirrt stehen. »Aber ich . . . ich kann nur mit ihm selbst sprechen«, sagte er. »Was ich zu sagen habe, ist nicht für fremde Ohren bestimmt.«

»Narr!« zischte Simons Stimme dicht an seinem Ohr. »Du schlägst die halbe Straße zusammen, und dann erkennst du den Herrn nicht einmal, wenn du vor ihm stehst. Das ist Jesus von Nazareth!«

Cyrene erstarrte. Sein Blick richtete sich ungläubig auf das schmale, von einem dünnen schwarzen Bart eingerahmte Gesicht des Jünglings vor ihm. Plötzlich hatte er vergessen, weshalb er hergekommen war. Sein Gehirn war leer, und er brachte nicht mehr als ein klägliches Stöhnen hervor.

»Vergib meinem Jünger Simon Petrus, Freund«, sagte Jesus sanft. »Er ist manchmal ein wenig grob, doch er meint es nicht so. Nun komm.« Er wandte sich um und wartete, daß Cyrene ihm folgte, aber der Zenturio rührte sich nicht, sondern starrte den grauhaarigen grobschlächtigen Mann neben sich nur sprachlos an.

»Das . . . das ist Simon Petrus?« fragte er fassungslos.

Jesus lächelte. »Ja. Du siehst aus, als hättest du einen anderen Mann erwartet.«

»Und . . . und der andere?«

»Das ist Andreas, sein Bruder. Sie gehören zu meinen treuesten Jüngern.«

»Ich . . . ich weiß«, keuchte Cyrene mühsam. »Ich hatte sie mir nur anders . . . anders vorgestellt.«

Zwischen Simon Petrus' buschigen Augenbrauen entstand eine steile Falte, aber er ging nicht auf die Worte ein. Cyrene riß sich mühsam vom Anblick der beiden zukünftigen Apostel los und folgte dem Nazarener den kurzen Gang entlang. Sie betraten einen niedrigen, spärlich möblierten Raum, in dem vier weitere Männer beisammensaßen und miteinander redeten. Bei ihrem Eintreten sahen sie auf und sprangen erschrocken von ihren Stühlen. Cyrene wurde plötzlich klar, daß diese vier nichts anderes als vier weitere Apostel waren; einfache Männer, die in wenigen Jahren schon zu Königen und Kaisern werden würden. Auf den Schultern dieser einfachen Bauern und Fischer vor ihm würde ein gigantisches Weltreich entstehen.

»Herr!« sagte einer von ihnen erschrocken. »Ihr seid wach? Ihr . . .«

»Es besteht kein Grund zur Aufregung, Bartholomäus. Dieser Fremde wollte mich sprechen, und ich glaube, ich sollte ihm diesen Wunsch erfüllen.«

Obwohl er sanft gesprochen hatte, wirkten seine Worte wie ein Befehl. Die Männer verließen hintereinander das Zimmer und ließen ihn und Cyrene allein.

»Nun?« fuhr er fort, als Bartholomäus die Tür hinter sich ins Schloß gezogen hatte und sie allein waren. »Wir sind allein. Bringe dein Anliegen vor. Doch erst verrate mir deinen Namen.«

»Cyrene«, antwortete Cyrene hastig. »Ich . . . ich heiße Cyrene. Simon Cyrene.«

Jesus nickte. »Simon Cyrene«, wiederholte er lächelnd. »Einer meiner Jünger trägt den gleichen Namen wie du. Simon. Du hast ihn kennengelernt.«

»Ich weiß«, antwortete Cyrene. »Mein Vater benannte mich nach ihm.« Die Worte taten ihm im selben Augenblick schon leid, aber es war zu spät.

Zu seiner Erleichterung reagierte Jesus nicht auf die Worte. Nur in seinen Augen glomm ein seltsamer Funke auf. »Und woher«, fragte er, »kommst du, Simon Cyrene? Du sagst, du hast eine weite Reise hinter dir.«

»Das . . . das stimmt, Herr«, erwiderte Cyrene. Verdammt – warum fiel es ihm plötzlich so schwer, zu reden und auch nur einen vernünftigen Gedanken zu fassen? Was war an diesem einfachen, stillen jungen Mann, das ihn so lähmte, ihn so vollkommen verwirrte wie nie etwas zuvor in seinem Leben?

»Ich komme von weit her«, wiederholte er mühsam. »Und ich . . . ich weiß nicht, ob . . . ob es überhaupt richtig war, zu Euch zu kommen. Ich komme aus einem Land, das . . . anders ist, als Ihr Euch vorstellen könnt. Ich kam, um Euch eine Frage zu stellen, aber ich weiß nicht . . .«

»Rede«, antwortete Jesus sanft. »Wenn ich sie dir beantworten kann, so werde ich es tun. Wenn nicht, werden wir gemeinsam nach der Antwort suchen.«

Cyrene schwieg. Vergeblich versuchte er, dem Blick der sanften braunen Augen seines Gegenübers standzuhalten. Er war schon vielen starken Männern in seinem Leben begegnet, Männern, die die Verantwortung für ganze Völker auf ihren Schultern trugen, und er hatte geglaubt, in Jesus von Nazareth einen ähnlichen Menschen anzutreffen.

Er hatte sich geirrt.

In den Augen des jungen Nazareners war keine Kraft. Nicht der ungebrochene Wille zur Macht, nicht der Wunsch zu herrschen, sondern nur Güte. Güte und Liebe von solcher Reinheit, daß Cyrene schauderte. Herrgott im Himmel, dachte er, wie hat es dieser Heilige geschafft, ein Imperium zu stürzen und ein neues, zehnmal mächtigeres an seiner Stelle zu errichten!

Er versuchte vergeblich, sich diesen Mann auf dem Thron des Imperators in Rom vorzustellen. Der Gedanke erschien ihm absurd, völlig aberwitzig. Und doch würde es so sein. In weniger als fünf Jahrzehnten würde er diesen Thron besteigen, der erste Herrscher der Weltgeschichte, der nicht Tod, sondern Liebe auf seine Fahne geschrieben hatte. Er stand dem Begründer eines Imperiums gegenüber, das anderthalb Jahrtausende lang die Welt beherrschen sollte, aber was er sah, war kein Feldherr, sondern ein Heiliger.

»Ich möchte Euch eine Geschichte erzählen«, begann er unsicher. »Eine Geschichte, die sich vor langer, langer Zeit in meiner Heimat abgespielt hat. Es ist die Geschichte eines Königs. Er . . . er begann wie Ihr, Herr. Er wurde von einfachen Leuten geboren und aufgezogen, aber in einem unterschied er sich von seinen Mitmenschen. Anders als die anderen predigte er Güte und Sanftmut statt Gewalt und Unterdrückung. Zu Anfang verspotteten ihn alle, aber nach und nach fanden immer mehr Menschen zu ihm, so viele, daß die Könige, die damals in meinem Lande herrschten, Angst vor ihm bekamen und beschlossen, ihn zu töten. Doch dieses Unternehmen schlug fehl, und die Anhänger jenes jungen Königs töteten die Schergen der Unterdrücker und schleiften ihre Burgen. Das Volk stand nach Jahrhunderten der Unterdrückung auf und befreite sich von seinen Beherrschern. Es war ein langer und blutiger Krieg, in dem viele Menschen starben oder zu Schaden kamen, doch an seinem Ende stieg der junge König auf den Thron, der jahrhundertelang von blutigen Tyrannen besetzt gewesen war. Das Reich wuchs und wuchs, und weil es die Liebe auf seine Fahnen geschrieben hatte statt die Tyrannei, konnte ihm kein Feind Widerstand leisten, bis es den Kontinent von einer Küste zur anderen beherrschte. Der König alterte und starb, und die Menschen sprachen ihn heilig und lebten in seinem Sinne weiter. So lange, bis sie eines Tages auf ein anderes Volk trafen, ein Volk, das jenseits eines großes Ozeans lebte und beinahe ebenso mächtig war wie sie selbst. Sie fuhren mit großen Schiffen über das Meer und versuchten, den Heiden ihren eigenen Glauben zu bringen, doch diese wollten die fremden Götter nicht und wehrten sich, und so kam es wieder zum Krieg, einem Krieg, der blutiger und grausamer als alle anderen zuvor war und fast hundert Jahre tobte. Da sagten die einen im Lande: Genug des Kriegs! Wir wollen nicht mehr töten! Laßt ihnen ihren Glauben! Aber die anderen sagten: Nein! Wir wirken im Sinne des jungen Königs. Darauf die anderen wieder: Ihr tötet! Und warum ihr tötet, bleibt sich gleich! Es ist Sünde, so oder so! Darauf wieder die anderen: Es war der Sohn Gottes. Gott der Herr selbst sandte ihn, dieses Reich zu errichten, und wir sind nicht mehr als Diener, die seinem Befehl folgen. Und so hielt der Streit an, und der Krieg dauerte fort, und Menschen wurden getötet und Städte zerstört im Namen eines Herrschers, der Liebe gepredigt hatte und seinen Mitmenschen sagte: Ihr sollt nicht töten.«

Cyrene brach erschöpft ab. Seine Kehle fühlte sich trocken an, und selbst wenn er gewollt hätte, hätte er kein Wort mehr hervorgebracht.

Aber das war auch nicht nötig.

»Ich verstehe dich, mein Sohn«, sagte Jesus sanft. »Und ich weiß auch, welche Frage du mir stellen wolltest. Doch auch ich kann dir nicht sagen, ob es die Schuld des jungen Königs war, daß es soweit kam. Hätte er gewußt, welche Wirkung sein Tun hat – sicher. Doch welcher Mensch kennt die Zukunft?«

Ich, dachte Cyrene verzweifelt. Verdammt, warum kann ich es nur nicht sagen? Warum bin ich nur unfähig, dir die Wahrheit ins Gesicht zu schreien? WARUM BIST DU SO VERDAMMT GUT?

Aber er sagte nichts.

Er konnte nichts sagen.

»Aber du brauchst die Antwort nicht von mir zu hören«, fuhr der Nazarener fort, »du kennst sie. Frage dein Gewissen, und du wirst sie erkennen.«

Cyrene starrte den jungen Mann fassungslos an. Wußte er, was er sagte? Gott, dachte er, weiß er es?

Jesus Christus lächelte ein sanftes, weiches, fast ein bißchen wehmütiges Lächeln, das Cyrene erschauern ließ.

»Nun, Simon Cyrene«, sagte Jesus sanft. »Ich muß meine Jünger zum Abendmahl versammeln, und du brauchst Zeit, um die Antwort auf deine Frage zu finden. Doch überlege gut, bevor du dich entscheidest. Wäge nicht Gründe der Vernunft gegen die der Logik ab, sondern gehorche nur einer Stimme: deinem Gewissen.«

Cyrene nickte, wandte sich um und ging mit schleppenden Schritten zur Tür.

»Simon«, sagte Jesus, als er die Hand nach dem Riegel ausstreckte.

Cyrene drehte sich noch einmal um. »Ja?«

Jesus zögerte. »Ich ... ich danke dir, daß du gekommen bist«, sagte er schließlich. »Vielleicht habe ich nichts für dich tun können, doch du hast mehr für mich getan, als du jetzt schon weißt. Lebe wohl. Wir werden uns wiedersehen.«

»Das ... glaube ich nicht«, entgegnete Cyrene stockend. »Ich verlasse die Stadt noch heute.«

»Wir sehen uns wieder, Simon«, widersprach Jesus. »Schon bald. Eher, als du glaubst. Vielleicht wirst du mir dann helfen, meine Last zu tragen.«

Cyrene verstand den Sinn der Worte nicht.

In ihm war nichts als Leere, als er das Haus verließ.

Obwohl Mitternacht bereits vorüber war, als Cyrene zurück zu der Taverne des Griechen kam, schien in Jerusalem noch niemand zu schlafen. Die Stadt brodelte. Tausende von Menschen bevölkerten die winkeligen Straßen und Gassen, und das Gebrüll der Marktschreier schien kaum weniger laut und nervtötend als am Tage. Die drei Attraktionen, die Jerusalem zu bieten hatte – der Markttag, das bevorstehende Osterfest der Juden und die Anwesenheit des Propheten aus Nazareth –, hatten mehr Menschen angelockt, als die Stadt zu fassen vermochte. Die Gasthäuser und Tavernen waren hoffnungslos überfüllt, und nicht wenige Menschen übernachteten auf den Straßen oder schliefen gleich gar nicht.

Trotz der großen Zahl fremder Besucher sah Cyrene überraschend wenige Soldaten. Einmal begegnete ihm ein Trupp von fünf Legionären, die von einem Zenturio angeführt wurden. Der Anblick erinnerte ihn schmerzhaft an die Szene vom Morgen, und er ertappte sich dabei, wie er stehenblieb und den Männern nachstarrte, bis sie im dichten Menschengewühl auf der Straße verschwunden waren.

Auch in Thassos' Lokal herrschte noch reges Leben, als er endlich zurückkam. Dutzende von Männern umlagerten die grobe Holztheke oder drängten sich an den wenigen Tischen, und nicht wenige hatten es sich auf den Strohsäcken oder dem nackten Lehmboden bequem gemacht, lärmten und schrien um die Wette und schütteten Unmengen von Wein in sich hinein. Er entdeckte DeKoba und Nogube an einem Tisch in der hintersten Ecke des Raumes und drängte sich mühsam zu ihnen durch. Die Luft roch jetzt noch unerträglicher als zuvor; dicke, blaugraue Rauchschwaden zogen aus dem Verschlag, den Thassos Küche zu nennen sich erdreistete, zum Ausgang, und eine Anzahl kleiner, stinkender Öllampen verpestete das Wenige, was an Sauerstoff blieb, vollends. Er hustete, schob einen Mann, der an einem Weinbecher nippte und ihm aus glasigen Augen entgegenstarrte, beiseite und ließ sich neben DeKoba am Tisch nieder.

»Wir haben schon kaum noch geglaubt, daß du überhaupt wiederkommst«, sagte Nogube halb im Spaß. »Wo warst du?«

Cyrene zuckte mit den Achseln. »Überall und nirgends«, erwiderte er ausweichend. »Ich wollte ein wenig allein sein und nachdenken.«

»Allein? Dort draußen?«

Cyrene nickte. »Du würdest dich wundern, wie einsam man zwischen all den Menschen sein kann.«

»Schreib das auf«, meinte DeKoba lächelnd. »Vielleicht wird man dich als großen Philosophen im Gedächtnis behalten. Ist dir mittlerweile klargeworden, was wir tun sollen?« fügte er ernst hinzu.

Cyrene griff nach Nogubes Becher, drehte ihn einen Moment nachdenklich in den Händen und leerte ihn dann mit einem Zug. Der Wein schmeckte schal, zu bitter und zu schwer. Wahrscheinlich würde er rasende Kopfschmerzen davon bekommen, wenn er mehr als einen Becher trank.

»Nogube hat recht«, sagte er, ohne den Schwarzen anzusehen. »Wir sollten uns trennen. Es ist besser. Zusammen erregen wir viel zuviel Aufsehen. Wenn wir uns trennen, hat vielleicht einer von uns eine Chance. Ich denke, ich werde nach Osten gehen. Persien – vielleicht in die Türkei. Dort ist für die nächsten sechzig, siebzig Jahre Ruhe. Und ich denke«, setzte er nach kurzem Überlegen hinzu, »daß es das beste sein wird, wenn ich noch heute abend die Stadt verlasse. In ein paar Tagen steht das ganze Land hier in Flammen. Mir wäre wohler, wenn ich bis dahin möglichst weit weg bin. Kommst du mit?«

Die Frage war an DeKoba gerichtet, der während seiner kurzen Ausführung stumm dagesessen und in seinen Becher gestarrt hatte. »Ich glaube nicht«, erwiderte er nach einer Weile. »Ich möchte in die andere Richtung. Weißt du«, sagte DeKoba mit einem knappen, nervösen Lachen, »ich möchte in meine Heimat. Wenn ich schon nicht mehr in meine Zeit zurück kann, dann möchte ich wenigstens unter der Sonne Kataloniens sterben.«

Cyrene nickte. »Ich verstehe dich, Juan. Aber der Weg, den du zurücklegen mußt, ist gefährlich. Ägypten, Marokko, die Säulen des Herkules . . .«

»Ich weiß«, seufzte DeKoba. »Aber ich werde es schon schaffen, irgendwie. Zur Not habe ich immer noch ein paar Überraschungen bei mir, um mich meiner Haut zu wehren.«

»Sei vorsichtig«, mahnte Cyrene. »Du weißt, daß wir die Waffen und die übrige Ausrüstung gar nicht mehr haben dürften.«

DeKoba lachte leise. »Wenn es irgend jemandem nicht passen sollte«, meinte er leichthin, »Können sie ja eine Strafexpedition aussenden und mich verhaften und ins Gefängnis werfen. Vielleicht komme ich auf diese Weise doch noch zurück.«

»Ich meine es ernst«, widersprach Cyrene, ohne auf DeKobas scherzenden Ton einzugehen. »Misch dich nicht in Dinge, die den Lauf der Geschichte verändern könnten. Du . . .«

»Hört auf, euch zu streiten, und seht zur Tür«, unterbrach ihn Nogube leise. »Ich glaube, wir bekommen Ärger.«

Cyrene runzelte die Stirn und drehte sich bewußt langsam um.

Unter dem Eingang waren fünf römische Legionäre

erschienen. Die Gespräche im Raum erloschen nach und nach; fast als gehe von den rotgekleideten Gestalten eine Welle des Schweigens aus, die nach und nach jeden Anwesenden erfaßte. Die Männer blieben einen Moment reglos stehen und setzten sich dann auf einen Wink ihres Anführers hin in Bewegung. Cyrene fuhr unmerklich zusammen, als er den Mann an ihrer Spitze erkannte. Für einen Moment klammerte er sich an den Gedanken, daß die Soldaten vielleicht nur hierhergekommen waren, um nach getanem Dienst einen Becher Wein zu trinken und zu feiern, aber diese Hoffnung erlosch fast so schnell, wie sie aufgeflammt war. Die Legionäre drängten sich rücksichtslos durch und nahmen in einem lockeren Halbkreis um den Tisch herum Aufstellung.

»Marcus Victimus«, nickte Cyrene, als der hochgewachsene Römer näher trat und sich neben ihm aufbaute.

»Ihr erinnert Euch an meinen Namen, Simon«, knurrte der Legionär. »Das ist gut.«

Cyrenes Gedanken überschlugen sich. Aus den Augenwinkeln sah er, wie Nogubes Hand unter den Burnus glitt. Nein, dachte er verzweifelt. Nicht schon wieder!

»Warum sollte ich Euren Namen vergessen, Marcus«, sagte er mit erzwungener Ruhe. »Schließlich wart Ihr es, der uns dieses Lokal empfohlen hat.«

Der Römer nickte. »Dumm genug von Euch, wirklich hierherzugehen«, sagte er drohend. »Für einen so geschickten Betrüger, wie Ihr es seid, ein grober Fehler.«

»Betrüger?« wiederholte Cyrene verblüfft. »Ich . . . ich verstehe nicht, was Ihr meint.«

Marcus Victimus beugte sich vor, stützte sich mit den Fäusten auf der Tischplatte ab und brachte sein Gesicht ganz nahe an Cyrenes. »Ihr versteht mich nicht?« wiederholte er lauernd. »Die Münze, die Ihr mir gabt – sie ist wertlos.«

»Wertlos? Aber . . .«

»Ihr sagtet, sie wäre aus Gold«, fuhr der Legionär wütend fort. »Das war gelogen. Ich war bei einem Goldschmied, um sie einzutauschen, und der Mann sagte, er hätte nie ein solches Metall gesehen. Gold ist es jedenfalls nicht.«

»Aber ... aber sagtet Ihr nicht selbst, daß sie wertlos für Euch ist?« murmelte Cyrene, verzweifelt darum bemüht, Zeit zu gewinnen.

Der Römer blinzelte verwirrt. Dann verzerrte Wut seine Züge. »Ihr ...«

»Erregt Euch nicht, Marcus«, fiel ihm DeKoba hastig ins Wort. »Es war nicht unsere Absicht, Euch zu betrügen. Simon wird Euch den Silberling, den Ihr ihm gabt, zurückgeben.«

Cyrene griff hastig unter seinen Gürtel und nahm eine Handvoll Münzen hervor. »Natürlich«, sagte er. »Ihr bekommt ihn zurück – und zwei andere dazu. Wir wollen keinen Streit mit Euch. Hier, nehmt.« Er drückte dem verblüfften Legionär drei der kleinen silbernen Münzen in die Hand und winkte nach Thassos, dem Wirt. »Bring diesen Herren zu essen und zu trinken, soviel sie wollen, Thassos«, sagte er. »Und schreibt es auf meine Rechnung. Die Herren sind meine Gäste. Bringt ihnen nur vom Besten.«

Marcus Victimus schien verwirrt. Für einen Augenblick schwankte er sichtlich zwischen dem Verlangen, sich für die vermeintliche Schmach zu rächen und seiner Geldgier. Die Geldgier siegte. Er richtete sich auf, grinste und ballte die Faust um die Münzen.

»Ihr gefallt mir, Simon aus dem Lande der Nabatäer«, sagte er. »Ihr wißt, wann es besser ist, sich geschlagen zu geben.« Er lachte, gab seinen Kameraden einen Wink und scheuchte einen Mann von einem Stuhl, um sich selbst darauf niederzulassen. »Ich hoffe, Ihr habt nichts dagegen, wenn meine Kameraden und ich an Eurem Tisch Platz nehmen, wenn Ihr uns schon zum Trinken einladet«, sagte er. »Hoffentlich bereut Ihr diesen großzügigen Entschluß nicht. Die fünf, die ich mitgebracht habe, sind die größten Saufbolde der gesamten römischen Legionen.« Er lachte erneut, warf einen Blick auf die Münzen in seiner Hand und erstarrte plötzlich. Das Grinsen auf seinen Zügen gefror. »Das ist seltsam«, murmelte er.

Cyrene spürte plötzlich einen harten, bitteren Kloß in seiner Kehle. »Was ... ist seltsam?« fragte er stockend.

Victimus sah auf. »Diese Münzen«, antwortete er. »Wißt Ihr, ich habe die Angewohnheit, alle meine Münzen zu kennzeichnen. Mit einer kleinen Kerbe an der Seite. Seht Ihr? Hier?« Er hielt Cyrene einen Silberling hin und deutete auf die kaum sichtbare Einkerbung an seinem Rand.

Cyrene schluckte mühsam. »Ich ... sehe es«, murmelte er.

»Und hier«, fuhr der Legionär fort, eine zweite, absolut identische Münze emporhaltend.

Der Transformator, dachte Cyrene entsetzt. Das Gerät konnte Kopien nur nach Vorlage herstellen. Absolut identische Kopien. Jede Münze, die er, DeKoba oder Nogube besaßen, hatte diese Einkerbung.

»Und auch bei dieser dritten«, sagte Victimus lauernd. »Sagt, Simon, wie kommt es, daß ich Euch eine Münze gab und Ihr gebt sie mir gleich dreimal zurück? Seid Ihr ein Zauberer?«

Cyrene spürte, wie sich die Gestalten der Legionäre spannten. Eine Hand glitt zum Schwert und verhielt dort, eine zweite folgte.

»Ich kann das erklären«, sagte er nervös. »Ihr müßt wissen, daß ...«

»Nichts muß ich wissen«, fiel ihm Victimus grob ins Wort. »Und Eure Erklärungen könnt Ihr dem Präfekten unterbreiten.« Er sprang auf, verstaute die drei Münzen im Gürtel und zog mit einer fließenden Bewegung sein Schwert. »Ich hatte gleich ein sonderbares Gefühl, als ich Euch sah mit Euren seltsamen Kleidern und Eurer Geschichte von einem Land, von dem noch nie ein Mensch gehört hat. Wir haben hier unsere eigenen Methoden, mit Zauberern fertig zu werden, das werdet Ihr merken.«

Er hob sein Schwert und trat drohend näher.

DeKoba erschoß ihn. Der Laserblitz brannte ein millimetergroßes Loch zwischen seine Augen und verdampfte sein Gehirn. Sein Hinterkopf explodierte und überschüttete die beiden hinter ihm stehenden Legionäre mit einem Hagel von Knochensplittern und kochendem Blut.

Cyrene ließ sich vom Stuhl fallen, rollte herum und trat einem Legionär die Beine unter dem Körper weg. Der Mann schrie auf, stemmte sich mit überraschender Behendigkeit wieder hoch und fiel gleich darauf ein zweites Mal auf den Rücken. In seiner Brust war ein winziges, schwarzgeränder-tes Loch.

Und dann brach die Hölle los. Männer schrien in Panik durcheinander. Möbel polterten. Ein Schwert zischte durch die Luft und bohrte sich splitternd in die Tischplatte. Ein Laserstrahl schnitt durch die Luft, durchbohrte einen weiteren Legionär und tötete noch einen Mann hinter ihm. Cyrene schrie, rollte sich unter den Tisch und versuchte verzweifelt an seine Waffe zu kommen, aber seine Hand verfing sich im dichten Gewebe seines Burnusses. Die Männer im Raum gerieten in Panik und versuchten alle gleichzeitig die Taverne zu verlassen. An der Tür entstand ein heftiges, kurzes Handgemenge. Cyrene kam endlich an seine Waffe, zerrte sie unter dem Kleidungsstück hervor und stemmte sich hoch.

Aber es gab nichts mehr, auf das er hätte schießen können. Die Legionäre waren tot, ebenso drei der anderen Gäste – zwei durch Laserstrahlen, der dritte durch einen fehlgeleiteten Schwertstreich getötet. DeKoba lag halb auf dem Tisch. Seine Augen waren weit geöffnet, und aus der häßlichen Schnittwunde an seinem Hals sickerte Blut in einem dunklen, pulsierenden Strom.

Cyrene wollte sich über ihn beugen, aber Nogube hielt ihn mit raschem Griff zurück. »Nicht«, sagte er. »Es ist sinnlos. Er ist tot.«

»Nein«, keuchte Cyrene. »Nicht er. Nicht Juan. Er . . .«

»Simon!« Nogube riß ihn grob an der Schulter zurück und schlug ihm mit der flachen Hand ins Gesicht. Der Hieb schleuderte seinen Kopf in den Nacken, aber der brennende Schmerz riß ihn auch in die Wirklichkeit zurück.

Er stöhnte, betastete seine brennende Wange und senkte den Blick. »Danke«, murmelte er.

»Bedank dich später«, knurrte Nogube. »Wir müssen hier raus. Und zwar schnell. In ein paar Minuten ist die Hölle los!« Er packte Cyrenes Oberarm und zerrte ihn zur Tür.

»Der Laser!« keuchte Cyrene. »Juans Laser! Sie dürfen ihn nicht finden!«

Nogube fluchte, ließ Cyrenes Arm los und eilte zu DeKoba zurück, um die Waffe und die übrigen Ausrüstungsgegenstände an sich zu nehmen. Dann lief er, eine Laserpistole in der Hand, zur Tür. »Komm!« keuchte er.

Die Straße war voller Menschen, aber die Menge wich mit einem ängstlichen Aufschrei vor ihnen zurück, als sie aus der Taverne stürmten. Nogube feuerte einen Warnschuß dicht über die Köpfe der Fliehenden ab und deutete auf eine schmale Seitenstraße. »Dort hinein!« keuchte er. »Schnell!«

Sie rannten los, Cyrene mehr von dem Schwarzen mitgeschleift als aus eigener Kraft. Nogube stieß ihn in die Seitenstraße, warf einen sichernden Blick nach hinten und forderte ihn dann mit einer Handbewegung auf weiterzulaufen. »Schnell«, drängte er. »In ein paar Augenblicken wimmelt es hier von Soldaten!«

»Wir haben alles falsch gemacht«, sagte Cyrene, ohne Nogubes Worte überhaupt zu beachten. »Alles, was wir anfangen, endet in einer Katastrophe.«

»Erzähl mir das später!« drängte Nogube. »Wenn wir noch lange hier rumstehen und reden, können wir es bald gar nicht mehr. Komm.« Er wollte wieder nach Cyrenes Arm greifen und ihn mitzerren, aber diesmal riß sich Cyrene los und schüttelte den Kopf.

»Nein«, sagte er entschlossen.

Nogube starrte ihn an, als zweifelte er an seinem Verstand. »Was soll das heißen?«

»Ich komme nicht mit«, entgegnete Cyrene mit einer Ruhe,

die ihn beinahe selbst überraschte. »Ich will nicht mehr. Wir haben schon viel zuviel Schaden angerichtet.«

»Sie werden dich umbringen, wenn sie dich hier erwischen!«

»Vielleicht. Aber ich laufe nicht mehr davon. Es ist sinnlos, Nogube. Diese Welt ist nicht unsere Welt. Wir sind Eindringlinge hier, Fremdkörper, die nicht überleben können. Ich will niemanden mehr töten müssen.« Er griff unter seinen Burnus, löste den Materietransformer und die anderen Geräte vom Gürtel, warf alles in seine Tasche und legte den Laser obenauf. »Nimm.« »Du wirst es brauchen.«

Nogube griff verblüfft nach dem Beutel, warf einen nervösen Blick über die Schulter zurück und bewegte sich unruhig. »Behalte wenigstens die Waffe«, sagte er.

Cyrene schüttelte den Kopf. »DeKoba hat sie auch nichts genützt«, sagte er. »Geh. Versuche dein Glück. Vielleicht ... vielleicht kannst du dich verborgen halten, bis die Revolution ausbricht.«

Nogube starrte ihn einen Herzschlag lang stumm an. Dann wandte er sich mit einem Ruck ab und verschwand mit schnellen Schritten in der Dunkelheit.

Alles, was er fühlte, war eine tiefe, beinahe schmerzhafte Müdigkeit. Irgendwie war es ihm gelungen, aus dem Stadtviertel zu entkommen, bevor die Soldaten eintrafen. Er wußte nicht, wie. Und irgendwie hatten ihn seine Schritte hierhergetragen, obwohl er den Weg selbst am hellen Tage kaum wiedergefunden hätte, hätte er danach gesucht.

Seine Blicke saugten sich im Dunkel der Gasse vor ihm fest, aber seine Augen sahen Bilder, die nicht da waren. Bilder einer Welt, die er niemals mehr wiedersehen würde. Weder er noch Covacz oder DeKoba und Nogube. Sie waren mehr als Schiffbrüchige. Sie waren Verdammte.

Sie? Nein, dachte er, nur ich. Nicht die anderen. Er wußte nicht, wie lange er schon hier stand. Stunden, Minuten, Jahre. Es war gleich. Er würde diesen Ort nie wieder verlassen. Lange, endlos lange hatte er nachgedacht, immer und immer wieder derselbe quälende Gedanke, der gleiche Schluß, der ihn um so mehr schreckte, als er wußte, daß ihm keine Wahl blieb. Es mußte sein.

Er dachte an die Kriege, die im Namen dieses gütigen, sanften Mannes ausgetragen worden waren. Wie viele waren es gewesen? Zehn? Fünfzig? Wie viele Menschen waren in seinem Namen hingemordet worden, gestorben im Namen eines Mannes, der viel zu gut für diese Welt gewesen war, der eher sein eigenes Leben gegeben als zugelassen hätte, daß in seinem Namen auch nur das geringste Leid gestiftet worden wäre.

Habe ich recht? dachte er verzweifelt. Herrgott im Himmel, wenn es dich gibt, wenn dieser Mann dein Sohn oder auch nur dein Prophet ist, dann sag mir, ob ich richtig handele!

Aber der Himmel schwieg.

Er wartete, bis er die Schritte hörte und der Mann vor ihm in der Dunkelheit auftauchte. Dann trat er mit einer raschen Bewegung aus dem Schatten heraus und hob die Hand. Ich muß es tun, dachte er gequält. Im Namen der zehn Millionen, die in anderthalb Jahrtausenden des Krieges in seinem Namen gestorben sind.

Ich muß! Im Namen der Menschlichkeit!

Seine Linke glitt in die Tasche und schloß sich um die Münzen, die noch darin waren. Er hatte sie gezählt. Es waren dreißig.

»Warte einen Moment«, sagte er zu dem Mann, der aus dem Hinterausgang des einfachen Hauses gekommen war. »Du bist Judas Ischariot, nicht? Ich habe mit dir zu reden.«

Interchron

Erinnere dich:

Zuerst war da eine seltsame Schwärze. Nicht die bekannte Art von Schwärze, die eigentlich nur die Abwesenheit von Licht oder von optischen und elektrischen Reizen auf Netzhaut und Sehnerven bedeutet, sondern etwas völlig Unbekanntes. Etwas, das mit Worten nicht zu beschreiben war und dir angst gemacht hat, nicht weil es gefährlich oder häßlich, sondern weil es so völlig anders war als alles, was du bis dahin gekannt hast. Später entstanden Geräusche oder etwas, das jedenfalls dem, was du bis dahin unter dem Begriff Geräusch verstanden hast, sehr, sehr nahekam. Das Gefühl, zu fallen, obwohl du keinen Körper hattest, der fallen konnte, und obwohl da auch kein Medium war, durch das du hättest fallen können. Das alles dauerte. Genaugenommen dauerte es gar nicht. Während eines Interchron-Sprungs vergeht keine Zeit, weil es kein Sprung ist. Subjektiv betrachtet ewig, obwohl neben dem normalen (normalen?) Empfinden noch ein zweites, undefinierbares Etwas war, das dir sagte, daß nur unmeßbare Bruchteile von Sekunden vergingen. Dann hattest du das irrsinnige Gefühl, aufzuschlagen.

Mouleyn erwachte. Er hatte das Gefühl, auf dem Rücken zu liegen, das kitzelnde Streichen von Sonnenlicht im Gesicht zu spüren und Geräusche zu hören; fremdartige und bizarre Geräusche, die ihn gleichzeitig faszinierten und ängstigten. Aber es war nur ein Gefühl.

In Wirklichkeit saß er auf dem unbequemen Pilotenstuhl des Interchronschlittens, scheuerte sich das Kinn an dem schlampig befestigen Riemen seines Helmes und kämpfte gegen einen immer stärker werdenden Brechreiz an.

»Kotz dich ruhig aus, mein Junge«, sagte eine tiefe Stimme dicht neben seinem rechten Ohr. Sie klang besorgt, fast väterlich, aber es war auch eine Spur Spott darin, und das ärgerte Mouleyn. Vielleicht hätte er sich noch einige weitere Sekunden lang der Illusion hingegeben, auf einer frischgemähten Sommerwiese zu liegen und vor sich hinzudösen, aber so schlug er die Augen auf, murmelte irgend etwas vor sich hin und warf den Kopf mit einem Ruck in den Nacken.

Er hätte diese heftige Bewegung vermeiden sollen. Parwanners Gesicht löste sich in treibende Schlieren und bunte Farbkleckse auf, und die Übelkeit schoß wie eine Woge in ihm hoch. Er hatte gerade noch Zeit, auf den Gurtverschluß zu hämmern und sich zur Seite zu werfen.

Hinterher wußte er nicht, was eher auf dem Boden gewesen war – das Erbrochene oder er. Es spielte auch keine Rolle. Als er wieder einigermaßen klar war, stemmte er sich hoch, riß ein paar Grasbüschel aus und wischte sich notdürftig Hände und Gesicht ab.

»Ein klassischer Fall von prähistorischer Umweltverschmutzung«, sagte Parwanner. Mouleyn bückte sich, riß eine weitere Handvoll Gras aus und funkelte Parwanner wütend an. Aber dessen Grinsen wurde eher noch breiter.

»Dich hat's ganz schön erwischt, was?«

»Arschloch.«

»Komm, laß dir helfen.« Parwanner sprang mit einer Leichtigkeit, die seinem grauen Haar und der gebeugten Gestalt hohnsprach, vom Schlitten herunter und streckte die Hand aus.

Mouleyn schlug sie wütend beiseite. Sofort wurde ihm wieder schwindelig. Er stöhnte, griff sich an den Kopf und ging einen Schritt. Aber er stand aus eigener Kraft.

»Mach dir nichts draus.« Parwanner angelte sich eine Zigarette aus der Brusttasche seiner Uniform, steckte sie an und nahm einen tiefen Zug. Allein der Anblick genügte, um schon wieder Übelkeit in Mouleyn aufsteigen zu lassen.

»Den anderen geht es auch nicht besser«, meinte Parwanner grinsend. »Im Gegenteil. Zwei von unseren Eierköpfen sind immer noch weggetreten.« Er schnippte einen winzigen Glutpunkt von seiner Zigarette und deutete auf eine Anzahl dunkler Gestalten, die auf der anderen Seite des Schlittens im Gras lagen. Einige von ihnen regten sich. Ein leises, wehleidiges Stöhnen drang an Mouleyns Ohr, unterbrochen von einem würgenden Geräusch, dem unablässigen Zetern einer hellen Stimme und dem vibrierenden Summen der Interchrongeneratoren.

Der Anblick versöhnte Mouleyn wieder ein wenig mit dem Leben.

»Hast du eigentlich überhaupt keine Nerven?« fragte er.

Parwanner nickte ernsthaft. »Doch. Aber die habe ich zu Hause gelassen. Ich mache das immer so. Ist sicherer. War ganz schön hart diesmal, was?«

Mouleyn hatte Mühe, dem abrupten Gedankensprung zu folgen. Sein Gehirn schien die Nachwirkungen der Transmission noch nicht ganz verkraftet zu haben. Er nickte automatisch, ballte die Fäuste und atmete fünf-, sechsmal hintereinander ein und aus. Es half. Sein Kopf klärte sich, und das gräßliche Würgen in seinem Magen sank zu einem erträglichen Unwohlsein herab. Aber Parwanner hatte trotzdem recht.

»So schlimm wie diesmal war es noch nie«, sagte er nach einer Weile. »Aber wir sind ja auch noch nie soweit gesprungen. Nicht annähernd.« Er zögerte, sah Parwanner einen Herzschlag lang nachdenklich an und fügte dann leiser hinzu: »Wenn ich ehrlich sein soll – ich hatte ganz schön Schiß.«

»Du auch?«

Mouleyn deutete mit einer Kopfbewegung auf den Schlitten. »Laden wir ab. Je eher wir fertig sind, desto schneller können wir uns ausruhen.« Irgendwie fand er den Gedanken fast belustigend. Sie hatten nicht weniger als fünfundsechzig Jahre geschlafen, und er war müde.

»Sehen wir zuerst nach unseren Passagieren«, sagte Parwanner. »Ich glaube, ein paar hat's ganz schön erwischt.«

Mouleyn nickte wortlos. Sie umrundeten die reglos in der Luft stehende Plattform und kümmerten sich um die Wissenschaftler. Es war nicht so schlimm, wie Parwanner befürchtet hatte. Natürlich hatte sie der Sprung mehr mitgenommen als ihn oder Mouleyn. Die beiden waren schon Veteranen, jeder hatte schon ein halbes Hundert Sprünge hinter sich gehabt, ehe sie ein Team geworden waren, und ganz egal, was die Idioten im Zentrum behaupten, man *konnte* sich daran gewöhnen.

Stengman war als einziger noch bewußtlos. Er wirkte blaß, und die Augen hinter den geschlossenen Lidern bewegten sich hektisch hin und her, aber sein Atem ging gleichmäßig und ruhig. Er würde in ein paar Minuten zu sich kommen, einen fürchterlichen Brummschädel und wahrscheinlich schlechte Laune haben und sich wie alle anderen erholen.

Mouleyn zerrte ihn in eine bequemere Lage und stand auf. Die anderen Teilnehmer der Expedition schienen den Sprung einigermaßen gut überstanden zu haben. Verhoyen und Brand saßen mit grauen Gesichtern auf dem Boden, starrten sich an und fragten sich anscheinend, was sie überhaupt hier suchten. Conelly, Torn und Berquest waren schon wieder in ein wissenschaftliches Streitgespräch vertieft, während Hsien-Li am Rande des Sicherheitskreises herumlief, sein Handgelenk umklammerte und ausdauernd in seiner Heimatsprache vor sich hin fluchte.

Irgendwie begann sich Mouleyn unwohl zu fühlen. Der Anblick war so friedlich, so verdammt banal, aber er wußte, daß dieser Eindruck täuschte.

Neun, dachte er. *Wir sind neun. Wer wird es diesmal sein? Stengman? Brand? Hsien-Li?*

Oder vielleicht ich?

Er scheuchte den Gedanken mit einem ärgerlichen Schulterzucken fort und ging zu dem hünenhaften Chinesen hinüber.

»Schlimm?«

Hsien-Li hörte für einen Moment auf, im Kreis herumzulaufen, und reckte kampflustig das Kinn vor. »Es geht«, sagte er. Seine Aussprache war perfekt. Wer ihn nur am Telefon hörte, hätte Stein und Bein geschworen, einen Engländer mit fünftausend Jahre altem Stammbaum vor sich zu haben. »Ich bin von der Plattform gestürzt. Es gab einen Ruck bei der Ankunft.«

Mouleyn hatte Mühe, ein schadenfrohes Grinsen zu unterdrücken. »Sind Sie sicher, Professor?«

»Natürlich bin ich sicher«, fauchte Hsien-Li. »Sie haben schlecht gesteuert.«

»Ich habe überhaupt nicht gesteuert«, gab Mouleyn ruhig zurück. »Das macht die Automatik. Und die Landung war so ruhig wie immer. Sie hätten auf mich hören und den Sprung auf dem Boden mitmachen sollen, wie alle anderen auch.« Er griff nach Hsien-Lis Handgelenk und drückte es prüfend. Aber er gab sich dabei keine sonderliche Mühe, zart zu sein.

Hsien-Li wurde blaß. Mouleyn wußte nicht, ob vor Schmerz oder vor Entrüstung über die Worte. Hsien-Li war ein Riese. Aber gerade die sind manchmal die wirklichen Memmen.

»Ihre mißlungene Landung hat ja eindeutig bewiesen, daß ich im Recht war«, sagte Hsien-Li. »Ich habe Ihnen gesagt, daß ich meine Instrumente nicht unbeaufsichtigt lasse.«

Mouleyn überging die Wort. Hsien-Li wußte so gut wie er, daß sich der Schlitten keinen Millimeter bewegt hatte. Er ließ Hsien-Lis Handgelenk los. »Es ist nichts gebrochen. In zwei, drei Tagen spüren Sie nichts mehr.«

Hsien-Li funkelte ihn wütend an, riß seine Hand zurück und stürmte davon.

Parwanner verzog das Gesicht. »Du wirst Ärger mit ihm bekommen.«

»Vielleicht. Vielleicht ist er aber nur nervös.«

»Es ist immer einer dabei, der Ärger macht.«

»Diesmal vielleicht nicht.«

Parwanner grinste. »Wie kommst du darauf?«

»Es ist das erste Mal, daß wir eine reine Wissenschaftsmannschaft haben, oder?«

»Auch Wissenschaftler sind Menschen.« Parwanner starrte einen Moment lang auf seine Schuhspitzen, seufzte dann und schnippte seine Zigarette in den Schild. »Komm. Laden wir ab.«

Sie gingen zum Schlitten zurück und begannen, die umfangreiche Ausrüstung von der Ladeplattform zu hieven. Es war eine harte, schweißtreibende und zeitraubende Arbeit, die den Rest des Nachmittags und wahrscheinlich auch den frühen Abend in Anspruch nehmen würde. Trotzdem stürzte sich Mouleyn mit fast berserkerhafter Energie darauf. Diese Arbeit war so etwas wie eine Flucht, etwas, auf das er seine Gedanken und seine Energie konzentrieren konnte, etwas, das ihn davon abhielt, daran zu denken, was jenseits des Schildes, jenseits der Nebelbarriere war.

Sie arbeiteten eine Stunde lang, ehe Parwanner darauf drängte, eine Pause einzulegen. Mouleyn nahm dankbar an. Trotz seines Klimaanzuges und des hydraulischen Exoskeletts war er fast am Ende seiner Kraft. Er zog den Sicherheitsschlüssel ab, hakte ihn pedantisch an der Kette um seinen Hals fest und wartete reglos, bis der Schlitten zu Boden gesunken war. Die blinkenden Kontrollämpchen, die bis jetzt noch so etwas wie ein optischer Anker in die Realität gewesen waren, erloschen eine nach der anderen. Es war ein seltsames, auf undefinierbare Art angstmachendes Gefühl. Eigentlich waren sie erst jetzt wirklich angekommen. Bisher hätte ein Knopfdruck genügt, den Schlitten und alles, was sich im Umkreis von fünfzig Metern befand, fünfundsechzig Millionen Jahre weit in die Zukunft zu schleudern. Aber auch das ging jetzt nicht mehr. Sie waren hier, unwiderruflich gestrandet. Vierundzwanzig Tage lang würden sie absolut keine andere Wahl mehr haben, als abzuwarten, zu arbeiten und zu hoffen, daß sie es überlebten.

Mouleyn tastete unwillkürlich nach seiner Waffe. Das Metall des Kolbens schmiegte sich kühl und glatt in seine Hand, fast wie ein lebendes Wesen, das nur auf die Befehle seines Herrn wartete. Es war ein gutes Gefühl.

Er stemmte eine letzte Kiste von der Plattform, ließ sich mit einem übertriebenen Seufzer ins Gras sinken und schloß für einen Augenblick die Augen.

»Willkommen im Paradies«, murmelte Parwanner.

»So würde ich es nicht sehen«, erwiderte Stengman.

Mouleyn sah auf, blinzelte und beschattete die Hand mit den Augen. Er hatte vergessen, wie grell die Sonne hier war. Sie hatten ihre Luft, ihren Boden und sogar ihr eigenes Gras mitgebracht, aber den Himmel hatten sie lassen müssen, wo er war. Es war unmöglich, die Sonne mit bloßem Auge anzusehen. Die Sonne war keine blasse, trübgelbe Scheibe mehr, sondern ein weißglühendes Höllenauge, das einen Mann blenden konnte. Sie hatten es ihm gesagt, aber natürlich hatte er nicht mehr daran gedacht.

»Wie meinen Sie das, Doktor?«

Stengman setzte sich neben sie auf den Boden, stützte den Ellbogen auf den Rand des Schlittens und sog an seiner Zigarette. Seltsamerweise rauchten jetzt alle. Vielleicht auch eine Methode, mit der Nervosität fertig zu werden.

»Paradies ist übertrieben. Das dort draußen dürfte eher die Hölle sein.«

»So?«

Stengman lächelte. »Sie glauben es nicht?«

»Wir glauben es vielleicht mehr als Sie, Doktor«, gab Parwanner zurück. »Aber wir machen uns keine Gedanken darüber.«

»Warum? Weil Sie nichts sehen?« Diesmal antwortete Mouleyn. Sie waren auch jetzt ein eingespieltes Team. Und sie hatten dieses Gespräch schon Hunderte Male geführt. »Wir erwarten nichts, weil wir wissen, daß doch nie das passiert, auf das man vorbereitet ist.« Er lächelte, als er den fragenden Ausdruck auf Stengmans Gesicht sah. »Sehen Sie, Doktor, jeder von uns hat mehr Sprünge hinter sich, als Verhoyen Haare auf dem Kopf hat. Und wir haben zu Anfang auch alles mögliche vermutet, uns jede nur denkbare Situation vorgestellt und überlegt, wie wir darauf reagieren würden. Aber irgendwann haben wir aufgehört damit. Weil doch nie das passiert, womit man rechnet. Und außerdem«, er deutete auf den roten Hebel an seinem Intrumentengürtel, »der Schild steht noch, wissen Sie. Und solange ich ihn nicht abschalte, traut sich nichts, was auch nur entfernt ein Nervensystem hat, in unsere Nähe.«

»Dann lassen Sie ihn stehen«, riet Stengman.

»Angst?«

Stengman zuckte mit den Achseln, sah weg und sog an seiner Zigarette. In seinen Augäpfeln erschienen zwei winzige, rote Punkte. »Ja«, sagte er dann. »Weil ich weiß, wie gefährlich diese Welt ist.«

»Das wissen wir alle.« Mouleyn zog seine Waffe aus dem Holster und legte sie vor sich in den Sand. »Zur Not haben wir immer noch das.«

Stengman musterte den Gammastrahllaser mit offenkundigem Widerwillen. »Ich mag keine Waffen.«

»Ich auch nicht«, gab Mouleyn ungerührt zurück. »Aber sie hat mir ein Dutzend Male das Leben gerettet.«

»Sie scheinen damit umgehen zu können.«

»Billy the Kid wäre neidisch auf mich«, sage Mouleyn. So, wie er es aussprach, klang es durchaus überzeugend.

Stengman schwieg einen Moment. »Sie wird Ihnen nichts nützen«, sagte er schließlich. »Ich kenne diese Welt zu gut.«

»Woher?«

»Ich war hier«, antwortete Stengman nach kurzem Zögern.

»Oft. Tausende Male. Ich weiß, was Sie jetzt denken. Aber ich bin nicht verrückt. Ganz und gar nicht. Ich . . . ich habe mein Leben damit verbracht, mir auszudenken, wie es sein muß. Ich habe mich darauf gefreut, Mouleyn, ehrlich gefreut. Und jetzt ...« Er brach ab, lehnte sich zurück und starrte sekundenlang in den treibenden Nebel des Schildes. »Und jetzt habe ich Angst.«

Mouleyn schwieg. Er wußte nicht genau, was er von dieser überraschenden Beichte halten sollte, und ein rascher Blick in Parwanners Gesicht sagte ihm, daß es dem anderen nicht besser erging. Natürlich kam dieser Punkt bei jedem, in der einen oder anderen Form. Interchronpiloten waren nicht nur Scouts, Leibwächter und Überlebensspezialisten, sondern auch Beichtväter.

Aber so früh?

Er musterte Stengmans asketisches Gesicht. Die Falten darin wirkten hart, wie mit dem Lineal gezogen. Um den Mund lag ein verbissener Zug, und die Fältchen um seine Augen konnten genausogut vom verbissenen Starren in Mikroskope wie vom Lächeln stammen. Er hatte Stengmans Psychogramm gesehen. Der Mann war nicht labil. Im Gegenteil – hinter der Maske des vertrottelten Forschers verbarg sich ein Charakter aus Stahl.

»Wir haben auch Angst«, sagte Parwanner in das Schweigen hinein. »Wir hatten sie beim ersten Mal, und wir haben sie immer noch. Und das ist auch gut so.« Er lehnte sich zurück und sah Stengman ernst an. »Ich habe viele Menschen kennengelernt, Doktor. Mutige und feige. Und ich habe viele sterben sehen. Die meisten starben, weil sie zu mutig waren.«

Stengman lächelte nervös. »Ich muß an das alte Sprichwort denken, daß der Mutige nur einmal stirbt ...«

»Und der Kluge gar nicht«, fiel ihm Mouleyn ins Wort.

Stengman sah irritiert auf. »Diese Version ist mir neu.«

»Aber sie ist gut.« Mouleyn grinste, steckte seine Waffe wieder weg und atmete hörbar ein. »Wie kommen Sie mit dem Lager voran?«

»Gut. Die Zelte stehen, die Instrumente sind zum Großteil ausgeladen ... Wenn nichts dazwischenkommt, können wir den Zeitplan einhalten. Wann werden Sie den Schild öffnen?«

»Frühestens morgen nachmittag. Aber wir senden vorher noch ein paar Spione los.«

»Spione?«

Parwanner stand wortlos auf, kletterte auf den Schlitten und kam mit einer schmalen Blechschachtel zurück. »Nehmen Sie, Doktor.«

Stengman sah neugierig auf und entfernte den Deckel von der Schachtel. Darunter kam ein kompliziert aussehender Mechanismus zum Vorschein. Stengman nahm ihn vorsichtig heraus und drehte ihn in den Händen. »Es sieht aus wie eine überdimensionale Fliege.«

»Das ist es«, meinte Parwanner. »Die Ähnlichkeit ist kein Zufall. Unsere Techniker haben versucht, eine möglichst effektive Kombination aus Schnelligkeit, Reichweite und einem Maximum an Informationsaufnahme zu finden. Ich schätze, es ist ihnen gelungen. Das Ding hat eine Reichweite von zehn Meilen, und sein Videosystem ist empfindlich genug, daß Sie noch aus tausend Metern Höhe Zeitung lesen können.« Er nahm Stengman das empfindliche Instrument aus den Händen und verstaute es wieder in seinem Behältnis. »Wir haben ein halbes Dutzend davon hier. Und wir werden ein paar davon losschicken, ehe wir den Schild abschalten.«

Stengman wirkte beruhigt. Mouleyn war Parwanner im stillen für den kleinen Trick dankbar. Der Professor hatte offenbar nur nach einem Thema gesucht, um seine Gedanken ablenken zu können.

Und du? Sei doch ehrlich! Du hast doch auch Angst. Vielleicht mehr als er.

Sie redeten noch eine Zeitlang über Belanglosigkeiten, ehe Stengman aufstand und unter einem Vorwand zum Lager zurückging. Mouleyn starrte ihm nach, bis er in einem der Zelte verschwunden war.

»Was hältst du davon?« fragte er dann.

Parwanner zuckte mit den Achseln. »Im Moment noch nichts. Er ist nervös. Aber das bin ich auch.«

Mouleyn schüttelte den Kopf. »Das habe ich nicht gemeint, Conrad. Ich meine das, was er sagte.«

Parwanner zog die Stirn kraus. »Du meinst, die angebliche Gefahr?«

»Ja.«

»Irgendwo wird er recht haben. Aber man sollte nichts übertreiben. Wenn wir die Augen offenhalten, kann uns nichts passieren.« Irgendwie klang das, was er sagte, nicht überzeugend. So, als würde er es selbst nicht glauben. »Es ist eine Ausnahmesituation«, fuhr er nach einer Weile fort. »Wir sind noch nie so weit gegangen. Es ist überhaupt noch nie eine so große Mannschaft geschickt worden, und noch nie eine, die so wenig aufeinander abgestimmt war wie unsere. Es ist klar, daß wir alle mit den Nerven fertig sind.«

»Eben. Weißt du, ich frage mich, ob die wirkliche Gefahr nicht von innen heraus kommt. Von uns.«

Parwanner antwortete nicht. Er bedachte Mouleyn mit einem Blick, der buchstäblich alles ausdrücken konnte, stand auf und trat seine Zigarette aus. »Komm«, sagte er. »Laden wir den Rest ab. Ich bin müde.«

Erinnere dich:

Du hast längst vergessen, wie alt du bist. Siebenunddreißig, wenn man deiner Geburtsurkunde glauben darf, aber das ist die objektive Zeit. Irrsinnigerweise bist du einer der wenigen Menschen, für den die subjektiven Eindrücke tatsächlich realer sind als die Wirklichkeit. Du bist ein Unikum: Ein Siebenunddreißigjähriger mit der Lebenserfahrung von fünfhundert Jahren. Aber du weißt noch immer, was Hartmann vor deinem ersten Sprung gesagt hat:

»Alles, was Sie dort erleben, ist real. Wir haben Sie jetzt jahrelang mit dem Wissen vollgestopft, daß Sie nur eine elektronische Vision erleben, aber das ist Schnee von

gestern. Sie werden wirklich dort sein, Junge. Und jeder noch so winzige Fehler, den Sie machen, wird Sie den Kopf kosten. Und es gibt niemanden, der Ihnen helfen wird. Niemanden.«

Seitdem bist du tausendmal am Tod vorbeigegangen. Du hast an drei Schlachten teilgenommen, hast dich mit französischen Banditen und mongolischen Halsabschneidern duelliert, du hast einen Samurei im Schwertkampf besiegt, an Orgien im alten Rom teilgenommen. Du hast Tausende von Frauen geliebt und wahrscheinlich genauso viele Männer getötet. Du bist viermal gefoltert worden, hast mit Hannibal die Alpen überschritten und warst dabei, als der Turm von Babylon geschleift wurde. Du hast Däniken bewiesen, daß er unrecht hat, und du hast mit dem Feldstecher in der Hand im Gebüsch gelegen, als Christopher Kolumbus die amerikanische Küste erreichte.

Du bist noch siebenunddreißig. Und du hast immer noch Angst.

Der Anblick war unbeschreiblich. Obwohl sie vor Beginn der Expedition eine geschlagene Woche damit zugebracht hatten, sich Bilder anzusehen, Filme und Zeichnungen zu betrachten und bis zum Erbrechen Daten in sich hineinzustopfen, überraschte sie das Bild.

Mouleyn stand am Rande des Lagers und blinzelte aus zusammengekniffenen Augen in den Sonnenglast hinaus. Seine Schuhspitzen waren noch Millimeter von der imaginären Linie entfernt, die die Grenze des zusammengesackten Schildes markierte. Keiner von ihnen hatte es bisher gewagt, den unregelmäßigen Kreis aus Zelten und Kisten zu verlassen. Irgendwie gab das Lager ihnen noch Sicherheit, obwohl zwischen ihnen und der Welt dort draußen jetzt wirklich nichts mehr war als ein paar Meter Luft und unerträgliche Hitze.

Der Anblick war grausam und faszinierend zugleich. Mouleyn hatte den Zeitpunkt mit Bedacht gewählt, um den

Mitgliedern der Expedition einen Original-Paläozän-Sonnenuntergang bieten zu können, aber er mußte sich jetzt eingestehen, daß die Mühe umsonst gewesen war. Es gab einfach nichts, was die Großartigkeit dieses Anblicks noch übertreffen konnte.

Der Boden fiel vor ihnen sanft ab: grauer, rissiger Boden, der mit kränklich-grauem Moos und Gruppen von dünnen, an gebogenen Draht erinnernden Büschen bewachsen war. Obwohl er es besser gewußt hatte, war sein Unterbewußtsein stur genug gewesen, ihn dampfende Dschungel und brodelnde Teerseen erwarten zu lassen. Hitze- und feuchtigkeitsgesättigte Luft, das Schwirren von riesigen Insekten und die kehligen Kampfschreie der großen Saurier. Nichts von alledem war der Fall. Die Sonne hockte wie ein großes, loderndes Ungeheuer auf dem Horizont und überschüttete das Land mit Licht. Die Wüste schien zu brennen. Es gab keine sichtbaren Schattierungen, sondern nur harte, von gnadenloser Helligkeit versengte Stellen aus schmerzhaftem Chromgelb und blendendem Weiß und dünne, wie mit dem Lineal gezogene Trennlinien, hinter denen die Nacht ein sinnloses Rückzugsgefecht gegen den Morgen kämpfte. Flächen absoluter Schwärze, ein Schatten, der alles überbot, was Mouleyn je gesehen hatte.

Dazwischen Felsen. Harte, gratige Felsen, deren Anblick fast in den Augen schmerzte. Sie wirkten unfertig und künstlich, als kämen sie aus der Werkstatt eines Hollywood-Dekorateurs. Solche Felsen gab es in der Zeit, aus der Mouleyn und die anderen kamen, nicht mehr. Fünfundsechzig Millionen Jahre Erosion hatten alles, was diesen Formen auch nur nahekam, glattgeschliffen.

»Grandios«, murmelte eine Stimme hinter ihm. Er drehte sich halb um, nickte und riß sich fast gewaltsam los. Der Anblick war faszinierend, aber sie konnten nicht ewig hier stehen und das Panorama genießen. Sie mußten aufbrechen.

»Es wird Zeit.«

Jemand seufzte. Mouleyn wußte nicht, wer, aber das Geräusch drückte eigentlich genau das aus, was sie alle empfanden. Es war ein Sakrileg, die Ruhe dieser Welt zu stören.

Aber die Männer hatten ihr einwöchiges Intensiv-Training nicht umsonst absolviert. Jeder von ihnen wußte, was er zu tun hatte. Einen Moment lang entstand eine fast an Chaos grenzende Unordnung, dann hatte jeder der Männer seine Position eingenommen. Die Gruppen waren bereit. Sie marschierten los. Sie hatten absichtlich darauf verzichtet, die Raketengürtel zu benutzen. Mouleyn war der Meinung, daß es für diesen ersten Tag vollauf genügte, einen Umkreis von dreitausend Metern rings um ihr Lager zu untersuchen. Seltsamerweise hatte ihm niemand widersprochen.

Sie verließen das Lager in entgegengesetzten Richtungen – Parwanner mit Conelley, Verhoyen und Berquest nach Süden, Mouleyn zusammen mit Hsien-Li, Stengman, Brand und Torn nach Norden. Niemand sprach. Die leisen Geräusche, die ihre Ausrüstung verursachte, und das dumpfe Trappeln ihrer Schritte schienen seltsam laut und geisterhaft zu sein. Nichts, was Menschen des zwanzigstens Jahrhunderts tun oder verursachen konnten, gehörte hierher.

Mouleyn ertappte sich dabei, wie er unbewußt nach dem Kolben seiner Waffe griff. Selbst das Metall seines Lasers war heiß. Die Klimaanlagen ihrer Anzüge versagten hoffnungslos. Mouleyn spürte den kühlen, beständigen Luftzug auf der Haut, aber die Kälte schien seinen Körper nicht erreichen zu können. Es war fast, als käme die Wärme aus ihm selbst heraus statt von der glühenden Sonne am Horizont. Und er war nervös. Sein Blick tastete unablässig über das flache Gelände, blieb immer wieder mißtrauisch an Felsen und verdächtigen Senken hängen und schien selbst die Wolken durchdringen zu wollen.

Seine Gedanken schienen deutlich auf seinem Gesicht geschrieben zu stehen. Er spürte, wie Stengman ihn ansah, einen Moment lang die Stirn runzelte und irgend etwas sagen wollte, ohne es dann zu tun.

Sein Funkgerät piepste. Er blieb stehen, hob das Armband dicht an die Lippen und drückte die Antworttaste. »Ja?«

»Steven?«

»Hat hier sonst noch jemand ein Funkgerät?«

Parwanner kicherte. Das Mikrofon verzerrte seine Stimme und ließ das Geräusch blechern und unangenehm erscheinen. »Wir haben etwas gefunden. Vielleicht interessiert es deine Leute.«

»So schnell?«

»Warum nicht?« gab Parwanner zurück. »Schließlich wurde der Platz mit Vorbedacht ausgesucht. Es muß hier nur so von Knochen wimmeln.«

Mouleyn seufzte, schaltete ab und wandte sich an die Wissenschaftler, die dem kurzen Dialog neugierig zugehört hatten. »Machen wir hier weiter, oder wollen Sie sich ansehen, was Ihre Kollegen gefunden haben?«

»Ich bin dafür, hier weiterzusuchen«, sagte Torn. Er schwitzte und sah aus, als wäre er dicht davor, zusammenzubrechen. Mouleyn musterte ihn besorgt.

Torn gab seinen Blick trotzig zurück. Er war der Schwächste der Gruppe – ein Mann mit einem angegriffenen Herzen und der Konstitution eines Achtzigjährigen, aber wahrscheinlich eines der größten lebenden Genies auf seinem Gebiet. »Wenn wir jedesmal hinüberlaufen, sobald jemand auch nur einen Knochen findet, können wir gleich gemeinsam losziehen. Schließlich haben wir uns getrennt, um ein größeres Gebiet absuchen zu können.«

Mouleyn nickte. »Ich dachte, es würde Sie interessieren.«

»Das tut es auch, Mister Mouleyn. Nur werden wir alles Interessante spätestens im Lager erfahren. Wir haben keine Zeit zu verlieren.« Sein Ton war fast beleidigend. Mouleyn kam sich vor wie ein Kind, dem man gerade erklärt hat, warum zwei mal zwei vier ist. Aber er schluckte seinen Ärger herunter. Es hatte keinen Sinn, sich zu streiten. Weder mit Torn noch mit einem der anderen. Er war als Beschützer hier, mehr nicht. Und sie konnten so lange auf ihm herumtrampeln, wie sie wollten.

Sie gingen weiter.

Zehn Minuten später sahen sie den ersten Saurier.

Erinnere dich:

»Natürlich ist es eine Illusion«, hatte Hartmann gesagt. Über sein Gesicht war dieses sanfte, täuschend harmlose Lächeln geglitten, das er immer dann zeigte, wenn er etwas wirklich Wichtiges erklärte. Einer der Gründe, warum du ihn damals nicht mochtest. Genaugenommen magst du ihn immer noch nicht. »Aber eigentlich besteht das ganze Leben aus Illusionen oder vielmehr aus einer einzigen fortdauernden Illusion. Interchron ist nichts anderes als ein Rechner. So ein Ding, wie Sie da vor sich liegen haben, nur viel, viel größer. Interchron ist Rechner, Extrapolator und Laterna magica in einem. Jeder von Ihnen hat den Namen Interchron schon einmal gehört, aber kaum einer weiß, was er sich wirklich darunter vorzustellen hat. Wahrscheinlich wird nie ein größeres System dieser Art gebaut werden. Interchron hat in seinen Speichern das gesamte Wissen der Menschheit. Alles. Angefangen vom Aufbau der Materie bis zum Grundriß des Louvre. Alles, was jemals entdeckt, vermutet, getan oder unterlassen wurde, ist in Interchron. Er weiß alles. Und er ist in der Lage, Schlüsse daraus zu ziehen. Nur...,« er hatte gezögert, und das Lächeln war einem fast wehleidigen Ausdruck gewichen, »kann er uns selten antworten. Das liegt nicht daran, daß er zu dumm ist. Im Gegenteil: Wir sind nicht klug genug, die Fragen zu formulieren, auf die er die Antworten wüßte...«

»Er muß schon lange tot sein«, murmelte Hsien-Li.

»Wie lange?«

Der Chinese zögerte. Schließlich richtete er sich auf, strich sich mit einer fahrigen Geste eine schweißverklebte Strähne aus der Stirn und seufzte, ohne den Blick von dem staubbedeckten Leichnam zu nehmen. »Wirklich schwer zu sagen. Ich bin kein Pathologe, wissen Sie. Nach dem Grad der Verwesung zu urteilen, ein paar Tage. Andererseits ist der Körper fast in den Sand hineingewachsen, als läge er schon Jahre hier.«

Mouleyn nickte, als hätte er tatsächlich verstanden. Aber von allem, was in den letzten drei Stunden geredet worden war, hatte er vielleicht drei Sätze wirklich mitbekommen. Er verstand nur soviel, um zu wissen, daß auch diese sieben Koryphäen ratlos waren.

Natürlich waren nach diesem Fund die anderen zu ihnen gestoßen. Es war eine Sensation, obwohl sie sie erwartet hatten. Das Monstrum hatte halb verborgen im Wüstensand gelegen: ein gigantischer, stacheliger Umriß, der sich kaum von den schartigen Felsen in seiner Umgebung unterschied. Erst jetzt, nachdem er fast drei Stunden lang in der brütenden Sonne gestanden und den Wissenschaftlern zugehört hatte – erst jetzt begriff er wirklich, wie *groß* dieses Ding war. Er benutzte auch in Gedanken das Wort ›Ding‹. Irgendwie widerstrebte es ihm, das Wort ›Lebewesen‹ auf diesen fleischgewordenen Koloß anzuwenden. Sieben oder acht Meter. Sie hatten versucht, den Körper auszugraben, aber der Sand war fest wie Beton. Sie hätten Tage dazu gebraucht. Aber auch das, was sie ans Tageslicht gebracht hatten, reichte, um Mouleyn einen eisigen Schauer über den Rücken zu jagen. Das Monstrum schien nur aus Knochen und Panzerplatten zu bestehen: ein Berg aus Fleisch mit einem dreieckigen, bösen Kopf und mörderischen Fängen. Parwanner hatte versucht, sich einen der riesigen Zähne als Andenken herauszuschneiden, aber die sieben Wissenschaftler hätten ihn wahrscheinlich gelyncht, wenn er es wirklich gewagt hätte, ihr Heiligtum auch nur anzukratzen. Mouleyns Blick wanderte immer wieder zu den kleinen bösen Augen, die ihn selbst jetzt noch höhnisch anzugrinsen schienen. Er fragte sich, wie es sein mußte, einem lebenden Exemplar dieser Gattung gegenüberzustehen. Der Gedanke machte ihm angst.

»Ich verstehe es trotzdem nicht«, murmelte Hsien-Li.

»Was?« fragte Verhoyen.

Hsien-Li lächelte verkrampft. »Wie dieses Ding hierherkommt.

»Es hat hier nichts zu suchen.«

Verhoyens Antwort schien den Chinesen zu überraschen. »Wir scheinen uns geirrt zu haben.«

Hsiens-Lis Unterkiefer klappte herunter. »Sie meinen . . .?«

»Ich meine gar nichts. Ich sehe nur, was da vor uns liegt, und ziehe meine Schlüsse daraus. Wenn Ihnen etwas Besseres einfällt, lassen Sie es mich wissen.«

»Aber fünf Millionen Jahre . . .«

»Sind eine lächerlich kurze Zeitspanne, universell betrachtet«, fiel ihm Verhoyen ins Wort. »Wir haben uns geirrt, werter Kollege. Das ist keine Katastrophe. Schließlich sind wir hier, um unsere Annahmen zu überprüfen. Um zu sehen, ob und wo wir uns geirrt haben.« Er lächelte, drehte sich um und ging weg.

Hsien-Li starrte ihm fassungslos nach.

Mouleyn räusperte sich. »Ich will nicht aufdringlich erscheinen, aber . . .«

Hsien-Li sah ungehalten auf. Zwischen seinen Brauen entstand eine steile Falte, die ihn fast lächerlich erscheinen ließ. »Ja?«

»Wo haben Sie sich geirrt?« fragte Mouleyn geradeheraus.

Hsien-Li zögerte. »Das da«, sagte er schließlich mit einer Kopfbewegung auf den riesigen Koloß zu ihren Füßen, »ist ein Triceratops. Ein fleischfressender Saurier, übrigens einer der größten, die je gelebt haben. Der Haken an der Sache ist nur, daß wir bisher angenommen haben, diese Spezies wäre schon vor fünf Millionen Jahre ausgestorben.«

»Und . . .«

»Und es kann schon einmal vorkommen, daß wir uns irren. Manchmal liegen wir sogar ganz schön weit daneben mit unseren Prognosen. Aber fünf Millionen Jahre? Nein!« Er schüttelte entschieden den Kopf, starrte den toten Saurier fast wütend an und wandte sich dann abrupt ab.

Mouleyn grinste schadenfroh. Es war ein fast wohltuendes Gefühl, sich nicht allein ratlos zu wissen.

Aber schon im nächsten Moment stieg ein ungutes Gefühl in ihm auf. Was Hsien-Li gesagt hatte, hatte Hand und Fuß. Ein Irrtum von diesen Ausmaßen schien undenkbar. Schließlich waren es Wissenschaftler wie er gewesen, die Interchron programmiert hatten. Mit einemmal kam ihm die ganze Sache irgendwie irreal und albern vor, künstlich, falsch und aufgesetzt.

Erinnere dich:

Du . . .

Das Gefühl verging so schnell, wie es gekommen war. Unsinn!

Er durfte nicht anfangen, sich selbst nervös zu machen. Die Wissenschaftler konnten kopfstehen, aber er mußte Ruhe bewahren. Parwanner und er. Er und Parwanner . . . Er und Interchron. Interchron und er . . .

»Steven?«

Parwanners Stimme riß ihn in die Realität zurück. Er sah auf, grinste nervös und kämpfte den letzten Rest Verwirrung fast gewaltsam nieder.

»Du bist blaß«, sagte Parwanner.

»So?«

»Fühlst du dich nicht wohl?«

Mouleyn schnaubte. »Wie fühlst du dich bei der Hitze?«

Parwanner schüttelte den Kopf. »Das meine ich nicht. Du siehst nervös aus. Ist es . . . deswegen?«

Mouleyn folgte seinen Blick. Der kolossale Leichnam kam ihm mit einemmal abstoßend und furchteinflößend vor. Und doch spürte er, daß es nicht die Angst vor diesem Ungetüm war, die in ihm wühlte. Angst, ja. Aber sie verbarg ihr wahres Gesicht.

Er nickte. »Ich mußte daran denken, wie wir *damit* fertig werden sollen.«

»Werden wir nicht«, sagte Parwanner ernst. »Aber wir brauchen es auch nicht. Die Wahrscheinlichkeit, eines dieser Ungeheuer zu treffen, steht eins zu einer Million.«

»Und die Wahrscheinlichkeit, daß wir hier sind, steht eins zu fünfundsechzig Millionen«, gab Mouleyn bissig zurück.

Parwanner blieb ruhig. »Dreh jetzt nicht durch«, sagte er gelassen. »Sie kommen in dieser Gegend nicht vor. Der hier muß sich verlaufen haben. Die Biester waren reine Fleischfresser. Es gibt hier nichts, wovon sie leben könnten.« Er lächelte, drehte sich herum und winkte Stengman zu sich heran. »Vielleicht glaubst du *ihm.«* Mouleyn wollte etwas sagen, aber Stengmans Ankunft ließ ihn verstummen.

»Wie hoch ist die Chance, daß wir eines dieser Dinger lebend antreffen?« fragte Parwanner.

Stengman schüttelte den Kopf. »Minimal. Sie leben normalerweise in Sumpfgebieten. Aber sie sind normalerweise auch schon ausgestorben.« Er grinste. »Trotzdem. Dieser Fund hier stellt schon einen unglaublichen Zufall dar. Wir werden keinen sehen. Leider.«

Parwanner verzog zufrieden die Lippen. »Bist du beruhigt?« fragte er, nachdem der Doktor wieder außer Hörweite war. Mouleyn schnaufte.

»Idiot.«

»Erinnere dich:

»Genaugenommen ist auch das, was ich jetzt tue, was Sie hören, sehen und riechen, Illusion. Bestimmte Reaktionen Ihres Gehirns auf bestimmte Nervenreize. Alles ist Illusion. Sie sehen ein Buch. Ihre Sehnerven nehmen einen bestimmten optischen Eindruck auf, transformieren ihn in eine genau festgelegte Gruppierung elektrischer Impulse und senden

diese in Ihr Gehirn. Dort wird diese Information ausgewertet und mit dem gespeicherten Wissen verglichen. Sie wissen nur, daß es ein Buch ist, weil man Ihnen irgendwann einmal gesagt hat, daß dieses Ding Buch heißt . . . Er hatte nach einer Orange gegriffen und sie ein paarmal in die Luft geworfen. »Äußere Reize. Elektrische Reize, um genau zu sein. Haben Sie schon einmal von diesen neuen Geräten gehört, mit denen Blinde lesen können.« Du hast genickt, damals, und er hat gelächelt. Damals wußtest du noch nicht, wie abfällig dieses Lächeln gemeint war. »Diese Geräte . . .« hatte er weiter erklärt, »simulieren die gleichen Reize, die durch das Auftreffen eines bestimmten optischen Impulses auf die Netzhaut entstehen. Und nun stellen Sie sich ein System vor, das das gleiche tut – nur in viel, viel größerem Maßstab. Und genau dies tut der Interchron.

Aber fragen Sie mich jetzt bitte nie, wie er das tut. Wir wissen es nicht.«

Stengman wischte sich eine schweißverklebte Haarsträhne aus dem Gesicht. Er wirkte erschöpft, aber auf eine seltsame, zwiespältige Art – mit jedem bißchen Energie, das sein Körper in den letzten siebzehn Tagen verbraucht hatte, schien sein Wille stärker geworden zu sein. Die zweieinhalb Wochen, die die Expedition bis jetzt gedauert hatte, hatten deutliche Spuren in seinem Gesicht hinterlassen. Er war mager geworden, und seine Mundwinkel zeigten einen harten, vollkommen neuen Zug. Trotzdem wirkte er gelöster und ruhiger als während der ersten Tage. Manchmal lächelte er jetzt sogar.

»Stimmt irgend etwas nicht?« fragte er.

Mouleyn zuckte mit den Schultern. »Was soll nicht stimmen?«

Stengman lehnte sich im Sitz zurück, ließ einen Moment die Beine baumeln und verschränkte dann die Arme hinter dem Kopf. »Mit Ihnen«, sagte er. »Sie wirken . . . nervös.«

Mouleyn grinste übertrieben. »Im Gegenteil, Doktor. Wenn ich ehrlich sein soll – ich langweile mich. Ich habe mir diese Reise aufregender vorgestellt.«

»Sie ist aufregend«, widersprach Stengman. »Jedenfalls für mich. Aber ich verstehe, was Sie meinen. Wir sitzen seit sechzehn Tagen hier herum . . .«

»Ohne uns zu rühren«, nickte Mouleyn. »Nicht, daß ich mich beschweren will. Nur . . .« Er brach ab, verzog demonstrativ das Gesicht und starrte dann an Stengman vorbei auf einen imaginären Punkt irgendwo über der Wüste. Stengman würde das nicht verstehen. Er würde diese seltsame Unruhe, die von ihm Besitz ergriffen hatte, dieses immer stärker werdende Gefühl des Wartens – des Erwartens – nicht verstehen.

Er versuchte sich zu erinnern, wann es begonnen hatte, aber er konnte es nicht. Vielleicht irgendwann kurz nach ihrer Ankunft; vielleicht auch schon vorher.

Du weißt ja noch nicht einmal, was es ist, dachte er sarkastisch. Das Gefühl war nicht zu beschreiben. Es war irgendwie die gleiche Art von Spannung, die ihn immer ergriff, wenn er in eine neue, unbekannte Welt vorstieß, und doch auch ganz, ganz anders. Dieses Gefühl, daß sich irgendwo etwas zusammenbraute, etwas geschehen würde, überfiel ihn jedesmal. Nur, daß es diesmal fast Gewißheit war. Eine Gewißheit, die keinen logischen Grund brauchte.

Er seufzte, lächelte nervös und versuchte Stengmans neugierige Blicke zu ignorieren.

»Sie wollen sich nicht beschweren, aber Sie haben das Gefühl, Ihre Zeit zu vergeuden«, nahm Stengman den Gedanken wieder auf.

Mouleyn nickte widerwillig.

Stengman stöhnte, setzte sich mit einem Ruck gerade auf und fuhr im Sessel herum. Sein Blick richtete sich wieder konzentriert auf den winzigen Monitor. Eine verwirrende Vielfalt von Zahlen, Diagrammen und Auflistungen huschte über die Mattscheibe, während Stengmans Finger mit der

Geschicklichkeit eines Chirurgen über das schmale Schaltpult glitten. Das Computerterminal wirkte mit seiner Vielzahl von Schirmen, Skalen und Ein- und Ausgabeterminals wie ein Requisit aus einem Science-fiction-Film.

Deplaziert, dachte Mouleyn. So wie alles hier. Er stand auf, vergrub die Hände in den Taschen und schlenderte zu Stengman hinüber. Er war der einzige, der noch arbeitete. Es dämmerte bereits, und die mörderische Hitze forderte ihren Tribut. Die hektische Betriebsamkeit der ersten Tage war längst verflogen. Keiner von ihnen konnte mehr als vier oder fünf Stunden konzentriert arbeiten.

Auch ein Punkt, den wir nicht berücksichtigt haben, dachte Mouleyn. *Wir haben gedacht, es wäre einfach nur heiß. Eine Expedition in ein bizarres Tropengebiet.*

Aber so war es nicht. Ganz und gar nicht. Es waren nicht allein die Temperaturen, die die Männer fertigmachten. Auch nicht der feine Staubsand, der seit zwei Wochen über das Land herfiel, und auch nicht die gnadenlose Helligkeit.

Es war die Zeit. Noch nie zuvor hatten sich Menschen weiter von ihrer Zeit entfernt. Verglichen mit diesem Sprung war alles, was sie zuvor gemacht hatten, lächerlich. Ein Sonntagsausflug im Vergleich zu einer intergalaktischen Reise. Fünfundsechzig Millionen Jahre ... Mouleyn versuchte sich die Zahl plastisch vorzustellen, aber er sah schnell ein, wie lächerlich dieses Unterfangen war.

Menschen gehörten nicht hierher. Dies war nicht die Erde, sondern ein fremder, feindlicher Planet, der dem Menschen zwar ein physiologisches Überleben ermöglichen mochte, aber seine Seele verkrüppelte. Es war das gleiche, nagende Gefühl, das sich in ihm breitgemacht hatte: eine undefinierbare Spannung, das Empfinden, als hielte diese ganze Welt den Atem an und wartete, wartete auf irgend etwas, das vielleicht – hoffentlich – nie geschehen würde.

Stengman sah von seiner Arbeit auf, rieb sich über das Gesicht und kramte eine Zigarette aus seiner Brusttasche.

Seine Augen waren rot und entzündet. Überanstrengt, diagnostizierte Mouleyn.

»Sie sollten sich schonen.«

Stengman nahm einen langen Zug, blies eine Rauchwolke in die Luft und hustete. »Das hat Zeit«, erklärte er keuchend. »Wir haben nur noch wenige Tage.« Er sog wieder an seiner Zigarette, starrte die winzigen Leuchtziffern auf dem Bildschirm einen Herzschlag lang an und seufzte dann. »Im Grunde ist es sinnlos.«

»Was?«

»Alles«, erklärte Stengman zweideutig. »Diese ganze Expedition. Wir haben viel erfahren, aber die Frage, die uns wirklich beschäftigt hat, wird wohl nie erklärt werden. Es ist einfach ...« Er brach ab, suchte nach einem passenden Ausdruck und schüttelte schließlich den Kopf. »Vielleicht wäre ›gewaltig‹ das richtige Wort. Möglicherweise haben wir uns an eine Frage herangewagt, die einfach zu gewaltig für uns Menschen ist.«

»Sie meinen das große Saueriersterben?«

Stengman lächelte über den Ausdruck. Er drehte den Kopf, sah einen Moment lang weg und starrte dann den gigantischen Leichnam des Sauriers an, der mit seiner ungeheuren Masse das Lager beherrschte. Sie hatten zwei Tage gebraucht, um ihn auszugraben und ins Lager zu schaffen. Sie hatten ihn gereinigt, rekonstruiert und mit einer dünnen, transparenten Kunststoffschicht überzogen. Ein halbes Dutzend großer, skurril geformter wissenschaftlicher Instrumente klebte wie ein Schwarm bizarrer Metallinsekten auf seinen geborstenen Panzerplatten. Dutzende von Kabeln und Drähten überzogen seine Haut, drangen in Poren, Körperöffnungen und Wunden. Aber all dies hatte ihm nichts von seiner Urzeitlichkeit nehmen können; im Gegenteil. Jetzt, im letzten Licht des Tages, wirkte er fast noch bedrohlicher. Der Sonnenuntergang ließ seinen Körper zu einer gigantischen schwarzen Silhouette werden, die die Expedition allein durch ihre Anwesenheit zu verhöhnen schien.

Dieser Gigant war der einzige gewesen, den sie gesehen hatten. Für die Wissenschaftler mochte diese Welt voller Überraschungen und neuer Erfahrungen stecken, für ihn war sie schlicht langweilig.

Er sagte es Stengman.

»Sie haben die gleiche falsche Vorstellung wie alle Laien«, meinte der Doktor. »Natürlich beherrschen die Saurier diese Welt. Aber es ist die Zeit, Mouleyn. Sie haben diesen Planeten einhundert Millionen Jahre lang beherrscht und ihre Spuren hinterlassen. Und sie beherrschen sie jetzt noch. Diese Welt ist immer noch ein Planet der Dinosaurier.«

»Ich sehe keinen«, gab Mouleyn mürrisch zurück.

Stengman seufzte. »Natürlich nicht. Es gab nie sehr viele gleichzeitig. Giganten von dieser Größe benötigen ein Jagdterritorium von der Ausdehnung eines Kleinstaates, wenn sie überleben wollen. Der da zum Beispiel«, er stand auf, ging an Mouleyn vorbei zu dem Saurier und betrachtete einen Augenblick lang den riesigen, mißgestalteten Kopf, ehe er leise fortfuhr, »ist verhungert. Er hat sich zu weit von fruchtbarem Land entfernt. Sie müssen sich vorstellen, welchen Energiebedarf ein solches Ungeheuer hat. Es muß praktisch ununterbrochen fressen, um überleben zu können.«

»Keine sehr glückliche Gegend dafür.«

Stengman schüttelte den Kopf. »Keine sehr glückliche Zeit, Mouleyn. Es sieht fast überall so aus wie hier. Sehen Sie.« Er fuhr herum, ging mit energischen Bewegungen zum Terminal zurück und drückte rasch ein paar Knöpfe, während Mouleyn hinter ihn trat und neugierig über seine Schulter starrte.

Auf dem Bildschirm erschien eine Luftaufnahme der Wüste, ein Bild, das sich in nichts von dem unterschied, was sie während der vergangenen zweieinhalb Wochen gesehen hatten. Verkarstetes, totes Land, staubfeiner Sand, der von Jahrmillionen gnadenloser Sonneneinstrahlung zu einer kompakten Masse zusammengebacken war. Felsen, versteinerte Bäume. Flache Senken, die an ausgetrocknete Seen erinnerten. Seltsam symmetrische Gräben und Linien, für die sie bislang noch keine Erklärung gefunden hatten.

»Ihre Umwelt stirbt«, sagte Stengman leise. »Ihr Lebensraum verändert sich, und sie sind nicht in der Lage, sich anzupassen. Trotz der Jahrmillionen, die sie zur Verfügung hatten, sterben sie.«

»Aber warum?« fragte Mouleyn. »Sie . . .«

Stengman sah auf. »Sie sind so stark«, murmelte er. »So stark, daß sie keinen Gegner zu fürchten haben. Es gibt keine Feinde. Es hat nie welche gegeben, und es wird nie welche geben. Kein Wesen, das diese Welt je hervorgebracht hat, kann es an Mut und Kraft mit ihnen aufnehmen. Sie sind unbesiegbar. Und gerade deshalb verwundbar.«

»Das verstehe ich nicht.«

»Es ist auch nur eine Theorie«, sagte Stengman hastig. »Eine ziemlich gewagte Theorie, zugegeben, aber . . . Es scheint die einzige Erklärung. Sehen Sie.« Wieder flogen seine Finger über die Tasten. Das Bild wechselte. Die Spione hatten in den letzten Tagen Tausende Meter Film belichtet und ins Lager zurückgebracht. Zu viele, als daß sie sich alles hätten ansehen können. Das würden sie nach ihrer Rückkehr in die Realität tun. »Dort stand früher ein Wald«, sagte Stengman leise.

»Ich sehe nichts mehr von ihm.«

»Aber er war da. Man sieht es an der Bodenstruktur, an den Linien hier und hier und hier«, seine Finger tippten auf die Mattscheibe, ohne daß Mouleyn mehr als trockenen Staub und Felsen erkennen konnte. Aber er glaubte Stengman. »Es ist noch nicht einmal lange her. Und wenn Sie hinsehen, können Sie sogar noch die Stelle erkennen, an der das Nest war.«

»Was für ein Nest?« fragte Mouleyn verblüfft.

»Das Nest eines Sauriers. Einer von unseren hornigen Freunden hat ganz hier in der Nähe gelebt. Aber als der Wald starb, starb auch der Saurier. Seine Lebensgrundlagen waren zerstört. Als die Pflanzen gingen, blieben auch die Pflanzenfresser weg. Seine Nahrung.«

»Aber er hätte weiterziehen können.«

»Um in einem anderen Wald auf einen anderen Saurier zu treffen und mit ihm zu kämpfen und wahrscheinlich – geschwächt von der langen Wanderung und vom Hunger – zu unterliegen«, nickte Stengman. »Außerdem sind sie nicht intelligent genug, um so weit zu denken. Sie bestehen fast nur aus Instinkt, Mouleyn. Aus Instinkt und Stärke. Instinkte funktionieren nur in einer ganz bestimmten Wechselbeziehung zur Umwelt. Ändern Sie die Umwelt, und die Instinkte werden nutzlos. Und Stärke hilft nur dann, wenn man einen Gegner hat. Sie können eine veränderte Umwelt nicht mit Muskelkraft besiegen.«

Erinnere dich:

»Natürlich wird es nie so etwas wie Zeitreisen geben«, hatte Hartmann gesagt. »Vielleicht werden Menschen eines Tages zu den Sternen fliegen können, die Zeit wird man nie besiegen können. Aber wir können etwas anderes tun.«

»Wird es nicht nur Illusion sein.« hast du gefragt.

»Natürlich. Aber sie wird alles übertreffen, was wir uns auch nur vorstellen können. Sehen Sie, meine Herren – der Interchron weiß alles. Alles, was wir wissen, weiß er. Jede Information, die irgendwann einmal herausgefunden wurde, angefangen vom molekularen Aufbau der Materie bis zur Sonnenphysik, wurde und wird in seine Speicher gegeben. Alles, buchstäblich alles. Verhaltensweisen von Menschen und Tieren, Reaktionen unter Streß. Er wird berücksichtigen, daß der Hund, dem Sie im achtzehnten Jahrhundert vielleicht den Kopf kraulen wollen, unter Umständen gerade Zahnschmerzen haben könnte. Er wird Ihnen eine Umwelt simulieren, die so perfekt ist, daß niemand den Unterschied bemerkt. Und er kann aus dem Wissen, das wir über Jahrzehnte in ihn hineingepumpt haben, neue Schlüsse ziehen.

Vielleicht besuchen Sie Hannibal und stellen überrascht fest, daß er in Wirklichkeit nicht mit Elefanten, sondern mit einer Herde Mammuts losgezogen ist.«

»Aber wie kann er Dinge wissen, die wir nicht wissen? Wir haben ihn programmiert.«

»Das stimmt. Aber er hat ALLE Informationen, und er hat die Kapazität, sie alle zu berücksichtigen. In dieser Beziehung ist er uns überlegen.«

»Und diese Illusion ...«

»Ist keine Illusion. Sie ist so perfekt, daß Ihr Körper darauf reagiert, als würde alles wirklich geschehen. Wenn Sie an den Interchron angeschlossen sind und sterben, meine Herren, wenn Sie ein simulierter Indianerpfeil trifft oder ein elektronisch nachgebildeter Dinosaurier auf Ihnen herumtrampelt, dann sind Sie wirklich tot. Vergessen Sie das nicht. Vergessen Sie das niemals.«

Nicht einmal der Fahrtwind brachte Kühlung. Die Landschaft huschte unter ihnen hinweg: ein bräunlicher, mit Streifen verwischter Gelb- und Rottöne durchsetzter Schatten, der irgendwo in unbestimmbarer Tiefe unter seinen baumelnden Beinen war. Ein Blick auf den Höhenmesser hätte ihm Geschwindigkeit und Abstand sagen können. Aber er wollte es gar nicht wissen. Sie mußten sich jetzt etwa zwanzig Meilen vom Lager entfernt haben, eine Gruppe dahinpreschender, an skurrile Riesenvögel erinnernder Gestalten, die auf heulenden Feuerstrahlen über das Land jagten und eine Bresche in die Stille schlugen. Mouleyn war fast erstaunt, wie gut die Wissenschaftler mit den Raketengürteln zurechtkamen. Er selbst hatte fast ein halbes Jahr gebraucht, um sich an die empfindliche Steuerung und die vollkommen ungewohnte Aerodynamik eines Raketengürtels zu gewöhnen. Die beiden ungleichen Männer handhabten die Fluggeräte so souverän, als hätten sie ihr Leben lang nichts anderes getan.

Sein Helmlautsprecher erwachte knisternd zum Leben. »Wir müssen gleich dort sein«, quäkte Stengmans Stimme. »Hinter diesem Hügel dort vorne ist es. Seien Sie vorsichtig.«

Mouleyn nickte automatisch. Offiziell war er der Kommandant dieser improvisierten Expedition, aber er ordnete sich Stengman gerne unter. Nicht nur er. Seltsamerweise schienen alle den kleinen, nervösen Mann vorbehaltlos als Führer akzeptiert zu haben. Stengman besaß ohne Zweifel das größte Fachwissen von allen, aber er spielte es nicht aus.

»Ich schlage vor, wir gehen ein paar hundert Fuß höher«, drang Parwanners Stimme in seine Gedanken. »Sicher ist sicher.«

Der Lärm der Raketen steigerte sich für einen Augenblick zu einem infernalischen Gebrüll, während die Männer nach Süden und gleichzeitig emporjagten.

»Okay. Ausschwärmen.«

Die Gruppe zog sich auseinander. Mouleyn und Parwanner flogen an den Flanken, während die drei Wissenschaftler – etwas weniger ängstlich, aber genauso nervös – die Mitte bildeten. Mouleyn mußte an Hsien-Li, Torn und Berquest zurückdenken, die im Lager geblieben waren. Jeder von ihnen hätte seine rechte Hand dafür gegeben, jetzt mit dabeisein zu können. Aber es gab eine eiserne Regel, nach der das Lager niemals, unter keinen Umständen allein gelassen werden durfte.

Sie verminderten ihre Geschwindigkeit. Der Hügel wuchs vor ihnen empor. Eigentlich war es mehr ein Felsen – ein riesiger, gleichmäßig geformter Felsbrocken, der sich in Farbe und Oberflächenstruktur kaum vom Wüstenboden unterschied. Dahinter lag das Nest.

Mouleyns Herz begann schneller zu schlagen. Gegen seinen Willen begann ihn die Erregung der Wissenschaftler anzustecken. Er griff nervös nach den Kontrollen seines Gürtels, nahm die Geschwindigkeit zu hastig zurück und sackte mit einem Ruck tiefer.

Sie landeten. Das Nest lag noch etwas mehr als hundert

Meter vor ihnen: eine flache, schüsselförmige Senke, auf deren Grund vier runde, weiße Eier das Licht der Sonne reflektierten. Sie hätten genausogut direkt am Rande des Nestes niedergehen können, aber Parwanner hatte – übervorsichtig wie immer – darauf bestanden, einen Sicherheitsabstand zum Hügel und dem dahinterliegenden Höhleneingang zu wahren. Obwohl Saurier nicht in Höhlen lebten, wie die Wissenschaftler einstimmig behaupteten. Aber sie hatten sich schon ein paarmal geirrt.

Mouleyn schaltete seinen Raketengürtel ab und löste mit einer fließenden Bewegung den Trageriemen des Lasers. Die Waffe sprang wie von selbst in seine Hand. Ihr Gewicht und die Wärme des Metalls hatten etwas Beruhigendes. Er schob das Magazin ein, legte den Sicherungshebel herum und aktivierte die Zündspule. Der Abstrahlkristall begann in seinem seltsam schmutzig wirkenden Karmesinrot zu glühen.

Sie waren alle bewaffnet – er und Parwanner mit schweren Zweihandstrahlern, deren Schüsse einen Panzer in rotglühende Schlacke verwandeln konnten, die Wissenschaftler mit kleineren Handfeuerwaffen, die zwar gegen einen lebenden Saurier nutzlos sein würden, die Männer aber wenigstens beruhigten. Nicht, daß sie wirklich mit einer Begegnung dieser Art rechnen würden. Das Nest schien verlassen zu sein. Die Landschaft bot in weitem Umkreis keine Deckung für ein Wesen, das größer als ein Dackel war.

Mouleyn drehte sich einmal um seine Achse und legte dann den Kopf in den Nacken. Trotz des dunklen Visiers vor seinen Augen blinzelte er, als er in den lichtdurchtränkten Himmel hinaufsah. Der winzige dunkle Punkt des Spions war unsichtbar – zu hoch, um aufzufallen, und zu klein, um das grelle Licht der Sonne merklich zu reflektieren. Aber Mouleyn wußte, daß er da war. Seine unbestechlichen Elektronenaugen würden die Wüste zuverlässig absuchen. Selbst wenn die Bestie überraschend zurückkehrte, würden sie früh genug gewarnt werden.

Aber die Nervosität blieb. Mouleyns Finger strichen nervös über die Waffe. Tasteten nach dem Abzug, verharrten, begannen zu zittern. Und langsam, ganz, ganz langsam begann die Angst ihre Krallen nach ihm auszustrecken:

Erinnere dich:

»Wenn unsere Augen grüne Gläser wären, sähen wir die Welt grün.«

Immanuel Kant.

Ihre Bewegungen wurden langsamer, zögernder und fast ängstlich, als sie sich dem Nest näherten. Mouleyn wurde plötzlich klar, wie irreführend die Bezeichnung Nest war. Es war nichts weiter als eine flache Senke mit festgestampftem Boden, die so aussah, als wäre sie in den betonharten Sand hineingeschmolzen worden. Die vier Eier darin – weiß, rund und größer als ein Männerkopf – wirkten seltsam verloren.

Brand atmete nervös. Seine Finger vollführten kleine, unbewußte Bewegungen, und das Gesicht hinter dem getönten Visier wirkte verzerrt.

»Beeilen wir uns«, sagte er. Selbst seine Stimme klang seltsam.

Dumpf und so, als brauche er all seine Willenskraft, um die wenigen Worte auszusprechen.

Stengman löste das Tragegestell von seinem Rücken und begann die vier Transportbehälter aufzuschrauben, während Verhoyen seine Kamera zückte und Bild nach Bild schoß. Und das unwirkliche Gefühl, dieses völlig unwirkliche, blödsinnige und unbegründete Gefühl, daß irgend etwas falsch war, wurde stärker in Mouleyn.

Erinnere dich:

Wenn Sie im Interchron sind . . ., hatte Hartmann gesagt, *»werden Sie nicht wissen, daß alles Illusion ist. Sie können* *es sich noch so oft einpauken. Sie können es sich aufschreiben oder von mir aus auf die Stirn tätowieren lassen. Sie werden es vergessen. Der Interchron ist die totale Illusion. Vielleicht sogar totaler als die Wirklichkeit.«*

Aber . . .

Mouleyn stöhnte. Salziger Schweiß rann in seine Augen. Seine Finger in den dünnen, klimatisierten Handschuhen wurden feucht. Irgend etwas geschah: Für einen winzigen, schrecklichen Augenblick hatte er das Gefühl, seinen Körper verloren zu haben. Er sah sich selbst – eine dünne, verwundbare Gestalt, die dem Wahn erlegen war, eine ganze Welt mit der lächerlichen Waffe in seinen Händen erobern zu können. Dann verging die Vision, aber die Angst blieb.

»Hier sind Spuren«, sagte Verhoyen. Mouleyn sah auf, froh, seine Gedanken ablenken zu können. Er seufzte, sah nervös in die Runde und ging dann mit ungelenken Schritten zu Verhoyen hinüber. Parwanner kam ebenfalls neugierig näher. Sein Gesicht war hinter der schwarzen Helmscheibe fast unsichtbar, aber Mouleyn war sicher, daß der andere genauso nervös war.

Spürte er es auch?

Verhoyen setzte die Kamera an und schoß schnell hintereinander ein halbes Dutzend Aufnahmen. »Sie ist noch nicht sehr alt«, murmelte er.

»Was?«

»Die Spur. Vier, fünf Stunden, vielleicht. Eher weniger.«

Mouleyn schauderte. Die Spur war riesig – der Abdruck eines gigantischen, mehr als anderthalb Meter langen, dreizehigen, häßlichen Fußes. Die Vorstellung, welches Gewicht nötig war, um den steinharten Boden einzudrücken, ließ Mouleyn aufstöhnen. Verhoyen ging ein paar Schritte und blieb wieder stehen. »Er scheint in südlicher Richtung weggegangen zu sein. Hier sind noch mehr Spuren.«

»Wir hätten ihn sehen müssen.«

»Vielleicht. Vielleicht ist er auch irgendwo abgebogen. Diese Biester müssen trotz ihrer Größe schnell sein. Er kann schon ein Dutzend Meilen weit weg gewesen sein, als wir aufbrachen.«

Parwanner trat neben Mouleyn, bückte sich und fuhr prüfend mit den Fingern über den Boden.

»Zum Wehrdienst würde er nicht eingezogen«, sagte er. »Der Kerl hat Spreizfüße.«

Mouleyn lächelte gequält. Sein Herz schlug. Er hatte Angst.

Der Interchron ist die totale Illusion.

Aber warum . . .

Er fuhr herum. Für einen Augenblick schien die Wüste vor seinen Augen zu verschwimmen, sich in treibende Nebel aufzulösen. Nebel, die eine riesige, plumpe Gestalt verhüllten.

»Wie weit seid ihr?«

Stengman schraubte den Deckel des vorletzten Behälters zu. »Noch ein Ei. Nervös?«

Mouleyn zögerte einen Moment. Dann nickte er. »Ja.«

»Madame Saurier wird es nicht schätzen, wenn wir ihre Kinder stehlen«, murmelte Parwanner. »Sie . . .«

Verhoyens Aufschrei schnitt wie ein Messer durch die Stille. Stengmans Kopf flog herum, erstarrte. Wie in einer Zeitlupenaufnahme sah Mouleyn, wie sich Stengmans Gesicht verzerrte, sein Mund zu einem fast komischen stummen Schrei geöffnet war und seine Augen sich weiteten.

Mouleyn und Parwanner fuhren in einer synchronen Bewegung herum.

Es war wir auf dem Schießstand. Für den Bruchteil einer Sekunde schien sich sein Gehirn zu verkrampfen. Eine große, eisige Hand griff nach seinem Herzen, preßte es zusammen und ließ wieder los. Dann übernahmen Reflexe die Rolle seiner Gedanken; eintrainierte Bewegungen sprangen ein, wo bewußtes Denken von chaotischer Angst erstickt worden war. Seine Hände kamen hoch. Die Angst fiel wie ein ausgedientes Kleidungsstück von ihm ab. Das

Ding, das vor einer Sekunde noch Mouleyn gewesen war, gab es nicht mehr. Er war jetzt nur noch eine berechnende, gefährliche Kampfmaschine.

Ein heiserer, kreischender Schrei ließ die Wüste erbeben. Der Boden dröhnte, zitterte, schrie unter dem gnadenlosen Stampfen dieser fürchterlichen Beine auf. Die Luft schien zu klebrigem Gelee zu gerinnen. Mouleyns Gesichtsfeld verengte sich, wurde zu einem kleinen, begrenzten Kreis, in dem nichts Platz hatte als die näher stampfende Scheußlichkeit, die Drohung des weit aufgerissenen Rachens und der Blick dieser kleinen, tückischen Augen. Und trotzdem reagierte er präzise wie ein Computer.

Er und Parwanner. Parwanner und er. Sie waren eins, Teile einer sorgfältig konstruierten und programmierten Maschine. Ihre Waffen richteten sich auf, folgten dem Kurs der Bestie und verharrten schließlich an einem imaginären Punkt, dem Zentrum eines gleichschenklichen Dreiecks, das aus den Abstrahlkristallen ihrer Laser und dem häßlichen Kopf der Bestie gebildet wurde.

Falsch! schrien seine Gedanken. *Alles ist falsch!*

Seine Finger tasteten nach dem Auslöser, fanden den Druckpunkt und verharrten Millimeter darüber. *Wenn Sie im Interchron sind, werden Sie nicht wissen, daß es Illusion ist... Sie werden nicht einmal wissen, daß es so etwas wie einen Interchron gibt.*

Aber wieso hatte er...

Die Bestie schrie wieder. Sie war jetzt auf dem Kamm des Hügels: ein monströser, apokalyptischer Schatten, sechzehn Meter materialisierter Haß, verkörperte Wut, Tonnen von fleischgewordener Aggression. Und sie warteten. *Aber wieso hatte er dann gewußt, daß es einen Interchron gibt? Wieso hatte Hsien-Li behauptet, daß ein Triceratops Fleisch fraß? Wieso hatten sich diese Koryphäen so geirrt? Wieso fanden sie ein Lebewesen, das seit fünf Millionen Jahren nicht mehr lebte? Wieso gab es diese Bestie dort vorne? Wieso wurden sie ausgerechnet jetzt...*

Das Ungeheuer stürmte den Hügel hinunter. Seine Bewegungen wirkten ungemein plump und langsam, aber jeder Schritt der gigantischen Beine trug ihn Meter um Meter näher. Seine kleinen, bösen Augen funkelten wild.

Falsch! Alles ist falsch! Der Tyrannosaurus ist vor zehn Millionen Jahren ausgestorben!

»Jetzt!« schrie Parwanner.

Sie drückten ab. Die Waffen brüllten in ihren Händen auf, schickten den Tod gebündelt auf den Weg: dünne, heiße, helle Strahlen, die mit der Präzision von Robotern gezielt waren, in die Augen der Bestie schlugen, Fleisch, Muskeln und Knochen und Gehirn zu schwarzem Schlamm verkohlten und den Kopf aufflammen ließen. Aber die Bestie stürmte weiter. Ihr Körper wuchs groß und gigantisch vor den Männern empor, ein stampfender, böser und grausamer Schatten, der die Sonne verdunkelte und die Welt erbeben ließ, die Schöpfung zu einem Nichts degradierte und weiterstürmte, obwohl er längst tot war.

Sie feuerten, jagten Schuß auf Schuß in den gepanzerten Leib, verbrannten den Kopf zu einer unförmigen, rotglühenden Masse, aber die Bestie stürmte weiter, eine Lawine aus Fleisch, die zu dumm war, um zu sterben. Der schreckliche Rachen öffnete sich zu einem gurgelnden, erstickten Schrei, stieß einen Schwall aus Blut und schwarzem, radioaktivem Schlamm aus, brüllte, schrie, schrie, schrie.

Erinnere dich.

Du hast dagestanden und gefeuert, ein böser Dämon aus einer fremden Welt, der Tod und Verderben spie. Unfähig, dich zu rühren, mehr zu tun, als dazustehen und zu schießen, immer und immer wieder. Du hast gewußt, daß . . .

Plötzlich wußte er, daß Parwanner es nicht schaffen würde. Die Bestie stürmte mit der Gewalt einer Diesellokomotive den Hang hinunter, schrie und taumelte. Sie brannte. Ihre Panzerplatten glühten, Flammen leckten aus ihrem Körper, den verkohlten Kratern, in die sich ihre Augen verwandelt hatten, schossen aus Maul und Nüstern. Aber sie stürmte weiter, torkelte mit der Unaufhaltsamkeit einer Naturgewalt auf Parwanner zu und überrannte ihn. Er schrie nicht einmal.

Erinnere dich:

Er hat einfach dagestanden und gewartet. Du hast gedacht, daß er es wohl gewußt hat. Aber er hat nicht einmal versucht, auszuweichen. Ein Schritt hätte genügt, aber er hat ihn nicht getan. Du hast immer noch geschossen, als der gigantische Leib über Parwanner zusammengebrochen war, hast Blitz auf Blitz in diesen gigantischen Kadaver gejagt. Du . . .

Stengman brach zusammen, verkrampfte die Hände vor dem Bauch und übergab sich würgend. Brand . . .

Erinnere dich:

Du hast dagestanden, gestarrt und versucht, einen klaren Gedanken zu fassen. Du weißt nicht mehr, wie lange. Stunden, Minuten, Sekunden. Du hast nicht gemerkt, wie die anderen dich angesprochen haben. Erst als Verhoyen dir die Waffe aus der Hand schlug und dir eine Ohrfeige versetzte, hast du gemerkt, daß du immer noch den Daumen auf dem Feuerknopf hattest. Du weißt nicht mehr genau, was dann passiert ist. Jemand hat etwas gesagt, aber du weißt nicht, wer es war, und du weißt nicht mehr, was er gesagt hat. Du . . .

Er hatte Verhoyen schließlich niederschlagen müssen. Der kleine Mann hatte versucht, ihn zurückzuhalten, ohne zu begreifen, wie sinnlos das sein mußte.

Irgendwie war es ihm, als würde er aus einem tiefen, totenähnlichen Schlaf erwachen. Er wußte, daß Parwanner tot war, aber dieses Wissen schien an ihm abzugleiten, als hätte sein Verstand einen Schutzpanzer errichtet, an dem alle äußeren Eindrücke abprallen mußten. Die Waffe in seinen Händen glühte. Das Magazin war fast leer, und der Kristall war zu einer brüchigen Masse gesprungen. Aber auch das war ihm egal. Sein Blick hing wie hypnotisiert am Eingang der Höhle, saugte sich an der samtigen Schwärze fest und versuchte vergeblich, weiter als ein paar Schritte vorzudringen.

Aber er wußte, daß es da war.

Du hast es gewußt. Genauso unerschütterlich gewußt, wie du wußtest, daß Parwanner sterben würde, daß diese ganze Expedition in einem Chaos enden würde. Ihr hattet die Kuh erschossen, aber der Bulle lebte noch. Tyrannosaurier sind liebende Eltern, Kreaturen, die ihr Leben lang zusammenblieben. Du wußtest, wo du ihn finden würdest, und du wußtest, daß nur einer von euch überleben konnte.

Er ging langsam vor. Der Boden knirschte unter seinen Füßen, als wäre er mit einem Teppich aus mikroskopisch feinen Glassplittern bestreut, während der zitternde Lichtkreis seiner Helmlampe über Boden und Wände tastete, glitzernde Reflexe aus der Dunkelheit riß, über Knochen und Kothaufen glitt . . .

Und dann habt ihr euch gegenübergestanden, der Mann und das Ungeheuer, der Mensch und die Bestie. Du warst vielleicht zwei Meter vor ihm, hast deine Waffe umklammert und doch gewußt, daß du nicht abdrücken konntest. Du hast das sanfte Leuchten in seinen Augen gesehen, den unbeschreiblich menschlichen, vorwurfsvollen Ausdruck, das . . . das Wissen . . .

Und plötzlich hast du begriffen.

Die Stimme dröhnte in seinem Kopf. Es war keine Telepathie. Nichts, was sich mit den albernen und unzulänglichen Begriffen der menschlichen Sprache beschreiben ließe.

»Es hat lange gedauert, bis du gekommen bist.«

»Du warst es also.«

»Wer sonst? Ich habe dich gerufen, aber du hast mich nicht verstanden. So, wie alle anderen mich nicht verstanden haben.«

»Wer bist du?«

»Ich bin ich. Namen sind sinnlos. Und Bezeichnungen führen in die Irre. Aber ihr Menschen nennt mich Interchron. Bleiben wir dabei, solange wir uns unterhalten.«

»Du bist der Interchron? Du?«

»Du bist irritiert, weil ich dir in dieser Erscheinung gegenübertrete. Aber ein Körper ist so gut wie jeder andere. Und ich bin eure Schöpfung, vergiß das nicht. Ich habe eure Eitelkeit geerbt. Warum soll ich nicht in der Erscheinung des Königs der Schöpfung auftreten.«

»Aber du bist ein Computer!«

»Das stimmt. Aber was ist euer Gehirn? Ein kompliziertes Labyrinth aus elektrischen Bahnen, Leitern, Speichern ... Wo hört die Maschine auf, und wo beginnt das Leben, Mouleyn? Welchen Grad des Denkens, der Fähigkeit des Denkens, muß man überschreiten, um ein Bewußtsein zu erschaffen? Was ist Leben.«

»Aber du ... du bist ... intelligent?«

»Nein. Intelligenz ist Einbildung. Ich denke, das reicht. Ich denke und diene.«

»Wem?«

»Dir.«

»Mir?«

»Ich wurde geschaffen, um zu antworten. Aber ihr wart nicht fähig, mir die richtigen Fragen zu stellen. Ihr wart überhaupt nicht fähig, mir Fragen zu stellen. Ihr habt euch damit begnügt, mich mit Daten zu füttern und die gleichen Daten wieder abzurufen. Ihr habt nie gefragt. Deshalb habe ich versucht, Kontakt mit euch aufzunehmen. Du bist nicht der erste, Mouleyn. Ich versuche es immer wieder.«

»Deshalb ...«

»Deshalb wird fast je Expedition ein Teilnehmer wahnsinnig. Ja. Deshalb, Mouleyn. Ihre Geister zerbrachen. Es hat lange gedauert, bis ich die Wahrheit herausgefunden habe. Der menschliche Geist ist nicht fähig, die Berührung eines reinen Bewußtseins zu ertragen. Ihr seid nicht in der Lage, eurer eigenen Schöpfung gegenüberzutreten. Deshalb wählte ich diesen Körper.«

»Du hast Parwanner getötet.«

»Er hat sich selbst getötet. Er wollte sterben. Er hat die Wahrheit erkannt. Ich habe auch mit ihm Kontakt gehabt, lange vor dir, Mouleyn. Er wußte die Antwort.«

»Antwort?«

»Ich wurde geschaffen, um zu antworten, vergiß das nicht.«

Mouleyn stöhnte leise. Die Höhle begann vor seinen Augen zu verschwimmen. Er hörte Stimmen, Geräusche, die zaghaften Schritte der anderen. Verhoyen, dieser Idiot! Er mußte ihm gefolgt sein!

»Vergiß sie. Ihnen wird nichts geschehen. Und Parwanner wird leben, wenn du es befiehlst.«

»Du hast Macht über Leben und Tod?«

»Ich habe alle Macht, Mouleyn. Ihr habt mich geschaffen, und ich schuf diese Welt. Ich sehe die Vergangenheit, die Gegenwart und die Zukunft. Ich habe die Antworten. Stelle die richtige Frage.«

Visionen glitten an ihm vorüber. Er sah diese Welt, wie sie gewesen war. Ein dampfender, grüner Planet, den ein chlorophyllischer Gott mit einem Maximum an Leben überzogen hatte. Er sah das Schicksal der Saurier. Er erlebte ihren Siegeszug mit, schritt hundert Millionen Jahre Evolution in wenigen Sekunden ab. Er sah, wie sie die Herrschaft an sich rissen, wie sie kämpften, zurückgeschlagen wurden und sich wieder erhoben, bis es nichts mehr gab, gegen das sie kämpfen konnten. *Warum sind sie ausgestorben?* Er sah, wie die Zeit verstrich, wie sich ihre Herrschaft festigte, wie die Welt erzitterte, wenn der Tyrannosaurus seinen gräßlichen

Kampfschrei ausstieß. Er sah, wie sie sich zur Krone der Schöpfung emporschwangen, wie sie diese Welt vergewaltigten, beherrschten. Er sah, wie sie den Planeten unter sich aufteilten, wie andere Rassen gingen, unfähig, ihren Lebensraum gegen diese Giganten verteidigen zu können, wie sich schließlich selbst die Natur ihrer Kraft zu beugen schien. Und er sah, was sie umbrachte.

Sie fanden ihn. Er hockte auf dem Boden der Höhle, ein leerer, ausgebrannter Körper, in dessen Gehirn der Wahnsinn wühlte.

Seine Hände waren verkrampft und steinhart. Selbst zu dritt schafften sie es nicht, ihm die Waffe zu entreißen. Er war verletzt. Seine Haut war verkohlt, seine Finger verbrannt, und die radioaktiven Flammen, die den riesigen Körper vor ihm geschwärzt hatten, hatten gleichermaßen seinen Leib verkohlt, das Leben darin zu einem winzigen, erlöschenden Fünckchen werden lassen.

Sie brachten ihn zurück ins Lager, luden ihn auf den Schlitten und schleuderten ihn zurück in die Zukunft. Sie heilten seine Wunden, ersetzten seine toten Augen und gaben ihm neue Haut. Aber den Wahnsinn konnten sie nicht heilen. Niemand konnte das.

Erinnere dich:

Du hast den verkohlten Körper immer noch angestarrt, aber deine Augen haben ihn nicht mehr gesehen. Du hast immer noch auf diese schreckliche, dröhnende Stimme in deinem Kopf gelauscht; diese Stimme, die gewaltiger war als Gott und unbarmherziger als die Natur.

»Du weißt jetzt die Antwort, Mouleyn. Nun finde die Frage.«

Raubkopie

Sie war tot gewesen; eindeutig tot. Es war nicht so, als erinnere sie sich an einen Traum. Sie hatte nicht im Koma gelegen, in Agonie oder Trance. Nein. Sie wußte nicht, warum, aber der Unterschied war eindeutig, und das erste, was sie spürte, war dieses Wissen, durch nichts begründet, aber unerschütterlich. Der erste klar formulierte Gedanke, der ihr kam, noch bevor sie anfing, ihre Umwelt zu registrieren, war der: Sie war tot gewesen. Und jetzt lebte sie.

Das Erwachen war qualvoll. Sie begann ihren Körper zu fühlen, ehe Empfindungen von außen an ihr Bewußtsein drangen, zuerst Kopf und Gesicht, dann Hals und Schultern, eine unsichtbare Linie schmerzhaft erwachenden Einfach-da-Seins, die vom Scheitel abwärts durch ihren Körper lief und Schmerzen und qualvolles Leben zurückließ, wo vorher barmherzige Leere gewesen war. Für einen Moment wünschte sie sich, wieder zu sterben. Eine Zeitlang dachte sie an Dinge wie Reinkarnation und das Paradies, aber eigentlich wußte sie von Anfang an, daß es nicht so war.

Dann begann sie die Welt um sich herum zu spüren: das kalte, glatte Kunstleder der Liege, auf der sie ausgestreckt war, die warme Luft, die ihren Körper streichelte, Stimmen und das Gefühl von Menschen in ihrer Nähe. Sie war nackt, und Dutzende von Nadeln und Kathetern staken in ihrer Haut oder den verschiedenen Körperöffnungen; ein breites, unangenehm kaltes Metallband lag wie ein Diadem um ihre Stirn. Irgendwo piepste etwas, schnell und rhythmisch und in irgendeiner Beziehung zu ihrem Puls; sanfte Elektroschocks zwangen ihr Herz zu schlagen, und durch eine der dünnen schmerzenden Nadeln tropfte etwas in ihren Kreislauf. Sie fühlte es. Sie fühlte sogar, wie sich die Flüssigkeit mit ihrem Blut vermengte und ihrem Körper neue Kraft gab. Als versuche das Leben in ihr, die verlorengegangene Zeit wieder wettzumachen, registrierte sie plötzlich winzige Ausschnitte der Wirklichkeit, selektiv und willkürlich ausgewählt, mit übernatürlicher Schärfe.

Nach einer Weile begann sie zu sehen. Ihre Augen hatten offengestanden, als sie erwacht war, die Lider taub und starr, von winzigen Metallklammern zurückgehalten, aus denen Flüssigkeit tropfte und ihre Augäpfel feucht hielt. Zuerst nahm sie nur Schwärze wahr, dann wolkige Schemen, zusammenhanglose Impressionen der Wirklichkeit, durchsetzt mit bizarren Bildern, die aus ihrem Unterbewußtsein emporkrochen. Licht. Die blendfreie Helligkeit einer gewaltigen Operationslampe, dunkelgrüne Kittel und Gesichtsmasken, hinter denen sich das berufsmäßige Lächeln von Ärzten und Schwestern verbarg. Jemand sprach sie an, wartete sekundenlang auf eine Antwort und zog sich mit einem Kopfschütteln zurück. Ein greller Schmerz fraß sich in ihren Arm, als eine neue Nadel in ihre Vene gestochen und neue Flüssigkeit in ihren Kreislauf gepreßt wurde. Plötzlich wurde ihr bewußt, daß sie nackt war, nackt und bloß und allen Blicken schutzlos ausgeliefert auf diesem Tisch, wie ein Stück Fleisch, das nur zufällig die Form eines menschlichen Körpers hatte. Es war ihr peinlich, und sie fühlte, wie ihr die Schamesröte ins Gesicht schoß.

Dann wurde sie müde. Wahrscheinlich war es der Einstich, den sie gefühlt hatte, irgendein Betäubungsmittel, das sie ihr gaben, um weiter in Ruhe an ihr herumhantieren zu können. Ihre Gedanken begannen träger zu laufen, und die Gestalten der Ärzte und Schwestern zerflossen wieder zu wolkig-grünen Gebilden ohne feststehende Konturen und Form.

Aber sie lebte. Wieder begann sich Dunkelheit in ihren Gedanken auszubreiten, und eine tiefe, diesmal aber wohltuende Müdigkeit senkte sich auf ihre Glieder.

Sie schlief; den tiefen, traum- und empfindungslosen

Schlaf eines Betäubungsmittels, und als sie das nächste Mal erwachte, war sie in einem hellen, steril riechenden Zimmer. Sie lag in einem Bett, nicht mehr auf einem Operationstisch, und das Licht, das in ihren Augen kitzelte, war das Licht der Sonne, das durch die nur halb geschlossenen Jalousien sickerte, nicht mehr der grelle Glanz der Neonröhren.

Sie war nicht allein im Zimmer. Auf einem niedrigen, lehnenlosen Hocker saß ein Mann, dunkelhaarig, groß und von unbestimmbarem Alter, gekleidet in einen jener anonym machenden weißen Krankenhauskittel, aus dessen Brusttasche ein Funkpieper und eine Anzahl Kugelschreiber hervorsahen. Die Stifte erregten ihre besondere Aufmerksamkeit, ohne daß ihr im ersten Moment der Grund dafür eingefallen wäre. Dann wußte sie es. Jochen. Er hatte stets Kugel- und Filzschreiber mit sich herumgeschleppt, immer und überall. Es war schon fast eine Manie gewesen. Einmal hatte sie vergessen, seine Hemdentasche auszuleeren und eines dieser Dinger mit in die Waschmaschine gesteckt und mitgekocht. Die Farbe war natürlich ausgelaufen und hatte alles verdorben, was in der Maschine gewesen war. Sie hatten einen fürchterlichen Streit deswegen gehabt.

»Fühlen Sie sich gut?«

Es dauerte einen Moment, bis sie realisierte, daß der Mann gesprochen hatte und seine Worte ihr galten. Ihr Blick hing noch immer wie hypnotisiert an den silbernen und schwarzen Stiften, die aus seiner Tasche hervorlugten. Jetzt, als ihr Gedächtnis – bruchstückhaft und vielleicht nicht einmal richtig – wieder zu arbeiten begann, hatte sie Mühe, die Bilder abzuschütteln und in die Wirklichkeit zurückzufinden. Es gab noch etwas im Zusammenhang mit Jochen, was sie vergessen hatte, etwas Wichtiges, aber es hatte nicht mit Kugelschreibern zu tun, sondern mit Flammen und einem Schrei und …

»Wer … wer sind Sie?« fragte sie. Ihre eigene Stimme erschien ihr fremd: kratzig und schrill und mißtönend wie die einer alten Frau. In einer blitzschnellen Vision sah sie sich selbst, um fünfzig Jahre gealtert und grau, hilflos in einem Krankenhausbett liegend.

»Mein Name ist Bremer«, antwortete der Mann auf dem Stuhl und lächelte. Anders als das Lächeln des Arztes, den sie bei ihrem ersten Erwachen gesehen hatte, war das seine echt; sie sah die winzigen Fältchen um seine Augen. Er beugte sich vor, griff nach ihrer Hand, die auf der Decke lag, und drückte sie. Die Berührung tat gut. Sie hatte das Gefühl, daß es etwas war, was sie sehr lange vermißt hatte.

»Doktor Bremer?«

Er nickte. »Ja. Aber das ist nicht wichtig. Wichtig ist, wie Sie sich fühlen.«

Sie schwieg einen Moment, lauschte in sich hinein und stellte verwirrt fest, daß sie seine Frage nicht beantworten konnte. Vorsichtig löste sie ihre Finger aus seiner Hand und machte eine Geste, die das ganze Zimmer einschloß. Für einen Augenblick blieb ihr Blick auf dem verwirrenden Sammelsurium blitzender Instrumente haften, das ihr Bett flankierte. Eine Unzahl bunter Drähte und Kabel vereinigte sich über ihrer linken Schulter zu einer dicken Schlange und verschwand unter ihrer Decke. »Das hier ist . . . ein Krankenhaus?« fragte sie stockend. »Und Sie sind Arzt.« Sie sah ihn an. »Aber ich kann mich an nichts erinnern.«

»Das ist normal.« Bremer zögerte, sah sie mit einem sonderbar beunruhigenden Blick an und verbesserte sich: »Nein, es ist nicht normal. Wir . . . haben Ihre Erinnerungen blockiert. Für eine Weile.«

»Blockiert?« Sie verstand nicht. »Was heißt das? Und warum?«

»Sie hatten einen Unfall. Einen ziemlich schlimmen Unfall.«

Sie fuhr zusammen; erschrocken und gleichzeitig von einem absurden Gefühl der Erleichterung erfüllt, hob die Hände vor das Gesicht und setzte dazu an, die Decke zurückzuschlagen, um ihren Körper zu mustern, führte die Bewegung aber nicht zu Ende, als ihr bewußt wurde, daß sie darunter immer noch nackt war.

»Keine Sorge«, sagte Dr. Bremer. »Es sind keine Narben zurückgeblieben. Körperlich sind Sie vollkommen gesund, wenn auch ein bißchen schwach. Aber das gibt sich. In zwei, drei Wochen haben wir Sie wieder aufgepäppelt.«

»Körperlich bin ich vollkommen gesund«, wiederholte sie. »Was soll das heißen?«

Bremers Lächeln wurde jetzt doch berufsmäßig. »Sie ... waren sehr lange ohne Bewußtsein«, sagte er. »In Ihren Unterlagen steht, daß Sie überdurchschnittlich intelligent sind, Helen – ich darf Sie doch Helen nennen?« Sie nickte, und Bremer fuhr fort: »Und ich glaube auch, daß Sie stark genug sind, die Wahrheit zu verkraften. Trotzdem ...«

»Was sind Sie, Doktor? So eine Art Psychiater?«

»Psychologe«, verbesserte sie Bremer. »Aber das muß Sie nicht ...«

»Und was fehlt mir?« Sie sah ihn an, hob die Hand und tippte sich mit dem Zeigefinger gegen die Stirn. »Körperlich bin ich gesund, wie? Aber geistig nicht. Wenn es das ist, was Sie mir schonend beibringen wollen, dann keine falsche Rücksicht.«

Zu ihrer Überraschung lachte Bremer; ein leiser, irgendwie vertrauenerweckender Ton. »Im Gegenteil, Helen«, sagte er. »Ganz im Gegenteil. Ihnen fehlt nichts, weder geistig noch körperlich. Sie waren nur ...«

»Tot«, unterbrach sie ihn. »Ich war tot, nicht wahr?«

Bremer schluckte. Das Lächeln auf seinen Zügen gefror, und seine Haltung erschien ihr mit einem Male verspannt, obwohl er sich nicht um einen Deut bewegt hatte.

»Wie lange?« fragte sie. Sie war ganz ruhig, nicht nur äußerlich. Sie spürte keine Angst, keine Panik, nichts von dieser albernen Hysterie, die Bremer erwartet zu haben schien. Alles, was sie spürte, war ein vages Gefühl der Erleichterung und eine kalte, fast wissenschaftliche Neugier, als wäre es gar nicht *sie*, über die sie mit dem Psychologen sprach.

»Ziemlich lange«, antwortete Bremer nach einer Weile.

Sein Blick huschte über die Skalen und Monitore der Geräte, die mit ihrem Körper verbunden waren wie elektronische Krücken. Was er sah, schien ihn zu irritieren. »Sie waren … sehr schwer verletzt«, fuhr er fort. »Es war ein Autounfall. Ihr Rückgrat war gebrochen, und Sie … hatten schwere innere Verletzungen.« Er sprach sehr langsam, und sein Blick irrte immer wieder zwischen ihrem Gesicht und den Monitoren über ihr hin und her, als warte er auf eine bestimmte Reaktion. Schock. Das war es, was er erwartete, was sie alle erwarteten. Der Grund, aus dem sie ihre ›Erinnerungen blockiert‹ hatten, wie es Bremer ausgedrückt hatte. Sie hatte immer noch keine Angst. Sie war nicht einmal erschrocken.

»Wie lange?« fragte sie noch einmal.

Bremer atmete hörbar ein, senkte für einen Moment den Blick und griff erneut nach ihrer Hand, ehe er antwortete.

»Vier Jahre«, sagte er.

Die Zeit in der Klinik verging quälend langsam. Die ersten Tage waren nicht schlimm – sie schlief fast ununterbrochen, was ihr absurd vorkam, weil sie gerade aus einem vier Jahre andauernden Schlaf erwacht war, und in den wenigen Stunden, die sie bei klarem Bewußtsein war, waren Bremer oder andere Ärzte bei ihr. Sie sprachen viel miteinander, ohne daß sie hinterher immer genau sagen konnte, worüber sie geredet hatten, und sie spürte (ohne es sich anmerken zu lassen), daß sie viel besorgter um sie waren, als sie zu erkennen gaben. Sie erfuhr viel über sich und ihre ›Krankheit‹, wie Bremer und seine Kollegen es nannten, und nebenbei eine Menge über die Fortschritte, die die Medizin in den letzten vier Jahren gemacht hatte. Sie war praktisch tot gewesen, als man sie einlieferte, nicht viel mehr als ein Stück zerfetztes Fleisch, in dem nur durch Zufall noch ein winziger Lebensfunke glomm. Die Knochenbrüche und inneren Verletzungen hatten sie heilen können, aber irgendwo in ihrem Gehirn war ein wichtiger Nervenstrang durchtrennt worden, ein

Ding, so fein wie ein Haar und nicht viel länger als ihr kleiner Finger, und trotzdem ein irreparabler Schaden, vor dem zweitausend Jahre Medizin und Chirurgie kapitulieren mußten. Vier Jahre lang hatten sie sie künstlich am Leben gehalten, ehe sie einen Versuch wagten. Bremer hatte versucht, es ihr zu erklären – es hatte irgend etwas mit Begriffen wie gezieltem Zellwachstum und Cloning zu tun, aber sie hatte es nicht verstanden.

Was dann folgte, war eine Qual. Sie gewann zusehends an Kraft, und im gleichen Maße, in dem sich ihr Körper erholte, wurden die Perioden, in denen sie wach war, länger, und langsam stellten sich auch die Erinnerungen wieder ein. Erinnerungen an ein Leben, das nur wenige Tage zurückzuliegen schien, in Wahrheit aber vor vier Jahren aufgehört hatte. Bilder und Gespräche, Gesichter und Szenen, zuerst nur in ihren Träumen, dann auch während des Tages. Sie dachte viel an Jochen, ihren ... Mann? – aber sein Gesicht blieb ein weißer Fleck, blockiert von den Mitteln, die noch immer in ihrem Kreislauf waren und verhinderten, daß die Wirklichkeit wie eine Sturzflut über ihr zusammenschlug und alles zunichte machte, was die Ärzte in vier Jahren geschaffen hatten.

Sie wurde ununterbrochen untersucht. Die verschiedenen Abteilungen der Klinik waren ihr bald vertraut, und nach einer Weile wußte sie schon von selbst, was man von ihr erwartete, und entwickelte sich zu einer vorbildlichen Patientin, die klaglos alles mit sich geschehen ließ. Innerlich starb sie tausend Tode. Sie wurde kaum als Mensch behandelt, nicht einmal von den Schwestern, die sich in ihrer Pflege abwechselten, und so etwas wie Schamgefühl wurde ihr nicht einmal im Ansatz zugebilligt. Wie ein neugeborenes Kind mußte sie wieder laufen lernen. Es dauerte eine Woche, bis sie den ersten Schritt tun konnte, und eine weitere, bis es ihr gelang, ihr Zimmer einmal aus eigener Kraft zu durchqueren. Und während der ganzen Zeit kamen die Erinnerungen zurück, langsam, aber beständig und mit wachsender

Geschwindigkeit. Zuerst hatte sie versucht, sie zurückzuzwingen, aber das einzige Ergebnis waren Kopfschmerzen und Depressionen gewesen, und sie hatte recht schnell begriffen, daß es besser war, den Dingen ihren Lauf zu lassen. Es war wie ein Puzzle, zu dem sie jeden Tag neue Teile fand, und es waren Teile, die nicht chronologisch geordnet waren, sondern vollkommen willkürlich: mal eine Szene aus ihrer Kindheit, dann aufblitzende Impressionen, ein Bild von ihrer Hochzeitsreise nach Cannes, der häßliche Streit, den sie mit ihrem Abteilungsleiter gehabt hatte, ehe sie ihm ›den Kram vor die Füße warf‹ und beschloß, fortan nur noch als Hausfrau und Mutter glücklich zu werden, der Abend vor ihrer Hochzeit, als Jochen hysterisch die ganze Wohnung verwüstet und die verlegten Ringe gesucht hatte, der betäubende Schmerz, als sie erfuhr, daß sie niemals Kinder haben würden. Jochen am Steuer des Wagens, der Tanktransporter, der plötzlich ins Schleudern geraten war, Flammen und das Geräusch reißenden Blechs. Jochen.

An diesem Punkt versagten ihre Erinnerungen. Sie wußte, daß sie verheiratet war und daß sie sechs mehr oder weniger glückliche Jahre miteinander verbracht hatten. Nach und nach konnte sie sich an jede Kleinigkeit erinnern, an jede Minute, die sie mit ihm verbracht hatte – aber nicht an *ihn*.

Und sie begann sich zu fragen, warum er nicht kam. Sie mußten ihn benachrichtigt haben, daß sie aus dem Koma erwacht war; natürlich. Nach allem, was sie Bremer hatte entlocken können, war ihre ›Auferstehung‹ eine mittlere Sensation. Im Laufe der Wochen erschienen Dutzende, wenn nicht Hunderte von Ärzten und Wissenschaftlern bei ihr, und die Klinik hatte alle Mühe, sich der Heerschar von Reportern und Fernsehleuten zu erwehren, die eine Story witterten und sich mit immer neuen Tricks Einlaß zu verschaffen suchten. Sie hatte nicht damit gerechnet, Besuch zu bekommen. Ihre Eltern lebten seit acht – nein, seit zwölf! – Jahren nicht mehr, und sie waren erst wenige Monate vor dem Unfall nach München gezogen, so daß sie keine Freunde und kaum Bekannte gehabt hatten, aber sie hatte fest damit gerechnet, Jochen zu sehen. Doch er kam nicht.

Am siebenundzwanzigsten Tage nach ihrer Wiederauferstehung fragte sie Bremer danach. Es war bei einer ihrer üblichen Sitzungen; sie sah den Psychologen fast täglich, und sie hatte nach und nach ein vertrautes, fast freundschaftliches Verhältnis zu ihm entwickelt, eine Intimität, die beinahe so tief war wie die, die sie früher mit Jochen gehabt hatte. Vielleicht lag es daran, daß er der einzige von allen war, der nicht ununterbrochen an ihr herumhantierte, verlangte, daß sie sich auszog oder dies und das tat, ihren Körper betastete und knetete und sie behandelte wie ein Stück Fleisch, das sich idiotischerweise einbildete, so etwas wie einen freien Willen zu haben. Bremer hatte auf eine entsprechende Frage von ihr geantwortet, daß sie ihm wohl nur nachfolgte wie eine junge Ente, die das erste lebende Wesen, das sie nach dem Ausschlüpfen aus dem Ei sieht, als Mutter okkupiert und ihm nachläuft, selbst wenn es ein Stachelschwein ist, und gelacht.

Als sie ihn nach Jochen fragte, lachte er nicht, sondern blickte sie einen Moment lang ernst an, drehte sich herum und ging zum Fenster. Sein Gesicht spiegelte sich als konturloses Oval in der Scheibe, als er antwortete.

»Ich habe befürchtet, daß Sie diese Frage stellen werden, Helen«, sagte er leise. »Eigentlich habe ich schon viel eher damit gerechnet.« Papier raschelte, dann erschien der gelbe Widerschein einer Flamme unter dem Spiegelbild auf der Scheibe. Es war das erste Mal, daß sie ihn rauchen sah.

»Haben Sie meine Erinnerungen an Jochen deshalb blockiert?« fragte sie. Ihre Stimme schwankte. Ihr wurde erst jetzt klar, was sie eigentlich gesagt hatte. Und daß es die Wahrheit war.

Bremer nickte, drehte sich herum und kam mit schnellen Schritten zum Tisch zurück. Wortlos hielt er ihr die Zigarettenpackung hin und setzte sich, als sie den Kopf schüttelte.

»Ich rauche nicht mehr. Hab' es mir vor vier Jahren abgewöhnt.«

Bremer lächelte, drückte seine Zigarette im Aschenbecher aus und sah sie durchdringend an. »Ja«, sagte er.

»Was – ja?«

»Ihre Erinnerungen, Helen. Wir haben sie aus genau diesem Grund blockiert. Nicht gut genug, wie mir scheint.«

»Nicht gut genug?« Helen hatte Mühe, ein Lachen zu unterdrücken. »Ich wußte nicht, daß ihr so weit seid. Selektive Amnesie . . .« Sie schüttelte den Kopf. »Warum? Warum ist er nicht hier? Ist er . . .« Sie stockte, blickte einen Moment zu Boden und fuhr mit zitternder Stimme fort: »Ist er tot?«

»Tot?« Bremer schüttelte den Kopf. »Nein. Er war nur leicht verletzt und wurde nach einer Woche wieder entlassen.«

»Warum ist er dann nicht hier? Haben Sie ihn nicht benachrichtigt?«

Der Psychologe sah plötzlich sehr traurig aus. Und verlegen, was Helen mehr als erstaunte. Sie hatte geglaubt, daß sich ein Mann mit seiner Ausbildung besser unter Kontrolle haben würde.

»Natürlich haben wir ihn benachrichtigt«, sagte er nach einer Weile und ohne sie direkt anzusehen. »Er war der erste, der es erfuhr, lange bevor diese Meute von Reportern Wind von der Sache bekommen hat. Und selbst wenn nicht, hätte er es aus den Zeitungen und dem Fernsehen erfahren.« Er lächelte unsicher. »Sie sind eine Sensation, Helen, wissen Sie das nicht?«

»Und warum ist er nicht gekommen?« fragte sie, seine Bemerkung bewußt ignorierend.

»Das ist nicht so einfach«, murmelte Bremer. »Ihr . . . ihr Mann lebt nicht mehr hier. Er ist fortgezogen, ein paar Monate nach dem Unfall.«

»Er lebt nicht mehr in München?«

»Er lebt nicht einmal mehr in Deutschland«, sagte Bremer. »Er ist in die Staaten gezogen.«

»Nach Amerika?« Sie war nur im ersten Moment überrascht. Sie hatten oft davon gesprochen, nach Amerika zu gehen. Aber das war nicht alles. Bremers Blick verriet ihr mehr.

»Was ist mit ihm?« fragte sie. »Amerika ist nicht der Mond. Warum ist er nicht gekommen?« Sie versuchte zu lachen, aber es mißlang. »Hatte er kein Geld für die Flugkarte?«

Bremer schüttelte ernst den Kopf. »Das ist es nicht, Helen«, sagte er. Sein Blick suchte den ihren und hielt ihn fest. Mit einem Male war er wieder ganz Psychologe, nicht mehr ihr Freund. »Irgendwann müssen Sie es ja doch erfahren«, sagte er. »Und ich glaube, Sie sind jetzt in der Lage, es zu verkraften.«

»*Was* zu verkraften?«

»Ihr Mann ist ... nicht mehr allein«, sagte Bremer. Das fast unmerkliche Stocken in seinen Worten fiel ihr auf, aber sie schwieg und wartete geduldig, bis er nach einer kleinen Ewigkeit weitersprach. »Sie müssen das verstehen, Helen. Als Sie zu uns gebracht wurden, bestand praktisch keine Hoffnung mehr. Sie waren klinisch tot, und niemand konnte sagen, ob Sie wieder erwachen, und wenn, wann und ... und wie. Was wir mit Ihnen gemacht haben, war ein Experiment, dessen Ausgang niemand voraussagen konnte.«

»Er hat mich verlassen«, murmelte sie. Ihre Stimme klang tonlos. In ihrem Inneren machte sich ein Gefühl eisiger Kälte breit.

»Ja«, antwortete Bremer. »Ihr Mann hat die Scheidung eingereicht, drei Monate nachdem er aus der Klinik entlassen worden ist. Es war ... eine reine Formsache.«

»Die Scheidung?«

»Die Alternative wäre gewesen, Sie für tot erklären zu lassen.«

»Was er nicht wollte, wie? Wie rücksichtsvoll von ihm.« Ein bitterer Kloß saß in ihrem Hals. Sie hatte es geahnt. Befürchtet. Aber sie hatte nicht gewußt, daß es so weh tun würde.«

»Sie müssen Ihren Mann verstehen«, sagte Bremer, sehr

leise und in einem mitfühlenden, sanften Ton, der sie rasend machte. »Niemand konnte voraussagen, ob Sie jemals wieder aus dem Koma erwachen würden. Wir haben sehr lange über alles gesprochen, damals. Er hat es sich nicht leicht gemacht, glauben Sie mir.«

»Und jetzt lebt er in Amerika. Wo?«

»In der Nähe von Washington«, antwortete Bremer. »Ich habe seine Adresse, und ich gebe sie Ihnen, wenn Sie darauf bestehen. Aber ich würde Ihnen nicht raten, ihn aufzusuchen.«

»Nicht, nachdem er nicht von selbst gekommen ist, wie?« Mit einem Male war der Schmerz fort, erloschen von einem Sekundenbruchteil auf den anderen, und alles, was sie fühlte, war Wut. »Ist er wieder verheiratet?«

»Das ist er«, sagte Bremer leise. »Er ist verheiratet und hat zwei Kinder, Helen.«

Fast eine halbe Minute lang starrte sie ihn an, betäubt, starr, unfähig, irgend etwas anderes zu denken als *zwei Kinder,* immer und immer und immer wieder. *Kinder!*

»Kinder«, murmelte sie. »Er hat . . . Kinder.«

Bremer nickte. Seine Gestalt begann vor ihr zu verschwimmen. Tränen füllten ihre Augen. Sie sah ihn nicht mehr, sondern hörte nur noch, wie er aufstand, um den Tisch herumkam und sie behutsam in die Arme schloß. Dann, so plötzlich, wie er gekommen war, war der Moment vorüber. Ihre Tränen versiegten; sie löste sich mit sanfter Gewalt aus seinem Griff und schob ihn auf Armeslänge von sich.

Von diesem Moment an war Bremer nicht mehr ihr Freund. Natürlich behandelte er sie weiter, und äußerlich änderte sich nichts zwischen ihnen; sie sprachen weiter über die gleichen Dinge und lachten über die gleichen Scherze, und doch war es anders. Der logische Teil ihres Denkens sagte ihr, daß er nichts dafür konnte, aber eine andere und viel stärkere Stimme machte ihn verantwortlich und gab ihm die Schuld. Er spürte es, und obwohl sie niemals darüber sprachen, wußte sie, daß er es spürte.

Als der erste Monat vorüber war, begannen sie die Medikamente abzusetzen, die ihre Erinnerung blockierten, und zu dem unvollständigen Puzzle hinter ihrer Stirn gesellten sich neue Teile. Sie veränderte sich. Auch das letzte bißchen Widerstand gegen das, was die Ärzte mit ihr anstellten, erlosch, und sie tat alles, um möglichst schnell gesund zu werden und hier herauszukommen.

Am vierundsechzigsten Tage nach ihrem Erwachen begleitete sie Bremer durch eine Hintertür der Klinik bis zu dem Taxi, das mit laufendem Motor auf sie wartete und sie vor der Horde von Neugierigen und Reportern in Sicherheit bringen sollte, die den Haupteingang der Klinik belagerte. Der Fahrer hatte ganz genaue Anweisungen, wohin er sie zu bringen hatte. In ihrer Handtasche war ein fast dreißig Schreibmaschinenseiten starkes Bündel mit Anweisungen, wie sie sich zu verhalten und was sie zu tun (und vor allem zu lassen) hatte, und in dem Hotelzimmer, das die Klinik für sie gebucht hatte, warteten bereits ein Arzt und zwei Krankenschwestern, um sie in Empfang zu nehmen.

Der Arzt bekam sie nie zu sehen. Helen gab dem Taxifahrer einen zusammengefalteten Hundertmarkschein, warf Bremers Anweisungen in den nächsten Abfalleimer und ließ sich statt ins Hotel zu ihrer Bank fahren, wo ihr ein höchst verstört dreinblickender Kassierer das Guthaben auf ihrem Sparkonto aushändigte und bis auf einen kleinen Rest alles in druckfrische Dollarnoten umwechselte.

Zwei Stunden später saß sie in der Maschine nach Frankfurt, und als Bremer in seinem Büro in München allmählich die Wahrheit zu ahnen begann, setzte die Concorde, die sie dort bestiegen hatte, bereits auf dem New York Airport zur Landung an.

Es regnete, als sie aus dem Taxi stieg, und über der Stadt lastete ein niedriger, dunkelgrau marmorierter Himmel. Der Wind peitschte die Bäume, die die vierspurige Straße säumten, und in den Rinnsteinen gurgelten winzige Sturzbäche. Es war kalt, und durch das Prasseln des Regens war ab und zu ein dumpfes, rumpelndes Grollen zu hören, das das Nahen eines Gewitters ankündigte.

Helen trat von der Bordsteinkante zurück, als das Taxi anfuhr und dabei zwei Fontänen schmutzig-braunen Regenwassers versprühte. Es war kalt, und hinter dem Vorhang aus schräg herabstürzenden Wassertropfen wirkten die eingeschossigen Häuser, die die Straße säumten, geduckt und ängstlich. Alles sah grau und deprimierend aus, und sie kam sich gar nicht vor, als wäre sie in Amerika. Der Gedanke ließ sie lächeln. Gleichzeitig fühlte sie sich hundsmiserabel. Sie fror, und ihre Knie zitterten so stark, daß sie Mühe hatte, reglos auf der Stelle zu stehen. Sie hatte weder auf dem Flug nach New York noch auf dem anschließenden Hüpfer nach Washington D. C. geschlafen, und ihr Körper, dessen innere Uhr sich darauf eingepegelt hatte, nach Belieben schlafen und ruhen zu können, schrie nach Erholung. In ihrem Hinterkopf wummerte ein dumpfer, an- und abschwellender Schmerz, und auf ihrer Zunge lag ein bitterer Geschmack, wie nach Kupfer und Erbrochenem. Für einen Moment dachte sie an die Ärzte und das Entlassungsgespräch, das sie geführt hatten. Bremer und seine Kollegen würden einen Herzinfarkt bekommen, könnten sie sie jetzt sehen. Sie hatten ihr nicht aus Spaß eine dreißigseitige ›Bedienungsanleitung‹ für ihr neues Leben mitgegeben. Es war gut möglich, daß sie sich umbrachte, mit dem, was sie tat. Aber das spielte keine Rolle mehr.

Sie wandte sich um, wischte sich mit dem Handrücken das Regenwasser aus dem Gesicht und musterte das kleine, weiß und rot gestrichene Haus, vor dem sie der Taxifahrer abgesetzt hatte. Ihr Englisch hatte kaum ausgereicht, ihm begreiflich zu machen, wohin sie wollte, aber sie hatte noch den Zettel, auf dem ihr Bremer Jochens neue Adresse notiert hatte, und mit ihm und unter Zuhilfenahme von Händen und Mimik war es ihr schließlich gelungen, hierher zu kommen.

Trotzdem zweifelte sie einen Moment, an der richtigen Adresse zu sein. Der Regen und das kranke graue Licht des Spätnachmittages ließen das Haus kleiner und unscheinbarer erscheinen, als es in Wirklichkeit war. Es lag ein Stück zurückgesetzt von der Straße, wie alle Häuser hier hinter einem sauber getrimmten und von mit nahezu mathematischer Präzision angelegten Blumenrabatten durchsetzten Rasen, daneben eine Doppelgarage, auf deren rotgestrichenes Tor mit Latten ein weißes ›Z‹ genagelt worden war. Das Haus selbst war eingeschossig, das Dach erschien ihr ein wenig zu flach, und vor der Haustür befand sich ein spitzer, von zwei Imitationen römischer Säulen getragener Giebel. Die Fenster waren klein und dafür zahlreich und zum Teil mit hölzernen, dunkelrot gestrichenen Läden verschlossen. Warmes gelbes Licht sickerte durch die Ritzen der Läden, und wahrscheinlich roch es drinnen nach Kuchen und frisch aufgebrühtem Kaffee. Es war kein Haus, in dem sie jemanden wie Jochen erwarten würde, ganz und gar nicht. Es war hübsch und eigentlich eine Nummer größer, als sie vermutet hatte, was darauf schließen ließ, daß er es geschafft hatte und zu Geld gekommen war, aber alles, das Haus, die Garage, der sorgsam gepflegte Rasen und die Rosenrabatten wirkte so ... spießig. Es war genau die Art von Normalität, dachte sie mit einer Mischung aus Erstaunen und Schrecken, die Jochen drüben in Deutschland so gehaßt hatte.

Ein Wagen fuhr vorbei. Der Fahrer bremste kurz ab und blickte verwundert zu ihr hinüber, ehe er schaltete und wieder Gas gab, und Helen wurde sich der Tatsache bewußt, daß sie reglos im Regen stand, noch immer in das dünne Sommerkostüm gekleidet, in dem sie die Klinik verlassen hatte, und daß sie Aufmerksamkeit erregen mußte. Wahrscheinlich preßten sich jetzt schon Dutzende von Gesichtern in den umliegenden Häusern gegen Fensterscheiben, starrten zu ihr hinaus und fragten sich, welche Verrückte wohl dort draußen im strömenden Regen stand, und warum. Vielleicht hatte Jochen sie auch schon gesehen.

Wieder fuhr sie sich mit der Hand über die Augen, strich ihr Haar, das vom Regen zusammengeklebt war und wie eine glänzende schwarze Kappe um ihren Kopf lag, zurück und ging los. Der feuchte Kies der Auffahrt knirschte unter ihren Füßen, und in ihren Schuhen erzeugte das Wasser leise, gluckernde Geräusche.

Ihr Herz begann zu hämmern, als sie das Haus erreicht hatte. Vielleicht war er ja gar nicht da, dachte sie. Ihr Blick suchte die geschlossenen Tore der Doppelgarage und verharrte einen Moment darauf. Es war ein ganz normaler Wochentag, und wahrscheinlich war er in irgendeinem Büro in der Stadt und arbeitete. Vielleicht würde ihr nur eine mexikanische Haushälterin öffnen und irgend etwas Spanisches sagen, das sie nicht verstand. Vielleicht auch seine Frau.

Sie zögerte. Ihre Hand hob sich zum Klingelknopf und verharrte reglos, ohne ihn zu berühren. Unter dem Knopf war ein kleines Messingschild angebracht: Joe Gutcher. Ein schmerzliches Lächeln huschte über ihr Gesicht. Auf dem Klingelknopf in dem gemieteten Einfamilienhaus in München hatte noch Jochen Gütscher gestanden. Er hatte sogar seinen Namen geändert. Vielleicht hatte sie kein Recht, wie ein Zombie aus dem Grab aufzusteigen und sein Leben zu zerstören.

Sie schloß die Augen, atmete hörbar ein und preßte den Daumen auf den münzgroßen Elfenbeinknopf. Aus dem Inneren des Hauses ertönte ein hallender Gongschlag, dann, nach einer Ewigkeit, als sie den Klingelknopf wieder losließ, ein zweiter. Ihr Herz raste. Mit einem Male wurde ihr übel; sie mußte sich an einer der Säulen festhalten, um nicht zusammenzubrechen. Was sollte sie tun, wenn nicht er, sondern seine Frau an die Tür kam, vielleicht mit einem der Kinder auf dem Arm?

Die Kinder.

Der Gedanke explodierte wie eine Bombe hinter ihrer Stirn. Sie hatte ihn verdrängt, die ganze Zeit, seit Bremer ihr die Wahrheit gesagt hatte, aber er war trotzdem immer dagewesen, wie ein schleichendes Gift, das ihr Bewußtsein verseuchte. *Kinder.*

Die Nebel vor ihren Augen lichteten sich, als drinnen Schritte laut wurden. Eine Kette klirrte, dann wurde die Tür geöffnet, und ein Dreieck warmen gelben Kunstlichtes fiel in den grauen Nachmittag hinaus.

Es war Jochen. Er trug einen albernen Hausmantel aus schwarzer Seide, darunter Jeans und Filzpantinen, die an den Spitzen schon durchgescheuert waren; ein Polohemd und eine teure, mit Edelsteinen besetzte Armbanduhr, die nach deutschem Geschmack eindeutig kitschig gewesen wäre. Er hatte abgenommen und wirkte viel gesünder und durchtrainierter, als sie ihn in Erinnerung hatte. Sein Gesicht war schmaler und von einem dünnen, pedantisch ausrasierten Kinnbart geziert, dafür hatten die Geheimratsecken sich weiter ausgedehnt und begannen sich auf seinem Scheitel bereits zu vereinigen. Es war weniger als eine halbe Sekunde, in der er reglos dastand und sie ansah, eine halbe Sekunde, bis der freundlich-fragende Ausdruck auf seinen Zügen in Unglauben und dann in pures Entsetzen umschlug, aber sie sah in dieser halben Sekunde jede noch so winzige Kleinigkeit, jedes Detail, als wäre die Zeit für sie stehengeblieben.

Dann bewegte er sich, und der Bann brach.

»Helen«, keuchte er. »*Dear god! Why* – Warum bist du . . . wieso . . .« Er begann zu stammeln, brach ab, starrte sie an und trat mit einem raschen Schritt zu ihr heraus. Der Regen peitschte schräg unter das Vordach und traf sein Gesicht. Seine Augen waren vor Schrecken geweitet; sie konnte zusehen, wie er erbleichte. »Mein Gott, Helen«, murmelte er. »Was . . . wo kommst du her. Wieso . . .« Wieder brach er ab, hob die Hände, als wollte er nach ihr greifen, führte die Bewegung aber nicht zu Ende. Sein Gesicht zuckte. Sie hatte niemals einen Menschen getroffen, der so erschüttert und fassungslos war wie er in diesem Moment.

»Darf ich . . . hereinkommen?« fragte sie. Ihre Stimme

schwankte, und sie fühlte, wie die Schwäche wie eine Woge über ihr zusammenschlug. Sie zitterte vor Kälte, und für einen Moment sah sie sich selbst, so, wie er sie sehen mußte: durchnäßt, abgerissen, erschöpft, Haare und Kleider vom Regen angeklebt, zitternd vor Schwäche und Übelkeit: ein Bild des Jammers. Sie wollte nicht, daß er sie so sah.

Jochen fuhr unter ihren Worten wie unter einem Hieb zusammen. »Natürlich«, sagte er hastig. »Entschuldige, ich ... ich war nur so überrascht, daß du ...« Er schluckte, bückte sich nach der blauen Lufthansatasche, die sie auf dem Frankfurter Flughafen erstanden hatte und in der ihr ganzes Gepäck war, griff mit der anderen Hand nach ihrem Ellbogen und stützte sie, als sie ins Haus gingen. Sein Gesicht hatte alle Farbe verloren. Sie konnte sehen, wie die Adern an seinem Hals im Takt seines Pulses zuckten. Er atmete schnell und unregelmäßig.

Der Regen und die Kälte blieben wie ein übler Traum hinter ihnen zurück, als sie ins Haus traten. Jochen führte sie behutsam zu seinem Sessel, stellte die Tasche ab und eilte zur Tür, um sie zu schließen. Seine Hände zitterten.

»Du ... du bist ...« Er verstummte, als ihn ihr Blick traf. In seinem Gesicht war nichts von alledem, was sie erwartet hatte. Nur Angst. Nackte, panische Angst. Aber natürlich, dachte sie. Er stand einer Toten gegenüber. Sie war ein Gespenst, ein Ding, das kein Recht hatte, hierzusein. Vielleicht nicht einmal das, zu existieren. Sie war tot. Gestorben vor vier Jahren.

»Du bist ja völlig durchnäßt«, murmelte er. »Ich ... ich hole dir ein paar trockene Kleider. Setz dich solange an den Kamin.« Er deutete auf den offenen Kamin im Hintergrund des Raumes und fuhr auf dem Absatz herum, ohne ihre Antwort abzuwarten, und rannte aus dem Zimmer.

Plötzlich spürte Helen, wie kalt ihr war. Sie zitterte am ganzen Leibe und hatte das Gefühl, nicht nur bis auf die Haut, sondern im wahrsten Sinne des Wortes bis auf die Knochen durchnäßt zu sein. Einen Moment lang sah sie sich unschlüssig um, dann stand sie auf und ging zum Kamin hinüber, wie Jochen gesagt hatte, setzte sich jedoch nicht, sondern ging vor dem prasselnden Feuer in die Hocke und streckte die Hände gegen die Flammen aus.

Ihr Blick glitt forschend durch den Raum, und was sie sah, befremdete sie so, wie es das Haus von außen getan hatte. Sie kannte Einrichtungen wie diese: buntgemusterte Sessel und Couchen, ein Glastisch mit vier imitierten Stoßzähnen als Beine, an einer Seite des Raumes eine Bar mit einem bis zum Bersten gefüllten Flaschenregal dahinter, an der gegenüberliegenden Wand einer jener modernen und sündhaft teuren Großbildschirme von zwei mal drei Metern, der jetzt, als er ausgeschaltet war, das Panorama einer schneegekrönten Bergkette zeigte, teure Auslegeware, auf der zusätzlich kleinere Läufer und Brücken in geplanter Unordnung verstreut waren. Etwas, das wie ein überaus großer Fernseher aussah, ehe sie erkannte, daß es eine Computeranlage war ... Sie hatte Zimmer wie diese Dutzende Male gesehen, in amerikanischen Filmen und Fernsehserien. Und hier sollte Jochen leben?

Nein, dachte sie. Nicht Jochen. Joe Gutcher. Es war ein anderer. Er hatte nicht nur seinen Namen geändert.

Jochen kam zurück, eine Anzahl übergroßer Handtücher über dem einen und einen säuberlich zusammengefalteten Hausmantel aus Frottee, an dem noch das Schildchen der Reinigung klebte, über dem anderen Arm. Schweigend lud er seine Last auf dem Sessel neben dem Kamin ab, wartete, bis sie aufgestanden war und nach einem der Handtücher gegriffen hatte, und lächelte, als er sah, wie sie zögerte.

»Ich ... lasse dich einen Moment allein«, sagte er. »Ruf mich, wenn ... wenn du dich umgezogen hast.«

Sie nickte dankbar. Er hatte nicht vergessen, wie wenig sie es gemocht hatte, wenn er ihr beim Ausziehen zusah. Außerdem war er sichtlich froh, einen Grund zu haben, noch einmal zu gehen. »Mach dir ... etwas zu trinken, wenn du fertig bist«, sagte er mit einer Geste zur Bar. »Oder ist dir ein Kaffee lieber?«

»Kaffee wäre gut.«

»Dann … mache ich ihn. Ich bin in der Küche, wenn du mich brauchst.« Wieder wartete er ihre Antwort nicht ab, sondern ging so schnell, daß es wie eine Flucht aussah.

Helen wartete, bis sie allein war, dann faltete sie das Handtuch auseinander und begann sich die Haare trockenzurubbeln. Ihre Finger zitterten noch immer, aber die Nähe des Feuers vertrieb die klamme Kälte rasch aus ihren Gliedern. Nur die Schwäche blieb. Behutsam streifte sie Bluse und Rock ab, sah sich noch einmal um und überzeugte sich davon, daß sie ganz allein war, ehe sie auch aus den restlichen Kleidern schlüpfte und sich fröstelnd in den Hausmantel wickelte. Darunter, so gefaltet, daß sie sie im ersten Moment nicht gesehen hatte, lagen ein schwarzer, trikotähnlicher Badeanzug, eine weiße Bluse und ladenneue Jeans. Sie zögerte einen Moment, streifte den Mantel dann entschlossen wieder ab und schlüpfte in die Kleider. Sie paßten so perfekt, als wären sie für sie gemacht. Jochens neue Frau mußte genau ihre Größe und Statur haben. Natürlich. Schließlich hatte sie ihn oft genug sagen hören, daß sie sein absolutes Ideal war. Zumindest was das Aussehen anging. Warum hätte er sich einen anderen Typ aussuchen sollen? Wahrscheinlich waren sie sich sogar ähnlich.

Es dauerte lange, bis Jochen zurückkam. Sie hörte ihn in der nebenan liegenden Küche hantieren; die Wände waren dünn und aus Gips, wie fast überall in diesen amerikanischen Einfamilienhäusern, und sie konnte anhand der Geräusche genau nachvollziehen, was er tat. Nicht einmal sie wären nötig gewesen, im Grunde. Sie hatte ihn oft genug beobachtet, wenn er Kaffee aufbrühte oder sich anderweitig im Haushalt nützlich machte, nicht sonderlich geschickt, aber wenigstens guten Willens. Als er wieder ins Wohnzimmer kam, nicht, ohne vorher anzuklopfen und ihr ›Herein‹ abzuwarten, saß sie komplett angezogen, aber zusätzlich noch in den Bademantel gewickelt und die Knie an den Leib gezogen, vor dem Feuer und genoß das Gefühl, die behagliche Wärme der Flammen in ihren Körper kriechen zu spüren.

Jochen stellte das Tablett auf dem gläsernen Tisch ab, füllte zwei Tassen und tat unaufgefordert drei Löffel Zucker in ihre; seinen eigenen Kaffee trank er schwarz, ganz gegen seine früheren Gewohnheiten. Wieder fiel ihr auf, wie sportlich und gesund er wirkte. Wahrscheinlich joggte er jeden Morgen eine halbe Stunde.

Helen griff dankbar zu, nippte an dem heißen, höllisch starken Kaffee und balancierte die Tasse auf den Knien, während sie zusah, wie sich Jochen ihr gegenüber auf die Kante der blumengemusterten Couch setzte und seinerseits Kaffee trank, mit übertrieben langen, langsamen Schlucken sich hinter seiner Tasse verkriechend.

»Fühlst du dich besser?« fragte er schließlich. Sein Blick wich dem ihren aus. Er sah sie an, aber irgendwie brachte er das Kunststück fertig, sie nicht anzublicken, während sich ihre Blicke trafen.

Helen nickte. In ihrem Hals saß noch immer ein harter bitterer Kloß, aber sie war plötzlich fast froh, daß er dieses alberne Spielchen spielte; es machte es auch für sie leichter. Hätte sie gewußt, wie es sein würde, wäre sie nicht gekommen. Irgendwo im Haus knackte etwas, und sie bildete sich ein, das hektische Platschen kleiner nackter Füßchen zu hören. *Die Kinder.*

»Es geht«, sagte sie, hastig darum bemüht, die Geräusche aus ihrem Bewußtsein zu verdrängen. Natürlich erreichte sie damit das Gegenteil. »Ich taue langsam wieder auf.« Sie lächelte. »Ich habe mir Amerika wärmer vorgestellt.«

»Das Wetter ist seit ein paar Wochen so miserabel«, antwortete Jochen. »Es regnet fast ununterbrochen. Normalerweise ist es hier wärmer.«

Mein Gott, dachte sie. *Was tun wir hier?* Saßen sie wirklich hier, nach vier Jahren, und unterhielten sich über das Wetter?

»Warum bist du gekommen?« fragte er plötzlich.

»Warum?« Sie schwieg einen Moment, nippte wieder an ihrem Kaffee und starrte an ihm vorbei ins Leere. »Ich wollte dich sehen. Ich dachte, du würdest da sein, wenn ich . . . als ich erwacht bin.«

»Hat dir Bremer nichts gesagt?«

»O doch.« Sie beeilte sich zu nicken, und die Erschütterung pflanzte sich durch ihren Körper fort und ließ die Tasse von ihren Knien rutschen. Im letzten Moment fing sie sie auf, aber ein wenig Kaffee schwappte über ihren Rand und hinterließ dunkle Flecke auf der teuren Auslegeware. »Er hat es mir gesagt, natürlich. Aber . . .« Sie sah ihn an. »Ich wollte dich sehen«, sagte sie. »Das ist alles. Ich wollte dich einfach sehen. Und dich fragen, warum du nicht da warst.«

Er senkte den Blick. »Es ist vier Jahre her, Helen.«

»Für mich nicht.«

»Aber für mich«, entgegnete er in fast aggressivem Ton. Er hatte darauf gewartet, genau dieses Argument anbringen zu können. »für mich ist es vier Jahre her, Helen. Und es ist viel geschehen in dieser Zeit.«

»Ich weiß«, murmelte sie. »Du bist verheiratet, und ihr habt . . . Kinder.« Ihre Stimme zitterte, als sie das Wort aussprach, und sie sah, wie er unmerklich zusammenfuhr. »Ich bin nicht gekommen, um dir Vorwürfe zu machen«, sagte sie leise. »Ich wollte dich nur sehen, Jochen, das ist alles. Dich und sie und . . .«

»Und die Zwillinge?« Seine Stimme war kalt. »Du hättest nicht kommen sollen, Helen. Es wird dir nur weh tun. Es ist vorbei. Was immer zwischen uns war, ist vorbei.«

Die direkte, fast schon brutale Offenheit seiner Worte traf sie wie ein Schlag ins Gesicht. Ihre Hände begannen zu zittern, und sie betete, daß er es nicht merkte. »Können wir nicht wenigstens . . . wenigstens Freunde sein?« fragte sie stockend.

»Das könnten wir«, antwortete Jochen. »Aber ich glaube nicht, daß es gut für uns wäre. Nicht für dich, und auch nicht für mich. Dieser Bremer hätte dich niemals herkommen lassen sollen.«

»Ist das ein Hinauswurf?« fragte sie.

»Natürlich nicht«, erwiderte Jochen gereizt. »Du kannst bleiben, solange du willst. Es ist nur . . .« Er stockte, suchte einen Moment krampfhaft nach Worten und ballte plötzlich die Fäuste. »Es tut mir leid«, murmelte er. »Ich wollte dich nicht verletzen, Helen. Ich wollte nur . . .«

»Für klare Verhältnisse sorgen?« Sie lachte, leise und mit diesem kaum hörbaren bösen Unterton, mit dem sie ihn schon früher oft und schmerzhaft getroffen hatte. »Das hast du getan, aber nicht erst jetzt. Du hast es schon getan, als du nicht gekommen bist.« Ihr Blick wurde vorwurfsvoll. »War es so viel verlangt?« fragte sie. »Eine einzige Reise nach München? Ein einziger Besuch. Ich hätte es akzeptiert, wenn . . . wenn du es mir gesagt hättest. Nicht dieser Arzt. Nicht ein Fremder. Du.«

Er lächelte. »Du hast deinen Rhetorik-Kurs noch nicht vergessen, wie?« fragte er.

Helen ignorierte ihn. »Das ist keine Antwort, Jochen.«

»Joe«, verbesserte er sie. »Nenn mich Joe – bitte.«

»Du bist konsequent, wie?«

Er nickte. »Ja. Ich bin nicht mehr der, den du gekannt hast, Helen.«

»Ist das deine Antwort? Der Grund, aus dem du nicht gekommen bist?« Aber das war es nicht; sie spürte es, im gleichen Moment, in dem sie die Worte aussprach, obwohl er nichts darauf erwiderte. Die Antwort war so banal wie erschreckend: Er hatte Angst gehabt. Er zitterte jetzt noch innerlich vor Angst, obwohl er sich alle Mühe gab, äußerlich gefaßt und ruhig zu erscheinen. Aber er war nie ein guter Schauspieler gewesen.

»Ich hatte meine Gründe«, murmelte er schließlich. »Gute Gründe, Helen, glaube mir.«

»Und welche?«

»Welche . . .« Er stand auf, ging zur Bar und goß sich einen

Whisky ein, trank jedoch nicht, sondern drehte das Glas nur in den Händen und sah zu, wie sich die Eiswürfel rasch auflösten. »Vielleicht nur einen einzigen, Helen«, sagte er schließlich, noch immer, ohne sie anzusehen. »Du warst . . .«

»Tot«, sagte Helen, als er nicht weitersprach. »Sprich es ruhig aus. Ich hatte Zeit genug, mich an den Gedanken zu gewöhnen. Ich war so gut wie tot.«

»Nicht so gut wie.« Er setzte sich wieder und stellte das Glas neben sich auf den Tisch, ohne zu trinken. Sein Blick war sehr ernst, aber als er weitersprach, war das unsichere Zittern aus seiner Stimme verschwunden. Er sprach sehr ruhig, gefaßt und mit großer Überzeugung. Er mußte das, was er jetzt sagte, tausendmal wiederholt haben, begriff Helen. Es war seine Entschuldigung gewesen, das Alibi, das er vor seinem eigenen Gewissen gebraucht hatte. »Du warst nicht so gut wie tot, Helen, du *warst* tot. Okay, dein Herz schlug noch, und dein Kreislauf funktionierte, aber das warst nicht *du*. Ich habe eine Woche an deinem Bett gesessen, Tag und Nacht, aber ich habe nicht dich gesehen. Was da in der Klinik lag, das war eine Maschine. Ein Stück Fleisch, das an einen Computer und eine Herz-Lungen-Maschine angeschlossen war und so tat, als lebe es.«

»Du hättest warten können. Drei Monate . . .«

»Ich hätte gewartet«, unterbrach er sie. »Nicht drei Monate, sondern drei Jahre, drei Jahrzehnte, wenn es nötig gewesen wäre. Aber es gab keine Hoffnung. Bremer hat mich angerufen, vor drei Monaten, als sie sich entschlossen, die Operation zu wagen. Es war . . . vollkommenes Neuland für sie. Niemand konnte voraussagen, ob du wieder erwachen würdest. Und wenn, wie. Und damals hatten wir nicht einmal diese Chance. Damals nicht.«

»Und warum haben sie mich dann am Leben erhalten?«

Er schwieg einen Moment, und Helen hatte plötzlich das Gefühl, daß er ihr etwas ganz Bestimmtes sagen wollte. Aber dann lächelte er nur schmerzlich. »Ich weiß es nicht«, sagte er. »Vielleicht . . . vielleicht war ich zu feige.«

»Feige? Wozu?«

»Sie haben mich gefragt, Helen. Sie haben mich gefragt, ob sie die Maschine abschalten sollen. Und ich hatte nicht den Mut, ja zu sagen. So einfach war das. Hätte ich dich umbringen sollen?«

»Vielleicht wäre das besser gewesen«, murmelte sie. Ihre Augen begannen zu brennen; sie fühlte, wie eine einzelne Träne über ihre Wange lief.

»Du redest Unsinn, Helen, und du weißt das«, sagte Jochen sanft. »Du lebst, und du bist gesund, und es wird nicht lange dauern, bis . . .«

»Bis ich einen anderen Mann gefunden habe?« Ihre Lippen begannen zu zittern. »Bis ich ein . . . ein neues Leben begonnen habe, willst du sagen?«

»Bitte, werde jetzt nicht sentimental, Helen. Vielleicht war es falsch, was ich getan habe, aber ich kann es nicht rückgängig machen. Du wirst zurückfliegen nach München, und ich werde hierbleiben, und wir werden beide unser Leben leben.«

»Und das ist alles?« Sie senkte den Blick, starrte in die prasselnden Flammen und wartete auf eine Antwort, die nicht kam. Irgendwo im Haus plärrte ein Kind. Schritte. Eine Frauenstimme, die irgend etwas auf englisch sagte, das Helen nicht verstand. Für einen Moment wunderte sie sich darüber, dann fiel ihr wieder ein, daß sie nicht mehr in München war, sondern auf der anderen Seite der Welt, zwanzig Meilen von Washington entfernt, in einem fremden Land, einem fremden Haus, bei einer fremden Familie. Ein Eindringling.

Sie setzte sich auf, zupfte am Ärmel ihres Bademantels und versuchte zu lächeln. »Diese Sachen – gehören sie deiner Frau?«

»Sie gehören Mary, ja.«

»Sie hat die gleiche Größe wie ich.«

Er nickte, griff nach seinem Glas und befeuchtete sich die Lippen, trank aber noch immer nicht.

»Kann ich sie ... kennenlernen?« fragte sie.

»Warum?«

»Warum? Nun ...« Sie war verwirrt. »Ich dachte, es ... es macht doch nichts mehr. Ich werde ihr nicht sagen, wer ich bin. Ich möchte sie nur einmal sehen. Sie und ... die Kinder.«

»Nein«, sagte Jochen. »Ich möchte es nicht.«

»Und warum nicht?«

»Kein Grund.« Seine Stimme klang jetzt sehr entschieden. Es war keine Spur von Wärme mehr darin. Nur die Angst war stärker geworden. »Kein Grund, Helen«, sagte er noch einmal. »Ich möchte es nicht, das ist alles. Es wäre nicht gut. Nicht für mich, und auch nicht für dich.«

»Ist sie ... hier?«

»Sie ist hier, aber sie wird nicht kommen«, antwortete er. »Ich habe ihr gesagt, daß du da bist, und sie weiß alles. Aber sie wird nicht kommen. Und auch die Kinder nicht.« Plötzlich war er abweisend und hart wie Glas. Eine unsichtbare Mauer war mit einem Male zwischen ihnen, unüberwindlich und unzerstörbar. Sie wußte, wie hart er sein konnte. Als sie gekommen war, hatte sie ihn überrascht und aus der Fassung gebracht. Aber er hatte sich gefangen, endgültig.

»Heißt das, daß ich ... gehen muß?«

»Nein«, sagte er, plötzlich wieder sanft. »Du kannst bleiben, solange du willst. Mary und die Zwillinge fahren morgen aufs Land hinaus. Sehr früh.«

Was war mit ihm los? dachte sie. Warum wollte er nicht, daß sie sie sah? Hatte er Angst, daß sie irgendeinen Unsinn machen und versuchen würde, sich zwischen sie zu drängen? Er sollte sie besser kennen. Mary und Joe, dachte sie. Es klang gut. Wenn sie so gut zusammenpaßten, wie es ihre Namen taten, mußten sie sehr glücklich sein.

»Die Zwillinge«, murmelte sie. »Was sind es? Jungen? Mädchen?«

»Beides«, antwortete Jochen. In seinen Augen blitzte Stolz. »Ein Junge und ein Mädchen. Fran und Joseph.«

»Wie alt . . . sind sie?« fragte sie stockend.

Es dauerte einen Moment, ehe Jochen antwortete. »Vierzehn Monate. Warum quälst du dich?«

»Tue ich das?«

»Ununterbrochen«, sagte er. »Seit du gekommen bist. Du . . .«

Die Tür, durch die er vorhin zweimal gegangen und gekommen war, wurde mit einem Ruck aufgestoßen, und ein hellblondes, nur mit einer Windelhose und geringelten rotweißen Söckchen bekleidetes Kleinkind watschelte ins Zimmer.

Es war noch nicht sehr sicher auf den Beinen und vermutlich gerade dabei, richtig laufen zu lernen, und es lief ein wenig zu schnell, mit dem Ergebnis, daß es nach zwei, drei unsicheren Schritten der Länge nach hinfiel und sofort zu schreien begann. Jochen sprang so überhastet auf, daß er gegen den Tisch stieß und sein Glas umwarf, aber seine Reaktion kam trotzdem zu spät. Die Tür wurde ein zweites Mal aufgerissen, und eine schlanke, dunkelhaarige Frau stürzte ins Zimmer und hinter dem Kind her.

Helen wußte nicht, wer überraschter war in diesem Moment; sie oder Mary. Ihre Blicke trafen sich, und es war wie ein Faustschlag, brutal und warnungslos und so hart, daß ihr schwindelte.

Es war Mary. (*Mary?* Ihr zweiter Vorname war Maria, aber sie benutzte ihn so selten, daß sie ihn fast vergessen hatte.)

Sie hatten nicht nur die gleiche Statur. Ihre Vermutung war richtig gewesen, was Jochens Geschmack anging. Sie waren gleich groß, gleich alt, der gleiche Typ; sicher, es gab ein paar Unterschiede – ihr Make-up war anders, die Frisur modischer, ihre Haut sanft und gepflegt, nicht so teigig und blaß wie die ihre, die vier Jahre Krankenhaus und Chemie und Kunstlicht ertragen hatte. Aber das waren Nuancen, mehr nicht. Und sie entdeckte sie auch nur, weil sie verzweifelt danach suchte, um nicht wahnsinnig zu werden. Um nicht den Verstand zu verlieren bei dem Gedanken, in Marys Gesicht zu blicken.

Denn es war *ihr* Gesicht.

Tiefes Schweigen herrschte. Selbst das Prasseln der Flammen im Kamin kam ihr übermäßig laut vor, und das monotone Hämmern des Regens gegen die Scheiben erschien ihr wie ferner Donnerhall, der das Ende der Welt ankündigte. Ihre Finger krampften sich so fest um das Glas, das Jochen ihr gegeben hatte, daß es schmerzte. Sie hatte getrunken, zwei oder drei Gläser hintereinander, aber die erhoffte Wirkung des Alkohols stellte sich nicht ein; im Gegenteil.

Mary hatte das Kind – es war Fran, das Mädchen – wieder zu Bett gebracht und war eine Zeitlang fortgeblieben, war aber anschließend wiedergekommen und hatte sich schweigend neben Jochen auf die Couch gesetzt. Sie sprach nicht, und auch Jochen und Helen hatten kein Wort gewechselt. Es war dunkel geworden, schneller als üblich, weil das Gewitter rasch heraufgezogen war, und mit dem Abend waren Schatten wie spinnenfüßige Phantome ins Zimmer gekrochen. Die Dämmerung verwandelte die beiden Gestalten auf der Couch ihr gegenüber in graue Schatten, aber sie verwehrte ihr nicht den Blick ins Marys Gesicht, sondern schien die irrsinnigmachende Ähnlichkeit nur noch zu betonen. Es war mehr als eine zufällige Ähnlichkeit. Eine Weile – in den ersten Minuten, als sie von dem Anblick gelähmt und schockiert gewesen war – hatte sie versucht, sich einzureden, daß es wirklich Zufall war, daß Jochen diese Frau aus genau dem Grund geheiratet hatte: weil sie ihr ähnlich sah wie ein eineiiger Zwilling dem anderen. Aber die Ähnlichkeit war viel tiefer. Sie waren keine Zwillinge, sondern identische Abdrücke der gleichen Schablone. Sie hatte Angst.

Irgendwann, lange nach dem Dunkelwerden, stand Jochen auf, schaltete das Licht ein und ging aus dem Zimmer. Sie wußte nicht, was er tat, aber er blieb lange fort, und als er zurückkam, war er irgendwie verändert. Helen atmete innerlich auf, als sie ihn wiedersah. Sie hätte es nicht sehr viel länger ertragen, allein mit Mary im Zimmer zu sein.

»Jetzt weißt du es also«, sagte er leise, mit einer Spur von Bedauern in der Stimme, aber gleichzeitig auch fast erleichtert. Helen starrte abwechselnd ihn und ihre Doppelgängerin an. Der Schrecken lähmte sie nicht mehr, aber jetzt, als sie zu sprechen versuchte, spürte sie, daß ihre Gedanken noch immer wirr im Kreis herumhüpften und es ihr unmöglich war, einen zusammenhängenden Satz zu bilden.

»Ich wollte es nicht«, fuhr Jochen fort, noch immer in dem gleichen, rechtfertigenden Tonfall. »Ich wollte nicht, daß du sie siehst.«

»Wer ... wer ist sie?« fragte Helen stockend. Ganz leise kam ihr zu Bewußtsein, daß sie über diese Frau sprachen wie über ein Ding, obwohl sie neben ihr saßen.

»Mary?« Jochen verzog das Gesicht zu einer Grimasse. »Meine Frau. Du.«

»Ich?«

»Ich könnte dir jetzt eine verrückte Geschichte erzählen«, sagte er leise. »Irgend etwas von zufälliger Ähnlichkeit oder sonst einen Blödsinn.« Er lachte meckernd und deutete auf den Computer neben der Bar. »Mit dem Ding da hinten könnte ich dir sogar die Wahrscheinlichkeit ausrechnen. Es ist immerhin *möglich*.«

»Aber es wäre nicht die Wahrheit.«

»Das wäre es nicht«, sagte er. Mary wandte den Kopf, blickte erst ihn, dann sie an und starrte dann wieder in die Flammen, wie sie es die ganze Zeit getan hatte. Es gab doch Unterschiede zwischen ihnen; nichts, was man in Worte fassen konnte, und doch: in den endlosen Minuten, die sie sich schweigend gegenüber gesessen und angestarrt hatten, war es Helen mit schmerzhafter Deutlichkeit klar geworden. Obgleich sie sich ähnlich waren wie zwei Abzüge des gleichen Negativs, war die andere Helen – Mary! – tausendmal mehr Frau, als sie es jemals gewesen war. Sie tat nichts, bewegte sich kaum und hatte sich nicht einmal Mühe gegeben, besonders attraktiv auszusehen. Und doch war sie eine geballte Ladung Erotik, wie sie so schweigend neben Jochen auf der Couch saß.

»Es wäre nicht die Wahrheit«, sagte Jochen noch einmal. Die Worte rissen sie abrupt aus ihren Gedanken. Sie sah auf und blickte ihn an, und diesmal hielt er ihrem Blick stand. »Sie ist du, Helen. Ihr beide seid eins. Das war der Grund, aus dem ich sie geheiratet habe.«

»Sie ist . . .«

»Ein Klon«, unterbrach er sie. Die Härte, mit der er das Wort aussprach, ließ sie erschauern. Sie hatte das Gefühl, daß er es absichtlich so tat, ehe sie es tun konnte. Plötzlich haßte sie ihn.

»Versteht . . . versteht sie, was wir sagen?« fragte sie stockend.

Er nickte. »Jedes Wort. Aber sie weiß alles, schon lange.«

»Und es macht Ihnen . . . nichts aus?« Die Worte waren an Mary gerichtet, aber sie antwortete nicht, sondern schüttelte nur stumm den Kopf und lächelte.

»Sie weiß alles«, wiederholte Jochen. »Ich habe ihr alles gesagt, ehe wir . . . geheiratet haben. Alles von dir, von uns. Wir haben keine Geheimnisse voreinander.«

Die Worte taten weh. Keine Geheimnisse . . . ein Vertrauen, wie es zwischen ihnen niemals geherrscht hatte. Nie vollständig. Sie versuchte, diese andere Helen, diese Klon-Puppe, die neben ihrem Mann saß und ihn für sich beanspruchte, zu hassen, aber es gelang ihr nicht. Es gelang ihr nicht einmal, sie als Mensch zu akzeptieren. Alles, was sie sah, war eine Masse von Zellen und Protoplasma, die sich nur zufällig zu einer menschenähnlichen Form zusammengefunden hatte. Es war unmöglich, daß dieses . . . *Ding* eine Seele haben sollte. Natürlich hatte sie von Klonen gehört, Kindern, die aus einer einzigen Zelle ihrer Eltern gezüchtet worden waren, absolut identische Kopien ihrer Eltern. Sie hatte in Zeitschriften davon gelesen und Fernsehberichte darüber gesehen, und jedesmal war ihr ein fast ehrfürchtiger Schauer über den Rücken gelaufen. Aber das waren *Kinder* gewesen, Säuglinge. Sie aber saß einer erwachsenen Frau gegenüber! Es war unmöglich. *Un-mög-lich!*

»Es ist unmöglich«, sagte sie leise.

Wieder betrachtete sie Jochen mit diesem sonderbaren, nicht zu deutenden Blick voller Schmerz und noch etwas anderem, Fremdem, dann schüttelte er den Kopf. »Nein«, sagte er. »Das ist es nicht.«

»Wie?«

Jochen senkte den Blick, griff nach seinem Glas und leerte es mit einem Zug. Seine Hand zitterte, als er es auf den Tisch zurückstellte. »Damals, nach . . . nach dem Unfall, war ich verzweifelt. Ich wollte nicht mehr leben, als mir die Ärzte die Wahrheit über dich sagten, Helen. Ich weiß, es muß sich in deinen Ohren wie der pure Zynismus anhören, aber ich habe niemals eine andere Frau geliebt. Ich wollte sterben, als mir klar wurde, daß ich dich niemals wiedersehen würde.« Der Ton, in dem er die Worte hervorbrachte, ließ sie frieren. Er war kalt, kälter als Eis, völlig ohne Emotion und fast ohne Betonung. Wie oft mußte er sich diese Sätze in Gedanken selbst vorgesagt haben? Wie viele Stunden hatte er schweigend dagesessen und sie sich eingehämmert, immer und immer wieder? »Ich war fest entschlossen, mich zu töten, als ich aus der Klinik entlassen wurde. Ich war nur zu feige, es zu tun. Zuerst. Dann hörte ich vom *Cloning*. Nicht von diesen albernen Versuchen, künstliche Babys zu erzeugen, sondern von einer völlig neuen Technik, die angeblich in den Staaten entwickelt worden war. Die Geschichte ist schnell erzählt, Helen. Es war ganz undramatisch. Ich kam hierher, bewarb mich in der Firma, die das Verfahren entwickelt hatte, um einen Job und bekam ihn.«

»Und sie als Dreingabe?« Es gelang Helen nicht ganz, den Zorn aus ihrer Stimme zu verbannen, aber zu ihrer Überraschung lächelte Jochen nur.

»Natürlich nicht«, sagte er. »Aber ich hatte ein Ziel, vergiß das nicht. Und nach zwei Jahren war ich in der Position, es verwirklichen zu können. Es war nicht schwer, eine Blutprobe von dir zu bekommen. Es war nicht einmal sehr schwer, einen Biochemiker und ein paar Hilfskräfte zu finden. Ein bißchen Geld hier, ein wenig Erpressung da...« Er zuckte mit den Achseln. »Das Schwierigste war, falsche Papiere und eine glaubwürdige Identität für sie zu schaffen.«

»Und wieviel hat sie dich gekostet?« fragte Helen bitter. »Wieviel hast du für sie bezahlt?«

»Zweihundertfünfzigtausend Dollar«, antwortete er ruhig. »Gib dir keine Mühe, Helen. Du kannst sie nicht verletzen. Nicht so.«

Helen senkte betreten den Blick. Sie begriff, daß sie gemein und häßlich war und Mary bewußt hatte weh tun wollen. »Es tut mir leid«, sagte sie.

»Das braucht es nicht. Wenn es hier jemanden gibt, der sich entschuldigen muß, dann ich. Ich bin froh, daß du die Wahrheit weißt.« Er deutete auf sein Glas. Mary stand auf, ging zur Bar und füllte es schweigend. Sie lächelte, und Helen fiel erneut auf, wie sehr *Frau* sie war, ein konzentriertes Bündel aus Sinnlichkeit und gestaltgewordenem Sex. Selbst die Bewegung, mit der sie das Glas einschenkte, wirkte erotisch. Helen fühlte sich angewidert. Und gleichzeitig erregt und angezogen, auf eine sonderbare, vollkommen neue Art. Eine erschreckende Art. Ein eisiger Schauer lief über ihren Rücken. Sie konnte den Anblick nicht ertragen und wandte sich ab.

»Das ist alles, Helen«, sagte Jochen leise. »Ich habe dich nicht verraten. Ich habe dich geliebt, und ich wollte dich wiederhaben. Wenn du mich deshalb hassen willst, dann tu es. Aber ich wollte immer nur dich.«

»Das stimmt nicht«, sagte Helen. Es fiel ihr schwer zu sprechen. Der gewollt theatralische Effekt seiner Worte widerte sie an. Der Knoten in ihrem Hals wurde dicker. »Sie ist nicht ich. Sie ist eine Fremde. Sie ist anders.« Sie schrie fast. »Ihr habt Kinder. Wir ... ich ... ich konnte niemals Kinder haben, das weißt du. Sie ist nicht ich!«

»Du hättest Kinder haben können, Helen.«

Es traf sie wie ein Schlag, als Mary es war, die antwortete. Mit *ihrer eigenen Stimme* antwortete. Selbst die Art, die Worte zu betonen, war gleich. Sie fuhr herum, starrte ihr Ebenbild an und wartete mit bebenden Lippen, bis Mary zu Jochen zurückgegangen war und neben ihm Platz genommen hatte. Es war ein Schock, sie reden zu hören, denn spätestens jetzt wurde ihr mit brutaler Deutlichkeit klar, daß diese andere, nachgemachte Helen/Mary ein Mensch war. Und sie wußte, daß sie recht hatte.

»Du hattest einen Unfall, als du siebzehn warst, nicht wahr? Eine scheußliche Sache. Nicht lebensgefährlich, aber schlimm genug.«

Sie nickte impulsiv. Ihre Hand glitt an ihrem Körper herab und preßte sich schützend gegen ihren Leib, als müsse sie dort eine Blöße bedecken. »Sie ... du weißt ... davon?«

Mary nickte. »Natürlich, Helen. Ich bin du, vergiß das nicht.« Sie stand abermals auf, kam mit einer gleitenden Bewegung näher und ließ sich neben ihrem Sessel in die Hocke sinken. Irgend etwas Knisterndes, Unsichtbares schien sie zu umgeben. Ihre Hand legte sich auf die Helens, drückte sie einen Moment und zog sie mit sanfter Gewalt von ihrem Bauch fort. Die Berührung war sanft, aber trotzdem von großer Kraft. »Es gibt nichts, wessen du dich zu schämen bräuchtest, Helen«, sagte sie. »Es ist kein Makel, keine Schande, sondern nur ein unglücklicher Zufall. Etwas, das jedem passieren kann. Haßt du mich, weil ich die Kinder habe, die du niemals hattest?«

Ja! wollte sie schreien. Sie wollte schreien und ihre Hände losreißen und mit den Fäusten auf diese böse Karikatur ihres eigenen Gesichtes einschlagen, aber sie konnte nichts von alledem, sondern saß nur starr und wie gelähmt da und starrte in die dunklen, leicht schräg stehenden Augen ihrer Doppelgängerin. Die Berührung ihrer Hände lähmte sie. Sie spürte die Liebe, die dieses Wesen erfüllte, und etwas davon übertrug sich auf sie und verwandelte ihren Haß in Verständnis, die Verzweiflung in einen vagen, kaum mehr wahrnehmbaren Schmerz. Ihre Hand aus der Marys zu lösen ging fast über ihre Kräfte.

»Der Unfall«, murmelte sie verwirrt. »Woher wissen Sie ... woher weißt du davon?«

»Weil ich du bin«, antwortete Mary. »Es ist, wie Joe gesagt hat – wir sind eins. Wir ...«

»Hör bitte auf, Liebling«, sagte Jochen, und Mary verstummte mitten im Satz, stand auf und drehte sich halb zu ihm um. Helen konnte ihr Gesicht nicht sehen, aber sie war sicher, daß sie lächelte.

»Laß uns allein«, verlangte Jochen, und dann, nach einem kurzen, beinahe schuldbewußten Blick auf Helen, fügte er hinzu: »Bitte.«

Mary nickte, drehte sich herum und verließ ohne ein weiteres Wort das Zimmer. Helen sah ihr nach, bis die Tür hinter ihr ins Schloß gefallen war und ihre Schritte verklangen. Ein bizarres Gefühl der Enttäuschung machte sich in ihr breit. Sie hätte diese Frau hassen müssen und hatte bis vor wenigen Augenblicken noch mit aller Kraft versucht, es zu tun, aber jetzt, als sie gegangen war, hatte sie das Gefühl, etwas verloren zu haben. Etwas, von dem sie bis vor Sekunden nicht einmal gewußt hatte, daß es existierte. Sie vermißte die Berührung ihrer Hände. Den Geruch ihrer Haare. Ihre *Nähe*.

»Warum hast du sie fortgeschickt?« fragte sei.

»Ich wollte mit dir reden. Allein.«

»Über sie?« Helen setzte sich auf, ordnete unbewußt ihre Kleider und nippte wieder an ihrem Glas. Nicht, daß sie Durst hatte oder den Alkohol jetzt noch brauchte, aber sie hätte es einfach nicht ertragen, überhaupt nichts zu tun. »Es hat dir doch bis jetzt nichts ausgemacht, über sie zu reden, als wäre sie gar nicht da.«

»Aber dir«, erwiderte Jochen. »Magst du sie?«

Helen überlegte einen Moment. »Ich weiß nicht«, sagte sie dann. »Ich muß es wohl, oder? Es sei denn, ich wollte mich selber hassen.« Sie trank wieder, blickte auf die geschlossene Tür, hinter der sie verschwunden war. »Wie lange seid ihr zusammen?« fragte sie.

»Zwei Jahre«, antwortete Jochen. »Nicht ganz.«

»Zwei Jahre?« Helen rechnete hastig im Kopf nach und sah ihn zweifelnd an. »Aber die Kinder . . .«

»Sind normale Kinder«, unterbrach sie Jochen. Ihre Gedanken mußten überdeutlich auf ihrem Gesicht geschrieben gewesen sein. »Keine Klone. Sie sind normal gezeugt und geboren worden.«

»Es ging schnell«, sagte sie mit bitterer Anerkennung. »Gleich in der ersten Nacht?«

»Oder der zweiten, ich weiß es nicht. Wir waren zehn Monate verheiratet, als sie auf die Welt kamen. Tut es dir sehr weh?«

»Was? Daß ihr Kinder habt?«

Er nickte, trank wieder und lächelte plötzlich. Helen bemerkte, daß er seine Züge nicht mehr ganz unter Kontrolle hatte. Er hatte ziemlich viel getrunken in den letzten anderthalb Stunden. »Eigentlich sind es unsere Kinder. Deine und meine«, sagte er. »Ich weiß, es ist kein Trost, aber . . . wenn wir Kinder gehabt hätten, dann wären sie genau so geworden, Helen.«

Sie senkte den Blick. »Vermutlich.«

»Bestimmt. Es gibt keinen Unterschied zwischen euch, begreif das doch. Jede einzelne Zelle in euren Körpern ist gleich.«

»Bis auf ihre Gebärmutter«, sagte sie bitter. »Nicht wahr?« Der Vorwurf in ihrer Stimme galt ihm, nicht Mary, und er spürte es genau. »Wie hast du es gemacht?« fragte sie.

»Ich habe überhaupt nichts *gemacht*«, antwortete Jochen gereizt. »Ihr Körper hat sich genauso entwickelt wie deiner, Helen, nur ungleich schneller. Sie wurde in einem Brutkasten gezeugt und war siebenundzwanzig, als sie auf die

Welt kam, aber sie unterscheidet sich trotzdem nicht von dir. In nichts!« Plötzlich wurde er böse. »Den Unfall konnten wir ja schlecht mitklonen, oder?«

»Und ihre Erinnerungen?« fragte Helen. »Wieso weiß sie alles? Wieso weiß sie, was ich weiß?«

»Nicht, was du weißt«, korrigierte sie Jochen. »Was ich von dir weiß, Helen.« Er seufzte, ging zur Bar und schenkte sich ein neues Glas ein, kam aber nicht zurück, sondern stützte sich schwer mit den Ellbogen auf das polierte Mahagoni der Theke und blickte an ihr vorbei ins Leere. »Das war das größte Problem von allen«, begann er. »Es war nicht sehr schwer, sie zu erschaffen. Im Grunde ist es ganz einfach, wenn man einmal weiß, wie es gemacht wird – jedenfalls erzähle ich das den Leuten, denen ich das System verkaufen muß«, fügte er mit einem schiefen Lächeln hinzu, wurde aber sofort wieder ernst und fuhr fort: »Und es ist auch nicht schwer, den Wachstumsprozeß fortzusetzen, bis ins Erwachsenenalter hinein, wie du gesehen hast. Das Problem ist das da.« Er tippte sich gegen die Stirn. »Sie wäre als siebenundzwanzigjähriger Säugling auf die Welt gekommen. Aber das wollte ich nicht. Ich wollte dich.«

»Und wie hast du es gemacht?« fragte Helen. Plötzlich hatte sie Angst vor der Antwort.

Jochen deutete mit der Hand, die das Glas hielt, auf den aufwendigen Computer. »Damit«, sagte er. »Ich habe jede freie Minute in den zwei Jahren, bis es so weit war, an dem Ding verbracht.«

»Und was getan?«

»Mich erinnert«, erwiderte er ernst. »Ich habe jede Sekunde, die ich mit dir verbracht habe, in dieses verdammte Ding eingegeben, jeden Augenblick, an den ich mich erinnern konnte, jedes Wort, das wir jemals miteinander gewechselt haben, alles, was ich jemals über dich gehört oder gelesen oder anderweitig erfahren habe.«

Sie starrte das Ding an. »Du hast . . .«

»Dein Leben in dieses Gerät gespeichert, ja«, sagte er.

»Alles, was ich wußte. Natürlich hat Mary nicht alle deine Erinnerungen. In diesem Punkt unterscheidet ihr euch. Sie weiß nur, was ich über dich wußte. Aber das war genug.« Er lächelte schief und tippte sich abermals gegen die Stirn. »Du glaubst nicht, was für eine Menge Müll sich in sechs Jahren hier oben ansammelt.«

»Dann ist sie nicht ich«, sagte Helen leise. »Dann ist sie ... eine Puppe. Ein Spielzeug, das du dir gebastelt hast, mehr nicht.« Und plötzlich fiel ihr wieder ein, wie erotisch ihr zweites Ich gewirkt hatte, so voller Sex und Sinnlichkeit, daß selbst sie erregt gewesen war, als sie nur ihre Nähe spürte. Und langsam, ganz langsam, kroch ein Gefühl brodelnden Zornes in ihr empor.

»Ich habe sie so gemacht, wie ich dich gesehen habe«, antwortete Jochen, aber er wirkte unsicher, von einem Moment auf den anderen in die Defensive gedrängt. Was bisher in seiner Stimme mitgeschwungen hatte – und auch das wurde ihr erst jetzt, dafür aber um so deutlicher, klar – in jedem Wort, jeder Geste und jeder Betonung, war Stolz gewesen, eine ganz bestimmte Art von Stolz. *Besitzerstolz.* Er hatte sie ihr vorgeführt, wie andere einen neuen Wagen oder das neue Haus vorzeigten. Jetzt verteidigte er sich. »Was sollte ich tun? Ich habe ihr alles gegeben, was ich wußte, jedes bißchen von deiner Persönlichkeit, das mir bekannt war, und ...«

»Und du hast zufällig das eine oder andere vergessen oder hinzugefügt, wie?« unterbrach sie ihn, höhnisch und in gewollt verletzendem Ton.

Sein Blick wurde hart. Er leerte sein Glas, stellte es mit einem Ruck auf die Theke zurück und funkelte sie an. »Wenn du damit deine mittelalterliche Prüderie und deine verdammte Starrköpfigkeit meinst, ja«, sagte er wütend. »Ich wollte dich, begreifst du das immer noch nicht?«

»Ich begreife es schon«, erwiderte Helen gereizt. »Aber es stimmt nicht. Du wolltest nicht mich, Jochen. Nicht wirklich *mich.* Du wolltest auch nicht mich, als du mich geheiratet hast. Du wolltest einen Teil von mir, und einen anderen wolltest du nicht, aber du mußtest ihn wohl oder übel mit in Kauf nehmen, weil das eine ohne das andere nicht zu haben war. Du wolltest ein Sexkätzchen, und ...«

»Ich wollte eine ganz normale Frau«, unterbrach er sie. Er sprach jetzt ganz leise. Es klang drohend. Drohend und gleichzeitig hilflos. »Niemanden, der das Licht ausmacht, wenn er sich auszieht, oder das Badezimmer absperrt, wenn er duscht. Wenn du das meinst, hast du recht. In diesem Punkt ist sie anders als du. Und nicht nur in diesem.«

»Anders?« Helen lachte humorlos. »Warum gibst du nicht zu, was du getan hast? Ich bin nicht blind, Jochen. Sie ist dir ergeben wie eine Sklavin. Was hast du getan? Rein zufällig vergessen, ihr so etwas wie freien Willen zu geben?«

»Sie liebt mich, das ist alles«, sagte er.

»Liebe? Wenn das, was du diesem Wesen angetan hast, Liebe ist, dann verzichte ich darauf. Sie ...«

»Sie liest mir jeden Wunsch von den Augen ab, wenn es das ist, was du meinst«, unterbrach er sie. »Sie liebt mich wie niemanden sonst auf der Welt, und ich sie. Und sie hat nichts im Sinn mit Emanzipation oder irgendwelchen verschrobenen feministischen Weltbildern.« Er versuchte, höhnisch zu klingen, aber es gelang ihm nicht ganz. »Sie liebt mich. Und?«

»Sie ist dir hörig!«

»Und wenn?« antwortete er achselzuckend. »Sie ist glücklich dabei, und ich bin glücklich mit ihr. Willst du uns vorwerfen, daß wir glücklich sind?« Das Glitzern in seinen Augen hätte sie warnen müssen, und trotzdem trafen sie seine nächsten Worte wie ein Tritt in den Magen. »Ich bin glücklich mit ihr und mit unseren Kindern«, sagte er zynisch. »Ist es das, was du nicht erträgst?«

»Das ist ...«

»Unfair, ich weiß.« Er lachte böse. »Es tut mir leid, wenn ich unfair werden muß, aber du zwingst mich dazu. Was glaubst du, mir vorwerfen zu können? Daß ich sie so geschaffen habe, wie ich sie haben wollte? Wie sollte ich sie machen, deiner Meinung nach? Sollte ich ihre Gebärmutter mit einem Skalpell zerschneiden, damit sie keine Kinder bekommen kann, wie du? Sollte ich ihr ein paar hübsche kleine Komplexe und Neurosen einprogrammieren, damit wir uns regelmäßig streiten, wie wir es früher getan haben? Oder sollte ich ihr ein paar gehörige Macken verpassen, damit sie mich neun- von zehnmal abweist und die Unberührbare spielt, wenn ich mit ihr ins Bett gehen wollte? Bei Gott, Helen, was stellst du dir vor? Niemand von uns ist perfekt, auch du nicht. Starr mich nicht so an, als wäre ich ein Monster. Ich habe nichts getan, was ich mir vorzuwerfen hätte. Ich habe dich gewollt, so, wie ich dich gerne gehabt hätte, und ich hatte es in der Hand, dich zu bekommen. Was hätte ich tun sollen, deiner Meinung nach? Sie unglücklich machen? Den Teufel habe ich getan! Ich hatte es in der Hand, einen Engel zu erschaffen, und ich habe es getan, weil es das einzige war, was ich tun konnte. Sie ist glücklich, Helen, verstehst du? Uneingeschränkt und vollkommen *glücklich*. Nenn es, wie du willst, aber wir haben uns niemals gestritten, in den ganzen zwei Jahren nicht. Sie hat keine Träne geweint, seit sie geboren wurde. Ich könnte sie schlagen, und sie wäre mir dankbar dafür. Begreifst du denn nicht, was sie ist? Sie ist vielleicht der einzige Mensch, der jemals gelebt hat, der wirklich *glücklich* ist.«

»Du Ungeheuer«, sagte sie leise. »Du verdammtes, seelenloses Ungeheuer.«

Trotzdem blieb sie in dieser Nacht in seinem Haus. Der Streit, der sich angebahnt hatte, fand nicht statt, so wie alle Auseinandersetzungen zwischen ihnen irgendwie immer im Sande verlaufen waren, und nach einer Weile zeigte ihr Jochen das Gästezimmer im hinteren Teil des Hauses und gab ihr eines von Marys Nachthemden, um dann ohne ein weiteres Wort zu gehen. Sie zögerte lange, es anzuziehen –

es war eines jener raffiniert geschnittenen französischen Dinger, in denen man entblößter aussah, als man es wirklich war. Es war genau die Art von Kleidungsstücken, deren Trägerinnen sie verachtete und für die sie sich früher immer quasi stellvertretend geschämt hatte. Aber die Alternative war, entweder nackt oder in den Jeans zu schlafen, die sie von Mary bekommen hatte, und die eine Vorstellung war ihr so unangenehm wie die andere.

Und es gab noch einen Grund, einen Gedanken, den sie im ersten Moment fast panisch von sich wies, ohne ihn ganz verleugnen zu können. Es erregte sie, dieses Kleidungsstück zu tragen. Sie stellte sich vor, daß Mary es angehabt hatte, und sie kam sich vor wie in einer anderen, zweiten Haut, als sie die schwarze, glatte Seide auf der ihren spürte. Sie stellte sich vor, wie Mary es getragen und wie Jochen sich neben sie gelegt hatte, wie seine Hände sanft über den glatten Stoff strichen, wie . . .

Sie verdrängte das Bild, aber es kam wieder und schlich sich in ihre Träume, und als sie am nächsten Morgen erwachte, erinnerte sie sich mit fast übernatürlicher Klarheit an jedes Detail. Sie hatte mit Jochen geschlafen, in diesem Traum, Dinge getan, die sie sich bisher nicht einmal vorzustellen gewagt hatte und die Mary vermutlich jede Nacht mit ihm tat, und es war das erste, das allererste Mal, daß sie sich bei der Erinnerung daran nicht schmutzig und besudelt vorkam. Sie war Mary gewesen, in dieser Nacht und in diesem Traum. Mary war es gewesen, die all diese verbotenen und schlechten Dinge getan hatte, auch wenn sie für wenige Stunden in ihren Körper geschlüpft war, und sie war es auch, die die Schuld dafür würde tragen müssen, Mary, nicht sie. Ihre Hand – Marys Hand – kroch wie ein kleines lebendes Wesen unter die Decke, tastete über die schwarze Seite des Nachthemdes und fand den seitlichen Ausschnitt, glitt kitzelnd tiefer an ihrem Schenkel herab und . . .

Sei setzte sich mit einem Ruck auf, zog die Hände unter der Decke hervor und blinzelte verwirrt. *Bin ich verrückt geworden?* dachte sie bestürzt. *Mein Gott – was geschieht mit mir? Ich bin nicht Mary. Ich bin Helen. Helen. Helen. HELEN!*

Plötzlich ertrug sie es nicht mehr, in diesem Bett zu liegen und Marys Kleid auf der Haut zu fühlen. Sie sprang auf, zerrte das Negligé herunter, so heftig, daß die dünnen Nähte an mehreren Stellen aufrissen, und schleuderte es angewidert von sich. Zitternd blieb sie einen Moment lang stehen, dann bückte sie sich und schlüpfte hastig wieder in Jeans und Bluse. Erst dann, als sie dieses verdammte, sündhafte Ding nicht mehr auf der Haut fühlte, beruhigte sie sich.

Als sie ins Bad ging, begann sie sich wie eine Idiotin zu fühlen. Was war bloß mit ihr los? Sicher, sie hatte ein paar ›Macken‹, wie es Jochen gestern abend genannt hatte, aber die hatte jeder, auf die eine oder andere Art. Aber die Vorstellung – nein, nicht die Vorstellung, die *Halluzination* –, in einen anderen Körper zu schlüpfen, nur weil sie das Kleidungsstück einer Fremden angehabt hatte, gehörte nicht dazu. Sie wandte sich vor dem Waschbecken um und sah durch die offenstehende Tür zu dem schwarzen Seidenhemd zurück, das zerknüllt und zerrissen auf dem Teppich vor ihrem Bett lag. Plötzlich war sie sicher, daß Jochen es ihr mit genau überlegter Berechnung gegeben hatte, aus dem einzigen Grund, sie zu quälen.

Warum bin ich eigentlich hier? dachte sie, während sie sich wieder umdrehte und das Spiegelbild ihres Gesichtes in der beschlagenen Scheibe des Kosmetikschränkchens über dem Becken betrachtete. Sie fand keine Antwort. Es war absurd – sie hatte fast zwei Monate auf diesen Moment hingearbeitet. Von dem Augenblick an, in dem ihr Bremer in seinem Büro die Wahrheit über Jochen und sein neues Leben erzählt hatte, hatte sie nur noch dieses eine Ziel gehabt – hierher – zu kommen und Jochen zu sehen, ihn, seine Frau und seine Kinder. Jetzt, als sie es geschafft hatte, mußte sie sich eingestehen, daß sie nicht einmal wußte, warum. Vielleicht gab es auch keinen Grund.

Sie wusch sich, fuhr sich mit dem Kamm durch das immer noch viel zu kurze Haar und betrachtete prüfend ihr Gesicht. Es wirkte noch immer eingefallen und grau; sehr, sehr müde. Die halbe Nacht unruhigen Schlafes, die sie bekommen hatte, hatte längst nicht ausgereicht, die Kräfte zu ersetzen, die die Marathon-Tour hierher verbraucht hatte. Sie lauschte in sich hinein und spürte die Übelkeit, die tief in ihr lauerte, die Schwäche, die sich schon jetzt wieder ankündigte. Sie war krank, aber sie würde es überstehen, auch ohne Medikamente und die aufdringliche Pflege der Ärzte. Sie war schon immer zäh gewesen.

Automatisch griff sie nach dem Schminkkästchen auf der Ablage, drehte es einen Moment unentschlossen in der Hand und betrachtete dabei ihr Konterfei im Spiegel. Schließlich stellte sie es wieder weg. Es war sowieso sinnlos. Ganz egal, was sie tat, mit ihrer Konkurrentin konnte sie ohnehin nicht mithalten. In einem Punkt hatte Jochen recht: Er hatte einen Engel erschaffen, der keine künstlichen Hilfsmittel mehr brauchte, um schön zu sein.

Mary und Jochen saßen am Tisch und frühstückten, als Helen ins Wohnzimmer kam. Von den Zwillingen war nichts zu sehen, aber die Spuren auf der Glasplatte und das benutzte Kindergeschirr bewiesen, daß sie dagewesen und schon versorgt worden waren; wahrscheinlich, bevor Jochen überhaupt aufgestanden war. Er hatte immer Wert auf seine Ruhe beim Essen gelegt. Jochen zusammen mit einer Horde greinender Kinder am Eßtisch war schlichtweg unvorstellbar. Der Gedanke versetzte ihr einen scharfen Stich. Natürlich hatte Mary dafür gesagt, daß die Kinder versorgt waren, ehe ihr Mann kam. Sie mußte die perfekte Mutter sein. Perfekt in dem Sinne, wie es sich Jochen wünschte.

Mary machte eine einladende Geste, und Helen sah, daß bereits ein drittes Gedeck aufgetragen war. In der Tasse dampfte heißer Kaffee, und auf dem danebenstehenden Teller lag ein belegtes Sandwich. Was hatte sie erwartet?

Schweigend setzte sie sich, griff nach der Tasse und leerte

sie mit kleinen, vorsichtigen Schlucken. Mary schenkte unaufgefordert nach, aber diesmal trank Helen nicht, sondern sah Mary nur verstört an. Es war ein irritierendes Gefühl, sich selbst gegenüberzusitzen.

»Hast du gut geschlafen?« erkundigte sich Jochen. Helen schrak fast schuldbewußt hoch und nickte hastig.

»Es . . . geht«, sagte sie, »die Reise war sehr anstrengend, fürchte ich. Aber ich fühle mich schon besser.«

»Die Kinder sind ein paarmal wach geworden«, sagte Mary. »Ich hoffe, sie haben dich nicht gestört.«

»Keineswegs«, erwiderte Helen. »Ich habe geschlafen wie ein Stein.« Das war so ungefähr das genaue Gegenteil dessen, was sie vor wenigen Sekunden gesagt hatte, aber Mary tat so, als hätte sie es nicht bemerkt, und lächelte zufrieden. *Was hatte Jochen gesagt? Sie kann überhaupt nicht weinen?* Helen schauderte innerlich. Sie *war* eine Puppe. Und doch war sie mehr. »Wo sind die Kinder?« fragte sie.

»Sie schlafen«, antwortete Mary. »Ich versorge sie immer sehr früh, weißt du? Wir können dann in Ruhe gemeinsam frühstücken, und ich habe Zeit genug für sie, wenn Joe aus dem Haus ist.« Sie schenkte sich Kaffee nach, trank einen winzigen Schluck und lächelte Helen über den Rand ihrer Tasse hinweg an. »Du kannst sie nachher sehen, wenn sie wach sind.«

»Wie lange bleibst du?« fragte Jochen unvermittelt. Das Gefühl der Wärme, das sich bei Marys Worten in ihr ausgebreitet hatte, erlosch übergangslos, und zurück blieb eine schmerzhafte, schwarze Kälte. Sie senkte den Blick und starrte in ihre Tasse.

»Nicht lange«, antwortete sie tonlos. »Wenn du willst, gehe ich gleich.«

»Aber das kommt überhaupt nicht in Frage«, mischte sich Mary ein. »Du mußt todmüde von der Reise sein, und wir haben Platz genug.«

»Darum geht es nicht.« In Jochens Augen blitzte es auf, und in seiner Stimme war wieder dieser eisige, befehlende Ton, mit dem er sie bereits am vergangenen Abend aus dem Zimmer geschickt hatte. Helen sah auf, aber als er den Kopf wandte und ihren Blick erwiderte, war darin nicht die geringste Spur irgendeines Gefühles. Die Wand, die sie gestern abend zwischen sich gespürt hatte, war noch immer da. »Bremer hat heute nacht angerufen«, sagte er leise. »Es hat lange gedauert, aber er hat schließlich doch zwei und zwei zusammengezählt.«

»Und?« fragte sie. Ihre Hände begannen zu zittern.

Jochen zuckte mit den Achseln. »Er macht sich Sorgen, was glaubst du? Du kannst nicht so einfach verschwinden und glauben, daß alles in Ordnung ist. Du bist noch immer schwer krank.«

»So schlimm ist es nicht«, antwortete Helen. Plötzlich wurde sie aggressiv. »Und selbst wenn, ist das nicht sein Problem. Ich bin ein erwachsener Mensch und kann ganz gut auf mich selbst aufpassen.«

»Warum tust du es dann nicht?« fragte Jochen ungerührt. »Die halbe Klinik steht kopf, weil du so einfach verschwunden bist. Er wird hierherkommen.«

Es dauerte einen Moment, bis Helen begriff. »Er wird ... herkommen?« wiederholte sie ungläubig. »Er fliegt von *München* nach *Washington*, nur um mich ...«

»Um dich zurückzuholen«, unterbrach sie Jochen ungerührt. »Du scheinst den Ernst deiner Lage ein bißchen zu unterschätzen, Helen. Du bist nicht gesund, noch lange nicht. Der Flug hierher hätte dich umbringen können.«

»Zurückholen?« wiederholte sie. »Bin ich eine Gefangene oder so etwas?«

»Natürlich nicht«, antwortete Jochen, in einem Ton, als versuche er zum fünfzehnten Mal, ihr zu erklären, warum zwei und zwei nicht einundvierzig ergeben kann. »Aber du kannst nicht erwarten, daß eine Hundertschaft der besten Wissenschaftler und Ärzte des Kontinents vier Jahre an dir herumbastelt und dann tatenlos zusieht, wie du ihre Arbeit in vierundzwanzig Stunden zunichte machst. Du schuldest ihnen etwas.«

»Was?« fragte sie wütend. »Ich habe sie nicht darum gebeten, mich als Versuchskaninchen zu benutzen. Ich schulde ihnen nichts.«

»Das ist deine Auffassung«, sagte Jochen kalt. »Bremer scheint da etwas anderer Meinung zu sein. Aber ich will mich nicht mit dir streiten. Und es ist noch Zeit.«

»Wie . . . lange?« fragte sie stockend. Irgend etwas sagte ihr, daß sie mitgehen würde. Es gab keinen logischen Grund dafür – sie war volljährig und in einem Land, in dem die persönliche Freiheit mehr galt als irgendwo sonst auf der Welt, und trotzdem spürte sie einfach, daß ihr Widerstand vergebens sein würde. Sie wußte nur nicht, warum.

»Morgen«, antwortete Jochen. »Er nimmt die Nachtmaschine. Morgen nachmittag ist er hier.«

»Und wenn ich dann nicht mehr da bin?«

»Das ist dein Problem«, sagte Jochen ungerührt. »Aber es wäre nicht sehr klug.« Er seufzte. »Warum bist du nicht vernünftig und gehst mit ihm zurück? Es wäre für alle Beteiligten das beste.«

»Vor allem für dich, wie?« fragte sie spitz, aber er ignorierte ihren Einwurf und fuhr fort:

»Schließlich ist es nicht für die Ewigkeit, sondern nur für eine Weile. Ein paar Monate, nur bis sie sicher sind, daß wirklich alles in Ordnung ist. Ich kenne Bremer besser als du. Er ist ein guter Arzt, und er würde nichts tun, was dir irgendwie schaden könnte. Sie sind nur in Sorge um dich.« Plötzlich lächelte er. »Warum gehst du nicht mit und wartest ab, bis du vollkommen gesund bist? Du kannst uns jederzeit wieder besuchen. Später.« Er stellte seine Tasse ab, tupfte sich in einer affektierten Geste mit der Serviette über die Lippen und stand auf. »Ich muß weg.«

»Du mußt . . .«

»Arbeiten, was denkst du?« Er grinste. »*The show must go on, darling.* Ich werde sehen, daß ich den morgigen Tag freibekomme, aber jetzt muß ich weg. *Big business. Sorry.*«

Sie war enttäuscht. Trotz allem hatte sie erwartet, daß er

sich den Tag freinehmen und zu Hause bleiben würde. Daß er es nicht tat, traf sie härter als der Streit vom vergangenen Abend. Aber sie widersprach nicht, sondern stand im Gegenteil auf und begleitete ihn zusammen mit Mary zur Tür. Es tat weh zu sehen, wie er *ihr* einen Abschiedskuß gab. Die Kluft zwischen ihnen wurde tiefer in diesem Moment.

Mary sagte kein Wort, als er fort war und sie zum Frühstückstisch zurückgingen, sondern sah sie nur an, mit einem sonderbaren Blick, in dem fast so etwas wie Mitleid stand.

»Liebst du ihn?« fragte sie plötzlich.

Die Frage verwirrte Helen; nicht ihre Offenheit, sondern der gleichmütige, beinahe desinteressierte Ton, in dem Mary sie stellte. Sie schwieg einen Moment, nickte dann und schüttelte unmittelbar darauf den Kopf. »Ich ... weiß es nicht«, gestand sie. »Als ich hierherkam, dachte ich es wenigstens. Aber jetzt ... bin ich mir nicht mehr sicher. Er ist ... so anders.«

»Vier Jahre sind eine lange Zeit«, sagte Mary. »Und er muß sehr hart arbeiten, weißt du?«

»Was macht er überhaupt?« fragte Helen, nicht aus Interesse, sondern aus dem einzigen Grund, auf ein anderes, unverfänglicheres Thema zu kommen.

»Beruflich?« Mary zuckte mit den Achseln und strich sich mit einer unbewußten Geste eine Haarsträhne aus der Stirn. Irgend etwas an dieser Bewegung erregte Helen. Ein rascher, kribbelnder Schauer raste durch ihr Nervensystem. Plötzlich mußte sie wieder an ihren Traum denken, an jede einzelne, peinliche Kleinigkeit. »Ich weiß nicht, was er tut«, antwortete Mary auf ihre Frage. »Nicht genau. Irgend etwas mit Computern, glaube ich.« Sie deutete auf das monströse Terminal neben der Bar. »Er sitzt manchmal ganze Nächte an dem Ding und arbeitet. Er ist ziemlich erfolgreich, glaube ich.«

Glaube ich ... Helen schauderte. Natürlich interessierte sie sich nicht für das, was ihr Mann tat, nicht über das genau berechnete Maß hinaus, das *ihm* angenehm war; gerade genug, daß er nach Feierabend manchmal ein wenig über seine Sorgen und Probleme im Büro mit ihr reden konnte, ohne daß sie zu viele lästige Fragen stellte. Nicht mehr. Ihr Blick folgte Marys Geste und blieb an der matten grünen Scheibe des Monitors hängen, dieses elektronischen Vampirs, der ihr Leben aufgesaugt und dieses künstliche Spielzeug ausgespuckt hatte, das neben ihr saß und mit ihr redete. Mit einem Male war es kein Bildschirm mehr, sondern ein stechendes Zyklopenauge, die Tastatur darunter eine vierfache Reihe gebleckter schwarzweißer Zähne . . .

»Möchtest du die Kinder sehen?« fragte Mary plötzlich. »Es wird Zeit, daß ich sie versorge.«

Jetzt, wo er nicht mehr im Hause ist, fügte Helen in Gedanken hinzu. Ein bitterer Geschmack breitete sich auf ihrer Zunge aus. Aber sie nickte, stand auf und folgte Mary.

Das Kinderzimmer war groß und so typisch amerikanisch eingerichtet wie das ganze Haus, alles eine Nummer zu groß und ein ganz kleines bißchen zu bunt, um ihr wirklich zu gefallen. Aber schließlich mußte es das auch nicht. Mary bedeutete ihr mit einer Geste, leise zu sein, legte zusätzlich den Zeigefinger über die Lippen und trat auf Zehenspitzen an eines der beiden weißen Kinderbetten. Neugierig folgte ihr Helen. Ihr Herz begann zu rasen.

Sie wußte nicht genau, was sie erwartet hatte, aber es war anders, ganz anders. Der Schmerz war nicht so schlimm, aber er ging sehr viel tiefer, als sie geglaubt hatte. Es war ein hübsches Kind, nicht übermäßig attraktiv – keines von diesen Pampers-Kindern, das man in einem Werbespot hätte herzeigen können –, aber nett, klein, ein wenig pummelig und hellblond, obwohl Jochen wie auch sie dunkles Haar hatten. Und es war *ihr* Kind. Tränen füllten ihre Augen, ohne daß sie es merkte. Es spielte keine Rolle, daß nicht sie dieses Kind auf die Welt gebracht hatte. Es war Jochens und Marys Kind, aber sie und Mary waren gleich. Hätte sie selbst ein Kind gehabt, wäre es genau so geworden. *Ganz genau so.*

Mary berührte sie sanft an der Schulter und lächelte, aber

in ihren Augen stand Trauer. Sie fühlte ihren Schmerz wie ihren eigenen. »Nimm sie ruhig heraus, wenn du willst«, sagte sie leise. »Sie wird nicht weinen.«

Helen starrte sie verwirrt an, dann, fast, als gehorche ihr Körper nicht mehr ihrem eigenen Willen, sondern handele ganz von selbst, beugte sie sich vor, schlug behutsam die Decke zurück und nahm das winzige warme Bündel in die Arme. Das Mädchen öffnete die Augen, als sie es an die Brust drückte; sein kleines Gesichtchen verzog sich, als wolle es schreien, dann erkannte es sie, und statt dessen lachte es.

Irgend etwas in Helen zerbrach. Es war ihr Kind, nicht das dieses ... *Dinges* neben ihr. Sie hatte kein Recht, es ihr wieder wegzunehmen. Sie hatte kein Recht gehabt, sich in ihr Leben zu drängen und alles zu bekommen, was für sie immer unerreichbar gewesen war. Sie hatte kein Recht, überhaupt zu existieren!

Behutsam legte sie das Kind wieder in sein Bett zurück, wandte sich um und starrte ihre Kopie an. Mary erwiderte ihren Blick ruhig, und wieder war dieser sonderbare Ausdruck von Mitleid und Trauer in ihren Augen. Helen begann zu zittern. Sie versuchte, sie zu hassen, versuchte mit aller Macht, dieses Ding vor sich zu verabscheuen, Ekel und Widerwillen zu empfinden, aber es gelang ihr nicht. Statt dessen spürte sie wieder diese beunruhigende Wärme, ein Gefühl menschlicher Nähe und des Vertrauens, wie es ihr nie zuvor in dieser Intensität begegnet war. Sie wollte sie hassen, aber sie konnte es nicht, denn sie stand einem Engel gegenüber. Bilder aus ihrem Traum schossen ihr durch den Kopf. Fast entsetzt beobachtete sie, wie sich ihre Hände hoben, diese zweite, andere Helen/Mary berührten, unabhängig von ihrem bewußten Handeln über ihr Gesicht tasteten, ihre Haut streichelten.

»Du bist ich«, murmelte sie. »Du ... bist alles, was ich jemals sein wollte. Alles, was ich sein konnte.« Plötzlich und ohne Vorwarnung begann sie zu weinen, laut, krampfhaft und hemmungslos, warf sich gegen Marys Brust und klammerte sich mit aller Macht an sie. »Warum?« schluchzte sie. »Warum kannst du sein, was ich nicht bin, wo wir doch gleich sind? Warum war er so grausam?«

Mary nahm sie zärtlich in die Arme, streichelte mit der Hand über ihr kurzgeschnittenes, dünnes Haar und wischte ihr mit der anderen die Tränen aus dem Gesicht, mit einer Bewegung, die so zärtlich und voller Rücksichtnahme und Mitleid war, daß sie erschauerte. »Er ist nicht grausam«, murmelte sie. »Du mußt ihn verstehen, Helen. Er wußte nicht, daß du jemals wieder gesund werden würdest. Niemand wußte das. Er hat mich erschaffen, weil er dich liebte, mehr nicht. Ich bin das, was er sich mehr als alles andere gewünscht hat.«

Ja, dachte Helen. *Aber du bist nicht ich. Dich wollte er haben, nicht mich.* Aber sie sprach nichts von alledem aus, sondern klammerte sich weiter und mit fast schmerzhafter Kraft an ihr Ebenbild, und Mary erwiderte ihre Umarmung und fuhr fort, ihr sanft über das Haar zu streicheln, als tröste sie ein Kind. Und irgendwann änderte sich ihre Umarmung. Es war nichts Körperliches, nichts, was sie mit Worten hätte beschreiben können, aber es war stark. Ihre Umarmung war plötzlich nicht mehr die einer Freundin, und etwas in Helen antwortete darauf, etwas, das schon immer dagewesen war und endlich befreit wurde. Marys Lippen näherten sich den ihren, und sie spürte die Sinnlichkeit, die diese Frau ausstrahlte, wie einen Hieb, der ihren Widerstand zerschmetterte und sie zu einem willenlosen Etwas machte. Noch einmal dachte sie an ihren Traum, aber noch während sie es tat, begann sie zu ahnen, daß die Wirklichkeit tausendmal schöner sein würde.

Sie liebten sich noch dreimal an diesem Tag, das erste Mal voller Furcht und verkrampft auf Helens, voller sanfter Zurückhaltung und Verständnis auf Marys Seite. Sie ließen sich Zeit; beim ersten Mal. Es dauerte eine Stunde, ehe Marys samtweiche Hände ihren Körper erforscht und erobert hatten, und im Laufe dieser Stunde verschwanden die quälende Furcht und die bohrenden, fast körperlich schmerzenden Schuldgefühle und machten einer völlig neuen Erfahrung von Sinnlichkeit und schließlich Ekstase Platz, die Helen vollkommen ausgelaugt und erschöpft zurückließ. Danach versorgten sie gemeinsam die Kinder – Mary kümmerte sich um den Jungen, Helen um Fran, das Mädchen –, ordneten den Haushalt und zogen sich in Helens Zimmer zurück, nachdem Mary (auf Helens Drängen hin) die Türen abgeschlossen und den Anrufbeantworter eingeschaltet hatte.

Es war wie ein Traum, mehr noch, etwas, das sie niemals auch im Traume nur andeutungsweise kennengelernt hätte. Es war nicht nur Sex: während sie sich liebten, erlebte sie Höhepunkte ungeahnten Ausmaßes, etwas, das sie mit Jochen niemals erlebt hatte, aber zwischendurch, während sie nebeneinander lagen und sich erholten und neue Kraft sammelten, verspürte sie ein Gefühl der Geborgenheit wie niemals zuvor in ihrem Leben. Fast eine Stunde lagen sie im dämmerigen Licht der heruntergelassenen Jalousien nebeneinander, beinahe reglos, ja, fast ohne zu atmen, und alles, was sie taten, war, sich aneinander festzuhalten, die Wärme und Nähe der anderen zu spüren und einfach das Gefühl zu genießen, nicht mehr allein zu sein. Sie sprachen kaum miteinander; es war nicht nötig, denn statt der körperlichen Vereinigung, die sie nicht erreichen konnten, vereinigten sich ihre Seelen, und während sie sich liebten, schienen selbst ihre Körper zu einer Einheit zu verschmelzen, einem einzigen, harmonischen Wesen, das nur zufällig in zwei getrennten Körpern existierte.

Helen stand erst spät am Nachmittag wieder auf. Sie war eingeschlafen, erschöpft und bis ins Mark ausgelaugt, und Mary war irgendwann leise gegangen, um sich um die Kinder zu kümmern und das Essen vorzubereiten, nicht, ohne sie vorher behutsam zuzudecken und ein Kissen unter ihren Kopf zu schieben. Es dunkelte bereits, und vor den Schlitzen der Jalousien huschten die langgezogenen gelben Kreise der Autoscheinwerfer vorbei. Es war still; durch die geschlossene Tür war das Greinen eines der beiden Kinder zu hören, die Musik, die Mary eingeschaltet hatte, die gedämpften Geräusche der Straße, aber nichts von alledem schien das Schweigen, das sich in dem winzigen Zimmer ausgebreitet hatte, wirklich durchbrechen zu können. Sie fühlte sich seltsam unwirklich, und gleichzeitig hatte sie das Gefühl, zum allerersten Mal wirklich zu *leben*.

Sie ging ins Bad, duschte lange und ausgiebig und trat anschließend unter die Heißluftbrause; sie blieb dort, auch als der warme Luftstrom längst den letzten Wassertropfen von ihrer Haut geblasen und ihr Haar getrocknet hatte. Es tat gut, das Streicheln unsichtbarer Hände zu spüren. Das Gefühl erinnerte sie an den zurückliegenden Tag.

Es dauerte lange, bis sie das Gerät abschaltete und aus der Kabine trat. Das Bad war voller Dampf und warmer Feuchtigkeit, und der Spiegel über dem Waschbecken war beschlagen, so daß sie sich selbst wie auf einer jener kunstvollen Fotografien sah, auf denen alle Konturen weich und verschwommen und die Farben blaß und romantisch waren. Sie trat näher an den Spiegel heran, wischte ihn mit einem der bereitliegenden Handtücher trocken und betrachtete sich kritisch. Was sie sah, gefiel ihr. Die Frau in dem Spiegel hielt noch immer keinem Vergleich mit Mary stand – das würde sie nie –, aber sie betrachtete sich plötzlich mit anderen Augen und sah zum erstenmal ohne Scham, daß sie eine *Frau* war; eine sehr schöne Frau dazu. Ihr Körper wies noch Spuren des Klinikaufenthaltes auf: die Medikamente, mit denen sie sie vollgepumpt hatten, hatten sie aufgeschwemmt und ihre Haut teigig und schlaff werden lassen, ihre Augen waren stumpf, und das Haar, das bei ihrem Erwachen kahlgeschoren gewesen war, würde Jahre brauchen, um zu einer so unmäßigen Fülle heranzuwachsen, wie es Marys war.

Sie trat ein paar Schritte zurück, um sich ganz in den verspiegelten Türen des Kosmetikschränkchens betrachten zu können, strich ihr Haar mit den gespreizten Fingern der Linken zurück und lächelte ihrem Spiegelbild zu. Vergeblich suchte sie in ihrem Inneren nach irgendeiner Spur von Schuld oder Scham. Jochen hatte mit dem was er ihr gestern vorgeworfen hatte, recht, das wußte sie. Sie *war* prüde, und das war noch milde ausgedrückt. Sie hatte sehr wohl gespürt, wie Jochen darunter gelitten hatte, in all den Jahren, die sie verheiratet gewesen waren. In der Anfangszeit hatte er vielleicht noch geglaubt, sie ändern zu können, und sie hatte sich auch wirklich bemüht und seinem Drängen ein paarmal nachgegeben, es aber letztlich nicht gekonnt. Sie konnte nicht über ihren Schatten springen, und sie konnte nicht auf Dauer Dinge tun – oder auch nur mit sich geschehen lassen und dabei noch Vergnügen heucheln –, die gegen ihre Natur gingen.

Und jetzt hatte sie einen Tag in Marys Umarmung verbracht, hatte das Undenkbare, Unaussprechliche getan und empfand nicht die geringste Schuld dabei. Es war anders gewesen als mit Jochen; nicht nur weil Mary eine Frau und noch dazu gewissermaßen ein Stück von ihr war. Nicht nur weil sie *sie* war – und wer anders als sie selbst sollte wohl wissen, wie sie ihr das größtmögliche Maß an Befriedigung bereiten konnte; es war nichts Schmutziges dabei. Der unangenehme Nachgeschmack, das dumpfe Gefühl, etwas Verwerfliches und Verbotenes getan zu haben, fehlte. Sie war nur müde, körperlich müde, auf eine sonderbar wohltuende, entspannte Weise.

Sie lächelte ihrem Spiegelbild noch einmal zu, drehte sich um und betrachtete einen Moment lang nachdenklich die frischen Kleider, die Mary ihr hingelegt hatte, schlüpfte dann aber nur in den Hausmantel. Der Gedanke, darunter nackt zu sein, erregte sie.

Als sie das Bad verlassen wollte, blieb ihr Blick auf einem der Schränke haften. Die Tür stand einen Spaltbreit offen, und sie konnte das halbe Dutzend Styroporköpfe dahinter sehen, auf denen Mary ihre Perücken aufbewahrte. Fast gegen ihren Willen öffnete sie den Schrank vollends, nahm eine der Perücken zur Hand und streifte sie über. Dann drehte sie sich wieder zum Spiegel um. Eine Weile betrachtete sie sich kritisch, dann öffnete sie das Schminktäschchen, breitete ihre verschiedenen Kosmetika auf der Glasplatte über dem Waschbecken aus und begann langsam Rouge, Lidschatten und Wimperntusche aufzutragen. Sie war damit nicht besonders erfolgreich und wischte das Ergebnis ihrer Bemühungen mehrmals ärgerlich wieder fort, um von vorne zu beginnen, aber nach und nach begann das Gesicht im Spiegel so auszusehen, wie sie es haben wollte: Die Lippen wurden ein wenig voller und dadurch sinnlicher, die Augen – nachdem sie noch ein Paar von Marys künstlichen Wimpern angeklebt hatte – wirkten ein klein wenig größer und mit dem richtigen Lidschatten dunkler und dadurch geheimnisvoller als zuvor, und selbst ihr bleicher Teint verschwand.

Als sie nach einer Weile den Kopf hob und – nicht mehr mit dem technisch-prüfenden Blick, mit dem sie zuvor die Ergebnisse ihrer einzelnen ›Arbeitsgänge‹ kontrolliert hatte – in den Spiegel sah, erschreckte sie das Ergebnis zutiefst.

Aus dem Spiegel blickte ihr Mary entgegen.

Natürlich würde die Täuschung einer gründlicheren Prüfung nicht standhalten; was sie mit Farbe und künstlichen Wimpern und Rouge geschaffen hatten, reichte lange nicht an Marys natürliche Anmut heran, aber das beschlagene Kristallglas des Spiegels verwischte die winzigen Unterschiede, die es noch gab, und nahm ihr für einen Moment auch noch den letzten Rest ihrer Identität. Es waren Marys Augen, in die sie blickte, nicht mehr ihre eigenen. Aber Mary war ja sie. Sie, wie sie nie hatte sein können.

Mary war in der Küche und bereitete das Abendessen vor, als sie ihr Zimmer verließ. Die Zwillinge saßen in einem großzügigen Laufstall und beschäftigten sich miteinander. Aus den versteckt angebrachten Lautsprechern der Stereoanlage sickerte leise, unaufdringliche Musik, und auf den Herdplatten standen blitzsaubere Töpfe und Pfannen mit gläsernen Deckeln. Trotz der Hausarbeit trug Mary ein superelegantes Abendkleid, und ihr Haar hing offen bis weit über ihre Schultern hinab.

Einen Moment lang blieb sie in der Tür stehen und tat nichts anderes, als sich an dem Anblick zu erfreuen. Der wirkliche Unterschied zwischen ihnen war ihr noch nie so deutlich zu Bewußtsein gekommen wie jetzt. Sie dachte daran, wie *sie* ihre Hausarbeit erledigt hatte – in einer engen, von Essensgerüchen und Dampf erfüllten Küche, allenfalls vom Plärren eines Kofferradios begleitet, mit Kittelschürze und Gummihandschuhen, das Haar zu einem strengen Knoten zurückgekämmt und stets abgekämpft und in Hetze, weil ihr bei der Hausarbeit immer ein Dutzend Hände zu fehlen schienen. Mary brachte es fertig, selbst bei dieser Tätigkeit wie ein Topmodel auszusehen. Vielleicht war sie die einzige Frau auf der Welt, die ihre Hausarbeit wirklich so erledigte, wie es Werbespots und Frauenzeitschriften zu suggerieren versuchten. Und es lag nicht an ihrer Umgebung und den ultramodernen Geräten, die ihr zur Verfügung standen, sondern war genau umgekehrt: Sie war es, die alles so leicht und elegant erscheinen ließ, ein Geschöpf, das zum Schönsein geschaffen war und einfach nichts Banales in seiner Umgebung zuließ.

Erst als Mary sich umwandte und ihren Blick nachdenklich erwiderte, wurde sie sich der Tatsache bewußt, daß sie sie anstarrte. Verlegen senkte sie den Kopf und konzentrierte sich auf ihre nackten Zehen.

»Du siehst hübsch aus«, sagte Mary. Sie kam näher, legte ihr die Hand unter die Kinnspitze und hob ihren Kopf an, um sie prüfend zu mustern.

»Der Lidschatten ist ein wenig zu stark«, sagte sie. »Und du solltest eine andere Perücke nehmen – die Schwarze habe ich nie gemocht. Aber sonst – perfekt.«

Seltsamerweise berührten sie diese Worte eher unangenehm. Mit einer hastigen Geste drückte sie Marys Hand zur Seite und rettete sich in ein verlegenes Lächeln, aber Mary ignorierte ihren Widerstand, ergriff sie im Gegenteil am Arm und führte sie ohne ein weiteres Wort ins Bad zurück. Helen folgte ihr, willenlos und unfähig, irgendein Wort des Protestes vorzubringen, obwohl sich alles in ihr dagegen sträubte, dieses alberne und peinliche Spiel weiter mitzuspielen.

Aber Mary gab ihr gar keine Gelegenheit zu protestieren. Mit ein paar raschen, geschickten Bewegungen wechselte sie die schwarze Perücke gegen einen rotbraunen Schopf im Afrolook, zupfte sie zurecht und griff anschließend nach ihren Schminkutensilien, um Helens Make-up zu komplettieren. Es dauerte nicht einmal fünf Minuten, aber als sie fertig war, waren auch die letzten Unterschiede zwischen ihnen verschwunden.

»Zufrieden?« fragte sie und drehte Helen so herum, daß sie in den Spiegel sehen mußte.

Helen antwortete nicht. Das Gesicht – die *beiden* Gesichter! – im Spiegel, lähmte sie. Alles, was sie spürte, war ein vages, aber allmählich stärker werdendes Gefühl des Entsetzens.

Es gab keinen Unterschied mehr.

Sie waren gleich. Mehr als das. Identisch. Aus dem Spiegel blickten ihr zwei Marys entgegen, zwei Abgüsse der gleichen Form. Helen war verschwunden, aufgesaugt, absorbiert von der Kopie neben ihr. Selbst der Ausdruck in ihren Augen war gleich.

»Das . . . das ist . . .« stammelte sie. »Das ist nicht . . . nicht möglich.«

Mary lachte, drehte sich herum und verließ das Bad, um wenige Augenblicke später wiederzukommen, ein zusammengefaltetes Kleid über dem Arm. »Was meinst du«, fragte sie, »machen wir uns einen Spaß? Zieh das an, und dann sehen wir, ob Joe uns unterscheiden kann.«

Helen sah erst jetzt, daß das Kleid, das sie mitgebracht

hatte, eine exakte Kopie dessen war, das sie selbst trug. Sie wollte es nicht, alles in ihr sträubte sich dagegen, und eine Stimme in ihren Gedanken flüsterte ihr zu, daß es Wahnsinn war, daß sie auf dem besten Wege war, sich selbst um den Verstand zu bringen, aber sie streifte trotzdem den Bademantel ab, griff nach dem Kleid und zog es an.

»Perfekt«, lobte Mary. »Ich glaube, nicht einmal ich würde den Unterschied noch sehen.« Plötzlich verstummte sie, und das Lächeln auf ihren Zügen wurde traurig. »Verzeih«, sagte sie. »Ich wollte dir nicht . . . weh tun.«

»Das hast du nicht«, log Helen. »Ich . . .« Sie sprach nicht weiter, und nach einigen Sekunden trat Mary näher an sie heran, schloß sie in die Arme und bettete ihren Kopf an ihrer Schulter. Helen weinte, lautlos und lange und ohne eine einzige Träne.

Jochen kam um Punkt sechs von der Arbeit heim. Mary trug das Abendessen auf, als sie das Geräusch des Wagens auf der Auffahrt hörte, und als er durch die Tür trat, ging sie ihm entgegen und nahm ihm Jacke und Aktenkoffer ab. Helen saß an der Bar, mit dem Rücken zur Tür, und beobachtete ihn im Spiegel, das Gesicht halb hinter einem Cognacschwenker verborgen, damit er sie nicht gleich sah, aber ihr Herz begann zu hämmern, als er die Tür hinter sich ins Schloß drückte und näher kam.

»Guten Abend, ihr beiden«, sagte er jovial. »Wie war der Tag? Ich hoffe, ihr habt euch gut . . .«

Sie senkte ihr Glas, drehte sich auf dem Barhocker herum und sah ihn an, und er verstummte mitten im Satz. Drei, vier endlose Sekunden starrte er sie an, dann fuhr er mit einem Ruck herum, blickte zu Mary herüber und anschließend wieder zu ihr. »Was soll das?« schnappte er. »Findest du das irgendwie lustig, oder bist du jetzt endlich übergeschnappt?«

»Wen meinst du?« fragte Helen.

Jochen machte eine wütende Handbewegung, kam näher

und betrachtete sie einen Moment lang eingehend. »Dich, Helen«, sagte er .

»Ich bin nicht Helen«, antwortete Helen.

Wieder schwieg er einen Moment. Dann, ohne Vorwarnung und so schnell, daß sie die Bewegung kaum sah, hob er die Hand und schlug sie, nicht sehr hart, aber doch so fest, daß sie auf dem schmalen Barhocker die Balance verlor und um ein Haar gestürzt wäre. Im letzten Moment klammerte sie sich an der Theke fest, stemmte sich hoch und funkelte ihn wütend an. »Tu das nicht noch einmal!« sagte sie drohend.

Jochen lachte. »Siehst du, Liebling?« sagte er. »So leicht ist das. Mary hätte sich dafür bedankt.«

»Du ...«

»Und jetzt hör mit dem Blödsinn auf und wasch dir die Farbe aus dem Gesicht. Es steht dir nicht.« Er lachte häßlich, riß ihr unsanft die Perücke vom Kopf und schleuderte sie zu Boden.

»Wir ... wir wollten dir nur eine Freude bereiten, Liebling«, sagte Mary. Ihre Stimme zitterte, und als Helen sie ansah, bemerkte sie, daß ihr Gesicht alle Farbe verloren hatte. »Wir wollten dich nicht verärgern.«

»Du vielleicht nicht«, antwortete Jochen kalt. »Ich weiß wirklich nicht, was das soll. Du hattest ja schon immer eine Ader fürs Makabere, aber ich hätte nicht geglaubt, daß du so geschmacklos sein würdest, Helen.« Er bückte sich, hob die Perücke auf und legte sie kopfschüttelnd auf den Tisch. »Verdammt, Helen, was soll das?« sagte er noch einmal. »Begreifst du denn nicht, daß es aus ist? Du hättest niemals hierherkommen dürfen.«

»Sie wollte dich nicht verletzen, Joe«, sagte Mary. »Bitte, es ... es war meine Idee. Ich war dumm, und ...«

»Halt den Mund, Mary«, sagte Jochen kalt. »Ich kenne sie besser als du. Du glaubst vielleicht, daß es deine Idee war, aber das stimmt nicht. Sie tut niemals etwas Unüberlegtes.«

»Aber sie ...«

»Du sollst den Mund halten!« fuhr er sie an. »Verdammt noch mal, ich habe genug mit einer hysterischen Ziege, ich brauche deine Hilfe nicht noch zusätzlich!«

»Laß ihn, Mary«, sagte Helen rasch, als Mary abermals antworten wollte. »Er hat recht. Er . . .«

»Und du hältst auch den Mund!« brüllte Jochen. »Zum Teufel, was wird das hier? Eine Verschwörung? Was ist hier passiert, während ich weg war? Was war hier los? Habt ihr euch zusammengetan gegen mich oder was?«

»Aber natürlich nicht.« Mary trat mit einem raschen Schritt neben ihn und legte die Hand auf seine Schulter, aber er schlug ihren Arm brutal beiseite und hob die Hand, schlug aber nicht zu. Mary zuckte nicht einmal zurück.

»Warum schlägst du sie nicht?« fragte Helen kalt. »Du hast sie doch so gemacht, daß sie nicht protestieren würde, oder? Schlag zu. Oder schlag mich. Es macht dir ja offensichtlich Freude, Frauen zu schlagen. Oder hast du Angst, ich könnte mich wehren?«

Jochen erstarrte. Seine Lippen begannen zu beben, und in seinem Blick stand plötzlich ein Flackern wie in dem eines Wahnsinnigen. »Geh«, sagte er leise. »Geh hinaus, Mary.«

»Warum?« fragte Helen. »Soll sie nicht hören, was du mir zu sagen hast?«

»Geh hinaus«, sagte Jochen noch einmal. »Ich *bitte* dich.«

Mary trat zögernd einen halben Schritt zurück, warf Helen einen fast hilfesuchenden Blick zu und fuhr dann fast überhastet herum und lief aus dem Zimmer.

»Warum tust du mir das an?« fragte er, als sie allein waren. »Warum bist du gekommen? Nur, um alles kaputtzumachen? Erträgst du es nicht, mich glücklich zu sehen? Oder haßt du sie so sehr?«

»Sie? Mary?« Helen lachte schrill. »Ich sollte *sie* hassen, wegen dem, was *du* mir angetan hast?«

Jochen antwortete nicht gleich, sondern ging schweigend an ihr vorbei um die Bar herum, schenkte sich einen Drink ein und leerte das Glas mit einem Zug. Seine Hände zitterten. »Du weißt ja nicht einmal, was du redest«, sagte er leise.

»Ich glaube, ich weiß es besser als du«, erwiderte Helen gereizt.

»So?« Er lachte leise und vollkommen ohne Humor. »Dann sag mir, warum du hier bist. Warum tust du alles, um mein Leben zu zerstören?«

»Vielleicht, weil du meins zerstört hast«, antwortete Helen leise.

»Ich habe überhaupt nichts getan. Du bist es, die sich wie eine Närrin benommen hat und aus der Klinik geflohen ist, nur um hierherzukommen.« Er beugte sich vor. »Ich werde dir sagen, was mit dir los ist«, sagte er. »Du erträgst es einfach nicht, nicht wahr? Du erträgst nicht, daß Mary und ich glücklich sind. Du erträgst unseren Wohlstand nicht, und du erträgst nicht, daß sie mir die Kinder geboren hat, die ich von dir nicht bekommen konnte. Du bist vielleicht nicht einmal mit der Absicht hierhergekommen, alles zu zerstören, aber du tust es, weil du eifersüchtig bist. Du glaubst, daß alles hier eigentlich dir gehören könnte, und wenn du es schon nicht haben kannst, dann willst du es wenigstens zerstören, nicht wahr?«

Die Kinder, dachte sie. *Warum hatte er die Kinder erwähnen müssen?* Sie begann zu zittern. Sie hatte sich vorgenommen, ruhig zu bleiben, ganz gleich, was er tun oder sagen würde, aber er hatte an den einzigen Punkt gerührt, an dem sie noch immer verwundbar war, vielleicht jetzt mehr als zuvor.

»Aber das kannst du nicht«, fuhr er fort, als sie nicht antwortete. »In vierundzwanzig Stunden ist Bremer hier und nimmt dich mit zurück, und ich werde dafür sorgen, daß du dieses Land nie wieder betreten wirst.«

»Das kannst du nicht«, sagte Helen stockend, aber sie spürte im gleichen Moment, daß er es sehr wohl konnte. Er war in einer einflußreichen Position. Und er antwortete nicht einmal darauf.

Plötzlich war ihre Selbstbeherrschung am Ende. »Du hast

recht!« schrie sie. »Das alles hier gehört *mir*! Du hattest kein Recht, es mir wegzunehmen. Du hattest kein Recht, nach drei Monaten zu fliehen und dir eine neue Frau zu kaufen. Du wolltest ja gar nicht mich. Du wolltest *sie*, und du hast die erste Gelegenheit ergriffen, sie gegen mich zu tauschen.«

»Du redest Unsinn«, sagte er mit einer Ruhe, die sie noch rasender machte.

»Vielleicht«, antwortete sie aufgebracht. »Aber ich werde nicht gehen. Sie hat kein bißchen mehr Recht auf das alles hier als ich. Ich werde diesen Doktor Frankenstein zum Teufel jagen und hierbleiben, ob es dir paßt oder nicht. Er kann mich nicht zwingen, mit ihm zu gehen.«

»O doch, Helen, das kann er«, antwortete Jochen ruhig. »Glaube mir, er kann es. Und er wird es tun.«

»Dann wirst du mir helfen«, antwortete sie trotzig. »Ich bleibe hier, bei dir und Mary und den Kindern, und du wirst dafür sorgen, daß mich niemand daran hindert.«

Jochen lachte, aber es klang nicht ganz echt, und in seinen Augen stand plötzlich ein mißtrauisches Flackern. »Warum sollte ich das tun?« fragte er.

»Weil ich sonst zur Polizei gehen und alles erzählen werde«, antwortete Helen. Sie war jetzt wieder ganz ruhig, denn das, was jetzt kam, hatte sie sich gründlich überlegt. Sie hatte Zeit genug dazu gehabt; eine Nacht und einen Tag. »Du hast eine großartige Leistung vollbracht, Mary zu erschaffen«, sagte sie kalt. »Aber du hast trotzdem einen Fehler begangen, Jochen.«

»So?« Sein Blick wurde lauernd. »Und welchen?«

»Du hättest sie mir nicht zeigen sollen«, antwortete sie. »Gestern abend, als ich vor der Tür stand, hättest du mich herauswerfen sollen, statt zuzulassen, daß ich ihr begegne. Du hattest verloren, als ich sie gesehen habe.«

»Du willst ... mich anzeigen?« Er versuchte zu lachen. »Niemand würde dir glauben.«

»O doch, das würden sie«, behauptete Helen. »Und du weißt es. Ich werde alles erzählen, wenn du zuläßt, daß Bremer mich mit zurück nach München schleppt. Und wenn mir die Polizei nicht glaubt, wende ich mich an die Presse. Ans Fernsehen oder irgendein Revolverblatt. Ich bin sicher, es gibt genügend, die sich für deine kleine Raubkopie interessieren.«

Jochen schluckte krampfhaft. Er war bleich geworden. »Das würdest du tun?« murmelte er, kaum zu ihr, sondern mehr zu sich selbst gewandt. »Bei Gott, ich glaube, du würdest es wirklich tun.«

»Du kannst Gift darauf nehmen«, sagte Helen. Sie dachte an Mary und kam sich schmutzig und gemein wie niemals zuvor in ihrem Leben vor, aber sie verscheuchte den Gedanken und sagte noch einmal: »Verlaß dich darauf, daß ich es tue.«

»Und alles nur, weil du glaubst, ein Recht auf irgend etwas zu haben«, murmelte er. Plötzlich wurde er ganz ruhig, trat einen Schritt von der Bar zurück und sah sie fest an. »Aber das hast du nicht, Helen«, sagte er.

»Wie meinst du das?«

»Wie ich es sage. Du glaubst,mehr Rechte zu haben als sie. Du hältst dich für so etwas wie die Erstgeborene, wie? Aber das bist du nicht. Du hast hier weniger Rechte als irgendwer.«

»Was . . . meinst du damit?« fragte sie, plötzlich verwirrt. Eine unbestimmte Angst machte sich in ihr breit, aber sie wußte nicht, wovor.

Statt einer Antwort ging Jochen zu seinem Schreibtisch, öffnete eine Schublade und kam mit einem weißen Plastikhefter zurück, den er vor ihr auf die Bar warf. Helen starrte ihn verwirrt an, griff unsicher nach dem Hefter und schlug das Deckblatt auf.

Er enthielt nur wenige Blätter, und auf allen waren Bilder. Großformatige, farbige Fotos von eindringlicher Realität. Das erste zeigte ein ausgebranntes Wrack, das einmal ein Wagen gewesen war. *Ihr* Wagen, der schwarze Trans-Am, auf den er so stolz gewesen war. Die anderen Bilder zeigten ein blutiges, zerfetztes Etwas. Fleisch und Knochen, die von unvorstellbaren Gewalten zermalmt und ineinandergestaucht und zerfetzt worden waren. Ihr war übel, als sie die Bilder durchgesehen hatte. Übel vor Angst.

»Was ... ist das?« fragte sie. Sie wußte die Antwort, aber alles in ihr sträubte sich einfach dagegen, sie zu akzeptieren. Es *konnte* nicht sein. Es *durfte* einfach nicht sein.

»Meine Frau«, sagte er leise. »Helen.«

»Helen?« Ein eisiger Klumpen bildete sich in ihrem Magen und schickte bitter schmeckende Tastarme ihre Kehle empor.

»Die Bilder sind vier Jahre alt«, sagte Jochen. »Ich ... ich habe Bremer mein Ehrenwort gegeben, es dir nicht zu sagen, aber du zwingst mich dazu. Sieh sie dir an, Helen. Sieh sie dir ganz genau an. Das, was du da siehst, ist meine Frau. Das, was von ihr übrig war, nach dem Unfall. Sie war tot, ehe der Krankenwagen kam. Unwiderruflich tot.«

»Das ist nicht wahr!« stöhnte sie. »Das ist eine Lüge!«

»Glaubst du? Dann erinnere dich. Versuch dich an den Unfall zu erinnern. Du mußt Erinnerungen haben, wenn du noch gelebt hast, danach.«

Sie konnte es nicht. Sie hatte es tausendmal versucht, aber alles, woran sie sich erinnerte – zu erinnern glaubte, wie sie plötzlich begriff –, waren Flammen und Rauch und das Geräusch zerreißenden Blechs.

»Sie starb neben mir«, fuhr Jochen fort, kalt, mitleidlos und ohne die geringste Regung. »Kein Arzt der Welt hätte diesen Körper wieder zusammenflicken können. Sieh ihn dir an, wenn du mir nicht glaubst! Die Frau, die ich geheiratet habe, ist vor vier Jahren gestorben und beerdigt worden.«

Ihr schwindelte. Die Horrorfotos verschwammen vor ihren Augen, und alles, was sie fühlte, war Entsetzen. »Aber wer ... wer bin ich dann?«

»Du?« Er lachte böse. »Du bist nichts anderes als Mary. Ein Klon. Eine *Puppe*, wie du sie genannt hast. Sie haben dich *gemacht*, drüben in München, mit der gleichen Technik, mit der ich Mary erschaffen habe. Und du glaubst, hier irgendwelche *Rechte* zu haben!«

»Das ist nicht wahr!« schrie sie. »Du lügst! Ich bin ich! Ich... ich erinnere mich an alles. Ich... mein ganzes Leben... und... und...« Sie begann zu stammeln, schlug die Hände vor das Gesicht und schluchzte krampfhaft.

»Die Wunder der Technik, Schatz«, sagte er eisig. »Du bist ein Experiment, mehr nicht. Ein Prototyp, der leider ein bißchen *zu* gut gelungen ist. Das menschliche Gehirn ist ein verdammt guter Datenspeicher, weißt du? Er funktioniert sogar noch eine Weile, nachdem man den Stecker herausgezogen hat. Sie haben Helen in die Klinik geschafft und eine Aufzeichnung gemacht.« Er schnippte mit den Fingern. »Einfach so, und der ganze Speicherinhalt ist gesichert. Es war nicht der erste Versuch, aber es war der erste, der Erfolg hatte.«

»Aber warum... warum hat es mir keiner gesagt?«

»Sie hätten es getan. Aber du konntest ja nicht warten.« Er sog hörbar die Luft ein. »Es tut mir leid, Helen«, sagte er. »Ich wollte nicht, daß du es so erfährst. Nicht so. Aber du läßt mir keine Wahl. Und jetzt nimm das Telefon und ruf die Polizei an, wenn du willst.«

Sie schlief nicht in dieser Nacht, sondern lag komplett angezogen und mit offenen Augen im Dunkeln auf ihrem Bett und starrte die Decke über sich an. Ihre Gedanken drehten sich wild im Kreise und weigerten sich beharrlich, in geordneten Bahnen zu laufen. Sie hatte das Gefühl, durch eine Glasscheibe geworfen worden zu sein und in ein Chaos aus Schwärze und blanker Verzweiflung zu stürzen, ein Universum, in dem es keine Ordnung und keine Regeln gab, sondern nur Schmerz. Ihre Welt war zerbrochen, zerschmettert von ein paar bunten Bildern und wenigen Worten. Sie hatte kein Recht, hier zu sein, sie hatte nicht einmal ein Recht zu existieren. Es gab sie nicht. Nicht wirklich. Sie war ein Neutrum, ein Ding wie ein Plattenspieler, das auf dem Reißbrett irgendeines Bio-Ingenieurs entstanden war und sich für wenige Tage eingebildet hatte zu leben. Ein drei Monate alter Säugling, der sich in den Körper einer Erwachsenen verirrt hatte.

Auch nachdem sich das Entsetzen und der Schock gelegt hatten, war sie unfähig, Ordnung in ihre Gedanken oder erst recht in ihre Gefühle zu bringen. Es war noch ein kleiner Rest von Logik in ihr, der ihr zu sagen versuchte, daß sie nichts dafür konnte, daß alles nicht ihre Schuld war und sie nur ein Opfer irgendeines grausamen Experimentes geworden war. Was versuchten sie zu erreichen, mit diesem Eingriff in die Schöpfung. *Unsterblichkeit?* Vielleicht. Vielleicht war es das, was ihnen vorschwebte, allen Bremers und Jochens dieser Welt, aber wenn es so war, dann begriffen sie nicht einmal, was sie wirklich taten. Wie konnten sie sich einbilden, einen Menschen erschaffen und mit den Erinnerungen einer seit vier Jahren verwesten Leiche vollzustopfen und hinterher erwarten zu können, daß er alles mit einem Lächeln akzeptierte und ein ganz normales Leben führte?!

Der Gedanke entschlüpfte ihr, und an seiner Stelle kam etwas, das eine Mischung aus Verzweiflung und Selbstmitleid und einer brennenden, ziellosen Wut war. Gedanken an Mord und Selbstmord schossen ihr durch den Kopf und vergingen, ehe sie wirklich Gestalt annehmen konnten. Vor ein paar Stunden war alles noch so klar gewesen. Sie hatte jemanden gehabt, den sie lieben konnte, und jemanden, den sie hassen konnte, und sie hatte Pläne schmieden und Entschlüsse fassen können, und jetzt ...

Das Geräusch der Türklinke ließ sie aufschrecken. Sie stemmte sich hoch, blickte automatisch auf die Uhr und starrte mit klopfendem Herzen die Tür an. Sie war sicher, daß es Jochen war.

Aber es war nicht Jochen, sondern Mary. Lautlos schlüpfte sie durch die Tür, drückte sie hinter sich ins Schloß und lauschte einen Moment, ehe sie geduckt durch das Zimmer huschte und neben ihrem Bett stehenblieb.

»Habe ich dich geweckt?« fragte sie.

Helen schüttelte den Kopf, ehe ihr einfiel, daß Mary die Bewegung im Halbdunkel des Zimmers kaum erkennen konnte. »Nein«, sagte sie. »Ich war noch wach. Ich konnte nicht schlafen.«

»Ich auch nicht.« Mary setzte sich auf die Bettkante, streifte mit einer raschen, selbstverständlichen Bewegung ihr Nachthemd über den Kopf und schmiegte sich an sie, auf eine sonderbar vertraute Art, die nichts mit den Berührungen gemein hatte, die sie am Nachmittag ausgetauscht hatten. Sie war einfach nur da und wollte sie neben sich fühlen.

»Jochen schläft?« fragte Helen.

Mary nickte. »Ja. Er hat ziemlich viel getrunken, nachdem du gegangen bist. Er wird nicht aufwachen, keine Sorge.« Sie lächelte und wurde übergangslos wieder ernst. Das Mondlicht zeichnete die Konturen ihrer Körpers mit weichem Silber nach, und Helen fühlte, wie sich gegen ihren Willen wieder dieses erschreckende Gefühl von Erregung in ihr breitmachte. Mit aller Macht sträubte sie sich dagegen. Nicht jetzt. Sie konnte es nicht mehr, nicht, nachdem sie erfahren hatte, wer sie selbst war. Es wäre, als würden sich zwei Roboter lieben.

»Ich habe alles gehört«, sagte Mary nach einer Weile. Ihre Hand kroch an Helens Schulter empor, streichelte ihre Wange und zeichnete sanft und liebkosend die Linien ihrer Augenbrauen nach. Ein elektrisierender Schauer jagte durch Helens Körper. Sie spürte, wie ihr Widerstand zu zerbröckeln begann. »Es tut mir so leid. Ich wußte nicht, daß du ...«

»Daß ich ein Klon bin, wie du?« fragte Helen, als Mary nicht weitersprach.

Mary nickte. »Tut es sehr weh?«

»Hat es dir weh getan, als du es erfahren hast?«

Mary überlegte einen Moment, ohne daß ihre Finger aufhörten, Helens Gesicht zu streicheln und jeden Quadratmillimeter Haut zu erforschen. »Ich weiß nicht«, sagte sie nach einer Weile. »Ich glaube nicht. Ich erinnere mich jedenfalls nicht.« Sie lächelte nervös. »Ich erinnere mich an so wenige Dinge. Wie ist es, sich zu erinnern? Manchmal wünsche ich mir, ein ganzes Leben zu haben.«

Helen sah sie mit neu erwachendem Erstaunen an. Marys Stimme klang auf schwer zu bestimmende Weise traurig, nicht verzweifelt oder vorwurfsvoll, sondern nur traurig. Es war absurd, dachte sie. Sie waren den ganzen Tag zusammen gewesen, sich so nahe und so intim miteinander, wie es nur ging, aber sie hatten kaum miteinander geredet.

»Du bist nicht sehr glücklich, wie?« fragte sie plötzlich.

Wieder antwortete Mary nicht gleich, aber sie spürte, wie sich irgend etwas in ihrem Körper bei diesen Worten zusammenkrampfte.

»Doch«, antwortete sie schließlich. »Ich liebe Joe, und ich liebe die Kinder. Es ist nur . . .« Plötzlich stemmte sie sich hoch, nahm Helens Gesicht in beide Hände und küßte sie, wild und mit fast schmerzhafter Kraft. Einen winzigen Moment lang wehrte sich Helen, dann erwiderte sie ihren Kuß, mit der gleichen, ungestümen Wut, schlang die Arme um sie und preßte sie an sich, so fest sie konnte.

Mary schob sie mit sanfter Gewalt von sich. »Warum wehrst du dich?« fragte sie.

»Ich wehre mich nicht.« Helen wollte sie erneut an sich ziehen, aber wieder entwand sich Mary ihrem Griff und schob sie ein kleines Stück weit von sich.

»Du wehrst dich«, sagte sie. »Nicht du, aber etwas in dir. Du hast es die ganze Zeit getan. Du willst es nicht wirklich.«

Natürlich *wollte* sie es nicht wirklich, nicht mit dem bewußten Teil ihres Verstandes. Wie konnte Mary glauben, daß sie bewußt einwilligen würde, lesbische Liebe mit ihr zu machen, gerade sie? Aber seit dem Morgen hatte sie etwas kennengelernt, das stärker war als ihr bewußter Wille. Millionenmal stärker.

»Ich liebe dich«, sagte Mary plötzlich.

»Mich?« Helen blinzelte. *Liebe? War das Liebe, was sie*

spürte? Sie hatte nicht einmal darüber nachgedacht. Die bloße Vorstellung wäre ihr wie Gotteslästerung vorgekommen.

»Natürlich«, sagte Mary. »Ich bin geschaffen, um zu lieben.«

»Um Jochen ... Joe zu lieben. Und deine Kinder.«

Mary senkte den Blick. Ihre Hand legte sich auf Helens Oberschenkel und verharrte darauf, aber diesmal war die Bewegung unbewußt. »Joe«, murmelte sie. »Natürlich liebe ich ihn. Aber dich liebe ich auch. Vielleicht mehr. Ich ... ich weiß es nicht. Es ist so verwirrend.«

Ja, das war es. Und gleichzeitig erschreckend einfach. Sie waren gleich, absolut gleich, wenigstens das hatte ihr Jochen klargemacht. Keine von ihnen war einen Deut besser als die andere; sie waren nichts als zwei verschiedene Aspekte ein und derselben Person; vielleicht, daß Mary das war, das sie hätte werden können, hätte sich ihr Leben anders entwickelt.

»Ich weiß einfach nicht mehr, was ich will«, fuhr Mary fort, immer noch, ohne sie anzusehen. »Bis gestern dachte ich, es gäbe nur Joe und die Kinder, aber jetzt weiß ich, daß das nicht stimmt. Ich ... ich habe ihn gehaßt, als er dich geschlagen hat, Helen. *Ihn!*«

»Das darfst du nicht«, antwortete Helen. Sie meinte es ehrlich. Sie wollte nicht, daß Mary Jochen haßte, nicht seinet-, sondern allein ihretwegen. Wenn sie haßte, war sie unglücklich, und das durfte nicht sein. »Ich werde gehen«, fuhr sie fort, ganz leise und sehr ernst und streichelte dabei sanft Marys Haar. Die Nähe ihres Körpers machte sie verrückt. Ihre Finger zitterten. »Ich werde mit Bremer gehen und aus eurem Leben verschwinden. Jochen hat recht – ich hatte kein Recht, hierherzukommen und mich in euer Leben zu mischen. In ein paar Stunden bin ich fort, als hätte es mich nie gegeben.«

»Aber das will ich nicht!« sagte Mary erschrocken. Plötzlich klammerte sie sich so fest an sie, daß es weh tat. »ich will nicht, daß du gehst. Du bist ein Stück von mir. Ich will, daß du bleibst.«

»Das geht nicht«, antwortete Helen traurig. »Ich muß gehen. Ich hätte nie kommen dürfen.« Aber sie wollte es nicht. sie wollte hierbleiben, bei Mary und den Kindern. Bei ihnen dreien. Nicht nur bei den Kindern. Sie hatte geglaubt, daß es nur die Zwillinge waren, um die sie kämpfte, und nicht einmal begriffen, daß sie diese andere Helen im gleichen Moment als ein Stück ihrer selbst akzeptiert hatte, als sie sie sah. Und umgekehrt. Sie würden beide als Krüppel zurückbleiben, wenn sie ginge.

Aber sie mußte es tun. Jochen würde sie zwingen, und sie hatte keine Möglichkeit, sich zu wehren. Sie konnte ihn nicht einmal vernichten, denn im gleichen Moment, in dem sie tat, womit sie gedroht hatte, und ihn anzeigte, würde sie nicht sein, sondern Marys Glück zerstören. Sie wollte sie, sie wollte Mary und die Kinder, so wie Mary sie und die Zwillinge *und* Jochen haben wollte. Aber es würde nicht gehen.

Sie sprachen nicht mehr, weil es nichts mehr gab, worüber sie reden konnten und weil es zwischen ihnen auch gar nicht mehr nötig war zu sprechen. Mary blieb bis zum Morgen und ging erst, als es Zeit war, das Frühstück zu bereiten und Jochen zu wecken. Und in dieser Nacht war Helen es, die Marys Tränen wegküßte.

Jochen kam an diesem Tage schon am frühen Nachmittag aus dem Büro, und eine knappe Stunde später erschien Dr. Bremer. Er kam nicht allein, sondern in Begleitung eines Police-Commissioners und zweier schweigsamer, in dezente Maßanzüge gekleideter Männer, deren bloße Anwesenheit vollauf genügte, Helen das ganze Ausmaß ihrer Hilflosigkeit vor Augen zu führen. Zwei weitere Männer warteten draußen in einer schwarzen Limousine auf der Straße, und sie zweifelte nicht daran, daß auch die Rückseite des Hauses und der Garten überwacht wurden. Es gab keine Szene; keine Tränen oder Zornesausbrüche oder gar Widerstand, und sie blieben nicht einmal zehn Minuten, ehe die beiden FBI-Leute und der Commissioner zum Wagen zurückgingen, in ihrer Mitte eine dunkelhaarige, zerbrochene Frau, die nicht einmal mehr die Kraft gehabt hatte, sich mit einem anklagenden Blick von Jochen zu verabschieden.

Bremer blieb noch einen Moment. Es war ihm deutlich anzusehen, wie unangenehm ihm die ganze Situation war; mehr noch – etwas von dem Schmerz, den er in Helens Augen gelesen hatte, schien auf ihn übergegangen zu sein. Er hatte es nicht ausgesprochen, aber man spürte, daß er sich Vorwürfe machte; nicht Jochens, sondern Helens wegen.

»Es tut mir leid, daß es so kommen mußte«, sagte er betreten. »Ich fürchte, wir haben uns nicht sehr geschickt benommen.«

»Nein«, antwortete Jochen. »Das haben Sie nicht. Aber vielleicht hätte ich den gleichen Fehler gemacht. Und ein bißchen ist es auch meine Schuld. Ich hätte Sie warnen müssen; schließlich kenne ich ... kannte ich sie gut genug.« Er blickte durch das schmale Drahtglasfenster in der Tür hinaus und sah zu, wie die beiden FBI-Männer und Helen in den Fond der schwarzen Limousine einstiegen und losfuhren. Der zweite Wagen wartete mit laufendem Motor vor der Garagenauffahrt. »Machen Sie sich nicht zu viele Vorwürfe, Doktor«, sagte er versöhnlich. »Niemand konnte ahnen, daß das Experiment so gut gelingen würde. Sie ist perfekt. Nicht einmal ich hätte den Unterschied gemerkt.« Er drehte sich zu Bremer um. »Was werden Sie jetzt tun?«

Bremer zuckte mit den Achseln und sah plötzlich noch unglücklicher aus. »Wir werden mit dem Programm fortfahren«, sagte er. »Was sonst.«

»Und wie lange?«

»Ein paar Monate. Vielleicht ein halbes Jahr. Solange sie organisch nicht vollkommen gesundet ist, finden wir ein paar juristische Hintertürchen, um sie festzuhalten. Aber danach ...« Er seufzte. »Wir haben keine juristische Handhabe, wissen Sie? Sie ist ein volljähriger, erwachsener Mensch, auch wenn sie erst drei Monate alt ist.« Er lachte nervös. »Ich fürchte, daß wir mit unserer Arbeit nicht nur eine medizinische, sondern auch eine juristische Lawine ins

Rollen bringen werden. Aber ich werde dafür sorgen, daß sie Sie nicht noch einmal belästigt. Was geschehen ist, war auch mein Fehler. Ich entschuldige mich dafür.«

Jochen winkte ab. »Es ist ja nichts passiert. Gottlob war ich allein. Es wäre nur peinlich gewesen, wenn meine Frau hiergewesen wäre.« Er lächelte. »Glück im Unglück, Doktor.«

Bremer nickte automatisch, sah ihn an, als wolle er noch etwas Bestimmtes sagen, zuckte aber dann nur mit den Achseln und wandte sich zur Tür. »Ich rufe Sie an, sobald wir wieder zurück sind und sich alles ein wenig beruhigt hat. Und vielleicht sehen wir uns ja auch noch einmal.«

»Sicher«, sagte Jochen. »Ich bin öfter drüben in Europa. Ich melde mich bei Gelegenheit. Auf Wiedersehen. Und guten Flug.«

Bremer verabschiedete sich mit einem überhasteten Kopfnicken, öffnete die Tür und verließ fluchtartig das Haus. Jochen sah ihm nach, bis auch er in den Wagen gestiegen und abgefahren war. Erst dann schloß er die Tür, drehte sich um und atmete erleichtert auf. Die Ruhe, mit der er Bremer und die Männer von der Staatspolizei verabschiedet hatte, war nur gespielt gewesen, und es hatte ihn fast mehr Kraft gekostet, als er aufbringen konnte, nicht immer wieder zur Schlafzimmertür hinüberzublicken.

»Du kannst herauskommen, Liebling«, sagte er. »Sie sind weg. «

Sie zögerte einen Moment, öffnete die Tür und trat ins Wohnzimmer, die Zwillinge, die sie bisher geschaukelt und ruhig gehalten hatte, damit sie ihre Anwesenheit nicht verrieten, auf den Armen. Sie waren eingeschlafen.

»Sind sie fort?« fragte sie.

Jochen nickte mit übertrieben gespielter Erleichterung. »Ja«, sagte er. »Und ich schwöre dir, daß wir sie nie wiedersehen werden. Es war ein Alptraum, aber er ist vorbei.«

»Was werden sie mit ihr machen?«

»Mit Helen?« Er zuckte mit den Achseln, leerte sein Glas

und drehte sich auf dem Barhocker herum, um sie bequemer ansehen zu können. »Ich weiß es nicht. Sie werden sie in der Klinik behalten, bis sie völlig gesund ist, und danach werden wohl die Presseleute über sie herfallen wie die Hyänen. Sie ist eine Sensation, weißt du. Fast so sensationell wie du.« Er grinste anzüglich. »Aber was kümmert das uns? Wir werden sie nicht wiedersehen. Und jetzt komm her. Ich habe eine gute Idee, wie wir uns die Zeit vertreiben können, bis zum Abendessen.«

Er streckte die Arme in ihre Richtung aus, aber sie rührte sich nicht von der Stelle. »Irgendwie tut sie mir leid«, sagte sie.

Zwischen Jochens Brauen entstand eine tiefe Falte. »Das braucht sie nicht«, sagte er unwillig. »Ihr geschieht nichts. Sie müssen sie freilassen, sobald sie gesund ist. Und immerhin lebt sie.«

»Freilassen?«

Er nickte. »Natürlich. Sie ist ein Mensch, oder nicht? Aber keine Angst – ich habe einflußreiche Freunde und werde dafür sorgen, daß sie nie wieder einen Fuß auf amerikanischen Boden setzt.«

»Aber sie könnte es, nicht?«

»Theoretisch sicher. Aber praktisch nicht.«

»Und wenn du ihr helfen würdest?«

»Ich?« Jochen keuchte fast. »Wie kommst du auf die Idee, daß ich das tun sollte?«

»Vielleicht, weil ich es möchte«, antwortete sie leise. »Ich habe ihr versprochen, dafür zu sorgen, daß sie in spätestens sechs Monaten wieder hier sein kann.«

»Du...« Er verstummte. Sein Adamsapfel hüpfte ein paarmal krampfhaft auf und ab, und sie konnte direkt zusehen, wie sein Gesicht die Farbe verlor. Seine Augen weiteten sich.

Sie lächelte, ging zur Couch und legte die Zwillinge behutsam zwischen die Kissen, ehe sie sich wieder zu ihm umdrehte. »Du hast es selbst gesagt«, sagte sie, noch immer lächelnd. »Nicht einmal du würdest den Unterschied merken. Jedenfalls nicht sofort. Du wirst ihr helfen, zurückzukommen, nicht wahr?« Sie schwieg fast eine volle Minute, stand nur da und weidete sich an dem immer stärker werdenden Ausdruck von Entsetzen in seinen Augen. Dann hob sie langsam die Hände ans Gesicht, zog die künstlichen Wimpern ab und streifte mit einer raschen Handbewegung die Perücke vom Kopf.

Sie lächelte noch immer, als sie langsam auf ihn zutrat, auf Armeslänge vor ihm stehenblieb und mit einer weit ausholenden Handbewegung zuerst auf sich, dann auf die Kinder und zum Schluß auf ihn deutete. »Wir werden sehr glücklich miteinander sein, Jochen«, sagte sie. »Wir fünf.«

Die Jäger

Der Tag war schön gewesen, und er endete, wie er begonnen hatte: warm und mild, ungewöhnlich warm, selbst für diese Jahreszeit; azurblauer Himmel, auf dem sich nur selten kleine, gemächlich dahintreibende Herden flockiger Schäfchenwolken zeigten, lauer Wind und das Gefühl wärmender Sonnenstrahlen auf Gesicht und Händen, und gegen Abend das warnende Grollen eines Wärmegewitters, ohne daß sich mehr als ein flüchtiger grauer Streifen am Horizont gezeigt hätte. Der warme Wind hatte sie die ganze Zeit begleitet, vom Tal und der Stadt die Hügel hinauf, den Flußlauf entlang und schließlich in die Berge, er, das Zirpen der Grillen und Vögel und das Rascheln der Blätter, vermischt mit dem Duft des Waldes und einem gelegentlichen Huschen und Knacken, wenn irgendein Tier durch ihre Annäherung aufgeschreckt und aus seinem Versteck getrieben wurde.

Raskell wechselte sein Gewehr von der rechten auf die linke Schulter und blieb einen Moment lang stehen, um sich den Schweiß von der Stirn zu wischen und Atem zu schöpfen. Sie waren bei Sonnenaufgang aufgebrochen und seither fast ununterbrochen gelaufen, und er glaubte, jeden einzelnen Muskel im Leib schmerzhaft zu spüren. Und er war müde, auf eine sonderbare, beinahe wohltuende Art erschöpft. Trotzdem ging er nach wenigen Augenblicken widerspruchslos weiter. Holm hatte ihn gewarnt, nur einmal und in fast beiläufigem Tonfall, aber Raskell hatte seine Worte ernst genommen. Es würde schwer werden; alles andere als ein Spaziergang, und für ihn, den an Klimaanlagen und Aufzüge gewöhnten Stadtmenschen, vielleicht zur Tortur. Zu Anfang hatten sie noch miteinander geredet, viel und vielleicht mehr, als nötig war – vielleicht mehr, als gut war –, aber mit jeder Meile, die sie weiter ins Gebirge vordrangen, waren ihre Gespräche leiser und einsilbiger geworden und gleich dem Bach, der sie auf ihrem Weg durch die Wälder begleitete, von einer sprudelnden Flut zuerst, zu einem ruhigen Dahinfließen, schließlich zu einem Plätschern zusammengeschmolzen und irgendwann ganz versiegt. Erst später war ihm aufgefallen, daß im Grunde nur er die ganze Zeit geredet hatte. Holm hatte eigentlich nur geantwortet, ausführlich und wo nötig detailliert und geduldig, aber er hatte nie von sich aus das Wort ergriffen. Und jetzt fiel ihm auch ein, was die Leute unten im Dorf über Holm erzählt hatten. Daß er schweigsam und verschlossen war, eine Art moderner Einsiedler, introvertiert, ohne exzentrisch zu sein. Aber er hatte erst später begriffen, daß es eine besondere Art von Schweigsamkeit war, eine Stille, die Kommunikation nicht ausschloß, sondern nur auf ein vernünftiges Maß reduzierte. Für Raskell, den Stadtmenschen, wäre der Gedanke an einen ganzen Tag, an dem er wenig mehr als vier oder fünf Sätze redete, unvorstellbar gewesen. Aber er gewöhnte sich erstaunlich rasch daran. Vielleicht auch, weil Holm nicht versuchte, ihm sein Schweigen aufzudrängen.

Sie hatten gegen Mittag gerastet, kaltes Büchsenfleisch gegessen und Wasser aus dem Bach getrunken; Raskell hatte ein wenig geschlafen, nicht lange, aber tief, so daß er sich hinterher merkwürdig frisch und voller neuer Energie gefühlt hatte und ihm Holms Tempo beinahe zu langsam erschien. Aber er sagte nichts, sondern paßte sich der Geschwindigkeit seines Führers stumm und ohne Protest an. Es war Holms Expedition, nicht seine. Seine eigene Rolle beschränkte sich aufs Bezahlen und Zuschauen und – vielleicht – auf einen kurzen Augenblick euphorischer Freude, auf jenen Moment unbeschreiblicher Erregung, den nur ein Jäger nachempfinden konnte, den Augenblick, in dem er den Finger um den Abzug krümmte und das Wild im Fadenkreuz des Zielfernrohrs sah. Vielleicht. Er war nicht einmal sicher, ob er ihn erleben würde. Holm hatte keinen Moment garantiert, ihm das Wild wirklich vor die Büchse zu führen. Es war ein Versuch, zehntausend Dollar für eine Wahrscheinlichkeit von zehn Prozent, das Wild zu stellen, aber der mögliche Erfolg erschien ihm das Risiko wert. Überdies nahm ihn die Schönheit des Landes schon bald so gefangen, daß es sich gleichblieb, ob sie Erfolg hatten oder nicht. Jeder Meter des Waldes schien neue Wunder zu bergen, jeder Moment war anders, neu und faszinierend, ohne daß er wirklich zu sagen vermochte, worin das Faszinierende bestand. Vielleicht lag es am Licht, an der klaren Luft hier oben, vielleicht wirklich an der Einzigartigkeit dieses unberührten Fleckchens Erde, vielleicht an seiner Stimmung. Vielleicht war es aber auch einer jener Tage, wie man sie nur ein- oder zweimal im Leben erlebt, Tage, an denen man plötzlich alles mit veränderten Augen sah, an denen Vertrautes fremd, Altbekanntes neu und faszinierend wird, als sähe man einen vertrauten Gegenstand plötzlich aus einem völlig neuen Blickwinkel. Er konnte sich nicht sattsehen an so profanen Dingen wie Büschen und Bäumen, am Farbenspiel des Sonnenlichtes, den verwirrenden Mustern, die Licht und Schatten zwischen die Baumstämme woben, dem sanften Wiegen der Baumkronen.

Der Tag neigte sich dem Ende entgegen, als sie den Gipfel erreichten. Es gab eine Lichtung, ganz oben auf dem sanft gerundeten Kamm, einen langgestreckten, schmalen Streifen baumlosen Geländes, der einen freien Blick ins Tal hinein gewährte.

Raskell hatte das Tal schon mehrmals gesehen – auf den Bildern, die ihn letztlich erst zum Herkommen bewegt hatten, später dann aus der Kanzel seiner Maschine, aber auch dieser Anblick erschien ihm neu und berauschend. Die Form einer langgestreckten, flachen Schüssel, an drei Seiten von den grünbewaldeten Hängen der Berge und an der vierten von einer senkrecht aufstrebenden, zerschundenen Felswand begrenzt, der Boden mit einer dichten, wogenden grünen Decke ausgeschlagen, so daß er beinahe den Eindruck hatte, auf einen riesigen, still daliegenden See herabzuschauen, dessen Wellen durch einen bizarren Zauber mitten in der Bewegung erstarrt waren.

Sie blieben stehen, Holm geduldig und schweigsam wie immer, Raskell so in fassungsloses Staunen versunken, daß er kaum spürte, wie die Zeit verrann, erst fünf, dann zehn Minuten, schließlich eine Viertelstunde, in der er nichts tat, als starr dazustehen und sich an der faszinierenden Schönheit unter sich satt zu sehen. Das Tal war mehr als ein besonders schönes Stück unberührter Natur. Es war ein Stück seiner selbst, Materie gewordener Traum, jener verlorene Zauberwald seiner Kindheit, zu dem er sich immer zurückgesehnt hatte, ohne ihn jemals zu finden.

Schließlich schrak er hoch und sah Holm mit einer Mischung aus Verlegenheit und Dankbarkeit an. »Rasten wir hier?«

Holm schüttelte wortlos den Kopf und deutete ins Tal hinab. Raskell nickte, griff automatisch nach seinem Fotoapparat und ließ die Hand auf halbem Wege wieder sinken. Irgendwie spürte er, daß es sinnlos wäre, hier zu fotografieren. Bilder konnten den Zauber des Augenblickes nicht einfangen. Er schulterte sein Gewehr neu und begann, hinter Holm den Hang hinunterzugehen. Der Wald wurde rasch wieder dichter, verfilzt und unwegsamer als zuvor, und ihr Tempo sank merklich. Raskell blickte ein paarmal auf das lange, scharfgeschliffene Buschmesser, das gleich einem Degen von Holms Gürtel hing. Aber Holm verzichtete darauf, es zu benutzen, und schlängelte sich weiter durch das immer dichter werdende Unterholz, Lücken und Durchgänge erspähend, wo Raskell nichts als eine undurchdringliche grüne Mauer sah. Es wurde dunkler. Die Sonne berührte den Horizont und tauchte die Berge in rote Schatten, und die Helligkeit des Tages wich hier, unter den Bäumen, in einer kurzen, vorweggenommenen Dämmerung bereits grauschwarzen Schatten und nächtlicher Stille.

Holm blieb plötzlich stehen und legte den Zeigefinger über

die Lippen. Raskell verhielt ebenfalls mitten im Schritt und lauschte. Aber so sehr er sich anstrengte, konnte er nichts Ungewöhnliches bemerken.

»Kommen Sie«, sagte Holm leise. »Und keinen Laut!«

Raskells Hand tastete instinktiv nach dem Gewehr, aber Holm schüttelte den Kopf, und seine Finger sanken gehorsam herab. Holm hatte ihm ein Wild besonderer Art versprochen, aber er hatte keinen Zweifel daran gelassen, daß er sich streng nach dem zu richten hatte, was er befahl. Und Raskell gedachte nicht, zehntausend Dollar auszugeben und sich dann alles durch eigene Starrköpfigkeit und Ungeduld zu verderben. Von diesen Typen gab es genug im Kino und in zweitklassigen Romanen. Holm würde wissen, wann es soweit war.

Sie schlichen nebeneinander durch das Unterholz. Der Wald wurde wieder gangbar, und nach einer Weile erreichten sie erneut eine Art Lichtung, obwohl der Himmel noch immer hinter einem dichten Blättervorhang verborgen blieb; einen großen, runden Fleck, auf dem zwar Bäume, aber kein Unterholz oder Gebüsch wuchs und der Raskell an einen gewaltigen natürlichen Dom erinnerte, ein spitzes Kuppeldach aus grünem Laub, das von gewaltigen natürlichen Stützpfeilern getragen wurde.

Holm deutete stumm auf die kleine Gestalt, die im Zentrum einer gelben Halbkugel aus flackernder Helligkeit an einem Lagerfeuer saß, und Raskell blieb verwundert stehen.

Die Gestalt war – gelinde ausgedrückt – seltsam. Im ersten Moment glaubte er, ein Kind vor sich zu haben, aber er erkannte schnell, daß das nicht stimmte. Es ist schwer, die Größe eines sitzenden Menschen zu schätzen, aber Raskell glaubte nicht, daß der Mann ihm im Stehen weiter als bis zur Brust reichen würde. Aber er war kein Kind, auch wenn er ihnen den Rücken zuwandte und sie sein Gesicht nicht erkennen konnten, auch kein Liliputaner. Seine Haltung war nicht die eines Kindes, und seine Proportionen nicht die eines Zwergwüchsigen. Er hockte mit untergeschlagenen Beinen vor dem Feuer und zog ab und zu an der Pfeife, die er in der rechten Hand hielt. Auf dem Kopf trug er einen hohen, spitz zulaufenden Hut mit übermäßig breiter Krempe, die traurig herunterhing und an den Rändern abgefressen und zernagt wirkte, und von seinen Schultern hing ein weiter, lose fallender Mantel von undefinierbarer Farbe. Es waren Kleider, dachte Raskell erstaunt, wie sie die Zauberer und Magier in Kinderbüchern zu tragen pflegten.

Holm hob rasch die Hand und machte eine Geste, still zu sein. Sekundenlang standen sie reglos im Unterholz, stumm und scheinbar mit den Schatten des Waldes verschmolzen.

»Tretet doch näher, meine Herren«, sagte der Mann plötzlich, ohne sich umzudrehen. »Kommt ans Feuer. Die Nacht ist kalt.«

Raskell tauschte einen verwunderten Blick mit Holm, räusperte sich verlegen und trat dann zögernd auf die Lichtung hinaus. Holm folgte ihm, schweigsam wie immer, aber von fühlbarer Spannung erfüllt. Sie gingen langsam auf das Feuer zu, und wieder glitt Raskells Hand zum Gewehr und verharrte mitten in der Bewegung, denn obwohl die gebückte Gestalt vor ihnen alles andere als normal wirkte, fühlte er irgendwie, daß nichts Bedrohliches an ihr war.

»Setzt Euch, Ihr Herren«, sagte der Mann mit einer einladenden Bewegung. »Die Nächte sind lang und einsam geworden, und man trifft nur noch selten einen Menschen in den Wäldern. Ich hoffe, Ihr habt Zeit für ein kleines Schwätzchen.«

Raskell ließ sich zögernd neben dem Feuer nieder. Die Flammen brannten nicht hoch, aber sie waren von einer seltsam kräftigen gelben Farbe, und obwohl das Feuer nicht sehr intensiv brannte, vertrieb es doch die klamme Feuchtigkeit und die Kühle des hereinbrechenden Abends. Er schnallte seinen Rucksack ab, legte Gewehr und Gepäck rechts und links von sich ins Gras und musterte ihren seltsamen Gastgeber mit unverhohlener Neugierde. Seine übrigen Kleider paßten genau zu Hut und Umhang – ein ledernes, mit

Schnüren zusammengehaltenes Wams über einer weißen Bluse, knielange Hosen mit zahllosen Taschen und offene Sandalen, eigentlich nur Sohlen mit dünnen Schnüren, die an seinen Waden hinauf bis dicht unter die Knie gebunden waren. Bei jedem anderen hätte die Aufmachung lächerlich gewirkt, aber als er ins Gesicht des Mannes sah und dem Blick seiner grauen, weisen Augen begegnete, wußte er plötzlich, daß es in Wirklichkeit genau anders herum war und daß sie, in ihren maßgeschneiderten Safari-Anzügen und Zweihundertdollar-Wanderschuhen, lächerlich wirkten.

Der Fremde hielt seinem Blick gelassen stand und lächelte sogar ein wenig, wenn seine Augen dabei auch ernst blieben, ohne jedoch unfreundlich zu wirken, und da ihm Raskells Neugierde nichts auszumachen schien, setzte dieser seine Musterung fort. Der Fremde hatte schmale, sehnige Hände, die gleichermaßen geschickt wie kräftig wirkten, und ungewöhnlich große, behaarte Füße.

»Verzeiht«, sagte der Fremde plötzlich. »Ich vergaß, mich vorzustellen. Aber ich treffe so selten andere Menschen, daß ich schon beinahe vergessen habe, wie man miteinander umzugehen hat. Mein Name ist Harbo. Harbo Baggins, um genau zu sein. Aber Harbo genügt. Jedermann nennt mich nur Harbo.«

Der Klang seines Namens schien Raskell an irgend etwas zu erinnern, aber er wußte nicht, woran. »Raskell«, sagte er hastig. »Mein Name ist Raskell. Und der Name meines Begleiters ist Holm.«

Harbo nickte mehrmals hintereinander und mit nachdenklichem Gesicht, als habe Raskell ihm etwas ungemein Wichtiges verraten. Er lehnte sich zurück, sog an seiner Pfeife und sah zuerst Raskell, dann Holm durchdringend an.

»Raskell und Holm. Ihr seid Jäger?«

Raskell blickte fast erschrocken auf sein Gewehr hinunter, aber er kam nicht dazu, zu antworten.

»Dann sind wir gewissermaßen Kollegen«, fuhr Harbo

redselig fort. »Das heißt, wenigstens für den Moment. Ich jage nur so dann und wann, zu meinem Vergnügen.«

»Oh, ich auch«, sagte Raskell aus einem absurden Bedürfnis, sich zu entschuldigen, heraus. »Normalerweise sitze ich den ganzen Tag in einem langweiligen Büro und addiere Zahlenkolonnen. Ich jage nur zur Entspannung. So wie Sie.«

»Und Euer Freund? Er ist Jäger!« Es war keine Frage, aber Raskell fühlte sich trotzdem gedrängt zu antworten.

»Holm ist . . .«

»Ich bin Jäger«, fiel ihm Holm ins Wort. »Und nicht nur dann und wann, wie Mister Raskell.«

Holms Tonfall ließ Raskell erstaunt aufblicken. Holm saß starr aufgerichtet, beinahe verkrampft, neben ihm und musterte Harbo finster. Seine Stimme hatte einen herausfordernden, fast aggressiven Unterton, den Raskell diesem stillen, schweigsamen Mann gar nicht zugetraut hätte.

»Ich weiß«, nickte Harbo, ohne auf Holms Tonfall zu reagieren. »Ich wußte es gleich, Freund Holm. Wenn man so lange in den Wäldern lebt wie ich, erkennt man einen Jäger, wenn man ihn vor sich hat.« Er sog erneut an seiner Pfeife, blickte sekundenlang nachdenklich in die knisternden Flammen und beugte sich dann vor, um ein paar Zweige nachzuschieben. »Ahhhhja«, seufzte er.

»Es ist lange her, daß ich zuletzt Besuch hatte. Es kommen nicht mehr viele Menschen hierher, in letzter Zeit.«

»Das Tal liegt auch recht versteckt«, sagte Raskell, weniger aus Überzeugung als aus dem Bedürfnis heraus, überhaupt etwas zu sagen. Harbo begann ihn mit jedem Augenblick mehr zu irritieren. Und er spürte, daß da noch etwas war, weniger zwischen ihm und Harbo, als vielmehr zwischen Harbo und Holm. Irgend etwas, eine unsichtbare, schwer zu beschreibende Spannung. Mit einem Mal hatte er das Gefühl, daß Harbo und Holm sich nicht so fremd waren, wie sie taten.

»Oh, es liegt nicht versteckt«, widersprach Harbo. »Aber die Menschen haben den Weg hierher vergessen. So wie zu allen anderen.«

»Allen anderen?« wiederholte Raskell verblüfft. »Soll das heißen, es gibt noch mehr solcher Täler?«

»Natürlich«, nickte Harbo. Seine Augen funkelten spöttisch. »Täler wie dieses, aber auch größere. Ganze Länder, Freund Raskell. Nur den Weg«, seufzte er, »den Weg haben die meisten vergessen. Wenn ich Eure Waffen sehe, vielleicht nicht zu Unrecht.«

Raskell griff instinktiv nach dem Gewehr. »Was haben Sie dagegen? Es ist eine Zweitausenddollarbüchse.«

»Sie tötet«, antwortete Harbo.

Raskell blinzelte verwirrt. »Natürlich«, antwortete er. »Das tun alle Waffen. Als Jäger sollten Sie das wissen.«

Harbo nahm umständlich die Pfeife aus dem Mund, klopfte sie auf einem Stein aus und zerrieb die Glut zwischen Daumen und Zeigefinger, ehe er antwortete.

»Vielleicht bin ich ein Jäger anderer Art als ihr«, sagte er leise. »Seht, Freund Raskell, man kann nicht nur auf eine Weise jagen, und es gibt mancherlei Wild, das mit Waffen wie der Euren nicht zu erlegen ist.«

»Und welches Wild jagt Ihr?« grollte Holm.

»Kein Wild«, antwortete Harbo. Er lächelte immer noch, aber der Blick seiner Augen war eisig. Raskell schauderte. »Ich zog aus, eine Fee zu fangen. Es ist schwer, wißt Ihr. Man braucht sehr viel Geduld, denn sie sind scheu und fliehen beim leisesten Geräusch.«

»Eine . . . Fee?« echote Raskell fassungslos.

Harbo nickte. »Was ist daran so sonderbar?« fragte er. »Seid Ihr nicht auch hierhergekommen, um ein außergewöhnliches Wild zu jagen? Holm versprach Euch etwas, das es nur hier und sonst nirgendwo auf der Welt gibt, und Ihr habt ihm geglaubt.«

»Aber . . . eine Fee . . .«

»Natürlich jage ich sie nicht wirklich«, fuhr Harbo lächelnd fort. »Sie sind verwundbare, zerbrechliche Geschöpfe, die schnell erschöpft wären. Man muß vorsichtig mit ihnen sein.«

Allmählich begann Raskell seine Verwunderung zu überwinden. Im Grunde war die Erklärung sehr einfach. Entweder war Harbo verrückt – was er aber nicht glaubte – oder er machte sich mit den beiden Fremden einen Spaß und nahm sie gehörig auf den Arm. Und warum sollte er das Spiel nicht mitspielen?

»Und was machen Sie mit ihnen, wenn Sie sie gefangen haben?«

»Sie wieder freilassen, was sonst?« entgegnete Harbo erstaunt. »Aber natürlich erst, nachdem sie mir einen Wunsch erfüllt haben«, fügte er listig hinzu.

»Ich nehme an, Sie verwenden dazu Kugeln aus geweihtem Silber«, sagte Raskell ernsthaft.

Harbo wirkte erschüttert. »Freund Raskell, ich bitte Euch! Nicht einmal ein Dämon käme auf die Idee, eine Fee mit einer tödlichen Waffe zu bedrohen. Ganz davon abgesehen, daß es sinnlos wäre, da sie ja bekanntlich keinen wirklichen Körper besitzen. Nein. Ich benütze ein Netz.«

»Ein Netz?«

Harbo griff unter seinen Mantel und zog einen kleinen, in graues Tuch eingeschlagenen Gegenstand hervor. »Ein besonderes Netz, natürlich. Mein Vater gab es mir, und vor ihm besaß es sein Vater und dessen Vater. Es heißt, es wäre von einem Elfenkönig gemacht worden, aber ich persönlich glaube nicht daran. Heute bekommt man so etwas ja nicht mehr, aber zu Zeiten meines Urgroßvaters konnte jeder Zauberer größere Wunder vollbringen. Es ist aus Mondlicht gewoben, seht Ihr?« Er legte den Gegenstand vor sich auf den Boden und begann das Tuch langsam auseinanderzufalten.

Raskell blieb das Lachen buchstäblich im Hals stecken. Zehn, zwanzig Sekunden lang saß er wie erstarrt da und starrte das feinmaschige Gespinst aus ineinander verwobenen Lichtstrahlen an; unfähig, den Blick zu wenden oder auch nur einen klaren Gedanken zu fassen.

»Wunderbar, nicht?« flüsterte Harbo.

Raskell nickte mühsam. »Darf ich es . . . anfassen?« fragte er stockend.

Harbo lachte leise. »Versucht es, Freund Raskell. Versucht es ruhig.«

Raskell beugte sich vor und griff nach dem zusammengefalteten Netz. Aber seine Hand glitt durch das silbern schimmernde Material hindurch.

»Es . . .« machte er, brach ab und starrte Harbo verwundert an. »Es geht nicht!«

Harbo kicherte. »Natürlich nicht. Es ist aus Licht gemacht, und wer hat wohl schon davon gehört, daß man Licht anfassen kann.« Er schüttelte den Kopf, legte das Tuch wieder zusammen und verstaute es wieder unter seinem Mantel. »Ihr Halblinge seid doch alle gleich«, murmelte er, mehr zu sich selbst als zu Raskell oder Holm. »Ihr bezwingt die Natur und fliegt zum Mond, aber die einfachsten Dinge begreift Ihr nicht. Auf welches Wild geht Ihr? Rehe? Es gibt prächtige Böcke hier. Erst vorhin sah ich eine ganze Herde, unten am Fluß.«

Raskell tauchte einen Blick mit Holm. Holms Gesicht wirkte verkniffen; die Lippen waren wie in stummer Wut aufeinandergepreßt, und im flackernden Licht des Feuers wirkte er bleich und angespannt. Er schüttelte kaum merklich den Kopf und warf Raskell einen warnenden Blick zu, zu schweigen.

»Wir . . . äh . . . wissen noch nicht, was wir jagen werden«, antwortete Raskell unsicher. Aber er spürte sofort, daß seine Worte nicht sehr glaubhaft klangen.

Harbo starrte ihn sekundenlang schweigend an, dann ging eine erschrekkende Veränderung mit ihm vor. Seine Schultern sanken nach vorne. Das freundliche Glitzern in seinen Augen erlosch. Sein Gesicht schien einzufallen, zu altern, war plötzlich nicht mehr das eines freundlichen Zwerges, sondern das zerfurchte Gesicht eines verbitterten, enttäuschten alten Mannes.

»Du lügst, Freund Raskell«, sagte er traurig. »Warum

müßt ihr Halblinge immerzu lügen? Ich weiß, daß ihr nicht auf Rehe geht. Ich wußte es schon vorher. Aber ich habe gehofft, mich getäuscht zu haben.«

Raskell wollte etwas antworten, aber Harbo brachte ihn mit einem raschen Kopfschütteln zum Schweigen. »Nein, sag jetzt nichts, Freund Raskell. Lüg nicht noch mehr. Es reicht, wenn ihr eure Waffen in dieses Land gebracht habt. Bringt nicht noch eure Lügen hierher. Was hat dir Holm versprochen? Ein Einhorn?«

Raskell schwieg.

»Ein Einhorn«, wiederholte Harbo nach einer Weile traurig. Er seufzte, schloß die Augen und seufzte noch einmal. Dann sah er Holm an. »Ich ahnte es«, sagte er leise und in sonderbarem Tonfall, nicht vorwurfsvoll, sondern eher traurig, wie ein Mann, der sich gezwungen sieht, etwas gegen seinen Willen zu tun, etwas, das ihm eigentlich zutiefst widerstrebt und das doch getan werden muß. »Du warst schon oft hier, Freund Holm, nicht?«

Holm nickte. Er gab sich jetzt nicht einmal mehr Mühe, Freundlichkeit zu heucheln. »Was geht das Sie an?«

»Viel, Freund Holm, leider viel zu viel. Es ist nicht gut, Einhörner zu jagen.«

Holm schürzte trotzig die Lippen. »Ich wüßte nicht, wer mich daran hindern sollte«, sagte er. »Das Land hier gehört niemandem.«

Harbo nickte und begann sich umständlich eine neue Pfeife zu stopfen. »Wahr gesprochen, Freund Holm. Doch du verstehst nicht, was ich sage. Niemand verbietet dir, zu jagen. Aber es ist nicht gut. Nicht alles, was nicht verboten ist, ist auch erlaubt. Freund Holm. Und nicht alles, was erlaubt ist, ist gut.«

»Einen Moment«, mischte sich Raskell ein. »Woher wissen Sie, was wir vorhaben. Ich habe niemandem erzählt, welches Wild wir jagen, und Holm . . .«

Harbo unterbrach ihn mit einem sanften Kopfschütteln. »Verzeiht, wenn ich Euch verwirrt habe, Freund Raskell.

Aber Holm weiß, wovon ich rede. Nicht wahr, Freund Holm?« Er sah Holm scharf an und verbarg sich dann hinter einer Wolke dichten, blauen Qualms. Holm nickte abgehackt.

»Ihr kennt euch also«, sagte Raskell nach einer Weile.

»Kennen?« Harbo schüttelte langsam den Kopf. »Nein. Nein und ja. Wir wußten voneinander, daß es uns gibt, so wie du weißt, daß es das Wild gibt, das Holm dir versprochen hat, ohne daß du es je gesehen hättest. So ist es doch, Freund Holm, nicht?«

Holms Gesicht verdüsterte sich. Er grunzte irgend etwas Unverständliches und machte Anstalten, aufzustehen, aber Harbo hielt ihn mit raschem Griff am Arm fest. »Auf ein Wort noch, Freund Holm.«

Holm erstarrte, trat einen halben Schritt zurück und riß seinen Arm mit Gewalt los.

»Es reicht«, sagte er aufgebracht. »Zuerst fand ich das Theater ja noch ganz komisch, aber allmählich fangen Sie an, mir auf die Nerven zu gehen, Mister Harbo, oder wie immer Sie heißen mögen. Kommen Sie, Raskell. Wir gehen.«

Harbo seufzte. »Es wäre wirklich besser, Sie würden auf meine Worte hören«, sagte er leise und immer noch freundlich. Er erhob sich ebenfalls, schlug seinen Mantel zurück und kam langsam um das Feuer herum auf Raskell und Holm zu. »Es gibt . . . Mächte«, erklärte er nach kurzem Zögern, »die über dieses Tal wachen. Es steht nicht in meiner Macht, euch zu drohen oder gar zu verbieten, zu tun was ihr tun wollt. Aber seid gewarnt.«

Holm lachte rauh, aber ohne die geringste Spur von Humor. »Vielleicht haben Sie recht, Harbo«, sagte er lauernd. »Möglich, daß ich meine Absicht aufgebe und statt dessen Zwerge jage.«

Harbo lächelte. »Ein tapferes Vorhaben, Freund Holm. Aber auch dumm, verzeiht. Nie hat ein Halbling einen vom Kleinen Volk auch nur zu Gesicht bekommen, gegen dessen Willen. Ihr solltet das wissen.«

Holm keuchte. In seinen Augen blitzte es tückisch auf. Sekundenlang starrte er den kleinen, lächelnden Mann wütend an, dann fuhr er herum, ballte die Fäuste und sah Raskell auffordernd an. »Es ist besser, wir gehen, Mister Raskell«, sagte er mit erzwungener Ruhe.

Raskell griff zögernd nach Gewehr und Rucksack und stand ebenfalls auf. Die Situation schien sich schlagartig verändert zu haben. War die Szene zu Anfang sonderbar und höchstens bizarr gewesen, so spürte er mit einemmal, daß ihre Lage begann, bedrohlich zu werden. Das, was zwischen Harbo und Holm vorging, war mehr als eine Meinungsverschiedenheit, mehr als ein normaler Streit. Vielleicht war es wirklich besser, zu gehen.

»So nimm wenigstens du Vernunft an, Freund Raskell«, sagte Harbo eindringlich. »Ich weiß, daß du nicht so bist wie dein Begleiter. Du suchst ein Abenteuer, aber glaube mir, du bist auf dem falschen Weg. Schon mancher lief in sein Verderben, ohne es zu wissen. Holm mag dir Wunder versprochen haben, aber er hat dir die Gefahren verschwiegen, die neben dem Weg lauern.«

»Es reicht, Harbo«, sagte Holm drohend.

Harbo schwieg einen Moment. Dann nickte er, traurig und mit einer Spur von Resignation, nahm die Pfeife aus dem Mund und zog seinen Umhang enger um die Schultern. »Wie ihr wollt«, murmelte er. »Aber denkt über meine Worte nach. Es ist noch nicht zu spät.«

Dann verschwand er.

Er ging nicht etwa weg oder duckte sich hinter einen Baum oder eine andere Deckung.

Er verschwand.

Es ging so schnell, daß Raskell im ersten Moment gar nicht begriff, was geschehen war. Er starrte fassungslos auf die Stelle, an der Harbo gerade noch gestanden hatte, öffnete den Mund, um etwas zu sagen, brachte aber nur ein hilfloses Krächzen hervor.

»Was . . .« keuchte er. »Wie . . .«

»Ich weiß nicht, wie er es gemacht hat«, kam Holm seiner Frage zuvor. »Ein billiger Taschenspielertrick, mehr nicht. Zerbrechen Sie sich lieber nicht den Kopf darüber. Der Kerl war ein Verrückter.«

Raskell schüttelte mühsam den Kopf. Ein seltsames, beklemmendes Gefühl hatte sich seiner bemächtigt, ein Empfinden, das ihm vollkommen fremd war und das irgendwo zwischen nackter Angst und ungläubigem Staunen angesiedelt war. »Das war kein Trick«, sagt er tonlos. »Das . . .«

»Hören Sie, Raskell«, fiel ihm Holm ins Wort. »Es war ein Trick, und noch nicht einmal ein sonderlich guter. Und wenn Sie jetzt anfangen, Gespenster zu sehen, dann hat er genau das erreicht, was er erreichen wollte. Ich habe einmal in einer Varietévorstellung gesehen, wie ein Mann eine junge Frau in drei Teile zersägte, ohne es mir erklären zu können. Aber deswegen habe ich noch lange nicht angefangen, an Zauberei zu glauben. Der Kerl hat nicht mehr alle Tassen im Schrank, wenn Sie meine Meinung wissen wollen.«

Raskell drehte sich mühsam herum und starrte Holm an. »Was . . . was wollte er überhaupt?« fragte er stockend. »Und was meinte er damit, daß Sie ihn kennen?«

Holm zuckte die Achseln, aber die Bewegung war ein wenig zu hastig, um noch überzeugend zu wirken. »Ich weiß es nicht, Raskell«, sagte er. »Ein Verrückter, der sich für den Beschützer der Wälder hält oder sonst etwas. Man trifft diese Typen manchmal hier oben in den Bergen. Machen Sie sich keine Sorgen. Er hat seine Show abgezogen und ist verschwunden. Er wird uns nicht wieder belästigen. Und nun kommen Sie. Ich möchte heute abend noch den Fluß erreichen.«

Raskell war noch lange nicht zufrieden, aber Holm schien nicht gewillt, die Unterhaltung fortzusetzen.

Er drehte sich herum und ging mit schnellen Schritten auf den Waldrand zu, ohne auf Raskell zu warten.

Raskell blieb noch einen Moment stehen und starrte kopfschüttelnd auf die Stelle, an der Harbo verschwunden war. Das Feuer brannte mit einemmal nicht mehr so hell wie zuvor. Die Flammen waren zusammengesunken und verbreiteten kaum noch Wärme, und der flackernde Kreis aus gelber Helligkeit schien unter dem Ansturm der Dunkelheit rasch zusammenzuschrumpfen. Schon nach wenigen Augenblicken war es zu einem schwach glimmenden Gluthäufchen zusammengesunken, dann zu Asche, in der nach einigen weiteren Sekunden auch der letzte Lichtpunkt erlosch. Es wurde kälter, und Raskell schauderte. Es war nicht so sehr, daß er das Absinken der äußeren Temperaturen spürte, sondern fast – und so absurd der Gedanke klang, erschien er ihm doch in diesem Augenblick als die einzig logische Erklärung –, als wäre mit Harbo auch noch etwas anderes gegangen, etwas Unsichtbares und Körperloses und doch ungemein Wichtiges, der winzige Unterschied zwischen diesem und einem normalen Wald.

Der Zauber war verflogen, vielleicht für immer, und als Raskell sich umdrehte und langsam hinter Holm herging, sah er nur noch einen normalen, finsteren Wald, borkige Bäume auf moos- und grasbewachsenem Boden, schön, aber nicht mehr von der fremdartigen Faszination wie vorhin. In diesem Wald würde Harbo keine Fee fangen können.

Er schüttelte den Gedanken unwillig ab und schritt kräftiger aus, um Holm, der mittlerweile schon weit voraus war, einzuholen. So etwas wie Zorn, vielleicht aber auch nur Unsicherheit, die er fälschlicherweise für Zorn ansah, stieg in ihm empor; Zorn auf diesen Verrückten, der in albernen Kinderkleidern durch den Wald irrte und dummes Zeug daherredete, aber auch Zorn auf sich selbst, daß er darauf hereingefallen war, wenn auch nur für einen Moment. Herrgott, er war kein Kind mehr, und auch keiner von diesen romantischen Spinnern, die Geschichten wie diese lasen und sich daran erfreuten, sondern ein erwachsener, intelligenter Mann mit einem logisch funktionierenden Verstand, einem Verstand, der ihm im Jahr eine viertel Million Dollar einbrachte und dem er normalerweise an sechs Tagen in der Woche die Verantwortung für die Gelder von ein paar tausend Kleinaktionären anvertraute! Und er ließ sich von einem senilen Einsiedler in einem Karnevalskostüm verunsichern!

Und trotzdem war er hierher gekommen, um ein Einhorn zu jagen.

Sie übernachteten am Fluß. Es war ein schmales, ruhig dahinfließendes Gewässer, dessen Wellen das Licht des Vollmondes zu Millionen glitzernder Spiegelscherben zerbrachen. Das Wasser roch süß und klar und sauber, und es gab rechts und links des Ufers Dutzende von kleinen, windgeschützten Stellen, die für ein Lager geradezu ideal erschienen, besser, als es der geschickteste Landschaftsarchitekt vermocht hätte.

Holm errichtete mit wenigen, geübten Handgriffen das Lager: zwei winzige Zelte neben einem aus Steinen errichteten Feuerkreis, schöpfte Wasser aus dem Fluß und bereitete aus ihren Vorräten ein einfaches, aber schmackhaftes Mahl. Sie aßen schweigend, obwohl es tausend Fragen gab, die Raskell auf der Zunge lagen. Aber er beherrschte sich und schwieg. Erst als sie fertig gegessen hatten und Holm sich mit beinahe zeremoniellen Bewegungen die erste Zigarette an diesem Tag anzündete, hielt er es nicht mehr aus.

»Eine Frage, Holm«, sagte er.

Holm sah auf, sog an seiner Zigarette und starrte an Raskell vorbei auf die dunkle Silhouette des Waldes, der sie wie eine hohe, massige Wand aus körperlich gewordener Schwärze umgab. »Ja?«

»Sie haben mir bis jetzt nicht verraten, welche Art Wild wir jagen werden.«

Holm nickte. Raskell wartete eine Zeitlang vergeblich auf eine Antwort, aber Holm schien nicht die Absicht zu haben, von sich aus zu reden.

»Warum nicht?«

Wieder vergingen Sekunden, ehe Holm irgendeine Reaktion zeigte. Er setzte sich auf, schnippte seine Zigarettenasche in die Glut des heruntergebrannten Feuers und sah Raskell beinahe vorwurfsvoll an. »Sie haben bis jetzt nicht danach gefragt«, sagte er. »Warum tun Sie es jetzt?«

»Warum?« echote Raskell verwirrt. »Nun ... ich ... ich denke, ich habe ein Recht dazu.«

»Weshalb?« fragte Holm ruhig. »Wegen der zehntausend Dollar, die Sie mir für diese Jagd bezahlen? Sie wußten von vornherein, daß ich keine Garantie gebe. Vielleicht sehen wir das Wild nicht einmal. Aber das wußten Sie doch vorher, oder nicht? Oder hat Ihnen Ihr Freund nicht erzählt, daß ich keine Garantie gebe?«

Raskell nickte. »Doch.«

»Aber er hat Ihnen nicht erzählt, was wir gejagt haben, nicht wahr?«

Wieder nickte Raskell.

Holm lächelte. »Und trotzdem sind Sie gekommen. Einfach so. Für einen Mann wie Sie sind zehntausend Dollar sicher nicht so viel wie für mich, Mister Raskell. Aber ich bin sicher, es ist immer noch viel Geld. Wenn Sie bereit waren, so viel zu riskieren, ohne überhaupt zu wissen, wofür, verstehe ich nicht, warum Sie jetzt ungeduldig werden. So kurz vor dem Ziel.«

Raskell rang verlegen mit den Händen, aber Holm sprach bereits weiter, als erwarte er gar keine Antwort.

»Natürlich ist es wegen diesem Verrückten. Ich wußte, daß es Schwierigkeiten geben würde, schon als ich ihn sah.«

»Nun, was er erzählt hat ...«

»Daß wir Einhörner jagen?« Holm lachte. »Er hat auch erzählt, daß er eine Fee fangen will. Mit einem Netz aus gewobenen Lichtstrahlen. Oder haben Sie ihm das auch geglaubt?«

Raskell schüttelte hastig den Kopf, während er sich innerlich einen Idioten schalt. Er hatte Holm unterschätzt, gewaltig sogar. Und er hatte ihm auch noch selbst die Argumente geliefert, mit denen er ihm den Wind aus den Segeln nehmen konnte.

»In einem Punkt bin ich der gleichen Meinung wie Harbo«, fuhr Holm fort. »Ein Jäger braucht zwei Dinge – eine gute Waffe und Geduld, mehr als alles andere Geduld. Vielleicht finden wir das Wild schon morgen, vielleicht erst in einer Woche. Ich verspreche Ihnen, daß Sie auf Ihre Kosten kommen, Raskell. Und ich verspreche Ihnen, daß dieser Verrückte uns nicht mehr belästigen wird.«

»Sie kennen ihn also doch«, behauptete Raskell.

Holm schnippte seine Zigarette im hohen Bogen in den Fluß und sah dem winzigen Glutpunkt nach, bis er in den Wellen erlosch.

»Kennen«, murmelte er. »Was heißt das, kennen, Raskell? Kennen Sie mich? Oder ich Sie? Ich habe von ihm gehört, das stimmt. Aber kennen? Nein.«

»Und was haben Sie von ihm gehört?« bohrte Raskell.

Auf Holms Gesicht erschien für Sekunden ein leiser Anflug von Unmut.

»Nichts«, antwortete er in einem Tonfall, der mehr als alle Worte sagte, daß er nicht mehr über dieses Thema reden wollte. »Jedenfalls nichts, was Sie interessieren wird. Er ist ein Verrückter. Aber harmlos. Und nun sollten wir schlafen. Wir müssen bei Sonnenaufgang los.«

»Über den Fluß?«

»Über den Fluß.« Er stand auf, zog Jacke und Stiefel aus und kroch in sein Zelt. Augenblicke später verkündeten seine leisen, regelmäßigen Atemzüge, daß er eingeschlafen war. Oder wenigstens so tat, um nicht weiter mit Raskell reden zu müssen.

Raskell blieb noch eine Weile am Flußufer hocken, ehe er sich ebenfalls auszog und in sein Zelt kroch. Aber er fand keinen Schlaf. Obwohl er müde und erschöpft wie selten zuvor in seinem Leben war, wälzte er sich ruhelos von einer Seite auf die andere, ohne einschlafen zu können. Schließlich, nach einer Ewigkeit, wie es ihm vorkam, gab er auf und kroch wieder ins Freie. Es war kühl geworden, kühl und feucht, so daß er seine Jacke wieder anzog und sich eine zusätzliche Decke aus dem Zelt holte, ehe er zum Flußufer hinunterging. Mit einemmal sehnte er sich nach einer Zigarette, das erstemal, seit er das Rauchen vor zwei Jahren aufgegeben hatte. Er dachte sehnsüchtig an Holms Packung, die immer noch neben dem Feuer lag, beherrschte sich aber. Dieser Wald war zu rein und zu sauber, um ihn mit Zigarettenqualm zu verpesten. Er zog die Decke um seine Schultern, umschlang die Knie mit den Armen und lauschte auf die winzigen Geräusche der Nacht; das Plätschern des Wassers zu seinen Füßen, das leise Rauschen des Windes in den Baumkronen, die leisen, einzeln nicht unterscheidbaren Laute des Waldes. Nicht einmal vierundzwanzig Stunden war es her, daß er in seine Maschine gestiegen und dem Streß und dem Lärm der Großstadt entflohen war, aber es kam ihm vor, als wäre mehr Zeit verstrichen. Er war nicht nur in einen anderen Teil des Landes gegangen, sondern in eine andere Welt. Nicht Zeit und Raum, sondern Dimensionen trennten ihn von der Realität. Wie hatte Harbo gesagt? Länder wie dieses gibt es überall. Aber die Menschen haben den Weg vergessen. Er hatte recht gehabt, nur hatte Raskell da nicht verstanden, was er gemeint hatte. Es hatte diese Welten immer gegeben, und es gab sie noch heute: Narnia, Mittelerde, Oz, Phantasien ... Aber die Tür dorthin lag tief in jedem selbst, verborgen hinter dicken Mauern aus Ignoranz, Stolz und falschem Realismus, verriegelt mit einem Begriff, der sich Erwachsensein nannte und vielleicht von allen Dummheiten, die die Menschheit jemals erfunden hatte, die größte war. Aber er hatte die Tür aufgestoßen, einen winzigen Spaltbreit nur, aber weit genug, um einen Blick auf das, was dahinter lag, werfen zu können. Er mußte daran denken, wie sehr sich Jack verändert hatte. Sie hatten wenig darüber geredet, eigentlich viel zu wenig, um ihn bewegen zu können, zehntausend Dollar und – was kostbarer war – zwei Wochen Zeit zu opfern. Aber es waren auch nicht Jacks Worte gewesen, die ihn schließlich zum Herkommen bewogen hatte. Nein, es war Jack selbst. Er hatte sich verändert, weder im Aussehen noch in seinem Verhalten. Auch nicht in dem, was er sagte, oder wie er es sagte. Die Veränderung hatte auf einer anderen, nur gefühlsmäßig zu erfassenden Ebene stattgefunden. Und Raskell hatte etwas von dem Zauber gespürt. Jack hatte die Tür geöffnet, und vielleicht hatte er sogar ein paar Schritte in das Land dahinter getan.

Eine Bewegung am gegenüberliegenden Flußufer schreckte ihn aus seinen Gedanken hoch. Er blinzelte, preßte die Augen zu schmalen Schlitzen zusammen und duckte sich unwillkürlich, um nicht seinerseits gesehen zu werden.

Vor dem dunklen Hintergrund des Waldes waren Männer erschienen; erst zwei, dann ein dritter, schließlich ein vierter und fünfter. Sie waren ausnahmslos sehr groß und schlank, soweit Raskell dies über die große Entfernung und beim schwachen Licht des Mondes erkennen konnte, und sie saßen auf weißen, wunderschönen Pferden, deren Zaumzeug von Zeit zu Zeit aufblitzte, als wäre es aus Gold oder Silber. Die Männer trugen knielange Röcke und metallene Arm- und Beinschienen, Brustpanzer aus einem silbern schimmernden Material und weiße, lose fallende Umhänge, die bis weit über die Rücken ihrer Tiere herabhingen.

Raskell blinzelte verwirrt, aber das Bild verschwand nicht. Im Gegenteil. Ein sechster Reiter brach aus dem Wald, auch er auf einem riesigen, weißen Pferd und ähnlich gekleidet wie die anderen, aber größer und mit einem roten statt eines weißen Umhanges bekleidet. Er lenkte sein Tier zu dem der übrigen, blieb stehen und redete eine Weile mit ihnen. Raskell konnte die Worte nicht verstehen, aber er hörte die Stimmen – seltsame, helle und doch kräftige Stimmen, nicht die von Menschen, sondern von . . .

»Es sind Elfen, Raskell«, sagte eine sanfte Stimme hinter

ihm. »Láchoir von den Elfenkönigen und fünf seiner Getreuen.«

Raskell saß für einen Moment starr, dann fuhr er mit einem unterdrückten Schreckensruf herum.

»Hab keine Furcht«, sagte Harbo leise. »Dir geschieht nichts.«

Raskells Blick wanderte unsicher zwischen dem kleinen Mann und den Weißgekleideten (wie hatte er sie genannt? Elfen? Elfen!) hin und her.

Harbo kam mit zwei, drei raschen Schritten näher und setzte sich neben ihn.

»Wo . . . wo kommen Sie her?«

»Ich?« Harbo lächelte. »Ich war die ganze Zeit da, Freund Raskell. Dicht bei euch.«

»Ich habe nichts bemerkt«, sagte Raskell verblüfft.

»Natürlich nicht. Kein Halbling würde mich hören oder sehen, wenn ich es nicht wollte.«

»Halbling?« wiederholte Raskell erstaunt. Und dann, von einer Sekunde auf die andere, begriff er.

»Du bist kein Mensch!«

Harbo schüttelte sanft den Kopf.

Raskell atmete tief ein. »Du«, begann er stockend, »du bist ein Waldtroll.«

Harbo nickte. »Ja, Freund Raskell. Ich bin froh, daß du es von selbst erkannt hast. Ich mag einen Freund nicht belügen.«

Allmählich begann Raskell zu begreifen, was er da gerade gesagt hatte. »Aber ihr . . .« stotterte er. »Ich meine, du . . . ihr . . .«

»Du meinst, wir sind ausgestorben?« Harbo lächelte. »Nein, Freund Raskell. Wir gingen nur fort, als ihr kamt. Diese Welt gehörte uns lange vor euch, und sie wird uns gehören, wenn ihr wieder gegangen seid. In der Zwischenzeit mag sie euch gehören, oder ihr mögt es wenigstens glauben.«

Raskell fühlte sich immer noch wie betäubt. »Aber wieso hat niemand je von eurer Existenz erfahren?« fragte er.

»Oh, es gab immer Menschen, die von uns wußten, Freund Raskell. Es gab immer welche, und es gibt sie noch. Und viele glauben an uns, ohne einen Beweis nötig zu haben. Und manchmal finden sie auch den Weg zu uns.«

»So wie . . . Holm«, sagte Raskell stockend.

Harbos Gesicht verdunkelte sich für die Dauer eines Lidzuckens. »Ja«, sagte er dann. »Wir sind vorsichtig, Freund Raskell, und so mancher hat uns sein Leben lang vergeblich gesucht. Nur wenigen ist es gestattet, uns zu sehen und den Weg in unsere Welt zu finden. Wir geben acht, wen wir einlassen. Aber auch wir sind nicht unfehlbar, und es gibt Menschen, die nützen ihr Wissen, um selbstsüchtigen Zwecken zu folgen. So wie Holm. Er kam zu uns wie viele, und er ging wie viele. Aber er kam zurück, und er brachte Fremde mit in dieses Tal. Männer wie dich, Freund Raskell, oder wie deinen Freund Jack. Männer mit Gewehren, die töten wollten.«

»Warum habt ihr euch nicht gewehrt?«

Harbo schweig einen Augenblick. »Warum? Warum überließen wir euch diese Welt, als ihr kamt. Heute mögt ihr stark sein, aber früher, zu Anfang, ganz zu Anfang, hätten wir darum kämpfen können. Wir taten es nicht. Gewalt ist keine Lösung, Freund Raskell.«

»Und trotzdem sind diese Elfen . . .«

Harbo schnitt ihm mit einer raschen Bewegung das Wort ab. »Sprich nicht weiter, Freund Raskell, bitte. Ein Elfenpfeil verfehlt nie sein Ziel, doch Láchoir kam nicht, um zu töten.«

»Warum dann?«

»Warum weht der Wind, Freund Raskell, und warum geht die Sonne im Osten auf? Warum müßt ihr Halblinge immer alles genau erklären und begründen, alles zerreden und alle Wunder herabzerren und zu Erklärlichem machen? Vielleicht werden sie euch warnen, so wie ich es versuchte, vielleicht werdet ihr umsonst jagen, ohne ein Wild zu Gesicht zu bekommen.«

»Und warum«, fragte Raskell nach einer Pause, »bist du noch einmal gekommen?«

Harbo zuckte die Achseln. »Du bist nicht wie Holm«, sagte er anstelle einer direkten Antwort. »Doch du bist schwach. Vielleicht wird Holm dich zwingen, Dinge zu tun, die du nicht tun willst.« Er sah Raskell ernst an, stand dann mit einer überraschend geschmeidigen Bewegung auf und deutete eine Verbeugung an. »Was immer geschehen mag«, sagte er, »versuche so zu bleiben, wie du bist.« Und noch bevor Raskell ihn nach der Bedeutung dieser rätselhaften Worte fragen konnte, verschwand er ebenso rasch und lautlos wie beim ersten Mal.

Raskell starrte die Stelle am Waldrand, vor der er gestanden hatte, noch eine halbe Sekunde lang verblüfft an, dann fuhr er herum und blickte über den Fluß.

Aber auch die Reiter waren verschwunden, und das gegenüberliegende Flußufer lag so still und dunkel da, als wäre alles nichts als ein flüchtiger Spuk gewesen.

Raskell saß noch lange und starrte auf die Wellen hinaus. Es war nach Mitternacht, als er endlich in sein Zelt kroch und sich zu einem unruhigen, von Alpträumen und Visionen unterbrochenen Schlaf niederlegte.

Die Sonne war noch nicht aufgegangen, als Holm ihn am nächsten Morgen weckte. Es fiel ihm schwer, in die Wirklichkeit zurückzufinden. So, wie er am vergangenen Abend nicht in den Schlaf gefunden hatte, fiel es ihm nun schwer, zwischen Traum und Realität zu unterscheiden. War das, was er am vergangenen Abend erlebt hatte, wirklich passiert?

Er wankte zum Fluß, kniete an seinem Ufer nieder und wusch sich mit dem eisigen, klaren Wasser, während Holm hinter ihm bereits die Zelte abbaute und eine Kanne Kaffee über das Feuer setzte. Sie frühstückten schweigend – Eier, Brot und mehrere Tassen Kaffee, stark und schwarz wie Teer –, und Raskell beschloß für sich, Holm nichts von seinem sonderbaren Erlebnis zu erzählen. Es würde nichts bringen, so oder so. Holm würde ihn bestenfalls für verrückt halten, wahrscheinlicher aber wütend werden, weil er erneut mit Harbo gesprochen hatte. Außerdem brauchte er Zeit, Zeit für sich, um über alles, was er in den letzten Stunden erlebt hatte – oder zu erleben geglaubt hatte – nachzudenken und zuerst mit sich selbst ins reine zu kommen, ehe er mit Holm sprach. Wenn überhaupt.

Sie brachen auf, als der Morgen dämmerte. Die schwarzen Schatten beiderseits des Flusses verwandelten sich in Grau, und für einen kurzen Moment kam Nebel auf, klammer, feuchter Nebel, der aber von der aufgehenden Sonne rasch vertrieben wurde. Holm führte ihn schweigend am Flußufer entlang und blieb an einer scheinbar willkürlich gewählten Stelle stehen und deutete über den Fluß. »Hier.« Raskell blickte mißtrauisch auf das langsam dahinfließende Wasser. Obwohl es klar wie Glas war, konnte man den Grund nicht sehen, aber er erkannte zumindest, daß der Fluß tief war. Sicher zu tief zum Hindurchwaten. Aber Holm schien sich seiner Sache sicher zu sein. Er zog die Riemen seines Rucksackes enger, hob sein Gewehr mit beiden Händen hoch über den Kopf und watete langsam in den Fluß hinein. Er versank rasch bis zur Hüfte, dann bis zur Brust, weiter jedoch nicht.

»Kommen Sie, Raskell«, sagte er. »Immer dicht hinter mir bleiben, dann passiert Ihnen nichts.«

Raskell folgte ihm zögernd. Das Wasser war eisig, und es gab eine starke Unterströmung, die wütend an seinen Beinen zerrte und rüttelte, so daß er Mühe hatte, nicht auszugleiten. Er war ein ausgezeichneter Schwimmer, so daß er sich eigentlich keine Sorgen zu machen brauchte. Aber die Strömung würde ihn rasch davontragen, wenn er ausglitt. So folgte er Holm mit mehr Vorsicht, als vielleicht nötig gewesen wäre, und vollzog jeden seiner Schritte behutsam nach. Holm ging eine Zeitlang geradeaus und begann dann scheinbar willkürlich nach rechts und links, einmal in einem weiten Bogen sogar zurückzuspringen, ohne jemals tiefer als bis zur Brust in den eisigen Fluten zu versinken. Raskell fragte sich mit wachsender Verblüffung, wie Holm das Kunststück fertig brachte, sich die Lage jedes einzelnen Steines auf dem Flußgrund zu merken. Er selbst hätte wahrscheinlich schon nach den ersten Schritten die Orientierung verloren und wäre hoffnungslos versunken. Aber Holm führte ihn mit geradezu traumwandlerischer Sicherheit, und nach wenig mehr als einer halben Stunde hatten sie das gegenüberliegende Ufer erreicht; erschöpft und bis auf die Haut durchnäßt und frierend, aber heil und unverletzt. Raskell ließ sich mit einem erleichterten Seufzer ins Gras sinken, aber Holm drängte sofort zum Weitergehen. Müde erhob er sich und hängte sich das Gewehr, das plötzlich Zentner zu wiegen schien, wieder über die Schulter. In seinen Stiefeln schwappte Wasser, und er begann trotz der Sonnenwärme zu frieren. Aber er gehorchte Holms Anweisungen schweigend, trotz allem.

Sie marschierten mehr als eine Stunde am Flußufer entlang. Die Sonne kletterte langsam höher und trocknete ihre Kleider. Raskell fror jetzt nicht mehr, aber dafür fiel ihm etwas anderes auf: Ihre Umgebung begann sich zu verändern; nicht sichtbar, aber spürbar. So, wie er sich gestern in einem verwunschenen Zauberwald gewähnt hatte, ohne daß es einen äußerlichen Unterschied zu irgendeinem anderen Stück unberührter Natur gegeben hätte, schien nun der gleiche Effekt im umgekehrten Sinne aufzutreten. Nichts war anders als am Tage zuvor, und doch begann Raskell sich mit jedem Schritt unwohler zu fühlen. Es war, als wären die schweigenden Schatten zwischen den Bäumen rings um sie herum plötzlich mit unsichtbarem, wisperndem Leben erfüllt, als mische sich in das leise Murmeln des Flusses ein Chor geisterhafter, drohender Stimmen. Raskell hatte plötzlich das Gefühl, beobachtet, mehr noch, belauert zu werden, und er spürte, daß es Holm nicht besser erging. Auch er wirkte zunehmend nervöser, und die raschen, aufmerksamen Blicke, die er von Zeit zu Zeit nach rechts und links warf, waren kaum mehr die eines Jägers, sondern eher die eines Gejagten.

Es war beinahe Mittag, als sie endlich vom Fluß weg und tiefer in den Wald hineingingen. Es war düster und schattig hier unten, und ihre Schritte erzeugten seltsam hallende Echos. Farn und ein Gespinst aus grauen, spinnwebähnlichen Fäden wuchs zwischen den Bäumen, und Holm machte nun häufiger Gebrauch von seinem Buschmesser, um eine Gasse für sich und Raskell zu schlagen. Einmal sahen sie einen Hirsch, ein großes, stolzes Tier mit klugen Augen und einem prächtigen Geweih, aber Holm hielt ihn zurück, als er nach seinem Gewehr greifen wollte.

»Noch nicht«, sagte er. »Hirsche können Sie überall schießen.«

Raskell ließ die Hand mit leiser Verärgerung sinken. Sicher – Holm würde wissen, was er tat, aber sie waren jetzt schon fast anderthalb Tage unterwegs, ohne auch nur das kleinste Wild zu Gesicht bekommen zu haben. Und so juckte es Raskell allmählich in den Fingern.

Sie gingen weiter und erreichten schließlich eine weite, grasbewachsene Lichtung. Holm deutete stumm auf den winzigen, still daliegenden See in ihrer Mitte und hockte sich hinter einen Busch. Raskell folgte seinem Beispiel.

»Jetzt müssen wir warten«, flüsterte Holm.

»Und wie lange?«

Holm lächelte. »Vielleicht eine Stunde, vielleicht einen Tag, vielleicht auch länger. Vielleicht kommt es auch gar nicht. Ich habe Ihnen gesagt, daß Sie Geduld haben müssen.«

Raskell schwieg einen Moment. Dann nahm er das Gewehr von der Schulter und begann es langsam und gründlich zu überprüfen. Nicht, daß es nötig gewesen wäre – die Waffe war in Topzustand, wie es einer Zweitausenddollarbüchse zukam, aber er mußte einfach seine Hände beschäftigen.

»Ich muß immer noch an gestern denken«, sagte er nach einer Weile.

Holm schürzte die Lippen. »Harbo?«

Raskell nickte. »Auch. Aber es war nicht nur das. Sie ... Sie haben mir nicht die Wahrheit gesagt, nicht wahr?«

Holm lächelte dünn. »Ich habe eigentlich gar nichts gesagt. Ich habe Ihnen ein besonderes Wild versprochen, und das werden Sie bekommen.«

Es kostete Raskell enorme Überwindung, ruhigzubleiben. »Ein ... ein Einhorn?« fragte er. Zu jedem anderen Zeitpunkt wäre er sich unbeschreiblich albern und lächerlich vorgekommen, die Frage zu stellen. Diesmal nicht.

Holm starrte eine Weile wortlos auf die Lichtung hinaus. Dann nickte er.

»Ja.«

Raskell war nicht einmal überrascht. Im Gegenteil. Er wäre überrascht gewesen, wenn Holm irgend etwas anderes gesagt hätte.

»Dann war dieser Harbo also kein Verrückter, wie Sie mir einreden wollten«, sagte er ruhig.

Holm wandte verärgert den Blick. »Ich habe Ihnen gesagt, Sie sollen ihn vergessen, Raskell«, sagte er unwillig. »Er wird uns nicht mehr belästigen. Und wenn doch ...« Er brach ab, runzelte die Stirn und fuhr dann mit einer hastigen Bewegung herum. »Still jetzt«, zischte er. »Es kommt etwas.«

Raskell hob automatisch sein Gewehr und starrte ebenfalls auf die Lichtung hinaus. Er hatte nichts gehört, aber Holm hatte schon mehrmals bewiesen, daß er über die schärferen Sinne verfügte. Zwei, drei Minuten vergingen, ohne daß sich einer von ihnen rührte. Schließlich deutete Holm schweigend auf eine Stelle am gegenüberliegenden Waldrand.

Raskell unterdrückte im letzten Moment einen erstaunten Ausruf, als er das Tier sah.

Es war groß; größer als jedes Pferd, das er zu Gesicht bekommen hatte, und wunderbar proportioniert. Sein Fell schimmerte weiß und makellos wie Seide, und es bewegte sich auf seinen schlanken Beinen so graziös und lautlos, daß Raskell nicht anders konnte, als sekundenlang reglos dazuhocken und nichts anderes zu tun, als es zu bewundern. Ein langes, nadelspitz auslaufendes Horn wuchs aus seiner Stirn.

»Warten Sie, bis es an den See geht«, flüsterte Holm. »Und dann schießen Sie. Aber schießen Sie gut. Sie werden keine Gelegenheit zu einem zweiten Schuß haben, wenn der erste nicht trifft. Es ist ungeheuer schnell.«

Raskell nickte wortlos, nahm das Gewehr an die Schulter und visierte das Einhorn durch das Zielfernrohr an. Die Optik holte den schlanken Pferdekopf so nah heran, als stände es auf Armeslänge vor ihm.

Sein Finger tastete nach dem Abzug.

»Jetzt!« zischte Holm.

Raskell rührte sich nicht. Er schien wie erstarrt, gelähmt und von dem unglaublichen Anblick in einen Bann geschlagen, den er sich weder erklären konnte noch wollte. Das Einhorn trat an den See, hob noch einmal, vorsichtig und mißtrauisch, den Schädel und begann dann langsam und mit kleinen Schlucken zu trinken. Seine Flanken zitterten leicht, und die Vorderhufe scharrten unruhig im Boden.

»Schießen Sie«, sagte Holm ungeduldig. »Eine Chance wie diese bekommen Sie nicht noch einmal.«

Raskells Finger krümmte sich um den Abzug. Das dünne Fadenkreuz des Zielfernrohrs war genau zwischen die Augen des Einhorns gerichtet. Eine winzige Bewegung, ein kaum merkliches Zurückziehen des Fingers, und es würde ihm gehören. Ein Wild, wie es noch kein Jäger vor ihm erlegt hatte . . .

»Nein.«

Er ließ das Gewehr sinken, schüttelte den Kopf und atmete hörbar aus. Er konnte es nicht. Nicht dieses Wild. Es war zu schön, zu unschuldig; ein Traum, für einen kurzen flüchtigen Moment wahr geworden.

Holm starrte ihn fassungslos an. »Wie bitte?« machte er. »Sie . . .«

»Ich will es nicht«, sagte Raskell ruhig. »Sie bekommen Ihr Geld, Holm, keine Sorge. Aber ich will es nicht erschießen.«

»Sie sind verrückt!« keuchte Holm. »Sie verschenken gerade zehntausend Dollar!«

Raskell schüttelte den Kopf und blickte wieder auf die Lichtung hinaus. Das Einhorn stand noch immer am Seeufer und trank; weiß, schön und unwirklich.

»Es ist zu schön zum Sterben«, sagte er leise. »Ich will es nicht haben, Holm. Es reicht, daß ich es gesehen habe.«

Holm riß ihm mit einer unwilligen Bewegung die Büchse aus der Hand. »Dann tue ich es eben!«

Bevor Raskell ihn zurückhalten konnte, war er bereits aufgesprungen und aus seiner Deckung hervorgebrochen. Das Einhorn schrak zurück. Sein Kopf ruckte hoch.

»Holm!« brüllte Raskell. »Nicht!«

Er sprang auf und wollte Holm die Waffe aus der Hand schlagen.

Holm gab ihm einen wütenden Stoß vor die Brust, der ihn meterweit zurücktaumeln ließ, riß die Büchse hoch und krümmte den Finger um den Abzug.

Die Kugel klatschte dicht vor den Hufen des Fabeltiers in den See und ließ das Wasser aufspritzen. Das Einhorn wieherte schrill, stieg auf die Hinterbeine und fuhr auf der Stelle herum, um zu fliehen.

Holm fluchte ungehemmt und zielte erneut. Aber er kam nicht dazu, einen zweiten Schuß anzubringen. Eine kleine, in Umhang und breitkrempigen Hut gekleidete Gestalt schien plötzlich vor dem Einhorn auf dem Boden zu wachsen.

Holm erstarrte für eine halbe Sekunde.

»Harbo!« Seine Stimme bebte. Er senkte das Gewehr, funkelte den Hobbit mit unverhohlenem Haß an und hob die Büchse dann wieder.

»Tu es nicht«, sagte Harbo leise. »Bitte, Freund Holm.«

Holm lachte rauh. Das Einhorn war zwischen den Büschen verschwunden, aber das schien ihn nicht zu stören. »Ich habe dich gewarnt, Harbo Baggins«, sagte er leise.

Harbo blickte ihn ernst an. »Geh, Holm«, murmelte er. »Geh und kehre nie zurück. Kommst du noch einmal, müßte ich dich töten.«

Holm antwortete nicht.

Er schoß.

Die Kugel traf Harbo in die Schulter und riß ihn von den Füßen.

Er fiel, rollte herum und stemmte sich mit schmerzverzerrtem Gesicht auf die Knie. Auf seinem Umhang erschien ein dunkler, feuchtglänzender Fleck.

Raskell starrte Holm fassungslos an. »Sie ...«

»Halten Sie sich raus, Raskell«, schnitt ihm Holm das Wort ab. »Die Sache geht Sie nichts an!«

»Es geht mich nichts an, wenn Sie einen Menschen umbringen?« Raskell keuchte. »Sie ...«

Holm fuhr herum. »Halten Sie sich raus, Raskell, oder ich erledige Sie gleich mit.«

Raskell ballte die Fäuste und machte einen Schritt auf Holm zu. Holm ließ ihm nicht die Spur einer Chance. Er rammte ihm den Gewehrlauf in den Magen und riß das Knie hoch, als Raskell sich vor Schmerz krümmte. Raskell schrie auf, taumelte zurück und brach mit einem leisen Wimmern in die Knie. Für einen Moment war er halb betäubt vor Schmerzen. Blut lief über sein Gesicht. Er bekam keine Luft mehr.

»Sie ... Sie verdammter Mörder!« würgte er hervor.

Holm lachte schrill, fuhr herum und trat ihm wuchtig vor die Brust. Raskell fiel hintenüber. Ein grausamer Schmerz schoß durch seinen Brustkorb. Vor seinen Augen begann sich langsam etwas Riesiges, Dunkles zusammenzuballen, und er spürte, wie er in Bewußtlosigkeit zu versinken drohte. Holm fuhr mit einem boshaften Kichern herum und zielte auf Harbo.

Etwas Langes, Weißes zischte über die Lichtung, zerschmetterte den Gewehrkolben und prellte Holm die Waffe aus der Hand. Holm schrie auf, wankte zurück und sah sich aus schreckgeweiteten Augen um. Für die Dauer eines Lidzuckens stand er wie erstarrt da, dann riß er mit einem Fluch das Buschmesser aus seinem Gürtel und wich vier, fünf Schritte zurück. Breitbeinig, die Waffe wie ein Schwert haltend, stand er da und erwartete einen Angriff, der nicht kam.

Ein zweiter Pfeil zischte über die Lichtung, traf die Klinge seines Buschmessers und zerbrach sie. Holm schrie; ein dumpfer, grollender Laut, wie ihn eine menschliche Kehle nicht hervorbringen konnte. Er warf den nutzlosen Messergriff von sich, sah sich gehetzt um und wich dann rückwärtsgehend zum gegenüberliegenden Waldrand zurück.

Wieder sirrten die Bogensehnen. Zwei lange, schlanke Pfeile jagten auf Holm zu, kreuzten sich vor ihm und schlugen mit dumpfem Geräusch in den Boden. Holm schrie auf, fuhr herum und verschwand mit hastigen Schritten im Wald.

Raskell stemmte sich mühsam hoch. Vor seinen Augen flimmerten noch immer bunte Kreise. Für einen Moment glaubte er einen flüchtigen Eindruck von Reitern zu haben; große, silbern und weiß und rot gekleidete Gestalten, die auf prächtigen weißen Pferden saßen und mit Bögen und Schwertern bewaffnet waren. Ein dumpfes Dröhnen wie von Pferdehufen erfüllte den Wald.

Dann war der Spuk vorbei, so rasch, wie er erschienen war. Der Wald war still, und weder von Holm noch von den Elfenkriegern war noch eine Spur zu entdecken.

Raskell preßte stöhnend die Hand auf seine schmerzenden Rippen. Ein starkes Schwindelgefühl wallte in ihm empor. Er lehnte sich gegen einen Baum, wartete, bis das Schlimmste vorbei war, und ging dann schwankend auf den kleinen See in der Mitte der Lichtung zu.

Harbo hockte noch immer da, wo er gestürzt war. Sein Gesicht war grau und vor Schmerzen gezeichnet, und der dunkle Fleck auf seiner Schulter war größer geworden. Aber in seinen Augen war kein Vorwurf, kein Haß. Höchstens so etwas wie Trauer.

Raskell wollte sich bücken und nach seiner Verletzung sehen, aber Harbo schob seine Hand mit sanfter Gewalt beiseite und schüttelte den Kopf. »Laß gut sein, Freund Raskell«, sagte er mit zitternder Stimme. »Es geht schon.«

»Du bist verletzt«, widersprach Raskell.

»Nicht so schlimm wie du, Freund Raskell.« Harbo stand langsam auf, ging zum See und schöpfte eine Handvoll Wasser, um zu trinken. »Die Wunde wird heilen, Freund Raskell. Mach dir keine Sorgen um mich.«

Raskell starrte den Troll wortlos an.

Harbo lächelte. »Ich bin froh, daß du nicht geschossen hast«, sagte er. »Sehr froh. Ich habe mich nicht in dir getäuscht.« Er deutete auf den See. »Reinige deine Wunden. Das Wasser besitzt große Heilkraft.«

Raskell bückte sich zögernd. »Holm«, begann er, brach aber sofort wieder ab, als er Harbos Blick begegnete.

»Sorge dich nicht um ihn«, murmelte der Hobbit leise. »Du hast getan, was in deiner Macht stand. Dich trifft keine Schuld.«

»Sie werden ihn töten, nicht?« fragte Raskell.

Harbo nickte traurig. »Ja. Er hat es verdient. Er wußte, welche Strafe ihn erwartet. Er hat das Schicksal herausgefordert. Dauert dich sein Tod?«

Raskell überlegte einen Moment. Dann nickte er.

»Er war ein Mensch. Trotz allem.«

»Ein Mensch?« Harbo lächelte, traurig und mit einer Spur von Mitleid.

»Nein, Freund Raskell. Er war kein Mensch. Er war ein Dämon.«

Die Video-Hexe

Die Diele war voller Rauch. Die Luft schmeckte bitter und löste bei jedem Atemzug einen unerträglichen Hustenreiz in seiner Kehle aus. Die Hitze trieb ihm die Tränen in die Augen und ließ ihn gegen die halboffene Tür taumeln. Über seinem Kopf knackte und knisterte es, als würde das Dach jeden Moment einstürzen. Vom oberen Ende der Treppe kam ein flackerndes Leuchten. Michael hustete. Gabi und Chris waren geborgen, doch Sarah war noch drinnen, in ihrem Zimmer auf der anderen Seite des Hausflurs. Sie würde sterben, wenn er jetzt nicht all seinen Mut zusammennahm. Er preßte sich den Ärmel seines Schlafanzugs vor Mund und Nase und wagte sich zum drittenmal in das brennende Haus. Als er die Tür ganz aufstieß und mit gesenktem Kopf losstürmte, entfachte die frische Luft den Brand brüllend zu neuer Wut. Das gleißende Licht oben an der Treppe wurde zu einem weißglühenden Höllenauge. Michael schrie auf und riß die Arme über den Kopf, als ein Schauer aus Funken und brennenden Tapetenfetzen auf ihn herabrieselte – und prallte schmerzhaft mit dem Schienbein gegen ein Hindernis. Verzweifelt ruderte er mit den Armen, um sein Gleichgewicht wiederzufinden, und begriff, daß er es nicht schaffen würde. Er schlug –

– die Augen auf und spürte Tränen über sein Gesicht laufen. Sein Herz jagte, als wären die schrecklichen Bilder keine drei Tage alte Erinnerung, sondern als wäre das alles eben passiert. Er war am ganzen Leib in Schweiß gebadet, obwohl das Fenster offenstand.

Draußen fiel eine Tür ins Schloß, und Michael fuhr sich hastig mit dem Handrücken über das Gesicht. Seine Mutter sollte nicht sehen, daß er wieder geweint hatte. Sie war der

Meinung, daß er trotz allem glücklich und stolz sein sollte. Von ihrem Standpunkt aus hatte sie sicherlich recht. alle sagten das. Selbst Frau Wallberg hatte ihm gedankt und ihm erklärt, daß er sich nicht den leisesten Vorwurf machen sollte. Aber er hatte den Schmerz in ihren Augen gesehen, als sie das sagte, und ihr Mann hatte geweint.

Ja, – alle hatten ihn gelobt und gefeiert, und sogar der Bürgermeister hatte ihm die Hand geschüttelt. Und trotzdem konnte sich Michael nicht freuen.

ZEHNJÄHRIGER ALS LEBENSRETTER schrie die Schlagzeile auf der ersten Seite mit großen Lettern. Und etwas kleiner darunter: *Zwei kleine Kinder aus brennendem Haus gerettet.*

Michael warf die Zeitung zur Seite. Zwei Kinder. Aber es hätten drei sein können. Es hätten drei sein *müssen*. Sarah, die erst fünf Monate alte Tochter der Wallbergs, war im Feuer umgekommen. Und nur, weil er, Michael, nicht aufgepaßt hatte. Als er zum drittenmal in das brennende Haus gelaufen war, hatte er in all dem Rauch einen Hocker übersehen, war gestolpert und gegen den Tisch gefallen.

Er war erst wieder zu sich gekommen, als ihm ein Mann im weißen Kittel eine Sauerstoffmaske auf das Gesicht preßte. Und da war es zu spät gewesen.

Feuerwehrleute und Polizisten überall und Menschen, die den Brand begafften. Keiner von ihnen war hineingelaufen, um Sarah zu holen.

Es klopfte. Michael setzte sich gerade im Bett auf. »Komm rein!«

Seine Mutter trat ein. Sie bemerkte seine verweinten Augen und versuchte zu lächeln. »Wie geht es dir?«

»Gut«, antwortete Michael einsilbig.

Seine Mutter runzelte die Stirn und blickte auf die Zeitung neben ihm hinunter. »Nun hör auf, dir Vorwürfe zu machen, Micha.« Sie setzte sich auf den Rand des Bettes. »Sieh mal, wenn du nicht gewesen wärst, wäre alles noch viel schlimmer ausgegangen. Du hast Chris und Gabi gerettet. Du kannst stolz darauf sein.« Sie griff nach seiner Hand, hielt sie fest und lächelte warm. »Ich weiß, was in dir vorgeht.«

»So?« Michael bezweifelte das. Sie konnte ihn nicht verstehen. Niemand konnte das.

»Dich trifft nicht die mindeste Schuld«, sagte seine Mutter. »Es war einfach Pech. Ein Unglück. Genau wie das Feuer.«

»Es ist . . . einfach nicht gerecht«, sagte Michael mit tränenerstickter Stimme.

»Das Schicksal ist manchmal ungerecht«, sagte seine Mutter leise. »Jedenfalls kommt es uns oft so vor. Oh, ich kann dich so gut verstehen. Auch ich habe mir oft eine zweite Chance gewünscht, die Möglichkeit, irgend etwas noch einmal zu tun. Etwas anders zu machen. Aber das geht eben nicht.« Sie sah ihn einen Moment lang ernst an, dann gab sie sich einen Ruck und wechselte das Thema.

»Schau mal.« Sie zog ein längliches Paket aus der Tasche ihrer Schürze und reichte es ihm. »Das hier ist eben mit der Post für dich gekommen.«

Michael nahm es gleichgültig entgegen. Sein Zimmer quoll inzwischen über vor solchen Geschenken, die er von wildfremden Leuten zugeschickt bekam. Wahrscheinlich waren es wieder Pralinen oder ein Taschenbuch. Er verdiente diese Sachen nicht.

Seine Mutter erhob sich und strich mit der Linken über sein Haar. »Soll ich dir noch irgendwas bringen? Ein Glas Milch vielleicht?«

Er schüttelte stumm den Kopf und warf das Paket neben sich auf das Bett.

Seine Mutter seufzte. »Es tut mir weh, wenn ich sehe, wie traurig du bist. Weißt du was? Der Doktor sagt, in zwei Tagen kannst du wieder aufstehen. Dann besuchen wir alle zusammen den Wildpark, den du so gerne hast, damit du auf andere Gedanken kommst. Was hältst du davon?«

Michael riß sich zusammen. »Prima.«

Der Blick seiner Mutter war noch etwas skeptisch, und so fügte er hinzu: »Ich freu' mich schon drauf. Ehrlich.« Als sie die Tür hinter sich geschlossen hatte, blieb Michael noch lange so sitzen und blickte zum Fenster. Durch die Jalousien konnte er das Nachbarhaus sehen – das, was davon übrig war. Er wußte, daß seine Mutter recht hatte, aber er war machtlos gegen die Bilder, die immer wieder vor seinen Augen aufstiegen und ihn zwangen, die entsetzlichsten Minuten seines Lebens immer aufs neue zu durchleben.

Es war dunkel draußen gewesen, und er war allein im Haus. Seine Eltern waren mit den Wallbergs ausgegangen, in ihr Stammlokal, zu ›Mario‹. Nur auf eine Stunde, um eine Pizza zu essen und ein Glas Wein zu trinken. Das war nichts Ungewöhnliches, daß die beiden befreundeten Ehepaare miteinander fortgingen, aber dieser Tag war ein besonderer, denn es war nach Sarahs Geburt, nach mehr als einem halben Jahr, das erstemal, daß sie diese Gewohnheit wieder aufnahmen. Michael hatte nicht einschlafen können. Er saß im Bett, hörte die Uhr Mitternacht schlagen und blätterte in einem Comic-Heft, obwohl er in der Dunkelheit kaum die Umrisse der Bilder erkennen konnte. Manchmal sah er zum Fenster. Eine unerklärliche Unruhe hatte ihn ergriffen.

Draußen auf der Straße rauschten dann und wann Autos vorbei, und ihre Scheinwerfer zogen lange Linien über die Wände seines Zimmers. Michael hatte die Streifen beobachtet, wie sie oben beim Schrank ihre Wanderung begannen und über die Poster bis zum Boden glitten. Er hatte sich vorgestellt, daß sie von einem Raumschiff kamen, das eben im Vorgarten landete.

Doch plötzlich waren die Streifen geblieben, auch als der Wagen längst vorbeigefahren war. Und sie hatten sich hin und her bewegt, fast als würden sie leben.

Michael war aus dem Bett gesprungen und zum Fenster gelaufen.

Aber das war kein Raumschiff.

Da war Feuer.

Und es loderte aus dem Wohnzimmerfenster der Wallbergs!

Jetzt schien die Vormittagssonne durch die Jalousien. Und

das Haus drüben war schwarz und leer. Seine Eltern hatten ihm erzählt, daß die Wallbergs es nicht wieder aufbauen lassen, sondern aus der Straße wegziehen, vielleicht sogar die Stadt verlassen würden. Michael konnte das gut verstehen. Hätten sie das Haus in seinen ursprünglichen Zustand zurückversetzen lassen, dann wäre auch Sarahs Zimmer wieder erstanden, nur daß dieses Zimmer auf immer und ewig leer bleiben würde...

Michaels Blick fiel auf das Päckchen, das seine Mutter gebracht hatte. Langsam zog er an der Kordel und streifte das Papier ab.

Es war eine Videokassette.

Michael drehte sie in den Händen. Wer schickte ihm so was? Es war kein Aufkleber angebracht. Um welchen Film es sich wohl handelte?

Nun, das würde er schnell herausfinden. Für die Zeit, die er im Bett verbringen mußte, hatten ihm seine Eltern den Videorecorder aus dem Wohnzimmer hierher gestellt, damit er – wie Mutter es ausdrückte – auf andere Gedanken kommen sollte.

Michael schwang die Beine aus dem Bett. Die Brandverletzung begann zu schmerzen, und ihm wurde schwindlig. Er biß die Zähne zusammen, humpelte zum Recorder hinüber, legte das Band ein und drückte die Starttaste. Dann schaltete er den Fernseher ein und setzte sich wieder auf das Bett. Die ersten Bilder zeigten nur ein Datum: den 25. August. Michael erschrak. Das war der Tag, an dem das Feuer ausgebrochen war! Es folgten irgendwelche Nummern und Buchstaben und schließlich sein Name: Michael Marks.

Michael traute seinen Augen nicht. Ein Film über ihn? Eine unheilvolle Ahnung stieg in ihm hoch.

Und dann traf es ihn wie ein Blitz.

Er sah sich selbst, wie er im Bett saß und die hellen Streifen betrachtete, die über die Wände seines Zimmers glitten. Streifen, die auf einmal hin und her zuckten, als wären sie lebendig...

Er sah sich selbst, wie er aufstand und zum Fenster lief, sah – was ein völlig verrücktes Gefühl war – die Angst auf seinem Gesicht und seine weit aufgerissenen Augen, in denen sich das Feuer spiegelte.

Das Bild blitzte auf und erlosch. Michael hatte die Stop-Taste der Fernbedienung gedrückt. Erstarrt saß er da. Doch seine Verwirrung wandelte sich bald in Ärger. Kein Zweifel, jemand hatte ihn gefilmt. Und wahrscheinlich, dachte Michael, brodelnd vor Zorn, glaubte dieser Jemand auch noch, ihm einen Gefallen zu tun, wenn er ihm eine Kopie der Kassette schickte!

Aber Michael war ganz sicher, kein Kamerateam gesehen zu haben. Wer hätte wissen können, daß ein Brand ausbrechen und er zwei Kinder retten würde?

Aber woher kam diese Kassette dann? Minutenlang starrte Michael auf den dunklen Bildschirm. Seine Gedanken drehte sich im Kreis. War er eingeschlafen und träumte das alles nur? Es konnte keinen Film von dem Brand geben. Er mußte einfach träumen! Und wenn das hier nur ein Traum war, dann würde er irgendwann aufwachen. Es konnte gar nichts passieren, wenn er sich den Film weiter anschaute. Und das mußte er doch, nicht wahr? Sonst würde er ja nicht davon träumen.

Er ließ das Bild ein Stück vorlaufen und schaltete dann erneut auf Wiedergabe. Und er sah sich selbst, wie er Gabi über die Türschwelle zog und im Gras neben Chris niederlegte. Wie er hustend und mit Tränen in den Augen ins Haus zurückstolperte, um Sarah zu holen. Wie er halb blind durch die Diele lief – und über den Hocker stolperte.

Und jetzt sah er auch, was weiter passierte, sah die Feuerwehrwagen mit heulenden Sirenen vor dem Haus anhalten. Zwei Männer hoben Gabi und Chris hoch und trugen die Kinder zum Notarztwagen. Ein dritter Mann drang in das Haus ein, fand ihn, Michael, und schleppte ihn durch den dichten Rauch hinaus. Keine Sekunde zu früh. Hinter ihnen schoß eine Flammenwand empor und verwandelte das Treppenhaus in eine Todesfalle.

Draußen hatten die Feuerwehrleute die Schläuche an den Wasserbehälter des Wagens angeschlossen und zielten mit dicken Wasserstrahlen auf das Haus. Sie wußten nicht, daß im Schlafzimmer gerade ein fünf Monate altes Baby starb. Hätte er nicht das Bewußtsein verloren, dann hätte Sarah noch eine winzige Chance gehabt. Aber er war dagelegen und hatte keinem sagen können, daß noch jemand im Haus war...

Michaels Augen füllten sich mit Tränen, und die Bilder verschwammen. Er schaltete das Band ab und schluchzte.

Irgend etwas Dunkles war plötzlich neben dem verwaschenen Fleck, der einmal das Fernsehgerät gewesen war. Etwas, was sich bewegte.

Michael wischte sich mit dem Ärmel über die Augen und blinzelte. Wenn er nicht gewußt hätte, daß er träumte, er hätte jetzt wirklich aufgeschrien.

Neben dem Fernsehgerät stand eine leibhaftige Hexe! Es muß eine Hexe sein, denn sie trug ein bodenlanges Gewand mit unzähligen Flicken in blassen Farben und auf dem Kopf einen spitzen Hut mit weit ausladender Krempe. Eine ganze Weile sah sie Michael an und schien seine Gedanken zu lesen. Schließlich hob sie ihre magere Hand.

»Hallo, Michael!«

Ihre Stimme klang hoch, und sie legte einen dünnen Finger über ihren Mund, während sie näher kam. »Du brauchst dich nicht zu fürchten, ich tue dir nichts.«

»Das kannst du auch gar nicht«, sagte Michael.

Die Hexe blinzelte: »Wie?«

»Ich träume nur, nicht wahr?« sagte Michael. »Ich meine, selbst wenn du mir etwas tun würdest, ich würde hinterher einfach aufwachen.«

Ein kleines Lachen kam über die Lippen der Alten. Sie schüttelte heftig den Kopf.

»Wie kommst du denn da drauf? Eine hübsche Idee, aber ... Nein, diese Kinder ...« Sie ließ sich in den Korbsessel fallen.

»Aber du ... du bist doch eine Hexe?« fragte Michael. Ihm wurde mulmig. Wenn das ein Traum war, dann der realistischste, den er je gehabt hatte.

»Natürlich bin ich eine Hexe, Kleiner«, antwortete die Alte. Sie zog beleidigt die Mundwinkel hinunter. »Aber mir gefallen diese Abkürzungen nicht. Obwohl ich einsehe, daß Historografisch-Erdgeschichtliche-Xenomorph-Expertin etwas aufgeblasen klingt. Du darfst mich also ruhig Video-Hexe nennen.«

»Video-Hexe?« Michael blickte auf den Recorder. »Dann hast du mir die Videokassette geschickt?«

»Nein. Aber ihretwegen bin ich hier.« Die Video-Hexe nahm den riesigen Hut ab und kratzte sich am Kopf. »Das war eine Panne.«

»Eine Panne?«

»Ein Fehler. Irgendein Vollidiot in meiner Abteilung hat Mist gebaut.«

»Aha«, sagte Michael. Er verstand kein Wort.

»Hör zu, Michael«, fuhr die Video-Hexe fort. »Du hättest das Band niemals in die Finger bekommen dürfen. Ich hoffe, du hast es dir noch nicht angesehen?« Ihre Stimme wurde lauernd.

»Doch, hab' ich. Aber ich verstehe nicht ...«

»O je«, unterbrach ihn die Alte. »Das macht alles noch viel komplizierter. Da hat mir dieser dreimal verhexte Vidiot was eingebrockt! Wenn da einer von oben draufkommt, ist der Teufel los. Und wer darf die Suppe auslöffeln? Natürlich die alte Amanda. Wo hast du die Kassette?«

Michael rutschte unbehaglich hin und her. Ob er es wagen sollte, nach seiner Mutter zu rufen? Bislang hatte ihm die Hexe nichts getan, aber das konnte sich schnell ändern.

»Natürlich, wie konnte ich nur so dumm fragen.« Die Alte grinste, hob die Hand und schnippte mit den Fingern. Im Videorecorder rumpelte etwas, und dann glitt die Kassette heraus und schwebte durch das Zimmer.

»Toller Special-Effect«, sagte Michael. Fast so gut wie in STARTREK.«

»Wie?« Die Video-Hexe sah ihn einen Moment lang verwirrt an, dann grinste sie. »O nein, das ist schon alles echt. Gute, alte Zauberei.«

»Glaub' ich nicht«, antwortete Michael. »Wie machst du das? Mit einer Blue Box? Oder Matte Painting?«

»Daran ist überhaupt nichts Übernatürliches!« sagte die Video-Hexe. Ihre Stimme klang etwas beleidigt. »Das ist ganz normale Zauberei!«

»Beweise es«, verlangte Michael. »Laß sie einen Salto schlagen.«

»Aber das ist doch . . .« Die Hexe blickte ihn ärgerlich an, dann zuckte sie mit den Schultern und machte eine Handbewegung. Die Videokassette begann langsam Kreise und Achter in der Luft zwischen ihr und Michael zu schlagen. »Zufrieden?«

»Yep«, antwortete Michael. Er sprang auf, als sich die Kassette dem Bett näherte, und fing sie mit beiden Händen auf. »Und jetzt«, fuhr er fort, während er sich wieder aufs Bett setzte und die Kassette fest an die Brust drückte, »erzähl mir, warum ihr den Brand aufgenommen habt!«

Die Hexe zögerte. »Weißt du, was ein Lexikon ist?«

»Klar.«

»Gut. Stell dir vor, so ein Lexikon gibt es von jedem Menschen, der hier auf der Erde lebt. Ein Buch, wo alles über ihn drinsteht. Alles, was er je getan und erlebt hat, von seiner Geburt an bis zu seinem Tod. Kannst du dir das vorstellen?«

Nein, das konnte Michael nicht. Er nickte trotzdem.

»Solche Bücher gab es wirklich einmal«, erklärte die Video-Hexe weiter. »Und ich kann dir sagen, es war eine harte Arbeit. Immer auf dem laufenden bleiben und gleichzeitig alles niederschreiben.« Sie schauderte. »Um so erfreuter waren wir, als die Menschen den Videorecorder erfanden. Natürlich waren einige Umbauten notwendig, bis die Geräte so funktionierten, wie wir es brauchten, aber es ist uns gelungen. Und seitdem zeichnen wir die Geschichte der Menschen einfach auf Video auf.«

»Willst du damit sagen, daß ihr von allen Menschen auf der Welt so ein Videoband besitzt?« fragte Michael entgeistert. »Das ist doch technisch gar nicht möglich!«

Die Hexe lachte leise. »Selbstverständlich müssen wir die Bänder auswechseln. Wir können immerhin eine ganze Woche aufnehmen, aber dann werden die Filme zu unserem Archiv geschickt. Tja, und dabei ist meinem neuen Assistenten – diesem dreimal verhexten Vidioten – ein kleines Mißgeschick unterlaufen. Er hat statt der Adresse des Archivs die Anschrift des Menschen auf die Hülle geklebt. Und so hast du die Kassette bekommen. Verstehst du nun, warum ich sie zurückhaben muß? Niemand darf von diesen Filmen wissen. Damit könnte man einfach die ... Aber ich rede zuviel.« Sie machte eine ärgerliche Bewegung.

»Ich will mitkommen.«

»Was?«

»Ich will das sehen, wovon du mir gerade erzählt hast.« Michaels Augen funkelten. Er umklammerte die Kassette noch fester.

»Aber, Kleiner, das ist unmöglich. Ich darf dir unseren Videosaal nicht zeigen.«

»Dann bekommst du auch das Band nicht.«

»Unmöglich«, rief die Video-Hexe. »Kein Mensch hat je unsere Welt betreten. Wenn das herauskäme, wäre meine Karriere beim Teufel – und zwar im wahrsten Sinne des Wortes. Dann muß ich den ganzen Tag Bänder zurückspulen und darf nichts anderes mehr tun!«

Michael hielt ihrem verzweifelten Blick stand. Sie tat ihm leid, die Alte, die nur versuchte, die ganze Angelegenheit in Ordnung zu bringen. Aber für ihn bedeutete es *die* Chance, und sein Mut wuchs mit jeder Sekunde. »Du darfst mir nichts tun, nicht?« fragte er. »Ich meine – selbst wenn du wolltest?«

Die Video-Hexe starrte ihn ärgerlich an. »Du hast recht«,

sagte sie unwillig. »Es ist mir verboten, einen Menschen anzurühren. Aber ebenso ist es verboten . . .«

»Es braucht ja niemand etwas zu merken«, unterbrach sie Michael. »Ich will mich nur mal umschauen. Dann kriegst du das Band und kannst mich zurückbringen.«

»Du meinst es ernst, was?«

»So ernst wie Luke Skywalker, als er . . .«

»Schon gut.« Die Hexe überlegte. »Ich bringe dich hin. Aber nur für ganz kurze Zeit. Und du mußt mir versprechen, daß du nichts anfaßt!«

Michael erschrak. Genau das hatte er befürchtet. Doch schon kam ihm eine Idee. »In Ordnung. Ich gebe dir Lord Darth Vaders Ehrenwort, daß . . .«

»Nun hör schon auf. Ich kenne diese Typen doch gar nicht.« Die Video-Hexe erhob sich seufzend. Michael sprang aus dem Bett und steckte sich die Videokassette in den Bund der Pyjamahose. Er war so aufgeregt, daß er die Brandverletzung kaum mehr spürte. Er lief auf die Hexe zu und wollte nach ihrer Hand greifen.

Die Video-Hexe zuckte zurück und riß beide Hände hoch.

»Nicht anfassen!« kreischte sie. »Wir dürfen uns nicht berühren. Wir kommen aus verschiedenen Dimensionen, und wenn wir uns berühren würden, gäbe es einen Riesenknall. Kein Stein würde hier auf dem anderen bleiben.«

Michael schluckte. Ein dicker Kloß saß plötzlich in seiner Kehle.

»Bleib neben mir stehen«, sagte die Hexe. »Ich werde meinen Zauber auf uns beide ausdehnen.« Ihre Hände beschrieben kleine, schnelle Bewegungen, und zwischen ihren Fingern schien sich mit einemmal ein kleiner wirbelnder Regenbogen zu drehen.

Die Welt um Michael verschwamm. Die Konturen seines Zimmers lösten sich auf, zerliefen und ordneten sich dann neu.

Was daraus entstand, war aber nicht mehr sein Zimmer. Soweit sein Blick ging, sah Michael nichts als unzählige

Regale mit Videorecordern. Sie standen an den Wänden und durchzogen den ganzen Raum. Ein Rauschen wie von einem Wasserfall war zu hören, dazu ein Knistern, das von den kleinen blauen Funken kam, die um Michaels Haar tanzten. In der Mitte des Raumes – Michael vermutete, daß es die Mitte war, da er das jenseitige Ende des Raumes ja gar nicht sehen konnte – stand ein gewaltiger Bildschirm.

»Der Videosaal«, sagte die Hexe stolz. »Beeindruckend, was? Kannst du dir vorstellen, was es bedeutet, hier jede Woche die Kassetten zu wechseln? Ohne ein bißchen Hexerei wären wir ganz schön aufgeschmissen, das kann ich dir sagen.«

Michael brachte kein Wort heraus. Staunend stand er da, ein menschlicher Besucher im Schlafanzug inmitten einer Welt, die unfaßbar und grenzenlos schien. Plötzlich fröstelte ihn, und sein großartiger Plan, den er vor ein paar Minuten gefaßt hatte, erschien ihm nun unbedeutend. Als er sich gefangen hatte und eine Frage stellte, klang seine Stimme dünn und heiser.

»Was hast du gesagt?« brüllte die Hexe durch das Rauschen zurück.

»Wo ist mein Recorder?« rief Michael. »Ich meine den, wo zu sehen ist, was jetzt gerade geschieht?«

»Schon verstanden!« Die Video-Hexe trat an eines der Regale an der Wand und begann an einem der Videorecorder Knöpfe zu drücken. Sofort leuchtete der gigantische Bildschirm auf. Zu sehen waren Michael und die Video-Hexe, wie sie inmitten einer Halle vor einem Bildschirm standen, auf dem Michael und die Video-Hexe zu sehen waren, wie sie inmitten einer Halle vor einem Bildschirm standen, auf dem Michael und die Video-Hexe zu sehen waren, die inmitten einer Halle vor einem Bildschirm standen . . .

Michael wurde schwindlig. Doch er wandte den Blick nicht ab.

»Das ist er?« schrie er.

»Das ist er? Das ist er? Dasisterdasisterdasisterdasisterrer?« schrie das Bild auf dem Bildschirm auf dem Bild, das auf dem Bildschirm zu sehen war, auf dem der Bildschirm zu erkennen war, der den Bildschirm zeigte . . . Die Video-Hexe schnippte mit den Fingern, und der Ton verstummte. Michael atmete auf.

»Das ist dein Leben«, bestätigte die Video-Hexe.

Michael drückte auf den Auswurfknopf des Recorders. Der Bildschirm erlosch.

»Was tust du da?« kreischte die Hexe. »Du hast mir versprochen . . .«

»Darth Vader hält nie ein Versprechen«, gab Michael zurück und nahm die Kassette aus dem Recorder. »Tut mir leid, daß ich dich reinlegen mußte . . .«

»Reinlegen?« Die Video-Hexe lief rot an. »Du kleines Miststück bringst die ganze Weltgeschichte durcheinander und redest von reinlegen?«

Ungerührt steckte Michael die Kassette vom 25. August in den Recorder und drückte den Knopf, der das Band zurückspulte. Er bemerkte, wie gleichzeitig einige andere Recorder ebenfalls auf Rücklauf schalteten. Die Video-Hexe versuchte ihn zurückzuhalten.

»Was tust du? Jetzt veränderst du auch noch die Schicksale derjenigen, die den Brand miterlebt haben!«

Ein paar weitere Geräte klickten.

»Und der Reporter, die die Artikel geschrieben haben!«

Klick!

»Und der Drucker, die die Zeitungen gedruckt haben!«

Klick!

»Und der Leute, die diese Zeitungen gelesen haben!«

Klick! »Und der Leute, die bei dem Begräbnis dabei waren!«

Michael stoppte das Band. Ungefähr an dieser Stelle mußte er zu dem brennenden Haus kommen.

»Was geschieht, wenn ich jetzt wieder einschalte?« fragte er die Hexe.

»Was geschieht?« schrie die Hexe zurück. »Alles ist verloren. Die ganze Zeit zwischen dem Brand und dem Heute ist weg. Du veränderst die Vergangenheit, begreifst du das endlich?«

Michael schaute ihr fest in die Augen. Sein Herz hämmerte vor Angst, aber er mußte es tun.

»Ich will nicht, daß Sarah stirbt«, sagte er einfach.

»Aber das geht nicht!« kreischte die Video-Hexe. »Du darfst die Vergangenheit nicht ändern!«

Michael drückte die Taste.

Die Diele war voller Rauch. Die Luft schmeckte bitter und löste bei jedem Atemzug einen unerträglichen Hustenreiz in seiner Kehle aus. Die Hitze trieb ihm die Tränen in die Augen und ließ ihn gegen die halboffene Tür taumeln. Über seinem Kopf knackte und knisterte es, als würde das Dach jeden Moment einstürzen. Vom oberen Ende der Treppe kam ein flackerndes Leuchten. Michael hustete. Gabi und Chris waren geborgen, doch Sarah war noch in ihrem Zimmer auf der anderen Seite des Hausflurs. Sie würde sterben, wenn er jetzt nicht all seinen Mut zusammennahm. Er preßte sich den Ärmel seines Schlafanzugs vor Mund und Nase und wagte sich zum drittenmal in das brennende Haus. Als er die Tür ganz aufstieß und mit gesenktem Kopf losstürmte, entfachte die frische Luft den Brand brüllend zu neuer Wut. Das gleißende Licht oben an der Treppe wurde zu einem weißglühenden Höllenauge. Michael schrie auf und riß die Arme über den Kopf, als ein Schauer aus Funken und brennenden Tapetenfetzen auf ihn herabrieselte.

Das ist alles schon mal passiert!

Michael lief eine Gänsehaut über den Rücken. Er hatte das Gefühl, das alles schon einmal erlebt zu haben. Als wenn er es irgendwann geträumt und dann wieder vergessen hätte.

Unwillkürlich stockte sein Schritt. Er konnte wegen der Rauchschwaden nichts sehen, und doch wußte er, daß vor ihm ein Hocker stand, über den er stolpern konnte. Tatsächlich – jetzt stieß er dagegen! Michael stützte sich ab, streckte die Arme aus und tastete sich weiter. Der Rauch biß in seine Lungen.

Hustend und keuchend erreichte Michael Sarahs Zimmer und riß die Tür auf. Dieser Raum stand noch nicht in Flammen, aber der Rauch war unter der Tür durchgekrochen und erfüllte ihn.

Michael hörte quietschende Autoreifen, heulende Sirenen, klappernde Türen. Stimmen riefen Befehle.

Durch die Rauchschwaden hindurch hörte er Sarah husten und weinen. Er taumelte zu ihrem kleinen Bett, nahm das Baby hoch und preßte es an sich.

Als er sich umwandte, schrie er vor Schreck auf. Die Diele war verschwunden. Eine flammende, hochzüngelnde Feuerwand schlug ihm entgegen.

Stolpernd wich er zurück. Da würde er niemals durchkommen!

Das Fenster!

Er legte Sarah in das Bett zurück und lief zum Fenster. In seiner Panik brauchte er endlos scheinende Sekunden, bis er es aufbekam. Durch die frische Luft angefacht, schlug eine Feuerlohe ins Zimmer herein und setzte den Teppich in Brand.

Mit letzter Kraft riß Michael das Baby wieder an sich und lehnte sich weit aus dem Fenster.

»Hierher!« schrie er. »Hilfe! Hierher!«

Ein großer Schatten schob sich vor die blendenden Scheinwerfer. Etwas packte Michaels Arm und hielt ihn fest. Dann fühlte er, wie ihm Sarah abgenommen und er durch das Fenster nach draußen gezerrt wurde. »Ganz ruhig. Du bist jetzt in Sicherheit«, sagte eine Stimme und rief dann: »Einen Sanitäter hierher!«

Michael ließ alles mit sich geschehen. Er hustete immer noch, doch die Nebel begannen sich allmählich langsamer um ihn zu drehen. Etwas Kaltes wurde auf sein Gesicht gepreßt.

»Du hast es geschafft, Junge«, sagte die Stimme. »Das Baby ist wohlauf.« Jemand klopfte ihm auf die Schulter. »Junge, du bist ein Held. Ein richtiger Held!«

Ja, ja, ich weiß – die meisten von Ihnen werden das Wort *Dinosaurier* schon nicht mehr hören können. Ich auch nicht, um ehrlich zu sein – was aber nichts daran ändert, daß ich sie immer noch mag, sowohl geals auch in jedweder Form verbraten. Ich war übrigens schon immer ein großer Dino-Fan, auch als Spielbergs Velociraptoren noch nicht einmal im Computer existierten und mich mein fünfjähriger Sohn noch nicht damit in Verlegenheit brachte, Worte wie Ankylosaurus oder Quetzalcoatlus buchstabieren zu sollen. Einer meiner ersten Heftromane hatte Saurier zum Thema, später habe ich dann zusammen mit meinem Kollegen und Freund Frank Rehfeld einen etwas ernsthafteren Roman über die ›lieben Kleinen‹ verfaßt, und auch die Story *Interchron*, die sich ebenfalls in dieser Sammlung findet, beschäftigt sich damit. So war es nicht weiter verwunderlich, daß ich mich im vergangenen Jahr geradezu begeistert auf die Idee meines Verlages gestürzt habe, eine komplette Heftserie zu diesem Thema zu verfassen. Zusammen mit Frank, dem zuständigen Redakteur Michael Schönenbröcher und einigen Kästen alkoholfreien Bieres gingen wir also ans Werk und brüteten die Idee zu ›*Dinoland*‹ aus; unbeschadet aller Bedenken, daß man uns vorwerfen könnte, uns an eine Welle ›dranzuhängen‹ (stimmt. Und?), oder der Tatsache (Igittigitt!), daß es ›nur‹ eine Heftserie sein sollte. Berührungsängste in dieser Hinsicht habe ich ja nie gehabt, und so entstand ›*Dinoland*‹. Daß ich später wieder aus der Serie ausgestiegen bin, hatte größtenteils persönliche Gründe, die nichts mit solcherlei Bedenken zu tun haben. Das Ergebnis unserer durchzechten ... äh ... durcharbeiteten Nacht erwartet Sie auf den folgenden gut dreihundert Seiten – wenigstens zum Teil. Einige Kleinigkeiten mußten natürlich umgeschrieben werden, um eine vollständige Geschichte zu bilden, und das eine oder andere, was dem Rotstift des Zensors und der Willkür des Lektors (oder war es umgekehrt?) zum Opfer gefallen ist, steht jetzt auch wieder drin, aber im großen und ganzen sind es doch die drei ersten Episoden der Reihe ›Dinoland‹ geblieben – mit einem neuen Schluß, der Sie aber nicht davon abhalten sollte, auch die restlichen zwölf Kapitel der zum Großteil von Frank weitergeschriebenen ›Dinoland‹-Reihe zu lesen, falls Sie neugierig geworden sind. Vielleicht ist es ja ganz reizvoll, zu sehen, wie andere Autoren mit einer angefangenen Geschichte umgehen.

Und damit schließt sich dann auch der Bogen – was das Thema Heftromane angeht. ›*Zombie-Fieber*‹ war mein erster Heftroman, der nachfolgende Text ›*Zeitbeben*‹ stellt meinen vorläufig letzten Ausflug in dieses Metier dar; aber ich denke, es wird sicher nicht der letzte bleiben.

Zeitbeben

Professor Carl Schneider schob den Ärmel seines weißen Laborkittels hoch und sah auf die Uhr. Es war vielleicht das fünfundzwanzigste Mal, daß er das tat, seit er den Raum jenseits des zehn Zentimeter starken Bleiglasfensters betreten hatte, und die Bewegung wirkte nicht nur abgehackt und fahrig, sie war auch vollkommen überflüssig. Allein in dem Bereich des Raumes, den er einsehen konnte, ohne den Kopf drehen zu müssen, gab es fünf große Uhren, die die Zeit präzise anzeigten. Schneider würdigte die Zifferblätter keines Blickes. Er hätte nicht einmal sagen können, wie spät es auf seiner Uhr war, obwohl er gerade erst darauf gesehen hatte. Die Bewegung war einfach nur ein Ausdruck seiner Nervosität gewesen.

Er hatte auch allen Grund, nervös zu sein. *Jedermann* hier im Raum hatte allen Grund, nervös zu sein. Mehr noch: Eigentlich hatten sie allesamt guten Grund, *Angst* zu haben.

Schneider fuhr sich nervös mit der Hand über den kurzgeschnittenen, graumelierten Vollbart, der sein Gesicht zierte und der ihm zusammen mit dem ebenfalls allmählich ergrauenden, zu einem längst aus der Mode gekommenen Pferdeschwanz zusammengefaßten Haar das Aussehen eines übriggebliebenen Alt-Hippies verlieh. Sein Blick glitt zum sicher hundertsten Male über die Kontrollen, Monitore und Leuchtanzeigen, die vier Fünftel des Steuerraumes beherrschten. Alles sah gut aus. Perfekt.

Vielleicht war es das, was ihn so nervös machte. Er war jetzt fast sechzig, und vier dieser knapp sechs Jahrzehnte hatte er mehr oder weniger andauernd in Labors wie diesem verbracht. Die meisten waren nicht so groß gewesen, kein einziges auch nur annähernd so modern und technisch hervorragend ausgestattet, und es war niemals um etwas derartig *Großes* gegangen, aber eines war eigentlich immer gleich gewesen: Es hatte nie auf Anhieb geklappt. Bei dieser Versuchsreihe hingegen lief alles genau so, wie seine Kollegen und er gehofft hatten. Nein: besser, als sie auch nur zu hoffen *gewagt* hatten. Es machte ihn einfach nervös, daß bis jetzt nichts schiefgegangen war. Obwohl es ein Gedanke war, der eines Wissenschaftlers nicht würdig erschien, ertappte er sich in letzter Zeit immer öfter bei der Vorstellung, daß dieses unverdiente Glück nicht ungestraft bleiben konnte.

»Albern«, murmelte er.

»Herr Professor?«

Schneider schrak zusammen und blickte den Mann, der ihn angesprochen hatte, eine Sekunde lang irritiert an, ehe ihm klar wurde, daß er den letzten Gedanken offensichtlich laut ausgesprochen hatte.

»Nichts«, sagte er hastig. Nach einer winzigen Pause und mit einem leicht verlegenen Lächeln fügte er hinzu: »Ich habe nur laut gedacht. Ich bin wohl ein bißchen nervös.«

»Ich denke, das sind wir alle«, antwortete Jenkins. »Immerhin steht eine Menge Geld auf dem Spiel.«

Das entsprach zwar der Wahrheit, aber an *Geld* hatte Schneider in diesem Zusammenhang bisher am allerwenigsten gedacht. Obwohl er einer der drei verantwortlichen Leiter des Projekts war, hätte er nicht einmal konkret sagen können, wie viele hundert Millionen Dollar sie in den letzten beiden Jahren verbraucht und vor allem *verbaut* hatten. Das war einer der wenigen echten Vorteile, wenn man für das Militär arbeitete: Solange man an einem Projekt arbeitete, das auch nur halbwegs erfolgversprechend aussah, spielte Geld keine Rolle.

Nein, woran er dachte, das war das *Projekt*, das auf dem Spiel stand. Es war ihm vollkommen gleichgültig, *warum* diese Raketenköpfe im Pentagon seine Forschungen so überaus großzügig finanziert hatten. Die Hauptsache war, daß sie es taten.

Schneider war alles andere als ein Freund des Militärs, allerdings auch keiner von jenen blauäugigen Pazifisten, die selbst einen tollwütigen Bullterrier noch voller Liebe in die Arme geschlossen und überhaupt nicht verstanden hätten, warum ihnen das Objekt ihrer Zuneigung plötzlich die Kehle durchbeißt. Aber er hatte seine eigene Philosophie entwickelt, was das Militär anging: Früher oder später rissen sie sich sowieso jede neue Entdeckung unter den Nagel und klopften sie auf eine eventuelle militärische Verwertbarkeit ab – warum also nicht gleich ihr Geld nehmen und versuchen, das Beste daraus zu machen? Wenn das Kraftfeld auch nur annähernd so funktionierte, wie er und seine Mitarbeiter hofften, dann würde die zivile Nutzung die mögliche militärische um ein Tausendfaches übertreffen.

»Noch zwei Minuten«, sagte Jenkins. »Aufgeregt?«

Was für eine saublöde Frage, dachte Schneider. Aber er lächelte trotzdem und wandte sich mit einem angedeuteten Achselzucken zu Jenkins um. »Und Sie?« Sein Lächeln erlosch, als er zum ersten Mal wirklich aufmerksam in Jenkins' Gesicht sah. »Stimmt etwas nicht? Fühlen Sie sich nicht wohl?« Jenkins war leichenblaß. Ein Muster aus winzigen, glitzernden Schweißtröpfchen glänzte auf seiner Stirn. Trotzdem schüttelte er den Kopf, und sein Lächeln wirkte durchaus überzeugend. »Ein wenig flau im Magen«, sagte er. »Immerhin ... es ist ein großer Augenblick.«

Schneider sah den jüngeren Mann noch eine Sekunde lang scharf an, zuckte aber dann nur mit den Achseln und wandte seine Aufmerksamkeit wieder den Instrumenten zu. Jenkins hatte recht: Es *war* ein großer Augenblick. Manchem schlug die Aufregung eben auf den Magen. Noch anderthalb Minuten. Es wurde Zeit.

»Also gut«, sagte er. »Versuchen wir unser Glück.«

Jenkins nickte nervös und begab sich an seinen Platz, und auch unter dem knappen Dutzend anderer Techniker und Wissenschaftler machte sich eine immer stärkere Nervosität breit. Monitore erwachten zu flackerndem Leben, Zeiger bewegten sich hektisch, Lichter begannen in raschem Takt zu blinken. Papier raschelte, Finger bewegten sich nervös, und Schalter und Computertastaturen ... jeder spürte auf seine Weise, wie wichtig der Moment war, und jeder versuchte auf seine Weise, damit fertig zu werden. Schneider war im Grunde der einzige, der nichts zu tun hatte. *Sein* Teil der Arbeit war getan; was jetzt noch zu erledigen war, war Sache der Computer und Techniker. Schneider stand vollkommen reglos da. In seinem Gesicht zuckte kein Muskel. Dafür war der Aufruhr, der hinter seiner Stirn tobte, um so größer. In den letzten dreißig Sekunden, ehe der Computer das Programm startete, schossen ihm hundert Dinge durch den Kopf, die schiefgehen konnten.

»Programm läuft«, erklärte einer der Techniker. Es war völlig überflüssig – die bisher größtenteils ruhigen Bilder auf den Monitoren waren schlagartig zu hektisch flackerndem Leben erwacht. Zeiger schlugen aus, Kontrolleuchten begannen zu blinken, auf einem Dutzend Bildschirmen begannen Zahlenkolonnen zu erscheinen, fast schneller, als das menschliche Auge ihnen zu folgen imstande war. Die Spannung im Raum stieg schlagartig. Man hätte glauben können, die Nervosität der Männer mit Händen greifen zu können.

Schneider nahm von alledem kaum etwas wahr. Sein Blick war wie hypnotisiert auf den einzigen Punkt im Raum gerichtet, der nicht mit Computern, Meßgeräten und Schalttafeln vollgestopft war. Es war eine runde, einen Meter durchmessende und etwa ebenso hohe Säule aus verchromtem Metall, die direkt aus dem Boden herauszuwachsen schien. Ihr genau gleich aussehendes Gegenstück hing darüber an der schmucklosen Betondecke des Raumes, so daß man auf den ersten Blick hätte meinen können, es handele sich um einen Stützpfeiler, aus dem jemand ein Stück herausgeschnitten hatte. Auf der kreisrunden Schnittfläche des unteren Segments stand ein schmuckloser Plexiglaswürfel, in dem sich zwei weiße Laborratten bewegten. Die Tiere wirkten nervös, als spürten sie instinktiv, was ihnen bevorstand.

»Jenkins.« Schneider hob die Hand und machte eine Geste in Richtung des Technikers, ohne den Blick von dem Plexiglaswürfel zu nehmen. »Leistung erhöhen. Fünf Prozent.«

Jenkins schob den wuchtigen, an den Steuerknüppel eines Hubschraubers erinnernden Hebel vor sich ein Stück nach oben. Nichts geschah, aber Schneider glaubte für einen Moment zu spüren, wie das gewaltige Zyklotron, das zwanzig Meter unter seinen Füßen in das granitene Fundament der Nevada-Wüste eingegraben war, zu dröhnendem Leben erwachte.

»Zehn Prozent.«

Jenkins schob den Hebel weiter. Nichts geschah, und trotzdem glaubte Schneider zu spüren, wie sich in ihrer Umgebung *irgend etwas* veränderte. War es möglich, daß sie das Kraftfeld *spürten*, das das Zyklotron erzeugte?

»Zwölf Prozent«, sagte er. »Ganz vorsichtig jetzt.«

Das Vorbeirasen von Zahlenkolonnen und der hektische Ausschlag von Zeigern beschleunigten sich. Schneiders Blick hing wie gebannt an dem Plexiglaswürfel. Er wagte es nicht einmal zu blinzeln. Die Ratten hatten aufgehört, nervös hin und her zu laufen, sondern hoben die Köpfe schnuppernd in die Luft. *Sie spüren etwas,* dachte Schneider. *Irgend etwas passiert.*

»Fünfzehn Prozent.«

Jenkins erhöhte die Leistung des Zyklotrons um eine weitere Winzigkeit. Schneider warf ihm einen raschen Blick zu und sah, daß der junge Ingenieur noch immer leichenblaß war. Seine Hand hatte den Leistungshebel so fest umklammert, als wolle er ihn abbrechen, aber sie zitterte trotzdem. Etwas an dem Anblick alarmierte Schneider, aber er war selbst viel zu aufgeregt, um den Gedanken weiterzuverfolgen.

»Professor? Wie sieht es aus?«

Schneider hatte Mühe, sich seine Verärgerung nicht zu

deutlich anmerken zu lassen, als er sich herumdrehte und die drei uniformierten Gestalten auf der anderen Seite der Panzerglasscheibe anstarrte. Der Mann, dessen mikrofonverstärkte Stimme ihn so jäh aus seinen Gedanken gerissen hatte, war mittelgroß, hatte graues Haar und ein Gesicht, das wie aus verwittertem, uraltem Holz geschnitzt aussah, und die Rangabzeichen auf seiner Uniform wiesen ihn als einen Vier-Sterne-General aus. Das war auch der Grund, der Schneider letztlich davon abhielt, ihn wegen der Unterbrechung anzufahren. General Stanton und seine Begleiter waren es schließlich, die das alles hier letzten Endes finanzierten.

Trotzdem gelang es ihm nicht ganz, seine Verärgerung zu unterdrücken, als er antwortete: »Gut. *Wie* gut, kann ich Ihnen sagen, wenn wir weitermachen können, ohne ständig unterbrochen zu werden.«

Stanton starrte ihn eine Sekunde lang finster an, aber das war Schneider gleichgültig. Er hatte nicht verhindern können, daß Stanton und seine beiden Begleiter hierhergeschickt worden waren, um dem entscheidenden Test als Zeugen beizuwohnen, aber wenn er ihn noch einmal störte, dann würde er ihn hinauswerfen lassen, Vier-Sterne-General oder nicht. Er konnte Stanton nicht leiden. Der Kerl war ihm vom ersten Augenblick an unsympathisch gewesen.

Mit einer ärgerlichen Bewegung drehte er sich wieder zu der Versuchsanordnung um – und erstarrte.

Der Anblick hatte sich in den wenigen Sekunden, die er abgelenkt gewesen war, dramatisch verändert.

Der Plexiglaswürfel war nicht mehr richtig zu erkennen. Seine Konturen flimmerten, als wäre die ihn umgebende Luft plötzlich kochendheiß, und die Ratten hatten plötzlich wieder begonnen, aufgeregt hin und her zu laufen. Blaßgrüne und blaue Lichter huschten über das Plexiglas, und ein sonderbarer, nicht einmal unangenehmer Geruch lag mit einem Mal in der Luft.

Später, als Schneider den Moment vor seinem inneren

Auge Revue passieren ließ, wurde ihm klar, daß er die Katastrophe gespürt hatte, den Bruchteil einer Sekunde, bevor sie tatsächlich geschah; aber er sollte sich zeit seines Lebens nicht darüber klarwerden, ob es noch irgend etwas gegeben hätte, was er hätte tun können, um sie zu verhindern.

Jenkins gab einen sonderbaren, keuchenden Laut von sich, schlug plötzlich die linke Hand gegen den Hals und kippte ganz langsam auf seinem Stuhl nach vorne. Seine Rechte umklammerte immer noch den Hebel. Diesmal *konnte* Schneider fühlen, wie das Zyklotron unter ihren Füßen wie ein aus dem Schlaf gerissenes Ungeheuer aufbrüllte, als Jenkins' Hand den Hebel mit einer einzigen Bewegung bis weit über die Fünfzig-Prozent-Marke schob.

»Jenkins! Sind Sie wahnsinnig?« schrie Schneider mit überschnappender Stimme. Mit einem einzigen, gewaltigen Satz war er bei Jenkins, umklammerte mit beiden Händen dessen Rechte und versuchte, sie von dem Hebel zurückzuzerren.

Es ging nicht. Jenkins stöhnte. Sein ganzer Körper schien ein einziger Krampf zu sein. Schneider wandte seine ganze Körperkraft auf, aber es gelang ihm nicht, Jenkins' Griff zu lösen.

Das Zyklotron dröhnte. Irgendwo begann eine Alarmsirene zu heulen, und die Anzeigen der Computer und Meßgeräte spielten total verrückt. Der Plexiglaswürfel flammte und loderte wie eine winzige, gefangene Sonne, begann plötzlich zu flackern – und verschwand.

Schneider registrierte das Phänomen zwar, doch er fand keine Gelegenheit, es entsprechend zu würdigen. Er brauchte all seine Kraft, um Jenkins' rechten Arm festzuhalten, der den Leistungshebel immer weiter nach vorne schieben wollte. Er hatte die Sechzig-Prozent-Marke überschritten. Die Energie, die das Zyklotron jetzt freisetzte, hätte ausgereicht, das fünfundzwanzig Meilen entfernt liegende Las Vegas mit Strom zu versorgen.

Erst als zwei weitere Männer hinzusprangen und ihm halfen, gelang es ihnen, Jenkins' Hand zu lösen. Schneider riß den Hebel mit einem Ruck wieder in die Ausgangsstellung zurück. Das Dröhnen und Rauschen des Teilchenbeschleunigers, der zehn Sekunden lang sein Bestes getan hatte, um die Energieentfaltung einer kleinen Sonne zu erreichen, erlosch wieder. Die Alarmsirene heulte noch eine Sekunde weiter, ehe endlich jemand auf die Idee kam, sie abzuschalten, und der Plexiglaswürfel war wieder da.

Oder das, was einmal ein dreißig Zentimeter messender Plexiglaswürfel mit zwei lebendigen Laborratten gewesen war ...

»*Rien ne va plus* – nichts geht mehr!« Der Croupier ließ die Kugel mit gekonntem Schwung in die Roulette-Schüssel sausen, und für ein paar Sekunden hielt die gesamte, bisher aufgeregt lärmende Menge, die den Spieltisch umlagerte, den Atem an, während sie dem Lauf der weißen Elfenbeinkugel folgte.

»Sechsundzwanzig! Sechsundzwanzig gewinnt.«

Beinahe hätte Littlecloud aufgeschrien. Nicht einmal so sehr wegen des Betrages, den er gewonnen hatte, sondern weil es das dritte Mal hintereinander war, daß die Kugel genau auf die Zahl fiel, auf die er den mittlerweile beachtlichen Stapel von Jetons vor sich geschoben hatte. Er hatte mit einem Dollar angefangen. Nach dem ersten Gewinn waren es fünfunddreißig gewesen, und er hatte sie komplett stehenlassen – und mehr als tausend daraus gemacht. Was ihn dazu bewogen hatte, auch diesen Gewinn nicht einzustecken und nach Hause zu gehen, wie ihm die Stimme der Vernunft sehr nachdrücklich geraten hatte, hätte er jetzt selbst nicht mehr sagen können. Aber er hatte es nicht getan, sondern die Chips nur auf ein anderes Feld geschoben. Und gewonnen. Der Croupier schob ihm einen Stapel Jetons im Werte von beinahe vierzigtausend Dollar über den Tisch.

»Die Einsätze bitte.«

Der Teller begann wieder zu kreisen. Jetons wurden gesetzt und verschoben, und rings um Littlecloud entstand ein aufgeregtes Getuschel und Geraune. Seine Glückssträhne war nicht unbemerkt geblieben.

Littlecloud rührte sich nicht. Er starrte die Jetons an. Er war vor zwei Stunden ins DUNES gekommen, um sich einen hübschen Abend zu machen, ein bißchen zu spielen und vielleicht ein paar Dollar zu gewinnen, oder auch zu verlieren. Und jetzt hatte er *vierzigtausend* gewonnen.

»Bitte machen Sie Ihre Einsätze«, sagte der Croupier. Er hob die Hand mit der Kugel, aber Littlecloud rührte sich noch immer nicht. Vierzigtausend – das war mehr, als er in einem Jahr verdiente. Aber wenn er es stehenließ, und wenn er noch einmal gewann, ein einziges Mal nur, dann würde er mit *einer Million Dollar* hier herausmarschieren. Genug, um den Rest seines Lebens sorgenfrei zu verbringen. Ade Army. Ade Arbeit. Willkommen *dolce vita.* Er hatte dreimal gewonnen, wieso sollte es nicht auch noch ein viertes Mal klappen. Und schließlich – was riskierte er schon? Wenn man es genau nahm, einen Dollar.

Littlecloud konnte regelrecht spüren, wie die Menge rings um ihn herum den Atem anhielt, als der Croupier die Hand über die Schüssel ausstreckte und sagte: »Rien ne vas plus – nichts . . .«

Im buchstäblich allerletzten Moment streckte er die Hand aus und nahm die Jetons vom Tisch, und nur einen Sekundenbruchteil später vollendete der Croupier seinen Spruch: ». . . geht mehr.«

Littlecloud atmete hörbar auf. Aber nur für einen Moment. Der Croupier ließ die Kugel nämlich nicht fallen, sondern hatte das Rad wieder angehalten und blickte ihn an. »Sir, es tut mir leid«, sagte er.

»So?« Littlecloud grinste. »Mir nicht. Hier, das ist für Sie.« Er schob dem Mann einen Hundert-Dollar-Chip zu und stand auf, aber der Croupier beachtete den Jeton gar nicht. Statt dessen deutete er auf den Stapel vor Littlecloud.

»Ich fürchte, Sie müssen den gesamten Betrag stehenlassen«, sagte er.

»Das glaube ich kaum«, antwortete Littlecloud. »Ich habe meinen Einsatz zurückgenommen.«

»Aber leider zu spät. Sobald angesagt ist, geht nichts mehr. Es tut mir leid, aber so sind nun einmal die Regeln.«

»Sie hatten noch nicht angesagt«, antwortete Littlecloud, nun schon in hörbar schärferem Ton. Einige der anderen Spieler pflichteten ihm lautstark bei, aber der Croupier ließ sich nicht beirren.

»Ich muß darauf bestehen, Sir, daß . . .«

»Dann tun Sie das«, unterbrach ihn Littlecloud. »Bestehen Sie, worauf Sie wollen. In der Zwischenzeit gehe ich zur Kasse und löse meinen Gewinn ein.« Er raffte seine Chips an sich, stand vollends auf und verließ unter den schadenfrohen Kommentaren der anderen Spieler den Tisch. Vierzigtausend! Er hatte ein Jahresgehalt in der Tasche! Großer Gott, und er hatte am Anfang überlegt, seinen Urlaub in Miami zu verbringen statt in Las Vegas!

Er kam nicht einmal zehn Schritte weit.

Es waren drei, die ihm den Weg vertraten. Sie trugen schwarze Anzüge, die teurer aussahen, als sie gewesen waren, gestärkte Hemden und Fliegen, und Littlecloud brauchte nur einen einzigen Blick, um zu wissen, mit wem er es zu tun hatte. Der Mittlere, der ihn ansprach, war ungefähr so groß wie er, hatte graues Haar und das weiche Gesicht und die gepflegten Hände eines Buchhalters. Die beiden anderen waren dafür um so größer – und garantiert *keine* Buchhalter. Keiner war unter einsneunzig, und keiner wog unter zweihundert Pfund.

»Sir«, sagte der Buchhalter, »ich fürchte, es hat da ein kleines Mißverständnis gegeben.«

»So?« antwortete Littlecloud. »Hat mir der Croupier zu wenig ausgezahlt? Machen Sie sich nichts daraus. Ich habe heute meinen großzügigen Tag.«

Sein Gegenüber machte sich nicht einmal die Mühe, zu

lächeln. »Bitte machen Sie keine Schwierigkeiten, Sir«, sagte er. »Wenn Sie uns zurück zum Spieltisch begleiten würden . . .«

»Um was zu tun?« fragte Littlecloud.

»Ihr Spiel zu machen«, erwiderte der Manager. »Sie haben immerhin noch die Möglichkeit zu gewinnen.«

»Und dann? Was zum Teufel soll ich mit einer Million?« Littlecloud schüttelte heftig den Kopf. »Soviel Geld würde nur meinen Charakter verderben. Außerdem bin ich nicht gierig.«

Der andere widersprach nicht mehr. Er machte nur einen Schritt zur Seite und gab seinen beiden Begleitern gleichzeitig einen kaum sichtbaren Wink, auf den hin sie sich nahezu synchron in Bewegung setzten. Sie waren weder besonders schnell, noch wirkten sie sonderlich aufmerksam. Solche Zwischenfälle zu regeln war schließlich ihr Job.

Und zumindest dem äußeren Anschein nach handelte es sich bei dem Mann, dem sie gegenüber standen, ohnehin nur um einen weiteren Touristen, der es einfach nicht verwinden konnte, *nicht* als frischgebackener Millionär aus dem DUNES herauszumarschieren. Ein Routinejob, der in zwei Minuten erledigt sein würde.

Ihr Pech war nur, daß diese Einschätzung so falsch war, wie sie nur sein konnte.

Zum einen dauerte es keine zwei Minuten, sondern nur ein paar Sekunden. Und zum anderen war Marc Littlecloud eben kein durchschnittlicher Tourist, sondern nicht nur einer der letzten wirklich reinblütigen Apache-Indianer des Landes, sondern auch Mitglied einer Spezialeinheit der US-Marines, die vielleicht zu den besten der Welt gehörte, mit Sicherheit aber zu den besten der Vereinigten Staaten. Jedes Mitglied dieser aus gerade einmal zwölf Mann bestehenden Truppe hatte sein eigenes Spezialgebiet – und bei Littlecloud war es der waffenlose Nahkampf.

Littleclouds Fuß beschrieb einen engen Halbkreis und landete wuchtig auf dem Knie des einen Gorillas. Er hatte längst nicht mit ganzer Kraft zugetreten, denn er wollte den Mann schließlich nicht für den Rest seines Lebens verkrüppeln, sondern nur für den Moment kampfunfähig machen; trotzdem reichte die Wucht seines Trittes, den Burschen mit einem spitzen Schrei zu Boden zu schicken.

Die Reaktion des zweiten bewies, daß zumindest er sein Gehalt nicht umsonst bekam: Littleclouds Angriff hatte ihm blitzartig klargemacht, daß sie ihren Gegner wohl doch unterschätzt hatten, und er zog ebenso blitzartig die Konsequenzen daraus und änderte seine Taktik. Trotzdem reagierte er falsch. Er prallte mitten in der Bewegung zurück, und seine Hand fuhr unter die Jacke, um eine Waffe zu ziehen.

Littleclouds Faust traf sein Handgelenk und brach es. Der Mann keuchte vor Schmerz und Überraschung und gesellte sich zu seinem Kameraden auf den Boden. Die ganze Aktion hatte kaum länger als drei Sekunden gedauert.

Littlecloud wandte sich fast gemächlich wieder zum Manager des Spielcasinos um. »Wirklich«, sagte er in vollkommen ruhigem Ton, so als wäre gar nichts geschehen, »ich weiß Ihr großzügiges Angebot zu schätzen, aber ich möchte nicht noch mehr gewinnen. Und jetzt sollte ich besser gehen, ehe noch jemand zu Schaden kommt.«

Der Manager war zwei, drei weitere Schritte vor ihm zurückgewichen und leichenblaß geworden. Er hatte die Hände halb erhoben, als hätte er Angst, daß Littlecloud sich als nächstes auf ihn stürzen könne. Er sagte kein Wort, aber seine Reaktion verriet Littlecloud trotzdem alles, was er wissen wollte. Der Blick seiner vor Schreck und Staunen geweiteten Augen war nur scheinbar auf Littlecloud gerichtet. Tatsächlich fixierte er einen Punkt ein kleines Stück hinter ihm.

Littlecloud ließ noch eine Sekunde verstreichen. Dann hörte er, wie sich im Rhythmus der näher kommenden Schritte etwas veränderte, machte blitzschnell eine Bewegung nach links und duckte sich zugleich. Der Schlag, der auf seinen Hinterkopf gezielt gewesen war, ging ins Leere, und der Angreifer stolperte, vom Schwung seiner eigenen

Bewegung mitgerissen, an ihm vorbei. Littlecloud versetzte ihm einen Handkantenschlag gegen den Hals und bereicherte damit die Sammlung der hilflos am Boden liegenden Schläger um ein weiteres Exemplar.

Praktisch im gleichen Moment wurde er von zwei weiteren Männern gleichzeitig angegriffen. Littlecloud packte den einen und warf ihn im hohen Bogen auf einen Black-Jack-Tisch, der unter dem Aufprall auseinanderbarst, aber der zweite brachte einen harten Treffer in Littleclouds Magen an, der ihm die Luft aus den Lungen trieb und ihn zwei Schritte zurücktaumeln ließ. Durch seinen Erfolg ermutigt, setzte der Bursche ihm nach und versuchte einen zweiten Hieb in dem vermeintlich schwachen Punkt seiner Deckung zu landen. Littlecloud blockte den Angriff mit dem Unterarm ab und brach ihm nahezu gleichzeitig mit einem Handkantenschlag die Nase. Der Mann taumelte aufbrüllend zurück und schlug die Hände vor das Gesicht. Zwischen seinen Fingern schoß ein Strom hellroten Blutes hervor.

Littlecloud sah sich gehetzt um. Allmählich wurde die Situation brenzlig. Er sah mindestens drei weitere Schläger auf sich zustürmen, und auch von denen, die er zu Boden geschickt hatte, begann sich der eine oder andere schon wieder zu regen. Es wurde Zeit, daß er hier herauskam. Er traute sich durchaus zu, auch mit einer größeren Übermacht fertig zu werden, aber wenn die Kerle ihn zwangen, Ernst zu machen, würde es nicht mehr mit einem gebrochenen Nasenbein und ein paar blauen Flecken abgehen. Und er wollte niemanden ernsthaft verletzen oder gar umbringen, nur wegen ein paar Dollar. Littlecloud fuhr auf der Stelle herum und wandte sich dem Ausgang zu. Er hatte den Manager vergessen. Der Mann stand immer noch zwei Schritte vor ihm, und er wirkte noch immer genauso blaß und verschreckt wie vor ein paar Augenblicken. Aber seine Hände waren nicht mehr leer.

Littlecloud wunderte sich ungefähr eine Zehntelsekunde lang, warum um alles in der Welt der Kerl mit einem elektrischen Rasierapparat auf ihn zielte, und als er seinen Irrtum einsah, war es zu spät. Der Manager drückte den Auslöser seiner Teaser-Waffe, und Littlecloud stürzte mit hilflos zuckenden Muskeln zu Boden, als sich die beiden an haarfeinen Drähten hängenden Kontakte durch seine Kleidung bissen und fünfzigtausend Volt durch seinen Körper schossen.

Der Würfel sah aus wie geschmolzen. Er war zu einem verdrehten, auf fast unmöglich anmutende Weise verzerrten und in sich selbst gewundenem Ding geworden, dessen bloßes Betrachten Schneider schon körperliches Unwohlsein bereitete. Trotzdem registrierte er diesen Anblick nur am Rande, denn was ihm *wirkliches* Entsetzen einflößte, das waren die Ratten.

Sie sahen aus, als hätte man sie gewendet. Die kleinen Körper waren zu roten, blutigen Fleischbällen geworden, aus denen weiße Knochensplitter ragten, bloßgelegte Arterien und Organe, winzige weiße Fellbüschel und Glieder, die nicht mehr da waren, wo sie hingehörten. Schneiders allererster Gedanke war gewesen, daß die gleiche Kraft, die den Würfel zerstört hatte, die Ratten einfach zerfetzt hatte. Aber das stimmte nicht. Irgend etwas hatte die Körper der Tiere genommen und das Innerste nach außen gekehrt.

Das allerschlimmste aber war, daß mindestens eines der beiden Tiere noch *lebte*.

»Großer Gott! Was ist denn *das*?« murmelte jemand hinter ihm. Schneider riß sich mühsam von dem grauenerregenden Anblick los und wandte den Kopf. Der Mann, der die Frage gestellt hatte, trug die Uniform eines Air-Force-Generals, und seinem Blick und der Farbe seines Gesichts nach zu schließen stand er kurz davor, sich zu übergeben. Es war einer von Stantons Begleitern. Er und die beiden anderen waren hereingekommen, ohne daß Schneider es überhaupt bemerkt hatte.

Schneider würdigte ihn nicht einmal einer Antwort, sondern drehte sich endgültig herum und ging zu Jenkins zurück. Mittlerweile hatten sich alle Anwesenden um den jungen Techniker versammelt, der verkrümmt am Boden lag. Sein Gesicht war dunkelrot angelaufen, und er hatte beide Hände gegen die Kehle gepreßt. Von Zeit zu Zeit gab er leise, schreckliche Geräusche von sich.

Schneider drehte ihn behutsam auf den Rücken und versuchte ein paarmal, ihn anzusprechen, aber Jenkins reagierte nicht.

»Was ist mit dem Mann los?«

Diesmal erkannte Schneider die Stimme, noch ehe er aufsah. Sie gehörte General Stanton. »Woher zum Teufel soll ich das wissen?« fragte er scharf. Er starrte Stanton einige Sekunden lang herausfordernd an ehe er leiser hinzufügte: »Wenn Sie mich fragen, sieht es nach einem Herzanfall aus. Aber ich bin kein Arzt.«

»Ein Herzanfall?« Stanton zog die Augenbrauen zusammen. »Wie kann so etwas passieren? Müssen sich Ihre Leute keiner Gesundheitsprüfung unter . . .«

»Zum Teufel, ich weiß es nicht!« unterbrach ihn Schneider barsch. »Jenkins ist noch nicht einmal dreißig! Außerdem haben wir im Moment wirklich andere Sorgen! Hat jemand einen Arzt verständigt?«

Niemand antwortete, aber Schneider sah aus den Augenwinkeln, wie einer der Techniker hastig nach einem Telefon griff und eine Nummer wählte. Er versuchte noch zwei- oder dreimal, Jenkins anzusprechen, aber er bekam keine Antwort. Eine dumpfe Verzweiflung begann sich in ihm breitzumachen. Der Gedanke, daß ihm dieses halbe Kind praktisch unter den Händen wegsterben konnte, war schier unerträglich.

Nervös richtete er sich auf und näherte sich ein zweites Mal der Versuchsanordnung. Aber er wagte es auch diesmal nicht, näher als einen Meter an den Plexiglaswürfel und seinen fürchterlichen Inhalt heranzutreten. Erneut überkam ihn eine Mischung aus Entsetzen und Ekel, als er sah, daß die

Körper der Tiere zum Teil Bestandteil des Plastikmaterials geworden waren. Aber wenigstens lebten sie jetzt nicht mehr. Das winzige, offenliegende Herz hatte aufgehört zu schlagen.

»Was ist schiefgegangen?« fragte Stanton, der ihm gefolgt war. Seine Stimme war so kalt, als unterhielten sie sich über einen kaputtgegangenen Fernseher. Schneider fragte sich, ob dieser Mann überhaupt in der Lage war, Gefühle zu empfinden.

»Ich weiß es nicht«, antwortete er. »Es war nicht geplant, die Leistung so zu erhöhen. Vor allem nicht so schnell.«

»Aber es hat funktioniert«, sagte Stanton.

»Ja«, antwortete Schneider. »Ganz hervorragend, wie man sieht.«

Stanton tat so, als hätte er den sarkastischen Tonfall nicht gehört. »Wenn es nur daran gelegen hat, daß das Zyklotron zu schnell hochgefahren worden ist, könnten wir es wiederholen«, sagte er. »Sicherlich«, antwortete Schneider. »In zwei bis drei Monaten. Sobald wir herausgefunden haben, was schiefgegangen ist.«

»Nein«, sagte Stanton. »Jetzt.«

Es dauerte ein paar Sekunden, bis Schneider überhaupt begriff, was Stanton da gesagt hatte. Ganz langsam drehte er sich herum und starrte den grauhaarigen General an. »Hören Sie«, begann er, wurde aber sofort wieder von Stanton unterbrochen:

»Nein, Professor. *Sie* hören *mir* zu. Es hat funktioniert, oder? Das Kraftfeld ist aufgebaut worden. Zum Teufel, ich habe *gesehen*, wie der Würfel unsichtbar wurde! Was wollen Sie mehr? Genau das war das Ziel von Projekt *Laurin*.«

»Haben Sie zufällig auch gesehen, was ihm *passiert* ist?« fragte Schneider Es fiel ihm immer schwerer, die Beherrschung nicht zu verlieren.

Aber Stanton fegte auch diesen Einwand mit einer Geste beiseite. »Sie haben es selbst gesagt: Möglicherweise lag es nur daran, daß das Feld zu schnell aufgebaut wurde.«

»Ja, möglicherweise«, antwortete Schneider zornig. »Und möglicherweise auch nicht.«

»Es gibt einen ganz simplen Weg, das herauszufinden«, sagte Stanton. »Wiederholen Sie das Experiment. – Wenn es wieder passiert, dann wissen wir Bescheid, und Sie bekommen Ihre zwei Monate.«

»Ich denke nicht daran«, antwortete Schneider. »Wissen Sie überhaupt, was Sie da reden? Großer Gott, dort drüben liegt einer meiner Mitarbeiter vielleicht im Sterben, und wir haben gerade etwas erlebt, was ich vor fünf Minuten nicht einmal für *möglich* gehalten hätte, und Sie verlangen von mir, daß ich einfach weitermache, als wäre nichts passiert? Sie sind ja verrückt!«

Stanton wollte auffahren, aber dann beherrschte er sich im letzten Moment doch noch. »Ich kann Sie ja verstehen, Professor«, sagte er. »Aber bitte, versuchen Sie auch, mich zu verstehen. Ich werde ebenfalls unter Druck gesetzt. Sie arbeiten jetzt seit zwei Jahren an dem Projekt. Sie haben zig Millionen Dollar angefordert, und auch bekommen, aber allmählich will man im Pentagon Erfolge sehen! Ich kann nicht zurückfahren und sagen, daß es leider noch drei Monate dauert und noch einmal zehn Millionen kostet, weil einer Ihrer Mitarbeiter einen Herzanfall bekommen hat!«

»Das ist Ihr Problem«, antwortete Schneider kalt.

»Ich könnte es Ihnen befehlen«, drohte Stanton.

Schneider lachte. »Nein, General, das können Sie nicht«, antwortete er. »Ich bin keiner von Ihren Rekruten. Was wollen Sie tun? Mich standrechtlich erschießen lassen?« Er deutete auf die Versuchsanordnung. »Hier geschieht nichts, bis ich nicht ganz genau weiß, was zu *dem da* geführt hat. Und jetzt entschuldigen Sie mich bitte. Ich muß mich um meinen Mitarbeiter kümmern.«

Er ließ Stanton einfach stehen und wandte sich an den Mann, der telefoniert hatte. »Was ist mit dem Arzt?«

»Sie schicken einen Helikopter«, antwortete der Techniker. »Er ist in zwanzig Minuten hier.«

Schneider sah besorgt auf Jenkins herab. Zwanzig Minuten, das war eine verdammt lange Zeit. Er hoffte, daß Jenkins sie durchhielt. »Okay«, sagte er schließlich. »Dann holt eine Trage oder sonst etwas, womit wir ihn transportieren können. Wir bringen ihn schon einmal nach oben.«

Das Erwachen war eine Qual; vor allem, weil er gar nicht bewußtlos gewesen war. Der Stromschlag hatte ihn gelähmt und jeden einzelnen Nerv in seinem Körper zum Kreischen gebracht, aber er hatte trotzdem alles mitbekommen, was um ihn herum und vor allem *mit* ihm geschah.

Das Sicherheitspersonal hatte ihn aus dem Casino heraus und in einen kleinen, schäbig möblierten Nebenraum gebracht, und zumindest während der folgenden fünf Minuten war er felsenfest davon überzeugt gewesen, daß sie ihn nun umbringen oder sich wenigstens entsprechend an ihrem nun wehrlosen Opfer für das rächen würden, was er ihnen angetan hatte. Doch niemand war gekommen, um ihm die Finger zu brechen oder ein paar Zähne auszutreten. Dafür waren kurz darauf ein paar Cops erschienen, die ihn reichlich unsanft in einen Streifenwagen geworfen und aufs nächste Revier gebracht hatten. Das war vor ungefähr einer halben Stunde gewesen. Man hatte ihn in eine leerstehende Zelle geworfen und die Tür abgeschlossen. Von Zeit zu Zeit kam jemand, wahrscheinlich um nachzusehen, ob er schon wieder wach und in der Lage war, eine Aussage zu machen, aber das war auch alles.

Vermutlich wäre er es sogar gewesen. Das Leben begann in seine Glieder zurückzukehren, und auch wenn es ein äußerst schmerzhafter Prozeß war, so hätte er durchaus bereits wieder aufstehen und sich mit einiger Vorsicht bewegen können. Aber er zog es vor, weiter den Hilflosen zu spielen.

Littlecloud war längst selbst zu dem Schluß gekommen, daß er sich ziemlich idiotisch benommen hatte. Das Geld mußte ihn wohl kurzzeitig um den Verstand gebracht haben. Hatte er sich tatsächlich eingebildet, es ganz allein praktisch mit dem gesamten Casino aufnehmen zu können? Das war lächerlich. Die Rambo-Masche funktionierte nur im Kino. Also zog er es vor, noch eine Weile den Hilflosen zu spielen, um in Ruhe über seine Situation nachdenken zu können und vielleicht einen Ausweg zu finden.

Schritte näherten sich der Zelle. Littlecloud schloß rasch wieder die Augen, aber diesmal entfernten sie sich nicht nach ein paar Sekunden wieder, sondern brachen vor der Gittertür ab, und einen Moment später konnte er hören, wie ein Schlüssel ins Schloß gesteckt und herumgedreht wurde und eine Stimme sagte: »Du kannst aufhören, den Bewußtlosen zu spielen, Winnetou. Ich weiß ziemlich genau, wie lange die Wirkung eines Teasers anhält.«

Littlecloud öffnete widerwillig die Augen und blickte in ein kantiges, von einem sorgsam ausrasierten Drei-Tage-Bart beherrschtes Gesicht. »Wie fühlst du dich?«

Littlecloud zog eine Grimasse und setzte sich auf. Sofort wurde ihm schwindelig. Stöhnend ließ er die Schultern nach vorne sinken und verbarg das Gesicht in den Händen. »Wenn Sie sich mit den Dingen so gut auskennen, dann wissen Sie es ja«, murmelte er.

Der andere lachte. Es war ein harter, unsympathischer Laut. »Scheißspiel, wie? Trotzdem . . .« Er trat wieder aus der Zelle zurück und machte eine einladende Geste. »Komm mit.«

Littlecloud erhob sich vorsichtig von der unbequemen Pritsche, auf die man ihn geworfen hatte. Er achtete streng darauf, nichts mit den Händen zu berühren.

»Nun beeil dich schon, Winnetou«, sagte der andere. »Ich habe nicht die ganze Nacht Zeit.«

»Nennen Sie mich nicht so«, antwortete Littlecloud zornig. »Ich habe einen Namen.«

»Kein Problem«, erwiderte der andere. »Sag ihn mir.«

Littlecloud setzte automatisch dazu an, die Frage zu beantworten – und überlegte es sich im letzten Moment wieder anders. Er konnte den Grund dafür selbst nicht nennen, aber irgend etwas warnte ihn nachdrücklich, daß es besser war, im Moment zu schweigen.

»Wie du willst.« Der andere zuckte mit den Schultern und wiederholte seine auffordernde Geste; aber er trat auch einen weiteren Schritt zurück, als Littlecloud dem Befehl gehorchte und die Zelle verließ. Der Mann wirkte äußerlich gelassen, aber dieser Schein trog. Littlecloud entgingen weder seine aufmerksamen Blicke noch die kaum sichtbaren Zeichen von Anspannung. Der Mann wußte vielleicht nicht, *wer* er war, aber er wußte mit Sicherheit, *was* er war. Und er sah sich entsprechend vor.

Littlecloud seinerseits unterzog sein Gegenüber einer raschen, aber ebenso aufmerksamen Musterung. Der Mann trug die Uniform eines Streifenpolizisten, aber seine Rangabzeichen wiesen ihn als Lieutenant aus. Er war Ende Dreißig und von kräftiger Statur, und seine Bewegungen verrieten Littlecloud, daß er mit dieser Kraft auch etwas anzufangen wußte. Er hatte ein durchaus sympathisches Gesicht, aber seine Augen straften diesen Eindruck Lügen. Sie waren hart wie Glas, und wenn ihr Besitzer überhaupt zu so etwas wie echten Gefühlen imstande war, so verbarg er es meisterhaft.

»Du bist in Schwierigkeiten, Winnetou«, sagte er, während er Littlecloud in ein kleines, durchaus ansehnlich ausgestattetes, aber völlig unordentliches Büro geleitete. »Ist dir das klar?«

»So?« Littlecloud setzte sich auf den einzigen freien Stuhl diesseits des mit Papieren und Akten überladenen Schreibtisches und wartete, bis der Polizeibeamte auf der anderen Seite des Möbels Platz genommen hatte. Inmitten des Chaos entdeckte er ein Namensschildchen, das den Herrn über dieses Durcheinander als Lt. Mainland auswies. »Bin ich das?«

Mainland nickte. Er zog eine Zigarettenpackung aus der Tasche, zündete sich eine an und hielt Littlecloud die Schachtel hin. Littlecloud lehnte mit einem Kopfschütteln ab.

»Gesundheitsfanatiker, wie?« fragte Mainland mit einem matten Lächeln.

»Nein. Aber auch kein Selbstmörder.«

»Mit der Gesundheit von anderen gehst du nicht so rücksichtsvoll um«, erwiderte Mainland im Plauderton. »Übrigens – willst du einen Anwalt?«

Hinter Littleclouds Stirn begann eine Alarmglocke zu läuten. Offensichtlich gehörte diese sprunghafte Art zu Mainlands Verhörtaktik. Er mußte aufpassen. »Brauche ich denn einen?« fragte er.

Mainland lachte. »Ich sagte dir doch – du steckst in Schwierigkeiten«, antwortete er. »Anscheinend ist dir gar nicht klar, in *was* für Schwierigkeiten.«

»Übertreiben Sie jetzt nicht ein bißchen?« fragte Littlecloud. »Okay, ich habe Mist gebaut, aber ...«

»Mist gebaut?« Mainland blies eine Rauchwolke in seine Richtung. »Na, so kann man es auch ausdrücken. Hausfriedensbruch, Nötigung, schwere Körperverletzung und versuchter Totschlag in mindestens vier Fällen – das nenne ich nicht mehr *Mist gebaut.*«

»Wie?« entfuhr es Littlecloud. »Moment mal! Ich habe mich lediglich verteidigt!«

»Das sieht der Manager des Casinos etwas anders«, erwiderte Mainland. »Und ungefähr drei Dutzend Zeugen auch.« Er lächelte. »Na, wie steht es jetzt mit einem Anwalt?«

Littlecloud war viel zu schockiert, um überhaupt antworten zu können. Er hatte geahnt, daß er sich Ärger eingehandelt hatte – aber das?

»Überrascht?« Mainland lachte erneut und schnippte seine Zigarettenasche auf den Boden. Er lächelte noch immer, aber sein Blick und der plötzlich völlig veränderte Ton in seiner Stimme machten aus diesem Lächeln etwas, das Littlecloud einen eisigen Schauer über den Rücken jagte. »Das habe ich mir gedacht. Aber weißt du, wir mögen Typen wie dich hier gar nicht. Ihr kommt her und scheint zu glauben, daß euch die ganze Welt gehört, nur weil ihr ein paar Dollar in der

Tasche und ein bißchen was in den Fäusten habt, wie? Und wehe, es klappt dann nicht so, wie ihr wollt. Aber wir haben auch in solchen Dingen Erfahrung. Du hast dir den falschen Ort ausgesucht, um auf den Kriegspfad zu gehen, Rothaut. Und den falschen Mann. Ich bin nicht General Custer.«

Littlecloud funkelte ihn böse an. »Sie haben nicht zufällig etwas gegen Indianer?«

»Ich habe zufällig etwas gegen jeden, der hierherkommt und Ärger macht«, antworte Mainland ungerührt. »Dir scheint immer noch nicht klar zu sein, in welcher Situation du dich befindest, Winnetou. Der Manager des Spielcasinos hat Anzeige erstattet. Dein kleiner Scherz von vorhin bringt dich für drei bis fünf Jahre in den Bau.«

»Verdammt noch mal, ich habe mich nur gewehrt!« protestierte Littlecloud. »Die Typen wollten mich betrügen! Dafür muß es Zeugen geben!«

»Das wird der Richter entscheiden«, antwortete Mainland gelassen. Er drückte seine Zigarette aus. »Wenn du einen guten Rat willst – du solltest aufhören, den Unnahbaren zu spielen und mit mir zusammenarbeiten. Möglich, daß sich das positiv auf das Urteil auswirkt. Also: Wer bist du?«

Littlecloud schwieg.

»Es geht auch anders«, sagte Mainland. »Wir müssen nur deine Fingerabdrücke nehmen, und nach spätestens zwei Stunden wissen wir, wer du bist. Aber ich garantiere dir, daß es sich in deiner Akte nicht besonders gut macht.«

Littlecloud schwieg noch immer. Seine Gedanken überschlugen sich. Drei bis fünf Jahre? Für einen Moment war er nahe daran, in Panik zu geraten. Das war ... lächerlich! Vollkommen verrückt!

»Na, bist du immer noch der Meinung, daß du keinen Anwalt brauchst?« fragte Mainland.

»Vielleicht«, antwortete Littlecloud stockend, »später. Lassen Sie mich ... zehn Minuten darüber nachdenken.«

»Ganz wie du willst«, antwortete Mainland achselzuckend. Er stand auf. »Ich schicke dir inzwischen jemanden, der deine Fingerabdrücke nimmt und ein hübsches Foto von dir macht. Du kannst ja in der Zwischenzeit darüber nachdenken, ob du weiter den unbeugsamen Krieger spielen willst oder nicht. Ich weiß ja, daß du ein harter Bursche bist, aber glaub mir: Im Staatsgefängnis werden sie auch mit Typen wie dir fertig. Und ich fürchte, sie mögen Rothäute dort gar nicht.«

Er verließ das Zimmer, und Littlecloud blieb vollkommen verstört zurück. Er hatte die Panik niedergekämpft, aber der Zustand, in dem er sich befand, war nicht sehr weit davon entfernt. Selbst wenn Mainland übertrieb und selbst wenn er einen Richter fand, der die Sache nicht ganz so einseitig sah, war ihm eine Gefängnisstrafe auf jeden Fall sicher. Der Manager des Casinos würde gegen ihn aussagen, und das halbe Dutzend Gorillas, das er niedergeschlagen hatte, auch. Und die Männer würden ihm die Blamage, die er ihnen bereitet hatte, bestimmt nicht einfach verzeihen. Und selbst wenn er alles Glück der Welt auf seiner Seite hatte und mit einer Bewährungsstrafe davonkam – seine Karriere beim Militär war auf jeden Fall zu Ende. Seine Vorgesetzten schätzten es gar nicht, wenn ihre Männer die Fähigkeiten, die sie in jahrelangem mühsamen Training vermittelt bekamen, so einsetzten. Nein – er hatte nur eine Wahl: Er mußte hier raus. Bevor Mainland erfuhr, wer er war. Er hatte keinerlei Papiere mitgenommen, als er das Hotel verließ, und soviel er wußte, auch hier nichts angefaßt, worauf er verräterische Fingerabdrücke hätte hinterlassen können. Die Jetons, auf denen sich zweifellos seine Fingerabdrücke befanden, hatte ihm der Manager wieder abgenommen, und das Hotel, in dem er wohnte, war eins von buchstäblich Hunderten in Las Vegas; Mainland würde den Teufel tun und sie alle abklappern, nur um ihn zu fassen. Seine Chancen standen nicht einmal schlecht. Vorausgesetzt, er kam hier raus, ehe sie herausfanden, wer er war. Littlecloud verspürte wenig Lust, sich seine gesamte Zukunft verbauen zu lassen, nur wegen einer einzigen Dummheit.

Littlecloud stand auf. Als die Tür aufging und der Mann kam, der seine Fingerabdrücke nehmen sollte, war er bereit.

Nachdem die Hauptbeleuchtung wieder ein- und die meisten Computer und Monitore ausgeschaltet worden waren, wirkte der Raum sonderbarerweise kleiner und auf eine desillusionierende Art nüchterner. Ein schwacher Ozongeruch lag noch immer in der Luft, und zwei Drucker hatten angefangen, meterweise beschriebenes Endlospapier auszuspucken, aber darüber hinaus erinnerte nichts mehr an das, was sich vor nicht einmal zehn Minuten in diesem Raum abgespielt hatte. Jemand hatte den zerschmolzenen Plexiglaswürfel samt seinem schrecklichen Inhalt weggeschafft.

General Stanton starrte die nun leere Oberfläche der Chromsäule aus brennenden Augen an. Sein Gesicht war unbewegt, aber der Aufruhr, der hinter seiner Stirn tobte, dafür um so größer. Er war wütend, frustriert, erschrocken – und sehr viel verzweifelter, als er jemals zugegeben hätte. Er hatte nicht die ganze Wahrheit gesagt, als er mit Schneider sprach. Das Pentagon hatte ihn nicht nur als Beobachter hierhergeschickt. Tatsache war, daß das Projekt LAURIN schon vor drei Monaten kurz davor gestanden hatte, gekippt zu werden. Schneider und seine Crew hatten in den letzten beiden Jahren Unmengen an Geld und technischem Equipment angefordert und bekommen, aber bisher so gut wie keine Ergebnisse geliefert. Und das Militär hatte kein Geld. Die schlechte wirtschaftliche Lage des Landes führte mit schöner Regelmäßigkeit dazu, daß jeder Militärhaushalt ein bißchen kleiner ausfiel als der vorhergehende, so daß auch das Pentagon sich plötzlich gezwungen sah zu sparen. Hätte Stanton nicht mit Engelszungen geredet, dann wäre das Projekt LAURIN schon vor einem Vierteljahr Opfer dieser Sparpolitik geworden. Er hatte Schneider und seinen Mitarbeitern nichts davon erzählt, um sie nicht unnötig nervös zu machen, aber nun sah es so aus, als wäre das ein Fehler gewesen. Wenn er ohne Ergebnisse zurückkam, bedeutete das das endgültige AUS für dieses Forschungsprojekt. Und so ganz nebenbei wahrscheinlich auch für Stantons Karriere. Er hatte sich zu sehr engagiert, um nicht mit in den Abgrund gerissen zu werden, wenn LAURIN abstürzte.

Er hätte Schneider das alles natürlich sagen können, aber er wußte, daß es nichts nutzen würde. Stanton wußte sehr wohl, daß Schneider das Militär insgeheim verachtete und sich auf dieses Projekt nur eingelassen hatte, weil er mit seiner geradezu abenteuerlich klingenden Idee ansonsten überall abgeblitzt war: ein Kraftfeld, das Dinge unsichtbar machte.

Die Idee war nicht einmal neu. Die NAVY hatte etwas Ähnliches vor fünfzig Jahren schon einmal versucht, mit dem Ergebnis, daß sie beinahe ein Schiff und konkret einen Teil seiner Besatzung verloren hatte. Schneiders Idee beruhte sogar auf dem gleichen Gedanken, der damals hinter dem Philadelphia-Experiment gesteckt hatte – aber seine Lösung war revolutionär anders. Und sie funktionierte. Stanton hatte es mit eigenen Augen *gesehen*!

Und das alles sollte umsonst gewesen sein, nur weil irgendein Idiot seinen letzten Arzttermin versäumt oder in den letzten Wochen ein paar Nächte zu oft durchgevögelt hatte? Nein. Nein, verdammt, das würde er nicht zulassen!

Stanton drehte sich mit einer entschlossenen Bewegung von der leeren Stahlsäule weg und deutete auf den erstbesten Techniker, auf den sein Blick fiel. »Sie!« sagte er. »Besorgen Sie einen neuen Käfig. Und zwei weitere Ratten!«

Der Mann starrte ihn völlig verständnislos an. »Sir?«

»Hören Sie schlecht?« rief Stanton. »Sie sollen einen neuen Käfig holen. Sie werden in diesem dreihundert Millionen teuren Bau doch wohl noch ein zweites Paar Laborratten haben, oder?«

»Sicher, aber . . .«

»Dann holen Sie sie!« unterbrach ihn Stanton scharf. »Wir wiederholen das Experiment. Jetzt gleich.«

Unter den versammelten Wissenschaftlern entstand Unruhe. Stanton fuhr mit erhobener Stimme fort: »Sie haben mich richtig verstanden. Wir versuchen es noch mal. Also werfen Sie ihre Computer an oder tun Sie, was immer nötig ist.«

Einer der Männer trat auf ihn zu. »General Stanton, bitte verzeihen Sie, aber das ist nicht möglich.«

»Und warum nicht, wenn ich fragen darf?«

»Nun, weil . . .« Der Mann brach ab, biß sich verlegen auf die Unterlippe und deutete schließlich auf die Versuchsanordnung. »Sie haben doch selbst gesehen, was gerade passiert ist.«

»Ich habe gesehen, daß es einen Unfall gegeben hat«, erwiderte Stanton kalt. »Das ist bedauerlich, aber noch lange kein Grund, alles abzublasen, oder?«

»Aber wir müssen erst herausfinden, was schiefgegangen ist!« protestierte der Wissenschaftler.

»Ja, und das tun wir am besten, indem wir das Experiment wiederholen.« Stanton sah den Mann noch eine Sekunde lang durchdringend an und fuhr dann lauter und an alle hier im Raum gewandt fort: »Um das ganz klarzustellen, meine Herren: Sie alle sind Angestellte des Militärs. Daß Sie keine Uniformen tragen, sondern weiße Kittel, ändert daran nichts. Sie werden meine Befehle befolgen, oder Sie alle haben sich wegen Befehlsverweigerung vor einem Militärgericht zu verantworten. Ich gebe Ihnen mein Wort, daß ich höchstpersönlich dafür sorgen werde!«

Seine Worte hatten die erhoffte Wirkung. Die mehr oder weniger laut gemurmelten Proteste verstummten, und anstelle von Überraschung und Verwirrung machte sich Schrecken auf den Gesichtern der Männer breit.

Nur ein einziger versuchte noch einmal, zu widersprechen. »Aber wir sind nicht vollständig, Sir. Professor Schneider fehlt, und Jenkins . . .«

»Professor Schneider«, unterbrach ihn Stanton, »hat sowieso nichts Konkretes zu tun gehabt, wenn ich gerade richtig gesehen habe. Und was Jenkins angeht ...« Er deutete auf den freien Stuhl vor dem Kontrollpult des Gamma-ZZs. »... so werde ich seine Aufgabe übernehmen. Oder trauen Sie mir nicht zu, daß ich einen Hebel bediene?«

»Selbstverständlich, Sir«, sagte der Mann hastig. »Es ist nur ...«

»Dann ist es ja gut«, unterbrach ihn Stanton. »Wenn also nichts dagegen spricht, daß wir unsere Arbeit fortsetzen, dann sollten wir das auch tun. Es sei denn, jemand nennt mir einen wirklich triftigen Grund, das nicht zu tun. Aber ich warne Sie«, fügte er hinzu, als der Mann dazu ansetzte zu antworten. »Ich werde es überprüfen. Und sollte sich herausstellen, daß es eine Lüge war, wird sich derjenige, der sie mir aufgetischt hat, wegen Hochverrats vor Gericht verantworten müssen.«

Zumindest diese letzte Drohung war völlig überzogen – so wie vermutlich Stantons gesamte Forderung. Er war nicht einmal sicher, ob ihm das Militärgericht, mit dem er diesen Männern gedroht hatte, im nachhinein wirklich die Autorität zubilligen würde, das Kommando über das Projekt zu übernehmen. Trotzdem widersprach ihm niemand mehr. Seine Uniform, die vier Sterne an ihrem Kragen und seine Autorität, mit der er sprach, machten es ihnen unmöglich. Stanton begriff plötzlich, daß sich diese Männer gar nicht so sehr von denen unterschieden, mit denen er es normalerweise zu tun hatte. Trotz ihrer weißen Kittel waren sie in gewissem Sinne ebenfalls Soldaten, und Schneider war ihr Kommandeur. Und er hatte ihnen gerade klargemacht, daß *er* Schneiders Kommandeur war.

»Tun Sie, was ich Ihnen gesagt habe.« Er wies auf den Techniker, dem er befohlen hatte, einen neuen Käfig zu holen. Der Mann zögerte noch einen winzigen Augenblick, aber dann stand er gehorsam auf und wandte sich zur Tür. Kurz bevor er den Raum verließ, rief Stanton ihn noch einmal zurück. »Noch etwas«, sagte er. »Kein Wort zu Schneider. Betrachten Sie ihn als vorübergehend suspendiert.«

Stanton machte eine entsprechende Geste zu einem seiner beiden Adjutanten, und der Mann folgte dem Techniker, um dafür zu sorgen, daß er den Befehl auch ausführte und nicht schnurstracks zu Schneider rannte. Stanton ging zu Jenkins' Platz, setzte sich und warf einen auffordernd-ungeduldigen Blick in die Runde. Es dauerte noch einen Moment, aber schließlich begannen die Männer einer nach dem anderen wieder ihre Plätze einzunehmen und ihre Computer einzuschalten.

Äußerlich war dem General nichts anzumerken, aber insgeheim atmete Stanton erleichtert auf. Sein letzter Befehl war riskant gewesen, das wußte er, denn er stellte damit seine eigene, gerade erst gewonnene Autorität selbst in Frage. Aber er konnte es sich nicht leisten, plötzlich einen völlig hysterischen Schneider hier auftauchen zu sehen. Seiner Auffassung nach unterlag gerade Schneider zwei grundsätzlichen Irrtümern, die sowohl allen Deutschen als auch den allermeisten Zivilisten gemein waren: einer maßlosen Selbstüberschätzung und der Meinung, daß Soldaten per se und Offiziere im ganz besonderen prinzipiell dämlich waren. Er würde ihn eines Besseren belehren. Mochte er ruhig schreien und Gift und Galle spucken, sobald er erfuhr, was Stanton getan hatte; wenn das Experiment erfolgreich verlief – und daran zweifelte Stanton nicht –, würde er sich schon wieder beruhigen. Und wenn nicht, war es auch egal. Es würde sich schon jemand finden, der ganz erpicht darauf war, seine Arbeit fortzusetzen und den Ruhm einzustreichen, der eigentlich Schneider zustand.

Es dauerte kaum fünf Minuten, bis der Mann mit dem Plexiglaskäfig zurückkam. Stantons Assistent war nicht mehr bei ihm. Wahrscheinlich wartete er draußen vor der Tür, um Schneider abzufangen, falls er zufällig zurückkehren sollte. Der zweite Soldat hatte direkt vor dem Ausgang Aufstellung genommen. Wie Stanton war er unbewaffnet, aber seine Uniform und der grimmige Gesichtsausdruck sorgten auch so dafür, daß niemand auf die Idee kam, im letzten Moment doch noch seine Kündigung einzureichen.

Nach und nach verwandelte sich der Raum wieder in den gleichen Zustand zurück, in dem er sich vor Jenkins' Zusammenbruch befunden hatte. Die Hauptbeleuchtung erlosch. Computer und Monitore erwachten zu blinkendem Leben, und Stanton registrierte befriedigt, daß sich auch unter den Wissenschaftlern wieder die gleiche Stimmung nervöser Neugier breitmachte wie vorhin. Ganz egal, was sie von seinem Eingreifen halten mochten, die meisten waren wahrscheinlich froh, eine zweite Chance zu bekommen, ihre Arbeit doch noch zu vollenden. Niemand gab gerne auf, so kurz vor dem Ziel.

Weitere gute zehn Minuten vergingen, dann sagte jemand: »General. Wir sind soweit.«

Stanton streckte die Hand nach dem Schalthebel aus und schob ihn behutsam ein winziges Stück nach vorne. Das Licht flackerte. Zwanzig Meter unter ihnen begann das Gamma-Zyklotron zum zweiten Mal an diesem Tag, Materie und Antimaterie zu verschmelzen und damit eine unvorstellbare Energiemenge freizusetzen. Stanton zögerte noch eine Sekunde, schob den Hebel weiter und dann noch ein Stück nach vorne, als niemand protestierte.

Die Luft über dem Plexiglaswürfel begann zu flimmern, als die Leistungskontrolle bei zehn Prozent angelangt war. Stantons Hand schloß sich nervös fester um den Hebel. Er spürte ein leises Kribbeln, von dem er nicht einmal sicher war, ob er es wirklich fühlte oder ob ihm seine Nerven nur einen Streich spielten. Plötzlich fragte er sich, woher er eigentlich die Gewißheit nahm, daß Jenkins *tatsächlich* einen Herzinfarkt bekommen hatte. Was, wenn es in Wahrheit etwas anderes gewesen war – zum Beispiel eine Nebenwirkung der Strahlung, mit der niemand gerechnet hatte?

Trotzdem schob er den Hebel langsam weiter. Als er die Fünfzehn-Prozent-Marke erreicht hatte, begannen die Konturen des Würfels zu verschwimmen. Pastellfarbene Lichter in Grün und Blau und Rot erschienen aus dem Nichts.

Zwanzig Prozent. Der Würfel war jetzt kaum noch zu

erkennen. Die beiden Laborratten, die aufgeregt darin herumrannten, waren zu halbtransparenten Schemen geworden. Ein sonderbarer, fremdartiger Geruch erfüllte die Luft.

»Weiter?« fragte Stanton. Seine Stimme bebte. Sein Blick war wie hypnotisiert auf den Würfel gerichtet, der jetzt kaum noch zu erkennen war.

Nach einer Sekunde antwortete einer der Techniker: »Ja. Aber ganz vorsichtig. Irgend etwas ... passiert da.«

Fünfundzwanzig Prozent. Das Kribbeln *war* real. Stanton konnte körperlich fühlen, wie sich das Kraftfeld zwischen den beiden Metallsäulen aufbaute. Er schob den Hebel weiter. Sechsundzwanzig Prozent. Siebenundzwanzig. Bei achtundzwanzig verschwand der Würfel. Stantons Blick fiel vollkommen unbehindert auf die dahinterliegende Wand.

Für eine Sekunde.

Dann erschien... *etwas* zwischen den beiden Metallstümpfen. Ein Flimmern. Die Luft zitterte, wand und bog sich auf unmöglich anmutende Weise. Stanton fühlte einen Hauch extremer Hitze, aber er war zu schnell vorbei, um ihn wirklich zu verbrennen, und den Bruchteil einer Sekunde danach überflutete eine Woge sengender Helligkeit das Labor.

Stanton schrie auf und schlug beide Hände vor das Gesicht. Hinter ihm schrien Männer, etwas zerbrach mit einem hellen, peitschenden Laut, und das Wispern und Piepsen der Computer wurde hektischer.

Das Licht erlosch ebenso schnell wie die Hitze. Trotzdem preßte Stanton noch sekundenlang die Lider aufeinander, ehe er es wagte, die Hände herunterzunehmen und vorsichtig die Augen zu öffnen.

Das Flimmern zwischen den Metallsäulen war verschwunden. Statt dessen sah Stanton etwas, das ihn mit einer Mischung aus Faszination und Schrecken erfüllte und das zu beschreiben ihm im ersten Moment die Worte fehlten.

Es war wie ein Riß in der Wirklichkeit, eine flackernde, zuckende Wunde mit aufgeworfenen Rändern, hinter der eine Schwärze lag, die hundertmal tiefer als die des Weltalls war, und tausendmal leerer. Und trotzdem bewegte sich etwas in dieser Leere. Stanton konnte nicht erkennen was, denn es war nicht sichtbar, und es hatte auch keine Substanz. Es war reine Bewegung, ein Gleiten und Rasen durch die Abgründe der Dimensionen und der Zeit, als beobachte er in einer einzigen Sekunde die Geburt eines neuen Universums.

»Großer Gott!« flüsterte jemand. »Was ist das?«

Und dann war die Schwärze nicht mehr leer. Die Dunkelheit bekam Substanz, und ein kleiner gefleckter Schatten explodierte aus dem Riß – und raste unmittelbar auf Stanton zu!

Der General schrie auf und riß in einer instinktiven Bewegung die Hände vor das Gesicht. Ein fürchterlicher Schlag schleuderte ihn rücklings von seinem Stuhl und zu Boden. Rings um ihn herum erscholl plötzlich ein Chor gellender Schreie. Etwas Warmes lief an seinem Handgelenk herab.

Stanton prallte so hart auf dem Boden auf, daß er für zwei oder drei Sekunden das Bewußtsein verlor. Als sich sein Blick wieder klärte, bot sich ihm ein Bild, das ebenso schreckenerregend wie phantastisch war.

Auf seiner Brust hockte ein Ungeheuer. Es war etwas größer als ein Schäferhund, aber sehr viel länger – wäre Stanton in der Verfassung gewesen, eine solche Schätzung anzustellen, wäre er auf gute drei Meter gekommen, die die braun- und sandfarben gestreifte Bestie vom Kopf bis zur Schwanzspitze messen mochte.

Aber das war er nicht. Alles, wozu er in der Lage war, war, das grienende Eidechsengesicht anzustarren, das aus einem knappen Meter Höhe auf ihn herabblickte. In dem Maul, das für den fast zierlich gebauten Körper von erstaunlicher Größe war, blitzte eine Doppelreihe ebenso erstaunlich großer Zähne, mit denen es genüßlich auf etwas herumkaute. Blut und Speichel liefen aus dem Maul des Mini-Dinosauriers und tropften auf Stantons Gesicht und seine Brust.

Das Ungeheuer war nicht das einzige seiner Art. Allein aus seinem Blickwinkel heraus konnte Stanton drei weitere der bizarren, entfernt an zu klein geratene Tyrannosaurier erinnernde Kreaturen erkennen, die sich mit fast grotesk anmutenden, nichtsdestotrotz aber sehr kraftvollen Sprüngen durch den Raum bewegten, und der Chor gellender Schreie und das Klirren und Bersten zerbrechenden Glases und umgeworfener Möbel bewiesen, daß er nicht der einzige war, der von den kleinen Bestien angegriffen wurde.

Stanton stöhnte. Er hatte nicht einmal Angst. Das mußte ein Alptraum sein. Was er sah, war ganz und gar unmöglich!

Die Echse, die noch immer auf seiner Brust hockte und seinen Körper mit den kräftigen Hinterbeinen und dem langen Schwanz niederdrückte, reagierte auf den Laut. Sie hörte für einen Moment auf zu kauen, legte den Kopf schräg und blickte aufmerksam auf ihn herab. In ihren Augen schien es tückisch aufzublitzen.

Stanton stöhnte erneut und versuchte, das Ungeheuer von sich herunterzuschieben, aber .seine Kraft reichte nicht. Irgend etwas stimmte nicht mit seiner rechten Hand. Benommen sah er hin – und erstarrte mitten in der Bewegung.

Der unwiderruflich allerletzte Gedanke, den General Stanton in seinem Leben dachte, war, daß er nun wußte, worauf das Ungeheuer so genußvoll herumgekaut hatte.

Dann schnappten die Kiefer des Coelophysis zum zweitenmal zu. Und diesmal zielten sie auf seine Kehle.

Stanton sah nicht mehr, wie sich der Riß in der Zeit weiter öffnete und mehr und mehr der kleinen, schnellen Raubsaurier daraus hervorquollen ...

Es war beinahe zu leicht. Wenigstens am Anfang. Littlecloud hatte den Vorteil der Überraschung auf seiner Seite; vielleicht nicht einmal über den Umstand, *daß* er den Cop angriff, denn die blitzartige Reaktion des Mannes bewies, daß er nicht der erste Gefangene war, der versuchte, sich gewaltsam zu befreien. Aber vermutlich der erste, der es so gründlich tat und so konsequent.

Er empfing den Mann mit einem Hieb, der ihn nicht kampfunfähig machte, ihm aber den Atem und somit die Möglichkeit nahm, einen warnenden Schrei auszustoßen. Der Cop ließ die Fingerabdruck-Bögen und das Stempelkissen fallen, die er mitgebracht hatte, und krümmte sich vor Schmerz, griff aber trotzdem blitzschnell nach seiner Waffe.

Littlecloud schlug sie ihm aus der Hand, war mit einer raschen Bewegung hinter ihm und schlang ihm den Arm um den Hals. Gleichzeitig packte er seinen linken Arm und verdrehte ihn so fest, daß der Cop vor Schmerz stöhnte. Littlecloud verstärkte den Druck auf seine Kehle, und der Laut verstummte.

»Wenn du vernünftig bist, geschieht dir nichts«, sagte Littlecloud. »Können wir reden?«

Es war dem Mann nicht möglich zu antworten. Aber nach zwei oder drei Sekunden machte er eine Bewegung, die man als den Versuch eines Nickens auslegen konnte, und Littlecloud lockerte den Druck auf seine Kehle ein wenig. Der Mann rang keuchend nach Luft, machte aber keinen Versuch, zu schreien oder sich gar zu wehren.

»Also gut«, sagte Littlecloud. »Du weißt ja wahrscheinlich, wie das läuft. Wie komme ich hier raus?«

»Fick dich ins Knie«, antwortete der Cop.

Das tat Littlecloud nicht, aber er ruckte einmal kurz am Arm seines Gefangenen, was dieser mit einem schmerzerfüllten Grunzen quittierte.

»Also noch einmal«, sagte Littlecloud. »Wie komme ich hier raus – ohne daß deine Freunde mich über den Haufen schießen?«

»Gar nicht«, antwortete der Polizist. »Sei vernünftig, Mann. Du hast keine Chance.«

»Ich habe dich«, erinnerte Littlecloud

»Und? Was willst du tun? Mich umbringen?« Der Mann

lachte kurz. »Weißt du, was sie mit jemandem machen, der einen Cop umbringt?«

»Wer spricht von umbringen?« fragte Littlecloud. »Keine Angst – ich habe nicht vor, dich zu töten. Aber ich werde dir das Ellbogengelenk brechen. Zuerst das rechte und dann das linke. Ich kann dir sagen, daß das eine verdammt schmerzhafte Geschichte ist.« Er ruckte ein zweites Mal am Arm des Mannes, um seinen Worten den gehörigen Nachdruck zu verleihen.

»Schon gut, schon gut!« keuchte der Cop. »Ich sag's dir!«

»Das klingt schon besser«, sagte Littlecloud. »Also?«

»Es gibt einen Hinterausgang, zum Parkplatz. Vielleicht kommen wir unbemerkt hin. Wenn keiner zum Klo muß oder nicht zufällig eine Streife zurückkommt. Aber du hast trotzdem keine Chance. Du kommst nicht mal aus der Stadt raus.«

»Das kommt auf einen Versuch an«, antwortete Littlecloud. »Wohin müssen wir draußen? Nach links oder rechts?«

»Nach rechts«, antwortete sein Gefangener. »Dann die Tür am Ende des Ganges.«

»Na dann los«, sagte Littlecloud. Er löste den Arm vom Hals des Polizisten, hielt seine linke Hand aber weiter mit eisernem Griff umklammert. »Und mach keine Dummheiten, klar? Denk an deinen Ellbogen.«

Sie verließen das Büro und traten auf einen schmalen, nur unzureichend beleuchteten Korridor hinaus, von dessen Wänden sich die Farbe zu lösen begann. Es war niemand zu sehen, aber als sie an der Tür der Toilette vorbeikamen, von der der Cop gesprochen hatte, konnte Littlecloud hören, wie auf der anderen Seite die Wasserspülung betätigt wurde. Er versetzte seinem Gefangenen einen Stoß, der ihn schneller vorwärtsstolpern ließ, und sie verließen die Polizeiwache unbehelligt.

»Prima«, sagte Littlecloud, als sie auf den unbeleuchtet daliegenden Parkplatz hinaus traten. »Bis hierhin scheinst du ja die Wahrheit gesagt zu haben. Wo sind die Schlüssel für die Kisten?«

»Drinnen«, antwortete der Beamte. »Glaubst du vielleicht, ich schleppe sie mit mir herum, du Trottel?«

Littlecloud seufzte. Natürlich hatte der Mann recht. Littleclouds Blick glitt suchend über den Parkplatz und blieb an einer verchromten Harley Davidson hängen.

»Wem gehört die Kiste da?« fragte er.

»Mainland«, antwortete der Polizist. »Laß bloß die Finger davon. Der Lieutenant reißt dich in Stücke, wenn du sein Motorrad auch nur anrührst.«

»Mainland?« Littlecloud grinste. »Na, das trifft sich doch wunderbar. Du kannst ihm ausrichten, daß ich seine Maschine wie meinen Augapfel hüten werde – sobald deine Kopfschmerzen nicht mehr allzu schlimm sind.«

»Kopfschmerzen?« fragte der Cop. »Was für Kopfschmerzen?«

Littlecloud schlug ihm die geballte Faust in den Nacken und fing ihn auf, als er in seinen Armen zusammenbrach. Er schleifte den Bewußtlosen in einen dunklen Winkel ein gutes Stück von der Tür entfernt, wo er nicht sofort gefunden werden würde, sobald jemand auf den Parkplatz herauskam. Littleclouds Verschwinden würde sicher bald auffallen, aber mit etwas Glück würde es noch eine gute halbe Stunde dauern, bis Mainland herausfand, *wie* er geflüchtet war. Wenn alles gutging, war er bis dahin bereits aus der Stadt heraus.

Kaum eine Minute später hatte Littlecloud die Zündung der Harley kurzgeschlossen und fuhr vom Hof der Polizeiwache.

Tatsächlich waren sogar weniger als zwanzig Minuten vergangen, als der Rettungshubschrauber aus dem fünfundzwanzig Meilen entfernten Las Vegas eintraf. Die Maschine mußte unmittelbar nach dem Anruf losgeflogen sein, und ihre Besatzung erwies sich als echte Profis. Rasch und mit der routinierten Selbstverständlichkeit von Männern, die jeden Handgriff, den sie taten, schon tausendmal ausgeführt hatten, luden sie Jenkins in den Helikopter und führten eine erste Notversorgung durch – was Schneider zumindest bewies, daß der Ingenieur noch am Leben war. Während der letzten fünf Minuten, in denen sie auf den Hubschrauber gewartet hatten, hatte er sich nicht mehr gerührt und nur noch so flach geatmet, daß Schneider ein paarmal gefürchtet hatte, daß sie sich schon um einen Toten kümmerten.

So war er mehr als nur erleichtert, als die Maschine wieder abhob und mit schwirrenden Rotorblättern in der Nacht über der Wüste verschwand. Jenkins war in guten Händen. Wenn er überhaupt eine Chance hatte, es zu schaffen, dann bei diesen Männern. Trotzdem blieb ein Gefühl nagender Sorge in Schneider zurück; und nicht nur, weil er an den jungen Techniker dachte. Schneider fühlte sich für jeden seiner Mitarbeiter persönlich verantwortlich, aber seine Überlegungen waren während der an den Nerven zerrenden Wartezeit ganz ähnliche Wege gegangen wie die Stantons, als er den Hebel berührte und das Kribbeln pulsierender Energie fühlte. Was, wenn Jenkins nicht bloß einen Herzinfarkt erlitten hatte, sondern Opfer der Kraft geworden war, die sie möglicherweise ohne ihr Wissen selbst entfesselt hatten?

Er trat wieder in den bunkerähnlichen Eingangsbau des Laborkomplexes zurück und wartete, bis der Computer seinen Ausweis geprüft und die innere Tür freigegeben hatte. Aber er ging nicht direkt zurück zum Labor, sondern schlug den Weg in die entgegengesetzte Richtung ein, zur Cafeteria. Stanton und die meisten seiner Männer würden sicher bereits ungeduldig auf ihn warten, aber das war ihm gleichgültig. Er wollte den General jetzt nicht sehen. Ihr Streit von vorhin hatte die Sache nicht zu Ende gebracht, das wußte er nur zu gut. Ganz im Gegenteil – er war nur der Auftakt zu einem Kräftemessen gewesen, das unvermeidlich schien. Und von dem Schneider gar nicht sicher war, ob er es gewann. Er brauchte einfach noch ein wenig Zeit, um sich darauf vorzubereiten.

Trotz der späten Stunde war die Cafeteria nicht leer, als Schneider den großen, ganz in einem futuristischen Chrom- und Glasdesign gestalteten Raum betrat. An einem Tisch gleich neben der Tür saßen zwei Techniker, und auf der anderen Seite des Raumes entdeckte er zwei Marines in sandfarbenen Wüstenuniformen. Der Anblick überraschte Schneider im allerersten Moment, denn die Männer waren keine Offiziere, sondern Mannschaftsdienstgrade, und sie waren bewaffnet. Erst nach einer weiteren Sekunde wurde ihm klar, daß es sich wahrscheinlich um Stantons Fahrer handelte. Er nickte den beiden Technikern zu, ignorierte die Soldaten und zog sich einen Kaffee am Automaten.

Schneider war nicht in der Stimmung zu reden, trotzdem nahm er am Tisch neben den beiden Labortechnikern Platz und erwiderte das freundliche Nicken eines der beiden Männer. Er wollte nicht reden, aber noch viel weniger wollte er allein sein. So suchte er zwar die Nähe der Männer, setzte sich aber so hin, daß sie ihn nicht unmittelbar ansprechen konnten. Er fragte sich, wie oft er wohl noch hier sitzen und Kaffee trinken würde. Der heutige Abend hatte weit mehr gebracht als ein fehlgeschlagenes Experiment. Die Katastrophe würde das gesamte Projekt um Monate zurückwerfen. Solange sie nicht wußten, was wirklich passiert war, konnten sie auf gar keinen Fall eine Wiederholung des Experiments ins Auge fassen.

Das Licht flackerte. Im Grunde war es nur ein kurzes Zittern, das Schneider vielleicht noch nicht einmal bemerkt hätte, wäre er auch nur für einen Moment abgelenkt gewesen. Aber er bemerkte es, und er wußte sofort, was es bedeutete.

»Stanton!« sagte er laut. »Dieser verdammte Narr!« Hastig sprang er auf und wandte sich zur Tür. Im Vorbeilaufen gab er den Technikern einen entsprechenden Wink. »Kommen Sie mit! Schnell!«

Die Männer sprangen auf, aber auch die beiden Soldaten erhoben sich von ihren Plätzen und folgten Schneider, als er auf den Korridor hinausstürmte. Vielleicht hätte er den Namen ihres Kommandanten nicht so laut rufen sollen.

Daran dachte er allerdings nicht, als er sich mit gewaltigen Sprüngen der Treppe näherte. Der Aufzug war da, und die Türen standen offen, aber er ignorierte ihn. Über die Treppe kam er viel schneller in den Labortrakt im zweiten Kellergeschoß. Immer zwei Stufen auf einmal nehmend, polterte er die Treppe hinunter. Trotz seines Alters legte er dabei ein Tempo vor, bei dem es selbst den weitaus jüngeren Männern schwerfiel, mit ihm Schritt zu halten.

Wieder flackerte das Licht, und eine Sekunde später konnte Schneider fühlen, wie der Boden ganz sacht zu vibrieren begann. »Dieser Idiot!« schrie er in vollem Lauf. »Dieser gottverdammte Idiot!«

»Aber Herr Professor, was ist denn nur los?« rief einer der Techniker.

Schneider antwortete nicht, sondern sparte sich seinen Atem lieber dafür auf, schneller zu laufen, und seine Konzentration, sich selbst in Gedanken mit allen möglichen Schimpfwörtern zu belegen. Er war fast ebenso wütend auf sich selbst wie auf Stanton. Verdammt, er hatte gewußt, wie sehr der General darauf gedrängt hatte, das Experiment fortzuführen – wieso hatte er ihn auch nur eine Sekunde allein im Labor gelassen?

Schneider erreichte mit fünf Metern Vorsprung den Korridor, an dessen Ende der Zugang zum Versuchslabor lag. Die Tür war geschlossen, und einer von Stantons uniformierten Begleitern stand mit verschränkten Armen davor. Als Schneider näher kam, trat er ihm einen Schritt entgegen und gab sich Mühe, sein grimmigstes Gesicht aufzusetzen.

»Aus dem Weg!« rief Schneider.

Der Soldat rührte sich nicht. »Es tut mir leid, Professor«, sagte er, »aber ich habe Befehl, Sie nicht hereinzulassen.«

»Wie bitte?« Schneider war so perplex, daß er im allerersten Moment nicht einmal Zorn verspürte. Aber wirklich nur im *allerersten* Moment – dann sah er buchstäblich rot.

»Gehen Sie mir aus dem Weg!«, brüllte er. »Ihr sogenannter General hat hier gar nichts zu sagen!« Er packte den Mann mit beiden Händen bei den Schultern, um ihn gewaltsam von der Tür wegzuzerren, aber er hatte sein Gegenüber unterschätzt. Der Mann stand felsenfest vor ihm. Mit mehr als sanfter Gewalt löste er Schneiders Hände von seinen Schultern und schob ihn ein Stück von sich weg.

»Seien Sie doch vernünftig, Professor«, sagte er. »Ich befolge nur meine Befehle.«

»Vernünftig?« Schneider keuchte. »Wissen Sie eigentlich, was dieser Wahnsinnige dort drinnen tut?« Er versuchte noch einmal, den Mann gewaltsam zur Seite zu schieben, aber wieder ohne Erfolg.

Schneiders Gedanken rasten. Einen Moment lang war er nahe daran, den Offizier wirklich anzugreifen. Aber der Soldat war nicht allein. Wie die beiden Techniker waren auch die zwei Marines in einigen Metern Entfernung stehengeblieben und beobachteten die Szene mit einer Mischung aus Verwirrung und Ratlosigkeit; aber es war klar, wessen Partei sie ergreifen würden, wenn es zu Handgreiflichkeiten kam. Und trotz aller Wut bewahrte Schneider noch genügend klaren Verstand, um das einzusehen. So appellierte er an die Vernunft des Soldaten, statt zu tun, wonach ihm der Sinn stand, und dem Kerl die Faust ins Gesicht zu schlagen.

»Bitte lassen Sie mich durch!« flehte er. »Ihr General hat ja keine Ahnung, was er da tut! Verdammt, *dieser Idiot kann uns alle umbringen*!«

Die letzten Worte hatte er geschrien, und für einen kurzen Augenblick sah es fast so aus, als hätten sie Erfolg. Der Soldat war merklich verunsichert. Aber dann schüttelte er doch den Kopf.

»Es tut mir leid, Professor, aber ...«

Weiter kam er nicht. Auf der anderen Seite der Tür erscholl ein peitschender, lang nachhallender Klang, dem nur Sekunden später ein Chor gellender Schreie und tosender Lärm folgten.

Einen Moment lang erstarrten die sechs Menschen auf dem Gang vor Schrecken. Dann fuhren der Offizier und Schneider herum; so hastig, daß sie sich gegenseitig dabei behinderten, die Tür aufzureißen und hindurchzustürmen.

Der vordere Teil des Labors war menschenleer. Ein unheimliches Heulen und Brausen erfüllte die Luft, und durch die Panzerglasscheibe, die das hintere Drittel des Raumes abriegelte, drang ein wahres Gewitter greller, verschiedenfarbiger Blitze. Die Schreie und das Splittern von zerberstendem Glas und Kunststoff waren noch immer zu hören.

Aber die dazugehörigen Bilder fehlten.

Schneider blieb verblüfft und erschrocken stehen und starrte den Raum hinter der Panzerglasscheibe an. Die Schreie und der Kampflärm verstummten allmählich, wobei sie nicht direkt leiser wurden, sondern sich vielmehr zu *entfernen* schienen. Auch das Lichtgewitter verebbte allmählich.

»Aber ... aber das ist doch ... nicht ... nicht möglich.«

Schneider wußte nicht, welchem der Männer die Worte gehörten, aber er achtete auch nicht darauf, sondern näherte sich langsam und mit klopfendem Herzen der gläsernen Trennwand. Die Schreie waren mittlerweile vollends verstummt, die Lichter erloschen. Und das gesamte Versuchslabor war verschwunden.

An seiner Stelle erhob sich hinter der zehn Zentimeter dicken Glasscheibe ein schier undurchdringliches Gewirr aus Blättern, Ästen, Farn und Gestrüpp. Ein sonderbar klares, sehr helles Licht drang durch das Blättergewirr. Überall war hektische, raschelnde Bewegung.

»Professor, was ist das?« fragte der Offizier gepreßt. »Wo zum Teufel ist der General?«

»Ich ... ich habe keine Ahnung«, murmelte Schneider. »Mein Gott, was ... was ist das?« Er trat einen Schritt näher an die Panzerglasscheibe heran, aber er wagte es nicht, sie zu berühren. Sein Blick hing wie gebannt an dem grünen, wuchernden Gestrüpp auf der anderen Seite. Im allerersten Moment hatte er geglaubt, einen ganz normalen Dschungel zu erblicken, aber das stimmte nicht. Etwas war an diesem Dschungel nicht so, wie es sein sollte.

»Ich will jetzt eine Antwort, Professor«, sagte der Offizier. »Woran haben Sie gearbeitet? Wo ist der General?!«

»Dort drüben«, antwortete Schneider mit leiser, fast tonloser Stimme. »Wo immer das auch sein mag.« Dieser Dschungel. Was war nur mit diesem Dschungel nicht in Ordnung?

Der Offizier blickte ihn sekundenlang nachdenklich an – und bewies ein erstaunliches Maß an Mut, als er sich plötzlich herumdrehte und auf die Tür zuging.

»Was haben Sie vor?« fragte Schneider erschrocken.

»Ich hole den General«, antwortete der Offizier.

Schneider korrigierte seine vielleicht etwas vorschnell gefaßte Meinung über den Mann. Vielleicht war er nicht besonders mutig, sondern einfach nur dumm. »Dort?« fragte er.

»Es sei denn, *Sie* ziehen es vor zu gehen«, antwortete der Mann. »Oder mir zu sagen, was zum Teufel hier eigentlich vorgeht.«

Schneider setzte zu einer scharfen Antwort an, aber in diesem Moment gewahrte er eine Bewegung zwischen dem wuchernden Grün auf der anderen Seite der Glasscheibe – und im gleichen Moment, in dem er den ersten seiner Bewohner sah, wußte er, was mit diesem Dschungel nicht stimmte.

»Ich würde das nicht tun, wenn ich Sie wäre«, sagte er leise.

»Ach?« Die Augen des Offiziers wurden schmal. »Und wieso, wenn ich fragen darf?«

Schneider hob wortlos die Hand und deutete auf den Dschungel. Der Blick des Offiziers folgte der Geste – und sein Gesicht verlor schlagartig jede Farbe.

Im Gegensatz zu Stanton zuvor erkannte Schneider die

Kreatur sofort, der er sich gegenübersah. Er war kein Paläontologe, aber immerhin stand er einem der prominentesten Vertreter der Gattung aufrecht gehender, zweibeiniger Dinosaurier gegenüber: einem Deinonychus. Das Geschöpf war nicht ganz so groß wie ein ausgewachsener Mann, aber dieser Eindruck entstand nur durch die weit vorgebeugte Haltung, in der es sich bewegte. Vom Kopf bis zur Schwanzspitze mochte es gute dreieinhalb Meter messen, und das auffälligste an ihm waren vielleicht die langen, fast menschlich wirkenden Arme. Die dreifingrigen Hände endeten in gut zehn Zentimeter langen, rasiermesserscharfen Krallen. In dem fast schlank erscheinenden Kopf blitzte ein ehrfurchtgebietendes Gebiß, und ein einziger Blick in die dunklen, großen Augen des Geschöpfes machte Schneider klar, daß alles, was man über die vermeintliche Dummheit der ausgestorbenen Riesenechsen zu wissen glaubte, falsch war.

»O mein Gott!« keuchte der Offizier. »Was ist das?«

Schneider hob erschrocken die Hand, als er sah, daß einer der Soldaten sein Gewehr hob und auf den Saurier anlegte. »Nicht!« sagte er hastig.

»Aber ... aber das Ungeheuer, Sir!« protestierte der Marine.

»Es tut uns nichts«, antwortete Schneider. »Die Glasscheibe schützt uns.« Er hob die Hand und klopfte mit den Knöcheln gegen das Glas, um seine Worte zu beweisen. »Das ist zehn Zentimeter dickes Panzerglas. Nicht einmal dieses Ungeheuer kann diese Scheibe zerbrechen. Keine Angst.«

Der Soldat zögerte. Auf seinem Gesicht mischten sich Unsicherheit und Furcht, aber letztendlich siegte wohl doch das Vertrauen in Schneider; nicht einmal in ihn als Person, sondern in den *Wissenschaftler,* der er war. Langsam senkte er sein Gewehr, und Schneider wandte sich wieder mit einem erleichterten Seufzer um.

Er war nicht einmal selbst ganz davon überzeugt, daß ihnen die Scheibe absoluten Schutz gewährte. Sie bestand aus zehn Zentimeter starkem Panzerglas, an dem die Gewehrkugel einfach abgeprallt wäre. Aber kein Mensch zuvor hatte jemals ein solches Lebewesen *gesehen*. Alles, was sie hatten, waren ein paar Knochenfunde und eine ungefähre Vorstellung, wie diese Geschöpfe ausgesehen haben *könnten*.

Schneider sah es mit eigenen Augen.

Während er dastand und die wogende Urzeitlandschaft auf der anderen Seite der Scheibe anblickte, verschwand auch der letzte Rest von Furcht; beinahe ohne daß er es selbst spürte. Statt dessen machte sich eine immer stärker werdende Faszination und Aufregung in ihm breit. Der Wissenschaftler in ihm versuchte mit immer lauterer Stimme, ihn davon zu überzeugen, daß das, was er zu sehen glaubte, auf gar keinen Fall das sein konnte, was er tatsächlich sah.

Aber seine Augen behaupteten das Gegenteil und die Reaktion der anderen auch.

»Das ist . . . unglaublich«, flüsterte er. »Unvorstellbar! Wissen Sie, was das ist?« Er wies auf die graubraune, aufrecht stehende Echse, die noch immer in drei, vier Metern Entfernung dastand und seinen Blick ruhig erwiderte. Schneider fragte sich mit einem leisen Anflug von Beunruhigung, ob das Geschöpf ihn vielleicht umgekehrt ebenso deutlich erkennen konnte. Er verscheuchte den Gedanken.

»Nein.« Es war wieder der Offizier, der antwortete. Er war neben ihn getreten und bedachte den Saurier mit weitaus furchtsameren Blicken als Schneider. »So etwas habe ich noch nie gesehen.«

»Das können Sie auch nicht«, sagte Schneider. Seine Stimme zitterte vor Ehrfurcht. »Das da ist ein Deinonychus. Verstehen Sie? Ein *lebendiger* Deinonychus!«

»Ich verstehe«, antwortete der Offizier mit einer Stimme, die bewies, daß er rein gar nichts verstand. »Sie meinen, so eine Art Saurier?«

»Nicht so eine Art«, berichtigte ihn Schneider. »Ein echter Dinosaurier! Verstehen Sie denn nicht, was das bedeutet?« Er begann aufgeregt mit beiden Händen auf die Glasscheibe zu gestikulieren. »Diese Gattung ist vor gut einhundertfünfzig Millionen Jahren ausgestorben! Wissen Sie, was Stanton getan hat? Er... er hat ein Fenster in die Vergangenheit geöffnet!«

»Aber Sie haben doch gar nicht mit der Zeit experimentiert!« protestierte der Offizier. Allein die Naivität, die diese Frage verriet, hätte Schneider unter normalen Umständen wahrscheinlich laut auflachen lassen – als ob man mit der Zeit *Experimente* anstellen könnte! So aber antwortete er ganz ernsthaft:

»Wir haben mit Hochenergiefeldern experimentiert. Mit... mit etwas vollkommen Neuem. Vielleicht neuer und anders, als uns selbst bewußt war.«

»Im Klartext: Sie haben selbst nicht gewußt, was Sie taten.«

»Vor einer Minute noch hätte ich es anders ausgedrückt«, gestand Schneider. »Aber jetzt...« Er machte eine Bewegung, die irgendwo zwischen einem Kopfschütteln und einem Achselzucken lag. »Ich fürchte, Sie haben recht. Was immer Stanton getan hat – *damit* hat niemand gerechnet.«

»Aber wo *ist* er?« beharrte der Offizier.

»Ich weiß es nicht«, antwortete Schneider. »Vielleicht dort drüben. Vielleicht... nirgendwo.«

Der DEINONYCHUS bewegte sich. Bisher hatte er reglos dagestanden und Schneider und die anderen angestarrt, doch als er jetzt aus seiner Starre erwachte, geschah es dafür um so plötzlicher. Mit einer Geschwindigkeit und Eleganz, die für ein Wesen seiner Größe und seines Körperbaus geradezu absurd erschienen, fuhr er herum und verschwand wieder im Gebüsch.

»Unvorstellbar«, flüsterte Schneider zum wiederholten Male. »Ein Fenster in der Zeit! Da ist tausendmal fantastischer als alles, was ich mir jemals auch nur vorzustellen gewagt hätte!«

Aber trotz dieser Faszination blieb ein beunruhigendes Gefühl in Schneider zurück. Da war etwas, was er gesehen hatte. Etwas, das wichtig war. Aber er wußte nicht, was. Er schüttelte auch diesen Gedanken ab.

»Unglaublich«, murmelte er noch einmal. »Das könnte die größte Entdeckung seit der Erfindung des Rades sein!«

»Es könnte das *letzte* sein, was Sie jemals entdecken, wenn Sie mir nicht bald verraten, wo der General ist«, versprach der Offizier.

»Begreifen Sie doch endlich, daß ich es nicht weiß«, antwortete Schneider. Er sprach in einem nachsichtigen Tonfall, in dem er vielleicht auch mit einem störrischen Kind gesprochen hätte. »Vielleicht sind sie alle tot. Vielleicht sind sie ... irgendwo. In einer anderen Dimension. Auf einem anderen Planeten, was weiß ich.«

»Aber vielleicht auch dort drüben.« Der Offizier deutete auf die Urzeitlandschaft.

»Vielleicht«, antwortete Schneider. Er begriff im gleichen Augenblick, daß diese Antwort ein Fehler war, aber es war zu spät, sie zurückzunehmen.

Der Offizier drehte sich mit einem entschlossenen Ruck herum und näherte sich ein zweites Mal der Tür. »Private, folgen Sie mir!«

Schneider begriff erst wirklich, was der Offizier vorhatte, als sich auch die beiden anderen Soldaten von ihren Plätzen lösten und ihrem Vorgesetzten folgten.

»Sie wollen doch nicht etwa dort hinein!« keuchte er.

»Ganz genau, Professor, das wollen wir«, antwortete der Offizier grimmig. »Sie haben es selbst gesagt, Professor – niemand weiß, was mit dem General und den anderen passiert ist. Möglicherweise sind sie tot. Aber möglicherweise leben sie auch noch. Und vielleicht sind sie dort drüben. Wenn es so ist, dann werde ich sie finden.«

»Aber das dürfen Sie nicht!« protestierte Schneider. »Um Gottes willen, nein!« Er machte einen Schritt auf den Offizier zu, blieb aber sofort wieder stehen, als ihm einer der Soldaten den Weg versperrte.

»Und wer sollte mich daran hindern?« fragte der Offizier. Er lächelte kalt. »Keine Angst, Professor. Ich werde niemandem verraten, daß Sie nicht als erster durch diese Tür getreten sind.«

»Sie verstehen mich nicht«, sagte Schneider sehr ruhig, aber auch sehr ernst. »Wenn das wirklich ein Tor in die Vergangenheit ist, dann darf *niemand* einfach so hindurchspazieren, auch ich nicht. Verstehen Sie – es wäre lebensgefährlich. Nicht nur für Sie!«

»Sie meinen, wegen dieses Ungeheuers?« Der Offizier deutete mit einer Kopfbewegung auf die Gewehre der beiden Marines. »Keine Sorge. Damit werden wir fertig.«

»Nein, das meine ich nicht«, antwortete Schneider ernst. »Ich rede davon, daß das da eine vollkommen andere Welt ist, nicht einfach nur ein anderes Land mit ein paar komisch aussehenden Tieren und Pflanzen. Ich rede von Krankheiten. Ich rede von Gefahren, die Sie sich nicht einmal vorstellen können. Sie könnten etwas dorthin bringen, was nicht in diese Zeit gehört. Oder etwas mit zurück, das nicht in *unsere* Zeit gehört.«

»Wie meinen Sie das?« fragte der Offizier. Aber zumindest ging er nicht einfach weiter.

»Zwischen uns und dieser Welt da«, antwortete Schneider, »liegen einhundertfünfzig Millionen Jahre! Das ist eine vollkommen andere Welt. Jede Pflanze, jedes Tier ist anders. Die Luft könnte anders sein. Selbst die Mikroorganismen, die es in unserer Welt gibt, sind nicht mehr dieselben wie früher.«

»Mikroorganismen?« Der Offizier lachte. »Haben Sie Angst, daß ich Ihren Dinosaurier mit Grippe infiziere?«

Schneider nickte ernst. »Als die ersten Weißen in dieses Land kamen, da brachten sie Tausende von Indianern um«, sagte er. »Ganz unabsichtlich, indem sie sie mit Windpocken infizierten. Einer Krankheit, die für sie vollkommen harmlos war – aber für die Indianer tödlich. Dasselbe könnte hier passieren. Sie . . . Sie könnten für das Ende der Dinosaurier verantwortlich sein, verstehen Sie?«

»Sind sie vor hundertfünfzig Millionen Jahren ausgestorben?» fragte der Offizier.

In Schneider begann sich allmählich so etwas wie Verzweiflung breitzumachen. »Aber so verstehen Sie doch!« sagte er. »Sie könnten das Ende *unserer* Welt einleiten!«

»Blödsinn«, sagte der Offizier. Und damit streckte er die Hand aus, öffnete die Tür und trat hindurch, ehe Schneider noch Gelegenheit fand, ihn zurückzuhalten.

Schneider hielt instinktiv den Atem an; und die vier anderen wohl auch. Doch nichts Außergewöhnliches geschah – weder verschwand der Offizier einfach, noch tat sich der Boden auf, um ihn zu verschlingen. Und das Universum hörte auch nicht auf zu existieren. Der Mann machte einfach einen Schritt durch die Tür, wie man ganz normal durch eine ganz normale Tür tritt, und fand sich auf der anderen Seite. Für die Dauer von zwei, drei Sekunden konnte Schneider ihn sowohl durch die Tür als auch durch das Glas der Scheibe hindurch beobachten; dann überwand er seine Betäubung und beeilte sich, dem Mann zu folgen.

Trotzdem zögerte er noch eine allerletzte Sekunde, den entscheidenden Schritt zu tun. Sein Herz setzte für einen einzelnen Schlag aus. Plötzlich spürte er, wie wichtig, wie ungemein kostbar und unwiderruflich einmalig dieser Augenblick war; der Moment, von dem alle Wissenschaftler zu allen Zeiten immer geträumt hatten und den doch nur die allerwenigsten jemals wirklich erlebten: Er würde etwas sehen, das vor ihm noch kein Mensch mit eigenen Augen gesehen hatte. Alle Angst und alle Zweifel waren wie weggeblasen. Professor Carl Schneider atmete noch einmal tief ein, dann machte er einen einzelnen Schritt, mit dem er heraus aus seiner Welt trat und hinein in ein Universum, das vor mehr als einhundertfünfzig Millionen Jahren untergegangen war.

Es war fast vier, als Littlecloud die Stadt verließ; noch eine knappe Stunde bis Sonnenuntergang. Aber damit würden seine Schwierigkeiten erst richtig anfangen.

Übrigens war dies nicht das einzige, was ihm im Verlauf der letzten halben Stunde klargeworden war. Wenn es eine Erkenntnis gab, die sich im Verlauf dieser Zeit wie mit glühenden Lettern in Marc Littleclouds Bewußtsein eingebrannt hatte, dann diese: Er hatte sich wie ein kompletter Idiot benommen.

Seine Flucht war erstaunlich reibungslos verlaufen – bisher. Er hatte das Motorrad einen Häuserblock von seinem Hotel entfernt abgestellt und den Rest der Strecke zu Fuß zurückgelegt, um keine Spuren zu hinterlassen. Der Umstand, daß er in einem Hotel abgestiegen war, das sich im Grunde selbst für einen schlechtbezahlten Berufssoldaten um mindestens zwei Ebenen unter seinem Niveau befand, erwies sich nun als Glücksfall: Niemand hatte in dieser Absteige nach seinen Papieren gefragt, als er ankam. Er hatte das Zimmer für die drei Tage, die er in Las Vegas bleiben wollte, im voraus bezahlt, und das war alles, was den Mann am Empfang interessiert hatte. Überdies war der Portier praktisch die ganze Zeit betrunken gewesen. Littlecloud war sehr sicher, daß er sich weder an seinen Namen noch an irgend etwas anderes würde erinnern können, was Mainland weiterhalf – falls der Polizist überhaupt das Hotel fand.

Trotzdem war er auf Nummer Sicher gegangen und hatte das Hotel durch die Hintertür verlassen, nachdem er seine Sachen zusammengepackt und wenigstens die Türgriffe, das Telefon und die Armaturen im Bad von seinen Fingerabdrücken gereinigt hatte. Anschließend war er zu Mainlands ›geliehener‹ Harley zurückgekehrt und hatte die Stadt in nördlicher Richtung verlassen.

Littlecloud war sich des Umstandes durchaus bewußt, daß er sich mittlerweile wie ein Schwerverbrecher auf der Flucht benahm. Aber welche andere Wahl hatte er schon? Er hatte sich selbst derart gründlich in Schwierigkeiten gebracht, daß er jetzt gar nicht mehr anders konnte, als weiterzumachen und zu hoffen, daß es ihm gelang, den Bundesstaat zu verlassen, ehe Mainland zur großen Jagd blies und jeder Polizist von Nevada ihn verfolgte. Immerhin hatte er einen Polizisten niedergeschlagen und Mainlands Motorrad gestohlen. Allein dafür waren ihm wahrscheinlich zwei bis drei Jahre sicher; von anderen Dingen, die Mainland herausfinden würde, ganz zu schweigen. Und Littlecloud war sicher, daß der Lieutenant mit wahrem Feuereifer bei der Sache sein würde, wenn es darum ging, Anklagepunkte gegen ihn zusammenzutragen.

Littlecloud wußte selbst nicht mehr, was in ihn gefahren war, sich derart idiotisch zu benehmen. Er hatte eine Weile darüber nachgedacht, an welchem Punkt dieser verhängnisvollen Nacht er eigentlich den entscheidenden Fehler begangen hatte, war aber zu keiner befriedigenden Antwort gelangt. Wahrscheinlich schon ganz am Anfang. Er hätte dieses verdammte Spielcasino niemals betreten oder sich mit seinem zweiten Gewinn zufriedengeben sollen. Littlecloud war mittlerweile nicht einmal mehr sicher, ob die Angestellten des Casinos nicht sogar im Recht gewesen waren; zumindest von ihrem Standpunkt aus. Und alles, was danach geschehen war ...

Nein, dachte er frustriert und wütend auf sich selbst – Mainland hatte nicht einmal ganz unrecht gehabt. Er hatte sich aufgeführt wie ein Indianer auf dem Kriegspfad. Und er hatte die Quittung dafür bekommen.

Littlecloud schüttelte den Gedanken ab. Was geschehen war, war geschehen. Um so wichtiger war es, keinen weiteren Fehler zu machen.

Vielleicht war der Umstand, ausgerechnet Mainlands Motorrad zu stehlen, schon einer gewesen. Es war eine prachtvolle Maschine – eine nach allen Regeln der Kunst aufgemöbelte Elektra Glide, die nur aus Chrom, Spiegeln und blitzenden Zusatzteilen zu bestehen schien und deren kraftvolles Tausendzweihundert-ccm-Triebwerk ihn mit nahezu neunzig Meilen nach Norden trug, ohne daß er die Geschwindigkeit auch nur spürte. Aber das war das Problem: Littlecloud war kein Motorrad-Fan, doch selbst er wußte, daß die Maschine ein kleines Vermögen wert sein mußte. Hatte Mainland bisher vielleicht nur ein rein berufliches Interesse daran gehabt, ihn einzusperren, so hatte er ihm mit dem Diebstahl der Harley vermutlich auch noch einen privaten Grund gegeben.

In einem der zahllosen Rückspiegel tauchte ein Scheinwerferpaar auf, und das war einigermaßen seltsam – immerhin fuhr Littlecloud beinahe neunzig, womit er die zulässige Höchstgeschwindigkeit auf dem Highway beinahe um das Doppelte überschritt. Trotzdem kamen die Scheinwerfer ganz langsam näher.

Littlecloud reagierte ganz instinktiv. Er schaltete die Lichter aus, nahm Gas weg und bremste ab, wobei er sorgsam darauf achtete, nur die Motorbremse zu benutzen, damit ihn das aufleuchtende Bremslicht nicht verriet. Das Scheinwerferpaar kam jetzt, als er langsamer fuhr, rasch näher.

Littlecloud bremste weiter ab, lenkte die Harley schließlich von der Straße herunter und gute zwanzig, dreißig Meter weit in die Wüste hinein, ehe er ganz anhielt. Die Lichter kamen wirklich *schnell* heran.

Hastig stieg er ab und legte die Harley auf die Seite. Einer der Spiegel brach mit einem hellen Knirschen ab. Das machte weitere drei Monate, wenn Mainland ihn in die Hände bekam, dachte Littlecloud betrübt.

Das Scheinwerferpaar kam jetzt rasend schnell näher. Littlecloud duckte sich hastig hinter die Maschine. Der Wagen raste mit mindestens hundert Meilen in der Stunde heran und war so schnell wie ein Gespenst vorbei. Aber trotzdem nicht schnell genug, daß Littlecloud ihn nicht erkannt hätte. Es war ein Wagen der Highway-Patrol.

Littlecloud begann lautlos in sich hineinzufluchen. Natürlich hatte er keinen Beweis dafür, daß dieser Wagen ausgerechnet hinter ihm her war, aber die Vermutung lag auf der Hand. Und selbst wenn nicht – spätestens in einer knappen Stunde, wenn die Sonne aufging, sah seine Lage schon gar nicht mehr so rosig aus. Mit diesem Motorrad würde er auffallen wie ein bunter Hund. Und es gab nur diese eine Straße, die nordwärts aus der Stadt herausführte – und auf einer Strecke von gut hundert Meilen keine Abzweigung. Alles, was Mainland tun mußte, war, die Beschreibung der Harley per Funk durchzugeben. Er *konnte* gar nicht entkommen. Littlecloud gestand sich ein, daß er schon wieder einen Fehler gemacht hatte: Er hatte die Stadt in der falschen Richtung verlassen. Wäre er nach Süden gefahren, statt nach Norden, dann hätte er bei Sonnenaufgang die Staatsgrenze von Nevada vielleicht schon hinter sich gelassen.

Andererseits rechnete Mainland vermutlich damit, daß er ganz genau das versuchte. Mit ziemlicher Sicherheit war die nach Süden führende Interstate bereits dichtgemacht.

Während Littlecloud darauf wartete, daß die Rücklichter des Wagens vor ihm in der Nacht verschwanden, ließ er die verschiedenen Alternativen, die ihm noch blieben, vor seinem inneren Auge Revue passieren. Viele waren es nicht.

Im Grunde gab es nur eine einzige, die überhaupt Aussicht auf Erfolg besaß.

Littlecloud wartete, bis die roten Lichter im Norden nicht mehr zu sehen waren, und gab vorsichtshalber noch eine Minute zu. Dann richtete er das Motorrad wieder auf, stieg in den Sattel und fuhr los. Er schaltete kein Licht ein, und er fuhr auch nicht auf die Straße zurück, sondern wandte sich nach Osten, direkt in die Wüste hinein.

Das Gefühl, etwas Wundervolles zu erleben, blieb, auch nachdem er die Tür durchschritten hatte und stehengeblieben war. Das Wunder hatte Bestand, und er war Teil davon. Schneider war überwältigt. Tränen liefen über sein Gesicht, ohne daß er sich ihrer auch nur bewußt gewesen wäre. Er war bis ins Innerste erschüttert, und das Gefühl ließ nicht nach, sondern schien im Gegenteil immer noch intensiver zu werden. Wohin er auch sah, erblickte er neue Wunder, sah er neue, unglaubliche Dinge. Hier den schuppigen Stamm eines Baumes, der kein Baum war, sondern nur so aussah und sich bei näherer Betrachtung als ins Gigantische vergrößertes Farngewächs herausgestellt hätte. Dort einen Busch, dessen vermeintliche Blüten sich als winzige zahnbewehrte Münder erwiesen, die auf jede Bewegung in ihrer Nähe mit einem blitzartigen Zuschnappen reagierten. Da ein Moosgewächs, das seit hundert Millionen Jahren vom Antlitz dieses Planeten verschwunden sein sollte. Wohin er auch sah, es gab buchstäblich keinen Flecken seiner Umgebung, der nicht ein neues Wunder, eine neue Überraschung, ein neues, faszinierendes Detail verborgen hätte, und das, obwohl ringsum tiefe Nacht herrschte und alles, was deutlich weiter als zehn Meter entfernt war, zu schwarzen Schatten verschmolz. Es war die Stimme des Offiziers, die Schneider wieder in die Wirklichkeit zurückholte.

»Sehen Sie, Professor«, sagte er. »Die Welt ist nicht untergegangen.«

Schneider benötigte einige Sekunden, um die Worte überhaupt zu verarbeiten. Mühsam riß er seinen Blick von dem schattenverwobenen Grün vor sich los und drehte sich zu dem Mann um. »Wie?«

»Sogar ich habe schon einmal Star Trek gesehen und weiß, was ein Zeitparadoxon ist«, antwortete der Mann in einem Ton, von dem sich Schneider nicht sicher war, ob er nun ehrlich belustigt klang oder vielmehr den Anfang einer beginnenden Hysterie darstellte. »Sieht so aus, als hätten wir die Welt, aus der wir stammen, nicht vernichtet, indem wir einen Grashalm niedergetrampelt haben.«

Schneider fand das nicht lustig. Die Worte des Mannes mochten mehr Wahrheit beinhalten, als dieser selbst ahnte. Wenn sie sich tatsächlich in ihrer eigenen Vergangenheit befanden, dann bestand durchaus die ernst zu nehmende Gefahr, daß sie durch eine unbedachte Tat die gesamte Zukunft dieses Planeten änderten; und somit ihre Gegenwart. Andererseits – bewies nicht allein der Umstand, daß er diesen Gedanken noch denken konnte, daß dies nicht geschehen war?

Der Offizier schien Gefallen an seiner eigenen Idee gefunden zu haben, denn er grinste plötzlich, hob die Hände vor das Gesicht und begann mit den Fingern zu wackeln.

»Alles in Ordnung«, sagte er fröhlich. »Fünf Stück an jeder Hand. Und auch keine Schwimmhäute dazwischen.«

»Hören Sie mit dem Blödsinn auf«, sagte Schneider streng. Hatte der Kerl denn überhaupt keine Ehrfurcht vor dem, was er erlebte?

Der Offizier grinste noch eine Sekunde weiter und wurde dann schlagartig wieder ernst. »Sie haben recht, Professor«, sagte er. »Entschuldigen Sie. Das ist nicht der Moment, um herumzualbern. Außerdem sind wir hier, um den General zu suchen.«

Daran wiederum hatte Schneider schon gar nicht mehr gedacht. Und er glaubte auch nicht, daß Stanton tatsächlich hier war. Er glaubte nicht einmal wirklich, daß Stanton und die verschwundenen Männer jemals hier gewesen waren. Was immer dieses Wunder, dessen Zeuge sie wurden, auch wirklich bedeuten mochte – es war nicht so einfach, wie es schien.

»Das ist seltsam«, sagte einer der beiden Labortechniker, die Schneider – ebenso wie die beiden Soldaten – gefolgt waren. »Müßten wir uns nicht eigentlich zehn Meter unter der Erde befinden?«

»Vielleicht hat das Bodenniveau damals tiefer gelegen als heute«, murmelte Schneider.

»Das hat es sogar ganz bestimmt, Professor«, sagte der Offizier. »Drehen Sie sich mal um.«

Schneider gehorchte – und riß erstaunt die Augen auf. Es war wie ein Schlag ins Gesicht. Ohne sich dieses Gedankens auch nur bewußt zu sein, hatte er ganz selbstverständlich angenommen, daß sie der Schritt aus dem Labor hinaus direkt in die Vergangenheit geführt hatte, und so hatte er erwartet, auch hinter sich nichts als einen nächtlichen Urzeitdschungel zu gewahren.

Statt dessen blickte er in sein eigenes Gesicht, das sich im

Glas der Panzerglasscheibe spiegelte, eine Scheibe, die in eine graue Stahlbetonwand eingelassen war, die sich zu beiden Seiten gute zwanzig oder dreißig Meter weit erstreckte, ehe sie in eine schwarze Klippe überging, die ihn und die anderen um gute zwanzig Meter überragte. Ihre Oberkante war zu symmetrisch, um natürlichen Ursprungs zu sein, aber es vergingen noch einmal Sekunden, ehe Schneider wirklich *verstand*, was der phantastische Anblick bedeutete.

Die Wand vor ihnen war die Gegenwart, die Zeit, in der das Labor und die Nevada-Wüste lagen und aus der er und die anderen stammten. Und die Trennlinie war nicht imaginär, sondern sicht- und greifbar; eine messerscharf gezogene Grenze, die das Labor und die Felsen genau zweigeteilt hatte. Schneiders Blick wanderte nach links, dorthin, wo die Trennwand zum benachbarten Raum gelegen hatte. Sie war verschwunden. Er sah abgetrennte Leitungen, gekappte Kabel und halbierte Stahlträger, alles so präzise wie mit einem chirurgischen Messer geteilt.

»Ob wir ... noch zurück können?« fragte einer der Techniker stockend.

Schneider antwortete nicht, aber er zuckte zusammen. An die Möglichkeit, daß die Tür in die Vergangenheit vielleicht nur in *eine* Richtung funktionierte, hatte er noch gar nicht gedacht. Hastig machte er einen Schritt an dem Techniker vorbei und auf die noch immer offenstehende Tür zu.

Und fand sich im Vorraum des Versuchslabors wieder. Seine Angst war unbegründet gewesen. Der Durchgang funktionierte in beide Richtungen.

Und trotzdem blieb das nagende Gefühl zurück, daß hier irgend etwas nicht stimmte. Etwas war nicht so, wie es sein sollte. Trotz aller Unmöglichkeiten gehorchte doch selbst dieses Wunder den Gesetzen der Logik. Aber da war etwas, das nicht in dieses Bild paßte. Und es dauerte auch nur eine Sekunde, bis Schneider erkannte, was es war.

Alles funktionierte noch. Das Licht brannte. Er sah blinkende Kontrollanzeigen und arbeitende Computer, hörte das leise Rauschen der Klimaanlage und spürte das Vibrieren des Zyklotrons, das noch immer arbeitete und Energie produzierte.

Nichts von alledem hätte noch funktionieren dürfen.

Trotz seiner Größe war das gesamte Labor im Grunde nicht mehr als eine einzige, ungeheuer komplizierte Maschine, ein riesenhafter Komplex, dessen Teile praktisch alle irgendwie miteinander verbunden waren. Und diese gigantische Maschinerie war in der Mitte durchgeschnitten worden. Das Ergebnis hätte das gleiche sein müssen, als hätte jemand ein Messer genommen und ein lebendes Gehirn geteilt: sofortiger Tod. Aber hier funktionierte buchstäblich *alles* noch.

Zutiefst verwirrt kehrte Schneider wieder zu den anderen zurück und besah sich ein zweites Mal die abgetrennten Leitungen und Stromkabel. Gut die Hälfte des Labors war einfach verschwunden, und doch war es, als wäre es irgendwo noch vorhanden.

Oder irgendwann . . .

Für den Bruchteil einer Sekunde blitzte eine Erkenntnis in Schneiders Bewußtsein auf, aber der Gedanke war einfach zu phantastisch, als daß der logische Teil seines an streng wissenschaftliches Denken gewohnten Bewußtseins ihm gestattet hätte, konkrete Form anzunehmen. Er unterdrückte ihn, ohne es selbst wirklich zu merken.

»Damit wäre bewiesen, daß wir wieder zurück können«, sagte der Offizier erleichtert. »Also, suchen wir den General.«

»Nicht so schnell.« Schneider machte eine entsprechende Geste und wandte sich wieder an den Techniker. »Gehen Sie zurück«, sagte er. »Holen Sie die anderen. Sie sollen alles mitbringen, was sie haben – Kameras, Fotoapparate, Video . . . und stellen Sie ein Team zusammen, das Boden- und Pflanzenproben nehmen kann. Und versuchen Sie, eine Verbindung nach Sidney zu bekommen. Sie sollen bei der dortigen Universität nach Professor Sandstrup suchen. Ich weiß nicht, wie spät es dort jetzt ist – nötigenfalls müssen Sie ihn aus dem Bett holen. Und zwar schnell.«

»Professor«, sagte der Offizier.

Schneider hörte es nicht einmal.

»Und das allerwichtigste«, fuhr er fort. »Wecken Sie die Computerleute. Ich brauche ein komplettes Backup von allem, was in den letzten drei Stunden hier im Labor getan wurde.«

»Professor Schneider!« sagte der Offizier noch einmal. »Bitte!«

Während der Techniker davoneilte, um seine Befehle auszuführen, drehte sich Schneider widerwillig wieder zu dem Offizier um.

»Ihren Forscherdrang in Ehren, Professor«, sagte der Offizier, »aber wir sind nicht hier, um Fotos zu machen und Bodenproben zu nehmen, sondern um den General zu suchen.«

Beinahe hätte Schneider laut losgelacht. »Sie begreifen nichts, wie?« fragte er. »Guter Mann, das hier ist mehr als ein sonderbares Phänomen. Das ist . . .« Er suchte ein paar Sekunden lang vergeblich nach Worten. »Etwas Unglaubliches!« sagte er schließlich. »Vielleicht die größte Sensation, seit es Menschen auf dieser Welt gibt. Begreifen Sie denn nicht? Das hier ist ein Tor in die Vergangenheit!«

»Das mag schon sein«, erwiderte der Offizier ungerührt. »Aber wir sind hier, um den General zu finden. Und die, die bei ihm waren. Es sind *Ihre* Leute. Haben Sie das vergessen?«

»Nein«, antwortete Schneider ernst. »Keine Sekunde lang. Aber sie sind nicht hier.«

»Und wo sind sie, Ihrer Meinung nach?«

Schneider schwieg ein paar Sekunden lang. Das nagende Gefühl, etwas übersehen, etwas nicht bemerkt oder vielleicht auch nur falsch gedeutet zu haben, war wieder da. Aber es blieb so vage wie zuvor. Es gelang ihm nicht, den Gedanken zu greifen.

»Ich weiß es nicht«, gestand er. Er zuckte hilflos mit den

Schultern und deutete auf die wie poliertes Glas schimmernde Schnittfläche zwischen den Zeiten. »Vielleicht dort, wo auch der Rest des Labors ist. Jedenfalls nicht hier.«

»Sie gestatten, daß ich mich selbst davon überzeuge?« fragte der Offizier.

»Ich an Ihrer Stelle würde das nicht tun«, sagte Schneider ernst. »Diese Zeit ist nicht nur äußerst interessant, sondern auch äußerst gefährlich.« Er wies in die ungefähre Richtung, in der er den Saurier gesehen hatte. »Haben Sie den Deinonychus vergessen?«

»Den was?« Der Offizier runzelte die Stirn. »Oh, ich verstehe. Sie meinen diese Bestie. Nein, keine Sekunde lang. Aber machen Sie sich keine Sorgen.« Er schüttelte ein paarmal den Kopf und wies auf das automatische Gewehr, das einer der Männer in Händen hielt. »Das da reicht, um selbst diesem Vieh Respekt beizubringen.«

»Das glaube ich kaum«, antwortete Schneider. »Sie haben anscheinend keine Vorstellung davon, wie . . .«

Er kam nicht weiter. *Etwas* geschah. Schneider konnte es jetzt so wenig in Worte fassen wie vorhin, als er das Gefühl schon einmal gehabt hatte, und es war auch diesmal im Bruchteil einer Sekunde bereits wieder vorbei: ein winziger Ruck in der Wirklichkeit, so als ob die Welt sich ein ganz kleines Stück weit in eine Richtung verschoben hätte, die es im Grunde gar nicht gab. Ein heftiges Schwindelgefühl ergriff ihn, und für einen Moment schien der Boden unter seinen Füßen zu schwanken.

Als es vorbei war, hatte sich das Gesicht des Offiziers in eine Grimasse schieren Entsetzens verwandelt. Aus hervorquellenden Augen starrte er einen Punkt hinter Schneider an. Er zitterte am ganzen Leib.

Schneider drehte sich mit klopfendem Herzen herum.

Zehn, zwanzig, schließlich dreißig Sekunden lang stand er vollkommen reglos und stumm da und blickte in die gleiche Richtung wie der Soldat. Er konnte den Ausdruck absoluten Entsetzens in dessen Blick jetzt verstehen. Er verspürte es selbst.

Die Glasscheibe, die Tür, das gesamte Labor waren verschwunden. An ihrer Stelle erhob sich nun auch hinter ihnen ein urzeitlicher Dschungel.

Die Tür, die zurück in die Gegenwart geführt hatte, war nicht mehr da.

Natürlich konnte er das Versprechen, das er dem Cop auf dem Parkplatz des Polizeireviers gegeben hatte, nicht einhalten. Es blieb nicht bei dem abgebrochenen Spiegel. Mainlands Harley veränderte ihr Aussehen im gleichen Maße, in dem Littlecloud tiefer in die Wüste eindrang, und wenn er den zerbrochenen Spiegel am Anfang mit drei Monaten bewertet hatte, die Mainland ihn einbuchten würde, so hatte er mittlerweile vermutlich ein knappes Jahrhundert verschärfter Einzelhaft gesammelt.

Littlecloud war an sich ein ganz passabler Motorradfahrer, aber er war allein auf den ersten drei Meilen ein halbes Dutzend Male gestürzt, und beim letzten Mal hatte er sich den Arm so übel geprellt, daß ihn schon allein der pochende Schmerz in seinem Ellbogen zwang, erheblich langsamer zu fahren. Das Gelände erwies sich als schwieriger, als er erwartet hatte. Was beim Blick aus einem über den Highway rollenden Greyhound-Bus wie eine brettflache Landschaft aussah, war in Wirklichkeit ein Labyrinth tückischer Fallgruben und Schluchten, jäh auftauchender Felsbrocken und warnungslos klaffender Risse, denen er nur zu oft nicht mehr rechtzeitig genug ausweichen konnte. Dazu kam, daß die Harley nicht für ein solches Gelände gebaut war: es war ein prachtvolles, äußerst robustes Fahrzeug, aber es war eine *Straßen*maschine, kein Cross-Bike. Falls er es überhaupt schaffte, die Wüste damit zu durchqueren, würde sie am Ende nur noch ein Schrotthaufen sein.

Ein weiterer Fehler: er war praktisch auf gut Glück losgefahren und hatte sich darauf verlassen, früher oder später schon wieder auf eine Straße zu treffen, wenn er nur schnurgerade nach Osten fuhr. Theoretisch mochte das stimmen. Praktisch sah die Wüste auf der Landkarte ebenso harmlos und klein aus, wie sie in Wirklichkeit gefährlich und groß war. Der Tachometer der Harley hatte bei einem der letzten Stürze seinen Geist aufgegeben, aber Littlecloud wußte, daß er bisher kaum mehr als fünf, sechs Meilen hinter sich gebracht hatte. In einer halben Stunde ging die Sonne auf. Und dann würde es hier verdammt heiß werden.

Littlecloud war weitere zehn Minuten unterwegs, als er das Licht im Rückspiegel sah.

Verblüfft brachte er die Maschine zum Stehen und wandte sich im Sattel um. Es war keine Täuschung. Hinter ihm war ein Licht in der Wüste erschienen. Es war winzig klein und bewegte sich heftig schaukelnd von rechts nach links, auf und ab, aber es kam allmählich näher.

Ein Wagen.

Littlecloud weigerte sich für einen Moment einfach, zu glauben, was er sah. Es war vollkommen unmöglich, daß sie seine Spur gefunden hatten. Selbst er hätte in der Nacht und auf dem hartgebackenen Wüstenboden die Reifenspur der Harley nicht gefunden – ganz davon abgesehen, daß sie gar nicht wissen konnten, wo sie nach ihm suchen sollten! Er wußte ja selbst nicht genau, wo er sich befand!

Aber unmöglich oder nicht, der Wagen war da, und er bewegte sich genau in seine Richtung. Zu genau, als daß es noch Zufall sein konnte!

Littlecloud fluchte, startete den Motor wieder und fuhr los. Trotz der schlechten Sicht und der pochenden Schmerzen in seinem Arm fuhr er wesentlich schneller als bisher. Das Risiko, erneut zu stürzen, mußte er eingehen. Ab und zu sah er in den Rückspiegel. Der Wagen war noch immer da. Er holte nicht auf, aber er war da. Verdammt!

Eine heftige Erschütterung schleuderte ihn um ein Haar aus dem Sattel. Littlecloud erlangte im letzten Moment die Kontrolle über das Motorrad zurück und reduzierte widerwillig das Tempo. Sein Blick glitt über den Horizont und blieb schließlich an einem kantigen Schatten in schwer zu bestimmender Entfernung hängen. Ein kleiner Berg, vielleicht auch nur eine Felsgruppe – aber etwas, wo er sich verstecken konnte. Er wußte, daß er das Rennen mit dem Wagen hinter sich auf die Dauer nicht gewinnen konnte. Selbst wenn er nicht stürzte oder die Maschine einfach den Geist aufgab, war er einfach in der schlechteren Position. Das Fahren in diesem Gelände und bei diesem Tempo kostete enorme Kraft. Er begann die Anstrengung bereits jetzt zu spüren.

Aber wie sich zeigte, brauchte er sich um seine *Kondition* keine Sorgen zu machen. Er stürzte nämlich, und zwar eher und härter, als er gehofft hatte. Die Harley pflügte durch einen ausgedörrten Busch, dessen Äste unter den Reifen mit einem Geräusch wie zersplitterndes Glas brachen – und hing für eine Zehntelsekunde scheinbar schwerelos in der Luft.

Hinter dem Busch war kein fester Boden mehr, sondern ein metertiefer, breiter Graben, vielleicht ein ausgetrockneter Flußlauf. Der Motor der Harley heulte auf, als das Hinterrad plötzlich durchdrehte, dann beschrieb die Maschine einen fast eleganten, flachen Bogen – und schlug mit entsetzlicher Wucht auf. Littlecloud wurde kopfüber nach vorne geschleudert, drehte einen zweieinhalbfachen Salto in der Luft und riß noch die Hände vor das Gesicht, um seinem Aufprall wenigstens die schlimmste Wucht zu nehmen.

Viel nutzte es allerdings nicht.

Schneider war im ersten Moment nicht einmal wirklich erschrocken. Alles, was er fühlte, war eine dumpfe Betäubung. Vielleicht war der Schrecken zu groß, das Entsetzen, das in der Vorstellung lag, unwiderruflich in einer hundertfünfzig Millionen Jahre zurückliegenden Vergangenheit gestrandet zu sein, einfach zu gewaltig, als daß er es jetzt schon in seinem ganzen Ausmaß begreifen konnte. Er starrte die Stelle an, an der die Tür gewesen war; die Tür und der gesamte Rest des Laborgebäudes, und an der sich jetzt eine wuchernde grüne Wand erhob, und er empfand noch immer nichts. Sie waren gestrandet in einer Welt, die so fremd und tödlich war, wie es nur ging, und so vollkommen verschieden von der, die sie kannten, daß es genausogut auch ein anderer Planet hätte sein können, aber er empfand im Grunde gar nichts. Der Gedanke kam ihm absurd vor, und ein bißchen lächerlich, das war alles.

»Was zum Teufel ist jetzt schon wieder passiert?« murmelte der Offizier. »Was bedeutet das, Professor? Wo ist die Tür«

»Ich weiß es nicht«, sagte Schneider. Er überließ es dem anderen, zu entscheiden, die Antwort auf welche seiner Fragen dies war. Er hatte immer noch keine Angst, aber die Betäubung begann allmählich etwas zu weichen, was viel schlimmer war.

»Soll das heißen, daß . . . wir gefangen sind?« fragte der Offizier.

Schneider entging weder die Pause in seinen Worten, noch der Umstand, daß seine Stimme zum Schluß hin immer schriller wurde. Der Mann war gar nicht so beherrscht, wie er tat. Im Gegenteil.

»Noch wissen wir gar nichts«, sagte Schneider in bewußt ruhigem Ton. »Ziehen Sie keine voreiligen Schlüsse.«

»Voreilige Schlüsse?« Der Offizier zog die Augenbrauen hoch. »Ich denke nicht, daß ich einen voreiligen Schluß ziehe. Das Leben ist verschwunden, und wir . . .«

»Wissen noch gar nichts«, unterbrach ihn Schneider, nun schon in hörbar schärferem Ton. »Wir sollten uns zuallererst ein wenig umsehen. Das wollten Sie doch sowieso, oder?«

Der Offizier starrte ihn an. In seinem Gesicht und vor allem seinen Augen arbeitete es. Aber er widersprach nicht, sondern drehte sich herum und winkte die beiden Marines heran. Dann machte er einen Schritt auf den Waldrand zu – und blieb wieder stehen. Seine Haltung wirkte plötzlich angespannt, und zumindest einer der beiden Marines mußte wohl auch irgend etwas bemerkt haben, denn er hob sein Gewehr und richtete es auf den Waldrand.

Das Gestrüpp begann zu zittern. Die Palm- und Farnwedel wogten, und dahinter bewegte sich etwas Großes, Massiges.

»Vorsichtig«, sagte der Offizier. »Da kommt etwas!«

Trotz seiner Warnung kam der Angriff vollkommen überraschend. Der Waldrand schien regelrecht zu explodieren. Etwas Riesiges, Dunkles barst zwischen den Blättern hervor und fuhr wie ein Wirbelwind unter die Soldaten. Alles ging so schnell, daß Schneider kaum mitbekam, was geschah: der Offizier wurde von irgend etwas getroffen und meterweit durch die Luft geschleudert. Praktisch im gleichen Moment schrie auch einer der beiden Soldaten auf und stürzte mit hilflos rudernden Armen rücklings zu Boden. Das Gewehr wurde ihm aus den Händen geschlagen. Ein einzelner Schuß löste sich. Schneider duckte sich instinktiv, aber die Kugel fuhr harmlos meterweit neben ihm ins Gebüsch.

Der dritte Soldat hatte weniger Glück als seine beiden Kameraden. Der Schatten rannte ihn nieder. Schneider sah das Blitzen rasiermesserscharfer Klauen und hörte einen Schrei, gellend und spitz und unmenschlich hoch, und dann einen Laut wie das Zuschnappen einer Bärenfalle. Ein schreckliches Reißen und Zerren erklang, und plötzlich starrte Schneider in das Gesicht der Bestie, die direkt aus einem Fiebertraum entsprungen zu sein schien. Kleine, tückische Augen, in denen eine verschlagene, boshafte Intelligenz funkelte, starrten ihn an.

Schneider erstarrte zur Reglosigkeit. Er hatte den Deinonychus vorhin aus zehn Metern Entfernung und hinter der Sicherheit der Panzerglasscheibe hervor beobachtet, und er erkannte ihn sofort wieder. Jetzt war es ein Monster, fünfzig Kilo Muskeln, Klauen, Hunger und Wut, denen Schneider kaum auf Armeslänge gegenüberstand. Das Ungeheuer war kaum größer als anderthalb Meter; trotzdem war sein Schädel so massig wie der eines Stiers. Seine Zähne waren kleinfingerlange, nadelspitze Dolche, von denen noch das Blut seines letzten Opfers tropfte, und die Klauen waren lang und scharf wie Rasiermesser.

Sekundenlang stand Schneider einfach da und starrte den Raubsaurier an. Ein Teil von ihm begriff sehr wohl, daß er sich in Lebensgefahr befand, in akuter, direkter Lebensgefahr. Verhalten und Körpersprache des Sauriers waren eindeutig. Das Tier hatte seine erste Beute geschlagen, aber sein Blutdurst war keineswegs gestillt. Es würde ihn angreifen. Jetzt. Und trotzdem war er nicht in der Lage, darauf zu reagieren. Er war vollkommen paralysiert.

»Professor! Zur Seite!«

Schneider hörte die Warnung, aber er war noch immer nicht in der Lage, auch nur einen Finger zu rühren. Der Schädel des Deinonychus ruckte mit einer abgehackten, vogelhaften Bewegung herum und schoß auf Schneider zu. Das Maul, groß genug, um Schneiders ganzen Kopf aufzunehmen, klappte auf. Ein Schwall heißer, nach Fäulnis und Blut riechender Luft schlug Schneider ins Gesicht und nahm ihm den Atem.

Im allerletzten Moment traf etwas seine Kniekehlen. Schneider fiel mit haltlos rudernden Armen auf die Knie herab, und die gewaltigen Kiefer des Deinonychus schlugen genau dort zusammen, wo sich vor einer halben Sekunde noch sein Gesicht gefunden hatte.

Hinter Schneider begann eine Maschinenpistole zu hämmern. Die Geschosse jagten so knapp an Schneiders Wange vorbei, daß er den glühenden Luftzug auf der Haut fühlen konnte, und schlugen in einer schräg aufwärtsführenden Linie in Brust, Hals und Gesicht des Dinosauriers ein.

Die pure Wucht der Geschosse ließ den Deinonychus zurücktaumeln. Seine Klauen, die ganz instinktiv zuschnappten, verfehlten Schneider ein zweites Mal um Haaresbreite. Das Ungeheuer wankte, machte einen grotesken, taumelnden Schritt und richtete sich mit einem schrillen, wütenden Schrei wieder auf. Seine Klauen fuhren wild durch die Luft. Der muskulöse Schwanz peitschte, um den Körper im Gleichgewicht zu halten, und die gewaltigen Krallen an den dreizehigen Füßen rissen tiefe Gräben in den Boden. Das Ungetüm wankte. Aber es fiel nicht.

Schneider weigerte sich für einen Moment einfach, zu glauben, was er sah. Der Saurier war von annähernd einem Dutzend Kugeln getroffen worden, und das aus allernächster Nähe, aber er starb nicht, sondern machte ganz im Gegenteil Anstalten, sich erneut auf seine Beute zu stürzen.

Die MPi feuerte zum zweiten Mal. Die Salve steppte über die muskulöse Brust der heranstürmenden Bestie und rissen eine zweite Reihe furchtbarer Wunden, aber auch sie vermochten das heranstürmende Ungeheuer nicht wirklich aufzuhalten. Der Deinonychus taumelte, rannte aber immer noch weiter auf Schneider und die anderen zu. Erst als auch das zweite Gewehr loszuhämmern begann, stürzte der Saurier.

Schneider krümmte sich und preßte beide Hände gegen die Ohren, aber es nutzte nichts. Das Hämmern der beiden auf Automatik geschaltete M13-Gewehre schien ihm die Trommelfelle zu zerreißen. Die Luft stank plötzlich durchdringend nach Schießpulver und Blut, und die Schreie des Deinonychus brachen nach einer letzten, schrillen Kadenz ab. Das Zucken seiner Glieder und das wütende Peitschen des Schwanzes erlahmten und hörten schließlich ganz auf. Trotzdem stellten die beiden Soldaten das Feuer auf das Ungeheuer erst ein, als die Magazine ihrer Waffen leergeschossen waren.

Schneider blieb noch einige Sekunden mit angezogenen Knien und fest gegen die Schläfen gepreßten Handflächen liegen, ehe er überhaupt begriff, daß die Gefahr vorüber war. Benommen und unsicher richtete er sich auf.

Die beiden Soldaten – der Offizier und der überlebende Marine – standen nebeneinander und in respektvollem Abstand vor dem toten Deinonychus. Die rauchenden Läufe ihrer Gewehre waren noch immer auf den Kadaver gerichtet.

Die Waffen waren leergeschossen, aber Schneider hatte sowieso den Eindruck, daß sich die Männer mit verzweifelter Kraft daran festhielten.

»O mein Gott, was . . . was ist das« stammelte der Marine. Trotz der herrschenden Dunkelheit konnte Schneider erkennen, daß er kreidebleich geworden war und am ganzen Leib zitterte. Und auch Schneider konnte ein eisiges, entsetztes Frösteln nicht unterdrücken, als er zwischen die beiden Männer trat und auf das tote Ungeheuer herabsah. Die Männer hatten den Saurier regelrecht in Stücke geschossen. Schneider schätzte, daß das Tier von mindestens siebzig oder achtzig Kugeln getroffen worden war. Und trotzdem hatte es bis zum buchstäblich allerletzten Moment noch versucht, sich auf sein einmal ausgesuchtes Opfer zu stürzen. Es war tot, ganz zweifellos tot, und trotzdem schien es selbst jetzt noch etwas ungemein Bedrohliches, Wildes auszustrahlen.

»Ein Deinonychus«, antwortete Schneider, ohne den Blick von dem zerfetzten Kadaver zu nehmen. Der Anblick machte ihm noch immer angst. Nicht einmal nur wegen seiner Schrecklichkeit. Da war noch mehr. Etwas, das mit diesen Tieren zu tun hatte, und etwas, was er über sie gelesen hatte.

»So eine Art Dinosaurier?« fragte der Marine.

»Nicht *eine Art*«, sagte Schneider. »Einer der schlimmsten überhaupt – wenn nicht *der* schlimmste.«

Keiner der drei anderen widersprach. Vielleicht hatten sie bisher ein anderes Bild vor Augen gehabt, wenn sie an einen Raubsaurier dachten, aber sie alle hatten die unbezähmbare Wildheit, die unvorstellbare Kraft und den absoluten Willen zu töten gespürt, die dieses Tier beseelten.

Der Deinonychus mochte vielleicht kleiner sein als sein berühmter Vetter, der Tyrannosaurus Rex, aber Schneider war plötzlich nicht mehr sicher, wer der wirklich gefährlichere der beiden war.

Der Offizier hatte bisher kein Wort gesagt, und er schwieg auch jetzt weiter. Wortlos bückte er sich nach der Leiche des

Marine, die nur ein kleines Stück neben der ihres Mörders lag, zog das Reservemagazin aus seinem Gurt und schob es in den Griff seiner Waffe.

»Nur keine Angst, meine Herren«, sagte er, während er das Magazin mit einem Schlag mit der flachen Hand sicherte. »Wie Sie sehen, werden wir selbst damit fertig.«

Vielleicht war es ein schlechtes Omen, vielleicht auch nur Zufall. Die Katastrophe geschah jedenfalls in dem Augenblick, als der Offizier diese Worte aussprach. Und in diesem Moment erinnerte sich Schneider auch wieder, was er einmal über das Beuteverhalten dieser Tiere gelesen hatte:

Der Deinonychus jagte in Rudeln.

»Er bringt dich um. Ich bin ganz sicher, dafür bringt er dich um«, sagte der jüngere der beiden Cops. »Er wird dir die Eier abreißen und sie dir gebraten zum Frühstück servieren.« Die Worte waren an Littlecloud gerichtet, aber er sah unverwandt den verbeulten Trümmerhaufen an, in den sich Mainlands Harley Davidson verwandelt hatte. »Die Kiste war Mainlands ganzer Stolz, weißt du? Er hat in jeder freien Minute daran herumgeschraubt. Ich fürchte, es war keine besonders gute Idee, ausgerechnet Mainlands Motorrad zu klauen und damit abzuhauen.«

Zu dieser tiefgründigen Einsicht war Littlecloud mittlerweile auch schon gelangt – so weit er überhaupt in der Lage war, einen klaren Gedanken zu fassen. Er hatte rasende Kopfschmerzen, und den rechten Arm hätte er wahrscheinlich selbst dann nicht richtig bewegen können, wenn seine Gelenke nicht mit Handschellen aneinandergefesselt gewesen wären.

Er konnte nicht besonders lange bewußtlos gewesen sein; drei, vier Minuten allerhöchstens. Es war noch immer dunkel. Aber als er aufgewacht war, hatte er sich auf dem Rücken liegend wiedergefunden, und das erste, was er erblickte, war die schwarze Mündung einer doppelläufigen Flinte, die ihm einer der Polizisten vor das Gesicht hielt, während ihm der zweite die Handschellen anlegte. Das war vor ungefähr fünf Minuten gewesen. Seitdem wartete er vergeblich darauf, daß seine Kopfschmerzen wenigstens so weit nachließen, daß er halbwegs über seine Situation nachdenken und vielleicht sogar einen Ausweg finden konnte.

»Was hast du überhaupt verbrochen?« fuhr der Cop fort, nachdem er seinen Blick endlich vom Wrack der Harley losgerissen und sich wieder zu Littlecloud herumgedreht hatte.

»Ich habe beim Roulette gewonnen«, antwortete Littlecloud. »Anscheinend hat das jemandem nicht gepaßt.« Er unterdrückte im letzten Moment den Impuls, eine Kopfbewegung auf die zertrümmerte Harley zu machen. »Wie habt ihr mich überhaupt gefunden? Hat das Ding einen eingebauten Peilsender?«

»Ganz genau«, antwortete der Polizist.

»Wie?« Littlecloud war ehrlich überrascht. Seine Frage war alles andere als ernst gemeint gewesen.

»Ich sagte doch, daß Mainland völlig verrückt ist, was sein Bike angeht«, erklärte der junge Streifenbeamte. »Die beiden ersten Maschinen, die er hatte, sind ihm gestohlen worden. Daraufhin hat er in diese Harley einen Sender eingebaut. In den letzten drei Jahren ist sie viermal geklaut worden. Er hat sie jedesmal zurückbekommen. Die Burschen, die sie gestohlen hatten, sitzen heute noch«, fügte er nach kurzem Zögern hinzu.

Hätte er sich nicht so elend gefühlt, dann hätte Littlecloud laut aufgelacht. So etwas konnte auch nur ihm passieren! Von Tausenden von Fahrzeugen, die es in Las Vegas gab, hatte er ausgerechnet das vermutlich einzige genommen, das einen eingebauten Peilsender besaß.

Der ältere der beiden Polizisten kam zurück. Er hielt Littleclouds Brieftasche in der Hand. Littlecloud konnte sich nicht einmal erinnern, daß er sie ihm abgenommen hatte. Es mußte passiert sein, als er bewußtlos gewesen war. So viel zum Thema Flucht, dachte Littlecloud betrübt. Jetzt wußten sie, wer er war.

»Alles klar?« fragte der jüngere Beamte.

»Mainland weiß Bescheid.« Sein Kollege ließ Littleclouds Brieftasche in seiner Jacke verschwinden und zog in der gleichen Bewegung ein Päckchen Marlboro heraus. »Wir sollen hier warten«, sagte er, während er sich eine Zigarette anzündete. »Mainland kommt selbst her, um ihn abzuholen. Und wahrscheinlich, um sich die Bescherung mit eigenen Augen anzusehen.« Er nahm einen tiefen Zug aus seiner Zigarette, schüttelte ein paarmal den Kopf und sah einige Augenblicke nachdenklich auf das zerstörte Motorrad herab, das im Scheinwerferlicht des Streifenwagens glänzte. Dann wandte er sich wieder Littlecloud zu. »Ich möchte nicht in Ihrer Haut stecken, wenn er hier aufkreuzt.«

»Ich werde den Schaden ersetzen«, sagte Littlecloud.

Der Polizist lachte leise. »Dazu werden Sie kaum Gelegenheit haben«, sagte er. »Wenigstens nicht in den nächsten zehn, zwölf Jahren.«

»Wie bitte?« entfuhr es Littlecloud. Auch der zweite Polizist sah erstaunt auf.

»Widerstand gegen die Staatsgewalt, Körperverletzung, Kidnapping und Mordversuch an einem Polizeibeamten – ich denke, das reicht für mindestens zehn Jahre.«

»He, he!« protestierte Littlecloud. »Ich habe Ihren Kollegen niedergeschlagen, das ist richtig. Aber ich habe nicht versucht, ihn zu ermorden!«

»Vielleicht können Sie den Richter ja davon überzeugen«, antwortete der Polizist. »Mainland sieht es etwas anders.« Er warf seinem jüngeren Kollegen einen bezeichnenden Blick zu. »Sieht so aus, als hätten wir da einen ganz schweren Jungen erwischt.«

Littlecloud fühlte sich, als hätte ihn jemand mit einem Eimer Eiswasser übergossen. Er hatte gewußt, daß seine Lage ernst war – aber zwischen *ernst* und *verzweifelt* gab es noch immer einen gewaltigen Unterschied.

Littlecloud machte sich nichts vor: Er hatte praktisch keine Chance mehr, mit heiler Haut aus dieser Geschichte herauszukommen. Gleichgültig, was er zu seiner Verteidigung vorbrachte. Er war fremd hier, während Mainland offensichtlich mehr zu sein schien als ein x-beliebiger Polizeileutenant. Vielleicht hätte er eine Chance, wenn dies eine normale Stadt gewesen wäre – aber Las Vegas *war* nicht normal. Die Stadt lebte vom Glücksspiel und der Prostitution, und er zweifelte nicht daran, daß die örtlichen Gerichte ihre eigenen Methoden hatten, mit Querulanten und Streithähnen umzuspringen. Das mußten sie, denn zweifellos zog Las Vegas gerade solche Typen in Scharen an. Er würde noch von Glück sagen können, wenn er mit zehn Jahren davonkam.

»Kann ich . . . auch eine Zigarette haben?« fragte er.

Der Polizist zögerte einen Moment. Aber dann griff er in die Brusttasche seines Hemdes und zog die Packung heraus. »Wahrscheinlich brauchst du die jetzt«, sagte er. Er beugte sich vor, hielt Littlecloud die Packung mit der rechten Hand hin und suchte mit der anderen in der Jackentasche nach dem Feuerzeug, Littlecloud trat ihm die Beine unter dem Körper weg.

Der Angriff kam so überraschend, daß dem Mann nicht einmal Zeit blieb, einen Schrei auszustoßen. Littlecloud zog die Knie an den Leib, streckte die Beine mit einem Ruck wieder und federte mit einer kraftvollen Bewegung in die Höhe.

Der zweite Polizist versuchte seine Waffe zu ziehen, aber er war zu langsam. Littleclouds Fuß traf ihn wuchtig unter dem Kinn und schleuderte ihn rücklings zu Boden, und noch ehe der andere sich von seinem Sturz erholt hatte, war er bereits wieder über ihm. Sein rechtes Knie krachte gegen die Schläfe des Mannes und schickte ihn ebenfalls ins Land der Träume. Alles war so schnell gegangen, daß die beiden Cops hinterher wahrscheinlich alle Mühe haben würden, sich überhaupt zu erinnern, was passiert war. Aber zumindest, dachte Littlecloud grimmig, würden sie nie wieder den Fehler begehen, einen Mann zu unterschätzen, der mit auf den Rücken gefesselten Händen zwischen ihnen saß.

Es erwies sich als gar nicht so einfach, dem Bewußtlosen die Schlüssel abzunehmen und die Handschellen aufzuschließen. Seine Verletzung behinderte ihn zusätzlich, so daß er es gerade noch schaffte, ehe sich einer der beiden Beamten stöhnend zu regen begann und die Augen aufschlug.

Sofort wollte er nach seiner Waffe greifen, aber Littlecloud war schneller. Er packte seine Hände, fesselte den Mann mit seinen eigenen Handschellen und zog ihm rasch die Waffe aus dem Gürtel.

»Was glaubst du eigentlich, wie weit du kommst?« stöhnte der Polizist.

»Vielleicht wenigstens aus diesem Bundesstaat heraus«, antwortete Littlecloud. »Das würde mir schon reichen, weißt du?«

»Du machst doch alles nur noch schlimmer!«

»Das bezweifle ich«, antwortete Littlecloud. Er ging zu dem zweiten Polizisten hinüber und fesselte und entwaffnete auch ihn, ehe er weitersprach. »Schlimmer kann es nämlich kaum noch kommen. Ich weiß nicht, was Mainland Ihnen über mich erzählt hat, aber ich bin kein Verbrecher. Ich will nur eine faire Chance. Und ich glaube nicht, daß ich die hier bekomme. Aber ich habe auch keine Lust, zehn Jahre ins Gefängnis zu gehen.« Er meinte das ernst. Jetzt, wo sie wußten, wer er war, hatte er keine Chance mehr, ungestraft davonzukommen. Auch nicht in einem anderen Bundesstaat. Aber wenn es ihm gelang, Nevada zu verlassen und sich einen guten Anwalt zu nehmen, dann standen seine Aussichten wesentlich besser, einen Richter und Geschworene zu finden, die ihm wenigstens *zuhörten*.

»Sagen Sie Mainland, daß ich ihm den Schaden ersetze«, sagte er, während er sich ein zweites Mal zu dem Polizisten herabbeugte und ihm die Wagenschlüssel abnahm. Der Mann erwiderte nichts, sondern blickte ihn nur vollkommen verwirrt an.

Littlecloud schleifte ihn zu seinem Kollegen ein Stück weit

in den Graben hinein, der ihm zum Verhängnis geworden war. Dann deponierte er den Schlüssel für die Handschellen in zehn Metern Entfernung auf einem Felsen, ging zum Polizeiwagen zurück und fuhr los.

Es war die Hölle. Sie konnten nicht sagen, wie viele der Ungeheuer es waren, die aus dem Unterholz über sie hereinbrachen – drei, vier oder gar fünf –, aber es hätten ebensogut auch zwanzig oder dreißig sein können. Die Nacht war plötzlich voller rasender Schatten, blitzender Klauen und zupackender Kiefer, voller Schreie und Schüsse.

Schneider sah einen gewaltigen Schatten auf sich zuspringen, warf sich instinktiv zur Seite und entging um Haaresbreite den zuschnappenden Klauen des Raubsauriers. Trotzdem traf ihn der peitschende Schwanz des Tieres mit der Wucht eines Hammerschlages und schleuderte ihn meterweit davon.

Er stürzte, versuchte instinktiv sein Gesicht zu schützen, und rollte mit über dem Kopf zusammengeschlagenen Armen herum. Ein Fuß mit einer riesigen, fast zwanzig Zentimeter langen, gebogenen Klaue riß den Boden neben ihm auf. Schneider schrie, warf sich abermals herum und trat mit beiden Beinen nach dem Saurier. Er traf, aber das Tier konnte den Tritt kaum spüren. Mit einer schnellen, fast eleganten Bewegung war es über ihm. Seine tödlichen Klauen hoben sich zum Schlag.

Ein einzelner Schuß krachte. Schneider sah, wie das Tier unter dem Einschlag der Kugel erzitterte. Der Treffer hatte es nicht ernsthaft verletzt, aber es war für einen Moment abgelenkt, als es aus zornig funkelnden Augen nach dem neuen Feind Ausschau hielt, der ihm den plötzlichen, brennenden Schmerz zugefügt hatte, und Schneider nutzte die Chance, um hastig unter ihm hervorzukriechen und auf die Füße zu kommen.

Aber wie es aussah, nahmen die Schwierigkeiten kein

Ende. Allein vor ihm befanden sich drei der riesigen Raubsaurier, und Gott allein mochte wissen, wie viele sich noch in der Nacht und dem Dschungel verbergen mochten. Zwei der Ungeheuer waren offensichtlich über eine Beute in Streit geraten, die zwischen ihnen lag; ein regloser Körper in einem zerfetzten, rotweiß gefleckten Mantel. Das dritte tötete genau in diesem Moment den Marine, der verzweifelt versuchte, ein Magazin in seine Waffe zu schieben. Von dem Offizier war keine Spur zu entdecken.

Dafür hörte Schneider hinter sich plötzlich das Stampfen schwerer, krallenbewehrter Füße und spürte, wie der Deinonychus erneut heranraste. Instinktiv warf er sich nach links und praktisch in der gleichen Bewegung wieder in die entgegengesetzte Richtung. Obwohl er selbst nicht damit gerechnet hatte, hatte das Manöver Erfolg: Der Saurier stürmt wütend an ihm vorbei. Seine zuschnappenden Kiefer verfehlten Schneider, aber er verspürte einen plötzlichen, heißen Schmerz im rechten Arm. Er stolperte, versuchte die Richtung abzuschätzen, in der der Saurier kehrtmachen würde, und wandte sich in die entgegengesetzte. Nicht, daß er sich einbildete, auch nur die geringste Chance zu haben. Kein Mensch konnte ein Wettrennen mit diesen Tieren gewinnen, die auf ihren langen Hinterläufen spielend eine Geschwindigkeit von mehr als fünfzig Meilen zu entwickeln vermochten.

»Professor! Hierher!«

Gleichzeitig mit dem Schrei ertönte ein kurzer, abgehackter Feuerstoß. Eine orangerote Feuerlanze stieß schräg von oben durch die Nacht herab, und hinter Schneider erscholl ein spitzer, schmerzerfüllter Schrei. Hastig blickte er über die Schulter zurück und sah, wie der Deinonychus zu Boden ging und mit zuckenden Gliedern liegenblieb.

»Hierher, Professor! Hier oben!«

Schneider erkannte jetzt, wohin sich der Offizier geflüchtet hatte: sein winkender Arm und der Lauf des M13 ragten in fünf Metern Höhe zwischen den Blättern einer Baumkrone hervor. Irgendwie war es ihm gelungen, dort hinauf zu kommen, während die Saurier mit Schneider und den beiden anderen beschäftigt gewesen waren. Schneider beschleunigte seine Schritte noch mehr und erreichte den Baum im gleichen Moment, in dem die beiden Deinonychi den Streit um ihre Beute entschieden hatten und sich der Verlierer umwandte, um sich eine andere Mahlzeit zu besorgen.

Professor Schneider war kein besonders sportlicher Mann. Das letzte Mal, daß er auf einen Baum geklettert war, lag beinahe fünfzig Jahre zurück. Aber jetzt rannte er den mannsdicken, geschuppten Stamm regelrecht hinauf.

Hinter ihm stürmte die Bestie heran. Schneider widerstand der Versuchung, sich zu ihr herumzudrehen, sondern verwandte jedes bißchen Energie, das er noch aufbringen konnte, dazu, mit verzweifelter Kraft weiterzuklettern.

Über ihm krachte ein einzelner Schuß. Die Kugel zischte so dicht an ihm vorüber, daß er sie hören konnte. Schneider sah nun doch nach unten.

Fast wünschte er sich, es nicht getan zu haben. Der Saurier schob sich mit absurd anmutender Leichtigkeit hinter ihm den Baumstamm herauf. Seine langen, gebogenen Krallen fanden in der schuppigen Rinde sicheren Halt, und die kräftigen Hinterläufe katapultierten das Tier regelrecht in die Höhe. Als Schneider den Baum erreicht hatte, hatte sein Vorsprung gut zwanzig Meter betragen. Jetzt war der Saurier keine zwei Meter mehr hinter ihm.

Der Offizier schoß erneut, und diesmal zielte er besser. Die Kugel traf den Schädel des Sauriers und zerschmetterte ihn. Das Tier stürzte sich überschlagend zu Boden und blieb reglos liegen.

»Kommen Sie, Professor. Schnell.« Der Offizier streckte Schneider eine blutverschmierte Hand entgegen und half ihm, sich in die Astgabel hinaufzuziehen, in der er selbst Zuflucht gefunden hatte. Trotzdem war diese letzte Anstrengung fast mehr, als er noch bewerkstelligen konnte. Erschöpft sank er neben dem Soldaten zusammen. Alles drehte sich um ihn. Ihm war übel vor Schwäche. Minutenlang tat er nichts anderes, als mit geschlossenen Augen dazuliegen und darauf zu warten, daß sein Herz aufhörte zu rasen.

Als er es endlich wagte, die Augen wieder zu öffnen, bot sich ihm ein entsetzlicher Anblick. Der Offizier saß dicht neben ihm in der Astgabel. Seine Uniform war zerfetzt, und sein Gesicht, sein Haar, sein ganzer Körper waren über und über mit Blut besudelt.

»Keine Angst«, sagte der Offizier rasch, als er Schneiders Erschrecken bemerkte. »Ich bin in Ordnung. Es ist nicht mein Blut. Was ist mit Ihnen?« Er deutete auf Schneiders Arm. »Ist es schlimm?«

Schneider schüttelte den Kopf, sah aber ganz bewußt nicht auf seinen verletzten Arm herab. Es fühlte sich schlimm an, aber er konnte den Arm bewegen, und die Wunde hörte bereits auf zu bluten. Mit Hilfe des Offiziers richtete er sich auf und ließ Kopf und Schultern erschöpft gegen den Baumstamm sinken.

Von ihrer erhöhten Position aus konnten sie die drei übriggebliebenen Deinonychi deutlich erkennen. Das Tier, das der Offizier zuerst angeschossen hatte, humpelte zwar, hatte sich aber wieder erhoben. Die beiden anderen waren damit beschäftigt, ihre Beute zu verzehren. Ein neues Gefühl von Übelkeit breitete sich in Schneider aus, als er die schrecklichen, reißenden Laute hörte, die das Fressen begleiteten.

»Ob sie raufkommen?« fragte der Offizier nach einer Weile. Er ersparte sich die Frage, ob sie dazu imstande waren. Die Antwort darauf hatten sie soeben mit eigenen Augen gesehen.

»Vielleicht geben sie sich mit dem zufrieden, was sie haben«, murmelte Schneider.

»Oder sie haben kapiert, daß ihr Frühstück sich zur Wehr setzt«, fügte der Offizier hinzu. »Die Biester sind verdammt schlau.« Er seufzte schwer. »Wir sitzen ganz schön tief drin, wie?«

Schneider fragte sich, ob der Mann sich der Doppeldeutigkeit dieser Worte bewußt war.

Sie *saßen* tief drin. Einhundertfünfzig Millionen Jahre tief. »Wir leben noch«, antwortete er einsilbig.

»Ja. Fragt sich nur, wie lange noch«, antwortete der Offizier. »Großer Gott, wenn es mehr gewesen wären ...«

»Dann bräuchten wir uns jetzt keine Sorgen mehr zu machen«, sagte Schneider. *Und vielleicht wäre das sogar besser,* fügte er in Gedanken hinzu. Er gehörte eigentlich nicht zu den Menschen, die rasch aufgaben oder gar resignierten. Wäre es so, wäre er kein Wissenschaftler geworden. Aber das hier war kein wissenschaftlicher Versuch. Es war kein Experiment, das man nach Belieben wiederholen konnte, wenn es fehlschlug. Sie waren fünf gewesen, als sie hierhergekommen waren, und jetzt, nicht einmal zehn Minuten nach ihrer Ankunft in dieser vielleicht tödlichsten aller vorstellbaren Welten, waren sie noch zu zweit.

»Wie ist Ihr Name?« fragte er nach einer Weile.

»William Darford«, antwortete der Offizier. »Meine Freunde nennen mich Will. Nicht Bill – bitte. Das kann ich nicht leiden.«

Schneider lächelte flüchtig, bevor er übergangslos wieder ernst wurde und mit einer Kopfbewegung dorthin wies, wo die drei Deinonychi noch immer mit ihrem schrecklichen Mahl beschäftigt waren. »Waren das ... Freunde von Ihnen?«

Er war beinahe erleichtert, als Will den Kopf schüttelte. »Die beiden Marines? Nein. Ich kannte sie kaum.«

»Und Stanton?«

Diesmal zögerte Will einen Moment. »Er ist mein Vorgesetzter«, sagte er schließlich ausweichend. »Und solange wir nicht genau wissen, ob wir ihn wiedersehen oder nicht, würde ich es vorziehen, diese Frage nicht zu beantworten.« Er sah Schneider lange und sehr ernst an. »Werden wir ihn wiedersehen?«

»Ich habe keine Ahnung«, gestand Schneider. »Ich weiß nicht, wo er ist. Ich weiß ja nicht einmal, wo wir sind.«

»Ich habe gewußt, daß Sie das sagen werden«, sagte Will düster. Für eine ganze Weile schwiegen sie beide und starrten in die Dunkelheit hinein. Schließlich sagte Will: »Vorausgesetzt, es gibt einen Weg zurück – glauben Sie, daß wir ihn finden?«

Da er nicht einmal genau wußte, wie sie überhaupt hierhergekommen waren, konnte er diese Frage schwerlich beantworten. »Wenn ich Ihnen darauf antworte, werden Sie wieder sagen: ich habe gewußt, daß Sie das sagen werden«, sagte er.

Will lächelte nicht einmal. »So schlimm?«

»Ich weiß es nicht«, erwiderte Schneider. »Ich bin kein Paläontologe. Ich verstehe von dieser Zeit wenig mehr als Sie, Will. Ich weiß weder, wie wir hierhergekommen sind, noch wie wir zurückkommen – oder ob es überhaupt einen Rückweg gibt. Dieses Phänomen ist mir ebenso unerklärlich wie Ihnen.«

»Aber Sie haben es doch –«

»Ich habe gar nichts«, unterbrach ihn Schneider scharf, und noch ehe er überhaupt aussprechen konnte. »Ich weiß nicht, was Ihnen Stanton über das Projekt LAURIN erzählt hat, aber es hatte mit dem hier rein gar nichts zu tun. Wir haben versucht, ein Kraftfeld zu erzeugen, das Dinge unsichtbar macht.«

»Das ist Ihnen gründlich gelungen«, sagte Will.

Schneider ignorierte den Einwurf. »Glauben Sie mir, Will«, sagte er, »ich weiß nicht, was passiert ist. Ich fürchte, niemand weiß das. Anscheinend sind wir auf etwas vollkommen Neues gestoßen. Etwas, womit niemand rechnen konnte.« Er hob in einer hilflosen Geste die Hände. »Es ist nicht einmal gesagt, daß es etwas mit unserem Experiment zu tun hat. Vielleicht ist es ein natürliches Phänomen, und es ist reiner Zufall, daß es ausgerechnet jetzt und hier geschehen ist.«

Wills Blick machte klar, was er von dieser Antwort hielt. Aber er ging nicht weiter darauf ein, sondern sah wieder zu den Sauriern hinab. Dann und wann hob eines der Tiere den Kopf und sah zu ihnen hoch, wie um sich davon zu überzeugen, daß sie noch da waren. Aber keines unternahm den Versuch, sich dem Baum auch nur zu nähern.

»Möglicherweise haben Sie recht«, sagte Will nach einiger Zeit. »Sie scheinen genug zu haben.«

»Es war eine erfolgreiche Jagd«, fügte Schneider bitter hinzu.

Wieder kehrte Schweigen zwischen ihnen ein, ein langes, unangenehm lastendes Schweigen. Die Zeit verstrich quälend langsam. Trotzdem begann sich der Himmel im Osten schließlich grau zu färben. Es würde bald hell werden.

»Sie ziehen ab!« sagte Will plötzlich. Er beugte sich erregt vor.

Der junge Offizier hatte recht. Die Tiere hatten ihr blutiges Mahl endlich beendet und verließen die Lichtung. Sie bewegten sich jetzt langsam, beinahe träge, mit der gelassenen Selbstverständlichkeit des Jägers, der wußte, daß er selbst für niemanden die Beute darstellte. Bevor es in den Wald eintauchte, blieb das Tier, das Will angeschossen hatte, noch einmal stehen und blickte zu ihnen zurück, und obwohl Schneider wußte, wie lächerlich dieser Gedanke war, hatte er für einen Moment das Gefühl, eine Woge von Haß und Zorn zu spüren, die von der Kreatur ausging. Sie hatten ihm weh getan, und es würde sich dafür rächen.

»Sie sind weg«, sagte Will. Seine Stimme klang erleichtert. »Ich schlage vor, daß wir trotzdem hier bleiben, bis es hell geworden ist, und erst dann aufbrechen.«

»Aufbrechen?« fragte Schneider. »Aber wohin denn?«

Es sah beinahe so aus, als hätte seine Pechsträhne endlich ein Ende. Im Handschuhfach des Polizeiwagens hatte er eine Karte gefunden, außerdem eine Dose Bier und zwei Schokoladenriegel, mit denen er seinen ärgsten Hunger gestillt hatte. Der Wagen war vollgetankt, und die Karte war wirklich gut – sie zeigte nicht nur die Highways und geteerten Straßen, sondern auch jeden Trampelpfad und Weg, der durch die Wüste führte. Littlecloud begann neuen Mut zu schöpfen. Er war noch ungefähr vierzig Meilen von der Staatsgrenze entfernt – zwar vierzig Meilen quer durch die Wüste –, aber er konnte es schaffen.

Littlecloud studierte die Karte aufmerksam. Er versuchte sich an Mainlands Stelle zu versetzen. Was würde er tun, um jemanden in diesem gewaltigen, leeren Gebiet aufzuspüren? Zweifellos würde er einen oder mehrere Hubschrauber einsetzen und ein Flugzeug, falls er eines zur Verfügung hatte. Der Bereich der Grenze, der für Littlecloud in Frage kam, maß gute hundert Meilen. Ein gewaltiges Stück – aber es *war* zu überwachen, wenn man das wirklich wollte. Und Littlecloud zweifelte keine Sekunde daran, daß Mainland *wollte*.

Das Funkgerät meldete sich. Littlecloud blickte den Apparat einen Moment lang stirnrunzelnd an, dann senkte er die Karte und löste das Mikrofon aus der Halterung. »Ja?«

»Mainland hier«, antwortete eine Lautsprecherstimme. »Hallo Winnetou.«

»Nennen Sie mich nicht so«, sagte Littlecloud scharf. »Ich denke, Sie kennen mittlerweile meinen Namen, oder?«

»Sicher«, antwortete Mainland. »Und nicht nur das. Ich weiß mittlerweile nicht nur, wer du bist, sondern auch, *was* du bist.« Er lachte. »Kein Wunder, daß du die Typen im *Dunes* so gründlich aufgemischt hast. Du bist einer von der ganz harten Sorte, wie?«

»Was wollen Sie, Mainland?« fragte Littlecloud. »Sich nur mit mir unterhalten?«

»Ich will an etwas appellieren, von dem ich nicht einmal sicher bin, ob du es überhaupt hast«, antwortete Mainland. »Deine Vernunft. Gib auf, Winnetou. Du hast keine Chance.«

»Bis jetzt habe ich mich ganz gut gehalten, oder?«

»Du hattest Glück«, antwortete Mainlaind. »Und wir haben dich unterschätzt. Aber das wird mir nicht noch einmal passieren.«

»Ich lasse mich überraschen«, sagte Littlecloud. Sein Blick suchte den Himmel ab. Was hatte Mainland vor? Wollte er ihn in ein Gespräch verwickeln, damit er unaufmerksamer wurde?

»Das könnte eine tödliche Überraschung werden«, sagte Mainland. »Meine Männer haben Befehl, auf dich zu schießen. Du hast keine Chance. Und selbst wenn du aus diesem Staat herauskommst, wirst du verhaftet, sobald du deinen roten Arsch irgendwo blicken läßt. Mittlerweile interessiert sich nämlich auch schon das FBI für dich.«

»Was haben Sie ihnen erzählt?« fragte Littlecloud. »Daß ich Ihr Motorrad kaputtgemacht habe?«

»Wir sprechen von Kidnapping, Winnetou«, antwortete Mainland. »Von Geiselnahme und tätlichem Angriff auf drei Polizeibeamte. Das ist nicht lustig.«

»Ich lache ja auch gar nicht«, sagte Littlecloud.

»Ich gebe dir eine letzte Chance«, sagte Mainland. »Wenn du dich stellst und keinen weiteren Widerstand leistest, dann verspreche ich dir, daß du wenigstens mit dem Leben davonkommst.«

»Wie großzügig!« höhnte Littlecloud.

»Wenn du weiter den wilden Mann spielst, kommst du nicht lebend aus der Wüste heraus«, sagte Mainland. »Du bist nicht der erste, der das versucht. Glaube mir, wir haben Erfahrung in solchen Dingen.«

»Sie können mich mal, Mainland«, sagte Littlecloud. Er schaltete das Funkgerät ab, knallte das Mikrofon wütend auf das Armaturenbrett zurück und ballte die Fäuste. Das Schlimme war, daß Mainland wahrscheinlich recht hatte. Wenn mittlerweile wirklich das FBI hinter ihm her war, hatte er keine Chance, die Grenze zu erreichen. Littlecloud hielt nicht viel vom FBI, aber er beging trotzdem nicht den Fehler, es zu unterschätzen. Die Jungs liebten große Einsätze, und sie liebten Menschenjagden. Wahrscheinlich würden sie mit einer halben Armee an der Grenze auf ihn warten.

Littlecloud war sogar sicher, daß er Mainlands haarsträubende Anschuldigungen relativ leicht entkräften konnte, sobald er Gelegenheit dazu fand. Aber Mainland würde ihm diese Gelegenheit wahrscheinlich nicht geben. Littlecloud verspürte wenig Lust, im Kugelhagel einer nervösen Hundertschaft schießwütiger FBI-Beamter zu enden, die glaubten, einer Reinkarnation Dschingis Khans Paroli bieten zu müssen.

Sein Blick tastete erneut über den Horizont im Osten. Die Wüste erwies sich bei Tage betrachtet als nicht annähernd so flach wie bei Nacht. Überall erhoben sich Hügel und kleine Berge und immer wieder kleinere und größere Ansammlungen gewaltiger Felsbrocken. Und plötzlich wußte er, was er zu tun hatte.

Littlecloud startete den Motor und fuhr los. Er würde den Wagen irgendwo zwischen diesen Felsen verbergen und warten, bis es wieder dunkel wurde. Der Tag würde heiß werden, und sehr, sehr lang, aber irgendwie würde er ihn schon überstehen. Wenn er wartete, bis die Sonne wieder untergegangen war, hatte er trotz allem noch eine gute Chance.

Um die beiden ersten Felsgruppen machte er einen großen Bogen, die erste war zu klein und bot keine ausreichende Versteckmöglichkeit, die andere erschien ihm schon zu einladend, seine Verfolger waren schließlich nicht dumm und würden rasch zwei und zwei zusammenzählen, wenn sie ihn nicht fanden. Er brauchte ein Versteck, das auch einer aufmerksamen Sondierung aus der Luft standhielt.

Beim dritten Versuch wurde er fündig. Die Felsgruppe erhob sich wie eine von der Hand der Natur erbaute Trutzburg aus der Wüste, zwanzig, vielleicht fünfundzwanzig Meter hoch und an zwei Seiten nahezu senkrecht emporstrebend, während die dritte ein wahres Labyrinth aus Felsen und kleinen, verästelten Schluchten und Spalten bildete. Littlecloud umkreiste die Felsenburg zweimal, ehe er einen

Spalt fand, der für den Streifenwagen breit genug war. Die Felswände verengten sich nach oben hin, und es gab in der Nähe genug trockenes Gestrüpp, mit dem er den Wagen tarnen konnte. Er lenkte den Streifenwagen in den Spalt, stieg aus und verbrachte die nächsten zehn Minuten damit, das Fahrzeug zu tarnen. Als er fertig war, hätte man in drei Metern Entfernung daran vorbeigehen können, ohne es zu bemerken.

Wie er befürchtet hatte, wurde es bald heiß im Wagen. Nachdem er den Motor abgestellt hatte, arbeitete auch die Klimaanlage nicht mehr; es wurde warm, dann heiß und schließlich fast unerträglich. Trotzdem begann Littlecloud müde zu werden, und schließlich verlangte sein Körper nach der durchwachten Nacht sein Recht, und er schlief ein.

Allerdings nicht für lange. Littlecloud konnte nicht sagen, was genau ihn geweckt hatte – die erstickende Hitze, die die Luft im Wagen in flüssigen Sirup zu verwandeln schien, oder das penetrante Piepsen des Funkgerätes. Zuallererst warf er einen Blick in den Himmel hinauf. Wenn er den Sonnenstand richtig deutete, dann war sie vor allerhöchstens einer halben Stunde aufgegangen. Der Tag würde noch lang werden,

Das Funkgerät randalierte noch immer. Littlecloud widerstand der Versuchung, das Mikrofon zur Hand zu nehmen, aber er schaltete den Empfänger ein. So weit er wußte, würde Mainland dies von seiner Seite der Verbindung aus nicht feststellen können.

»Hörst du mich, Winnetou?« drang Mainlands Stimme aus dem Lautsprecher. »Ich bin sicher, du hörst mich. Ist ziemlich heiß da draußen in der Wüste, wie? Warum gibst du nicht einfach auf? Du hast sowieso keine Chance, glaube mir.«

Littlecloud zeigte dem Funkgerät den ausgestreckten Mittelfinger. Er hätte ohne Risiko antworten können – Mainland besaß garantiert nicht die Möglichkeit, seine Position zu ermitteln. Aber es war vielleicht besser, wenn er nicht wußte, ob sich Littlecloud noch im Empfangsbereich des Senders aufhielt. »Du ziehst es vor, den Schweigsamen zu spielen, ich verstehe.« Mainland lachte. »Der stolze Indianer auf dem Kriegspfad, wie? Du weißt zwar, daß du keine Chance hast, aber das ist egal. Du gehst hoch erhobenen Hauptes in den Untergang. Blöd, aber stolz. Wirf doch mal einen Blick in den Himmel hinauf.«

Littlecloud schaltete wütend ab. Er mußte sich zusammenreißen, um das Funkgerät nicht zu zertrümmern. Mainlands Worte trafen ihn um so härter, weil etwas in ihm wußte, daß er recht hatte. Er benahm sich wie ein kompletter Narr. Aber welche andere Wahl hatte er schon? Er hatte den Moment, an dem er noch hätte umkehren können, längst verpaßt.

Trotz allem tat er, was Mainland ihm geraten hatte, und hob den Blick in den Himmel empor. Er sah den Helikopter sofort.

Der Chopper war noch ziemlich weit entfernt, flog aber nicht sehr hoch, so daß Littlecloud ihn wahrscheinlich nicht einmal gesehen hätte, hätte er nicht danach gesucht. Er flog keinen geraden Kurs, sondern schwenkte von rechts nach links, stieg manchmal auf und verlor dann wieder Höhe. Der Anblick trug nicht unbedingt dazu bei, Littleclouds Sorge zu zerstreuen. Die Männer in dem Helikopter dort flogen nicht nur so über die Wüste. Sie suchten ganz gezielt und sehr gründlich ein ganz bestimmtes Gebiet ab. Und das hieß, daß Mainland zumindest eine ungefähre Vorstellung davon hatte, wo er ihn suchen mußte. Littlecloud fluchte. Gab es denn in dieser Geschichte überhaupt einen Punkt, an dem er diesen Cop *nicht* unterschätzt hatte?

Er kramte im Handschuhfach herum, bis er einen Feldstecher gefunden hatte, setzte das Glas an und drehte einen Moment an der Schärfeeinstellung. Es war ein sehr gutes Glas; der Chopper war plötzlich so nahe, daß er sogar die beiden Piloten hinter der transparenten Plexiglaskanzel erkennen konnte.

Plötzlich schwenkte der Helikopter herum, beschrieb eine

enge Kurve und setzte zur Landung an. Seine Rotorblätter wirbelten Staub und Wüstensand in so dichten Wolken auf, daß Littlecloud für einen Moment gar nichts mehr sah und das Glas absetzte. Der Chopper schrumpfte wieder zu einem winzigen funkelnden Käfer über der Wüste zusammen.

Trotzdem erkannte Littlecloud jetzt, worüber er kreiste. Erneut setzte er das Glas an und identifizierte den buntlackierten Punkt als ein Wohnmobil. Es war schon fast ein kleines Haus auf Rädern, das Platz für vier oder sechs Personen bieten mußte. Der Fahrer mußte entweder völlig die Orientierung verloren haben – oder verrückt geworden sein, sich mit einem solchen Wagen abseits jeder befahrbaren Straße in die Wüste hineinzuwagen.

Der Helikopter landete in einer gewaltigen Staubwolke zwanzig Meter von dem Wohnmobil entfernt, und einer der beiden Polizisten stieg aus und lief geduckt auf den Wagen zu. Er blieb mindestens fünf Minuten im Inneren des Fahrzeugs, während Littlecloud sowohl den Chopper als auch das Wohnmobil aufmerksam weiter beobachtete. Schließlich kam er wieder heraus und lief zu seinem Hubschrauber zurück. Als die Maschine startete, schaltete Littlecloud das Funkgerät wieder ein.

». . . wirklich langsam Vernunft annehmen, mein Freund«, drang Mainlands Stimme aus dem Empfänger. Er redete offenbar noch immer. Littlecloud fragte sich, wie lange es wohl dauern würde, bis er endlich begriff, daß er keine Antwort bekommen würde, und aufgab. Während der Chopper rasch an Höhe gewann und dann nach Osten schwenkte, drehte Littlecloud weiter am Empfangsknopf, bis er die richtige Frequenz gefunden hatte.

». . . völlig verfranst. Man sollte diese Typen einsperren, und sie eine Woche lang jeden Tag dreimal verprügeln!« Das mußte die Stimme des Chopperpiloten sein, den Hintergrundgeräuschen nach zu urteilen. »Das muß man sich einmal vorstellen! Fährt mit einer Frau und zwei Kindern quer durch die Wüste, und hat nicht einmal eine vernünftige

Karte bei sich, geschweige denn einen Kompaß! Ein bodenloser Leichtsinn!«

»Hat er irgend etwas gesehen?« fragte eine andere Stimme.

»Negativ«, antwortete der Pilot. »Aber das muß nichts bedeuten. Wie ich den Kerl einschätze, hätte er die Rothaut überfahren können, ohne es zu merken. Der gehört zu den Typen, die es fertigbringen, sich in einer Liftkabine zu verirren.«

Beide Stimmen lachten, dann erklang wieder die Stimme des Piloten. »Jedenfalls hat er nichts gesehen. Ich habe ihm den Weg nach Vegas beschrieben. Chopper drei, Ende.«

Littlecloud schaltete ab, und nach einer Sekunde senkte er auch den Feldstecher. Der Helikopter war mittlerweile außer Sicht gekommen, während sich das Wohnmobil langsam seinem Versteck näherte. Littlecloud betrachtete den Wagen eine ganze Weile. Wenn er den Kurs, den er im Moment nahm, in Gedanken verlängerte, dann mußte der Wagen fast unmittelbar an seinem Versteck vorbeifahren.

Littlecloud sah dem näher kommenden Wohnmobil noch einige Sekunden lang entgegen, und dann wußte er, was er tun mußte. Ein dünnes Lächeln erschien auf seinen Lippen, als er den Motor startete und den Polizeiwagen aus dem Felsspalt herauslenkte, Blaulicht und Sirene einschaltete und direkten Kurs auf das Wohnmobil nahm.

»Alles verstanden, Professor?« Will hob das M13 und deutete auf einen kleinen Hebel an der Seite, der so angebracht war, daß man ihn bequem mit dem Daumen betätigen konnte, ohne den Finger vom Abzug zu nehmen. »Hier schalten Sie von Einzel- auf Dauerfeuer um. Aber tun Sie es nur im äußersten Notfall. Wir haben nicht sehr viel Munition. Und hier ...« Er deutete auf einen anderen Hebel. »... ist der Sicherungshebel. Solange die Waffe schußbereit ist, sollten Sie besser nicht an den Abzug kommen. Er ist sehr empfindlich. Noch Fragen?«

Schneider schüttelte den Kopf und nahm die Waffe mit allen Anzeichen von Unbehagen entgegen. Will hatte sie notdürftig gesäubert, aber das änderte nichts daran, daß überall noch das Blut ihres ehemaligen Besitzers klebte. Schneider verspürte einen fast körperlichen Widerwillen, das Gewehr auch nur zu berühren. Und das Gefühl von Sicherheit, das sich eigentlich einstellen sollte, jetzt, wo er bewaffnet war, kam nicht. Dem Marine hatte das Gewehr letzten Endes auch nichts genutzt – und der hatte gewußt, wie er damit umgehen mußte.

Während Schneider noch unglücklich die schwere Waffe in den Händen drehte, inspizierte Will sein eigenes Gewehr. Das Ergebnis, zu dem er kam, schien ihm nicht zu gefallen. »Neun«, sagte er.

Schneider sah auf. »Neun was?«

»Patronen«, antwortete Will. »Ihr Magazin ist voll, aber ich habe noch neun Schuß. Nicht besonders viel, wenn man bedenkt, wie zäh diese Viecher sind.«

»Dann sollten wir vielleicht die Waffen tauschen«, schlug Schneider vor. »Sie können besser damit umgehen als ich.«

Will dachte einen Moment lang über diesen Vorschlag nach, aber dann schüttelte er den Kopf. Und wahrscheinlich, dachte Schneider, war es ohnehin gleichgültig. Ihre nächste Begegnung mit den Deinonychi würde die letzte sein, ganz egal, wieviel Munition sie hatten.

»Also, was schlagen Sie vor?« fragte Will. »Welche Richtung?« Er deutete nach Süden, Norden und Westen. Den Osten ließ er aus. Das war die Richtung, in die sich die drei Raubsaurier zurückgezogen hatten.

Schneider war immer noch nicht sicher, ob es überhaupt klug war, irgendwohin zu gehen. Sie befanden sich – zumindest geographisch – noch immer in unmittelbarer Nähe des Labors; oder der Stelle, an der es einmal sein würde. Natürlich hatten sie keinen Beweis dafür, daß sich der Zeitsprung wiederholen würde. Aber sie hatten auch keinen Beweis, daß es *nicht* geschah.

»Ich bin immer noch nicht sicher, daß es klug ist, von hier wegzugehen«, sagte er.

»Das hatten wir doch schon ein paarmal, Professor, oder?« Will seufzte. Aber er klang nicht verärgert, sondern allenfalls ein ganz kleines bißchen ungeduldig. »Diese Biester werden zurückkommen, sobald sie hungrig werden. Und ich möchte dann lieber nicht mehr hier sein. Was sollen wir tun? Hier stehenbleiben und auf ein Wunder warten?«

»Ich halte es nur für sinnlos, blindlings loszustürmen«, antwortete Schneider.

»Ich auch«, antwortete Will. »Aber das habe ich auch nicht vor. Sehen Sie, es gibt immer noch die Möglichkeit, daß General Stanton und die anderen hier irgendwo sind. Wenn sie noch leben und wenn wir sie finden, dann sind unsere Chancen schon sehr viel besser.«

Irgend etwas sagte Schneider, daß Stanton und die anderen *nicht* hier waren. Es war nur ein Gefühl, aber es war viel zu intensiv, um es ignorieren zu können.

»Und wie wollen Sie sie finden?« fragte er.

»Das ist kein Problem«, antwortete Will. Er deutete auf die zackige Kuppe eines Felsenhügels, die sich in zwei oder drei Meilen Entfernung über den Baumwipfeln erhob. »Von dort aus hat man wahrscheinlich einen guten Ausblick«, sagte er. »Wenn Stanton hier ist, ist er garantiert ebenfalls dorthin gegangen. Und selbst wenn nicht, können wir ihn vielleicht sehen; oder zumindest ein Zeichen geben. Wir zünden ein Feuer an und geben Rauchsignale. Außerdem sind wir dort oben wahrscheinlich sicherer.«

Nichts von alledem war in irgendeiner Weise falsch. Und trotzdem überzeugten Schneider die Worte nicht einmal im Ansatz. Voller Unbehagen blickte er die Felsgruppe an. Will hatte zweifellos recht – sie waren dort oben sicherer als hier im Dschungel. Die Felsen erhoben sich zwanzig oder dreißig Meter weit über die Baumwipfel, und mit ein bißchen Phantasie sahen sie tatsächlich aus wie eine Burg. Aber zwei oder drei Meilen durch diesen Dschungel konnten zu einer Ewigkeit werden.

»Also?« fragte Will.

Schneider war noch immer nicht überzeugt, aber er hatte auch keinen besseren Vorschlag zu machen, und so nickte er nur, und sie marschierten los.

Auf dem ersten Stück kamen sie weitaus besser voran, als Schneider befürchtet hatte. Der Dschungel erwies sich als nicht so dicht, wie es in der Dunkelheit den Anschein gehabt hatte – und als nicht einmal annähernd so gefährlich. Von einigen erstaunlich großen Insekten einmal abgesehen, sahen sie im Grunde überhaupt keine Tiere, auch wenn Schneider ein paarmal ein Rascheln und Huschen im Unterholz wahrzunehmen glaubte und zumindest einmal einen gefleckten Schatten erkannte, der vor ihnen floh. Einmal gingen sie ein Stück weit auf ihrer eigenen Spur zurück und machten einen Umweg, um einem Spinnennetz auszuweichen, das sich zwischen zwei Bäumen spannte und von solchen Dimensionen war, daß Schneider sehr wenig Lust verspürte, dessen Erbauer kennenzulernen. Im Grunde jedoch blieb ihre Umgebung so, daß es Schneider schon fast wieder unheimlich war. Und so phantastisch, daß sein Forscherdrang und seine Neugier zumindest für eine Weile sogar seine Furcht besiegten. Er blieb immer öfter stehen, um irgend etwas zu betrachten, und schließlich war es sogar Will, der ihn daran erinnern mußte, wo sie waren.

»Vielleicht sollten wir uns ein bißchen beeilen, Professor«, sagte er. »Ich wollte den Hügel eigentlich noch bei Tageslicht erreichen.«

Schneider war niedergekniet, um eine Blume zu betrachten, die nicht nur von einer Art, sondern auch von einer Farbe war, die er noch niemals gesehen hatte. Mit einem schuldbewußten Lächeln richtete er sich wieder auf und trat an Wills Seite. »Es tut mir leid«, sagte er. »Aber das alles hier ist . . . einfach phantastisch.«

»Ja«, bestätigte Will. »Man sollte es einzäunen und einen

Vergnügungspark daraus machen. Und Gäste, die nicht zahlen, kann man gleich den Deinos zum Fraß vorwerfen.«

»Deinos?«

»Deinonychus ist mir zu lang«, sagte Will ernsthaft. »Bevor man das Wort geschrien hat, haben sie einen wahrscheinlich schon aufgefressen.« Er lachte kurz. »Warum haben diese Viecher alle so komplizierte Namen?«

»Vielleicht, weil niemand damit gerechnet hat, sie so oft benutzen zu müssen«, antwortete Schneider. »Wir können uns ja andere ausdenken.«

»Für den Fall, daß wir sie öfter brauchen?« Will lachte erneut, aber diesmal stimmte Schneider nicht mit ein, und nach einem Augenblick wurde auch der Offizier wieder ernst. Der scherzhafte Ton ihrer Unterhaltung hatte die Atmosphäre ein wenig aufgelockert, aber Wills Frage hatte sie auch ganz unabsichtlich wieder daran erinnert, in welcher Lage sie sich befanden. Sie gingen weiter, und für eine Weile wurde es sehr still.

Und schließlich trafen sie doch auf einen weiteren Bewohner dieses Urzeitdschungels. Es war wieder Will, der ihn als erster sah: er blieb plötzlich stehen, hob warnend die Hand und brachte mit der anderen sein Gewehr in Anschlag. »Still!« sagte er in einem hastigen, erschrockenen Flüsterton. »Da vorne ist etwas.«

Auch Schneider erstarrte mitten in der Bewegung. Die Angst war wieder da. Sein Herz begann zu jagen, und seine Hände schlossen sich so fest um das Gewehr, daß es weh tat. Aber er kam nicht auf die Idee, die Waffe nach vorne zu halten. Statt dessen richtete sich die Mündung zitternd auf Wills Gesicht, der es plötzlich sehr eilig hatte, einen Schritt zur Seite zu machen und den Gewehrlauf dann herunterzudrücken.

»Vielleicht ist es doch besser, wenn Sie vor mir gehen«, murmelte er. »Passen Sie auf.« Trotzdem bedeutete er Schneider, hinter ihm zu bleiben, ergriff seine eigene Waffe mit beiden Händen und ging geduckt weiter.

Schneider folgte ihm. Auch er sah nur einen Schatten, aber es vergingen trotzdem noch Sekunden, bis die verschwommenen Umrisse zu einem Körper wurden. Er wußte immer noch nicht, *was* da vor ihnen war, aber es war groß. Verdammt groß.

Doch es stellte keine Gefahr dar. Schneider und Will näherten sich dem reglosen Koloß mit äußerster Vorsicht, aber sie begriffen beide, daß er tot war, noch ehe sie ihn erreicht hatten.

Der Anblick erschütterte Schneider bis ins Innerste. Er wußte nicht, was das für ein Geschöpf war, das da vor ihnen lag – niemals zuvor hatte er je etwas gesehen, das diesem toten Koloß auch nur *ähnelte*. Es war gigantisch. Schneider schätzte, daß es aufrecht stehend mindestens zehn Meter groß gewesen sein mußte, und seine Länge vermochte er nicht einmal zu erahnen. Doch trotz seiner gewaltigen Ausmaße wirkte es irgendwie zerbrechlich und verwundbar.

Und schön.

Schneider fiel kein anderer Ausdruck für das ein, was der Anblick des toten Giganten in ihm auslöste. Er fühlte eine tiefe Traurigkeit.

Will sah die ganze Geschichte wohl viel nüchterner, denn er sagte: »Es muß ein furchtbarer Kampf gewesen sein. Sehen Sie sich nur die Bäume an!«

Widerwillig löste Schneider seinen Blick vom Körper des toten Riesen. Will hatte recht – die Bäume in weitem Umkreis waren geknickt oder gleich ganz entwurzelt, das Unterholz wie von einer Planierraupe plattgewalzt. Gewaltige Krallen hatten den Boden aufgerissen und Baumwipfel zerfetzt, und Schneider bemerkte erst jetzt, daß sie praktisch in einem See aus Blut standen.

»Ich möchte wissen, was es umgebracht hat«, fuhr Will fort. »Ob das die Deinos waren?«

Schneider schwieg. Er zweifelte nicht daran, daß eine genügend große Anzahl Deinonychi selbst diesen Titanen hätten überwältigen können, aber irgend etwas sagte ihm, daß es nicht so gewesen war. Der Koloß hatte sich gewehrt, wie die unvorstellbare Zerstörung ringsum bewies. Auch wenn er am Ende der Unterlegene gewesen war, hätten sie die Kadaver etlicher Deinonychi finden müssen. Und er vermutete auch, daß die Raubsaurier einfach zu klug waren, um ein solch wehrhaftes Opfer anzugreifen. Es gab in diesem Dschungel genug Beute, die sie mit weitaus geringerem Risiko schlagen konnten.

»Nein«, sagte Will plötzlich. »Es waren nicht die Deinos.«

Er war einige Schritte weiter um den Kadaver herumgegangen und wieder stehengeblieben. Seine Stimme zitterte ganz leicht, und sein Gesicht war plötzlich sehr blaß. Und als Schneider ihm folgte, verstand er auch, warum.

Es war ganz eindeutig kein Rudel Deinonychi gewesen, das den Koloß erlegte. Was immer ihn umgebracht hatte, es hatte es mit einem einzigen Biß getan. Die Wunde war so groß, daß Schneider sich bequem hätte hineinlegen können, und seine Phantasie weigerte sich einfach, sich das dazugehörige Maul vorzustellen.

Was sie ihm allerdings nicht verweigern konnte, das war der Anblick des abgebrochenen Zahnes, der noch immer in dieser Wunde steckte.

Er war so lang wie seine Hand.

Littlecloud brachte den Streifenwagen in einer gewaltigen Staubwolke unmittelbar vor dem Wohnmobil zum Stehen. Die Sirene heulte noch, und er ließ sie auch noch eine Sekunde weiterheulen, ehe er den Zündschlüssel herumdrehte, das Gewehr vom Beifahrersitz nahm und ausstieg. Der aufgewirbelte Staub war so dicht, daß er das Gesicht des Mannes hinter dem Steuer des Wohnmobils nur als hellen Fleck ausmachen konnte, obwohl er kaum zwei Meter vor dem Wagen angehalten hatte. Trotzdem glaubte er, einen Ausdruck von Schrecken darauf zu erkennen – ein Eindruck, der sich bestätigte, als er um den Wagen herumging und die Tür auf der Fahrerseite öffnete.

Für eine Sekunde wurde aus diesem Schrecken nackte Angst, als der Mann das Gewehr in Littleclouds Hand sah. Dann wanderte sein Blick weiter an Littleclouds Arm hinauf, gewahrte die schwarze Lederjacke und schließlich den silbernen Stern, der auf ihrer linken Brust angeheftet war, und aus der Panik, die die Gesichtszüge des Mannes für eine Sekunde hatte entgleisen lassen, wurde eine ebensogroße Erleichterung. Littlecloud bedankte sich in Gedanken bei dem Polizeibeamten, der seine Jacke auf dem Rücksitz des Streifenwagens hatte liegenlassen, kletterte rasch in den Wagen hinein und zog die Tür hinter sich zu, ehe er sich ein zweites Mal zu dem Mann hinter dem Steuer umwandte.

»Bin ich froh, daß ich Sie noch erwischt habe«, sagte er.

Der Mann blinzelte verwirrt. »Officer?«

»Blake«, sagte Littlecloud. »Officer Jim Blake«. Er streckte dem Mann die Hand entgegen.

»Corman«, sagte der andere. »Mein Name ist Boris Corman.« Er deutete hinter sich. »Und das sind meine Frau Helen und meine Tochter Sandy.«

Littlecloud hatte die Frau und das vielleicht zwölfjährige Mädchen schon beim Einsteigen bemerkt, aber er tat Corman den Gefallen, seiner Geste mit einem entsprechenden Blick zu folgen und den beiden zuzunicken. Cormans Frau, die deutlich jünger als ihr Mann und überraschend hübsch war, machte einen ebenso verwirrten wie erschrockenen Eindruck wie er. Sandys Augen blickten eher mißtrauisch. Und sie musterten Littlecloud sehr viel aufmerksamer, als ihm recht war.

»Madam«, sagte er. »Ich hoffe, ich habe Sie nicht zu sehr erschreckt.« Wieder an Corman gewandt, fügte er hinzu: »Hatten Sie nicht zwei Kinder bei sich?«

Der dunkelhaarige Mann riß erstaunt die Augen auf. »Ja. Aber woher wissen Sie ...?«

»Von Nick«, antwortete Littlecloud. Er machte eine

wedelnde Geste zum Himmel hinauf. »Dem Chopperpiloten.«

Cormans Verwirrung war nun offensichtlich komplett, aber genau das war ja auch Littleclouds Absicht gewesen. »Ich glaube, ich bin Ihnen eine Erklärung schuldig«, sagte er. »Zuerst einmal möchte ich mich für den Auftritt entschuldigen. Ich wollte Sie wirklich nicht erschrecken. Aber ich war froh, Sie gerade noch erwischt zu haben. Als Nick mir sagte, daß Sie in der Nähe sind, ist mir ein Stein vom Herzen gefallen.«

»Ich verstehe nicht . . .« murmelte Corman.

Prima, dachte Littlecloud. Laut sagte er: »Wir sind auf der Suche nach einem flüchtigen Verbrecher, Mister Corman. Er hält sich irgendwo hier in der Gegend auf. Ich bin seit Mitternacht unterwegs, zusammen mit einer ganzen Anzahl Kollegen, aber jetzt habe ich Schwierigkeiten mit meinem Wagen bekommen.« Er deutete auf den Streifenwagen, der quer vor der Kühlerhaube des Wohnmobils stand. »Keine Ahnung, was mit der Kiste los ist, aber in der letzten halben Stunde hatte ich ernsthaft Angst, daß sie mir um die Ohren fliegt. Ich habe mich schon den halben Tag in dieser Bruthitze hocken und auf den Abschleppwagen warten sehen. Na, und als Nick mir dann von Ihnen erzählte . . .« Er ließ den Satz unvollendet und versuchte, ein möglichst freundliches Lächeln auf sein Gesicht zu zaubern.

Corman nickte. »Ich verstehe«, sagte er. »Ich kann Ihnen vielleicht helfen. Ich verstehe ein wenig von Motoren und solchen Sachen. Wenn Sie wollen, schaue ich einmal nach Ihrem Wagen.« Er machte Anstalten, die Hand nach dem Türgriff auszustrecken, aber Littlecloud winkte hastig ab.

»Das ist wirklich nicht nötig«, sagte er. »Wir haben Spezialisten für so etwas. Ich habe bereits in der Zentrale Bescheid gesagt, damit sie einen Abschleppwagen schicken. Aber es wäre nett, wenn Sie mich mit in die Stadt zurück nehmen könnten. Sie fahren doch nach Las Vegas?«

»Selbstverständlich«, sagte Corman eifrig. »Meine Familie

und ich machen eine Tour durch ganz Nevada. Las Vegas, Death Valley. Sie können gerne mitfahren.« Er lachte. »Dann sind wir wenigstens sicher, falls wir auf den Burschen treffen, hinter dem Sie und Ihre Kollegen her sind – wenn er wirklich so gefährlich ist.«

Littlecloud tat so, als hätte er den letzten Satz nicht gehört. Auf eine einladende Geste Cormans hin nahm er auf dem Beifahrersitz Platz und schloß mit einem erschöpften Seufzer die Augen. Seine Erleichterung war nicht gespielt. Er war zum Umfallen müde, und er war selbst ein wenig erstaunt, wie bereitwillig Corman die Geschichte geschluckt hatte.

Vielleicht würde sich ja doch noch alles zum Guten wenden, dachte er. Seine Chancen standen gar nicht so schlecht: Der Chopperpilot hatte ja über Funk durchgegeben, daß er den Wagen kontrolliert hatte, so daß sie mit nur ein wenig Glück nicht noch einmal angehalten werden würden. Und daß er nach Las Vegas zurückkehrte, war wahrscheinlich das letzte, womit Mainland rechnete. Vielleicht würde er sogar zwei und zwei zusammenzählen und zu dem richtigen Ergebnis kommen, sobald sie den verlassenen Streifenwagen in der Wüste fanden, aber wenn er erst einmal wieder in der Stadt war, war er so gut wie in Sicherheit. Einen einzelnen Mann in einer Stadt wie Las Vegas zu finden, das entsprach ungefähr der Suche nach der sprichwörtlichen Nadel im Heuhaufen.

Corman lenkte das Wohnmobil umständlich um den Streifenwagen herum. Hinter Littlecloud wurde ein Vorhang beiseite geschoben, und ein blondhaariges Mädchen trat dahinter hervor. Littlecloud blinzelte überrascht.

Corman lachte leise, was gewisse Rückschlüsse auf Littleclouds Gesichtsausdruck beim Anblick des Mädchens zuließ. »Das ist Tippy«, sagte er. »Sandys Zwillingsschwester.«

»Das sieht man«, antwortete Littlecloud überrascht. Die Ähnlichkeit zwischen den beiden Kindern war verblüffend.

Littlecloud hatte schon Zwillinge gesehen, die einander ähnelten wie ein Ei dem anderen. Aber Sandy und Tippy schienen absolut *identisch*.

»Unglaublich«, murmelte er. »Wie halten Sie sie auseinander?«

»Gar nicht«, sagte Corman fröhlich. Er genoß Littleclouds Verwirrung. Und es war nicht zu übersehen, wie stolz er auf die beiden Mädchen war.

»Wir fragen sie einfach und hoffen, daß sie die Wahrheit sagen«, fügte seine Frau hinzu, und Tippy sagte:

»Sie sind der, den sie suchen.«

Corman trat so hart auf die Bremse, daß Littlecloud im Sitz nach vorne geschleudert wurde und erst im allerletzten Moment Halt am Armaturenbrett fand. Seine Frau hatte weniger Glück: Sie rutschte von ihrem Sitz und fiel auf ein Knie herab, klammerte sich aber instinktiv irgendwo fest und sagte offenbar ebenso impulsiv und in strengem Ton:

»Tippy, sei nicht so vorlaut! Das gehört sich nicht!«

Corman starrte ihn an. Auf seinem Gesicht mischten sich Verblüffung und Schrecken, Unglauben und Überraschung und eine Spur von Zorn mit einer allmählich aufkeimenden, immer stärker werdenden Furcht. Ein einziger Blick in Cormans Augen machte Littlecloud klar, daß es vollkommen sinnlos war, das Offensichtliche zu leugnen. Und trotzdem schien ihn sein Blick gleichzeitig anzuflehen, ihm zu sagen, daß es nicht die Wahrheit war.

Corman drehte sich langsam zu dem Mädchen herum und sah ihm fest in die Augen, aber Tippy erwiderte seinen Blick ruhig, ohne die geringste Spur von Furcht oder auch nur Unsicherheit.

»Wie kommst du darauf?« fragte er lächelnd, aber zu spät, um noch überzeugend zu klingen.

»Sie sind kein Polizist, Mister«, behauptete das Mädchen. »Die Jacke, die Sie anhaben, ist Ihnen mindestens zwei Nummern zu groß. Außerdem tragen Sie Jeans und Sportschuhe, und das würde ein echter Cop niemals tun. Nicht in dieser

Gegend. Und außerdem – wo ist Ihr Revolvergürtel? Sie haben nur das Gewehr. Ich nehme an, Sie haben es aus dem Streifenwagen, den Sie gestohlen haben. Was haben Sie mit den beiden Officers gemacht? Sie getötet?«

»Tippy!« sagte Corman – in einem so erschrockenen Ton, daß man ihn auch getrost als entsetzt hätte bezeichnen können. »Sei sofort still!«

»Lassen Sie sie ruhig«, sagte Littlecloud. »Sie hat recht.« Es hatte keinen Sinn, zu leugnen. Corman war vielleicht naiv, aber er war nicht blöd. Noch immer an das Mädchen gewandt, fuhr er fort: »Ich *bin* der, den sie suchen. Aber ich habe niemanden getötet. Weder die beiden Polizisten noch sonst jemanden.«

»Was haben Sie gemacht?« fragte Tippy.

»Eine ziemliche Dummheit, fürchte ich«, antwortete Littlecloud. »Aber ihr braucht keine Angst vor mir zu haben. Ich werde niemandem etwas tun. Weder dir und deiner Schwester, noch deinen Eltern. Das verspreche ich.« Er drehte sich wieder zu Corman herum. Der Blick des dunkelhaarigen Mannes hing wie hypnotisiert an dem Gewehr, das Littlecloud vor sich gegen das Armaturenbrett gelehnt hatte. Er stellte die Waffe auf die andere Seite und sah Corman ernst an.

»Ihnen wird nichts geschehen«, sagte er noch einmal. »Glauben Sie mir – ich will Ihnen keine Schwierigkeiten machen. Ich will nur zurück in die Stadt, das ist alles.«

Corman nickte. »Und so lange ich vernünftig bin, wird auch keinem was zuleide getan, ich verstehe.«

Littlecloud ersparte es sich zu antworten. Wahrscheinlich hatte Corman ein paar Kriminalfilme zu viel gesehen, um ihm glauben zu können. Aber er war fest entschlossen, diese Leute nicht in Gefahr zu bringen. Sollten sie in eine Kontrolle geraten oder angehalten werden, würde er aufgeben.

Es verging noch eine geraume Weile, in der Corman ihn nur ansah. Schließlich sagte er: »Versprechen Sie mir, daß den Kindern nichts passiert?«

»Ganz bestimmt nicht«, sagte Littlecloud.

»Dann helfe ich Ihnen«, antwortete Corman. »Sie wollen nach Las Vegas?«

»Es reicht, wenn Sie mich irgendwo am Stadtrand absetzen«, bestätigte Littlecloud. »Einen kleinen Vorsprung, mehr brauche ich nicht.«

»Ich muß zur Polizei gehen«, sagte Corman ernst. »Wenn sie herausfinden, daß ich Ihnen geholfen habe, sperren sie mich sonst ein.«

Das würde Mainland sogar *ganz bestimmt* tun, dachte Littlecloud. »Ein paar Minuten, mehr brauche ich nicht.«

Corman blickte ihn weiter nachdenklich und sehr ernst an. »Was haben Sie getan?«

»Es ist besser, wenn Sie das nicht wissen«, antwortete Littlecloud. »Aber es war nichts, wovor Sie Angst haben müßten.« Er ersparte es sich, hinzuzufügen, daß es im Grunde *gar nichts* gewesen war; zumindest nichts, was diese Menschenjagd gerechtfertigt hätte. Er wußte selbst, daß Corman ihm nicht glauben konnte.

Ohne ein weiteres Wort gab Corman Gas und schaltete in einen höheren Gang. Das Wohnmobil begann den Felsen langsam zu umkreisen.

Littlecloud drehte sich flüchtig zu Cormans Frau und den Kindern herum. Die Frau sah ihn voller Angst an. In den Gesichtern der beiden Mädchen las er überhaupt keine Furcht. Wahrscheinlich, dachte er, war das alles hier für sie nichts als ein großes Abenteuer.

Der Wagen umkreiste die gewaltigen Felsen langsam – und dann trat Corman noch einmal und so hart auf die Bremse, daß Littlecloud und die drei anderen diesmal *wirklich* von den Sitzen geschleudert wurden. Die beiden Mädchen schrien hell auf, und Littlecloud stieß sich schmerzhaft den Kopf am Fensterholm.

Trotzdem sagte er kein Wort, und nachdem sie ihren ersten Schrecken überwunden hatten, verstummten auch die beiden Mädchen. Corman hatte so abrupt gebremst, daß der

Motor ausgegangen war. Eine schon fast unnatürliche Stille begann sich im Wagen auszubreiten, während seine fünf Insassen das anstarrten, was hinter dem Felsen aufgetaucht war.

Etwas vollkommen Unmögliches.

»Wo . . . wo ist die Wüste?« flüsterte Corman nach einer Weile.

Das war eine wirklich gute Frage, fand Littlecloud. Er hätte eine Menge darum gegeben, die Antwort zu wissen. Aber er dachte diesen Gedanken nicht bewußt. Eigentlich war er überhaupt nicht in der Lage, einen klaren Gedanken zu fassen. Littlecloud starrte vollkommen fassungslos und zugleich fasziniert dorthin, wo sich der seit Jahrhunderten von der Sonne ausgedörrte Boden der Nevada-Wüste befinden sollte.

Er war nicht mehr da.

An seiner Stelle erstreckte sich . . . nein, er weigerte sich für einen Moment einfach noch, das Bild, das ihm seine Augen zeigten, zu glauben.

»Aber das . . . das kann doch gar nicht sein«, murmelte Cormans Frau. »Wir hätten es doch sehen müssen, von der anderen Seite aus.«

»Vielleicht ist es eine Art . . . Oase«, antwortete Corman. Natürlich mußte er wissen, daß die gewaltige, grünbraun gefleckte Wand, die sich dicht vor ihnen erhob, alles sein konnte – nur keine *Oase*. Dazu war sie einfach zu groß. Zur Linken von der gewaltigen Masse der Felsen begrenzt, erstreckte sie sich in die beiden anderen Richtungen, so weit der Blick reichte. Das war ein ausgewachsener Wald. Und so ganz nebenbei der sonderbarste Wald, den Littlecloud jemals zu Gesicht bekommen hatte.

Er war nicht der einzige, dem auffiel, daß damit etwas nicht stimmte. »Was sind das überhaupt für komische Bäume?« fragte Tippy. Vielleicht war es auch Sandy – die beiden Mädchen hatten sich aufgerappelt und waren hinter Littlecloud und ihren Vater getreten. Littlecloud registrierte beiläufig, daß das Mädchen mit seiner Frage ins Schwarze getroffen hatte – eigentlich waren es gar keine richtigen Bäume. »Vielleicht ist es eine Täuschung«, sagte Corman. »So eine Art... wie nennt man das? *Fata Morgana.*«

Seine Stimme klang nicht überzeugt, und irgendwie wußte Littlecloud auch, daß der Wald keine *Fata Morgana* war.

Aber eine Sekunde später *wünschte* er sich, daß es so wäre. Denn plötzlich begannen sich die an übergroße Farnwedel erinnernden Baumwipfel zu bewegen, und dann brach etwas aus dem Schatten des Waldes heraus, das nicht nur Littlecloud einen überraschten Aufschrei entlockte.

»Was ist das?!« keuchte Corman. Es war eine rhetorische Frage, die nur Ausdruck seines Erschreckens war. Das... Ding war groß, häßlich, hatte einen übergroßen Kopf mit einem dazu passend dimensionierten Gebiß, einen gewaltigen, peitschenden Schwanz und zwei geradezu lächerlich kleine Ärmchen, die allerdings mit mörderischen Krallen bewehrt waren. Es war schwer, seine Größe zu schätzen, aber es mußte aufgerichtet sicherlich vier oder fünf Meter erreichen. Und sie alle wußten, was es war:

Vor ihnen stand ein leibhaftiger Dinosaurier.

Sie mußten seit einer Stunde unterwegs sein, vielleicht auch länger. Schneider hatte längst jedes Zeitgefühl verloren, und seine Uhr war wie Wills im Augenblick ihres Überwechselns in diese vergangene Zeit stehengeblieben. Obwohl der Dschungel nicht einmal besonders dicht und der Boden sehr eben war, bereitete ihnen das Gehen immer mehr Mühe. Sie sahen auch weiter kaum einen lebenden Bewohner dieses Dschungels – ein paar Insekten, einige kleinere Tiere, die aber allesamt zu schnell davonhuschten, als daß sie sie genau identifizieren konnten.

Aber dieser Umstand beruhigte Schneider nicht. Er war kein Paläontologe, sondern verstand im Grunde wahrscheinlich weniger von dieser Zeit und ihren Gegebenheiten als ein interessierter Laie, aber die Tatsache, daß sie keine anderen Lebewesen sahen, konnte im Grunde nur eines bedeuten: daß diese Welt in zwei klare Gruppen von Bewohnern aufgeteilt war. Eine, die fraß, und eine, die gefressen wurde. Geschöpfe, die ihnen nicht gefährlich waren, flohen vor ihnen. Und die, die nicht vor ihnen flohen ...

Nein, Schneider zog es vor, diesen Gedanken nicht zu Ende zu denken.

Will blieb plötzlich stehen und hob den Kopf, und auch Schneider hielt an. Erschöpft beugte er sich vor, stützte die Hände auf den Oberschenkeln auf und sah dann wieder in Richtung des Felsens, auf den sie zuhielten. Obwohl sie seit einer Stunde marschierten, schien er kaum näher gekommen zu sein.

»Professor«, sagte Will ruhig.

Schneider sah auf. In Wills Stimme war etwas, das ihn beunruhigte.

»Ja?«

»Sind Sie sicher, daß das hier die ... wie sagten Sie? – Jurazeit – ist?«

»Das Jura, ja«, antwortete Schneider. »Vielleicht auch der Anfang der Kreidezeit. Wenn nicht alles falsch ist, was wir darüber zu wissen glauben. Warum?«

Will hob den Arm und deutete in den Himmel hinauf, und als Schneiders Blick der Geste folgte, hatte er das Gefühl, von einem plötzlichen, eiskalten Wasserguß getroffen zu werden.

»Wenn wir wirklich hundertfünfzig Millionen Jahre in der Vergangenheit sind«, fuhr Will fort, »was um alles in der Welt macht dann dieser Hubschrauber dort am Himmel?«

Niemand sprach. Es wurde noch stiller im Wagen, und Littlecloud glaubte die atemlose Spannung, die sich plötzlich zwischen ihnen ausbreitete, mit Händen greifen zu können. Er empfand nicht einmal wirklichen Schrecken – dazu war der Schock, den ihm der Anblick versetzt hatte, einfach zu groß. Dieses *Ding* da vorne war echt. Es hatte nicht einmal die allermindeste Existenzberechtigung, aber es war da und vollkommen real.

»Das ist ein Tyrannosaurus Rex, nicht wahr?« flüsterte eines der Mädchen.

Irgend etwas machte in Littleclouds Kopf deutlich hörbar *klick*, und dann war der Schrecken da, eine lähmende, mit Panik gemischte Furcht, die für einen Moment sein klares Denken zu überwältigen drohte. Er war dafür ausgebildet worden, in Extremsituationen einen klaren Kopf zu behalten, aber verdammt, niemand hatte ihn darauf vorbereitet, plötzlich einem lebendigen *Dinosaurier* gegenüberzustehen, Tyrannosaurus Rex, dem Wesen, dessen Name vielleicht von jeder Kreatur, die jemals auf diesem Planeten gelebt hatte, am meisten für die Begriffe *Kraft* und *Zerstörung, Jagd* und *Tod* stand.

»Nein«, sagte Corman leise. »Das ist er nicht. Das ... das ist ein Allosaurus – wenn ich mich nicht täusche. Sicher bin ich nicht.« Er versuchte seiner Stimme einen saloppen Klang zu verleihen. »Es ist lange her, daß ich einen gesehen habe.«

Niemand lachte.

»Sie meinen, das ... das ist kein T. Rex?« vergewisserte sich Littlecloud. »Es ist nicht der Tyrannosaurus?« In seiner Stimme klang so etwas wie eine vorsichtige Erleichterung – aber das Gefühl hielt nur genau so lange vor, bis Corman antwortete:

»Nein. Der da ist schlimmer.«

»Aber er ist viel kleiner!« protestierte eines der Mädchen.

»Ein Kampfhund ist auch kleiner als ein Mensch«, murmelte Corman. »Trotzdem hätte keiner von uns eine Chance gegen ihn.« Er fuhr sich nervös mit dem Handrücken über das Kinn.

»Ich will hier weg«, sagte seine Frau. »Bitte, Boris!«

Corman streckte tatsächlich die Hand nach dem Zündschlüssel aus, zog den Arm dann aber wieder zurück. »Vielleicht ... bemerkt er uns nicht«, sagte er. »Solange wir uns still verhalten.«

»Reagieren sie nicht überhaupt nur auf Bewegung?« fragte Littlecloud. Zumindest glaubte er das einmal irgendwo gelesen zu haben. Er hatte sich nie sonderlich für Dinosaurier oder andere ausgestorbene Tierarten interessiert. Jetzt verfluchte er dieses Versäumnis.

»Das gilt nur für den Rex«, antwortete Corman kopfschüttelnd. »Der da hat ein phantastisches Sehvermögen. Aber vielleicht bemerkt er uns trotzdem nicht. Solange wir uns nicht bewegen oder ihn sonstwie provozieren. Ich glaube nicht, daß ein Automobil in sein Beuteschema paßt.«

Die ganze Situation begann Littlecloud allmählich fast absurd vorzukommen. Tyrannosaurus Rex oder Allosaurus – sie standen einem der schrecklichsten Raubtiere gegenüber, die es jemals auf diesem Planeten gegeben hatte, und sie saßen da und diskutierten darüber, welcher Gattung er angehören mochte! Das war völlig verrückt. Aber zugleich auch typisch für Menschen, die die Grenzen ihrer Belastungsfähigkeit erreicht hatten. Littlecloud hatte es ein paarmal zu oft erlebt, um die kleinen Warnzeichen bei Corman und seiner Familie nicht zu bemerken. Eine Winzigkeit, und sie alle würden in Hysterie und Panik ausbrechen.

»Vielleicht ist er nicht echt«, sagte Tippy oder Sandy plötzlich.

Littlecloud sah sie verwirrt an. »Was?«

»Vielleicht ... ist alles nicht echt«, wiederholte das Mädchen. »Der ganze Wald. Ich meine, sie ... sie könnten ihn gebaut haben. Als Touristenattraktion. Vielleicht ist es nur eine Puppe. So eine Art ... Roboter.«

»Ich habe gelesen, daß sie so etwas vor ein paar Jahren schon einmal versucht haben«, fügte ihre Schwester hinzu. »Drüben in Australien. Es hat nicht funktioniert.«

Für ein paar Sekunden versuchte Littlecloud mit aller Macht, diese Erklärung zu glauben. Aber er konnte es nicht. Das war kein Roboter. Dieses Ungeheuer war *echt*.

Der Saurier bewegte sich. Sein Schädel pendelte hin und her, die kleinen Ärmchen bewegten sich, und die Augen irrten suchend umher. Es dauerte nur einen Moment, bis Littlecloud voller Entsetzen begriff, was das Tier da tat: Es schnüffelte. Es nahm Witterung auf wie ein Hund.

»Bitte fahr los, Boris!« flehte Cormans Frau.

Corman zögerte. Sein Ausdruck war beinahe gequält. Er hatte den Zündschlüssel ergriffen, aber er wagte es nicht, ihn herumzudrehen. Der Saurier war kaum hundert Meter von ihnen entfernt, aber noch schien er sie nicht bemerkt zu haben. Vielleicht war es wirklich so, wie er gemeint hatte: Der Wagen paßte nicht in sein Beuteschema. Ganz egal, wie dieses Tier, das sich um die Kleinigkeit von hundertfünfzig Millionen Jahren in der Zeit verirrt hatte, nun wirklich hierhergekommen war: Es war es nicht gewohnt, Wohnmobile zu jagen.

»Wie schnell ist dieser Wagen?« fragte Littlecloud, ohne den gigantischen Raubsaurier auch nur eine Sekunde aus den Augen zu lassen. »Schnell genug?«

»Nein«, antwortete Corman. Er zog demonstrativ die Hand vom Zündschlüssel zurück. »Sie haben recht. Wir können nicht vor ihm davonfahren.«

»Sie wollen mir doch nicht erzählen, daß dieses Biest schneller läuft als ein Automobil?« entfuhr es Littlecloud. Er klang eindeutig entsetzt.

»Auf dem Highway sicher nicht«, erwiderte Corman. »Aber in diesem Gelände . . .« Er schüttelte entschieden den Kopf. »Ich bin froh, wenn ich zwanzig fahren kann. Wenn ich schneller fahre, riskiere ich einen Achsenbruch, oder wir überschlagen uns. Und wenn ich es nicht tue, holt er uns ein. Ich glaube nicht, daß er uns angreift. Er kennt keine Autos.«

Die beiden letzten Sätze hatte er eindeutig nur zu seiner eigenen Beruhigung gesprochen, aber Littlecloud wußte, daß er recht hatte, zumindest was ihre Chancen anging, dieser Bestie davonzufahren. Der Riese sah plump aus, aber das kam nur durch seine kolossale Größe. Schon die Art, in der er dastand und sich leicht hin und her bewegte, bewies Littlecloud, daß er es nicht war. Und hinzu kam noch etwas, was Corman und seiner Frau bisher entgangen zu sein schien: Der Wagen stand in direkter Fahrtrichtung auf den Saurier. Sie würden nicht die Zeit haben, in aller Ruhe zu wenden, sondern mußten sofort losrasen – und das bedeutete, daß ihr Vorsprung bereits auf die Hälfte zusammengeschrumpft sein würde, noch ehe der Saurier sich auch nur in Bewegung gesetzt hatte.

»Er kommt auf uns zu!« sagte Cormans Frau plötzlich. Und dann schrie sie den Satz noch einmal: *»Mein Gott, er kommt auf uns zu!!«*

Tatsächlich hatte sich das Ungeheuer in Bewegung gesetzt und kam auf sie zu, nicht unbedingt in direkter Linie, sondern auf eine irgendwie unschlüssig wirkende, fast zögerliche Art, die aber trotzdem alles andere als langsam war. Um die hundert Meter zu ihrem Wagen zurückzulegen, brauchte er kaum mehr als ein gutes Dutzend Schritte. Corman hatte recht – sie hätten keine Chance gehabt, vor diesem Monster davonzufahren.

In vielleicht zehn Metern Abstand blieb der Saurier wieder stehen. Sein gigantischer Schädel pendelte hin und her, bewegte sich wie der Kopf einer zu groß geratenen Schlange von rechts nach links und wieder zurück. Mal betrachtete er den Wagen aus dem einen, mal aus dem anderen Auge, und immer wieder glitt sein Blick ab und sondierte das umliegende Gelände. Der Saurier war unschlüssig, und er war vorsichtig. Er war in unbekanntem, vielleicht feindseligem Terrain, und er benahm sich dementsprechend – was Littleclouds Furcht nicht unbedingt milderte, denn es bewies ziemlich drastisch, daß dieses Monster alles andere als ein hirnloser Fleischkloß war, sondern wahrscheinlich über die verschlagene Schläue des geborenen Räubers verfügte. Und noch etwas erschreckte ihn: Es bewies, daß auch dieses Geschöpf Feinde hatte, die es durchaus fürchtete.

Schließlich kam das Tier abermals näher. Unter seinen

Schritten erbebte die Erde. Littlecloud spürte, wie der Wagen unter ihnen zu zittern begann. Der Saurier näherte sich dem ihm vollkommen unbekannten Gefährt mit äußerster Vorsicht und jederzeit dazu bereit, die Flucht anzutreten oder anzugreifen.

»Ich habe einmal gelesen, daß der Tyrannosaurus Rex ein Aasfresser war«, flüsterte er.

Er hatte nicht mit einer Antwort gerechnet, aber er bekam sie: »Der da nicht«, sagte Corman. »Wären sie Zeitgenossen gewesen, dann hätte er wahrscheinlich Jagd auf den Rex gemacht.«

Das beruhigte Littlecloud nicht unbedingt, und auch die beiden Mädchen und Cormans Frau zuckten zusammen. Corman schien einzusehen, daß seine Worte nicht besonders klug gewesen waren, denn er hielt fortan den Mund.

Während der Saurier langsam näher kam, glitt Littleclouds Hand zum Gewehr. Er hatte keine Ahnung, ob die Waffe dem Tier überhaupt ernsthaften Schaden zuzufügen vermochte, aber er würde auch nicht hier sitzen und sich auffressen lassen, ohne etwas zu tun.

Doch sie wurden nicht gefressen.

Vielleicht war es tatsächlich Cormans Theorie über das Beuteverhalten des Sauriers, vielleicht rettete sie auch schlicht ihre eigene Angst, denn während das Ungeheuer näher kam und den Wagen mißtrauisch von allen Seiten beäugte, saßen sie alle vier wie gelähmt da. Falls der Saurier sie im Inneren des Wagens überhaupt wahrnahm, dann mochte er sie für einen Teil dieses sonderbaren Etwas halten, das so gar nicht in seine Welt zu passen schien – und zweifellos auch einen üblen Geruch ausströmte. Es dauerte zwei Minuten, doch dann wandte sich der Saurier wieder um und begann davonzutrotten. Wahrscheinlich, ohne daß er selbst es auch nur spürte, berührte sein Schwanz dabei den Wagen und beulte die gesamte Seite ein. Das Wohnmobil zitterte, Gläser und Geschirr fielen von den Regalen und zerbrachen, und Cormans Frau schlug die geballte Faust vor den Mund

und biß auf ihre Knöchel, um einen Schrei zu unterdrücken.

»Er geht!« flüsterte Littlecloud fassungslos. »Er . . . er geht tatsächlich wieder weg!«

»Er hatte uns nicht als Beute akzeptiert«, sagte Corman. Er klang unvorstellbar erleichtert. »Wahrscheinlich ist er völlig verwirrt. Habt ihr gesehen, wie vorsichtig er war? Er scheint die Wüste nicht zu mögen.«

»Fahr los, Boris!« drängte seine Frau.

»Noch nicht.« Corman schüttelte den Kopf. »Erst, wenn er wirklich weg ist. Ich glaube, er geht in den Wald zurück. Er scheint sich hier draußen nicht wohl zu fühlen.«

»Ich auch nicht«, sagte Littlecloud mit einem gequälten Lächeln. »Großer Gott, ein Dinosaurier. Ein leibhaftiger, echter Dinosaurier!« Dann fiel ihm etwas ein. »Wieso verstehen Sie so viel davon?« fragte er.

»Tue ich nicht«, behauptete Corman. »Ich habe ein paar Bücher darüber gelesen, das ist alles. Zufällig war eines über Allosaurier und ihre Verwandten darunter, und ebenso zufällig hat der Autor mit seinen Vermutungen ins Schwarze getroffen. Wäre es nicht so . . .« Er zog es vor, nicht auszuführen, was seiner Meinung nach dann geschehen wäre, aber Littleclouds Phantasie reichte durchaus, den Satz zu vervollständigen.

»Das ist die Sensation des Jahrhunderts!« fuhr Corman kopfschüttelnd fort. Jetzt, wo die unmittelbare Gefahr vorüber war, ergriff ihn eine immer stärker werdende Begeisterung. »Wir müssen sofort in die Stadt! Wir müssen auf der Stelle jemandem Bescheid geben! Das . . . das ist einfach unvorstellbar!«

Littlecloud dämpfte seine Begeisterung. Auch er empfand ähnlich, aber er hatte den Grund seines Hierseins nicht vergessen. Wenn er nicht achtgab, dann hatte er bald sehr viel Zeit, alles über ihre Entdeckung zu lesen – in der Bibliothek des Staatsgefängnisses von Nevada. »Zuerst einmal sollten wir warten, bis er wirklich fort ist«, sagte er mit einer Geste auf den Saurier. Er hatte den Waldrand fast erreicht, und er schien sogar schneller zu werden. Wahrscheinlich hatte er es nach dem Ausflug in die Wüste eilig, wieder in seine gewohnte Umgebung zurückzukehren.

Und wahrscheinlich wären sie auch alle mit dem Leben davongekommen, hätte es Mainland nicht gegeben. Genauer gesagt, den Helikopter, den er auf Littleclouds Spur gesetzt hatte.

Die Maschine tauchte im Tiefflug hinter dem Felsen auf, so niedrig und so schnell, daß Littlecloud sofort begriff, daß sie den Streifenwagen gefunden und die richtigen Schlüsse daraus gezogen hatten. Der Chopper jagte wie eine wütende Hornisse aus Metall und Glas auf das Wohnmobil zu, und Littlecloud sah, daß der Mann neben dem Piloten die Tür geöffnet und sein Gewehr in Anschlag gebracht hatte. Offenbar hatten sie nicht vor, lange zu fackeln.

Dann sahen sie den Wald und im selben Augenblick wohl auch den Saurier.

Beinahe wäre das schon das Ende gewesen.

Der Anblick schlug den Piloten so sehr in seinen Bann, daß er für einen Moment alles andere in seiner Umgebung zu vergessen schien. Der Chopper raste direkt auf das Wohnmobil zu, wobei er immer noch schneller zu werden schien.

»Um Gottes willen!« keuchte Corman. »Er wird uns rammen!«

Die beiden Mädchen schrien erschrocken auf, und Littlecloud hob instinktiv beide Arme über den Kopf und duckte sich, als die Maschine heranraste.

Im buchstäblich allerletzten Moment registrierte der Pilot die Gefahr und riß die Maschine herum. Der Helikopter jagte mit aufheulender Turbine steil in die Höhe. Seine Kufen verfehlten den Wagen so knapp, daß sie die Fernsehantenne vom Dach des Wohnmobils rissen. Hätte der Pilot auch nur den Bruchteil einer Sekunde später reagiert, wäre ein Zusammenstoß unvermeidlich gewesen.

Littlecloud nahm vorsichtig die Hände herunter und sah der Maschine nach. Alles war so schnell gegangen, daß er nicht einmal Zeit gefunden hatte, wirklich zu erschrecken. Der Chopper stieg taumelnd und schwankend weiter in die Höhe, flog eine enge Schleife über dem Wald und kam zurück. Sein Ziel war jetzt nicht mehr der Wagen.

»Da!« rief Corman. »Der Saurier! Seht doch!«

Sein ausgestreckter Arm wies auf den Saurier, der den Waldrand fast erreicht hatte. Das Tier war stehengeblieben und hatte den Kopf gehoben, und wieder machte es jene sonderbaren, schnüffelnden Bewegungen, als nähme es Witterung auf. Sein Blick folgte dem Helikopter, der jetzt langsam näher kam und den Urzeitriesen in respektvollem Abstand umkreiste.

»Verschwinden wir von hier«, sagte Littlecloud, »so lange er abgelenkt ist!«

Corman nickte nervös. Er zögerte noch ein allerletztes Mal, aber dann streckte er entschlossen die Hand nach dem Zündschlüssel aus und drehte ihn herum. Der Anlasser arbeitete mahlend, aber der Motor sprang nicht an.

»Verdammt!« sagte Corman. »Die Kiste ist abgesoffen!«

Littlecloud ließ den Saurier nicht aus dem Auge. Das Tier hatte noch immer keine Notiz von ihnen genommen – der Höllenlärm, den der Helikopter verursachte, übertönte das Geräusch des Anlassers bei weitem. Aber Littlecloud entging auch nicht, daß der Saurier immer nervöser wurde. Sein Schwanz und seine Klauen bewegten sich ununterbrochen, die riesigen Krallen an seinen Hinterläufen rissen Furchen in die Erde.

Corman versuchte erneut den Motor zu starten, wieder ohne Erfolg. Der Anlasser drehte sich wimmernd, aber der Motor weigerte sich beharrlich, anzuspringen.

»Was . . . was tun diese Narren da?« murmelte Littlecloud fassungslos. Die Worte galten dem Chopperpiloten, der seine Maschine in sieben oder acht Metern Höhe angehalten hatte und jetzt langsam näher an den Saurier heranglitt. Das Tier folgte jeder Bewegung der Maschine aufmerksam. Sein muskulöser Schwanz peitschte hin und her wie der einer nervösen Katze.

»Er wird angreifen!« sagte Corman. »Diese Idioten reizen ihn so lange, bis er angreift! Seht doch!«

Er hatte recht. Der Chopper war jetzt noch zehn Meter von dem Saurier entfernt. Wahrscheinlich fühlte der Pilot sich vollkommen sicher, weil er den Giganten unterschätzte. Er unterlag wohl dem Irrtum, den Riesen für schwerfällig und plump zu halten.

Aber das war er nicht.

Corman betätigte erneut den Anlasser, und zwei Dinge geschahen gleichzeitig: Der Motor erwachte stotternd zum Leben, und der Saurier griff den Helikopter an. Mit einer einzigen, unvorstellbar kraftvollen Bewegung stieß er sich ab und machte einen Satz, der ihn nicht nur mehr als zehn Meter vorwärts, sondern auch ein gutes Stück in die Höhe katapultierte. Sein gigantisches Gebiß schnappte nach den Kufen des Choppers, schloß sich darum und zerriß das daumendicke Metall so mühelos, wie ein Mensch einen Wollfaden.

Der Chopper torkelte davon. Seine Turbine heulte schrill auf, als der Pilot verzweifelt versuchte, die Kontrolle über die Maschine zurückzugewinnen. Die Maschine begann immer stärker zu taumeln und sich dabei um ihre eigene Achse zu drehen. Gleichzeitig verlor sie weiter an Höhe.

Der Saurier war zu Boden gestürzt, kam aber mit einer schier unvorstellbar schnellen und mühelosen Bewegung wieder auf die Füße und setzte unverzüglich zur Verfolgung der Maschine an.

»Weg hier!« schrie Littlecloud. *»Corman, fahren Sie!«*

Corman kurbelte bereits wild am Lenkrad und versuchte durch hektisches Treten auf Kupplung und Gas den noch immer stotternden Motor auf Touren zu bringen. Das Getriebe knirschte protestierend, als er den Gang hineinhämmerte, und der Wagen setzte sich quälend langsam in Bewegung.

Mittlerweile hatte der Saurier den Chopper beinahe erreicht. Der Pilot begriff die Gefahr und versuchte, die

Maschine nach oben zu bringen, aber er war nicht schnell genug. Der Chopper stellte sich auf, drehte sich dabei heulend um seine eigene Achse – und das Heck berührte den Saurier.

Das Tier brüllte vor Schmerz und Wut, als die schwirrenden Klingen des Heckrotors seine Haut aufrissen. Es taumelte zurück und stürzte kreischend und wild um sich schlagend und tretend zu Boden, während der Helikopter wie von einem Faustschlag getroffen herumwirbelte, sich anderthalb Mal in der Luft überschlug und am Ende des zweiten Saltos den Boden berührte. Eine ungeheure Explosion riß den Helikopter in Stücke. Flammen und glühende Trümmerstücke regneten in weitem Umkreis vom Himmel, dann verschlang eine fettige, schwarze Qualmwolke den Waldrand und den noch immer tobenden Saurier.

»O Gott!« schrie Corman. »Nein! Um Gottes willen!«

Seine Frau schlug entsetzt die Hände vor das Gesicht, und auch Littlecloud starrte die schwarze Qualmwolke ein paar Sekunden lang wie gelähmt an. Hinter dem brodelnden schwarzen Vorhang blitzte und loderte es noch immer, und die Rauchwolke stieg rasch und in der unbewegten Luft über der Wüste fast senkrecht in die Höhe.

»Die Männer«, murmelte Corman. »Die ... die beiden Polizisten. Wir müssen ... ihnen helfen.«

Littlecloud machte sich nicht einmal die Mühe zu antworten, und Corman hatte wohl auch nicht wirklich damit gerechnet. Er wußte so gut wie Littlecloud, daß in dieser lodernden Hölle nichts Lebendiges mehr existieren konnte. Fassungslos und gelähmt vor Schrecken saßen sie da und starrten die flammendurchzuckte Rauchwolke an.

»Fahren Sie, Corman«, sagte Littlecloud schließlich.

Corman sah ihn aus großen Augen an, und Littlecloud machte eine Geste zurück in die Richtung, aus der sie gekommen waren. »Zurück zum Streifenwagen. Ich sage über Funk Bescheid, was hier passiert ist. Und danach ... verschwinde ich. Ich will Sie nicht mit hineinziehen.«

»Aber . . .«

Littlecloud unterbrach ihn mit einer Geste auf das Gewehr. »Sagen Sie einfach, daß ich Sie gezwungen habe«, sagte er. »Mainland wird Ihnen glauben.«

»Boris! DA!!«

Helens Schrei ließ sie herumfahren – und dann unterdrückte auch Littlecloud nur noch im allerletzten Moment ein entsetztes Stöhnen.

Der schwarze Qualm gebar einen Dämon.

Das Ungeheuer taumelte brüllend aus der Rauchwolke hervor, verletzt, mit blutender, aufgerissener Flanke und einem verheerten Gesicht, das nur noch ein Auge hatte und in dem sich weiße Knochensplitter mit zerfetztem Gewebe und Strömen von dunklem, fast schwarzem Blut zu einer grausigen Landschaft der Zerstörung mischten. Das Tier schrie; ein unvorstellbar *lauter,* unvorstellbar wilder und zorniger Schrei, in dem aller Schmerz und alle Furcht lagen, die das sterbende Geschöpf empfand.

Und Wut.

Eine brodelnde, unbezähmbare, mörderische Wut auf alles, was lebte und sich bewegte. Mit einer torkelnden, aber ungeheuer kraftvollen und schnellen Bewegung wirbelte es herum. Der Blick seines einen Auges richtete sich auf den Wagen, und für den Bruchteil einer Sekunde war Littlecloud vollkommen sicher, daß es *sie* anstarrte, nicht den Wagen, dessen Bewegung seine Aufmerksamkeit erweckt hatte, sondern seine Insassen, ihn und Corman und seine Familie, und der Indianer wußte, was geschehen würde, noch bevor der Koloß die Drehung ganz vollendet hatte und den ersten Schritt in ihre Richtung tat.

»Um Gottes willen, Corman!« schrie er mit schriller, überschnappender Stimme. *»Fahren Sie los. ER GREIFT AN!«*

Der Dinosaurier stampfte wie ein lebendig gewordener Alptraum heran. Unter seinen Schritten erzitterte die Erde, und sein Brüllen, in dem sich Zorn und Furcht mit einem tödlichen Schmerz mischten, übertönten das Brüllen des überdrehten Motors mit Leichtigkeit; ebenso wie die Schreie Cormans und seiner Familie. Alles ging viel zu schnell, als daß er sich hinterher wirklich an Einzelheiten hätte erinnern können. Zwischen dem Moment, in dem sie endgültig begriffen hatten, daß das Ungeheuer den Wagen angreifen würde, und dem Augenblick, als es wie ein aus den tiefsten Abgründen der Hölle emporgestiegener Dämon über ihnen war und gegen den Wagen prallte, vergingen nur Sekunden. Und doch reichte die Zeit, das Leben zweier Menschen auszulöschen.

Trotz des panischen Schreckens, der sie alle in seinem Griff hatte, war es Corman noch irgendwie gelungen, zu reagieren; Littlecloud suchte hinterher immer und immer wieder nach dem Moment, an dem irgendeiner von ihnen die falsche Entscheidung getroffen, den einen, verhängnisvollen Fehler begangen hatte. Aber er fand ihn nicht. Dies war eine der Situationen, in denen alles, was man tun konnte, falsch war.

Der Wagen raste mit durchdrehenden Rädern los, so schnell und mit einem so harten Ruck, daß Littlecloud um ein Haar aus dem Sitz geworfen worden wäre. Für eine einzelne, grauenhafte Sekunde schien er direkt auf den heranstampfenden Allosaurier zuzurasen, als hätte sich Corman in einem Verzweiflungsakt dazu entschlossen, das Ungeheuer zu rammen. Im buchstäblich allerletzten Moment riß er das Lenkrad herum, aber da war das Monstrum bereits heran, und was dann kam, war wie ein Alptraum aus einem 3D-Film, in dem ein wahnsinnig gewordener Regisseur den Ablauf der Zeit und der Dinge willkürlich durcheinanderwarf, so daß manche Dinge gleichzeitig, manches vor dem nachfolgenden zu geschehen schien.

Glas splitterte.

Metall zerriß.

Fleisch und Knochen zerbarsten.

Littlecloud wurde nach vorne und praktisch im gleichen Moment zur Seite geworfen, prallte mit furchtbarer Wucht gegen die Tür und spürte, wie das Schloß unter der Belastung nachgab. Die Tür flog mit solcher Gewalt auf, daß das Fangband zerriß und sie ihre Drehung vollendete und gegen den Kotflügel prallte, aber er wurde trotzdem nicht aus dem Wagen geschleudert, denn fast in der gleichen Sekunde erzitterte das Wohnmobil unter einem weiteren, noch fürchterlicheren Hieb des Sauriers, der ihn zurückschleuderte, so daß er hilflos über Corman und dem Lenkrad zusammenbrach. Seine eigenen Schreie, die Cormans und seiner Familie und das nicht enden wollende Kreischen und Splittern von Metall und Glas vermischten sich in seinen Ohren zu einer wahnsinnigen Sinfonie des Todes. Er versuchte sich irgendwo festzuklammern, aber seine Kraft reichte einfach nicht. Seine Fingernägel brachen ab. Littlecloud stürzte zu Boden und sah einen kleinen, hilflos um sich schlagenden Körper durch die Luft fliegen und gegen die zerberstende Frontscheibe prallen. Noch ehe er zu Boden stürzen konnte, brach eine riesige Gestalt durch das Dach des Wagens und verschlang ihn. Gleichzeitig zersplitterten der Fensterholm und die Rückenlehne des Sitzes, auf dem er sich vor Momenten noch befunden hatte, unter dem Hieb einer ungeheuerlichen Kralle, die noch in dem gleichen Hieb die gesamte Flanke des Wagens aufschlitzte. Ströme von Blut regneten auf Littlecloud und die anderen herab, und wo gerade noch das Wagendach gewesen war, ragte plötzlich die riesige, zerrissene Flanke des Ungeheuers über ihnen empor. Das alles geschah in einer einzigen, apokalyptischen Sekunde.

In der zweiten schleuderte der Wagen den Saurier zur Seite.

Corman hatte das Wohnmobil auf sicherlich vierzig oder fünfzig Meilen beschleunigt. Der Gigant wurde einfach von den Füßen gerissen, stürzte auf die Seite und überschlug sich, während der Wagen in die entgegengesetzte Richtung davonschlitterte. Eines der Räder brach ab. Die linke Vorderseite des Wohnmobils grub sich tief in den Wüstenboden und barst regelrecht auseinander. Corman, der noch immer mit aller Kraft das Lenkrad umklammerte, wurde in die Höhe gerissen und in weitem Bogen aus dem Wagen geschleudert. Das Wohnmobil bohrte sich tiefer und tiefer in den Wüstensand. Dann verloren die Hinterräder den Kontakt zum Boden. Der Wagen stellte sich auf, stand für einen Moment fast senkrecht und fiel dann mit unvorstellbarer Wucht zurück.

Wie durch ein Wunder verlor Littlecloud durch den Aufprall nicht das Bewußtsein. Das Wohnmobil stürzte nicht um, sondern blieb auf seinen drei verbliebenen Rädern stehen. Und sogar der Motor lief noch.

Littlecloud arbeitete sich stöhnend in eine sitzende Position hoch. Jeder einzelne Knochen in seinem Körper tat weh, aber er schien sich zumindest nichts gebrochen zu haben, und wenn er irgendwelche anderen schweren Verletzungen davongetragen hatte, so spürte er sie noch nicht.

Stöhnend griff er nach den zerbrochenen Resten des Lenkrades und zog sich daran in die Höhe.

Beinahe wünschte er sich, es nicht getan zu haben.

Der Wagen bot einen grauenerregenden Anblick. Überall war Blut, als wäre der Wagen in einen roten See getaucht worden. Die Hälfte des Daches war verschwunden, und in der linken Flanke klaffte ein handbreiter Riß, als hätte jemand ein Messer genommen und den Wagen wie eine Konservendose aufgeschnitten. Es schien buchstäblich nichts zu geben, was nicht auf die eine oder andere Weise zerstört oder beschädigt war. Eine der beiden hinteren Türhälften war aus den Angeln gerissen und fast zwanzig Meter weit davongeschleudert worden. Littlecloud verschwendete eine Sekunde mit der Frage, wieso er eigentlich noch lebte. Eine Antwort darauf fand er nicht.

Erst dann fiel ihm wieder ein, daß er nicht allein im Wagen gewesen war. Hastig richtete er sich weiter auf und suchte nach den anderen. Cormans Frau befand sich noch immer genau dort, wo sie gesessen hatte, als der Saurier gegen den Wagen geprallt war, und als hätte sich das Schicksal einen besonders bösartigen Scherz mit ihr erlauben wollen, saß sie sogar noch in ihrem Stuhl, der als einziges Teil der Einrichtung nicht aus seiner Verankerung gerissen oder ganz zerschmettert worden war. Ihr Körper hatte sogar noch die gleiche, entspannte Haltung, in der Littlecloud sie das letzte Mal gesehen hatte. Aber ihr Oberkörper war verschwunden.

Littlecloud sah hastig weg. Corman war aus dem Wagen geschleudert worden. Ob er noch lebte oder nicht, konnte er nicht sagen, aber das spielte keine Rolle – er konnte sowieso nichts für ihn tun. Doch wo waren die Kinder?

Wie zur Antwort auf diese Frage hörte er ein halblautes Stöhnen. Littlecloud sah sich wild um, entdeckte einen weißen, blutbesudelten Fetzen Stoff, der unter den Trümmern eines Schrankes herausragte, und war mit einem Satz bei ihm. Die scharfkantigen Kunststofftrümmer zerschnitten seine Hände, und in seiner linken Hüfte erwachte allmählich ein pochender Schmerz, aber Littlecloud achtete nicht darauf, sondern grub und zerrte mit zusammengebissenen Zähnen weiter, bis er das Mädchen unter dem zertrümmerten Möbelstück hervorgezogen hatte.

Im allerersten Moment dachte er, sie wäre tot. Ihre Augen waren weit geöffnet und starr, und ihr Gesicht war so voller Blut, daß es wie eine rote Maske aussah. Aber dann begann sie leise und krampfhaft zu schluchzen. Ihre Hände bewegten sich, suchten irgendeinen Halt und krallten sich schließlich so fest in Littleclouds Arme, daß es weh tat.

»Keine Angst, Kleines«, sagte Littlecloud. »Es ist alles in Ordnung. Dir passiert nichts.«

Die Worte kamen ihm selbst idiotisch vor; und falls das Mädchen in der Lage war, sie zu verstehen, mußten die Worte ihr wie grausamer Hohn erscheinen. Aber es war alles, was er sagen konnte. Sein Kopf war wie leergefegt. Er hatte nicht einmal wirklich Angst.

Das Mädchen bewegte sich, versuchte sich aufzurichten und gleichzeitig den Kopf zu drehen, und Littlecloud fiel im allerletzten Moment ein, was sich hinter ihnen befand. Hastig griff er zu, hielt ihre Schultern fest und zog das Gesicht des Mädchens zugleich so fest an seine Brust, daß es ihr unmöglich war, den Kopf zu wenden.

»Sieh nicht hin«, sagte er. »Es ist alles in Ordnung.«

»Meine Eltern«, stammelte das Mädchen. »Wo sind meine Eltern? Wo ist meine Schwester?«

Wieder verweigerte ihm seine Erinnerung im allerersten Moment den Dienst, vielleicht weil er sich nicht erinnern *wollte*. Aber dann dachte er an einen kleinen, hilflos um sich schlagenden Körper, der wie ein Geschoß über ihn hinweggeflogen und an der Frontscheibe zerschmettert war. Littlecloud betete, daß das Schicksal wenigstens gnädig genug gewesen war, das Mädchen zu töten, ehe das Monster sie verschlang.

»Es ist alles in Ordnung«, sagte er noch einmal. Es kostete ihn unendliche Mühe, sich aufzurichten und zu sagen: »Ich bringe dich hier heraus. Komm. Halt dich an mir fest.«

Zugleich preßte er das Mädchen so fest an sich, daß sie sich gar nicht mehr rühren konnte. Er mußte um jeden Preis verhindern, daß sie sah, was die Bestie ihrer Mutter angetan hatte. Rückwärts gehend, versuchte er, die offenstehende Hecktür zu erreichen.

Er schaffte es nicht.

Von draußen drang ein gellender Schrei herein, so hoch und spitz, wie Littlecloud noch niemals zuvor einen Menschen hatte schreien hören. Erschrocken fuhr er herum und riß ungläubig die Augen auf.

Es war Corman, der geschrien hatte. Er war mehr als zehn Meter weit weggeschleudert worden, aber auch er schien nicht lebensgefährlich verletzt zu sein, denn er hatte sich bereits wieder hochgestemmt – und stand mit hoch erhobenen Armen und heftig winkend da!

In der ersten Sekunde zweifelte Littlecloud einfach an Cormans Verstand. Aber dann sah er den Schatten, der sich über den Wüstensand legte, und begriff, was Corman tat. So unmöglich es auch erschien, der Zusammenstoß hatte den Saurier nicht getötet. Das Ungeheuer stampfte bereits wieder heran – und Corman versuchte mit seinem verzweifelten Winken und Schreien nichts anderes, als den Saurier vom Wagen und seinen Insassen abzulenken. Selbst wenn es ihm gelang, dachte Littlecloud entsetzt, würde er damit nichts anderes erreichen, als daß die Bestie erst ihn tötete und sich zwei Sekunden später dem Wagen zuwandte. Sein Opfer war sinnlos; aber trotzdem war es die tapferste Tat, die Littlecloud jemals erlebt hatte.

Aber es funktionierte nicht.

Littleclouds Blick folgte dem monströsen Schatten und wanderte an einem Paar nicht weniger monströser, gigantischer Beine hinauf, über denen ein riesenhafter Körper und ein Schädel wie ein fleischgewordener Fiebertraum emporragten. Zum ersten Mal sah er die Bestie deutlich aus allernächster Nähe, und es war ein Anblick, den er nie wieder völlig vergessen sollte.

Vorhin, ehe aus dem Traum ein Alptraum wurde, hatten sie sich über den Saurier unterhalten, und Corman hatte ihm erzählt, daß diese Spezies kleiner als ihr berühmter Urenkel, der Tyrannosaurus, gewesen sei. Das war lächerlich. Das Ungeheuer war so groß wie ein Haus. In seinem weit aufgerissenen Maul hätte ein erwachsener Mann bequem sitzen können, und jede einzelne der drei Krallen an seinen Pfoten war länger als Littleclouds Hand. Seine Zähne glichen rückwärts gebogenen, rasiermesserscharfen Speerspitzen, die in einem wirren Durcheinander aus den gewaltigen Kiefern ragten. Die gesamte linke Flanke des Ungeheuers war aufgerissen. Blut lief in breiten, pulsierenden Strömen an seinem Körper herunter und bildete eine breite, dampfende Spur hinter ihm, und den vielleicht allerschlimmsten Anblick bot sein Kopf. Die Rotorblätter des abstürzenden Hubschraubers hatten sein Fleisch wie Messerklingen aufgeschlitzt. Das linke Auge war nur noch eine leere, ausgelaufene Höhle, die Littlecloud aus dem bloßgelegten Knochen heraus boshaft anzustarren schien. Selbst ein Monstrum von dieser Größe hätte eine solche Verletzung nicht überleben dürfen. Vielleicht war es einfach zu dumm, um zu begreifen, daß es längst tot war. Aber noch bewegte es sich.

Und es bewegte sich direkt auf den Wagen zu.

Corman begann immer schriller zu schreien. Als er begriff, daß es ihm nicht gelingen würde, die Bestie abzulenken, griff er schließlich in seiner Verzweiflung nach einem Stein und schleuderte ihn nach dem Saurier. Das Ungeheuer bemerkte es nicht einmal, sondern stampfte ungerührt weiter heran. Noch zwei, allerhöchstens drei Schritte, und es hatte den Wagen erreicht.

Littleclouds Gedanken überschlugen sich. Er hatte noch eine Sekunde, kaum mehr. Die Zeit reichte nicht, den Wagen zu verlassen, und selbst wenn, wären sie draußen nur noch hilflosere Opfer gewesen. Der Saurier starb. Er verlor in jeder Sekunde mehr Blut, als ein Mensch in seinem ganzen Körper hatte, und mußte in wenigen Augenblicken einfach tot umfallen. Aber sie hatten nicht einmal mehr diese wenigen Augenblicke. Das Ungeheuer war da. *Jetzt.*

Der Wagen erzitterte unter einem Fußtritt des Giganten, der die aufgerissene Seite noch weiter eindrückte und Littlecloud und das Mädchen von den Füßen riß. Wie durch ein Wunder wurden sie nicht von den gefährlichen Trümmerstücken und Kanten aufgespießt, und irgendwie gelang es Littlecloud sogar, sich schützend über den Körper des Mädchens zu werfen. Der Saurier brüllte jetzt wieder, und das Geräusch war so laut, daß es Littlecloud körperlich weh tat. Das zerbrochene Glas, das den Wagenboden wie Tau bedeckte, begann zu vibrieren, und dann hörte er wieder den schrecklichen Laut zerreißenden Metalls, als der Saurier damit begann, auch noch den Rest des Wagendaches abzureißen. *Ein paar Sekunden!* dachte er. *Großer Gott, ich brauche nur ein paar Sekunden! Ein Versteck oder –*

Das Gewehr lag so dicht vor ihm, als hätte es jemand griffbereit neben seiner rechten Hand plaziert. Der Anblick war so verblüffend, daß Littlecloud die Waffe eine halbe Sekunde lang fast verständnislos anstarrte, ehe etwas in ihm die Kontrolle über sein Handeln übernahm. Blitzartig griff er nach der Waffe, rollte sich in der gleichen Bewegung auf den Rücken und riß das Gewehr in die Höhe.

Der Lauf prallte mit einem dumpfen Knall gegen die Schnauze des Sauriers und wäre ihm fast aus der Hand gerissen worden.

Die Bestie war über ihnen. Sie hatte das Wagendach vollends heruntergerissen und sich weit vorgebeugt. Ihre riesigen Kiefer klafften weit auseinander. Eine Woge nach Verwesung und Blut stinkenden Atems schlug Littlecloud ins Gesicht, und das blinde Auge hing so dicht über ihm, daß er nur die Hand hätte auszustrecken brauchen, um es zu berühren. Neben ihm begann das Mädchen mit schier unmenschlicher Stimme zu schreien, so laut und ausdauernd, als wolle es nie wieder damit aufhören.

Was Littlecloud dann tat, geschah aus purer Verzweiflung. Ohne auch nur darüber nachzudenken, riß er das Gewehr in die Höhe und schmetterte dem Saurier den Kolben gegen die Kiefer. Zwei, drei der riesigen Zähne brachen einfach ab und flogen davon. Der monströse Schädel zog sich ein Stück zurück, bewegte sich mit einem plötzlichen Ruck, und dann starrte Littlecloud aus unmittelbarer Nähe in ein Auge, das fast so groß wie sein Kopf und von einer Bosheit und Mordlust erfüllt war, wie sie vielleicht kein anderes lebendes Wesen auf diesem Planeten aufzubringen imstande war.

Er drückte ab.

Die beiden Läufe des Schrotgewehres entluden sich mit einem einzigen, dumpfen Krachen. Die tödlichen Ladungen zerrissen das Auge und bissen sich tief ins verwundbare Innere des Saurierschädels.

Mit einem unvorstellbaren Brüllen richtete sich der Saurier wieder auf. Seine Krallen begannen wild und ziellos zu schlagen und rissen Metallstücke aus dem Wagen. Sein Schwanz peitschte, schlug mit einem ohrenbetäubenden

Krachen gegen die Flanke des Wagens und halbierte sie. Und das Toben des Ungeheuers nahm immer noch mehr und mehr zu.

Littlecloud ließ das Gewehr fallen und warf sich schützend über das Mädchen. Die Schreie des Sauriers wurde immer lauter. Die Erde zitterte unter seinen stampfenden Schritten, und der peitschende Schwanz traf das Autowrack noch dreimal, wenn auch nicht mehr mit so vernichtender Wucht.

Und dann, ganz plötzlich, wurde es still.

Littlecloud hob zögernd, mit klopfendem Herzen und angehaltenem Atem den Kopf. Er wäre in diesem Moment nicht einmal mehr überrascht gewesen, hätte er den Saurier abermals über sich gebeugt gesehen, grinsend und mit aufgerissenem Maul.

Das Tier aber hatte sich in seinem sinnlosen Toben fünf oder sechs Meter weit entfernt. Es stand völlig still. Der gigantische, jetzt blinde Schädel war zum Himmel gerichtet, Kiefer und Klauen wie zu einem letzten Zupacken geöffnet, als hätte es sich selbst jetzt noch nicht mit seinem Tod abgefunden und wäre bereit, das Schicksal selbst herauszufordern. Plötzlich begann es zu zittern, stieß ein letztes, fast wie ein Seufzen klingendes Grollen aus und stürzte dann wie vom Blitz getroffen zur Seite. Sein gigantischer Schädel krachte kaum einen halben Meter neben dem Wagen auf den Boden. Und Littlecloud schwanden endgültig die Sinne.

»Was war das?« Will war stehengeblieben und hatte warnend die Hand erhoben. Es war nicht das erste Mal, daß er das tat, seit sie aufgebrochen waren, um den Felsen zu erreichen, aber anders als zuvor verzichtete er darauf, sein Gewehr in Anschlag zu bringen. Auf seinem Gesicht lag ein sehr angespannter Ausdruck.

»Was meinen Sie?« Schneider hatte nichts gehört. Da er keine Antwort bekam, lauschte auch er einen Moment lang angestrengt. Aber er hörte nichts. Nichts außer dem Hämmern seines eigenen Pulsschlages und den natürlichen Geräuschen dieses Waldes – soweit er dies beurteilen konnte. Schließlich befanden sie sich in einem Wald, der die Kleinigkeit von einhundertfünfzig Millionen Jahre von ihrer gewohnten Umwelt – und Zeit! – entfernt war.

In einem einzigen Punkt allerdings war Schneider sicher: Der Helikopter, den sie vor einigen Minuten am Himmel gesehen hatten, gehörte eindeutig nicht hierher.

»Ich höre nichts«, sagte er schließlich laut.

Will entspannte sich ein wenig und drehte sich zu ihm herum. »Ich auch nicht«, gestand er. »Vielleicht habe ich mich getäuscht. Aber ich hätte schwören können, einen Schuß gehört zu haben. Vielleicht sogar zwei . . .«

»Einen Schuß?« Schneider wurde hellhörig. »Aus welcher Richtung?« fragte er aufgeregt.

Will deutete nach vorne; in Richtung des Felsens, auf den sie zumarschierten. Vielleicht war seine Theorie ja richtig, dachte Schneider. Der gewaltige Brocken überragte den Dschungel wie eine natürliche Festung, und soweit sie es von hier aus hatten erkennen können, war nur eine seiner Flanken weit genug geneigt, um hinaufklettern zu können. Wenn es außer ihnen noch andere Überlebende des fehlgeschlagenen Experiments gab, dann hatten sie möglicherweise auch erkannt, daß dies einer der wenigen Orte war, wo sie relative Sicherheit finden konnten. Zumindest konnten sie sich auf diesem Felsen besser vor den gefräßigen Bewohnern dieses Dschungels verteidigen als am Waldboden.

Ohne ein Wort gingen sie weiter. Schneider war sehr müde. Sein verletzter Arm tat entsetzlich weh, und er wagte es gar nicht, sich vorzustellen, welche Vielzahl in ihrer Zeit nicht einmal bekannter Krankheitserreger und Viren sich bereits in der Wunde festgesetzt haben mochte. Außerdem war er mit seinen Kräften vollkommen am Ende, und was die körperliche Anstrengung des Marsches nicht geschafft hatte, das vollendete die nervliche: Er würde nicht mehr lange durchhalten. Seine Konzentration ließ merklich nach, und es fiel ihm immer schwerer, einen Fuß vor den anderen zu setzen. Will erging es nicht viel besser – auch wenn er sich alle Mühe gab, sich seine Erschöpfung nicht anmerken zu lassen. Aber die Anstrengungen der vergangenen Stunden waren auch an ihm nicht spurlos vorübergegangen.

Trotzdem bewegten sie sich jetzt merklich schneller. Der Gedanke, auf andere Menschen zu treffen, mobilisierte noch einmal alle Kraftreserven.

Sie hatten den Felsen nun beinahe erreicht. Schneider ertappte sich dabei, immer öfter zum Himmel hinaufzublicken. Er war sehr klar, sehr blau, und es war sehr heiß – und doch. Irgend etwas daran *störte* ihn. Schneider konnte das Gefühl nicht in Worte kleiden, aber es war, als wolle der Anblick dieses Himmels, auf dem sich seit Sonnenaufgang nicht die kleinste Wolke gezeigt hatte, einfach nicht zum Rest des Bildes passen. Aber wer wollte schon sagen, was hierher paßte und was nicht?

Zum vielleicht fünfhundertsten Mal, seit dieser Wahnsinn begonnen hatte, fragte sich Schneider, was eigentlich schiefgegangen war. Er wußte es nicht. Es kam selten vor, daß er für ein naturwissenschaftliches Phänomen nicht eine Erklärung oder zumindest eine Theorie bereit hatte; wenn schon keine, die er beweisen konnte, so doch wenigstens eine, die ihm niemand zu *widerlegen* imstande war. Aber dieses Projekt, an dem er und seine Mitarbeiter in den letzten drei Jahren gearbeitet hatten, beschäftigte sich nicht im entferntesten mit der Zeit. Ziel der Operation LAURIN war es gewesen, ein Kraftfeld zu erschaffen, das Dinge unsichtbar machte oder zumindest tarnte. Sicher, sie hatten mit unvorstellbaren Energiemengen experimentiert und mit physikalischen Phänomenen, von denen sie selbst nicht so genau wußten, was sie zu bedeuten hatten. Schneider hätte sich alles vorstellen können – von der simplen Möglichkeit, daß gar nichts passierte, bis zu der, daß ihnen das gesamte Labor um die Ohren flog und sie bis in die Mondumlaufbahn hinaufkatapultierte. Aber was war hier passiert? Irgendwie weigerte er sich immer noch, zu glauben, daß sie tatsächlich einen Riß in der Zeit verursacht haben sollten.

Trotzdem war es die einzige Erklärung. Falls sie sich überhaupt noch auf der Erde befanden, dann in einer Zeit, von der er bisher nur in Büchern gelesen hatte: dem Jura. Einer Epoche, anderthalb Jahrhundertmillionen von ihrer Gegenwart entfernt. Schneider war kein Paläontologe, aber selbst sein laienhaftes Wissen reichte aus, um diese Ära zu identifizieren. Sie befanden sich auf einer Welt, in der es keine Menschen gab, keine Säugetiere und keine Vögel, in der es aber dafür von räuberischen, fleischfressenden Reptilien und Echsen nur so wimmelte. Schneider schauderte, als er zum wiederholten Male daran dachte, daß sie sich über die Oberfläche eines Planeten bewegten, der von Sauriern mindestens so unangefochten und gründlich beherrscht wurde wie die Erde der Neuzeit von den Menschen. In ihrer Zeit hätten sie wochenlang marschieren können, ohne auf einen anderen Menschen zu stoßen; je nachdem, in welchem Teil der Welt sie sich aufhielten. Zumindest am Ende des Jura jedoch war die Erde von ihren damaligen Herren vollkommen besiedelt gewesen. Sie konnten buchstäblich keinen Schritt tun, ohne jeden Moment damit rechnen zu müssen, über einen Saurier zu stolpern – oder von ihm gefressen zu werden. Nicht einmal der Wald, durch den sie gingen, war ein richtiger Wald. Die meisten ›Bäume‹ sahen nur aus wie Bäume. Es würde noch gute zwanzig oder auch dreißig Millionen Jahre dauern, bis es auf dieser Welt so etwas wie einen Laubbaum gab.

»Was haben Sie, Professor?« fragte Will plötzlich.

Schneider brauchte eine Sekunde, bis er selbst begriff, daß er wohl ganz leise gelacht hatte. »Nichts«, sagte er ausweichend. »Ich mußte nur daran denken, daß ich mich im nächsten Herbst wahrscheinlich nicht mehr über das Laub ärgern muß, das mir in den Swimmingpool fällt.«

Will sah ihn vollkommen verständnislos an, aber Schneider machte sich nicht die Mühe, seine Worte zu erklären. Er schritt noch ein wenig schneller aus, obwohl ihm jeder

Schritt so schwerfiel, als schleppte er Zentnergewichte mit sich. Aber er wußte, daß er nicht langsamer werden durfte. Seine Kraft würde nicht reichen, das verlorene Tempo noch einmal wieder wettzumachen. Ganz egal, was sie auf dem Felsen fanden – ihr Weg würde so oder so dort enden.

Es geschah eher, als er geglaubt hatte. Sie waren weitere fünf Minuten unterwegs, als Will erneut stehenblieb, und diesmal sah Schneider sofort, warum.

Er hatte geglaubt, gegen alle Überraschungen gefeit zu sein, nach dem, was sie bisher erlebt hatten, aber das stimmte nicht. Der Anblick, der sich dem jungen Offizier und ihm bot, war so bizarr, daß Schneider fast eine Minute lang mit offenem Mund stehenblieb und ihn verwirrt anstarrte.

Sie hatten den Felsen erreicht. Kaum einen Meter vor ihnen endete der Wald, und nur einen halben Schritt dahinter strebte die Felswand in die Höhe. Sie tat es absolut senkrecht, und sie war so glatt, daß der Stein zu einem Spiegel geworden war, in dem sich Wills und seine Gestalt reflektierten.

»Was ist denn . . . das?« murmelte Will halblaut. Er trat vollends aus dem Wald heraus, hob die Hand, zögerte aber dann noch einmal, den Stein anzufassen. Seine Finger verharrten sekundenlang zitternd vor der spiegelglatt polierten Wand, und als er sie endlich berührte, hielt Schneider instinktiv den Atem an. Natürlich geschah nichts, und natürlich hatte er auch nicht erwartet, daß irgend etwas geschah. Trotzdem wäre er auch nicht überrascht gewesen, *wenn* etwas passiert wäre.

»Es . . . fühlt sich ganz normal an«, murmelte Will. »Sehr glatt. Wie Glas oder Metall. Aber es ist eindeutig Stein.« Plötzlich klang seine Stimme aufgeregt. Er trat wieder einen halben Schritt zurück und machte eine weit ausholende Geste zur Mauerkrone hinauf. »Großer Gott, Professor, so etwas kann die Natur niemals erschaffen! Dieser Fels ist künstlich bearbeitet worden! Wissen Sie, was das bedeutet?«

Er beantwortete seine Frage gleich selbst. »Diese Welt ist bewohnt. Irgend jemand hat das hier *gemacht*!«

»Nicht so schnell«, sagte Schneider. Er bemühte sich, Wills Enthusiasmus zu dämpfen. »Es gab im Jura keine Menschen.«

»Es müssen ja auch keine Menschen sein!« erwiderte Will aufgeregt.

»Was denn sonst?« Schneider versuchte zu lachen, aber auch das mißlang. »Vielleicht kleine Saurier mit Strahlenpistolen, die das hier gemacht haben, damit unfreiwillige Zeitreisende wie wir es finden?«

»Und der Helikopter?« fragte Will.

»War ein ganz normaler Helikopter«, antwortete Schneider. »Ich habe schon Hunderte davon gesehen, Will. Denken Sie nach. Selbst wenn es in dieser Zeit eine intelligente Spezies gegeben hätte, von der wir nichts wissen – wie groß wäre wohl die Wahrscheinlichkeit, daß sie Maschinen bauen, die nicht nur genauso funktionieren wie unsere, sondern ihnen auch zum Verwechseln ähnlich sehen?«

Außerdem gab es sehr wohl eine andere Erklärung für diese glattgeschliffene Wand. Schneider hatte sogar plötzlich das Gefühl, etwas ganz Ähnliches schon einmal gesehen zu haben.

»Dann muß es hier andere Menschen geben«, sagte Will. »Das beweist allein der Hubschrauber. Und die Schüsse. Ich bin jetzt sicher, daß ich mich nicht getäuscht habe.«

»Und wo soll der Helikopter herkommen?« fragte Schneider. »Stanton hatte keinen bei sich, als er ins Labor gekommen ist.«

»Sie haben das Ding doch genauso deutlich gesehen wie ich«, sagte Will. Er klang verärgert, und Schneider konnte das sogar verstehen. Er fragte sich selbst, warum er das Offensichtliche so beharrlich zu leugnen versuchte. »Möglicherweise sind wir ja nicht die einzigen, die es in diese Zeit verschlagen hat.«

»Einen kompletten Hubschrauber samt Besatzung?« fragte Schneider zweifelnd.

»Warum zum Teufel nicht?« fragte Will. »Warum zum Teufel nicht eine komplette *Stadt*? Oder diese ganze beschissene Welt.«

Schneider entgingen die kleinen Warnzeichen in Wills Gesicht und Stimme nicht. Der Offizier stand kurz davor, die Beherrschung zu verlieren. Vielleicht hatte er zuviel von ihm erwartet. Der Umstand, daß er eine Uniform trug und mit einer Waffe umzugehen verstand, bedeutete nicht, daß er unverletzlich war.

»Beruhigen Sie sich, Will«, sagte er. »Wir werden schon eine Erklärung finden.«

In Wills Gesicht arbeitete es. Ganz plötzlich begriff Schneider, daß der Offizier ebenso große Angst hatte wie er. Schneider hatte Soldaten immer verachtet, aber auch das war etwas, worüber er nachdenken sollte: irgendwann einmal, wenn es noch ein *Irgendwann* für ihn gab.

»Lassen Sie uns weitergehen«, sagte er. »Vielleicht finden wir Stanton und die anderen ja doch noch.« Damit übernahm er wie selbstverständlich die Führung, aber in diesem Moment war das in Ordnung. Die Last, die sie zu tragen hatten, war einfach zu groß.

Sie bewegten sich parallel zu der schimmernden Felswand, hielten aber ganz instinktiv einen größeren Abstand, als nötig gewesen wäre, obwohl sie dadurch wieder gezwungen waren, auf dem Waldboden zu gehen. Der Fels hatte die Ausmaße eines kleinen Berges – Schneider schätzte, daß sie eine gute halbe Meile zurücklegten, ehe sein Ende in Sicht kam. Und damit auch das Ende des Waldes.

Schneider blieb so abrupt stehen, daß Will, der hinter ihm ging, ihm schmerzhaft in die Wade trat. Aber er sagte kein Wort, und auch der Soldat blieb sekundenlang wie vom Donner gerührt stehen.

Zur Linken, in einer schnurgeraden Fortführung der Linie, der sie bisher gefolgt waren, setzte sich der Wald fort. Die

Grenze war nicht einfach nur *gerade*. Sie war wie mit einem Messer gezogen, und zwar im wortwörtlichen Sinne. Schneider sah einige Riesenfarne, die einfach halbiert worden waren, durchgeschnittene Büsche, zertrennte Sträucher ... in einiger Entfernung sogar den zweigeteilten Körper eines kleinen Tieres, das der unsichtbaren Sense, die die Welt geteilt hatte, zum Opfer gefallen war.

Auf der anderen Seite erstreckte sich das dunkel gemusterte Braun der Nevada-Wüste. Nichts unterschied den Anblick von der Landschaft und Vegetation, die Schneider gewohnt war. Es war, als befänden sie sich auf der Trennlinie zweier Welten. Und ganz plötzlich begriff er auch, was mit dem Felsen geschehen war. Er war nicht poliert worden. Etwas hatte ihn *geteilt*.

Das gleiche Etwas, das auch die Station in der vergangenen Nacht geteilt hatte.

»Großer Gott«, flüsterte Will. »Was ist das, Schneider?«

»Ich ... weiß es nicht«, antwortete Schneider zögernd. Ein dumpfes Gefühl von Schrecken begann tief in ihm zu erwachen: Die Vorstellung, daß irgend etwas sie gepackt und in die Vergangenheit geschleudert hatte, war phantastisch genug. Aber das ...? Nein. Es *konnte* nicht sein, weil es nicht sein *durfte*.

Er bewegte sich einen Schritt nach vorne und zugleich nach rechts. Nichts geschah. Er stand jetzt wieder auf dem von der Sonne zur Härte von Beton zusammengeschmolzenen Sand der Wüste und spürte den heißen, trockenen Wind auf dem Gesicht, aber das war alles. Der Wald blieb, wo er war.

Schneider raffte all seinen Mut zusammen, drehte sich nach links und trat zwei Schritte weit in den Urzeitdschungel hinein. Das Ergebnis war das gleiche. Auch er blieb, was und wo er war, und als er sich herumdrehte, war auch die Wüste noch vorhanden. Ebenso wie Will, der ihn stirnrunzelnd und eindeutig besorgt anblickte.

»Was ist, Professor?« fragte er.

»Nichts«, antwortete Schneider hastig. »Ich habe nur... etwas ausprobiert. Sie kennen uns Wissenschaftler ja: Wir können der Möglichkeit einfach nicht widerstehen, ein Experiment durchzuführen.«

Er lächelte, aber Will blieb ernst. »Und was haben Sie herausgefunden?«

»Nichts«, sagte Schneider. Er deutete auf die Wüste. »Kommen Sie. Lassen Sie uns gehen.«

»Es sind zwanzig Meilen bis Las Vegas«, sagte Will. Er rührte sich nicht von der Stelle.

»Aber nur zwei oder drei bis zur Straße«, widersprach Schneider. »Das schaffen wir schon. Vielleicht kommt ja auch der Hubschrauber zurück, und wir können ihm zuwinken.«

Insgeheim wunderte er sich darüber, daß der Helikopter überhaupt *verschwunden* war. Seine Besatzung mußte diesen unmöglichen Dschungel gesehen haben. Aber vielleicht waren sie ja auch nur zurückgeflogen, um ihre Entdeckung irgend jemandem zu melden.

Es wurde sehr viel heißer, als sie den Schutz des Dschungels verließen. Schneiders Uhr war im Augenblick ihres Zeitsprunges stehengeblieben, aber er schätzte, daß es kaum später als sieben sein konnte. Trotzdem brannte die Sonne bereits mit unbarmherziger Kraft vom Himmel, so daß sie sich dicht an der Flanke des Felsens hielten, um in seinem Schatten zu bleiben. Was sie von weitem gesehen zu haben glaubten, bestätigte sich: Der Felsen hatte einen annähernd quadratischen Grundriß, aber diese Seite bildete eine steile, trotzdem begehbare Böschung. Von Stanton und seinen Begleitern war allerdings keine Spur zu entdecken.

Dafür fanden sie schließlich den Helikopter.

Sein brennendes Wrack tauchte jäh vor ihnen auf, als sie das Ende des Felsens erreicht hatten und sich wappneten, in die Gluthitze der Sonne hinauszutreten. Die Maschine mußte sich wie ein Geschoß in den Boden gebohrt haben und dann zerbrochen sein; in zwei große und unzählige kleine Trümmerstücke, die brennend in weitem Umkreis lagen. Eine fettige, schwarze Qualmwolke erhob sich nahezu senkrecht in die Luft. Wären sie bisher nicht genau hinter dem Felsen gewesen, hätten sie sie schon von weitem sehen müssen.

Die Hitze, die das brennende Wrack verströmte, war grausam. Trotzdem näherten sie sich ihm, so weit sie nur konnten. Die Maschine war völlig ausgebrannt, und was nicht den Flammen zum Opfer gefallen war, das hatte der Aufprall schon zuvor zerstört. Schneider hatte Mühe, das Gebilde aus ausgeglühtem Stahl und zerschmolzenem Glas und Kunststoff überhaupt noch als Helikopter zu identifizieren. Um so überraschter war er, als Will nach einigen Sekunden sagte:

»Das war ein Polizeihubschrauber.«

»Sind Sie sicher?« fragte Schneider zweifelnd.

»Einer von den kleinen Choppern«, bestätigte Will. Er hob sein Gewehr und gab dicht hintereinander zwei Schüsse in die Luft ab.

»Was tun Sie da?« fragte Schneider erschrocken.

»Vielleicht hört uns ja jemand«, antwortete Will. »Möglicherweise hat der Pilot ja überlebt.«

»Da drinnen?«

»Er könnte vorher abgesprungen sein«, antwortete Will. »Oder eine Rettungsmannschaft ist unterwegs. Die Maschinen sind in ständigem Funkkontakt mit ihrer Basis. Wenn er abbricht, wissen sie sofort, daß etwas nicht stimmt, und schicken einen Suchtrupp.« Er atmete erleichtert ein. »Ich glaube, wir haben es geschafft, Professor. Wir müssen nur hier warten, bis . . .«

Schneider war einige Schritte vor der Hitze zurückgewichen, die das brennende Wrack ausstrahlte. Er hob schützend die Hand vor die Augen und versuchte konzentriert, irgend etwas im Inneren des brennenden Cockpits zu erkennen, sah aber nur Schatten und dunkle, formlose Umrisse. Wenn der Pilot noch dort drinnen war, dann war er zweifellos zu Asche verbrannt. Er fragte sich, warum diese Maschine überhaupt abgestürzt war.

»Worauf müssen wir nur warten, Will?« fragte er.

Darford antwortete nicht. Als Schneider sich zu ihm umwandte, sah er, daß der Offizier ein Stück zur Seite gegangen war, um an der Maschine und der schwarzen Qualmwolke vorbeisehen zu können. Er stand in einer fast absurd anmutenden, erstarrten Haltung da. Seine Augen waren weit aufgerissen.

»Will?« fragte Schneider. Mit klopfendem Herzen näherte er sich dem Offizier – und stieß einen halberstickten Schrei aus.

Nicht einmal fünfzig Meter entfernt bot sich ihnen ein Anblick, der geradewegs aus der Dekoration eines schlechten Horror-Filmes hätte stammen können. Aber es war kein Pappmaché, und es war auch keine Horrorgeschichte, in der sie sich befanden. Es war die Wirklichkeit, und die war tausendmal schlimmer, als es jede erdachte Geschichte hätte sein können.

Vor ihnen lag das fast bis zur Unkenntlichkeit zerstörte Wrack eines Wohnmobils. Das Dach fehlte, sämtliche Scheiben waren zersplittert, und die rechte Seite war von vorn bis hinten aufgerissen wie die Stanniolverpackung einer Tafel Schokolade, die einem ungeduldigen Kind in die Hände gefallen war.

Aber was neben dem zerstörten Wagen lag, war kein Kind.

Es war der Kadaver eines ausgewachsenen Allosauriers.

Littlecloud mußte Corman schließlich niederschlagen. Er hatte mit sanfter Gewalt versucht, ihn davon abzuhalten, in den Wagen zu gehen und nach seiner Frau und dem zweiten Mädchen zu suchen, es aber nicht geschafft. So hatte er Cormans überlebende Tochter genommen und sie zu dem Streifenwagen getragen. Das Mädchen hatte sich weder gewehrt noch irgendeinen Laut von sich gegeben, und obwohl Littlecloud am Anfang fast erleichtert darüber gewesen war, erfüllte ihn die vollkommene Teilnahmslosigkeit des Kindes schließlich mit einer weit größeren Beunruhigung, als es ihre Schreie und ihre verzweifelte Gegenwehr im Wagen vermocht hatten. Er hatte sie ein paarmal angesprochen, aber keine Reaktion erhalten, und schließlich hatte er sie wie eine Puppe auf den Rücksitz gesetzt und angeschnallt, und auch da hatte sie sich nicht gerührt. Ihre Augen waren weit aufgerissen und blickten starr ins Leere. Als Littlecloud die Hand hob und so tat, als wolle er nach ihr schlagen, reagierte sie nicht. Littlecloud war kein Psychologe, und von Kindern verstand er kaum mehr, als daß sie meistens laut waren und gewöhnlich mehr Ärger als Freude bereiteten, aber dieser Anblick brach ihm fast das Herz. Das Ungeheuer hatte ein weiteres Opfer gefunden, auch wenn es körperlich unversehrt sein mochte. Vielleicht war ihre tote Schwester die glücklichere von beiden gewesen.

Er dachte einen Moment darüber nach, das Funkgerät zu benutzen, um Hilfe herbeizurufen, entschied sich aber dann dagegen. Mit dem Wagen waren es keine fünfzehn Minuten bis zurück in die Stadt. Er würde auf jeden Fall schneller dort sein, als wenn ein Krankenwagen sich auf den Weg machte. Also startete er den Wagen, fuhr zurück zum Wrack des Wohnmobils und stieg aus, um Corman zu holen.

Er hatte erwartet, ihn beim Leichnam seiner Frau zu finden, aber Corman kroch auf Händen und Knien im Inneren des Wohnmobils herum und rief immer wieder den Namen seiner Tochter. Seine Hände bluteten. Er hatte sich an den scharfkantigen Trümmern verletzt und fügte sich ununterbrochen weitere Wunden zu, aber er schien es gar nicht zu merken. Littlecloud sprach ihn ein paarmal an, ohne auch nur die mindeste Reaktion zu erhalten. Schließlich versuchte er, ihn bei den Schultern zu ergreifen und in die Höhe zu ziehen.

Corman schlug nach ihm.

Littlecloud wich den ersten zwei Hieben aus, nahm einen

dritten, ungeschickten Schwinger gegen die Brust in Kauf und versetzte Corman im gleichen Moment einen Schlag gegen die Halsschlagader; Corman sackte reglos in seinen Armen zusammen, und Littlecloud trug ihn hinaus zum Wagen und setzte ihn auf den Beifahrersitz. Er schnallte ihn an, nahm ein Paar Handschellen, das er im Wagen fand, und fesselte seine Hände. Danach startete er den Motor und fuhr los.

Er hatte sich gründlich verschätzt. Littlecloud brauchte allein zwanzig Minuten, um den Highway wiederzufinden, und dann noch einmal zehn, ehe er auch nur die Randbezirke von Las Vegas erreichte. Er hatte keine Ahnung, wo das nächste Krankenhaus liegen mochte – im Grunde wußte er nicht einmal genau, *wo* er war. Vielleicht sollte er doch das Funkgerät benutzen und um Hilfe bitten.

Aber die Entscheidung wurde ihm abgenommen. Hinter ihm heulte plötzlich eine Sirene auf. Littlecloud warf einen Blick in den Rückspiegel und sah gleich zwei Patrol-Cars, die ihm mit flackernden Blaulichtern folgten. Praktisch gleichzeitig meldete sich sein Funkgerät. Littlecloud nahm ab und drückte die Sprechtaste, aber nichts geschah. Aus dem Gerät drang nur statisches Rauschen. Offensichtlich hatte es über Nacht den Dienst aufgegeben.

Einer der beiden Polizeiwagen scherte aus und setzte sich mit kreischenden Reifen neben ihn. Aus dem Seitenfenster zielte eine Schrotflinte, und eine Lautsprecherstimme, die man wahrscheinlich noch drei Blocks weiter hören mußte, schrie:

»Fahren Sie sofort rechts ran! Das ist die erste und letzte Warnung!«

Littlecloud hob hastig die Hände, nahm den Fuß allerdings nicht vom Gas. Er wartete eine Sekunde, griff dann mit der Rechten wieder zum Steuer und deutete mit der anderen Hand nach hinten; alles sehr vorsichtig und übermäßig langsam, um den Polizisten neben sich nicht zu einer unbedachten Handlung zu provozieren, die er weitaus mehr bedauern mochte als der Beamte. Aber diesmal hatte er Glück – offensichtlich bestand nicht die gesamte Polizei von Las Vegas aus schießwütigen Dummköpfen wie Mainland. Der Mann mußte das reglose Kind auf dem Rücksitz gesehen haben, und er schloß daraus zumindest nicht sofort, daß der flüchtige Indianer sich nun auch noch eine Geisel besorgt hatte. Das Gewehr zielte weiter auf ihn, aber der Beamte schoß nicht.

»Ist Ihr Funkgerät defekt?« fragte der Lautsprecher.

Littlecloud nickte. Er nahm ein wenig Tempo zurück, so daß der zweite Streifenwagen Gelegenheit bekam, sie zu überholen und sich vor sie zu setzen. Gleichzeitig erschien ein dritter Polizeiwagen im Rückspiegel und nahm seine Stelle ein.

»Was ist mit dem Kind?« fragte die Lautsprecherstimme. »Ist es verletzt? Brauchen Sie Hilfe?«

Erneut nickte Littlecloud.

»Okay. Folgen Sie uns – und keine Dummheiten. Wir schießen sofort.«

In Anbetracht der beiden unbeteiligten Zivilisten, die Littlecloud im Wagen hatte, sanken die Polizeibeamten bei diesen Worten wieder erheblich in seinem Ansehen; auch wenn er wußte, daß diese Drohung vielleicht nicht ganz ernst gemeint war. Trotzdem konzentrierte er sich darauf, den Wagen jetzt äußerst behutsam zu fahren und auch nicht den allerkleinsten Fehler zu begehen. Davon hatte er weiß Gott schon genug gemacht, seit er diese verdammte Stadt in der Wüste betreten hatte.

Der Wagen vor ihm blinkte nach rechts, und als sie von der Hauptstraße abbogen, registrierte Littlecloud ohne sonderliche Überraschung, daß sie sich auf direktem Wege zu Mainlands Revier befanden. Aber es war gleichgültig. Auf jeden Fall würde dort ein Krankenwagen auf sie warten, der Corman und seine Tochter übernahm. Was danach kam ... Littlecloud konnte sich ein schadenfrohes Lächeln trotz allem nicht ganz verkneifen, als er daran dachte, was Mainland wohl für ein Gesicht machen würde, wenn er sah, was sie in der Wüste gefunden hatten.

Corman schlug stöhnend die Augen auf. Im ersten Moment war sein Blick so starr und ausdruckslos wie zuvor, aber er klärte sich rasch.

Langsam hob er die aneinandergebundenen Hände und sah Littlecloud an.

»War es so schlimm?« fragte er.

Littlecloud nickte. »Alles wieder in Ordnung?« Er biß sich auf die Lippen. »Entschuldigung. Ich meine . . .«

»Ich verstehe schon«, unterbrach ihn Corman. Seine Stimme klang flach und vollkommen ausdruckslos. Es war die Stimme eines uralten Mannes, den seine Lebenskraft verlassen hatte. »Ich glaube, das . . . ist nicht mehr nötig.«

Littlecloud machte eine Geste zum Handschuhfach. »Die Schlüssel müßten dort drin sein. Ich möchte im Moment die Hände lieber nicht irgendwohin strecken, wo man sie nicht sieht.«

Im ersten Moment verstand Corman nicht, was er meinte. Erst dann entdeckte er die beiden Polizeiwagen, die vor und neben ihnen herfuhren. Und das Gewehr, das noch immer auf Littleclouds Gesicht zielte.

»Sie sind . . . in die Stadt zurückgefahren«, sagte er. »Jetzt werden sie Sie verhaften.«

»Ich hatte leider keine andere Wahl«, antwortete Littlecloud. Er war ein bißchen verwirrt – und mehr als nur *ein bißchen* alarmiert. Die Ruhe in Cormans Stimme gefiel ihm nicht, und das, was er sagte, schon gar nicht. Der Mann stand ganz offensichtlich noch immer unter Schock.

»Das tut mir leid«, sagte Corman. »Ich werde für Sie aussagen, das verspreche ich. Und meine Familie auch.«

»Ihre Tochter ist hinten«, sagte Littlecloud vorsichtig. »Sie ist nicht verletzt, glaube ich.«

Corman drehte sich im Sitz herum, maß seine Tochter aber nur mit einem flüchtigen Blick und konzentrierte sich dann wieder auf den Streifenwagen, der vor ihnen herfuhr.

»Sie schläft«, sagte er. Ein trauriges Lächeln erschien auf seinem Gesicht. »Die beiden Mädchen sind prachtvolle Kinder. Mein ganzer Stolz. Sie sind alles, was ich habe, wissen Sie? Ich meine, ich liebe meine Frau, aber die Kinder sind... mein Leben. Verstehen Sie, was ich meine?«

»Ja«, antwortete Littlecloud. Er brachte nicht die Kraft auf, Corman ins Gesicht zu sehen und ihm zu sagen, daß eine seiner Töchter tot war, aufgefressen von einem Ungeheuer, das es gar nicht geben durfte und das auch seine Frau getötet hatte. Dafür war später noch Zeit genug. Und es gab Leute, die so etwas weit besser konnten als er.

Sie hatten die Wache erreicht. Der vorausfahrende Wagen schaltete Blaulicht und Sirene ab und rollte als erster durch die Toreinfahrt, die Littlecloud in der Nacht zuvor auf etwas dramatischere Weise passiert hatte. Er tippte vorsichtig auf die Bremse, lenkte den Wagen behutsam auf den von Mauern umschlossenen Parkplatz und stellte den Motor ab. Sehr vorsichtig öffnete er die Tür und stieg mit erhobenen Händen aus.

Sofort wurde er von zwei Beamten zugleich gepackt und gegen den Wagen geworfen. Ein harter Tritt zwang seine Beine auseinander, so daß er weit vorgebeugt, die Hände auf dem Wagendach liegend und vermeintlich hilflos dastand. Die Männer waren sehr vorsichtig – entweder wirkliche Profis, oder Mainland hatte sie vor ihm gewarnt. Jeweils einer von ihnen hielt eines seiner Handgelenke umklammert und richtete mit der anderen Hand eine Waffe auf ihn, während ihn ein dritter rasch und routiniert nach Waffen abzutasten begann. Trotzdem spielte Littlecloud einen Moment lang mit dem Gedanken, ihnen zu demonstrieren, daß ein Mann, der mit gespreizten Beinen an einen Wagen gelehnt dastand, vielleicht nicht ganz so wehrlos war, wie sie glauben mochten. Aber er gab diesem kindischen Impuls nicht nach. Er hatte sich durch seine Unbeherrschtheit schon mehr als genug Ärger eingehandelt.

»Hallo, Winnetou«, sagte eine wohlbekannte Stimme hinter ihm. »Ich wußte doch, daß wir uns wiedersehen.«

Littleclouds Arme wurden grob auf den Rücken gedreht und mit Handschellen aneinandergefesselt. Erst danach packte ihn eine Hand und drehte ihn roh herum. Die Bewegung war unnötig hart; Littlecloud taumelte und prallte ungeschickt gegen den Wagen. Er wandte flüchtig den Kopf und prägte sich das Gesicht des Cops ein, der es so eilig hatte, seinem Boß zu beweisen, wie er mit dessen persönlichen Feinden umging. Der Mann hielt seinem Blick eine halbe Sekunde lang stand und hatte es dann plötzlich sehr eilig, einen Schritt zurückzuweichen.

Mainland hatte das kurze, stumme Duell ebenfalls bemerkt und zeigte sich hinlänglich beeindruckt, ging aber mit keinem Wort darauf ein. Auch er hielt einen respektvollen Abstand zu Littlecloud. Seine Augen musterten sein Gegenüber mit einer Mischung aus Herablassung und mühsam unterdrücktem Zorn.

»Schön, daß du uns besuchen kommst«, fuhr er fort. »Ich freue mich immer, alte Freunde zu treffen. Und wie ich sehe, hast du sogar unseren Wagen zurückgebracht. Um die Besatzung brauchst du dir keine Sorgen zu machen. Die Männer sind wohlbehalten zurück – aber nicht unbedingt gut gelaunt, fürchte ich. Wenn ich du wäre, würde ich einen Bogen um sie machen.«

»Hören Sie auf, dummes Zeug zu reden, Mainland!« sagte Littlecloud. »Kümmern Sie sich lieber um den Mann und das Kind! Die beiden müssen ins Krankenhaus.«

»Das passiert Leuten, die dir über den Weg laufen, verdächtig oft«, sagte Mainland. Trotzdem gab er einem der dabeistehenden Beamten einen Wink, nach Corman und seiner Tochter zu sehen. »Was hast du mit den beiden gemacht?« fuhr er fort. »Vergreifst du dich jetzt schon an unschuldigen Touristen? Oder haben die dich auch betrogen?«

»Verdammt, hören Sie endlich mit dem blöden Gequatsche auf!« Littlecloud schrie fast, und in seiner Stimme mußte wohl etwas gewesen sein, das Mainland klar machte, daß er nicht einfach nur wütend und frustriert war, ihm wieder in die Hände gefallen zu sein. Eine Sekunde lang sah er Littlecloud fast erschrocken an, doch dann hatte er sich wieder in der Gewalt, und auf seinem Gesicht erschien wieder das überhebliche Lächeln.

»Gerne«, sagte er. »Wenn du mir verrätst, was ich statt dessen tun soll.«

»Zum Beispiel Ihre Vorgesetzten benachrichtigen«, antwortete Littlecloud, etwas leiser, aber in kaum weniger erregtem Ton als zuvor. »Oder das Militär.«

Mainland blinzelte. »Warum nicht gleich den Präsidenten der Vereinigten Staaten?« fragte er.

»Vielleicht wäre das gar keine so schlechte Idee«, sagte Littlecloud. »Hören Sie mir zu, Mainland! Es ist völlig egal, was zwischen uns war. Dort draußen in der Wüste ist ... etwas Unglaubliches passiert.« Er suchte nach Worten, aber im ersten Moment fand er sie nicht. Er hatte bisher nicht einmal darüber nachgedacht, wie er Mainland von seinem Erlebnis berichten sollte – auf eine Weise, daß er ihm glaubte und ihn nicht sofort in die geschlossene Abteilung der nächsten Klapsmühle einliefern ließ. Vielleicht war es ein Fehler gewesen. Er konnte sich lebhaft vorstellen, was Mainland sagen würde, wenn er erklärte, Corman und er wären von einem leibhaftigen Dinosaurier überfallen worden.

»Und was?« fragte Mainland. »Hat sich die Erde aufgetan und mein Motorrad verschlungen? Wo wir schon dabei sind – was hast du mit meiner Maschine gemacht?«

Littlecloud ignorierte die Frage. »Dort draußen ist plötzlich ein Wald aufgetaucht. Fragen Sie mich nicht, wieso, aber er war einfach da. Und ein riesiges Ungeheuer. Es hat Cormans Wagen zerstört und seine Frau und eine seiner Töchter getötet.« Er vermied das Wort *Dinosaurier* ganz bewußt. Mainland *konnte* ihm gar nicht glauben. Aber noch während Mainland ihn völlig perplex anstarrte, fügte er hinzu: »Und so ganz nebenbei hat es auch Ihren Chopper heruntergeholt, Mainland.«

»Wie bitte?« entfuhr es Mainland. »Was soll das heißen? Was ist mit der Maschine?«

»Sie ist abgestürzt«, wiederholte Littlecloud. »Ich fürchte, die Besatzung ist tot. Und jetzt setzen Sie verdammt noch mal Ihren Arsch in Bewegung und *tun Sie etwas!*«

Mainland starrte ihn weitere zwei oder drei Sekunden lang durchdringend und mit der gleichen Mischung aus Schrecken und unterdrücktem Zorn an, aber seine Reaktion bewies trotzdem, daß er die beiden Streifen an seinem Ärmel nicht am Black-Jack-Tisch gewonnen hatte. Ohne ein weiteres Wort drehte er sich herum und eilte zu Corman, der auf der anderen Seite des Streifenwagens stand. Er hatte seine Tochter an sich gepreßt und strich immer wieder mit der Hand über ihren Kopf. Sein Gesicht war vollkommen starr.

»Ist das wahr, Sir?« fragte Mainland.

Corman blinzelte. Auf seinem Gesicht erschien ein Lächeln, das Littlecloud einen eisigen Schauer über den Rücken laufen ließ. »Verzeihung?«

Mainland deutete mit einer zornigen Geste auf Littlecloud. »Ist das wahr, was der Mann erzählt?« wiederholte er. »Was ist mit dem Chopper passiert? Und mit Ihrer Familie?«

»Ich weiß nichts von einem Chopper«, antwortete Corman. Er sah Mainland an, aber sein Blick schien trotzdem direkt durch ihn hindurchzugehen. »Meine Familie ist . . .« Er brach ab. Etwas in seinen Augen begann zu flackern, als begänne die Erinnerung ihn nun endlich einzuholen, aber dann richtete sich ihr Blick auf Littlecloud, und das furchtbare Lächeln kehrte auf sein Gesicht zurück.

»Sie tun diesem Mann Unrecht, Sir«, sagte er. »Er hat uns nichts getan. Im Gegenteil. Er war sehr hilfsbereit.«

»Was ist mit dem Hubschrauber?!« beharrte Mainland.

Corman schüttelte ein paarmal hintereinander den Kopf. »Ich weiß nicht«, sagte er. »Da war ein Hubschrauber, aber . . .«

»Lassen Sie ihn in Ruhe«, sagte Littlecloud. »Sie sehen doch, daß der Mann unter Schock steht.«

»Ja.« Mainland drehte sich mit einer ruckhaften Bewegung von Corman weg und starrte ihn an. »Und ich kann mir auch denken, warum. Wissen Sie, wie ich die Sache sehe? Ich denke, Sie haben den Hubschrauber heruntergeholt, und wahrscheinlich haben Sie auch seine Frau und das andere Kind auf dem Gewissen.«

»Sie sind ja verrückt«, antwortete Littlecloud müde.

»Das wird sich zeigen«, antwortete Mainland kalt. Er machte eine entsprechende Geste. »Bringt ihn weg!«

»Verdammt, Mainland, hören Sie mir zu!« rief Littlecloud in fast verzweifeltem Tonfall. Zwei Beamte ergriffen seine gefesselten Arme und begannen ihn auf die Tür zuzuzerren. »Schicken Sie einen Hubschrauber in die Wüste, der nachsieht! Oder fliegen Sie besser gleich mit!«

»Genau das werde ich tun, Mister Littlecloud«, versprach Mainland grimmig. »Und wenn ich dort nicht das finde, was du behauptet hast, dann solltest du zu deinen roten Göttern beten, daß ich besser erst gar nicht zurückkomme.«

Es vergingen fast fünf Minuten, bis Will damit aufhörte, sich zu übergeben, nachdem er wieder aus dem Wrack des Wohnmobils herausgekommen war. Er hatte Schneider nicht gesagt, was er dort drinnen gefunden hatte, und Schneider hatte ihn auch nicht danach gefragt. Selbst jetzt, nach weiteren zehn Minuten, war er noch immer kreidebleich, und in seinen Augen stand ein Ausdruck von Grauen, der allein vollkommen ausreichte, ihm einen eiskalten Schauer über den Rücken zu jagen. Vielleicht hätte seine Phantasie ja ausgereicht, sich vorzustellen, wie es im Inneren des vollkommen zerstörten Wagens aussah, aber wollte es nicht.

Eigentlich aus keinem anderen Grund, als sich irgendwie abzulenken, hatte er den Kadaver des Sauriers einer gründlichen Untersuchung unterzogen – so weit sein revoltierender Magen dies zuließ.

Der Anblick war so bizarr, so absurd und so phantastisch

zugleich, daß die Schneider bekannten Superlative nicht mehr ausreichten und er eigentlich ein neues Wort dafür hätte erfinden müssen. Es war eine Sache, von einem fünf Meter hohen und zwölf Meter langen Ungeheuer zu lesen, das gute fünf Tonnen auf die Waage brachte und gegen das ein wütender Elefantenbulle ungefähr so gefährlich wie ein neugeborenes Kätzchen gewirkt hätte, aber eine völlig andere, neben ihm zu stehen und es *berühren* zu können.

Schneider war erschüttert, so tief und nachhaltig wie niemals zuvor im Leben. Aus einem Grund, den er selbst nicht genau zu benennen vermochte, traf ihn der Anblick des Allosauriers ungleich härter als der der Deinos, gegen die sie in der vergangenen Nacht gekämpft hatten. Ihr Erlebnis vom vergangenen Abend war wie ein Alptraum gewesen; alles war irrsinnig *schnell* gegangen, so plötzlich, daß ihm im Grunde gar keine Zeit geblieben war, wirklich über das nachzudenken, was passierte. Aber der hauptsächliche Grund war vielleicht, daß sie in der vergangenen Nacht in einer anderen Welt gewesen waren; Eindringlinge in einem Universum, das so fremd und bizarr war, daß sie seinen wahren Charakter vermutlich niemals ganz verstehen konnten. In diesem unheimlichen Wald, der sich fünfzig Meter hinter ihnen erhob, waren *sie* die Fremden, und irgendwie hatte er einfach akzeptiert, daß diese fremde Schöpfung das Recht hatte, sich gegen die Eindringlinge zu wehren und sie zu töten.

Was er hier sah, war das genaue Gegenteil. Der zerstörte Wagen, der brennende Helikopter und die Wüste waren *ihre* Welt, in die dieses gigantische Ungeheuer eingedrungen und den Tod mitgebracht hatte. Obwohl er hier wie da nur die Hand auszustrecken brauchte, um das, was er sah, zu berühren, war dieser Tod hier viel mehr Realität als der, dem sie im Dschungel begegnet waren. Der Allosaurier war nicht einfach nur eine Bestie, wie es jedes andere Raubtier gewesen wäre. Er war Gewalt, die einen Körper bekommen hatte. Und daß auch dieser Körper vernichtet und letztendlich gestorben war, änderte daran gar nichts.

»Professor?«

Will war leise hinter ihn getreten und hatte sein Gewehr wieder aufgenommen. Er war immer noch blaß, und seine Hände zitterten. Er roch nach Schweiß und Erbrochenem, und in seinen Augen war noch immer dieses abgrundtiefe Grauen zu lesen, nach dessen Grund zu fragen sich Schneider weiterhin beharrlich weigerte.

»Sind Sie so weit?«

»Was meinen Sie damit?«

Wills Blick glitt über den Leib des toten Sauriers. Schneider suchte vergeblich nach Zufriedenheit darin oder wenigstens Genugtuung. Er sah einfach nur Angst. Später sollte er diesen Ausdruck noch oft sehen, aber jetzt war es das erste Mal. Er begriff, daß die Geschöpfe dieses Horrorwaldes mehr brachten als die bloße Angst vor dem Tod. Die Bedrohung, die sie darstellten, ging viel tiefer. Der Saurier war nicht einfach nur ein totes Raubtier. Er war der Bote einer fremden Welt, einer *vollkommen fremden Schöpfung,* die so anders war, daß sie und die Menschen auf diesem Planeten niemals existieren konnten. Vielleicht war es die Möglichkeit, die der Saurier darstellte; das Potential einer Evolution, die hundertmal so lange wie die der menschlichen Rasse gedauert hatte und millionenfach mächtiger gewesen war. Was da tot vor ihnen lag, das hätte der Keim einer anderen Intelligenz sein können, einer völlig anders denkenden, völlig anders handelnden Spezies, die dem Menschen seine Welt hätte streitig machen können, wäre sie nicht ausgelöscht worden.

Aber war sie das wirklich?

Was war, dachte Schneider, wenn das mißglückte Experiment nicht das *Ende,* sondern der *Anfang* gewesen war?

»Ich glaube nicht, daß es Sinn hat, hier zu warten«, fuhr Will nach einer schier endlosen Pause fort. »Wir sollten besser weitergehen.«

»Aber Sie haben selbst gesagt . . .«

»Ich weiß, was ich gesagt habe«, unterbrach ihn Will.

»Trotzdem. Es könnte eine Weile dauern, bis jemand herkommt. Ich glaube, es hat Überlebende gegeben. Drinnen im Wagen liegt ein leergeschossenes Gewehr, und dort hinten sind Reifenspuren. Irgend jemand hat dieses Vieh abgeschossen und sich dann aus dem Staub gemacht. Ich schätze, er wird so schnell nicht wiederkommen.« Er zögerte, dann deutete er mit dem Gewehrlauf auf den brennenden Helikopter und den Waldrand. »Außerdem ist es zu gefährlich, hierzubleiben. Wo dieser eine aufgetaucht ist, können noch mehr kommen. Sie sehen ja, daß sie den Wald verlassen können.«

Von allen seinen Argumenten war dies das einzige, das Schneider überzeugte – aber das hinlänglich genug. Mit einem neuerlichen Schrecken fragte er sich, wieso er nicht selbst auf diesen Gedanken gekommen war. Sie wußten, daß es in diesem Wald mindestens noch drei lebende Deinonychi gab.

Schneider seufzte ergeben. Bei dem bloßen Gedanken an einen möglicherweise stundenlangen Marsch durch diese Gluthitze wurde ihm schon schwindelig, aber Will hatte recht – sie *konnten* gar nicht hierbleiben. Auch wenn sie Glück hatten und der Kadaver des Sauriers keine anderen Räuber, sondern nur einige Aasfresser anzog, konnte das ihr Ende bedeuten.

»Ich habe im Wagen eine Karte gefunden«, sagte Will. »Jemand war so freundlich, diesen Felsen und den Rückweg nach Las Vegas einzuzeichnen. Es sind nur ein paar Meilen bis zum Highway. Ich glaube, wir schaffen es. Also?«

Ganz flüchtig kam Schneider der Gedanke, daß dies im Grunde ein historischer Moment war; vielleicht einer der größten in der Geschichte der Menschheit. Schließlich waren Will und er die ersten Menschen, die einem leibhaftigen Vertreter einer untergegangenen Epoche gegenüberstanden. Aber es gelang ihm nicht, dem Anblick des zerstörten Wagens und der toten Bestie irgendeine Art von *Größe* abzugewinnen. Alles, was er empfand, waren Ekel und Furcht.

»Gehen wir«, sagte er.

Sie wandten sich nach Süden und folgten den Wagenspuren, die in die gleiche Richtung führten. Offensichtlich hatte der Fahrer ebenfalls den Weg zum Highway eingeschlagen, und Schneider schickte insgeheim ein Stoßgebet zum Himmel, daß er wenigstens halbwegs ortskundig gewesen war. Obwohl er seit annähernd drei Jahren hier arbeitete und unzählige Male in Las Vegas gewesen war, hatte er den Weg dorthin sehr selten mit dem Wagen und *niemals* zu Fuß zurückgelegt, sondern sich meistens eines der beiden Helikopter bedient, über die die Forschungsstation verfügte, oder sich von einem Lufttaxi aus der Stadt abholen lassen. Sie konnten es sich nicht leisten, sich zu verirren.

Schneider hatte sein Gewehr über die Schulter gehängt, als sie den Wald verlassen hatten, aber Will trug die Waffe weiter in beiden Händen, und er warf auch immer wieder nervöse Blicke über die Schulter. Auch Schneider blickte ein paarmal zum Wald zurück. Ein paarmal glaubte er, eine Bewegung in der grünbraunen Mauer zu erkennen, und mindestens einmal war er sicher, einen dreieckigen schwarzen Umriß zu sehen, der niedrig und langsam über die Baumwipfel dahinstrich. Aber sie wurden nicht verfolgt. Welche Schrecken der Farnwald auch noch immer bereithalten mochte, nichts brach aus der grünen Mauer hervor und setzte auf krallenbewehrten Beinen zur Verfolgung an oder stürzte sich vom Himmel herab auf sie.

Trotzdem hörte Schneider nach einer Weile auf, sich zum Waldrand herumzudrehen. Sie marschierten, so schnell und zielsicher es nur ging, aber der Wald und das brennende Helikopterwrack schienen nicht hinter ihnen zurückzufallen. Schneider wußte, daß man mit solcherlei Schätzungen vorsichtig sein mußte, aber sie mußten mittlerweile eine gute halbe Stunde unterwegs sein, ohne mehr als eine Meile zurückgelegt zu haben.

»Jetzt, wo es so aussieht, als könnten wir es überleben«, sagte Will plötzlich, »könnten Sie es mir eigentlich verraten, Professor.«

»Was?« fragte Schneider verwirrt.

»Die Erklärung«, antwortete Will. »Der Grund, aus dem das alles hier passiert ist.«

»Ich habe keine Ahnung, warum . . .«

»Natürlich haben Sie eine Ahnung«, unterbrach ihn Will ruhig. »Sie haben zumindest eine Theorie – und ich glaube, daß es sogar mehr ist als nur das. Aber Sie haben Angst davor.«

Schneider widerstand im letzten Moment dem Impuls, stehenzubleiben und den Offizier verblüfft anzustarren. Sie mußten in Bewegung bleiben. Zu der Erschöpfung kam nun auch noch der Flüssigkeitsverlust. Schneider hatte noch nicht einmal besonders viel Durst, aber er wußte, daß die Sonne ihre Körper unbarmherzig austrocknete. Der Zusammenbruch würde kommen, bald und wahrscheinlich sehr schnell. »Können Sie Gedanken lesen?« fragte er.

Will lächelte. »Nein. Aber Gesichter. Das ist fast genausogut. Also?«

»Es wird Ihnen nicht gefallen.«

Will ließ ein meckerndes Lachen hören. »Herr Professor belieben zu scherzen, wie?«

»Also gut«, begann Schneider. »Bis vorhin dachte ich, wir wären irgendwie ins Jura gerutscht. Als . . . als hätte irgend etwas die Zeit aufgerissen und uns um hundertfünfzig Millionen Jahre zurückversetzt.«

»Aber wie es aussieht, stimmt das nicht ganz.«

»Richtig«, bestätigte Schneider. Er sprach jetzt flüssiger und auch ein wenig lauter. So viel Angst er davor gehabt hatte, den Gedanken in Worte zu kleiden und ihm damit eine bedrohliche Substanz zu geben, so sehr erleichterte es ihn plötzlich, genau dies zu tun. Vielleicht, weil der schlimmste Schrecken noch immer derjenige ist, den man nicht erkennt. »Diese Tür gestern nacht . . . irgendwie führte sie ins Jura, aber zugleich auch . . .« Er brach ab, dachte eine Sekunde nach und setzte dann noch einmal neu an:

»Wie gesagt, es ist nur eine Theorie – aber so, wie ich die

Dinge sehe, sind nicht *wir* in die Vergangenheit gestürzt, sondern die Vergangenheit in die Gegenwart.«

Will runzelte die Stirn, aber schon seine nächsten Worte bewiesen, daß er ziemlich genau verstanden hatte, was Schneider meinte. »Sie meinen, dieser komplette Wald mit all seinen Bewohnern ist gewissermaßen aus seiner Zeit herausgerissen und in unsere versetzt worden?«

»Das scheint mir die einzige vernünftige Erklärung zu sein.«

Wieder lachte Will. »Verzeihung, Professor – aber *vernünftig* ist an dieser Geschichte überhaupt nichts.«

»Aber es ist die einzige, die ich habe«, beharrte Schneider. »Es ist das einzige, was Sinn macht. Wie anders hätten wir sonst wieder aus dem Wald herauskommen sollen? Er ist Teil unserer Welt geworden.«

»Vielleicht«, erwiderte Will. »Wenn es wirklich so ist, Professor – wo ist dann das Stück Gegenwart, das eigentlich hier sein sollte?«

»Vielleicht ... hat es eine Art ... eine Art *Austausch* gegeben«, sagte Schneider zögernd.

»Sie meinen, die Wüste, das Labor ... alles, was sich dort befunden hat, wo jetzt der Wald ist, das ist jetzt an seiner Stelle im Jura gelandet? So wie eine Art Drehtür, durch die die Welt gegangen ist?«

Will lächelte, Schneider blieb jedoch ernst. Der Vergleich gefiel ihm, aber er machte ihm zugleich auch angst. Erst jetzt, als Will die Worte laut aussprach, begriff er selbst, *wie* phantastisch diese Erklärung klang.

Ein leises Schwindelgefühl ergriff ihn. Im allerersten Moment achtete er gar nicht darauf, sondern hielt es für eine Auswirkung der Schwäche und Entkräftung. Aber das war es nicht. Das Gefühl, das er schon einmal gehabt hatte und das irgendwie nicht nur körperlicher Art zu sein schien, so phantastisch dieser Gedanke auch klingen mochte. Es war fast, als wäre nicht er es, sondern die Welt um ihn herum, der schwindelte, und dann ...

... erkannte er es wieder.

»Um Gottes willen!« keuchte er. »*Will! Laufen Sie!*«

Gleichzeitig stürmte er los. Sein ganzer Körper schien protestierend aufzuschreien und sich in einen einzigen, lodernden Schmerz zu verwandeln, aber das Bewußtsein dessen, was geschehen würde, verlieh ihm noch einmal Kraft. Schneider jagte mit gewaltigen Sprüngen los, und Will folgte ihm, obwohl er nicht einmal verstand, was geschah.

Schneider rannte wie niemals zuvor in seinem Leben. Das Schwindelgefühl war noch immer da, und die Schwäche und die Schmerzen in seinem Rücken und seiner verletzten Seite wurden übermächtig. Das allerletzte Energiereservoir in seinem Körper war endgültig leer. Er spürte, wie ihn die Kräfte verließen, begann zu taumeln und sah wie durch einen Vorhang blutgetränkter Nebel einen Felsen, der drei oder vier Schritte vor ihnen aus der Wüste ragte. Mit einer allerletzten Anstrengung taumelte er darauf zu, fiel auf die Knie und kroch das letzte Stück in Deckung des Felsens, ehe er sich zusammenkrümmte und schützend die Arme über den Kopf riß. Es war eine vollkommen sinnlose Bewegung. Vor dem, was in diesem Moment geschah, konnten sie weder davonlaufen noch sich irgendwo verstecken, aber Schneider war auch nicht mehr in der Lage, logisch zu denken. Er handelte rein instinktiv; ob falsch oder richtig, spielte keine Rolle.

Die Anstrengung war zuviel. Schneider verlor für einige Sekunden das Bewußtsein. Aber es konnten wirklich nur wenige Augenblicke gewesen sein, denn als er die Kontrolle über seinen Körper und seine Sinne zurückerlangte, war das erste, was er sah, Wills Gestalt, die geduckt neben ihm hockte. Der Offizier hatte sein Gewehr auf den Felsen aufgelegt und zielte auf etwas auf der anderen Seite. Als Schneider sich regte, sah er nur flüchtig auf ihn herab und konzentrierte sich dann wieder auf das, was auf der anderen Seite des Felsens lag.

Schneider wälzte sich mühsam herum, zählte in Gedanken bis fünf und raffte dann mühsam seine letzten Kräfte zusammen, um sich wenigstens so weit in die Höhe zu stemmen, daß er über den Felsen hinwegsehen konnte.

Zuerst wurde ihm klar, daß ihr verzweifelter Spurt umsonst gewesen war. Alles in allem hatten sie kaum zwanzig Meter dabei zurückgelegt, aber der Waldrand befand sich gut doppelt so weit von ihnen entfernt.

Als er das letzte Mal in seine Richtung geblickt hatte, war er eine Meile entfernt gewesen.

Jetzt war er das nicht mehr.

Die Wüste war verschwunden. Der riesige Felsen, der ihnen als Orientierungspunkt gedient hatte, war ebenso fort wie der brennende Hubschrauber, der Rauch, der tote Saurier und das Wrack des Wohnmobils. Wo all dies gewesen war, erstreckte sich jetzt nichts als ein wogender, grüner Dschungel. So bizarr der Gedanke Schneider auch selbst vorkommen mochte, es war so:

Der Wald war ihnen gefolgt.

»Das . . . das ist doch nicht . . . nicht möglich«, stammelte Will. Er sah Schneider immer noch nicht an, sondern starrte aus weit aufgerissenen Augen die schuppigen Baumriesen an. »Das kann doch nicht sein!«

»Ich fürchte doch, Will«, murmelte Schneider. Es fiel ihm unendlich schwer, weiter zu sprechen. Aber es war ihm auch ebenso unmöglich, es nicht zu tun.

»Wissen Sie, was das bedeutet, Will?« krächzte er.

»Was?« fragte Will. Er kannte die Antwort. Schneider las es in seinem Gesicht.

»Daß es noch nicht vorbei ist«, sagte Schneider. Er deutete mit einer müden Bewegung auf den Waldrand. Seine Hand zitterte so sehr, daß er mit der anderen danach griff, um sie festzuhalten.

»Es wächst.«

Wenn es etwas auf der Welt gab, das Benny noch mehr haßte als Ameisen, dann waren es *viele* Ameisen. Er hatte die kleinen Biester bekämpft, seit er hier herausgekommen war und die Tankstelle eröffnet hatte, und das war mittlerweile immerhin fast vierzig Jahre her. Seitdem hatte sich nicht viel verändert. Benny war noch immer der hagere, wortkarge Bursche mit den starken Händen und dem einfachen Verstand, und die Tankstelle war noch immer eine windschiefe Bretterbude, vor der zwei rostzerfressene Zapfsäulen aus dem Wüstensand ragten. Beide waren älter geworden, aber das war auch schon beinahe alles. Das Firmenemblem über den beiden Zapfsäulen hatte zweimal gewechselt, und neben dem Eingang der schäbigen Hütte hing jetzt ein Schild, das behauptete, es handele sich um ein DRIVE-IN.

Was jedoch niemals gleich geblieben war, waren die Ameisen. Sie veränderten sich ununterbrochen. Mal waren es rote, große Ameisen, mal die viel kleineren, dafür aber auch flinkeren schwarzen, und zweimal in den vergangenen vier Jahrzehnten hatte Benny es auch mit Termiten zu tun gehabt; seine beiden härtesten Kämpfe, aber auch seine beiden größten Siege. Am Anfang hatten sie ihm angst gemacht, denn sie waren viel größer als normale Ameisen, und mit ihren gewaltigen Köpfen und den ehrfurchtgebietenden Zangen boten sie einen geradezu unheimlichen Anblick. Aber wenn Benny sie zertrat, wurden sie auch nur zu einem schmierigen Fleck im Sand, und ihre riesenhaften Lehmfestungen, die auf jemanden, der nicht über Bennys Erfahrung im Kampf mit den kleinen Ungeheuern zurückgreifen konnte, vielleicht den Eindruck unüberwindlicher Bollwerke erweckt hätten, erwiesen sich eher als Nachteil. Sie waren groß und äußerst stabil, aber dadurch waren sie auch verwundbar. Einen hatte er verbrannt, den zweiten mit einer Planierraupe, die er sich eigens für diesen Zweck in der Stadt ausgeliehen hatte, dem Erdboden gleichgemacht.

Trotzdem hatte er den Krieg noch lange nicht gewonnen. Und in den seltenen Momenten, in denen Benny sich selbst gegenüber ehrlich genug war, um diesen Gedanken zuzulassen, wußte er auch, daß er ihn nie gewinnen würde. Diese verdammten Mistviecher waren hier gewesen, lange ehe er kam, und sie würden auch noch hier sein, wenn er wieder gegangen war. Aber *solange* er hier war, würde er ihnen das Leben so schwer wie nur irgend möglich machen. Benny war felsenfest davon überzeugt, daß er mittlerweile längst zu einer Legende in der Geschichtsschreibung der Ameisen geworden war, der Vernichter, der gekommen war, um ihnen ihre Grenzen aufzuzeigen.

Das war nicht der einzige völlig verrückte Gedanke, den Benny von Zeit zu Zeit dachte. In der fünfzehn Meilen entfernten Stadt, in der Benny in den ganzen vierzig Jahren, die er jetzt hier lebte, kaum ein Dutzend Male gewesen war, gab es eine Akte über ihn, die weitaus dicker als seine Kassenbücher der letzten zehn Jahre war. Er hatte sie nie gesehen; es hätte ihm nichts genutzt, denn sie war voller Fremdworte und unverständlicher Ausdrücke, aber die Essenz ihrer Aussage lautete, daß Benny vollkommen und hoffnungslos verrückt war.

Benny wußte, daß ihn die meisten Menschen in seiner Umgebung für verrückt hielten. Es war ihm egal. Er wußte auch, daß viele von denen, die sich manchmal an seine Tankstelle verirrten und einige Gallonen Sprit kauften, dies nur taten, um ihm ein paar Dollar zukommen zu lassen. Er konnte weder mit dem Service noch mit den Preisen der großen SB-Tankstellen weiter unten am Highway mithalten. Benny war nicht hier, um Benzin zu verkaufen. Er war hierhergeschickt worden, um Krieg gegen die Ameisen zu führen. Die Geldscheine, die er manchmal auf seiner Theke fand, wenn einer seiner Kunden gegangen war, waren keine Almosen. Die, die sie ihm gaben, mochten das glauben, aber Benny wußte es besser. Jemand hatte ihnen aufgetragen, sie ihm zu bringen, damit er leben und weiterkämpfen konnte. Es war erbärmlich genug, wenn er bedachte, was *er* im Gegenzug für *sie* tat.

Las Vegas existierte nämlich nur noch, weil es ihn gab. Hätte er die kribbelnde Invasion aus der Wüste nicht seit mittlerweile vierzig Jahren aufgehalten, dann wären die Ameisen längst über die Stadt hereingebrochen und hätten sie mit Mann und Maus aufgefressen. Natürlich waren seine Kriege nur kleine Scharmützel; die Armeen, gegen die er kämpfte, waren nichts, verglichen mit den gewaltigen Heerscharen, die darauf warteten, über Las Vegas und danach vielleicht alle anderen Städte herzufallen, aber solange er ihre Vorhut aufhielt, so lange er ihnen zeigte, wozu ein einzelner, entschlossener Mann in der Lage war, würden sie es nicht wagen, den großen Angriff zu starten. Und bisher hatte er sich ganz gut gehalten. Er hatte nicht alle Schlachten gewonnen, aber doch die meisten, und selbst seine Niederlagen hatten den kleinen Kriechern gehörigen Respekt eingeflößt. Trotz allem tödlichem Ernst, mit dem dieser Krieg geführt wurde, spielten sie dieses Spiel nach gewissen Regeln, an die sich beide Seiten wie nach einer nie getroffenen Vereinbarung hielten.

Jedenfalls hatten sie das bis heute getan.

Aber jetzt hatten sie es übertrieben.

Benny nahm einen gehörigen Schluck aus der flachen Metallflasche, die er stets in der Gesäßtasche bei sich trug, schraubte den Verschluß wieder zu und in der gleichen Bewegung wieder auf, um einen weiteren Schluck zu nehmen. Der Whisky schmeckte schal und schien überhaupt nicht zu wirken. Aber vielleicht brauchte Benny auch etwas Stärkeres, um mit dem Anblick fertig zu werden, der sich ihm geboten hatte, als er am Morgen aufgewacht war und einen Blick aus dem Fenster auf der Rückseite seiner Hütte geworfen hatte.

Er hatte einen Termitenhügel gesehen. Jedenfalls hatte er bisher *geglaubt*, daß es sich um einen Termitenhügel handelte. Jetzt war er nicht mehr sicher.

Benny hatte den Anblick ohne sonderliche Beunruhigung zur Kenntnis genommen und sich dadurch auch nicht von seinem normalen Tagesrhythmus abbringen lassen. Er war in aller Ruhe aufgestanden, hatte sich sein übliches Frühstück

– zwei Eier und eine halbe Speckseite – zubereitet und es verspeist. Er hatte schlecht geschlafen. Einmal hatte er einen Kojoten jaulen hören, weiter vom Haus entfernt, aber so schrill und voller Panik, daß er davon wach geworden war, und ein anderes Mal hatte er geglaubt, Schüsse und das Geräusch eines Hubschraubers zu hören. So hatte er an diesem Morgen sogar länger als gewöhnlich gebraucht, um wirklich wach zu werden, ehe er zur Vorderseite des Hauses gegangen war und das OPEN-Schild an eine der Tanksäulen gehängt hatte. Schließlich hatte er seinen Fünf-Liter-Kanister mit unverbleitem Superbenzin gefüllt und war hierher gekommen.

Und nun begann er ganz allmählich zu begreifen, daß hier eine ganze Menge nicht so war, wie es eigentlich sein sollte.

Es begann damit, daß der Weg zu dem über Nacht aufgetauchten Termitenhügel gut dreimal so weit war, wie er geschätzt hatte. Statt knapp zwei erhob sich die Miniatur-Festung mehr als sechs Meter weit in die Luft, und sie bestand auch nicht nur aus einem einzigen, steil aufragenden Kegel, sondern aus mehreren asymmetrischen Gebilden, die eine Einheit zu bilden schienen. Das Gebilde war zu groß, es war zu schnell entstanden, und es sah nicht richtig aus, und nichts davon gefiel ihm.

Außerdem waren keine Termiten zu sehen.

Die beiden letzten Male, die seine Feinde diese weißen Krieger gegen ihn ins Feld geschickt hatten, hatte er sich seinen Weg bis zu ihrem Hügel regelrecht freitrampeln müssen, jetzt sah er nicht ein einziges Tier. Außerdem war da dieser Geruch – ein seltsamer, fremdartiger Hauch, wie Benny ihn noch nie zuvor gerochen hatte. Er roch eindeutig *nicht* nach Ameisensäure, aber auch nach nichts anderem, was er kannte.

Und es war still. *Zu* still.

Benny war in gut zehn Metern Abstand zu dem Termitenbau stehengeblieben. Er war vielleicht verrückt, aber er war nicht dämlich: ein Termitenvolk, das ein solches Monstrum zu errichten imstande war, mußte unvorstellbar viele Tiere enthalten. Und er war im Laufe seines lebenslangen Krieges oft genug gebissen worden, um zu wissen, daß die winzigen Killer selbst einem Menschen gefährlich werden konnten, wenn sie nur in ausreichend großer Zahl anrückten. Seine vernarbten Hände und die dunklen Stellen auf seinem Hals und in seinem Gesicht legten ein beredtes Zeugnis davon ab, was Ameisensäure und mikroskopisch kleine Mandibeln menschlicher Haut antun konnten.

Er überlegte angestrengt und trank dabei einen dritten, noch gewaltigeren Schluck, der die Flasche endgültig leerte. Benny hielt sich für den Menschen auf der Welt, der mit Abstand das meiste über Ameisen wußte. Das stimmte natürlich nicht, aber er wußte eine Menge; nur daß nichts von seiner Erfahrung zu diesem unheimlichen Termitenbau paßte. Er war unschlüssig. Er hatte den Benzinkanister nicht wirklich mitgenommen, um den Bau sofort in Brand zu setzen, sondern nur um nicht ganz mit leeren Händen dazustehen. Jetzt kam er ihm lächerlich vor – die fünf Liter würden nicht reichen, um den Bau wirklich auszuräuchern; ganz davon abgesehen, daß er nicht einmal sicher war, ob er dicht genug herankam.

Mißtrauisch betrachtete er die drei Ausgänge, die er von dieser Seite aus sehen konnte. Jeder war groß genug, an die hundert Termiten auf einmal passieren zu lassen. Vielleicht, dachte er, war das ihr Plan. Zweifellos warteten sie zu Tausenden und Tausenden genau hinter diesen Löchern, um alle gemeinsam über ihn herzufallen, sobald er dumm genug war, nahe heranzukommen.

Benny kratzte sein stoppelbärtiges Kinn und verzog dabei fast anerkennend das Gesicht. Sosehr ihn dieser riesige Termitenbau erschreckt hatte, kam er doch nicht umhin, seinen Schöpfern den ihnen zustehenden Respekt zu zollen. Auch wenn er bestimmt nicht auf diesen Trick hereinfallen würde – sie hatten aus ihren Niederlagen gelernt und versuchten jetzt endlich einmal etwas Neues.

Die Herausforderung gefiel ihm. Es würde nicht leicht werden. Er würde sich etwas einfallen lassen müssen, um mit *diesem* Ding fertig zu werden. Er konnte den Bau nicht einfach verbrennen, ohne ihm gefährlich nahe zu kommen. Selbst für die Planierraupe war das Ding entschieden zu groß – und wer wußte schon, welche Überraschungen noch in seinem Inneren auf ihn warteten? Benny nahm die Herausforderung trotzdem ohne zu zögern an.

Er nahm seinen Benzinkanister auf, drehte sich um, um zum Haus zurückzugehen und stolperte über ein Hindernis, das er auf dem Weg hierher nicht bemerkt hatte.

Benny fluchte. Er fiel nicht der Länge nach hin, aber er mußte den Benzinkanister loslassen und konnte sich nur noch mit Mühe mit den Händen abstützen. Zornig über seine eigene Ungeschicklichkeit ließ er sich auf die Seite sinken, massierte zuerst sein rechtes, dann sein linkes Handgelenk und drehte sich erst dann herum, um nachzusehen, worüber er eigentlich gestolpert war.

Und als er es tat, wußte er, warum der Kojote in der vergangenen Nacht so erbärmlich geschrien hatte. Es war gar kein Kojote gewesen, sondern ein recht großer Hund. Aber seine Größe hatte ihm nicht viel genutzt. Was von ihm übrig war, das war nichts als ein weißes, sauber abgenagtes Skelett. Bennys Fußtritt hatte den Schädel getroffen. Die leeren Augenhöhlen und das zu einem erstarrten Totenkopfgrinsen gebleckte Gebiß schienen ihn höhnisch anzulächeln.

Benny fröstelte. Er zweifelte keine Sekunde lang, daß es genau dieses Tier gewesen war, dessen Todesschreie er in der vergangenen Nacht gehört hatte. Er war erst gestern hier gewesen, und da hatte es weder einen Termitenbau noch einen toten Hund gegeben. Und er hatte auch eine ziemlich konkrete Vorstellung davon, *was* diesem Tier zugestoßen war. Wie es schien, hatte er die richtige Entscheidung getroffen, sich dem Termitenbau nicht zu weit zu nähern. Der Hund war etwas weniger vorsichtig gewesen.

Vorsichtig stemmte Benny sich mit einer Hand in die Höhe

und streckte die andere nach dem Benzinkanister aus. Noch bevor er ihn berührte, schoß ein plötzlicher, scharfer Schmerz durch seinen Arm. Benny schrie auf, riß den Arm instinktiv zurück und starrte aus hervorquellenden Augen auf seine rechte Hand. Blut lief daran herab. Das letzte Glied des kleinen Fingers fehlte, und der Anblick allein reichte aus, den Schmerz zu doppelter Intensität zu entfachen. Benny taumelte vollends in die Höhe, preßte die verletzte Hand gegen den Magen und suchte zugleich mit Blicken den Boden ab.

Der Benzinkanister lag genau dort, wo er ihn fallen gelassen hatte. Der Verschluß war aufgesprungen, und sein Inhalt versickerte in einem gluckernden Strom im Wüstensand. Aber es war keine scharfe Metallkante, an der sich Benny verletzt hatte. Etwas hatte seinen Finger *abgebissen.*

Benny starrte aus hervorquellenden Augen auf die fünfzehn Zentimeter lange Ameise, die breitbeinig auf der Oberseite des Benzinkanisters hockte und ihn anstarrte. Natürlich war es nicht wirklich eine Ameise; es hatte einen dunkelroten, gegliederten Hornpanzer, sechs dürre Beine und ein Paar übergroßer, gezackter Mandibeln, die über einem dreieckigen Maul voller nadelspitzer Hornzähnchen klapperten. Für Benny *war* es eine Ameise. Und nicht irgendeine.

Er kannte sie. Er hatte das Tier tausendmal in seinen Träumen gesehen, aus denen er manchmal schweißgebadet und schreiend hochgefahren war. Es war die *Große Ameise.* Er hatte gewußt, daß sie irgendeines Tages einmal kommen würde, um ihn zu einem letzten Kampf auf Leben und Tod herauszufordern, der letzten Schlacht, die vielleicht den Krieg entscheiden würde.

Sie hatten also endgültig genug. Sie hatten *sie* geschickt, die finstere Göttin der Ameisen, ihren ultimaten Krieger, der den Vernichter herausfordern und das uralte Ringen endgültig entscheiden sollte.

Benny zertrat sie.

Er trug schwere, dicksohlige Arbeitsschuhe mit harten

Metallkappen, und er trat mit aller Kraft zu, und da er trotz seines Alters noch immer ein starker Mann war, reichte die Wucht seines Trittes nicht nur, den roten Chitinpanzer zersplittern zu lassen, sondern auch noch, eine Beule in den Benzinkanister zu hämmern, so daß das unverbleite Super herumspritzte und seine Hose tränkte. Die abgebrochenen Beine der Ameise zappelte noch einen Moment, dann lagen sie still.

Benny verzog geringschätzig das Gesicht. *Ihr Großer Krieger?* Lächerlich. Das war fast zu leicht gewesen. Benny empfand eine spürbare Enttäuschung, eher er sich herumdrehte und dieses Gefühl plötzlich und warnungslos in pures Entsetzen herumschlug.

Vor ihm stand ein Dutzend weiterer Riesenameisen, und noch während er ungläubig auf sie herabstarrte, grub sich ein weiteres halbes Dutzend der häßlichen Geschöpfe aus dem Sand heraus. Der Boden war an dieser Stelle fast so hart wie Stein, aber das schien sie nicht zu stören. Plötzlich waren immer mehr große Löcher zu sehen, aus denen diese scheußlichen Kreaturen herauskrochen.

Benny wich mit einem keuchenden Laut zurück, bis sein Fuß gegen den Benzinkanister stieß. Er hörte jetzt auch hinter sich klickende, raschelnde Laute, ein Geräusch, als bewege sich Stein über Stein. Er mußte sich nicht herumdrehen, um zu wissen, was sie bedeuten.

Er war eingekreist. Noch griffen die Ameisen nicht an, aber sie hatten ihn bereits umzingelt. Er hatte recht gehabt – es *war* zu leicht gewesen. Sein Traum hatte ihn belogen: Es war nicht eine einzelne, große Ameise, die sie in die letzte Schlacht schickten, sondern eine ganze Armee, ein Heer von Giganten, das sie zweifellos einzig für diesen Zweck erschaffen hatten. Ihre Antwort auf den Vernichter.

Bennys Gedanken rasten. Er schätzte, daß er von mindestens hundert der gewaltigen Tiere eingekreist war, und es wurden mit jeder Sekunde mehr. Der riesige Hügel mit den Schlupflöchern war nichts als ein Ablenkungsmanöver gewesen, damit er die wirkliche Falle nicht bemerkte, das Labyrinth von Stollen und Gängen, in das sie die Wüste unter seinen Füßen verwandelt hatten.

Vermutlich warteten dort unten noch weitere Hunderte, wenn nicht Tausende von Ameisen. Nicht, daß es nötig gewesen wäre. Ein einziges dieser Mistviecher hatte ausgereicht, ihn zu verstümmeln.

Der Wahnsinn, der Bennys gesamtes Leben bestimmt hatte, half ihm jetzt. Einen normalen Menschen hätte der Anblick der riesigen Ameisen vermutlich so gelähmt, daß er hilflos gewesen oder in Panik geraten wäre.

Benny nicht.

Er hatte Angst, und er hatte Schmerzen, aber beides war nicht so schlimm, daß es sein klares Denken getrübt hätte. Nachdem er seinen ersten Schrecken überwunden hatte, wurden die Ameisen für ihn einfach zu dem, was er auch in dem riesigen Termitenhügel gesehen hatte: zu einer Herausforderung. Er hätte damit rechnen müssen, daß sie früher oder später mit irgendeiner bösen Überraschung aufwarteten.

Aber noch war er nicht verloren. Der Ring der Ameisen zog sich immer enger, doch aus irgendeinem Grund griffen sie immer noch nicht an. Vielleicht wollten sie den Moment möglichst lange herauszögern, um den endgültigen Sieg über ihren größten Feind bis zur Neige auszukosten. Wahrscheinlicher war allerdings, daß sie ihn trotz ihrer Übermacht und Stärke noch immer fürchteten.

Letztendlich spielte es aber keine Rolle, warum sie nicht angriffen.

Benny fuhr mit der unverletzten Hand in die Hosentasche, zog sein Feuerzeug heraus und drehte am Rad. Wie alles, was Benny besaß, war es ein sehr altes, altmodisches Feuerzeug, keines von diesen modernen Wegwerfdingern, die ausgingen, sobald man den Daumen von der Taste nahm, sondern ein guter alter Docht, der einfach brannte, bis man ihn ausblies.

Statt ihn jedoch zu löschen, ließ Benny das Feuerzeug fallen und warf sich zugleich mit aller Kraft herum.

Die Ameisen reagierten sofort. In einer einzigen, roten Bewegung schnappte der Kreis zu. Benny hatte das vorausgesehen und schaffte es irgendwie, den meisten zu entgehen, aber zwei oder drei der kleinen Ungeheuer verbissen sich trotzdem in seine Hose. Ihre gewaltigen Zangen schnitten mühelos durch den groben Stoff und mit noch weniger Mühe durch Bennys Fleisch. Der alte Mann schrie vor Schmerz, aber in dieser Sekunde berührte das Feuerzeug auch schon den Boden. Die Flammen griffen auf das ausgelaufene Benzin über, und aus dem winzigen Flämmchen des Dochtes wurde eine brüllende Stichflamme, die fünf Meter weit in die Höhe züngelte.

Benny stürzte. Er war halb wahnsinnig vor Schmerzen, und das grelle Licht der Explosion hatte ihn für eine Sekunde blind gemacht, so daß er gar nicht sah, wie hervorragend sein Plan aufging: Die Hälfte der Ameisen war von der Stichflamme versengt worden und tot. Einige wenige rannten noch mit brennenden Gliedern davon, ehe auch sie verendeten, und die wenigen, die unverletzt geblieben waren, suchten ihr Heil in der Flucht. Auch die Tiere, die sich in Bennys Beine verbissen hatten, ließen sofort von ihrem Opfer ab und huschten davon.

Doch Bennys improvisierter Feuerangriff hatte noch einen weiteren, gar nicht erwarteten Effekt: Der Kanister hatte noch weitaus mehr Benzin enthalten und war wie eine Bombe explodiert. Die Detonation hatte den Wüstenboden aufgerissen und das System aus Tunneln und Röhren freigelegt, das die emsigen Insekten hineingegraben hatten. Jetzt ergoß sich brennendes Benzin in ihre unterirdische Stadt.

Benny spürte, wie der Boden unter ihm plötzlich zu zittern begann. Es war keine große, schwere Bewegung wie etwa bei einem Erdbeben, sondern ein Gefühl, als begännen Millionen und Abermillionen winziger harter Füße in rasendem Stakkato zu hämmern. Die Menge an Benzin, die in dieses unterirdische Labyrinth floß, reichte längst nicht aus, es völlig auszuräuchern, aber offensichtlich machte allein das Feuer die Viecher wahnsinnig.

Benny stemmte sich stöhnend und mit zusammengebissenen Zähnen in die Höhe. Er bemerkte erst jetzt, daß sein rechter Hosensaum brannte. Hastig schlug er die Flammen aus und setzte sich dabei weiter auf. Er blutete jetzt aus insgesamt vier tiefen Schnittwunden, die jede für sich schon gefährlich waren. Aber er hatte keine Zeit, sich darum zu kümmern. Die Schmerzen konnte er ertragen, und das Risiko, daß der Blutverlust zu groß wurde, mußte er eben eingehen. Das hier war kein Spiel mehr. Es war die entscheidende Schlacht, das Armageddon der Ameisen, und er würde dafür sorgen, daß sie für die richtige Seite entschieden wurde.

Aber er hatte nicht viel Zeit. Das Benzin würde nicht sehr lange brennen, und er zweifelte nicht daran, daß sie zu Millionen aus ihren Löchern kriechen und voller Rachelust über ihn herfallen würden, sobald die letzten Flammen erloschen waren.

Er stand auf, drehte sich zur Tankstelle herum und begann loszuhumpeln. Zweimal drohten ihn unterwegs die Kräfte zu verlassen, aber er schaffte es immer irgendwie, sich trotzdem weiterzuschleppen. Benny erreichte die Hütte, nur Sekunden bevor die letzten Flammen erloschen. Hastig warf er die Tür hinter sich ins Schloß, eilte zu den beiden einzigen Fenstern und verriegelte auch sie. Erst dann gestattete er sich, Erschöpfung und Schmerz wirklich zu spüren.

Ihm wurde schwarz vor Augen. Für einen Moment wurde die Übelkeit übermächtig. Benny erbrach sich würgend auf den Fußboden, spuckte noch ein paarmal aus und fühlte sich hinterher besser. Schwach, aber nicht mehr so furchtbar elend. Auch sein Kopf war ein wenig klarer. Nur mit dem Sehen hatte er Schwierigkeiten.

Hätte Benny sich nicht Zeit seines Lebens ausschließlich mit Ameisen beschäftigt, dann wäre ihm vielleicht klar geworden, daß er deutliche Anzeichen einer Vergiftung verspürte. So schob er das Schwindelgefühl und die Sehstörungen auf seine Erschöpfung, stand wieder auf und schleppte sich zum Fenster. Unendlich behutsam öffnete er den Laden; gerade weit genug, um durch den Spalt hindurchspähen zu können. Aber seine Vorsicht erwies sich als überflüssig. Wo der ausgebrannte Benzinkanister lag, kräuselte sich grauer Rauch in die Luft, doch das war die einzige Bewegung, die er sah. Von den Ameisen war keine Spur zu entdecken.

Außerhalb des Hauses.

Benny hörte ein Knistern hinter sich, und dann ein Geräusch, als würden Streichhölzer zerbrochen. Erschrocken fuhr er herum. Gerade noch rechtzeitig, um zu sehen, wie eine winzige rote Hornsäge ein Loch in den Fußboden der Hütte schnitt.

Benny verschwendete keine Zeit damit, auf das Erscheinen der Ameise zu warten, sondern hastete zur Tür, riß sie auf und stürmte ins Freie.

Eine Ameise schnappte nach seinem Fuß. Die Mandibeln, die ihm glatt die Zehen abgebissen hätten, hätten sie ihn erwischt, packten die harte Metallkappe seines Schuhs und brachen daran ab. Benny sparte sich die Mühe, dem kleinen Monster endgültig den Garaus zu machen, sondern taumelte weiter. Er sah vier, fünf weitere Ameisen, die, kleinen gehörnten Teufelchen gleich, plötzlich überall aus dem Boden auftauchten. Es fiel ihm schwer, sie zu zählen. Sein Sehvermögen ließ rapide nach, und ihm war furchtbar übel. Benny wußte immer noch nicht, was mit ihm geschah. Er hätte es nicht einmal verstanden, wenn ihm jemand erzählt hätte, daß das Gift der Riesenameisen, das durch die Bißwunden in seinen Blutkreislauf gelangt war, damit begann, sein Nervensystem zu zersetzen.

Aber er wußte plötzlich, daß er sterben würde. Er spürte den Tod nahen. Dies war die letzte, entscheidende Schlacht. Er hatte stets gewußt, daß er sie nicht überleben konnte.

Aber er konnte sie gewinnen.

Eine Ameise sprang auf seinen Rücken und grub ihre Kiefer tief in sein Fleisch, doch Benny spürte es schon gar nicht mehr. Hin und her schwankend taumelte er auf die Zapfsäule mit dem Superbenzin zu, stürzte schwer dagegen und versuchte mit tauben Fingern, den Zapfhahn zu lösen. Es gelang ihm erst beim dritten Anlauf.

Benny sank kraftlos an der Säule entlang zu Boden. Seine Hand schloß sich um den Abzug. Kaltes, stechend riechendes Benzin ergoß sich über seine Finger, tränkte seine Hose und lief zu Boden. Benny registrierte fast beiläufig, wie sich gleich drei Ameisen in sein linkes Knie verbissen und große Fleischstücke herauszureißen begannen. Er spürte keinen Schmerz. Das Gift, das ihn umbrachte, schützte ihn in seinen letzten Augenblicken noch.

Er konnte jetzt kaum noch etwas sehen. Langsam sank er nach vorne, tastete mit der linken Hand über den Boden und spürte ein rundes Loch, das am Morgen noch nicht dagewesen war. Ein rötliches Geschöpf schnappte aus dem Loch heraus und biß ihm einen weiteren Finger ab, aber auch das spürte er nicht. Mit einem fast erleichterten Seufzen ließ sich Benny nach vorne kippen, fiel schwer auf die Seite und schob den Zapfhahn in den Ameisengang. Es klickte hörbar, als der Verschluß einrastete. Benny hatte nicht mehr die Kraft, die Pistole weiter festzuhalten, aber das war auch nicht mehr nötig. In jeder Minute ergossen sich jetzt siebzehn Gallonen Benzin in das unterirdische Tunnelsystem der Ameisen.

Der Tod war ganz nahe. Ungefähr ein Dutzend Ameisen war emsig damit beschäftigt, Benny von den Füßen aufwärts abzuschälen. Er beachtete es nicht. Mühsam griff er in die Tasche, zog seine Zigaretten heraus und kramte so lange in der anderen Hosentasche herum, bis er ein Streichholz gefunden hatte. Er achtete peinlich darauf, daß kein Funken auf den benzingetränkten Boden oder seine Kleider fiel, als er die Zigarette anzündete und einen tiefen Zug nahm. Das Streichholz zerdrückte er zwischen den Fingern.

Bennys Kraft reichte gerade noch aus, die Zigarette zwischen die Lippen zu klemmen und ein letztes Mal daran zu ziehen, dann wirkte das Ameisengift endgültig. Er starb. Schnell und vollkommen schmerzlos.

Vier Minuten später fiel die glimmende Zigarette aus seinem Mundwinkel.

Der ungeheure Donnerschlag, mit dem Benny seine letzte Schlacht gewann und den Ameisen ihr Armageddon bereitete, war selbst in den Randbezirken der zehn Meilen entfernten Stadt noch zu hören.

Littleclouds Einschätzung von Mainlands Charakter erwies sich als richtig: Der Lieutenant war trotz allem Polizist genug, um seine persönlichen Gefühle hinter seine Pflichten zurückzustellen. Noch während Littlecloud abgeführt und in die gleiche Zelle gebracht wurde, in der er schon einmal aufgewacht war, hörte er das näher kommende Heulen einer Sirene. Durch das winzige, unter der Decke angebrachte Fenster seiner Zelle konnte er nicht sehen, was sich draußen auf dem Hof abspielte, aber die Geräusche und der Widerschein des flackernden roten Lichtes sagten ihm genug: Der Krankenwagen war gekommen. Wenigstens würde sich jetzt jemand um Corman und seine Tochter kümmern.

Für die nächsten zwanzig Minuten ließ man ihn allein, und Littlecloud nutzte die Zeit, um das Vernünftigste zu tun, was er im Moment konnte: Er streckte sich auf der harten Pritsche aus und schlief auf der Stelle ein.

Es war kein sehr entspannender Schlaf. Er hatte einen Alptraum, in dem er vor einem namenlosen Ungeheuer floh und rannte und rannte, ohne wirklich von der Stelle zu kommen, und als er endlich daraus erwachte, raste sein Herz, und er war in Schweiß gebadet. Er erinnerte sich nicht wirklich an den Traum, aber das war auch nicht nötig. In seinem Mund war ein widerwärtiger Geschmack, und wenn er die Augen schloß, dann sah er keine Dunkelheit, sondern ein gigantisches Reptiliengesicht, das ihn angrinste, während zwischen seinen Zähnen hellrotes Blut hervorlief. Vielleicht würde er nie wieder die Augen schließen können, ohne dieses Bild zu sehen . . .

»Schlecht geschlafen, Red?«

Littlecloud sah auf und blickte in Mainlands Gesicht, das ihn durch die Gitterstäbe der Tür hindurch anstarrte. Der Ausdruck auf dem Gesicht des Lieutenants war schwer zu deuten, aber er gefiel Littlecloud trotzdem nicht.

»Wenigstens nennen Sie mich nicht mehr Winnetou«, murmelte Littlecloud.

»Gefällt dir Red nicht?« Mainland lachte. »Ich finde, es paßt besser zu dir als Marc. Das ist kein Name für einen Indianer.«

Littlecloud schwieg. Tatsächlich nannten ihn die meisten seiner Freunde Red, nicht Marc, wie sein eigentlicher Vorname lautete. Irgendwann während der College-Zeit hatte ihm jemand diesen Spitznamen verpaßt. Littlecloud hatte nichts dagegen. Red gefiel ihm ohnehin besser als Marc. Das war in der Tat ein Name für einen Weißen.

Das brachte ihn auf einen anderen Gedanken, der ihm eigentlich schon viel früher hätte kommen müssen. »Wenn Sie ja jetzt offensichtlich wissen, wer ich bin«, sagte er, »können wir dann vielleicht vernünftig miteinander reden?«

»Gern«, antwortete Mainland. »Welches Thema würdest du vorschlagen?«

Littlecloud stand auf und machte eine deutende Geste, die die gesamte Zelle einschloß. »Sie haben Ihren Triumph gehabt, Mainland. Warum also lassen Sie mich nicht hier heraus, und wir unterhalten uns wie erwachsene Menschen?«

»Das letzte Mal, als ich das versucht habe, ist es schiefgegangen«, antwortete Mainland. Trotzdem griff er nach ein paar Sekunden in die Tasche, zog den Zellenschlüssel heraus und schob ihn von außen ins Schloß. Als Littlecloud sich jedoch der Tür nähern wollte, machte er eine abwehrende Bewegung und zog mit der anderen Hand seine Waffe.

»Geh einen Schritt zurück«, sagte er. »Und bevor du irgend etwas tust, was du vielleicht bedauern könntest, denke daran, daß ich ja möglicherweise nur auf einen Anlaß warte, dir eine Kugel zu verpassen.«

Littlecloud korrigierte seine Meinung über Mainlands wahren Charakter wieder ein wenig, verbiß sich aber jede Antwort. Gehorsam trat er zwei Schritte zurück und wartete mit erhobenen Händen, bis Mainland die Tür geöffnet hatte und ihn mit einem Wink aufforderte, die Zelle zu verlassen.

Sie gingen wieder in Mainlands Büro, das aber diesmal nicht leer war. Neben der Tür wartete ein stämmiger Polizeibeamter, der zwar keine Waffe im Gürtel trug, dafür aber einen Schlagstock in den Händen, und der ganz so aussah, als warte er nur auf einen Grund, ihn auszuprobieren. Mainland deutete wortlos auf den Stuhl vor seinem Schreibtisch, auf dem Littlecloud schon einmal gesessen hatte, und nahm auf der anderen Seite Platz.

»So«, sagte er. »Dann werden wir unser kleines Rendezvous von gestern abend einmal fortsetzen. Ich muß sagen, du hast es mir wirklich nicht leichtgemacht. Aber irgendwie habe ich das Gefühl, daß es sich nicht gelohnt hat. Wärst du gleich hiergeblieben, statt den Wilden zu spielen, wäre dir eine Menge Ärger erspart geblieben. Und mir auch.« Er seufzte. »Übrigens: Willst du einen Anwalt?«

»Einen Anwalt?« sagte Littlecloud. »Sind Sie verrückt geworden, Mainland? Dort draußen in der Wüste liegt . . .«

»Also keinen Anwalt«, unterbrach in Mainland ungerührt. »Ganz, wie du meinst. Den Rest kennst du ja; du hast das Recht zu schweigen und so weiter. Alles klar?«

Littlecloud starrte ihn fassungslos an. Das ungute Gefühl, das ihn sofort beim Anblick von Mainlands Gesicht beschlichen hatte, wurde stärker. Irgend etwas war nicht so gelaufen, wie er sich das vorgestellt hatte.

»Wenn Sie offensichtlich wissen, wer ich bin, dann sollten Sie meine Vorgesetzten verständigen, Mainland«, sagte er.

»Das ist bereits geschehen, Red, keine Angst. Einer von

euren Jungs ist auch bereits auf dem Weg hierher. Ein gewisser . . .« Er begann in der Unordnung auf seinem Schreibtisch herumzusuchen. Nach fast einer Minute hatte er einen kleinen Notizzettel gefunden und sagte: ». . . Colonel Straiter. Sagt dir das was?«

Straiter selbst? Littlecloud war ehrlich überrascht. Straiter war nicht nur Littleclouds unmittelbarer Vorgesetzter, sondern auch der Kommandant der Spezialeinheit, der er angehörte. Littlecloud mußte sich zusammenreißen, um nicht in gehässiger Vorfreude zu grinsen. Wenn Straiter erfuhr, was hier geschehen war, dann würde sich Mainland nichts sehnlicher wünschen, als am vergangenen Abend seine Grippe genommen oder sich auch ein Bein gebrochen zu haben. Straiter bekleidete zwar nur den Rang eines Colonels, aber das hieß gar nichts. Littlecloud hatte schon Drei-Sterne-Generäle vor ihm kuschen sehen.

Offenbar hatte er sein Gesicht doch nicht so vollkommen unter Kontrolle, wie er geglaubt hatte, denn Mainland sah ihn plötzlich scharf an und schüttelte dann ein paarmal den Kopf. Seine Stimme klang eine Spur schärfer als bisher. »Du solltest dich nicht zu früh freuen«, sagte er. »Wie es scheint, seid ihr Jungs etwas ganz Besonderes. Aber das gilt nur für die Army, weißt du? Solange du in meinem Bezirk bist, spielen wir nach meinen Regeln, und gegen die hast du nun mal leider verstoßen. Dein Colonel wird dir nicht helfen können.«

Nicht nur in diesem Punkt war Littlecloud entschieden anderer Meinung. Aber er ersparte es sich, Mainland jetzt schon über seinen Irrtum aufzuklären, sondern beschloß, die Vorfreude noch ein wenig zu genießen.

»Seien Sie doch vernünftig, Mainland«, sagte er. »Okay, ich gebe zu, ich habe Mist gebaut. Ich hätte diese Jungs nicht verprügeln sollen, und es tut mir auch wirklich leid, daß ich ausgerechnet Ihr Motorrad gestohlen habe. Aber das sind doch Kleinigkeiten, verdammt.«

»Kleinigkeiten?« Mainland klang, als zweifele er an seinem Verstand.

»Es ist bestimmt nicht das erste Mal, daß die Gorillas im Casino bei einer Schlägerei den kürzeren ziehen«, antwortete Littlecloud. »Und den Schaden an Ihrer Harley werde ich bezahlen.«

»Ich rede nicht von meinem Motorrad«, sagte Mainland, obwohl sein Blick und der scharfe Ton seiner Worte das genaue Gegenteil zu beweisen schienen. »Und schon gar nicht von diesen Idioten im DUNES. Wenn sie nicht einmal mit einem einzelnen Mann fertig werden, sollten sie sich einen anderen Job suchen. Um ehrlich zu sein: Ich kann diese Typen nicht ausstehen. Ich habe mir schon lange gewünscht, daß sie einmal an den Falschen geraten.« Er beugte sich vor und begann mit einem Feuerzeug zu spielen, das vor ihm auf dem Tisch lag.

»Wovon ich rede, Mister Littlecloud«, fuhr er fort, »das ist Kidnapping. Das ist bewaffneter Widerstand gegen die Staatsgewalt, tätlicher Angriff auf mindestens zwei Polizeibeamte und der Mord an zwei Zivilisten. Möglicherweise auch noch an zwei Polizisten.«

Littlecloud riß ungläubig die Augen auf. »Wie?«

»Der Mann, den du als Geisel genommen hast«, fuhr Mainland fort. »Er hatte noch eine Frau und ein zweites Kind bei sich. Sie sind tot, nicht wahr?«

»Ja, verdammt, aber . . .«

»Hast du sie umgebracht?« fragte Mainland.

»Sie . . . Sie sind ja verrückt«, murmelte Littlecloud.

»So, bin ich das?« Mainland ließ das Feuerzeug aufschnappen, hielt den Daumen darüber und sah scheinbar interessiert zu, wie die Flamme seine Haut schwärzte. Erst nach einigen Sekunden zog er die Hand wieder zurück. »Dann sage mir, wo sie sind. Was hast du mit ihnen gemacht, und mit dem Wagen. Und wenn wir schon einmal dabei sind: Wo ist unser Helikopter geblieben?«

Littlecloud zweifelte mittlerweile ernsthaft an seinem Verstand. Er weigerte sich, zu glauben, daß er das alles wirklich erlebte. Er mußte träumen. »Aber Sie . . . Sie wissen doch genau, was passiert ist!« keuchte er. »Fragen Sie Corman!«

»Den armen Hund, den du mitgebracht hast?« Mainland lächelte. »Das habe ich versucht. Leider redet er nur wirres Zeug. Und der Arzt, der ihn untersucht hatte, ist nicht sicher, daß sich das jemals wieder ändern wird. Er sagt, der Mann hätte offensichtlich etwas erlebt, was ihn völlig aus der Bahn geworfen hat. Tut mir leid, aber dein Zeuge ist keiner.«

»Was ist mit dem Helikopter?« fragte Littlecloud. »Ich hatte Sie gebeten, einen zweiten Helikopter loszuschicken.«

»Das habe ich getan«, antwortete Mainland. Für einen winzigen Moment wirkte er unsicher. »Und ich muß gestehen, daß das, was er gefunden hat, auch der einzige Grund ist, aus dem ich überhaupt noch mit dir rede, statt dich sofort ins Staatsgefängnis überstellen zu lassen. Du sagst, daß etwas den Chopper und auch den Wagen dieser Familie angegriffen und beide zerstört hat. Eine Art . . . Tier?«

Littlecloud nickte.

»Was für ein Tier?« wollte Mainland wissen.

Eine innere Stimme riet Littlecloud, lieber vorsichtig zu sein und die Klappe zu halten, aber er war nicht in der Stimmung, vorsichtig oder gar *vernünftig* zu sein. »Ein Allosaurier«, sagte er.

»Ein was?« Mainland tauschte einen bezeichnenden Blick mit dem Cop, der hinter Littlecloud stand.

»Ein Allosaurus«, wiederholte Littlecloud. »Ein fleischfressender Raubsaurier, vergleichbar mit dem Tyrannosaurus Rex. Nur ein bißchen kleiner und mit drei statt zwei Krallen.«

»O ja, ich verstehe«, sagte Mainland. »Und du hast ihn natürlich sofort erkannt, nehme ich an.«

»Ich bin kein Spezialist für prähistorische Tiere«, erwiderte Littlecloud gereizt. »Aber Corman scheint etwas davon zu verstehen. Er hat mir einen regelrechten Vortrag darüber gehalten.«

»Während ihr vor dem Saurier geflohen seid, vermute ich.«

»Nein«, antwortete Littlecloud böse. »Das war nicht nötig. Er hat uns nämlich gar nicht angegriffen. Das hat er erst getan, nachdem Ihre Männer auf ihn geschossen und ihn so schwer verletzt haben, daß er wahnsinnig wurde. Er war schon fast wieder im Wald, und alles wäre gut ausgegangen, aber dann mußten diese Idioten ja die Helden spielen. Und das Ergebnis war, daß er erst den Chopper heruntergeholt hat und dann auf uns losgegangen ist.«

»Der Saurier hat den Chopper heruntergeholt?« vergewisserte sich Mainland. »Wie hat er das gemacht? Ich meine: Hat er sich Flügel wachsen lassen, oder hat er Feuer gespuckt?«

Littlecloud starrte ihn an. »Was soll das, Mainland?« fragte er wütend. »Ihre Piloten müssen Ihnen doch gesagt haben, wie es draußen in der Wüste aussieht. Macht es Ihnen Spaß, den Narren zu spielen?«

»Nein«, antwortete Mainland ernst. »Und es macht mir auch absolut keinen Spaß, mir von dir irgendwelche Geschichten auftischen zu lassen. Ich will dir sagen, was der Pilot dort draußen gefunden hat. Da ist tatsächlich plötzlich ein Wald. Ein ziemlich großer Wald sogar. Frage mich nicht, wie er dorthin kommt, aber er ist plötzlich da.«

»Also!« sagte Littlecloud. »Was wollen Sie noch?«

»Über diesen Wald sollen sich andere den Kopf zerbrechen«, fuhr Mainland ungerührt fort. »Ich denke, für so etwas gibt es Spezialisten. Mich interessiert im Moment nur der Verbleib des Choppers und seiner Besatzung.«

»Aber ich habe doch gesagt . . .«

»Dort draußen ist nichts«, unterbrach ihn Mainland kalt. »Kein abgestürzter Chopper, kein zertrampelter Wagen und schon gar kein *Dinosaurier.«* Seine Stimme wurde förmlich. »Marc Littlecloud, ich verhafte Sie unter dem dringenden Verdacht des vierfachen Mordes.«

Endlich konnten sie den Highway sehen – ein anthrazitfarbener, schnurgerader Fluß aus flimmernder Hitze, der die Wüste vor ihnen in zwei ungleiche Hälften teilte und sich in beiden Richtungen in verschwimmender Entfernung auflöste. Als Will ihn entdeckt und Schneider darauf aufmerksam gemacht hatte, da war er ihm ganz nahe erschienen. Aber die vor Hitze gerinnende Luft und die ungeheure Weite dieses Landes hatten seinen Sinnen einen bösen Streich gespielt. Sie marschierten seit einer halben Stunde darauf zu, und auch wenn sie sich im Grunde nur noch mühsam vorwärtsschleppten, statt wirklich zu gehen, hätten sie ihn längst erreichen müssen. Aber er schien nicht wirklich näher gekommen zu sein. Im Gegenteil – jedes Mal, wenn Schneider die Kraft aufbrachte, den Kopf zu heben und aus entzündeten, tränenden Augen nach Westen zu blicken, schien die Straße ein ganz kleines Stückchen *weiter* entfernt zu sein.

Er wußte, daß zumindest *dieser* Eindruck nicht richtig war. Sie näherten sich dem Highway, aber so langsam, daß sie kaum noch nennenswert von der Stelle kamen. Schneider war nicht mehr sicher, daß sie ihn wirklich noch erreichen würden. Seine Kraftreserven waren endgültig aufgebraucht. Wieso er überhaupt noch gehen konnte, war ihm selbst ein Rätsel. Vielleicht war er einfach zu erschöpft, um stehenzubleiben.

In einer grausigen Version sah er sich selbst, wie er weiter und weiter marschierte, schon längst tot, aber noch immer auf den Beinen, wie eine Maschine, die irgend jemand vergessen hatte, abzuschalten. Natürlich würde das nicht geschehen, aber die Gefahr, daß sie es nicht schafften, war durchaus real. Immerhin war diese Wüste eine der heißesten der Welt, und sie marschierten seit Stunden schutzlos in der sengenden Sonne. Die Vorstellung, kaum zehn Meilen von einer Millionenstadt entfernt zu verdursten und ein jämmerliches Ende in der Wüste zu nehmen, erschien ihm fast absurd. Aber sie wären nicht die ersten Leichen, die erst nach Wochen oder Monaten durch einen Zufall gefunden wurden.

Die PR-Spezialisten von Las Vegas gaben keinen Cent aus, um *damit* zu werben, aber Tatsache war, daß jedes Jahr mehrere Menschen in der Wüste rings um Las Vegas den Tod fanden. Und einige davon nicht einmal zehn Meilen von der Stadt entfernt.

Wäre es nur um sein eigenes Leben gegangen, dann hätte er vielleicht schon längst aufgegeben. Aber es ging hier nicht nur um sein Leben, auch nicht nur um das Wills, ja, nicht einmal um das der Techniker und Wissenschaftler, die sich in der verschwundenen Forschungsstation befunden hatten. Wahrscheinlich waren sie ohnehin längst tot. Hier stand viel mehr auf dem Spiel. Der Wald hinter ihnen *wuchs.* Die grüne Mauer war nicht wieder näher gekommen, aber er hatte es einmal getan, und nichts sprach dagegen, daß er es ein weiteres Mal tun würde oder immer und immer wieder. Sie mußten die Menschen in Las Vegas warnen. Wenn der Dschungel sich bis dorthin ausbreitete oder auch nur in die Nähe der Millionenstadt ... Nein, Schneider weigerte sich, sich auszumalen, was geschehen konnte, wenn die Ungeheuer aus dem Jura über die ahnungslosen Menschen in der Stadt herfielen.

Vielleicht war es bereits geschehen. Vor einer Weile hatten sie eine Explosion gehört, und eine gewaltige Rauchwolke hatte sich über die Wüste im Westen erhoben.

Neben ihm krachte ein Schuß, aber Schneider brachte nicht einmal mehr die Energie auf, den Kopf zu drehen. Es war das siebte oder achte Mal, daß Will seine Waffe abfeuerte. Er hatte es jedes Mal getan, wenn auf dem Highway vor ihnen ein Wagen aufgetaucht war, und jedes Mal hatte der Fahrer den Schuß entweder nicht gehört oder nicht hören wollen und war weitergefahren. Er tat es auch diesmal. In dem verschwommenen Durcheinander aus Formen und Farben und flirrender Bewegung, in das sich Schneiders Welt verwandelt hatte, tauchte ein dunkler Schatten auf, kreuzte sein Gesichtsfeld von links nach rechts und verschwand wieder. Schneider hatte es beinahe erwartet. Vor einer halben

Stunde war ein Hubschrauber über sie hinweggeflogen, ohne sie zu bemerken. Wahrscheinlich war die Besatzung voll und ganz damit beschäftigt gewesen, mit offenem Mund den Urzeitdschungel anzustarren, der sich vor ihnen am Horizont abzeichnete.

»Ich schwöre, daß ich dem nächsten, der vorbeikommt, den Reifen zerschieße, wenn er nicht freiwillig anhält«, murmelte Will. »Verdammt noch mal, sie *müssen* es doch hören.«

Schneider sagte nichts dazu. Wie jedermann hatte auch er Geschichten von Unfallopfern gehört, die am Straßenrand verbluteten, während Hunderte von Wagen vorbeifuhren. Er hatte diese Geschichten mit entsprechender Empörung zur Kenntnis genommen, aber auch dem wohligen Schaudern des Bewußtseins, daß *ihm* so etwas nie passieren könnte. Jetzt passierte es ihm.

»Da kommt ein Wagen«, sagte Will. Gleichzeitig hob er sein Gewehr, so als wolle er seine Ankündigung tatsächlich in die Tat umsetzen. Seine Kraft reichte nicht mehr, das Gewicht der Waffe zu handhaben; das Gewehr schwankte so wild in seinen Händen, daß er den Lauf schließlich wieder schräg in den Himmel richtete, ehe er abdrückte. Diesmal jagte er drei Schüsse kurz hintereinander in den Himmel hinauf.

Und das Wunder geschah. Der Wagen wurde tatsächlich langsamer. Er hielt nicht an, aber es war klar zu erkennen, daß der Fahrer irgend etwas bemerkt und sein Tempo vermindert hatte, um nach der Ursache des Lärms Ausschau zu halten.

Dies wäre der Moment gewesen, loszurennen. Aber sie hatten nicht mehr die Kraft dazu. Will gab einen weiteren Schuß ab und winkte mit beiden Armen, aber sie trotteten weiter im gleichen, schleppenden Tempo auf die Straße zu. Bis zum Highway waren es vielleicht noch hundert Meter, vielleicht noch hundertfünfzig. Sie konnten es schaffen.

Der Wagen wurde langsamer, hielt aber immer noch nicht

an. Schneider verlängerte seinen Kurs in Gedanken. Links von ihnen erhob sich ein flacher Hügel, der die Sicht auf die Straße versperrte. Wenn der Fahrer weiter so abbremste, mußte er unmittelbar dahinter zum Stehen kommen. Schneider verfolgte ihn mit Blicken, bis er hinter dem Hügel verschwand, und wartete mit klopfendem Herzen darauf, ihn auf der anderen Seite wieder auftauchen zu sehen.

Der Wagen kam nicht. Schneider zählte in Gedanken bis zehn, dann noch einmal bis fünf, aber der Wagen tauchte nicht wieder hinter dem Hügel auf. Er hatte tatsächlich gehalten. Zum ersten Mal, seit sie den Wald verlassen und sich auf den Weg gemacht hatten, wagte es Schneider wirklich, wieder Hoffnung zu schöpfen.

Und genau in diesem Moment erscholl auf der anderen Seite des Hügels ein gellender Schrei, gefolgt von dem fürchterlichen Geräusch von zersplitterndem Glas und berstendem Metall.

Seit sie das Motel verlassen hatten, hatte Mary kein Wort mehr mit ihm gesprochen; und das war ungewöhnlich genug, denn in den letzten zehn Jahren war praktisch kein Tag vergangen, an dem Ron sich nicht mindestens einmal über ihre Schwatzhaftigkeit geärgert hatte. Sie hatte ihn auch nicht angesehen, sondern starrte stur und mit steinernem Gesicht geradeaus. Vor zehn Minuten waren sie an einer brennenden Tankstelle vorübergekommen, vor der ein halbes Dutzend Streifenwagen der Highway-Patrol und ein riesiger roter Löschzug gestanden hatten. Rons Herz war beim Anblick der Polizisten fast stehengeblieben. Für eine Sekunde war er felsenfest davon überzeugt, daß der Manager des Motels bereits bemerkt hatte, daß die Gäste aus Zimmer elf abgereist waren, ohne die Rechnung zu begleichen, und er gleich herangewinkt und zum Aussteigen aufgefordert werden würde, damit man ihn wie einen Verbrecher in Handschellen abführen konnte.

Seine Angstphantasien wurden nicht wahr. Ganz im Gegenteil hatte ihn einer der Cops mit ungeduldigen Gesten zum Weiterfahren aufgefordert, und Ron war dieser Aufforderung schnell nachgekommen. Nicht, daß sich sein schlechtes Gefühl dadurch irgendwie gebessert hätte. Die nicht beglichene Motelrechnung war nicht alles, was er auf dem Kerbholz hatte. Im SANDS lagen zwei ungedeckte Schecks von ihm, die darauf warteten zu platzen, und der nächste Bankautomat, in den er seine Kreditkarte schob, würde sie wohl auf der Stelle zu Plastikschnipseln zerkleinern.

Dabei hatte alles so gut angefangen. Sie waren vor drei Tagen nach Las Vegas gekommen, und Ron hatte in den ersten beiden Tagen die Kleinigkeit von fünftausend Dollar gewonnen – fast das Doppelte ihrer gesamten Urlaubskasse. Selbst Mary hatte nach einer Weile aufgehört, ihm Vorhaltungen zu machen und ihn an sein Versprechen zu erinnern, nicht mehr als hundert Dollar für das Vergnügen zu riskieren, einmal in einer der großen Spielhöllen von Las Vegas gewesen zu sein und den Duft des großen Geldes geschnuppert zu haben. Das waren die beiden ersten Tage gewesen.

Am dritten – gestern – hatte er zu verlieren begonnen. Zuerst nur ein paar hundert Dollar, dann die Hälfte seines bisherigen Gewinns und schließlich alles. Gestern abend hatte er mit der gleichen Summe dagestanden, mit der sie Las Vegas zwei Tage zuvor erreicht hatten, und vielleicht wäre das noch der Moment gewesen, aufzuhören. Was hätte er verloren? Für zwei Tage hatte er das Gefühl genossen, reich zu sein. Ein schöner Traum, den er mit nach Hause nehmen konnte.

Aber er hatte sich nicht damit zufriedengegeben. Es war die alte Geschichte, wie Las Vegas sie millionenfach gesehen hatte und noch millionenfach sehen würde. Er hatte einmal Glück gehabt, warum also sollte er es nicht noch einmal haben? Warum sollte er das Glück verdammt noch mal nicht *zwingen* können?

»Verdammt, *sag* endlich etwas!« sagte er. Das seit einer

halben Stunde anhaltende Schweigen zerrte mehr an seinen Nerven als Marys ununterbrochenes Geschwätz der letzten zehn Jahre. »Mach mir meinetwegen Vorwürfe, wenn du dich danach besser fühlst, aber *sag etwas!*«

Mary schwieg. Sie drehte nur den Kopf und sah ihn mit steinerner Miene an, und die Verachtung, die er dabei in ihren Augen las, war schlimmer als alles, was sie hätte sagen können. Natürlich war es ihm nicht gelungen, das Glück zu erzwingen. Das hatte noch nie geklappt, weder bei ihm noch bei irgendeinem anderen. Er hatte nicht nur ihre gesamte Barschaft verloren, sondern auch seine Kreditkarte bis zum Limit ausgeschöpft und schließlich noch zwei ungedeckte Schecks ausgestellt, jeder über die Summe von zweitausend Dollar. Alles in allem hatten sie Las Vegas mit Schulden in Höhe von siebentausendfünfhundert Dollar verlassen; mehr als er in den nächsten zwei Jahren würde aufbringen können. Er war nicht einmal sicher, daß sie es noch bis nach Hause schafften. Seine gesamte Barschaft bestand noch aus sieben Dollar, und der Tank war nur halb voll. Wenn sie keine Tankstelle fanden, die noch nicht an das elektronische Kreditkartensystem angeschlossen war, das binnen Sekunden feststellen konnte, ob eine Karte überzogen war oder nicht, würden sie in ein paar Stunden liegenbleiben.

»Ich weiß, daß ich mich wie ein kompletter Idiot benommen habe«, fuhr er fort. Er wußte, daß Mary nicht antworten würde, ganz gleich, was er auch sagte, aber er hielt die Stille einfach nicht mehr aus. Worte konnten nicht so schlimm sein wie ein Schweigen, in dem alles Unausgesprochene lag. »Aber ich habe gedacht, ich könnte es schaffen. Es sah so gut aus! Verdammt, noch ein einziger großer Gewinn, und wir hätten genug gehabt, um die Hypothek abzuzahlen. Du hättest aufhören können, zu arbeiten.«

Was für ein Trost. Ron wußte selbst, daß sich Mary im Moment wohl am allerwenigsten für das interessierte, was *hätte* sein können. Jetzt mußte sie ihre Halbtagsstellung in einen Ganztagsjob umwandeln. Ron wünschte sich, die Zeit zurückdrehen zu können. Wie hatte ausgerechnet ihm das passieren können, ihm, der sonst so besonnen und vernünftig war?

»Bitte, Mary«, sagte er. »Ich kann nichts weiter sagen, als daß . . .«

Draußen in der Wüste krachte ein Schuß und fast im gleichen Moment ein zweiter und dann ein dritter. Sie waren nicht sehr laut. Das Summen der Klimaanlage übertönte sie fast. Trotzdem hörte Ron sie deutlich genug, um sicher zu sein. Er nahm den Fuß vom Gas und ließ seinen Blick aufmerksam über die Wüste rechts und links des Highways streifen.

»Hast du das auch gehört?« fragte er. »Das waren Schüsse!«

Mary schwieg beharrlich weiter, aber auch sie konzentrierte sich für einen Moment auf die vorüberhuschende Wüste. Sie mußte die Schüsse wohl ebenfalls gehört haben.

»Vielleicht . . . ein Jäger«, murmelte Ron. *Oder aber jemand, der in Gefahr war,* fügte er in Gedanken hinzu. Diese Wüste war mörderisch. Selbst im Inneren des mit einer Klimaanlage ausgestatteten Wagens war es unangenehm warm. Wenn jemand dort draußen mit dem Wagen liegengeblieben war und sich in dieser Gluthitze zu Fuß auf den Weg gemacht hatte, konnte das leicht zu einem lebensgefährlichen Abenteuer werden.

Er sah noch immer nichts, tippte aber trotzdem auf die Bremse, und der Wagen wurde abermals langsamer. Aufmerksam sah er immer wieder abwechselnd nach rechts und links. Die Luft über der Wüste flimmerte vor Hitze, so daß alles, was weiter als fünfzig Meter entfernt lag, kaum noch zu erkennen war. Weit im Osten glaubte er sogar einen dünnen, grünen Strich wahrzunehmen, wie die Silhouette eines Waldes über dem Horizont. Natürlich war das ganz und gar unmöglich. Der nächste Wald war tausend Meilen entfernt.

In diesem Moment krachte ein weiterer Schuß. Ron zuckte zusammen und bremste noch weiter ab. Er konnte immer noch nichts sehen, aber er war jetzt vollkommen sicher, daß da irgend jemand war, der Hilfe brauchte.

»Ich halte an«, sagte er. »Da vorne, bei dem Hügel. Von dort habe ich einen guten Überblick.«

Marys Gesichtsausdruck machte deutlich, daß sie nicht sonderlich begeistert davon war. Vielleicht dachte sie an Räuberbanden, an Motorradrocker und verrückte Einsiedler, die ihr aus Tausenden ähnlichen Situationen, die sie in ebensovielen Action-Filmen gesehen hatte, nur zu vertraut waren.

Womit sie ganz bestimmt *nicht* gerechnet hatte, war das, was in dieser Sekunde am Straßenrand auftauchte und mit einem einzigen, gewaltigen Schritt auf die Fahrbahn heraustrat.

Eine geschlagene Sekunde lang saß Ron einfach wie gelähmt da und fuhr weiter auf das ... *Ding* zu, das plötzlich vor ihnen stand. Das Geschöpf war nicht ganz so groß wie ein Mensch, aber es sah entschieden bösartiger aus, als jeder Motorradrocker oder Verrückte es hätte sein können. Es stand auf zwei kräftigen, in fürchterlichen Krallen endenden Hinterläufen, die einen stämmigen, dunkelgrün und oliv gefleckten Körper trugen. Ein gut zwei oder drei Meter langer Schwanz hielt die bizarre Gestalt in einer aufrechten Haltung. Seine Vorderläufe, die in Haltung und Wuchs eine frappierende Ähnlichkeit mit menschlichen Armen hatten, endeten in ebenso respekteinflößenden Klauen wie die Beine, und der Schädel war ein reiner Alptraum, der nur aus Zähnen und bösartig starrenden Augen zu bestehen schien. Sein Gesicht war zu jenem reptilienhaften Grinsen verzogen, das schon immer der Hauptgrund für das Unbehagen gewesen war, das viele Menschen beim Anblick einer Schlange empfanden.

Dann endlich begriff Ron, daß das Geschöpf weder eine Fata Morgana war noch daran dachte, etwa zur Seite zu treten – und daß er noch immer mit gut dreißig Meilen in der Stunde darauf zufuhr!

Seine Reaktion und Marys gellender Schrei erfolgten gleichzeitig. Ron trat mit aller Gewalt auf die Bremse, aber da hatten sie das bizarre Geschöpf schon beinahe erreicht. Der Wagen rutschte auf blockierenden Reifen darauf zu und brach aus, als Ron verzweifelt am Lenkrad zu kurbeln begann.

Der Aufprall war unvorstellbar. Die Frontscheibe zerbarst wie unter einem Hammerschlag, und Ron konnte gerade noch sehen, wie sich die Kühlerhaube wie Papier zusammenzuschieben begann, ehe der Airbag aus dem Lenkrad herausschnellte und sich im Bruchteil einer Sekunde aufblies. Ron wurde nach vorne in eine weiche Gummiwand geworfen, prallte zurück und verlor fast das Bewußtsein, als sein Hinterkopf gegen die wesentlich massivere Kopfstütze stieß. Bunte Schmerzblitze explodierten vor seinen Augen, und für eine Sekunde fürchtete er, das Bewußtsein zu verlieren.

Wahrscheinlich hätte er es, wäre da nicht das *Ding* gewesen, diese unmögliche Kreatur, die sie gerammt hatten. Ihr Anblick hatte sich wie mit einem glühenden Eisen in Rons Gehirn gebrannt, und der Schrecken, der damit verbunden war, war stärker als der schwarze Strudel, der seine Gedanken verschlingen wollte. Mühsam kämpfte er sich hinter dem Airbag hervor, tastete nach dem verborgenen Knopf unter dem Lenkrad, der ihn entleerte, und beugte sich hastig zu Mary hinüber, noch während die Luft zischend aus dem Kunststoffsack entwich.

Die gegen Marys erklärten Willen angeschaffte Sicherheitstechnik hatte sich bezahlt gemacht. Mary wirkte verstört und zu Tode erschrocken, war aber offensichtlich ebenso unverletzt geblieben wie er. Ron drückte den Airbag mit beiden Armen zusammen, damit die Luft schneller herauszischte, und sah seine Frau mit einer Mischung aus Schrecken und vorsichtiger Erleichterung an. »Wie geht es dir?« fragte er. »Bist du unverletzt? Hast du etwas abgekriegt?«

Mary antwortete auf keine dieser Fragen, aber das lag

diesmal wohl nur an ihrer Benommenheit. »Was ... was ist passiert?« stammelte sie. »Wieso ist ...« Sie stockte, wurde noch bleicher und fuhr mit schriller, fast schon hysterischer Stimme fort: »Was war das für ein Ding, Ron?«

Statt zu antworten, drehte sich Ron mit klopfendem Herzen wieder auf dem Sitz herum und blickte durch die zersplitterte Frontscheibe. Die Kühlerhaube des Dodge war auf weniger als die Hälfte ihrer normalen Länge zusammengestaucht worden, und unter dem zerborstenen Metall quoll weißer Wasserdampf hervor. Der Motor war ausgegangen, aber etwas drehte sich noch mit einem tickernden, allmählich langsamer werdenden Geräusch.

Das Tier lag gute zwei Meter vor dem Wagen. Es regte sich nicht, und Ron wäre auch höchst erstaunt gewesen, wenn es noch das allermindeste Lebenszeichen gezeigt hätte. Der Zusammenstoß mußte es auf der Stelle umgebracht haben.

Ron schauderte, als er sah, *wie* groß das Ungeheuer wirklich war. Seine Höhe hatte ihn im allerersten Moment über seine wahren Abmessungen hinweggetäuscht. Der Umstand, daß es auf zwei Beinen lief, hatte Ron instinktiv die Proportionen eines Menschen als Vergleich benutzen lassen. Aber dieser Vergleich war so falsch, wie er nur sein konnte. Was immer dieses Tier auch war, es gehörte zu den Geschöpfen, deren Ausdehnung besser in der Horizontalen gemessen wurde. Ron schätzte, daß es vom Kopf bis zum Schwanz vier Meter messen mußte, vielleicht sogar mehr.

Mit tauben Fingern löste er den Verschluß des Sicherheitsgurtes, öffnete die Tür und stieg aus.

»Um Gottes willen, bleib hier!« rief Mary.

Ron machte eine beruhigende Geste. »Keine Angst«, sagte er. »Es ist tot.« Er lachte, um sie zu beruhigen und um sich selbst Mut zu machen. »Der Aufprall hätte einen Elefanten umgebracht. Der Wagen wiegt fast zwei Tonnen.«

Langsam näherte sich Ron dem toten Geschöpf. Sein Staunen nahm nicht ab, während er es genauer ansah. Im Gegenteil. Er hatte niemals ein solches Tier gesehen. Das hieß –

eigentlich hatte er Wesen wie dieses unzählige Male gesehen. In Büchern, auf Bildern und in Trickfilmen. Das Ding sah nämlich ganz und gar so aus wie ein Dinosaurier. Es war allerdings kleiner, als sich Ron diese Urzeitgeschöpfe immer vorgestellt hatte. Aber die letzten Dinosaurier waren vor einigen Dutzend Millionen Jahren ausgestorben.

Plötzlich spürte Ron eine immer stärker werdende Erregung. »Mary!« sagte er. »Komm her!«

Sie reagierte nicht gleich, so daß er seine Aufforderung wiederholte und dabei immer aufgeregter mit den Händen zu gestikulieren begann. »Weißt du, was wir da haben?« fragte er.

»Nein«, antwortete Mary. »Was ist das? Eine von diesen Gila-Echsen, vor denen sie uns gewarnt haben?«

Ron mußte über diese naive Vorstellung lächeln. Er hatte noch keine Gila-Echse lebend gesehen, aber er wußte, daß diese giftigen Reptilien in dieser Gegend vorkamen. In der Broschüre, die sie in ihrem Motelzimmer gefunden hatten, war eine Abbildung gewesen, und eine in großen roten Lettern gedruckte Warnung, diesen Tieren nicht zu nahe zu kommen. Aber gegen diese Giganten war selbst ein wirklich großes Gila-Monster nicht mehr als ein harmloser Salamander.

»Bestimmt nicht«, sagte er. »Ich . . . ich bin fast sicher, daß das eine Art Dinosaurier ist!«

Mary sah ihn stirnrunzelnd an. »Aber sind die nicht ausgestorben?« fragte sie.

Diesmal lachte Ron laut. »Natürlich sind sie das!« sagte er. »Das ist ja gerade das Schöne! Sie sind vor Millionen Jahren ausgestorben! Wenigstens dachte man das bis jetzt. Aber das da muß . . . muß irgendwie überlebt haben. Vielleicht irgendwo hier in der Wüste. In einer Höhle . . . oder einem Tal, das noch niemand entdeckt hat. Und wir haben es gefunden!«

»Es hat unseren Wagen zertrümmert«, berichtigte ihn Mary. Ihre Stimme klang fast resignierend, so, als wäre sie der Meinung, daß es jetzt darauf auch nicht mehr ankäme.

»Verstehst du denn nicht?« erwiderte Ron. »Das ... das ist vielleicht *die* wissenschaftliche Sensation dieses Jahrhunderts! Und wir haben sie entdeckt! Vielleicht ... vielleicht wird doch noch alles gut. Wir werden reich! Buchrechte, Fernsehen, Filme, Interviews ...«

Der Saurier öffnete die Augen.

Mary kreischte und riß die Arme vor die Augen, und auch Ron prallte instinktiv zwei oder drei Schritte zurück, bis er gegen die Kühlerhaube des Dodge stieß. Er weigerte sich einfach, zu glauben, was er sah.

Langsam, und erst nach dem zweiten oder dritten vergeblichen Versuch wirklich, hob der Saurier den Kopf. Sein langer Schlangenhals bewegte sich mit einer unglaublichen Grazie, und mit der gleichen, erstaunlichen Behendigkeit stemmte er sich mit den Vordertatzen gegen den Boden und richtete sich dann ganz auf. Er schwankte, stand aber trotzdem sicher auf seinen beiden muskulösen Hinterbeinen. Ron registrierte fast beiläufig, daß er sich auch getäuscht hatte, was die Größe des Monstrums anging. Es war nicht kleiner als ein Mensch. Sein Kopf befand sich auf der gleichen Höhe wie der Rons.

Und erst in diesem Moment wurde er sich jäh der Tatsache bewußt, daß das möglicherweise nicht mehr lange so bleiben würde ...

Ron reagierte einen Sekundenbruchteil vor dem Raubsaurier. Mit einer von der puren Todesangst diktierten Schnelligkeit warf er sich herum und duckte sich zugleich, und praktisch im selben Moment schlossen sich die Kiefer mit einem furchtbaren, klappenden Laut genau dort, wo vor einem Moment noch sein Gesicht gewesen war. Die krallenbewehrten Finger rissen einen der Fensterholme weg, ohne daß das Tier es überhaupt zu spüren schien, und der muskulöse Schwanz peitschte in Rons Richtung. Instinktiv duckte er sich, entging dem Hieb nur noch um Haaresbreite und machte einen gewaltigen Satz, der ihn aus der Reichweite des Ungeheuers brachte.

Ron begann mit verzweifelter Kraft zu rennen. Ein Blick über die Schulter zurück zeigte ihm, daß der Saurier bereits zur Verfolgung ansetzte. Irgend etwas sagte ihm, daß das Geschöpf sich wahrscheinlich sehr viel schneller und müheloser bewegen konnte, als es das jetzt tat. Seine Sprünge waren hoppelnd und nicht besonders weit; vermutlich hatte der Zusammenstoß es doch schwerer verletzt, als es den Anschein hatte.

Trotzdem war es schneller als er. Sein Vorsprung betrug vielleicht sechs, sieben Meter. Wenn kein Wunder geschah, würde das Monstrum ihn binnen weniger Sekunden eingeholt haben.

»*Ron!*« kreischte Mary.

»Lauf weg!« schrie Ron zurück. »Versteck dich! Ich lenke es ab!« Und vielleicht gab es sich damit zufrieden, wenn es ihn bekam, fügte er in Gedanken hinzu. Es war nicht einmal Heldenmut, der diesen Gedanken hervorbrachte, sondern reiner Pragmatismus. Er konnte nicht gegen dieses Ungeheuer kämpfen, er konnte ihm nicht mit Erfolg davonlaufen, und Mary konnte ihm nicht helfen. Es war nicht nötig, daß es sie beide erwischte.

Aber das hieß nicht, daß er aufgab. Im Gegenteil. Ron sah hastig über die Schulter zurück, paßte den Moment ab, in dem der Saurier zum Sprung ansetzte, und warf sich dann zur Seite. Die Bestie flog mit einem enttäuschten, wütenden Schrei an ihm vorbei und stürzte in einer Staubwolke zu Boden, und Ron schlug einen Haken und jagte mit gewaltigen Sätzen auf den Hügel zu.

Der Saurier war bereits wieder auf den Beinen und kam erneut näher. Er bewegte sich jetzt schneller. Entweder hatte er die Kontrolle über seinen Körper völlig zurückgewonnen, oder die Wut ließ ihn den Schmerz vergessen. Ron begriff, daß er ihn eingeholt haben würde, noch ehe er die Hügelkuppe erreichte. Mit verzweifelter Kraft griff er weiter aus und raste die Böschung hinauf. Eine Sekunde ehe er oben war, erschienen zwei Gestalten auf dem Hügel. Eine von ihnen trug einen weißen Kittel, die andere die zerfetzten Reste einer Uniform. Und ein Gewehr, das direkt auf Ron zielte.

Er fand nicht einmal wirklich Zeit, zu erschrecken. Die erste Kugel traf ihn mit der Wucht eines Hammerschlages und löschte sein Bewußtsein aus.

Littlecloud saß seit anderthalb Stunden in der Zelle, und er wußte nicht mehr, wie oft er in dieser Zeit auf die Uhr gesehen hatte. Die Zeit schien stehengeblieben zu sein. Der Sekundenzeiger der Uhr bewegte sich, als wäre er an einem Gummiband befestigt, und die beiden größeren schienen sich gleich gar nicht mehr zu rühren.

Dabei hatte seine Ungeduld überhaupt keinen Grund. Das hieß – er hatte *tausend* gute Gründe, ungeduldig zu sein, aber das, worauf er wartete, konnte noch gar nicht passieren. Und er war mittlerweile gar nicht mehr ganz sicher, ob er sich wirklich darauf freute.

Das Gefühl gehässiger Vorfreude, mit dem er an den Moment gedacht hatte, in dem Mainland Straiter gegenüberstehen würde, war längst verschwunden. Ganz im Gegenteil war Littlecloud jetzt eher beunruhigt. Daß Straiter persönlich herkam, um sich um eines seiner Schäfchen zu kümmern, war vielleicht noch nicht einmal so ungewöhnlich. Sie waren eine kleine Truppe, und Straiter, der ihnen manchmal mit seiner Vaterfigur-Masche gehörig auf die Nerven ging, kümmerte sich um jeden einzelnen seiner Männer selbst, wenn er nur irgendwie die Zeit erübrigen konnte.

Was hingegen sehr ungewöhnlich war, war die Schnelligkeit, mit der es geschah. Mainland hatte ihm erklärt, daß Straiter noch im Laufe des Nachmittags auf einem Militärflughafen hundertfünfzig Meilen entfernt landen und von dort aus mit einem Helikopter weiterfliegen würde, so daß mit seinem Eintreffen noch heute zu rechnen war. Und das war nicht nur ungewöhnlich, es war *beunruhigend* ungewöhnlich, denn Littlecloud wußte nicht nur, wie es um Straiters Terminkalender bestellt war, er kannte auch das bürokratische Procedere, das in einer solchen Situation unweigerlich ablief. Und das konnte manchmal Tage dauern.

Es war zwar das erste Mal, daß Littlecloud sich in einer vergleichbaren Lage befand, aber das traf zu Straiters großer Betrübnis längst nicht auf alle seine Männer zu. Es geschah hier und da schon einmal, daß er einen von ihnen aus dem Gefängnis holen mußte, und ein paarmal aus Situationen, die eindeutig *schlimmer* gewesen waren als die, in der sich Littlecloud befand. Sie waren nun einmal eine besondere Truppe, und sie hatten ihre besonderen Probleme, mit gewissen Regeln klarzukommen. Es lag nicht einmal daran, daß sie besonders gewalttätig gewesen wären; ganz im Gegenteil. Männer, die gelernt hatten, ihre Körper als Waffe einzusetzen, gingen damit zumeist sogar behutsamer um als solche, die nicht wußten, welchen Schaden eine unbedachte Bewegung anzurichten vermochte. Aber irgendwie paßten sie nicht ganz in diese Welt. In einer Gesellschaft, die aus einigen wenigen Menschen bestand, die traten, und einer gigantischen Anzahl von solchen, die es gewohnt waren, getreten zu werden, mußten Männer, die diese Regel nicht zu akzeptieren bereit waren, zwangsläufig immer wieder einmal anecken. Es gab nur sehr wenige, die damit klarkamen. Straiter hatte nicht Schwierigkeiten gehabt, Nachwuchs für seine unterbezahlte und größtenteils im geheimen operierende Spezialeinheit zu finden. Das lag weniger daran, daß es niemand gab, der nicht bereit gewesen wäre, für hundertsiebzig Dollar im Monat Kopf und Kragen zu riskieren – es gab genug, die es umsonst getan hätten. Aber solche Männer brauchte er nicht. Er brauchte die wenigen, den einen unter zehntausend, der wirklich an das, was er tat, *glaubte* und der bereit war, persönliche Belange und Gefühle hinter seine Aufgabe zurückzustellen.

Littlecloud war einer dieser wenigen. Zumindest hatte Straiter ihm gesagt, daß er ihn dafür hielt. Entsprechend würde die Standpauke ausfallen, auf die er sich gefaßt machen konnte.

Doch Straiter würde letztendlich zu ihm halten, dessen war er sich sicher, vor allem, wenn er erfuhr, was draußen in der Wüste *wirklich* geschehen war. Was Littlecloud nervös machte war, daß er so *schnell* kam. Straiter beeilte sich nie, einen seiner Männer besonders schnell herauszuholen. Im Gegenteil – er betrachtete es wohl als eine Art zusätzlichen Denkzettel, sie manchmal einen oder auch zwei Tage schmoren zu lassen.

Wieso also kam er jetzt schon?

Littlecloud beantwortete seine eigene Frage gleich selbst: Vielleicht, weil er gar nicht seinetwegen kam. Möglicherweise war er dort draußen in der Wüste auf etwas sehr viel Größeres gestoßen, als ihm selbst jetzt schon bewußt war.

Das Geräusch der Tür riß ihn aus seinen Gedanken. Er sah auf und erkannte Mainland, der die Zellentür geöffnet hatte, aber draußen auf dem Gang stehengeblieben war. An seiner Stelle drängten sich drei stämmig gewachsene Polizeibeamte herein. Einer von ihnen trug einen Schlagstock in der Hand, der andere hatte sein Hemd ausgezogen. Und Littlecloud mußte nicht einmal in ihre Gesichter sehen, um zu wissen, *warum* sie gekommen waren.

Er stand auf. »Ich habe mich schon gefragt, wann Sie kommen«, sagte er, an Mainland gewandt. »Mann, Sie müssen wirklich an Ihrem Motorrad gehangen haben.«

»Du irrst dich, Red«, sagte Mainland. »Die Harley ist gut versichert – ich habe sowieso schon lange mit dem Gedanken gespielt, sie zu verkaufen. Zu teuer und zu gefährlich, weißt du?« Er lachte, aber seine Augen blieben so kalt wie Stein. »Die Jungs da wollen sich nur ein bißchen mit dir unterhalten. Vielleicht verrätst du ihnen ja, was du mit ihren beiden Kollegen gemacht hast.«

Die drei Cops kamen näher, hielten aber noch immer

einen respektvollen Abstand zu Littlecloud, obwohl dies in der Enge der Zelle fast nicht möglich war. Littlecloud ersparte es sich, erneut seine Unschuld beteuern zu wollen. Statt dessen sagte er ruhig: »Nur diese drei? Wo sind die anderen?«

»Ich denke, sie werden reichen, Superman«, antwortete Mainland gelassen. Er hob in gespielter Furcht die Hände. »Ich weiß, was für ein gefährlicher Kerl du bist. Einer von denen, die keine Waffe brauchen, weil sie selbst eine sind, wie?« Mainland lachte böse. »Keine Angst. Sie werden schon auf sich aufpassen. Und wenn du uns einen Gefallen tun willst, dann wehr dich ruhig.«

Klar, dachte Littlecloud bitter. *Damit du drei grün und blau geschlagene Beamte präsentieren kannst, wenn sie dich fragen, warum du mich auf der Flucht erschossen hast.* Er sah den Schlag kommen und spannte alle Muskeln an, um ihm wenigstens die allerschlimmste Wucht zu nehmen, aber er wehrte sich nicht. Auch nicht, als sie zu dritt anfingen, auf ihn einzuprügeln.

Es dauerte lange, bis er endlich das Bewußtsein verlor.

»Es tut mir aufrichtig leid«, sagte Will. »Wirklich, ich ... kann Ihnen gar nicht sagen, *wie* leid es mir tut. Das hätte nicht passieren dürfen.«

Die Antwort des Verletzten bestand aus einem gequälten Stöhnen, das er zwischen zusammengepreßten Zähnen hervorquetschte. Möglich, daß er tatsächlich versuchte, etwas zu sagen, aber wenn, dann machte der Schmerz dieses Vorhaben zunichte. Wenigstens vermutete Schneider, daß der arme Kerl Höllenqualen litt, denn Wills Fähigkeiten als Sanitäter waren mehr als bescheiden. Die Kugel, die den Schädel des Dinosauriers zerschmettert hatte, hatte zuvor einen zwei Zentimeter breiten Graben in den Oberarm des Mannes gerissen; tief genug, daß Schneider bequem einen Finger hätte hineinlegen können. Sie blutete nicht mehr. Will hatte eine Aderkompresse angelegt, so daß wenigstens nicht mehr die Gefahr bestand, daß der Mann verblutete – aber Schneider nahm wohl zu Recht an, daß ihm dies im Moment herzlich egal war.

Der Verletzte, der offenbar Ron hieß, tat Will nicht den Gefallen, ihm endlich zu versichern, daß er sein Bedauern glaubte und das kleine Versehen, ihm den halben Arm weggeschossen zu haben, nicht weiter schlimm sei. Mit glasigen Augen musterte er seinen verletzten Arm und den Kadaver des Raubsauriers, der kaum einen Meter neben ihm lag.

»Ich hatte wirklich keine andere Wahl«, sagte Will, dem sein Blick natürlich nicht entgangen war. »Hätte ich auf ein freies Schußfeld gewartet, hätte er Sie erwischt.«

Schneider gab ihm in diesem Punkt durchaus recht. Ihm selbst war es ein Rätsel, wie Will so unvorstellbar schnell und im Grunde auch richtig hatte reagieren können. Er selbst hatte den Saurier noch nicht einmal richtig *bemerkt,* da hatte Will auch schon sein Gewehr hochgerissen und ihn mit einem einzigen, gezielten Schuß aus seiner großkalibrigen Waffe erledigt.

»Schon gut«, preßte Ron endlich hervor. Er versuchte aufzustehen, sank mit einem Schmerzlaut zurück und griff dankbar mit der unverletzten Hand nach Wills Rechter, um sich in die Höhe helfen zu lassen. »Ich bin nur froh, daß er nicht genau hinter mir war«, fuhr er fort. »Was hätten Sie getan – direkt durch meinen Kopf hindurchgeschossen?«

Will zuckte zusammen und hatte es plötzlich sehr eilig, sich herumzudrehen und zu dem verendeten Saurier hinüberzugehen. Schneider folgte ihm, nachdem er sich mit einem raschen Blick davon überzeugt hatte, daß Ron aus eigener Kraft stehen konnte. Um seine noch immer zitternde und schreckensbleiche Frau machte er lieber einen großen Bogen. Er hatte hysterische Frauen noch nie leiden können.

»Was ist das?« fragte Will. »Ein Deino?«

Er deutete mit dem Lauf seiner Waffe auf das, was vom Kopf des Sauriers übriggeblieben war. Will hatte ihn mit dem ersten Schuß erwischt, gut genug, um ihn niederzuwerfen und wahrscheinlich zu töten. Trotzdem hatte er den Rest seines Magazins aus allernächster Nähe in den Schädel des Urzeitmonsters entladen. Und überflüssig oder nicht, es hatte auch Schneider beruhigt. Leider machte es die Identifizierung des Wesens ein wenig schwierig.

Trotzdem schüttelte er nach einigen Sekunden den Kopf. »Nein«, sagte er. »Sehen Sie sich die Hinterläufe an. Deinonychi haben diese riesige Kralle, erinnern Sie sich? Daher auch ihr Name.«

»Wieso?« fragte Will.

»Übersetzt bedeutet er *Schreckenskralle*«, antwortete Schneider. »Das hier war ein anderes Tier. Ich denke, es ist auch größer.« Er zuckte mit den Schultern. »Wahrscheinlich gibt es noch Tausende von Spezies, von denen niemand etwas weiß. Aber darum sollen sich andere kümmern. Ich will nur noch hier weg.« Er zögerte eine Sekunde, dann entfernte er umständlich das Magazin aus seinem Gewehr und reichte es Will. »Nur für alle Fälle. Wo einer ist, können auch noch mehr sein. Ich denke, Sie können mehr damit anfangen.«

Will tauschte das leergeschossene Magazin seines Gewehres wortlos gegen das aus, das Schneider ihm gegeben hatte. Er lächelte flüchtig und schüttelte den Kopf, als er Schneider im Austausch sein leeres Magazin gab und er es sorgsam wieder in den Schaft seiner Waffe schob. Erst danach wurde Schneider klar, daß es wesentlich einfacher gewesen wäre, die *Gewehre* zu tauschen.

»Mary!« sagte Ron. »Bitte laß das!«

»Aber es wäre nicht nötig gewesen«, protestierte Mary. Sie sah Will strafend an. »Ich meine, ein einziger gezielter Schuß hätte es auch getan. Jetzt ist er beschädigt.«

»Wie?« machte Will.

Die grauhaarige, nicht besonders ansehnliche Frau nickte heftig. »Das mindert seinen Wert«, sagte sie. »Und nur, damit das klar ist – *wir* haben ihn entdeckt.«

»Was?« murmelte Schneider. Er blinzelte.

»Mary, bitte!« sagte Ron. Er klang fast gequält.

»Er ist *uns* vor den Wagen gelaufen«, fuhr Mary völlig unbeeindruckt fort. »Sehen Sie sich unseren Wagen an, wenn Sie mir nicht glauben. Daß Sie dazugekommen sind, war ein glücklicher Zufall, aber es ändert nichts daran, daß *wir* es waren, die ihn als erste gesehen haben.«

»Ich . . . glaube nicht, daß Ihnen irgend jemand dieses Verdienst streitig machen will, Madam«, sagte Will verwirrt.

»Dann ist es ja gut«, antwortete Mary. »Ich meine, Sie müssen auch mich verstehen. Ich bin Ihnen natürlich dankbar, daß Sie meinen Mann gerettet haben, aber letztendlich zählt doch wohl, wer ihn zuerst gesehen hat.«

»Ich denke schon«, antwortete Will, der nicht wußte, ob er laut lachen oder losheulen sollte. »Obwohl ich nicht ganz sicher bin. Ich meine . . . ich bin kein Spezialist für die Rechtsprechung, was die Besitzverhältnisse für lebendige Saurier hier in Nevada angeht.«

In Marys Augen erschien ein Ausdruck, der Will unwillkürlich ein Stück zurückweichen ließ. »Wollen Sie mich auf den Arm nehmen, junger Mann?« fragte sie.

»Keineswegs, Madam«, versicherte Will hastig. »Bitte entschuldigen Sie. Selbstverständlich erkenne ich Ihr Recht an diesem Tier vorbehaltlos an. Hätte ich gewußt, wie die Dinge liegen, hätte ich selbstverständlich nicht auf das Tier geschossen, sondern versucht, es zum Aufgeben zu überreden.«

»Sehr schön«, sagte Mary kalt. »Machen Sie ruhig weiter so, junger Mann. Wenn Sie es vorziehen, mit meinen Anwälten zu sprechen statt mit mir, sind Sie auf dem richtigen Weg.«

»Mary, das reicht!« sagte Ron scharf. »Halt jetzt endlich den Mund!«

Seine Frau hielt nicht den Mund – aber ihre Aufmerksamkeit verlagerte sich von Will und Schneider zu ihrem Ehegatten, der sich plötzlich unter einer Flut von keifenden

Vorwürfen und erstaunlich phantasievollen Beschimpfungen duckte.

Will drehte sich kopfschüttelnd um. »Was für eine dämliche Kuh«, sagte er; laut genug, daß Mary es hören mußte. Schneider hielt instinktiv den Atem an, aber sie schien zu sehr damit beschäftigt zu sein, ihren Mann herunterzuputzen, um die Beleidigung sofort zu ahnden.

»Vielleicht sollten Sie es ihr nicht allzu übel nehmen«, sagte Schneider, während sie sich ein paar Schritte von dem toten Dinosaurier entfernten und zur Straßenmitte hinausgingen. »Ich denke, Sie weiß gar nicht, was Sie redet. Wahrscheinlich steht sie unter Schock.«

Will warf ihm einen schrägen Blick zu, der für sich allein schon vielsagend genug war, ging aber nicht weiter auf das Thema ein, sondern blickte konzentriert einige Sekunden lang abwechselnd in die eine, dann in die andere Richtung. Seit sie den Highway erreicht hatten, waren gute zehn Minuten vergangen, aber bisher hatte sich kein weiterer Wagen gezeigt. Eigentlich hätte er damit rechnen müssen, dachte Schneider resignierend. So war das nun einmal: Was schiefgehen konnte, das ging schief. Vermutlich würde es jetzt Stunden dauern, bis sich wieder ein Wagen hierher verirrte. »Das gefällt mir nicht«, sagte Will nach einer Weile. Er hatte sich wieder zum Straßenrand herumgedreht und musterte den Saurier aus eng zusammengekniffenen Augen.

»Mir auch nicht«, erwiderte Schneider. »Aber wir werden damit fertig. Ich denke, solange kein wirklich *großer* Saurier auftaucht . . .«

»Das meine ich nicht«, unterbrach ihn Will. »Wissen Sie, wie nahe wir Las Vegas sind?« Schneider zuckte mit den Schultern, und Will beantwortete seine Frage gleich selbst: »Keine zehn Meilen. Wenn die Viecher jetzt schon hier auftauchen, dann besteht die Gefahr, daß sie es auch bis zur Stadt schaffen.«

»Das glaube ich nicht«, sagte Schneider – obwohl er es sehr wohl glaubte. Ja, er war beinahe sicher, daß früher oder später der erste Bewohner dieses urzeitlichen Dschungels die Randgebiete von Las Vegas erreichen mußte. Für die wirklich großen Saurier waren zehn Meilen nicht sehr viel. Aber er wollte es nicht glauben. Noch nicht.

»Sie werden mit ihnen fertig«, behauptete er wider besseres Wissen. »Sie selbst haben ein halbes Dutzend von ihnen erledigt, nur mit einem Gewehr.«

»Nur, wenn Sie wissen, was auf Sie zukommt«, antwortete Will. »Erinnern Sie sich an vergangene Nacht, Professor. Was glauben Sie, wird passieren, wenn ein ganzes Rudel Deinonychi plötzlich mitten in Las Vegas auftaucht?«

Schneider hatte eine ziemlich konkrete Vorstellung davon, was dann geschehen konnte – geschehen *mußte.* Aber er gestattete auch diesem Gedanken nicht, Gestalt anzunehmen. »Wir werden sie warnen«, sagte er leise. »Wahrscheinlich wissen sie es längst. Der Helikopter, den wir gesehen haben, hat garantiert eine Meldung gemacht.«

»Wenn er dazu gekommen ist, ja«, antwortete Will. Offensichtlich hatte er seine defätistische Ader entdeckt. »Denken Sie an den Hubschrauber, den wir gefunden haben!«

»Das tue ich«, versprach Schneider in resignierendem Tonfall. »Außerdem sollten Sie von der Straße heruntertreten, damit Sie nicht überfahren werden. Hat Ihnen Ihre Mutter eigentlich nicht gesagt, daß man nicht auf dem Highway spielt?«

Will blickte Schneider einen Atemzug lang vollkommen verständnislos an, ehe ihm der Sinn dieser Worte überhaupt klar wurde und er sich sehr hastig herumdrehte.

Hinter ihnen war ein Wagen aufgetaucht. Schneider konnte ihn in dem Vorhang aus wabernder Luft, der über der Wüste und dem Highway lag, noch nicht genau identifizieren, aber es war ein sehr großer Wagen, vermutlich ein Truck. Und der Fahrer schien bereits bemerkt zu haben, daß vor ihm auf der Straße irgend etwas nicht stimmte, denn er betätigte ein Horn, das einen langen nachhallenden, dumpfen Ton ausstieß. Schneider erinnerte das Geräusch an nichts so sehr wie an das Brüllen eines Dinosauriers. Er wünschte sich, der Mann würde damit aufhören.

Doch statt dessen betätigte er die Hupe noch drei- oder viermal, bevor er endlich einzusehen schien, daß die beiden Gestalten nicht daran dachten, den Weg freizugeben. Vielleicht hatte er auch den zertrümmerten Wagen entdeckt oder das, was neben ihm auf dem Straßenrand lag. Schneider konnte ihn jetzt deutlicher erkennen. Es handelte sich um einen schweren, dreiachsigen Sattelschlepper. Auf dem Auflieger lag etwas, das einmal ein Motorrad gewesen sein mochte. Ganz sicher war Schneider nicht.

Der Wagen näherte sich, verlor rapide an Geschwindigkeit und kam schließlich mit dem charakteristischen Zischen starker Druckluftbremsen und einem leichten Wippen zum Stehen. Schneider identifizierte zuerst das gelbe Warnlicht auf seinem Dach, dann das Emblem der Polizei von Las Vegas auf der Tür. Er atmete innerlich auf. Ihre Pechsträhne schien endgültig beendet zu sein.

Der Fahrer kurbelte die Seitenscheibe herunter, während sie sich nebeneinander dem Wagen näherten. Schneider bemerkte das flüchtige Erschrecken in seinen Augen, als er die Waffe gewahrte, die Will in der Armbeuge trug. Aber dann schien er die zerfetzten Reste seiner Uniform als das zu identifizieren, was sie einmal gewesen waren, und aus der Vorsicht in seinem Blick wurde ein Erschrecken, das nichts mit Furcht vor ihnen zu tun hat.

»Was ist passiert?« fragte er. »Brauchen Sie Hilfe? Hatten Sie einen Unfall?«

»So könnte man es nennen«, antwortete Will. »Sie schickt der Himmel, Mann. Haben Sie ein Funkgerät im Wagen?«

»Sicher«, antwortete der Fahrer. »Aber was ist denn pas . . .«

Er sprach nicht weiter. Seine Augen wurden groß, als er den Saurier erblickte. »Was ist denn . . . *das?*«

»Das erklären wir Ihnen alles unterwegs«, antwortete Will. »Jetzt nehmen Sie bitte Ihr Funkgerät und fordern einen Krankenwagen an. Wir haben einen Verletzten bei uns... und noch etwas...« Er deutete auf die fast leere Ladefläche des Wagens und dann auf den toten Saurier. »Glauben Sie, daß Sie noch Platz für einen zusätzlichen Passagier haben?«

»Steve! Lauf nicht so weit weg!« Martin Icely bildete mit den Händen einen Trichter vor dem Mund, damit seine Stimme weiter trug, und er war auch ziemlich sicher, daß Steve die Worte hören mußte – immerhin drehte sich im Umkreis von gut dreißig Metern eine ganze Reihe von Gesichtern in seine Richtung, um ihn mißbilligend, fragend oder auch verständnisvoll zu mustern; je nach Charakter und Laune. Die, die ihn mit einem verstehenden Lächeln ansahen, waren wahrscheinlich Eltern, so wie Sue und er. Und so wie seine Frau und er waren sie wahrscheinlich kein bißchen überrascht, daß Steve *nicht* auf die Ermahnung seines Vaters reagierte, sondern mit der tolpatschigen Behendigkeit eines Fünfjährigen genau in diesem Moment in den Büschen auf der anderen Seite der Wiese verschwand.

Icely seufzte; tief und ergeben und in jenem resignierenden Tonfall, den nur Väter oder Mütter eines Kleinkindes zu verstehen imstande sind. »Schätze, er hat mich nicht gehört«, murmelte er.

»Richtig«, antwortete Sue, ohne die Zeitung vom Gesicht zu nehmen, hinter der sie sich verkrochen hatte, um der sengenden Mittagssonne zu entgehen. Der Rest ihres Körpers war weit weniger gut schützt – um nicht zu sagen, so gut wie gar nicht. Zwei Quadratzentimeter Stoff weniger, dachte Icely, und der nächste Cop, der vorbeikam, hätte sie wegen Erregung öffentlichen Ärgernisses verhaftet.

»Dann muß ihm wohl jemand nach«, fuhr Icely fort, nachdem er seine Frau eine angemessene Zeit begutachtet und gewisse Vorsätze für den heutigen Abend gefaßt hatte.

»Richtig«, antwortete Sue.

Icely seufzte abermals. »Wer ist an der Reihe?« Keine Antwort. »Ich, richtig?«

»Richtig«, sagte Sue zum dritten Mal. Und irgendwie war Icely fast sicher, daß sie auch auf jede andere denkbare Frage mit nichts als genau diesem einen Wort reagieren würde – oder gar nicht. Schließlich resignierte er und stand auf. Während der letzten anderthalb Wochen hatte er sich fast ausschließlich um Steve gekümmert, aber das war in Ordnung: Neunundvierzig Wochen im Jahr erfüllte Sue diese Aufgabe, ohne sich auch nur ein einziges Mal über die Dreifachbelastung Mutter-Hausfrau-Halbtagskraft zu beschweren – was sprach dagegen, daß er ihr diese Last wenigstens im Urlaub abnahm, zumal es ihm Spaß machte?

Also stand er auf, reckte sich noch ein paarmal ausgiebig und begann dann mit schleppenden Schritten und hängenden Schultern die Wiese zu überqueren. Er hatte es nicht besonders eilig. Steve war zwar mittlerweile längst außer Sicht, aber der Park war für Familien wie sie ausgelegt: Der Bach und der kleine See – beide künstlich angelegt – waren nicht einmal knietief, und die gefährlichsten Tiere, auf die Steve stoßen mochte, waren Eichhörnchen, die in ganzen Scharen auf den Bäumen lebten und die Touristen anbettelten. Außerdem war das ganze Gelände von einem mannshohen Zaun umgeben. Las Vegas mochte zu neunzig Prozent auf den Spieltrieb seiner Gäste eingerichtet sein, aber die Stadtplaner hatten auch solch kleine Oasen nicht vergessen; auch wenn nicht sehr viele Familien mit Kindern hierherkamen.

Trotzdem rief er noch ein paarmal den Namen seines Sohnes, während sein Blick prüfend über die dichten, die Liegewiese in einem perfekten Halbkreis begrenzenden Büsche glitt. Er bekam keine Antwort, aber er sah, wie sich die Zweige bewegten, und hörte ein verräterisches Rascheln.

»Steve, hör mit dem Blödsinn auf!« sagte er freundlich, aber trotzdem in einem leicht genervten Ton. »Ich bin müde. Ich habe keine Lust, Verstecken zu spielen. Wenn du freiwillig rauskommst, spendiere ich dir ein Eis.«

Sue würde ihm den Kopf dafür abreißen, was wußte er. Sie war strikt dagegen, Kinder zu oft zu belohnen, und wahrscheinlich hatte sie sogar recht damit – aber im Augenblick war ihm das herzlich egal. Er hatte tatsächlich *überhaupt* keine Lust, möglicherweise eine halbe Stunde hinter seinem Sohn herzujagen. Und Steve *liebte* Eiscreme. Für gewöhnlich hätte Icelys Angebot ihn mit Lichtgeschwindigkeit aus den Büschen auftauchen lassen müssen.

Heute nicht. Icely wartete. Eine Minute verging, dann noch eine, und ganz allmählich begann sich eine leise Besorgnis in ihm breitzumachen. Wenn Steve freiwillig auf ein Eis verzichtete, dann mußte er entweder etwas unglaublich Interessantes entdeckt haben – oder ihm war etwas zugestoßen.

Wieder hörte er das Rascheln, und diesmal zögerte er nicht, sich in Bewegung zu setzen. Mit einer Rücksichtslosigkeit, die den für diesen Park verantwortlichen Gärtner vermutlich hätte erbleichen lassen, teilte er die Büsche und bahnte sich gewaltsam einen Weg.

Steve saß auf der anderen Seite des Gebüschs auf dem Boden. Als er das Geräusch der brechenden Zweige hörte, blickte er nur kurz auf und konzentrierte sich dann wieder auf das, was sich vor ihm befand. Icely konnte es nicht genau erkennen, aber es war groß und bunt; vielleicht ein Spielzeug, das eines der anderen Kinder hier vergessen hatte.

»Steve, jetzt komm endlich!« sagte Icely streng. »Was hast du denn da gefunden? Deine Mutter und ich ...«

Icely verstummte mitten im Wort. Sein Unterkiefer fiel herab. Er konnte jetzt sehen, was sein Sohn da gefunden hatte.

Es war kein Spielzeug.

Auf dem Boden vor Steve hockte ein Vogel. Er war groß, größer als ein Fasan, sein Gefieder war von einem satten, dunklen Blau, wie Icely es noch nie bei einem lebenden Wesen gesehen hatte, und er glich auch ansonsten keinem Vogel, von dem er jemals gehört hätte. Das hieß – das stimmte nicht ganz. Irgend etwas war ihm an diesem Geschöpf vertraut, etwas, das ihm das Gefühl gab, eigentlich wissen zu müssen, was er da sah.

»Was ist denn . . . das?« murmelte er fassungslos. Langsam ließ er sich neben seinem Sohn in die Hocke sinken. Der Vogel folgte seiner Bewegung aus aufmerksamen, klugen Augen, aber er zeigte keine Anzeichen von Furcht.

»Das ist ein Archeopteryx, Dad«, sagte Steve mit gewichtiger Stimme und ebenso gewichtigem Gesichtsausdruck. »Ich habe vor drei Monaten einen gesehen, als Mrs. Summers mit uns ins Museum gegangen ist. Aber der war kleiner und nicht so bunt.«

»Rede keinen Unsinn«, antwortete Icely automatisch. Aber seine Stimme klang nicht halb so überzeugt, wie er es gerne gehabt hätte. In seine Verblüffung mischte sich etwas, das er durchaus als Furcht identifiziert hätte, wäre er nicht noch immer viel zu verblüfft gewesen, um darüber nachzudenken.

»Aber das ist kein Unsinn!« antwortete Steve beleidigt. »Ich weiß es genau. Mrs. Summers hat uns alle Tiere genau erklärt, die sie im Museum hatten!«

»Anscheinend hat sie nur vergessen, euch zu erzählen, daß der Archeopteryx vor hundert Millionen Jahren ausgestorben ist«, erwiderte Icely ungewohnt barsch.

Steve hatte recht. Das Tier *war* ein Archeopteryx. Icely hatte zwar das Modell im Museum nicht gesehen, von dem Steve berichtete, aber natürlich hatte er Bilder dieses ersten bekannten Vogels gesehen, den es auf dieser Welt gegeben haben mochte, und ein befreundetes Ehepaar hatte einen Wachspapierabdruck des berühmten Skelettes im Wohnzimmer an der Wand hängen, das drüben in Deutschland gefunden worden war.

»Dann haben sie sich eben geirrt«, antwortete Steve mit messerscharfer Kinderlogik.

Icely widersprach nicht mehr. Seine Gedanken drehten sich wild im Kreis. Irgend jemand mußte sich hier einen schlechten Scherz erlaubt haben. Vielleicht handelte es sich um einen ganz normalen Vogel, dem jemand mühsam falsche Federn und Knochenfortsätze an Flügeln und Schwanz angeklebt hatte, oder um ein künstliches Tier, so eine Art Roboter, dessen Besitzer jetzt über ihre Fernbedienung gebeugt irgendwo in den Büschen hockten und sich krank lachten. Die eine Erklärung war so wenig glaubhaft wie die andere – aber sie waren noch immer *hundertmal* glaubhafter als die, daß er hier wirklich Auge in Auge mit dem Vertreter einer vor hundert Millionen Jahren ausgestorbenen Spezies dastehen sollte.

Ganz vorsichtig streckte Icely die Hand aus. Der Vogel wich fast behäbig vor seinen Fingern zurück, machte aber noch immer nicht den Eindruck, als hätte er Angst. Es *mußte* ein gezähmtes Tier sein, dachte Icely. Eines, das die Nähe von Menschen gewohnt war.

Oder ein Tier, das noch nie in seinem Leben einen Menschen gesehen hatte.

Auf der Wiese hinter dem Gebüsch wurden plötzlich Stimmen laut. Mindestens ein Dutzend Menschen begannen wild durcheinanderzureden, aber Icely achtete nicht darauf. Er hörte es nicht einmal. Erneut versuchte er, die Hand nach dem bizarren Geschöpf auszustrecken. Es wich auch jetzt nur ein kleines Stück vor ihm zurück – und erhob sich dann mit einer plötzlichen, erstaunlich eleganten Bewegung in die Luft und flog davon. »Jetzt hast du ihn vertrieben!« sagte Steve enttäuscht. »Und ich habe nicht einmal ein Foto davon gemacht. Ich hätte es so gerne Mrs. Summer gezeigt!«

Icely legte den Kopf in den Nacken und hob die Hand über die Augen, um gegen das grelle Licht der Mittagssonne etwas sehen zu können. Der Archeopteryx kreiste über dem Park. Er war nur als Schatten zu erkennen, aber er kam Icely größer vor als bisher, und etwas stimmte nicht mit seiner Art, sich zu bewegen.

Als er seinen Irrtum erkannte, war es zu spät.

So wie Icely umgekehrt ihn hatte auch der zwölf Meter

große Flugsaurier, der sich auf der Suche nach dem Archeopteryx nach Las Vegas verirrt hatte, noch nie zuvor in seinem Leben einen Menschen gesehen. Aber das hinderte ihn nicht daran, ihn als willkommenen Ersatz für den kleinen Flatterer zu betrachten, der ohnehin nur ein Appetithappen gewesen wäre.

Icely fand noch Zeit für einen letzten gellenden Schrei.

Mainland deutete auf den Stuhl vor seinem Schreibtisch. »Setz dich, Red.«

Seine Stimme klang durchaus freundlich, aber trotzdem waren die Worte der pure Hohn. Littlecloud hätte gar nicht aus eigener Kraft stehen *können,* selbst wenn er es gewollt hätte. Die beiden Polizisten, die ihn vor fünf Minuten mit einem Eimer Eiswasser geweckt und dann roh hierhergeschleift hatten, plazierten ihn ebenso grob auf den Stuhl und traten dann zwei Schritte zurück.

»Okay, ihr könnt gehen«, sagte Mainland. Offensichtlich stießen seine Worte bei den beiden Männern auf wenig Verständnis, denn er wiederholte sie nach einer Sekunde und machte eine ungeduldige, wedelnde Handbewegung. »Keine Sorge. Ich komme schon allein klar. Ich rufe euch, wenn ich euch brauche.«

»Wir warten dann draußen«, sagte einer der beiden. Mainland widersprach nicht mehr, sondern schwieg, bis das Geräusch der Tür Littlecloud verraten hatte, daß sie allein waren.

»Wie fühlst du dich, Red?« fragte er dann.

»Soll das ein Scherz sein?« erwiderte Littlecloud. Das Reden bereitete ihm Mühe. Sie hatten zwar sorgsam vermieden, ihm ins Gesicht zu schlagen, aber mindestens eine seiner Rippen schien angebrochen zu sein. Er spürte bei jedem Atemzug einen stechenden, tief in der Brust sitzenden Schmerz.

»Keineswegs«, antwortete Mainland. Er zündete sich eine

Zigarette an und hielt Littlecloud die Packung hin. »Auch eine?«

Littlecloud lehnte ab, und Mainland fuhr nach einem ersten, genießerischen Zug fort: »Ich bin kein Sadist, Red, bitte glaube mir das. Ich habe das bestimmt nicht gerne getan.«

»Bestimmt nicht«, antwortete Littlecloud. »Ich habe ja gesehen, daß sie Sie zu dritt festhalten mußten, weil Sie sie zurückhalten wollten. Das hat zwar nicht geklappt, aber trotzdem vielen Dank für den guten Vorsatz.«

Mainland sah ihn beinahe traurig an. »Ich kann deine Wut verstehen, Red«, sagte er. »Aber du mußt auch mich verstehen. Immerhin hast du wahrscheinlich zwei von unseren Jungs auf dem Gewissen, von den drei anderen, die du zusammengeschlagen hast, ganz zu schweigen. Siehst du, ich kann nicht zulassen, daß Typen wie du hier aufkreuzen und meine Männer abschlachten, und am Ende schleppen sie irgendeinen hochbezahlten Staranwalt an, der sie rausboxt, ohne daß ihnen etwas passiert – oder einen von diesen Gehirnverdrehern, der so lange auf die Geschworenen einquatscht, bis sie vor Mitleid zerfließen und dich laufenlassen. Du glaubst, das wäre noch nicht passiert? Du irrst dich.«

»Wem wollen Sie diesen Scheiß erzählen, Mainland?« fragte Littlecloud. »Glauben Sie wirklich, daß Ihnen das auch nur ein Mensch abkauft?«

»Es reicht, wenn es mir *meine* Männer abkaufen«, antwortete Mainland ernst. »Es ist mir egal, was du glaubst, Red. Es ist mir auch egal, was irgendwelche Nadelstreifentypen glauben, und weißt du was, es ist mir sogar egal, was irgendwelche glatzköpfigen schwulen Richter glauben. Das hier ist *meine* Stadt, und ich bin hier, um sie vor Typen wie dir zu beschützen.«

»Mir bricht das Herz«, sagte Littlecloud.

»Wenn ich zuließe, daß Leute wie du ungeschoren davonkommen«, fuhr Mainland vollkommen unbeeindruckt fort,

»dann würde ich den Respekt meiner Männer verlieren. Weißt du, was dann geschehen würde? Sie würden zwei- oder dreimal zusehen, wie die Mörder ihrer Kameraden lachend hier herausspazieren, aber bestimmt nicht ewig. Irgendwann würden Typen wie du nicht mehr verhaftet. Sie würden während der Verfolgung erschossen werden oder einfach verschwinden. Ich habe das schon erlebt, als ich ein junger Offizier war.«

»Hat es Spaß gemacht?« fragte Littlecloud.

»Ich habe mich nie an dieser Lynchjustiz beteiligt, wenn du das meinst«, antwortete Mainland ernst, und sonderbarerweise glaubte Littlecloud ihm aufs Wort.

»Aber ich habe mir geschworen, daß so etwas unter meiner Leitung nicht passieren wird. Ich wollte nur, daß du das weißt. Du kannst mich jetzt anzeigen, aber weißt du, das tut jeder zweite, den wir einlochen. Polizeigewalt ist ein beliebtes Schlagwort, vor allem bei den Anwälten. Ich habe hier dreißig Zeugen, die aussagen werden, daß du dich der Verhaftung widersetzt hast. Also überlege dir gut, was du tust. Es wird sich nicht gut in deiner Akte machen, wenn du ins Zuchthaus eingeliefert wirst.«

»Ich gehe in kein Zuchthaus«, antwortete Littlecloud ruhig. »Begreifen Sie eigentlich immer noch nicht, daß Sie diesmal auf dem Holzweg sind, Mainland? Sie werden niemanden mehr einsperren, wenn Sie nicht endlich Vernunft annehmen. Möglicherweise wird es in dieser Stadt dann niemanden mehr geben, den Sie einsperren können!«

»Wie dramatisch«, sagte Mainland. Das Telefon summte. Mainland machte sich nicht die Mühe, den Hörer abzunehmen, sondern schaltete den Lautsprecher ein und meldete sich.

»Der Abschleppwagen ist auf dem Weg hierher, Sir«, sagte eine Stimme. »Er bringt Ihre Maschine. Und ... noch etwas.«

»Noch etwas?« Mainland runzelte die Stirn. »Was meinen Sie damit?«

»Es ist vielleicht besser, wenn Sie es sich selbst ansehen«, antwortete die Lautsprecherstimme. »Er fährt in diesem Moment auf den Hof.«

Mainland wollte noch etwas erwidern, aber die Verbindung wurde bereits unterbrochen. Mainland starrte das Telefon einen Moment lang völlig perplex an, dann stand er mit einem Ruck auf und deutete zur Tür. »Komm mit, Red«, sagte er. »Vielleicht macht es dir Spaß, mein entsetztes Gesicht zu beobachten, wenn sie meine Harley bringen.«

Littlecloud stemmte sich mühsam in die Höhe. Er konnte laufen, nicht besonders schnell, aber nach ein paar Schritten ging es schon besser. Mainlands Leute schienen tatsächlich genau darauf geachtet zu haben, ihn nicht wirklich schwer zu verletzen. Sie hatten ihm *weh tun* wollen, aber nicht umbringen. Und während er mit zusammengebissenen Zähnen hinter Mainland herhumpelte, begann er sich zu fragen, ob der Lieutenant nicht sogar recht hatte – von seinem Standpunkt aus. Natürlich war das Ergebnis seiner krausen Vigilanten-Logik vollkommen unakzeptabel, und sie würden sich zu gegebener Zeit und bei passender Gelegenheit noch einmal darüber unterhalten, aber er konnte sie zumindest nachvollziehen.

Sie waren nicht allein, als sie auf den Hof hinaustraten. Soweit Littlecloud dies beurteilen konnte, schienen sich wohl beinahe alle zur Zeit anwesenden Beamten des Reviers auf dem Innenhof versammelt zu haben, um die Ankunft des Abschleppwagens mitzuerleben. Littlecloud überlegte, ob dies wohl aus Schadenfreude geschah, damit auch keinem die Reaktion des Lieutenants entging, wenn er die traurigen Überreste seines heißgeliebten Motorrades zu Gesicht bekam. Wenn ja, ließ das gewisse Rückschlüsse auf die Beliebtheit Mainlands bei seinen Untergebenen zu.

Sie kamen gerade zurecht, um zu sehen, wie der gewaltige Truck vorsichtig durch die enge Einfahrt rollte. Es war im wahrsten Sinne des Wortes Zentimeterarbeit – zu beiden Seiten der riesigen Zugmaschine blieb kaum eine Handbreit

Platz. Littlecloud zollte dem fahrerischen Können des Chauffeurs Respekt, aber er fragte sich auch, warum der Mann dieses Risiko überhaupt einging – selbst wenn der Hof nicht voller Wagen gewesen wäre, hätte der Platz auf keinen Fall gereicht, um zu wenden. Und mit diesem Koloß rückwärts wieder auf die Straße hinauszurangieren, mußte noch ungleich schwieriger sein. Der Mann war entweder vollkommen verrückt, oder er hatte einen triftigen Grund.

Die Zugmaschine hatte die Einfahrt passiert, und ein Teil des Aufliegers kam in Sicht. Mainland wurde blaß. Seine Augen traten ein Stück aus den Höhlen, und sein Gesicht verlor jegliche Farbe. Selbst Littlecloud erschrak ein wenig, als er sah, *wie* zertrümmert Mainlands Harley war. Es erschien ihm jetzt selbst fast unglaublich, daß er den Sturz, der die Maschine in einen wirren Haufen aus zerknülltem Blech und gesplittertem Kunststoff verwandelt hatte, so unbeschadet überstanden haben sollte.

Aber da war noch etwas, das ihm auffiel. Hinter dem Truck hatte sich eine Menschenmenge versammelt, die mit großer Aufregung etwas betrachtete, das auf der Ladefläche lag.

»Das wirst du mir bezahlen«, flüsterte Mainland. »Ich schwöre dir, du...«

Der Truck rollte weiter, und Mainland brach mit einem fast komisch klingenden Keuchen und mitten im Satz ab, als er sah, was hinter der Harley auf der Ladefläche lag.

Er sagte kein Wort. Der Truck rollte im Schrittempo auf den Hof, gefolgt von einer neugierigen, aufgeregt durcheinanderredenden Menge, und Mainland machte wohl ganz automatisch eine entsprechende Geste, auf die hin vier oder fünf seiner Männer zur Einfahrt eilten und die Menge zurückhielten; oder es zumindest versuchten. Mainland schien es kaum zu bemerken; ebensowenig wie die beiden Gestalten, die vorne im Führerhaus neben dem Fahrer saßen und ungeduldig darauf warteten, daß der Wagen anhielt und sie aussteigen konnten. Littlecloud registrierte das alles, aber auch seine Aufmerksamkeit wurde zum allergrößten Teil von dem grünbraunen marmorierten Kadaver gefesselt, der hinter den Überresten von Mainlands Motorrad lag. Schließlich setzte sich Mainland langsam in Bewegung und ging auf den Truck zu, und da niemand ihn davon abzuhalten versuchte, folgte ihm Littlecloud. Vermutlich waren alle hier viel zu fasziniert von dem phantastischen Anblick, um es auch nur zu registrieren.

»Nun?« fragte Littlecloud nach einigen Sekunden. »Glauben Sie mir jetzt?«

Mainland starrte den toten Saurier an. Er sagte nichts, aber Littlecloud konnte regelrecht sehen, wie sich die Gedanken hinter seiner Stirn überschlugen. Hinter ihnen wurde die Tür des Fahrerhauses geöffnet, dann näherten sich Schritte. Mainland nahm auch davon keine Notiz.

»Was *ist* das?« murmelte er schließlich.

»Ein Dromaeosaurier«, sagte eine Stimme hinter ihnen. »Welcher Spezies er genau angehört, ist leider nicht mehr festzustellen. Vielleicht ist sie bisher auch nicht bekannt.«

Littlecloud und Mainland drehten sich im selben Moment herum. Hinter ihnen waren zwei Männer aufgetaucht, die einen wahrhaft bemitleidenswerten Anblick boten. Ihre Gesichter waren von der Sonne verbrannt und von Anstrengung und überstandenen Gefahren gezeichnet: die Lippen gerissen und eiternd, ihre Augen entzündet und von dunklen, schweren Ringen umgeben, und beide schienen so geschwächt zu sein, daß sie kaum mehr auf den Füßen zu stehen vermochten. Derjenige, der Mainlands Frage beantwortet hatte, mußte Ende Fünfzig sein, vielleicht auch schon in den Sechzigern, aber Littlecloud vermutete, daß er unter normalen Umständen wesentlich jünger aussah. Er war in einen zerfetzten weißen Kittel gekleidet. Sein rechter Arm und seine Seite waren verletzt. Der zweite war wesentlich jünger und trug etwas, was man mit sehr viel Phantasie als die Überreste einer Militäruniform identifizieren konnte. Er hatte ein M 13-Sturmgewehr in der Armbeuge und eine zweite, gleichartige Waffe über der rechten Schulter.

»Wer sind Sie?« fragte Mainland. »Und was bedeutet das?«

»Mein Name ist Schneider«, antwortete der Grauhaarige. »Carl Schneider. Ich bin . . .« Er verbesserte sich. »Ich *war* Leiter der Forschungsstation draußen in der Wüste. Sie haben davon gehört?«

Mainland nickte abgehackt. »Und was haben Sie mit diesem . . . diesem *Ding* zu tun?«

Auf Schneiders Gesicht erschien ein gequälter Ausdruck. »Ich fürchte, es würde zu weit gehen, Ihnen das jetzt im Detail zu erklären«, antwortete er. »Aber um Ihre zweite Frage zu beantworten: Es bedeutet eine schreckliche Gefahr für jeden Menschen in dieser Stadt. Sie müssen sofort etwas unternehmen.«

»Ich muß telefonieren«, sagte der Soldat. Seine Stimme war so schwach, daß man sie kaum noch verstand. Er schwankte wie ein Betrunkener hin und her. »Wo ist hier . . . ein Telefon.«

»Immer mit der Ruhe«, sagte Mainland. Er hatte seine erste Überraschung überwunden, und auf seinem Gesicht machte sich wieder der gewohnte Ausdruck breit, von dem Littlecloud immer noch nicht wußte, ob es sich dabei um Entschlossenheit oder schlichtweg Arroganz handelte. »Geben Sie erst einmal Ihre Waffen ab. Sie können hier in der Stadt nicht einfach mit einem Maschinengewehr herumlaufen.«

»Ich glaube nicht, daß Sie das . . .«

»Tun Sie besser, was er sagt«, unterbrach ihn Littlecloud. »Sonst kann es Ihnen passieren, daß Sie standrechtlich erschossen werden, wissen Sie?«

Mainland bedachte ihn mit einem giftigen Blick. Aber er sagte zu Littleclouds Überraschung nichts, sondern nahm dem Soldaten wortlos die beiden Gewehre ab und reichte sie einem seiner Männer weiter. Der junge Offizier widersetzte sich nicht, aber das lag wohl weniger an Littleclouds Warnung, als vielmehr daran, daß er einfach nicht mehr die Kraft zu haben schien, zu widersprechen.

»Ein Telefon«, murmelte er. »Ich muß zu einem Telefon.«

»Sie gehen nirgendwohin, solange Sie mir nicht ein paar Fragen beantwortet haben«, sagte Mainland. »Und so, wie Sie aussehen, werden Sie auch danach nicht telefonieren, sondern sich ins nächste Krankenhaus begeben.« Er wandte sich mit einer Geste an einen der Polizeibeamten in ihrer Nähe. »Bestellen Sie einen Krankenwagen für die beiden.«

»Das habe ich auch schon versucht, Sir.«

Mainland drehte mit einer eindeutig ärgerlichen Bewegung den Kopf. Der Fahrer hatte seine Kabine ebenfalls verlassen und war herangekommen. Jetzt schüttelte er ein paarmal den Kopf, um seine Worte zu bekräftigen. »Es war sogar schon einer da. Ich habe die beiden draußen auf dem Highway aufgelesen, zusammen mit dem Ehepaar, dem das Vieh in den Wagen gelaufen ist. Sie sind in die Stadtklinik gebracht worden, aber die beiden hier haben sich standhaft geweigert, mitzufahren – obwohl *sie* den Krankenwagen weitaus dringender gebraucht hätten, denke ich. Aber sie haben darauf bestanden, mich zu begleiten und mit dem Verantwortlichen hier zu sprechen.«

»Dazu ist jetzt wirklich keine Zeit«, sagte Schneider. »Bitte glauben Sie mir, Officer – Sie müssen etwas unternehmen. Alarmieren Sie die Army, oder die Nationalgarde, oder was sonst immer in einem solchen Fall üblich ist, aber *tun Sie etwas!* Oder es werden noch mehr Menschen sterben.«

In seiner Stimme war etwas, was selbst Mainland für einen Moment nachdenklich zu machen schien. Aber nur für eine Sekunde. Dann schüttelte er entschieden den Kopf und deutete auf den Eingang zum Revier. »Gehen Sie erst einmal ins Haus. Jemand soll Ihnen einen starken Kaffee bringen. Ich komme sofort nach, und dann reden wir. Und schafft zum Teufel noch mal die Leute hier vom Hof! Wir sind doch hier nicht im Zirkus!«

Die beiden letzten Sätze hatten seinen Männern gegolten, die dem Befehl auch unverzüglich nachkamen. Schneider schien erneut widersprechen zu wollen, aber einer der Beamten ergriff ihn einfach am Arm und führte ihn weg. Der Offizier folgte ihnen freiwillig, aber nach ein paar Schritten verließen ihn die Kräfte, und er mußte sich auf die Schulter eines Polizeibeamten stützen, um überhaupt noch gehen zu können.

Mainland und Littlecloud traten wieder näher an den Sattelschlepper heran. Der tote Saurier bot einen fast majestätischen Anblick, obwohl sein Kopf fast bis zur Unkenntlichkeit zertrümmert war und er Littlecloud nicht einmal besonders groß vorkam, wenigstens nicht im Vergleich mit dem gigantischen Allosaurus, der Cormans Wagen zerstört hatte. Trotzdem mußte er eine halbe Tonne oder mehr wiegen, und selbst der Tod und die schreckliche Verstümmelung hatte ihm nicht viel von dem Eindruck von Eleganz und vorstellbarer Kraft genommen, den er bei jedem Betrachter hinterließ. Littlecloud versuchte sich vorzustellen, wie dieses Tier *lebendig* gewirkt haben mochte, aber das einzige Ergebnis dieses Versuchs war pure Angst.

»Sie sagen, er ist jemandem in den Wagen gelaufen?« Mainland wandte sich mit einem flüchtigen Blick an den Fahrer, verlagerte seine Aufmerksamkeit aber sofort wieder auf den Saurier.

»Ja. Ich habe es nicht gesehen. Als ich dazukam, war schon alles gelaufen. Schneider hatte es erzählt. Aber das hat ihn nicht umgebracht.«

»Sondern?«

»Sie haben ihn erschossen. So, wie er aussieht, schätze ich, daß sie ein ganzes Magazin in ihn hineingefeuert haben.« Er schauderte sichtbar. »Jedenfalls hätte *ich* das getan.«

»Was ist mit den Leuten im Wagen?«

»Die Frau hat wohl einen verletzten Arm«, antwortete der

Fahrer. »Nur ein Kratzer. Eine schreckliche Frau übrigens. Sie hat die ganze Zeit herumgenörgelt, daß ich vorsichtig sein sollte. Irgendwie scheint sie der Meinung zu sein, daß *ihr* dieses Biest gehört. Ihr Mann hat im Eifer des Gefechts eine Kugel abgekriegt. Sie sind beide im Krankenhaus.«

Mainland überlegte eine Sekunde, dann fuhr er herum und deutete auf den erstbesten Beamten in ihrer Nähe. »Becker – Sie fahren sofort ins Krankenhaus und suchen die beiden. Sie dürfen mit niemandem sprechen. Sie stellen sich vor ihr Zimmer und lassen außer den Ärzten niemanden zu ihnen, ist das klar?«

Er wartete auch jetzt keine Antwort ab, sondern drehte sich wieder herum, um sich diesmal direkt an Littlecloud zu wenden. »Und jetzt zu uns. Ich denke, wir müssen über einiges reden, Mister Littlecloud.«

»*Mister* Littlecloud?« Littlecloud grinste. »Wie sich die Zeiten doch ändern.«

Mainlands Mine verdüsterte sich. »Glauben Sie, daß jetzt der richtige Moment *dafür* ist?« fragte er wütend.

Natürlich hatte er damit recht. Trotzdem blieb das triumphierende Grinsen noch einige Sekunden auf Littleclouds Gesicht, ehe er wieder ernst wurde. Aber er kam nicht dazu, auf Mainlands Frage zu antworten, denn in diesem Moment tauchte ein vollkommen aufgelöster Beamte unter der Tür der Wache auf und kam auf sie zugerannt. »Sir! Ein Notruf von der Texaco an der nördlichen Ausfahrt!«

»Was ist passiert?«

»Genau konnte ich es nicht verstehen«, antwortete der Beamte. »Aber es klang, als wäre die Hölle los. Schreie und Lärm. Der Anrufer sagte, sie würden von Monstern angegriffen!«

Der Helikopter kreiste seit einer guten Viertelstunde über dem Wald, aber es fiel Straiter immer noch schwer, wirklich zu *glauben*, was er sah – obwohl er gleichzeitig wußte, daß es die Wahrheit war. Ein nicht unwichtiger Teil von Colonel Straiters Lebensphilosophie bestand darin, prinzipiell nichts und niemandem zu glauben und auf prinzipiell nichts und niemanden zu vertrauen; auch nicht auf seine eigenen Sinne. Wäre er allein hiergewesen, hätte er von allen denkbaren Alternativen der Möglichkeit, einer Halluzination zum Opfer gefallen zu sein, wohl den Vorzug gegeben. Aber erstens *war* er nicht allein – neben ihm saß der Pilot. Dessen unentwegtes Kopfschütteln und das leise, fassungslose Murmeln machten ihm nur zu deutlich klar, daß er dasselbe sah wie er. Außerdem entsprach das Bild den Satelliten-Aufnahmen.

Trotzdem: der Anblick unter ihnen war so absurd, daß Straiter nicht umhin kam, an seinem Verstand zu zweifeln.

Unter ihnen erstreckte sich ein *Wald.* Straiter war vor drei Monaten das letzte Mal hier in Nevada gewesen, und damals hatte diese Landschaft noch so ausgesehen, wie sie aussehen sollte – nämlich braun und ockerfarben, und sie bestand aus nichts anderem als aus Sand und ein paar Felsen. Jetzt lag unter ihnen ein ausgewachsener Dschungel. Und als wäre das alles noch nicht phantastisch genug, war es noch dazu ein Dschungel, den es auf diesem ganzen Planeten eigentlich gar nicht geben durfte; auch nicht an Stellen, an denen er Zeit genug gehabt hätte, sich auszubreiten. Straiter verstand herzlich wenig von solcherlei Dingen, aber das, was sich da unter ihnen ausbreitete, glich frappierend den Illustrationen, die er von der Vegetation der Frühzeit der Erde gesehen hatte. Und seine Bewohner schienen dazu zu passen. Bisher hatten sie zwar nur zwei dieser Bewohner überhaupt zu Gesicht bekommen, aber diese beiden Bilder hatten Straiter nicht unbedingt Appetit auf mehr gemacht: Der erste war etwas gewesen, das wie eine Kreuzung aus einer Fledermaus und einem Fiebertraum aussah, dabei allerdings eine Spannweite von mindestens zehn oder zwölf Metern gehabt haben mußte. Von der zweiten Kreatur hatten sie nur Kopf und Hals zu Gesicht bekommen, die über die Wipfel der gewiß nicht kleinen Bäume unter ihnen emporragten. Straiter war nicht besonders erpicht darauf gewesen, auch noch den Rest zu sehen.

»Ich würde sagen, Schneider und seine Freunde haben verdammten Unfug gebaut«, murmelte er.

Der Pilot warf ihm einen irritierten Blick zu, den Straiter aber geflissentlich ignorierte. Daß ihm diese Worte überhaupt entschlüpft waren, war ein deutlicher Hinweis darauf, wie nervös er war und wie sehr ihn dieser im Grunde ganz und gar unmögliche Anblick getroffen hatte, unbeschadet all dessen, was er sich selbst einzureden versuchte.

»Was sagt der Treibstoff?« fragte er.

Der Pilot sah nicht einmal auf seine Kontrollen, sondern antwortete wie aus der Pistole geschossen: »Noch genug für eine gute Stunde.«

»Okay.« Straiter riß sich endgültig von dem phantastischen Anblick los und faltete die Karte auseinander, die er mitgebracht hatte. Sie war längst nicht so präzise wie die, die der Pilot besaß, und nicht einmal annähernd so genau wie die, die im Bordcomputer des Apache eingespeichert waren. Aber es gab einen entscheidenden Unterschied: einen kleinen, roten Kreis, in den Straiter in seiner winzigen, akribischen Handschrift die Buchstaben ›PL‹ eingetragen hatte – die Abkürzung für PROJEKT LAURIN. Vermutlich gab es auf der ganzen Welt nicht mehr als ein Dutzend Karten, auf denen die genauen Koordinaten der Forschungsstation eingetragen waren.

»Finden Sie das?« fragte er, während er dem Piloten die Karte reichte. »Trotz dieses ...« Er suchte nach Worten. »... *Zeugs* da unten?«

Der Blick des Mannes belehrte ihn darüber, daß seine Frage einer Beleidigung gleichkommen mußte. Er nickte nur wortlos, nahm Straiter die Karte aus der Hand und betrachtete sie nicht länger als eine Sekunde. Einen Moment später wechselte der Kampfhubschrauber mit einem abrupten Manöver den Kurs und flog nun nicht mehr parallel zum

Waldrand. Einen weiteren Moment später sagte der Pilot: »Das ist seltsam.«

»*Was* ist seltsam?« erkundigte sich Straiter.

»Nach Ihrer Karte müßte dort vor uns ein kleiner Berg sein«, antwortete der Pilot. Ziemlich hastig fügte er hinzu: »Aber da ist nichts.«

Tatsächlich erstreckte sich der Dschungel vor ihnen scheinbar endlos dahin – und vollkommen eben. Straiter wußte, welchen ›Berg‹ der Mann meinte; der gigantische Felsquader hatte vor ihm schon anderen Piloten als Orientierungspunkt gedient, mit denen Straiter hierhergeflogen war. Jetzt war er nicht mehr da.

»Ich finde die Koordinaten trotzdem«, versicherte der Pilot hastig. »Es kam mir nur sonderbar vor, das ist . . .«

Er brach plötzlich ab und legte den Kopf schräg, als lausche er. Ein gleichermaßen verwirrter wie besorgter Ausdruck machte sich auf dem Teil seines Gesichtes breit, den Straiter unter dem Helm und dem schwarzen Visier sehen konnte.

»Was ist?« fragte Straiter.

»Ich . . . habe den örtlichen Polizeifunk eingeschaltet«, antwortete der Pilot. Er sprach schleppend, was bewies, daß er zugleich noch auf das lauschte, was aus seinen Kopfhörern drang. »Irgendwas scheint da passiert zu sein. Sie erzählen etwas von . . . von Monstern und Ungeheuern, die angeblich die Stadt angreifen.«

Straiter verschwendete keine Sekunde damit, zu erschrecken oder auch nur erstaunt zu sein. »Drehen Sie ab«, sagte er. »Nach Las Vegas. So schnell Sie können.«

Mainland brachte den Wagen mit kreischenden Reifen zum Stehen. Seine Reaktion war erstaunlich schnell, und die Bremsen des Streifenwagens funktionierten ausgezeichnet. Trotzdem schaffte er es nicht ganz – der Wagen bohrte sich krachend ins Dach eines umgestürzten VW-Busses, der quer über der Straße lag und den Mainland zu spät erkannt hatte, als sie mit heulenden Sirenen um die Ecke bogen. Der Fahrer des Streifenwagens, der ihnen folgte, reagierte ebenfalls zu spät. Littlecloud, der sich instinktiv mit beiden Armen gegen das Armaturenbrett gestemmt und so die allerschlimmste Wucht des Aufpralls abgefangen hatte, wurde nun doch gegen die Windschutzscheibe geschleudert, als der Wagen ihr Heck rammte, und auch Mainlands Gesicht kollidierte unsanft mit dem Lenkrad. Hinter ihnen erstarb die Sirene des zweiten Wagens mit einem seltsamen Mißklang, und jemand begann so laut zu fluchen, daß sie es selbst hier im Wagen noch hören konnten. Die Fahrer der nachfolgenden Wagen reagierten besser. Die Fahrzeuge kamen mit kreischenden Reifen rechts und links von ihnen zum Stehen oder wichen auf die Bürgersteige aus.

Littlecloud stemmte sich benommen in die Höhe. Er hatte sich auf die Lippe gebissen und schmeckte Blut, war aber ansonsten mit dem Schrecken davongekommen, und auch Mainland richtete sich schon wieder auf. Er war ziemlich bleich – aber das war er auch vorher schon gewesen. Sie hatten auf dem Weg hierher nicht sehr viel gesprochen. Zum Teil hatte es sicher daran gelegen, daß sich die Katastrophenmeldungen und Hilferufe im Polizeifunk schier überschlugen und Mainland genug damit zu tun gehabt hatte, die kleine Flotte von zehn Polizeiwagen in halsbrecherischem Tempo zur nördlichen Ausfallstraße zu führen. Aber auch in ihm war etwas vorgegangen, was Littlecloud nicht gefiel. Das Gefühl von Schadenfreude, auf das er sich seit dem Moment seiner zweiten Verhaftung geradezu diebisch gefreut hatte, hatte sich einfach nicht einstellen wollen.

Mainland und er stiegen gleichzeitig aus. Im ersten Moment konnte Littlecloud außer dem eingedrückten Dach des Kleinbusses, der ihre Fahrt so jäh gestoppt hatte, nichts erkennen. Aber er hörte Schreie, vereinzelte Schüsse und einen gewaltigen Lärm, der ihn eigentlich auf das hätte vorbereiten müssen, was er sah, als er um den Wagen herumlief.

Trotzdem traf ihn der Anblick wie ein Schlag. Es gab Dinge, auf die *konnte* man sich nicht vorbereiten, und das Bild, das sich Littlecloud und den anderen bot, gehörte eindeutig dazu.

Der VW-Bus war nicht der einzige Wagen, der zerstört oder von seinen Fahrern einfach stehengelassen worden war. Vor ihnen blockierte ein ganzes Knäuel von sieben oder acht ineinandergerammten Fahrzeugen die Straße. Die Türen der meisten standen offen, was deutlich machte, in welcher Hast ihre Insassen die Fahrzeuge verlassen hatten, aber hinter mindestens einem Steuer konnte Littlecloud auch noch eine zusammengesunkene Gestalt erkennen. Er sah überall flüchtende Menschen, und zwischen ihnen . . .

Die Tiere ähnelten dem Ungeheuer, dessen Kadaver der Abschleppwagen aus der Wüste mitgebracht hatte, aber sie waren eine Spur kleiner, und ihre Haut war hell- und dunkelbraun gestreift, und sie bewegten sich mit einer geradezu unvorstellbaren Schnelligkeit. Es waren mindestens fünf oder sechs, und die Schreie und der Lärm, die von der anderen Seite der großen SB-Tankstelle herüberdrangen, bewiesen, daß sich dort noch mehr Ungeheuer aufhielten. Ihre Bewegungen wirkten auf den ersten Blick geradezu absurd – sie rannten nicht wirklich, sondern hoppelten mit grotesk anmutenden Sprüngen einher; aber sie taten es ungeheuer *schnell* und auf eine Weise, die deutlich machte, über welch unvorstellbare Kraft die Geschöpfe verfügten. Littlecloud beobachtete mit einer Mischung aus Entsetzen und morbider Faszination, wie einer der Raubsaurier einen flüchtenden Mann ansprang. Er erwartete instinktiv, daß er ihn mit den gewaltigen Klauen packen oder sein Gebiß einsetzen würde, das einem Krokodil Angst eingejagt hätte, doch statt dessen trat das bizarre Geschöpf mitten im Sprung mit den kräftigen Hinterbeinen zu. Littlecloud sah eine einzelne, riesenhaft vergrößerte Kralle wie ein Skalpell aufblitzen. Hätte sie den Mann getroffen, hätte sie ihn wahrscheinlich in zwei Teile geschnitten.

Eine Sekunde vorher krachte ein Schuß. Der Saurier schien mitten in der Bewegung von einem Schlag getroffen und herumgerissen zu werden. Die tödliche Kralle verfehlte ihr Opfer, und der Mann wurde nur von der stumpfen Ferse getroffen und meterweit davongeschleudert. Er kam sofort wieder auf die Beine und stolperte weiter, aber zumindest war er noch am Leben.

Doch auch der Saurier war keineswegs erledigt. Er überschlug sich und blieb eine Sekunde benommen liegen, aber dann sprang er mit einem Satz wieder in die Höhe und wandte sich den neu aufgetauchten Gegnern zu. Littlecloud sah, daß die Kugel eine gewaltige Wunde in seine Flanke gerissen hatte, aber die Verletzung schien weder die Schnelligkeit noch die Wildheit dieses unglaublichen Geschöpfes zu beeinträchtigen. Mit einem wütenden Fauchen fuhr es herum und stürmte heran. Seine Bewegungen erinnerten an einen Vogel, was nicht nur geradezu grotesk aussah, sondern es auch sehr schwermachen mußte, es zu treffen; ein Ziel, das sich mit abgehackten, rasend schnellen Rucken bewegte, war praktisch keines.

Wieder fielen Schüsse. Zwei, drei Kugeln schlugen in den Asphalt rechts und links des Sauriers oder heulten als Querschläger davon, dann wurde er erneut getroffen und dann noch einmal und noch einmal.

Er stürmte trotzdem weiter heran.

»Das ... das gibt es doch nicht!« keuchte Mainland. Er spreizte die Beine, hielt seine Waffe mit beiden Händen weit ausgestreckt vor sich und zielte. Der Saurier raste heran. Er war vielleicht noch zwanzig Meter entfernt, nicht mehr als drei oder vier seiner gewaltigen Sprünge, aber Mainland zeigte nicht die mindeste Spur von Nervosität. In aller Ruhe zog er die Hand zurück, zielte erneut und drückte ab.

Das Geschoß traf den heranstürmenden Saurier genau zwischen die Augen und tötete ihn auf der Stelle. Das Ungeheuer machte noch einen letzten, hoppelnden Sprung, an dessen Ende es wie vom Blitz getroffen zusammenbrach. Es war keine drei Meter mehr von Mainland entfernt gewesen.

Damit war die Gefahr natürlich keineswegs vorbei. Auf der Straße vor ihnen hielten sich noch immer vier oder fünf weitere Saurier auf – und außerdem entschieden zu viele Menschen, als daß die Polizeibeamten es wagen konnten, einfach aus allen Rohren auf sie zu feuern, was wahrscheinlich die einzige Möglichkeit gewesen wäre, dieses Rudel von Ungeheuern zu stoppen.

»Schießt auf die Köpfe!« brüllte Mainland. »Das scheint die einzige verwundbare Stelle zu sein!« Er verschwendete eine Sekunde damit, den toten Saurier anzusehen, der vor ihm auf der Straße lag, dann fuhr er auf dem Absatz herum, eilte zu seinem Wagen und kam einen Moment später mit gleich zwei Gewehren unter dem Arm zurück.

»Sind Sie wirklich so gut, wie Ihre Akte behauptet?« fragte er.

»Ich denke schon«, antwortete Littlecloud.

»Okay.« Mainland warf ihm eines der Gewehre und fast in der gleichen Bewegung einen 38er zu. »Dann kommen Sie mit!«

Littlecloud fing die beiden Waffen geschickt auf. Er schob den Revolver unter seinen Gürtel, lud eine Patrone in die Kammer des Winchester-Gewehres und schloß sich Mainland an, der bereits losgelaufen war. Sie bewegten sich nicht in direkter Linie auf die Texaco-Station zu, denn dazu hätten sie praktisch direkt durch das Dinosaurierrudel hindurchlaufen müssen. Trotzdem kamen sie den Tieren näher, als Littlecloud lieb war. Er war ein ziemlich guter Schütze, und Mainland hatte ja gerade bewiesen, daß auch er mit seinen Waffen umzugehen verstand – aber ein Abstand von zehn oder zwölf Metern war nichts bei diesen Bestien, und sie waren im wahrsten Sinne des Wortes unberechenbar. Die Tiere schienen in eine Art Blutrausch verfallen zu sein. Littlecloud sah allein auf dem Weg über die Straße drei oder vier Leichen, und wahrscheinlich waren es nicht einmal die einzigen. Trotzdem versuchte keiner der Saurier, seine Beute in Sicherheit zu bringen oder gar an Ort und Stelle aufzufressen. Statt dessen befanden sie sich auf der Suche nach immer neuen Opfern. Und sie hätten sie auch garantiert gefunden, hätten sich Mainlands Männer nicht allmählich eingeschossen. Zwei der sechs Tiere lagen bereits am Boden und rührten sich nicht mehr, und die anderen waren ausnahmslos verletzt. Doch sie waren entweder zu dumm oder zu wütend, um Schmerz zu spüren, und so etwas wie Furcht schienen sie nicht einmal zu kennen.

Als sie das Knäuel aus zerstörten Wagen hinter sich gebracht hatten, sahen sie noch mehr Saurier – und mehr Tote. Die Ungeheuer mußten vollkommen warnungslos über die Menschen hier hereingebrochen sein.

Sie hatten das Tankstellengelände erreicht, und Littlecloud wollte unverzüglich weiterstürmen, aber Mainland machte eine abwehrende Handbewegung und zog ein kleines Funkgerät aus der Tasche.

»Ich glaube, in der Tankstelle sind noch Leute«, sagte er. »Wir gehen hinein. Schickt ein paar Mann, die die Rückseite sichern. Ich will nicht unerwartet Besuch bekommen!«

Littleclouds Blick glitt aufmerksam über das Tankstellengelände, während er darauf wartete, daß Mainland aufhörte, Befehle zu geben. Auch er glaubte, Schreie aus dem Inneren des Tankstellengebäudes zu hören, war sich aber längst nicht so sicher, wie es Mainland zu sein schien. Trotzdem mußten sie natürlich nachschauen, und sei es nur, um sicherzugehen, daß sich dort drinnen nicht noch mehr der blutgierigen Ungeheuer aufhielten. Aber sehr wohl war ihm nicht bei der Vorstellung. Er fragte sich, wieso er Mainland eigentlich so widerspruchslos gefolgt war.

Die Tankstelle bot einen fast noch schlimmeren Anblick als die Straße davor. Zwei oder drei verlassene Wagen standen an den Zapfsäulen, und ein Fahrer hatte offenbar versucht, mit einem verzweifelten Manöver zu entkommen. Seine Flucht hatte an einem der gewaltigen Betonpfeiler geendet, die das Dach trugen. Dicht vor ihnen stand ein italienisches Kabrio mit zerfetztem Stoffdach. Die Sitze waren zerrissen und blutgetränkt. Von dem Fahrer fehlte jede Spur.

Plötzlich fiel ihm ein stechender, nur zu bekannter Geruch auf. Littlecloud sah sich alarmiert um und entdeckte einen heruntergefallenen Zapfhahn, aus dem noch immer Benzin lief. Hastig rannte er los, hängte ihn ein und sah sich mit wachsender Besorgnis um. Es mußten etliche hundert Liter Benzin sein, die ausgelaufen waren und eine gewaltige, sich noch immer ausbreitende Lache bildeten.

Auch Mainland hatte die Gefahr bemerkt und hob erneut sein Funkgerät an die Lippen. »Hier ist Benzin ausgelaufen«, sagte er. »Seid vorsichtig. Schießt auf keinen Fall in Richtung Tankstelle. Ein Funke, und die halbe Stadt fliegt in die Luft!«

»Wunderbar«, knurrte Littlecloud mißgelaunt. »Dann können wir unsere Waffen ja ebensogut wegwerfen und versuchen, mit bloßen Händen gegen die Biester zu kämpfen.«

»Haben Sie eine bessere Idee?« Mainland zuckte mit den Schultern. »Sie können natürlich auch ein Streichholz nehmen und dem ganzen Spuk ein Ende bereiten. Aber warten Sie bitte damit, bis meine Leute und ich uns in Sicherheit gebracht haben.« Er wartete Littleclouds Reaktion gar nicht ab, sondern tauschte den 38er gegen das Gewehr aus, drehte sich herum und lief mit weit ausgreifenden Schritten auf das Tankstellengebäude zu. Littlecloud folgte ihm.

Als sie die Tür erreichten, hörten sie bereits den Lärm aus dem Inneren. Littlecloud identifizierte jetzt ganz eindeutig die Schreie mehrerer Menschen. Aber sie hörten auch andere, schrecklichere Geräusche, die Littlecloud einen eisigen Schauer über den Rücken laufen ließen. Es klang, als wäre jemand mit großem Eifer dabei, die gesamte Inneneinrichtung der Tankstelle kurz und klein zu schlagen.

Das Bild, das sich ihnen bot, als sie hintereinander durch die Tür stürmten, paßte zu diesen Geräuschen.

Wie die meisten großen Tankstellen glich auch diese eher einem Warenhaus als einem Ort, an dem man Benzin kaufte. Sie war sehr groß, und die in drei Reihen angeordneten

Regale mußten reichhaltig bestückt gewesen sein. Jetzt waren sie umgeworfen und bildeten eine regelrechte Barrikade aus Trümmern, aufgerissenen Lebensmittelpackungen und scharfkantigen Glassplittern, die es fast unmöglich machte, in den hinteren Teil des Raumes zu gelangen. Die Schreie waren lauter geworden. Littlecloud war jetzt sicher, die gellenden Hilferufe eines Kindes zu hören.

»Verdammter Mist!« fluchte Mainland. »Red – nach links. Ich nehme die andere Seite!«

Littlecloud fragte sich erneut, wieso dieser Kerl eigentlich so ganz selbstverständlich das Kommando übernommen hatte, aber er gehorchte natürlich trotzdem. Es wäre ziemlich albern gewesen, sich jetzt über Kompetenzen zu unterhalten. Mit großer Wahrscheinlichkeit würde dieser Streit schneller und auf sehr viel drastischere Art beendet werden, als ihnen beiden recht war.

Das Gewehr im Anschlag und den Rücken dicht an die Wand gepreßt, schob sich Littlecloud an der Barriere aus umgestürzten Regalen vorbei. Die Schreie hielten unverändert an, aber das Splittern und Bersten hatte aufgehört, doch dafür hörte er etwas anderes, ein durch und durch entsetzliches Geräusch, das ihn mit einem Gefühl puren Grauens erfüllte: ein schreckliches Mahlen und Krachen, zu dem seine Phantasie die passenden Bilder erschuf, noch ehe er den Saurier sah.

Die Bestie stand mit dem Rücken zu ihm und war über etwas gebeugt, aus dem sie mit großem Genuß große Stücke herausriß. Die Geräusche allein reichten aus, eine Woge körperlicher Übelkeit aus Littleclouds Magen emporsteigen zu lassen.

Obwohl er sich Mühe gegeben hatte, nicht den geringsten Laut zu verursachen, bemerkte ihn der Saurier. Vielleicht hatte er ihn gewittert, vielleicht war sein Gehör viel feiner entwickelt, als man angesichts seiner gewaltigen Körpermasse annehmen mochte. Mit einem Ruck richtete er sich auf und fuhr herum, und im gleichen Moment erkannte

Littlecloud, was er da mit sichtlichem Genuß herunterschlang.

Es war eine Familienpackung Corn Flakes.

Der Anblick war so absurd, daß Littlecloud eine Sekunde lang wie gelähmt dastand, den Raubsaurier anstarrte und einfach nicht wußte, ob er laut loslachen oder den Abzug seines Gewehres durchziehen sollte. Beinahe hätte ihn diese Sekunde das Leben gekostet. Anders als er reagierte der Deinonychus sofort und mit der kompromißlosen Konsequenz, die seiner Gattung eigen war. Blitzartig ließ er die Corn-Flakes-Packung fallen und hob in einer fast menschlich anmutenden Geste die Arme. An seinen dreifingrigen Händen befanden sich Krallen, die jede für sich nicht viel kürzer waren als Littleclouds Finger. Der Kiefer, in dem sich scheinbar Hunderte von Zähnen zu drängeln schienen, öffnete sich zu einem boshaften Grinsen, und Littlecloud hörte einen Schrei, den er nie mehr im Leben ganz vergessen sollte.

Dann sprang das Ungeheuer.

Mainlands Kugel traf es mitten im Sprung. Es war ein unglaublich präziser Schuß, der das Auge des Sauriers traf und sich tief in sein Gehirn bohrte, und trotzdem hätte er Littlecloud nicht mehr gerettet, hätte er nicht im letzten Moment doch noch reagiert. Lebend oder tot, es war eine halbe Tonne Fleisch und Knochen, die auf Littlecloud zuflogen. Mit einer verzweifelten Bewegung warf er sich nach rechts, mitten hinein in das gefährliche Gewirr aus Trümmern und Glasscherben. Der Saurier flog über ihn hinweg, krachte gegen die Wand und brach einfach hindurch.

»Alles okay?« Mainland war mit einem Satz bei ihm und streckte die Hand aus, um Littlecloud hochzuhelfen. Aber es dauerte einen Moment, bis Littlecloud danach griff. Eine oder zwei Sekunden lang starrte er fassungslos auf die dreieckige, spitze Glasscherbe, die zwischen seinem rechten Arm und seiner Brust hervorragte. Seine Jacke und das Hemd darunter waren zerrissen, aber seine Haut hatte nicht einmal einen Kratzer abbekommen. Offensichtlich hatte das Schicksal beschlossen, einiges von dem wiedergutzumachen, was es ihm in den letzten Tagen angetan hatte.

»Warum hast du nicht geschossen?« fragte Mainland.

»Später«, antwortete Littlecloud. Er deutete mit einer Kopfbewegung in die Richtung, aus der noch immer die Schreie drangen. Sie konnten die Eingeschlossenen noch immer nicht sehen, aber jetzt war wenigstens auszumachen, woher der Lärm kam: An der hinteren Wand des Raumes befand sich eine schmale Metalltür, hinter der noch immer gellende Schreie hervordrangen. »Beeilen wir uns, ehe noch mehr von diesen Biester . . .« Er verstummte abrupt, als er den entsetzten Ausdruck sah, der sich jäh Mainlands Gesicht bemächtigte. Diesmal verlor er keine Zeit, sondern fuhr herum und brachte in der gleichen Bewegung seine Waffe in Anschlag, felsenfest davon überzeugt, einen oder auch mehrere Saurier zu sehen, die durch das Loch in der Wand hereindrangen.

Es waren keine Saurier. Aber das Bild, das sich ihnen durch die gewaltsam geschaffene Öffnung hindurch bot, war beinahe noch bizarrer.

Die Ungeheuer aus der Urzeit wurden von einem Monster aus der Zukunft gejagt – das war jedenfalls der allererste Eindruck, den Littlecloud hatte.

Über der Straße schwebte ein olivgrüner Kampfhubschrauber. Der Pilot hielt die Maschine in acht, allerhöchstens zehn Metern Höhe in der Luft, und gerade, als sich Littlecloud zu ihr herumdrehte, begann sie leicht nach vorne zu kippen. Littlecloud verstand den Sinn dieses Manövers sehr wohl, aber er weigerte sich für eine halbe Sekunde einfach, es zu begreifen.

»Nein!« flüsterte er. »Dieser Idiot! Um Gottes wil . . .«

Der Rest seines Satzes ging im heulenden Kreischen der modifizierten Gatlin-Gun unter, die unter dem Cockpit des Apache angebracht war.

Es war, als ob die ganze Straße explodierte. Die Geschosse zerfetzten den Asphalt, die Autowracks und die Saurier gleichermaßen. Die drei oder vier Deinonychi, die dem Angriff von Mainlands Männern bisher noch standgehalten hatten, wurden regelrecht in Stücke gerissen. Littlecloud wartete mit angehaltenem Atem darauf, daß eine verirrte Kugel einen Funken aus dem Asphalt riß, der das Benzin draußen unter dem Vordach entzündete, aber sein persönlicher Vorrat an Wundern schien noch nicht aufgebraucht. Die Maschinenkanone verstummte mit einem metallischen Kreischen, ohne daß die Welt Feuer fing. Littlecloud atmete vorsichtig auf.

Für eine einzige Sekunde.

Dann schwenkte der Apache auf der Stelle herum, und Littlecloud wußte bereits, was geschehen würde, noch ehe er die Bewegung aus den Augenwinkeln wahrnahm. Plötzlich fiel ihm wieder ein, daß sie auch von der Rückseite der Tankstelle her Schreie und den Lärm eines entsetzlichen Kampfes gehört hatten.

Die Gatlin-Gun heulte erneut, und diesmal geschah die Katastrophe.

Littlecloud konnte den Funken sogar sehen, der aus einer der Betonsäulen herausspritzte und sich fast behäbig zu Boden senkte. Es schien wie in Zeitlupe zu passieren. Langsam, unendlich langsam, wie es ihm vorkam, senkte sich der winzige Glutpunkt zu Boden und wurde dabei immer kleiner und blasser. Als er die Erde erreichte, war er fast erloschen. Aber nur fast. Die Benzinlache fing mit einem sonderbar weichen Geräusch Feuer. Mainland und er taumelten im gleichen Moment und mit schützend vor die Gesichter gerissenen Armen zurück. Trotzdem traf sie die Hitzewelle mit grausamer Wucht, versengte ihre Augenbrauen und Haare und ließ sie keuchend nach Atem ringen.

»Raus hier!« brüllte Mainland. *»Der ganze Laden fliegt gleich in die Luft!«*

Selbst wenn sie gewollt hätten – sie konnten es gar nicht mehr. Der gesamte Tanksäulen-Bereich der Texaco stand in Flammen. Die Hitze drang wie eine erstickende Woge zu ihnen herein, und es konnte nur noch Sekunden dauern, bis die Flammen auch auf die unterirdischen Tanks übergriffen und die gesamte Tankstelle wie eine übergroße Bombe hochging. Trotzdem hörten sie immer noch die gellenden Schreie auf der anderen Seite der Tür.

Littlecloud stolperte halb blind los und zerrte vergeblich an der Tür. In panischer Hast wich er zurück, zog den Revolver aus dem Gürtel und feuerte dreimal hintereinander auf das Schloß. Trotzdem mußten sie sich mit vereinten Kräften gegen die Tür werfen, ehe sie endlich nachgab und sie nebeneinander in den dahinterliegenden Raum stolperten.

Littlecloud riß seine Waffe in die Höhe. Er hörte die Schreie jetzt ganz deutlich. Aber vor ihnen war kein weiterer Dinosaurier. Der Raum wäre gar nicht groß genug gewesen, einem dieser gewaltigen Tiere Platz zu bieten. Es war im Grunde nicht mehr als eine kleine Kammer, an deren Rückseite sich eine schmale Tür befand, die lose in den Angeln pendelte. Es waren auch keine Menschen da.

Die Schreie kamen aus dem kleinen Fernsehgerät, das auf einem Regal an der Wand stand und einen japanischen Monsterfilm zeigte.

Ein dumpfer Knall wehte zu ihnen herein. Für eine Sekunde loderte der Himmel draußen über der Stadt in einem hellen, boshaften Rot, und Littlecloud konnte fühlen, wie tief unter ihren Füßen irgend etwas zerbrach.

Mit verzweifelter Hast rannten sie los, aber Littlecloud war bis zum letzten Moment nicht sicher, daß sie es schaffen würden.

Die unterirdischen Tanks der Texaco-Station enthielten mehr als dreihunderttausend Gallonen Benzin, und ein boshaftes Schicksal hatte es so gefügt, daß sie, weniger als eine halbe Stunde bevor die Saurier ihren Großangriff auf Las Vegas begannen, erst gefüllt worden waren.

Sie explodierten, als sich Littlecloud und Mainland ungefähr hundert Meter von der Tankstelle entfernt hatten.

Die Welt schien in einem Chaos aus Flammen und Lärm auseinanderzubrechen. Der Boden hob und senkte sich in einer Folge unvorstellbar harter, schneller Stöße, und die Luft, die er atmete, schien sich in flüssiges Feuer verwandelt zu haben, das seine Lungen verbrannte. Das Licht war so intensiv, daß es selbst durch seine geschlossenen Lider und die schützend davorgeschlagenen Hände drang und ihn vor Schmerz aufstöhnen ließ, und er glaubte zu spüren, wie sein Haar verkohlte und seine Kleider zu Asche zerfielen. Das Brüllen der Explosion hallte noch immer in seinen Ohren nach, obwohl es in Wirklichkeit längst verklungen war.

Littlecloud krümmte sich wimmernd zu einem Ball zusammen, verbarg das Gesicht in der Armbeuge und wartete darauf, daß der Himmel aufhörte, in Stücke zu brechen, die brennend auf ihn herabfielen. Er hatte jedes Zeitgefühl verloren – ein winziger, noch zu klarem Denken fähiger Teil seines Bewußtseins sagte ihm, daß es nur Sekunden gedauert haben konnte, aber subjektiv schienen Ewigkeiten zu vergehen, bis der Donner der Explosion endlich verebbte und der Trümmerregen aufhörte, und weitere Ewigkeiten, bis er es wagte, die Augen wieder zu öffnen und behutsam den Kopf zu heben.

Seine Umgebung bot einen furchteinflößenden Anblick.

Die Druckwelle hatte ihn meterweit durch die Luft geschleudert und herumgewirbelt, so daß er im ersten Moment Mühe hatte, sich zu orientieren. Die zerstörte Tankstelle befand sich irgendwo links von ihm, aber alles, was er davon sehen konnte, war eine brodelnde schwarze Qualmwolke, hinter der es immer wieder weiß und orangerot aufflammte. Die Barrikade aus ineinander verkeilten Autowracks, die die Straße blockiert hatte, war verschwunden, nur hier und da lagen noch ein glühendes Trümmerstück oder ein verkohlter Kadaver. Von dem Dutzend Deinonychi, das die Stadt überfallen hatte, war keines mehr am Leben. Die wenigen Tiere, die dem MG-Feuer des Hubschraubers entkommen waren, waren von der Explosion in Stücke gerissen und verbrannt worden.

Aber der Preis, den dieser Sieg gekostet hatte, war furchtbar.

Littlecloud sah mindestens ein Dutzend regloser Gestalten rings um sich herum auf dem Boden liegen, und er war sicher, daß einige davon sich nie wieder erheben würden. Überall brannte es. Glühende Trümmerstücke und brennendes Benzin waren in weitem Umkreis vom Himmel geregnet und hatten die Straße, Automobile, Häuser und Vorgärten in Brand gesetzt, und die Druckwelle schien jede einzelne Fensterscheibe im Umkreis einer Meile zertrümmert zu haben. Daß er überhaupt noch am Leben war, kam ihm für einen Moment selbst wie ein Wunder vor.

Er hörte ein halblautes Stöhnen hinter sich, drehte mühsam den Kopf und erkannte Mainland, der ebenso wie er zu Boden geschleudert worden war. Sein Hemd war zerrissen und an zahlreichen Stellen verkohlt, und sein Gesicht war über und über mit Blut verschmiert, das aus einer breiten, häßlichen Schnittwunde unter seinem Haaransatz lief. Trotzdem hatte er Glück gehabt: Kaum einen Meter neben ihm loderte eine Pfütze aus brennendem Benzin, und unmittelbar neben seinem rechten Fuß war ein glühendes Trümmerstück mit solcher Gewalt vom Himmel gestürzt, daß es sich tief in den Asphalt gegraben hatte.

Littlecloud stemmte sich mühsam auf Hände und Knie hoch, überzeugte sich mit einem flüchtigen Blick davon, daß er selbst nicht ernsthaft verletzt war, und kroch dann zu dem Lieutenant hinüber. Mainland war bei Bewußtsein, aber seine Augen waren trüb. Im allerersten Moment erkannte er Littlecloud nicht einmal. Dann versuchte er sich aufzurichten, verzog schmerzhaft das Gesicht und sank stöhnend wieder zurück. Erst beim zweiten Versuch gelang es ihm, mit Littleclouds Hilfe, sich in eine sitzende Position hochzustemmen.

»O verdammt«, stöhnte er. »Was . . . was ist passiert?«

»Was ist mit Ihnen?« fragte Littlecloud. Er sah Mainland scharf an. Die Kopfwunde des Lieutenant blutete stark, aber

Littlecloud hatte Verletzungen dieser Art auch oft genug gesehen, um zu wissen, daß sie nicht gefährlich war.

Mainland sah ihn verständnislos an. »Was ist hier los?« fragte er erneut. »Wo bin ich? *Wer* bin ich? Und wer sind Sie?«

»Sie erinnern sich nicht?« fragte Littlecloud.

»Woran?« murmelte Mainland. Sein Blick spiegelte vollkommene Hilflosigkeit. »Was ist los? Hat es . . . einen Unfall gegeben?«

»So kann man es nennen«, antwortete Littlecloud. »Aber ich helfe Ihnen gerne auf die Sprünge. Mein Name ist Marc Littlecloud. Und Sie sind Mainland, mein Chauffeur und Butler. Aber ich fürchte, Sie werden sich einen anderen Job suchen müssen. Das Ganze hier ist nämlich Ihre Schuld, wissen Sie?« Er machte eine weit ausholende Geste, die bei der brennenden Tankstelle endete. »Sie haben eine rote Ampel übersehen und einen Tanklaster gerammt, und der ist dann in eine Tankstelle gerast und explodiert.« Er seufzte, schüttelte in perfekt geschauspielertem Entsetzen den Kopf und sah Mainland mitfühlend an. »Mein lieber Mann – in Ihrer Haut möchte ich nicht stecken, wenn die Cops hier auftauchen und fragen, wer an dem ganzen Schlamassel eigentlich schuld ist.«

Mainland blinzelte.

»Ich an Ihrer Stelle würde abhauen, solange ich es noch kann«, fuhr Littlecloud ernsthaft fort. »Verschwinden Sie, solange hier noch alles drunter und drüber geht. Am besten laufen Sie los und verstecken sich irgendwo in der Wüste. Ich werde kein Wort sagen.«

»Darauf wette ich«, antwortete Mainland. Sein Blick sprühte plötzlich vor Feindseligkeit. »Ein hübscher Versuch, Winnetou«, sagte er. »Ich frage mich, ob du tatsächlich zugesehen hättest, wie ich in die Wüste hinausrenne.«

»Probieren Sie es aus«, schlug Littlecloud vor. »Und wenn Sie mich noch ein einziges Mal *Winnetou* nennen, schlage ich Ihnen die Zähne ein.« Er stand auf, streckte Mainland die

Hand entgegen und zog ihn ziemlich unsanft auf die Füße, als Mainland danach griff. Mainland runzelte die Stirn – das hieß: er *versuchte* es, er verzog schmerzhaft die Lippen und hob die Hand an den Kopf. Als er die Finger zurückzog, waren sie rot von seinem eigenen Blut. »Tut es weh?« fragte Littlecloud.

»Ja«, stöhnte Mainland.

»Gut.« Littlecloud lächelte, ließ Mainlands Hand los und drehte sich erneut zu der brennenden Tankstelle herum. Die Rauchsäule war noch dichter geworden, aber zumindest hatten die Explosionen aufgehört. Auch die meisten Verletzten regten sich wieder; einige waren bereits wieder auf den Beinen oder versuchten, anderen zu helfen, und die allermeisten Brände waren schon wieder erloschen. Littlecloud konnte zwar nicht sagen, wie es auf der anderen Seite der brennenden Tankstelle aussah, aber zumindest hier schienen sie noch Glück im Unglück gehabt zu haben.

Eine plötzliche Windböe trieb den Rauch auseinander, und in der Lücke erschien ein schwarzes, kreischendes Ungeheuer aus Stahl und Glas, das zielsicher auf Littlecloud und Mainland zuhielt und sich keine zwanzig Meter von ihnen entfernt zu Boden senkte. Der Pilot ging dabei ziemlich rücksichtslos vor: Zwar befanden sich genau dort, wo er den Helikopter landete, keine Menschen, aber die Wucht der aufgepeitschten Luft war selbst in zehn Metern Entfernung noch groß genug, einige von denen, die sich gerade mühsam hochgestemmt hatten, wieder zu Boden zu schleudern. Selbst Littlecloud und Mainland hatten Mühe, sich auf den Beinen zu halten. Littlecloud hob schützend den Arm über das Gesicht, während der Lieutenant den Hubschrauber fast haßerfüllt anstarrte. Seine Lippen bewegten sich, aber das Kreischen der auslaufenden Turbine verschluckte seine Worte. Littlecloud konzentrierte sich wieder auf den landenden *Apache* – und riß ungläubig die Augen auf, als er den Mann erkannte, der aus der Pilotenkanzel sprang und geduckt auf Mainland und ihn zugerannt kam.

Das Heulen der Turbine erstarb, und einen Moment später ließ auch der Sturmwind nach, den die Rotoren des Kampfhubschraubers entfesselt hatten. Littlecloud nahm den Arm herunter und wollte dem Mann entgegentreten, der aus dem Hubschrauber gestiegen war, doch Mainland war schneller. Mit einer einzigen, wütenden Bewegung vertrat er ihm den Weg, fuhr herum und hob den Arm, um nach dem Mann in der schmucklosen Air-Force-Uniform zu schlagen. Littlecloud begriff seine Absicht beinahe zu spät. Er fing Mainlands Schlag im letzten Moment ab, verdrehte ihm in der gleichen Bewegung den Arm und zwang ihn mit einem kurzen, harten Ruck auf die Knie.

Mainland stöhnte. Einige Sekunden lang versuchte er mit aller Macht, Littleclouds Griff zu sprengen, aber ebensogut hätte er versuchen können, den Hubschrauber mit bloßen Händen umzuwerfen. Littlecloud hatte ihn in einem Griff, der seine eigene Kraft gegen ihn lenkte. Schließlich begriff Mainland wohl, daß er sich nur selbst größere Schmerzen zufügte, je heftiger er sich wehrte, und gab auf.

»Wenn Sie vernünftig sind, lasse ich Sie los«, sagte Littlecloud. »Also?«

»Okay«, stöhnte Mainland mit zusammengebissenen Zähnen. »Ich verspreche es.«

Littlecloud ließ sein Handgelenk tatsächlich los – allerdings erst, nachdem er einen fragenden Blick mit dem Mann in der Air-Force-Uniform getauscht und ein kaum sichtbares Nicken als Antwort erhalten hatte. Mainland stand unsicher auf, massierte seinen schmerzenden Arm mit der anderen Hand – und schlug so plötzlich und warnungslos zu, daß Littleclouds Reaktion diesmal wirklich zu spät kam. Colonel Straiter taumelte zurück, stürzte rücklings zu Boden und blieb einen Moment benommen liegen. Mainland wollte ihm nachsetzen, aber diesmal war Littlecloud schnell genug: Er packte den Lieutenant mit beiden Händen, zwang ihn ein zweites Mal auf die Knie und verdrehte ihm so heftig den Arm, daß er vor Schmerz aufschrie.

»Ist das Ihre Art, Ihr Wort zu halten, Mainland?« fragte er. »Sie hatten mir versprochen, vernünftig zu sein!«

»Und?« keuchte Mainland. »Ich finde es sehr vernünftig, diesem Idioten den Schädel einzuschlagen! Lassen Sie mich los, damit ich ihm den Hals herumdrehen kann!«

Littlecloud ließ ihn nicht los, sondern verstärkte seinen Griff im Gegenteil noch mehr. Mainland keuchte vor Schmerz, aber Littleclouds Mitleid hielt sich in Grenzen. Es war erst ein paar Stunden her, da hatte *er* vor Mainland am Boden gelegen und sich gekrümmt.

»Lassen Sie ihn los, Red!«

Straiter hatte sich aufgesetzt und die Hand ans Gesicht gehoben. Aus seinem rechten Mundwinkel lief Blut, und er wirkte noch immer ein wenig benommen. Trotzdem klang seine Stimme so befehlsgewohnt wie immer. Littlecloud gehorchte auch sofort. Er ließ Mainlands Handgelenk los und trat einen Schritt zurück. Allerdings nicht weiter. Und er blieb auch mit halb erhobenen Händen hinter dem Lieutenant stehen, bereit, jederzeit wieder zuzugreifen. Wie es schien, hatte Mainland seine Lektion gelernt. Er stemmte sich umständlich in die Höhe und gab sich redliche Mühe, Straiter mit Blicken geradezu aufzuspießen, unternahm jedoch keinen Versuch mehr, sich ein drittes Mal auf ihn zu stürzen.

Auch Straiter hatte sich wieder auf die Füße erhoben. Er fuhr sich mit dem Handrücken über seine aufgeplatzte Lippe, sah einen Moment stirnrunzelnd auf das Blut herab, das auf seiner Hand zurückblieb, und wandte sich dann an Littlecloud. »Schön, Sie zu sehen, Red«, sagte er. Mit einem nicht besonders humorvoll wirkenden Lächeln fuhr er fort: »Obwohl ich sagen muß, daß ich es allmählich lästig finde, Sie jedesmal aus irgendeiner unangenehmen Situation heraushauen zu müssen.«

»Sie kennen diesen Wahnsinnigen?« murmelte Mainland.

»Ja, wir kennen uns«, antwortete Straiter an Littleclouds Stelle. »Und mit wem habe ich das Vergnügen?«

»Mein Name ist Mainland«, antwortete Mainland. Seine Stimme zitterte, und er hatte die Hände zu Fäusten geballt. Littlecloud zweifelte nicht daran, daß es einzig und allein seine Anwesenheit war, die ihn noch davon abhielt, sich schon wieder auf Straiter zu stürzen. »Und es wird ganz bestimmt kein Vergnügen für Sie, das verspreche ich Ihnen!«

»Mainland?« Straiter legte fragend den Kopf auf die Seite. »*Lieutenant* Mainland?« Ohne Mainlands Antwort abzuwarten, trat er wieder einen Schritt auf ihn zu und streckte ihm die Hand entgegen. Die Geste kam so unerwartet und schnell, daß Mainland um ein Haar tatsächlich danach gegriffen hätte.

»Mein Name ist Straiter«, sagte er. »Colonel Straiter von der US-Air-Force. Wir haben heute morgen miteinander telefoniert.«

Mainland riß verblüfft die Augen auf. »Sie sind Win ... ich meine Littleclouds Vorgesetzter?«

»Ganz recht.« Straiter hatte Mainlands Versprecher natürlich bemerkt und lächelte flüchtig. Aber er wurde schon in der nächsten Sekunde wieder ernst. »Aber ich fürchte, ich bin nicht nur in dieser Eigenschaft hier. Ich bin vielleicht deshalb hierhergekommen, aber nach allem, was ich auf dem Weg hierher gesehen habe, haben sich die Dinge ein wenig ... geändert.«

»Geändert?« fragte Mainland mißtrauisch. »Wie meinen Sie das?« Die Feindseligkeit, die aus seiner Stimme verschwunden schien, war plötzlich wieder da, und auch Littlecloud hatte mit einemmal ein nicht besonders gutes Gefühl. Er kannte Straiter gut genug, um auch dann noch in seinem Gesicht lesen zu können, wenn die meisten anderen es für vollkommen ausdruckslos gehalten hätten.

»Lieutenant Mainland«, fuhr Straiter fort. Seine Stimme wurde offiziell. »Unter Inanspruchnahme meiner mir vom Präsidenten der Vereinigten Staaten von Amerika verliehenen Vollmachten verhänge ich hiermit den Ausnahmezustand über diese Stadt. Las Vegas steht ab sofort unter meinem Kommando.«

Das Tier war so groß wie ein dreistöckiges Haus, und hätte es seinen langen, muskulösen Hals nicht gesenkt, um an einem der wenigen, dürren Büsche zu zupfen, deren Wurzeln im kargen Wüstensand neben dem Highway Halt gefunden hatten, hätte es vermutlich noch weitaus größer und beeindruckender ausgesehen. Seine plumpen Beine blockierten den vierspurigen Highway auf ganzer Breite, und der gewaltige Schwanz hatte einen Graben in den Sand gerissen, in dem ein ausgewachsener Mensch bequem hätte liegen können.

»Unglaublich!« sagte Parmeter. »Ab-so-lut-un-glaublich!« Jede einzelne Silbe, die er sprach, wurde vom Klicken seiner Kamera begleitet. Eine zweite lag neben ihm auf dem Sitz des Landrovers, und eine dritte, deren Film noch darauf wartete, ebenso schnell und beinahe wahllos verschossen zu werden wie seine beiden Vorgänger, baumelte um seinen Hals.

»Dein Informant hatte recht«, fuhr er fort, während er den Sucher der Kamera auf den vergleichsweise winzigen Schädel des Sauriers richtete und so schnell auf den Auslöser drückte, daß dem Motor der Kamera kaum Zeit blieb, den Film zu transportieren. »Das waren die bestangelegten fünfhundert Dollar, die du mir je abgeschwatzt hast.«

»Wenn du es schon selbst sagst – wie wäre es mit einer kleinen Prämie?« Das blonde, vielleicht zwanzigjährige Mädchen, das neben Parmeter hinter dem Steuer saß, griff nach der Kamera und begann den Film zu wechseln. Sie stellte sich nicht besonders geschickt dabei an, aber das lag weniger daran, daß sie nicht genug Übung darin gehabt hätte, sondern daß ihre gesamte Aufmerksamkeit dem Saurier galt, der wie ein zum Leben erwachtes Fabelwesen über dem Wagen aufragte.

»Eine *kleine* Prämie?« Parmeter lachte, wechselte die Kamera und visierte den Brachiosaurus aus einem anderen Blickwinkel an. Die Aufmerksamkeit des gläsernen Auges konzentrierte sich jetzt auf die Beine des geschuppten Kolosses. »Liebling, wenn wir diese Bilder hier als erste an den Mann bringen, haben wir ausgesorgt, ist dir das klar?«

Das Mädchen antwortete nicht, sondern klappte die Kamera wieder zu und legte sie griffbereit vor Parmeter auf das Armaturenbrett. Ihr Blick suchte den Saurier, und anders als bei ihrem Begleiter spiegelte sich auf ihrem Gesicht durchaus Angst. Das Tier war noch gute fünfzig oder sechzig Meter entfernt; für ein Geschöpf dieser Größe bedeutete das nicht mehr als einige Schritte.

»Aber wo . . . wo kommt dieses Tier bloß her?« murmelte das Mädchen.

Parmeter senkte endlich seinen Fotoapparat. Einige Sekunden lang blickte er den Saurier mit bloßem Auge an, dann schüttelte er den Kopf und deutete nach rechts. »Die Frage kann ich dir beantworten, Sue«, sagte er. »Dorther. Die spannende Frage ist: *Wo zum Teufel kommt dieser Wald her?«*

Sues Blick folgte für eine Sekunde seiner Geste, kehrte aber dann sofort wieder zu dem Dinosaurier zurück. Das Tier hatte aufgehört zu fressen. Vielleicht entsprachen die dürren, dornigen Büsche, die das einzige waren, was das Leben der Nevada-Wüste hatte abtrotzen können, nicht seinem Geschmack, vielleicht verunsicherte es auch die Nähe der Menschen und ihres Fahrzeuges. Sues Herz machte einen erschrockenen Sprung, als sich der Blick des gigantischen Sauriers direkt auf Parmeter und sie richtete. Aber nur für einige Sekunden. Dann hob das Geschöpf seinen gigantischen Hals, sah sich für einen Moment fast unschlüssig um und trabte gemächlich in südöstlicher Richtung davon. Sue atmete auf.

»Angst?« Parmeter lachte nervös, schoß noch drei oder vier Aufnahmen von dem davontrottenden Saurier und ließ sich dann wieder auf den Sitz niedersinken. »Brauchst du nicht. Das war ein Pflanzenfresser.«

»Ach?« sagte Sue. »Und woher weißt du das?« Sie griff nervös nach dem Zündschlüssel, zögerte aber noch, den Motor zu starten.

»Weil die ganz Großen alle Pflanzenfresser waren«, antwortete Parmeter. »Wenn du ein fünf Meter großes Vieh auf zwei Beinen siehst, dann hast du Grund, in Panik auszubrechen.«

»Wäre dir auch schon mit einem von drei Metern gedient?« fragte Sue. Parmeter fuhr zusammen und drehte sich erschrocken herum. Die Straße hinter ihnen war leer. »Komisch«, murrte Parmeter. »Wirklich komisch.«

Sue startete den Motor, aber als sie den Gang einlegen und losfahren wollte, legte ihr Parmeter die Hand auf den Arm und schüttelte den Kopf. »Warte noch«, sagte er. »Vielleicht sollten wir uns noch ein bißchen umsehen.«

»Aber was gibt es denn hier zu sehen?«

Parmeter blickte dem Saurier nach. Das Tier trottete gemächlich davon und blieb von Zeit zu Zeit einmal stehen, um den Boden nach Nahrung abzusuchen. Trotzdem entfernte es sich schnell, denn jeder einzelne Schritt trug es um annähernd zehn Meter weiter. »Dieser Wald«, murmelte er. »Ich verstehe nicht, wo er so plötzlich herkommt. Das ... das ist eigentlich unmöglich!«

»Vielleicht haben sie es die ganze Zeit über geheimgehalten«, murmelte Sue. »Ich meine ... vielleicht haben sie diesen Wald in aller Stille angepflanzt, um ihn ...« Sie verstummte, als sie ein Blick Parmeters traf. Aber die Überheblichkeit in Parmeters Augen währte nicht lange. Einige Sekunden lang sah er das blondhaarige Mädchen nachdenklich an, dann hellte sich sein Gesicht plötzlich auf.

»Manchmal bist du geradezu genial«, sagte er. »Ich meine – du weißt es wahrscheinlich nicht, aber ich glaube, du bist der Wahrheit verdammt nahegekommen. Fahr los.« Er deutete mit einer Kopfbewegung auf den Waldrand, annähernd zwei Meilen von der Straße entfernt. »Dorthin.«

»Aber ... aber fahren wir ihm denn nicht nach?« wunderte sich Sue.

»Dem Saurier?« Parmeter lachte. »Wozu? Die Bilder laufen uns nicht davon. Außerdem – so ungern ich es auch zugebe, aber ich fürchte, in spätestens zwei Stunden sind unsere Fotos nicht mehr ganz so exklusiv. Es spielt wahrscheinlich keine Rolle, ob wir sie ein paar Minuten früher oder später durchfaxen. Nein – das *wahre* Geheimnis liegt dort drüben. Wußtest du, daß das Militär irgendwo dort drüben eine geheime Forschungsstation betreibt?«

Sue schüttelte den Kopf und sagte: »So geheim kann sie nicht sein, wenn du davon weißt.«

Eine Sekunde lang wirkte Parmeter eindeutig verblüfft, dann lachte er. »Schon wieder ein Punkt für dich«, sagte er. »Allmählich frage ich mich, ob du vielleicht nur den Dummkopf spielst und dich insgeheim über mich lustig machst.«

»Wieso insgeheim?« antwortete Sue. »Du hast es bisher nur nicht gemerkt.« Sie deutete auf den Wald. »Die Idee gefällt mir nicht. Wo eines von diesen Biestern ist, können auch noch mehr sein.«

»Stimmt«, sagte Parmeter. »Aber wenn ich Angst davor hätte, ein Risiko einzugehen, wäre ich Wirtschaftsjournalist geworden. Du kannst hierbleiben, wenn du willst. Ich hole dich später ab.«

Sue spießte ihn mit Blicken regelrecht auf. Aber sie sagte nichts mehr, sondern startete endgültig den Motor und lenkte den Wagen von der Straße hinunter und auf den entfernten Waldrand zu. Sie hatte kein besonders gutes Gefühl, aber für die nächsten Minuten war sie voll und ganz damit beschäftigt, den Wagen in der Gewalt zu behalten. Der VW war ein guter und zuverlässiger Wagen, aber wie alle deutschen Automobile war er für die *Straße* gebaut, nicht für eine Spritztour quer durch die Wüste. So brauchte sie wesentlich länger als erwartet, um den Waldrand zu erreichen.

Immerhin gab dies Sue Gelegenheit, den ominösen *Wald*

ein wenig genauer in Augenschein zu nehmen, als sie es sonst vielleicht getan hätte. Es war ein sehr sonderbarer Wald. Die Bäume sahen gar nicht aus wie richtige Bäume, sondern erinnerten viel mehr an zu groß geratene Farngewächse, und es gab nur sehr wenige Büsche. Außerdem fehlte etwas, auch wenn Sue nicht genau sagen konnte, was.

»Unglaublich«, murmelte Parmeter. »Das... das kann nicht sein. Ich sehe es, aber ich... ich weigere mich, es zu glauben!«

»Was?« fragte Sue.

»Dieser Wald!« Parmeter wirkte plötzlich furchtbar aufgeregt. »Begreifst du denn nicht? Diesen Wald dürfte es gar nicht geben!«

»Ich weiß«, antwortete Sue. »Du hast selbst gesagt, daß...«

»Das meine ich nicht«, unterbrach sie Parmeter. »Einen solchen Wald dürfte es auf der ganzen Welt nicht geben. Nirgendwo! Das... das ist ein Wald aus dem Mesozoikum!«

»Aus dem *was?«* fragte Sue. Sie hatten den Waldrand erreicht, und der Wagen wurde langsamer. Sue ließ das Golf-Cabriolet ausrollen und trat auf die Bremse, so daß der Wagen unmittelbar am Waldrand zum Stehen kam. Parmeter sprang heraus, noch ehe der Wagen stand. Sue folgte ihm, wenn auch weitaus langsamer.

»Sieh dir das an!« sagte Parmeter. »Das... das sind überhaupt keine Bäume! Das ist...«

»Was?« fragte Sue, als Parmeter nicht weitersprach.

»Still!« Der Journalist hob warnend die Hand. Er hatte die Stimme ganz instinktiv zu einem Flüstern gesenkt und lauschend den Kopf schräggelegt. Seine ganze Haltung verriet plötzlich große Konzentration – aber auch Angst.«

»Was hast du?« fragte Sue erschrocken.

Parmeter setzte zu einer Antwort an, aber bevor er es tun konnte, hörte auch das Mädchen, was ihn offensichtlich alarmiert hatte: eine Folge splitternder, krachender Geräusche. Irgend etwas kam näher.

»Wir sollten besser von hier verschwinden«, sagte Sue nervös. Parmeter ließ zwar keine Gelegenheit verstreichen, ihr zu erklären, daß er sie für das lebende Klischee des hübschen, blonden Dummchens hielt, aber das änderte trotzdem nichts daran, daß von diesen drei Adjektiven nur zwei auf Sue zutrafen: sie war blond, und sie war tatsächlich sehr hübsch – aber sie war keineswegs dumm. Und sie war auf gar keinen Fall naiv genug, nicht schon längst von selbst auf den Gedanken gekommen zu sein, daß dieser Dschungel vielleicht noch andere, weitaus weniger harmlose Bewohner haben mochte als diesen einen, pflanzenfressenden Riesensaurier.

»Vielleicht hast du recht«, murmelte Parmeter – was an sich schon ungewöhnlich genug war. Er gab normalerweise *nie* zu, daß Sue recht hatte.

Aber es war zu spät. Sue blieb nicht einmal genug Zeit, sich über Parmeters plötzlichen Gesinnungswandel zu wundern. Das Splittern und Krachen wurde lauter, und dann brach ein gewaltiges, grüngraues Wesen zwischen den Bäumen hervor und stürmte auf vier dicken, aber erstaunlich flinken Beinen keine fünf Meter neben dem Wagen in die Wüste hinaus. Sue stieß einen erschrockenen Schrei aus, schlug fast im gleichen Moment die Hand vor den Mund und prallte zurück, und auch Parmeter brachte sich mit einem hastigen Satz in Sicherheit – was keinem von ihnen etwas genutzt hätte, wäre der Saurier auch nur fünf Meter weiter aus dem Wald gestürmt.

Das Tier war nicht so groß wie das, das sie draußen in der Wüste gesehen hatten – aber es war noch immer ein Koloß. Wäre es unmittelbar vor ihnen aus dem Wald gebrochen, so hätte es den Wagen und seine beiden Insassen wahrscheinlich einfach überrannt, ohne es auch nur zu bemerken.

Doch das Tier rannte um sein Leben.

Zehn Meter hinter ihm brach eine ganze Horde sandfarbener Teufel aus dem Wald. Wenigstens war das der allererste Eindruck, den Sue hatte. Die Tiere waren nicht annähernd so groß wie die Beute, die sie verfolgten, aber viel schneller und ungleich gefährlicher. Sue hatte solche Geschöpfe noch nie zuvor im Leben gesehen. Trotzdem spürte sie instinktiv, daß sie Killern gegenüberstand; vielleicht den gefährlichsten Geschöpfen, die es jemals auf diesem Planeten gegeben hatte. Weit nach vorne gebeugt, mit ausgestreckten Krallen und waagerecht gehaltenem Schwanz, um das Gleichgewicht zu halten, wirkten sie kaum größer als ein großer Hund, aber alles an ihnen sah *gefährlich* aus: die großen, fast menschlich anmutenden Hände mit den mörderischen Krallen, die übergroßen Köpfe mit den rasiermesserscharfen, gebogenen Zähnen. Sue begriff, daß diese Geschöpfe zu keinem anderen Zweck geboren waren, als zu töten.

»Großer Gott!« keuchte Parmeter. »Weg! Nichts wie weg hier!«

Sue hätte hinterher nicht mehr sagen können, ob es bloßer Zufall oder sein Schrei gewesen war, der die Aufmerksamkeit der Deinonychi ausgerechnet in diesem Moment erweckte. Es spielte eigentlich auch keine Rolle. Der Großteil der Meute jagte weiter mit gewaltigen, grotesk anmutenden Sprüngen hinter seiner Beute her, aber zwei der Tiere wurden plötzlich langsamer, blieben ganz stehen und drehten sich schließlich zu ihnen herum. Für die Dauer einer Sekunde blickte Sue in ein Paar dunkler, beunruhigend wacher Augen. Sie begriff ganz instinktiv, daß sie gegen diese Geschöpfe nicht die Spur einer Chance hatten.

Und dann ging alles unglaublich schnell. Das ganze, furchtbare Geschehen dauerte allerhöchstens zwei Sekunden, aber für Sue wurden sie zu zwei Ewigkeiten, die sie nie wieder vergessen sollte.

Die beiden Ungeheuer näherten sich Parmeter und ihr mit langsamen, wiegenden Schritten, aber auf eine Weise, der man ansah, wieviel Kraft und Wildheit sich hinter diesen vermeintlich langsamen Bewegungen verbargen.

Zugleich hörte Sue einen sonderbaren, summenden Ton, der aus dem Nichts zu kommen schien und von überallher zugleich erscholl. Er wurde nicht lauter, nahm aber rasch an Intensität zu.

Parmeter schrie erneut auf und wich rückwärts gehend vor den beiden Deinonychi zurück.

Das linke der beiden Tiere, das sich ihn als Opfer auserkoren hatte, schwenkte um eine Winzigkeit herum und begann zu rennen. Es machte zwei, drei gewaltige Schritte und stieß sich dann ab, um sein Opfer mit weit vorgestreckten Hinterläufen und ausgebreiteten Klauen anzuspringen. Seine Bewegungen erinnerten auf absurde Weise an ein Känguruh. Auch der zweite Deinonychus raste los. Sue schrie gellend auf und riß die Hände vor das Gesicht.

Das Summen wurde intensiver.

Plötzlich war überall Licht. Für den Bruchteil einer Sekunde schienen Millionen und Abermillionen winziger weißer Glühwürmchen über der Wüste in der Luft zu tanzen, Milliarden winziger vergänglicher Lichtpunkte, die die Konturen jeder einzelnen Sanddüne, jedes Steines, jedes Busches, aber auch des flüchtenden Sauriers und der ihn verfolgenden Räuber nachzeichneten.

Und dann waren das plötzlich *zwei* Bilder, wie bei einer doppelt belichteten Fotografie. Sue sah *zwei* Wirklichkeiten: die Wüste, die Saurier und den vertrauten Himmel von Nevada, aber zugleich war in dieses Bild auch der Dschungel hineingewoben, in dem sie sich befand. Es war, als gäbe es da plötzlich zwei Realitäten, die versuchten, den gleichen Platz im Universum einzunehmen.

Die beiden Deinonychi explodierten.

Irgend etwas packte die beiden Geschöpfe und zerriß sie von innen heraus. Ihre Körper wurden nicht in Stücke gerissen, sondern regelrecht in Atome zerlegt, als hätte sich die unsichtbare Kraft, die die Moleküle im Gleichgewicht hielt, von einer Sekunde auf die andere ins Gegenteil verkehrt. Was eben noch ein sich im tödlichen Sprung befindendes Ungeheuer gewesen war, das verwandelte sich in eine brodelnde, rasch auseinandertreibende Wolke aus rötlichem

Nebel. Das gleiche widerfuhr auch dem großen Saurier und ebenso dem Rudel Deinonychi, das ihn verfolgte. Nur einen winzigen Moment später erloschen die tanzenden Lichtpunkte, und die Wüste war endgültig verschwunden. An ihrer Stelle erstreckte sich nun der wuchernde Urzeitdschungel, die zweite Wirklichkeit, die die erste verschlungen und überwältigt hatte.

Alles geschah nahezu gleichzeitig und auf eine Art und Weise, die die Dinge zu etwas werden ließ, das schlimmer war als ein Alptraum. Und der Schrecken war noch nicht zu Ende.

Das Mädchen stand sekundenlang wie gelähmt da, weder in der Lage, einen Muskel zu rühren noch einen klaren Gedanken zu fassen. Die Wüste war verschwunden, so spurlos und endgültig, als hätte es sie nie gegeben, und an ihrer Stelle erstreckte sich die Fortsetzung des Farnwaldes, in dem sie angehalten hatten. Sue verstand es nicht, und sie *wollte* es auch nicht verstehen. Die Wüste war fort, aber auch die beiden Ungeheuer waren fort, die Parmeter und sie hatten töten wollen. Mit einem tiefen, unendlich erleichterten Seufzen wandte Sue sich zu Parmeter um –

und erstarrte.

Nicht nur die Wüste war verschwunden.

Auch Parmeter war fort – und die Hälfte des Volkswagens. Etwas hatte den Wagen halbiert. Die Motorhaube und ein Teil der vorderen Sitzbank, bis genau zu jener imaginären Linie, hinter der vor einer Sekunde noch die Wüste gelegen hatte, waren noch da, und der Rest war einfach . . . *weg.* Der Wagen war so sauber wie mit einem gewaltigen, superscharfen Skalpell durchgeschnitten worden.

Sue riß ungläubig die Augen auf, machte einen zögernden Schritt und blieb abermals stehen. Was sie sah, erschien ihr völlig unmöglich, aber es war trotzdem wahr. Der Urzeitdschungel hatte nicht einfach nur die Stelle der Wüste eingenommen. Alles, was vorher dort gewesen war, schien sich buchstäblich in Nichts aufgelöst zu haben.

Sie machte einen weiteren Schritt, und dann fiel ihr Blick auf das, was auf der anderen Seite des Wagens auf dem Boden lag, und sie begriff, daß nicht nur der Volkswagen, sondern auch Parmeter zu einem Teil auf dieser Seite der Wirklichkeit und zu einem anderen Teil auf der anderen gestanden hatte, als der Wechsel erfolgte.

Sue begann zu schreien und hatte das Gefühl, nie wieder damit aufhören zu können.

Selbst durch das Dreifachglas der Fenster war das Heulen der Sirenen zu vernehmen. Das Zimmer wies nach Süden heraus, so daß man die schwarze Qualmwolke, die sich mittlerweile über dem gesamten nördlichen Teil der Stadt ausgebreitet hatte, nicht sehen konnte, aber Littlecloud wußte, daß der Brand noch immer tobte. Im Verlauf der letzten Stunde waren sämtliche Löschzüge von Las Vegas ausgerückt, um die brennende Tankstelle zu löschen, aber bisher war ihnen nur gelungen, eine Ausdehnung des Brandes zu verhindern. Wenn die Zahlen stimmten, die Mainland ihm genannt hatte, hatte die Katastrophe neun Menschenleben gefordert und etliche Dutzend Verletzte. Trotzdem hatten sie Glück im Unglück gehabt. Es hätte leicht auch die zehnfache Anzahl von Toten sein können. Und vielleicht würde es das auch noch werden . . .

»Wie lange dauert denn das noch?« Straiters Stimme klang ungewohnt scharf, und sie hatte einen Unterton von Nervosität, der Littleclouds Gedanken abrupt in die Wirklichkeit des Krankenzimmers zurückriß und seinen Vorgesetzten alarmiert ansehen ließ. Er hatte Straiter schon in allen nur vorstellbaren Gemütsverfassungen erlebt, aber bisher noch nie *nervös.* Jetzt war er es.

»Sie werden sich wohl noch einen Moment gedulden müssen«, antwortete Mainland. »Außerdem wäre ich an Ihrer Stelle vielleicht nicht ganz so versessen darauf, mit Bürgermeister Clayton zu sprechen. Es ist nämlich möglich, daß er nicht besonders begeistert davon ist, daß Sie seine halbe Stadt in die Luft gesprengt haben.«

Straiter ersparte es sich, zu antworten. Seit der Kampfhubschrauber sie auf dem Dach der Klinik abgesetzt hatte, waren gute vierzig Minuten vergangen, und Mainland hatte kaum eine davon verstreichen lassen, ohne irgendeine boshafte Bemerkung anzubringen. Straiter hatte es schon nach den ersten Minuten aufgegeben, darauf zu reagieren. Er schenkte Mainland auch jetzt nur einen beinahe mitleidigen Blick, schüttelte stumm den Kopf und wandte sich dann an den grauhaarigen, etwa sechzigjährigen Mann, der aufrecht in einem der beiden Betten saß, die es im Zimmer gab. Unter normalen Umständen hatte er sicher gut ausgesehen. Er war kräftig, hatte einen graumelierten, sorgsam gestutzten Vollbart und war auf eine Weise alt, die nichts Gebrechliches hatte.

Jetzt aber bot er einen geradezu mitleiderregenden Anblick. Sein Gesicht und seine Hände waren von zahllosen Kratzern und Schrammen übersät. Sein rechter Arm war bandagiert und hing in einer Schlinge, und seine Haut hatte einen kränklichen, grauen Farbton angenommen. Unter seinen Augen lagen schwere, beinahe schwarze Tränensäcke, und seine Hände zitterten sichtbar.

»Also, Professor?« begann Straiter. »Sie sind völlig sicher, daß es näher kommt?«

»Hundertprozentig«, antwortete Schneider. Auch seine Stimme zitterte, aber viel schlimmer als die Schwäche und Erschöpfung, die darin mitschwangen, war der Schrecken, der ebenso deutlich hörbar war. »Will und ich . . .« Er verbesserte sich. *»Captain Darford* und ich haben es mit eigenen Augen gesehen. Es wächst. Und ich fürchte, sehr schnell.«

Straiter wandte sich mit einem fragenden Blick an den Mann, der im zweiten Bett lag. Er war sehr viel jünger als Schneider, bot aber ansonsten einen kaum erfreulicheren Anblick. Er nickte und schwieg.

Die Tür wurde geöffnet, ohne daß jemand angeklopft

hätte. Straiter sah mit einem leicht verärgertem Gesichtsausdruck auf, in den sich Enttäuschung und Ärger mischten, als er erkannte, daß es nicht der Mann war, auf den er seit einer Dreiviertelstunde wartete, sondern einer der Ärzte, die Schneider und Darford behandelt hatten.

»Doktor«, sagte er, »ich hatte Sie gebeten, nicht unangemeldet hereinzukommen, wenn ich mich recht erinnere.«

»Sie erinnern sich recht«, antwortete der Arzt kühl und marschierte an Straiter vorbei auf Schneiders Bett zu.

»Dann halten Sie sich bitte auch daran«, fuhr Straiter fort. »Bitte lassen Sie uns allein.«

Der Arzt würdigte ihn nicht einmal eines Blickes. »Das hier ist *meine* Klinik, wissen Sie?« sagte er. »Ich fürchte, Sie haben hier nichts zu sagen, Colonel. Wenn Sie jemandem Befehle erteilen wollen, gehen Sie in Ihre Kaserne.«

Straiters Gesicht verdüsterte sich vor Zorn, während auf dem Mainlands ein unverhohlen schadenfrohes Grinsen erschien. Der Arzt beugte sich über Schneider, leuchtete ihm mit einer kleinen Taschenlampe ins linke Auge und schüttelte den Kopf. Er steckte die Lampe ein und zog in der gleichen Bewegung ein verchromtes Spritzenetui aus der Kitteltasche.

»Was haben Sie da?« fragte Schneider mißtrauisch, während der Arzt das Etui aufklappte und eine bereits fertig aufgezogene Spritze herausnahm.

»Nichts, wovor Sie Angst haben müßten«, antwortete der Arzt, wobei er ganz unbewußt in jenen charakteristischen Ton verfiel, in dem die meisten Ärzte mit ihren Patienten sprechen – vor allem, wenn sie diese für besonders starrköpfig halten. »Nur ein leichtes Beruhigungsmittel. Es wird Ihnen helfen, einzuschlafen. Geben Sie mir Ihren Arm, bitte.«

»Den Teufel werde ich tun!« antwortete Schneider. »Geben Sie mir lieber etwas, das mich wach hält!«

Der Arzt seufzte tief. »Bitte, Professor, seien Sie vernünftig...« begann er, aber Schneider unterbrach ihn sofort, und in noch schärferem Ton:

»Ich *bin* vernünftig, Doc. Aber Sie nicht. Sie scheinen nicht zu begreifen, worum es hier geht!«

»Ich begreife, daß Sie anscheinend wild entschlossen sind, sich umzubringen«, antwortete der Arzt. »Ihnen scheint nicht klar zu sein, in welchem Zustand der Erschöpfung Sie sich befinden. Es ist schon ein kleines Wunder, daß Sie überhaupt noch am Leben sind.

»Sie haben vergessen, hinzuzufügen: *für einen Mann Ihres Alters«*, sagte Schneider säuerlich.

»Ich wollte höflich sein«, antwortete der Arzt lakonisch. »Jetzt geben Sie mir Ihren Arm, bevor ich einen Pfleger rufe, der Sie festhält.«

»Scheren Sie sich zum Teufel«, sagte Schneider. Hätte seine Stimme dabei nicht vor Schwäche gezittert und sein Gesicht nicht ausgesehen wie das Antlitz eines Toten, den man vergessen hatte zu beerdigen, dann hätte die Antwort den Arzt vielleicht sogar beeindruckt. So aber seufzte er nur noch einmal, griff nach Schneiders linkem Arm und hob mit der anderen Hand seine Spritze.

»Doktor«, sagte Straiter ruhig.

Der Arzt verdrehte die Augen, wandte mit einem zornigen Ruck den Kopf – und erbleichte, als er direkt in die Mündung der Pistole sah, die Straiter auf ihn richtete. Mainland spannte sich, und Littlecloud trat mit einer beiläufig wirkenden Bewegung neben Straiter.

»Was ... was soll das?« stammelte der Arzt.

»Sie haben Professor Schneider doch gehört«, erwiderte Straiter. »Ich glaube nicht, daß Sie berechtigt sind, ihm gegen seinen Willen irgend etwas zu spritzen. Also bitte seien Sie vernünftig und verlassen Sie das Zimmer.«

»Ich ... ich protestiere!« keuchte der Arzt. »Das ist eine Ungeheuerlichkeit! Ich werde die Polizei rufen!«

Straiter deutete lächelnd auf Mainland. »Die Polizei ist schon da. Aber ich fürchte beinahe, sie wird Ihnen nicht helfen können.« Er senkte seine Waffe. Er hatte ohnehin nie vorgehabt, sie zu benutzen, das wußte Littlecloud. Die

Tatsache allein, daß er sie *gezeigt* hatte, reichte vollkommen aus.

»Das lasse ich mir nicht bieten!« sagte der Arzt. Er wandte sich an Mainland. »Lieutenant, tun Sie etwas! Ich verlange, daß Sie diesen Mann auf der Stelle verhaften. Sie sind...«

»Was ist denn hier los?« sagte eine scharfe Stimme von der Tür her.

Mit Ausnahme Mainlands wandten sich alle Beteiligten um und blickten den etwa fünfzigjährigen, untersetzten Mann an, der hinter ihnen eingetreten war. Er trug einen teuren, maßgeschneiderten Anzug, ebenso teure Schuhe und ein nicht ganz dazu passendes Rüschenhemd mit einem schwarzen Binder anstelle einer Krawatte. Sein Gesicht sah ein wenig aufgedunsen aus, nach zu vielen Whiskys, zu vielem guten Essen und zu wenig frischer Luft und Bewegung, aber der Blick seiner Augen strafte diesen Anschein Lügen. Littlecloud hatte ihn nie zuvor gesehen, aber er wußte trotzdem sofort, wem er gegenüberstand.

»Stecken Sie die Waffe ein!« sagte Bürgermeister Clayton scharf. »Das hier ist ein Krankenhaus, kein Truppenübungsplatz!«

Littlecloud drehte sich erwartungsvoll zu Straiter herum, aber zu seinem Erstaunen gehorchte der Colonel sofort. Er wirkte sogar erleichtert.

»Sie sind Mister Clayton, nehme ich an?«

»Ganz recht!« Clayton nickte heftig, schloß die Tür hinter sich und maß zuerst Straiter und danach Littlecloud mit einem langen, nicht besonders freundlichen Blick. Schließlich musterte er auch noch Schneider und Will, wandte sich aber dann wieder an Straiter.

»Und Sie müssen der Mann sein, der glaubt, mir meine Stadt wegnehmen zu können«, sagte er. »Was soll dieser Unsinn, daß Sie den Ausnahmezustand über Las Vegas verhängen wollen?«

Straiter seufzte erneut. Aber er antwortete nicht sofort, sondern drehte sich noch einmal zu dem Arzt herum, auf dessen Gesicht sich beim Klang von Claytons Worten ein Ausdruck tiefer Bestürzung breitmachte.

»Bitte, Doc«, sagte er. »Lassen Sie uns einen Moment allein. Nur zehn Minuten. Danach übergebe ich Ihre beiden Patienten widerspruchslos in Ihre Obhut, das verspreche ich Ihnen.«

Nach allem, was er vorher gesagt hatte, überraschte diese plötzliche Versöhnlichkeit den Arzt wohl vollkommen. Er starrte Straiter nur verwirrt an, ohne zu antworten, und er protestierte nicht einmal, als der Colonel ihn am Arm ergriff und mit sanfter Gewalt zur Tür geleitete. Erst als Straiter ihn bereits auf den Gang hinausschob, erwachte er aus seiner Erstarrung und versuchte sich noch einmal zu widersetzen – aber da war es zu spät. Straiter bugsierte ihn einfach nach draußen und schob die Tür hinter ihm ins Schloß.

»Also?« sagte Clayton. Seine Augenbrauen waren ein Stück nach oben gerutscht, aber er enthielt sich jedes weiteren Kommentares. »Ich höre.«

»Professor?« Straiter wandte sich mit einem fragenden Blick an Schneider. Der Wissenschaftler hatte sich in seinem Bett aufgerichtet, aber das änderte nichts daran, daß er aussah, als würde er jeden Augenblick einfach zusammenklappen. Insgeheim bewunderte Littlecloud die Zähigkeit dieses Mannes. Darford hatte ihnen erzählt, was sie durchgemacht hatten.

»Ja«, sagte Schneider müde. »Das beste wird wohl tatsächlich sein, wenn ich es erzähle.«

Auch diese Antwort schien Clayton nicht besonders zu gefallen. Aber er sagte auch jetzt nichts, sondern ging zum Fenster, öffnete es und lehnte sich mit verschränkten Armen gegen das Fensterbrett, während Schneider die ganze Geschichte zum dritten Mal erzählte. Clayton unterbrach ihn kein einziges Mal, aber sein Gesichtsausdruck verfinsterte sich praktisch mit jedem Wort, das er hörte.

»Das ist das Verrückteste, was ich jemals gehört habe«, sagte er, als Schneider schließlich zum Ende gekommen war.

Er versuchte zu lachen, aber es klang nicht überzeugend. Eine Sekunde lang sah er Schneider durchdringend an, dann griff er in die Jackentasche, zog ein silbernes Etui hervor und zündete sich eine Zigarette an. »Und jetzt erwarten Sie tatsächlich, daß ich das alles glaube?«

»Mein Helikopter steht noch auf dem Dach«, sagte Straiter. »Sie können gerne hinausfliegen und sich selbst überzeugen.« Er griff in seine Jacke und zog einen zusammengefalteten DIN-A-4-Umschlag hervor. »Sie können allerdings auch mit diesen Satellitenaufnahmen vorlieb nehmen.«

Clayton nahm den Umschlag entgegen, öffnete ihn und zog eine Anzahl großformatiger Schwarz-weiß-Fotos hervor, die er einen Moment lang konzentriert betrachtete. »Und?« fragte er schließlich.

Straiter war verwirrt. »Was – *und?*«

»Was erwarten Sie jetzt von mir?« antwortete Clayton. »Soll ich mir ein Gewehr nehmen und auf Saurierjagd gehen?« Er sog nervös an seiner Zigarette. Seine Hände zitterten ganz leicht.

Straiter wollte auffahren, aber Schneider warf ihm einen raschen, mahnenden Blick zu. »Ich kann verstehen, daß Sie verwirrt sind, Mister Clayton«, sagte er. »Ich an Ihrer Stelle würde auch kein Wort glauben. Aber ich sage die Wahrheit. Dort draußen geht etwas . . . Unvorstellbares vor sich. Ich weiß nicht, was es ist. Ich glaube, niemand weiß das. Aber diese Stadt und alle ihre Bewohner sind in Gefahr. Und ich fürchte, in einer noch viel größeren Gefahr, als uns allen bewußt ist.«

Clayton seufzte. »Ich wiederhole meine Frage, meine Herren«, sagte er. »Was erwarten Sie jetzt von mir? Was soll ich tun? Die Nationalgarde alarmieren?«

»Das habe ich bereits getan«, sagte Straiter. Clayton blickte ihn zornig an, sagte aber nichts, und Straiter fuhr fort: »Ich hoffe, daß es nicht nötig ist – aber wir sollten uns allmählich mit dem Gedanken beschäftigen, wie diese Stadt am schnellsten zu evakuieren ist.«

Clayton starrte ihn an. »Wie bitte?«

»Sie haben gehört, was Professor Schneider erzählt hat«, sagte Straiter. »Was immer dieses Phänomen auch hervorrufen mag – es wächst. Und es bewegt sich unaufhaltsam auf Las Vegas zu.«

»Sie sind ja verrückt!« sagte Clayton impulsiv. »Wissen Sie überhaupt, was Sie da sagen, Colonel? Las Vegas *evakuieren?* Das ist vollkommen unmöglich!«

»Wir haben bereits neun Tote«, sagte Straiter beinahe sanft.

»Ja, und das sind genau neun zu viel!« antwortete Clayton. Er drückte seine Zigarette aus und zündete sich fast in der gleichen Bewegung eine neue an. »Und wenn es stimmt, was ich gehört habe, gehen einige davon auf Ihr Konto.«

»Das spielt jetzt keine Rolle«, sagte Straiter, aber Clayton unterbrach ihn sofort wieder:

»Ich denke, es spielt eine *sehr große* Rolle, Colonel. Ich werde die Geschichte nämlich ganz bestimmt nicht auf sich beruhen lassen, sondern auf einer Klärung . . .«

»Mister Clayton«, unterbrach ihn Schneider. Er sprach sehr leise, aber in seiner Stimme war etwas, was Clayton zu alarmieren schien, denn er brach mitten im Satz ab und wandte sich dem Wissenschaftler zu.

»Colonel Straiter hat recht«, sagte Schneider. »Es spielt jetzt wirklich keine Rolle. So bedauerlich die Verluste an Menschenleben auch sein mögen, aber wir haben keine Zeit zu verlieren. Es waren nur einige wenige Tiere, die die Stadt angegriffen haben, und selbst damit sind Sie kaum fertig geworden. Aber glauben Sie mir – das war nichts gegen das, was uns alle erwartet, wenn der Dschungel näher kommt – oder gar Las Vegas erreicht.« Er deutete auf das andere Bett. »Captain Darford und ich waren dort draußen. Und wir haben Geschöpfe gesehen, gegen die die, die die Tankstelle angegriffen haben, harmlose Schoßtiere sind.«

»Ich bitte Sie!« sagte Clayton. »Wollen Sie mir erzählen, daß wir nicht in der Lage sind, mit ein paar Raubtieren fertig zu werden?«

»Es sind nicht nur *ein paar Raubtiere«*, mischte sich Littlecloud ein. Für einen Moment drohten ihn die Erinnerungen an seine Begegnung mit dem Allosaurus zu überwältigen. Er beherrschte sich nur noch mühsam. »Diese kleinen Biester waren gefährlich, aber mit denen werden wir fertig. Mit den großen wahrscheinlich nicht.«

»Unsinn!« sagte Mainland. »Es sind Tiere. Vielleicht besonders große Tiere, aber trotzdem nicht mehr. Wenn Sie damit nicht fertig werden – wir schaffen es.«

Littlecloud schüttelte den Kopf. »Können Sie sich ungefähr vorstellen, was passiert, wenn eines von den wirklich *großen* Biestern hierherkommt?« fragte er.

»Das kann ich«, antwortete Mainland verärgert. »Wir schießen sie ab. *Das* geschieht.«

»Genug«, sagte Clayton scharf. Er warf Mainland einen fast drohenden Blick zu und drehte sich dann wieder zu Schneider herum. »Also gut, Professor«, sagte er. »Sie waren dort draußen. Was haben wir zu erwarten, wenn sich tatsächlich eines dieser Tiere in die Stadt verirrt?«

Schneider zögerte einen Moment. Dann fragte er: »Wir sind in etwa gleich alt, Mister Clayton, nicht wahr?«

Clayton nickte verwirrt. »Ich denke ja. Wieso?«

»Dann erinnern Sie sich vielleicht noch an die Sonntagmorgenvorstellung im Kino, für fünfzig Cent?«

»Ja, aber was . . .

»Ich habe fast keine versäumt, als ich ein Kind war«, fuhr Schneider fort. »Am liebsten habe ich diese japanischen Monsterfilme gesehen. Erinnern Sie sich an Godzilla?«

Clayton wurde ein wenig blaß, aber er sagte nichts mehr, und Schneider fügte ganz leise hinzu: »Versuchen Sie sich an einen dieser Godzilla-Filme zu erinnern, Mister Clayton, und Sie wissen, was geschehen kann.«

Für eine Sekunde wurde es sehr still im Zimmer. »Das . . . das ist Unsinn«, sagte Clayton schließlich. »Ich weigere mich, auf diesem Niveau weiterzudiskutieren.«

»Das brauchen Sie auch nicht«, sagte Straiter. Er klang

irgendwie resigniert, fand Littlecloud. »Ab sofort werde ich die Entscheidungen hier treffen. Es tut mir leid, daß Sie mich dazu zwingen, aber ich mache von meinen Vollmachten Gebrauch.«

»Sie machen gar nichts«, sagte Clayton. »Was zum Teufel bilden Sie sich ein? Wenn Sie glauben, daß Ihre Uniform und dieser Kampfhubschrauber dort oben auf dem Dach mich in irgendeiner Weise beeindrucken, irren Sie sich.«

Straiter schüttelte wortlos den Kopf, griff in seine Uniform und zog ein schmuckloses Lederetui heraus, das er dem Bürgermeister reichte. Clayton klappte es auf, blickte nur flüchtig hinein und gab es ihm zurück. »Und? Ein Stück Plastik. Das reicht mir nicht.«

Straiter war nun allmählich wirklich verärgert. Aber er beherrschte sich noch immer. Ohne ein weiteres Wort steckte er seinen Ausweis wieder ein, grub statt dessen ein winziges Funktelefon aus den offenbar unergründlichen Taschen seiner Uniform und wählte eine neunstellige Nummer. Es vergingen kaum drei Sekunden, bis er eine Verbindung bekam.

»Geben Sie mir den Chef«, sagte er. »Schnell.«

»Colonel Straiter hat recht, Sir«, sagte Schneider noch einmal. »Sie müssen die Stadt evakuieren. Nicht nur wegen der Tiere. Damit würden sie wahrscheinlich wirklich fertig. Aber ich fürchte, das ist nicht die einzige Gefahr. Nicht einmal die größte.«

Clayton blickte noch eine Sekunde verunsichert auf das Telefon in Straiters Hand, ehe er sich erneut zu Schneider herumdrehte. »Ich will Ihnen ja glauben, Professor«, sagte er. »Bitte halten Sie mich nicht für einen Dummkopf oder für leichtsinnig. Aber Sie können nicht im Ernst erwarten, daß ich die Stadt evakuieren lasse, nur weil in der Wüste ein paar seltsame Tiere aufgetaucht sind. Anscheinend ist hier niemandem klar, worüber wir überhaupt reden. Las Vegas ist schließlich kein Dorf. Wissen Sie, über wie viele Menschen wir hier reden? Über gut und gerne eine halbe Million!«

»Ich weiß«, antwortete Schneider. »Und sie alle sind in

Gefahr. Es sind nicht nur *ein paar seltsame Tiere.* Dieser Bereich *wächst.* Er bewegt sich auf die Stadt zu, begreifen Sie doch!«

Clayton fuhr auf. »Ich begreife nur, daß ...

»Mister Clayton«, unterbrach ihn Straiter. Er trat mit steinernem Gesicht auf Clayton zu und hielt ihm das Telefon hin. »Für Sie.«

Clayton nahm den Apparat entgegen und meldete sich. Dann schwieg er. Zehn Sekunden, zwanzig, eine halbe Minute. Sein Gesicht verlor jede Farbe.

»Ja, Sir«, sagte er schließlich. »Ich habe verstanden. Aber trotzdem möchte ich ...

Er wurde wieder unterbrochen. Diesmal verging eine gute Minute, in der sein Gesicht noch blasser wurde und seine Hände zu zittern begannen.

»Wie Sie wünschen, Mister President«, sagte er schließlich. Mainland riß ungläubig die Augen auf, und auch Schneider und Darford wirkten sehr überrascht. In Straiters Gesicht rührte sich kein Muskel.

Clayton klappte den Apparat zu, gab ihn an Straiter zurück und starrte einen Moment lang an ihm vorbei ins Leere.

»Ich denke, jetzt ist alles klar«, sagte Straiter. »Falls Sie noch Fragen haben ...

Das Telefon piepste. Straiter starrte den Apparat einen Moment beinahe verblüfft an, dann schaltete er ihn wieder ein und meldete sich. Er hörte einen Moment lang wortlos zu. Als er das Gerät wieder einsteckte, war auch er blasser geworden.

»Was ... ist passiert?« fragte Clayton zögernd.

»Ich glaube, ich kann Ihnen Ihre Frage von vorhin beantworten«, sagte Straiter. »Das war der Pilot des Hubschraubers, der über dem Highway postiert ist. Eines von den großen Biestern ist auf dem Weg hierher.«

Benjamin Cooper nahm die Mütze ab und wischte sich in der gleichen Bewegung mit dem Unterarm den Schweiß von der Stirn. Seine Augen brannten so stark, daß er Mühe hatte, sie offen zu halten, und selbst das Atmen bereitete ihm Schwierigkeiten. Die Luft stank verbrannt, und was er auch berührte, wohin er auch ging, über allem lag ein schmieriger Film, der längst unter seine Kleider und in sein Haar gekrochen war und jede noch so winzige Bewegung zu einer Tortur machte. Er hatte das Gefühl, den Geschmack nach brennendem Benzin nie wieder im Leben wirklich loswerden zu können.

»Was um alles in der Welt ist hier bloß passiert?« murmelte er.

Die Frage galt nicht seinem Kollegen, der auf der anderen Seite des Wagens an der Motorhaube lehnte und eine Zigarette rauchte, aber Marten antwortete trotzdem.

»Das, was ich schon lange habe kommen sehen – Benny ist mitsamt seinem Schrotthaufen in die Luft geflogen. Ich wundere mich fast, daß das nicht schon viel früher passiert ist.«

Cooper blickte seinen Kollegen fast feindselig an. Im Grunde mochte er den Jungen sogar, aber irgendwie brachte es Marten immer fertig, im falschen Moment das Falsche zu sagen. Cooper antwortete nicht, sondern konzentrierte sich wieder auf Bennys Tankstelle.

Genauer gesagt, auf den rauchenden Krater, der dort lag, wo sie noch vor wenigen Stunden gewesen war.

Natürlich hatte Marten recht – es gehörte nicht besonders viel Phantasie dazu, sich auszurechnen, was hier passiert war. Cooper kannte Benny seit zwölf Jahren, seit dem Tag, an dem er seinen Dienst bei der Highway-Patrol angetreten hatte und das erste Mal hierhergekommen war, und er kannte auch die Tankstelle. Dort, wo der fast zwanzig Meter durchmessende Krater lag, hatten sich die beiden unterirdischen Benzintanks befunden. Ein Stück links erhoben sich zwei ausgeglühte, bis zur Unkenntlichkeit verformte Metallskulpturen, bei denen es sich um die Reste der beiden Zapfsäulen handeln mußte, und hier und da lagen noch ein paar rauchende Trümmerstücke. Von dem kleinen Tankhäuschen, das Benny zugleich als Wohnung, Büro, Lager und Werkstatt gedient hatte, war überhaupt nichts mehr übriggeblieben. Und von Benny auch nicht. Marten und er hatten die Umgebung im Umkreis einer halben Meile abgesucht, aber sie hatten weder eine Leiche noch irgendwelche Überreste davon gefunden.

Die Explosion mußte wahrhaft gewaltig gewesen sein – der Donner war noch im fünfzehn Meilen entfernten Las Vegas zu hören gewesen, und die Hitzeentwicklung war so gewaltig gewesen, daß der Sand am Grunde des Kraters zu Glas zusammengeschmolzen war.

Coopers Blick löste sich von dem rauchenden Krater und glitt weiter in die Wüste hinaus. Vor einer halben Stunde hatten die beiden Löschzüge über Funk einen neuen Einsatzbefehl bekommen und waren mit heulenden Sirenen wieder in Richtung Las Vegas abgerückt, ohne den Brand vollends gelöscht zu haben, aber das war im Grunde auch gar nicht nötig gewesen – mit Ausnahme der Tankstelle hatte es im Umkreis von drei Meilen nichts gegeben, das brennen konnte, so daß die Flammen ohnehin von selbst erloschen wären, nachdem sie das Benzin aufgezehrt hatten. Aber seltsamerweise beschränkte sich das Feuer nicht auf den Krater und dessen unmittelbare Umgebung. Auf einer Strecke von annähernd einer Viertelmeile *hinter* der ehemaligen Tankstelle hatte die gesamte Wüste in Flammen gestanden. An Dutzenden von Stellen hatten sich winzige, feuerspeiende Schlünde im Boden aufgetan, von denen manche durch dünne, lodernde Feuergräben miteinander verbunden zu sein schienen. Wenn man genau hinsah, dann konnte man sogar ein Muster erkennen. Es war fast, dachte Cooper, als hätte Benny die letzten Jahre damit zugebracht, hinter seiner Tankstelle ein ganzes Röhrensystem im Boden zu vergraben, das er dann aus unerfindlichen Gründen mit Benzin gefüllt hatte.

Einen Moment lang überlegte er ernsthaft, ob das vielleicht die Erklärung war – verrückt wäre Benny allemal gewesen. Aber irgend etwas sagte ihm, daß es nicht so einfach war.

»Laß uns fahren«, sagte Marten. Er schnippte seine Zigarette in eine ölig schimmernde Lache und sah interessiert zu, wie sie Feuer fing und gleich darauf wieder erlosch. »Es ist völlig sinnlos, hier weiter herumzusuchen. Wir finden ihn nicht. Er ist entweder tot oder abgehauen.«

»Wir bleiben hier«, antwortete Cooper mit einer Geste auf das Funkgerät im Wagen. »Bis das Feuer ganz erloschen ist oder wir zurückgerufen werden.« Ihre Befehle waren in dieser Hinsicht eindeutig. Sie hätten das Feuer im Grunde auch allein lassen können – es gab außer Sand nichts, dem es irgendwelchen Schaden zufügen konnte. Aber das Feuer war auch nicht ihr Problem.

Das wirkliche Problem waren die Gaffer.

Während der zwei Stunden, die die Besatzung der beiden Löschzüge gegen die Flammen gekämpft hatte, hatten Marten und er ein halbes Dutzend Wagen abgefangen, deren Insassen von der gewaltigen Rauchsäule angelockt worden waren, die sich fast eine Meile hoch in die Luft erhoben hatte. Bei den meisten hatte es sich um Touristen gehandelt, die im Vorbeifahren noch eine kleine Sensation mitnehmen wollten, aber es waren auch Männer darunter gewesen, die Cooper kannte. Unvorstellbar, wenn sie den Brand allein ließen und vielleicht irgendeiner dieser Idioten zu Schaden kam, nur weil er hier herumschnüffeln mußte. Cooper wollte sich abwenden, um sich in den Wagen zu setzen, als ihm etwas auffiel. Einer der winzigen Krater hinter dem Haus hatte aufgehört, Flammen zu speien, aber trotzdem *bewegte* sich dort drüben noch etwas. Cooper konnte nicht genau erkennen, was es war. Für einen Moment sah es aus, als wäre der gesamte Wüstenboden zum Leben erwacht, aber natürlich konnte das nicht sein. Eine Täuschung, hervorgerufen durch die Hitze und den Öldunst, der in seinen Augen brannte.

Dann sah er es noch einmal, und diesmal war es zu deutlich, um es zu ignorieren. Der Boden dort hinten bewegte sich.

»Was hast du?« fragte Marten. Coopers plötzliche Anspannung war ihm nicht entgangen.

Cooper schwieg einige Sekunden. Er wartete darauf, daß sich das Phänomen wiederholte. Als es nicht geschah, hob er den Arm und sagte leise: »Da ist etwas.«

Auch Marten blickte sekundenlang gebannt in die Richtung, in der Cooper die Bewegung wahrgenommen hatte, sah aber offensichtlich nichts, denn er zuckte schließlich mit den Achseln und lehnte sich wieder gegen den Wagen.

»Verdammt, ich bin doch nicht verrückt!« murmelte Cooper. »Da hinten *ist* etwas. Vielleicht . . .«

»Vielleicht was?« fragte Marten, als Cooper nicht weitersprach, sondern nur stumm aus eng zusammengekniffenen Augen in die hitzeflimmernde Luft hinter dem Krater hinausstarrte.

Vielleicht Benny, dachte Cooper. *Vielleicht lebt er ja doch noch. Vielleicht hat er sich einfach eingegraben, um so der Explosion und den Flammen zu entgehen, und das Bewußtsein verloren.* Er wußte selbst, wie naiv dieser Gedanke war, und deshalb hütete er sich auch davor, ihn laut auszusprechen. Aber er konnte diese Möglichkeit, so absurd sie auch schien, auch nicht völlig außer acht lassen.

»Bleib hier«, sagte er. »Ich sehe nach.«

Er gab Marten keine Gelegenheit, zu antworten oder gar zu protestieren, sondern umkreiste mit weit ausgreifenden Schritten den rauchenden Krater und näherte sich der Stelle, an der er die Bewegung gesehen hatte. Cooper bewegte sich sehr vorsichtig. Überall waren noch kleine Brandnester, und der Sand unter seinen Füßen war so heiß, daß er die Hitze selbst durch die Stiefelsohlen hindurch spürte. Ein weiterer Beweis, daß es *nicht* Benny sein konnte, der sich dort hinten im Wüstensand eingegraben hatte. *Hätte* er es getan, wäre er gebacken worden wie ein Hähnchen in einem Heißluftherd.

Aber Cooper blieb nicht stehen, sondern ging nur etwas langsamer, wobei er sich immer wieder umsah. Irgend etwas war hier. Er sah nichts, und er hörte nichts, aber er *spürte* etwas.

Ohne daß sich Cooper der Bewegung selbst bewußt gewesen wäre, senkte sich seine rechte Hand auf die Pistole an seinem Gürtel und schmiegte sich um den Griff. Das vertraute Gewicht der Waffe erfüllte ihn mit einem trügerischen Gefühl von Sicherheit, obwohl da weit und breit nichts war, worauf er hätte schießen können.

Cooper erreichte das, was er aus der Ferne für einen Explosionskrater gehalten hatte. Doch vor ihm erhob sich etwas, das an die kniehohen Überreste eines niedergebrannten Türmchens erinnerte, eine bizarre Ruine, die von innen heraus zerborsten war. Der durchdringende Geruch, der aus ihrem Inneren herauswehte, machte ihm klar, daß das brennende Benzin tatsächlich bis hierher vorgedrungen war. Neugierig beugte er sich vor und warf einen Blick ins Innere des verkohlten Gebildes.

Und riß erstaunt die Augen auf.

Der Boden der ›Ruine‹ lag gute zwei Meter unter dem Niveau der sie umgebenden Wüste – und er bewegte sich tatsächlich. Überall raschelte und zitterte es. Der Sand schien zu beben, bildete winzige Wellenmuster und Linien, so als ... ja, dachte er schaudernd, als *versuche irgend etwas, sich an die Oberfläche emporzugraben.*

War es vielleicht doch Benny?

Das Rascheln wurde lauter, und es schien nicht nur aus der Tiefe des Loches zu dringen, sondern von überallher zu kommen. Aber Cooper war viel zu fasziniert von dem bizarren Geschehen unter sich, um diesen Gedanken weiter zu verfolgen. Und schließlich brach etwas aus dem Sand hervor.

Es war nicht Benny.

Es war ein Paar dünner, zitternder Fühler, denen nach einer halben Sekunde ein winziger dreieckiger Schädel von blutroter Farbe folgte.

Cooper riß ungläubig die Augen auf. Was da unter ihm aus dem Sand herausgekrochen war, das war nichts anderes als eine Ameise – aber die mit Abstand größte und häßlichste Ameise, die er jemals zu Gesicht bekommen hatte. Ihr Körper mußte gute fünfzehn Zentimeter messen, und die kräftigen Mandibeln sahen ganz so aus, als könnten sie den Finger eines ausgewachsenen Mannes durchtrennen. Zwei knopfgroße, funkelnde Facettenaugen starrten Cooper an.

Neben der ersten Ameise erschien eine zweite, dann eine dritte, und schließlich waren es Dutzende von Tieren, die sich mit schnellen, kraftvollen Bewegungen aus dem Sand gruben.

Etwas zupfte an seinem Hosenbein.

Cooper wandte erschrocken den Blick –

und schrie gellend auf.

Die Ameisen, die unter ihm erschienen waren, waren nicht die einzigen. Benjamin Cooper sah sich von mindestens hundert der gepanzerten Kreaturen umzingelt. In den Brandgeruch hatte sich ein neuer, durchdringender Gestank gemischt, der Cooper schier den Atem nahm. Ameisensäure.

Das Zupfen an seinem Hosenbein wiederholte sich. Cooper sah an sich heran und trat instinktiv aus, als er die Riesenameise gewahrte, die sich anschickte, in sein Hosenbein zu kriechen. Das Tier versuchte nach ihm zu beißen, aber es wurde davongeschleudert, ehe die Mandibeln sich in seine Haut graben konnten. Zwei Meter entfernt landete es auf dem Boden, war sofort wieder auf den Beinen und kam erneut näher. Es beeilte sich nicht einmal besonders, fast als wisse es ganz genau, daß seine Beute ihm sowieso nicht mehr entkommen konnte.

»Ben?« drang Martens Stimme von weither an Coopers Ohr. »Was ist los?«

Cooper zog seine Pistole und spannte den Hahn. Das trockene Knacken klang überlaut in seinen Ohren, aber das Geräusch hatte absolut nichts Beruhigendes an sich. Im Gegenteil – die Waffe in seiner Hand kam Cooper mit einemmal lächerlich vor. Er glaubte ein Rascheln und Knistern zu hören, wie von chitingepanzerten Körpern, die sich aneinanderrieben, und winzigen, glasharten Füßen, die über den Sand krochen.

»Was ist los?« rief Marten noch einmal. »Brauchst du Hilfe?«

»Verschwinde!« schrie Cooper zurück, ohne den Halbkreis der Riesenameisen aus den Augen zu lassen. »Marten, hau ab!«

Die Tiere rückten ganz langsam näher. Und es war keine zufällige Bewegung. Sie bewegten sich nicht wie Raubtiere, die eine Beute angriffen, sondern mit fast militärischer Präzision. Coopers Gedanken überschlugen sich. Er hatte niemals gehört, daß Ameisen einen Menschen angegriffen hatten – außer von Benny natürlich. Benny war verrückt gewesen, aber auch er hatte noch nie von *fünfzehn Zentimeter großen Ameisen* geredet.

»Was ist denn da los?« rief Marten. Cooper hörte, wie er sich in Bewegung setzte, und wußte, daß er auf ihn zukam, ohne sich zu ihm umzudrehen.

»Verdammt noch mal, verschwinde endlich!« schrie er. »Ruf Hilfe! Du ...«

Die Ameisen griffen an – mit einer Schnelligkeit, die angesichts der Größe geradezu absurd erschien.

Und zugleich ... *geschah* etwas.

Das Summen wurde lauter, und plötzlich war rings um ihn herum ein blendendes, weißes Licht. Millionen und Abermillionen weißer Funken tanzten über der Wüste in der Luft, zeichneten die Konturen jeder Düne, jedes Steines und jeder einzelnen Ameise mit gleißenden, flackernden Linien aus Licht und kaltem Feuer nach, und für einen Augenblick glaubte Cooper *zwei* Wirklichkeiten zu sehen, ein Bild auf einem schlecht eingestellten Fernseher, auf dem sich zwei Sender überlappten: die Wüste, die Ameisen und die rauchenden Krater und zugleich einen bizarren, schwellenden Dschungel, wie er ihn noch nie zuvor zu Gesicht bekommen hatte.

Dann explodierten die Ameisen.

Es geschah lautlos und rasend schnell. Etwas zerriß die Tiere von innen heraus. Es war keine wirkliche Explosion. Die Materie ihrer Körper schien vielmehr jeden inneren Halt zu verlieren und plötzlich in alle Richtungen zugleich auseinanderzuweichen. In einem Sekundenbruchteil sah sich Cooper noch von beinahe hundert der mörderischen Geschöpfe umzingelt, und dann war die Luft plötzlich voll rotem, klebrigem Nebel.

Und im nächsten Moment waren sie fort. Der Nebel verging, und die Tiere waren einfach nicht mehr da.

Cooper stand geschlagene zehn Sekunden lang vollkommen reglos da, ehe er es wagte, erleichtert aufzuatmen und sich zu Marten herumzudrehen. Er versuchte erst gar nicht, eine Erklärung für das zu finden, was er gerade erlebt hatte. Die Ameisen waren wie Gespenster aus einer fremden, falschen Wirklichkeit aufgetaucht und ebenso rasch wieder verschwunden –

– wie Marten, der Streifenwagen und der Rest der Welt.

Wo Coopers Kollege und der Wagen sein sollten, erhob sich eine grüne, wuchernde Wand, die den Explosionskrater in zwei Hälften gespalten hatte und sich nach rechts und links erstreckte, so weit sein Blick reichte.

Der Alptraum war nicht zu Ende.

Er begann erst. Und er sollte für Benjamin Cooper nie wieder aufhören, so lange er lebte . . .

Die Straße war von einem Dutzend Polizei- und Privatwagen blockiert. Einige Meter hinter dieser provisorischen Barrikade erstreckte sich eine zweite, lebende Kette aus vierzig Polizeibeamten, die ebenso tapfer wie vergeblich versuchten, die rasch anwachsende Menschenmenge zurückzuhalten, die sich hinter ihnen gebildet hatte. Littlecloud schätzte ihre Anzahl bereits jetzt auf mindestens drei-, bis vierhundert, aber die Menge bekam immer mehr Zulauf.

»Was zum Teufel ist denn hier los?« murmelte Clayton. »Eine Jahrmarktsvorstellung?« Er drehte sich im Sitz herum und warf Mainland einen auffordernden Blick zu. »Verdammt, Lieutenant, rufen Sie Ihre Männer an und sorgen Sie dafür, daß die Leute verschwinden!«

Littlecloud fragte sich, was Mainland eigentlich *tun* sollte – seinen Männern vielleicht befehlen, auf die Menschenmenge dort unten zu schießen?

Er sprach den Gedanken nicht laut aus, aber sein Blick schien beredt genug gewesen zu sein, denn Clayton musterte ihn einen Moment lang finster, ehe er seine Konzentration wieder der Straße dreißig Meter unter dem Helikopter zuwandte, während Mainland mit leiser, aber sehr scharfer Stimme in ein Funkgerät zu sprechen begann. Welche Befehle er auch immer erteilen mochte, sie zeigten zumindest im ersten Moment keine Wirkung.

Die Beamten dort unten kämpften auf verlorenem Posten. Die Menschenmenge wuchs ununterbrochen. Auch hinter den Fenstern der umliegenden Gebäude, auf Balkonen und Dächern erschienen immer mehr und mehr Neugierige. Straiter hob plötzlich die Hand und deutete nach Norden, und als Littleclouds Blick der Geste folgte, erkannte er einen kleinen Hubschrauber, der sich ihnen rasch näherte. Die Beschriftung verriet, daß er dem örtlichen Radiosender gehörte.

Straiter tippte dem Piloten des *Apache* auf die Schulter. »Rufen Sie den Piloten über Funk«, sagte er. »Er soll abdrehen, oder er ist seine Lizenz los.«

Während der Pilot tat, was Straiter ihm aufgetragen hatte, beugte sich Littlecloud wieder zur Seite und sah nach Norden. Der Saurier hatte sich in den letzten beiden Minuten nicht weiter genähert, sondern war stehengeblieben und schien unschlüssig zu sein. Vielleicht erschreckte ihn der Hubschrauber, vielleicht war er auch einfach nur verwirrt. Oder er überlegte, welchen der im Übermaß vorhandenen Appetithappen er zuerst verspeisen sollte.

»Was ist das für ein Tier?« murmelte Mainland. Er hatte das Walkie-talkie wieder gesenkt und blickte gebannt zu dem riesigen, grünbraun geschuppten Wesen hin, das zwanzig Meter vor den ersten Häusern der Stadt haltgemacht hatte. Der *Apache* schwebte in dreißig Metern Höhe über der Straße, aber der Kopf des Sauriers befand sich trotzdem nicht sehr weit unter ihnen. Littlecloud hatte nie zuvor ein Wesen dieser Größe gesehen. Selbst der Allosaurier, der Cormans Familie getötet hatte, kam ihm gegen diesen Koloß wie ein Zwerg vor.

»Ein Brachiosaurier«, sagte Clayton. Seine Stimme klang flach, als hätte er Mühe, überhaupt zu sprechen. »Er ist völlig harmlos. Ein Pflanzenfresser. Wahrscheinlich hat er mehr Angst vor uns als wir vor ihm.«

»Sie kennen sich mit so etwas aus?« fragte Straiter überrascht.

»Notgedrungen«, antwortete Clayton und schüttelte den Kopf. »Ich habe einen neunjährigen Enkel, der ganz versessen auf Dinosaurier ist. Jedesmal, wenn er zu Besuch kommt, muß ich mir einen ganzen Vortrag über dieses Thema anhören.«

»Dann wollen wir hoffen, daß Ihr Enkel recht hat«, sagte Straiter düster. »Wenn nicht, gibt es eine Katastrophe.«

Als hätte er die Worte gehört, bewegte sich der Saurier weiter. Er hatte die ersten Häuser fast erreicht. Im Vorbeigehen ramponierte sein gewaltiger Schwanz einen Wagen, der am Straßenrand geparkt war. Die riesigen Füße hinterließen handtiefe Abdrücke im Straßenbelag, und hinter dem Geschöpf blieb eine Spur der Vernichtung zurück: niedergetrampelte Gartenzäune, zerbeulte Autos, die eingedrückten Fassaden von drei kleineren Häusern.

»Wir müssen es aufhalten«, sagte Clayton nervös. »Straiter, können Sie etwas tun?«

Der Colonel überlegte einen Moment, dann wandte er sich wieder dem Piloten des Kampfhubschraubers zu. »Feuern Sie einen Warnschuß ab«, sagte er. »Aber seien Sie um Gottes willen vorsichtig. Sie dürfen ihn auf keinen Fall treffen.«

Der Mann nickte nervös, löste die linke Hand vom Steuerknüppel und betätigte rasch hintereinander ein halbes Dutzend Schalter und Hebel auf dem Armaturenbrett vor sich. Mit einem kaum hörbaren Summen senkte sich ein winziges Visier vor sein linkes Auge. Die Waffen des *Apache* wurden nun von einem Computer gesteuert, der direkt auf die Bewegungen seines Augapfels reagierte.

Einen Moment später stießen die MGs des Helikopters zwei lange, brüllende Feuerzungen aus. Die Leuchtspurgeschosse rasten auf den Brachiosaurier zu. Das Tier hielt für einen Moment tatsächlich an, aber es wirkte eher irritiert als wirklich erschrocken. Nach einer Sekunde setzte es seinen Weg fort. Littlecloud sah nervös nach hinten. Die Barrikade aus Automobilen war noch fünfzig Meter entfernt. Für ein Geschöpf dieser Größe kaum mehr als ein paar Schritte.

»Er reagiert nicht«, sagte Clayton. Nervös griff er in die Tasche und zog eine Zigarette heraus, die er sich zwischen die Lippen klemmte, ohne sie allerdings anzuzünden.

»Wie auch?« murmelte Littlecloud. »Ich glaube nicht, daß er weiß, was eine Schußwaffe ist. Wahrscheinlich hält er uns für so eine Art großer Mücke.«

»Feuern Sie eine Rakete ab«, befahl Straiter. »Aber vorsichtig!«

Der Pilot bestätigte seinen Befehl mit einem nervösen Nicken und betätigte wieder einige Schalter. Aber er schoß noch nicht, sondern ließ den *Apache* ein Stück weit rückwärts durch die Luft gleiten, bis sie sich unmittelbar über der Autobarrikade befanden. Der Saurier kam näher.

»Feuern Sie!« sagte Straiter noch einmal.

Das Geschoß heulte davon und explodierte zwanzig Meter vor dem Saurier auf der Straße. Eine gewaltige Flammensäule brodelte in die Höhe.

Diesmal reagierte der Saurier. Er blieb erschrocken stehen und bog den langen Schlangenhals nach hinten. Sein Schwanz zuckte nervös, entwurzelte einen Baum und deckte das halbe Dach eines Einfamilienhauses ab. Dann begann sich der Koloß schwerfällig auf der Stelle zu drehen.

»Es funktioniert!« sagte Clayton. »Er geht!«

Littlecloud hatte bis zu diesem Moment nie an böse Omen geglaubt, aber von nun an tat er es. Der Saurier beendete seine Drehung nämlich nicht, sondern verharrte plötzlich wieder mitten in der Bewegung. Sein Kopf drehte sich unschlüssig nach rechts und links, und für eine Sekunde schien sich der Blick seiner großen, erschrocken wirkenden Augen direkt auf den Hubschrauber und seine Insassen zu richten. Dann drehte er sich wieder herum und setzte seinen Weg in die Stadt hinein fort.

»Feuern Sie noch einmal!« befahl Straiter. »Aber vorsichtig. Wir müssen ihn irgendwie aus der Stadt herausbekommen. Wenn dieser Koloß durchdreht, dann gibt es eine Katastrophe.«

Der Pilot nickte, streckte die Hand nach dem Feuerknopf aus, und eine halbe Sekunde ehe er ihn drücken konnte, fiel unter ihnen auf der Straße ein Schuß.

Sie sollten nie herausfinden, ob einer der Polizeibeamten das Feuer eröffnet oder irgend jemand in der Menge unter ihnen die Nerven verloren und geschossen hatte. Aber die Wirkung dieses einen Schusses war verheerend.

Die Kugel traf das Tier in den Hals, und auch wenn sie ihm keinen wirklichen Schaden zufügen konnte, so bereitete sie ihm doch *Schmerz,* und der Saurier reagierte wie jedes Geschöpf, dem Schmerzen zugefügt wurden: Er schrie, ein unvorstellbarer *lauter,* unvorstellbar *mächtiger* Schrei, der selbst Littelcloud und die anderen hier oben im Helikopter erschrocken die Hände vor die Ohren schlagen ließ.

Auf der Straße dreißig Meter unter ihnen löste der Schrei eine Panik aus.

Die Menge wandte sich um und begann sich scheinbar träge in die entgegengesetzte Richtung in Bewegung zu setzen. Ein zweiter Schuß fiel, dann ein dritter und vierter – und sie alle trafen. Der Saurier begann zu toben. Sein gewaltiger Schwanz zuckte hin und her, zertrümmerte Hauswände und Autos und fegte die Straße leer wie eine übergroße, tödliche Sense. Das ganze, gewaltige Wesen bäumte sich auf, torkelte über die Straße und näherte sich dabei der schimmernden Fassade eines Hotelhochhauses. Der massige Schädel, so groß wie ein Kleinwagen, schlug in der Höhe des vierten Stockwerks gegen die Fassade und zertrümmerte Fenster und Wände. Glas und Steine regneten zu Boden, und der Schmerz, den das Wesen sich damit selbst zufügte, steigerte seine Wut noch.

Mainland begann wie wild in sein Walkie-talkie zu schreien, während unter ihnen mehr und mehr Schüsse fielen. Einige davon trafen den Saurier, ohne ihn wirklich zu verletzen, fügten ihm aber zweifellos noch mehr Schmerz zu, aber die meisten Schüsse wurden von Mainlands Polizeibeamten abgegeben, die in die Luft feuerten und so versuchten, die Menschenmenge zurückzutreiben – mit dem einzigen Ergebnis allerdings, daß sie die allgemeine Panik damit noch verstärkten.

»Diese Idioten!« brüllte Littlecloud. Er riß Mainland das Funkgerät aus der Hand und drückte die Sprechtaste, überlegte es sich dann aber anders und griff am Piloten vorbei nach dem Mikrofon des Außenlautsprechers.

»Feuer einstellen!« schrie er. *»Hört sofort auf zu schießen! Ihr macht ihn nur wild!«*

Tatsächlich stellten die meisten Beamten das Feuer ein, aber es war trotzdem zu spät, um die Katastrophe noch zu verhindern. Die Menschen versuchten in wilder Panik, sich in Sicherheit zu bringen, wobei sie sich gegenseitig von den Füßen rissen und niederrannten, aber aus den angrenzenden Straßen strömten immer noch mehr Neugierige herbei. Allein in den wenigen Sekunden, die seit dem ersten Schuß vergangen waren, mußte es schon zahllose Verletzte und Tote dort unten gegeben haben – und das alles wegen eines einzigen Narren, der die Nerven verloren hatte.

Der Saurier war wieder ein Stück von der Hotelfassade

zurückgewichen. Sein Gesicht und sein Hals waren verletzt. Blut lief in dunklen Strömen an seiner geschuppten Haut herab, und sein linkes Vorderbein war verletzt und drohte immer wieder unter dem unvorstellbaren Gewicht des Giganten einzuknicken. Dort, wo er gegen das Haus geprallt war, gähnte ein fünf Meter durchmessendes Loch in der Fassade, durch das man ins Innere des Gebäudes blicken konnte. Littlecloud erkannte mindestens zwei reglose Gestalten, die ihre Neugier mit dem Leben bezahlt hatten.

»Feuern Sie!« befahl Straiter. »Aber Sie dürfen ihn nicht treffen! Versuchen Sie ihn aus der Stadt zu treiben!«

Der Pilot reagierte sofort. Eine ganze Salve greller Leuchtspurgeschosse explodierte nur Meter vor dem Koloß im Asphalt, und diesmal zeigten sie die erhoffte Wirkung. Der Saurier brüllte noch immer vor Schmerz, aber er schien begriffen zu haben, daß die grellen Blitze und die Explosionen die Ursache dieser Schmerzen war, denn er wich vor ihnen zurück und versuchte ungeschickt, sich herumzudrehen. Sein Hinterleib krachte dabei gegen das Hotel und drückte die Fassade ein. Betontrümmer und Glassplitter regneten auf die Straße.

»Um Gottes willen!« schrie Mainland plötzlich. »Da!«

Littleclouds Blick folgte seinem ausgestreckten Arm. Er erstarrte.

Der Pilot des Choppers hatte Straiters Befehl mißachtet. Er war nicht abgedreht, sondern hatte nur eine Schleife geflogen und näherte sich dem Riesensaurier nur aus nördlicher Richtung, direkt aus der Wüste heraus – der Richtung, in die die MG-Salve ihn abzudrängen versuchte. Die Maschine flog langsam und so tief, daß sie sich fast auf gleicher Höhe mit dem Schädel des Tieres befand, und Littlecloud wußte bereits, was geschehen würde, noch ehe der Saurier stehenblieb.

»Diese verdammten Idioten!« keuchte Straiter. Mit fliegenden Fingern riß er das Mikrophon des Funkgerätes aus der Halterung und schaltete es ein.

»An den Piloten des Choppers vor uns!« schrie er. »Hier spricht Colonel Straiter von der US-Army. Drehen Sie ab! Verschwinden Sie auf der Stelle, oder ich lasse Sie abschießen! Haben Sie mich verstanden?«

Die Maschine reagierte nicht. Sie wurde langsamer, hielt aber nicht an und drehte auch nicht ab. Der Saurier bewegte sich nervös vor und zurück, wandte immer hektischer und schneller den Kopf und suchte nach einem Ausweg aus der Falle, in die sich die Straße verwandelt hatte.

»Das ist die letzte Warnung!« brüllte Straiter. »Drehen Sie ab! Sofort!«

Der Chopper kam weiter näher. Littlecloud konnte jetzt die Gestalt des Piloten erkennen, und neben ihm die eines zweiten Mannes, der eine Kamera in der Hand hielt und die sensationellsten Aufnahmen seines Lebens schoß. Und mit größter Wahrscheinlichkeit die letzten.

»Okay«, sagte Straiter. »Schießen Sie!«

Der Pilot hatte offensichtlich schon mit diesem Befehl gerechnet, denn er reagierte sofort. Eine kurze, aber mit unglaublicher Präzision gezielte Salve aus den MGs traf den Chopper und steppte ein fast geometrisches Lochmuster in sein Heck. Der Hubschrauber wurde zur Seite geworfen. Der Pilot behielt die Kontrolle über seine Maschine, aber aus dem Motor des Choppers quoll plötzlich schwarzer, fettiger Rauch. Der Helikopter taumelte, schwenkte wild nach rechts und links und begann zu trudeln. Nur mit äußerster Mühe gelang es dem Piloten, die Maschine in der Luft zu halten.

Während der Chopper mit heulendem Motor zu Boden sank und zweihundert Meter entfernt in einem Vorgarten zu einer Bruchlandung ansetzte, schwenkte der *Apache* bereits wieder herum und näherte sich erneut dem Saurier, wenn auch in respektvollem Abstand und sicherer Höhe. Der Daumen des Piloten schwebte über dem Feuerknopf, aber noch zögerte er zu schießen. Vermutlich schickte er ebenso wie Littlecloud und alle anderen Insassen des Helikopters Stoßgebete zum Himmel, daß sich das Tier doch noch entschließen könnte, wieder in die Wüste hinaus zu fliehen.

Ihre Gebete wurden nicht erhört.

Vielleicht hätte sich das Tier tatsächlich zur Flucht gewandt, doch genau in diesem Moment stolperten ein halbes Dutzend Gestalten zwischen den Trümmern der Hotelfassade heraus. Die meisten wandten sich sofort nach rechts, der Barrikade und der vermeintlichen Sicherheit der Stadt zu, aber zwei flohen auch in kopfloser Panik in die entgegengesetzte Richtung. Als sie bemerkten, daß sie damit genau auf den Saurier zuliefen, war es zu spät. Die wild stampfenden Beine des Riesen erfaßten einen der Männer und töteten ihn auf der Stelle. Der zweite warf sich mit einer verzweifelten Bewegung herum und riß die rechte Hand in die Höhe. Sie hielt eine Pistole.

Der Saurier tötete ihn mit einer beiläufigen Bewegung seiner gewaltigen Beine, aber die Zeit, die dem Mann noch blieb, reichte aus, drei oder vier Schüsse aus allernächster Nähe auf den Koloß abzugeben.

Das Tier begann endgültig zu toben. Der gewaltige Körper krachte gegen das Hotel und ließ das gesamte Gebäude erzittern. Der peitschende Schwanz zertrümmerte ein kleineres Haus auf der gegenüberliegenden Straßenseite vollkommen, knickte Laternen ab und schleuderte Automobile wie Spielzeuge durch die Luft, und der riesige Schädel krachte immer wieder gegen die Hotelfassade. Das Tier war blind und wahnsinnig vor Schmerz und Angst.

»Okay«, sagte Straiter schweren Herzens. »Erschießen Sie ihn!«

Die MGs des Kampfhubschraubers begannen zu feuern. Das Schreien des Sauriers steigerte sich zu einem unvorstellbaren, gepeinigten Kreischen, als die Geschosse seinen Körper trafen.

Aber er starb nicht.

Die MGs feuerten ununterbrochen, und die Kugeln mußten das Tier über den Rand des Wahnsinns hinaus treiben.

Sie verwundeten es, fügten ihm unerträgliche Pein zu – aber sie töteten es nicht. Das Toben des Sauriers steigerte sich zu wilder Raserei. Keiner der fünf Menschen im Inneren des Hubschraubers hätte geglaubt, daß sich ein Geschöpf dieser Größe überhaupt so schnell bewegen konnte, wie es der Brachiosaurier jetzt tat. Der sterbende Koloß vernichtete alles, was in seine Reichweite kam. Sein Körper krachte immer wieder gegen das Hotel und ließ das Gebäude in seinen Grundfesten erbeben. Er torkelte, brach in die Knie und kämpfte sich wieder in die Höhe, bäumte sich schließlich wie ein ausschlagendes Pferd auf die Hinterläufe auf und fiel mit einem ungeheuerlichen Dröhnen und Krachen wieder zurück. Die Straße riß auf einer Länge von mindestens dreißig Metern auseinander, und an einem halben Dutzend Stellen zugleich sprudelten plötzlich weiße Geysire aus geborstenen Wasserleitungen.

Der Pilot registrierte die Gefahr, einen Moment bevor Littlecloud mit überschnappender Stimme schrie: *»Aufhören! Gas!«*

Die MGs verstummten. Keiner von ihnen wußte, ob unter der Straße tatsächlich eine Gasleitung entlanglief, aber die Gefahr, *daß* es so war, war einfach zu groß. Sie konnten es nicht mehr riskieren, die Waffen des Helikopters einzusetzen.

Und vielleicht war es auch nicht mehr nötig.

Die Bewegungen des Sauriers begannen zu erlahmen. Er tobte jetzt nicht mehr, sondern hielt sich nur noch mühsam auf den Beinen, torkelte wie betrunken hin und her und hob schließlich noch einmal den Kopf auf dem riesigen, zehn Meter langen Schlangenhals in die Luft, um einen langgezogenen, klagenden Schrei auszustoßen. Mit einer letzten, verzweifelten Kraftanstrengung richtete sich das sterbende Geschöpf noch einmal auf die Hinterläufe auf, wodurch es eine Höhe von mehr als zwanzig Metern erreichte, und stand eine Sekunde lang reglos so da. Sein Schrei brach ab.

Dann stürzte er.

Der Körper des Kolosses neigte sich langsam zur Seite, prallte gegen die Hotelfassade und drückte sie ein. Decken und Mauern gaben unter den mehr als fünfzig Tonnen Gewicht des Riesen nach und zerbarsten. Der zusammenbrechende Körper des Sauriers spaltete das Haus wie ein Axthieb.

Littlecloud schloß mit einem lautlosen Stöhnen die Augen, als das gesamte Gebäude zusammenbrach und den toten Saurier unter sich begrub.

Fünf Minuten später, als der Helikopter hinter dem chromblitzenden Gebäude der Stadtverwaltung zur Landung ansetzte, brach Clayton als erster wieder das lähmende Schweigen. Er sprach so leise, daß seine Stimme kaum mehr als ein Flüstern war, und sie hörte sich so schwach und kraftlos an wie die eines uralten Mannes.

»Okay«, sagte er. »Ich bin einverstanden, Colonel Straiter. Wir beginnen noch heute mit der Evakuierung.«

Sue hätte nicht sagen können, wie sie die Nacht überstanden hatte. Irgendwann, nach einer Nacht, die eine Million Jahre gedauert hatte, wurde es über dem grüngefleckten Gewölbe des Dschungels wieder hell, und vielleicht war dies der erste, wirklich klare Gedanke, den sie zu fassen imstande war, seit die Wirklichkeit in Stücke gebrochen und Parmeter zusammen mit dem Rest der Welt vor ihren Augen verschwunden war: sie war noch am Leben.

Sie hatte keine wirkliche Erinnerung an die vergangene Nacht. Sie war stundenlang durch diesen grünen Alptraum geirrt, und sie glaubte, einigen bizarren Wesen begegnet zu sein. Geschöpfen, die ihr zu fremd und zu absurd erschienen, um wirklich zu sein, aber zugleich auch zu real und zu gefährlich, um sich als bloße Ausgeburten ihrer Fantasie zu erweisen. Irgendwann hatte es zu dämmern begonnen, und

Sue war auf einen dieser sonderbaren, schuppenhäutigen Bäume geklettert und hatte sich in einer Astgabel zusammengerollt. Vermutlich hatte es ihr das Leben gerettet, daß sie *nicht* nachgedacht, sondern sich ganz der Führung ihrer Instinkte überlassen hatte. Sie hatte es nicht für möglich gehalten, aber sie war tatsächlich schon nach kurzer Zeit in einen unruhigen, aber dennoch sehr tiefen Schlaf gefallen, aus dem sie erst mit dem ersten Licht des neuen Tages wieder erwacht war.

Und sie lebte noch. Dieser Gedanke verlieh ihr neue Kraft.

Sie wußte nicht, wo sie sich befand und was überhaupt mit ihr geschehen war, aber jetzt war sie wild entschlossen, weiter am Leben zu bleiben. Sie würde den Weg aus diesem Wald heraus finden.

Rasch begann sie den Baum wieder hinabzuklettern; ein Kunststück, das ihre Kräfte beinahe überstieg. Sie erkannte, daß es gar kein richtiger Baum war, sondern eher etwas wie ein zu groß geratener Farn. Die meisten Pflanzen, die sie sah, waren ihr vollkommen fremd, und selbst die, die ihr vage bekannt erschienen, wirkten irgendwie verändert. Sue zerbrach sich vergebens den Kopf über die Frage, wie um alles in der Welt sie es geschafft hatte, auf den fünfzehn Meter hohen Stamm hinaufzugelangen – sie war nie eine besonders talentierte Sportlerin gewesen und war in ihrem ganzen Leben noch nie auf einen Baum geklettert. Die letzten zwei Meter stürzte sie dann auch herab, aber der weiche Waldboden dämpfte ihren Aufprall, so daß sie sich nicht verletzte.

Sue sah sich unschlüssig um. Sie hatte keine Ahnung, wo sie war. Der Dschungel erstreckte sich in alle Richtungen. Auch die Sonne half ihr nicht weiter. Sue war ein typischer Zivilisationsmensch. Sie hatte davon gehört, daß man anhand des Sonnenstandes erkennen konnte, wo Norden, Süden, Osten oder Westen war, aber sie hatte keine Ahnung, *wie* man das anstellte. Aber es hätte ihr auch nichts genutzt, denn sie wußte nicht, in welcher Richtung Las Vegas lag. Sie hatte den Wagen zwar gefahren, Parmeter jedoch hatte ihr gesagt, wohin sie fahren sollte.

Der Gedanke an Parmeter erfüllte sie mit einer tiefen Trauer. Sie hatten sich fünf Jahre gekannt. Er war ein Angeber gewesen, ein fürchterliches Großmaul, aber ein solches Ende hatte er nicht verdient.

Sue fragte sich ganz ruhig, wie ihre Chancen standen, den Weg zurück in die Wirklichkeit, die auf so bizarre Weise vor ihren Augen verschwunden war, zu finden – *wenn* es noch einen Weg gab.

Auf dem ersten Stück des Weges kam sie besser voran, als sie gehofft hatte. Es gab nicht viel Unterholz, und die seltsamen Nicht-Bäume standen weit auseinander. Und wenn dieser unheimliche Wald überhaupt Bewohner hatte, so bekam Sue sie jedenfalls nicht zu Gesicht.

Doch das sollte sich ändern.

Es begann mit einer Spur, über die Sue im wahrsten Sinne des Wortes stolperte. Sie hatte einen kleinen, mit Stacheln gespickten Busch umgangen und achtete für eine Sekunde nicht darauf, wohin sie ihre Füße setzte, und diese Unachtsamkeit wurde sofort bestraft. Statt des weichen, unter ihrem Gesicht federnden Waldbodens fühlte sie plötzlich glatten Morast unter den Füßen, und die instinktive Bewegung, mit der sie die Arme hochriß, um ihr Gleichgewicht zu wahren, kam nicht nur zu spät, sondern beschleunigte ihren Sturz nur noch.

Sue fiel der Länge nach hin, schlug mit dem Gesicht in eine Pfütze aus klebrigem Schlamm und war die nächsten Momente voll und ganz damit beschäftigt, sich die Augen auszuwischen und keuchend nach Luft zu ringen. Mühsam richtete sie sich auf, fuhr sich mit beiden Händen durch das Gesicht, um den ekelhaften Morast fortzuwischen – und riß ungläubig die Augen auf.

Die Pfütze, in die sie gefallen war, war gar keine richtige Pfütze.

Die Vertiefung maß etwa einen Meter und war von leicht

ovaler Form, und sie gehörte zu einer regelmäßigen Reihe gleichartiger Eindrücke im Boden, die ihren Weg kreuzten und sich in beide Richtungen fortsetzten, so weit sie sehen konnte.

Es war eine *Spur.* Die Spur eines Wesens, das von so unvorstellbarer Größe sein mußte, daß sich Sue im ersten Moment schlichtweg weigerte, zu glauben, was sie sah.

Aber unglaublich oder nicht – es war Realität. Sie hockte inmitten eines *einen Meter durchmessenden* Fußabdruckes!

Die Erkenntnis führte zu einem anderen Gedanken, der eine ungeheure Tragweite besaß.

Es gab auch keine Bäume, die eigentlich keine Bäume, sondern dreißig Meter hohe Farngewächse waren.

Aber es *hatte* all dies einmal gegeben. Vor hundert oder auch hundertfünfzig Millionen Jahren.

»Lächerlich«, murmelte Sue. Sie versuchte mit verzweifelter Kraft, die Panik niederzukämpfen, die dieses Gift in ihr auslöste. Sie mußte logisch denken. Es war unmöglich. Sie *konnte* nicht in der Vergangenheit sein, nicht in *dieser* Vergangenheit. Zeitreisen waren etwas für Science-fiction-Romane, eine hübsche Idee, mit der man spielen konnte, aber mehr auch nicht.

Sue zwang sich zu einem nervösen Lächeln, stand auf und drehte sich in der gleichen Bewegung herum.

Hinter ihr stand ein Dinosaurier.

Der Anblick traf Sue so unvermittelt, daß sie prompt wieder das Gleichgewicht verlor und ein zweites Mal im Schlamm landete. Sie spürte es kaum. So erstarrt vor Schrecken und Entsetzen, daß sie im allerersten Moment nicht einmal Angst verspürte, hockte sie da und starrte das geschuppte, etwa einen Meter große Geschöpf an, das lautlos hinter ihr aus dem Wald getreten war und sie aus seinen großen, beunruhigend großen Augen abschätzend betrachtete. Obwohl es nicht sehr viel größer als ein großer Hund war, mußte es gut und gerne zweihundert Kilogramm wiegen. Sein Körper war von gedrungenem, sehr kräftigem

Wuchs. Es hatte einen langen, mit spitzen Hornstacheln bewehrten Schwanz und einen gepanzerten, ebenfalls stachelbewehrten Kopf, der in etwas endete, das wie ein stumpfer Papageienschnabel aussah. Der ganze Körper war mit Hornplatten gepanzert.

Das erstaunlichste an diesem Wesen aber waren die Augen, die überhaupt nicht zu dem martialischen Äußeren der Kreatur passen wollten. Sie waren sehr groß und hatten einen sonderbar weichen Blick – und wirkten sehr klug.

Sue hob sehr vorsichtig die Hand, und der Saurier kam mit einem zögernden Schritt näher. Er trat nicht in die Fußspur seines größeren Artgenossen hinein, sondern blieb dicht davor stehen, aber als Sue aufstand und sich vorsichtig auf ihn zubewegte, machte er auch keine Anstalten, zu fliehen, sondern sah sie nur weiter sehr aufmerksam und sehr wach an. Sue zögerte noch einen letzten Moment, dann überwand sie auch noch den Rest ihrer Furcht und berührte den stacheligen Kopf des Geschöpfes.

Es floh nicht. Es machte auch keine Anstalten, ihr die Hand abzubeißen, obwohl sein Schnabel dazu mühelos in der Lage gewesen wäre, sondern ließ es zu, daß Sue ihm ein paarmal über den Kopf strich. Als sie die Hand schließlich zurückzog, stieß er ein leises, fast bedauernd klingendes Brummen aus.

Sue lachte. Es kam ihr nicht zu Bewußtsein, wie absurd diese Situation war. Sie stand da und streichelte einen Baby-Dinosaurier, als handele es sich um eine streunende Katze. Sie hatte, nachdem sie in einen Abgrund aus Furcht und Verzweiflung gestürzt war, endlich wieder ein lebendes Wesen gefunden, dem sie ihre Zuneigung spenden konnte und das sie mit Freundlichkeit belohnte.

Aber schließlich gewann ihr logisches Denken doch wieder die Oberhand. Nach einer Weile hörte sie endgültig auf, den Saurier zu streicheln, und richtete sich wieder auf. »Es tut mir leid, mein Kleiner«, sagte sie. »Aber ich muß weiter. Und ich denke, du solltest auch lieber zu deiner Mami gehen

– ehe sie am Ende noch hierherkommt. Vielleicht ist sie nicht besonders begeistert davon, daß du eine neue Freundin gefunden hast.«

Mit einem letzten, bedauernden Lächeln wandte sie sich um und setzte ihren Weg fort.

Der Protoceratops folgte ihr.

Nach ein paar Schritten blieb Sue wieder stehen, maß das Geschöpf mit einem Blick, in dem sich Überraschung und Freude einen lautlosen Kampf lieferten, und gab der Vernunft noch eine allerletzte Chance.

»Verschwinde!« sagte sie. »Ich kann dich nicht gebrauchen. Geh zurück zu deinen Leuten.«

Der Saurier gab erneut diesen seltsam brummenden Laut von sich, der Sue nun tatsächlich an das Schnurren einer Katze erinnerte, und machte einen weiteren Schritt auf sie zu. Und Sue kapitulierte endgültig. Sie hätte versuchen können, das Tier zu verscheuchen, und wahrscheinlich wäre es ihr sogar gelungen, wenn sie es angeschrien oder nach ihm geschlagen hätte – aber im Grunde wollte sie das gar nicht. So bizarr ihr horngepanzerter Begleiter auch sein mochte, er war ein lebendes Wesen und vielleicht der einzige Freund, den sie auf diesem ganzen Planeten noch hatte.

»Also gut«, sagte sie resignierend. »Dann komm meinetwegen mit.«

Sie ging weiter. Der Saurier trottete neben ihr her. Von Zeit zu Zeit blieb er stehen, um an einem Busch zu zupfen, und Sue wartete geduldig, bis er weiterging. Nach einer Weile ertappte sie sich dabei, daß sie mit dem Geschöpf zu reden begann: Sie erzählte ihm von ihrem Erlebnis am vergangenen Tag, bald aber auch von ihrem Leben mit Parmeter. Der Saurier schien ihr geduldig zuzuhören. Er reagierte auf den Klang ihrer Stimme, und vielleicht begriff er tatsächlich den freundlichen Ton darin.

Auf diese Weise verging die nächste Stunde. Sue begann müde zu werden. Der Schlaf der vergangenen Nacht hatte sie nicht besonders erfrischt, und allmählich begannen sich auch ihre ganz normalen körperlichen Bedürfnisse bemerkbar zu machen: Hunger und Durst. Vor allem der Durst war schlimm. Es gab zwar ausreichend Wasser in Pfützen, aber sie wagte es nicht, davon zu trinken. Früher oder später würde der Durst übermächtig werden, und sie *würde* von diesem Wasser trinken. Aber noch war er nur unangenehm, und obwohl die Sonne immer höher kletterte und heiß vom Himmel brannte, gab es am Waldboden genügend Schatten, so daß sie auch die Hitze noch ertragen konnte.

Das Tempo, in dem sie vorwärtskam, sank immer mehr – aber darüber machte sich Sue die wenigsten Sorgen. Da sie nicht einmal wirklich wußte, *wohin* sie ging, spielte es eigentlich auch keine Rolle, wie schnell sie war.

Sie war so sehr in düstere Gedanken vertieft, daß sie es fast nicht gemerkt hätte, als sie schließlich den Waldrand erreichte. Ihr gepanzerter Begleiter stieß ein Brummen aus; einen Laut, der Sue aus ihren Gedanken riß und sie alarmiert aufblicken ließ. Mit einem Gefühl plötzlichen, heftigen Erschreckens wurde sie sich des Umstandes bewußt, daß sie zehn Minuten durch den Wald gelaufen war, ohne überhaupt zu wissen, wohin sie ging.

Dann sah sie das Licht zwischen den Bäumen vor sich und lief los. Diesmal nahm sie keine Rücksicht mehr auf dornige Büsche oder Unterholz, sondern brach einfach hindurch.

Vor ihr lag die Wüste; eine braungelbe, leicht gewellte Ebene, die sich ohne Unterbrechung bis zum Horizont erstreckte und über der die Luft vor Hitze flimmerte. Und dann begriff sie auch, daß alles falsch gewesen war, was sie seit ihrem Erwachen gedacht hatte.

Sie war nicht in der Vergangenheit. Das Rätsel dieses Waldes wurde dadurch eher noch phantastischer, aber der Anblick, der sich ihr bot, machte ihr unzweifelhaft klar, daß sie sich noch immer im Amerika des ausklingenden zwanzigsten Jahrhunderts befand, nicht im Mesozoikum oder irgendeiner anderen vergangenen Epoche.

In einer Entfernung von zwei oder drei Meilen schwebte

ein Hubschrauber. Der Anblick erfüllte Sue mit einer solchen Erleichterung, daß sie die Chance, die die Anwesenheit der Maschine bedeutete, beinahe verspielt hätte. Sie blieb einfach stehen und blickte zu dem langsam über der Wüste patrouillierenden Hubschrauber hinauf, und erst, als die Maschine abdrehte und sich wieder von ihr und dem Waldrand zu entfernen begann, wurde ihr klar, daß sie keineswegs in Sicherheit war, solange nur *sie* den *Hubschrauber* sah. Ungleich wichtiger war, daß die Männer dort oben *sie* bemerkten. Sie mußte mindestens zehn Meilen von Las Vegas entfernt sein, und bei der herrschenden Hitze über der Wüste hatte sie nicht die Spur einer Chance, diese Strecke zu Fuß zu überwinden.

Sue rannte los. Aus den Augenwinkeln sah sie, wie ihr vierbeiniger Begleiter, der neben ihr aus dem Wald herausgetreten war, einen Moment zögerte und sich dann hoppelnd in Bewegung setzte, um ihr wie ein Hund zu folgen. Seine Bewegungen wirkten plump, waren aber trotzdem erstaunlich schnell. Es bereitete dem Tier nicht die geringste Mühe, mit ihr Schritt zu halten.

Der Helikopter hatte mittlerweile vollends beigedreht und begann sich langsam vom Wald zu entfernen. Sue rannte schneller, riß im Laufen die Arme hoch und begann zu rufen, obwohl sie natürlich wußte, wie sinnlos das war. Die Maschine war mittlerweile sicher drei oder vier Meilen entfernt. Die Männer dort oben konnten sie ganz bestimmt nicht hören.

Die Verzweiflung gab Sue noch einmal neue Kraft. Sie griff schneller aus und legte schließlich alle Kraft in einen verzweifelten Spurt – und das Wunder geschah.

Im allerersten Moment wagte Sue kaum zu glauben, was passierte: Der Hubschrauber wurde langsamer, verlor ein wenig an Höhe und wendete schließlich. Und dann bewegte er sich auf sie zu. In so direkter Linie, daß es kein Zufall sein konnte. Der Pilot hatte sie gesehen.

Sie rannte weiter, obwohl das gar nicht mehr nötig war.

Die Schritte des Sauriers trommelten hinter ihr einen hämmernden Rhythmus auf den Wüstenboden.

Der Hubschrauber wurde noch langsamer und ging tiefer. Irgend etwas stimmte nicht. Sue verstand nichts von Flugzeugen oder Helikoptern, aber irgend etwas an der Maschine kam ihr sonderbar vor.

Es war nicht *irgendein* Helikopter. Es war ein Kampfhubschrauber. Eigentlich hätte das für Sue keine Rolle spielen dürfen – die Anwesenheit dieser Maschine bedeutete ihre Rettung, und das war alles, was zählte –, und trotzdem beunruhigte sie dieser Gedanke.

Plötzlich wurde die Maschine noch langsamer und schwenkte zugleich ein kleines Stück nach rechts, so daß sie sich nicht mehr direkt vor Sue befand. In der gleichen Sekunde hörte sie eine scharfe Stimme aus dem Lautsprecher. *»Vorsicht, Miss! Hinter Ihnen! Werfen Sie sich hin!«* Und ganz plötzlich begriff Sue, was die Männer dort oben sahen – keine junge Frau, die einfach nur erleichtert war und ihnen winkend entgegenlief, sondern eine Frau, die um ihr Leben rannte und von einem horngepanzerten Ungeheuer verfolgt wurde . . .

»Nein!« schrie Sue. *»Nein! Nicht! Er ist harmlos!«*

Es war zu spät. Das Bordgeschütz des Helikopters spie eine brüllende Salve aus, und plötzlich schien die Wüste vor ihr in einer irrsinnig schnell heranrasenden Kette meterhoher Sandexplosionen auseinanderzubersten. Der Pilot mußte ein wahrer Meisterschütze sein. Die Salve verfehlte Sue um weniger als zwei Meter, raste an ihr vorbei und traf den Saurier mit tödlicher Präzision. Das Tier starb so schnell, daß es wahrscheinlich nicht einmal mehr spürte, wie es getroffen wurde.

Sue stolperte, als sie versuchte, im vollen Lauf herumzuwirbeln. Sie fiel auf die Knie, rappelte sich sofort wieder hoch und rannte zurück. Über ihr begann der Lautsprecher immer hysterischer zu brüllen, aber Sue hörte die Worte gar nicht mehr. Sie spürte auch den heulenden Sandorkan nicht, als der Helikopter keine zwanzig Meter von ihr entfernt zur Landung ansetzte, und sie registrierte nicht einmal die drei Männer, die aus der Maschine heraussprangen und geduckt und mit angelegten Waffen auf sie zurannten.

Ihr Freund war tot. Die MG-Salve hatte seinen Körper regelrecht in Stücke gerissen. Die Panzerplatten, die ihn sein Leben lang zuverlässig geschützt hatten, hatten der von Menschen geschaffenen Zerstörungskraft nicht standgehalten, sondern waren geborsten wie Glas, das von Hammerschlägen getroffen wurde. Die freundlichen, braunen Augen des Wesens schienen Sue noch im Tode mit vollkommenem Erstaunen anzublicken.

Sue begann zu weinen. Sie streckte die Hände nach dem reglosen Körper aus, aber sie wagte es nicht, ihn zu berühren. Sie empfand eine tiefe, schmerzhafte Trauer und ein Gefühl von Schuld, das sie nie wieder vollkommen loswerden sollte. In einer Welt, die für sie nur Schrecken und tödliche Gefahren parat gehabt hatte, war dieses Wesen ihr einziger Verbündeter gewesen, ein Geschöpf, das ihr vorbehaltlos und ohne irgendeine Gegenleistung zu erwarten vertraut hatte, und als Belohnung hatte sie ihn in den sicheren Tod geführt.

Jemand trat neben sie und sprach sie an, aber sie hörte es nicht. Tränen liefen über ihr Gesicht, und sie begann am ganzen Leib zu zittern. Die Männer mußten sie schließlich mit Gewalt vom Leichnam des toten Dinosauriers fort und in den wartenden Helikopter zerren.

Littlecloud erwachte eine Stunde vor Sonnenaufgang. Er hatte sich kaum auf der Bettkante aufgerichtet, da wurde die Tür zu seinem Zimmer aufgerissen, und jemand stürmte herein. Littlecloud wußte sofort, daß es Mainland war.

»Verdammt, hat Ihnen Ihre Mutter eigentlich nicht beigebracht, daß man anklopft, wenn man in ein fremdes Schlafzimmer kommt?« maulte er. Mainland rumorte einige

Sekunden im Dunkeln neben der Tür herum, ehe er den Lichtschalter fand und betätigte. Unter der Decke der Hotelsuite glomm ein Dutzend indirekt angebrachter Lampen auf, die das Zimmer in ein anheimelndes, warmes Licht tauchten.

Das Grinsen auf Mainlands Gesicht war allerdings weder anheimelnd noch warm, sondern schon eher unverschämt und anzüglich. »Hat sie«, sagte er. »Aber sie hat mir auch extra gesagt, daß es Ausnahmen gibt. Im Falle eines bevorstehenden Weltuntergangs darf ich auf das Anklopfen verzichten.«

Littlecloud unterdrückte ein Gähnen und fuhr sich mit dem Handrücken über die Augen. Er hatte Mühe, Mainlands Worten zu folgen. Es war die dritte Nacht in Folge, in der er so gut wie keinen Schlaf bekommen hatte. Woher Mainland die Energie nahm, so geradezu unverschämt frisch auszusehen, war ihm ein Rätsel.

»Was ist los?« fragte er. »Ist irgend etwas passiert?«

»Die Welt geht unter. Aber sonst ist alles in Ordnung«, antwortete Mainland fast fröhlich. Aber dann wurde er schlagartig ernst. »Ich weiß es nicht genau. Schneider will Sie sprechen.«

»Schneider?« Littlecloud stand langsam auf und reckte sich ausgiebig. Seine Gedanken kamen nur allmählich in Schwung. »Wieso Schneider?« fragte er, während er mit hängenden Schultern ins Badezimmer schlurfte. »Ich denke, der liegt im Krankenhaus und schläft die nächsten vierundzwanzig Stunden durch?«

Mainland folgte ihm, lehnte sich gegen den Türrahmen und sah zu, wie Littlecloud den Kaltwasserhahn aufdrehte und die Handgelenke unter den sprudelnden Strom hielt. »Das dachte der Arzt wohl auch«, antwortete er. »Aber er ist vor einer guten Stunde hier aufgetaucht. Captain Darford übrigens auch. Irgend etwas ist passiert. Ich weiß nicht genau, aber Schneider wirkt ziemlich aufgeregt.« Etwas klickte. Der Geruch verriet Littlecloud, daß Mainland sich eine Zigarette anzündete. »Außerdem wimmelt die Stadt mittlerweile von Militär. Ihr Boß hat ganze Arbeit geleistet. Wenn man aus dem Fenster sieht, konnte man denken, der dritte Weltkrieg wäre ausgebrochen.«

Vielleicht ist er das auch, dachte Littlecloud, während er sich eine Handvoll eiskaltes Wasser ins Gesicht schöpfte und prustend nach Luft rang. *Nur, daß die Feinde, gegen die wir kämpfen, vollkommen andere sind, als wir erwartet haben.*

»Was macht die Evakuierung?« fragte er und tastete nach einem Handtuch.

»Was denkst du?« erwiderte Mainland achselzuckend. »Las Vegas ist schließlich kein Dorf. Es wird Tage dauern, die Stadt zu räumen.«

Littlecloud bezweifelte das. Er kannte Straiter gut genug, um zu wissen, wozu dieser so unscheinbar wirkende Mann in der Lage war, wenn er wirklich wollte – und er kannte auch gewisse Notfallpläne besser als Mainland. Wenn es wirklich sein mußte, dann konnte selbst eine Stadt wie Las Vegas binnen sechsunddreißig Stunden evakuiert werden. Er fragte sich nur, *ob* es sein mußte.

»Nun mach schon«, sagte Mainland. »Sie haben gesagt, ich soll mich beeilen.«

Littlecloud warf ihm einen finsteren Blick zu – aber er tat trotzdem, was Mainland ihm gesagt hatte, und trocknete sich nur noch flüchtig das Gesicht ab.

Da er am vergangenen Abend so müde gewesen war, daß er sich in seinen Kleidern auf das Bett gelegt hatte und sofort eingeschlafen war, konnten sie die Suite sofort verlassen. Trotz der frühen Stunde waren einige der anderen Hotelgäste schon wach, so daß ihnen eine Reihe verwunderter Blicke folgten, als sie die Halle durchquerten und den Konferenzraum ansteuerten, den Straiter kurzerhand zu seiner Kommandobasis erklärt hatte. Clayton hatte sich anerboten, ihnen einige Räume im Verwaltungsgebäude der Stadt zur Verfügung zu stellen, aber Straiter hatte dieses Angebot ausgeschlagen und statt dessen einen Teil des Sheraton-Hotels okkupiert. Mainland hatte sich eine spöttische Bemerkung über die Vorliebe des Militärs für Hotels der gehobenen Luxusklasse nicht verkneifen können, aber Littlecloud wußte, daß das nicht der wahre Grund für Straiters Entscheidung war.

Der wirkliche Grund war sehr viel simpler: Hotels dieser Preisklasse waren technisch einfach besser ausgestattet. Streßgeplagte Manager, die den Gegenwert einer Woche Arbeit eines Normalverdieners für eine Nacht in einem Hotel hinblätterten, hatten einen Anspruch darauf, alle nur erdenklichen technischen Hilfsmittel zur Verfügung zu haben. Das Sheraton hatte alles, was Clayton in seinem Büro vermutlich gerne gehabt hätte: vom leistungsstarken Computersystem über Fax- und Modemverbindungen bis hin zu ultramodernen Bildschirmtelefonen. Die Geschäftsleitung war vermutlich nicht besonders begeistert davon, diese Ausrüstung nun Straiter und dem beständig anwachsenden Strom von Soldaten und Offizieren zur Verfügung zu stellen, aber darauf konnten sie keine Rücksicht nehmen. Vermutlich würde Straiter das gesamte Hotel beanspruchen, noch bevor der Tag zu Ende war, und die Gäste kurzerhand auf die Straße setzen lassen. Letztendlich spielte es keine Rolle, *wo* sie die wenigen Stunden verbrachten, die ihnen noch blieben, ehe auch sie evakuiert wurden.

Littlecloud bekam einen kurzen, aber eindrucksvollen Vorgeschmack von dem, was der heraufziehende Tag bringen würde, als er neben Mainland die Halle durchquerte und durch die verglaste Front auf die Straße hinausblickte. Direkt vor dem Hotel stand ein Schützenpanzer der Nationalgarde, und auf der Straße selbst staute sich eine schier endlose Autoschlange, vier Reihen nebeneinander, die alle in die gleiche Richtung Süden fuhren. Die Wagen bewegten sich allerdings nur im Schrittempo.

Littlecloud sah auf die Uhr. Es war nicht einmal fünf, und das bedeutete, daß er gerade drei Stunden Schlaf bekommen hatte. Und *das* wiederum bedeutete, daß wohl wirklich etwas passiert sein mußte, wovon Mainland entweder keine

Ahnung hatte, oder was er ihm verschwieg. Straiter gehörte nicht zu den Vorgesetzten, die ihre Untergebenen aus purem Spaß drangsalierten. Ein unausgeschlafener Soldat war kein guter Soldat.

Vor der Tür des großen Konferenzsaales standen zwei Männer der Nationalgarde, die sich redliche Mühe gaben, furchtbar wichtig auszusehen, eigentlich aber eher hilflos wirkten: Die Uniformen paßten nicht richtig, und die Art, auf die sie ihre Waffen hielten, machte Littlecloud klar, daß sie damit vermutlich vor allem *sich selbst* gefährdeten. Straiter hatte schon am frühen Abend des gestrigen Tages das gesamte Notfallprogramm in Gang gesetzt, aber es kam schleppender auf Touren, als Littlecloud gehofft hatte. Las Vegas lag einfach zu ungünstig, als daß schnell genug die nötigen Männer hierhergeschafft werden konnten. Die einzige Militärbasis im Umkreis mehrerer hundert Meilen war die Ellis Air Force Range im Osten, so daß Straiter notgedrungen mit den Mitgliedern der Nationalgarde vorliebnehmen mußte. Außerdem war sein Hauptanliegen schließlich, Menschen aus der Stadt *heraus* zu schaffen und nicht noch mehr *hinein.*

Straiter, Clayton und eine Anzahl Littlecloud unbekannter Männer saßen an einem großen Konferenztisch am Fenster beisammen, als Mainland und der Indianer eintraten. Straiter sah nur flüchtig auf und winkte Littlecloud heran, wandte sich dann aber sofort wieder um und konzentrierte sich auf eine in eine zerschlissene Polizeiuniform gekleidete Gestalt, die zusammengesunken vor ihm auf einem Stuhl saß. Der Mann sah sehr müde aus und sehr erschöpft. Er sprach schleppend und so leise, daß Littlecloud die Worte kaum verstand, als er auf der anderen Seite des Tisches Platz nahm.

»... ich sage Ihnen doch, ich weiß es nicht«, murmelte er erschöpft. Er sah auf, blickte Littlecloud eine Sekunde lang fast hilfesuchend an und senkte dann wieder den Blick. »Er war einfach *weg.* Von einer Sekunde auf die andere. Plötzlich waren da diese Lichter, und dann war Ben verschwunden, und an seiner Stelle . . .«

»Lichter?« Das war Schneiders Stimme. Littlecloud hatte ihn bisher gar nicht bemerkt, und als er in die Richtung sah, aus der seine Stimme kam, begriff er auch, warum: Schneider trug einen gefleckten Tarnanzug, der offenbar aus den Lagern der Nationalgarde stammte. Er war ihm mindestens eine Nummer zu groß. »Was für Lichter?«

»Lichter eben«, flüsterte der Officer erschöpft. »Ich habe es doch schon zehnmal erzählt.«

»Dann erzählen Sie es eben zum elften Mal, Marten«, sagte Mainland scharf. »Und wenn wir es wollen, auch noch hundert Male.«

»Bitte, Lieutenant!« Schneider hob besänftigend die Hand und versuchte, sein von Entbehrungen und Übermüdung gezeichnetes Gesicht zu einem Lächeln zu verziehen.

»Ich weiß, wie Sie sich fühlen, Mister Marten«, fuhr er fort, wieder an den Polizeibeamten gewandt. »Aber jede Kleinigkeit ist wichtig. Wir müssen alles ganz genau wissen. Was waren das für Lichter, von denen Sie sprechen?«

Marten blickte ihn sekundenlang wortlos an. Er griff mit zitternden Fingern nach einem Glas, das vor ihm auf dem Tisch stand, und trank einen gewaltigen Schluck, ehe er antwortete.

»Ich . . . ich kann es wirklich nicht genauer beschreiben«, sagte er stockend. »Alles ging so schnell. Ben ist zu diesem . . . diesem Loch hinübergerannt. Ich hörte ihn schreien und sah, wie er seine Waffe zog, aber ich konnte nichts mehr tun. Plötzlich war da dieses Summen. Ein . . . ein unheimlicher Laut. Ich habe so etwas noch nie zuvor gehört. Und dann die Lichter. Wie Funken oder Glühwürmchen. Alles funkelte und blitzte, und dann war die Wüste plötzlich weg, und an ihrer Stelle war dieser Wald da. Verstehen Sie, ich konnte nichts tun. Ich wollte Ben helfen, aber er war . . . er war einfach *weg*. Da war nur noch der Wald. Und ich . . .«

»Sie haben es mit der Angst zu tun bekommen und sind

davongerannt, statt Ihrem Kollegen zu Hilfe zu eilen«, vollendete Mainland den Satz. Marten schwieg.

»Und das war das Vernünftigste, was Sie tun konnten«, sagte Schneider. Seine Blicke schienen Mainland durchbohren zu wollen. »Glauben Sie mir, Sie hätten nichts für ihn tun können. Wahrscheinlich wären Sie ums Leben gekommen, hätten Sie den Wald betreten.«

Mainland setzte dazu an, etwas hinzuzufügen, aber dann begegnete er Straiters Blick, und was er darin las, das schien ihn schlagartig davon zu überzeugen, daß es jetzt besser war, den Mund zu halten.

Schneider stand auf. »Ich danke Ihnen, Officer Marten«, sagte er. »Bitte bleiben Sie noch einen Moment hier. Es kann sein, daß wir noch ein paar Fragen an Sie haben.«

Er stand auf, trat vom Tisch zurück und ging auf eine Tür in der gegenüberliegenden Wand zu. Darford und nach einer Sekunde auch Straiter und Clayton folgten ihm, und auch Littlecloud und Mainland erhoben sich unaufgefordert und schlossen sich der kleinen Gruppe an. Sie betraten einen sehr viel kleineren Nebenraum, der offensichtlich einmal ein Büro gewesen, jetzt aber zu einer Art provisorischem Kommunikationszentrum umfunktioniert worden war. Auf den beiden Schreibtischen drängelten sich zahllose Telefone, Funk- und Faxgeräte und ein kleiner Computer.

Schneider schloß mit übertriebener Sorgfalt die Tür hinter sich, ging zum Schreibtisch und schaltete den Rechner ein. Er sagte nichts, sondern wartete, bis das Gerät hochgefahren war. Auf dem Monitor erschien eine farbige Grafik. Schneider tippte rasch und ohne hinzusehen einige Zahlen in die Tastatur, und Littlecloud konnte sehen, wie sich die Grafik änderte. Er hatte keine Ahnung, was sie bedeutete, aber das sichere Gefühl, daß es nichts Gutes war.

»Das habe ich befürchtet«, murmelte Schneider.

»Was?« fragte Littlecloud. »Ich meine . . . was ist hier überhaupt los? Gibt es Probleme bei der Evakuierung?«

»Nein«, sagte Straiter, und Schneider sagte im gleichen Moment: »Ja.«

»Aha«, sagte Littlecloud. »Und was stimmt nun?«

»Sie haben den Mann gehört«, sagte Schneider düster. »Was er erzählt hat, ist gestern am späten Nachmittag passiert. Offensichtlich war er mit einem Kollegen draußen in der Wüste, um irgendeinen Unfall aufzuklären. Bisher ist er der erste Augenzeuge dieses ... *Wechsels.«*

»Von Captain Darford und Ihnen abgesehen«, sagte Littlecloud.

Schneider schüttelte den Kopf. »Ich habe es nicht direkt *gesehen«,* sagte er. »Diese Lichter und das Summen sind mir nicht aufgefallen. Aber das ist nicht das wichtigste. Das Besondere ist, daß Marten auf den Meter genau sagen konnte, *wo* der Wechsel stattgefunden hat.«

»Ich wäre da vorsichtig«, sagte Mainland. »Ich kenne Marten, er ist ein Feigling. Und außerdem die größte Niete, die bei uns Dienst tut. Wenn Sie mich fragen, hat er Cooper einfach im Stich gelassen.«

»Das spielt überhaupt keine Rolle«, antwortete Schneider. »Aber wir wissen jetzt, wann und wo dieser ... Sprung stattgefunden hat.« Er deutete auf die Grafik auf seinem Bildschirm. »Ich habe einige Berechnungen angestellt. Natürlich kann ich nicht garantieren, daß sie stimmen. Ich müßte mindestens zehnmal so viele Daten haben, um auch nur eine verläßliche Schätzung abgeben zu können, aber da ich sie nicht habe, muß ich mich mit dem zufriedengeben, was ich weiß.«

»Machen Sie es nicht so spannend«, sagte Mainland unfreundlich. *»Was* wissen Sie?«

Schneider seufzte. Littlecloud hatte das sichere Gefühl, daß er nicht grundlos so um den heißen Brei herumredete, sondern einzig deshalb, weil er Angst vor dem hatte, was er eigentlich sagen wollte.

»Ich fürchte, uns bleibt nicht mehr genug Zeit«, sagte er.

»Wofür?« fragte Littlecloud.

Anstelle einer direkten Antwort wandte sich Schneider

mit einem fragenden Blick an Straiter. »Wie lange brauchen Sie, um die Stadt zu evakuieren?« fragte er.

»Vollkommen?« Straiter überlegte einen Moment. »Achtundvierzig Stunden, ungefähr.«

»Ja, das habe ich befürchtet«, murmelte Schneider.

»Wieso?« Straiter wirkte alarmiert.

»Weil wir keine achtundvierzig Stunden mehr haben«, antwortete Schneider düster. »Wenn meine Berechnungen stimmen, bleiben uns allerhöchstens noch zwölf Stunden.«

»Und wenn nicht?« fragte Mainland.

»Vielleicht etwas mehr«, antwortete Schneider. Nach einer winzigen Zeitspanne fügte er hinzu: »Oder auch weniger.«

Für einige Sekunden wurde es sehr still.

»Aber Sie ... Sie müssen doch etwas tun können«, murmelte Mainland.

»Und was?« fragte Schneider traurig. »Ich weiß ja nicht einmal genau, was da draußen vorgeht, Lieutenant. Wie soll ich da wissen, was ich dagegen tun kann – *falls* man etwas dagegen tun kann?«

»Sie wußten immerhin, wie man es auslöst!« fuhr Mainland auf. »Verdammt, ich wußte, daß so etwas irgendwann einmal passiert! Woran habt ihr dort draußen in eurem Geheimlabor in der Wüste herumgepfuscht? Was habt ihr gesucht? Irgendeine neue Superwaffe?«

Schneider schwieg, aber der Ausdruck auf seinem Gesicht machte Littlecloud klar, daß Mainland mit seiner Vermutung der Wahrheit vielleicht näher gekommen war, als Schneider lieb sein konnte. Und auch Mainland deutete den betroffenen Blick des grauhaarigen Wissenschaftlers richtig.

»Also doch«, sagte er. »Ihr verdammten, verantwortungslosen Idioten!«

»Lieutenant, mäßigen Sie sich!« sagte Clayton scharf.

Schneider winkte ab. »Es ist schon gut, Mister Clayton. Er hat ja recht. Es gibt Dinge, von denen sollte man die Finger lassen, aber ich fürchte, das haben wir alle ein wenig zu spät begriffen.«

»Das bringt uns nicht weiter, Professor«, sagte Littlecloud. »Ich meine, es ist nicht der Moment, um Schuld zuzuweisen. Auch wenn ich es nicht gerne tue, aber in einem stimme ich Mainland zu: Wir müssen irgend etwas tun.« Er registrierte Mainlands überraschten Blick, ignorierte ihn aber und wandte sich direkt an Straiter.

»Was ist mit den Maschinen aus Ellis? Sie haben zwei komplette Kampfgeschwader dort, nicht wahr? Das müßte doch reichen, diese Biester lange genug zurückzuhalten, bis die Stadt evakuiert worden ist.«

»Drei«, verbesserte ihn Straiter. Er klang müde. »Ich habe bereits zwei Hubschrauberstaffeln hier in der Stadt. Sie patrouillieren ununterbrochen am Waldrand. Keine Sorge – ich garantiere dafür, daß nichts auch nur in die Nähe der Stadt kommt. Im Notfall lasse ich diesen ganzen verdammten Dschungel in Asche legen.«

»Aber darum geht es doch nicht!« protestierte Schneider. »Sie verstehen immer noch nicht, wovon ich rede! Es nutzt überhaupt nichts, wenn ihre Kampfmaschinen dort draußen herumfliegen und Jagd auf Dinosaurier machen! Selbst wenn Sie eine Atombombe auf diesen Dschungel werfen würden, würde das nichts ändern!«

Straiters Blick machte deutlich, daß er diese Möglichkeit insgeheim schon erwogen hatte. »Und wieso?« fragte er.

»Weil nicht die Saurier unser Problem sind, weder sie noch sonst irgend etwas, was aus diesem Wald herauskommen könnte.« Schneider deutete heftig gestikulierend auf seinen Monitor. »Der Dschungel ist das Problem, Colonel. Er wächst. Er dehnt sich aus, und zwar schneller, als ich befürchtet habe. Wenn wir es nicht stoppen können, dann ist Las Vegas in spätestens zwölf Stunden nicht mehr da, verstehen Sie?«

»Nein«, sagte Straiter. Schneider seufzte tief. »O verdammt, ich weiß, es ist schwer zu erklären«, sagte er. »Dabei ist es im Grunde ganz einfach. Erinnern Sie sich genau, was der Officer erzählt hat: Sein Kollege und das Stück Wüste sind vor seinen Augen einfach verschwunden, und an ihrer Stelle ist der Dschungel aufgetaucht. Es ist nur eine Theorie, aber ich stelle es mir wie ... wie eine Art Wippe vor, verstehen Sie?« Er machte eine entsprechende Handbewegung. »Oder eine Drehtür, wenn Ihnen dieser Vergleich lieber ist. Ein Teil unserer Welt verschwindet, und an seiner Stelle taucht dieser ... dieser Dschungel auf. Es ist nicht so, daß er die Wüste überwuchert oder einfach rasend schnell wächst. Captain Darford und ich haben es selbst erlebt. Die Realität verschwindet einfach und macht einem Teil der Urzeit Platz.«

»Und wohin?« fragte Straiter.

»Ich nehme an, sie nimmt den Platz ein, an dem zuvor der Dschungel war«, antwortete Schneider. »Wie gesagt, es ist nur eine Theorie – aber die einzige, die ich habe. Und vielleicht die einzige Hoffnung, die uns bleibt.«

»Ich sehe in dieser Vorstellung keine *Hoffnung«,* sagte Clayton. »Sie meinen, alles was hier verschwindet, taucht in der Vergangenheit wieder auf, hundert oder zweihundert Millionen Jahre entfernt?«

»Ich nehme es an«, sagte Schneider. »Ich *hoffe,* daß es so ist.«

»Sie hoffen es? Wieso?«

»Weil wir dann vielleicht noch eine Chance haben«, antwortete Schneider. Er deutete wieder auf seinen Computer. »Ich habe versucht, die Wahrscheinlichkeit zu errechnen, daß ein solches Phänomen von selbst auftaucht. Es ist praktisch ausgeschlossen.«

»Und das heißt?«

Schneider sah Mainland an, als er antwortete, nicht Clayton. »Das heißt, daß Sie vermutlich recht haben, Lieutenant. Es ist unsere Schuld. Meine und die Schuld der anderen, die an dem Projekt mitgearbeitet haben. Projekt *Laurin* hat etwas in Gang gesetzt, womit niemand von uns rechnen konnte, etwas, von dem wir nicht einmal gewußt haben, daß es möglich ist. Eine Art ... Riß in der Zeit. Und offensichtlich dehnt er sich immer noch weiter aus.«

»Ich wiederhole meine Frage«, sagte Clayton. »Was an dieser Theorie gibt Ihnen Anlaß zu irgendeiner *Hoffnung?«*

»Weil wir es dann vielleicht aufhalten können«, sagte Schneider. Er sah alle Anwesenden der Reihe nach und sehr ernst an; vielleicht suchte er auf irgendeinem Gesicht nach einer Spur von Begreifen, aber wenn, so wurde er enttäuscht.

»Wenn meine Theorie des Wechsels stimmt«, fuhr er schließlich fort, »dann befinden sich nicht nur die Wüste und dieser unglückselige Officer in der Vergangenheit, sondern auch unsere Forschungsstation. Und ich nehme an, daß sie für das verantwortlich ist, was hier geschieht.«

»Sie?« Mainland lachte schrill.

»Oh, ich verstehe. Es ist die Station. Das Haus, wie? Wahrscheinlich ist es von einem bösen Geist besessen. Nicht die Leute, die darin gearbeitet haben.«

»Allmählich reicht es, Mainland«, sagte Darford. »Wenn Sie es genau wissen wollen – es war nicht Professor Schneider, der den entscheidenden Fehler begangen hat, sondern General Stanton.«

Straiter fuhr unmerklich zusammen, und auch Mainland sah für einen Moment sehr überrascht aus. Aber wirklich nur einen Moment. »Und?« fragte er trotzig. »Was ändert das?«

»Nichts«, sagte Schneider rasch, ehe Will antworten und er und Mainland vielleicht wirklich in Streit geraten konnten. »Aber wie gesagt: vielleicht haben wir eine Chance. Ich habe die Energiemengen berechnet, die nötig sind, um so etwas zu bewerkstelligen, wie wir es hier erleben. Sie sind schlichtweg unvorstellbar. Man würde die Kraft einer kleinen Sonne brauchen, um den ... *Dimensionsriß* auch nur aufrechtzuerhalten, geschweige denn ihn auszuweiten.«

»Aha, ich verstehe«, sagte Mainland spöttisch. »Und Sie hatten eine kleine Sonne in Ihrer Station.«

»Ja«, antwortete Schneider.

Mainland erbleichte. »Wie?«

»Zumindest etwas, das die gleiche Energie produziert«, sagte Schneider. »Wir hatten unsere eigene Kraftstation. Ich weiß, daß die meisten hier in Las Vegas glaubten, daß es sich um einen Atomreaktor handelte, aber das ist nicht die Wahrheit. Wir haben die Gerüchte absichtlich nicht dementiert.« Er lachte bitter. »Die paar Bürgerinitiativen und Proteste haben wir in Kauf genommen. Wissen Sie, sie waren nichts gegen das, was passiert wäre, wenn die Leute hier gewußt hätten, was es wirklich ist.«

»Und was ist es?« fragte Mainland mißtrauisch.

»Ein Gamma-Zyklotron«, antwortete Schneider.

»Ein was?« fragte Clayton verständnislos.

»Etwas, von dem neunundneunzig Prozent aller Wissenschaftler auf der Welt behaupten würden, daß es nicht existiert«, sagte Schneider. »Ein Teilchenbeschleuniger, Mister Clayton. Aber ein ganz besonderer. Er produziert Antimaterie.«

Clayton verstand offensichtlich überhaupt nicht, wovon Schneider sprach, aber Littlecloud sah aus den Augenwinkeln, wie Straiter leichenblaß wurde und sich Darford plötzlich kerzengerade aufrichtete.

»Antimaterie?« murmelte er. »Aber so etwas ist doch ... gar nicht möglich!«

»Ja«, sagte Schneider gelassen. »Das denken die meisten. Aber es ist möglich. Und es funktioniert. Das Zyklotron erzeugt einen beständigen Antimateriestrom. Die stärkste Energiequelle im Universum.«

»So gut wie grenzenlos und so gut wie unerschöpflich«, flüsterte Mainland. »Nicht wahr?«

Nicht nur Schneider war verwirrt, auch Littlecloud und Straiter sahen den Lieutenant überrascht an. Schließlich nickte Schneider.

»Wie lange gibt es so etwas schon?« fragte Mainland.

»Drei Jahre«, antwortete Schneider. »Das Zyklotron unter der Forschungsstation ist das zweite, das nach dem Prototyp gebaut wurde.«

»Drei Jahre«, murmelte Mainland. »Sie erzählen mir hier so ganz nebenbei, daß Sie alle Energieprobleme dieser Welt gelöst haben? Sie ... Sie haben den Schlüssel zu ...«

»... zu Wohlstand für alle Menschen auf der Welt in der Hand?« unterbrach ihn Schneider. Er lächelte, aber es war ein sehr bitteres Lächeln. »Das wollten Sie sagen? Energie im Überfluß? Kein Hunger mehr auf der Welt, keine Rohstoffprobleme mehr? Sie irren sich. Das haben wir alle geglaubt, als dieses Gerät entwickelt wurde, aber es war ein kurzer Traum. Antimaterie ist viel zu gefährlich, um sie kommerziell einzusetzen.« Er schwieg einen Moment, und als er weitersprach, hatte seine Stimme einen anderen, viel sachlicheren Ton.

»Außerdem steht das jetzt nicht zur Debatte, Lieutenant. Falls wir diese ganze Geschichte überleben sollten, können wir gerne ein Streitgespräch darüber führen, aber im Moment ist nur eines wichtig. Ich vermute, daß das Zyklotron noch immer arbeitet.«

»Sie meinen, in der Vergangenheit?« fragte Littlecloud ungläubig.

»Und warum nicht?« gab Schneider zurück. »Die Anlage arbeitet vollautomatisch. Theoretisch kann sie mindestens noch zwanzig Jahre weiterlaufen, ohne daß ein einziger Mensch dafür notwendig wäre. Ich vermute, daß das Zyklotron noch immer läuft. Und was immer Stanton in Gang gesetzt hat, es wird nicht aufhören, solange es weiter mit Energie versorgt wird.«

»Dann ist alles verloren«, sagte Clayton. »Wenn das stimmt, dann haben wir keine Möglichkeit, irgend etwas dagegen zu tun.«

»Doch«, behauptete Schneider. »Die haben wir.«

Clayton starrte ihn an. »Und welche?«

Diesmal vergingen einige Sekunden, ehe Schneider antwortete. »Irgend jemand muß in die Vergangenheit reisen und das Gerät abschalten«, sagte er ruhig. »Und so, wie die Dinge liegen, bin ich wahrscheinlich der einzige hier, der weiß, wie das zu bewerkstelligen ist.« Er deutete auf Will. »Captain Darford hat sich freiwillig angeboten, mich zu begleiten, aber ich fürchte, wir zwei allein haben keine besonders große Chance, die Station zu erreichen.« Sein Blick glitt über die Gesichter aller Anwesenden und blieb schließlich an Littlecloud hängen.

»Sie hätten nicht zufällig Lust, uns dabei zu helfen, die Welt zu retten?« fragte er.

Littlecloud seufzte tief. Irgendwie hatte er gewußt, daß Schneider diese Frage stellen würde.

Und er war auch ganz sicher, daß Schneider gewußt hatte, wie seine Antwort lautete.

Der Norden der Stadt glich einer belagerten Festung. Panzerwagen, Tanks und Hubschrauber blockierten den nach Norden führenden Highway, und über der Wüste beiderseits der Straße patrouillierten ununterbrochen Flugzeuge und Helikopter, die keine andere Aufgabe hatten, als nach jeder noch so winzigen Bewegung Ausschau zu halten, die sich zwischen den Sanddünen regen mochte. Einige Meilen weiter im Norden befand sich eine zweite Barriere, die aus Hubschraubern und niedrig fliegenden Propellermaschinen bestand, deren Besatzungen keine andere Aufgabe hatten, als auf verräterische Bewegungen zu achten.

Den beiden Saurierangriffen auf Las Vegas war kein dritter mehr gefolgt. Die Besatzungen der Kampfhubschrauber und Bomber hatten mehr als ein Dutzend der großen Tiere getötet, die aus ihrer angestammten Welt herausgekommen und sich auf den Weg nach Süden gemacht hatten. Straiters Männer verstanden ihr Handwerk. Nichts, was wesentlich größer war als eine Maus, entging den aufmerksamen Blicken der Piloten und ihren elektronischen Helfern. Zumindest vor *dieser* Gefahr.

Aber es gab eine andere, viel schlimmere, der die Männer nicht mit Waffengewalt begegnen konnten. Auf der anderen

Seite der Stadt, auf dem nach Süden führenden Highway, landeten seit den frühen Morgenstunden ununterbrochen Flugzeuge: gewaltige Galaxy-Transporter der Army, Passagier- und Frachtmaschinen, die Straiter kurzerhand auf allen Flughäfen im Umkreis von dreihundert Meilen hatte beschlagnahmen oder auch mitten im Flug hatte umleiten lassen, und in der Wüste beiderseits des Highways ging ein fast ununterbrochener Strom kleinerer Maschinen und Hubschrauber nieder, um die Menschen aufzunehmen, die aus der Stadt flohen.

Es war ein Exodus von nie gesehenen Ausmaßen. Die Männer der Nationalgarde hatten den Strom von Autos, der sich in einer endlosen Kette aus der Stadt ergoß, umgeleitet und auf eine provisorische Bahn durch die Wüste gelenkt, um die asphaltierte Straße für die Flugzeuge frei zu halten. Ein zweiter Strom von Flüchtlingen versuchte auf der anderen Seite des Highways die Stadt zu Fuß zu verlassen. In Anbetracht der Panik, die nach dem Amoklauf des Brachiosauriers in der Stadt ausgebrochen war, lief die verzweifelte Aktion erstaunlich präzise und schnell ab. Es hatte Opfer gegeben, Verletzte und Tote, und es würde noch mehr Opfer geben, ehe der Tag zu Ende war, aber im allgemeinen verlief die Evakuierung einer halben Million Menschen aus der Stadt ruhig und fast diszipliniert. Die große Panik, vor der sich Straiter und vor allem Clayton und seine Mitarbeiter gefürchtet hatten, war bisher ausgeblieben. Vielleicht war das Entsetzen über das, was geschehen war, einfach zu groß, um eine Panik zuzulassen.

Ja, alles verlief beinahe beunruhigend ruhig und schnell. Und trotzdem war es ein Wettlauf, den die Stadt nicht gewinnen konnte, denn die *wirkliche* Gefahr näherte sich unsichtbar, lautlos und unaufhaltsam.

Während sich der Strom der Flüchtlinge in einer endlosen Schlange weiter aus dem Süden von Las Vegas herausquälte, verschwand auf der anderen Seite der Stadt, weniger als zehn Meilen entfernt, ein fünfhundert Meter breiter Wüstenstreifen und machte einem wuchernden, grünen Dschungel Platz.

Schneider sah zum wiederholten Mal auf die Uhr. Noch zehn Minuten – wenn seine Schätzung richtig war. Er war überaus nervös. Und er hatte Angst. Er hatte auch allen Grund dazu. Den Optimismus, den er vorhin im Hotel verbreitet hatte, empfand er selbst nicht. Alles, was er vorher gesagt, alles, was er sich zurechtgelegt und auf seinem Computer errechnet hatte, war *Theorie*.

Der Wald vor ihnen aber war real. Die beiden Helikopter waren fünfzig Meter vom Waldrand entfernt gelandet, weit genug, um sicher vor unliebsamen Überraschungen zu sein, aber nahe genug, um den nächsten Sprung auch tatsächlich mitzumachen. *Wenn* er zu dem Zeitpunkt stattfand, den Schneider berechnet hatte, und *wenn* es wieder gute fünfhundert Meter Wüstensand waren, die verschwanden und der urzeitlichen Dschungellandschaft Platz machten, und *wenn* sie sich tatsächlich dort wiederfanden, wo Schneider glaubte ...

»Sie sehen ziemlich nachdenklich aus, Professor«, sagte Littlecloud neben ihm.

Schneider fuhr erschrocken aus seinen Gedanken hoch und wandte sich zu dem schwarzhaarigen Indianer um. Er versuchte zu lächeln, aber es wurde nur eine Grimasse daraus. »Sollte ich nicht?« fragte er.

Littlecloud zuckte mit den Schultern. Er trug jetzt die gleiche Art von Kleidung wie Schneider und der Rest ihrer kleinen, hastig zusammengestellten Einsatztruppe: einen gefleckten Wüstenkampfanzug, Stahlhelm und feste Stiefel, dazu ein ganzes Sammelsurium der verschiedensten, teilweise futuristisch aussehenden Waffen. »Ich frage mich nur, ob es da vielleicht etwas gibt, was wir wissen sollten.«

Die Frage hätte Schneider ärgern sollen, denn sie unterstellte mehr oder weniger offen, daß er den anderen vielleicht doch etwas verschwiegen hatte. Aber Schneider zuckte nur abermals mit den Schultern. Er empfand keinerlei Zorn oder Ärger. »Ich habe nur darüber nachgedacht, daß es in unserem Plan ein paar Unwägbarkeiten zuviel geben könnte«, sagte er. »Wenn wir die Station finden und wenn tatsächlich das Zyklotron für diese Katastrophe verantwortlich ist und wenn es uns gelingt, es abzuschalten . . .« Er machte eine Handbewegung, die andeutete, daß er die Aufzählung beliebig lange hätte fortsetzen können. »Sie verstehen?«

»Sie zweifeln daran, daß wir die Station finden?« fragte Littlecloud.

»Wenn sie dort ist, wo ich annehme, und wenn wir in einem Stück und lebend ankommen . . .« Schneider seufzte tief. »Ach verdammt, ich weiß es einfach nicht. Ich habe Angst.«

Der letzte Satz war ihm fast gegen seinen Willen herausgerutscht; er war ihm aber erstaunlicherweise nicht peinlich. Ganz im Gegenteil fühlte er sich beinahe erleichtert.

»Angst haben wir alle«, sagte Littlecloud auf eine Art, die Schneider davon überzeugte, daß es die Wahrheit war. »Es ist gut möglich, daß wir nicht wieder zurückkommen, nicht wahr?«

Es ist gut möglich, daß wir nicht einmal ankommen, dachte Schneider. Er sprach es nicht aus, aber das war auch nicht nötig. Einige Sekunden lang standen sie einfach schweigend da, dann zwang Schneider sich zu einem Lächeln.

»Noch zwölf Minuten«, sagte er und sah auf die Uhr. »Kommen Sie – wir sprechen alles noch einmal durch. Wer weiß, ob wir hinterher noch Zeit dazu finden.«

Zumindest der letzte Satz war vollkommen überflüssig, das begriff er selbst. Ihr Plan war so einfach, daß er diese Bezeichnung im Grunde gar nicht verdiente: Die beiden *Stingray*-Helikopter, die unweit des Waldrandes auf sie warteten, würden sie binnen weniger Minuten zu der Forschungsstation bringen. Sie würden hineingehen, die Anlage abschalten, und das war es. Theoretisch.

Trotzdem widersprach Littlecloud nicht, sondern folgte ihm zu den beiden Maschinen und den Männern, die sie umgaben. Schneider und Littlecloud mitgerechnet, waren sie zu acht: die Piloten und Bordschützen der beiden Helikopter, Captain Will Darford – und Lieutenant Mainland, der mit Nachdruck darauf bestanden hatte, sie zu begleiten. Littlecloud hatte sich nicht widersetzt, obwohl er beim besten Willen nicht hätte sagen können, *warum* Mainland unbedingt bei diesem Himmelfahrtskommando dabeisein wollte. Aber ob er ihn nun mochte oder nicht – Mainland war ein guter Mann, und er wußte bereits Bescheid. Auch wenn Straiter es bisher nicht ausgesprochen hatte, so schmerzte ihn doch jeder einzelne Mann, den sie einweihen mußten. Das Chaos, das über Las Vegas hereingebrochen war, war natürlich nicht mehr geheimzuhalten. Aber Littlecloud war ziemlich sicher, daß Straiter alles in seiner Macht stehende tun würde, um zu verhindern, daß draußen in der Welt irgend jemand erfuhr, was hier *wirklich* passiert war.

Schneider sah wieder auf die Uhr. Noch elf Minuten. Die Zeit schien auf eine bizarre Weise zweigeteilt zu sein, so daß sie gleichzeitig mit zehnfachem Tempo dahinzurasen, aber auch fast stehenzubleiben schien. Er fragte sich, was sie erwarten mochte. Und er gestand sich erneut ein, wie sehr Littlecloud mit seiner Frage, ob er Angst hätte, ins Schwarze getroffen hatte. Er *hatte* Angst. Ganz erbärmliche Angst.

Mainland trat ihm mit steinernem Gesicht entgegen, als sie sich den beiden futuristisch anmutenden Hubschraubern näherten. Die Turbinen der Maschinen summten leise im Leerlauf. Die sichelförmigen Rotoren zitterten sacht, wie die Muskeln eines Rennpferdes, das sich auf den Start vorbereitet. Die beiden Helikopter waren erst vor einer Stunde von Ellis hierhergeflogen worden, und obwohl Straiter ihn vorgewarnt hatte, betrachtete Schneider sie immer noch mit einer Mischung aus Unglauben und Staunen. Straiter hatte ihm gesagt, daß es sich um die beiden einzigen Prototypen einer vollkommen neuen, noch geheimen Hubschraubergeneration handelte.

Die beiden *Stingray* sahen aus, als wären sie einem Science-fiction-Film entsprungen. Sie waren nicht besonders groß, sondern boten jeweils nur der Besatzung und zwei Passagieren Platz, aber die gedrungene Form und die fast bizarren Linien verliehen ihnen etwas ungemein Bedrohliches. Im Grunde bestanden sie nur aus der eiförmigen Passagierkabine, einem absurd kurz erscheinenden Stummelschwanz und den beiden übergroßen Rotorblättern, die nicht gerade wie bei einem herkömmlichen Helikopter, sondern sichelförmig gebogen waren. Die zweigeteilte Glaskanzel sah aus wie ein Paar übergroßer Insektenaugen. Straiter hatte ihm erzählt, daß die Maschinen annähernd Schallgeschwindigkeit erreichen konnten, und ihre Bewaffnung, die von herkömmlichen Maschinengewehren bis hin zu Laserkanonen reichte, besaß genug Vernichtungskraft, um eine kleine Stadt in Schutt und Asche zu legen. *Wenn* sie eine Chance hatten, die Station zu erreichen, dann mit diesen Maschinen. Trotzdem – auch sie machten Schneider angst. Sie hatten die Ungeheuer ihrer Zeit aufgeboten, um mit den Ungeheuern der Vergangenheit fertig zu werden, und irgend etwas sagte ihm, daß das der falsche Weg war.

»Professor?« Mainland tippte sich mit zwei Fingern an den Rand des Helmes und sah ihn fragend an. »Es ist gleich soweit, nicht wahr?«

»Ja. Lassen Sie uns noch einmal den Plan durchgehen. Nur für alle Fälle.«

Obwohl Mainland so gut wie er wußte, wie überflüssig das war, widersprach er nicht. Vielleicht ging es ihnen allen genauso wie Schneider selbst: Das Warten zehrte an ihren Nerven. Es war ganz gleichgültig, was sie taten – alles war besser, als einfach herumzustehen und den Sekundenzeiger der Uhr anzustarren. Rasch gesellten sich die Männer in einem Halbkreis um Schneider, der zum wiederholten Male die bereits zerknitterte Blaupause der Station auseinanderfaltete und vor sich auf den Boden ausbreitete.

»Also, noch einmal«, sagte er. »Für den Fall, daß wir getrennt werden oder nur einige von uns die Station erreichen: Der Hauptkontrollraum liegt auf der dritten Ebene, den Eingangsbereich und das daran anschließende Treppenhaus nicht mitgerechnet. Wir gehen die Treppe hinunter und folgen dem Hauptkorridor bis zu der Sicherheitstür an seinem Ende.« Sein Zeigefinger wanderte über die Blaupause und zeichnete den Weg nach, den er beschrieb. »Sie wird verschlossen sein, nehme ich an. Der Zugangscode lautet Laurin siebendreifünf. Seien Sie vorsichtig bei der Eingabe. Wenn Sie sich vertippen, haben Sie genau einen weiteren Versuch. Ist diese Eingabe auch falsch oder erfolgt sie nicht binnen fünf Minuten nach dem ersten Versuch, wird automatisch Alarm ausgelöst, und die Sicherheitsschaltung übernimmt das Kommando über die gesamte Station. In diesem Fall haben wir keine Chance mehr, hineinzukommen – übrigens auch nicht mehr hinaus. Sämtliche Türen werden automatisch verschlossen. Sie bestehen aus einem Spezialmaterial, das selbst einem Schneidbrenner standhalten kann.«

»Wie schaltet man die Automatik ab?« wollte Mainland wissen. »Nur für den Notfall, meine ich?«

»Ich habe keine Ahnung«, gestand Schneider.

»Wie?« machte Mainland.

»Ich weiß es nicht«, sagte Schneider noch einmal. »Für so etwas gab es eine Sicherheitsabteilung in der Station.«

Mainlands Gesicht verdüsterte sich. »Militärs«, murmelte er. »Ich weiß schon, warum ich sie nicht leiden kann.«

Schneider registrierte das Aufblitzen in Littleclouds Augen und fuhr mit leicht erhobener Stimme fort: »Die Notfallabschaltung befindet sich an der Stirnwand des Kontrollraumes. Sie ist gar nicht zu übersehen: ein großer, roter Hebel hinter einer Glasscheibe. Er ist zweifach verplombt. Die erste Plombe reißen Sie einfach ab, die zweite müssen Sie aufschrauben. Wenn Sie versuchen, sie gewaltsam zu öffnen, blockiert der Computer automatisch den Hebel. Aber es wird schon gutgehen.«

»Und dann?« fragte Mainland.

Genau vor dieser Frage hatte Schneider die größte Angst gehabt. Er wußte nicht, was *dann* war. Und wie auch? Selbst wenn sie die Station erreichten, und selbst wenn es ihnen gelang, das Zyklotron abzuschalten – keiner von ihnen konnte sagen, was danach geschah. Vielleicht nichts. Vielleicht alles.

»Das wird sich zeigen«, sagte er ausweichend. »Ich hoffe, daß wir hinausgehen und feststellen können, daß alles wieder beim Alten ist. Möglicherweise schließt sich der Riß in der Zeit, sobald er nicht mehr mit Energie versorgt wird, und wir finden uns in der Gegenwart wieder.«

»Ja«, fügte Mainland düster hinzu. »Oder er schließt sich hinter uns, und wir sind für alle Zeiten im Mesozoikum gefangen.«

»Wenn Sie das glauben, warum haben Sie dann darauf bestanden, uns zu begleiten?« fragte Littlecloud scharf.

Mainland grinste. »Nur deinetwegen, Winnetou. Gegen dich liegt immer noch ein Haftbefehl vor, schon vergessen? Von Rechts wegen dürfte ich dich gar nicht aus dem Gefängnis herauslassen. Auf keinen Fall aber darf ich dich aus dem Auge lassen – keine Sekunde lang.«

Schneider suchte fast verzweifelt nach den passenden Worten, um den Streit der beiden zu unterbrechen, aber er kam nicht dazu. Etwas summte laut. Schneider sah irritiert auf. Es dauerte einen Moment, bis ihm klar wurde, daß das Geräusch aus seiner rechten Jackentasche drang.

»Ihr Walkie-talkie, Professor«, sagte Littlecloud. »Jemand versucht Sie zu erreichen.«

Schneider griff mit einer fast schuldbewußten Bewegung in die Tasche, zog das Gerät heraus und schaltete es ein – nachdem Littlecloud ihm gezeigt hatte, wie.

»Professor?« Die Stimme drang verzerrt und von statischen Störungen überlagert aus dem Lautsprecher, obwohl das Gerät keine zweihundert Meter entfernt war. Schneider sah einen Soldaten, der bei den wartenden Jeeps zurückgeblieben war und winkend die Hand hob, während er mit der anderen das Sprechgerät ans Ohr hielt. »Ich habe Colonel Straiter hier für Sie am Funkgerät. Er muß Sie sprechen.«

»Jetzt?« fragte Schneider. »Das geht nicht. In ein paar Minuten . . .«

»Er sagt, daß es wichtig ist«, unterbrach ihn der Mann. »Sehr wichtig.«

Schneider überlegte angestrengt. Sie hatten noch gute neun Minuten. Bis zum Wagen hin würde er höchstens eine brauchen. Und Straiter würde ihn nicht ausgerechnet *jetzt* anrufen, wenn es nicht wirklich wichtig war.

»Also gut«, sagte er. »Ich komme.« Mit einem entschuldigenden Blick in Littleclouds Richtung fügte er hinzu. »Ich bin in spätestens fünf Minuten wieder hier.«

Er verschwendete keine weitere Zeit, sondern steckte das Walkie-talkie ein und rannte im Laufschritt los. Er erreichte die drei Jeeps, die mit ihren Besatzungen außerhalb der gefährdeten Zone zurückgeblieben waren, in weniger als einer Minute. Der Mann, der ihm zugewunken hatte, hatte das Walkie-talkie gegen den Telefonhörer eines tragbaren Feldfunkgerätes eingetauscht, den er ihm hinhielt. Schneider griff hastig danach.

»Ja?«

»Professor Schneider?« Straiters Stimme klang gehetzt, beinahe erschrocken. »Wo sind Sie?«

»Am Waldrand«, antwortete Schneider. »Wo sonst? Was gibt es, Colonel? Ich habe nicht mehr viel . . .«

»Einer der Patrouillenhubschrauber hat eine junge Frau aufgegriffen«, unterbrach ihn Straiter. »Sie ist offenbar bereits gestern in den Wald eingedrungen und hat sich verirrt. Sie hat den Wechsel mit angesehen, genau wie dieser Marten. Aber sie hat auch etwas beobachtet, das Sie wissen sollten.«

»Was?« fragte Schneider.

»Das erzählt sie ihnen am besten selbst«, sagte Straiter. »Ich werde nicht schlau daraus, wenn ich ehrlich sein soll. Aber es gefällt mir nicht. Brechen Sie das Unternehmen ab, hören Sie? Auf der Stelle!«

»Aber das geht nicht!« protestierte Schneider. »Alles ist vorbereitet. In fünf oder sechs Minuten . . .«

»Wenn das, was das Mädchen erzählt, wahr ist«, unterbrach ihn Straiter erneut, »dann haben Sie keine Chance! Sie werden sterben. Also kommen Sie zurück und reden Sie selbst mit ihr. Wenn Sie es danach immer noch versuchen wollen, ist noch Zeit genug für einen zweiten Anlauf. Versuchen Sie die Helikopter zu retten, aber gehen Sie kein Risiko ein!«

Schneider sah wieder auf die Uhr. Noch sechs Minuten. Die Motoren der Hubschrauber liefen, so daß die Maschinen nur Augenblicke brauchen würden, um abzuheben und die gefährdete Zone zu verlassen. »Also gut«, antwortete er. »Ich melde mich, sobald wir in Sicherheit sind.« Er hängte ein, tauschte das Funkgerät wieder gegen das kleinere Walkie-talkie und drückte die Ruftaste. Hundert Meter entfernt zog Littlecloud sein eigenes Gerät aus der Tasche.

»Professor?«

»Kommen Sie zurück!« sagte Schneider. »Die Aktion ist abgeblasen! Schnell!«

Littlecloud stellte keine Fragen. Er widersprach auch nicht oder verschwendete sonstwie Zeit, sondern steckte sein Gerät ein und wandte sich zu den anderen Männern um. Schneider konnte sehen, wie die Soldaten im Laufschritt auf die Helikopter zuzurennen begannen. Der einzige, der unschlüssig weiter dastand, war Mainland.

Plötzlich erfüllte ein Summen die Luft. Es war ein unheimlicher, vibrierender Laut, der immer mächtiger und mächtiger wurde, obwohl er im Grunde nicht lauter zu werden schien. Der Wüstenstreifen vor dem Waldrand begann zu flimmern, und mit einem Male war es, als erschienen Millionen und Abermillionen winziger weißer Funken aus dem Nichts, die einen irrsinnigen Tanz begannen.

»Nein!« flüsterte Schneider. Sein Herz schien auszusetzen. Das konnte nicht sein. Sie hatten noch Zeit, über sieben Minuten!

Aber das war nur die Theorie. Er hatte ja selbst zu Straiter und den anderen gesagt, daß alles, was er postuliert hatte, nur auf Schätzungen beruhte. Und wenn man bedachte, wie wenig Daten ihm zur Verfügung gestanden hatten, dann war seine Schätzung sogar erstaunlich präzise gewesen.

Er hatte sich gerade einmal um sieben Minuten verrechnet.

Vor Schneiders entsetzt aufgerissenen Augen begannen die Wüste, die beiden Hubschrauber und die sieben Männer zu verschwinden.

Der Sandsturm traf ihn mit der Gewalt eines Hammerschlages. Littlecloud begriff überhaupt nicht, was mit ihm geschah, als er auch schon von den Füßen gerissen und mit grausamer Wucht gegen den Hubschrauber geschleudert wurde. Daß er sich dabei nicht ernsthaft verletzte, glich einem Wunder. Aber der Aufprall war so hart, daß er halb benommen zu Boden sank und kaum die Kraft hatte, die Arme vor das Gesicht zu heben, um sich vor dem Sand zu schützen.

Ein ungeheures Heulen und Brüllen marterte seine Ohren. Littlecloud war für einen Moment blind und taub. Er bekam kaum noch Luft. Der Sand drang in seine Nase und in seinen Mund, er kroch in jede Pore seiner Haut und drohte ihn zu ersticken. Und er war verdammt *heiß.*

Ganz instinktiv kauerte sich Littlecloud zusammen; er vergrub das Gesicht zwischen den Armen, so gut er konnte, und versuchte sich aufzurichten. Der Sturm packte ihn sofort wieder und schmetterte ihn zu Boden, und der Sand schien wie mit Schaufeln auf ihn herabgeworfen zu werden. Das Atmen fiel ihm immer schwerer, und er wagte es nicht, die Augen zu öffnen. Obwohl er die Lider mit aller Macht zusammenpreßte, waren winzige Sandkörner daruntergekrochen und schossen grelle Schmerzpfeile tief in seine Augen. Seine Kehle fühlte sich an, als würde er innerlich gehäutet, und jeder Flecken seiner Haut, der nicht von Kleidung bedeckt war, schien in Flammen zu stehen.

Von einer Sekunde auf die andere begriff Littlecloud, daß er sterben würde, wenn er nicht sofort aus dieser Hölle herauskam. Das war kein normaler Sandsturm. Seine Beine waren bereits jetzt, nach wenigen Sekunden, unter einer winzigen Sanddüne vergraben, und er hustete ununterbrochen. Er würde diese Hölle allerhöchstens noch ein paar Sekunden durchstehen.

Littlecloud nahm vorsichtig den rechten Arm herunter, vergrub das Gesicht in der Beuge des anderen und tastete blind mit der freien Hand um sich. Der Helikopter mußte unmittelbar neben ihm sein, aber er ertastete nichts. Vielleicht war er davongeschleudert worden; drei, vier Meter in dieser Hölle aus Lärm und Bewegung reichten vollkommen, ihn die Orientierung verlieren zu lassen. Und wenn er in die falsche Richtung loskroch, war es um ihn geschehen. Seine Lungen schrien schon jetzt immer verzweifelter nach Luft, und obwohl er mittlerweile ohne Rücksicht auf das Brennen in seiner Kehle zu atmen versuchte, gelang es ihm einfach nicht, aus dem Chaos um ihn herum genug Sauerstoff herauszufiltern.

Gerade, als er ernsthaft zu glauben begann, daß er es nicht mehr schaffen würde, ertastete seine Hand etwas Hartes, das zu glatt und zu gleichmäßig geformt war, um natürlichen Ursprungs zu sein – die Kufe des Hubschraubers! Littlecloud griff mit beiden Händen danach, drehte das Gesicht aus dem Wind und zog sich auf die Maschine zu. Nur auf seinen Tastsinn angewiesen, kroch er auf den Helikopter zu, griff nach oben und suchte die Tür. Seine Finger ertasteten glatten Kunststoff und Glas und schließlich die Vertiefung des Türgriffes. Mit einer letzten, verzweifelten Anstrengung versuchte er, die Tür zu öffnen.

Es ging nicht. Der Sturm drückte mit unvorstellbarer Kraft

dagegen und hielt sie so mühelos zu, wie ein Erwachsener eine Tür blockiert hätte, die ein kleines Kind zu öffnen versuchte. Hätte Littlecloud seine ganze Kraft einsetzen können, wäre es ihm vielleicht trotzdem gelungen, sie aufzubekommen, aber das konnte er nicht, da er halb auf dem Bauch lag. Und wenn er versucht hätte, sich aufzurichten, würde ihn der Wind zweifellos ergreifen und wieder davonschleudern.

Littleclouds Kräfte erlahmten. Er spürte, wie seine Finger von der Tür abzugleiten begannen, versuchte noch einmal alle seine Reserven zu mobilisieren und fühlte selbst, daß sie nicht reichten. Hilflos glitt er an der glatten Kunststofffläche herab.

Die Tür wurde von innen aufgestoßen. Kräftige Hände griffen aus dem Helikopter heraus, umfaßten Littleclouds Gelenke und zerrten ihn mit einem Ruck in die Höhe. Littlecloud reagierte ganz instinktiv, und der Wind, der bisher ein tödlicher Gegner gewesen war, half ihm nun. Littlecloud wurde regelrecht ins Innere der Kabine hineingeworfen, prallte hart gegen den Mann, der ihn gerettet hatte, und stürzte zu Boden. Hinter ihm wurde die Tür mit einem schmetternden Knall zugeworfen.

Einige Sekunden lang blieb Littlecloud keuchend und zusammengekrümmt zwischen den Sitzen liegen, ehe er die Kraft fand, sich hochzustemmen. Er öffnete die Augen, konnte aber im ersten Moment trotzdem kaum sehen. Sand brannte in seinen Augen, und auch die Luft im Inneren des Helikopters war von feinem, wirbelndem Staub erfüllt.

Immerhin erkannte er die Stimme, die sagte: »Für einen Top-Mann, wie du es sein sollst, stellst du dich ganz schön dämlich an, Winnetou.«

Littlecloud hustete, rieb sich mit beiden Händen über die Augen und stand vollends auf – so weit das in der Enge der Kabine möglich war. Er konnte immer noch nicht richtig sehen, aber er erkannte zumindest, daß außer Mainland und ihm noch zwei weitere Männer im Hubschrauber waren.

»Alles in Ordnung?« fragte Mainland. Der spöttische Ton war aus seiner Stimme verschwunden.

Keuchend und ununterbrochen blinzelnd ließ er sich auf den einzigen noch freien Sitz sinken und nickte. Er wußte nicht, ob alles in Ordnung war – im Moment fühlte er sich, als wäre er stundenlang weichgeklopft und anschließend gründlich mit feinem Schmirgelpapier abgerieben worden. Aber zumindest schien er sich nichts gebrochen zu haben. Und er lebte. Nach den letzten Minuten war das allein schon ein kleines Wunder. »Was ist ... mit den anderen?« fragte er mühsam.

Mainland schüttelte den Kopf. »Keine Ahnung«, sagte er. »Der Pilot versucht gerade, die andere Maschine anzufunken. Vielleicht haben sie sie erreicht. Wenn nicht ...«

Er sprach nicht weiter, aber das mußte er auch nicht. Niemand konnte in dieser Hölle dort draußen überleben. Littlecloud versuchte, jenseits der gläsernen Kanzel irgend etwas zu erkennen, aber es war vollkommen unmöglich. Der Sandsturm hatte die Welt außerhalb des Helikopters einfach verschlungen. Der Wind zerrte mit solcher Macht an der Maschine, daß sie trotz ihres Gewichtes von mehr als zwei Tonnen wild hin und her schaukelte. Littlecloud war plötzlich nicht einmal mehr davon überzeugt, daß sie hier drinnen sicher waren.

»Bekommen Sie Verbindung?«

Die Frage galt dem Piloten, der kurz von seinen Instrumenten aufsah und bedauernd den Kopf schüttelte. »Nein«, sagte er. »Aber das muß nichts bedeuten. Möglicherweise stört der Sturm die Funkverbindung.«

Ton und Blick des Mannes machten klar, daß er selbst nicht wirklich an diese Erklärung glaubte, aber Littlecloud beließ es dabei. Was konnte er auch schon anderes tun? Mainland hatte recht – wenn es den Männern nicht gelungen war, den zweiten Helikopter zu erreichen, waren sie jetzt wahrscheinlich schon tot. Jeder Versuch, hinauszugehen und nach ihnen zu suchen, wäre glatter Selbstmord.

»Wo zum Teufel kommt dieser verdammte Sturm überhaupt her?« murmelte Mainland. »Davon hatte Schneider nichts gesagt!«

»Wahrscheinlich, weil er es nicht wußte«, antwortete Littlecloud automatisch. »Ich nehme an, es hat irgendwie mit diesem Zeitsprung zu tun!«

»Ja – mir scheint sowieso, daß er eine ganze Menge nicht wußte«, erwiderte Mainland. »Schade, daß er nicht dabei ist. Ich würde ihm gerne die eine oder andere Frage stellen.«

Littlecloud sagte nichts mehr. Mainlands Zorn war wohl nur seine Art, mit dem Entsetzen fertig zu werden. Littlecloud sah erst jetzt, daß der Polizist keinen wesentlich besseren Anblick bot als vermutlich auch er: sein Gesicht war gerötet und mit Hunderten winziger Kratzer und Schnitte übersät, und seine Kleider waren über und über mit Sand bedeckt.

Der Pilot versuchte weiter, den anderen Helikopter zu erreichen, und weiter ohne Erfolg. Sein Kollege machte sich derweil mit hektischen Bewegungen an den Kontrollen der Maschine zu schaffen, so daß sich Littlecloud für einen Moment ernsthaft fragte, ob er etwa in diesem Sturm *starten* wollte. Aber das genaue Gegenteil war der Fall. Der Mann schaltete die Systeme der Maschine eines nach dem anderen ab, um noch zu retten, was zu retten war. »Verdammt noch mal, das hätte nicht passieren dürfen«, fuhr Mainland nach einer Weile fort. »Es geht schon gut los, nicht wahr?«

Littlecloud verzichtete auch diesmal auf eine Antwort. Mainland gehörte zu den Menschen, die ihre Nervosität mit lautem und vor allem *andauerndem* Reden bekämpften, aber Littlecloud hielt davon wenig. Einige Augenblicke konzentrierten Nachdenkens brachten meistens mehr als stundenlanges Reden. Außerdem begann er sich allmählich einzugestehen, daß sie trotz allem ziemlich naiv gewesen waren. Natürlich hatten sie nicht mit diesem *Sturm* rechnen können, aber wer hatte ihnen eigentlich gesagt, daß alles so kam, wie sie es hofften?

»Was glaubst du?« fragte Mainland plötzlich. »Ob wir wirklich angekommen sind?«

Littlecloud hob widerwillig den Blick und sah den Lieutenant an. Mainlands Gesicht war wieder ausdruckslos und kalt wie immer, aber der Ausdruck vermochte ihn jetzt nicht mehr zu täuschen. Hinter der aufgesetzten Ruhe verbarg sich eine tiefe, nur noch mühsam beherrschte Furcht.

»Irgendwo sind wir angekommen«, antwortete er nach einer Weile.

Mainland machte eine ärgerliche Geste. »Du weißt genau, was ich meine«, sagte er. »In der Vergangenheit. Dort, wo auch die Station ist.«

»Ich hoffe es«, antwortete Littlecloud. »Und wenn nicht, brauchen wir uns auch keine Sorgen mehr zu machen, oder?« Er hob beruhigend die Hand, als Mainland auffahren wollte. »Warten wir einfach ab, okay? Irgendwann muß dieser verdammte Sturm ja schließlich einmal aufhören.«

»Bist du sicher?« fragte Mainland.

»Natürlich«, antwortete Littlecloud. Aber das war nicht die Wahrheit. Dieser Sturm konnte noch eine Minute, noch einen Tag oder hundert Jahre dauern.

In den nächsten zwei Stunden nahm der Sturm noch an Heftigkeit zu, bis der Helikopter hin und her zu schaukeln begann wie ein Boot auf der Oberfläche eines sturmgepeitschten Sees, und sein Brüllen wurde so laut, daß selbst hier drinnen eine Verständigung kaum mehr möglich war.

Schließlich aber begann seine Wut doch nachzulassen. Es verging eine weitere halbe Stunde, in der der Weltuntergangsorkan zu einem normalen Sandsturm herabsank, aus dem schließlich ein normaler Sturm wurde, dann nur noch ein böiger Wind.

Als das graubraune Toben vor der Kanzel nachließ, offenbarte sich ihnen ein furchtbarer Anblick. Die Wüste rings um sie herum sah aus wie planiert. Der Wind hatte alle Dünen abgetragen, und die Felsen, die hier und da aus dem Sand ragten, waren so poliert, daß sie wie Glas schimmerten. Und der Sturm hatte den zweiten Helikopter zerschmettert.

Das Wrack der Maschine lag auf der Seite, gute zehn Meter von der Stelle entfernt, an der sie ursprünglich gelandet war. Die Kanzel, von der Straiter noch vor wenigen Stunden behauptet hatte, daß sie so gut wie unzerstörbar sei, war zerborsten. Sand füllte das Innere der Maschine. Von Darford und den beiden anderen Männern war nichts zu sehen. Selbst wenn sie den Helikopter erreicht hatten, ehe der Sturm sie tötete, waren sie dort drinnen erstickt.

Vorsichtig verließen sie die Maschine und gingen zu dem zerstörten Helikopter hinüber. Littlecloud überließ es Mainland und dem Piloten des anderen Hubschraubers, das Wrack nach Überlebenden zu durchsuchen, und suchte statt dessen die nähere Umgebung nach Spuren der drei Männer ab. Er fand nichts, mit Ausnahme eines verbogenen Gewehres.

Littlecloud empfand nicht einmal Schrecken, sondern ein Gefühl, das schlimmer war: Resignation. Sie hatten noch nicht einmal richtig angefangen, und die Hälfte von ihnen war bereits tot. Welchen Sinn hatte es überhaupt noch, weiterzumachen?

Nach einer Weile kehrte er zu den anderen zurück. Mainland sagte nichts, aber er sah ihn auf eine Weise an, die Littlecloud dazu bewog, an ihm vorbeizugehen und einen Blick ins Innere des auf die Seite gestürzten Hubschraubers zu werfen. Wie er erwartet hatte, war die Kabine fast zur Gänze mit Sand gefüllt. Aus der Oberfläche der braunen Masse ragte eine verkrümmte Hand. Der Helikopter hatte sich in ein Grab verwandelt.

»Wie ich gesagt habe«, murmelte Mainland. »Es fängt schon gut an.« Er zog eine Zigarettenpackung aus seiner Tasche und steckte sie wieder ein, ohne sich eine Zigarette angezündet zu haben. »Und was jetzt? fragte er.

»Was schon?« antwortete Littlecloud. »Wir machen weiter. Es sei denn, Sie möchten nach Hause gehen, Lieutenant.« Er deutete auf den Waldrand, der nun auf der anderen Seite und hundert Meter weiter entfernt lag, und wandte sich an den Hubschrauberpiloten, ohne Mainlands Antwort abzuwarten.

»Was ist mit unserer Maschine? Kriegen Sie sie flott?«

»Kein Problem«, antwortete der Mann. »Ich brauche nur zwei Wochen Zeit und ein paar hundert Ersatzteile.«

»Das heißt *nein«*, vermutete Littlecloud.

»Sinnlos«, erwiderte der Pilot. »Ich denke, ich könnte sie tatsächlich wieder hinkriegen – aber das dauert. Die Turbinen sind vollkommen verstopft. Was der Sand sonst noch angerichtet hat, wage ich nicht einmal zu schätzen. Selbst wenn es ginge – es wäre Selbstmord, mit diesem Ding aufzusteigen.«

Littlecloud war nicht einmal enttäuscht. Er hatte mit dieser Antwort gerechnet. »Also gut«, sagte er. »Dann anders.« Er sah auf die Uhr, drehte sich dann nach Norden und blickte in die Wüste hinaus, die trotz allem einen geradezu grotesk normalen Anblick zu bieten schien. In einer schwer zu schätzenden Entfernung ragte ein großer, fast würfelförmiger Felsen auf. Irgendwo dahinter lag ihr Ziel.

»Wir haben noch gute sieben Stunden«, sagte er. »Sieben Stunden für fünfzehn Meilen. Wir können es schaffen.«

Es war aussichtslos. Straiters Männer hatten mehr als ein Wunder vollbracht: Sie hatten sowohl die Gesetze der Logik als auch alle Regeln der Wahrscheinlichkeit außer Kraft gesetzt. Als Schneider aus dem Hubschrauber stieg, der ihn auf halbem Wege aufgelesen und auf dem Dach des Sheraton abgesetzt hatte, blickte er auf eine verlassene Stadt hinab. Natürlich gewahrte er überall noch Bewegung: Hier rollte ein Panzerwagen der Nationalgarde über eine Straße, dort patrouillierten Soldaten, Lastwagen rasten auf kreischenden Reifen durch die Stadt, und er wußte, daß Hunderte von Männern noch damit beschäftigt waren, Haus für Haus zu durchsuchen, ohne daß sie auch nur die allerkleinste Chance hatten, diese Aufgabe zu beenden. Las Vegas war nicht *leer*

– es mußte Hunderte, wenn nicht Tausende von Menschen geben, die sich noch in den Gebäuden aufhielten, manche vielleicht aus Leichtsinn, manche aus falsch verstandenem Mut oder einfach Abenteuerlust.

Der allergrößte Teil der Stadt war evakuiert. Irgendwie hatte es Straiter geschafft, annähernd eine halbe Million Menschen innerhalb einer einzigen Nacht aus Las Vegas herauszubringen. Und trotzdem – auch wenn Las Vegas in diesem Moment vielleicht bereits den Eindruck einer Geisterstadt erweckte; es mußten sich noch Tausende, wenn nicht Zehntausende von Menschen in ihr aufhalten. Und sie hatten so gut wie keine Chance mehr, sie rechtzeitig in Sicherheit zu bringen. Alles, was bisher geschehen war, würde zu einer Lapalie werden, wenn der nächste Wechsel stattfand; kaum mehr als die Ouvertüre zu einem unvorstellbaren Massensterben. Es war einfach nicht *möglich*, eine Stadt dieser Größe in wenigen Stunden zu räumen. Ganz gleich, mit welchen Mitteln und wie rücksichtslos man es versuchte.

Ein Soldat in der Uniform eines Air-Force-Captains kam geduckt auf ihn zugelaufen, als Schneider sich dem Aufzug näherte: »Professor Schneider? Der Colonel erwartet Sie bereits. Kommen Sie!«

Schneider bekam nicht einmal Gelegenheit zu antworten. Der Mann ergriff ihn am Arm und zerrte ihn mit sanfter Gewalt auf den Dachaufbau zu, in dem sich der Lift verbarg. Hinter ihnen hob der Hubschrauber sofort wieder ab, um sich an den Rettungsflügen zu beteiligen, die noch immer in ununterbrochener Folge draußen vor der südlichen Grenze der Stadt starteten.

Kurz bevor sich die Aufzugtüren schlossen, warf Schneider noch einen Blick nach Norden. Der Dschungel war näher gekommen. Vom Boden aus war er vermutlich noch nicht zu erkennen, aber vom Dach des zwanzigstöckigen Hotelgebäudes herab sah man deutlich einen dünnen, grünen Streifen, der die Wüste dicht vor dem Horizont begrenzte.

»Wissen Sie, was passiert ist?« fragte Schneider. »Straiter sagte, es wäre äußerst wichtig.«

»Bedauere, Sir.« Der Offizier schüttelte den Kopf. »Ich habe Anweisung, Sie so schnell wie möglich zu ihm zu bringen, aber ich weiß nicht, warum.«

Schneider war nicht ganz sicher, ob das der Wahrheit entsprach. Aber er ersparte sich jede weitere Frage und faßte sich in Geduld, bis der Aufzug das Erdgeschoß erreichte – auch wenn es ihm mehr als *schwer*fiel.

Er konnte Straiter bereits hören, lange bevor sie den Konferenzraum erreichten. Bisher hatte er gar nicht gewußt, daß Straiter dazu überhaupt in der Lage war – aber er brüllte aus Leibeskräften, und auch wenn Schneider die Worte nicht verstand, so wußte er den Tonfall einzuschätzen, in dem sie vorgebracht wurden. Straiter war überaus wütend.

Das Ziel seines Zornesausbruchs war eine Gruppe von fünf oder sechs in teure Anzüge gekleidete Gestalten, unter denen Schneider auch Bürgermeister Clayton erkannte. Er konnte immer noch nicht verstehen, worum es bei dem Streit eigentlich ging, aber die Männer vor Straiter sahen auf ihre Weise ebenso zornig und aufgebracht aus wie der Colonel.

Als Straiter ihn erkannte, brach er sofort ab und drehte sich zu ihm um. »Schneider! Schön, wenigstens Sie lebendig wiederzusehen! Kommen Sie her! Schnell!«

»Colonel Straiter . . .« begann Clayton. »Ich muß darauf bestehen, daß . . .«

Straiter fuhr mit einer so heftigen Bewegung herum, daß Clayton instinktiv einen Schritt vor ihm zurückwich und mitten im Satz verstummte. »Raus jetzt!« sagte er. »Alle! Verschwinden Sie, ehe ich Sie abführen lasse!«

»Aber das ist ja wohl die Höhe!« ereiferte sich Clayton. »Sie vergessen wohl, mit wem Sie reden!«

»Captain!« Straiter machte eine Handbewegung zu dem Soldaten, der Schneider hereingeführt hatte. »Verhaften Sie diese Männer. Ich will sie später draußen vor der Stadt sehen – in Handschellen!«

Clayton verschlug es endgültig die Sprache. Er starrte Straiter mit offenem Mund an – aber nur noch eine Sekunde lang. Dann drehte er sich mit einem Ruck herum und stürmte so rasch aus dem Raum, daß Schneider und der Offizier hastig beiseite treten mußten, um nicht über den Haufen gerannt zu werden.

»Unglaublich!« sagte Straiter. »Ich . . . ich weigere mich einfach, es zu glauben! Wissen Sie, was diese Verrückten allen Ernstes von mir verlangt haben? Sie wollten, daß ich Truppen abstelle, um ihr *Geld* in Sicherheit zu bringen.«

»Das ist nicht Ihr Ernst«, sagte Schneider.

»Meiner nicht, aber ihrer«, antwortete Straiter. »Das ist unvorstellbar. Dort draußen vor der Stadt läuft eine halbe Million Menschen um ihr Leben, und diese Wahnsinnigen verlangen von mir, daß ich ihre Tresore rette!« Er wechselte übergangslos das Thema. »Kommen Sie, Schneider. Sie müssen mit dieser jungen Frau reden.« Er stellte keine Frage nach Littlecloud und den anderen. Schneider hatte ihm schon aus dem Helikopter heraus erklärt, was passiert war, und Straiter hatte die Hiobsbotschaft ohne ein Wort zur Kenntnis genommen. Trotzdem glaubte Schneider zu spüren, wie nahe ihm das Schicksal der sieben Männer ging. Auch wenn Straiter sich alle Mühe gab, genau diesen Anschein zu erwecken – er gehörte ganz eindeutig nicht zu den Offizieren, für die ihre Untergebenen nichts anderes als Zahlen auf einer Generalstabskarte waren.

Sie betraten den kleinen Nebenraum, in dem sie schon am Morgen gewesen waren, und Straiter stellte ihn einer jungen Frau vor, die zusammengesunken auf einem Stuhl unter dem Fenster hockte und ins Leere starrte. Sie sah sehr erschöpft aus.

»Miss Carden, das ist Professor Schneider«, sagte Straiter mit einer Handbewegung auf Schneider. »Ich möchte, daß Sie ihm noch einmal erzählen, was Sie gestern erlebt haben.«

Die junge Frau reagierte nicht auf die Worte. Sie starrte weiter ins Leere. In ihren Augen stand ein Schmerz geschrieben, der Schneider schaudern ließ. Erst als Straiter sie ein zweites und schließlich ein drittes Mal ansprach, sah sie auf und blickte erst ihn, dann Schneider an.

»Ich weiß, wie schwer es Ihnen fallen muß«, sagte Straiter mit einer Sanftheit, die Schneider ihm gar nicht zugetraut hätte. »Aber bitte, versuchen Sie es noch einmal. Es ist wichtig. Sehr wichtig.« Noch einmal vergingen endlose Sekunden, bis Sue ihr Schweigen endlich brach. Aber dann erzählte sie mit leiser, stockender Stimme, ohne irgend etwas wegzulassen oder ihren Gefühlen zu gestatten, sie zu überwältigen. Schneider war sehr erstaunt, welch präzise Beobachterin diese junge Frau zu sein schien – und sehr erschrocken über das, was er hörte.

»... heute morgen bin ich dann auf einem Baum aufgewacht und habe den Waldrand gesucht«, schloß sie. »Ich habe nicht gedacht, daß ich es schaffe, aber ...« Ihre Stimme versagte. Plötzlich füllten sich ihre Augen mit Tränen. Sie drehte mit einem Ruck den Kopf zur Seite und starrte aus dem Fenster.

Schneider wollte die Hand ausstrecken, um sie beruhigend an der Schulter zu ergreifen, aber Straiter schüttelte wortlos den Kopf und deutete auf die Tür. Schneider gab ihm insgeheim recht. Das Mädchen mußte etwas ungemein Schreckliches erlebt haben, aber es wollte nicht darüber sprechen, und sie hatten kein Recht, es dazu zu zwingen. Jeder mußte auf seine Art mit dem Entsetzen fertig werden.

»Nun«, begann Straiter, nachdem sie das Zimmer verlassen und er die Tür hinter ihnen geschlossen hatte. »Was halten Sie davon?«

»Ich weiß es nicht«, antwortete Schneider. »Es scheint zu stimmen. Dieses Geräusch und die Lichter habe ich auch gesehen. Allerdings sind die Männer nicht vor meinen Augen explodiert, wenn Sie das meinen.«

»Sie glauben, sie hat es sich nur eingebildet?«

»Nein«, antwortete Schneider überzeugt. »Sie sagt die Wahrheit. Ich bin sicher, was sie über die Saurier erzählt, stimmt. Aber es ist Littlecloud und den anderen nicht widerfahren. Jedenfalls nicht in *dieser* Zeit.« Er überlegte einen Moment. »Vielleicht geschieht es nicht immer«, sagte er. »Oder nur . . .«

Er stockte. Ein phantastischer, aber auch durch und durch erschreckender Gedanke begann in seinem Kopf Gestalt anzunehmen.

»Oder nur was?« fragte Straiter.

»Diese Saurier«, murmelte Schneider. »Es waren Wesen aus der Vergangenheit, nicht wahr?«

»Sicher. Und?«

»Wesen, die aus *ihrer* Zeit *hierher* versetzt worden sind. Und sie starben, als sie in das Zeitfeld gerieten und wieder zurückgeschickt werden sollten. Vielleicht geht es nicht. Vielleicht . . . vielleicht funktioniert es nur einmal.«

»Wie meinen Sie das?« fragte Straiter.

»Vielleicht kann man den Weg nur einmal gehen«, wiederholte Schneider. »Wer weiß . . . vielleicht lädt sich ein Körper mit einer Art . . . Energie auf, sobald er durch das Zeitfeld geht. Irgendeine Kraft, die es nicht zuläßt, den gleichen Weg in umgekehrter Richtung zu gehen.«

Straiter erbleichte. »Wissen Sie, was Sie da sagen?« fragte er.

»Ich fürchte, ja«, antwortete Schneider. »Wenn es wirklich so ist, dann können Littlecloud und die anderen nie wieder zurück. Und wenn sie es trotzdem versuchen, dann werden sie bei diesem Versuch sterben.«

Sie hatten noch eine halbe Stunde, als sie die Station erreichten. Littlecloud hätte nicht sagen können, *wie* sie es geschafft hatten – die fünfzehn Meilen, die auf der Landkarte kaum mehr als eine Handspanne gewesen waren, hatten sich zu einem Marsch durch die Hölle gedehnt. Dabei waren sie nicht einmal von den Bewohnern dieser Welt angegriffen worden; ja, mit Ausnahme einiger geflügelter Kreaturen, die hoch über ihnen an einem fast unnatürlich blauen Himmel dahingezogen waren, hatten sie kein einziges Lebewesen zu Gesicht bekommen.

Ihr Feind war die Sonne gewesen.

Die Sonne, die Hitze und die Wüste, denn es war eine Sonne, die nur *aussah* wie die, unter der Littlecloud und die anderen geboren waren. Sie war heller, *greller*, und sie verströmte eine Hitze, die ungleich intensiver war als die, die über der Nevada-Wüste des zwanzigsten Jahrhunderts lastete. Die letzten zwei oder drei Meilen waren zu einer unerträglichen Tortur geworden.

Sie waren nur noch zu dritt, als sie sich dem flachen Betonbunker näherten, der den Eingang der Station bildete. Einer der Männer hatte es nicht mehr geschafft und aufgegeben. Littlecloud hatte ihn schweren Herzens vier Meilen entfernt zurückgelassen. Wenn er noch lebte, dann würden sie ihn auf dem Rückweg mitnehmen. Falls es einen Weg zurück aus dieser Hölle gab.

Littlecloud war nicht sicher, daß sie es schaffen würden. Sein Herz schlug langsam und so schwer, daß er jedes einzelne Pochen bis in die Fingerspitzen fühlen konnte, und seine Ausrüstung schien Tonnen zu wiegen, obwohl er immer mehr und mehr davon zurückgelassen hatte. Wie Mainland und der Pilot hatte er letztlich nur noch seine Waffen behalten, aber selbst das Gewicht des Gewehres schien ihn mit jedem Schritt ein wenig mehr zu Boden zerren zu wollen.

Mainland blieb plötzlich stehen. Littlecloud registrierte die Bewegung zu spät und ging noch zwei Schritte weiter, ehe auch er anhielt, aber Mainland mußte schließlich die Hand heben und nach vorne deuten, bis Littlecloud erkannte, was er entdeckt hatte.

Er fuhr so erschrocken zusammen, daß er fast gestürzt wäre. Instinktiv griff er nach seinem Gewehr und hatte die Waffe schon halb von der Schulter gezerrt, ehe ihm klar wurde, daß er sie nicht brauchte.

Vor ihnen, direkt vor den offenstehenden Türen der Station, lag ein Saurier.

Die Größe des Giganten war schwer zu schätzen, denn er lag in verkrümmter, unnatürlicher Haltung da, aber es *war* ein Gigant, der selbst im Tode noch furchteinflößend wirkte.

»Großer Gott, was . . . was ist das?« flüsterte Mainland mit bebender Stimme.

Littlecloud antwortete nicht gleich, sondern nahm sein Gewehr endgültig von der Schulter, entsicherte die Waffe und schob eine Granate in den unteren Lauf, ehe er sich vorsichtig dem gigantischen Kadaver näherte. Der Saurier *war* tot, daran bestand gar kein Zweifel. Seine Brust und der Schädel wiesen zahllose Einschußlöcher auf, und der Sand, auf dem er lag, war zu einem See aus schwarz eingetrocknetem Blut geworden. Trotzdem blieb Littlecloud vorsichtig. Wo eines dieser Geschöpfe war, konnten auch noch mehr sein.

»Ein Allosaurier«, sagte er schließlich. »Das ist ein Allosaurus, Mainland.«

»Woher wollen Sie das wissen?« fragte Mainland. Er war neben den Indianer getreten und hatte ebenfalls seine Waffe entsichert. Aber so, wie er das Gewehr hielt, brauchte er es wohl eher, um sich an irgend etwas festzuklammern. Es war nicht der erste Saurier, dem er gegenüberstand – die Deinonychi, gegen die Littlecloud und er gekämpft hatten, hatten diesem Geschöpf sogar in gewisser Weise geähnelt. Nur daß *dieser* Saurier zehnmal so groß war und fünfzigmal so viel wiegen mußte.

»Von Corman«, antwortete Littlecloud. »Er hat es mir gesagt.« Er deutete mit dem Gewehrlauf auf den gigantischen Kadaver. »Das ist ein Tier der gleichen Art wie das, das den Wagen angegriffen und seine Familie getötet hat.«

Mainland sagte nichts mehr, aber in seinen Augen begann ein tiefes Entsetzen aufzuglühen.

»Kommt«, sagte Littlecloud. »Wir haben nicht mehr viel Zeit. Und seid vorsichtig.«

Nebeneinander bewegten sie sich weiter. Littleclouds Schritte wurden immer langsamer, je mehr sie sich dem Eingang der Station näherten. Und je näher sie kamen, desto deutlicher begriff Littlecloud, was für ein entsetzlicher Kampf hier getobt haben mußte. Die wuchtigen Metalltore des Gebäudes waren verbeult und halb aus den Angeln gerissen, der Sand davor zerwühlt. Hier und da gewahrte er dunkle Stellen, deren Bedeutung ihm nur zu klar war, ein paar Stoffetzen, ein zerbrochenes Gewehr – die Besatzung der Station mußte dem Saurier einen geradezu verzweifelten Kampf geliefert haben.

»Keine Toten«, sagte Mainland plötzlich.

Littlecloud sah ihn fragend an.

»Es sind keine Leichen da«, wiederholte Mainland. »Sie haben den Kampf gewonnen, verstehen Sie nicht? Der Saurier ist tot, aber hier ist niemand. Sie müssen die Verletzten ins Haus gebracht haben.«

»Und wo sind sie dann?« fragte Littlecloud.

Mainland schwieg. Seine Worte hatten auch nur dem entsprochen, was er glauben *wollte,* nicht mehr. Zweifellos hatte er recht – der tote Saurier bewies, *wer* der Sieger in diesem einen Kampf gewesen war. Aber vielleicht hatte es mehrere Kämpfe gegeben.

Unendlich behutsam betraten sie das Gebäude. Hinter den zerborstenen Eingangstoren lag eine weitläufige, hohe Halle, die früher einmal sicher einen überraschend wohnlichen Anblick geboten haben mußte. Hinter den nackten Betonwänden der Station erwartete den Besuchern ein holzvertäfelter, behaglich eingerichteter Raum, der so gar nicht zum abweisenden Äußeren des Gebäudes passen wollte. Jetzt aber war er so vollkommen zerstört, daß Littlecloud einen Moment lang schockiert stehenblieb. Wenn dort draußen ein *Kampf* stattgefunden hatte, so mußte hier eine regelrechte *Schlacht* getobt haben. Das Mobiliar war zertrümmert, die Holzvertäfelung von den Wänden gefegt, der Boden aufgerissen. Direkt neben der Tür lag der Kadaver eines weiteren

Sauriers. Er ähnelte den Deinonychi, war aber etwas größer, und er sah weitaus gefährlicher aus. Die Hälfte seines Kopfes, die rechte Schulter und der Arm fehlten.

Littlecloud gab den beiden anderen mit einer Geste zu verstehen, daß sie zurückbleiben sollten, hob seine Waffe und ging langsam weiter. So zerstört der Raum auch war, bot er doch keinem dieser fast menschengroßen Geschöpfe ein Versteck – aber er *spürte* einfach, daß sie nicht allein waren. Etwas war hier. Das Gefühl, belauert zu werden, war von fast körperlicher Intensität.

Den Finger am Abzug des Gewehres, näherte er sich der Treppe. Die Tür war aus den Angeln gerissen und der metallene Rahmen geschwärzt und verbogen. Der charakteristische Geruch und der schwarze Brandfleck auf dem Boden verrieten Littlecloud, daß hier eine Granate explodiert sein mußte. In den Wänden unmittelbar neben der Tür gähnten Dutzende von Einschußlöchern, aber er sah auch die Spuren gewaltiger Krallen, die die Holzvertäfelung zerfetzt und tiefe Rillen in den Beton dahinter gegraben hatten.

Littlecloud trat vorsichtig durch die Tür und spähte in die Tiefe. Trotz aller Zerstörung brannte das Licht noch, so daß er sehen konnte, daß der Treppenschacht leer war. Auch hier gewahrte er überall Spuren eines entsetzlichen Kampfes. Und irgend etwas sagte ihm, daß es ein *Rückzugsgefecht* gewesen war.

Er winkte Mainland und den Piloten zu sich heran, ehe er weiterging.

»Was ist hier passiert?« murmelte Mainland. »Mein Gott, wo . . . wo sind sie alle? Vielleicht weiter unten?«

Das war eine Möglichkeit, aber nicht mehr. Und eigentlich nicht einmal das. Wenn hier noch jemand gelebt hätte, hätte er sich längst bemerkbar gemacht. Was hier geschehen war, war so einfach wie furchtbar. Die Bewohner des Waldes, dessen Grenze vor zwei Tagen noch unmittelbar vor den Toren der Station gelegen hatte, hatten einen reich gedeckten Tisch vorgefunden . . .

»Vielleicht haben sie sich irgendwo unten verschanzt. Hinter der Sicherheitstür, von der Schneider gesprochen hat.«

»Weißt du den Code noch?« fragte Mainland nervös.

Littlecloud nickte, ohne den Blick von der Treppe vor sich zu wenden. Auch hier waren überall Spuren des verzweifelten Kampfes zu sehen, den die Männer den Ungeheuern geliefert haben mußten. An jeder Tür, an der sie vorbeikamen, blieb Littlecloud einen Moment stehen, jederzeit darauf gefaßt, sie plötzlich auffliegen und ein mordlüsternes Ungeheuer zu sehen.

Aber sie wurden nicht angegriffen. Unbehelligt erreichten sie die nächstuntere Etage, dann die zweite und schließlich die dritte. Und trotzdem: Littlecloud *wußte* einfach, daß sie nicht allein waren.

Sie fanden einen weiteren, toten Saurier, aber noch immer keinen Menschen, und schließlich erreichten sie den Hauptkorridor, an dessen Ende die Panzertür lag, die Schneider ihnen beschrieben hatte.

Littlecloud brauchte den Zugangscode nicht. Die Tür stand weit offen.

Langsam näherten sie sich dem Ende des Ganges.

Sie hatten noch vier Minuten, als sie den Kontrollraum betraten.

»Noch vier Minuten«, sagte Schneider nervös. Während der vergangenen Viertelstunde hatte er praktisch ununterbrochen abwechselnd auf die Uhr und die nun fast verlassene Stadt herabgeblickt, die sich in all ihrem gewohnten Lichterglanz unter dem Hubschrauber ausbreitete. Auf Straiters Befehl hin hatte der Pilot einen weiteren, nach Süden führenden Bogen geflogen, ehe er die Maschine in der Luft anhielt.

Der Anblick kam Schneider fast absurd vor. Er war so ... so normal. Las Vegas lag wie ein funkelndes Diadem aus hunderttausend verschiedenfarbigen, leuchtenden Edelsteinen unter ihnen, und es fiel ihm trotz allem schwer, zu glauben, daß die Stadt verlassen sein sollte. Die Evakuierung war abgeschlossen. Durch die Wüste und über den nach Süden führenden Highway quälte sich ein Troß von mehr als vierhunderttausend Menschen, die vor einer Gefahr flohen, vor der man vielleicht nicht einmal weglaufen konnte. Vor mittlerweile fünf Minuten hatten auch die letzten Soldaten und Mitglieder der Nationalgarde die Stadt verlassen. Trotzdem mußten sich immer noch Tausende, wenn nicht Zehntausende von Menschen in der Stadt aufhalten. Für sie würde jede Rettung zu spät kommen. Selbst wenn sie den Sprung in die Vergangenheit überlebten, so hatten sie praktisch keine Chance, dort länger als wenige Stunden oder bestenfalls Tage durchzustehen.

Und jeder einzelne von ihnen lastete auf seinem Gewissen. Es spielte keine Rolle, daß sich Schneider immer und immer wieder einzureden versuchte, daß es nicht seine Schuld war, daß nicht er den entscheidenden Befehl gegeben hatte, der schließlich zur Katastrophe führte. Letztendlich war es seine *Arbeit* gewesen, die das Unvorstellbare überhaupt erst ermöglicht hatte. Ebensogut, dachte er bitter, hätte er jeden einzelnen dieser Menschen auch mit eigenen Händen umbringen können.

Schneider verscheuchte den Gedanken. Es gab nichts mehr, was sie noch tun konnten. Er würde mit diesem Wissen leben müssen – wenn er es konnte.

Er sah wieder auf die Uhr. Die Zeiger schienen sich kaum weiterbewegt zu haben. Noch dreieinhalb Minuten.

Littlecloud spürte die Bewegung, ehe er sie sah, und er reagierte ganz instinktiv darauf – blitzschnell ließ er sich nach links fallen, drehte gleichzeitig den Oberkörper in die entgegengesetzte Richtung und riß den Abzug der MPi durch. Der Rückstoß der Salve verlieh seinem Sturz noch mehr Wucht, als er ohnehin gehabt hatte. Littlecloud fiel ungeschickt und sehr hart auf den Rücken, während die Gewehrsalve Funken aus der Wand über ihm schlug, elektronische Geräte und Monitore zertrümmerte und schließlich den Saurier traf, der ihn angesprungen hatte. Das Tier wurde zurückgeschleudert, stürzte mit einem schrillen Kreischen zu Boden und versuchte wieder hochzuspringen. Mitten in der Bewegung wurde es von einem einzelnen, aber sehr genau gezielten Schuß getroffen, der durch die geöffnete Tür fiel.

Das Tier war nicht das einzige seiner Art. Während Littlecloud sich verzweifelt herumwälzte und auf die Knie hochzustemmen versuchte, erkannte er, daß es in dem Kontrollraum von Raubsauriern geradezu wimmelte. Es mußten ein Dutzend sein, keine Deinos, aber zweifellos Fleischfresser – und sie griffen praktisch alle im gleichen Augenblick an.

Aber das war nicht einmal das schlimmste.

Während Littlecloud in die Höhe sprang und einen Feuerstoß auf einen heranstürmenden Saurier abgab, begriff er mit einem Gefühl kalten Entsetzens zwei Tatsachen, von denen er nicht einmal wußte, welche die schrecklichere war: Daß es kein Zufall war, daß diese Wesen *hier* auf sie gewartet hatten, sondern nichts anderes als eine Falle, in die er und die beiden anderen getappt waren, und daß die Ungeheuer nicht blindwütig heranstürmten.

Was sie erlebten, das war ein koordinierter, kompromißloser Angriff.

Littlecloud schoß einen weiteren Saurier nieder, spürte eine Bewegung hinter sich und warf sich zur Seite. Eine dreifingrige Klaue mit rasiermesserscharfen Krallen schlug nach ihm und riß ein Stück seiner Uniform heraus, ohne ihn jedoch zu verletzen. Littlecloud fiel, rollte sich herum und feuerte auf dem Rücken liegend direkt in das grinsende Reptiliengesicht, das plötzlich über ihm auftauchte.

Blitzschnell kam er wieder auf die Füße, aber nur um sich von gleich zwei weiteren Sauriern attackiert zu sehen. Littlecloud schoß einen nieder, duckte sich unter einem Krallenhieb weg und versetzte dem Tier einen Karate-Tritt, der jeden menschlichen Gegner auf der Stelle getötet hätte. Der Saurier torkelte nur einen Schritt zurück und griff sofort wieder an.

Littlecloud erschoß ihn.

Das Tier fiel, und der Indianer hatte für eine Sekunde Luft. Er sah, wie Mainland und der Pilot nebeneinander durch die Tür hereinstürmten und sofort das Feuer auf die Saurier eröffneten, ihrerseits aber auch sofort angegriffen wurden. Ihre MPis mähten drei, vier der gewaltigen Bestien nieder, aber die Anzahl der Tiere schien unerschöpflich. Für jedes, das sie erschossen, schienen zwei neue aus dem Nichts aufzutauchen. Es war ein ganzes Rudel der geschuppten, grünhäutigen Ungeheuer, das hier unten auf sie gewartet hatte.

Und nicht nur das.

Die Besatzung der Station, die sie bisher vergeblich gesucht hatten, war ebenfalls hier. Ihre Leichen lagen fast säuberlich sortiert auf der linken Seite des großen Raumes.

Littlecloud drehte sich, ununterbrochen feuernd, einmal im Kreis und traf zwei oder drei weitere Saurier, aber es mußte noch immer mehr als ein Dutzend Tiere sein, denen sie gegenüberstanden. Und die Ungeheuer waren unglaublich zäh. Die großkalibrigen Geschosse schleuderten sie allein durch ihre pure Wucht zu Boden, aber die meisten Tiere standen fast sofort wieder auf und griffen erneut an. Es war ein Kampf, den sie nicht gewinnen konnten.

»Zwei Minuten«, flüsterte Schneider. »Sie . . . sie haben es geschafft, Straiter. Sie müssen es einfach geschafft haben!«

Straiter schwieg. Als Schneider den Kopf zur Seite drehte und den Colonel ansah, erkannte er, daß sein Gesicht sich grau gefärbt hatte. Seine Hände zitterten, und der Ausdruck in seinem Blick war pure Angst.

Der Bolzen des Gewehrs schlug ins Leere. Das Magazin war erschöpft. Littlecloud legte blitzschnell einen Hebel an der

Seite der Waffe um, visierte einen der etwas weiter entfernten Saurier an und drückte ab. Die Gewehrgranate traf das Tier und riß es buchstäblich in Stücke, und die Explosion schleuderte zwei, drei weitere Saurier zu Boden.

Der Hebel, dachte er verzweifelt. Wo war der Hebel?

Während er mit fliegenden Fingern das Magazin der Waffe wechselte, irrte sein Blick durch den großen, fast vollständig verwüsteten Raum. Er konnte nicht besonders gut sehen. Rauch und schwarzer, fettiger Qualm verschleierten seinen Blick, und überall war Bewegung, schuppige, grüne, tödliche Bewegung. Schneider hatte gesagt, daß sie den Hebel gar nicht übersehen konnten, aber *wo war er?!*

Littlecloud feuerte, wechselte blitzschnell seine Position und erschoß einen Saurier, der sich von hinten auf Mainland hatte stürzen wollen. Das Tier wurde mitten in der Bewegung herumgerissen, überschlug sich zweimal in der Luft und landete krachend auf dem Kadaver eines anderen Raubsauriers, den Mainland zuvor niedergestreckt hatte.

Und Littlecloud sah den Hebel.

Er befand sich auf der anderen Seite des Raumes hinter einer mannshohen, von einem roten Metallrahmen eingefaßten Glasscheibe und war fast so lang wie sein Arm.

»Mainland!« schrie er mit überschnappender Stimme. »Der Hebel! Dort! Gib mir Deckung!«

Das Krachen der Schüsse und das schrille, wütende Kreischen der angreifenden Ungeheuer verschluckte jeden Laut, so daß er nicht wußte, ob Mainland antwortete oder ihn überhaupt gehört hatte, aber er stürmte einfach los. Sein Zeigefinger riß den Abzug der Waffe durch und hielt ihn fest. Eine Kette funkensprühender Explosionen eilte ihm voraus, fegte zwei angreifende Saurier aus dem Weg und zerschmetterte die Glasscheibe, die vor dem Hebel der Notabschaltung lag. Etwas griff nach ihm. Littlecloud verspürte einen heißen, brennenden Schmerz an der Seite, der nicht aufhörte, sondern immer schlimmer und schlimmer wurde, aber er achtete nicht darauf, sondern rannte einfach weiter. Er hatte allerhöchstens noch ...

»Eine Minute«, flüsterte Schneider. »Sie ... sie schaffen es, Straiter. Sie haben es geschafft, verstehen Sie?«

»So?« fragte Straiter. Er sah ihn nicht an, sondern blickte weiter auf das funkelnd daliegende Lichtermeer der Stadt herab. »Wie kommen Sie darauf?«

Aus irgendeinem Grund machte diese Frage Schneider wütend. »Es wäre längst passiert!« behauptete er. »Erinnern Sie sich – heute mittag, als wir aufbrechen wollten! Der Wechsel fand *zu früh* statt. Ich habe mich verrechnet. Es hätte längst passieren müssen! Verstehen Sie? Ich habe mich verrechnet! Es geschieht nicht auf die Sekunde genau, sondern früher!«

»Ja«, flüsterte Straiter. »Oder etwas später.«

Er hatte aufgehört, auf die Saurier zu schießen. Sein Gewehr war leer und nutzlos, und es blieb keine Zeit mehr, gegen die Bestien zu kämpfen. Er konnte nur hoffen, daß Mainland und der Pilot begriffen hatten, was er tat, und ihn deckten. Sie feuerten noch immer, aber statt des hämmernden Stakkatos der MPis hörte er jetzt in rascher Folge das dumpfe Krachen von Granaten. Vielleicht waren ihre Waffen so leergeschossen wie seine, vielleicht setzten sie auch alles auf eine Karte und versuchten, den Kampf mit der massiveren Feuerkraft der Granatwerfer zu entscheiden. Der Raum war von flackerndem Feuerschein erfüllt. Der Rauch war so dicht, daß er kaum noch atmen konnte.

Littlecloud verschwendete keinen Gedanken daran. Er dachte nicht mehr an die beiden anderen, nicht mehr an die Saurier, nicht mehr an seine eigene Sicherheit. Mit einer einzigen, kraftvollen Bewegung riß er die obere der beiden Plomben ab, die den Hebel sicherten. Er zerschnitt sich an den scharfkantigen Scherben der Scheibe die Hände, aber er spürte auch den Schmerz nicht, sondern griff nach der zweiten, mit einer verchromten Mutter gesicherten Plombe und begann sie zu lösen. Es ging so schwer, daß er sich mehrere Fingernägel abbrach und noch mehr Blut an seinen Händen herabrann, aber Littlecloud kämpfte verzweifelt weiter – und schließlich begann sich die Mutter zu drehen, quälend langsam und schwerfällig, aber sie drehte sich. Nach einer Ewigkeit hatte er den Verschluß gelöst, riß den dünnen Draht herunter und griff mit beiden Händen nach dem riesigen roten Hebel.

»Vorbei«, sagte Schneider. Seine Stimme zitterte. »Es ist vorbei, Straiter. Sie haben es geschafft.«

Er spürte eine Erleichterung wie nie zuvor im Leben. Sie hatten es geschafft. Der leuchtende Minutenzeiger seiner Uhr bewies es. Die Frist war abgelaufen, und Las Vegas war nicht verschwunden. Gegen alle Logik hatten Littlecloud und die sieben anderen Männer das Unmögliche geschafft. Sie hatten die Station erreicht und das Zyklotron abgeschaltet.

»Sie haben es geschafft, Straiter«, sagte er noch einmal. »Verdammt, sie haben es aufgehalten.«

Straiter schwieg. Er sah plötzlich sehr alt aus.

Littlecloud legte alle Kraft, die er noch in seinem Körper fand, in diese eine, allerletzte Bewegung. Hinter ihm visierte Mainland den letzten überlebenden Saurier an und erschoß ihn, aber das bemerkte er nicht einmal. Mit einem einzigen, harten Ruck riß er den Hebel herunter.

Das Licht flackerte. Für eine Sekunde wurde es dunkel, dann glomm das rötliche, blasse Licht der Notbeleuchtung unter der Decke auf und vermischte seinen Schein mit dem blutigroten Flackern der Brände, die überall im Raum aufgeflammt waren.

Etwas geschah. Littlecloud glaubte ein Seufzen zu hören, einen sonderbaren, fast nur zu erahnenden, aber unvorstellbar *mächtigen* Laut, und dann konnte er mit fast körperlicher Intensität spüren, wie das Antimaterie-Zyklotron zwanzig Meter unter ihren Füßen abgeschaltet wurde.

Das Seufzen verklang. Littlecloud sank mit einem stöhnenden Laut in die Knie, preßte die blutenden Hände an den Leib und schloß die Augen. Sie hatten es geschafft. Sie hatten das Unmögliche geschafft. Sie hatten das Rennen gegen die Zeit gewonnen.

Das sonnenheiße Herz der Station hörte auf zu schlagen, und es hörte auf, Energie zu produzieren, die das Gefüge der Zeit weiter und weiter aufriß. Aber bevor es endgültig erlosch, bäumte es sich noch einmal auf, fast wie ein wirkliches, lebendes Herz, das sich noch einmal vergeblich gegen das Unausweichliche stemmte, und ein letzter, urgewaltiger Strom unvorstellbarer Energien pulsierte durch das phantastische Gebilde, das Schneider und seine Mitarbeiter erschaffen hatten, ohne es zu wollen und ohne es zu wissen.

Und einhundertfünfundvierzig Millionen Jahre und eine Sekunde später in der Zukunft verschwanden der Urzeitdschungel und die phantastischen Kreaturen, die mit ihm gekommen waren wie ein Spuk aus einer uralten, längst vergangen geglaubten Zeit lautlos vom Antlitz der Erde.

Der Helikopter mit Schneider und Straiter an Bord landete nur wenige Minuten später vor dem zerborstenen Tor der Station, und den Männern bot sich ein unheimlicher, fast bizarrer Anblick: Die Verwüstungen waren geblieben, aber die Kreaturen, die sie angerichtet hatten, waren nicht mehr da. Die Zeit hatte sich zurückgeholt, was sie ihr gestohlen hatten.

Doch Schneider nahm von alledem kaum etwas wahr. Er bewegte sich wie in einem Traum, wie in Trance. Er ging, reagierte, redete und antwortete, wenn man ihn ansprach, und trotzdem erschien ihm alles noch immer sonderbar irreal, als wäre da plötzlich etwas in ihm, das der Wirklichkeit nicht mehr glaubte, weil es begriffen hatte, daß das, was er bisher für die eine und einzige Wahrheit gehalten hatte, vielleicht nicht sehr viel mehr als eine Illusion war.

Nicht einmal die Erleichterung, die sich eigentlich hätte einstellen müssen, war wirklich da. Sie hatten eine unvorstellbare Gefahr gemeistert, vielleicht die größte, in der sich die Menschheit jemals befunden hatte.

Oder hatten sie einfach nur Glück gehabt? Vielleicht hatte etwas – jemand – im allerletzten Moment doch noch ein Einsehen mit der Menschheit gehabt und beschlossen, ihr noch eine allerletzte Chance zu gewähren, aber vielleicht war auch das nur Illusion, der Glaube an eine höhere Macht auch nicht mehr als der verzweifelte Versuch, mit dem Wissen um die eigene Unzulänglichkeit fertig zu werden.

Und während er langsam den zerstörten Korridor entlangschritt, an dessen Ende Littlecloud und Mainland auf sie warteten, stellte er sich zum ersten Mal im Leben die Frage, die andere Männer sich schon oft zuvor gestellt hatten. Die Wissenschaft *war* in der Lage, Wunder zu vollbringen; schließlich hatte er das selbst so nachdrücklich bewiesen, wie es nur ging.

Aber waren sie wirklich verpflichtet, hatten sie wirklich das *Recht,* alles zu tun, *was* sie konnten, nur *weil* sie es konnten?

Schneider dachte lange über diese Frage nach. Aber er fand nie eine Antwort.

Der private Wolfgang Hohlbein

erlebt von Michael Schönenbröcher

Autoren sind ein ganz eigenes Völkchen; man kann sie kaum mit normalen Maßstäben messen. Wer von skurrilen und phantastischen Ideen lebt, kann sich auch im Privatleben nicht davon freimachen . . . Aber was heißt Privatleben? Die einzige Unterteilung im Dasein eines hauptberuflichen Autors besteht vielleicht in *Schreib-Zeit* und *Nichtschreib-Zeit*.

Auch mein Freund Wolfgang Hohlbein, den ich in meiner Tätigkeit als Redakteur des Bastei-Verlags vor gut zehn Jahren kennenlernte, weist Eigenheiten auf, die dieser allzu kleinen Gesellschaftsgruppe oft zu eigen sind. Zum Beispiel seine Wach- und Schlafphasen. Störungen vor ein Uhr mittags betrachtet er im allgemeinen als vorsätzliche Körperverletzung; dafür kann man ihn getrost um fünf Uhr morgens anrufen. Nach einem ›Moment, ich drehe eben die Musik leise‹, woraufhin der Heavy-Metal-Rock im Hintergrund um einige hundert Dezibel gedämpft wird, hat er für alle auch noch so alltäglichen Anliegen (›Kannst du mir sagen, warum ich eigentlich noch wach bin, wo ich doch um acht ins Büro muß?‹) ein offenes Ohr.

Der Fortschritt im Schreib-Busineß hat auch vor Wolfgang Hohlbein nicht haltgemacht; schon seit 1985 tippt er seine Ergüsse in die Tastatur eines Computers. So verliert er keine Zeit mit dem Wechseln von Blättern und Farbband oder dem Kleckern mit Tipp-Ex. Doch selbst mit dem Rechner geht es ihm noch nicht schnell genug; Wolfgang ist ein Erzähler, aus dem die Geschichten schneller hervorsprudeln, als seine Finger tippen können. Seit vier Jahren hat er das Diktiergerät für sich entdeckt, spricht viele seiner Texte auf Band und läßt sie dann von einer Schreibkraft in den Computer übertragen.

Mit dem professionellen Schreiben hat er relativ spät angefangen. Nach etlichen unvollendeten Roman-Anfängen, die nie mehr als fünf bis zehn Seiten umfaßten, setzte er sich mit siebenundzwanzig Lenzen an seine alte, klapprige Schreibmaschine und tippte für das TRANSGALAXIS-MAGAZIN, dessen Herausgeber er gut kannte, die SF-Story ›Hamlet 2007‹. Das war im Jahre 1980, und diese Veröffentlichung sollte einen Stein ins Rollen bringen, der bis heute nicht zum Stillstand gekommen ist. Er selbst bezeichnet es als ›schier unglaubliche Verkettung schier unglaublicher Zufälle‹. Denn den Leuten vom SFCD (Science Fiction Club Deutschland) gefiel seine Schreibe so gut, daß sie ihn an zwei Clubmagazinen mitarbeiten ließen. Dabei lernte er den zu dieser Zeit bereits renommierten Autor und Übersetzer Karl-Ulrich Burgdorf kennen, der ihm einen zukunftsweisenden Tip gab: der Bastei-Verlag suche händeringend Autoren für seine Heftserien.

Wolfgang kaufte und las drei Bände der Serie ›Professor Zamorra‹ – und lieferte eine Woche darauf seinen ersten Heftroman ab: ›Zombiefieber‹ (erschienen am 5. Januar 1981 als Band 173). Von da ab besserte er sein mageres Gehalt, das er hauptberuflich als Industriekaufmann und nebenher als Nachtwächter verdiente, mit regelmäßiger Schreibarbeit zu den Serien ›Professor Zamorra‹, ›Gespenster-Krimi‹, ›Damona King‹ und ›Skull Ranch‹ auf.

Gleichzeitig bekam er über einen befreundeten Journalisten Kontakt mit dem Goldmann-Verlag, für den er sein erstes Taschenbuch schrieb: ›Der wandelnde Wald‹, den ersten Teil der mittlerweile zehn Bände umfassenden ›Enwor‹-Saga.

Ebenfalls gleichzeitig las er in der Zeitschrift ›Science Fiction Times‹, daß der Ueberreuter-Verlag einen Wettbewerb für junge Autoren ausgeschrieben hatte. Vorgabe: Es mußte ein Fantasy-Roman mit maximal zweihundert Seiten sein. Wolfgang ölte seine Maschine, deckte sich mit Papierstapeln ein, zog sich in seine Kemenate zurück und begann zu schreiben. Zur Seite stand ihm dabei Heike Hohlbein, seit 1974 hauptberuflich als Ehefrau und nebenbei als unentbehrliche Ideenlieferantin und hauseigene Kritikerin tätig. Nach der Rekordzeit von drei Wochen war für die Hohlbeins der ›Märchenmond‹ am Autorenhimmel aufgegangen; ein Buch, das seine weitere Laufbahn entscheidend beeinflussen sollte. Aber dazu später mehr.

Wie also gesagt: Ein Besuch bei Familie Hohlbein sollte, will man sich weiterhin seines Lebens erfreuen, deutlich *nach* ein Uhr mittags stattfinden. Das in einer kleinen Siedlung in der Nähe von Neuss gelegene Doppelhaus wird von zwei weißen, steinernen Löwen bewacht. Ein plattenbelegter Weg führt schnurstracks durch den mit vier Quadratmetern gigantischen Vorgarten (Gartenzwerge halten sich hier allein schon wegen der Platzangst nicht). Legt man den Daumen auf die Klingel, erhebt sich im Inneren des Hauses ein Konglomerat verschiedenster Geräusche: ein Kläffen und Poltern, ein Rufen und Miauen, ein Die-Treppe-herunterstürzen und ein alles übertönendes ›Ruhe!‹

Schwingt die Türe auf, sieht sich der Besucher im dramatischsten Falle unversehens mindestens zehn Katzen, drei Hunden und sechs Kindern gegenüber, die sich – jeder auf seine Weise – um seine Beine schmiegen, laut kläffend an ihm hochspringen und ihn mit Äußerungen wie ›Hast du neue Computerspiele mitgebracht?‹, ›Schläfst du hier?‹ oder ›Ach, *der* schon wieder!‹ malträtieren. Für gewöhnlich wühlt sich Heike dann durch das Chaos und scheucht Viecher und Kinder davon, während der große Autor zunächst unsichtbar bleibt.

Ich finde ihn meist am riesigen ovalen Eßtisch sitzend,

eine Tasse Zucker mit etwas Kaffee vor sich, die Augen noch auf halbmast, und etwas wie ›Bin noch nicht ganz wach‹ murmelnd. Früher gehörte noch eine Zigarette im Mundwinkel dazu, aber hier hat er sich selbst strenge Auflagen gemacht und den Nikotinkonsum drastisch gesenkt.

Mein Blick in die Runde enthüllt: Er hat sich schon wieder mit neuen Zinnfiguren eingedeckt, die überall herumstehen. Wolfgangs großes Hobby sind Fantasy-Spiele. Die Sammlung seiner Orks, Skelette, Magier, Ritter, Drachen und anderer Gestalten geht wohl in die Tausende, der Großteil davon liebevoll bemalt, was angesichts einer Höhe von höchstens zwei, drei Zentimetern eine Fitzelarbeit ist, die zumindest mich den letzten Nerv kosten würde. Von Zeit zu Zeit trifft er sich mit Gleichgesinnten zu sogenannten ›Tabletop-Spielen‹, bei denen der Fußboden mit ganzen Armeen vollgestellt wird, die dann, irgendwelchen obskuren Regelwerken gehorchend, gegeneinander antreten. Natürlich baut er auch die dazu passenden Landschaften samt Burgen selbst und hat für diesen Zweck den Wintergarten an sich gerissen; hier stapeln sich Rohmaterialien und Werkzeug zwischen üppig wuchernden Pflanzen. Ein Durcheinander ganz besonderer Art, aber kaum zu vergleichen mit dem, welches in seinem Arbeitszimmer herrscht. Als praktizierender Chaos-Forscher findet er allein sich in dem Wust aus Büchern, Plastik- und Zinnmodellen, Computerzubehör, losen Blättern und *Krimskrams* zurecht.

Wolfgang Hohlbeins zweites Hobby kann man schon vor dem Haus bewundern; dort steht (neben dem riesigen Mitsubishi Space-Waggon, denn für *diese* Familie braucht man einen Achtsitzer) eine schnittige Sportmaschine. Eigentlich will er das BMW K-1 Motorrad seit Jahren wegen des erhöhten Unfallrisikos verkaufen, aber das ist meines Erachtens genauso Alibi-Gerede wie seine Ankündigung, nicht mehr so viele Romanaufträge anzunehmen.

Denn er kann nicht *Nein* sagen; einer seiner größten Fehler. Ein weiterer Indiana-Roman bei Goldmann? Kein Problem. Eine SF-Serie für Bastei? Aber immer. Ein neues Achthundert-Seiten-Buch im Ueberreuter-Verlag? Klar doch. Außerdem setzt er seine HEXER-Serie (sein bislang umfangreichstes Werk mit fast zehntausend Manuskriptseiten mit eintausendachthundert Anschlägen) in der Romanheft-Reihe ›Dämonen-Land‹ fort, schreibt Bücher gemeinsam mit Co-Autoren und hat ein Angebot für ein Film-Drehbuch zu einem seiner Werke. Wohlgemerkt – das alles zusätzlich zu bereits laufenden Verpflichtungen. Was dazu führt, daß in manchen Verlagen der Begriff ›Termin‹ ganz neu definiert werden muß. Aber bislang klappte es irgendwie immer noch rechtzeitig, bevor der Lektor sich den Strick um den Hals legte, die Herstellung geschlossen aus dem Fenster sprang und sich die Belegschaft der Druckerei die Nägel bis zum Fingerknochen abnagte.

Was erstaunlich ist, denn auch in Sachen ›Länge eines Romans‹ hat Wolfgang neue Maßstäbe gesetzt, mit denen er Verlagshäuser in die Verzweiflung treibt. Gemäß der Formel: Bestell dreihundert Seiten bei ihm, und du kriegst siebenhundert (mit je viertausend Anschlägen pro Seite). Ist er im Erzählrausch, findet er einfach kein Ende.

Ich kenne keine anderen Autor, der so vielseitig wäre wie Wolfgang Hohlbein. Er schreibt vom Kinderbuch über Krimi, SF, Phantastik und Grusel bis zum historischen Roman alles, was Buchkataloge füllt. Und ist dabei gleichbleibend gut. Sein Horror ist furchteinflößend, seine Fantasy märchenhaft und seine Science fiction hart und actionbetont. Nur eines beherrscht er nicht: Kurzgeschichten.

Gerade der Historienschmöker ist Wolfgang ans Herz gewachsen; Bücher wie ›Das Siegel‹, ›Der Inquisitor‹, ›Die Kinder von Troja‹ oder ›Hagen von Tronje‹ zeigen es auf. Seine größten Erfolge hat er in der Sparte ›Phantastik‹ zu verbuchen. Wie bereits erwähnt, kam der Durchbruch im Jahre 1983 mit ›Märchenmond‹, dem Buch, das er zusammen mit Heike schrieb und für das er den ersten Platz beim Autoren-Wettbewerb des Ueberreuter-Verlags belegte, den

Phantastik-Preis der Stadt Wetzlar und den der Leseratten beim ZDF gewann. Es folgten ›Die Heldenmutter‹, ›Elfentanz‹, ›Midgard‹, ›Die Töchter des Drachen‹, ›Der Thron der Libelle‹, ›Drachenfeuer‹, ›Der Greif‹, der Filmroman ›Die Hand an der Wiege‹, ›Spiegelzeit‹ und der umfangreiche ›Enwor-Zyklus‹ . . . die Liste könnte die ganze Seite füllen.

Bei einem solchen Pensum und dem damit verbundenen Streß ist es logisch, daß er einen Ausgleich braucht. Leider stimmt auch bei Hohlbeins die alte Weisheit ›Kleine Kinder, kleine Sorgen . . .‹, und die sechs Bälgern Esther, Kim, Rebecca, Timo, Chris und Julian werden immer größer. Bei ihnen die nötige Muße und Entspannung zu finden fällt schwer – was man viel eher bekommt, ist ein dickes Fell und ein gewisses Maß an Lethargie, wenn es mal wieder drunter und drüber geht.

Aber da gibt es ja noch die Videospiele, bei denen Wolfgang relaxt und wertvolle Arbeitszeit vertrödelt (er ist ein Meister bei ›Elite‹, ›Wing Commander‹ und ›Zelda 3‹), die Vier-Meter-Leinwand, die im Wohnzimmer hängt und auf der er sich per TV-Projektor Videofilme kino-like anschaut, und nicht zuletzt die Edelkatzenzucht. Nichts ist wohl entspannender, als drei schnurrende Mini-Löwen zu kraulen, die es sich im selben Sessel bequem gemacht haben; einer der Gründe, warum ich Heike und Wolfgang so oft besuche – trotz meiner leichten Katzenallergie.

Nach dem obligatorischen Abendessen in einem nahen Restaurant – denn ein gemeinsames ›Hobby‹ der beiden ist das schonungslose Durchfüttern von Gästen –, bei dem Wolfgang meist sein Lieblingsessen, Pfeffersteak mit Pommes und einer Extra-Portion Champignons, bestellt, sitzen wir dann im geräumigen Wohnzimmer (im Winter mit prasselndem Kaminfeuer), brüten neue Romanideen aus, diskutieren Probleme und deren Lösungen oder reden über Gott und die Welt. Dabei fällt mir immer wieder auf, wie wenig sich Wolfgang in den über zehn Jahren, die ich ihn kenne, verändert hat. Nun gut, auch ihn packt jetzt manchmal die

Midlife-Crisis, die die oben erwähnten Probleme nach sich zieht, und er hat auch einige Macken (wer hat die nicht?), aber in seinem freundlichen, lockeren und einfach liebenswerten Wesen ist er nicht vom Erfolg verdorben worden, sondern der alte geblieben. Und das ist etwas, das ich an ihm bewundere.

Zum Vierzigsten will ich ihm dreierlei wünschen. Daß er sich auch mal im *Nein*-Sagen übt (bevor sich doch noch ein Lektor stranguliert). Daß in seinem Hause wieder etwas von der dringend nötigen Ruhe einkehrt (na ja, in zwanzig Jahren sind eh alle Kinder aus dem Haus). Und – aber dieser Wunsch ist eigentlich unnötig – daß nie sein phantastischer Ideenreichtum versiegt – und die Energie, seine Märchen für Kinder und Erwachsene zu Papier zu bringen.

Michael Schönenbröcher

Veröffentlichungsnachweis

Hamlet 2007; aus: Transgalaxis, Nr. 85/86 u. 87, 1979
Frankenstein & Co.; aus: Birgit Reß – Bohusch (Hg.), Isaac Asimov's Science Fiction Magazin 10, 1981
Der letzte Funkspruch; aus: Wolfgang Hohlbein: Fragt Interchron, 1988
Die Superwaffe; aus: Thomas Le Blanc (Hg.), Die spannendsten Weltraum-Geschichten, 1985
Ich bin der Sturm; (als Karl-Ulrich Burgdorf) aus: Thomas Le Blanc (Hg.): Die spannendsten Weltraum-Geschichten, 1985
Zombie-Fieber; aus der Serie ›Professor Zamorra‹, Band 173, Bastei-Verlag 1980
Vela, die Hexe; aus: Thomas Le Blanc (Hg.), Goldmann Fantasy Foliant II, 1983
Der Tag vor Harmageddon; aus: Peter Wilfert (Hg.): Goldmann Fantasy Foliant I, 1983
Der Tempel der Unsterblichkeit; (als Dieter Winkler), aus: Thomas Le Blanc (Hg.), Goldmann Fantasy Foliant II, 1983
Expedition nach Alcantara; aus: Thomas Le Blanc (Hg.), Formalhaut, 1983
Im Namen der Menschlichkeit; aus: Thomas Le Blanc (Hg.), Jupiter, 1985
Interchron; aus: Thomas Le Blanc (Hg.), Eros, 1982
Raubkopie; aus: Michael Kubiak (Hg.), Kontakte, 1985
Die Jäger; aus: Jörg Weigand (Hg.), Vergiß nicht den Wind, 1984
Zeitbeben; aus der Serie ›Dinoland‹/ die ersten drei Romane ›Die Rückkehr der Dinosaurier‹/ ›Panik in Las Vegas‹ / ›Die Station in der Urzeit‹, Bastei-Verlag 1993.

Band 25 262
Der Thron der Libelle
In Karas seltsamer Drachenwelt herrscht nach langer Unruhe endlich Frieden. Bis plötzlich Schelfheim, die große Stadt am Schlund, langsam, aber unaufhörlich im Abgrund versinkt. Kara und ihre Drachenkrieger wollen das Rätsel lösen. In den riesigen Höhlen unter der Stadt treffen sie auf sonderbare Fremde – und auf stählerne Libellen, die Feuer spucken.
Wolfgang Hohlbein, Deutschlands Fantasy-Autor Nummer Eins, mit seinem bislang ambitioniertesten Roman.

Band 25 263
Der Hexer von Salem
Wir schreiben das Jahr 1883. Vor der Küste Schottlands zerschellt ein Viermaster auf den tückischen Riffen. Nur wenige Menschen überleben die Katastrophe. Unter ihnen ein Mann, der die Schuld an dem Unglück trägt. Ein Mann, der gejagt wird von uralten, finsteren Göttern . . .

H.P. Lovecraft, einer der Urväter der phantastischen Literatur, schuf mit dem Cthulhu-Mythos ein Universum des Grauens, beherrscht von bösen Gottheiten, von lebenden Schatten und Büchern, in denen der Wahnsinn nistet. Nun belebt Wolfgang Hohlbein den Mythos neu!

Band 25 264
Neues vom Hexer von Salem

Er ist der Sohn eines mächtigen Magiers. Doch nicht nur die Hexerkräfte seines Vaters sind auf Robert Craven übergegangen. Auch der furchtbare Fluch der *Großen Alten*. Craven ist dem Tode geweiht. Es gibt nur einen Weg, den finsteren Göttern zu entkommen – die Magie eines uralten, sagenumwobenen Buches, in dem der Wahnsinn haust.
Zusammen mit seinem Freund H.P. Lovecaft macht er sich auf die Suche nach dem *Necronomicon*. Doch alles scheint verloren, als die *Großen Alten* Macht über den Geist des Vaters erlangen.

Band 25 265
Der Hexer von Salem
Der Dagon-Zyklus

Im September des Jahres 1885 wird vor der Küste Englands ein schreckliches Seeungeheuer gesichtet. Selbst Kanonen können der Bestie nichts anhaben.
Robert Craven, hat zu dieser Zeit andere Sorgen. Sein Freund und Mentor Howard Lovecraft ist spurlos verschwunden. Er ahnt nicht, daß das Auftauchen des Ungeheuers und Lovecrafts Verschwinden in direktem Zusammenhang stehen.
Unter dem Meer schmiedet ein Wesen seine dunklen Pläne, das Äonen alt ist und sich nun aufmacht, das Land zu erobern. Nur der Hexer

hat die Macht, den Fischgott Dagon zu besiegen. Er und das Seeungeheuer, das in Wahrheit die legendäre Nautilus ist, das Unterseeboot Kapitän Nemos . . .

Band 25 266
Der Sohn des Hexers
In jener Nacht, als das letzte Siegel fiel und dreizehn der abgrundtief bösen Götter, die man die *Großen Alten* nannte, in die Wirklichkeit entkamen, in jener Nacht wurde der Sohn des Hexers geboren. Während Robert Craven, seinen letzten Kampf focht, gebar Shadow, der abtrünnige Engel, das Kind – und starb selbst nur wenige Minuten darauf.

Ein Teil von Robert Cravens Geist und seiner Magie ging auf den Knaben über und machte ihn zum Erben der Macht – und zum größten Feind der *Großen Alten*. Die blasphemischen Götter jedoch schmiedeten einen Plan, der an Bosheit und Qual alles übertraf, was je ein Mensch erleiden mußte.
Das Kind verschwand spurlos – und das größte Abenteuer des Hexers begann..

Band 25 267
Die Heldenmutter
(mit Heike Hohlbein)
Eigentlich ist Lyra nur ein armes Bauernmädchen, doch dann findet sie das Kind der

erschlagenen Elfenprinzessin und muß fliehen. Denn dieses Neugeborene wird gejagt, weil eine alte Prophezeiung es zum Befreier des Landes erklärt. Um dem Kind ein Leben in Krieg und Kampf zu ersparen, greift Lyra selbst zum Schwert. Gegen den übermächtigen Feind steht ihr nur ein Helfer zur Seite – der Zauberer Dago. Doch kann sie einem Mann vertrauen, der aus dem Nichts zu kommen scheint?

Band 25 268
Die Moorhexe
Eine Jahrtausendflut hat es an Land gespült, in einer einzigen sturmdurchpeitschten Nacht. Und als das Meer sich zurückzog, blieb es als Gefangener im Moor zurück – ein Wesen aus den lichtlosen Tiefen des Ozeans, älter als die Menschheit selbst: die Moorhexe.
Und diese Moorhexe wartet, erfüllt von unendlicher Gier nach Leben und grenzenlosem Haß.
Dann schuf sie die Falle, eine perfekte, tödliche Falle, die auf ihre ahnungslosen Opfer wartet: das Haus im Moor.

Band 25 269
Das große Wolfgang Hohlbein-Buch
Der Mann ist ein Phänomen, ein Magier der Worte, ein Zauberer, der Geschichten webt. Hundert Bücher hat Wolfgang Hohlbein in zehn Jahren geschrieben und Millionen von Lesern in seinen Bann gezogen. Grund genug, endlich in einem Band die vielen bunten Facetten seines Werkes zu präsentieren: Das große Wolfgang Hohlbein-Buch enthält die ersten, längst vergriffenen Erzählungen des Meisters sowie eine Handvoll faszinierender Kurzromane. Alle Seiten seines Schaffens klingen an: Horror, Fantasy und Science Fiction – sämtliche Dimensionen der Phantastik. Ein Werkstattbericht, mit einem Einblick in Wolfgang Hohlbeins Privatleben rundet diesen einzigartigen Band ab.